20 世纪美国诗歌史

A History of 20th Century American Poetry

（第一卷）

张子清　著

南开大学出版社

天津

图书在版编目(CIP)数据

20世纪美国诗歌史：全三卷 / 张子清著. —天津：
南开大学出版社，2018.6
ISBN 978-7-310-05607-1

Ⅰ.①2… Ⅱ.①张… Ⅲ.①诗歌史—美国—20世纪
Ⅳ.①I712.072

中国版本图书馆 CIP 数据核字(2018)第 116779 号

南开大学出版社出版发行
出版人：刘运峰
地址：天津市南开区卫津路 94 号　　邮政编码：300071
营销部电话：(022)23508339　23500755
营销部传真：(022)23508542　　邮购部电话：(022)23502200
＊
北京建宏印刷有限公司印刷
全国各地新华书店经销
＊
2018 年 6 月第 1 版　　2018 年 6 月第 1 次印刷
238×165 毫米　16 开本　134.75 印张　32 插页　2377 千字
定价：808.00 元

如遇图书印装质量问题,请与本社营销部联系调换,电话：(022)23507125

一、美国诗坛五巨擘

1. 罗伯特·弗罗斯特(1941)

2. 伊兹拉·庞德(1913)

3. T. S. 艾略特(1934)

4. W. C. 威廉斯(1921)

5. 华莱士·史蒂文斯

二、诗歌评论家

1. 诗评家海伦·文德莱教授在哈佛大学教员俱乐部餐厅宴请作者(1983)

2. 诗评家戴维·珀金斯教授在哈佛大学他的办公室与作者合影(1983)

3．诗评家玛乔里·珀洛夫教授在斯坦福大学餐厅
宴请作者(作者摄,1994)

4. 诗评家玛乔里·珀洛夫教授及其丈夫与作者合影于武汉华中师范大学召开的 20 世纪美国
诗歌国际研讨会诗歌朗诵会专场剧场(王玉括摄,2007)

5. 诗评家、诗人纳撒尼尔·塔恩教授（妮娜·苏宾摄）

6. 诗评家、诗人纳撒尼尔·塔恩教授与妻子珍妮特·罗德尼在书房合影

7. 诗评家迈克尔·特鲁教授及其夫人玛丽·帕特邀请作者在他们家欢庆圣诞节(1993)

8. 美国西部笔会主席、评论家布兰达·韦伯斯特在加州湾区她家客厅与作者合影(1994)

9. T. S.艾略特研究专家斯塔凡·伯格斯坦教授在他的瑞典家中宴请作者(1999)

三、诗人

1. 诗人埃德温·霍尼格与作者合影于他家客厅(1993)

2. 诗人斯坦利·库涅茨与作者合影于他家阳台温室(1994)

3. 诗人约翰·塔利亚布教授应邀来南京大学讲学期间与作者合影（1984）

4. 诗人约翰·塔利亚布教授、毛敏诸教授与作者合影于南京玄武湖公园（1984）

5. 诗人、著名先锋诗与诗学杂志《护符》主编爱德华·福斯特在家中(作者摄, 1994)

6. 诗人杰罗姆·罗滕伯格应邀参加南京诗人在先锋书店举行的诗歌朗诵会前和夫人在先锋书店休息室与作者合影(2002)

7. 诗人伦纳德·施瓦茨及其夫人张耳(诗人)在其纽约公寓楼顶合影(作者摄,1994)

四、垮掉派诗人

1. 金斯堡在旧金山书店签售新诗集时,给作者赠送他签名的新诗集(1994)

2. 垮掉派诗人菲利普·惠伦在旧金山哈特福德街禅修中心与作者合影(1994)

3. 垮掉派诗人劳伦斯·费林盖蒂在旧金山城市之光书店头戴自由女神帽与作者合影(杰克·弗利摄,1994)

4. 垮掉派诗人迈克尔·麦克卢尔在他家客厅与作者合影(杰克·弗利摄,1994)

5. 垮掉派与后垮掉派桥梁安妮·沃尔德曼与作者合影于她和金斯堡在纽约举行的朗诵会后的
   晚宴上(1994)

五、纽约派诗人

1. 纽约派诗人芭芭拉·格斯特在她家客厅与作者合影（詹姆斯·谢里摄，1994）

2. 纽约派诗人戴维·夏皮罗与作者合影于他家客厅（1994）

3. 纽约派诗人西蒙·佩蒂特在威尼斯(2002)

六、语言诗人

1. 语言诗人查尔斯·伯恩斯坦(右一)在他家设午宴,招待詹姆斯·谢里和作者(1994)

2. 语言诗人詹姆斯·谢里(前排左二)、汉克·雷泽尔(前排右二)、黄运特(前排右一)、丁芒(前排中)、作者(左一)与南京诗人们合影(1993)

3. 诗评家玛乔里·珀洛夫教授(左二)、语言诗人查尔斯·伯恩斯坦(中间)及其夫人苏珊·比与作者合影于武汉华中师范大学召开的 20 世纪美国诗歌国际研讨会宴会厅(王玉括摄,2007)

4. 语言诗人查尔斯·伯恩斯坦与作者合影(王玉括摄,2007)

5. 语言诗人罗恩·西利曼与作者合影于他家客厅（基特·罗宾逊摄，1994）

6. 语言诗人基特·罗宾逊与罗恩·西利曼合影于西利曼家客厅（作者摄，1994）

七、莫纳诺克新田园诗人

1. 第六届莫纳诺克新田园诗人静修聚会，2010年5月21~23日（从左至右）
   前排：帕蒂·扬布拉德、特丽·法里什和希瑟·杜邦
   中排：罗伯特·斯蒂尔、克莱尔·德戈蒂斯、苏珊·罗尼–奥布莱恩和凯特·泽布洛斯基
   后排：科特·珂廷、戈德·埃利奥特、罗杰·马丁、詹姆斯·贝希塔和约翰·霍金

2. 新罕布什尔州境内莫纳诺克山在游客徒步攀山的人数上居世界第二位，仅次于日本富士山

3. 田园诗人罗杰·马丁(左二)及其爱妻朱迪(左一)、爱女玛丽克(右一)在其环保(太阳能)住宅与作者共进晚餐(1993)

4. 雪夜,跟随罗杰·马丁到他的马厩喂汤料(1993)

八、后垮掉派诗人

1. 部分后垮掉派诗人合影（金斯堡摄于他在纽约的居所厨房，1983）：
   安特勒（左一，站立，格子花呢上衣）、杰西·克劳森（左二，白 T 恤衫）、安迪·克劳森（最前面，侧坐，络腮胡子）和戴维·科普（最后排站立，戴眼镜）等

2. 后垮掉派诗人吉姆·科恩、基普·韦伯斯特（手语翻译）、金斯堡和罗伯特·帕纳拉（聋哑诗人）合影于 1984 年在纽约州罗彻斯特举行的聋哑垮掉派诗人峰会上（从左至右）

3. 安特勒、吉姆·科恩和戴维·科普合影（从左至右）

4. 戴维·科普（左）和金斯堡合影于金斯堡的厨房（1984）

5. 安迪·克劳森在家门前草地上劳动

6. 安特勒(左)和戴维·科普合影于那洛巴大学 1994 年 7 月举行的"垮掉派诗人与反叛天使研讨会"会场外面

7. 后垮掉派诗人弗农·弗雷泽与作者合影于南京城墙上（2004）

8. 后垮掉派诗人杰克·弗利陪同作者游览旧金山文化遗址，在教堂前合影（1994）

九、华裔美国诗人

1. 华裔美国诗人刘玉珍、陈美玲、朱丽爱与作者合影于旧金山朱丽爱的生日宴会上（从右至左，1994）

2. 华裔美国诗人刘玉珍与作者合影于她家后阳台（1994）

3. 华裔美国诗人姚强与作者合影于刘玉珍家后阳台（1994）

4. 2009 年在南京大学举行的华裔美国文学国际学术研讨会诗歌朗诵会专场上华裔美国诗人
和诗评家与南京诗人合影：台湾学者李有成（左一），华裔美国诗人林永得（左二）、梁志英（中
间），华裔美国文学评论家张敬珏（右二），南京诗人雷默（左三）、黄梵（右一）和古筝（右三）

5. 2012 年夏,华裔美国诗人梁志英(左)与作者合影于南京大学校园内赛珍珠故居门前(朱君摄)

6. 华裔美国诗人施家彰(左一)、唐晓渡(中)与作者在南京艺术学院宴会厅合影(2013)

十、黑山派诗人

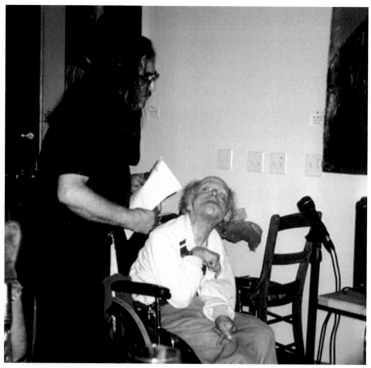

1. 杰克·弗利推着黑山派诗人拉里·艾格纳的助推车进入诗歌朗诵会场（作者摄，1994）

2. 拉里·艾格纳（右一）的诗人朋友迈克尔·麦克卢尔（左一）、杰克·弗利（左二）等十几个朋友去他家庆祝他的生日（1994）

十一、当代中西部诗人

1. 当代中西部诗人戴维·埃文斯教授及其夫人简·埃文斯陪同作者游览南达科他州湖景（1994）

2. 戴维·埃文斯教授与作者合影于南达科他州大学校园（1994）

十二、非裔美国诗人、印第安诗人、禅宗诗人

1. 非裔美国诗人迈克尔·哈珀（玛丽·贝丝·米恩摄）

2. 印第安诗人杜安·大鹰

3. 禅宗诗人诺曼·费希尔在旧金山朗诵会茶歇与作者合影（1994）

十三、作者个人照以及合照

1. 在哈佛大学校园教堂旁（1983）

2. 在沃尔登湖畔（1983）

3. 在美国文学教授布鲁斯·弗拉特里陪同下，驱车去纽约州小山谷
（Little Valley）拜访他的父亲老弗拉特里，这是老弗拉特里和作者
早晨在他的菜园里（1983）

4. 在布鲁斯（中）陪同下参观小山谷的一家农场，这是农场工人（左）与我们
的合影（1983）

5. 在南京大学南园（徐烈成摄，1992）

6. 在加州海湾山腰布兰达·韦伯斯特的屋外（布兰达摄，1994）

7. 汉学家韩南教授在哈佛–燕京学院举行的圣诞晚会上与作者合影（1983）

8. 诺奖评委马悦然教授与作者合影于斯德哥尔摩大学太平洋亚洲艺术中心主任罗多弼
   设晚宴的餐厅门口（1999）

9. 戏剧家巴里·斯塔维斯在其纽约家客厅与作者合影(1983)

10. 戏剧家弗雷德·雅各布斯教授在加州巴克利海鲜馆宴请作者(1994)

11. 作者在 W. C. 威廉斯生前住宅前与他的儿子合影（爱德华·福斯特摄，1994）

12. 瑞典马拉达伦大学华裔美国文学教授莫娜·珀斯及其丈夫安德斯在作者书房与作者合影（1998）

13. 小说家汤亭亭及其丈夫厄尔与作者合影于南京秦淮河与长江交叉口(赵文书摄,2006)

目　录

CONTENTS

致谢（第二版）

首先衷心感谢哈佛—燕京学院提供的奖学金（1982—83）使我完成了本书第一版，感谢富布莱特奖学金（1993—94）使我完成了本书的第二版，没有这两次宝贵的机会，我不可能以哈佛大学和加州大学伯克利分校为学术基地，同美国诗人和评论家有广泛的接触，也不可能对美国文学文化有更深切的了解。

除了保持对第一版《20 世纪美国诗歌史》（1995，1997）为我友好地提供各种帮助的国内外师长和朋友的感激之情外，我还要感谢为修订版提供及时帮助的国内外师长和朋友。

我首先深切感谢下列美国诗歌批评家和诗人朋友们：

玛乔里·珀洛夫教授慷慨地赠送给我她的大批诗歌理论专著，对笔者理解美国诗歌和评论具体的诗人起到了指导作用。承蒙她在斯坦福大学热情款待。

当我在校订过程中遇到理论难题时，迈克尔·特鲁教授和杰夫·特威切尔博士不厌其烦地给予了我及时的解答，他们对我总是有求必应，数十年如一日。20 世纪 80 年代早期和 90 年代早期，笔者在美国期间，迈克尔邀请笔者在他家过圣诞节，陪同笔者去天主教堂观摩天主教徒们正规的礼拜仪式、观摩贵格会教徒的礼拜仪式，并驾车陪同笔者去参观艾米莉·狄更生故居和罗伯特·弗朗西斯故居，介绍笔者结识罗伯特·弗朗西斯故居提供给其他诗人定期居住创作的管理人亨利·莱曼；迈克尔还介绍笔者与威廉·斯塔福德和斯坦利·库涅茨建立了友好联系。可以说，迈克尔是笔者的美国文学文化的引路人。满肚子学问的杰夫 90 年代早期在南京大学执教期间，常常同笔者一起讨论中美当代诗歌，一同会见一群南京和苏州诗人，相互切磋诗艺，介绍西方马克思主义文论，解答有关语言诗的难点。

诗人纳撒尼尔·塔恩教授除了赠送他的大批专著和诗选以及给笔者及时答疑之外，还对本书的理论框架起了至关重要的作用。

查尔斯·伯恩斯坦教授和汉克·雷泽尔教授在我评介语言诗的过程中提供了及时的指导和帮助。伯恩斯坦教授对我难以理解的一些语言诗句耐心地加以阐释，及时地帮助我联系到苏珊·豪，让我有机会向她请教她的一些诗篇，在我评介汉娜·韦纳时提供了他独到的看法和有关她生平的宝贵信息；雷泽尔教授常常以明晰的语言，深入浅出地解答我提出的问题，他寄赠给我他新出版的诗集和专著，不但使我读到他的近作、加深对其他语言诗人的了解，而且为我掌握北美佛教诗歌动态提供了新信息。詹姆斯·谢里除了赠送他的诗集之外，作为出版人，一直慷慨地赠送他出版的语言诗集和理论著作；笔者在纽约期间，他热情地邀请笔者住在他家，陪同笔者去游览华尔街，介绍美国经济状况。在黄运特的陪同下，汉克和詹姆斯在成都、南京、苏州和北京成功地举行了诗歌朗诵会，并与中国诗人和诗歌批评家作了文化交流。

1994 年，罗恩·西利曼和基特·罗宾逊在伯克利与我一见如故，给予我热情接待。前者作为多产语言诗人，把他大批的语言诗集慷慨地赠送给我，并邀请我在他伯克利的住家作客。后者除了赠送他的诗集给我，还陪我在伯克利作了长时间的畅谈。

安妮·沃尔德曼热情、慷慨，除了把她大批的诗集和论著赠送和寄赠给笔者之外，还给笔者提供有关她的挚友金斯堡和彼得·奥洛夫斯基生前身后的情况，并耐心而完满地解答了笔者有关垮掉派诗歌的一些问题。聆听她三次精彩的诗歌朗诵表演之后，笔者才知道什么是真正富有艺术感染力的诗歌朗诵：她 1993 年冬与金斯堡在纽约的诗歌朗诵、2007 年在武汉"20 世纪美国诗歌国际学术研讨会"期间的诗歌朗诵和黄山"2008 年帕米尔诗歌之旅"的诗歌朗诵。

杰克·弗利是笔者深入了解加州湾区旧金山文艺复兴和垮掉派诗歌在旧金山发轫期情况的引路人。笔者 1994 年在伯克利期间，他热情陪同笔者参观他负责定期广播的"西海岸太平洋广播电台"，游览北滩、旧金山杰克·凯鲁亚克街、肯尼思·雷克斯罗思路，参观城市之光书店，拜访劳伦斯·费林盖蒂、迈克尔·麦克卢尔和拉里·艾格纳，参加当地的诗歌朗诵会。自从 1994 年以来，杰克与笔者保持密切的联系，赠送和寄赠他的诗集和论著，发送他新发表的诗篇，解答笔者在阅读他的诗和艾格纳的诗的过程中遇到的一些难理解的诗行，分享他的爱子留学、就业和结婚的喜悦。特别使笔者感动的是，杰克把他限定版《垮掉派》（2000）一书题献给笔者。费林盖蒂很高兴地在他的城市之光书店接待我，戴着自由女神像皇冠式的帽子同我合影，并着重对我说，他不是垮掉派诗人，因为他不是同性恋，在他看来垮掉派诗人似乎总是与同性恋联系在一起。麦克卢尔在家里友好地接待了我和陪同我的杰克，坐在他的地板上作友好的交谈（他似乎不喜欢坐在椅子上），给我几本他的诗集和论著，签了名，并在家附近的饭馆招待了我和杰克。拉里喜欢杰克陪同我拜访他，赠送给我他签名的诗集，通过杰克的转述（他因严重的小儿麻痹症而口齿不清），同我作友好的交谈。

　　以罗杰·马丁为首的莫纳诺克新田园诗人詹姆斯·贝希塔、帕特·法尼约利、苏珊·罗尼—奥布莱恩、约翰·霍金、阿德尔·利布莱因和特丽·法里什，在我访问罗杰期间，他/她们特地举行了一次聚会，与笔者进行友好的交流，从此给笔者寄赠他/她们的诗集，与笔者分享他/她们诗歌创作的信息、喜悦和成果。罗杰定期寄赠他主编的文学杂志《伍斯特评论》，并且为笔者介绍中国诗人提供这块宝贵的发表园地。自从 1993 年在新罕布什尔州彼得伯勒同他们聚会以来，笔者有关新田园诗的问题总能得到他/她们及时的解答。

　　第一个向中国介绍后垮掉派诗歌的弗农·弗雷泽与金斯堡的直接传人戴维·科普和吉姆·科恩在笔者撰写后垮掉派诗歌过程中，起到了不可或缺的作用。戴维把他所有的七本诗集全寄赠给了笔者，让笔者对他的诗歌全貌和风格有了完整的了解。吉姆寄赠他的诗集和论文集，使笔者受益匪浅。他的论文集的宝贵之处在于他以亲身的经历和体验，记录了他与金斯堡和安妮·沃尔德曼的交往，而对后垮掉派诗歌的产生和发展的来龙去脉更作了全面的勾勒。曾经文楚安教授介绍，弗农于 2004 年 6 月在成都参加文楚安主持的垮掉派诗歌国际学术研讨会之后，应邀来南京参加楚尘主持的中美诗人诗歌朗诵会，他那精彩的朗诵表演博得了听众的笑声和掌声。他从此每出版一本新诗集总是寄赠给笔者，一共 12 本，其中包括 697 页大开本的《即兴诗全集》。感谢他们给笔者不断提供有关后垮掉派诗歌创作活动的信息和花了大量时间与笔者讨论有关后垮掉派诗歌的问题。他们对笔者总是有问必答。在撰写后垮掉派诗歌过程中，经弗农介绍，巴里·沃伦斯坦、鲍勃·霍尔曼、劳伦斯·卡拉迪尼、史蒂夫·达拉钦斯基、科帕尔·戈登、斯凯勒·霍夫曼和迈克尔·罗滕伯格等其他后垮掉派诗人都对笔者的提问给予了及时的回答。巴里·沃伦斯坦还给笔者寄赠他的诗集和他主编的诗集。

　　在华裔美国诗人群中，对笔者帮助最大的首先是刘玉珍和梁志英。她/他们自从 1994 年在伯克利与笔者见面和后来在上海、南京数次欢聚以来，一直与笔者保持密切联系。她/他们不但不断给笔者赠送或寄赠她/他们的诗集和杂志，而且不惜时间和精力，长期耐心地与笔者讨论有关华裔美国诗歌的种种问题。笔者在加州大学伯克利分校期间，刘玉珍极其热情好客，数次邀请笔者在她家作客，在她赠送的诗集上加盖多枚不同字体的中文印章，并让笔者欣赏她用毛笔绘的中国画，后来又寄赠她的新诗集。是她介绍笔者有幸结识梁志英，是她陪同笔者去旧金山拜访华裔美国诗人朱丽爱和陈美玲，是她陪同笔者去教堂参加旧金山诗歌复兴时期的主要诗人之一威廉·埃弗森的悼念仪式，是她陪同笔者游览湾区和了解美国的风土人情。作为诗人、诗歌评论家和《亚美杂志》主编，梁志英凭他敏锐而犀利的眼光，对诗篇的解读入木三分，他定期赠送给我的《亚美杂志》是我及时了解华裔/亚裔美国文学动态最好的窗口，在笔者撰写华裔美国诗歌部分的过程中，梁志英起了主导作用。

林永得除赠送他的诗集外，对笔者解读他的诗篇遇到的难题，总是耐心解释，一直给笔者寄赠夏威夷文学杂志《桥》以及全套《生态诗学》杂志。新世纪在北京和南京举行的华裔美国文学国际学术研讨会期间，他和笔者作了友好的交谈，他那诗学修养、文雅谈吐和慷慨大度深深感动了笔者。

施家彰从 20 世纪 80 年代早期经赵毅衡介绍起，与笔者建立的密切联系延续至今。感谢他历年来把他大批的诗集寄赠笔者，与笔者分享他创作丰收的喜悦，对笔者在理解他的某些诗行感到的困难，他总给笔者及时而满意的解答。

李立扬给笔者寄赠他的诗集，并及时解答笔者提出的问题。姚强曾在刘玉珍的家里，同笔者畅谈他对当代艺术的看法，并面赠他的诗集。白萱华、林小琴和陈美玲对笔者提出的问题都及时地做出了答复。

使笔者喜出望外的是，小说家汤亭亭于 2002 年寄赠她当年出版的诗集《当诗人》！是她邀请笔者去加州大学伯克利分校作访问学者半年，并在她的办公室接待笔者作友好的谈话和接受采访；是她通知笔者参加她和退伍老兵作者在书店举行的朗诵会；是她发送戏票让笔者去戏院欣赏她的小说《女勇士》和《中国佬》改编的戏剧；是她介绍笔者认识黄玉雪，让笔者与她建立了密切的联系；她除了把她所有的小说和有关她的访谈录慷慨赠送给笔者外，还寄赠笔者大批亚裔作家、非裔美国作家的作品。

在研讨华裔美国文学过程中，华裔/亚裔美国评论家张敬珏对华裔美国文学的评论和数次在国内华裔美国文学国际学术研讨会上的发言总是给笔者带来很大的启发，而她常常发送来的有关华裔/亚裔美国文学学术动态和信息，更是笔者了解华裔美国文学（包括诗歌）的重要渠道。华裔美国诗歌评论家周晓静寄赠她的论著是笔者了解华裔美国诗歌的必读本，而她在译介施家彰的项目上与笔者的合作以及她对笔者的提问所作的耐心而周详的答复，给了笔者很大的帮助。

深深怀念诗人、评论家林英敏教授，她 1999 年病危前夕匆忙寄赠她主编的《黄色的光亮：亚裔美国文学的繁荣》正式出版前的排印本，希望以她的亲身经历让笔者了解什么是"亚裔美国"，而她寄赠的论著《两个世界之间：华裔女作家》（1990）正是笔者华裔美国文学学习起步时的必读本。

非裔美国诗人埃弗里特·霍格兰和迈克尔·哈珀与笔者保持友好的联系，及时地给笔者答疑。2007 年在武汉"20 世纪美国诗歌国际学术研讨会"期间，笔者有幸结识埃弗里特，并与他作了友好的交流。他回国后给笔者寄赠的《非裔美国诗歌牛津选集》（2006）成了笔者了解非裔美国诗歌的重要参考书。印第安诗人杜安·大鹰和刘玉珍一道，自从 2001 年 10 月旅游上海期间与笔者聚会以来，一直与笔者保持密切联系。他不但寄赠有关印第安文化的参考书籍和珍贵的照片，而且对笔者有关印第安诗歌的问题总是有问必答。奇卡诺诗人胡安·费利佩·埃雷拉对笔者解读他的诗歌时遇到的问题也及时地作了解答。

20 世纪 80 年代末 90 年代初，爱德华·福斯特教授与笔者建立联系之后，不断给笔者寄赠他的诗集、他的护符出版社出版的大批诗集和论著、他主编的《护符》杂志，耐心解答笔者向他提出的有关美国诗歌的种种问题。1993 年，笔者曾应邀住在他家，受到他热情的款待。他还请西蒙·佩蒂特陪同笔者游览，介绍笔者去拜访戴维·夏皮罗，并聘任笔者当《护符》中国通讯员。西蒙热情友好，陪笔者到东村他的住家作客，介绍他和妻子罗丝伯德与邻居金斯堡的友谊，赠送和寄赠他的诗集。爱德华和西蒙的朋友伦纳德·施瓦茨和妻子张耳更是热情有加，邀请笔者住在他家，并在家里特地为笔者举办派对，使笔者有机会结识包括王平和严力在内的一批诗人朋友。伦纳德陪笔者参加金斯堡的诗歌朗诵会和登门拜访斯坦利·库涅茨，张耳给笔者寄赠她与陈东东编译的《中国当代诗选》（2007）。

戴维·埃文斯教授是笔者的西部诗歌向导。1994 年，他和妻子简邀请笔者住在南达科他州大学附近的家里，陪笔者参加该校举办的印第安人的节日和参观该校印第安文化博物馆，介绍笔者与他们的印第安人朋友作友好的交流，陪笔者到野外饱览西部平原浩瀚无际的旖旎风光，与笔者合编《文化相聚：美国作家、学者和艺术家在中国》（2003）一书。他不但陆续寄赠他的诗集，而且及时地解答笔者在阅读他的诗、西部诗人的诗甚至南方诗人的诗歌时遇到的难题。

感谢阿瑟·福特教授，他赠送亲笔签名的专著《罗伯特·克里利》（1978）是笔者研究罗伯特·克里利重要的参考书之一。2012 年 11 月，他作为富布莱特教授来南京大学短期讲学，使我们有了再次见面的机会。11 月 14 日，笔者陪他去参观鬼脸城途中，他耐心地解释他刚赠送给笔者的小说《避之唯恐不及》（2008）的创作背景，还谈了他的剧本在美国上演的情况。晚上，请他在家附近的餐馆吃饭时，我们很愉快地拉家常。

　　感谢美国和澳大利亚的华人学者朋友：黄运特君为策划和陪同语言诗人来华与中国诗人文化交流出了很大力，并不断给笔者寄赠他的专著；笔者在加州大学伯克利分校期间，马明潜君陪同笔者会见玛乔里·珀洛夫教授，并陪同笔者参观斯坦福大学，寄赠他的专著；陶乃侃君赠送研究庞德的专著是笔者最喜爱的美国诗歌参考书之一。作为诗人和翻译家，王屏与笔者分享她的创作成果，回答笔者提出的有关诗歌的问题；《新大陆》主编陈铭华君一直给笔者寄赠他的诗刊和他的诗集，并登载笔者的美国诗歌译作，为笔者与美国诗人交流提供了园地；中英文网站《诗天空》主编韩怡丹不但为笔者提供中美诗人文化交流的平台，而且寄赠她主编的诗集；美国中文诗歌网站《常春藤》主编姚园和《休斯敦诗苑》主编蔡克霖也为笔者提供了发表诗歌的园地。

　　在台湾的学者朋友之中，首先感谢单德兴君。把华裔美国文学引入汉语语境的开创者非德兴君莫属。他赠送给笔者的大批专著是笔者深入了解华裔美国文学的一笔宝贵财富。李有成君、冯品佳教授、何文敬教授赠送的专著和译著是笔者的重要参考书。他们对笔者总是有问必答，使笔者受益匪浅。成功大学任世雍教授用他主编的英语杂志《小说与戏剧》刊载笔者的汤亭亭访谈录和笔者的瑞典朋友莫娜·珀尔斯教授的论述华裔美国文学的文章。《双子星》主编杨平和长沙《诗品》执行副主编梦天岚为笔者介绍美国禅宗诗歌提供了发表园地。

　　涉足华裔美国诗歌的先行者赵毅衡教授与王灵智主编的《华裔美国诗选》是笔者最早接触这个领域的入门书，而赵毅衡教授赠送给笔者他与王灵智和黄秀玲编译的《两条河的意图：当代美国华裔诗人作品选》对笔者有很大的参考价值，尤其最早给笔者解决了部分华裔美国诗人的汉语名字。他赠送的《美国现代诗选》也是笔者案头常备的参考书之一。

　　笔者最怀念和感激的是北京外国语大学华裔美国文学研究中心主任吴冰教授。是她聘请笔者任该中心客座研究员，提供开会经费，及时通报有关华裔美国文学的新书，为笔者复印并寄送参考资料，把笔者撰写的华裔美国诗歌部分（不受篇幅限制）收录在她与王立礼教授主编的《华裔美国作家研究》里，她在出版前耗费心血校对笔者的稿子，即使在病重期间，她还给笔者发送治疗痛风的药方。每当我阅读她在去世前题赠给笔者的《吴冰选集》时，我总是心潮澎湃，激动不已。她在她的照片页下亲笔题写了："张老师：我很高兴和幸运有你这样的朋友和合作者。和你一起工作是件特别愉快的事！吴冰2012年元月八日"笔者拙著的华裔美国诗歌部分基本上收录在《华裔美国作家研究》里，为此，我还要感谢吴老师的同事和朋友王立礼教授的及时相助。

感谢下列教授和文朋诗友们：常耀信、陈靓、程锡麟、方红、郭继德、黄宗英、刘海平、潘志明、钱佼汝、钱满素、石坚、索金梅、王逢振、王光林、严学军、杨金才、杨仁敬、殷实、袁德成、虞建华、乐黛云、肖明翰、徐颖果、张冲、张跃军、赵文书、朱刚、朱徽、朱新福、李文俊、高兴、董衡巽、盛宁、吴洪、张遇、顾爱彬、子川、王明韵、蒋登科、王耀东诸位教授和文友寄赠或面赠的美国文学史、诗歌史、戏剧史或专著、华裔美国文学论文集或选读本、比较文学论著、文学理论著作，或邀请我在他们主编的杂志上发表有关美国诗歌的文章和译文，或作为出版社的责编出版我的美国诗歌译著，或对我在译名的处理上提出过宝贵的意见；感谢王珂教授和张桃洲君寄赠的理论著作；感谢蒋洪新、孙宏、王贵明、张剑、索金梅和罗良功等教授发送给笔者有关庞德的研究论文、专著和非裔美国诗歌论文以及陈靓君发送给笔者有关美国印第安文学的论文。它们都成了笔者随时翻阅的参考书和文章。其中光林君及时复印和寄送的数本美国诗歌史最新参考书，为笔者提供了美国诗坛新信息。吴宝康君把他复印的两本美国诗歌专著也及时地面赠笔者。感谢贵明君在北京接待美国语言诗人和后垮掉派诗人，并组织诗歌朗诵会，为他们与中国诗人文化交流提供机会；车前子、楚尘、冯亦同、侯洪、黄梵、黄劲松、老铁、王贵明、周亚平、子川和胡弦诸君在成都、南京、苏州、北京、昆山、扬州等地历次支持笔者举办或参与的中美诗人诗歌朗诵会。

感谢陈德文和吴之桐、程曾厚和徐知勉、余绍裔和余一中以及陈凯先诸位教授历年来分别在日文、法文、俄文和西班牙文的作家名字的翻译上给予笔者及时的帮助，其中余一中教授与笔者几乎每天下午沿着秦淮河岸散步时，互相交流外国文学信息和评论的心得体会，常使笔者获得新的启示。

感谢钱青教授邀请笔者加入外语教学与研究出版社"英美文学文库"专家委员会，给笔者提供大批经典著作原著；邵成军君邀请笔者加入中国海洋大学出版社"英美原版文学理论丛书"学术顾问委员会，给笔者提供大批英美文学理论原著；《当代国际诗坛》主编唐晓渡君、西川君邀请笔者加入编委会，提供笔者与美国诗人交流的平台，并邀请笔者参加在黄山举办的国际诗歌研讨会和朗诵会。感谢王晓路教授在他主编的英文杂志《比较文学：东方与西方》给笔者提供了中美诗人文化交流的平台。

感谢下列报刊提供笔者发表学术论文和诗歌翻译的园地：北京《世界文学》、北京《外国文学评论》、北京《当代国际诗坛》、北京大学《国外文学》、北京外国语大学《外国文学》、上海《外国文艺》、南京大学《当代外国文学》、武汉《江汉大学学报》、西南师范大学《中外诗歌研究》、合肥《诗歌月刊》、南京《扬子江诗刊》、贵阳《山花》、宿迁《楚苑》、北京《稻香湖》、北京《文艺报》、北京《新京报》和上海《文汇报》。

感谢楚尘君数年前启动拙著的修订，并同河北教育出版社签订了一年的合同，后来笔者因病未如期完成而作罢。更感谢南开大学出版社编辑张彤的宽容、周到的安排，甚至亲自来南京登门取校对稿。前年签订的一年为期的出版合同，到今年才交稿，迟交稿差不多已近一年。感谢宋立君细致耐心的编辑加工。

感谢下列学生和好友：文书君在笔者整个修订过程中，不厌其烦地长期帮助笔者排除电脑故障和新设新功能；李靖君每逢笔者的电脑出现病毒或大故障时，总是牺牲自己的休息时间，来我家帮助修理或更换零件，或把电脑带到电脑店进行彻底修理；朱庆华君慷慨赠送我正需要的电脑大荧屏和新电脑，并派学生小孙为我排除电脑故障；王玉括君除了给笔者借阅他的原版美国诗歌史之外，还帮助笔者文件打包、调试电脑；金志权和史九林两位教授是有请必来，帮助笔者排除电脑故障。没有他们及时有效的帮助，笔者不可能完成书稿修订，也不可能便捷地与外界交流。感谢冯冬君帮助笔者阅读二校稿和迟剑锋君帮助笔者编本书最繁杂的索引页码。感谢吴宝康和王轶梅在上海帮助接待笔者的华裔美国诗人朋友刘玉珍。

最后更要感谢相濡以沫的妻子徐仲华，她长期无怨无悔地操持家务，陪同笔者去医院看病，尽管她自己也有病痛。还要感谢两个女婿徐舒和刘文以及两个女儿张煜和张倩，他/她们除了平时叙长问短外，主要在我生病时，不遗余力地安排住院、料理和看护。两个外孙刘子萌和徐一茗活泼可爱，成绩优秀，不啻是我一大安慰。

张子清
南京大学外国文学研究所
2012 年 9 月 28 日

Acknowledgements to the Second Edition

First of all, I am deeply in debt to the Harvard-Yenching grant (1982-83) for the first edition of this book, and to the Fulbright scholarship (1993-94) for its second edition, both of which have allowed me to work off home grounds, and provided me with a valuable chance to learn more about American literary culture and make more friends with American poets and critics.

In addition to thanking my friends at home and abroad for the help and assistance they offered in *A History of 20th Century American Poetry* on its first edition (1995, 1997), I wish to extend my heartfelt gratitude to my friends, old and new, who have provided me with their kind, generous and timely help and assistance on this second edition.

With more appreciation than I could ever express, I wish to extend my special thanks to the American critics and poets as follows:

To Professor Marjorie Perloff, who has generously presented me with a number of her monographs that play a guiding role in my study of poetics and some specific poets commented by her with insight. And my thanks also go to her for her friendly and generous reception and entertainment of me at Stanford University one day in 1994.

To Professor Michael True and Dr. Jeff Twitchell, who have taken the trouble to give me their prompt answers to my questions about specific verse lines I encountered in the course of my revision of this book on its first and second editions, I am indebted. For decades, they have been always available to me with perseverance and consistency when I needed their advice. During my study at Harvard in the early 1980s and early 1990s, Mike invited me to stay at his home for Christmas together with his big family, and accompanied me to the Catholic Church to attend the formal liturgy, and also to another place to participate in the Quaker service, and then to visit the Emily Dickinson House and Robert Francis House by car. There, he introduced me to Mr. Henry Lyman, Francis's executor and the manager of his house where any poet could stay when he/she applies for a period of time to write. Mike also introduced me to William Stafford and Stanley Kunitz so as I could establish friendly ties with them. In every aspect, Mike has been my guide to American literary culture. As a learned scholar, Jeff would help me to solve my questions about difficult lines of language poetry, and discuss with me about contemporary American poetry and literary criticism during his teaching at Nanjing University in the early 1990s.

To Professor Nathaniel Tarn, who has played a key role in my mapping the theoretical framework of this work in addition to his prompt reply to my questions about his poems and the contemporary American poetry in general, and his books he sent me, and to Janet Rodney, his wife, a poet and artist, who generously sent me her autographed book of poems.

To Professors Charles Bernstein and Hank Lazer, who graciously answered questions I put to them, sent me their books, and given me their generous help and timely guidance in my study of language poetry. Charles has helped to shed new light on my overall review of Hannah Weiner, and helped me to establish a good contact with Susan Howe. Hank has often conveyed to me the information of new development of language poetry through his monographs, essays and e-mails.

To James Sherry, who has generously sent me his books of poems and books he published as a publisher. During my stay at his home in New York, he accompanied me to visit the Wall Street, and introduced me to something new about the operation of the American economy. Accompanied by Yunte Huang, James and Hank did a successful cultural exchange between Chinese poets and literary critics and them in Chengdu, Nanjing, Suzhou and Beijing in 1993.

To Ron Silliman and Kit Robinson, who cordially received me when we met in Berkeley for the first time, 1994. As a prolific poet, the former generously sent me almost all of his books of poems and books he edited. The latter had a nice long talk with me over the topic of language poetry along the street of Berkeley. He also generously sent me the autographed copies of his three books of poems.

To Professor Anne Waldman, who has sent me decades of her books of poems and the books she edited, that are to me a large sum of spiritual wealth together with the books Allen Ginsberg sent to me during his life time in my study of the Beat poetry. I come to know what a real poetry reading is from her performance poetry readings, once with Ginsberg in New York, and twice in

China.

To Jack Foley, who is my guide to the literary culture in the Bay area during my stay in Berkeley in 1994. He would accompany me to visit North Beach, the City Lights Bookstore, Jack Kerouac Street, Kenneth Rexroth Place, and KPFA, a non-profit local radio station where he works regularly as a voluntary announcer on the literary programmes. He would accompany me to visit a number of local poets including Lawrence Ferlinghetti, Michael McClure, and Larry Eigner, and often invited me to attend the local poetry readings where he and his wife Adelle gave excellent performance readings while Jack played a guitar at the same time. I have benefited a great deal from his books of poems and collected essays he sent me.

To Ferlinghetti, who friendly received me and had a good talk with me in his City Lights Bookstore. I was particularly moved when he was taken a photo with me while he wore a crown like the Statue of Liberty.

To McClure, who invited me to his home and had a nice talk with me on the floor (he seemed like to sit at the floor without chairs) and sent me the autographed copies of his books of poems, and then treated me a dinner with Jack in a restaurant near his home.

To Eigner, who would look happy to see me when I visited him with Jack at his home, and sent me his books of poems, trying to talk with me through Jack's retelling as he was inarticulate because of his serious pediatric hemp addiction disorder.

To Rodger Martin and his other fellow Monadnock New Pastoral poets James Beschta, Pat Fargnoli, Susan Roney-O'Brien, John Hodgen, Adelle Leiblein and Terry Farish, who had a good talk with me in a party they had prepared in Peterborough, New Hampshire, during my stay in Rodger's home. Since then, they have sent their books of poems, answered the questions about some difficult lines of their poems I put to them, sharing their joy with me in what they have achieved. And I am glad to have kept in touch with them since I met them in late 1993.

To Vernon Frazer, the first Postbeat visitor to China, and to David Cope and Jim Cohn, the direct descendants of Allen Ginsberg, who all have played an indispensable role in the course of my writing about the Postbeat poetry. They have not only sent me their books of poems but also promptly answered my questions with great patience, and often provided me with the new information about the development of Postbeat poetry.

To Lawrence Carradini, Steve Dalachinsky, Kirpal Gordon, Schuyler Hoffman, Bob Holman, Michael Rothenberg, Ravi Shanker and Barry Wallenstein, who have all e-mailed me in timely reply to me about their bios and works that I need to learn about. Barry has sent me his books of poems and the book he edited. Due to their generous help, I have a better understanding of what the Postbeat poets have done.

To Carolyn Lau and Russell C. Leong, my long-time friends, sincere and considerate, who introduced me to Asian/Chinese American literary culture. They shared their energy and time, and patiently discussed specific Chinese American poems with me during my process of translating them. They have been keeping in touch with me since we met in Berkeley, 1994, and later in Shanghai and Nanjing. During my stay in Berkeley, Carolyn was extremely hospitable, inviting me to be her guest and introducing me to John Yau at her home, accompanying me to visit Chinese American poets Nellie Wong and Marilyn Chin in San Francisco, and for sight-seeing along the bay coast. Russell has played a leading role in my study of Chinese American literature. And I have especially benefited from his insightful literary criticism. He would discuss Chinese American poetry with me either during his occasional visits to Nanjing, or through e-mails when he is in the States, and sent me *Amerasia Journal* regularly when he was its editor.

To Wing Tek Lum, who has regularly sent me *Bridge*, the Hawaiian literary journal, and generously sent me a set of the journal *ecopoetics* in addition to his book of poems and books by the other Hawaiian writers he sent me. He has also co-operated with me on my writing about the Hawaiian poets.

To Arthur Sze, Mei-Mei Berssenbrugge, Genny Lim, Marilyn Chin and Li-Young Lee, who have promptly answered questions I put to them. Arthur has sent me almost all of his books of poems since we established a good relationship in the early 1980s.

Marilyn Chin, Nellie Wong and Li-Young Lee have also sent me their books of poems.

To Maxine Hong Kingston, who has generously sent me her book of poem *To Be the Poet* in addition to her novels and other novels by Asian American and Afro-American writers she sent me. And through her I established a close contact with Jade Snow Wong.

To Professor King-Kok Cheung, who has graciously shared with me her literary criticism on Asian/Chinese American literature in the conferences and after in Nanjing and Beijing, and often sent me current information about the development of Asian/Chinese American literature.

To Professor Zhou Xiaojing, who has well co-operated with me in introducing Arthur Sze in a special issue of *Contemporary International Poetry*, a poetry journal in Beijing, and whose book of literary criticism on Chinese/Asian American poetry she sent me is one of my favorite reference books.

To Professor Amy Ling, who sent me her book *Between Worlds: Women Writers of Chinese Ancestry*, and a copy of her *Yellow Light: The Flowering of Asian American Arts* in Xeroxed sheets before its publication even when she was seriously ill. I'm in deep debt to her as she would convey me her insightful views on Asian American literature through e-mails during her life time.

To Professor Bruce Flattery, who introduced me to American literature at Nanjing University, and accompanied me to visit his father in Little Valley in the early 1980s.

To Everett Hoagland and Michael Harper, who have helped me to have a deeper understanding of Afro-American poetry in general and their own poems. Everett generously sent me his books of poems and a big book *The Oxford Anthology of African-American Poetry* (2006), one of my important reference books on Afro-American poetry.

To Duane BigEagle, who is my only guide to American Indian culture and poetry since I met him in Shanghai years ago. He sent me his autographed copy of a big book *Native American Voices: A Reader* (2010) in addition to his photo. And to Juan Felipe Herrera, who is also my guide to Chicano poetry and his own poetry.

To Edward Foster, who has been keeping me close to the important source of contemporary American poetry with almost all of his books of poems and *Talisman* he edited as well as many other books he edited and published, all of which he has generously sent me regularly, since I was kindly invited to be his guest at his home in 1993. He has introduced me to other poets such as David

Shapiro and Simon Pettet, and appointed me as his China correspondent for *Talisman*.

To Simon, a close friend of Allen Ginsberg, who has also generously sent me almost his books of poems, and compared notes with me on poetry, and from whom I have learned more about Ginsberg.

To Leonard Schwartz and his wife Zhang Er, a poet and translator, who have sent me their books of poems, and books they edited. I was touched by their hospitality when I visited them. They held a party for me at home where I had a chance to meet and have a good talk with their writer friends Yan Li, Wang Ping and other writers in New York.

To David Evans, who is my guide to the midwestern poetry and literary culture. At his invitation in 1994, I stayed at his home, and had a good chance to visit the museum of Indian culture at South Dakota University, to talk with his Indian friends, and went to see the beautiful scenery of vast Midwest land with a crystal blue lake, and enjoyed a distinctively flavored lunch with him and his wife, Jan, at a small cozy restaurant near the lake. I've benefited a lot from David not only through his books of poems he sent me but also by his and Jan's collaboration with me on a book *Cultural Meetings: American Writers, Scholars and Artists in China* (2003), a Fulbright program.

To Arthur L. Ford, who has sent me his autographed copies of *Robert Creeley* (1978), his monograph, and *Shunned* (2008), his novel. I felt glad to have a good talk about his fiction and drama writing when I accompanied him to visit the Grimace Wall in the afternoon on November 14, 2012. And then we had a hearty chat about everyday matters and domestic trivia over a dinner in a restaurant near my home in the evening.

To Chinese American and Chinese Australian scholars, translators and editors Yunte Huang, Ma Mingqian, Tao Naikan, Warner Tchan, Han Yidan and Yao Yuan, who have generously sent me their books of literary criticism or poems, or co-operated well with me in introducing American poetry to China for decades of years. Yunte Huang made his great efforts in planning the Chinese American cultural exchange program in 1993, accompanying Hank Lazer and James Sherry to give poetry readings in Chengdu, Nanjing, Suzhou and Beijing, and to start fruitful dialogues with Chinese poets.

Yunte's books he sent me are unique in the field of comparative literature.

Mingqian's monograph of literary criticism he sent me is my favorite book on American Avant-Garde poetics. Naikan's monograph on Ezra Pound he sent me is also one of my favorite reference books. Warner has regularly sent me *New World Poetry Bimonthly* he edits, which provides me with much convenience in introducing contemporary American poetry to Chinese readers. *Poetry Sky*, a poetry website in bilingual edited by Han Yidan, and *IVY POETRY*, a Chinese poetry website edited by Yao Yuan, have given me space to introduce American poetry to Chinese readers.

To Pin-chia Feng, Wenching He, Yucheng Lee, Ren Shyh-jong, and Shan Te-hsing, a group of brilliant scholars in Taiwan, who have collaborated with me on Chinese American literature. Among others, Te-hsing, an inaugurator in introducing Chinese American literature to the Chinese reading public, has generously given me almost all of his books on Asian/Chinese American literature when I began to study it in the early 1990s. Pin-chia, Wenching and Yucheng have also sent me their books from which I've profited much. Shyh-jong has published my essays on Chinese American literature in *Fiction and Drama*, a journal he edits.

To Yang Ping, who published my essay on American Zen poetry in *Gemini*, a literary journal edited by him in Taiwan.

To Professor Yiheng Zhao, who has sent me quite a number of his books and books he edited, which serve as an important reference in my study of contemporary American poetry and Chinese American poetry in particular.

To late Professor Wu Bing, a founder of Chinese American literature Ph.D. program at college in China, from whom I profited a lot. I was moved to tears when I read her autographed copy of *Selected Works of Wu Bing* that she asked her colleague Professor Liu Kuilan to sent me when she was critically ill.

To Professors Wang Lili and Liu Kuilan, who have given me a lot of help as their Guest Researcher in the Center of Chinese American Literary Studies at Beijing Foreign Studies University.

To Professors Chang Yaoxin, Cheng Xilin, Fang Hong, Guo Jide, Huang Zongying, Liu Haiping, Pan Zhiming, Qian Jiaoru, Qian Mansu, Shi Jian, Suo Jinmei, Wang Fengzhen, Wang Guanglin, Xiao Minghan, Xu Yingguo, Yan Xuejun, Yang Jincai, Yang Renjing, Yuan Decheng, Yue Daiyun, Zhang Yuejun, Zhao Wenshu, Zhu Gang, and Zhu Xinfu who have sent me their works: books of American literary history, or selected essays on American literature or on Chinese American literature, or books of literary criticism.

To Professors Wang Ke and Zhang Taozhou, who have sent me their books of literary criticism; To Professors Jiang Hongxin, Luo Lianggong, Sun Hong, Suo Jinmei, Wang Guiming and Zhang Jian, who have sent me their essays or books on Afro-American poetry or Ezra Pound.

To Che Qianzi, Chu Chen, Feng Yitong, Hou Hong, Huang Fan, Huang Jinsong, Lao Tie, Wang Guiming, Zhou Yaping and Zi Chuan, who have supported me to hold or invited me to attend a number of poetry readings by Chinese and American poets in Chengdu, Nanjing, Suzhou, Beijing and Kunshan since the early 1990s.

To Professors Chen Dewen and Wu Zitong, Cheng Cenghou and Xu Zhimian, Yu Shaoyi and Yu Yizhong, as well as Chen Kaixian, who have given me a great help when I translate into Chinese from some of Japanese, French, Russian or Spanish names respectively.

To Professor Qian Qing, who has invited me to be a member of the Academic Advisory Board of British and American Literature Library, a series of collections of English and American literatures, introduced and published by Columbia University Press in collaboration with Foreign Language Teaching and Research Press in Beijing; And to Mr. Shao Chengjun, who has invited me to be a member of the Academic Advisory Board of British and American Original Literary Theory Series published by China Ocean University Press; To Messrs Tang Xiaodu and Xichuan, who have invited me to be a member of the editorial board of *Contemporary International Poetry*, a poetry journal in Beijing; To Professor Wang Xiaolu, who has given me much space for my literary comparative essays in *Comparative Literature: East and West*, a journal edited by him at Sichuan University.

To the following literary journals and newspapers that published my essays and translation of American poems: *Foreign Literature Review* in Beijing, *World Literatures* in Beijing, *Contemporary International Poetry* in Beijing, *Literature Abroad* at Beijing University, *Foreign Literature* at Beijing Foreign Studies University, *Foreign Art and Literature* in Shanghai, *Contemporary Foeign Literature* at Nanjing University, *Journal of Jianghan Universiy* in Wuhan, *Chinese and Foreign Poetics* at Southwestern Normal

University, *Poetry Monthly* in Hefei, *The Yangtze River Poetry Journal* in Nanjing, *Mountain Flowers* in Guiyang, *Chu Yuan* in Suqian, *Art and Literature Gazette* in Beijing, *Beijing News* in Beijing and *Wenhui News* in Shanghai.

To Mr. Chu Chen, who prompted me to start my revision of this book; To Zhang Tong, who has collaborated with me in the course of my revision of this book for its second edition.

To Zhao Wenshu and Li Jing, who have patiently given me a great and prompt help in my computer maintenance, computer breakdown solving, and elimination of its fault, for decades; To Zhu Qinghua, who sent me a new computer screen and then a new computer when I needed them; To Jin Zhiquan, Shi Jiuling and Wang Yukuo, who have also given me a lot of help in file packing and computer commissioning.

To Feng Dong, who has helped me to do the proof-reading of this book; and to Chi Jianfeng, who has helped me to create the book index, a most difficult job.

Finally I would like to express my heartfelt thanks and affection to my family: Xu Zhonghua, my wife, Zhang Yu, my elder daughter and her husband Xu Shu, Zhang Qian, my younger daughter and her husband Liu Wen, for all their support, patience and encouragement throughout my academic career; and particularly to Xu Yiming and Liu Zimeng, my two lovely grandsons, who are the source of my pleasure and comfort. I dedicate this book to them.

Zhang Ziqing
Institute of Foreign Literature, Nanjing University
September 28, 2012

前言（第二版）

本书修订版除保持第一版理论框架和修订第一版的疏忽、谬误之外，几乎对每个章节进行了重写和增添。修订版与第一版有如下不同之处：

一、本书从 21 世纪的角度，回望美国诗歌 20 世纪的历程，对其 20 世纪的历史有了比较完整的概念。为了较完整地了解或把握本书所探讨的每个诗歌运动、每个流派、每个诗人，笔者尽量从各种渠道增加有关新信息。

二、对于跨世纪的诗人，本书对他/她们在新世纪的创作活动均有或详或略的介绍。

三、本书除了加强第一版的论述之外，增添了"新南方诗歌""后垮掉派诗""莫纳诺克新田园诗""墨西哥裔美国诗歌"和"美国禅诗"等章节，改写和扩充了原来的"华裔美国诗歌"部分。

四、在上述增加的部分之中，"莫纳诺克新田园诗"和"华裔美国诗歌"这两个章节与其他的某些章节相比，比重大了一些，主要鉴于美国主流文学史、诗歌史、文选或诗选，很少或不收录它们，尽管《剑桥美国文学史》主编萨克文·伯科维奇在他的中文版序言里说："我们已经认识到妇女和少数民族作品的重要性、非裔美国文化中心地位的重要性以及'地域'作家们诸多贡献的重要性。"迄今为止，这些诗人没有得到应有的重视。

莫纳诺克新田园诗人，作为新罕布什尔州的地域诗人，正是以他/她们精彩的诗歌为美国文学文化做出了贡献，随着时间的推移，随着环保运动的深入，他/她们的贡献将会愈来愈显示其重要性。

作为美国少数民族的华裔美国诗人与我们有亲缘关系，我们相信，中国读者对他/她们如何从华裔美国人的视角理解和阐释中国文化和文学会感兴趣，对他/她们如何反映美国社会、政治和文化也会感兴趣，而这些在美国主流史书上很少或根本不提及。

美国禅诗与中国禅宗和日本禅宗有着千丝万缕的联系，相信中国读者对接受中日禅宗影响的美国禅宗诗人如何看待万事万物会感兴趣。

在垮掉派诗歌抚育下的后垮掉派诗歌方兴未艾，值得我们关注。

五、除了加强对非裔美国诗歌原先的论述和增添两个重要诗人之外，本书特别关注新世纪主流评论界对非裔美国诗人的态度以及由此引发的纷争。

六、凡涉及与中国文化和文学有交往或接受其影响的美国诗人，本书尽量或详或略地加以介绍（个别放在脚注里），并作极简略的点评，为有志于中美文学比较的学者提供参考资料。

七、凡和笔者有直接接触的一批美国诗人和批评家，本书必要时从他/她们回答笔者有关问题而寄给笔者的传统信件或电子信件中，摘录他/她们对中国文化或诗歌的看法或对美国诗歌的观点。

八、本书提供了一份了解美国主流诗歌界运作的附录，其中包括："美国国会图书馆诗歌顾问表（1937—1985）""美国桂冠诗人表（1986— ）""20 世纪前 13 名美国诗人及其代表作（1999 年统计）""20 世纪最佳美国诗人表""20 世纪普利策诗歌奖得主及其代表作""国家图书诗歌奖得主及其代表作""国家图书评论界奖诗歌奖得主及其代表作""国家艺术暨文学协会会员""美国艺术暨文学学会会员名单""美国诗社"和"美国诗人学会"。

2012 年 9 月 4 日

Preface to the Second Edition

A History of 20th Century American Poetry in its second edition retains the theoretical framework of its first edition, but has rewritten about almost all of the chapters of the first edition, and added new materials to them, in addition to eliminating some negligence and mistakes occurred in its first edition. There are differences between its first and second editions as below:

1. From the 21st century perspective, the new edition looks back to the course the 20th century American poetry has undergone, and has tried to collect and add new information concerned from various sources in order to have a good grasp or command of the major literary movements, major poetry schools and major or minor poets explored.

2. As for the cross-century poets, this edition has tried to cover their literary activities and development in the new century.

3. This edition has added new chapters such as Neo-Southern Poetry, Postbeat Poetry, Monadnock New Pastoral Poetry, Mexican American Poetry and American Zen Poetry, and rewritten some part of Chinese American Poetry, and enlarged its scope in addition to improving and polishing the original comments in the chapters of the first edition.

4. Compared with other chapters, the proportion of the two chapters Monadnock New Pastoral Poetry and Chinese American Poetry seems a little bit bigger, mainly in view of fewer or no inclusion of them in the mainstream American literary or poetry history or anthologies.

5. This edition pays special attention to the attitude toward Afro-American poetry the mainstream critics and Afro-American critics or poets have taken, and the consequent disputes or debates occured in the new century.

6. In relation to those American poets who have had a direct or indirect contact with Chinese literary culture, or have accepted its impact, this edition tries to introduce them as much as possible by a brief review or a footnote for those who are interested in the Chinese and American literary comparative studies.

7. As for the American poets and literary critics who have kept in touch

with the present author, this edition tries to quote their remarks from their replies to questions he put to them through e-mails where necessary.

8. This edition provides an Appendix to help the Chinese readers to learn something about the American mainstream field and its literary operation such as the major poetry prizes or awards, national or state poet laureateship, literary institutions or organizations, etc.

September 4, 2012

前言和致谢（第一版）

接受撰写 20 世纪美国诗歌史任务的时间是 1983 年，那时我作为哈佛—燕京访问学者已在哈佛大学进修美国诗歌。南京大学外国文学研究所姚永彩教授受导师陈嘉先生委托，从国内发函通知我说，这是国家"六五"规划哲学社会科学重点研究项目《20 世纪欧美文学史》（陈嘉主编，陈敬咏副主编）的一个组成部分。当我终于完成此项目的任务时，已是十年后的 1993 年。然而，此时此刻我的内疚胜过完成任务后的轻松。我深感迟了。首先，我永远失去了向一直对我抱有殷切期望的、在 1986 年辞世的陈嘉先生汇报的机会。是他循循诱导，使我对美国诗歌产生了浓厚兴趣。他不但把自己创作的英文诗送给我，教我欣赏英文诗和写英文诗，而且帮助我修改本书前小半部分书稿（他修改的笔迹和宝贵的批语还在）。如果陈嘉先生在天有知，但愿此书能告慰于他。其次，为了赶写这部史稿，1990 年寒假我回家迟了几天，竟使我未能见到日夜盼我回乡的老母严淑莲最后一面（二次中风，突然离世，时年 75 岁）；也是为了赶写这部史稿，今年暑假又失去了探视病危的继父王能容的机会，且未能去料理他的丧事。这几次都是我一生中无法弥补的过失，唯有我永恒的自责才能减轻我良心的重负。我同时感激情同手足的高杰君常在我家最急需帮助时为我分忧解难，他几十年如一日照顾我的慈母的起居与医疗。

我对各方面的支持和帮助怀有深深的感激之情。

首先，感激南京大学外文系、外语学院和外国文学研究所历届的领导和同事对我的帮助和支持，是他们为我创造了良好的研究环境和提供了国内外的进修机会。舍此，我将失去研究工作的前提。

其次，感谢哈佛大学燕京学院邀请我去哈佛大学进修，且在我回国后还资助我在美国购买我急需的参考书籍。感谢在我编写本书过程中及时给我提供帮助的美国诗人、诗评家、教授和朋友。他们慷慨地寄给我所需要的书籍，允许我引用他/她们的诗集和论文集。单是他/她们解答我有关美国诗歌问题的信函也许就可以编成一本小册子。其中汉克·雷泽尔、詹姆斯·谢里、查尔斯·伯恩斯坦和 N. 塔恩不厌其烦地给我复信，查尔斯给我寄来一丈有余的长函（电脑打印件）约有四五次之多。我借此机会感谢如下对我提供帮助或赠书给我以及亲自给我答疑的美国诗人、诗评家、教授和朋友：

A. R. Ammons

David Antin

Charles Bernstein

Neal Bowers

Joseph Brodsky

William Bronk

Joseph Bruchac

Alfred Corn

Albert M. Craig

Robert Creeley

Peter Davison

David Allan Evans

Jack Foley

Arthur Ford

Edward Foster

Allen Ginsberg

Donald Hall

Patrick Hanan

Edwin Honig

Galway Kinnell

Ann Kjellberg

Carolyn Lau

Hank Lazer

Russell Leong

Denise Levertov

Edward Low

Henry Lyman

Roger Martin

W. S. Merwin

Czeslaw Milosz

Howard Nemerov

David Perkins

Marjorie Perloff

Leonard Schwartz

Karl Shapiro

James Sherry

Louis Simpson

William Stafford

Arthur Sze

John Tagliabue

N. Tarn

Michael True

Jeff Twitchell

Helen Vendler

Peter Way

Richard Wilbur

其中我要特别致谢的是 Helen Vendler, Michael True, N. Tarn, Edwin Honig, Edward Foster 等教授，他们不但给我寄来大批书，而且长时间与我通信，为我及时了解美国诗歌的最新动态创造了宝贵的条件。我同时感谢友人 Jeff Twitchell，他用从他的导师詹姆逊（Fredric Jameson）那里学来的西方马克思主义观点辩证地审视美国诗歌，这使我得益匪浅。我对语言诗的了解，也是他长时间向我阐释的结果。

第三，感谢《外国文学评论》《世界文学》《外国文学》《国外文学》《当代外国文学》《外国文学研究》《南京大学学报》《求是学刊》《美国文学丛刊》《美国文学》《中外诗歌交流与研究》《名作欣赏》《诗探索》《诗刊》和《文艺报》等报刊多年来发表了本书的部分章节及其副产品——译作和美国诗坛信息，这无疑促进了我的诗歌研究。

也要感谢赵毅衡友，他出国前给我留下了一纸箱珍贵的参考书籍。

第四，感谢国家"六五"规划哲学社会科学重点研究项目为我提供了滚动基金（滚动到"七五"规划），它使我的研究工作得以顺利开展。同时感谢四川文艺出版社侯洪友的鼎力相助、四川大学出版社陈丽莉小姐和吉林教育出版社王世斌君的热情支持，他们先后为本书面世提供了实质性的帮助。

第五，感谢南京大学图书馆黄云和陈薇，外文系图书馆王才宏、郁建民、马林春和外国文学研究所图书室贺媛媛等同志，以及哈佛大学拉蒙特图书馆乌德伯里诗歌室的斯特拉蒂斯·哈维阿里斯先生。他们为我借阅参考书提供了极大的便利。同时感谢陈建文先生，青年学者刘锋，外文系研究生董文胜、狄胜利和潘志明，外国文学研究所刘阳，他们在我成稿的过程中给了我有力的支援。刘锋负责通读本书样稿，审校中英文索引和英文参考书目；刘阳协助刘锋作二校；姚君伟负责英文索引，黄卫星作中文索引的先期准备工作；狄胜利负责制订英文参考书目表，潘志明协助董文胜和狄胜利作校对；姚君伟、杨金才协助刘峰作三校。我出国在即，若无他们的大力协助，本书将不可能及时付样。

　　最后，我由衷感谢我的爱妻徐仲华，她为我长期操劳家务和忍耐研究工作者通常的清贫与寂寞；也要感谢我的两个爱女张煜和张倩，她们善解人意，主动为我分担家务劳动。

　　伴我十载的《20世纪美国诗歌史》总算完成了，这是在成千本书的书房兼卧室的书堆里完成的项目，所以我免不了对它产生常人的敝帚自珍之情。但我此刻的心情突然变得空茫、怅惘，尽管花了十年时间，我还是没来得及看最后校样。我热诚祈盼各方专家学者为这部诗史匡正谬误，补苴疏漏。距21世纪还有七个年头，严格地说，完整的20世纪美国诗歌史应当是在下世纪问世，如果后来者把本书当作问路的A"投石B"，我也就心满意足了。

张子清
南京大学外国文学研究所
1993年9月10日

Preface and Acknowledgements to the First Edition

It was in 1983, when I was studying American poetry at Harvard University as a visiting scholar, that I received a letter from Professor Yao Yongcai, director of English and American Literature Section of Institute of Foreign Literature at Nanjing University, inviting me to be a contributor to the American poetry part of *A History of Twentieth-Century European and American Literature* edited by Professor Chen Jia with the assistance of Professor Chen Jingyong. This was to be one of the key national projects in the field of social sciences listed in the Sixth Five-Year National Plan. Ten years have passed since I took up this project, and I have just finished my part, only to begin another project on Chinese literature in America and American literature in China, again as a Fulbright scholar at Harvard. Though a coincidence, I can hardly tell whether I am circling back to where I began or starting out anew.

At the moment the relief of unloading a heavy burden from my shoulders is overshadowed by the guilt that I should have finished the work years ago, as I have missed the chance to present it to my mentor Chen Jia, who passed away in 1986. His encouragement and high expectations have been a constant source of strength for my work. It was he who taught me to appreciate American poetry and how to write poems in English by showing me his own. He painstakingly made corrections and suggestions on the earlier part of my manuscript, which have become my eternal mementos of him. Another great regret is my failure to return to my hometown a day earlier to see my dear mother, who died suddenly in 1990 of a heart attack just before the Chinese New Year, because I was trying to finish a chapter of this book. And under similar pressures of trying to finish the book before returning to America, I was unable to visit my dying step-father during his last days this past summer. Unable to make up for these great losses, I will feel regret for the rest of my life.

On the occasion of my long delayed publication of this book, I first of all wish to express my heart-felt thanks to the directors, both present and past, of the Department of Foreign Languages and Literature, Institute of Foreign Literature, and School of Foreign Studies of Nanjing University for providing me with a conducive research and writing environment, as well as opportunities to travel both in China and abroad, which were indispensable to my research.

In the course of working on my book I have been indebted to a large number of American poets, critics and professors, as well as to my friends, who have given me great help, and generously sent me all the reference books and journals I needed and permitted me to quote from their works:

A. R. Ammons

David Antin

Charles Bernstein

Neal Bowers

Joseph Brodsky

William Bronk

Joseph Bruchac

Alfred Corn

Albert M. Craig

Robert Creeley

Peter Davison

David Allan Evans

Jack Foley

Arthur Ford

Edward Foster

Allen Ginsberg

Donald Hall

Patrick Hanan

Edwin Honig

Galway Kinnell

Ann Kjellberg

Carolyn Lau

Hank Lazer

Russell Leong

Denise Levertov

Edward Low

Henry Lyman

Roger Martin

W. S. Merwin

Czeslaw Milosz

Howard Nemerov

David Perkins

Marjorie Perloff

Leonard Schwartz

Karl Shapiro

James Sherry

Louis Simpson

William Stafford

Arthur Sze

John Tagliabue

N. Tarn

Michael True

Jeff Twitchell

Helen Vendler

Peter Way

Richard Wilbur

Special thanks to Professors Edwin Honig, Michael True, Helen Vendler and Edward Foster, with whom I have maintained a constant correspondence over the years. Their precious contributions of books have kept me informed about the trends and tendencies of American poetry. Also special thanks are due to Professor Charles Bernstein, Professor Hank Lazer and Mr. James Sherry, who took the trouble to answer my repeated inquiries. Some of their computer-processed replies were about two meters long. I especially wish to thank Mr. Nathaniel Tarn, who time and again made illuminating suggestions about my outline for the history of twentieth-century American poetry, and Jeff Twitchell, a friend of mine and a colleague for several years at Nanjing University, who had many challenging discussions with me about the more radical traditions of modern American poetry.

I am happy to acknowledge the following journals and magazines for publishing selected chapters and translations of American poetry from my ongoing project, which have undoubtedly helped promote my work:

Foreign Literature Review (Beijing)

World Literature (Beijing)

Foreign Literature (Beijing)

Contemporary Foreign Literature (Nanjing)

Nanjing University Journal (Nanjing)

Foreign Literature Study (Wuhan)

Truth Seeking Journal (Harbin)

American Literature (Jinan)

Exchange and Study of Chinese and Foreign Poetries (Chongqing)

Chinese and Foreign Literary Masterpieces Appreciation (Taiyuan)

Poetry and Poetics Exploration (Beijing)

Poetry (Beijing)

Wen Yi Bao (Beijing)

My cordial acknowledgement also goes to Harvard-Yenching Institute for the great support it has given me with one year scholarship (1982-83), and to the National Social Sciences Foundation which made this project possible.

Additional supporters who have my gratitude are Henry Zhao, who left me a box full of books for my reference, Hou Hong of Sichuan Art and Literature Publishing House, Chen Lili of Sichuan University Press and Wang Shibin of Jilin Education Publishing House for their cooperation and support.

For assistance of various kinds in completing this book, I am in debt to Chen Jianwen, Dong Wensheng, Yao Junwei, Yang Jincai, Di Shengli, Pan Zhiming, Liu Yang and Huang Weixing who volunteered their help with typing, proof-reading and the compilation of the index and bibliography, and in particular to Liu Feng, who took care of my manuscript and has proof-read it several times in its entirety during my stay in the United States. I also want to thank the following friends who all gave me access to invaluable library facilities: Huang Yun and Chen Wei of Nanjing University Library, Wang Caihong, Ma Linchun and Yu Jianmin of the library of Department of Foreign Languages and Literature, and He Yuanyuan of the library of Institute of Foreign Literature, as well as to Stratis Haviaris of the Woodberry Poetry Room in the Lamont Library.

I am also happy to acknowledge my wife, Xu Zhonghua, whose support has been invaluable, and my two daughters Zhang Yu and Zhang Qian for their understanding and sharing the housework with their mother.

Zhang Ziqing

Institute of Foreign Literature, Nanjing University

September 10, 1993

绪　论

一、引　言

　　站在21世纪立场，回顾20世纪美国诗歌所走过的历程，我们首先会发现美国诗歌史的几个有趣的现象：

　　1）19世纪及以前依赖欧洲特别是英国传统的美国诗歌在20世纪得到了独立的发展，开始由与英国诗歌平分秋色到形成独具美国本土风味的繁荣势头，甚至超过了英国诗歌。

　　2）美国诗歌缺乏本国的悠久传统，不存在牢固的排外凝聚力，而是急切吸收各国文艺的营养。或者说，如同开放的美国社会鼓励与各民族通婚一样，美国诗成了典型的杂交诗，有效地防止了退化，防止了单一。例如，为从苏联和东欧移居美国的持不同政见的诗人提供优越的条件，使他们取得令世界瞩目的艺术成就，美国文学界对他们的兴趣当然主要从政治角度出发，不过同时也说明美国文化的包容性，使之成为自己文学的一部分。再如，美国诗人吸收印度教奥义书、埃及神话、藏传佛教、禅宗佛教和玛雅文化，不但极大地扩大了美国诗人的世界文化视野，而且成了他们诗歌创作的源泉之一，甚至有诗人把它移植到诗苑里，栽培成独放幽香的异花，例如美国禅诗。总之，美国多元化的社会培养了多元化的诗歌，造成整个20世纪美国诗歌流派纷呈，百花竞放。

　　3）逆反作用在20世纪美国诗歌发展史上非常明显，各时期诗人的逆反心理造成了各时期诗风的变化。由于现代工业社会日新月异的变化，诗风也相应快速地变换，因此各时期的主要流派不可能处于长时期独领风骚的格局，即使同一个时期也存在不同的流派，愈是当代的诗歌愈是如此。

　　4）在革新传统诗歌上，T. S. 艾略特、庞德、弗罗斯特、史蒂文斯和W. C. 威廉斯及其同时代的一批次要诗人是同一战壕里的战友，但他们之间的审美观念千差万别。最突出的是艾略特与威廉斯，他们始终走的是两条不同的道路。庞德在著名的《回顾》（"A Retrospect"，1918）一文中的结尾曾经坦承："当我承担起支持艾略特诗歌的时候，我几乎成了另外一个人。"由此可见他们之间的区别，可以看到庞德在诗歌风格上有着迥异于T. S. 艾略特的一面。具体地说，20世纪美国诗歌史始终贯穿着两条平行的现代派诗歌路线。这是两条主线，一条是以T. S. 艾略特为首的现代派诗歌路线，另一条是以庞德—W. C. 威廉斯—H. D. 为主轴的现代派诗歌路线。

5）20世纪美国诗歌流派纷呈，更迭也快，常常保持了它新鲜而旺盛的生命力。正如庞德在《回顾》中指出的："每个时代都有它大批的天才，但只有某些时代使他们具有持续性。好诗歌从来没有用一种方式写20年之久，因为用这种方式写，最终显示这个作家的思考源于书本、常规和陈词滥调，不源于生活……"

6）20世纪美国的活力在于其先锋诗层出不穷。作为一种富有超前意识的前卫诗，它总是以颠覆或解构主流诗歌为己任。例如，20世纪初叶，庞德和T. S. 艾略特以其支离破碎的诗美学颠覆了当时占统治地位的美国传统诗，逐渐成了现代派时期的主流。那一时期以及后现代派时期，有不少先锋派诗人起来革新，标新立异，推出各种各样的新艺术形式，例如视觉诗、立体诗、语言诗，等等。先锋派诗的概念始终处于流变状态。今天是先锋派诗人，过了一段时间，他们的前卫位置往往被后来者所超越或置换，因此一般的先锋诗都有着时效性。

7）美国多元文化造就了多元诗歌。除了白人主流派诗歌外，非裔美国诗歌、包括墨西哥在内的拉丁美洲裔美国诗歌、包括华裔在内的亚裔美国诗歌、美国印第安人诗歌、来自苏联和东欧的旅美诗人的流亡诗歌等族裔诗歌，虽属边缘诗歌，但都保持各个民族的特色，在美国诗坛也占有一席地位。它们像禅宗诗歌一样，在绝大多数自身具足的情况下独立发展。

本书试图从20世纪美国诗歌的发展尤其是流派的更迭与演变，探索美国诗歌的走向。为了叙述方便起见，势必对诗歌史进行分期，而目前对20世纪美国诗歌史的分期有不同的方法，较方便的办法是以两次世界大战前后为分界线：一战前、两次大战之间、二战后直到世纪末。一般文学史家们把1945年定为美国现代文学与当代文学的分界线。但如果从美国现代派诗歌发展的角度看，1945年以后，第一代现代派诗人继续发表重要作品，而且新批评派在战后蓬勃发展，二战没有切断现代派诗的绵延。因此，本书把20世纪美国诗歌史分为三大阶段：

1）现代派诗歌滥觞期（19世纪90年代至20世纪头10年）；

2）现代派诗歌盛期（20世纪20年代至50年代中期）；

3）后现代派诗歌时期（20世纪50年代中期至世纪末）。

如果从诗人出生的日期划分，先后占领20世纪美国诗坛的差不多有四代诗人：19世纪晚期出生的诗人是第一代；20世纪头10年及20年代出生的诗人是第二代；20世纪20年代至40年代出生的诗人是第三代；20世纪50年代至70年代出生的诗人为第四代。笔者未采用30年为一代的通常作法，而大约以20年左右作为划分界线，似乎又是人为、武断的作法。①为了叙述方便，大体如此，按照这种粗略而多少武断性的划分，同一代的诗人年龄相差10多岁。

文学史像世界一样，本来是无序的，只是写文学史的人为了叙述的方便，从不同的角度，把无序强行变为有序，便于读者对文学现象有一个粗略的概念，仅此而已。如果像记日记那样地叙述文学史，精确则精确矣，反而是一盘散沙，使读者抓不住要领。因此，笔者在揭示美国诗歌事实的历时秩序的同时尽可能地注意共时结构。为了清楚地描述20世纪美国诗歌史上某个突出的文学现象，笔者试图从时期、流派、世代、路线和种族等各个方面进行概括，但并非要建立一个严密的评述体系。

二、美国诗歌的现代派时期语境

回顾和总结20世纪美国诗歌，回避不了对现代派和现代派文学的背景了解，但这是一个专题，对这个专题讨论和研究的论文和论著，图书馆里多得恐怕已经汗牛充栋。因此，这里只能简要地综述这个论题，对它建立一个初略的概念，以便廓清20世纪美国诗歌在其语境中产生和发展的脉络。

有些评论家认为，在19世纪末与20世纪20年代早期，作为文学运动的现代主义，在欧洲渐至高潮。对此，新马克思主义理论家弗雷德里克·詹姆逊（Fredric Jameson, 1934— ）明确地指出它的起讫时间，说：

现代主义的时代大约应为1880年～1930年，文学运动中首先是象征主义运动开了现代主义先河，马拉美的诗是最有影响的；然后随

---

① 诗歌批评家克里斯托弗·比奇把20世纪70年代和80年代的美国诗歌看作是美国第三代阶段。见 Christopher Beach. *The Cambridge Introduction to Twentieth-Century American Poetry*. Cambridge, UK: Cambridge UP, 2003: 3.

着机器的出现，产生了未来主义，在苏俄和意大利都有发展。但所有现代主义都是从1857年波德莱尔出版的《恶之花》(*Les Fleurs du mal*, 1857) 和与之同时产生的福楼拜的小说开始的。德国纳粹分子上台之后（1930年前后），现代主义便告结束了，给后来的诗人留下的只是出生太晚，无法找到新材料的痛苦。①

詹姆逊在这里所提出的"现代主义"似乎不适用于英语世界。因为英国新马克思主义理论家佩里·安德森（Perry Anderson, 1938— ）在他的论著《后现代性的起源》(*The Origins of Postmodernity*, 1998) 里对此考证说："在英语中，直到20世纪中叶，'现代主义'才成为一般用语，而在西班牙语中，却早了一代人的时间。由此可见，落后地区率先开拓了先进的大都市所使用的术语。"② 这对我们研究20世纪美国诗歌有很大的参考价值，因为众所周知，T. S. 艾略特的《荒原》在1922年的面世，是20世纪20年代美国诗歌进入现代派时期的重要标志之一，这是评论家们在事后总结20世纪美国诗歌时的用语。T. S. 艾略特或庞德当时并没有意识到他们开辟的美国诗歌新时期，叫做现代派诗歌时期。克里斯·鲍尔迪克（Chris Baldick, 1954— ）在其专著《现代运动：1910～1940》(*The Modern Movement: 1910-1940*, 2004) 中，谈了他对现代主义在英语语境诞生时间的考证：

> "现代主义者"和"现代主义"术语出现在1940年之前的文学讨论中是罕见的。罗伯特·格雷夫斯（Robert Graves, 1895—1985）和劳拉·赖丁（Laura Riding, 1901—1991）的《现代主义诗歌概论》(*A Survey of Modernist Poetry*, 1927) 是这个时期唯一重要的论著，它突出地使用了这两个术语，而少数几个从此使用这术语的作家局限在对这术语打上怀疑性的引号。我们现在称之为的现代派作家和许多其他我们并不认为是现代派的作家，在他们的时代，把他们自己看成是更大更宽泛的事业参与者，那时更普遍地视它为"现代运动"。③

---

① 詹姆逊.《后现代主义与文化理论》. 唐小兵译. 北京大学出版社，1997: 4.

② Perry Anderson. *The Origins of Postmodernity*. London · New York: Verso, 1998: 3. 中文参照：佩里·安德森.《后现代性的起源》. 紫辰、合章译. 北京：中国社会科学出版社，2008.

③ Chris Baldick. *The Modern Movement: 1910-1940*. Beijing: Foreign Language Teaching and Research P, 2004: 4.

　　由此看来，"现代主义"这个词最初进入英语语境的时间是在 20 世纪 20 年代晚期。克里斯·鲍尔迪克的考证与安德森说它到 20 世纪中叶成为英语语境的一般用语基本是符合的。戴维·珀金斯教授把美国现代派诗歌盛期定位在 20 世纪 20 年代至 50 年代中期，与鲍尔迪克和安德森的提法并不矛盾，但与詹姆逊的提法有差异。另一个学者薇姬·马哈菲（Vicki Mahaffey）教授对现代主义的界定也有一些不同，但比较接近通常包括诗歌在内的文学研究，她说：

　　　　"现代主义"是通常使用在文学研究上的术语，它指第一次与第二次世界大战之间试验性和先锋性的创作风格，不过它有时被更宽泛地应用到从 19 世纪 90 年代到目前为止各种不同倾向的整个阶段。现代主义是一个国际运动，在不同的时间，发生在不同的国家；事实上，现代主义的一个特征是越过国界，越过类别。不过，我在这里关注的重点是英语语境中的现代主义。作为一个历史描述的术语，"现代主义"使人产生误解，不仅是因为它的各种不同应用（应用到历史时期，或应用到这个时期某些作家而不是所有作家的高度组织的风格特征），而且因为它是典型的评价性胜过描述性。从其正面意义上讲，"现代主义"标志与既成正统的决裂，赞颂现在的试验和对未来的试验调查。作为反面价值观念，"现代主义"包含了不一致的，甚至机会主义异端，回避了传统的学术训练。[①]

　　安德森在考证现代主义的起源上有确凿的证据，他说："'现代主义'一词的创造是一场美学运动，归功于一位尼加拉瓜诗人，他在危地马拉的一家文学刊物上发表文章，谈到了他在秘鲁接触的一些文学作品。鲁本·达里奥（Ruben Dario, 1867—1916）于 1890 年开启了一股自觉意识的、名为现代主义的文学潮流。"[②]

　　我们现在已经知道，现代主义应对的美学问题，与当代的现代派艺术的非文学形式（例如现代派绘画）相类似，常常与毕加索支离破碎的多视角的立体派绘画相比。总之，包括诗歌在内的现代主义文学，在面对占优

---

　　① Vicki Mahaffey. "Modernist Theory and Criticism." *The Johns Hopkins Guide to Literary Theory & Criticism*. Eds. Michael Groden and Martin Kreiswirth. Baltimore and London: The Johns Hopkins UP, 1994: 512.

　　② 中文参照：佩里·安德森.《后现代性的起源》. 紫辰、合章译. 北京：中国社会科学出版社，2008. 原著第 3 页。

势的各种社会力量、历史传统和文化时，强调保持个人的独立性、独创性。现代派或现代主义是现代思想、性质及其实践和时期的总称。如果细分的话，它源于19世纪晚期和20世纪早期西方社会变化引起的一系列文化倾向及其连带的许多文化运动。在西方逐渐工业化的经济、社会和政治条件下，人们开始意识到文学艺术、建筑、宗教信仰、社会组织和人们的日常活动的传统形式已经变得过时了，这种意识就是现代主义的意识。现代主义的一个显著的特征，是它的自觉意识，它导致在各个领域里进行有别于启蒙思想的种种试验和改革，对启蒙时期以来形成的观念提出质疑。

玛丽·克莱基斯（Mary Klages）认为这个运动邻近20世纪西方对艺术的观念，是在视觉艺术、音乐、文学和戏剧上发起的一场运动，它摈弃旧维多利亚时代对艺术如何创作、消费和界定意义的种种标准。她还认为，在从大约20世纪头10年至30年代现代派盛期，现代派文学的主要人物激进地帮助重新定义诗歌和小说应当是何风貌，应当怎样创作。在她看来，弗吉尼亚·伍尔夫（Virginia Woolf, 1882—1941）、乔伊斯、T. S. 艾略特、庞德、华莱士·史蒂文斯、普鲁斯特、马拉美（Stephane Mallarme, 1842—1898）、卡夫卡（Franz Kafka, 1883—1924）和里尔克是大家公认的20世纪现代主义奠基人。她从文学的视角，总结了现代主义的七个主要特点：

1）创作上，强调印象和主观性（视觉艺术也一样）；强调如何看（或阅读或感受本身），而不强调已经看到了什么。例如，意识流写作。

2）脱离明显的客观描述，即脱离由万能的第三人称叙述者所做的客观描述、固定的描述视点、清晰的伦理立场。福克纳多层次叙述的故事就是现代派这方面的一个例子。

3）体裁之间的模糊，因此诗歌看起来更像纪录片（例如 T. S. 艾略特或 E. E. 肯明斯的诗作），小说看起来更像诗歌（例如伍尔夫和乔伊斯的小说）。

4）强调破碎化的形式、不持续的叙述、表面看似不同材料的拼贴。

5）关于艺术作品的创作，倾向于反省或自觉意识，因此每件作品对自己的状态作为成品而引起注意。

6）摈弃精心结构的美学形式，喜欢简约的设计（例如 W. C. 威廉斯的诗作），形式上摈弃大部分的美学理论，喜欢创作中的即兴性和发现。

7）在选择使用创作的材料上，在展示、发行、消费的方法上，摈弃"高雅""低俗"或流行文化之分。①

---

① Mary Klages. *Literary Theory: A Guide for the Perplexed*. London and New York: Continuum P, 2006: Part 10 "Postmodernism".

玛丽·克莱基斯总结的现代派文学的这些特点，基本概括了美国现代派诗歌的风格，对我们研究美国现代派诗歌有参考价值。

三、19 世纪中叶到 20 世纪初的诗歌

美国现代派文学的起始时间可回溯到 19 世纪中叶。19 世纪中叶，即南北战争以后，美国的一批新作家，例如布勒特·哈特（F. Bret Harte, 1836—1902）、威廉·迪安·豪厄尔斯（William Dean Howells, 1837—1920）、亨利·詹姆斯（Henry James Jr., 1843—1916）、哈姆林·加兰（Hamlin Garland, 1860—1940）和马克·吐温（Mark Twain, 1835—1910）等在左拉、福楼拜、巴尔扎克、托尔斯泰和陀思妥耶夫斯基等欧洲的文学大师们的影响下，创造了美国的现实主义文学。他们坚持描写美国的现实生活，把普通的、地方的人和物作为他们描写的对象。尽管他们同时代的大诗人惠特曼为美国诗坛树立了一面大旗，对美国乃至世界的现代诗产生了深远的影响，但从 19 世纪中叶到 20 世纪初叶美国没有形成优秀的诗人群。狄更生虽然也是一位大诗人，但在生前只发表了 7 首诗，19 世纪 90 年代出版的诗集被编辑修改走了样，到 1955 年才以原貌出版了全集。直到 20 世纪初叶，伦敦依然是英美诗歌王国的首都。19 世纪 90 年代，英国先锋派诗歌很容易为年轻的美国诗人所接受，因为他们接受的传统教育是二手货，没有英国传统那样根深蒂固，对英国先锋派诗歌没有那么顽强的抵抗力。在 19 世纪 90 年代，象征主义、形式主义、非个性化等表现手法在美国诗歌中已见端倪。

我们同时看到，20 世纪初，在美国诗坛占主导地位的是风雅派诗歌，其传统根植于旧大陆特别是英国诗歌的文学文化传统。当时广大读者的美学趣味依然是风雅传统影响下造就的。

四、20 世纪初的诗歌

20 世纪初，现代派艺术在美国的传播促进了美国诗歌的现代化。1908 年在纽约举办的"垃圾桶"画展，1913 年在纽约、随后在芝加哥和波士顿举行的"国际现代艺术展"，即所谓的"武库展览"，把美国诗人带进了后期印象派、立体派、表现派、未来派和野兽派等艺术流派的新天地里，对

现代美国诗歌造成了直接而深远的影响。19世纪晚期出生的第一代有卓越成就的美国现代派诗人T. S. 艾略特（1888—1965）、伊兹拉·庞德（1885—1972）、罗伯特·弗罗斯特（1874—1963）、威廉·卡洛斯·威廉斯（1883—1963）和华莱士·史蒂文斯（1879—1955）等五位以及艺术成就稍次的E. E. 肯明斯（1894—1962）、玛丽安·穆尔（1887—1972）、哈特·克兰（1899—1932）、艾米·洛厄尔（1874—1925）、约翰·克劳·兰塞姆（1888—1974）和卡尔·桑德堡（1878—1967）等都是在20世纪初艺术氛围里长大的。从1890年至1912年，美国最重要的诗人是罗宾逊（1869—1935），他对庞德、弗罗斯特、艾米·洛厄尔等人有影响，是一位典型的从传统派到现代派的过渡性诗人。20世纪头10年是美国新诗迅速发展的时期。艾米·洛厄尔、弗罗斯特、桑德堡、W. C. 威廉斯、T. S. 艾略特、庞德等人都发表了重要的作品。1903年开始定居巴黎的格特鲁德·斯泰因（1874—1946）在美国现代派诗发展以前就"现代主义"化了。她的诗行"一朵玫瑰是一朵玫瑰是一朵玫瑰是一朵玫瑰"和劝告"正视事实正视事实正视事实正视事实"以及首创"迷惘的一代"一词在文学界传为美谈。她的散文诗集《软纽扣》（1914）在革新传统诗歌方面起了先锋作用。为美国现代派诗歌建立与发展做出了贡献的还有两位诗人：哈丽特·门罗（Harriet Monroe, 1860—1936）和路易斯·昂特迈耶（Louis Untermeyer, 1885—1977），他们至今被人们记住的不是他们自己创作的诗，而是他们为他人作嫁衣裳的期刊与诗集。哈丽特·门罗于1912年创刊的《诗刊》成了推动现代派诗最有影响的杂志，文学史家们甚至把它的创刊日期定为美国新诗开始的时间。路易斯·昂特迈耶主编的《现代美国诗歌》（*Modern American Poetry*, 1919）和《现代英国诗歌》（*Modern British Poetry*, 1920）在展示和推出现代派诗人、培养广大读者的现代派诗美学趣味方面起了重要作用。

　　这个时期，在伦敦发起后不久传入美国的意象派诗歌运动是美国现代派诗歌运动初期规模最大、对后来美国诗歌有深远影响的一次诗歌运动。其创始者虽然是英国批评家休姆及一小批年轻的英国诗人，但是经庞德和艾米·洛厄尔先后的组织与倡导，经H. D.（1886—1961）和弗莱彻（1886—1950）等优秀诗人的实践，使冲破传统格律束缚的新体诗从此在美国蓬蓬勃勃地兴盛起来了。

五、现代派诗歌的胜利

　　美国现代派诗歌的盛期一般定在 20 世纪 20 年代至 40 年代，50 年代中期开始走下坡路。T. S. 艾略特的《荒原》的发表标志着英美诗歌进入了一个崭新的现代派时期。当然，时期的划分如同白天与黑夜的分界，虽然很难在某一确定的时间找出分界点，但你总会渐渐发觉黎明后的曙光或黄昏后的黑暗。《荒原》是最典型的现代派诗歌杰作，反映了西方现代文明衰微的整个时代精神。以它作为美国现代派诗的起点较为合理，但在它出版的前后一批出色的现代派诗作也相继问世：庞德的《休·赛尔温·莫伯利》（1920）、玛丽安·穆尔的《诗抄》（1921）、史蒂文斯的《簧风琴》（1923）、哈特·克兰的《桥》（1923 年开始创作，1930 年发表）、W. C. 威廉斯的《春天及一切》（1923）、E. E. 肯明斯的《郁金香和烟囱》（1923），等等。这一类现代派诗作在 40 年代继续竞相面世，如同雨后春笋，牢牢地确立了它们在美国诗歌中的主导地位，使读者感到美国诗歌确实已进入了一个崭新的时期。到 50 年代中期，它才开始走下坡路。

　　由于第二次世界大战的影响，现代派诗人们用严峻而悲观的眼光看待人生、世界和历史。批评家们对诗作的评价是反映生活阴暗面越黑越好，似乎只有用《荒原》那种凄凉惨淡深沉的格调来写才算上品。他们选取的题材是现代城市而不是田园风光，是色欲横流而不是罗曼蒂克的爱情，是腐败的政治而不是单纯的爱国热情。他们力求使作品具体、简洁、准确和口语化，力戒风雅派过分的感情宣泄和道德说教。他们的诗歌最大特色是跳跃性大、断续性强，抛弃了传统的过渡性诗行或诗节，抛弃了传统的线性发展。一首现代派诗如同一个不同地域组成的、不同事件同时发生的世界。他们的诗还具有反讽、悖论、诙谐、含蓄、智性和非个性化的特色。众所周知，现代派诗的新题材和新技巧主要受了弗洛伊德和荣格心理学的影响，意识流、无意识、集体无意识和原型意象等被现代派诗人自然地搬运进来。不过现代派诗人的胃口很大，吃的杂食很多。他们把弗雷泽的《金枝》及其类似的神话比较研究成果，把 17 世纪英国形而上学诗人的"机智"，把形式主义、印象派、象征派、现代绘画中的立体派以及电影中的蒙太奇，把福楼拜、亨利·詹姆斯、乔伊斯等人小说中的散文笔法，甚至把中国的孔孟之道和唐诗、日本的俳句等都吸收了进去，然后创造各自的风格。现代派诗人的风格多种多样，例如，为现代派诗歌作开路先锋的庞德的意象派诗与达达派诗不同，与 W. C. 威廉斯的客体派诗也有差异，甚至与同一旗帜下的艾米·洛厄尔的意象诗也有距离；庞德在意象派诗歌之后搞的漩涡派诗几乎是昙花一现；W. C. 威廉斯等人的客体派诗的寿命也很短促。这个时期各种试验性的诗真是百花齐放，竞相争艳。虽然每种新诗未必齐备上述现代派诗的特色，但有一点却确定无疑，像《荒原》这一类的诗歌是正宗，表现了这个时期现代派诗的典型特色，尽管有些现代派诗人，例如叶芝、兰塞姆①、艾米·洛厄尔、W. C. 威廉斯等对 T. S. 艾略特的霸主地位不服。T. S. 艾略特除了确实在诗歌创作实践中取得了令人瞩目的成就外，他那大量的文学评论更加强了他的文学权威地位，加上他身处当时英美文学中心的伦敦，任第一流杂志《标准》的主编和第一流的费伯出版社的编辑和董事，这就足以使得英美的大多数青年诗人围绕在他周围，甚至使 W. C. 威廉斯起初想在《标准》上发表作品而不可得，后来大名鼎鼎的金斯堡成名前也曾徒然企求 T. S. 艾略特的帮助。

　　T. S. 艾略特在与传统的风雅派诗歌作战的同时，诚然为第二代现代派诗人如路易斯·朱科夫斯基（1904—1978）、兰德尔·贾雷尔（1914—1965）、乔治·奥本（1908—1984）、查尔斯·奥尔森（1910—1970）、伊丽莎白·毕晓普（1911—1971）、卡尔·夏皮罗（1913—2000）、缪丽尔·鲁凯泽（1913—1980）、德尔默·施瓦茨（1913—1966）、约翰·贝里曼（1914—1972）、西奥多·罗什克（1908—1963）、彼得·菲尔埃克（1916—2006）和罗伯特·洛厄尔（1917—1977）等铺平了现代派诗歌的创作道路，为他们提供了现代派诗的出版条件，造就了现代派诗的读者。然而，T. S. 艾略特并未意识到他们为此却付出了重大的代价：他们的名声被第一代现代派诗人掩盖了。他们如果起步时不按照 T. S. 艾略特的诗风创作，就很难出版，很难立住脚；而按照他的风格写诗，显然又不可能写出比 T. S. 艾略特或庞德更支离破碎、更旁征博引、更智性的诗来。这就使他们处于舒舒坦坦但难以脱颖而出的尴尬境地。具有讽刺意味的是，20 年代和 30 年代走在诗歌革命前列的 T. S. 艾略特取得了领导地位之后，在 40 年代和 50 年代却站在保守的立场上反对诗歌革命。例如，他 1947 年 5 月应邀在纽约弗里克美术馆作论弥尔顿的学术报告时指出，诗歌试验时期已经过了，这个时期的诗人应当接受 1914 年这一代诗人的革命成果，如果每个时代的诗人都用口语保持诗歌词藻的当代性，势必使诗歌语言发展太快而发生退化。

---

① 兰塞姆在"逃逸者"诗人活跃时期开始时反对 T. S. 艾略特，但在新批评派时期，他接受了 T. S. 艾略特的诗美学。

第二代诗人中只有少数诗人如朱科夫斯基、奥本、奥尔森、毕晓普、鲁凯泽等花了大力气，在一定程度上偏离了第一代诗人既定的美学原则。

在新批评派课堂①上成长的第三代诗人如1988年获第三届桂冠诗人称号的霍华德·内梅罗夫（1920—1991）、1987年获第二届桂冠诗人头衔的理查德·魏尔伯（1921—　）以及詹姆斯·梅里尔（1926—1995）、W. S. 默温（1927—　）、艾德莉安娜·里奇（1929—2012）等鉴于第二代诗人在诗歌创作与理论建树上拿不出与 T. S. 艾略特等第一代抗衡的样板来，于是在二战后和50年代早期开始探索自己的道路。他们在新批评派美学规范之内，逐渐回复到采用被第一代现代派诗人大部分抛弃了的传统艺术形式，即更讲究格律、押韵和诗节等封闭型艺术形式。他们为此被称为新形式主义诗人。50年代初期，新形式主义诗人特别活跃，其中以魏尔伯最为突出。1948年在巴德学院召开的以"试验与形式的诗"为主题的学术讨论会上，27岁的魏尔伯成了保守派，而65岁的 W. C. 威廉斯却是毫不动摇的革命派。

50年代初到60年代中期的诗歌领域处于相对和平时期②。诗人与诗人之间，诗人与评论家之间，新一代诗人与老一代诗人之间没有激烈的论战，不过，在平静的气氛里，第三代诗人却悄悄地动摇了现代派诗歌的基础。魏尔伯认为，把恢复古典诗歌艺术形式的活力和接受现代派过去几十年获得的成就这两者结合起来的做法本身就等于充分的试验。其实从某种意义上讲，他们显然成了一批 T. S. 艾略特开创的现代派诗歌的修正主义分子。

从新形式主义诗人对 T. S. 艾略特诗风的修正中可看到一个有趣的现象：逆反作用或否定之否定规律推动20世纪美国诗歌的不断变化和发展，新形式主义诗人对20世纪第一代和第二代诗风感到不满，于是求助于19世纪及其以前的传统艺术形式（即被第一代现代派诗人所否定的形式），对它进行修正或进行部分否定。而 T. S. 艾略特对19世纪浪漫主义的滥情主义和20世纪初风雅派的无病呻吟的诗风很反感，于是返回到17世纪，借

---

① 新批评派的美学原则吸收了 T. S. 艾略特文学批评理论的主要方面，在捍卫 T. S. 艾略特、叶芝、庞德所倡导的现代派诗歌中发挥了重大影响。新批评派所主张的诗保留了现代派诗的简洁、机智、反讽、非人格化、含蓄、形式工整等基本特色，但去掉了过分的省略，支离破碎，断断续续，过多的神话、象征和外国典故。新批评派在20世纪30年代不大受到重视，40年代后期走进了大学讲堂，50年代巩固了其学术地位。

② 20世纪50年代美国文学处于相对和平时期与麦卡锡在50年代初（1950—1954）对国内进步人士横加迫害、堵塞言路密切相关。这时在文学界如同在社会理论界、政治界，甚至神学界，承认并接受现实等同于明智。

用具有机智、逻辑、渊博、清醒、概括和真情实感等特色的英国玄学派诗歌并进行改造，以此否定滥情主义或风雅派，使英美诗歌获得了一次革命性变化。无论优秀的个体或群体，其创造性天生地产生于对现状的逆反（或不满），往往自觉或不自觉地运用被现实否定的某些历史武器来否定现实，同时或多或少保持与现实的认同。改良者与现实认同的成分多些，革命者与现实的认同成分少些乃至全无。搬用过去的历史可增加自己的权威性，而部分地与现实认同有两个原因：自身的软弱或吸收现实的合理部分。新形式主义诗人和 T. S. 艾略特的经历正好说明了这个否定之否定规律。美国 20 世纪不同时期（或相同时期）的诗风和流派的演变也证明了这个不以个人意志为转移的规律。随着现代科学的进步、现代生活节奏的加快，诗风和流派的更迭必然随之加快，个人或群体遥领风骚的时间也愈来愈短，独霸诗坛的个人也愈来愈少。现代派诗歌时期，T. S. 艾略特独霸诗坛近40 年。后现代派诗歌时期，尽管 W. C. 威廉斯和史蒂文斯影响逐渐扩大，但仍无人能和 T. S. 艾略特匹敌。当代美国诗坛，如果只有一两个大诗人遥遥领先，且以这一两个人为主导诗风，那才是时代的不幸、诗坛的不幸。当代诗坛的形势决不可能是"江山代有人才出，各领风骚数百年"。美国后现代派诗歌的历史是这一现象最好的见证。

　　在欢呼与风雅派诗歌较量的现代派诗歌取得历史性胜利的时候，我们发觉无论有无才华或才华大小，大批诗人纷纷与现代派认同，表明自己是先进的先锋派。这似乎形成了一个错觉，以为只要放弃诸如四行诗体，六行诗体，十四行诗体，十四行组诗，两行相互押韵、每行分五音节的英雄偶句诗体等成熟的传统艺术形式的创作，就是现代派了。著名比较文学学者罗伯特·冯哈尔贝格（Robert von Hallberg, 1946—　）为此说："在过去的 50 年里，太多的美国诗人声称自己是先锋派。"[1] 实际上，其中一些无才能之辈一方面赶时髦，另一方面没有掌握好传统诗艺，败坏了现代派的声誉。文化功底深厚、传统诗艺娴熟、才华焕发的诗人，特别是年轻诗人，也乐意坚持传统艺术形式的创作，甘做诗歌创作队伍里的后卫，不喜欢像先锋派那样在艺术形式上翻新花样，像是太松散的自由诗或者视觉诗之类的新形式。后卫者，好比是踢美式足球，得分后卫一般是全队进攻的核心。冯哈尔贝格也许是第一个用"后卫"这个术语概括现代派时期这个反作用现象的批评家。他说：

　　① Robert von Hallberg. "Poetry, Politics, And Intellectuals." *The Cambridge History of American Literature.* Ed. Sacvan Bercovitch. Vol. 8, Cambridge, UK: Cambridge UP, 1996: 56.

　　自从 20 世纪 60 年代以来，自由诗——试验诗人的技巧标志统领了诗歌创作。战后更深入的真相是：反 19 世纪出生的这一代先锋性试验诗的现象很突出。这种反作用真正开始于 T. S. 艾略特和庞德在 1919 年短时间内回复写四行诗之际；持续在哈特·克兰、兰塞姆、艾伦·泰特、伊沃尔·温特斯 20 年代晚期和 30 年代的作品里。奥登 1939 年移民到纽约，加强了这种反作用，这时他对青年诗人的影响一直持续到 50 年代。战后不久，许多年轻诗人的确想以后卫诗人著称。在年轻诗人当中有一股迫切欲望，想把现代派这一代搁置在旁边，仿佛美国诗歌从来没有与国际先锋派交叉过，虽然写的依然是英语诗。①

　　这不难理解，长期积累的文学文化有着稳定性，不是一时风风雨雨的先锋派能彻底动摇得了的，如果说 T. S. 艾略特和庞德对于风雅派来说也是先锋派的话（不过，先锋派这个词往往是大家不喜欢的贬义词，这个词通常是批评家们在鉴定诗歌风格时爱用的术语之一）。包括报刊和出版社编辑在内的广大读者群的传统审美趣味是制约先锋派诗歌的基础。譬如说，时至今日的中国报刊登载的几乎都是古体诗词，或诗行比较整齐的自由诗，不是一般读者看不懂的试验诗（这些试验诗往往出现在民间刊物或地下刊物上）。② 在美国也是如此，试验诗往往出现在五花八门的小杂志上。根据冯哈尔贝格的看法，后卫诗人的底气来自三方面，一是到 1945 年为止，对于一般的知识分子和记者们来说，现代派风格是含混不清的；二是 T. S. 艾略特和庞德建立的盛期现代派诗风，不贴合以发行量最大的《新共和》为代表营造的知识氛围；三是在一般诗人的心目中，庞德、T. S. 艾略特、W. C. 威廉斯、华莱士·史蒂文斯是可望而不可及的巨人，只能敬而远之。因此，这些诗人特别乐于用传统诗歌的形式和结构表现当代社会生活，诗歌里保持生命力的音步也因此经受住了历史的变迁。③

　　如今回顾美国现代派诗歌所经历的路程时，我们便发觉它的历史状况和显著面貌是：现代派诗歌与风雅派诗歌拼搏而取得胜利的明显标志是自由诗；以自由诗为主要艺术形式的现代派诗歌中，出现了一股逆反潮流，出现回复运用传统诗艺形式的各种形式主义和新形式主义诗歌，但这不是

---

　　① Robert von Hallberg. "Poetry, Politics, And Intellectuals." *The Cambridge History of American Literature*. Ed. Sacvan Bercovitch. Vol. 8, Cambridge, UK: Cambridge UP, 1996: 56.

　　② 举一个具体的例子，发行量特大的地方报纸《扬子晚报》只偶尔刊载顾浩改造过的古体诗词，似乎没有刊载过试验诗。

　　③ Robert von Hallberg. "Poetry, Politics, And Intellectuals": 56-82.

历史的倒退，它们与软绵绵、甜腻腻、缺乏生活气息的风雅派诗歌有着本质的不同，它们保持了传统艺术形式反映社会现实生活的鲜活性、生命力；美国现代派诗歌既是一种风格，也是一个历史时期，在这个历史时期里，包涵了多种多样的艺术风格，既有所谓前卫诗或先锋诗，也有所谓后卫诗，不过，现代派诗歌的突出艺术标志仍然是《诗章》，是《荒原》，是《帕特森》，是《关于最高虚构的札记》，是19世纪80年代出生的这批现代派诗坛宿将所建立起来的风格。

六、后现代派诗歌

第二次世界大战以后，美国进入了科技迅速发展、经济繁荣的新时期，电视和电脑的普及，对宇宙空间的探索，各种新的发明创造，尤其是弗洛伊德和荣格心理学的更广泛、更深入的引进，拓宽了人们的视野和思维空间；60年代侵越战争所激起的空前规模的反战运动、黑人运动和女权运动，对德国法西斯集中营，德累斯顿大火，广岛、长崎的原子弹轰炸的痛苦回忆，对核军备竞赛的担忧，对环境污染、吸毒、嬉皮士群居村、黑手党的焦虑，这一切造成美国人新的心态、新的感知力、新的想象力以及价值观的急剧改变。这势必给新时期的诗人带来新的题材和新的艺术表现方法。

50年代中期，T. S. 艾略特和新批评派所确立的美学原则成了绝大多数诗人、批评家、编辑、教师和读者遵循的规范。新形式主义诗歌因为是改良品种，距现行规范不远，因此优秀的新形式主义诗人魏尔伯还得到过T. S. 艾略特的称赞。不安于现状的第二代诗人和第三代诗人却各自积极寻找新的富于弹性的艺术形式，以表现新时代的社会生活和个人体验。他们势必从不同的角度去否定新批评派和新形式主义诗人所主张的封闭型的艺术形式，建立起自己的开放型形式。在新建立的艺术形式中便出现了垮掉派（包括旧金山派）、自白派、黑山派、纽约派和深层意象派等流派。这些是后现代派前期（50年代和60年代）的主要流派。后现代派诗人借用被新批评派忽视和否定的浪漫主义和幻觉，借用惠特曼和布莱克，借用法国和拉丁美洲的超现实主义，甚至借用庞德、史蒂文斯和W. C. 威廉斯来否定新批评派以及新形式主义的美学原则，以此修正T. S. 艾略特的正统规范，纷纷建立多种理论与风格。

50年代和60年代的后现代派诗人往往抛弃了T. S. 艾略特所珍视的"非个性化"和"人格面具"以及新批评派的反讽意识，毫无保留地揭示内心世界；对当代社会持怀疑态度的同时热切关心社会重大问题；一方面有强烈的正义感和战斗性，另一方面情绪低沉，不时流露出认可和无可奈何的脆弱感情。这个时期最明显的诗歌景观是：唐纳德·艾伦主编的《新美国诗歌：1945～1960》（1960）发表以后，被收录进这本诗歌选集的黑山派、垮掉派和纽约派这三个流派的出生在20年代和30年代的诗人逐渐变得强势，进入美国诗歌主流，在诗歌领域几乎处于霸主地位，它们的第二代和第三代追随者也沾了光。到60年代晚期，《新美国诗歌：1945～1960》树立起来的这三个流派，经过诗歌理论家和评论家的阐述，显出了它们的坚强后盾：庞德—W. C. 威廉斯—H. D. 传统。实际上这是贯穿20世纪美国诗歌史本土化的基本路线。休·肯纳的巨著《庞德时代》（1971）为这条基本路线在理论上的确立得到了公认。

　　如果说50年代和60年代被视为后现代派前期的话，70年代和80年代便是它的近期。尽管自白派和深层意象派在70年代仍有势力，老诗人们仍到各地进行诗歌朗诵，但毕竟是明日黄花。由于无法逃避的新陈代谢规律的支配，第二代著名诗人奥尔森、贝里曼、兰塞姆、塞克斯顿、洛厄尔、毕晓普、艾伦·泰特等在70年代相继辞世，而詹姆斯·赖特、邓肯和沃伦等在80年代以及内梅罗夫（1920—1991）和斯塔福德（1914—1993）等在90年代初也先后作古。剩下的差不多是同龄人的A. R. 阿蒙斯（1926—2001）、詹姆斯·梅里尔（1926—1995）、金斯堡（1926—1997）、布莱（1926—　）和金内尔（1927—　）、约翰·阿什伯里（1927—　）、W. S. 默温（1927—　）等，也都已步入花甲之年，更不必说比他们年龄稍大的夏皮罗（1913—2000）、魏尔伯（1921—　）、辛普森（1923—2012）和莱维托夫（1923—1997）了，他/她们之中有一些后来也相继过世。他们都得过诗歌大奖，已经功成名就。其中许多人占据了重要的学术地位，在大学里决定写作课程的设立，并在各种重要评委会担任评委，给中青年诗人颁发诗歌奖，奖掖后辈。60年代狂放不羁的金斯堡如今变得温和沉静了。他开始把自己的文件、手稿和笔记作为史料珍藏在哥伦比亚大学金斯堡档案室里，不经他同意，不得公开引用，足见他在考虑自己身后的学术名声，他的革新精神由后垮掉派诗人们继承和发展。40年代前后出生的大批中青年诗人（即第四代）已应运而生，据著名诗歌评论家海伦·文德莱说，这时每年参加诗歌大奖赛的诗人达数千人，《纽约客》每周收到的诗歌来稿有一千篇左右。正如埃里·托格森所说，按照事物发展的自然法则，他们必然替代前辈诗人。青年诗人意气风发，声称自己是跨世纪人才，是属于21世纪的一代，显示了不但现在而且未来都属于他们的豪迈气势。

　　然而，20世纪晚期诗坛处于权威分散、群体争雄的状态，没有出现像T. S. 艾略特、庞德那样主宰诗坛的巨匠或 W. C. 威廉斯和史蒂文斯那样举足轻重的干将。如果要在这个时期找几个主要诗人的话，把罗伯特·洛厄尔、伊丽莎白·毕晓普和金斯堡算在内，异议不会大。20世纪晚期诗坛弥漫着宽容、折中的缓和气氛，诗歌异类可以杂居：新体诗与旧体诗和睦共处，先锋派与传统派相遇而安。诗人们无强大的对立面或明显的斗争目标可寻，因此也引不起什么更大的论战。1986年开始设立全美桂冠诗人称号，第一任是20年代南方"逃逸者"成员沃伦，第二任魏尔伯和第三任内梅罗夫是新批评智性诗的提倡者，这至少可以说明主导20世纪晚期美国诗坛的美学并没有摈弃传统格律，而是对新格律诗仍有浓厚的兴趣，虽然已成主潮的自由诗取得了决定性胜利。

　　趋于安定的国内政治生活使这时期的诗人们无必要像垮掉派诗人那样愤世嫉俗或像他们在反越战时那样激烈地反对政府。他们不相信政府的军事政策和新孤立主义，更多地关心全球的和平与福利，关心保护世界的生态。他们也不再像 T. S. 艾略特、弗罗斯特或史蒂文斯那样地关心现代科技发达后造成的危机。相反，科技和现代化的新成果成了他们语言的新来源。

　　一般来说，文学批评界也颇为宽松，对不同的理论和创作持宽容的态度。后弗洛伊德心理分析、结构主义、新马克思主义、解构主义等都各得其所。多元的理论促进了多元的诗歌，造成了多元的时代。当今解构主义多少占点上风，其本身的逻辑力量却是对等级森严的文学规范的挑战。什么是20世纪晚期诗歌规范？谁是20世纪晚期的正宗诗人？现在甚至较久远的未来也难判定。我们只能就已经显露的现象进行粗略的归类，但还无法定论。

　　在题材的选取上，20世纪晚期诗人没有放弃历史抒情诗的创作。他们通过历史叙述、历史逸事、历史上的艺术著作来反映社会现实和当时的人的心态。迈克尔·哈珀（1938— ）、艾伯特·戈德巴斯（1948— ）、戴夫·史密斯（1942— ）和查尔斯·西密克（1938— ）等诗人在这方面做出了较显著的成绩。与此同时，他们也描写家庭与个人的生活。揭示个人日常的体验对20世纪晚期诗人来说是游刃有余，因此另一个较为显著的题材是诗人着墨于夫妻、子女、父母、祖父母和朋友。他们采用的艺术手法是戏剧性独白。诺曼·杜比（1945— ）、艾（1947— ）、路易斯·厄德里奇（1954— ）、西蒙·奥迪兹（1941— ）等在这方面写出了使人感到亲切的篇章。与此相连的是，不少20世纪晚期女诗人继承了自白派的基因，把只能告诉医生的私事如性欲、同性恋等大胆地公之于众。如玛丽莲·哈克（1942—　）和卡罗琳·福谢（1950—　）等津津有味地描写她们的性感和性行为。在美国有不少同性恋俱乐部和书店，他/她们定期聚会，朗诵自己的近作。

　　从地域看，中西部诗人显得较为活跃。也许是桑德堡、林赛和马斯特斯留下的影响，也许是现代人对都市生活的厌弃。他们不是文人相轻地孤军奋战，而喜欢相互往来，集合在一起切磋诗艺。在 1986 年马歇尔节，西部诗人云集明尼苏达州中西部大学，进行学术交流，会后出版了一部优秀诗集《共同的基础》（1988）①。诗人们主要描写了他们的平凡生活和个人际遇，从中透露了西部大草原的清新气息。70 年代活跃在诗坛上的西部诗人理查德·雨果（1923—1982）与其他诗人共同创办了杂志《西北诗刊》。1964 年以后，他在蒙大拿大学执教，并曾任耶鲁大学青年诗丛丛书编辑。在西部诗人中，他的成就较为突出。他以地方诗人自豪，认为"诗总是生在你的家乡"，家乡小镇能触发诗人的灵感。他给我们留下了不少描写西部小镇的精彩诗篇。新南方诗歌也是跨越数州地域的大范围诗歌群落，由于它所处的独特历史环境和独特地缘而显示出鲜明的南方特色：关注家庭、地域风情、景观、过去与现在的联系。它比西部诗歌更强劲。东部的莫纳诺克新田园诗在 80 年代初露头角，它让我们领略到波士顿与纽约大都市之间旖旎的现代田园风光。

　　在 20 世纪晚期种种的诗歌流派（如新形式主义、后自白派诗、后垮掉派等）中，语言诗派占强势。他们是一群出生在 40 年代中期和 50 年代早期富于冒险精神的年轻诗人，并不满足于亦步亦趋，而是在 70 年代初别开蹊径，在语言运作上下足了功夫，逐渐形成了语言诗派；它以格特鲁德·斯泰因激进的诗歌试验（严格地说，打通了诗歌与散文的界限，破除了传统的诗法）为理论靠山，吸取欧洲达达主义、未来主义、结构主义、具体诗、视觉诗、表演诗、极简抽象艺术、新前卫或观念艺术等新试验成果。敢于向当时诗歌主流挑战的是以查尔斯·伯恩斯坦、罗恩·西利曼等为主的一批诗人于 70 年代中期倡导的语言诗派（Language Poetry）②。根据语言诗人的看法，50 年代和 60 年代的诗歌革命已无法再给美国诗歌注入新鲜血液，原因之一是这期间的种种流派已被官方诗歌文化所控制（不是指政府的行政干涉），因而失去了活力，使美国诗歌处于新的危机之中。许多诗人和诗评家虽然意识到当时的诗歌让单调、呆板和沉闷占了上风，

---

　　① 该书已有中译本：马克·文兹、汤姆·塔马罗主编.《平凡的土地》. 陶乃侃译. 贵州：云南人民出版社，1992 年.

　　② 详见后文"语言诗"。

但不愿意作彻底的革命，而是抱残守缺，在坚持制度化或公式化的诗学（如讲究表现真诚直率的情感、自我和意象）下无视具有真正活力的反主流诗学的存在，成了不求进取的保守派。在语言诗人的心目中，他们还成了从智性劳动中退却的诗人，而智性劳动能给诗人提供具有自觉的语言意识的更成熟的实践，因而能给诗人提供社会和政治参与的更复杂的艺术形式。语言诗人还认为，"个人表达"（personal expression）派的幼稚根植于"语言是透明的"这一过了时的传统观念，有意或无意忽视了现代诗学和哲学的历史。① 在主流诗人圈子之外的语言诗人之所以振振有词，是因为他们自觉地运用了结构语言学、解构主义、现象学、人类文化语言学等20世纪的研究成果，才会有天降大任于我的气魄，才敢于挑战对社会生活描述的传统诗学。语言诗美学是一种强调语言能指作用的新诗学。语言诗人汉克·雷泽尔为此提出了两种迥然不同的诗学的冲撞：一种是传统诗学，以倡导直言不讳的真诚的、单一的自我或声音，简洁的抒情，精心运用元音与辅音而形成的音乐性，表现性的现实主义和自由政治为特征；另一种是语言诗诗学，以文体创新、重视语言运作、强调与读者合作、创造性地解读文本的观念和新马克思主义政治为特色。

　　从语言诗衍生出来的"电脑诗歌"（Cyber-poetry），是借助电脑安排各色各样诗行的诗歌，也是一种即席创作的视觉诗歌。克里斯托弗·比奇（Christopher Beach）还称它为"电子诗歌"（e-poetry）、"数字诗歌"（digital poetry）或"新媒体诗歌"（new media poetry）。他认为，这是20世纪末美国诗歌发展早期阶段出现的一种新倾向，效果如何有待观察。② 我们发觉，它其实是诗人利用电脑玩弄文字花样排列、生成诗歌文本的诗歌，花俏得像是媒体刊登的广告，远比 E. E. 肯明斯的诗行排列或中国的宝塔诗激进。例如，原来服膺于语言诗的后垮掉派诗人弗农·弗雷泽的厚达697页的大开本《即兴诗全集》（*IMPROVISATIONS*, 2005）所收录的诗篇全是这个新玩意儿，完全颠覆了传统诗歌，无法译成中文。笔者曾劝他回复到他原来的抒情诗创作上，但他乐此不疲，他说他有一批粉丝很欣赏他的这种诗。他的创作是建立在快乐的原则上，只是通过电脑在字母和诗行上重新进行组合和拼贴，谈不上什么政治意识形态，也不顾受众多寡，只满足于拥有一小批美学趣味相同的特定受众而已。网络诗歌的出现，把诗人与读者从国内外极大限度地拉近了距离，诗歌以史无前例的速度得到了空前规模的

① Hank Lazer. "Criticism And The Crisis In American Poetry." *The Missouri Review* (1986), Vol. Ⅸ, No. 1.

② Christopher Beach. *The Cambridge Introduction to Twentieth-Century American Poetry*. Cambridge UP, 2003: 3.

发展。无论诗人、评论家还是读者都顿时超越纸质传媒，进入地球村，面临新的时空。另外，大众文化中发展起来的诗歌擂台赛为诗歌的普及提供了无与伦比的条件。它起源于纽约新波多黎各诗人咖啡馆的一批诗人组织的诗歌比赛，评委从观众中选出，类似中国草根歌手的"星光大道"歌唱比赛。它是一种新型的朗诵表演诗歌，如同"星光大道"的歌手需要才艺表演一样，有时这使得专业诗人自叹不如。当然，诗歌擂台赛的获胜者未必都是优秀诗人，但它对在全国普及诗歌起了极大的推动作用，其发展态势与主流精英诗歌形成并立的格局。

像人类文化中的任何学科一样，任何民族诗歌的发展过程总是后一个时期诗学否定或修正前一个时期诗学的过程，是不断革命或革新的过程，尽管其中不乏小反复。20 世纪美国诗歌史也不例外，它经历了有没有美国诗、美国诗与英国诗有无区别、自我和社会在诗歌中的位置、形形色色的诗歌流派的兴起与衰落等阶段的历程。在多元化的美国社会，诗歌及其理论在推陈出新的同时也必然是多元的。语言诗也不会按照语言诗人所设想的那样在将来一统天下，因为不管语言诗人做怎样的努力，决不可能打碎囚住人类的语言牢笼，完全到达不受任何社会因素干扰的真理之境。网络诗歌或诗歌擂台赛也是如此，它们造就和发展起来的大量诗歌必然会被历史筛选。这是美国后现代派时期诗歌的一大特色。

七、少数种族/族裔诗歌

从 16 世纪晚期至 17 世纪早期开始，从欧洲移民去北美的白人特别是英国人在那里建立殖民地以后，以主人翁自居，贩卖和役使非洲黑奴，大规模地驱赶北美土著印第安人，霸占原属于他们的领地，建立以英语为国语的、白人主导的美国，对后来移民去的有色族裔（例如亚洲人和亚裔）采取排斥和歧视的政策。可以这么说，美国是一个建立在种族歧视、种族压迫和剥削之上的社会。这是众所周知的历史事实。随着时间的推移、时代的进步，特别是经过 20 世纪 60 年代的民权运动、黑人运动、女权主义运动洗礼之后，白人之中的有识之士开始对他们以前的种族歧视政策进行反省，使白人主流社会逐步接受多元文化，保护并鼓励多元文化、多元文学，这在美国大学文科的课程设置、教授的聘请、文学奖的授予、基金的资助等方面都明显地反映了出来。优秀的少数族裔作家风风光光地走进美国主流文学圈，例如非裔美国小说家托妮·莫里森（Toni Morrison, 1931

一　），亚/华裔美国小说家汤亭亭（Maxine Hong Kingston, 1940—　）。非裔美国诗人、著名自传作家玛雅·安吉罗（Maya Angelou, 1928—2014）还应克林顿的邀请，在他1993年1月20日总统就职典礼上朗诵她的诗《在这激情洋溢的早晨》。如果在20世纪早期，这实在难以想象，更不必说21世纪的现在是非裔美国人奥巴马当选总统了。

在20世纪晚期，非裔美国诗歌、包括墨西哥在内的拉丁美洲裔美国诗歌、包括华裔在内的亚裔美国诗歌、美国印第安人诗歌（或美国原住民诗歌）等少数族裔诗歌蓬勃地发展起来了，使当代美国诗歌呈现多元化的繁荣局面。正如诗歌批评家克里斯托弗·比奇所指出：

> 如同本国各个地区都有它自己的诗人团体一样，每个族裔都有它自己的族裔团体。众多选集如今专门编选非裔美国诗歌、拉丁美洲裔美国诗歌、亚裔美国诗歌和美国印第安人诗歌。其他族裔的诗人，包括意大利裔美国人、犹太裔美国人、阿拉伯裔美国人，用他们不同的眼光赞颂美国生活，而诗歌团体建立在这样的要素上：性取向、生活和工作经历（例如越战老兵、越战俘虏、大屠杀幸存者的子女）以及对风格和形式的考虑（例如形式主义诗、试验诗、主流抒情诗、口语诗、视觉诗）。①

尽管在20世纪后半叶，美国白人诗歌仍然占主流地位，但是我们如果把美国少数族裔的诗歌像过去那样，完全划分到文化边缘，至少笔者以为这不太确切，也不符合事实，因为20世纪晚期，不是所有主流文学史或文选或诗选都统统把少数族裔文学和诗歌排斥在外的。

不过这不是美国白人的恩赐，是少数族裔经过几代人的奋斗争取来的。美国本身是一个移民的国家，主要是欧洲白人先移民至北美，白人缺乏劳动力，白人殖民主义者不久就把非洲黑人贩卖到美国，充当廉价的劳动力。后来的其他少数族裔都在建设美国过程中做出了贡献，例如华人在建设美国铁路、开金矿、办农场等方面做了很大贡献。少数有色族裔有理由同样成为美国的主人，更不必说北美印第安人本来就是美国的原住民。汤亭亭和另一个著名华裔美国作家任璧莲（Gish Jen, 1955—　）声称自己首先是美国作家，写的是美国小说。美国主流文化对美国各少数族裔诗歌的态度经历了一个排斥、歧视、忽视、容纳、重视和支持的漫长历史过程，

---

① Christopher Beach. *The Cambridge Introduction to Twentieth-Century American Poetry*: 6.

这充分体现在各个历史时期的美国主流文学史上。白人的有识之士都意识到这一点。这是不言自明的历史事实。正如美国文学、文化批评家萨克文·伯科维奇（Sacvan Bercovitch, 1933— ）教授所指出：

> 在过去 30 年间，学者们揭露了这个国家历史上受到压抑或者被人忽视的各个方面。我们已经认识到妇女和少数民族作品的重要性、非裔美国文化中心地位的重要性以及"地域"作家们诸多贡献的重要性。我们也已经认识到某些包罗万象的概念（包括"美国人"和"文学经典"之类概念）与其说是揭示了美国的生成过程，毋宁说是掩盖了这一过程。①

伯科维奇教授道出了美国白人有识之士的心声，这正是美国多元文化的理论基础。当然，这里也不排斥少数族裔文化他者被少数族裔文学文化的神秘性和异质性吸引而主动大力推广少数族裔诗歌，例如杰罗姆·罗滕伯格这位他者是最典型的例子，他深入美国印第安人生活，重视和挖掘其文学文化资源，对扩大美国土著诗歌影响起了重大作用。

美国是世界上民族最多的国家，有多种多样的少数族裔诗歌。它们在各自不同的历史发展过程中形成了各自不同的生活方式、说话方式和思维方式，由此产生了各具特色的文学艺术的原创性、多样性和个性化。其中非裔美国诗歌发展最强劲，是少数族裔诗歌的老大哥。20 世纪晚期，印第安人诗歌发展迅速，包括在西班牙—拉美裔诗歌中的奇卡诺诗歌发展势头正旺，而亚裔/华裔诗歌也得到了空前的发展。各少数族裔的诗人有一个共同点：他们能流利地讲英语，纯熟地用英文创作诗歌。他们也同样遇到了用英语是否能充分表达自己而如果只用各个族裔自己的文字②创作是否可能的问题，因此他们都处于悖论的两难境地，尽管奇卡诺诗人往往尝试使用双语（西班牙文和英文）创作诗歌。

---

① Sacvan Bercovitch. "INTRODUCTION TO THE CHINESE TRANSLATION OF VOL.7 OF *THE CAMBRIDGE HISTORY OF AMERICAN LITERATURE*." 译文见萨克文·伯科维奇主编《剑桥美国文学史》第七卷中文版序，孙宏译，北京：中央编译出版社，2005 年，第 II 页。

② 这里需要指出的，非裔美国人的祖先是从非洲贩运来的奴隶，如今很难考证到他们的祖先出生地所使用的文字。美国印弟安人的一些部落的口头语言在不同的历史时期被转换成英文形式而保留了原部落的语音。纳撒尼尔·塔恩教授认为，把美国土著与美洲其他各地的印弟安人割裂开来是困难的，例如中美洲的玛雅人留下了雕刻的书面文字。

八、结　语

如果用一个词界定 20 世纪美国诗歌特征的话，那就是多样性。到了 20 世纪末，不能用少数几个重要诗人（例如庞德和 T. S. 艾略特）或少数几种模式做代表，没有捆绑式的一致性意见来鉴定诗品的高下或优劣。诗坛处于群龙无首的局面。主流与前卫或边缘并存的五花八门的诗歌数量之多、成分之复杂、风格之混乱，让善于作理性归类和鉴定的评论家和理论家们感到头痛。他们的评析和归纳也未必有从前的评论家和理论家们的那种权威性。因此，T. S. 艾略特－兰塞姆－艾伦·泰特的诗歌创作路线与庞德－W. C. 威廉斯－H. D. 的诗歌创作路线的分野也随之日益淡化。虽然有新流派出现（例如后自白派、后垮掉派），但是，它们的影响力远不如过去的诗歌流派那么强大。

第一编 从 19 世纪末到 20 世纪初现代派过渡时期的诗歌

引言

　　19 世纪晚期到 20 世纪早期，小说家洪亮的声音远远高过诗人的微弱声音。根据诗歌批评家克里斯托弗·比奇（Christopher Beach）的看法，20世纪开初，美国诗歌被小说掩盖了，这是因为从内战结束后，美国经历了人口增长和经济发展，全民务实，关注日常生活现实的具体事情，很少有精力培养诗歌趣味。他说这个时期的诗歌"被降低到'文雅'消遣的状态，与现代生活关系不大。所谓'现实主义时代'（1870—1910）是美国小说发展的顶峰；另一方面，美国诗歌则徘徊在 19 世纪后期的黄昏，无法进入现代世界或打破传统公式和前几十年的感伤文辞"①。比奇指的这个时期美国诗歌状态正是风雅派诗人所处的历史氛围。例如，这个时期的一群哈佛诗人满腹经纶，一副名士派头，疏离于如火如荼的现实生活，被称为"不热心派"，以不热心日常俗务为乐。不过，这也是 20 世纪初期的黎明，反风雅诗歌的诗人开始发声，其中以斯蒂芬·克兰和 E. A. 罗宾逊为典型代表。所以，这个时期是美国传统诗歌转入现代派诗歌的过渡期。

---

① Christopher Beach. *The Cambridge Introduction to Twentieth-Century American Poetry*. Cambridge, New York: Cambridge UP, 2003: 1.

第一章　风雅派诗歌

所谓风雅传统，顾名思义，是指文质彬彬、有文化教养、文化积累深厚的文学文化（literary culture）传统。它在美洲新大陆之所以风雅，之所以成熟，讲穿了，是它来自英国，来自欧洲旧大陆的文学文化传统。打一个不十分贴切的比喻，这个时候，美国继承欧洲特别是英国的文学文化的境况，如同清朝的满族学人模仿汉人文学文化一样。风雅传统（Genteel Tradition）主要被用来描述 19 世纪后期的某些美国作家的文学实践。首次提出这一重大哲学概念的人，是大名鼎鼎的乔治·桑塔亚纳。他在 1911 年 8 月 25 日，对加州大学哲学联合会组织的听众，发表了著名的演说《美国哲学里的风雅传统》（"The Genteel Tradition in American Philosophy", 1911）。他的要点是：美国是一个年轻的国家，整个社会具有两种旧心态，形成了风雅传统和一个新的传统；风雅传统由殖民地豪宅和女性所象征；新的传统是积极进取的事业心（摩天大楼/男性）；风雅传统的第一个来源是加尔文主义（罪恶的存在，罪恶被惩罚，罪恶应该受到惩罚）。他在描述当时的风雅传统时，指出了这个传统在哲学上和文学上窒息新鲜事物的一面，他说：

> 严肃的诗歌、深刻的宗教（例如加尔文主义）是令人不快地供认自己的欢乐之物，但当风雅传统禁止人们承认自己不快时，严肃的诗歌和深刻的宗教就与人们隔绝了；自从人类生活不能在深度上公开表达出来，为了安慰，想象便被驱入抽象的艺术，在那里，人类的境况不见了，人类的种种问题融入纯粹的传播媒介里。忧烦的压力因此而缓解，在智慧里却找不到它的平息。了解自己是安慰的经典形式，逃避自己是浪漫形式。在音乐或景观存在的情况下，人类体验逃避它自己，因此浪漫主义是超验主义和自然主义情感的链接。我们也许要问，有回避风雅传统、表达内心值得表达的任何成功尝试吗？还没有发生过；但是美国是如此的早慧，它被风雅传统多年训练得如此的聪明，

以至于真正本地的哲学和诗歌的一些迹象已经被发现。……不过，幽默作家只逃避了一半风雅传统，他们的幽默将会失去风味，如果他们完全逃避它的话。他们指出风雅传统在事实里的矛盾之处；但不是为了抛弃风雅传统，因为他们没有坚实的东西代替它。当他们指出许多事实如何地不适合于它时，他们没想到这有碍于标准，但他们认为，风雅传统在事实里，有可笑的反常之处。当然，如果他们认真地尊重风雅传统，这样的不一致现象，对他们来说，是很糟糕的，而不是荒唐可笑的。也许盛行在美国的幽默，合理与否，可以被当作多一个证据：风雅传统处处盛行，但很虚弱。

戴维·珀金斯（David Perkins, 1928—　）教授结合当时的诗歌现状，进一步阐释桑塔亚纳的思想说：

桑塔亚纳尤其感到风雅传统及其价值观不但失于充分表达有关这传统和价值观的现实生活，而且失于表达那些爱护这传统和价值观的人的生活。它们（指风雅传统及其价值观——笔者）窒息了许多他在哈佛大学认识的前途光明的作家们，正如他对威廉·莱昂·菲尔普斯（William Lyon Phelps, 1865—1943）说："我的那些朋友，特别是斯蒂克尼，我非常喜欢他，显然被缺少呼吸的自由空气所扼杀。人们对他们的个人友好，而且欣赏他们……可是这制度极为有害。"①

从19世纪末到20世纪初，多数美国诗人具有维多利亚后期的诗风，它形成了美国特有的所谓风雅传统。保持这种传统的诗人便称为风雅派诗人。约瑟芬·普雷斯顿·皮博迪（Josephine Preston Peabody, 1874—1922）、杰茜·B. 里滕豪斯（Jessie B. Rittenhouse, 1869—1948）、布利斯·卡曼（Bliss Carman, 1861—1929）、理查德·霍维（Richard Hovey, 1864—1900）、埃德温·马卡姆（Edwin Markham, 1852—1940）、路易丝·伊莫金·吉尼（Louise Imogem Guiney, 1861—1920）、利泽特·伍德沃斯·里斯（Lizette Woodworth Reese, 1856—1935），等等，可以列出60多个诗人。杰茜·B. 里滕豪斯在她主编《现代诗小卷：当代美国诗人作品选》（*The Little Book of Modern Verse: A Selection of the Work of Contemporaneous American Poets*,

---

① David Perkins. *A History of Modern Poetry: From the 1890s to the High Modernist Mode*. Cambridge, MA: Harvard UP, 1976: 102-103.

1913）之后，主编的第二本诗选《第二部现代诗歌：当代美国诗人作品选》（*The Second Book of Modern Verse: a Selection from the Work of Contemporaneous American Poets,* 1919）里，选了 69 位诗人的诗篇，可以说是集风雅派诗歌之大成。一般来说，较优秀的风雅派诗人都有学问，有较扎实的文学功底，既有出版的方便，也有传统的读者群，因此对他们自己的诗作感到满足。这种集体无意识的满足感决定了他们不求改革的保守倾向，也养成了他们审美思维的定势，对惠特曼的实验诗无动于衷，出于无意识和自愿，使用老套式和陈词滥调，并且因承相袭地培养他们所谓高尚的理想的情操，对不符合他们心意的现实视而不见。他们往往被后代的文学史家和评论家讥为保守派诗人、没有出息的小诗人。哈佛大学教授、评论家巴雷特·温德尔对他们的历史地位有中肯的评价，他在他的《美国文学史》（*A Literary History of America,* 1900）中指出："在今后 30 或 40 年里，不管谁搞新的美国文学文库，将腾不出位置安放我们同时代的许多诗人，他们暂时被我们最近的文选家们[①]保留着。当你翻阅他们的书页时，你很难不产生这样的感觉：尽管这些诗作为历史是多么宝贵，但它们包含永久价值的成分很少。"即使进入 21 世纪，依然证明他的评论没有失效。

　　这类诗人崇尚欧洲文化，身上依然保留着清教徒和超验主义的烙印。他们严格遵循传统诗学，精心结构，字斟句酌，有的语言瑰丽，有的凄婉清艳，有的哀思沉郁，等而下之者则无病呻吟，感情宣泄过度，以至到了滥情的地步。他们称不上是诗歌大家，惠特曼称他们是"茶壶诗人"（tea-pot poets），而罗宾逊称他们为"小十四行诗人"（little sonnet men）。罗宾逊的这句名言出于他的一首诗《十四行诗》（"Sonnet", 1894）。他在上半段一针见血地指出风雅派诗歌缺少生气，是"没有灵魂的歌"，只在白天闪烁，到夜晚就消失了，在下半段，他哀叹诗坛缺少划时代的旗手："难道不会站起一个人 / 从西天夺取一面大旗 / 把他的名字永远写在上面？"他当然没料到在他晚年时把名字写在这面旗上的人是 T. S. 艾略特，他只看到或亲身感受到 19 世纪末 20 世纪初诗坛的状况："小诗人"占领诗坛的表面繁荣。在这批"小诗人"之中，有两处地方的诗人较有名气：一拨是哈佛诗人群，另一拨是纽约诗人群。而哈佛诗人群之中的翘楚恰恰是乔治·桑塔亚纳。

---

　　① 其中的著名文选家是诗人 E. C. 斯特德曼。他主编了两卷本的《美国诗人》（*Poets of America,* 1885）和 11 卷本的《美国文学书库》（*A Library of American Literature,* 1888-90），为我们了解 19 世纪晚期美国诗歌提供了宝贵的资料。

第一节　首次界定风雅传统的乔治·桑塔亚纳

乔治·桑塔亚纳（George Santayana, 1863—1952）[①]是一位首先界定风雅传统，指出风雅传统弊病而又没脱离这个传统的人。他在文学史上的头衔是西班牙裔美国哲学家、散文家、诗人和小说家。他被喻为"警句作家"，是因为他作为哲学家，他那独到的哲学思想，必然为他带来独到的文风。他的闪着智慧光芒的警句，诸如"那些不记得过去的人被罚去重复它""只有死人会看到战争结束""灵魂并不是来重复世界，而是赞颂世界"等，他可以信手拈来。

桑塔亚纳的身世比较复杂，母亲先嫁给波士顿商人，在美国生有5个小孩（两个婴儿夭折），丈夫死后，带三个孤儿回西班牙。后来与西班牙的一个殖民地公务员、画家、小知识分子结婚，生下桑塔亚纳。母亲带了前夫生的三个小孩又返回美国，桑塔亚纳和父亲留在西班牙。1872年，他9岁时才跟随父亲去波士顿与母亲团聚。父亲不习惯美国生活，不久回到西班牙。桑塔亚纳与父母生活在一起只有5年。他在波士顿拉丁学校和哈佛大学受的教育。中途去柏林学习两年，1886年，返回哈佛写博士论文，1888年获博士学位。次年，留在哈佛哲学系任教，成为哈佛哲学系黄金时代的一分子。他的一些学生后来成为了名人，其中包括我们熟知的 T. S. 艾略特、格特鲁德·斯泰因、W. E. B. 杜波依斯、康拉德·艾肯、罗伯特·弗罗斯特等。华莱士·史蒂文斯不是他的学生，而是他的朋友。桑塔亚纳对史蒂文斯后来的成长有重大影响。这没有什么奇怪，如同中国大学生修政治课或哲学课，选修名重一时的教授的课，在哈佛更是寻常。

1896～1897年，桑塔亚纳去剑桥大学国王学院进修。1912年母亲去世后，离开哈佛大学，从事专业创作，收获颇丰。余年在欧洲度过，定居意大利，终老在罗马。作为一个同性恋者，桑塔亚纳终身未娶，厌恶异性，认为结婚是"育种"或"下蛋"。他终身保持西班牙公民身份，但在近90年的生涯中，他在美国学习、工作和生活39年，用英语写作，对美国文学文化做出了巨大贡献。他被公认为美国名作家，但他在观察美国社会和文化时，一直保持一段距离，仿佛他不是生活在美国文化中的一员，而是一个眼光犀利的客观观察者。

---

① 钱锺书先生把他的名字译为山潭野衲，甚为传神，把桑塔亚纳热衷自然主义的一面包含在里面了。

他著作等身，其中学术著作《怀疑论与动物的信念：哲学系统概论》（*Scepticism and Animal Faith: Introduction to a System of Philosophy*, 1923）被认为对批判现实主义的认识论做出了最伟大的贡献。他在诗歌领域方面，有 W. G. 霍尔茨贝格尔（W. G. Holzberger）主编并作序的《乔治·桑塔亚纳诗歌全集》（*The Complete Poems of George Santayana: A Critical Edition*, 1979）传世。他的第一本诗集《十四行诗及其他》（*Sonnets and Other Verses*, 1894）是对美的追求、对哲学问题的探讨，在艺术形式上一起步，便运用了严格的传统诗形式。按照传统的美学标准，他的艺术形式完美无缺。道格拉斯·威尔逊（Douglas L. Wilson, 1935—　）在论述桑塔亚纳的处子诗集时指出：

> 乔治·桑塔亚纳以诗歌开始他的文学生涯，作为一个执着投入创作的诗人，度过了他的人格形成期。毫不奇怪，他大半的诗反映了对他的那些成长岁月的关注——伴随他个人和文化错位引起的紧张和焦虑。他初次在诗歌创作上有任何规模的话，那就是 20 首十四行诗，开启了他出版的第一本书。《十四行诗及其他》（1894）包括了不少他的最有名的十四行诗。它表现了想取得和记录他的自然气质与带有天主教背景和传统的视野之间调和的企图。①

我们现在来读一读他的十四行诗《致沃里克·波特》（"To W. P."），这是他写给他的朋友沃里克·波特（Warwick Potter）的，波特 1893 年死于船难。全诗一共四首，怀念之情深沉而痛切，下面是第二首：

> 我生命的一部分已随你而消亡；
> 因为在我心里那些人的林中，
> 一棵树落叶于冬日的寒风，
> 再不能披上它嫩绿的春装。
> 教堂、炉边、郊路和港湾，
> 都丧失些许往日的温情；
> 另一个，就如我愿意，也无法追寻，
> 在一日之内我白发加长。

① Douglas L. Wilson. "Santayana's Metanoia: The Second Sonnet Sequence." *The England Quarterly*, March, 1966: 3.

但是我仍然在记忆里珍藏

你仁慈的天性，你轻松的童心，

和你那可爱的、可敬的亲缘；

这一些曾属于我，因此充实了我的生命。

我分辨不出哪一部分比较大——

是我保留住你的，还是你带走我的。①

　　我们再来读读他的《诗人的遗嘱》（"The Poet's Testament"）。这是一首工整的四行诗，一共五节，每节四行，前两行与后两行分别押韵，我们且先看第一节：

大地给予我的东西，我还回大地之母，

把一切交回农田，坟墓里什么也不留，

蜡烛熄灭了，幽灵的守夜完成了；

也许难见鬼影，它的去处已虚无缥缈。

　　我们再来看它的最后一节：

面对微颤的和谐的田野和云彩，

肉体和灵魂是我誓约过的崇拜。

让音乐、形体、所有流动的空气

在我那不完整的祷告里充满美丽。

　　他的诗美则美矣，是不是书卷气多了些？他大多数的诗写得毫无激情和柔情。对于这一缺憾，连他本人也不得不承认。在他的《诗篇》（*Poems*, 1922）的序言里，他评价自己的诗说："在激烈的柔情或狂欢方面我是一无是处，（在我的诗里）甚至没有那种富于魅力的短语——实际上是新鲜语言的创造——诗歌华彩部分的标志。"传统诗艺是对一个诗人学养的挑战，为了照顾完美的艺术形式，有时不得不以牺牲鲜活的内容和句子为代价，凡写传统诗的人无不有这个切肤之感。钱锺书先生赞赏桑塔亚纳的文才，说：

他的诗里，他的批评里，和他的小品文里，都散布着微妙的哲学，

---

① 基本上借用台湾诗人余光中先生的译文。

恰像他的哲学著作里，随处都是诗，随处都是精美的小品文……一种懒洋洋的春困笼罩着他的文笔，好像不值得使劲似的。他用字最讲究，比喻最丰富，只是有时卖弄文笔，甜俗浓腻，不及穆尔、卜赖德雷和罗素的清静。①

"甜俗浓腻"也好，"卖弄文笔"也好，这正是风雅派诗歌的文风，是桑塔亚纳批评的文风。

这是为什么他赞赏惠特曼野性十足、桀骜不驯的诗的缘故。但是，他深知学问功底深厚的诗人，才能娴熟掌握传统的诗艺，惠特曼在这方面缺少训练或素养，他写诗，当然不能像惠特曼那样狂野，显得那样让文人雅士所轻视的无素养。对此种矛盾，他在论著《阐释诗歌与宗教》（*Interpretations of Poetry and Religion*, 1900）的一节《野性诗》（"The Poetry of Barbarism"）中，作过明确的表述：

　　"野性诗"不无它的魅力。它可以更容易更自由地玩弄感觉和激情，它不渴求把感觉和激情从属于明确的思想或意志站得住脚的态度。它可以传递它表达的可传递的情感；它能发现部分和谐的情绪和幻想；它可以凭借炽热的不合理性，发出狂野的呼喊，把它自己和我们交给更加绝对的激情，比经验丰富或灵感天启的诗人们堆积更多恣意的意象。非理性刺激也许最终使我们厌倦，但它在开头能使我们激动；如今有多少温柔而冗长的传统诗人，他们使我们感到厌弃而从没激动过任何人？刺激力是伟大的开始，当这野性诗人有天才，他也许确实有，他的方法无论怎样的粗糙，他的情绪无论怎样的鲁莽，他具有强大的刺激力。这种艺术的缺点——缺少区别，缺少美，思想混乱，没有愉人的永久力——很难被当代广大读者感觉到，如果一旦它引起注意的话；因为没有一个诗人如此无素养，以至于会找不到许多读者，如果他找到读者的话，那就比他更无素养。

所以，归根结底，桑塔亚纳是试图站住风雅传统之内，批判风雅传统中软弱无力的糟粕，但也不主张一味狂野无度。戴维·珀金斯教授对他的评价是：

---

① 转引自吴咏慧《哈佛琐记》（2009）。

虽然他在许多风雅派批评家之中，是最有洞察力的一位批评家，但桑塔亚纳作为哲学家和作为诗人，在许多方面是风雅传统的最大代表。在他的身上，风雅传统的看法把它自身大部分的不泼辣和软绵绵清洗出去了，他对这不泼辣和软绵绵进行过十分精彩的讽刺，对自觉的美国人和现代主义运动提出永远的智力挑战，而现代派运动将很快统领美国诗歌。①

第二节　哈佛诗人

美国的文化中心虽然渐渐移至纽约，但波士顿地区的文化实力仍然十分雄厚，哈佛大学名士派的诗人们在当时的诗坛上有着一定的影响。桑塔亚纳与有同样学术背景的斯蒂克尼、洛奇和穆迪等诗人过从甚密，是哈佛诗人群的头头，起初他领导了七个大学生诗人（其中著名的是上述的三位诗人），于19世纪90年代成立"不热心派俱乐部"，对思想与感情保持平衡的宗教持冷漠态度，在新英格兰的保守氛围里不无积极意义。

他们之中较著名的有：特朗布尔·斯蒂克尼、乔治·卡伯特·洛奇、威廉·沃恩·穆迪等，其中以穆迪所取得的成绩最大。他们有一些共同的特点：学识渊博，兴趣广泛，宗教上持怀疑态度。他们差不多是哈佛大学同时代的毕业生，相互交往，和外界的文人学士也有联系。

1. 特朗布尔·斯蒂克尼（Trumbull Stickney, 1874—1904）

斯蒂克尼出生在日内瓦，大部分时间在欧洲度过。1891～1895 年，他在哈佛大学学习，大学一年级时就加入了《哈佛月刊》（*Harvard Monthly*）编辑部。他的诗篇虽然发表在各个大学的杂志，但他的社会活动范围以《哈佛月刊》为中心，在这个圈子里结识了洛奇和穆迪。他在巴黎索邦获得博士学位后，在哈佛大学任教。

斯蒂克尼在欧洲和美国受到最完美的教育，可谓满腹经纶，是一位亨利·詹姆斯式的饱学之士。他刚到而立之年，却因脑瘤而早逝。有两本诗集传世：《戏剧性诗篇》（*Dramatic Verses*, 1902），另一本《特朗布尔·斯蒂克尼诗篇》（*The Poems of Trumbull Stickney*, 1905）是在他死后，由他的诗友洛奇和穆迪以及约翰·埃勒顿·洛奇（John Ellerton Lodge）整理出版

---

① David Perkins. *A History of Modern Poetry: From the 1890s to the High Modernist Mode*: 103.

的，在当时没有引起多大反响，直至康拉德·艾肯把斯蒂克尼的一些诗收入在他自己主编的《美国诗 1671～1928》（*American Poetry, 1671-1928*, 1929）里，他才为广大读者所知，再加后来由著名评论家埃德蒙·威尔逊（Edmund Wilson, 1895—1972）于 1940 年写了评论他的文章，确立了他的文学地位。

斯蒂克尼的诗歌有着智性的张力，感情大幅度的投入。他沾染了世纪末的悲凉情绪，因此他的诗常常透露了他抽象的道德说教，如他在《在过去》（"In the Past"）一诗里以"孤独的船夫"自比；在《记忆女神》（"Mnemosyne"）里，乡村是"空荡荡的""黑暗的"和"雨淋淋的"。在诗人看来，人们能做到的是抵制绝望，因为生活只不过是一场梦。诗人在十四行诗《六点钟》（"Six O'Clock"）里描绘了城市嘈杂的晚景，向劳累了一天的各式人等道了晚安之后，最后两行竟出现了阴森可怖的景象：

> 我发誓牺牲者很快会对着火刑柱发抖，
> 躺在血泊里，我们此刻已把他带到这里。

他的一首只有四行的短诗《老兄，别再说了》（"Sir, Say No More"）反映了诗人郁郁寡欢的心境：

> 老兄，别再说了。
> 在我的内心似乎有
> 一只攀缘着的绿色眼光的猫
> 爬动在我心灵的可怜鸟群身旁。

有评论家认为，此诗暗示上帝已经死了。他受到众多诗人的赞赏，康拉德·艾肯、威廉·罗斯·贝内、路易斯·昂特迈耶、艾伦·泰特、马克·范多伦、奥斯卡·威廉斯（Oscar Williams, 1900—1964）、W. H. 奥登、约翰·霍兰德等对他赞叹不已。霍兰德曾在《纽约时报》图书栏撰文，说"他的作品显得更重要……兴趣不在风格，而是在抓住了梦幻的时刻"。戴维·珀金斯教授对斯蒂克尼的看法是：

> 他是一个品位高、敏感和聪明的诗人，熟练地掌握了传统模式的诗歌技巧，远远超过约瑟芬·普雷斯顿·皮博迪、露易丝·伊莫金·吉尼、凯瑟琳·李·贝茨（Katharine Lee Bates, 1859—1929）或洛根·皮

尔索尔·史密斯（Logan Pearsall Smith, 1865—1946），如果他们代表"颓废浪漫主义"的话。①

他的两首诗《在过去》和《记忆女神》被收录在《美国诗歌新牛津卷》里。前一首诗是正规的四行诗，一共 11 节，其中有一节：

> 我，在我孤独的小舟，
> 一个流浪者在困倦的湖上
> 注视着彩色爬行，带着
> 一条蛇弯曲的游迹飘荡。

这是典型的风雅之士抒发着风雅之情，粗野的惠特曼可没有这个闲情逸致。

2. 乔治·卡伯特·洛奇（George Cabot Lodge, 1873—1909）

有悲观情绪的洛奇怀旧情绪浓厚，对现代文明并不太赞赏，例如他在一首诗《为革命歌唱》（"A Song for Revolution"）里隐隐地表达了这种感情：

> 虽然统治者为大把金钱而内疚，
> 灯光通明的城市很无耻，
> 虽然人们的嘴唇苍白，红润已丢，
> 牺牲的圣地变得冷丝丝
> 传统带着它成熟的质疑询问：
> 当爱的祭坛堆积得过高时，当
> 　　爱的激情变得像绝望般激烈时，
> 在什么样乌黑如薄暮的头发的芬芳
> 中，在什么样的胸脯里，
> 什么样的拥抱将能提供
> 什么样难忍的快乐。

他的诗集《波浪之歌及其他》（*The Song of the Wave and Other Poems*, 1848）大部分反映了失落的宗教、失落的爱情、迷惘的青年。洛奇的悲观

---

① David Perkins. *A History of Modern Poetry: From the 1890s to the High Modernist Mode*: 104-105.

根植于他既厌弃旧时代的宗教信仰，但在科学正飞速进步的新时代，又得不到人生哲学的满意答复。他深受德国哲学家叔本华（Arthur Schopenhauer, 1788—1860）和意大利诗人、哲学家贾科莫·利欧帕迪（Giacomo Leopardi, 1798—1837）的悲观主义影响，同时也受法国诗人波德莱尔和勒孔特·德莱尔（Leconte de Lisle, 1818—1894）的影响。他的《波浪之歌》（"The Song of the Wave"）、《埃塞克斯》（"Essex"）、《特朗布尔·斯蒂克尼》（"Trumbull Stickney"）等优秀十四行诗常被当时的诗集收录。

洛奇出生在波士顿名门之家，父亲是美国著名的参议员和历史学家亨利·卡伯特·洛奇（Henry Cabot Lodge, 1850—1924）。洛奇在哈佛大学学习，接着去法国和德国深造。1897 年，他作为父亲和参议院委员会的秘书，开始在华盛顿工作。美西战争期间，他以海军学员身份参战，表现良好。罗斯福总统是他的挚友，为他死后出版的文集《乔治·卡伯特·洛奇诗篇和剧本合集》（*Poems and Dramas of George Cabot Lodge*, 1911）作序，对他的评价很高，说他"不仅是天才的诗人，而且是知识非常渊博的名士"。这可算是他死后的哀荣。

1912 年 3 月 24 日，《纽约时报》发表了评论该文集的题为《新英格兰的斯温伯恩》的不署名文章认为，如果洛奇少一点学者的修养，那么他就多一点诗人的豪情，自从弥尔顿以来的伟大英国诗人，从来没有像他那样背着如此渊博学识的重负。他的文集给读者留下强烈的感觉是：有害于自己的气质性悲剧，由于他没有在合适的时间生在合适的地方。该文还指出：他生长在贵族型波士顿的传统里，具有前拉斐尔的审美感和清教徒的意识，一方面内心有着惠特曼那种赤裸裸自在的欲求，另一方面又不是真的想要。在洛奇的身上，暴露了他本能地敏感于美的本性，特别多情，也暴露了他对贵族似的传统的继承，还暴露了他在理性上是一个民主主义者。因此，他被太多的方面同时拉扯着，以至于他的聪明才智不能简单而直接地得到发展。

不过，洛奇对大自然的热爱和感悟使他写出了不少脍炙人口的诗句，诸如"我们听到朝阳像金色的竖琴在演奏""雪松编织了朦胧的曙光。／旷野的风扑在我们的脸孔，／我们头发上的雨珠像闪亮的花冠""大海的声音，飘动的歌，摇荡的橹！／航出黑暗，在赤裸的大海上，／我们的大帆船来了，／迎着风向前跃起，／好似刀刃深切下去"，等等，显示了诗人捕捉大自然之美的杰出才能。

戴维·珀金斯教授对他的诗歌总的评价是："他的诗歌高雅，但是兴趣减弱，也许因为洛奇太切合一般性了。"①言外之意：空乏，因为他的一些诗题太因循守旧了。洛奇有一句名言："当你习惯于任何事情的时候，你就被它疏远了。"

3. 威廉·沃恩·穆迪（William Vaughn Moody, 1869—1910）

对上帝也不满的穆迪，在他的诗剧三部曲的第一部诗剧《最后审判的假面剧》（*The Masque of Judgement*, 1900）里，描写人类与上帝的冲突，导致运用自由意志的人类的最后反抗。他的第二部诗剧《火种的带来者》（*The Fire Bringer*, 1904）以普罗米修斯为主人公，强调人类反抗上帝意志的责任。他的第三部诗剧《夏娃之死》（*The Death of Eve*, 1912）描写了上帝与人类的妥协，是通过创造女人来完成的。也许受 19 世纪英国大诗人雪莱（P. B. Shelley, 1792—1822）的名作《解放了的普罗米修斯》（*Prometheus Unbound: A Lyrical Drama*, 1820）的影响，穆迪和斯蒂克尼都对普罗米修斯感兴趣，后者也写过以普罗米修斯为主人公的诗剧《带来火种的普罗米修斯》（*Prometheus Pyrphoros*, 1900）。在这两个诗人的心目中，普罗米修斯是新世纪知识传播者的化身。这种看法并不新鲜，无创见可言，而且不十分令人信服，因为 20 世纪的西方社会，毕竟不是伽利略受宗教迫害的封建社会。

穆迪远比斯蒂克尼或洛奇著名。他生在印第安纳州斯潘塞，幼年时父母早亡，依靠勤工俭学求学。1893 年毕业于哈佛大学，留校执教至 1895 年，以渊博的知识著称。然后去芝加哥大学任教，1908 年获耶鲁大学博士学位，美国艺术暨文学学会会员。死于脑癌，正值不惑之年。和他同年的 E. A. 罗宾逊在当时的威望也不如他。罗宾逊钦慕"他的学问，他高雅的清教徒的聪颖，他特有的实际成功"。②但穆迪不是一个向前看而是向后看的诗人，他承袭了英国诗歌的传统，在他的诗里，你可以听到雪莱、济慈（John Keats, 1795—1821）、马洛（Christopher Marlowe, 1564—1593），甚至弥尔顿（John Milton, 1608—1674）的回响。

穆迪后来到西部的芝加哥大学教英国文学，大工业城市的丑陋和粗犷多少给他学术气息浓郁的诗里带来一些生气，虽然他不屑也不能与芝加哥诗人马斯特斯、林赛或桑德堡为伍。他对大工业或机器怀有既瞧不起又羡慕的复杂感情，并认为工业的进步使物质自由与精神死亡俱来。他的《废

---

① David Perkins. *A History of Modern Poetry: From the 1890s to the High Modernist Mode*: 105.

② Robert E. Spiller, et al. Eds. *Literary History of the United States*. New York: The Macmillan Company, 1972: 1158.

弃物》（"Jetsam", 1897）、《残忍》（"Brute", 1900）和《格洛斯特荒野》
（"Gloucester Moors", 1900）等篇章都反映了他的这种心态，其中第三首以
描写海边小镇的美丽风光而脍炙人口。他谴责美国理想泯灭的一首长诗《踌
躇时代的颂歌》（*An Ode in Time of Hesitation*, 1900）发表在 1900 年 5 月号
《大西洋月刊》上，使他名噪一时。全诗分九节，诗节长短不等，但韵脚严
格。诗人看到波士顿广场上黑人上校罗伯特·格尔德·肖的塑像（他在南
北战争时期率领联邦军进军瓦格纳堡时阵亡）时有感而发，感叹肖上校为
之奋斗的理想正在消亡。诗的最后最有力的一行是："我们可以原谅盲目
性，但我们将惩罚卑鄙。"他的这首诗对后来的诗人如罗伯特·洛厄尔（他
的《献给联邦死难烈士》间接地提到了这首诗）、邓巴和贝里曼都产生了一
定的影响，即使在当时，他的技巧和敏感性也为他同时代的诗人所称道。
他的一首比较长的诗《格洛斯特情趣》（"Gloucester Moods"）大致能代表
他的审美情趣。该诗一共十节，前九节九行，最后一节十一行，押韵极其
工整。现在我们来欣赏第一节：

> 一英里后面是格洛斯特镇，
> 那里一只只捕鱼船驶进来，
> 一英里前面的陆地海水里浸沉，
> 树林和农场从这里展开。
> 这里，荒野在蓝色的正午，
> 自由自在地向前伸展，
> 太阳在迈进，大海在叙述，
> 阵阵劲风争先恐后地吹拂
> 推着六月的轮子向前飞闪。

第三节 纽约诗人群

纽约诗人群生活优裕，特别是到德国当公使的泰勒和费城的富豪博克
与欧洲的外交家和作家有密切的来往，处处显示挥金如土的潇洒气派。博
克在生前还有三个情妇，其中一个是费城著名的贵妇。所以他们理论上提
出重精神上的爱情，轻肉体的爱情，纯系空话。他们是脱离普通人生活实
际的精神贵族。不过，他们在文学创作上都有很大的抱负，而且执着追求。
一方面他们同杂志和出版社保持广泛的联系，使他们的名字常常在出版物

上露面，逐渐把他们的影响扩大到大学里。他们虽不是大学教授，但常常被邀请到大学去作学术讲座，在年轻的一代文学爱好者中培养了他们的接班人，使之成为他们的理想文学的继承者和捍卫者，其中著名的有哥伦比亚大学的乔治·爱德华·伍德伯里（George Edward Woodberry, 1855—1930）、哈佛大学的巴雷特·温德尔（Barrett Wendell, 1885—1921）和普林斯顿大学的亨利·范戴克（Henry Van Dyke, 1852—1933）。另一方面，他们同纽约以外的作家也有密切的来往，使那些作家成了他们的外围成员，众星捧月中的星星。他们之中有名的有保罗·汉密尔顿·海恩（Paul Hamilton Hayne, 1830—1886）、托马斯·布坎南·里德（Thomas Buchanan Read, 1822—1872）、威廉·温特（William Winter, 1836—1917）、理查德·沃森·吉尔德（Richard Watson Gilder, 1844—1909）、路易丝·钱德勒·莫尔登（Louise Chandler Moulton, 1835—1908）、理查德·格兰特·怀特（Richard Grant White, 1822—1885）等以及一大批比他们的名气小得多的次要作家。纽约诗人群及其外围诗人与评论家认为他们代表了当时文学（特别是诗歌）的主流，不但继承了传统，而且革新了传统，即革新了南北战争时期的政治倾向明显的宣传性文学，把它引向纯文学（即理想文学）的道路。

斯托达德夫妇、贝阿德·泰勒、托马斯·贝利·奥尔德里奇、乔治·亨利·博克和埃德蒙·克拉伦斯·斯特德曼（Edmund Clarence Stedman, 1833—1908）等人是纽约诗歌界的佼佼者。他们是亲密的诗朋文友，刚开始几年都住在纽约时，常常唱酬往来，相互品评和题献，书信来往不绝，而且在出版方面互有关照。他们共同的美学是创作"理想诗歌"（Ideal Poetry），把读者引到艺术家创作的理想世界，把读者从物质主义的泥坑里拉出来。他们似乎想通过脱离人的基本欲望和社会活动的梦想，去达到他们所谓的理想世界。博克把他们这些诗人说成是悬在时代进步车轮上的人，向世人展示世界早已失去的美，而科学和贪婪携手却酿成罪恶。他们反对日常生活中的俚语入诗，因为它太粗俗，有悖于他们的诗歌梦想。他们还反对露骨的性描写，因为只有爱情的梦想而不是爱情的行动符合他们理想的诗歌标准。他们虽在纽约，在诗艺上却很保守。他们不写自由诗或其他种种形式的试验诗，只写新平达体颂歌、十四行诗或四行诗，而这些艺术形式，在他们之前的名诗人布赖恩特（William Cullen Bryant, 1794—1878）、詹姆斯·洛厄尔（James Russell Lowell, 1819—1891）和朗费罗都已运用到炉火纯青的地步。这就限制了他们的艺术发展，注定了他们成不了大诗人。目光敏锐的伊丽莎白·斯托达德在当时就意识到了他们这伙诗人的致命弱点，在1874年7月的一次聚会上老实不客气地指了出来："……你们这伙年轻人，作为诗人，都是意气消沉的失败者……你们不缺少时间……但缺少的是诗歌才能。"①

1. 理查德·亨利·斯托达德（Richard Henry Stoddard, 1825—1903）

如果说哈佛大学诗人群主要写的是古典题材和主题的话，那么纽约诗人群则热衷于欣赏维多利亚晚期凋谢的花朵。爱好这类花的起始人是斯托达德夫妇及其朋友。

理查德·亨利·斯托达德出生在麻省欣厄姆，父亲是船长，死于海难。1835 年，寡母带他到纽约后再婚。他从公立学校毕业之后，当过铁匠和铸铁工人，自学成才。他的才华使他接触到许多文学青年，特别是与后来成为诗人和文学批评家的贝阿德·泰勒（Bayard Taylor, 1825—1878）的交往，给他走上诗歌创作道路助了一臂之力。1849 年，他放弃体力劳动，开始以写作为生，向《联盟杂志》（*Union Magazine*）、《尼克博克杂志》（*Knickerbocker Magazine*）、《普特南月刊》（*Putnam's Monthly Magazine*）和《纽约晚间邮报》（*New York Evening Post*）等报刊投稿。1853 年，在霍桑的帮助下，他找到了纽约港海关督察的差事，一直工作到 1870 年。后来在纽约码头部门任乔治·布林顿·麦克莱伦（George Brinton McClellan, 1826—1885）②的机要秘书（1870—1873）、纽约市图书馆馆员（1874—1875）、《纽约世界》（*New York World*）文学评论员（1860—1870）、《名利场》（*Vanity Fair*）编辑、《阿尔定》（*The Aldine*）编辑（1869—1874）和《邮寄与快寄杂志》（*THE MAIL & EXPRESS MAGAZINE*）文学编辑（1880—1903）。

在 1849～1890 年，理查德·亨利·斯托达德发表了《夏歌》（*Songs of Summer*, 1857）、《国王的钟》（*The King's Bell*, 1862）、《阿伯拉罕·林肯：贺拉斯体颂歌》（*Abraham Lincoln: An Horatian Ode*, 1865）、《诗抄》（*Poems*, 1880）、《狮子俱乐部及其他》（*The Lion's Club, and Other Poems*, 1890）等 11 本诗集，其中《国王的钟》知名度较高。理查德·亨利·斯托达德在当时诗坛享有盛名，因为他乐感强，语言巧妙，并具有捕捉意象的才能。不过，他的诗歌读起来令人感到斧凿的痕迹太明显，感情做作，过于宣泄，缺少力度。

他的妻子伊丽莎白·德鲁·斯托达德（Elizabeth Drew Stoddard, 1823

---

① 转引自 Robert E. Spiller: 825.
② 麦克莱伦曾经是南北战争期间的少将和民主党 1864 年总统候选人。

—1902）也生在麻省，除了与丈夫合作外，还发表了小说和诗集，不过质量平平，除了较真实地揭示个人的心境外，技巧并不高明。她只出版了一本《诗篇》（*Poems*, 1895）。

总的来说，斯托达德夫妇的诗歌成就不大，没有给后人留下什么让人长久难忘的诗篇，使人至今仍然记住他们的倒是他们在 1870 年之后在家里创办的文学沙龙。它作为纽约文学生活的中心，团聚了一批纽约诗人。

2. 贝阿德·泰勒（Bayard Taylor, 1825—1878）

贝阿德·泰勒出生在宾夕法尼亚州切斯特县，父亲是富裕农民。17 岁时，他在西切斯特学画。他对诗歌产生兴趣，是在诗人、诗评家、《格雷厄姆杂志》（*Graham's Magazine*）主编鲁弗斯·威尔莫特·格里斯沃尔德（Rufus Wilmot Griswold, 1815—1857）的辅导下形成的。在他的鼓励下，贝阿德·泰勒发表了第一本题献给格里斯沃尔德的诗集《希梅纳，或谢拉莫雷纳战役，及其他诗篇》（*Ximena, or the Battle of the Sierra Morena, and Other Poems*, 1844）。诗集稿费使他有条件旅游欧洲，游遍英国、法国、德国和意大利。两年只花了 100 美元，但他从欧洲发回来旅游见闻，很受《纽约论坛报》（*The New York Tribune*）、《星期六晚邮报》（*The Saturday Evening Post*）、《美国公报》（*The United States Gazette*）等国内报纸欢迎。回国后，他把发表在报纸的文章结集为两卷本《徒步观察，或背着背包所见到的欧洲》（*Views Afoot, or Europe Seen with Knapsack and Staff*, 1846）出版，使他很快著称文坛。1948 年，他应聘在《格雷厄姆杂志》编辑部工作几个月之后，同年在《纽约论坛报》找到正式工作，有了稳定的收入，为他到国内外采访创造了条件。接着，他旅行到埃及、阿比西尼亚、土耳其、印度、中国和日本等国家，出版了多本影响颇大的游记，其中中国读者会感兴趣的一本是《1853 年印度、中国和日本访问记》（*A Visit to India, China and Japan in the Year 1853*, 1855）。

贝阿德·泰勒是纽约诗人群中最著名的一位。他终生的目标是想与朗费罗（Henry Wadsworth Longfellow, 1807—1882）和惠蒂尔（John Greenleaf Whittier, 1807—1892）齐名，热衷于文学上名声的劲头，纽约诗人群里谁也赶不上他。他对此有一句名言：“名誉是你取得的，品格是你给予的，当你对这个真理醒悟时，你就开始生活了。”

他走遍世界，经历丰富。在南北战争期间，担任通讯员，然后被委派到圣彼得堡当外交官。接着创作小说，然后写了大量诗歌，有十几本诗集，其中三本《东方诗篇》（*Poems of the Orient*, 1854）、《国内与旅行诗篇》

（*Poems of Home and Travel*, 1855）和《守护神：挪威的田园景色》（*Lares: A Pastoral of Norway*, 1873）是根据他的旅行印象写的抒情诗。他的诗集《回声俱乐部和其他的文学消遣》（*The Echo Club and Other Literary Diversions*, 1876）是模仿爱伦·坡、济慈、A. C. 斯温伯恩（A. C. Swinburne, 1837—1909）、爱默生、惠蒂尔、斯托达德夫妇、奥尔德里奇和斯特德曼等人以及他自己的口气写的一系列谐趣诗篇，先登载在《大西洋月刊》上。在他大量的诗篇中，《松树的轮回》（"The Metempsychosis of the Pine"）和《贝都因之歌》（"Bedouin Song"）比较有名。《松树的轮回》是一首工整的四行诗，我们姑且读前两节，也许能给我们一个大概的印象：

> 当那渺茫的苍白色月光
> 　　使熟悉的田地变得神秘幽冥，
> 那里一切都变化，一些新的精灵晃荡
> 　　在花儿、灌木和树林中苏醒，——
>
> 另一种生命，白天的生命，淹没了，
> 　　现在的意识里冒现出来的过去明显了起来，
> 我们记起我们曾经漫游过的迢迢
> 空旷无边的领域，依稀蔼蔼：

　　《贝都因之歌》写的是诗人爱上了生活在阿拉伯沙漠里的少数民族贝都因人姑娘，爱之炽烈到了海枯石烂的地步。全诗三节，每节十一行，隔行押韵，最后三行押韵，最后一行在三节里重复，强调对神的发誓。第一节可以让我们了解这首诗的大致风貌：

> 我从沙漠里来见你
> 　　骑着马带着火把；
> 以我想要的速度
> 风被甩在了身后啦。
> 我站在你的窗户下面，
> 　　中午听见我的呼唤：
> 我爱你，我爱的是你呀，
> 　　至死不变，我信誓旦旦，
> 直至太阳浑身冷冰冰，

> 直至星星老死变幽冥，
> 让神的裁决书一页页地打开来判定！

　　贝阿德·泰勒的这类诗在当时读起来饶有趣味，但现在都被忘却了。他做的一件至今还没有被人忘记的事，是他在德国期间翻译歌德的《浮士德》。1878年6月，马克·吐温（Mark Twain, 1835—1910）和他同船去欧洲，发觉泰勒如此精通德文，以至于对他羡慕不已。泰勒译作为他赢得了"镀金时代桂冠诗人"的美名，尽管他的诗不能给读者留下深刻的印象，他为此被他的朋友斯托达德称为诗匠（a verse maker），而不是诗人。他去世后，《纽约时报》曾在头版刊载了他的讣告，称他是"大地和书面上的一个伟大旅行家"。当时诗坛顶级诗人朗费罗还写了一首悼念他的诗。

　　贝阿德·泰勒有两次婚姻：1849年，与玛丽·阿格纽（Mary Agnew）结婚，她一年后死于肺病；1857年，与玛丽亚·汉森（Maria Hansen）结婚。1878年，他被委派到德国当公使，在那里建立了很大名声，但健康恶化，同年死于柏林，后葬在宾夕法尼亚州肯尼特广场附近，坟墓像一个大圆筒。1859年至1874年，他在宾夕法尼亚州切斯特县西德克罗夫特居住过的住宅，已经作为国家历史地标而保留下来，供后人瞻仰。

3. 托马斯·贝利·奥尔德里奇（Thomas Bailey Aldrich, 1836—1907）

　　奥尔德里奇生在新罕布什尔州的朴茨茅斯。父亲是商人，1849年去世，迫使他放弃上大学的机会。1852年，他刚好16岁，去纽约，在叔叔家的商务办公室工作。他很快成了各种报刊的投稿者，结识了19世纪60年代早期的一批诗人、艺术家和名流，其中有我们熟知的惠特曼、埃德蒙·克拉伦斯·斯特德曼、理查德·亨利·斯托达德、威廉·迪安·豪厄尔斯和贝阿德·泰勒等。从1856年至1875年，任过好几种报刊编辑，最后任当时重要的杂志《大西洋月刊》主编（1881—1890）。他和《世纪》（*The Century*）主编理查德·沃森·吉尔德一道，用他们的审美趣味影响了当时的广大读者。他的半自传体小说《坏孩子的故事》（*The Story of a Bad Boy*, 1870）是一本描述他自小奋斗的名著。1865年，他与莉莲·伍德曼（Lilian Woodman）结婚，生有一对双胞胎儿子。

　　奥尔德里奇在纽约诗人群中最为勤勉，一生出版了15卷诗集。他名重一时，他的《诗抄》（*Poems*, 1863）还得到过霍桑的夸奖。他的题材都是一些鸡毛蒜皮的小事，诸如《记忆》（"Memory"）、《一次阅读》（"At a Reading"）、《幻象》（"Apparitions"）、《没人看守的大门》（"Unguarded Gates"）

等空泛而烦琐。他不屑写生活中的具体事物对他的激发，因为他认为事过境迁，这类诗没有永恒保留的价值，他对遣词造句、诗行的安排十分讲究，吹毛求疵到无以复加的地步，以至于他不愿把早年版本的诗重印在以后的版本之中，足见他的精益求精。精则精矣，但他走向另一个极端：感情矫饰。他的只有七节的短诗《婴儿贝尔谣》（"The Ballad of Babie Bell", 1856）曾使他名噪一时。

他的长篇叙事诗不太成功，但他的一些描绘风景、情绪或奇思妙想的单篇抒情诗比较精彩，例如《下雨之前》（"Before the Rain"）、《无名之痛》（"Nameless Pain"）、《那一朵白玫瑰》（"The One White Rose"）、《悲剧》（"The Tragedy"）、《虎百合》（"Tiger Lilies"）、《命运》（"Destiny"）等抒情篇章值得一读。我们现在且来欣赏诗人如何在《下雨之前》里描摹大雨前的景色：

> 我们知道会下雨，因为整个早晨
> 在轻盈的迷雾绳索上的精灵，
> 把它那一只只金色的吊桶扔
> 进紫水晶似的雾气茫茫溟溟。
> 从那令人沮丧的沼泽地，舀起
> 一株株花朵里的露珠，这是从
> 大海里滴进来的宝石似的水汽，
> 然后将把它们泼洒在原野中。
> 我们知道会下雨，因为白杨把
> 它们的白叶露出来了，琥珀色
> 的雨缩进风里——此刻闪电枝杈
> 缠绕在颤抖的雨水绞纱里了。

诗人把下雨前空中的水汽聚成雾珠再变成雨滴以及海洋与陆地通过雨循环，写绝了！也美极了！尽管他的艺术题材都很传统，无现代生活气息，但他对清晰的意象刻画，例如这首《下雨之前》，预示了后来的意象派诗歌风格。他不太相信创新，而是看重传统的继承，曾说："没有一只鸟的鸣叫声，不是重复某个第一只鸟喉咙里发出来的声音；自从伊甸园的清新和人类的堕落以来，没有玫瑰是原本的。"我们佩服他的睿智，让我们记住他永不过时的名言："保持心不起皱纹，抱着希望，亲切温和，欢乐，谦恭——那就等于胜过老年。"

托马斯·贝利·奥尔德里奇度过童年的祖屋在莉莲·伍德曼的协助下

得到修复，如今成了特劳贝里·邦克的奥尔德里奇纪念馆，新罕布什尔州朴次茅斯特劳贝里·邦克博物馆的一部分。奥尔德里奇的遗言是："不管这一切，我要睡觉，把灯灭了。"莉莲·伍德曼的《拥挤的回忆》（*Crowding Memories*, 1920）和费里斯·格林斯勒特（Ferris Greenslet）写的传记《托马斯·贝利·奥尔德里奇》（*Thomas Bailey Aldrich*, 1908）为了解奥尔德里奇一生的文学活动提供了第一手材料。

4. 乔治·亨利·博克（George Henry Boker, 1823—1890）

博克社会阅历丰富，身份多种，除了诗人和戏剧家头衔之外，还是社会活动家和外交家。

他出生在费城豪门之家。父亲是一个成功的银行家。他从小过着锦衣玉食的生活，有闲暇学习文学，练习拳击和跳舞。他先上新泽西学院，然后转学普林斯顿大学攻读法律。在该校创立文学杂志《拿骚月刊》（*Nassau Monthly*），在该杂志上发表诗作。喜爱读莎士比亚、拜伦、雪莱、华兹华斯、柯勒律治等名家作品。1842 年，毕业之后，放弃当律师的机会，投身文学创作。和朱莉娅·里格斯（Julia Riggs）结婚。与理查德·亨利·斯托达德、贝阿德·泰勒等诗人交友，成了这个圈子里的成员。他们切磋诗艺，在面对报刊的新闻批评时，相互支持和鼓励。泰勒和斯托达德在文学事业上的成功，部分归功于他。

1848 年，他发表处子诗集《生活的教训及其他》（*The Lessons of Life, and Other Poems*, 1848）。评论界认为该诗集因袭成分多，缺乏鲜明的个性。他通常写不押韵的五音步素体诗，题材取自欧洲历史背景的带浪漫色彩的悲剧。他起初创作的抒情诗不太出色。后来尝试创作戏剧，取得成功，成了19 世纪 80 年代最成功的戏剧家之一。他创作了不少悲喜剧，其中以《弗兰切斯卡·达里米尼》（*Francesca da Rimini*, 1853）最著名。整个 50 年代，他都有作品问世，被视为费城著名的作家之一。

博克后半生服务于公共事业。南北战争爆发后，他与费城中产阶级和上层社会人士组织筹款，在 1863 年至 1864 年建立联邦联合会俱乐部（Union League Club），支持共和党和美国卫生委员会，帮助治疗战斗中受伤的士兵。他对无辜阵亡的士兵感慨万分，曾说："把他包裹在星条旗里。擂起鼓，放起炮！对于他来说，全是我们的战争，除了嘲弄愚行的死亡之外，还有什么？"在这期间，他发表了反映南北战争的诗集《内战诗篇》（*Poems of the War*, 1864）。1869 年，他发表诗集《柯尼斯马克、猎狗的传说及其他》（*Konigsmark, the Legend of the Hounds and Other Poems*, 1869）。

作为回报,格兰特总统在 1871 年任命他为驻土耳其公使,四年之后,又任命他为圣彼得堡法院特派公使和驻俄国全权公使。他成了亚历山大二世(Alexander II, 1818—1881)最喜爱的外交官。

1878 年,博克退出外交圈,回到美国时情绪不高,觉得自己文学与外交事业上取得的成就不大。1882 年,著名舞台演员劳伦斯·巴雷特(Lawrence Barrett, 1838—1891)复演他的名剧《弗兰切斯卡·达里米尼》,提高了公众对他和他的其他作品的兴趣。

在他死后,他的朋友爱德华·布赖德利(Edward Sculley Bradley)整理出版了他的爱情十四行诗诗集《十四行诗:世俗爱情组诗》(*Sonnets: A Sequence on Profane Love*, 1929)。这些爱情诗真实地反映了他生前与三个情妇的感情纠葛。经过布赖德利的考证,他发觉出现在诗中的真人之一,是他所追求的安吉·金·希克斯太太(Mrs. Angie King Hicks)。布赖德利透露说,博克生前创作了 313 首十四行诗,他打算在 1877 年出版,但由于牵涉诗中个人的隐私而推迟了,没来得及出版。博克的手稿现藏在普林斯顿大学图书馆。他生前曾写信给贝阿德·泰勒,开玩笑说,他写的十四行诗"比除了华兹华斯之外的任何英语诗人都多"。不过,他没有想到,当时曾被称为美国最伟大的十四行诗诗人和画家劳埃德·米夫林(Lloyd Mifflin, 1846—1922)比他的十四行诗的数量更多,米夫林一共发表了 516 首十四行诗。博克对写诗很顶真,写戏非他所愿。他说:"如果我被认为是诗人,那么我此生愿望足矣,在文学上别无他求了。"他被评论界称为先于朗费罗的美国十四行诗先行者之一。

5. 埃德蒙·克拉伦斯·斯特德曼(Edmund Clarence Stedman, 1833—1908)

纽约诗人群的后加入者是斯特德曼。他在耶鲁大学学习两年之后,成了纽约两家报纸的记者,在内战头几年,当《世界报》战地记者。后来有机会学习法律,在任美国司法部长爱德华·贝茨(Edward Bates, 1793—1869)私人秘书一段时间之后,进入华尔街证券交易所,当证券经纪人(1865—1900)。因为写了讽刺上层社会结婚的诗《钻石婚》("The Diamond Wedding", 1859)而引起了法律纠纷和决斗威胁,从此他与斯托达德、泰勒和奥尔德里奇有了密切的往来。1860 年,出版第一本诗集《田园抒情诗抄》(*Poems, Lyrical and Idyllic*, 1860)。1873 年、1884 年和 1897 年,出版了相同性质的诗合集。他还出版了两本长诗集:《蒙茅斯的爱丽丝:大战即景诗》(*Alice of Monmouth: an Idyl of the Great War*, 1864)和《无可指责的王子》(*The Blameless Prince*, 1869)。他的长诗有田园风味,但抒情不浓。他的诗主要收录在他的《诗作》（*Poetic Works*，1873）里。

他有一首短诗《说教诗》（"The Didactic Poem"）表现了他的机智：

> 无灵魂无色彩的气质，你的话语是智慧的话语。
> 一匹骡难道不是一匹骡，如果他驮着一筐金子？

斯特德曼站在 20 世纪初的立场，回顾整个 19 世纪的美国诗歌时，洋溢着跨世纪的无比快乐，对美国诗歌充满信心，这充分地流露在他的《序诗》（"Prelude", 1900）里：

> 我看见这群星星在早晨大合唱，
> 它们聚集在黎明时分纵情高歌，——
> 这一天开始的满天闪烁的繁星
> 经历近百小时，通过西方，最后
> 把青春线仍留在新世界的容颜上。
> 当它们一起歌唱，——为山峦、
> 树林、瀑布和空气清新广袤
> 无边的快乐大地歌唱时——
> 我听到这庄严的赞歌，看见它们
> 在亮光中，把那长时间盘踞在
> 古老海洋守护的最美好的
> 自由土地上的魔鬼消灭光，——
> 它们就这样歌唱着，朝正午升起，
> 向西边的天空落下，尽可能地闪亮，
> 引领了许多许多年轻的赞赏者，
> 而东边的天空隐蔽在黑暗里，
> 时间并不长，也没有受挫感，——
> 啊，有多少个亲爱的星星的
> 歌唱声，在中途静止下来了，
> 星星在下坠以前已经变暗；
> 然而，另外的星星接着又来
> 放着光芒，也没有停止不唱
> 新的并不陌生的赞歌，这个时代
> 走出来并不暗，音乐也不停地

迈向下一个世纪，——步伐加快，

等待着欢呼，等待着更激情的歌唱。

　　斯特德曼用灿烂的群星比喻 19 世纪的诗人，用星星循环经过天空比喻新老诗人交替，对美国诗歌充满希望。在这一点上，他似乎没有世纪末的压抑低沉的情绪。

　　不过，斯特德曼在诗歌理论上的建树比他在诗歌创作上大，表现了他的美学趣味比他的诗友们广泛得多。最典型的例子是他高度评价惠特曼，说："不要押韵的自由诗，最容易写，但要写得出色却最难。他的诗歌形式也许只适合他自己，不适合美国的未来诗人。"他讲对了一半，自由诗的确不适合他斯特德曼，但却适合未来的美国诗人。斯特德曼的大部分诗故作多情，不自然，而且模仿沃尔特·萨维奇·兰德尔（Walter Savage Landor, 1775—1864）和斯温伯恩的痕迹明显，成了外国文化的复制品，是风雅传统的诗歌典型。他对此似乎意识到了，他曾说："诗歌是艺术，是美术之首，最容易涉猎，但达到真正的卓越最难。"不过，他还说："时尚是艺术的潜力，使它很难在暂时与永久之间判断。"这就很难使他看好先锋派了。惠特曼看重斯特德曼的文学批评，认为他是最好的和最有雅量的批评家，可是对他的诗歌创作并不看好，认为斯特德曼始终感到自己的判断一定是正确的——这判断的主导性阻止了他许多卓越的飞行：当他常常似乎快要起始长航时，他自己却停在了岸上。

　　斯特德曼主编从 1837 年以来的 19 世纪英国诗选集《维多利亚诗选集》（*Victorian Anthology*, 1895）和主要反映 19 世纪美国诗歌的《美国诗选集：1787～1899》（*American Anthology: 1787-1899*, 1900），并和埃伦·哈钦森（Ellen M. Hutchinson）合编 11 卷本大型《美国文学文库：1787～1899》（*Library of American Literature: 1787-1899*, 1990），这是一项总结美国文学的大工程。他的诗歌理论充分体现在他的两本著作《维多利亚诗人》（*Victorian Poets*, 1875）和《美国诗人》（*Poets of America*, 1885）里。他在这两本书里阐述了他的观点、诗歌标准、诗歌技巧、诗歌时代和诗歌气质。

　　纽约诗人群在当时诗坛起了不小的影响，如上文所述。他们很聪明，也很勤奋，但都没有在诗歌创作上取得重大的成就。这一点，他们都痛苦地意识到了。斯特德曼承认，自从 1860 年以来，他没有听到诗坛上的新声。斯托达德夫人的眼睛更犀利，一针见血地指出：世界不是不欣赏真正的天才，而是纽约诗人群（包括她的丈夫）不符合标准。

第四节　对风雅派诗歌的估价

风雅派诗歌这个专有名词，从现代派和后现代派诗歌的视角提到它时，有着贬义的成分。可是，在现代派诗歌确立之初和之前，它却是主宰美国主流诗歌动向的正宗。它有着深刻的社会基础。当时的美国知识界养成了对从欧洲传来的高雅文化的欣赏，换言之，他们生长在高雅文化的氛围里，诗歌正好适合他们对高雅文化的渴求，自然地他们也害怕失去文化的高雅性。对这个历史情况，戴维·珀金斯有生动的描述，他说：

> 我们一开头就不能了解风雅传统的诗人，除非我们把他们看作是典型的美国式恐惧和渴望的产物和阐释者。到底渴望什么，很难精确地说清楚。"文化"也许是对在比较弱时期的亨利·詹姆斯和庞德而言的东西，即：许多艺术品和欣赏家们欣赏的优雅社会，及其被书本、沙龙、戏剧、宫殿、教堂、绘画、雕塑和历史遗址等养成和变成优雅的心灵。……由此而形成的批评眼光。风雅诗人的观点倾向于把诗歌看成是公认的精神上的东西之一，而这与美国人有时从商业中攫取的东西无关。……坚持风雅模式的诗人，肯定与现实无关的精神方面的东西，虽然含糊，但是真诚的。因为，可以理解的是，对风雅的服膺，扩大了诗歌与渐成主导模式的小说之间的距离。这就给诗歌提供了迫切的（风雅）正当性。①

因为当时的上层社会有对高雅文化的迫切需要，风雅派诗人才有可能掌管发行量最大的杂志，如上述的奥尔德里奇任《大西洋月刊》主编，也才有可能掌管当时最权威的诗选集，如上述的斯特德曼。1904 年，斯特德曼被选为美国艺术暨文学学会会员，是该学会首批七个会员之一。②在詹姆斯·拉塞尔·洛厄尔去世之后，他在美国主流诗人和批评家之中占据领导地位。这是风雅派诗歌占美国主流地位最明显、最典型的例子。作为主要的风雅派诗人，他掌握着当时的诗歌审美话语权，他可以利用主编大型

---

① David Perkins. *A History of Modern Poetry: From the 1890s to the High Modernist Mode*: 95.

② 1904 年，国家艺术暨文学协会（National Institute of Arts and Letters）仿效法国科学院（French Academy），成立美国艺术暨文学院（American Academy of Arts and Letters），现通称美国艺术暨文学学会。

的诗歌选集的机会，在序言里阐述他的美学观点。例如，他在他主编的《美国诗选集：1787～1899》（1990）的序言里，谈到他对当时美国诗坛状况的看法和评价：

至少在这 40 年期间（1835—1875），诗歌引领了我们的文学其他体裁的种类。不过，我像许多评论者一样，没有发现比偶然的一帮（例如世纪初的一小批"抱怨者"诗人）更重要的一群诗人，除了受超验运动启发的一拨人之外。除了埃德加·爱伦·坡（Edgar Allan Poe, 1809—1849），被称为"十二神"的那伙诗人，同样是自然、情感、爱国情操、宗教、悔罪的阐释者，虽然每个诗人用自己突出的表达，对美国这些基本音调添上一两个音符。除了惠特曼、西德尼·拉尼尔（Sidney Lanier, 1842—1881）和用方言讽刺的詹姆斯·拉塞尔·洛厄尔之外，主要的诗人们的方法和主题都很雷同，都不是"流派"的创始人物（除上述提到名字的诗人之外）。①

当斯特德曼说诗歌至少在 1835 年至 1874 年的 40 年间，引领其他的文学体裁种类时，他的看法有着权威性，而他对当时诗坛状况的评论，是他用当时的审美标准做出的判断，也具有权威性。他主编的诗选里包括了惠特曼、狄更生和下面即将介绍的反风雅派的诗人，说明他站在诗坛不可动摇的制高点，扫视当时的整个美国诗歌。他没有忽视惠特曼的独创性，虽然他把狄更生放在与一般人雷同的地位。当时，他在诗坛上大有挥斥方遒的气概。他的底气之一是他娴熟地掌握了传统的诗歌艺术形式，而十四行诗、四行诗、六行诗等传统诗歌艺术的运用，在风雅派诗歌时期已经到达了最成熟的阶段，打一个不十分确切的比喻，好比到达了唐朝运用绝句或律诗等艺术形式的成熟程度，何况十四行诗，就艺术形式而言，更具有普世价值。

因此，风雅派看重的传统诗歌艺术形式，是英语文学文化长期历史积累的财富，现代派和后现代派诗人并不排除，也无法排斥它，否则使自己成了无源之水之人。相反地，它恰恰是形式主义和新形式主义诗人所珍视和运用的主要艺术形式，是考验诗人文化艺术修养的试金石。诚然，在艺术形式上，自由诗是现代派诗歌取代风雅派诗歌的主要武器，但不是唯一

① Edmund Clarence Stedman. *An American Anthology: 1787-1900*. Houghton Mifflin Company, 1900: xix.

的武器，因为还需要常规武器。如果把自由诗当作先进的洲际导弹的话，在现代战争中，却不能排斥使用传统的常规武器，譬如说步枪、手榴弹和机枪。现代派诗歌的胜利除了在艺术形式上革新之外，更主要的是世界观的转变。风雅派诗人的世界观墨守成规，不适应日新月异的现代生活的变化，是他们逐步退出历史舞台的主因。

第二章　反风雅派诗歌

像世界上任何事物都会发生变化一样，风雅派诗人队伍也不是铁板一块，他们之中的一些人并不满足于陈规旧俗，而是努力于新的探索。马卡姆、霍维、尤金·菲尔德（Eugene Field, 1850—1895）和詹姆斯·惠特科姆·赖利（James Whitcomb Riley, 1849—1916）等在不同程度上逐渐脱离了风雅派传统。在这些脱离或反对风雅派传统的诗人之中，斯蒂芬·克兰和罗宾逊的成就突出，尤其是后者，他成了 19 世纪末到 20 世纪初美国现代派过渡时期的代表诗人。

第一节　斯蒂芬·克兰（Stephen Crane, 1871—1900）

一提到斯蒂芬·克兰，读者便会想起他那脍炙人口的小说《红色英勇勋章》（*The Red Badge of Courage*，1895），其实他还是一位优秀的诗人，尽管他从未以诗人自诩。也许是因为他对诗歌不看重，称自己的诗篇为"短行"，他有时一个晚上可以炮制五六首诗，但其形式与传统诗歌，与他同时代的风雅派诗歌大相径庭。据说是威廉·迪安·豪厄尔斯给他读了艾米莉·狄更生的一些诗之后才引发他创作诗歌的兴趣。和狄更生一样，他写的是自由诗，完全不符合当时风雅派的审美趣味，但生动活泼，趣味盎然。例如他的短诗《我看见一个追赶地平线的汉子》（"I Saw A Man Pursuing The Horizon", 1895）：

> 我看见一个追赶地平线的汉子；
> 双方绕着圈子，愈来愈快。
> 我的心境被此扰乱。
> 我走去与那汉子讲话。
> "徒劳无益，"我说，

"你决不可能——"

"你撒谎，"他大声说，
继续追赶。

又如他的另一首短诗《在沙漠》（"In The Desert", 1895）：

在沙漠
我见了一个赤条条野兽般的家伙，
他蹲在地上
双手捧着他的心
吃着它。
我说："好吃吗，朋友？"
"苦的，味道苦的，"他回答，
"但我喜欢它，
因为它是苦的
因为它是我的心。"

再如，体现他特色的一首典型的诗《别哭泣，姑娘，因为战争是仁慈的》（"Do Not Weep, Maiden, For War Is Kind", 1899）：

别哭泣，姑娘，因为战争是仁慈的。
因为你的情郎对天空摊开失控的双手
惊吓了的战马独自飞奔，
别哭泣。
战争是仁慈的。
军队的军鼓在轰隆隆地敲响。
小人物们渴望战斗，
这些人生来是受军训和战死。
难以解释的光荣在他们的上空飞扬，
伟大的战神，伟大的王国——
躺满了一千死尸的大地。

别哭泣，小宝宝，因为战争是仁慈的。

因为你的父亲跌倒在战壕里，
满腔愤怒，噎气而死，
别哭泣。
战争是仁慈的。

军队的战旗飞舞，
旗上雄鹰的羽冠闪耀着红色和金色，
这些人生来是受军训和战死。
给他们指点杀戮的美德，
对他们讲清楚屠杀的优点，
还有大地上躺满了一千死尸。
母亲的心像纽扣般挂在
你儿子辉煌的寿衣上，
别哭泣。
战争是仁慈的。

像上述这类的短章，他写了许多，收在两本诗集《黑色骑士及其他》
（*The Black Riders and Other Lines*, 1893）和《战争是仁慈的》（*War Is Kind*,
1899）里。穷困、天生的残酷、战争和死亡是他写得最好的诗歌主题。从
他的诗歌里，我们看到他两个显著的艺术特色：

其一，诗人对世俗社会、宗教信仰或普遍的乐观主义采取的讽刺和抨
击，其情绪基本上和在《红色英勇勋章》中所反映的对战争光荣持怀疑的
虚无主义相似。这是因为他正处于从基督教自由主义转变到淡泊的人道主
义的两个世纪之交的历史转变时期，养成了他感性认识的不确定性和语调
的嘲弄性。斯蒂芬·克兰曾在拉斐特学院和锡拉丘兹大学攻读后到古巴和
希腊当战地记者，目击了残酷的战争，因此对战争总是采取否定的态度。
不过，他创作《红色英勇勋章》时并无参战经历，而是通过阅读托尔斯泰
小说和"世纪战争丛书"《南北战争的战役和领袖》（*Battles and Leaders of
the Civil War*, 1884—1887）① 受到启发的结果。该书成功后，他才去当战
地记者。当然，他本人的气质和性格也决定了他玩世不恭的人生观。在他

---

① "世纪战争丛书"《南北战争战役和领袖》（*Battles and Leaders of the Civil War*）由《世纪杂志》
编辑部罗伯特·安德伍德·约翰逊（Robert Underwood Johnson）和克拉伦斯·克拉夫·比尔（Clarence
Clough Buel）编辑，先在《世纪杂志》上发表（1884 年 11 月～1887 年 11 月），后由世纪出版公司出版，
四卷本，作者多数是南北战争中南北敌对双方的军官。

短暂的 30 年生命里，他与女人同居、酗酒、吸毒，过着腐败的生活，但同时对自己的声名狼藉又加以自责自贬。因此，他不爱也不能表现较崇高的思想感情。他的情调同时显得超然而揶揄，如在《我看见一个追赶地平线的汉子》里所流露的一样。他对传统观念不太深刻的嘲弄，在当时风雅传统占统治地位的文人雅士中不能不算是惊世骇俗之举，为后代的颓废派作家树立了榜样。

其二，他的诗歌往往叙述胜过抒情，而且有许多暗示性的比喻和寓言，简洁、怪诞、激烈，充满无法解决的悖论，这使他比他同时代的绝大多数诗人更预示了现代派的范式。例如，他的《一个汉子对宇宙说》（"A Man Said To The Universe"）和《在天堂》（"In Heaven"）等诗篇都富有现代派诗歌的色彩。斯蒂芬·克兰献身于艺术生活，但拒绝成为唯美主义者，游离于当时的文学风尚。他轻度的象征主义和独特的审美趣味、对揭示外在和内在世界的关注、对世事艰难的觉悟，使他成了有显著特色的现代派作家。艾米·洛厄尔对他有中肯的评价。她认为他是"不可思议的小伙子、潜在的天才、美国诗歌重要的历史环节"。他受到亨利·詹姆斯和 H. G. 威尔斯的推崇，对后来包括约瑟夫·康拉德和海明威在内的许多作家均有很大影响。

斯蒂芬·克兰出生在新泽西州纽瓦克，父亲乔纳森·汤利·克兰（Jonathan Townley Crane, 1819—1880）是卫理公会的牧师，母亲玛丽·海伦·佩克·克兰（Mary Helen Peck Crane, 1827—1891）是牧师的女儿。他是他们的第 14 个（只存活 8 个）也是最后一个孩子。父亲去世时，他才 9 岁。他写第一篇著名的小说《杰克叔叔和有手柄的铃》（*Uncle Jake and the Bell Handle*）时只有 14 岁。1885 年秋，他就读于彭宁顿高中，两年后，上克拉弗拉克学院，一所准军事学校。他后来成了他哥哥的助手（1888—1892），每年夏天在新泽西州海岸新闻局工作。最后他去上锡拉丘兹大学人文学院，没有毕业而离开学校，从此投身于文学创作。

美国第一家现代报业集团创始人艾迪生·欧文·巴彻勒（Addison Irving Bacheller, 1859—1950）是克兰的贵人。由于他的赏识和雇佣，克兰当上了战地记者，从此有机会走遍全美国、墨西哥和古巴，报道西班牙和美国的战争，后来又去了希腊。

克兰的弱点是逛妓院，并给妓女做假证，这给他的名声带来了污点。为去古巴做战事报道而在佛罗里达等待海船期间，他爱上了佛罗里达妓院老板科拉·泰勒（Cora H. Taylor）。1891 年 1 月，海船离开佛罗里达海岸不久之后沉没，克兰最后一个离开沉船，乘小艇上岸。这次海难的新闻报道使克兰似乎成了英雄，有助于恢复他以前生活不检点的名声。克兰回到纽约，重新订购去古巴的船票，可是去了佛罗里达之后，发现佛罗里达海岸线已经封锁，使他无法成行。他于是又回到纽约，与报业出版家威廉·伦道夫·赫斯特（William Randolph Hearst, 1863—1951）的《纽约杂志》（*New York Journal*）签订合同，去希腊报道希腊和土耳其的战争。这次，他把科拉·泰勒一同带去希腊。在希腊与土耳其经过一个月的战争而签订和约之后，克兰和科拉·泰勒去英国。在英国期间，克兰与约瑟夫·康拉德结下了深厚的友谊。

1898 年 2 月 15 日，美国海军缅因号战舰在哈瓦那港口爆炸。不久之后，英国《布莱克伍德杂志》（*Blackwood's Magazine*）预付给克兰 60 英镑，聘请他对此作新闻报道。他这时健康状况不佳，出现肺结核病迹象。为了生计，他单身离开英国，回纽约申请护照，然后去基韦斯特写报道。两天之后，美国对西班牙宣战。英国杂志对他的报道不满意，认为他写的报道不值得他得到的稿费，便解雇了他。克兰于是又和《纽约杂志》签订报道合同，接着去哈瓦那，给该杂志发回零零星星的文章和新闻报道，后来有传言到美国，说克兰有可能被杀害或消失了。克兰最后离开哈瓦那，于 1899 年 1 月 11 日回到英国。因为病情恶化，他和科拉·泰勒于 1990 年 5 月 28 日去德国黑森林疗养；6 月 5 日，他在经济经常拮据的困扰下，结束了忙碌而短暂的一生。

第二节　埃德温·阿灵顿·罗宾逊
（Edwin Arlington Robinson，1869—1935）

大诗人罗伯特·弗罗斯特在谈到 E. A. 罗宾逊时说："E. A. 罗宾逊满足于用老方法去写新意。"他恰到好处地描绘了一位新旧世纪交替时取得重大成就的诗人。这位诗人透过染了忧郁色的眼镜，从典型的新英格兰清教徒的角度，观察 20 世纪的人所面临或经历的时间、命运、爱情、婚姻、挫折、"失败中的成功"、死亡，等等，为世人献出他独特的诗歌。而他这独特的诗歌与他独特的生活环境密不可分，这是我们把握罗宾逊诗歌评价的一把钥匙。

E. A. 罗宾逊生于缅因州赫德太德的小村落，在加德纳小镇长大。他后来在诗里经常提及的蒂尔伯尔镇就是这个小镇。父亲曾是造船木工，后来开了商店。母亲是教师，是英国殖民时期美国最早的女诗人安妮·布雷兹特里特（Anne Bradstreet, 1612—1672）的后裔。E. A. 罗宾逊生性孤僻，因为他的两个哥哥比他英俊，父母钟爱他的兄长远胜于他。但他从小奋发学习，在学校里的拉丁文和英文成绩优良，十几岁时就开始写诗。他在哈佛大学只学习了两年（1891—1893），在那里他一方面开阔了视野，另一方面又被世俗的成功标准（他从来不符合这个标准）所苦恼。在哈佛的第二年因父亲病故而辍学，回到家乡。大哥不善经营，因为投资失算而致使家庭破产。二哥酗酒又吸毒，导致自杀，而大哥死于酗酒。这两位宝贝后来化为 E. A. 罗宾逊的诗中人。家庭的不幸和周围不幸者的悲剧使他自然地对自己和人类生活感到忧愁，而他在诗歌中表露忧愁则成了他的人生补偿。他自己承认，他一无所有，在贫困、微贱和误解中受煎熬。他在他自身找不到肯定、积极的答案，只好在他人生活里探索，在被精神冲突扭曲的人的生活里探索，使他得以洞察下层社会人的内心世界。

E. A. 罗宾逊在缅因的家乡凑足 52 美元，准备出版他的第一本小诗集《湍流与前夜》（*The Torrent and the Night Before*, 1896）时，他的母亲突然去世，真是漏屋碰到连夜雨，破船遇到顶头风，使他不得不离开家乡去纽约谋生和寻找机会出版他第一本诗集。该诗集出版后社会反应冷淡。次年，他用第一本诗集里的大部分诗稿再加一些新作，出版了第二本诗集《黑夜的孩子们》（*Children of the Night*, 1897），赔了本，也没有给他带来成功。他的第三本诗集《克雷格上尉及其他》（*Captain Craig and Other Poems*, 1902）仍然没引起广大读者的兴趣。他生活拮据，又不愿意迎合当时的社会风尚写作，只好干体力活谋生，曾一度在纽约地铁建筑工地当零工。他失业时在最低廉的餐馆用膳，并开始酗酒，有几年几乎沉沦为醉鬼。

他正在走投无路之际，一个偶然的机会使他得救了。美国总统西奥多·罗斯福对 E. A. 罗宾逊的诗歌感兴趣，在杂志《展望》（*Outlook*, 1905）上撰文，评论他的《黑夜的孩子们》（第二版），并帮助他在纽约海关找到了工作，解除了他的温饱之忧。E. A. 罗宾逊在此工作到政府改组为止。总统对他的诗歌的评论稍稍改善了他发表作品的困境，但是起色不大。他的第四本诗集是献给罗斯福的《河下游之城》（*The Town Down the River*, 1910）。

1911 年是他生活的转折点，他被邀请到新罕布什尔州彼得博罗的麦克道尔作家疗养地从事创作。自此以后，他每年夏天都在此度假和写诗，他的大部分诗歌都是在这里创作的。1912 年以后，他的诗作在哈丽特·门罗的《诗刊》以及其他杂志上陆续发表。E. A. 罗宾逊的作品甚多，除了两本不成功的戏剧之外，出版了大量的短诗和长诗诗集：《对着苍穹的人》（*The*

Man Against the Sky, 1916)、《诗合集》(*Collected Poems*, 1921)、《死了两次的人》(*The Man Who Died Twice*, 1924)、《存疑心的酒神》(*Dionysius in Doubt*, 1925)；以亚瑟王传说为题材的三部曲《墨林》(*Merlin*, 1917)、《兰斯洛特》(*Lancelot*, 1920) 和《特里斯特拉姆》(*Tristram*, 1927)；深刻地描写心理活动的《埃冯的收获》(*Avon's Harvest*, 1921)、《夜莺们的光荣》(*The Glory of the Nightingales*, 1930) 和《不凋花》(*Amaranth*, 1934) 等近 30 本之多，大约有三分之二是长篇叙事诗。他一生获普利策文学奖三次，仅比弗罗斯特少一次。自从《特里斯特拉姆》为他赢得第三次普利策奖后，E. A. 罗宾逊在当时被称为第一流诗人。

　　弗罗斯特和 E. A. 罗宾逊同是新英格兰诗人，但诗风迥然不同：前者寓意于新英格兰的风光，简洁明快；后者则探索人们的内心世界，揭示外界与内在的矛盾，冷峻而客观，更像也曾得到美国总统①帮助过的 19 世纪小说家霍桑 (Nathaniel Hawthorne, 1804—1864) 的风格。尤其在长篇叙事诗中，他侧重从心理探讨人性的善与恶以及占有欲的破坏性，这在他以亚瑟王为题材的三本长诗中可以很清楚地看出来。他虽然写的是中世纪故事，但他的主人公却都被当代人焦虑的问题所困惑，所折磨。如同上述哈佛大学“不热心派”诗人用普罗米修斯作为题材一样，E. A. 罗宾逊醉心于亚瑟王的题材。无论普罗米修斯也好，亚瑟王也好，这类神话传说有着永恒的艺术魅力，是常写常新。E. A. 罗宾逊的高明之处，除了他娴熟地运用口语式的素体诗形式之外，在于他饱含讽刺、怜悯之情，描写了神话里三对恋人的命运，使读者感到这些情人就是他们自己，这些情人的困惑就是他们的困惑。当然，神话新编，老戏新做，不是 E. A. 罗宾逊独创，任何时代任何民族的任何有为的作家都懂得利用他们的文化财富。每一代有才能的作家都能赋予同一个神话以新的意义，与当时时代紧密相连的、和当时人们息息相关的意义。E. A. 罗宾逊笔下的兰斯洛特是个活生生的现代人：狂热，内省，迷惘，探求。有趣的是，E. A. 罗宾逊一生潦倒，不旅行（只在 1923 年去过一次英国），不教书，不结婚，也不在公共场合下露面。可是他塑造的情人却有血有肉，栩栩如生。

　　像任何优秀的诗人一样，E. A. 罗宾逊喜欢写哲理诗，探讨人生哲理，给他首次带来荣誉的长达 304 行的长诗《对着苍穹的人》颇能说明诗人对世界本体的认识和思考：死后还有灵魂吗？如果有的话，不管今世如何痛苦，如何可怕，都值得为之生活。否则为什么要活着呢？然而事实上，受

---

① 指福兰克林·皮尔斯总统 (Franklin Pierce, 1804—1869)。

苦受难的人们并不常常自杀，E. A. 罗宾逊发现的这个现象证明人类不会灭亡。在他完全排斥唯物主义的同时，他却强调相信今世的重要性。诗中有几行典型地描写了他对真理的探索：

> 不管他可能走上什么黑暗的征途，
> 这个挺立在高处的人呀，
> 独自面对着苍穹。
> 不管什么东西驱使、诱惑、引导他，
> 坚持信念的梦想决不改变。
> 轻信产生于轻易的考验，
> 无力的拒绝带来微弱的否定，
> 疯狂的憎恶来自旧时的社会条件，
> 盲目的参与基于浅薄的理想，
> 不管什么东西阻止他或者愚弄他，
> 他的道路甚至也和我们的一样。

但是，E. A. 罗宾逊至今被人们记住的不是他的洋洋洒洒几百行的长诗，而是小巧玲珑的短诗。其中优秀的篇目有：《理查德·科里》（"Richard Cory"）、《鲁本·布赖特》（"Reuben Bright"）、《米尼弗·奇弗》（"Miniver Cheevy"）、《比尤伊克·芬兹尔》（"Bewick Finzer"）和《弗勒德先生的宴会》（"Mr. Flood's Party"），等等。诗人以他那清淡的笔触，生动地勾勒了一群失意者的形象，字里行间流露着诗人的幽默、讥讽和同情，反映了现代诗人的复杂思想感情。尽管他常常采用旧的题材、传统的诗歌形式（他竭力反对自由诗），但他把握着新的主题，侧重于对人的境遇和心理的描写，而不像他以前的或者同时代的一些风雅派诗人那样唯美地脱离社会生活，专事歌颂大自然。他不趋时，对流行于当时的诗美学无动于衷，只对表现他内心感情的文学创作感兴趣，这使他在诗坛鹤立鸡群。这给我们提供了一个启示：在形式上赶潮流的作家未必是先进，不赶潮流的作家未必是保守，关键在于他/她是否把握了事物发展的本质。如果我们把 E. A. 罗宾逊这些短小的佳作和他同时代的风雅派诗人发表在各种杂志上的大量诗篇进行比较，我们很容易发现 E. A. 罗宾逊的诗的确高人一筹，它们更具个性，更富有思想性。比如说，风雅派诗人从传统的美学标准或规范上衡量，是完美的，表现了个人的感情，情绪热烈，用词遣句精细，意象优美，主题也有普遍性，但无论如何不能像 E. A. 罗宾逊的诗那样给读者带来新鲜感，例如《理查德·科里》①。这首诗集中在对一个特定的人物理查德·科里的刻画，只作纯客观的报道，毫无诗人主观的抒情表白。全诗不长，只有四节，不妨抄录如下：

> 每当理查德·科里走进闹市，
> 我们，街上的人，两眼瞪圆：
> 他从头到脚是地道的绅士，
> 潇洒纤瘦，风度翩翩。
>
> 他衣着永远淡雅素净，
> 他谈吐永远文质彬彬，
> 当他向人问好，人们不禁
> 怦然心动，他走路光彩照人。
>
> 他有钱——是啊，富比王侯——
> 令人钦佩地掌握各种学问，
> 总而言之，他是无所不有，
> 谁能盼望有他这个福分。
>
> 我们苦苦工作，等待福光照临，
> 整月没肉吃，面包下咽难，
> 而理查德·科里在宁静的夏夜，
> 朝自己的脑壳上射进一颗子弹。

从浅表层面看，这不过是一个富人自杀的简单故事，但从深层层面看，在诗的具象后面却蕴含着诗人对人或对人类命运的抽象思考与哲学探讨：在难以把握的现代世界上，人该怎样活着？又该怎样死去？诗人没有给读者提供现成的答案，而是留给读者想象和思考的广袤空间或双重视野。E. A. 罗宾逊的其他佳篇都和《理查德·科里》相类似，句子省略，对话悬在半空中，似问非问，若答非答，缺少精确的解释。在美国诗歌史上很少有人像 E. A. 罗宾逊一样成功地刻画了这么多人物和那么专注地揭示人类的

---

① 译文借用赵毅衡教授的，见《美国现代诗选》（上册），外国文学出版社，1985 年。译文略加更动。

本性。他的世界观，他的调门，他的表达方式，他关注的对象，除了埃德加·爱伦·坡以外，也许很少有其他的美国诗人和他相像。

　　E. A. 罗宾逊是一位承前启后的孤独诗人，一位预示现代派诗歌来临的诗人，曾一度和比他年轻的朋友弗罗斯特为新时代唱赞歌，但他无缘成为现代派诗歌的开创者，对后来者发挥巨大的影响，这也许是他时代、环境和个性的局限：老一代人认为他的诗激进，新一代人则认为他的诗保守。是的，他不是美国现代派诗的开创者，但美国现代派诗与他携手而来。

第三章　现代派诗的开端

第一节　简　介

美国的现代派诗（一般也称新诗）开始发出引起世人聆听其声音的时间定在 1912 年，虽然这未免有些武断，但它的确是美国诗歌发展进入新阶段的光辉灿烂的一年。

在这一年，一位有胆识的出版人米切尔·肯纳利（Mitchell Kennerley, 1878—1950）主编并出版了百人百诗选《抒情年》（*The Lyric Year*, 1912），这是一个非同寻常的举动，因为它不同于平常的文集或诗选，这位编者从两千多位诗人写的近万首诗中只挑选了一百首他认为符合时代精神的力作，其选择的严格和代表性似乎不亚于中国家喻户晓的《唐诗三百首》。肯纳利自称这本诗选是"美国诗歌的年展或沙龙"。不过所选的诗人之中有80%左右仍是歌颂大自然、爱情和生活的保守诗人，他们的审美标准符合当时的杂志《大西洋月刊》和《世纪》的选稿标准。这些诗人全都是属于风雅派，例如麦迪逊·考温（Madison Cawein, 1865—1914）、珀西·麦凯（Percy MacKaye, 1875—1956）、约瑟芬·普雷斯顿·皮博迪、埃德温·马卡姆、克林顿·斯科拉德（Clinton Scollard, 1860—1932）等都是脱离现实生活、拘泥于传统艺术形式和从古典著作与神话中寻找意象、符合当时一般读者审美趣味的流行诗人或杂志诗人，如同中国目前不少执着于模仿唐诗宋词形式的旧体诗人。他们感觉不到创造新艺术形式、表现新生活的必要性和迫切性。不过，诗选中还有 20%的诗人为美国新诗成长与发展做出了贡献。其中有名气的有林赛、蒂斯代尔、米莱、宾纳、威廉·罗斯·贝内特、阿瑟·戴维森·菲克（Arthur Davison Ficke, 1883—1945）等，他们把新鲜的生活气息带进了美国诗歌。

在这一年，芝加哥的诗人哈丽特·门罗创办了鼓励激进诗人的《诗刊》（*Poetry: A Magazine of Verse*），为推广和发展现代派诗做出了杰出的贡献。

哈丽特·门罗为创办这个杂志费尽心机，利用她的社会关系和名声向社会寻找资助。由于出版商霍巴特·查特菲尔德·泰勒（Hobart Chatfield-Taylor）的帮助，哈丽特·门罗从 100 位芝加哥商界巨子那里拉到每人每年订阅《诗刊》50 美元的赞助，连续订阅 5 年。她在头两年无薪的情况下主编该杂志，以任《芝加哥论坛报》（*Chicago Tribune*）艺术评论员维持生计。到了 1914 年，因为杂志编务繁重，她辞掉了在《芝加哥论坛报》的兼职，接受《诗刊》每月发给她 50 美元的薪水。她一心投身《诗刊》编务，直至在秘鲁攀登马丘比丘山途中去世为止。到 21 世纪的今天，她创刊的这份杂志仍不失为美国诗界的主要杂志。

这位女强人在创刊号的"杂志宗旨"上宣称："我们希望为我们的订户提供一个庇护所，海上的一座绿岛，美神可以在那儿料理她的花园，真理之神——喜与悲的严肃的揭示者将毫无惧色地追随她勇敢地探索。"她认为美国诗人应当写当代生活的诗，传统的形式已经被用滥了，应当允许诗人尝试自由诗。创刊号上登载了庞德的两首诗。出第二期时，当时身在伦敦的庞德成了该杂志的驻外通讯员，为《诗刊》写编者按和组稿，把当时大名鼎鼎的叶芝和英国的一批意象派诗人的稿件投给了《诗刊》。由于庞德的影响，《诗刊》具有了国际性。在头五年里，比利时、日本、中国、亚美尼亚和秘鲁的诗歌以及美国印第安人的诗歌都在该刊发表了。有意思的是，诗人们为美学观点的不同在《诗刊》上进行了热烈的争论，例如芝加哥诗人与波士顿诗人之争，传统诗人诸如 W. S. 布雷思韦特（W. S. Braithwaite, 1878—1962）、康拉德·艾肯、马克斯·伊斯门（Max Eastman, 1883—1969）与试验诗人之争，而庞德则为意象派诗人扩展地盘，在艾米·洛厄尔的协助下，取得领先地位。《诗刊》上的不同观点之争成了全国各报纸社论的题材、保守读者纷纷在报纸上发表愤怒抗议信的动因。可以毫不夸张地说，《诗刊》活跃了全美诗坛的新思维。林赛、马斯特斯和桑德堡的成名与《诗刊》的支持分不开。哈丽特·门罗及其助理编辑艾丽斯·科尔宾·亨德森（Alice Corbin Henderson, 1881—1949）是把他们这三位芝加哥派诗人作为新传统的创立者而全力支持的。除了庞德以外，W. B. 叶芝、理查德·阿尔丁顿、H. D.、约翰·古尔德·弗莱彻、D. H. 劳伦斯（D. H. Lawrence, 1885—1930）、罗伯特·弗罗斯特、史蒂文斯、T. S. 艾略特、玛丽安·穆尔等人都先后在《诗刊》上发表过作品。比他们年轻的诗人也得到过《诗刊》的栽培。

所有这一切成就的取得不能没有哈丽特·门罗的一份功劳。她在《诗刊》的创刊号上宣称："给诗地位，让诗歌唱。"难能可贵的是，她不分名诗人还是无名诗人，也不管什么风格的诗人，一概兼收并蓄，尽力为大家提供发表园地，促进新诗发展。在她的鼓舞下，《诗刊》成了介绍不知名诗人的作品、推出流派、促进诗歌运动的重要媒介。

第二节　现代派诗早期两个重要的诗歌主编

1. 哈丽特·门罗（Harriet Monroe, 1860—1936）

出生在芝加哥的哈丽特·门罗初露锋芒是她为庆祝芝加哥的世界哥伦比亚博览会对 12 万 5 千名听众朗诵了她的诗篇《哥伦比亚颂歌》（"Columbian Ode", 1892）。但作为诗人，她的建树不大，作品也并不多，只有诗集《瓦莱里亚及其他》（*Valeria and Other Poems*, 1891）、《你和我》（*You and Me*, 1914）、《诗选》（*Selected Poems*, 1935），诗剧《短暂的炫耀》（*The Passing Show*, 1903）和论文集《诗人及其艺术》（*Poets and Their Art*, 1926）。她作为《诗刊》主编，接触面广，因此她的自传不是狭隘的个人生活记录，而是对 20 世纪初美国现代派诗运动的生动展示。她与艾丽斯·科尔宾合编的《新诗集》（*The New Poetry*, 1932）对推出一批初出茅庐的诗人发挥了积极作用。她在创作早期受到浪漫主义和维多利亚时期的诗歌传统的影响，在传统的范围里创作，这从她的诗集《瓦莱里亚及其他》可以看出来。只是 1900 年之后，她才随着新世纪的到来，尝试写新题材、新形式、新词汇的诗，回避堆砌典故，而且着意挖掘大城市的工业题材。尽管她作了很大的努力，但她写得不够深刻，也无多大突出的新意。

对她持微词的诗人如在芝加哥长大的雷克斯罗思，对门罗很反感，说和她在同一个屋里待五分钟非让人光火不可，因为他认为她是一位做作的很土气的女强人，美学趣味很怪，深信写关于发电机的蹩脚十四行诗的美国青年有前途，深信小诗人、《诗刊》编辑乔治·狄龙（George Dillon, 1906—1968）将来受到的评价会比 T. S. 艾略特还高。他还批评她说："艾丽斯·科尔宾在美国诗歌发展上所起的作用现在几乎被遗忘了。不幸的是，她死在有野心的人的前头。实际上是她而不是哈丽特·门罗使《诗刊》杂志发表了最好的现代诗。是她负责早期几期《诗刊》、出版现代诗集《新诗集》。在文学趣味和同人接触方面，她比哈丽特·门罗更有教养。"① 雷克

---

① Kenneth Rexroth. *An Autobiographi cal Novel*. New York: Doubleday, 1966: 319.

斯罗思对门罗的批评显然是严厉的，如同他对 T. S. 艾略特和庞德的批评一样咄咄逼人。也许他不无道理地挑剔了门罗的弱点，像绝大多数现代派诗人不无道理地欣赏她的优点一样。不过，雷克斯罗思为新诗发展作过贡献的默默无闻者正名的义举不能不使人感到钦佩。曾经一度和门罗有交谊的弗莱彻也有同感，对艾丽斯·科尔宾的评价也很高，他说："我感觉到，没有她的影响，门罗小姐的刊物的视界将会变得狭窄，开创新纪元的意义将会变小。虽然两年后，她由于身体不好而放弃当门罗小姐主要助手的职位，去新墨西哥的圣菲疗养，但她对《诗刊》早期的方针起了决定性的影响。"文学史上不乏这样的例子：许多作家由于有远见的编辑扶植才得以成功，有些作家的名气则由于某种机遇或策略往往掩盖了才华和贡献更大的同时代作家。

不过，你也不得不佩服门罗小姐的魄力。她在自传《一个诗人的一生：在变化着的世界里七十年》(*A Poet's Life: Seventy Years in a Changing World*, 1938) 里说："目前的诗人需要鼓动，他们之中的多数人用同样老学究式的方法写同样老式的东西。"（第 249 页）她所要鼓动的是惠特曼所实践了的开放型自由诗。她对惠特曼很崇拜，把他说的名言"要有伟大的诗人必须要有伟大的读者"作为《诗刊》的箴言，直到她去世为止。但她的继任者在她死后却把这一箴言从《诗刊》上勾销了。她为新诗的持续发展设法建立了艺术庇护制度，四处向富翁募捐，确保《诗刊》的正常运转，能为作者支付稿费，而且设立了一系列奖，肯明斯、罗伯特·洛厄尔、玛丽安·穆尔、史蒂文斯和伊沃尔·温特斯都先后得过《诗刊》颁发的诗歌奖。根据她的遗嘱，在她死后设立了永久性的哈丽特·门罗诗歌奖（Harriet Monroe Memorial Prize）。

哈丽特·门罗和中国还有一段缘分。20 世纪初，她的住在芝加哥的姐夫威廉·卡尔霍恩（William J. Calhoune, 1847—1916）①被美国政府派往中国当特命全权公使，为哈丽特·门罗在 20 世纪初通过她的姐姐露西（Lucy）和公使姐夫接待之便赴华访问创造了有利条件。中国的文化、中国的建筑艺术、中国古代的艺术品给她留下了深刻的印象，这多少影响了她的《诗刊》的编辑方针，使写中国题材的诗容易在《诗刊》上发表。弗莱彻对此有感觉，感到他的《蓝色交响乐》因为有对中国艺术的反响而使她爽快地

---

① 威廉·卡尔霍恩：美国律师、州际商务委员会委员、威廉·麦金利总统的朋友。他曾写了一份报告，说服麦金利总统发动美西战争。1909 年，威廉·霍华德·塔夫脱总统任命他为驻华全权公使，直至 1913 年。正值中国辛亥革命时期，他为塔夫脱总统安排向中国派遣海军陆战队，保护美国使馆。1913 年，他辞职回芝加哥，由于他对中国的了解使他充当了美国对华贸易顾问。

接受了。同样，她乐意刊载并高度夸奖林赛的《中国夜莺》。史蒂文斯在欣赏中国艺术上和哈丽特·门罗有相同的审美趣味（并托去中国访问的哈丽特·门罗购买中国的艺术品）而使哈丽特·门罗对史蒂文斯大加赞赏，虽然她主要的旨趣是扶植中西部林赛、马斯特斯和桑德堡这类的新诗人而不是高度的现代派诗人。在她的编辑部里，她有兴趣同诗人们切磋中国古典诗艺。她同样有兴趣创作中国题材的诗。

2. 路易斯·昂特迈耶（Louis Untermeyer, 1885—1977）

作为美国桂冠诗人（1961—1963）[①]和重要现代诗选主编，比哈丽特·门罗年轻 25 岁的路易斯·昂特迈耶的社会活动更多，影响更大。他以他的学识和对诗坛的熟悉，在国内外讲授诗歌、戏剧和音乐多年。他在促进美国现代派诗歌发展上也同样起了摇旗呐喊的作用。当门罗与艾丽斯·科尔宾合编的《新诗集》的影响逐渐减小的时候，昂特迈耶主编了两本深受广大读者欢迎的选集《现代美国诗歌》（*Modern American Poetry*, 1919）和《现代英国诗歌》（*Modern British Poetry*, 1920）。这两本诗选后来不断有修订版面市。前者在 1921 年出第二版，1942 年出第六版；后者在 1942 年出第五版。这两本书成了各个学校学生了解英美现代诗歌的入门书。成千上万，甚至数百万读者对英美现代派诗歌的了解都是通过阅读这两本书获得的。这也许是一种共识：任何文选都不可避免地反映编选者的喜好和偏见。昂特迈耶的《现代美国诗歌》当然也不能例外，他在前言里就指出：“每一个编者被迫陷入爱好、偏见和作为个人爱好的直觉的大杂烩之中，他很少能回避他个人的气质和训练带来的种种局限。”因此，我们对他偏爱弗罗斯特和桑德堡而冷淡庞德和史蒂文斯就不觉得奇怪了。不过，总的来说，他对美国现代派诗歌的介绍是客观而公平的。尽管他有许多诗人朋友，但他没有因为私人友谊而开后门，把他们塞进这本诗选里，他因此在前言里作了公开的道歉，这恰恰反映了一个正直艺术家的良心。这本诗选有一个特色：编者除了为每个所选的诗人写简介以及对其作品评价外，还以精炼的文字勾勒了美国现代文学发展的轨迹，纲举目张，脉络分明。他对每个诗人的介绍生动活泼，便于读者接受。

昂特迈耶主编了许多有影响的书与他和弗罗斯特、庞德、阿瑟·米勒（Arthur Miller, 1915—2005）以及其他许多作家的友谊分不开。尤其当他和

---

① 严格讲，他应当被称为美国国会图书馆诗歌顾问。诗歌顾问制时间段为 1937 年至 1984 年，从 1985 年起，正式改称桂冠诗人。全称：国会图书馆诗歌顾问桂冠诗人。

弗罗斯特同是激进的文艺杂志《七艺》（*The Seven Arts*）①的撰稿者时，他俩结下的友谊更深。他主编的《罗伯特·弗罗斯特致路易斯·昂特迈耶的书信集》（*The Letters of Robert Frost to Louis Untermeyer*, 1963）选录了他与弗罗斯特近 50 年的通信，是一份研究弗罗斯特的珍贵资料。他的《来自另一个世界：路易斯·昂特迈耶自传》（*From Another World: The Autobiography of Louis Untermeyer*, 1939）和《往事：路易斯·昂特迈耶回忆》（*Bygones: The Recollections of Louis Untermeyer*, 1965）这两本自传为我们了解他与之交往的三代作家的文学活动和美国现代派诗发展的进程提供了许多宝贵的史料。

昂特迈耶是一个自学成才的典型。他出生在富有的纽约珠宝商家庭，母亲在他小时候给他讲儿童故事，朗诵许多史诗，其中包括朗费罗的史诗《海华沙之歌》（*The Song of Hiawatha*, 1855）和《保罗·里维尔之旅》（*Paul Revere's Ride*, 1860），使他从小热爱文学。他十几岁时辍学，加入父亲的珠宝行业，同时开始模仿写谐趣诗。他的处子诗集《初恋》（*First Love*, 1911）由他的父亲资助出版。到了 1923 年，他虽然成了他父亲的珠宝公司的副总裁，却弃商从文。从 1939 年开始，他被聘为密歇根大学、堪萨斯大学和爱荷华州立大学驻校诗人。1956 年，美国诗社授予他金奖。他天生幽默，常以机智和双关语著称。阿瑟·米勒爱其才，夸他有一副杰出的老牌纽约人的长相：贵族式的大鼻子和与人谈话的激情，并说他为人可爱，常讲俏皮话。当别人称他是"浪漫的讽刺家"时，他却自认是"讽刺的浪漫主义者"。

昂特迈耶一生创作和主编的书 100 多部，其中创作的诗集 21 部（1911—1969）。他富于浪漫色彩的诗篇收在《长期争斗：诗选》（*Long Feud: Selected Poems*, 1962）里，由原来的两本诗集《烤海兽》（*Roast Leviathan*, 1962）和《燃烧着的灌木丛》（*Burning Bush*, 1928）合并而成。昂特迈耶本人在谈到自己的诗歌创作时，曾经表示他喜欢用传统的形式，写非传统的内容。我们现在来欣赏他的诗篇《男子——给父亲》（"A Man—for My Father", 1931）②最后一节：

> 听健谈者谈话，我想起了你……
> 它像刮在混乱和有毒之地上的

---

① 昂特迈耶与詹姆斯·奥本海姆、范威克·布鲁克斯、沃尔多·弗兰克等人同是《七艺》的创办者。

② 该诗篇收录在马格丽·杜德（Margery Doud）和克利奥·帕斯利（Cleo M. Parsley）主编的《父亲：诗选集》（*Father: An Anthology of Verse*, 1931）里。

一阵浩浩荡荡的大风。
它也像有鸟儿和草地的
非常明净的旷野：阳光，
万籁无声，视野开阔。
这时树林在生长，
黑色正变成绿色。
众人的脸上露出笑容……
这像从失败中获胜，
世界再次变得甜美。

　　原诗押韵和音步都很严整，很难译成对应的中文，但这里以自由诗的
形式基本上保持了原意。我们可以感到诗人对父亲流露的深情和热爱，而
文本中间直抒胸臆的三行诗更让我们感受到他对父亲浓厚的感情："我想起
了你，／ 你温柔的灵魂，／ 你博大安静的仁爱。"我们再来读一读他收录在
诗集《初恋》里的一首短诗《离开海港》("LEAVING THE HARBOR", 1911)：

大红太阳终于低沉，
毒辣血红的眼睛，
凉爽的晚风吹拂，
大海挑战，以亮还亮，
天空显出愤怒的脸庞。

我们离开了依然滚烫的街道，
这里人们受尽了煎熬，
数以百万计的人无希望找到
逃离这发狂的折磨人的片刻
在这城市里可怕的火炉中。
黄昏遮掩着城市，和
七点钟的一颗星星降临……
大海在魔力下变得更广阔，
像破的银色贝壳一样的
月亮躺在天堂的岸边。

　　三节诗均按照严格的 "abaab, cdccd, efeef" 的形式押韵，节奏工整，

译者限于诗才，只能用自由诗的形式传达原诗的含意。他的诗读起来流畅、轻松、敏捷。但和哈丽特·门罗一样，他的诗歌在当时读来是新鲜的，如今却被读者忘记了，留在读者印象中的是他主编的《现代美国诗歌》。

最后还值得一提的是昂特迈耶颇为激进的政治理念。20 世纪初，他是一位突出的宣传左翼政治的马克思主义者，积极投稿给左派杂志，例如：宣传社会主义政治的左派月刊《群众》（*The Masses*）、美国共产党利用合法政党——美国工人党（The Workers Party of America）名义创办的月刊《解放者》（*Liberator*）、独立的社会主义杂志《新群众》（*The New Masses*）。他不是美国共产党员，但由于参加了几个美国政府觉得有嫌疑的社团活动，尤其在不经意的情况下，在美国共产党的一些宣言上签名，显得特别突出。在众议院非美活动调查委员会调查共产党颠覆活动期间，他被传去听证，列入了 50 年代早期的黑名单。"美国天主教退伍军人"（The Catholic War Veterans of the United States of America）组织和其他右翼组织开始骚扰他，封锁剧院，使得他不得不退出参与的演出活动。作为文学界的名家，他是哥伦比亚广播公司电视台黄金时段竞猜节目"什么是我的行当？"（"What's My Line?"）的名人小组成员之一。但是，他在诗集《挑战》（*Challenge*, 1914）里流露社会抗议的情绪而遭到反共团体的恶评，政治上受到的嫌疑牵连到他在新闻界的声誉。结果到了 1951 年，他上电视的资格被取消了，被兰登书屋的创始人之一的贝内特·瑟夫（Bennett Cerf, 1898—1971）所代替。在为艺术而艺术的美国，像他这样为激进政治付出代价的作家并不多见。实际上，他是一位麦卡锡主义的受害者。

昂特迈耶的婚姻状况很乱，很复杂：1906 年，与琼·斯塔尔（Jean Starr）结婚，生一子，后夭折；1926 年与琼离婚，1927 年，与诗人弗吉尼娅·穆尔（Virginia Moore, 1903—1993）结婚，生一子，两年后离婚；1929 年，与琼·斯塔尔复婚，收养两子；在 30 年代，又与琼·斯塔尔离婚；与律师埃丝特·安廷（Esther Antin）结婚，1948 年离婚；最后与少女杂志《十七岁》（*Seventeen*）主编布赖纳·伊文思（Bryna Ivens）结婚，后来夫妻俩主编了颇有影响的《儿童文学金库》（*The Golden Treasury of Children's Literature*）丛书。这些在他的自传《往事：路易斯·昂特迈耶回忆》里都有披露。

第三节 现代派诗歌起步时的国内氛围

在 1912 年至 1916 年的短短四年中，美国现代派初期的诗歌像雨后春笋般地问世了。庞德的《回击》（*Ripostes*, 1912）、林赛的《威廉·布思将军进天堂》（1913）和《刚果河及其他》（1914）、詹姆斯·奥本海姆（James Oppenheim, 1882—1932）的《献给新世纪的歌》（*Songs for the New Age*, 1914）、艾米·洛厄尔的《剑韧和罂粟花籽》（*Sword Blades and Poppy Seed*, 1914）、弗罗斯特的《波士顿北》（1914）、庞德主编的《意象派诗人》（1914）、马斯特斯的《匙河集》（1915）、弗莱彻的《辐射：沙与枝》（1915）、康拉德·艾肯的《杂耍与电影》（1916）、桑德堡的《芝加哥诗集》（1916）等使美国诗坛呈现一片姹紫嫣红、莺歌燕舞的繁荣景象。评论家们称之为文艺复兴。到 1917 年，这些新诗被列为"美国首要的国民艺术"。新诗的销售到了空前的规模。从前不读诗的普通群众发觉这些新诗很有趣，贴近他们的生活，不像古诗和风雅派诗文绉绉，堆积了许多生疏的拉丁字、传说和希腊神的爱情故事。这些用普通人的口语描写新鲜题材的新诗赢得了广大普通读者的喜爱。打一个不十分确切的比方，美国现代派初期的新诗如同伴随中国的五四运动的白话运动的白话诗那样深入普通群众之中，而且差不多在同一历史时期——20 世纪初期，虽然两国的历史条件完全不一样。

导致美国新诗迅猛发展的原因很多，各种小杂志纷纷创刊也许是直接的原因。任何国家任何时代的文学发展，除了政治、经济和教育的因素之外，发表园地往往起了决定性作用，而杂志是联系作者、编辑和读者的桥梁。大杂志如同大桥，只有几座，许多行人挤不上去，许多小桥能方便地分散人流，小杂志便起了小桥的作用。

哈丽特·门罗所信奉的至理名言"要有伟大的诗人必须要有伟大的读者"被美国 20 世纪初陆续创刊的包括《诗刊》在内的许多小杂志逐步物质化了，它们为造就具有新的美学趣味的读者群奠定了物质基础。1914 年创立的《新共和》（*New Republic*）是第一份综合性周刊，由于有其开明的具有新思想的编辑们的努力，不少优秀的新诗在这里得到了面世的机会。其他的诸如《小评论》（*The Little Review*, 1914—1929）、《他者》（*Others*, 1915—1919）、《自由人》（*The Freeman*, 1920—1924, 1930—1931）、《日晷》（*The*

Dial, 1916—1920）^①、创刊时名为《星期六文学评论》(*The Saturday Review of Literature*, 1924—) 后来改称的《星期六评论》(*Saturday Review*)、《读者文摘》(*The Reader's Digest*, 1922—)、《逃逸者》(*The Fugitive*, 1922—1925)、《聪明的一群》(*The Smart Set*, 1890—)、《美国墨丘利》(*The American Mercury*, 1924—)、《猎狗与号角》(*Hound and Horn*, 1927—1934)，等等，不一而足。据不完全统计，《诗刊》创刊之后，美国小杂志的种类数目逐渐上升，到 20 世纪 30 年代中期有 80 种小杂志在发行；从 1912 年到 30 年代中期，大约有 275 种杂志问世，其中不少经过一段长短不等的时间后又停刊了。^② 当年的美国小杂志如同中国现在盛行的民刊。

小杂志虽然不能与大杂志《世纪画报月刊》(*The Century Illustrated Monthly Magazine*, 1881—1930)、《哈珀月刊》(*Harper's Magazine*, 1850—) 和《大西洋月刊》(*The Atlantic Monthly*, 1857—) 等相提并论，但为成名前的诗人发表作品、鼓吹他们的诗美学、培养读者的新审美趣味、提高诗人的知名度、加强诗人之间的联系起到了不可估量的作用。可以这么说，若无小杂志的帮助和提携，后来成名的诗人之中有不少决无出头之日，被大杂志看中的作者毕竟是少数。

更重要的是，由于非营利、读者面窄的小杂志的推动，许多有才华的富于实验精神的先锋派诗人们有了施展才能的机会，使他们向保守的名诗人挑战、改变旧诗风成为可能。一个专门登载诗歌的小杂志（如《诗刊》或《逃逸者》）发表诗歌的数量往往比几个大文学杂志（如《大西洋月刊》和《哈珀月刊》等）所登载的诗篇总和都多得多。须知后来成了名诗人的庞德、T. S. 艾略特、弗罗斯特、林赛、桑德堡、艾米·洛尔斯等在 1912 年之前，不但互不认识，他们之中甚至连其他诗人的名字也闻所未闻。如今大名鼎鼎的 T. S. 艾略特在 1914 年以前没有什么了不起，居然找不到登载《J. 阿尔弗雷德·普鲁弗洛克的情歌》的杂志，直至 1915 年，他通过庞德对哈丽特·门罗的推荐和劝说，才使它在《诗刊》得到发表。起初哈丽特·门罗认为它太不寻常，不肯刊登，庞德对她作了近半年的动员工作后，她才勉强同意了。接着是一传十，十传百，在读者中引起了毁誉参半的反响，从而抬高了 T. S. 艾略特的知名度。连 T. S. 艾略特在成名以前发表作品尚且如此困难，更不必说才华逊于他的诗人了。若没有《诗刊》的支持，美国文学史上也许就没有林赛和马斯特斯的名字了。《诗刊》在《大

---

① 《日晷》创刊于 1840 年，几经变动，第一个时期在 1840 年至 1844 年；第二个时期从 1860 年开始；第三个时期在 1880 年至 1929 年。时期不同，主编不同，办刊方针也不同。此处指它处于激进时期。

② David Perkins. *A History of Modern Poetry* (I). Cambridge, M.A.: Harvard UP, 1976: 323.

西洋月刊》面前是小杂志，而《逃逸者》在《诗刊》面前也是小杂志，在《大西洋月刊》面前则是小小杂志，就是这份小小杂志却培养了美国第一个桂冠诗人罗伯特·佩恩·沃伦、新批评派理论家和诗人兰塞姆。一些更小的杂志虽然不能发挥《诗刊》的作用，但它们同样鼓励年轻诗人，庇护试验诗人，为培养未来的名诗人，为繁荣新诗做出了宝贵的基础工作。在任何时候，一时占上风的审美趣味（一般都要受大杂志支配）与先锋派或试验诗人的追求目标发生抵触时，小杂志在助长新生力量方面起了举足轻重的作用。这对 20 世纪初现代派诗的发展显得尤为重要，因为上述的小杂志都是站在试验诗人一边，向传统诗人挑战的，而且潜移默化地影响着其他杂志的审稿标准和办刊方针，从而影响了广大读者的审美趣味。① 当然，美国现代派诗的发展与 20 世纪初美国教育的迅猛发展和大量报纸的参与也是分不开的，但小杂志却起了直接的促进作用。

第四节　现代派诗歌起步时的国际环境

20 世纪初期英语世界的文学中心在伦敦，美国被当时的美国作家认为是文化上半开化的国家。那时的美国作家到伦敦或巴黎去学习，去感受，去认同，去寻求现代化。美国诗人几乎无一例外地在伦敦寻找发迹的机会。美国的国土大，留在美国的诗人分散各地，距离纽约、波士顿或芝加哥甚远，通常直接或间接从伦敦或巴黎获取信息，因此他们在创作初期不像英国诗人那样受评论界左右。他们都是从学习英国文学课本和选集的过程中了解到什么是诗歌和如何创作诗歌，他们无意于标新立异，也不想反对任何流派。形成风雅传统的根子就在这里，当然不是所有的美国诗人都如此，否则美国诗就没有进步的可能。

那些求进步心切的美国诗人于是到欧洲去见世面，经风雨，扩大艺术视野，寻找发表机会。孰不知成名前的弗罗斯特是先在伦敦发表诗作之后，在美国才有了名气。意象派诗歌运动的兴起是从伦敦开始的，作为美国意象派诗歌运动领袖的庞德，在加入英国意象派诗人的行列之后才有发挥他的才能的可能，而艾米·洛厄尔也是赶到伦敦之后，才从庞德手中夺取了意象派诗歌的大旗。更不必说 T. S. 艾略特了，他索性离开美国，定居伦敦，使他成为英国出版界的要人，为提倡他创立的诗风获得了便利条件。

① 如今中国的诗歌大杂志（如北京《诗刊》）吸纳网络杂志上的诗歌也有类似现象。

只有格特鲁德·斯泰因是例外，她在巴黎使她的诗歌现代化，而且帮助了在巴黎的美国作家。凡此种种说明，在当时的美国诗坛大有出口转内销的风气。

庞德在 1942 年回忆 19 世纪末 20 世纪初的美国文学状况时说："30 年前，就文化而言，美国依旧是伦敦的殖民地。"那时的许多美国诗人是用英国诗人的美学指导自己的创作的。英国诗人如果感冒了，美国诗人就会打喷嚏。对于 19 纪 90 年代的英国诗人来说，美国诗歌并不存在，只有少数人知道惠特曼，谈不上美国诗歌对他们的影响。而英国诗歌对美国诗人和评论家有着举足轻重的影响。这是历史造成的，因为那时及以前用英语创作的最伟大的作家都是英国人，不是美国人。英国悠久的文化、伟大的文学作品，伦敦浓厚的文学气氛，不得不使美国作家感到佩服，不得不使美国作家自惭形秽。他们要得到英国文学权威们的认可才放心，才满意。

还有一个有趣的现象是，对于当时文化相当落后的中西部美国作家来说，以波士顿和纽约为中心的东部几乎等同于英国，大多数著名的美国作家、编辑、出版者、批评家都住在波士顿和纽约，和英国文学界接触频繁，往来密切。因此，中西部的"土"诗人如果能得到东部的诗坛认可，也就非常满意了。足见英国文学对美国文坛影响之深。

但是，盛气凌人的英国文学引起了部分美国诗人的反感，激起他们维护美国诗歌的特色，自豪地歌颂他们辽阔的领土、美丽的风光、生活方式和价值观念。他们认为，美国应当创造自己的新型的诗歌，它比英国的诗歌更有活力、更机智，而且吸收全人类的经验。他们为此着意描写美国人的生活习惯、性格特征和思想感情，并且常和美国的地方特色以及土语联系起来。这方面最有民族骨气，取得重大艺术成就的当推 E. A. 罗宾逊。其他的诗人如詹姆斯·惠特科姆·赖利、尤金·菲尔德、T. A. 戴利（T. A. Daly, 1871—1948）、约翰·华莱士·克劳福德（John Wallace Crawford, 1847—1917）等都作了有益的尝试。尽管他们没有取得辉煌的成就，但为建立具有美国特色的诗歌做出了应有的贡献，而且更重要的是，他们为后来的诗人确定了好传统：作为美国诗人，他/她们应当表现美国的现实生活，反映美国人的个性。正由于他/她们的努力，具有美国特色的诗歌才得到了发展，实际上美国现代派诗歌发展的过程，也是具有美国特色的诗歌成熟的过程，而在这发展的过程中，从潜伏到逐渐显露的两条诗歌创作路线——倾向欧洲文化的路线和倾向美国本土文化的路线，一直贯穿在 20 世纪美国诗歌史里。

第五节　现代派诗歌的两位先驱

众所周知，对美国现代派诗歌有重大影响的是 19 世纪晚期的两位诗人，一位是鳏夫惠特曼，另一位是老处女狄更生，他/她们自然无后，但他/她们的超前意识的精神财富却被 20 世纪和以后的一代代美国诗人继承与发扬光大了，使他/她们成为建立具有美国特色诗歌的开路先锋和占领介绍美国现代派诗歌的各种有影响的文选和诗选的首席诗人。[①] 例如，作为使用率最高的英美现代派诗选集之一，理查德·埃尔曼（Richard Ellman, 1918—1987）和罗伯特·奥克莱尔（Robert O'Clair, 1923—1989）主编的《诺顿现代诗选》（*The Norton Anthology of Modern Poetry*, 1988）[②]把惠特曼和狄更生放在最前面，把英国诗人 G. M. 霍普金斯（G. M. Hopkins, 1844—1889）和托马斯·哈代（Thomas Hardy, 1840—1928）放在第三和第四位。理查德·埃尔曼在《诺顿现代诗选》1978 年第一版的前言里表明，他之所以这样开始现代派诗选，是因为这四位诗人对他/她们之后的许多诗人的诗预先树立了榜样或施加了影响。在 20 世纪后叶，作为牛津大学的著名教授，理查德·埃尔曼在对待英美现代派诗前驱位置的排列上，首先考虑的是惠特曼和狄更生，由此可见惠特曼和狄更生在英语现代派诗歌萌发期所起的先锋作用。

19 世纪的惠特曼和狄更生对 20 世纪美国甚至英国诗歌产生重大影响的事实，向我们揭示了一个艺术规律：突破过去的传统、不媚于当下的世俗、为未来读者着想的优秀诗人的艺术生命力必定会延续到未来。可以这么说，美国诗歌史上最早现代化与当代化的经典诗人莫过于这两位现代派诗歌先驱。他/她们的诗美学的前瞻性决定了他/她们的诗歌处于美国诗歌前沿位置。

1. 瓦尔特·惠特曼（Walt Whitman, 1819—1892）

惠特曼受如此追捧，在于他在庞德和 T. S. 艾略特之前，就大胆地与

---

① 例如：他俩被收录在以下两部重要文选和诗选里：George McMichael. Ed. *Anthology of American Literature*. New York: Macmillan Publishing Co., 1980; Louis Untermeyer. Ed. *Modern American Poetry* (New and Enlarged ed). New York: Harcourt, Brace & World, Inc., 1958.

② Richard Ellman & Robert O'Clair. Eds. *The Norton Anthology of Modern Poetry*, 2nd ed. New York: W. W. Norton & Company, 1988.

占主流地位的风雅派诗歌作了成功的决裂，桑塔亚纳对他的革命性作了充分的估计，他说：

> 完全离开风雅传统的美国作家也许是瓦尔特·惠特曼。为此原因，受过教育的美国人发觉他是一个平淡无奇的人，他们坚称他不应该被当作他们的文化代表；他当然不应该，因为他们的文化是如此的风雅，如此的传统。但是也许有时候，外国人的看法恰恰相反，因为他寻找也许已经是在美国要表达的、但不是文质彬彬的传统的美国思想，而是赋予这个社会勃勃生机的精神和无法言喻的节操，在此之上，风雅传统本身的思想意识约束力似乎就小了。当外国人打开惠特曼的诗集时，他想，他终于接触到一些有代表性和原创性的东西了。在惠特曼那里，民主被深入到心理和情操里了。各种不同的视域、情绪和情感互相赞同；他们被宣布为一切自由平等，生活里无数普通的时刻被允许用来像其他的人那样发言。那些从前被看作伟大的时刻不排斥在里面，但是他们被造就与他们的伙伴——普通步兵和当时的公仆一同前进。不仅仅停留在拒绝歧视上；我们必须使我们的原则继续向前发展，向动物们，向无生命的大自然，向整个宇宙发展。惠特曼变成了泛神论者；但是他的泛神论，不像禁欲的斯多葛学派或斯宾诺莎那样，而是非智性的、疏懒的、自我放纵的；因为他为一切真与善感到无比的欣喜，他已经够好的了。在他内心，放荡不羁与风雅传统相抵触；但是能证明革命有理的重构接踵而来。他的态度，在原则上，完全是消解一切的；他的诗歌才能跌回到最低水平，也许可能使所有诗歌天才跌回到这个水平。……一个 19 世纪的完全不顾风雅传统的美国人该他做的都做了，不可能做得更多了。①

桑塔亚纳在这段充满睿智的演讲里，两次提到外国人，实际上是指他自己。他作为出生在西班牙的美国人，对美国文学文化保持一段客观距离，比较清楚地看到惠特曼在当时美国文学中所起的先锋作用。他说的那本被外国人喜欢翻阅的惠特曼诗集，就是他喜欢的诗集，即是惠特曼留给后世的豪放粗犷的《草叶集》（*Leaves of Grass*, 1885—1888）。②

从 1885 年第一版 12 首诗到 1888 年他签署的第九版 400 首左右的诗

---

① George Santayana. "The Genteel Tradition in American Philosophy," an Address delivered before the Philosophical Union of the University of California, August 25, 1911.

② 1891 年，即惠特曼去世的前一年，《草叶集》第十版面世。

里，他热情地鼓吹民主思想，歌颂自由平等，① 卓越地运用了自由诗的形式，把当时的诗歌从传统的押韵、节奏的结构里解放了出来，尤其从五步抑扬格的标准英诗里解放了出来。更重要的是，他发聋振聩的长诗《自己之歌》（*Song of Myself*）首次创造了美国民族的自我形象。惠特曼的诗刚发表时受到社会的冷遇，在当时被视为毒草，甚至被禁止在公开场合朗诵。例如，当时大名鼎鼎的诗人惠蒂尔把惠特曼的第十版诗集扔到火炉里了。只有高瞻远瞩的爱默生独具慧眼，对惠特曼的第一版诗集给予了极高的评价。诗人斯蒂芬·弗雷德曼（Stephen Fredman, 1948— ）教授认为《自己之歌》是惠特曼主要的诗篇，它创造了民族"自我"，说它"既表达了个人的经验，同时又见证了这个正在扩展中的国家在地理、社会、性、种族和职业方面的多样化"②。他还指出："爱默生作为思想家，惠特曼作为诗人，他们代表形成美国诗歌的两个不可或缺的声音，即被后来一个半世纪的其他诗人听到的洪亮声音。"③

随着时间的推移，人们越来越清楚地看出这位"粗野叫喊的"诗人对现代派诗人的影响。在 50 年以后，现代派诗巨匠庞德，把惠特曼的诗歌形式的革新，作为现代派诗的原则而确立下来了。卡尔·桑德堡、哈特·克兰、W. C. 威廉斯等在不同程度上都受了他的影响，约翰·贝里曼承认，他的名篇《梦歌》是受了惠特曼《自己之歌》的启发而创作出来的。雷克斯罗思在谈到惠特曼的影响时说："惠特曼的诗歌传人首先是像林赛一类激进的大众诗人，其次是像桑德堡一类的社会主义者，再次是阿图罗·乔万尼蒂（Arturo Giovannitti, 1884—1959）一类的无政府主义者或迈克尔·戈尔德（Michael Gold，1893—1967）一类的共产党人。在两次世界大战之间，惠特曼传统似乎减弱了，但出现在数百种小杂志上，而在二战以后，则体现在金斯堡一类的诗人身上，而且再次传遍世界。"④ 众所周知，在 20 世纪 50 年代，金斯堡把惠特曼的长诗行和罗列法发展到极致。

著名诗评家、哈佛大学名教授海伦·文德莱在她主编的介绍美国主要现代派诗人的论文集《声音与幻象》里，把惠特曼一幅大照片刊登在前言的前面，并且说："美国诗人的政治职责（宣称从文化、宗教和阶级的压迫

---

① 惠特曼在内战期间为伤员服务，竭力主张黑奴解放，歌颂劳动和自由，歌颂普通的美国人民，因反奴隶制的激进思想而在 1848 年被开除出报社。

② Stephen Fredman. Ed. Introduction to *A Concise Companion to Twentieth-century American Poetry*. Malden, MA: Blackwell Publishing Ltd., 2005: 2.

③ Stephen Fredman. Ed. Introduction to *A Concise Companion to Twentieth-century American Poetry*. Malden, MA: Blackwell Publishing Ltd., 2005: 2.

④ Kenneth Rexroth. *American Poetry in the Twentieth Century*. New York: The Seabury P, 1971: 22.

中解放出来）对惠特曼以及他的从肯明斯到金斯堡的许多继承者来说，似乎是一个真正的迫切使命。"①昂特迈耶更加推崇惠特曼，他说："惠特曼的影响决不可有丝毫的低估。它触及文学海洋的每个岸边，加快了当代艺术的每个潮流。"②

惠特曼是一个真正的美国佬，是第一个真正伟大的美国诗人，到欧洲寻找认同的美国现代作家，在他的影响下，有信心回到国内创造自己的文学。

2. 艾米莉·狄更生（Emily Dickinson, 1830—1886）

和惠特曼同时代、从没有读过惠特曼诗歌的狄更生，却和惠特曼一道建造了美国现代派诗殿堂的前廊。她生前不如惠特曼走运，只发表了七首诗，尽管她一共创作了1775首。她死后，从1890年开始到1896年发表了三批诗，以后在1914年、1929年、1935年和1945年出版了薄本诗集，直至1955年才出版了诗全集，加上1958年出版她的三卷本通信集，她的天才才逐渐被20世纪的读者充分认识到。她被诗人伊沃尔·温特斯尊为"有史以来最伟大的抒情诗人之一"③。如果说惠特曼站在宏观世界的高度，气势澎湃，狄更生则立足于微观世界的深度，钩沉索隐。

狄更生一生的活动天地很小，只作过两三次长途旅行，去华盛顿、费城一次，去波士顿两次，在距阿默斯特不远的霍利奥克读了一年女子学校，偶尔去离家只有25英里的斯普林菲尔德。绝大部分时间是在家里和花园里写她的所见所闻所感：一只蟋蟀，一条蛇，一只苍蝇，一只蜂鸟，临终人的面色，等等，等等，诗行很短也很少，似乎与她狭小的活动空间相适应。据说这种简短的诗行受了赞美诗的影响。她的诗主要反映了现代和当代人的心理变化：害怕失去自我本性，宗教信仰与怀疑的矛盾，精神上的焦躁不安，生活中的似非而是的真理。她的艺术形式超出了常规：往往用破折号代替其他标点符号，或者代表突然停顿，或者代表语气转慢。在诗行里，她也喜欢用大写字母，以突出她的思绪。她打破传统语法和句法，回避读者所期待的押韵，把本来很容易的短语扭曲之后，使读者感到陌生化。在当时的诗歌读者看来，这种诗是很粗糙的。但这种"粗糙"具有她独特的

① Helen Vendler. Ed. *Voices & Visions*. New York: Random House, 1987: xv.

② Louis Untermeyer. Ed. *Modern American Poetry* (New and Enlarged ed). New York: Harcourt, Brace & World, Inc., 1958: 5.

③ Yvor Winters. "Emily Dickinson and the Limits of Judgment." *Emily Dickinson: A Collection of Critical Essays*. Ed. Richard B. Sewall. Englewood Cliffs, NJ: Prentice Hall, 1963: 40.

个性。

狄更生对现代派诗的影响比惠特曼晚，因为《艾米莉·狄更生诗歌全集》（*The Complete Poems of Emily Dickinson*, 1924）在20世纪早期才面世，尽管在她去世不久之后，她的一些名篇已经在报刊上流传了。随着20世纪20年代现代派诗歌的日益普及，狄更生原来不符合19世纪诗美学规范的诗歌，却被许多诗人和诗评家所推崇，把她视为伟大的女诗人。到了30年代，包括艾伦·泰特、理查德·布莱克默、伊沃尔·温特斯在内的许多新批评派诗人对她褒奖有加。在女权主义浪潮中，她作为一个女诗人的知名度得到了更大的提升，被女权主义者们尊为英语文学里最伟大的女诗人。杰伊·帕里尼（Jay Parini, 1948— ）认为，从狄更生到西尔维娅·普拉斯、安妮·塞克斯顿和露易丝·格鲁克之间，事实上有一条自然联系的线路。[①]用传统诗形式创作的路易斯·昂特迈耶对狄更生突破传统的诗歌实践颇为赞赏，说：

> 艾米莉·狄更生不仅预示了她的公开宣称的信徒，而且预示了十几个不知不觉受她影响的诗人。奇怪的是，在意象派成为口号的50年之前，她不加任何宣传地搞成了意象描写；她在叶韵上的试验远比那些使用半谐音的人激进；她非语法的直接性比"新原始派诗人"煞费苦心营造的错位方法自然得多。这种预示现代的表现手法的证据随处可见。[②]

根据昂特迈耶的考证，肯明斯和阿奇博尔德·麦克利什的一些诗很明显地取法于狄更生。W. C. 威廉斯认为狄更生是他的"庇护圣人"。我们发觉，即使在21世纪的现在，她打破传统语法和句法的胆量也并不亚于语言诗人。

---

① Jay Parini. "Introduction." *The Columbia History of American Poetry*. Eds. Jay Parini & Brett C. Miller. New York: Columbia UP, 1993: xviii.

② Louis Untermeyer. Ed. *Modern American Poetry*: 8.

第二编　现代派诗歌的演变与分化

引言

美国现代派诗歌与坚持传统的风雅派诗歌相比较时，被分成新诗与旧诗，两种迥异的诗美学引起了新诗与旧诗之争。在这场论争中，写新诗的诗人们的审美趣味基本相近，而且一致对付占领诗坛统治地位的风雅派。发行量大的大杂志为了投合受传统诗歌熏陶的广大读者的口味（文学传统的稳固性和延续性）发表风雅派诗歌，不发表或少发表有实验性质的新诗。如前文所说，写新诗的现代派诗人则通过各种小杂志影响读者的审美趣味，以此来冲击风雅派诗人的垄断地位。

然而当新诗渐渐占上风的时候，现代派诗人之间因风格各异、诗美学千差万别而产生新的矛盾、新的冲突。如果仔细观察一下美国现代派（包括后现代派）诗歌史的话，我们便会发现两条异常鲜明的诗歌创作路线：一条是 T. S. 艾略特—兰塞姆—艾伦·泰特路线；另一条是庞德—W. C. 威廉斯—H. D. 路线。前者强调博学，重视欧洲文化传统，后者注意建立具有美国本土特色的诗歌。庞德有时驾于两条路线之间，因为他的《诗章》之博学实在无与伦比，而且他帮助 T. S. 艾略特建立诗风起了决定性作用，众所周知的例子是庞德帮助 T. S. 艾略特修改《荒原》。T. S. 艾略特那时远不如庞德激进。他怕读者读不懂《荒原》，不听庞德的劝告而加了许许多多的注释，缓和了《荒原》的激进调门。因此，坚持以 T. S. 艾略特为首的诗歌创作的诗人为了增加其声势而把庞德拉进去，并且把他放在第二把交椅上。

在了解美国现代派时期和后现代派时期的各种流派和各类诗人的具体情况之前，弄清美国现代派诗美学的演变与分化是十分必需的，因此我们试图对此加以探讨。

第一章　新诗与旧诗之争

在这一章里，我们想探讨一下 20 世纪初期美国新诗的风貌，它究竟新在哪里，与旧诗究竟有什么关系。

第一节　美国诗歌的新与旧

所谓新诗与旧诗之争，虽然在自由诗体的问题上曾经出现过激烈的论战（下文讨论），但它决不意味着两个敌对的阵营，壁垒分明，用不着"文攻武卫"，因为传统的稳固性和延续性使任何人也摆脱不了传统。无论是新诗诗人还是旧诗诗人，他/她们不但都是传统的一部分，而且帮助延长和创造传统。

现代派诗歌大师 T. S. 艾略特在 1919 年对传统与个人的关系作了辩证的阐述，他在他的名篇《传统与个人才能》（"Tradition and the Individual Talent", 1919）里说得好："没有任何诗人，任何艺术的艺术家在他单独的时候有完整的意义。他的意义在于别人对他的评价，即对他与死去的诗人和艺术家的关系的评价。你不能把他独立出来进行评价；你必须把他置于死人之中进行对照和比较。我的意思是把它当作美学原则，而不仅仅把它当作历史和文学批评。"

继承是事物发展的一个方面，但要发展就必须破除某些不符合当前社会现实的旧观念、旧事物，这是事物发展的另一个方面，而在破旧立新的过程中，新事物、新观念必然要受到旧事物、旧观念的抵制和反对。这种普遍的简单的辩证关系当然也存在于美国 20 世纪初新诗与旧诗之争中。英美现代诗歌史专家戴维·珀金斯在他的专著《现代诗歌史》（*A History of Modern Poetry*, 1976）中说："风雅派显然占上风，但反对派的诗歌运动很强大。如果前者垄断名誉地位，后者则引起更多的兴趣和希望。"（第 101 页）争夺读者是新诗与旧诗对抗的主要形式。如前所述，旧诗坚守大阵地——全国有影响的各大杂志，新诗开辟一个个小阵地——小杂志，以其"有趣和希望"扩大势力，占领山头。

我们把新诗与旧诗的实践及理论作对照和比较的时候，便会发现两者的诗美学是何等的迥异！为了便于说明问题，在此最好对几个概念做出界定。所谓旧诗，是限指 19 世纪末 20 世纪初风雅派的诗，虽然在它前面的诗更是旧诗。所谓新诗，是限指从 1912 年到 T. S. 艾略特发表《荒原》的 1922 年为止的诗。这一段历史时期被一些文学史家（如珀金斯）称为"现代派革命时期"，因为 1922 年之后，美国诗歌进入现代派的成熟时期。新与旧是相对的，今天被视为新的东西在明天便谓之旧东西。T. S. 艾略特创造的现代派诗对风雅派诗人来说是新诗，可是对后现代派的语言诗人来说则是旧诗。依此类推，20 世纪的诗对 19 世纪的诗人来说是新诗，而对 21 世纪的诗人来说则是旧诗。像世界上的任何事物一样，诗歌中的新与旧永久处于既统一又对立的状态，造成诗歌不断地更新与发展。假如回顾一下英语诗歌几个大的转变阶段，我们便会发现这种更新：16 世纪文艺复兴时期的诗歌、17 世纪晚期的新古典主义诗歌、19 世纪早期的浪漫主义诗歌和 20 世纪 20 年代开始成熟的现代派诗歌。各个历史时期的诗歌都有其鲜明的特色，限于篇幅，不在此赘述。我们在这里只考察一下大致从 1912 年到 1922 年的所谓新诗的风貌。

第二节　美国新诗的风貌

随着时代的进步，科技和工业的发展，新理论达尔文主义、弗洛伊德精神分析、马克思主义、尼采哲学和弗雷泽（J. G. Frazer, 1854—1941）的人类学著作《金枝》（*Golden Bough*, 1922）等的推广，扩大了人们的视野和思维空间，使他们看到和感到自己置身在崭新的社会现实里，这势必扩大了诗人们的写作题材。风雅派诗歌中的大自然的风光代之以新诗中的新兴城市的人文景观，风雅派诗歌中的浪漫主义爱情代之以新诗中的性爱，风雅派诗歌中的爱国主义代之以新诗中的政治腐败，风雅派诗歌中的高尚情操、优雅举止代之以新诗中的伴随资本主义发展而带给人们的恶德和恶习，风雅派诗歌中的夜莺和玫瑰代之以新诗中喧嚣的飞机和汽车……总之，新的现实社会为诗人们准备了许多有待开垦的处女地，许多吸引新读者的情景和意象。风雅派诗人们所钟情的美、浪漫、神秘、崇高的事业、温情、魅力和奇异被现代派诗人们抛弃了，风雅派诗人们所陶醉的表现个人感情和沉思的抒情诗也被现代派诗人们抛弃了。一般地说，新诗的题材是反浪漫的。

　　然而，如上文所说，写新诗的现代派诗人们之间千差万别，破除旧诗学和创立新诗学的程度不一。有些现代派诗人虽然选取了非浪漫或反浪漫的题材，但感情是陈旧的浪漫主义。林赛是典型的代表，而 E. A. 罗宾逊、弗罗斯特、马斯特斯、米莱、蒂斯代尔、艾米·洛厄尔等人的诗歌里多少都留有浪漫主义或风雅派诗歌的痕迹（甚至后来的后现代派中最激进的诗人金斯堡也难免浪漫主义），由此可见旧诗让位于新诗，不是一朝一夕可以取得，而是需要经过漫长的过程，何况风雅派诗或旧诗的成分不都是一无是处，有许多成分是可以传承的，而且事实上也传承了。诗歌中存在着永恒的主题，不管过去、现在或未来都存在。如同中国的新民歌运动，当时的氛围是激进的革命英雄主义气魄，出现了许多气吞山河的革命诗篇，但其中很多诗篇无论在形式上还是感情上并没有脱离古典诗词的窠臼。即使21 世纪的现在也是如此，一些古体诗词的杂志上常常刊登一些词句陈旧、思想感情陈腐或新鲜的诗篇。T. S. 艾略特和庞德在破旧立新方面做得比较彻底，无愧于他们作为现代派诗歌大师的美名。

　　在这段被称为文艺复兴的大写新诗的历史时期，美国诗歌最大的收获之一是艺术形式上的百花齐放：象征派、印象派、未来派、超现实主义诗、日本俳句、五行诗、多音散文诗、散文诗、新吟游诗、跳跃幅度大而诗行破碎的自由诗……它们不但构成了新诗的新范式，而且提供了新诗的多样化的新方法，表现了新诗的创造性和活力，从而把新诗提高到了空前的地位。新诗的贡献在于它在风格上作了许多革命性变化，这种变化的成果依然被后现代派诗人所接受、所使用，尤其它那经济、具体、通俗口语、悖论的艺术手段依然被当代诗人所运用。以 T. S. 艾略特和庞德为首的诗人所创造的断续性作诗法（即打破语法、句法和逻辑联系的支离破碎的结构）不是这段历史时期新诗的主要特色，对当时写新诗的许多其他诗人来说太不合规范，为他们所鄙弃，例如 E. A. 罗宾逊、弗罗斯特、马斯特斯等一直坚持写跳跃性不大、思想感情前后连贯的诗行，同风雅派诗歌的诗行没有原则的差别。但是，T. S. 艾略特等人倡导的诗行破碎法影响深远，几乎成了后来 T. S. 艾略特树立的现代派诗歌的主心骨，至今仍为当代诗人们采用。它之所以有生命力在于它的确反映了无序的现代社会造成无序的心理状态。

　　新诗另一个突出的成果是把自由诗体作为主要的艺术形式确立了下来，虽然它并非现代派诗人的独创。早在古希腊的哀歌体诗人、英国的弥尔顿、布莱克（William Blake，1757—1827）、华兹华斯（William Wordsworth，1770—1850）、柯勒律治（Samuel Taylor Coleridge，1772—1834）等都写过自由诗。欧美家喻户晓的用古英语写的史诗《贝奥武甫》（*Beowulf*，700）在某种程度上也是自由诗。当然起初的自由诗依然注重音步和头韵，只是诗行开始有长短的变化，押韵也不严格，有了较大程度的松动。早期的自由诗是针对整齐划一的方盒子似的格律诗而言的，它被少数诗人所运用，不成气候。自由诗像浪潮般席卷美国诗坛的时候，是在 20 世纪头十几年的新诗时期。

写新诗的美国诗人比同时代的英国诗人更积极地普及自由诗的动因有两个：首先，他们想跟上时代的步伐，那种方块块的、音步与押韵严格的传统诗无法充分表达他们的新生活新思想新感情。W. C. 威廉斯高度重视自由诗，认为新体诗紧跟当今世界步伐。写自由诗的诗人们坚信，固定的艺术模式盛不下现代人充沛的思想感情，因为每一个感情状态或冲动都需要用和它相适应的形式去表达，如果用传统的固定形式去表达，势必削足适履，不是以形式伤害原意，思想被阉割，就是造成感情的虚假，传统诗人津津乐道的亦吟亦咏的音乐性在才能小的二流或三流诗人的诗里显得矫揉造作，苍白无力。当然不是说传统的艺术形式的使用价值已经穷尽了，许多优秀现代派诗人都写过传统形式的好诗就是证明。庞德刚到伦敦时曾写过一首形式极严而极难写的传统六行诗，使举座皆惊。但现代派诗人主要是写自由诗，传统诗体只偶尔为之。试想倘若以粗犷著称的桑德堡丢弃了自由体，他就不成为桑德堡了！他怎么能用音步和韵脚严格的传统形式去表现如火如荼的芝加哥城市生活呢？怎能充分表现一望无垠的西部大草原呢？更不用说 T. S. 艾略特写不出以支离破碎诗法（fragmentation）为主的《荒原》了。

其次，他们认为，传统诗体学是英国的产物，为了建立独具美国特色的诗体学，就必须摆脱传统诗体学，况且那种抑扬格或扬抑格音步并不适合美国语言。宣扬美国资本主义民主、自由和平等的现代派诗人需要一种直接表达的范式，从过去的一小撮文人的象牙之塔里走出来，与广大的群众直接交流思想感情。在这方面，人民的吟游诗人和无产阶级诗人桑德堡似乎有更迫切的需要。

像任何新生的事物会遭到保守派或传统派的反对一样，自由体诗在当时遭到反对和抵制，理由很多，主要的理由是说它像散文，失去了诗味和诗的形式，因此不成其为诗。这个问题在当今差不多解决了，不管是诗人、编辑、评论家还是读者都不会提出疑义，可是在当时，这是一个严重的问题，保守派振振有词地对此加以大批特批。尤其意象派诗人写诗时根本不考虑音步，完全违背了传统的审美期待，使得传统派有把柄可抓。艾米·洛厄尔却不买账，她利用报纸和报告会，大力宣传意象派诗和自由诗的优越性。双方公开论战的结果反而助长了自由诗在读者中的诱惑力，促使更多的本来有传统美学趣味的读者怀着好奇心去读自由诗，于是愈来愈多的诗人去尝试这种新的艺术形式。在鼓吹自由诗方面，艾米·洛厄尔确实立了大功。

自由体是新诗战胜旧诗最主要的表现形式，所谓自由是针对旧诗严格的艺术形式而言。而自由诗本身的形式存在着很大的差别。强调视觉艺术效果的意象派诗人一般地抛弃了英语诗的基本表现形式——音步，为后来的具体诗、视觉诗的发展铺平了道路。强调听觉艺术效果的诗人则注重由节奏产生的音乐性。而在强调听觉艺术效果的诗人之中又可分为两种：一种是惠特曼式的一泻千里。以惠特曼为榜样的诗人完全记录创作时澎湃的激情，并不涉及传统的音步。但他们的诗读起来依然具有音乐性。桑德堡和后来的金斯堡是继承惠特曼的杰出代表。另一种是以 T. S. 艾略特和庞德为代表建立起来的自由体，他们特别注重由节奏产生的音乐性，无论是《荒原》还是《诗章》，尤其开头的一些诗行抑扬顿挫，音乐效果如同淙淙的泉水般悦耳，堪称这方面的典范。接受 T. S. 艾略特和庞德审美观点的自由体诗人追求形式的完美，勤于雕琢文字，句斟字酌。T. S. 艾略特和庞德精通法文，受到了法国自由体诗人如兰波（Arthur Rimbaud，1854—1891）、拉弗格（Jules Laforgue，1860—1887）、亨利·德·雷尼埃（Henri de Regnier，1864—1936）等诗人的影响。

第三节　作为现代派诗主要艺术形式的自由诗的发展过程

自由诗的发展并不一帆风顺，它也经历了大起大落。在 20 世纪最初的十几年的新诗发展期间，它出足了风头，使传统诗变得灰溜溜。自由诗的创造性，部分原因是它如饥似渴地吸收了小说尤其是当时富有试验精神的小说技巧，使它从严格的传统诗的桎梏中解放了出来。例如，E. A. 罗宾逊和马斯特斯的叙事诗吸收了小说的表现手法；T. S. 艾略特和庞德吸收了亨利·詹姆斯和詹姆斯·乔伊斯小说的技巧、现代派的绘画和雕塑的技法以及黑人的爵士乐和布鲁斯乐（蓝调）的艺术形式。可是，自由诗不久又走到了它的反面。当它被许多平庸的诗人一窝蜂地使用时，便变得过度散文化，变得像白开水般平淡无奇，比小说的句子还松散，尤其当运用无音步的自由体写的意象派诗失去魅力的时候，自由诗就不那么吃香了。再加上 T. S. 艾略特的《荒原》虽然是自由体，但主要采用了音步，读起来朗朗上口，使读者的注意力从无音步的自由诗转移到有音步的自由诗上去了。鉴于自由诗被那些无才华的小诗人搞得太自由，糟蹋得太厉害，庞德①和 T. S. 艾略特于 1917 年便提出了写以音步为主的有音乐性的自由诗，为形式主义诗歌定了基调。史蒂文斯、玛丽安·穆尔、哈特·克兰、新批评派的兰塞姆和艾伦·泰特以及后来的魏尔伯和 W. H. 奥登都倾向回避写太开放型的自由诗，提倡形式主义诗歌。从 20 年代晚期到 40 年代晚期，太散漫的自由诗被冷落了。

　　直至 50 年代，自由诗才开始复苏，进入第二个繁荣期。那是因为黑山派诗人开始成功地用即兴性的开放型自由诗反对形式主义，尤其是反对魏尔伯的新形式主义。一贯写自由诗的 W. C. 威廉斯在 50 年代中期以后在美国诗坛的声音开始嘹亮起来，再加以金斯堡为首的垮掉派的鼓噪，使自由诗恢复了往日的声势。到了 80 年代，新形式主义又开始露面，由于没有出现这方面的大手笔，所以未形成风气。然而，纵观现代派和后现代派诗歌，我们发现有节制的、讲究完美形式、可读性强的自由诗始终占主要地位，那些可读性差的实验性自由诗往往只能刊登在小杂志上，不会被曾经是小杂志但后来成了大杂志的《诗刊》所采纳。但也有例外，例如爱德华·福斯特主编的当代诗歌与诗学的杂志《护符》（*Talisman*）多数登载的却是这一类实验性强的自由诗，而且在美国大学阅览室里找到知音。

---

　　① 庞德是多面手，他在起初提出意象派诗时，并不以音步要求其他的意象派诗人作诗。可是当他发现不少二流诗人滥用自由诗时，他提出了重视形式的必要性。

第二章　两条不同的诗歌创作路线

20 世纪美国诗歌史上一个奇特的现象是，不在美国的美国大诗人主宰或影响着美国诗歌创作的方向和风格。他们便是众所周知的 T. S. 艾略特和伊兹拉·庞德，尽管前者在 1927 年入了英国籍，后者长期流浪在英国、法国和意大利（最后客死在意大利）。在对付风雅派传统诗歌上，他们是同一条战壕里的战友，但在现代派诗歌发展的过程中，他们在诗美学上形成了一种对立的倾向或传统，即以他们为首的两条不同的诗歌创作路线贯穿着 20 世纪美国诗歌史。

第一节　T. S. 艾略特—兰塞姆—艾伦·泰特的诗歌创作路线

不管你喜欢与否或承认与否，从《荒原》面世以后 20 多年的时间里，T. S. 艾略特在文学界所树立的权威性，不但压倒了他前一代的诗人，而且盖过了他同一代的诗人，对年轻的诗人尤其有着重大的影响。在二三十年代，一般的诗人如果想在诗歌创作上成名或赢得读者的喜爱，就得接受他的诗美学。阿奇博尔德·麦克利什在给约翰·皮尔·毕肖普（John Peale Bishop, 1892—1944）的信中曾指出，在 T. S. 艾略特之后写的诗不可能比 T. S. 艾略特还要 T. S. 艾略特。德尔默·施瓦茨更是对 T. S. 艾略特佩服得五体投地，他在中学年鉴里写着这样的话："T. S. 艾略特是上帝，德尔默·施瓦茨是他的宣扬者。"哈特·克兰可以说是 T. S. 艾略特的虔诚崇拜者、艾氏诗风的成功实践者和艾氏创作路线的忠实坚守者。克兰坦诚地承认：

在我的心目中，没有一个英语写作的人能比 T. S. 艾略特获得这么多的尊敬。然而，我把 T. S. 艾略特当作朝几乎完全相反方向的出发点……我往往尽可能多地应用我所能吸收他的博学和技巧，朝向更加带建设性或（如果我在一个怀疑的时代必须这样说的话）更加令人神往的目标。[1]

由此可见 T. S. 艾略特对克兰的影响之大，克里斯托弗·比奇为此举例说："克兰对 T. S. 艾略特的诗歌可以说是到了着迷的程度：他声称至少读了25遍《J. 阿尔弗雷德·普鲁弗洛克的情歌》，在起初对《荒原》感到失望之后，他继续一遍又一遍地阅读《荒原》。他的长诗《为浮士德和海伦结婚而作》和史诗《桥》的创作至少是部分地对《荒原》的回应。"[2]

当年出于慕名心理，哈佛大学的师生拥挤在巍峨的哈佛礼堂(Memorial Hall)里聆听 T. S. 艾略特的讲座。著名诗评家海伦·文德莱当时只有17岁，为了一睹他的风采也去了，由于大礼堂里没有暖气，结果冷得她患重感冒后转肺炎，但对笔者说，她至今回忆起来觉得值得。那时全美国文学系的大学生几乎都崇拜 T. S. 艾略特，而年轻一代的诗人、评论家、编辑和读者都是从大学里培养出来的，避免不了他的影响。海伦·文德莱对此作了如下描述："直到1965年 T. S. 艾略特去世为止，他是文化英雄（主要由于《荒原》），吸引着成千上万的人听他的讲座。听众们像旅鼠出于模糊的迫力而温驯地移动着去听他作演讲，把讲堂挤得水泄不通。"[3] 像这种描写 T. S. 艾略特的魅力和影响的例子，实在是不胜枚举。由此可见，他在大学和学院派的诗人之中产生了无可估量的影响。戴维·珀金斯认为，T. S. 艾略特的声誉在第二次世界大战之后达到了顶点。他是第一位成功地创作了典范性的现代派诗、得到诗人和评论家欣赏的大诗人。他的诗作成了理解和衡量现代派诗歌的规范。

现代派诗坛错综复杂，尽管 W. C.威廉斯有他的朋友庞德支持，坚持创作有美国文化特色的诗歌，但是 T. S. 艾略特的影响对他的冲击力毕竟很大，以至于他把《荒原》的发表看作是诗坛上的晴天霹雳，说"它好像是原子弹落下来，把我们的世界炸开，我们向未知领域作的种种勇敢的突击被化为灰尘"[4]。在谈到《荒原》对他个人的影响时，W. C. 威廉斯说："对于我，它特别像射来的一颗嘲笑的子弹。我立刻感到它使我后退了 20

① 转引自 Christopher Beach. *The Cambridge Introduction to Twentieth-Century American Poetry*: 61.

② 转引自 Christopher Beach. *The Cambridge Introduction to Twentieth-Century American Poetry*: 61.

③ Helen Vendler. *Part of Nature, Part of Us*. Cambridge, MA: Harvard UP, 1980: 77.

④ W. C. Williams. *The Autobiography of William Carlos Williams*. New York: New Directions Publishing Co., 1951: 174.

年，我相信的确如此。"① 倒退 20 年也未必是事实，但 T. S. 艾略特在影响上确实遮盖了 W. C. 威廉斯 20 年，直到 T. S. 艾略特于 1965 年去世之后，W. C. 威廉斯的名声才响亮起来。

作为一个诗人，T. S. 艾略特的创作生涯有半个世纪，他并不多产，他的《诗合集》（*Collected Poems, 1909-1962*，1963）勉强凑足总共才有 221 页，究竟是什么原因使他成了英美的文化"英雄"呢？毫无疑问，是他的文学理论和评论同时发挥了重要的作用，为诗人们提供了新的审美标准，改变了旧的美学观念。1932 年，他出版了在评论界名重一时的《文论选》（*Selected Essays: 1917-1932*，1932），以后的几年里又发表了相当多的文学和文化评论文章，建立了他所倡导的现代派诗歌理论体系。批评家们又用他的理论来理解和评价他的诗歌和其他现代派诗人的作品。例如，一批著名的英国评论家和诗人如 I. A. 瑞恰慈（I. A. Richards, 1893—1979）②、威廉·燕卜荪（William Empson, 1906—1984）③和 F. R. 利维斯（F. R. Leavis, 1895—1978）④为介绍和鼓吹他的理论起了重要的作用。在美国，不少诗人如阿奇博尔德·麦克利什和马尔科姆·考利（Malcolm Cowley, 1898—1989）以及许多学英美文学的青年学生甚至仿效走 T. S. 艾略特走过的道路，学习意大利文和法文，攻读但丁和拉弗格等 T. S. 艾略特曾经钻研过的作家。据戴维·珀金斯说，是 T. S. 艾略特引导哈特·克兰和艾伦·泰特走上了象征主义道路，使迪伦·托马斯（Dylan Thomas, 1914—1953）和威廉·燕卜荪以及其他许许多多 20 年代和 30 年代的英美诗人迷恋英国 17 世纪的玄学派诗歌。

根据以写"谈话诗"（the talk poem）著称的诗人戴维·安廷的看法，属于 T. S. 艾略特诗歌创作路线的得力干将包括罗伯特·洛厄尔、兰德尔·贾雷尔、西奥多·罗什克和德尔默·施瓦茨。诗人、评论家 N. 塔恩认为，还要添上两名干将：理查德·埃伯哈特和伊丽莎白·毕晓普。唐纳

---

① W. C. Williams. *The Autobiography of William Carlos Williams*. New York: New Directions Publishing Co., 1951: 174.

② 英国文学评论家、语言学家和诗人，毕业于剑桥大学。1922 年开始在剑桥大学任教；1929 年至 1930 年在中国清华大学执教；1931 年以后，长期在哈佛大学从事教学。他对文学理论的研究在英美现代文学理论史上占有重要地位。

③ 英国文学批评家和诗人，毕业于剑桥大学。1931 年至 1934 年在东京文理科大学执教；1937 年至 1939 年先后在北京大学和昆明西南联大任教；1953 年至 1971 年在谢菲德大学当英国文学教授；在第二次世界大战初，曾任英国广播公司的中文编辑。他受玄学派和 T. S. 艾略特影响颇深。

④ 英国文学批评家，毕业于剑桥大学。他的观点同美国的新批评派观点相似。他是剑桥派批评家之一，他的观点在西方具有一定的影响。

德·霍尔、辛普森和罗伯特·帕克（Robert Pack, 1929— ）合编的《英美新诗人》（*New Poets of England and America*, 1957）全面地介绍了当时在T. S. 艾略特和新批评派主导下的美国诗学，把罗伯特·洛厄尔放在首位，把兰德尔·贾雷尔、约翰·贝里曼、詹姆斯·梅里尔、W. S. 默温、艾德莉安娜·里奇、詹姆斯·赖特和 W. D. 斯诺德格拉斯等这支蔚为大观的队伍作为早期形式主义的后起之秀。德尔默·施瓦茨认为他们是 T. S. 艾略特创作路线的扫尾者。

在这里特别需要提一提贯彻 T. S. 艾略特诗美学的美国新批评派的骨干兰塞姆[①]、克林思·布鲁克斯（Cleanth Brooks, 1906—1994）、艾伦·泰特和罗伯特·佩恩·沃伦等人吸收并整理了 T. S. 艾略特的一些文学观点，将之作为新批评重要的理论基石之一。这个喜爱分析与评价诗歌文本甚于小说的新批评派特别推崇文学作品含有反讽、平稳、悖论、模棱两可的含蓄、语言复杂而简练、内容广博宏富、通过对局部矛盾和零散细节的描写而最终获得作品整体和谐的艺术效果等的品格。在他们看来，一首诗不是诗人观点的陈述，而是诗人态度的戏剧化，批评家的职责在于唤起读者注意这种态度，描绘这种常常很复杂的态度的内涵。兰塞姆说诗歌"没有兴趣改进世界或使世界理想化，它对此已做得够好的了。它仅仅要认识世界，更看清世界"。艾伦·泰特说诗歌是"在形式的种种神秘局限里领悟和浓缩我们的经验的艺术"。如果用新批评派的这些审美标准去鉴定 T. S. 艾略特的《荒原》或《四首四重奏》或他的其他诗篇，那么 T. S. 艾略特的诗歌无疑是现代派诗歌正宗的典范。克林思·布鲁克斯认为，现代派诗不仅要求用自己的一套术语作鉴赏，而且要求对现行的诗歌概念作根本性的修正。T. S. 艾略特正是这样对现行的诗歌概念作根本性的修改的。在现代派诗歌的觉醒期，他重新审视和评价了长期在历史上受冷落的 17 世纪的约翰·多恩（John Donne, 1572—1631）和安德鲁·马维尔（Andrew Marvell, 1621—1678）的诗，把玄学派的历史地位提高到空前的高度，引导诗人对玄学派诗歌产生兴趣和热情，这对他们创作学识渊博和机智的智性诗起了导向性作用。

新批评派诗人继承了 T. S. 艾略特的保守主义的思想，这在大学课堂里产生了巨大的影响。克林思·布鲁克斯与罗伯特·佩恩·沃伦合编的

---

① 兰塞姆并不喜欢 T. S. 艾略特的诗，尽管他的文论的思路和 T. S. 艾略特的差不多。他研究 T. S. 艾略特、I. A. 瑞恰慈、威廉·燕卜荪、伊沃尔·温特斯和其他人的论著《新批评》（*The New Criticism*, 1941）的标题正好被用作这个新的文学批评流派的名称。兰塞姆说："我想，确定一个有活力的智性运动的时候到了，这个运动称为新批评。"

《了解诗歌》(*Understanding Poetry*, 1938) 以及克林思·布鲁克斯与 W. K. 温萨特 (William K. Wimsatt, 1907—1975) 合著的《文学批评简史》(*Literary Criticism: A Short History*, 1957) 对宣传 T. S. 艾略特美学思想的影响之深之广达到了空前的程度。T. S. 艾略特—新批评派的保守诗观因为 W. H. 奥登放弃了激进的政治诗歌创作而得到了进一步加强。他 1939 年定居美国后主编的"耶鲁青年诗人丛书"对年轻一代的诗人产生了很重要的影响。

总之，新批评派评论家和诗人是受 T. S. 艾略特深刻影响的美国现代派诗风的基石。

学术气浓重的新批评派一建立起来便走进了大学的教室，以其创造性的活力受到青年一代的欢迎，统治了四五十年代的诗歌批评，有形无形地形成了一条以 T. S. 艾略特为首、新批评作为后盾的诗歌路线，使现代派中的其他流派，甚至更激进的流派受到冷落，使 W. C. 威廉斯和庞德这类大诗人遭到曲解和冷遇。

不过，即使在当时，也不是所有的诗人都买 T. S. 艾略特的账，比 T. S. 艾略特年纪大的著名评论家和诗人诸如 H. L. 门肯 (H. L. Mencken, 1880—1956)、哈丽特·门罗、V. W. 布鲁克斯 (Van Wyck Brooks, 1886—1963)、路易斯·昂特迈耶、卡尔·桑德堡、W. B. 叶芝 (William Butler Yeats, 1865—1939)、哈罗德·门罗 (Harold Monro, 1879—1932) 和艾米·洛厄尔等并不欣赏 T. S. 艾略特的诗。第二次世界大战以后，背离 T. S. 艾略特诗美学的倾向变得尤为明显。诗人阿拉姆·萨罗扬 (Aram Saroyan, 1943—) 对此在他的《评〈罗伯特·邓肯和丹尼丝·莱维托夫通信集〉》("Review of *The Letters of Robert Duncan and Denise Levertov*", 1996) 一文中指出：

　　　第二次世界大战之后，美国诗坛崭露头角的一代不同于它前面的一代诗人。罗伯特·洛厄尔、兰德尔·贾雷尔、约翰·贝里曼等一批诗人主要服膺于庞德和 W. C. 威廉斯的诗美学而不是 T. S. 艾略特影响下的诗人兼批评家们——一批全国范围的追随者形成的新批评派。他们以 17 世纪英国玄学派诗人为楷模，可以这么说，他们强调用手术刀和钳子解剖一层层文本的含义。

倒是比 T. S. 艾略特小九岁的另一个同时代的大诗人史蒂文斯增强了

T. S. 艾略特的阵势。史蒂文斯是单干户，很少结帮拉派。[①] 在许多场合，他的名声可以同 T. S. 艾略特平分秋色，他们所钟情的象征主义却把他们连结起来了。著名批评家玛乔里·珀洛夫（Marjorie Perloff, 1931— ）把 T. S. 艾略特和史蒂文斯说成是象征主义的主将，哈特·克兰是象征派的重要成员。

美国诗坛后来出现的两个小流派"后自白派"和"新形式主义"似是新批评派诗学的复活或延伸。

第二节　庞德—W. C. 威廉斯—H. D. 的诗歌创作路线

美国诗歌其实从一开始就分成两股潮流，滚滚向前。一股是欧洲文化特别是英国文化影响下的潮流；另一股是美国文化影响下的潮流。坚持美国文化的作家要在新的国家（或区别于欧洲大陆的新世界）里创造新的文学文化，他们成功的榜样便是惠特曼、狄更生和梭罗（Henry David Thoreau, 1817—1862）。美国最有活力最棒的现代派诗人都是移居欧洲的自我流放者，例如格特鲁德·斯泰因、T. S. 艾略特和庞德。如前所述，在英美诗坛长期占有崇高地位的 T. S. 艾略特主要坚持欧洲特别是英国的文化传统，作为一个道道地地的保皇党和英国天主教徒，在 20 世纪上半叶主导了美国现代派诗歌的主流方向。但庞德的亲意大利法西斯主义的态度（至今仍影响着他的声誉，使爱护他的美国作家感到难堪）、持续在欧洲居住、具有极端的文化精英意识等因素并没有妨碍他发挥美国语言的活力、站在美国人的立场吸收世界文化、坚持把诗歌本身作为独立的鲜活的东西而不是把它当作点缀物来拯救美国政治制度（尽管很幼稚）所一贯表现的热望。即使对由于这种或那种原因同庞德争吵、甚至恨他的美国诗人来说，庞德依然是他们极为重要的向导。他直接帮助或深刻影响了 W. C. 威廉斯、路易斯·朱科夫斯基、乔治·奥本、查尔斯·雷兹涅科夫、卡尔·雷科西、洛林·尼德克尔（Lorine Niedecker, 1903—1970）、威廉·布朗克、H. D.、罗伯特·邓肯、查尔斯·奥尔森以及黑山派的其他成员等一大批诗人群。值得一提的是，第二代黑山派诗人乔纳森·威廉斯作为导师，带出了后来比他名气大得多的学生罗纳德·约翰逊（Ronald Johnson, 1935—1998）。作为庞德诗歌路线的新生力量，罗纳德·约翰逊花了 20 年之久的时间，创作了

---

① 彼得·夸特梅因（Peter Quartermain）认为，史蒂文斯对阿什伯里、克里利和罗什克等诗人有重大的影响，但在历史上没有建立他的传统，因此没有史蒂文斯流派。

长篇史诗《方舟》（*ARK*, 1996）[①]，其规模之宏大，结构之精心，被公认进入路易斯·朱科夫斯基的《A》、庞德的《诗章》、W. C. 威廉斯的《帕特森》、查尔斯·奥尔森的《麦克西莫斯诗抄》、罗伯特·邓肯的《通道》、格特鲁德·斯泰因的《沉思中的诗节》和 H. D. 的《海伦在埃及》等史诗的行列了。青年学者罗斯·海尔（Ross Hair, 1978—　）在其专著《罗纳德·约翰逊的现代派拼贴诗歌》（*Ronald Johnson's Modernist Collage Poetry*, 2010）中指出："承认罗纳德·约翰逊在庞德、弗吉尼娅·穆尔、朱科夫斯基和其他著名的拼贴艺术实践者的队伍中的合适地位的话，20 世纪美国诗歌这重要方面的历史便可以开始用罗纳德·约翰逊的诗歌提供的宝贵洞察力和实例加以重新评价和修正。"（第 22 页）

　　缅因州立大学奥罗诺分校出版的理论刊物《教》（*Sagetrib—Chiao*）和大型刊物《正名》（*CHENG MING: A NEW PAIDEUMA*）为深入研究庞德的理论文章提供了发表的园地。它们的中文标题是根据庞德研究孔子思想时从儒家经典著作中摘引出来的。《正名》来头不小，它是国家诗歌基金会资助卡罗尔·特雷尔（Carroll F. Terrell, 1917—2003）主编的国际著名刊物，创立于 1972 年，原先以研究庞德及其传统为宗旨，现在范围扩大到研究整个英美现代诗歌领域。唐纳德·盖洛普（Donald Gallup）编撰的《庞德研究文献目录》（*EZRA POUND: A BIBLIOGRAPHY*, 1963）以及后来与阿尔奇·亨德森（Archie Henderson）合编的《庞德研究文献补充和修订目录》（*Additions and Corrections to the Revised Edition of the Pound Bibliography*, 1983）[②]为我们了解整个庞德学术研究的情况提供了无与伦比的方便。阿尔奇·亨德森在搜集庞德著作中译本目录时，20 世纪 90 年代初曾来信，索要笔者及其他中译者的有关研究庞德的目录，可惜当时中国在这方面的图书目录还未进行系统的整理，无法给他提供一个详细的目录，现在想来，殊觉遗憾。[③]诗人 N. 塔恩曾告诉笔者说："由于现在大量研究庞德的论著问世，从休·肯纳的巨著《庞德时代》开始，研究庞德的论著比研究 T. S. 艾略特的论著在数量上大约超过 5 至 10 倍，庞德把作为美国现代派诗歌之父的 T. S. 艾略特盖住了。"[④]加拿大文学批评家休·肯纳（Hugh Kenner,

---

　　①《方舟》由三本诗集《基础》（*The Foundations*）、《塔尖》（*The Spires*）和《堡垒》（*The Ramparts*）构成，每本诗集有 33 部分。

　　② Gallup and Archie Henderson. "Additions and Corrections to the Revised Edition of the Pound Bibliography." *Paideuma* 12, 1983: 119-125.

　　③ 见阿尔奇·亨德森 1992 年 7 月 20 日给笔者的专函。笔者不认识他，可能是美国诗人朋友 N. 塔恩介绍的。

　　④ 见 N. 塔恩 1992 年 8 月 6 日寄给笔者的长函。

1923—2003）多年研究庞德的这部名著，对恢复庞德作为最伟大现代派诗人之一的名声做出了重大贡献，而庞德在第二次世界大战中不当的政治表现曾经伤害了他自己。

　　根据当代著名批评家查尔斯·阿尔提里（Charles Altieri, 1942—　）的看法，①美国现代派诗歌存在两种范式：内在范式（the immanent modes）和象征范式（the symbolic modes）。他把 T. S. 艾略特、史蒂文斯、哈特·克兰等人的诗歌划归象征范式，把 W. C. 威廉斯和庞德等人的诗歌说成是内在范式，20 世纪五六十年代开始登上诗坛的后几代诗人属于内在范式。根据阿尔提里的意见，象征范式是柯勒律治强调主观性开创的范式。柯勒律治认为，客观世界的秩序在人的主观意象强化之前是混作一团的。阿尔提里还发现华兹华斯强调客观（自然）内在意义和价值的倾向。华兹华斯认为，世界是有秩序和有意义的，因此是内在的，它只需要人们去发觉和体验。这就是阿尔提里界定内在范式的历史依据。阿尔提里还认为，庞德和 W. C. 威廉斯等诗人旨在创作反映新的现实观念的诗歌。他这样说，似乎比较抽象，所谓"反映新的现实观念的诗歌"，明白地说，是他指庞德和 W. C. 威廉斯等诗人创作反映地道的美国生活并具有美国特色的诗歌。

　　根据另一个当代著名批评家玛乔里·珀洛夫的观点，美国现代派诗歌分为象征范式和反象征范式或模糊范式（the indeterminacy modes）②。在她看来，所谓象征范式是诗人努力达到更深层次的抽象，克服日常琐事引起的纷乱和孤立事物之间的混乱现象；所谓反象征范式是诗人设法抑制企图完整的欲望，因而在艺术形式上更零乱更开放，要求读者自己去思索各部分，弄清各部分之间隐含的联系。珀洛夫认为 T. S. 艾略特和史蒂文斯是象征范式诗歌的大师，而庞德和 W. C. 威廉斯则是反象征范式或模糊范式诗歌的主帅。

　　这两位大文学批评家的提法虽然不尽相同，但在把 T. S. 艾略特和史蒂文斯视为象征范式诗歌创作的楷模，而把庞德和 W. C. 威廉斯划入他们的对立面上的意见是一致的。诗人戴维·安廷则从音步的角度区分两条不同的诗歌创作路线："对于 T. S. 艾略特和艾伦·泰特以及他们最后的一个信徒来说，音步的丧失等于整个伦理秩序的丧失。这是文化的'多米诺理论'——先是音步，然后是拉丁合成物，然后是英伽（In'ja）。这种坚持把任何层次上的人类经验围绕单一的伦理轴进行特征设计的倾向是 T. S. 艾

---

① Charles Altieri. "From Symbolist Thought to Immanence: The Ground of Postmodern American Poetics." *Boundary* 2, Vol. 1, No. 3. Spring, 1973: 605-642.

② Marjorie Perloff. *The Poetics of Indeterminacy: Rimbaud to Cage*. Princeton UP, 1981.

略特、艾伦·泰特和克林思·布鲁克斯发展而成的特号'现代主义'的基本特色。这不是庞德或 W. C. 威廉斯的特色，这就是为什么 T. S. 艾略特和艾伦·泰特将导向罗伯特·洛尔尔和斯诺德格拉斯，而庞德和 W. C. 威廉斯将导向雷克斯罗思、朱科夫斯基、奥尔森、邓肯、克里利等的原因。"①

第三节　小　结

综上所述，我们清楚地看到，美国现代派诗歌确实贯穿了两条不同的创作路线，不管谁从哪一个角度去看都如此。在第二次世界大战后，这两条路线的差异与冲撞日益明显。1946 年，W. C. 威廉斯的史诗《帕特森》面世，开始引起批评家们的重视。两年后，即 1948 年，庞德的史诗《诗章》的重要部分《比萨诗章》出版，并且获得博林根奖。在 T. S. 艾略特诗风的影响下，批评家们对庞德和 W. C. 威廉斯的评价贬褒不一，尤其对庞德获博林根奖因政治原因引起激烈争论，然而，他们的作品所富有的挑战性，至少使他们从过去的几十年里被相对忽视的处境中恢复了过来。总的来说，T. S. 艾略特的影响在学院派诗人和诗评家中占绝对优势，但在他晚年直至去世这段时间里的影响力逐渐减弱。由于海伦·文德莱、哈罗德·布鲁姆（Harold Bloom, 1930— ）②、弗兰克·多各特（Frank Doggett, 1906—2002）③、罗伯特·巴特尔（Robert Buttle）④等一批批评家的抬举，史蒂文斯只相对地受到冷落，但还是被视为"20 世纪美国最前面的诗人"⑤。纳撒尼尔·塔恩对海伦·文德莱主编的影响颇大的《美国诗歌哈佛卷》排除庞德、奥尔森、邓肯等诗人感到异常恼火，说这是反对美国文化的犯罪行为。⑥他是否言之过重，那

---

① David Antin. "Modernism And Postmodernism: ApproachingThe Present In American Poetry." *Boundary* 2, Vol. 1. No.1, Fall, 1992.

② 文德莱和布鲁姆教授是研究史蒂文斯的权威，她/他俩有下列代表作：Helen Vendler. *On Extended Wings: Wallace Stevens' Longer Poems*. Cambridge, MA: Harvard UP, 1969；Harold Bloom. *Wallace Stevens: The Poems of Our Climate*. Ithaca: Cornell UP, 1976.

③ 弗兰克·多各特著有《史蒂文斯的思想诗歌》（*Stevens' Poetry of Thought*. 1966）。

④ 罗伯特·巴特尔著有《华莱士·史蒂文斯："簧风琴"的制作》（*Wallace Stevens: The Making of "Harmonium"*, 1967）。

⑤ 多各特和巴特尔为纪念史蒂文斯诞生 100 周年，合编了一本评论和回忆史蒂文斯的文集《华莱士·史蒂文斯：祝颂》（*Wallace Stevens: A Celebration*, 1980）。该文集收进 16 个人的文章。他们在该书封面折页上称史蒂文斯是"被许多评论家视为 20 世纪美国最前面的诗人"。

⑥ Nathaniel Tarn. *Views From The Weaving Mountain*. Albuquerque, NM: University of New Mexico P, 1991: 43.

又当别论，但这至少说明，庞德在建立美国诗风上起了举足轻重的影响。现实也证明：美国诗坛涌现了大批的造反派诗人，他们信心十足，坚决抛弃 T. S. 艾略特和新批评派的诗美学，服膺庞德和 W. C. 威廉斯的诗美学，把他们奉为圭臬。黑山派头领奥尔森甚至把他和其他黑山派诗人看作是"庞德和威廉斯的儿子"，实践他提倡的开放性投射诗。①这大批诗人的实力展示在唐纳德·艾伦（Donald Allen, 1912—2004）主编的著名诗选集《新美国诗歌：1945～1960》（*The New American Poetry: 1945-1960*, 1960）和朱科夫斯基主编的《客观派诗选》（*An "Objectivists" Anthology*, 1932）里。塔恩认为，这两本诗选里的诗人都是庞德—W. C. 威廉斯—H. D. 传统的真正传人。年轻的新马克思主义信奉者杰夫·特威切尔（Jeff Twitchell）认为，唐纳德·艾伦主编的具有深远历史影响的诗选针对了唐纳德·霍尔、路易斯·辛普森和罗伯特·帕克合编的《英美新诗人》，是对 T. S. 艾略特和新批评派诗学进行了一次激烈的冲击。他在他的《美国诗歌现代派的批评命运》（"The Critical Fortune of American Poetic Modernism", 1995）一文里指出：

> 尽管整个 60 年代不同传统的诗人之间，特别是批评家之中存在着的论战和争议一直处于白热化，但是到了 70 年代，热点问题开始慢慢降温。到了 80 年代，这些对立的而且似乎永远不能完全妥协的传统的深层矛盾又暴露出来了。一方是所谓的新形式主义者，或者后自白派，他们想恢复更保守的古典的现代派传统；另一方是在诗坛崭露头角的语言诗派诗人，他们积极进取，充当诗坛的先锋，不但崇尚 W. C. 威廉斯和庞德，甚至崇尚现代派盛期极端激进的诗人格特鲁德·斯泰因和路易斯·朱科夫斯基。②

特威切尔比较客观地扫描了两条不同的诗歌创作路线对当代美国诗歌的影响此长彼消的景观。他在同一篇文章里，特别强调 W. C. 威廉斯对地道美国诗的作用："在 60 年代和 70 年代，W. C. 威廉斯确实对年轻诗人产生了最直接的影响，尤其在使用日常美国语言和观察大千世界方面。W. C. 威廉斯反对精英意识——与 T. S. 艾略特、庞德甚至史蒂文斯形成对照——对竭力反对盛期现代派的年轻一代有强大的吸引力。"W. C. 威廉斯反对精英意识的贡献在于引导美国诗歌走出旁征博引的象牙之塔而与社会生

---

① Charles Olson. "Projective Verse." *The New American Poetry*. Ed. Donald Allen: 394.
② 杰夫·特威切尔：《美国诗歌现代派的批评命运》，载《当代外国文学》1995 年第 1 期。

活相接近，他在这方面比庞德做得坚决。① W. C. 威廉斯反对精英意识的目的是努力追求用有美国特色的语言创作美国风味的诗歌。

最后也许有必要提一提 H. D.。H. D. 是庞德推动意象派诗歌运动的标兵。她的诗是符合庞德意象派美学标准的正宗意象派诗。意象派运动是 20 世纪现代派初期最具活力的诗歌运动，作为它的主力，H. D. 和庞德的名字始终联系在一起，而意象派的诗美学恰恰与后来才成名的 T. S. 艾略特的诗美学形成最鲜明的对照，截然不同。当然，庞德的艺术才华是多方面的，意象派运动则是庞德诗歌活动最重要的一部分。

不过，我们同时注意到，庞德与 T. S. 艾略特的区别和 W. C. 威廉斯与 T. S. 艾略特的区别在程度上不同，不妨说庞德在某种程度上是脚踩两只船的人。众所周知，《荒原》的发表是经过庞德斧正的，换言之，T. S. 艾略特所建立的诗风也有庞德的一份，而且是不可或缺的一份。难怪以反对诗坛个人崇拜著称的卡尔·夏皮罗把庞德与 T. S. 艾略特联系起来加以反对。他认为，把庞德与 T. S. 艾略特加入到新批评派里，增加了普通的诗歌"读者自愿地后撤"，因为"批评家们创造了一个学术性读者群，被俘虏的读者群"。他还认为，新批评派主要理论家之一的 I. A. 瑞恰慈就是"这样的一个人，他企图而且几乎成功地把诗歌才子驱使到试管里了"。称雄西海岸诗坛的诗人肯尼思·雷克斯罗思也是把庞德与 T. S. 艾略特联系在一起加以抨击的。他说："《诗章》和《荒原》加在一起好像是格里斯②的静物拼贴油画，从报纸、演出节目单、戏票和散页乐谱剪辑下来拼贴，用来供阅读。这种方法除了比较先进之外，只不过是电影摄影术。"③

在 21 世纪，也有人持类似看法，例如作家约瑟夫·爱泼斯坦（Joseph Epstein, 1937— ）。他说："回顾 20 世纪美国诗歌史，我们认识到庞德和 T. S. 艾略特所取得的成就，和他们所建立的声誉一道，把诗歌从'人民群众'中移开到'教室里'。如同夏皮罗所感到的那样，他们摧毁了'诗歌里所有的感情，除了建立在思想基础上的诗歌之外'。"④ 在庞德坐牢期间，T. S. 艾略特和其他一批著名作家为他获得自由而多方设法挽救过他。从他们的批评里，我们可以看到这两位大师在艺术风格上有一致的一面。

---

① W. C. 威廉斯是医生，无暇多读书，他的书单有时是庞德为他开列的，所以他反对精英意识不足为怪。

② 胡安·格里斯（Juan Gris, 1887—1927）：西班牙画家，1906 年移居巴黎，第一次世界大战后法国先锋派主要成员，开创综合立体派，作品多为拼贴和静物油画。

③ Kenneth Rexroth. *American Poetry in the Twentieth Century*. New York: The Seabury P, 1971: 63.

④ Joseph Epstein. "The Return of Karl Shapiro? The Library of America freshens old laurels." *The Weekly Standard*, May 12, 2003, Vol. 8, No. 34.

这就是为什么 T. S. 艾略特及其追随者视庞德为战友和盟友。鉴于庞德诗美学与 T. S. 艾略特的不同的一面，W. C. 威廉斯及其追随者们又把庞德奉为带头人。于是有了两条现代派诗歌创作路线之争，双方各执一词，各有各的道理。

只是我们还需要注意的是，强调现代派诗歌两条不同的创作路线时是强调两者的差异，我们却不能因此得出结论：两者的诗歌风格有着天壤之别。我们最好辩证地看待两者对立和统一的关系。每一种传统的持久性和创新性大多数激发于其对立面，对立的双方之间往往存在着比各自愿意承认的还要深刻得多的相互依存的共生关系。所以在探讨 20 世纪美国诗歌时，我们既要看到两条诗歌创作路线之间有区别的一面，又要看到两者相交叉的另一面。

《美国诗歌新牛津卷》主编理查德·埃尔曼（Richard Ellmann, 1918—1987）对 T. S. 艾略特和庞德的影响，在他的序言里作了这样的比较："起初，T. S. 艾略特的影响更加处于强势……至于庞德，他起初的影响是个人魅力超过他的诗歌。除了政治因素不考虑之外，他是一个慷慨的人，在发现作家和帮助他们出版方面，他援助了其他许多作家。他的影响力和威廉斯的影响力，在帮助指导年轻作家方面，比 T. S. 艾略特的影响力更大。"①

不过，我们也注意到著名诗评家海伦·文德莱教授的观点。她认为，20 世纪的美国主要诗人是 T. S. 艾略特、罗伯特·弗罗斯特、威廉·卡洛斯·威廉斯、华莱士·史蒂文斯、玛丽安·穆尔、哈特·克兰、罗伯特·洛厄尔、约翰·贝里曼和伊丽莎白·毕晓普，外加庞德（她说"有些人把庞德也包括进去"），②这表明她不反对但也不完全赞同把庞德算作 20 世纪美国的主要诗人。至少我们从中发觉，海伦·文德莱教授不把庞德作为重要诗人，排列在 T. S. 艾略特现代派诗歌路线之内的。

---

① Richard Ellmann. "Introduction" to *The New Oxford Book of American Verse*. New York: Oxford UP, 1976: xxviii.

② Helen Vendler. "Are These the Poems to Remember?" *The New York Review of Books*, November 24, 2011.

第三编 美国现代派时期的诗歌

引言

艾伦·泰特在他与戴维·塞西尔（David Cecil, 1902—1986）主编的《1900～1950年英语现代诗选》（*Modern Verse in English, 1900-1950*, 1958）的前言里，把弗罗斯特、庞德、T. S. 艾略特、史蒂文斯、玛丽安·穆尔、兰塞姆、肯明斯和哈特·克兰列举为现代派大师。大约 5 年之后，兰德尔·贾雷尔在他的一篇文章《美国诗歌 50 年》（"Fifty Years of American Poetry", 1962）中，对艾伦·泰特提出的名单作了少许修改，添上了 W. C. 威廉斯而去掉了哈特·克兰和肯明斯。根据艾伦·泰特的看法，现代派诗歌时期以弗罗斯特始，哈特·克兰居中，到罗伯特·洛厄尔止，时距大约在 1910 年开始，到 1950 年止。当时有影响的杂志《凯尼恩评论》（*The Kenyon Review*）、《党人评论》（*Partisan Review*）、《塞沃尼评论》（*The Sewanee Review*）、《赫德森评论》（*The Hudson Review*）、《诗刊》和《星期六文学评论》（*The Saturday Review of Literature*）等都一致地持有上述观点。美国评论家、文学史家对美国诗人的评论因审美标准不同而时常意见相左，然而，把弗罗斯特、庞德、T. S. 艾略特、史蒂文斯和 W. C. 威廉斯列为 20 世纪美国诗歌史上的五巨擘或五大台柱如今已成定论，尽管有个别评论家例如海伦·文德莱并不看重庞德。他们的艺术成就主要是在现代派时期确立的，至于他们同时代的诗人或者比他们低一辈的诗人无论在创作的成就或影响上，在 20 世纪，谁也没有能够同他们并驾齐驱，更没有谁超过他们。格特鲁德·斯泰因是现代派诗学的始作俑者之一，但比起这五位巨子来却稍逊风骚。

如何全景式扫视美国现代派诗歌时期的历史景观？从以 T. S. 艾略特为首和以庞德为首的两条不同的诗歌创作路线的视角进行？如是，势必要把其余的诗人按路线排队，形成两大阵营，这未免太武断太简单。实际上，诗人和其他文学家、艺术家一样，在文化、政治、哲学、艺术等方面所接受的影响是多方面的，所形成的审美趣味既有差异也有类似，这就是为什么包括诗人在内的许多作家反对别人把这种或那种流派的帽子戴在他们的头上（当然也不乏创造流派或喜欢被别人戴上流派帽子的作家）。第二编第二章已经提到，作为两条不同的诗歌创作路线的带头人，T. S. 艾略特和庞德在他们的诗学和诗艺上有不少共同之处。经过庞德斧削的《荒原》所形成的诗风怎么会没有庞德的份？迄今为止，至少有两点达成了共识：

1) T. S. 艾略特和庞德或庞德和 T. S. 艾略特是现代派诗学的两个主要创立者。

2) 以他们为首创立的现代派诗学最突出的收获是断续法（discontinuity）或支离破碎法（fragmentation）或拼贴法（collage）已作为现代派诗歌的审美原则确立了。其称呼虽不同，但意思一样，即把逻辑上没有直接联系的诗歌片断拼缀在一起，从总体上讲，具有完整的意义或史无前例的艺术效果，而这种审美原则在传统派诗评家看来，显然是反诗歌的、反文学的。作为现代派的样板诗，《荒原》和《诗章》是建立在拼贴法原则之上的，把全异的毫无联系的材料戏剧性地拼合在一起，排列在一起，不作句法上的承接或转合。根据戴维·安廷的看法，现代派诗一开始就服膺于拼贴法的原则。拼贴法广泛地运用在 20 世纪 40 年代和 50 年代早期的诗歌里，如果从这一现代派诗审美原则的角度观察，人们自然地把庞德和 T. S. 艾略特捆绑在一起，何况他们在博学和智性的精英意识上也有相通之处。丽贝卡·比斯利（Rebecca Beasley）在她的专著《现代派诗歌理论家：T. S. 艾略特、T. E. 休姆和伊兹拉·庞德》（*Theorists of Modernist Poetry: T. S. Eliot, T. E. Hulme and Ezra Pound*, 2007）中，引述约瑟夫·弗兰克（Joseph Frank, 1918—2013）[①]空间形式的主要观点，论述 T. S. 艾略特和庞德共同的艺术特色，她说："弗兰克认为，现代派文学主要的创新在于用立体派的并置法，中断我们惯常依照顺序阅读（一个单词接着一个单词）的方法。在《荒原》和《诗章》这样的诗篇里，一个个破碎的片断在空间并置了起来，要求读者把这些破碎的片段同时作为统一体来领会。"[②]凡读过《荒原》或《诗章》的读者，对这种破碎的艺术手法并不陌生。这是 T. S. 艾略特和庞德以自己成功的创作，共同凸显现代派诗歌的最大特色，尽管他们在诗美学上还存在不同点。

---

① 约瑟夫·弗兰克：斯坦福大学著名教授。著有《空间形式观念》（*The Idea of Spacial Form*, 1991）等有关空间形式的论著。丽贝卡·比斯利在此处引述弗兰克发表在《塞沃尼评论》上的系列文章《在现代文学中的空间形式》（"Spacial Form in Modern Literature", 1945）的主要观点。该文的重要性在于用简洁的方法，把形式和风格的革命置于历史（和哲学）的视角，以此描述现代主义的特性。弗兰克专注于形式主义，从形而上的性质概括了现代文学。

② Rebecca Beasley. *Theorists of Modernist Poetry: T. S. Eliot, T. E. Hulme and Ezra Pound*. London and New York: Routledge Taylor & Francis Group, 2007: 119.

我们在第二编里，详细地考察了以 T. S. 艾略特和庞德为代表的不同创作路线的诗美学和风格及其影响，但是我们不可能就此简单地根据这两条路线，对美国错综复杂的诗歌现象进行排队，也不可能用现代派时期出现的几个流派来概括所有的诗人，很多诗人是单干户，例如弗罗斯特和史蒂文斯便是最突出的例子，他们没有引领流派。美国文学史家 A. 沃尔顿·利茨（A. Walton Litz, 1929—2014）对此提出了一个折中的观点："如果年轻诗人欲界定那些大诗人的目标时，他（指 W. C. 威廉斯）在国际风格（T. S. 艾略特诗风）和地道的美国现代派之间确立的竞赛在当时也许是必需的，但如今从半个多世纪的角度来看，我们可以看到庞德和 T. S. 艾略特在许多方面同 W. C. 威廉斯和史蒂文斯一样是美国风味，而 W. C. 威廉斯和史蒂文斯同庞德和 T. S. 艾略特一样具有国际风度。"[1]他显然站在求同的立场上，把差异全部抹煞了。诚然这种观点过于偏颇，不足为信。但把五位大诗人放在一起考察的时候，相对而言，比较行得通。

因此，我们在两条不同创作路线既分又合的前提下，本编及其以后的几编里，基本上按时间次序，用章节的形式进行适当的归类，以期突出现代派时期的重要诗人和流派，对次要的诗人则基本上按代（generation）划分，也用章节的形式加以介绍。在用历时性安排章节前后次序的同时，我们必须注意到共时性的历史事实，因为文字只能依次叙述，无法像宽银幕电影那样把共时性场面呈现给观众，即使三面同时放映特大宽银幕电影，在表现共时性场面依然有局限性。通常在现代派时期这部分介绍的哈莱姆文艺复兴中的非裔美国诗歌，为了叙述和归类方便起见，把它移至第六编"美国少数民族诗歌"里探讨，并不表明它游离于美国现代派时期和后现代派时期的创作环境之外。

---

① A. Walton Litz, "Ezra Pound and T. S. Eliot." *Columbia Literary History of the United States*. Eds. Emory Elliot et al. New York: Columbia UP, 1988: 948.

第一章 美国诗坛五巨擘

20 世纪的美国诗人成千上万，读不胜读，选不胜选，但如果我们对这五位诗坛巨擘中的任何一位缺乏了解的话，那么就不能说我们对美国现代派诗歌有完整的把握。在美国当今各种文学课本、选集、教学大纲、研究生论文选题等涉及这个时期的主要诗人，不会不碰到这五个太熟悉的名字：罗伯特·弗罗斯特、伊兹拉·庞德、T. S. 艾略特、W. C. 威廉斯和华莱士·史蒂文斯。如果仔细考究的话，把弗罗斯特的诗美学与其他四个诗人相比，我们发觉：他只能算是现代派时期美国文化传统的重要诗人，尽管他与风雅派诗人有本质的区别。弗罗斯特看重的是经济利益驱动的大众化，追求能在发行量很大的主流大杂志（例如《哈珀杂志》《世纪杂志》或《大西洋月刊》）上发表诗作，能赚钱养家糊口，过上体面的生活。他决不是T. S. 艾略特也不是庞德所服膺的那种诗美学的现代派诗人。如果说弗罗斯特着眼于能带来名利的主流大杂志（拥有广大的读者，赚取大笔的稿费）的话，那么庞德或 T. S. 艾略特则是一心一意从事在当时看来是先锋派的诗歌改革，乐意在发行量小的小杂志（例如《小评论》《诗刊》）上发表诗作，乐意做小众诗人。因此，有批评家把弗罗斯特及其一类的诗人（例如罗宾逊·杰弗斯、林赛、马斯特斯和桑德堡）称为"低度现代主义诗人"（low modernists），而把伊兹拉·庞德、T. S. 艾略特、W. C. 威廉斯和华莱士·史蒂文斯称为"高度现代主义诗人"（high modernists）。为此，安德鲁·杜波依斯（Andrew DuBois）和弗兰克·伦特里查（Frank Lentricchia）两位教授说："如果现代派诗歌可以包括弗罗斯特、史蒂文斯、庞德、玛丽安·穆尔、兰斯顿·休斯的话，那么现代主义也许包括的多样性愿望太多样化了，以至于难以满足干脆利落的界定需要。"[①] 如此看来，在针对传统的风雅派诗人时，现代派诗人包括了"高度现代主义诗人"（也有人把

---

① Andrew DuBois and Frank Lentricchia. "Modernist Lyric in the Culture of Capital." *The Cambridge History of American Literature*. Ed. Sacvan Bercovitch. Cambridge, UK: Cambridge UP, 2003: Vol. 5, 26.

它说成高度现代派诗人）和"低度现代主义诗人"；如果再进一步细分的话，"高度现代主义诗人"又可以分为以 T. S. 艾略特为首强调欧洲文化传统的"高度现代派"和以庞德为首强调美国文化传统的"高度现代派"。因此，现代派或现代主义诗歌阵营错综复杂，各有千秋，很难一概而论。

本章对这五位诗人在各自占有的诗歌星座里分别进行考察。

第一节　罗伯特·弗罗斯特（Robert Frost, 1874—1963）

诗歌天才之中，有一些是早熟早枯萎，如过天流星一闪而逝，但弗罗斯特差不多到了不惑之年才饮誉诗坛，其后创作力持续半个世纪之久而不衰。著名学者杰伊·帕里尼（Jay Parini, 1948—　）说弗罗斯特是"一个精明的诗人，习惯于狡诈的自我嘲弄和反讽的含蓄，瞧不起大多数他同时代的诗人，十分乐意引导多情的读者，认为他们读懂了他的诗"[1]。弗罗斯特的精明在于他从不把自己局限制到哪一个流派，而是为自己的独创而自豪。他在广大的普通读者之中所树立的形象是一个慈祥的父亲般的新英格兰诗人，对美国热情的听众和读者朗诵简单朴素的伦理诗和哲理诗，使他成为家喻户晓的"美国桂冠诗人""民族吟游诗人""美国最受人爱戴的诗人"[2]。同弗罗斯特亲密相处 40 年之久的崇拜者西德尼·考克斯（Sidney Cox）认为弗罗斯特是"最有智慧的哲人，两个最深刻最诚实的思想家之一"，[3]并说他"从未让他的头陷在光环里。他从来没有站着让崇拜者们把桂冠遮住他的眼睛"[4]。在约翰·肯尼迪总统 1961 年 1 月 20 日就职典礼上，他应邀朗诵他的名篇《完全的奉献》（"The Gift Outright"）时已经 86 岁，他作为诗人的荣耀到达了顶点。

据杰伊·帕里尼的调查，在兰德尔·贾雷尔、罗伯特·佩恩·沃伦、莱昂内尔·特里林（Lionel Trilling, 1905—1975）和 W. H. 奥登等著名诗人和评论家对弗罗斯特作了深入研究和评论之后，尤其后来鲁本·布劳尔（Reuben Brower, 1908—1975）、理查德·波伊里尔（Richard Poirier, 1925—2009）和威廉·普里查德（William H. Pritchard, 1932—　）对弗罗斯特的

---

① Jay Parini. "Robert Frost." *Columbia Literary History of the United States*: 937.

② Lawrance Thompson, R. H. Winnick & Edward Connery Lathem. *Robert Frost: A Biography*. New York: Holt, Rinehart and Winston, 1981: 513.

③ Sidney Cox. *A Swinger of Birches: A Portrait of Robert Frost*. New York: Collier Books, 1961: 9.

④ Sidney Cox. *A Swinger of Birches: A Portrait of Robert Frost*. New York: Collier Books, 1961: 15.

专题研究,使弗罗斯特作为美国的主要诗人之一的地位牢固地确定了下来。例如,理查德·波伊里尔说:

> 弗罗斯特是一位天才的诗人,因为他能常常使明显的东西变得微妙不可言传。比他同时代人诗人例如叶芝和艾略特的诗容易阅读的这种假设,在于没有认识到他最好的作品不但独特而且同样很难懂。[①]

又如,兰德尔·贾雷尔夸奖弗罗斯特说:

> 在我看来,弗罗斯特与史蒂文斯和艾略特一道,是本世纪最伟大的美国诗人。弗罗斯特的优点是非凡的。在描写普通人的行为举止上,其他健在的诗人之中没有谁比他写得好;他精彩的戏剧独白或戏剧性场面源于他对普通人的了解(很少有诗人能比得上他),普通人被他写在诗里,有时写得非常地道,带着日常生活口语的节奏。这种精确的、分行的、如实的行文效果……再高估也不会过头。[②]

的确,他和 T. S. 艾略特或史蒂文斯一样有名,但他没有明显地脱离 19 世纪的诗歌写作实践,虽然避免了传统的诗歌形式,只用不规则的押韵形式,但他不是一个创新者,他的艺术技巧不像 T. S. 艾略特那样富有大胆的实验性。因此,评论界对他的看法是:19 世纪美国诗歌与现代派之间十字路口的诗人,尽管他远远地走在 E. A. 罗宾逊的前面。

在现代派评论界心目中,他似乎是现代派诗歌大师中最弱的一位,其原因是 T. S. 艾略特的诗美学先入为主。在 T. S. 艾略特影响下的评论界、学术界势必看轻或忽视弗罗斯特的诗歌和诗学。弗罗斯特的赞赏者在当时的氛围里,也无法为他的作品大声喝彩,因为他不符合 T. S. 艾略特建立起来的审美标准,尽管有个别人觉得弗罗斯特的现代主义水平更高,例如著名诗人威廉·斯塔福德在他的文章《罗伯特·弗罗斯特很可怕》("The Terror in Robert Frost", 1974)中,推崇弗罗斯特的"现代主义比文体上的现代主义的层次更深,他的诗歌的持续影响更比他同时代的许多诗人的表面现代主义令人满意"。弗罗斯特在起初被视为表现新英格兰乡村生活的地方诗人。他像所有初学者一样,为了证明他的才能而特别注重磨炼自己的

---

① Richard Poirier. *Robert Frost: The Work of Knowing*. New York: Oxford UP, 1977: x.

② Jarrell, Randall. "Fifty Years of American Poetry." *No Other Book: Selected Essays*. New York: HarperCollins, 1999.

技巧，纯熟地运用传统艺术形式，使评论界误以为他是传统的保守派，不如叶芝、庞德、T. S. 艾略特和史蒂文斯那样具有现代意识，那样博学多才，因而是时代的落伍者。弗罗斯特充分发觉到他的这一重大缺憾，曾经说："我认为我并不十分受到学术界重要人物和权威人士的赏识……就学术而言，我是不完美的，而且我与学术的关系也无法使我完美。这太遗憾了，因为我是以我自己的方式去喜欢学术，而且在一定程度上，可以说是学术喜欢我。学术资助也说明这一点。也可能我猜想的不对，我没有像拥抱老百姓那样，去取悦'哈佛'。"①

T. S. 艾略特意识到广大读者对弗罗斯特的误解，在 1957 年伦敦的一次招待会上，有意高风格地为弗罗斯特捧场，称弗罗斯特是在世的英美诗人之中最杰出的诗人；说他特别理解弗罗斯特的作品，因为他也有新英格兰的背景；并说弗罗斯特的诗歌既有地方特色又具有普遍性。② 这番赞扬的话使弗罗斯特当时真是感动之至。论诗艺，弗罗斯特不亚于 T. S. 艾略特；论在诗界的影响，弗罗斯特远不如 T. S. 艾略特。尽管 T. S. 艾略特对弗罗斯特作这样高的评价，但两人的诗风毕竟迥异，因而两人从无友好的个人交往。丹尼尔·霍夫曼对弗罗斯特的评价比较客观，他说："到 1945 年，很难想起罗伯特·弗罗斯特是一个创新者；人们忘记了他的表面上美国佬的谈话方式对第一次世界大战前后的读者来说显得多么新奇。弗罗斯特在 40 岁时找到了他的诗艺拿手戏，带着它又过了 40 年。"③直白地说，弗罗斯特在 40 岁之后的诗风，在现代派的滚滚洪流中停滞不前了。

弗罗斯特不是一个淡定闲适之人。他很聪明，知道如何应对大众读者和小众评论家，可是到头来没有如愿以偿。他是一个成功的大诗人，他的成功却难以避免负面影响。安德鲁·杜波依斯和弗兰克·伦特里查对此尖锐地指出：

> 弗罗斯特要想成为各种各样的人的诗人，但是总体上失败了。他是现代派诗人之中最少受尊敬的诗人。庞德需要少数合适的读者，他成功了。在美国文化中，文学出版的选择手段禁止两个方向横越诗歌

---

① Louis Untermeyer. *The Letters of Robert Frost to Louis Untermeyer*. New York: Holt, Rinehart and Winston, 1963: 227. 译文转引自黄宗英.《完美的缺憾——弗罗斯特与.诺贝尔文学奖》.《当代外国文学》，2010 年第 2 期: 37-47.

② Laurence Thompson and R. H. Winnick. *Robert Frost: The Late Years, 1938-1963*. New York: Holt, Rinehart and Winston, 1976.

③ Daniel Hoffman. "Poetry: After Modernism." *Harvard Guide to Contemporary Writing*. Ed. Daniel Hoffman. Cambridge, MA: Harvard UP, 1979: 440.

生涯，因为它们酿成两种不同的相互敌视的读者群。①

讲白了，这两位教授的意思是批评弗罗斯特想两头讨好，结果是两头都不满意。不过，话要说回来，弗罗斯特在美国是尽人皆知的诗人，美国文学史、诗歌史、诗选、文选、教科书少不了他。

与慷慨大度、热心助人的庞德相比，弗罗斯特却是一个妒忌心极重的人。和弗罗斯特长期打交道的诗人唐纳德·霍尔深有体会地见证说：

> 教授们可能喜欢 T. S. 艾略特；年轻诗人可能模仿 W. H. 奥登——但是对于美国广大读者来说，罗伯特·弗罗斯特是活生生的伟大诗人。他的《罗伯特·弗罗斯特诗歌全集》（*Complete Poems of Robert Frost*, 1949）同上个世纪的朗费罗的诗歌全集一样，插在书籍丰富的书架上的流行小说之中。人人知道他，人人热爱他：由于《生活》杂志的宣传，我们认识到他的性格：村民特色，机智，长辈风范，和蔼可亲。在他去世 15 年之后，他的声誉如今完全变了，大家的共识是：种种普通的外表是欺诈。一位光火的评论家在《纽约时报书评》上发表文章，评论弗罗斯特的传记，说："弗罗斯特是一个撒谎者……弗罗斯特冷酷无情……"把弗罗斯特捧为一个简朴的农民的同样文化群落，如今痛斥他是一个纯粹的坏蛋。但是，他并不单纯。
>
> 他自负，让人难受，与所有其他的人竞争：但他也可能变得宽厚，友好——当他对自己感到确信的时候。他的动机总是令人半信半疑。他是一个被内疚支配的人，认识到自己"坏"，渴求爱，拒绝爱——贪恋再多的名声都不能满足他对名望的欲求。②

对弗罗斯特了解甚深、被弗罗斯特生前授权的传记作者劳伦斯·汤普森（Lawrance Thompson, 1906—1973）也说：

> 罗伯特·弗罗斯特的个性和诗人面目迷惑了美国人，在他们的心中赢得了当之无愧的特殊地位。他的魅力被他看起来那么自然、直爽所加深，并且以一切沟通的形式令人深信不疑。甚至他的广大崇拜者，误解了他的诗歌表面简单的艺术性，因此他们没有识别出他戴的一个

---

① Andrew DuBois and Frank Lentricchia. "Modernist Lyric in the Culture of Capital": 25-26.

② Donald Hall. *Remembering Poets, Reminiscences and Opinions*. New York • San Francisco • London: Harper & Row Publishers, 1978: 41.

个戏剧性面具。①

　　中国成语"文如其人"似乎不适用于弗罗斯特，他个人的不良品格并没有妨碍他发表闪光的诗篇。英国诗人、诗评家阿尔瓦雷斯对此说得好："好人经常写歪诗，而好的诗人可能是坏蛋；其人其作品难以形容。"②

　　弗罗斯特漫长的创作生涯大致可分为三个时期：

　　（1）创作准备阶段（1874—1912）

　　弗罗斯特爱住农村，料理农务，但不十分顶真，往往爱同农民交谈而耽误农活，常写诗至深夜而半夜挤牛奶。养鸡的收入不足以维持家庭生计，靠祖父的一小笔遗产和教书谋生。他这时诗运不佳，找不到发表机会，但有更多的时间熟悉新英格兰农村，为日后反映新英格兰风貌的优秀诗篇奠定了坚实的生活基础。

　　（2）旺盛的创作前期（1912—1930）

　　弗罗斯特不甘心在国内的寂寞，于1912年偕妻携子赴英国寻求诗运，1915年回国。在英国两年多的时间里，他结识了一批英国诗人，所谓乔治时代的诗人（即英王乔治五世初期的诗人），其中爱德华·托马斯（Edward Thomas，1878—1917）③ 阐释弗罗斯特的早期诗作鞭辟入里，大大提高了弗罗斯特的知名度。弗罗斯特的头两部诗集《少年的心愿》（*A Boy's Will*，1913）和《波士顿之北》（*North of Boston*，1914）得到了庞德和 F. S. 弗林特以及叶芝的赞扬。叶芝称《少年的心愿》是"美国长时间以来最佳的诗篇"。庞德、F. S. 弗林特、W. W. 吉布森（Wilfred Wilson Gibson，1878—1962）和拉塞尔斯·艾伯克龙比（Lascelles Abercrombie，1881—1938）在英国报刊纷纷发表文章，推荐弗罗斯特的新作。这时的弗罗斯特和成名前的任何作家一样，千方百计地希望别人宣传自己。他小心翼翼地把在英国对他的评论文章寄往国内的朋友那里，让他们为他做出口转内销式的宣传。尽管文学理论不是他的强项，但他却写了许多信寄回美国，阐释他的诗美学，其中最得意的一句"意义的声音"（Sound of Sense）似乎成了他的理论核心。理查德·波伊里尔对弗罗斯特的心理和成名策略作了如下精彩的描述："弗罗斯特终身投入诗歌创作；他下定决心不但成为最流行的诗人，而且是美国最伟大的诗人。因此，当他聪明地开始在伦敦及国内创造和扩

---

① 见一卷本《弗罗斯特传记》（*Robert Frost: A Biography*，1981）缩写者作者爱德华·康纳利·拉瑟姆（Edward Connery Lathem）的前言。

② A. Alvarez. *The Savage God*. New York: Random House, Inc.,1972: 4.

③ 爱德华·托马斯参加第一次世界大战，死于法国战场。

大读者面时,他也展露了他娴熟掌握英诗和古典诗歌的形式与技巧的才能。他的十四行诗在最佳的英语十四行诗之列。"① 他基本的艺术形式是一种松散的抑扬格传统诗形式,处于音步与口语节奏的张力之间。

《少年的心愿》的标题取自于朗费罗的《我已逝的青春》("My Lost Youth")一诗里引用芬兰民歌的两句歌词:"少年的心愿是风的心愿,／青年的期望很远很远。"意思是:少年时代的心愿和情绪像风那样地多变和飘忽不定。诗人想以此表明,他作为期望很高的青年,经过 38 年的彷徨与探索而取得了收获。用诗人的话来说,它反映了他的成长过程。诗集里的诗虽然保持了民谣、对句、四行诗、十四行诗等传统形式,但已初露诗人运用朴素口语的能力,例如每节四行、一共两节的短诗《牧场》("The Pasture",1913)句子简朴,浅近晓畅,如同日常的口语。总体来讲,该诗集里的诗节奏鲜明,音韵和谐,抒情味浓。

《波士顿之北》是弗罗斯特的一部力作。标题是诗人借用波士顿报纸上的一则商业广告用语,代替了他原来设想的书名《新英格兰人》或《新英格兰山民》。诗人用叙事和戏剧性对话或独白的形式,刻画了新英格兰农村各种各样的人物:有的孤苦伶仃,生活无着;有的因忧伤而精神失常;有的自得其乐,满足于恬静的田园生活……如《补墙》("Mending Wall")、《摘苹果之后》("After Apple-Picking")、《柴堆》("The Wood-Pile")和《雇工之死》("The Death of the Hired Man"),等等。该集的名篇具有永久的艺术魅力,用杰伊·帕里尼的话来说,它们"留在人们的心灵里,给人以安逸和慰藉以及完整的世界意义"。

弗罗斯特的《雇工之死》因为寄托了对劳动人民的同情而特别打动读者的心弦。一个雇工外出闯荡多年后年老体衰,丧失了劳动能力,但自尊心使他不愿向他富有的兄弟求助,于是回到他原来劳动过的农场,但向雇主表明,他不是乞怜而是为了照顾雇主而来。女主人出于同情,想收容他,于是把他安置在家里歇息,而男主人鉴于这个雇工在农事最需要他时却离开农场,不愿收留他。夫妻间在屋外展开了争论,最后,丈夫先回到屋里,发现雇工已死在椅子上了。诗较长,175 行,绝大部分是雇主夫妇之间戏剧性的对话,娓娓动听,感情真挚。虽然没直接描写雇工讲话,但雇工的复杂表情却跃然纸上。诗的结尾情景交融,尤其耐人寻味:

---

① Richard Poirier. "Robert Frost." *Voices & Visions: The Poets in America*. Ed. Helen Vendler. New York: Random House, 1987: 94.

"去吧，亲自去看看他，我主意还没拿定。

但是，沃伦，请记住事情的前后经过，

他为帮你挖牧场排水沟而登你的大门。

他有一套计划，你不应该取笑他。

他也许不会讲出来，也许以后会讲。

我坐在这儿看看那片小浮云

是遮住或遮不住月亮。"

是遮住了月亮。

隐隐约约，三位排成了一排，

她、月亮和那一小片银色的云。

她似乎感到沃伦回来得太快，太快，

他悄悄地溜到她身边，抓住她的手，等她发问。

她问道："沃伦？"

"死了，"是他的全部回答。

　　《波士顿之北》的创作实践使诗人高兴地发现了自己的艺术个性：句子读起来如说如诉。弗罗斯特为此发挥道："鉴别一首诗或一篇散文，要进行相同的测试，一种最好的测试。这就是听句子念起来的声音效果。如果你发现一些句子没有书生气，而是人民的新鲜口头语，令人耳目一新，而且明确可辨，可以随心所欲地驾驭，那么你知道你发现了一个作家。"弗罗斯特从此以后都遵循了这一创作原则。因此，我们不妨把《少年的心愿》看成吟咏诗，而把《波士顿之北》看成口语诗。

　　第一次世界大战危及英国，弗罗斯特不得不于 1915 年返美。他在英国建立起来的声誉很快促成了他在国内的成功。他在这期间出版了四本诗集：《山间》（*Mountain Interval*, 1916）、《新罕布什尔》（*New Hampshire*, 1923）、《西流溪》（*West-Running Brook*, 1928）和《诗合集》（*Collected Poems*, 1930）。第二和第四本诗集均获普利策奖。

　　《山间》的标题系指山间的一小块平地，平地上还有小河或池塘。据诗人说，他用这个标题有双重含义：一方面回忆他与妻子在新罕布什尔州几个农场的生活环境，另一方面回忆他们那个时期的生活。该集开始显露他的一个艺术特色，即：一个人、一个物或一个插曲引起诗人短暂的深思和感慨。如众口交赞的《没走那条路》（"The Road Not Taken"）、《灶巢鸟》（"The Oven Bird"）和《白桦树》（"Birches"）等短章，每首结尾都有耐人寻味的感想或惊叹，如同中国古典诗词所讲究的诗眼。他的这一写作方法，用他的话说是"以喜悦始，以格言终"。这类对生活的反思贯穿了他的整个作品。

《新罕布什尔》的集名取自标题诗《新罕布什尔》。该诗集分三个部分，第一部分是一首长达 400 多行的标题诗，是他优秀的长篇叙事诗之一。诗人以他独有的偏爱，赞颂这个工商业不发达然而保持淳朴风气的新罕布什尔，"一个最恬静的州"。第二部分标题冠以"注释诗"。第三部分标题冠以"增色性注释诗"。该诗集里的田园诗减少了，哲理诗增多了。例如大家熟知的《火与冰》（"Fire and Ice"）、《美好的事物难久留》（"Nothing Gold Can Stay"）、《雪夜驻马树林旁》（"Stopping by Woods on a Snowy Evening"）和《野葡萄》（"Wild Grapes"）等构思精巧而富于哲理。

《西流溪》的集名同样取自标题诗《西流溪》。西流溪是新罕布什尔州德里的一条向西流的小河，故名。标题诗全长 80 多行，描写一对新罕布什尔农民夫妻对不是顺向东流而是逆向西流的小河发表感慨：小河的倒流运动导向源头，人们的日常生活有时也何尝不如此。在诗人看来，大自然愈有敌意，人类也就愈有勇气，愈能显出英雄本色。据诗人说，他的这种看法是受了法国哲学家亨利·伯格森（Henri Bergson, 1859—1941）的哲学影响所致。诗集中的《认命》（"Acceptance"）和《曾在太平洋岸边》（"Once by the Pacific"）等都揭示了生活的哲理。如果说《新罕布什尔》开始出现哲理的倾向，那么在《西流溪》里哲理成分已变得非常明显了。诗人的视野逐渐扩大，不但吟唱新英格兰的田园风光，而且对一切发表见解，尤其对宗教和公众所关心的事表示自己的看法。同时，它还表明诗人的创作力仍处于高峰时期，对诗的题材和主题有新的开拓。

弗罗斯特把前面提到的五本诗集合在一起于 1930 年出版，题为《诗合集》。诗人满怀希望，企图把它当作界碑，想以此为契机，总结以前所取得的成就，同时标志今后创作的新起点，以巩固他在诗坛上的地位。然而，使他不安的是，一部分评论家认为弗罗斯特逃避现实，缺乏时代感，没有及时反映工业和科学上的进步以及弗洛伊德的心理学研究成果，因而充其量不过是优秀的小诗人。另一种意见则认为，他是成熟的艺术家，他的英国朋友休·沃波尔（Sir Hugh Walpole, 1884—1941）在辩论中也帮了大忙，说《诗合集》是过去五年里英美诗歌中的不朽之作。与这本诗集获普利策奖不无连带关系的是弗罗斯特被吸收为美国艺术暨文学学会会员。

（3）辉煌的创作后期（1930—1963）

弗罗斯特在最后的 33 年中，家庭遭到一连串不幸的打击，妻丧女死子自杀，精神上受到很大的创伤。但与此同时，诗人的声誉日隆，一生荣获 44 个学院和大学的荣誉学位，75 岁和 85 岁生日，接受美国参议院特别嘉奖。1961 年 1 月 20 日，应邀在肯尼迪就职美国总统的大典上朗诵诗作《完全的奉献》（"The Gift Outright"）。①这给弗罗斯特晚年带来了很大荣耀，他居然把它和美国国歌《星条旗永不落》相比。② 大诗人也是人，也有自我陶醉、忘形失态的时候。怎能把自己的诗篇与国歌相提并论呢？其实，在评论界，它是一首贬褒不一的诗，美化殖民者而引起质疑的诗。这首诗有人译为《全心全意的礼物》。在欧洲白人移民特别是英国白人移民的后代看来，他们的祖先到北美洲殖民和开拓是一种完全的奉献，是一种不要求回报的礼物。因此，对于他们来说，弗罗斯特的这首诗勾勒了美国的开发史，具有爱国主义的情怀，但是完全抹杀了欧洲白人残酷驱赶原住民印第安人和奴役黑人的历史。长期在美国大学执教的加勒比黑人诗人德里克•沃尔科特评论说："这是逼使印第安人通托对西部牛仔独行侠③对美国命运平静地放心的反响：没有奴隶制，没有对土著美国人的殖民地化，是一个先让与而后占有的过程，却不谈这个命运需要对其他人的剥夺。这首诗的要旨是辩护性远胜于远见卓识。"沃尔科特的评论一针见血。④

弗罗斯特在耄耋之年，作为美国友好使者，出访苏联。第三次和第四次获普利策奖的是他的诗集《又一重山脉》（*A Further Range*, 1936）和《标记树》（*A Witness Tree*, 1942）。前者的标题比喻诗人的视野更加广阔，越过一重重山脉，看得比以前更远。他在这本诗集里，更明显地流露对社会、宗教和政治的见解。除了几篇优秀的诗章外，这本诗集虽然获奖，但难说全是好诗，当时就遭到不少著名评论家的猛烈抨击，认为他没有抓住新英格兰精神的精髓，没有接触生活与文化中的本质，观点陈腐，充其量不过是打油诗人。严格地说，弗罗斯特是一位有特色的诗人，然而缺乏鲜明连贯的哲学观，更是蹩脚的评论家，说一些极不负责任或幼稚可笑的话，例如，他居然认为当时的工业化是幻想。

《标记树》一共 42 首诗，分五组，两首引诗《山毛榉》（"Beech"）和

---

① 在 1961 年约翰•肯尼迪宣誓就职总统的典礼上，弗罗斯特本来准备朗诵他为这个场合特地创作的一首诗，但由于室外雪地反射的阳光太刺眼，怎么也看不清稿子，最后他只好放弃宣读原稿，改成背诵这一首他记得的诗篇。

② Reginald Cook. *Robert Frost: A Living Voice*. Amherst: Univ. of Massachusetts P, 1974: 133.

③ 沃尔科特提到的通托和独行侠，是作家弗兰•斯特赖克（Fran Striker，1903—1962）为广播系列剧和漫画杂志创造的两个主要人物，由律师、商人乔治•特伦德尔（George Washington Trendle，1884—1972）作为制作人，制作成广播系列剧广播和电视系列剧放映。

④ Derek Walcott. "The Road Taken." *Homage to Robert Frost*. Eds. Brodsky, Joseph, Seamus Heaney, and Derek Walcott. New York: Farrar, Strauss, & Giroux, 1996.

《梧桐树》（"Sycamore"）赋予标题以意义，让读者了解统领整个诗集的象征含义。作为他的农场分界标记的梧桐树成了诗人困惑的有限的内心世界与他周围较为平静的乡村的分界标记，而山毛榉则成了他的一个最好的观察处，越过有限的世界，瞭望无限的世界——上帝。这本诗集里的诗绝大部分是抒情诗，触及的社会与政治问题比《又一重山脉》明显地少多了。

《绒毛绣线菊》（Steeple Bush, 1947）是继《标记树》问世的一本抒情诗集。诗人企图摸索新的创作方向，更多关心社会现实问题，但不太成功，即使一些田园诗，也无多大新意，如其中的短诗《小白桦》（"A Young Birch"）比《山间》里的《白桦树》明显逊色。英美文学中有一种普遍的现象：不少作家宗教信仰动摇，常处于相信和怀疑之中。1933 年，T. S. 艾略特在弗吉尼亚大学说过："在新教的衰落中，可以找到了解英国最当代文学的主要线索……在作家之中，摈弃基督教（新教）是一个规矩，而非例外。"当然，新教本身却不自觉地鼓励有主见的教徒摈弃传统的教派或教条。作为不服从英国国教的美国清教徒中的不服从者，更是如此。美国当代文学很少例外，弗罗斯特当然也不例外。在他的诗中，流露着对正统的宗教思想揶揄的情绪。他常喜欢说，他在愿望上是一元论，在思想上是二元论。这是构成他艺术特色之一的悖论的根由。他的诗剧《理智假面剧》（A Masque of Reason, 1945）和《仁慈假面剧》（A Masque of Mercy, 1947）同其他的一些短诗一样，表现诗人在基督教信仰上的困惑。前者讲无法希望上帝解释人类所遭受的种种灾难，后者讲人类生活在半信半疑之中，唯有依靠上帝的仁慈支配。两剧虽然上演过几次，但不大成功，虽然戏中的独白和对话颇有戏剧性。

以上对弗罗斯特的主要诗章作了一些初步的探讨，我们从中发现，弗罗斯特大部分的诗反映一种想扩展人类生活疆界的浪漫主义的欲望与明智地生活在现实世界中的决心之间的矛盾。他的诗歌背景是新英格兰的农村，傍倚着半荒野的山峦。孤独的男女老少栖息在农田和树林里，终年与土地和恶劣的气候打交道。他们与大自然斗争的主要武器是艰苦的劳动和讲究生活实际的心态。弗罗斯特对待大自然的态度是美国老农的儿子的态度，介乎离开农村或待在农村之间。我们还发现他笔下的一山一水、一草一木的生活气息。他笔下的一山一水、一草一木、漫天大雪或狂风暴雨，都染上了他特有的感情色彩，邀请读者分享他的喜悦、恐惧、迷茫、孤独与爱憎。虽然他基本上采用传统的形式写作，但大胆地、创造地运用日常的口语，文无矫饰，毫不做作，朴素清淡而诗意盎然。他富于幽默感，擅长于戏剧性独白和对话，叙事也娓娓动听，绘声绘色，如同一个机智的农民讲述引人入胜的故事。他一直注意保留鲜明的地方色彩，如同著名小说家福克纳以写美国南部农村的特色引人瞩目，他以新英格兰农民诗人见称于世。和他同时代的新英格兰诗人 E. A. 罗宾逊相比，两人各有千秋。弗罗斯特以描写新英格兰风貌见长，而 E. A. 罗宾逊以刻画新英格兰人的矛盾心理取胜。如果再和 T. S. 艾略特相比，我们发现 T. S. 艾略特的诗是古代当代，国内国外，纵横驰骋，闳中肆外，不但使一串串跳跃飞快的具象与抽象词汇水乳交融，增强诗的暗示和形象的张力，而且更重要的是把握了时代精神，而弗罗斯特的诗乡土气重，视境不开阔，尤其在主观思想感情与时代精神的契合上远逊于 T. S. 艾略特。戴维·赫德（David Herd）在谈到弗罗斯特视野不开阔时指出：

> 弗罗斯特的诗几乎一律是：要么描写农村，要么描写大自然，要么两者都描写；在意义上，是释义性的教训（而且常常是小心翼翼地讲故事）。诗的语境常常与失落感相联系；由于失落感，具有特色的主题是农村的贫穷（虽然不太保持一致），或者是用悲观失望的农村生活衡量现代化所付出的代价。①

是的，他对科学与工业的进步很反感，而且对热火朝天的世界大战漠不关心，他的诗歌因此缺乏强烈的时代气息，难怪当时的一些评论家对他颇多微词，他的犹太朋友也对他对德国纳粹分子罪行"超然物外"的态度感到气愤。这就注定了他的"思想"境界不高，使他的一些哲理诗往往流于平淡，如赫德所总结的"释义性的教训"，有时不免使人产生厌倦之感。他的几本诗集，艺术质量也不平衡，早期优于后期。不过，弗罗斯特像世界上任何大作家一样，不可能完美无缺，因为他毕竟不是高瞻远瞩的时代英雄，但他在表现美国文化和生活、创作地道的美国诗歌上，无疑地做出了卓越的贡献，对此，克里斯托弗·比奇有中肯的评价：

> 如果说是 E. A. 罗宾逊把美国诗带进 20 世纪的话，那么是新英格兰人罗伯特·弗罗斯特与维多利亚夸饰的文体和风雅派作了决定性的决裂。在 E. A. 罗宾逊诗里的措辞和句法上保留高度"文学性"的地方，弗罗斯特则采用了新英格兰农民特有的地方口语的声音。在 E. A.

---

① David Herd. "Pleasure at Home: How Twentieth-century American Poets Read the British." *A Concise Companion to Twentieth-century American Poetry.* Ed. Stephen Fredman. Malden, MA: Blackwell Publishing Ltd., 2005: 37.

罗宾逊精彩地使用语音和音步加强他诗歌的意义的地方，弗罗斯特则更在学理上表达了声音与意义的结合。①

　　弗罗斯特出生在西海岸的旧金山。父亲小威廉·普雷斯科特·弗罗斯特（William Prescott Frost, Jr.）曾是麻省劳伦斯市的一位教师，后来去旧金山当一家报纸编辑，作为城市收税候选人落选后郁郁不欢，酗酒，性格大变，于 1885 年死于肺病。弗罗斯特随寡母伊莎贝尔·穆迪·弗罗斯特（Isabelle Moodie Frost）迁回家乡劳伦斯市，依靠祖父母生活，度过不快乐的童年。他在劳伦斯市中学毕业（1892）后，进入达特茅斯学院接受教育短短两个月（1892），经过几年体力劳动，最后肄业于哈佛大学（1897—1899）。他与埃莉诺·米莉亚姆·怀特（Elinor Miriam White）结婚（1895），生两子四女，其中有儿子自杀，女儿患精神病，只有两女为他送终，妻子曾患乳癌，死于心脏病（1938）。弗罗斯特是外面风光，家庭生活并不愉快。早年生活不定，从事各种职业，曾在纺织厂和鞋厂干活，为报社写稿，给演员当差，教书，经营农场，等等。家庭危机有一度使他产生轻生之念。在狄更生家乡的阿默斯特学院任教时间最长，断断续续达十几年之久。他生前除了发表剧本和散文集之外，出版诗集 26 本（1913—1962），4 次获普利策诗歌奖。

　　弗罗斯特去世后，"老早成为弗罗斯特生活成分的赞美之词在他死后滚滚而来——'美国的桂冠诗人''民族吟游诗人''美国最受爱戴的人'"②。1963 年 10 月 26 日，许多已经在阿默斯特参加弗罗斯特追悼会的人又返回到镇上，参加阿默斯特学院建立罗伯特·弗罗斯特图书馆的破土动工仪式。肯尼迪总统应邀出席了这次仪式，并发表讲话，说："今天纪念罗伯特·弗罗斯特，人们有了一个反思的机会，这不仅是政治家和其他人甚至诗人们都是珍视的。罗伯特·弗罗斯特在美国是我们这个时代坚毅的人物之一。他是崇高的艺术家和美国人。"③

　　1973 年，罗伯特·弗罗斯特协会（The Robert Frost Society）成立，1976 年，开始在各地和全国召开弗罗斯特学术研讨会；1981 年，成为现代语言协会联合的成员，分别在现代语言协会（The Modern Language Association）

---

　　① Christopher Beach. *The Cambridge Introduction to Twentieth-Century American Poetry*: 13.

　　② Lawrence Thompson, and R. H. Winnick. *Robert Frost: A Biography*. New York: Holt, Rinehart and Winston, 1981: 514.

　　③ Lawrence Thompson, and R. H. Winnick. *Robert Frost: A Biography*. New York: Holt, Rinehart and Winston, 1981: 514.

年会和美国文学学会（The American Literature Association）年会上，有关弗罗斯特生平和作品的研究，列入专门的学术小组进行讨论。

第二节 伊兹拉·庞德（Ezra Pound, 1885—1972）

因为政治原因，庞德没有像叶芝和 T. S. 艾略特那样获得诺贝尔文学奖的荣耀，但谁也不否认他们三人是 20 世纪现代英美诗坛最杰出的诗人。从某种意义上讲，美国现代派诗歌运动是他首先发动起来的。W. C. 威廉斯承认庞德是美国现代诗歌革命运动的最强者。桑德堡说庞德"在健在的诗人之中，对推动新诗的发展贡献最大"。作为诗人，他为世界文库留下了长达 2 万 3 千多行的鸿篇巨制《诗章》及其他大量脍炙人口的诗篇；作为评论家和 20 世纪上半叶现代派诗歌运动主要的推动者，他通过大量富有创见的批评文章、通信和谈话，开创和推动了英美现代派诗歌运动；作为文艺奖掖人，他对他同辈特别是初出茅庐的文学青年给予了无私的热情的帮助，受惠于他的人其中有 T. S. 艾略特、弗罗斯特、W. C. 威廉斯、玛丽安·穆尔、H. D.、海明威、温德姆·刘易斯，甚至对叶芝和詹姆斯·乔伊斯产生过影响。这位文学巨匠、政治犯人的一生是暴风雨般轰轰烈烈的一生。他发表过独到的文学见解，也散布过荒谬的反动言论。然而，可以毫不夸张地说，如果 20 世纪少了他，20 世纪的美国诗歌也许会是另一种面貌。作为举世公认的继承传统而又创新的文学大师，他一方面置身于以东西方历代文学乃至文化成就为参照系的文学史和文化史之中，从诗歌本体意义上衡量自己所实现的价值，另一方面率先领导、积极推动美国诗歌的试验及改革。对他的功过是非的评价，A. 沃尔顿·利茨的观点也许最为客观，他说："庞德选择欧洲，因为他感到它能提供美国所缺少的文化激发，但他终生保持了最完全的美国个性。即使在他中年犯下悲剧性的、也许难以原谅的错误（应当是罪行——笔者）的岁月里，他是以美国的名义犯的。从他早期论美国文学和社会的论文集《我的祖国》（Patria Mia, 1912）到他自传性的作品《轻率》（Indiscretions, 1920），再到有关美国史部分的《诗章》来看，庞德一直是在国外的美国人，只有一个国家的人。"[1]

1885 年 10 月 30 日，庞德生于爱达荷州梅利的一个职员家庭，在宾夕

---

[1] A. Walton Litz. "Ezra Pound and T. S. Eliot." *Columbia Literary History of the United States*: 948-949.

法尼亚州长大。1901 年，他 16 岁不到就进了宾夕法尼亚州立大学，在这儿与诗人 W. C. 威廉斯同学，两人成了终生好友，同时也结识了希尔达·杜利特尔（Hilda Doolitlle），即后来的 H. D.。1903 年，转学至汉密尔顿学院，1905 年大学毕业。次年又回宾夕法尼亚大学，获硕士学位。同时获奖学金，赴欧洲学习罗曼语言（即法语、意大利语、西班牙语和葡萄牙语等拉丁语系语言），留学一年，1907 年初回国。在印第安纳州沃巴什学院任教仅数月，因为在一个暴风雪之夜，留宿一个身无分文的女子，一个从事低级歌舞表演、处于困境的演员，被房东告发后而遭校方开除。[①] 次年出国，从此长期侨居欧洲。

庞德的创作活动大致分为三个时期：

（1）侨居伦敦时期（1908—1920）

20 世纪初，美国的文化氛围特别令有抱负的文学青年感到窒息，他们自愿"流放"到欧洲尤其英国去吮吸美国的母文化。庞德就是其中的一个。他说，当时的美国是半开化的国家。自从惠特曼和狄更生以后的一代，没有产生过有显著特色的美国大诗人，这时的诗集充塞了用软弱风格写的诗，即风雅派诗，A. 沃尔顿·利茨称它为"学究浪漫主义"（academic romanticism）。庞德认为："那时美国没有一个人对严肃的艺术家有丝毫兴趣。"庞德就是在这种情况和心境下离开新大陆，到旧大陆去闯荡他的文学事业。

庞德在威尼斯自费出版了处女作《熄灭的细烛》（*A Lume Spento*，1908），把它作为见面礼，于 1908 年带到他心目中的麦加——伦敦。1909 年，在伦敦苏豪区北部埃菲尔铁塔餐馆的一次诗人聚会上，庞德应邀精彩地朗诵了他精湛的六节诗《高堡》（"Sestina: Altaforte"）。与其说是他大声朗诵，不如说他是吼叫，那时"餐桌被震动，餐刀和他的声音起共鸣"[②]。从此以后，诗人们在那里聚会朗诵时，餐馆老板不得不用屏风把他们的餐桌围住，以免吵扰其他的食客。这是庞德才华横溢、初露锋芒的一首传统艺术形式极为严格的六节诗，[③] 也是发表在福特主编的著名杂志《英文评论》（*The English Review*）上的第一首佳作。1939 年，庞德回美国，哈佛大学语言系弗雷德里克·帕卡德教授（Frederick Packard, 1914—2010）负

① C. David Heymann. *Ezra Pound: The Last Rower*. New York: Seaver Books, 1976: 11.

② Humphrey Carpenter. *Serious Character: A Life of Ezra Pound*. Boston: Houghton Mifflin, 1988: 116.

③ 六节诗也称六行六连体诗，第七节是三行押韵诗句（有时是两行）。它从第二节到第六节的每一节每一行结尾的一个词与第一节每一行结尾的词交替相同，远比中国回文诗复杂。至今国内没有译文，这是对译者才能的挑战。

责庞德的诗歌（包括这首诗）朗诵录音，这个录音现在保存在哈佛大学拉蒙特图书馆伍德伯里诗歌室①里，笔者有幸在那里聆听过庞德朗诵时发出的特有的颤音。

在英国处于见习阶段的庞德非常崇拜叶芝，认为他是当时最伟大的诗人，自然很想结识他。庞德不久同一个志趣相投的英国姑娘结婚，凑巧叶芝娶了庞德岳母的侄女，使他有机会和老诗人接近，并且通过老诗人，很快同英国文学界知名人士建立了联系。

庞德不但在生活上照顾叶芝，当他的私人秘书，而且帮助他晚年的诗歌创作现代化，连乔伊斯也承认自己没有来得及影响叶芝，是庞德影响了晚年的叶芝。当然，庞德首先得益于叶芝以及罗伯特·勃朗宁（Robert Browning, 1812—1889）。他把他们的创作手法"人格面具"（personae）和独白化为己用。叶芝的信条是：诗人必须通过寻找他的人格面具使他的情感客观化。所谓"人格面具"是某某人通过某某人讲话，直白地说，借他人之口说自己想说的话。休·威特迈耶（Hugh Witemeyer, 1939—　）对此有一很好的界定："人格面具是象征，艺术家必须采用来说给别人听的方法，有时假装一个人，有时假装另一个人；卡瓦尔坎第也许可以通过庞德讲话，或者庞德通过卡瓦尔坎第讲话；要紧的是所说出来的事以及所说的方式。请听这个或那个重要的人物讲；不是听我讲。它不仅仅是假装，因为这些假装也旨在被揭示出来。"②这是一个很重要的艺术手法，庞德毫不犹豫地接受了这一艺术手法，并把他的一本诗集题为《人格面具》（Personae, 1909）。③庞德还从罗伯特·勃朗宁的作品《男人与女人》（Men and Women, 1855）那里，直接吸收了独白的艺术形式，使诗歌读起来有讲话的语气，所谓"如同讲话的诗"（verse as speech）。他同时从叶芝那里学到了重视诗的音乐性——真正意义上的"诗歌"，即音乐性。诗歌的起源本来是唱出来的，哼出来的，如同钱佼汝教授所说："音乐和诗歌在很多很多

---

① 伍德伯里诗歌室（Woodberry Poetry Room）：哈佛大学从20世纪30年代给 T. S. 艾略特诗歌朗诵录音开始，建立有声档案柜（audio archive），保存了各个历史时期几乎所有最著名诗人朗诵的录音资料。读者可以凭哈佛大学借书证，进入拉蒙特图书馆楼上的诗歌室，戴耳机听诗人朗诵。这个为著名诗人来哈佛大学诗歌朗诵录音的传统继续保持到现在。在这个诗歌室里，笔者有幸聆听过谢默斯·希尼（Seamus Heaney, 1939—　）以及其他著名诗人的诗歌朗诵。

② Hugh Witemeyer. "The Making of Pound's *Selected Poems* (1949) and Rolfe Humphries' Unpublished Introduction." *Journal of Modern Literature*. Vol.15, No.1, Summer 1988.

③ 罗伯特·勃朗宁有一部作品：《剧中人》（*Dramatis Personae*, 1864）。叶芝也有一部作品：《剧中人》（*Dramatis Personae*, 1935）。

方面彼此相似，以至于常常被看成是人类艺术创造的孪生姐妹。"① 例如，他的《诗章》开头的部分特别富有音乐美，如同清澈的山泉淙淙流淌，悦耳动听，他的这种才能使得后来的许多诗人赞叹而难以企及。T. S. 艾略特的《荒原》的开头部分也是如此。我们同时注意到庞德的诗歌音乐性，主要取决于节奏流畅，而不在于传统的刻意押韵。他不喜欢拼凑韵脚，为此，他说："我对押韵没有特别的兴趣。它易于把艺术家的注意力从他 40%~90%的音节那里分散开了，注重在明白的显然的余下部分。它易于导致他冗长，把他的注意力从对事物的关注中拉开了。"②直截了当地说，庞德不喜欢以韵害意。

　　庞德同时结识了对他文学生涯发生影响的休姆、弗林特和福特·马多克斯·福特（Ford Madox Ford, 1873—1939），他们对他的意象派诗歌理论的建立起了不可或缺的作用（留待意象派诗歌运动部分介绍）。庞德还和雕塑家爱泼斯坦（Jacob Epstein, 1880—1959）、亨利·加迪尔－布热斯加（Henri Gaudier-Brzeska, 1891—1915）和画家兼作家温德姆·刘易斯（Wyndham Lewis, 1884—1957）等一批艺术家有往来。现代派诗人往往受现代派艺术家很深的影响，庞德也不例外。和他交谊深笃的加迪尔－布热斯加是一位有创见的年轻艺术家，在扩大庞德的艺术视野上起了重大作用。加迪尔－布热斯加利用连续的空间语言（平面与立体），从一个文化移到另一个文化，最后用富有地方色彩的生动的表现手法使艺术品变形。加迪尔－布热斯加认为，雕塑家摆脱矫揉造作的表现手法，可以重新创造埃及和中国，使他的现代派形式以不可更改的权威性表现出来。他的这个理论深刻地影响了庞德，使庞德从此得心应手地运用古代和外国的材料，写出富有现代气息的诗歌。换言之，庞德领悟了现代社会观照古代社会（如古罗马或古代中国）的借鉴意义。这就是我们中国人通常说的"古为今用，洋为中用"。当然庞德坚持的是"古为今用，洋为美用"。这是庞德在英国的重大收获之一。

　　第一次世界大战前几年，英国文坛异常活跃。法国的象征派、印象派、博格森哲学、意大利的未来派等都流行于英国，形成了世界性的新艺术，即现在所称的现代派，为庞德诗歌的现代化提供了合适的温床。他所羡慕的亨利·詹姆斯（Henry James, 1843—1916）、福楼拜（Gustave Flaubert, 1821—1880）和费诺罗萨也是形成他后来诗歌风格的重要因素。锐意诗歌

---

① Qian Jiaoru. *Essays in English Language and Literature*. Nanjing: Yilin P, 2010: 90.

② Ezra Pound. *Selected Prose: 1909-1965*. Ed. William Cookson. New York: New Directions Publishing Corp, 1973: 42.

革新的庞德在接受了休姆关于意象和比喻是诗的精髓的观点之后，很快变成熟了，对身在城市而讴歌田园风光的一批英国乔治派诗人（Georgians）①的无病呻吟之作大加抨击，说他们的作品是济慈和华兹华斯的第三手货。他原来认为自己在诗坛落后 20 年，对叶芝崇拜得五体投地，可是在伦敦经过短短四年时间的实习，居然对叶芝投到《诗刊》的几首诗未经叶芝本人同意而进行修改，并且修改得很好，使得叶芝不得不转怒为喜，请他一起反复推敲自己的作品。

庞德在他创作生涯的第一阶段的突出贡献是推动了标志现代派诗歌初捷的意象派运动（详细情况留待本编第二章叙述）。庞德早期著名的意象派诗篇当推《画》（"The Picture"）、《少女》（"A Girl"）、《阿尔巴》（"Alba"）和《地铁站里》（"In a Station of the Metro"）等。《地铁站里》是庞德的得意之作，也是名家选编者最喜爱录用的短诗，只有两行：

> 出现在人群里的这一张张面孔；
> 湿的黑色树枝上的一片片花瓣。

《阿尔巴》也是两行：

> 她黎明里躺在我的身旁，
> 像山谷里百合花湿的白花瓣那样冷淡。

这种两个形象并置而不加任何发挥的短小诗行，对英美诗歌读者来说确实是别开生面。杰夫·特威切尔根据庞德的诗美学进一步发挥说，诗歌应当不加解释或评论地直接描绘所观察到的事物，客观地表现从一连串意象中得到感官体验的数据。② 上述的《地铁站里》和《阿尔巴》正是他在这个时期审美趣味的典型例子。庞德承认《地铁站里》的艺术形式是他学习日本俳句的收获。但是，他只模仿俳句的形式，从未写过真正的俳句，而且不久因其表达思想感情的局限性而放弃了这一艺术形式。不过，无论

---

① 1912 年至 1922 年间英国诗歌书店出版五部当代诗歌选集的总标题《乔治诗歌》（*Georgian Poetry*, 1912—22），时间正好在英王乔治五世统治时期，故名。爱德华·马什爵士在第一部诗集序说："我们处在另一个'乔治时期'的开端，它也许适时地与过去几个伟大的诗歌时期相并列。"开始时，乔治派诗歌很受欢迎，但后来所选的诗人都是不反映第一次世界大战时代精神的小诗人，因而受到诗坛的讽刺，其境遇与美国的风雅派诗人相似。

② 杰夫·特威切尔.《庞德的〈华夏集〉和意象派诗》. 张子清译.《外国文学评论》，1992 年第 1 期.

日本俳句还是中国古典诗歌，无疑成了培植他审美感受的重要因素之一，使他很注重工整考究的诗行、光洁的意象和开发难以言传的洞察力，也为他意象派理论找到了坚实的依据。

也许是后来由于艾米·洛厄尔的干预，也许是被他旺盛的创造力所驱使，不到两年，庞德脱离了意象派诗人的队伍，投入了漩涡派运动（Vorticist movement）。1914 年 7 月，他同画家、小说家温德姆·刘易斯和亨利·加迪尔—布热斯加在温德姆·刘易斯主编的杂志《狂飙》（*BLAST*）①上宣布了一种新艺术流派"漩涡派"的诞生。创刊号登载了庞德为这个新流派写的宣言：《漩涡》（"Vortex", 1914）。他在宣言的开头宣称：

> 漩涡是最大的能量点。
> 在力学上，它表现最大的效能。
> 我们在精确意义上使用"最大的效能"这个术语，在课本上说它是"力学"（或机械学，或机械部分——笔者）。
> 你可以想象到知觉向前运动的人。你可以把人想象为接受信号而启动的塑料玩具。
> 或者你可以想象他指引某种流体对着某种东西流动（冲击——笔者），不是仅仅对某种流体观察和反思。

这是一段转弯抹角的文字，易言之，庞德在这里想强调的是，他提倡的这种诗歌应当具有能动性的表现力。该宣言比较长，我们现在看它的结尾部分：

> 诗歌。
> 漩涡派诗人将只运用他的艺术的主要媒介。
> 诗歌主要的色素是意象。
> 漩涡派诗人将不允许任何概念或情感的基本表达进入拟态。
> 在绘画上，是康定斯基②、毕加索。
> 在诗歌上，是 H. D. 写的这首诗：
> 翻腾起来吧，大海——

---

① 《狂飙》（*BLAST*）是在英国漩涡派运动的短命杂志，1914 年 7 月 2 日出版了第一期，1915 年 7 月 15 日出版了第二期。

② 瓦西里·瓦西里耶维奇·康定斯基（Wassily Wassilyevich Kandinsky, 1866—1944）：俄国画家、艺术评论家，以画出首批现代抽象画著称。

　　　把你的松针翻腾起来，

　　　把你大堆的松针

　　　向我们的礁石泼过来，

　　　把你的绿色向我们身上猛掷吧，

　　　用枞叶的漩涡把我们覆盖。

　　和意象派一样，漩涡派是第一次世界大战前在英国产生的诗歌运动。漩涡派主要由英国画家、作家温德姆·刘易斯领导，而创造"漩涡派"这个术语和构想这个流派理论的庞德在其中扮演了一个中心角色。该诗派主旨在于设法捕捉机器时代的机器活力及其静止状态下的力度。漩涡派画常常强调像机器那样粗线条的块状结构，有着现代化机器的力感和造型（人的形象具有机器的粗线条或轮廓），而漩涡派诗则是表现动与静结合的意象，形式上刻意模仿机器的力度。例如，刊登在《狂飙》创刊号上的第一页的一首诗，排版形式像一张贴在街上的广告，粗粗的大写的大黑字夹着粗粗的大写的小黑字，它完全打破了传统的排版法。庞德虽然这时并没放弃意象派诗歌创作中的基本原则（例如他还是利用 H. D. 的诗做例子），但感到漩涡派表现方法更充满活力，如同铁屑经过磁化而自行成形。在庞德看来，意象是辐射节或辐射束，或者是他的所谓漩涡，思想通过它不断涌现出来。

　　庞德的《邂逅》（"The Encounter"）、《长江别》（"Separation on the River Kiang"）、《别友人》（"Taking Leave of a Friend"）等被视为漩涡派诗篇。后两首是李白的《送孟浩然之广陵》和《送友人》两诗的改变，与原诗不尽相符，他有意加添了漩涡派的力感或力度。不过，庞德所提倡的漩涡派诗歌创作方法影响不大，远不如意象派诗歌受人欢迎。况且，他本人也没写出什么漩涡派的力作，连他自己也承认，漩涡派诗人不可能把漩涡的力量写进每首诗里，可是一旦写成了，他的诗句的内涵便最多，力量也最大。尽管庞德继续提倡漩涡派诗，但漩涡派运动在三年之后便结束了。第一次世界大战卷入了许多漩涡派成员，其中亨利·加迪尔—布热斯加在一战中阵亡，支持漩涡派的大众力量也随之萎缩，《狂飙》杂志只刊登了两期漩涡派诗篇便停刊了。不过，玛乔里·珀洛夫教授认为："《狂飙》和《加迪尔—布热斯加：回忆录》（*Gaudier-Brzeska: A Memoir*, 1916）代表了庞德创作生涯的转折点：他和其他意象派诗人使用的意象派诗形式变换到'诗'与

'散文'的组合——我们在《诗章》里看到了这种组合。"①接着，她以很长的篇幅，例证了庞德在《诗章》运用了这种新的艺术形式。她称之为"诗歌里的散文传统"。

这个时期的庞德似乎有用不完的精力和才华，不断地从事反传统的文学活动，先是推广意象派诗，接着创立漩涡派诗，然后又加入客观派诗人的合唱，参加各种"满足于他追求新鲜、探索、发明、新奇的活动"②。

庞德一开始便是多产的作家。据统计，1917 年至 1919 年间，他在杂志上发表了 255 篇文章，内容广泛，不仅论及文学，而且涉猎了艺术；在 1908 年至 1920 年间，他出版的诗集有十几部之多，其中《休·塞尔温·莫伯利》(Hugh Selwyn Mauberley, 1920) 是他早期的代表作。有批评家认为，庞德在 20 世纪 20 年代晚期，带着这首"具有讽刺意味的带自传性的、又作文化回顾的"诗离开了伦敦。③

《休·塞尔温·莫伯利》是庞德第一首描述他与现代社会关系的长诗，是他诗歌生涯的转折点。它以冷峻朴素的笔调，总结了诗人 1908 年至 1920 年在伦敦的文学生活，如同该诗副标题"生活与接触"所示，记录了他这段时期的生活以及与英国文艺界人士的接触，回顾了从前拉斐尔派诗人至第一次世界大战为止伦敦的文艺活动。诗人探索艺术与社会的关系，揭示艺术家的良心与社会的庸俗趣味之间的矛盾，对英国的市侩哲学以及由于第一次世界大战而造成的道德沦丧和社会的歪风邪气进行了讽刺、谴责，同时对自己纯艺术的观点进行了反思和批评。诗人把它作为向伦敦告别的一首诗。T. S. 艾略特则认为它是对生活的批判，是"一个时代的文献"。

该诗分两部分。第一部分为 13 节，叙述诗人在伦敦文学界的经历，揭示前拉斐尔派和 19 世纪 90 年代诗人在艺术上所作的探索和努力都归于失败。庞德在第一部分让 E. P.（庞德名字的缩写）这个人物或代言人讲话。这是个有高度文化修养的美国青年诗人。庞德借他之口，系统地对欧洲特别是英国的社会生活和文化进行批判，对唯利是图的文人，对高利贷，对时代种种不合理的现象，尤其对第一次世界大战，进行辛辣的讽刺和猛烈的抨击。像 T. S. 艾略特一样，他来英国是因为被她的文化所吸引。他伤时忧世，希望通过恢复优秀的文化传统，创作精确、优雅、能同法国福楼

---

① Majorie Perloff. *The Futurist Moment: Avant-Garde, Avant Guere, and the Language of Rupture*. Cambridge and London: The Unversity of Chicago P, 1986: 163.

② Robert E. Spiller, et al. Eds. *Literary History of the United States*. New York: The Macmillan Company, 1963: 1370.

③ Andrew DuBois and Frank Lentricchia. "Modernist Lyric in the Culture of Capital": 131.

拜的优秀作品相媲美的现代诗歌。可是事实令他大失所望，特别是第一次世界大战更令他痛心疾首。在他看来，大战葬送了千百万优秀人才，败坏了人道的价值观念，只不过是"为了两箩破烂塑像，／为了几千本破书"。这也真实地反映了不少美国人对第一次世界大战的看法。美国总统的所谓理想主义的破灭，引起了厌世主义，引起了青年人道德的沦丧和精神的解体。在欧洲也是如此，普遍厌世，因为幻想破灭而使人们尤其青年玩世不恭，陶醉在花天酒地之中。在这一点上，庞德像 T. S. 艾略特一样，对第一次世界大战惨痛经历的理解，远比一般人深切。

诗的第二部分为 5 节。庞德塑造了一个不合时宜的诗人莫伯利的形象。他生不逢时，与社会格格不入，却企图捕捉文字的美而满足时代的需要，但他的艺术趣味太过高雅，以至失去生气，最终陷入不切实际的个人幻想之中。庞德笔下的莫伯利同 T. S. 艾略特笔下的普鲁弗洛克一样，没有大丈夫气概，无法同社会打交道，只得以想入非非，以逃避社会而告终。

诗里有两个诗人的化身，一个是审时度势、面对现实的 E. P.，他的国籍、他的成见、他的经历和庞德有惊人的相似之处；一个是脱离实际、唯美是从的莫伯利，有时在庞德身上也可找到他的影子。这正好代表了庞德文学创作上的双重性。他清醒地意识到在困难的历史条件下，在文学事业上所肩负的历史使命，因而想发扬两者的长处，避开两者的短处。当然，也有文学批评家认为，不能把 E. P. 和莫伯利与庞德画等号，庞德之所以写这首诗，是因为探索两种不同的艺术家在同一历史条件下做出的不同反应。不管怎么说，庞德在这首诗里向读者展示了一个真理，真正有良知的艺术家势必同腐朽的社会发生冲突。从艺术家的角度，对资本主义社会丑恶现象进行揭露，对自己进行清醒的反思和剖析，庞德在这点上作的努力诚然是难能可贵的。

《休·塞尔温·莫伯利》是一首用四行诗体写的长诗，语言简朴，没有他的六节诗《高堡》那样精雕细刻，甚至有些粗糙幼稚，但没有经过多年卓有成效的努力，决难写出如此质朴的诗来。借用中国的成语来说，庞德达到了"返朴归真"的境界，是艺术家成熟的标志。庞德在这首诗里，明显地采用了现代派的手法：观察点的不断变更，多种语言的引文，个人对时代的感受，阴郁嘲讽的情绪，等等。这是在 T. S. 艾略特的《荒原》问世以前最具现代派特色的一首诗，而且 T. S. 艾略特后来在《荒原》里使用的艺术手法与该诗的表现手法有很多的类似之处。这并非偶然，如前所述，《荒原》的面世在很大程度上得益于庞德的斧正。

庞德在伦敦侨居期间，在他从事的多种文字翻译之中，中文翻译成就斐然，他与中国古典诗歌的关系尤其值得一提。他翻译的《诗经：孔子亲定的古典文集》(*The Confucian Odes: The Classic Anthology Defined by Confucius*, 1954)，尤其是他编译的《华夏集》(Cathay, 1915)[①] 具有深远的历史影响，直到 21 世纪的今天，仍然是引发中美诗人和学者讨论不完的话题、写不完的考证文章。澳门大学杨秀玲研究《华夏集》的博士论文对庞德所译的具体诗篇的出处作了详尽的考察。在澳大利亚执教的中国学者陶乃侃在他的专著《庞德与中国文化》(2008)中，对《华夏集》的具体诗篇的出处（包括《诗章》中涉及的中国历史、文化、文学等方面）有详尽的考证，值得我们阅读和参考。

《华夏集》包括李白的《长干行》《江上吟》《天津三月时》《胡关饶风沙》《忆旧游寄谯郡元参军》《送友人入蜀》《登金陵凤凰台》《黄鹤楼送孟浩然之广陵》《代马不思越》，《诗经·小雅》中的《采薇》，汉乐府中选的一些诗，以及陶渊明的《停云》，等等。众所周知，费诺罗萨(Ernest Fenollosa, 1853—1908)的遗孀在《诗刊》上读到了庞德的意象派诗歌，发觉它们与中国古典诗歌有类似之处，于是欣然把丈夫有关中国诗歌翻译遗稿托付庞德整理出版。费诺罗萨在日本曾任东京帝国大学哲学与政治学教授，是日本明治时代(1868—1912)重要的教育家、东方学者。他精通日语，主要致力于日本传统艺术研究，并把它介绍到美国去。在他关注中国古典画的同时，顺便在日本朋友的帮助下，直译了中国古典诗歌。严格地说，他不是汉学家。他连李白的名字都是用日语发音和韦氏音标翻译的：Rihaku。而庞德是从费诺罗萨英译本里挑选了 19 首中国古典诗（其中更多的是李白的诗），再经过改译而成的。庞德着手编译《华夏集》时，对汉语和日语均不熟悉。我们发觉，无论是费诺罗萨还是庞德，在对汉语翻译忠实的程度上，都不如高本汉(Bernhard Karlgren, 1889—1978)[②]、阿瑟·韦利(Arthur

---

① 采用董衡巽先生等人主编的《美国文学简史》（人民文学出版社，1986）里的译名。

② 高本汉：著名瑞典汉学家，语言天才，在俄国学习两个月汉语之后，于 1910 年至 1912 年生活在中国，学习汉语，能辨别 24 种中国地方语音，很快精通汉语，精通中国历史，出版有《汉语和汉日解析字典》(*Analytic Dictionary of Chinese and Sino-Japanese*, 1923)和多篇见解精辟的论文，例如《中国古代文本的确实性》("The Authenticity of Ancient Chinese Texts", 1929)、《〈周礼〉和〈左传〉的早期中国历史》("The Early History of the *Chou Li* and *Tso Chuan* Texts", 1931)、《中国青铜器新研究》("New Studies on Chinese Bronzes", 1937)，等等。此外，他还用瑞典文出版了多部论述汉语的普及本。

David Waley, 1889—1966）^①、理雅各（James Legge, 1815—1897）^②、赫伯特·艾伦·翟理斯（Herbert Allen Giles, 1845—1935）或莱昂内尔·翟理斯（Lionel Giles, 1875—1958）^③这些正宗汉学家。但是，经过庞德这位诗坛高手编译的《华夏集》的影响之广之深之长久，在中国诗歌英译之中无出其右者。

最主要的是，《华夏集》的译文语言极其精炼，具有优秀散文的流畅，毫无浮华的词藻，用词遣句富于现代气息。T. S. 艾略特为此称赞庞德是"我们这个时代的中国诗歌创造者"，而且预见在 300 年以后，庞德的《华夏集》将成为"20 世纪诗歌的杰出范本"^④。美国诗人、翻译家安德鲁·谢林（1953— ）也表达了同样的观点，认为《华夏集》在翻译的质量和生成性上是一个转折点，庞德开启的中国诗歌翻译使得东方古典诗歌在声音和感觉上具有当代性，其清晰度和直接的表达适合 20 世纪。^⑤ 说来也不神秘，包括庞德在内的欧美诗人翻译中国古典诗词，如同中国诗人或学者古诗词今译，用今人通晓的白话文，译成流畅的当代诗，尽管两者不尽相同。庞德是现代派诗歌大师，他本人的诗歌艺术是第一流的，他的译品自然地当属上乘。

不过，根据传统的翻译理论，《华夏集》作为他的译品，因为"信"不足而引起专家的訾议，但由于他的译文"达""雅"有余而脍炙人口，使得有些评论家认为那些经过庞德加工的舶来品是"他最成功最富创造性的诗篇"^⑥。著名华裔美国诗人施家彰则认为："对于庞德而言，中国古典诗

---

① 阿瑟·韦利：著名的英国汉学家和东方学者，剑桥大学国王学院荣誉研究员，获大英帝国勋章、女王诗歌奖章、名誉勋位等，译著等身。除了日文译著和论著之外，中文译著《中国诗一百七十首》（*A Hundred and Seventy Chinese Poems*, 1918）、《中国诗篇》（*Chinese Poems*, 1946）、《诗经》（*The Book of Songs (Shih Ching)*, 1937）、《论语》（*The Analects of Confucius*, 1938），等等；论著有《道及其伟力：〈道德经〉及其在中国思想上的地位研究》（*The Way and its Power: A Study of the Tao Te Ching and its Place in Chinese Thought*, 1934）、《白居易的生平和时代》（*The Life and Times of Po Chü-I*, 1949）等。

② 理雅各：苏格兰汉学家，公理会教徒，传教士。从 1841 年开始，他翻译了多卷本中国典籍，出版有《孔子的生平和教育》（*The Life and Teaching of Confucius*, 1867）、《孟子的生平和教育》（*The Life and Teaching of Mencius*, 1875）和《中国的宗教》（*The Religions of China*, 1880）以及其他多种论述中国文学和宗教的著作。

③ 莱昂内尔·翟理斯：维多利亚时代的学者、翻译家，译著有《孙子兵法》（*The Art of War*, 1910）、《论语》（*The Analects of Confucius*, 1910）、《道德经》（*The Sayings of Lao Tzu and Taoist Teachings*, 1912）、《孟子》（*The Book of Mencius*, 1942），等等。

④ Ezra Pound. *Selected Poems*. Ed. T. S. Eliot. London: Faber & Gwyer, 1928: 14-15.

⑤ Hank Lazer. "Reflections on *The Wisdom Anthology of North American Buddhist Poetry*." *Lyrics & Spirit: Selected Essays 1996-2008* by Hank Lazer. Richmond, CA: Omnidawn Publishing, 2008: 337.

⑥ Robert F. Spiller: 1338.

歌起到一种震惊和启示的作用，他利用那些观念和信仰当作反西方欧洲传统的一种传统。"①

　　如今谈庞德对中国诗的翻译，只用直译与意译的传统审美标准衡量，未免过于简单。张剑教授对此认为："新的翻译理论更倾向于将翻译视为一种跨文化的信息转换和跨文化的信息传递……庞德的翻译不是一个准确的翻译，但是它将中国的一种文化搬到了英文当中。从某种意义上讲，这种文化的移植要比词语的准确更加重要。"② 孙宏教授则认为"庞德旨在让东方古典文学的精华在现代得以复活"③。更直接地说，庞德的高明之处在于能在很大程度上精彩地传达原意，传达另一种文化的精髓，正如庞德本人在谈到翻译时说："我喜欢重写，好像不知道原文的词句，要译出原意。"④ 不过，庞德生前没有过多地论述他翻译中国诗的手法，他帮助费诺罗萨发表的文章《作为诗媒的汉字》（"The Chinese Written Character as a Medium for Poetry", 1920）似乎代替他阐明了审美原理。后来，庞德在他的译文《论语》（发表在 1950 年第 635 期《哈德逊评论》上）的附注里有这么一段说明："自从半个世纪以来（自从理雅各研究以来），对费诺罗萨的这篇文章（指《作为诗媒的汉字》——笔者）主题已经搞明白了许多。"由此可见，费诺罗萨关于汉字的象形说引起了庞德极大的持续兴趣，使他在加工费诺罗萨的译文时，特别注重中国诗的意象，这为他提倡意象派诗提供了理论依据和实践的可能性。

　　美国学者杰夫·特威切尔认为庞德"旨在通过《华夏集》，把中国诗歌传统带进他一直努力促进的西方现代派文化之中。而且，庞德深信中国诗歌能为西方新诗提供具有伟大的价值和实用性的品格"⑤。他在他的论文《阅读会意文字：伊兹拉·庞德对中国方块字的兴趣》（"Reading the Ideogram: Ezra Pound's Interest in the Chinese Written Character", 1989）中还指出，庞德第一次提出了中国诗歌具有与众不同的审美品质，创立了实际上将影响后来所有的翻译范式。特威切尔还认为，庞德的《华夏集》完全改变了汉译英的直译方法。如果我们用《华夏集》与在他以前的汉诗英译本比较，无论是中国学者的译本还是英美汉学家的译本，我们便可以看出

①　Eric P. Elshtain. "An Interview with Arthur Sze." *Chicago Review*. December 22, 1994.

②　张剑.《翻译与表现：读钱兆明主编〈庞德与中国〉》.《国外文学》, 2007 年第 4 期：59-65.

③　孙宏.《论庞德对中国诗歌的误读与重构》.《外国文学》, 2010 年第 1 期：56.

④　Hugh Kenner. *The Pound Era*. Berkeley and Los Angeles: University of California P, 1971: 150.

⑤　杰夫·特威切尔.《庞德的〈华夏集〉和意象派诗》, 张子清译.《外国文学评论》, 1992 年第 1 期.

庞德的创新之处。① 可以说，接受中国诗歌影响的现当代美国作家之中，如同赵毅衡教授所讲，绝大多数依然是通过阅读《华夏集》来了解和欣赏中国诗歌的。②《华夏集》的成功还表明了一个事实：对美国作家来说，包括英国文学在内的欧洲文学传统只是他们可以借鉴的创作源泉之一，他们同时可以卓有成效地向东方文化寻找表现他们的新观念的表达方法。

根据休·肯纳的看法，《华夏集》真正的成就不在于它处于比较诗学的前沿，而是提出了同时运用的三个创作原则："自由诗的原则，单独的诗行是作品的基本单位；意象原则，一首诗建筑在想象中的事物的效果之上；抒情原则，词或名称，按照时间顺序，通过反复的声音被结合在一起，以唤醒读者注意每个词的相互关系。"③ 庞德在此以前的创作过程中，注意运用了这三条原则，但没有同时运用，而他在译《华夏集》时有意识地同时采用了它们，并且获得了极大的成功。当今研究庞德的主要学者、女诗人龙妮·阿普特（Ronnie Apter）从另一个角度，提出庞德的创意翻译"主要体现在三个方面：1. 抛弃维多利亚时期那种矫揉造作、生僻古涩的翻译措词；2. 优秀的诗歌译作可以看作是具有自身独立意义的新诗作品；3. 每篇译作都有必要看成是在一定程度上对原作的评鉴"。王贵明教授据此认为庞德的"翻译理论和创意翻译实践引导译者更多地关注译语和原语之间的语意联想、诗意认知和乐感等诗歌翻译的重要环节，引导翻译批评从单一的译作评鉴更多地转向对翻译过程的认知和评议"④。

不过，我们也不得不同时看到，《华夏集》偏重意译而忽视直译的做法却助长了不精确或不忠实于原文的文学翻译风气，为今后诗才小、语感差的翻译开了个坏头。1954 年，庞德的翻译集《诗经：孔子亲定的古典文集》由哈佛大学出版社出版。在该书封底上，理查德·魏尔伯赞美庞德为"我们这个时代的第一流翻译家；如果有任何人怀疑（或迟疑）的话，这些从中国抒情诗原文翻译的译文应当消除它了"。他还说："庞德先生的《诗经》翻译是 40 年来汉学的顶峰，它开始于《华夏集》，然后是中国题材的

---

① 例如，只要把庞德翻译的《长干行》对照一下英国静霓·韩登（台湾地区把她的名字译为赫尔登）译的《唐诗三百首》（Innes Herdan: *The Three Hundred T'ang Poems*. The Far East Book Co. Ltd, 1973）中的《长干行》，便会发觉，她译得非常忠实，但读起来远不如庞德的译笔流畅，庞德的译文更容易被西方读者接受和欣赏。

② 参阅赵毅衡.《远游的诗神》. 四川人民出版社，1985 年.

③ Hugh Kenner. *The Pound Era*: 199.

④ 王贵明.《论庞德的翻译观及其中国古典诗歌的创意英译》.《中国翻译》2005 年 11 月第 26 卷第 6 期，第 20 页. 原出 Ronnie Apter. *Digging for the Treasure: Translation After Pound*. Paragon House Publishers, 1987.

《诗经》《中庸》和《论语》。"I. A. 瑞恰慈夸奖说："各种伟大的文化起始于诗歌，这里是最伟大的文化之一的种子。它们在诗歌里向来被认为不可以被翻译的。不过，庞德先生在此发挥了最高水平……"美国名家也有乱夸的毛病，据笔者有限的认识，理查德·魏尔伯和 I. A. 瑞恰慈不通中文，他们怎么知道庞德的汉译英的《诗经》如此之精湛呢？为庞德的译著《诗经》作序的方志彤（Achilles Fang, 1910—1995）①却比较客观，只说："庞德现在作为儒家诗人脱颖而出了。"不过，当魏尔伯说"庞德给这些神秘的早期诗篇带来生气，使它们像任何现代诗那样地具有当代性"时，他倒是说到点子上了。这也就是庞德作为一个大家的译品的可贵之处。对《华夏集》的译文价值我们也会这样看待。

可是，庞德的翻译集却难住了图书分类的人，无法把它归类在以前无数的译著里，只好列为另类。当代著名古典修辞学和文学学者乔治·亚历山大·肯尼迪（George Alexander Kennedy, 1928—　）为此说得好："他是作为诗人而不是作为翻译家被尊敬的。"②乔治·亚历山大·肯尼迪抓住了庞德汉译英的实质，评价中肯，如同方志彤一样。对于庞德翻译中国诗歌，乔治·亚历山大·肯尼迪还提出这么一个发人深省的问题："我们想弄明白庞德的翻译的优势是在其最终译品、优秀的风格、他的英文的诗质呢，还是深入到提供翻译原作的诗人的艺术和内心？对这个问题的回答是所有学习中文的人都感兴趣的，无论从中寻找自己的乐趣，还是通过翻译，给他人带来愉悦。"③他说的"我们"显然是指美国诗人、学者或普通读者。即使对从事中美文化和文学比较的中国学者而言，我们也需要深入研究，做出合理的答复，才能对列入另类的庞德翻译有清楚的认识。这也是现在和将来一代代中美诗学学子满怀兴趣不断探索富有诱惑力的课题。

庞德从早年起便是一位多种体裁多种文字的多产翻译家。1912 年至1917 年间，他出版了四部译集，到 1962 年为止，出版了 18 本之多，涉猎

---

① 方志彤：著名汉学家和比较文学家。他在日军占领的朝鲜长大，由于美国传教士的帮助，到上海上美国浸会学院高中，毕业后去清华大学主攻哲学和古典文学，是钱锺书的少数几个朋友之一。1932 年毕业后，花了两年多时间攻读硕士学位。结婚后，生一小孩，妻子不久病故。1947 年，方志彤带儿子移居坎布里奇，参加哈佛大学编汉英词典，因词条里引用《芬尼根守灵夜》太多而被辞退。于是，他去攻读哈佛大学比较文学博士学位，1958 年毕业。他长达 865 页的博士论文题目是《庞德〈诗章〉研究资料》（"Materials for the Study of Pound's *Cantos*"）。

② George Alexander Kennedy. "Fenollosa, Pound and the Chinese Character." *Yale Literary Magazine*, Volume 126, Number 5, December 1958: 24-36.

③ George Alexander Kennedy. "Fenollosa, Pound and the Chinese Character." *Yale Literary Magazine*, Volume 126, Number 5, December 1958: 24-36.

面广，不但有埃及、意大利、中国的古典诗歌和歌谣，而且有希腊和日本的古典戏剧；不但有西方的现代经济学，而且有中国的儒家经典。他翻译的《向塞克斯图斯·普罗佩提乌斯致敬》（"Homage to Sextus Propertius", 1917）①和李白的《长干行》②这两首几乎为英美各种文选和诗选所录用，似乎成了他创作的精品。

（2）侨居巴黎时期（1920—1924）

庞德初到英国时是一个模仿者、见习生，但很快变成了有独特见解的文艺评论家、热心的教师和文艺运动的积极推动者，主要原因是人文荟萃的伦敦为他提供了施展才能的机会。但在一战后，他逐渐对英国的文学现状感到不满，说英国的文学生活像"厕所"，对英国的社会也愈来愈感到厌恶，终于在1920年离英赴法，移居巴黎四年多。

庞德除继续同原来的一些小杂志《日晷》和《小评论》等保持联系外，仍然热心帮助他的文朋诗友。在他的精心修改下，T. S. 艾略特的《荒原》于1922年得以问世。他为福特（原名赫弗，1919年易名）主编的《大西洋彼岸评论》在美国寻找资助；指导未成名时的海明威写作，并帮助他出版《在我们的时代里》（In Our Time, 1924）。总之，他在帮助作家、提携后进方面花了很多时间和心血。海明威在1925年提到庞德时说，庞德只用五分之一的时间写诗，他在其他的时间是保护文艺家，让他们在杂志上发表文章，帮助他们出版。他借钱给他们，替他们卖画；他为他们安排演出和写评论文章：他把他们介绍给有钱的女人，他通宵达旦地坐在垂危病人旁边，照料并当遗嘱的见证人。他给有些人提供住院费用，并劝他们别寻短见，诸如此类的义举不胜枚举。而他在巴黎期间经济并不宽裕，常在他的

---

① 这首诗是根据公元前50年罗马挽歌诗人塞克斯图斯·普罗佩提乌斯的十二首挽歌的拉丁文本意译的。普罗佩提乌斯在罗马帝国对外发动侵略战争时创作他的挽歌，而庞德在第一次世界大战期间翻译他的挽诗，主要想通过普罗佩提乌斯之口，表明自己对艺术执著的追求，发泄对第一次世界大战的痛恨情绪。他认为这首诗所表达的某些感情，在1917年对他来说十分重要，因为那时他看到大英帝国的行为无比愚蠢。庞德本人一再声言，这首诗不是翻译而是改写。T. S. 艾略特也认为不是意译，或者更确切地说，是借题发挥。

② 李白的乐府诗《长干行》被庞德译为《江上商贾之妻：一封信》。原诗通过一个女主人公的口吻，表达她对经商在外的丈夫的思念。诗中"早晚下三巴，预将书报家。相迎不道远，直至长风沙。"意即只要一接到预报回家的信，她便远程去迎接她的丈夫。但庞德把这位多情妻子内心的独白却误以为是给丈夫写信，虽则原诗通篇有写信的口气。对"常存抱柱信，岂上望夫台"，他可能不太清楚，因此只含糊地译为"我为什么要爬到高处远望呢？"这是英文诗里的第四行，和前面三行"我十五岁上不再皱眉，/甘愿我的尸灰同你合在一起/永远，永远，永远"实在看不出有什么必然的联系。如果不了解原诗，孤立地看这一节，恐怕会使一般读者坠入五里雾中。不过，这三行庞德译得十分出色，三个"永远"把妻子爱丈夫之深情表达得淋漓尽致。

文朋诗友们中间宣扬道格拉斯（Clifford Hugh Douglas, 1879—1952）的社会信贷学说，证明现行经济制度改革的必要性。同他在伦敦的多产时期相比，他在这段时期创作不多，而对孔孟之道，对英国社会经济学家道格拉斯的经济理论却越来越感兴趣。他对法国文艺界内部的倾轧也感到厌倦，^①又想退出这里喧嚣的文学圈子，找一个安静的环境从事创作。这就是后来不久给他带来狂风暴雨的意大利。

（3）侨居意大利、在美国被关禁闭和最后定居意大利（1924—1972）

庞德从巴黎来到意大利的一个海滨小镇拉巴洛。1924 年至 1945 年间，他一直安安静静地居住在此。他虽然这时的经济依然拮据，但对安静的生活感到满意。小镇上的邻居们对他友好，尊称他为"诗人"。有的学者认为，庞德离开巴黎原因有二：一是避免干扰，从事《诗章》创作；二是寻找一块地方，实现他的理想。^②与在伦敦和巴黎相比，他在意大利的文学圈子小多了。然而，他仍一如既往，向需要他帮助的后进作家伸出热情的手。例如，后来成名的英国诗人邦廷（Basil Bunting, 1900—1985）、美国诗人肯明斯和朱科夫斯基等人在这期间都得到过庞德的无私帮助。邦廷和朱科夫斯基曾一度住在拉巴洛，就近向庞德请教。庞德不但帮助他们提高创作水平，而且慷慨地提供他们食宿。他有了较多的时间研究音乐和组织音乐会。庞德在拉巴洛组织音乐会，卖门票，发传单，写有关音乐的评论文章，多达 30 多篇（1928—1941），起初用英文写，后来用意大利文写。^③ 在这个时期，庞德翻译了 13 世纪意大利卡瓦尔坎蒂（Guido Cavalcanti, 1255—1300）的诗歌，修订并出版了《人格面具：诗合集》（*Personae: The Collected Poems*, 1926），而且完成了《诗章》31～73 章的创作。

庞德同时对孔孟之道兴趣浓厚，刻苦学习中文，^④ 在 1937 年 8 月和 9 月上旬，开始学习儒家经典著作四书，^⑤ 并着手翻译《论语》（*The Analects of Confucius*）、《大学》（*Ta Hio: The Great Learning*）、《中庸》（*Unwobbling Pivot*）和《孟子》（*The Book of Mencius*）。在这里，我们有必要关注影响他世界观和文学创作的因素之一的儒家思想。他对儒家思想的认识，集中

① Murray Schafer. Ed. *Ezra Pound and Music*. New York: New Directions Publishing Corporation, 1977.

② Noel Stock. *The Life of Ezra Pound*. New York: Avon Book, 1970: 574-576.

③ Murray Schafer. Ed. *Ezra Pound and Music*.

④ 这里需要说明的是，庞德开始接触儒家经典著作四书不是原文，而是理雅各的英译本和 18 世纪神父拉沙尔穆（Pere Lacharme）的拉丁文本。1945 年 5 月 2 日，他在意大利被捕时随身携带的是理雅各的英译本四书和一本中文词典。他在华盛顿被关押期间，访问者之中有人给他读中文，并且回答他有关中文的问题，例如方志彤。

⑤ 见庞德的文章《孟子：孟子的伦理观》。

地反映在他的两篇文章《急需孔子》（"Immediate Need of Confucius", 1937）
和《孟子：孟子的伦理观》（"Mang Tsze－The Ethics of Mencius", 1938）
里，表明他想用孔孟之道去匡正西方资产阶级的腐败思想的愿望与决心。
他在《急需孔子》一文里指出，西方人在思想上得了重病，需要用《大学》
这剂药去治疗，并说："如果仅为了了解和评价我们的欧洲过去，我们就需
要孔夫子。"他还说："如果我的译本《大学》是我30年以来所做的一件最
有意义的工作的话，那么我等待读者去判断。因为每个人都需要自己发现
它对'现代世界'所具的'价值'。"他在《孟子：孟子的伦理观》一文里，
提到了1937年的日本侵略中国、蒋介石和林语堂，认为中国被日本侵略不
是孔孟思想的过错。他说，中国的任何秩序源于儒家的中心思想，蒋介石
这位"基督徒将军"从混乱中获得一点安定，开始利用儒家口号时已经有
点太迟了。他对中国"打倒孔家店"的反封建运动持保留态度。他说："林
语堂先生也许会承认长期缺少某些思想和洞察力的法则的国民和处在混乱
中的国民（这种思想在那里长期被滥用）对那种法则的看法必然是不同的。"
庞德在这里提的前者显然是指西方人，而后者系指中国人，所谓"法则"
是指孔孟之道。他还表明，他介绍孟子倡导的伦理，不是抨击最好的基督
伦理或反对西方思想的品格，而是反对出现在可怜的基督教告诫、狂热和
迷信中的混乱倾向、无政府状态和野蛮。他认为，孟子学说对人类发展进
程具有永恒的价值，并认为孟子主张富裕经济，财富必然要交换，但同犹
太人无节制地敛财有本质的区别，认为"犹太人反对任何程度的价值观"，
流露了他反犹太的强烈情绪。他在这篇文章里，直接引用了"尚志""诚"
"忠""正名""信""仁""节"等汉字关键词。他认定从《孟子》一
书摘取的这些汉字是孔孟之道的精华。

　　总之，庞德对孔孟思想着迷了，用孔孟思想构筑了他理想化的中国，
并用它来观照混乱的现代资本主义世界。他坚持的这种观点鲜明地反映在
他的《诗章》里。索金梅教授在她的专著《庞德〈诗章〉中的儒学》（2003）
中指出："庞德在《诗章》中描述了西方社会的丑恶和满目疮痍，旨在反衬
儒家乐园的美好。"① 没错，庞德把儒家理想化了，这就是为什么他"急
需孔子"。当然，这个"西方社会"，在庞德心目中，主要是指他要"拯救"
的美国，并不包括意大利。

　　这个时期的庞德一方面沉醉在东西方古代文明的梦境里，同时对美国
总统杰弗逊和约翰·亚当斯的思想以及道格拉斯的社会信贷说也极其赞

---

① 索金梅.《庞德〈诗章〉中的儒学》. 天津：南开大学出版社，2003: III.

赏；另一方面，他对混乱的资本主义经济制度愈加反感。英国诗人、评论家、《伊兹拉·庞德文论选：1909～1965》（*Ezra Pound: Selected Prose 1909-1965*, 1973）的主编威廉·库克森（William Cookson, 1939—2003）[①]在序言里，引用庞德的四句名言，总结了庞德关于政治和经济学的主要观点：(1)"共和政体意味着，或应当意味着公众便利。"(2)"法律正确的目的是防止用武力或欺诈进行胁迫。"(3)"国家最高统治权具有发行货币权，或分配购买权（贷款或货币），无论你有这个权利购买与否。"(4)"文明依赖于地方为了当地需要而对购买权实行控制。"库克森认为："庞德表明，他比起30年代以来对'社会主义'认识模糊的作家，在公平的财富分配上有着更实际的关心。他从根本上抨击不平等和社会非正义的问题，其根子是对货币的控制和发行（即财富分配的本身）。"[②] 庞德的这些理论，从表面看，似乎没有什么错，错是错在他的政治立足点，站在意大利法西斯一边，不加区分地抨击犹太人，不自觉地为希特勒屠杀犹太人做了帮凶。因为在他的心目中，20世纪的头号敌人是国际银行、军火制造商和一批政客。他认为，高利贷是祸根，罪恶的经济制度已经侵蚀了各个思想领域。靠高利贷盘剥的人多数是犹太人，因而必须反对以犹太人为主体的国际银行组织，以至使他不知不觉地滑到意大利法西斯阵营里。即使在意大利侵略埃塞俄比亚，同希特勒勾结以后，庞德也没有改变他对墨索里尼的好感。

这时的庞德似乎有着孟子所说的"天降大任于斯人也"的气度，为国事辛苦操劳。他一度几乎要放弃文学，成为政治观点错误、思想混乱的政治经济学鼓吹者。他在这期间发表了不少有关经济和政治的著作，[③] 企图以他的这些著作以及书信去影响美国的政治，甚至1939年回美国，想说服美国总统罗斯福和国会议员们如何治国，企图证明经济政策的改变会避免战争。他自认为自己最爱国，而罗斯福总统是一个不善治理国政的坏领袖。庞德这时的政治思想极为混乱，是追求共产主义、法西斯主义与资本主义国家的社会信贷制等三而合一的大杂烩。

有一次，诗人、新方向出版公司创始人詹姆斯·劳克林（James Laughlin, 1914—1997）邀请诗人、翻译家罗尔夫·汉弗莱斯（Rolfe

---

① 威廉·库克森：英国诗人、诗歌批评家、著名杂志《议程》（*Agenda*）创始人，16岁时赴意大利拜见庞德。

② Ezra Pound. *Selected Prose: 1909-1965*: Preface, 12.

③ 例如：《经济学入门》（*ABC Of Economics*, 1933）、《社会信贷：影响》（*Social Credit: An Impact*, 1935）、《杰弗逊／墨索里尼》（*Jefferson and/or Mussolini*, 1935）、《金钱有何用途？》（*What Is Money For?*, 1939）、《美国、罗斯福，及其目前战争的原因》（*L'America, Roosevelt e le Cause della Guerra Presente*, 1944）和《美国经济性质的介绍》（*Introduzione alla Natura Economica degli U.S.A.*, 1944）。

Humpheries, 1894—1969）为庞德的《诗选》（1949）作序，汉弗莱斯在他的序言里，尖锐地指出庞德的政治错误，批评他对道格拉斯的社会信贷理论一窍不通，他的序言因而遭到庞德的否决。[1] 在 W. C. 威廉斯看来，庞德最糟糕的性格之一是不论做什么，总是想立刻充当里手，在音乐上、政治上或经济学上都如此，这为他在政治上栽跟头埋下了祸种。不过，这里需要带一笔的是，庞德的确作为诗歌里手，在 W. C. 威廉斯创作初期，曾给他提供了不可或缺的无私而具体的指导。

二战爆发后，庞德开始在罗马电台发表演说，攻击罗斯福领导的美国政府和美国经济政策，攻击犹太人，一再为墨索里尼的反动政策和侵略行动辩护。珍珠港事件发生后，他同妻子想离开意大利回国，但遭到美国使馆一名官员的拒绝。于是，他继续在罗马电台攻击美国的现行政策。此外，他发表了许多奇谈怪论，大谈他在伦敦时的见闻，大谈经济学、中国哲学和《诗章》，甚至还谈论 T. S. 艾略特、肯明斯和乔伊斯。在战时的一个国家电台上谈论这些东西是很奇怪的，以至引起意大利政府对他的怀疑，以为他是美国间谍。

1945 年底，庞德被美军一度关在比萨铁笼里。同年冬，被押回华盛顿，因医生证明他精神失常，不宜受审，便把他禁闭在圣伊丽莎白精神病院达13 年之久。庞德在被禁闭期间，对他访问的人不少，除了方志彤之外，还有 T. S. 艾略特、休·肯纳、伊丽莎白·毕肖普、罗伯特·洛厄尔、W. C. 威廉斯、朱科夫斯基、盖伊·达文波特（Guy Davenport, 1927—2005）、查尔斯·奥尔森、拉德·弗莱明（Rudd Fleming, 1909—1991）、金斯堡，等等。庞德诗歌的第一个法国译者、抽象画家勒内·洛比（René Laubies, 1924—2006）[2]访问被禁闭的庞德时，没有遇到困难，觉得奇怪，便询问他在那里是否被阻挠接见访客，庞德的回答是："一点儿也不，他们仅仅是可接受的美国人。"盖伊·达文波特访问庞德之后，在哈佛大学完成了庞德诗歌研究的博士论文《山丘上的城市》（Cities on Hills, 1983）。庞德在给他的辩护律师的一张纸条上，写了"奥尔森救了我的命"。庞德在金斯堡 1967 年对他的访谈中，认错说："我犯的最严重错误是，那样愚蠢那样顽固地反犹太人。"

由于 T. S. 艾略特、弗罗斯特和阿奇博尔德·麦克利什以及海明威、肯明斯、H. L. 门肯（Henry Louis Menken, 1880—1956）等一批名诗人名作家的多方营救，庞德获释，最后又回到意大利定居，直至 1972 年去世。

---

① Hugh Witemyer. "The Making of Pound's *Selected Poems*" (1949), and Rolfe Humpheries, "Unpublished Introduction." *Journal of Modern Literature*. Vol. 15, No.1, Summer 1988.

② Ezra Pound. *Cantos et poèmes choisis*. Tr. René Laubies. Paris: P. J. Oswald, 1958.

庞德的一生是不平静的一生，潦倒穷困的一生。因为他没有像 T. S. 艾略特或史蒂文斯那样有一个收入甚丰的固定职业，他自然对艺术家贫穷的滋味体会良深，而且对资本主义社会里不劳而获的资本家和银行家的剥削行为深恶痛绝。他在作品里针砭资本主义社会的弊病，有一定的揭露作用。然而，他的悲剧在于站在谬误的角度同谬误奋战，结果陷入谬误的泥潭。他设想社会革命应该建筑在资本重新分配和建立独裁政权之上，建设一个士民庶众各得其位的田园牧歌式的封建社会。他在诗歌上是高手，在政治上则是糊涂虫，而且显得幼稚可笑。庞德曾经把他的《诗章》送给墨索里尼，墨索里尼出于礼貌，只说了声"很有趣"，他便以为这位法西斯头子能欣赏他的诗作，实际上墨索里尼那时不会多少英语，根本看不懂他的大作。又如，在他的《读书入门》（ABC of Reading, 1934）一书里，虽然不乏富有见解的片言只语，但总的来说，混乱不堪，不知所云。有评论家认为，这简直是一位神经错乱的退休教师的胡言乱语，如果不是凭他的威望，哪家出版社也不会接受这本满纸荒唐言的书。庞德居然可笑地说："一个文明国家只需六百来个文字。"他有时竟发展到了偏执狂的地步。他一贯反对战争，可是却拥护墨索里尼和希特勒的侵略战争，荒谬地认为这两个反动头子之所以失败，盖因执行孔子所提倡的仁政不力。他对到意大利探望他的叶芝，大谈道格拉斯的经济学，批评叶芝给他看的剧本《钟楼王》是狗屁，胡说那时的都柏林是反动巢穴。庞德一贯自信心强，有独立见解，可是后来到了意大利的一处偏僻的地方，与外界接触少了，逐渐脱离实际，由思想片面到刚愎自用。他的老友 W. C. 威廉斯说，他是英语诗歌领域里最卓越的诗人之一，但在政治上、事务的处理上，是大笨蛋。

庞德毕生的生活经验和读书心得的结晶《诗章》（Cantos, 1915—1970）具有宏大叙事的历史性向度。它以各种不同的宏大想象来重构历史场景和人物，既映照传说的云霞，又沐浴时代的雨露，被公认为世界文学的巨著之一。《诗章》是庞德这位勃勃雄心的饱学之士对多种文化和历史的解读，因此它最显著的特色是东西文化在这里交汇和撞击而发出了耀眼的光辉，尽管被也精通多种语言、饱读诗书的方志彤指出了庞德在引证中国经典上发生不少失误之处。①

---

① 在庞德被禁闭在圣伊丽莎白精神病院期间，方志彤是庞德讨论有关中国问题的主要通信者，庞德与他通了 214 封信。方志彤在写作论文期间，成了庞德的朋友。方志彤在他长达 865 页的博士论文《庞德〈诗章〉研究资料》（"Materials for the Study of Pound's Cantos"）里，考证出庞德在使用典故上的多处谬误，但决定不出版，免得损害庞德的形象，使其感到尴尬，这就是他的论文至今仍然保存在哈佛大学霍顿图书馆珍本室而不出版的缘故。庞德请方志彤为他翻译的《诗经》作序，可见他们的交谊之深。

《诗章》囊括了马拉特斯塔①、杰弗逊、约翰·亚当斯（John Adams, 1735—1826）、孔子以及许多艺术家。这些人物（包括庞德自己）都是《诗章》里的主人公，而且常常变更。庞德想用这些人的言行呈现给读者，以期用这些人类文化的精英来陶冶读者，改造社会，建立一个政府仁道地掌握金融（即取消私人高利贷剥削）、真正热爱文学艺术的理想国家。这就是贯穿这首史诗始终的中心主题，一个庞德终生为之追求的理想。

庞德大半辈子断断续续创作的这部现代史诗和平常意义的史诗不同，因为它不同的部分是在不同的岁月和不同的形势下完成的，因而章节的安排并不系统，也没有主要的故事情节，也许他的计划无比庞大，以至靠他毕生的努力也无法实现。因为结构十分繁复，《诗章》粗略可分几个自然段落，从中也许可以窥见其复杂的结构。

第 1～6 章，全诗的基调，奥德赛作为这段历史航行的探索者，堪称为现代人的楷模。

第 7 章，英国现代社会的堕落。

第 8～13 章，诗人赞美文艺复兴以前的人文主义者，特别是意大利艺术庇护人马拉特斯塔，谴责现代的资本主义剥削，赞美孔子所提倡的稳定的社会。

第 14～16 章，诗人的“地狱篇”，谴责现代社会腐化堕落，窒息文艺，扼杀创造性。

第 17 章，诗人的“美国史篇”，通过地狱通道，走到诗人心目中的理想世界——中世纪的威尼斯。

第 31～71 章，诗人喜爱的几位美国总统：杰弗逊、约翰·昆西·亚当斯、范布伦和约翰·亚当斯。诗人主张政府由杰出的人才统治，强调高尚的社会风尚，但荒谬地认为墨索里尼的工团主义具有亚当斯的思想，因而称颂法西斯的经济和文艺政策。

第 41～51 章，诗人的“高利贷篇”，抨击资本主义的信贷和金融政策，认为各个国家对金钱的重视，势必导致对艺术、道德和信仰的贬低。蒋洪新教授和陶乃侃博士对其中 49 章“七湖诗章”的出处均有详细考证。②

第 52～61 章，诗人的“中国史篇”，孔子被描绘为既有实践经验，又有崇高理想的楷模。

第 62～71 章，诗人认为约翰·亚当斯是美国文明社会的模范，是对

---

① 西吉斯门多·马拉特斯塔（Sigismando Malastesta, 1417—1468）：意大利艺术庇护人。

② 其中第 49 章可称为“七湖诗章”。参阅蒋洪新.《庞德的〈七湖诗章〉与潇湘八景》.《外国文学评论》. 2006 年第 3 期：31-37. 陶乃侃.《庞德与中国》，北京：首都师范大学出版社，2008：161-185.

人民有益的统治者，但他的后代没有继承他的遗志。

第72～73章，用意大利文创作的，没有出版。

第74～84章，诗人的"比萨篇"，是诗人被关押在比萨牢房里写的诗篇。一般认为这是他最出色的诗章，写了他希望的泯灭以及对自己的深省。诗人认为自己有缺点，但坚持认为自己的思想行为是正确的。

第85～95章，诗人的"凿石篇"。诗人意欲在石头上打洞，放上炸药，以便移山，搜集能出新的材料。在这些诗章里，诗人引用了许多古汉字，以陈明他在前面的诗章里已陈述的理想。

第96～109章，诗人重复早期诗章的思想。

第110～117章，诗人对自己的诗章不完整、不连贯，表示歉意：

> 但是，美不是疯癫，
> 虽然处处有我的错误和失着。
> 我并非神仙，
> 我不能使它连贯。
> ——《诗章》：第116章

庞德视野开阔，浮想联翩，展开了神驰古今的想象翅膀，自由翱翔，上溯公元前荷马时代的希腊、孔子时代的中国，中经普鲁旺斯的中世纪、意大利的文艺复兴，下至杰弗逊的美国。庞德时而从现在返回过去，时而从过去经过现在，再走向未来，上下几千年，把奥德赛的返回家乡，但丁的游地狱、炼狱和天堂以及对理想社会的探索三条主线交织在一起，在诗人构筑的绚丽多彩的理想王国里，似乎发生在同一个世纪。诗人为此采用了平行比较的艺术手法，大胆借用中国会意字构成的手法，取消传统过渡性的、说明性的诗行或诗句，让事实本身去表现作者的意图。① 乔治·卡恩斯（George Kearns）教授对庞德采用会意字构成法，结构《诗章》全篇作了详细的阐释：

> 可以说《诗章》是由无数小的会意文字组成，反过来又形成单篇诗章的大的会意文字和诗章群组，聚集在一起就形成了《诗章》，包含着数以千计的对应和对比，形成一首单一的长诗——《诗章》。庞

① 庞德在《罗曼斯之精神》（The Spirit of Romance, 1910）里提出，表现思想须具体，议论以削弱诗意为前提，用引文论证所评论的作家。

德的会意文字，不管是大还是小，总是把大量具体的"事物"或"事实"带入一个新的超越释义的整体；但在这个意义上理解"事物"或"事实"，我们必须扩大到包括声音的语调、人们的所感或想象、实际发生的客体和事件。[①]

乔治·卡恩斯从会意字法的视角，阐释庞德的鸿篇巨制的结构不是空穴来风，不是仅凭《诗章》里出现的一些中国会意字。他是对结构全诗的"会意字法"和庞德本人对他的整体计划发表的意见经过了详细考察的。不过，庞德本人有关《诗章》创作的整体计划的看法产生在他开始创作这首诗的十来年之后，而且对这首诗早期阶段的创作和修改的预设说得也不十分精准。罗纳德·布什（Ronald Bush）在他的专著《庞德〈诗章〉的成因》（*The Genesis of Ezra Pound's Cantos*, 1976）中，对《诗章》结构作了更详细的考察，指出庞德直至 20 年代才承认表意字法是整个《诗章》的主要结构。乔治·卡恩斯认为罗纳德·布什的考证致密，具有说服力。[②]

诗人唐纳德·霍尔认为，庞德的手法是，在单一的一首诗里，把世界文化的成分集拢起来，并列在一起，把中国历史和儒家思想、20 世纪的人类学家与庞德本人关于社会信贷的经济学信条，与墨索里尼的法西斯主义、美国的亚当斯思想、文艺复兴时期美第奇思想、伊丽莎白时代的法官、他被关在比萨牢笼里的思考，等等，装进了整个现代世界里。诗人在《诗章》里也夹用了意识流、自由联想、意象等表现手法。除了音乐性外，它的另一个显著的技巧是让主人公絮絮而谈，[③]这显然是诗人运用了罗伯特·勃朗宁的独白手法。

庞德以自己的诗歌实践，把语言提高到了新的高度。他虽然常常颠倒自然的语序，但为了创造现代语言，只保留传统形式中出色的有用的部分。庞德早在 1917 年和 T. S. 艾略特对当时的自由诗形式提出了同样的批评，说它太拉杂，太散漫，平淡，有必要加以矫正。庞德批判地吸收和运用过去的传统形式，既有别于风雅派诗歌，又与漠然不顾传统的所谓未来派划清界限，这与他"日日新"（Make It New）的主张相辅相成。

批评家们对《诗章》历来褒贬不一，贬者认为它支离破碎，是抄录各国文学、历史和传说的大拼盘；褒者则认为它有内在的有机联系，堪与荷

① George Kearns. *Guide to Ezra Pound's Selected Cantos*. New Jersey: Rutgers UP, 1980: 6.
② George Kearns. *Guide to Ezra Pound's Selected Cantos*. New Jersey: Rutgers UP, 1980: 4-5.
③ 艾伦·泰特谈到《诗章》时说："庞德的形式的秘密是谈话。《诗章》是谈话，谈话，还是谈话，不是某个人对某个人的谈话……每一章带有断续的流，是多少带有捉摸不定的高潮的优秀独白。"

马的《伊利亚特》或但丁的《神曲》相比，是一部关于整个人类历史和文化的大百科全书。正如《诗章》的封页上所说，它所引起的无数笔墨官司在当代文学中是独一无二的。① 像世界上的任何事物不能十全十美一样，《诗章》也难免个瑕瑜互见，此处且不论它在某些地方反映了作者的一些荒谬乃至反动的观点（前面已提及），在多处存在着令读者困惑的谜。艾伦·泰特在 1943 年把《诗章》称为"一座美丽碎片的混乱博物馆"。庞德的老朋友 W. C. 威廉斯毫不客气地指出了庞德的艰涩的毛病，说他创作后期生硬地嵌入哲学、经济学和孔子说教，更糟的是夹进令西方读者看不懂的汉字。当然他也把其他的各种外国文字时不时地加到正文里，大大妨碍了普通读者的理解。《诗章》的确内容宏富，包罗万象，但当作者把国内外的历史、地理、文学乃至他个人的经历不加解释地串进文本里时，他便使它成了令人眼花缭乱的万花筒了。叶芝认为庞德由于太多的试验而败坏了自己，并认为他的理论优于他的文学趣味。庞德的试验包含了某些错误的导向，但叶芝乐意把桂冠送给富有朝气的错误者，而不想送给那些毫无生气的传统者。T. S. 艾略特认为庞德的诗歌处于古奥的边缘，例如庞德戏称 T. S. 艾略特为 Possum，这个词只有他俩人知道，可是庞德居然把第三者毫不知情的 Possum 放在《诗章》里，由此可见他的随意性是如何的不一般。作为顶尖的汉学家和比较文学学者，方志彤研究庞德《诗章》的博士论文几乎穷尽了《诗章》里所有的典故，② 他为后来研究庞德《诗章》的学者提供了难以代替的参考资料，而他和庞德的通信在很大程度上影响了庞德对中国文化和文学的理解。《诗章》广泛地流传在欧洲、南美和远东（更不必说在美国本土），但都局限在诗人、评论家、学者中间，普通读者很少问津。它的曲高和寡同它的渊博与古奥有很大的关系。

　　庞德的一生尽管有这样那样的错误，甚至有罪过，有着"疯诗人"或"叛徒"的恶名，除了被关在美国精神病院时得到一次引起轩然大波的博林根诗歌奖外，没有获得其他什么殊荣，但他以长达半个多世纪的创作，在英美现代文学史上赢得了无可辩驳的崇高席位。他在英美诗歌领域里的影响，惠及的不是国际的一代人，而是包括当今国际的几代人。从 1975 年（6 月 15～17 日）由富兰克林·特勒尔（Franklin Terrell, 1917—2003）发起在缅因州奥罗诺举行国际"伊兹拉·庞德学术研讨会"（Pound

---

① Ezra Pound. *The Cantos of Ezra Pound*. New York: New Directions Corporation, 1948.

② 20 世纪 80 年代早期，笔者旁听文学史家、哈佛大学教授戴维·珀金斯给研究生上课时，曾听到他作如是说。方志彤论庞德《诗章》的博士论文现藏于哈佛大学霍顿图书馆档案室。读者可以在那里借阅，不允许全部复印，只能在那里由工作人员复印少量章节。

Conference）起，到 2011 年在伦敦举行 24 届国际庞德学术研讨会为止，乃至将来，全世界的作家和学者都一直在研讨庞德这部大百科全书，研究的学术成果也是"日日新"。

在传播中国文化和文学并造成深远历史影响的西方大作家之中，当推庞德和赛珍珠（Pearl Buck, 1892—1973）。中国也没有忘记他，"首届中国埃兹拉·庞德学术研讨会"于 2008 年 6 月 20～23 日由王贵明教授主持，在北京理工大学召开；"第二届中国伊兹拉·庞德学术研讨会"于 2010 年 6 月 18～20 日由张键教授主持，在北京外国语大学召开；"第三届中国埃兹拉·庞德学术研讨会"于 2012 年 10 月 19～21 日由索金梅教授主持，在南开大学召开。庞德学如今成了美国文学研究领域里的一门显学，无论在国际还是在中国。

第三节　T. S. 艾略特（Thomas Stearns Eliot, 1888—1965）

即使在 21 世纪审视 T. S. 艾略特，他仍然不失其大家风范。但是，T. S. 艾略特同时代的留在美国国内创造具有美国特色的现代派的诗人们，特别厌恶 T. S. 艾略特这一类留居欧洲大陆而向美国诗坛散布欧洲文风的作家，最典型的例子莫过于众所周知的 W. C. 威廉斯。他勇敢地抨击 T. S. 艾略特的言论，常被引用来论证美国现代派两条不同的诗歌创作路线的差异性。无可否认，在地道的美国人的心目中，T. S. 艾略特实在是"崇英媚欧"：1927 年入了英国籍；他珍视 1948 年荣获的英国皇家勋章胜于同年获得的诺贝尔文学奖；最后他的骨灰，根据他的遗愿，埋葬在他的远祖祖茔的所在地东科克尔（他的《四首四重奏》之一的《东科克尔》标题的由来）萨默塞特村，能不说明他是十足的英国佬吗？可是事情并不那么简单，T. S. 艾略特是在美国长大的，他的气质是美国人的气质，他的诗歌里流露的感情是美国人的感情。1988 年，为纪念 T. S. 艾略特诞辰 100 周年，英国传记作家文登在这年《美国新闻与世界报道》上，以《游子、诗人和圣徒》为题的一文中指出："事实上，在放弃美国籍之后，他同美国的关系变得更密切。他开始在诗中使用更多的美国背景，同时也频繁地返回美国。"A. 沃尔顿·利茨也说："T. S. 艾略特知道他'处处是异客'（指在英国——笔者），如同他曾经讲过亨利·詹姆斯一样；而且正如他相信的那样，只有美国人才能真正欣赏詹姆斯，因此，如果谁不了解他对美国景观和美国过去的深切依恋——他后期的许多佳作特别是《四首四重奏》想象的源泉，那么他就不能算真正了解他。"①T. S. 艾略特本人在谈到他的国民性及其对他的创作影响时坦承:"我的诗歌和我同时代的著名美国诗人的共同之处,显然多于我这一代的英国人写的任何诗作。假如我出生在英国,我的诗歌不会像现在这个样子,我想,不会像现在这样好……而如果我留在美国,我的诗歌不会像现在这个样子。我的诗歌是两者因素的结合。但是,究其根源,情感的根源,它来自美国。"②庞德在与 W. C. 威廉斯 1920 年的一次交换意见时,谈到旅居欧洲的美国作家是不是还保留美国人特性(Americanness),争辩说 W. C. 威廉斯不过是适应美国环境的新到达的"外来户"(指他的祖先移民到美国新大陆——笔者),而他庞德与 T. S. 艾略特却严重地感染了"美国病毒",T. S. 艾略特感染的"美国病毒"甚至比他更严重,以至他们日日夜夜必须对付这个病毒。③A. 沃尔顿·利茨认为 T. S. 艾略特"建立国际风格与美国本土现代风尚之间的竞争也许是必要的,如果年轻诗人要明确他们的目标的话,但是从半个多世纪之后的角度来看,我们如今能看出庞德和 T. S. 艾略特在许多方面恰恰与 W. C. 威廉斯或斯蒂文斯一样具有'美国性',而 W. C. 威廉斯和斯蒂文斯也和 T. S. 艾略特或庞德一样具有'国际性'"④。这里说的所谓"国际性",是指当时伦敦和巴黎处在国际文学中心所建立的欧洲风格。

实际上,英美作家到对方国家进行创作活动并且定居下来是常有的事,由于有着众所周知的历史文化渊源,对英美两国人民,互相来往是很自然的。T. S. 艾略特和 W. H. 奥登只是典型的例子之一。有趣的是,现在的英国或美国的文学史或文选没有不把他俩当作自己国家的名作家包括在里面。

不管 W. C. 威廉斯喜欢不喜欢 T. S. 艾略特,后者对美国现代派诗歌的形成,对现代派诗歌审美标准的确立,都起了关键性的作用。对于这一点,W. C. 威廉斯在任何场合上都不得不承认。另一个敢于抵制 T. S. 艾略特诗风的已故著名诗人雷克斯罗思也不得不承认 T. S. 艾略特对美国诗歌的深远影响,他说:"西方诗人大部分学着写作,年复一年,小心翼翼地摆脱 T. S. 艾略特的影响、他的格律、他阅读的材料。"⑤他还认为,T. S. 艾

---

① Emory Elliott et al. eds. *Columbia Literary History of the United States*. New York: Columbia UP, 1988: 949. (以下简称 Emory Elliott)

② Donald Hall. "The Art of Poetry No. 1." *The Paris Review*, Issue 21, Spring-Summer 1959: 25.

③ Emory Elliott: 949.

④ Emory Elliott: 948.

⑤ Kenneth Rexroth. *American Poetry in the Twentieth Century*. New York: The Seabury P, 1971: 56.

略特是 20 世纪作家中最难回避的诗人。

T. S. 艾略特在创作生涯初期奔赴伦敦的缘由和庞德的是一样的，他们认为 20 世纪初美国文化氛围"稀薄"，而且狭隘或很土（Provinciality），不利于他们的发展。

1914 年是决定 T. S. 艾略特未来职业的关键性一年。他在伦敦同庞德一见如故，由于后者的鼓励，T. S. 艾略特放弃回国讲授哲学的计划，定居英国，从事文学创作。由于庞德的帮助，他 1911 年已完成的《J. 阿尔弗雷德·普鲁弗洛克情歌》（*The Love Song of J. Alfred Prufrock*），于 1915 年在美国《诗刊》发表。他的另外三首诗《波士顿晚报》（"The Boston Evening Transcript"）、《海伦姑妈》（"Aunt Helen"）和《堂姐妹南希》（"Cousin Nancy"）在同年晚些时候也刊登在《诗刊》上。也就是那一年，他的两首较长的诗《风夜狂想曲》（"Rhapsody on a Windy Night"）和《序曲》（"Preludes"）在英国杂志《狂飙》（*BLAST*）上首次与读者见面。他将以上六首，以及包括《一位夫人的写照》（"Portrait of a Lady"）在内的其他六首，结集成《普鲁弗洛克情歌及其他》（*Prufrock and Other Observations*, 1917）出版。他的诗歌初次在英美两国同时发表，使他一举崭露头角。庞德称赞《J. 阿尔弗雷德·普鲁弗洛克情歌》是他所看到的最好的一首美国诗，并且说 T. S. 艾略特早已使自己现代化了。

如果说他的第一本诗集透露了现代人莫名的失望和沮丧的情绪，那么第二本《诗抄》（*Poems*, 1920）则进一步使读者感到现代城市生活何等无聊、烦闷，令人窒息，其中以《小老头》（"Gerontion"）、《在夜莺中间的斯威尼》（"Sweeney Among the Nightingales"）、《河马》（"The Hippopotamus"）和《艾略特先生的星期日早礼拜》（"Mr. Eliot's Sunday Morning Service"）等篇较为精彩，尤其是诗人曾想作为《荒原》引子的《小老头》。T. S. 艾略特早期的这两本诗集在当时英美诗坛产生了影响，使得不少诗人开始模仿他那惟妙惟肖的反讽、生动的戏剧性刻画和象征等艺术手法。但给早期 T. S. 艾略特带来名声的倒不是这些优秀的短章，而是献给他父亲的评论集《圣林》（*The Sacred Wood*, 1920）。有评论家说："在《荒原》出版以前，我们很少了解诗人 T. S. 艾略特，却非常了解评论家 T. S. 艾略特。《圣林》差不多是我们的圣书。"① 《圣林》之所以重要，是因为它卓越地提出了传统与个人才能的关系，新作品与经典著作的关系，现在、过去与未来的关

---

① Caroline Behr. *T. S. Eliot: A Chronology of His Life and Works*. London and Basingstoke: The Macmillan P Ltd., 1983: 20.

系，而这些正是 T. S. 艾略特文学思想的精髓。在此后的岁月里，他正是遵循这些基本原则从事他的创作和著述的。

1922 年，对西方现代文学，特别是对欧美诗歌有深远影响的《荒原》（*The Waste Land*）的发表，确立了 T. S. 艾略特第一流诗人的地位，而他的《四首四重奏》（*Four Quartets*, 1935—1942）则巩固了他的这一地位。除此之外，增添他光彩的还有占他创作第三位的戏剧。他的《磐石：露天剧》（*The Rock: A Pageant Play*, 1934）、《大教堂凶杀案》（*Murder in the Cathedral*, 1935）、《鸡尾酒会》（*The Cocktail Party*, 1949）和《机要秘书》（*The Confidential Clerk*, 1953）等剧本探索他从 1925 年开始在诗歌中明显表现的宗教主题。《大教堂凶杀案》和描写犯罪心理的《全家团聚》（*The Family Reunion*, 1939）是他的优秀剧本，而《磐石》《机要秘书》和谈情说爱的《政界元老》（*The Elder Statesman*, 1959）相比之下则较为逊色。

尽管当时不少人批评 T. S. 艾略特的诗歌晦涩、卖弄学问，在文学批评上霸道，等等，但谁也无法动摇他在文学领域里的权威地位。在文学界，他的《1917～1932 年论文选集》（*Selected Essays, 1717-1932*, 1932）成了塞缪尔·约翰逊（Samuel Johnson, 1709—1784）以来最好的文学评论，因而他的论断在当时常被作为权威性依据加以引用。总而言之，20 年代是他受到盛赞和抨击的年代。不少评论家和作家欢呼 T. S. 艾略特为时代的代言人，但同时不少人批评他，例如，艾米·洛厄尔说《荒原》是"一段肠子"，W. C. 威廉斯说它"给我们的文学带来灾难"。30 年代和 40 年代正是他作为诗人、评论家和编辑发挥影响的年代。1947 年，他获哈佛大学荣誉博士学位，次年双喜临门：荣获英国皇家勋章和诺贝尔文学奖。他一生特别是晚年，一直注意维护个人的尊严，对人亲切厚道，并具有庞德天生缺乏的圆熟。T. S. 艾略特有一次在写信给他的朋友和恩人奎因时说："庞德缺乏灵活性，使自己受害匪浅。"① T. S. 艾略特和庞德正好是性格决定命运论的最具说服力的例证。

像亨利·詹姆斯一样，T. S. 艾略特是一位有独到见解的创作家，虽然有时会从个人经验和好恶出发而有失偏颇。②

他的文学评论成就是多方面的，在不少领域做了开拓性工作。在他生前出版的论文集和论文小册子达 40 多种，单在 1916 年至 1952 年之间，他发表的评论文章近百篇。他最突出的文学主张归纳起来大致有两点：

---

① 见 T. S. 艾略特《荒原》手稿本引言。

② 例如，T. S. 艾略特偏爱伊丽莎白时代次要戏剧家而贬低弥尔顿（不过后来他的看法有所改变）和某些浪漫主义诗人。

1）继承历史传统，创作需要历史感，要在继承的基础上不断创新。他关心社会、文化、伦理和宗教，特别是在加入英国天主教以后，扬弃了白璧德在文学批评中不依附宗教的立场，而把宗教说教与伦理标准熔于一体，使他成了"基督人文主义"的文艺批评家。

2）诗歌创作非人格化，寻求客观关联物，避免浪漫主义诗人的感情泛滥，寄思想于感情之中，力戒感受的分化。也许由于直接受庞德的影响，他同时相当注重作品本身的艺术形式，有时把社会、宗教、政治或伦理等范畴有意与美学标准分开来。从某种意义上讲，他和庞德鼓励文学评论家对作品本身进行精细的分析。T. S. 艾略特做了新批评派的开拓性工作，虽然并不彻底。他在《批评批评家》（"To Criticize the Critics", 1961）一文中承认自己并未排除从伦理、宗教和社会等方面对作品进行评价。

T. S. 艾略特从不自夸思想睿智和理论上的卓识。在回顾自己40多年文学评论生涯时，他承认过去有许多观点需要修改，而且十分反对别人孤立地用他早期的论述，来评价他本人或看待他后来的创作。不过，有一点他感到有把握，即他评论对他创作产生过影响的作家（其中大多数是诗人）的文章仍有可取之处。他本人更喜欢的是诗人而不是职业评论家写的诗论。比起纯学术性的诗歌理论家来，他的诗歌理论诚然并不周密，存在一定的局限性，而且其中不乏与实践相悖之处，这一点他本人也承认，但它有它独到的地方，值得他人借鉴的地方。当我们研究他的诗歌，特别是他的主要长篇诗歌时，如果参照他的理论进行分析，无疑地将会受到有益的启发。

我们还看到这样一个有趣的历史事实：T. S. 艾略特的文学理论影响了新批评派，而新批评派反过来帮助 T. S. 艾略特巩固他的文学权威地位。他同时也昭示了文学批评在当代文学中对广大读者中所起的导向性作用，如同《新准则》（*The New Criterion*）杂志创始人希尔顿·克雷默（Hilton Kramer, 1928—2012）所说，T. S. 艾略特的成名成了一种共识：新批评在公众中取得了重要地位。①

T. S. 艾略特的创作生涯如果以《荒原》为分界线的话，在它之前属早期，在它之后则是中晚期，因此《J. 阿尔弗雷德·普鲁弗洛克情歌》《荒原》和《四首四重奏》大致可以代表他三个时期的诗歌风貌。

根据 T. S. 艾略特《诗的三种声音》（"The Three Voices of Poetry", 1953）的划分，《J. 阿尔弗雷德·普鲁弗洛克情歌》里的声音属于第三种，

---

① Craig S. Abbott. "Untermeyer on Eliot." *Journal of Modern Literature*. Vol.15, No.1, Summer, 1988: 118.

即诗中的戏剧人物对另一个戏剧人物讲话。从人物的讲话中，读者逐渐了解到，诗中主人公是一个富有的头发稀疏的大龄青年或中年人。在"好似病人麻醉在手术台上"的黄昏里，普鲁弗洛克邀请他心目中的"你"一道去参观他身不由己地陷入的无聊生活圈子，看一看他周围的人如何醉生梦死。他由于受压抑太深而情不自禁地坦露内心的苦恼。他向往爱情，然而缺乏自信，在上流社会的风流女子面前自惭形秽，甚至缺少追求性爱的勇气。他的爱情之歌，如同本诗的引言一样，永远闭塞在他内心的地狱里。他不像去美国访问的阿帕里纳克斯先生（《阿帕里纳克斯先生》，"Mr. Apollinax"）那样无忧无虑，而是成天无所事事，疑虑重重，自艾自怨，一任精神内战消耗自己的生命。他对外界事物反应敏感，内心有对社会不满和异化的一面，但缺乏与之决裂的勇气。他的痛苦恰恰在于意识到自己的庸碌无能，不得不靠记忆和幻想麻醉自己。在这首诗里，T. S. 艾略特把握了西方现代城市生活的腐败本质，成功地揭示了普鲁弗洛克自谴自责、自暴自弃、自爱自重、自恋自怜的复杂心态，使这位近于扭曲的形象成为现代派诗歌中成功的典型之一。其成功之处还在于 T. S. 艾略特在厌恶高大形象的反英雄时代，创造了一个窝窝囊囊的反英雄，一种荒诞派的剧中人。首先看到普鲁弗洛克的反英雄心态和品格的时代意义的人，除了庞德之外，还有约翰·弗莱彻。这首诗是庞德推荐给哈丽特·门罗在《诗刊》发表，但在她委决不下时，是弗莱彻促成的。弗莱彻无疑地喜欢这首诗，他说："当我第一次读到它时，我劝门罗小姐发表，原因是，虽然和我写的诗毫无相同之处，但它是这类诗中的佼佼者。而今我看出或以为看出：在英雄主义变得廉价而庸俗时，这首诗拒绝采取英雄模式（由于经济上的工业革命和政治上的民主革命），在逆境的压力下是我自己。"[1]另外，《J. 阿尔弗雷德·普鲁弗洛克情歌》还十分深刻而典型地勾勒了现代生活中的人物群像，如同庞德所称赞的那样，他的倚在窗口抽烟斗的孤独的男子，他的开口闭口就是米开朗基罗的女士，不属于一个地方一个国家，而是整个现代世界的产物，因此庞德也很推崇 T. S. 艾略特在这首诗里所运用的现实主义手法。

　　T. S. 艾略特年轻时期吸收了哈佛校园世纪末的悲观空气，受到唯美主义、反物质主义和爱默生超验论的熏陶，使他比较容易地看清城市生活中的丑恶现象。他的高明之处在于当大多数风雅派诗人作田园牧歌式的吟唱时，他却先于一般人观察到无聊的城市生活给人们带来的精神无聊，敏锐

---

① John Gould Fletcher. *Life Is My Song*. New York: Farrar & Rinehart, 1937: 221.

地意识到西方的物质文明给人们造成的孤独感、隔膜感和失落感。这是他的诗歌，特别是早期诗歌反复描写的主题。诗人往往喜爱用讥诮而冷峻的笔调，描绘沉沦在现代都市生活深渊的人物内心世界。他诗歌中的人物群像，几乎没有过去史诗里的那种一身豪气的英雄或迷人的窈窕淑女（现实里已缺乏这样的生活土壤），而是以迷惘者面貌出现在读者面前。请看：普鲁弗洛克无聊得用咖啡匙子量走自己的生命，而他在客厅里看到女士们却煞有介事地来回走动，以大谈米开朗基罗来掩饰她们灵魂的空虚；无爱可谈的阔太太故作风雅地东拉西扯，同一个十分敏感而无诚意的青年调情（《一位夫人的写照》）；一个孤零零的遭受挫折的小老头，在枯燥的环境里，头脑变得空空，逐渐失去了视觉、嗅觉、听觉、味觉和触觉（《小老头》）；饭馆里干瘪的老跑堂无聊得向顾客大谈他儿时荒唐的淫事（《在菜馆里》，"Dans Le Restaurant"）；斯威尼对世界感到厌倦，在他看来，人类无异于动物，人生无非是"出生、交配、死亡"而已，等等。诗人笔下的这些芸芸众生失去了人生的理想，漫无目标地虚掷光阴，或放纵肉欲，或苦闷彷徨，或玩世不恭。诗人就是这样地在不同的诗篇里，从各个角度描写人们的灰暗情绪。而如此阴郁空虚的灰暗色彩恰好是《荒原》最调和的底色。

20 年代初，T. S. 艾略特刚刚 30 出头，由于经济窘迫，工作极度疲劳，加上妻子（前妻）精神失常，致使自己处于精神崩溃的边缘，不得不听取医生的劝告，于 1921 年去瑞士洛桑疗养。他在疗养期间完成了《荒原》初稿，然后把这首"潦草的松散的诗"（T. S. 艾略特语）交给他的朋友庞德斧正。经过庞德的大力删削和他自己的修改，于翌年面世。该诗于 1922 年 10 月最先发表在他主编的《标准》上，11 月发表在美国杂志《日晷》上，当年获《日晷》年奖 2000 美元。T. S. 艾略特为此感到内疚，觉得庞德应当获得此奖金，因为庞德帮助他删削了几乎一半原稿，充当了合作者的角色。这就是他为什么在诗首写上"献给伊兹拉·庞德／最卓越的匠人"的原因。为了日后向世人证明庞德的贡献，T. S. 艾略特特地把手稿送给他的朋友和庇护人收藏家奎因保存。手稿几经转手，后来不知去向，直至诗人逝世后才被发现，于 1971 年由他的后妻编辑出版。以时间顺序编排的引言和编者的注释以及保留庞德修改手迹的原稿，无疑能帮助读者加深对该诗的理解和提高大家对它的欣赏水平。

《荒原》的发表在当时的文坛引起了强烈的反响。W. C. 威廉斯对此甚至感到大为震惊。他说："《日晷》发表《荒原》，立刻结束了我们所有的欢乐。它如同投下的一颗炸弹，毁灭了我们的世界，把我们向未知领域所进行的种种勇敢探索炸得粉碎。"他感到 T. S. 艾略特使他倒退了 20 年，并且说："我顿时明白了，在某些方面，我大大地失败了。"①

《荒原》主要反映了第一次世界大战之后，西方普遍悲观失望的情绪和精神的贫困以及宗教信仰的淡薄而导致西方文明的衰微。诗人笔下的"荒原"满目荒凉：土地龟裂，石块发红，树木枯萎，而荒原人精神恍惚，死气沉沉。上帝与人，人与人之间失去了爱的联系。他们相互隔膜，难以交流思想感情，虽然不乏动物式的性爱。他们处于外部世界荒芜、内心世界空虚的荒废境地。"荒原"的荒是水荒，然而只听雷声响，不见雨下来，更增添了人们内心的焦急。雨水成了荒原的第一需求，诗人通过雷声暗示了只有精神甘露（皈依宗教，信仰上帝）才能使荒原人得救。质言之，《荒原》之所以具有长久不衰的艺术生命力，始终保持着活跃的想象空间和饱满的情感力度，不仅仅是它在艺术形式上的革新，更主要的是它及时地反映了时代精神，正如王光林教授说："艾略特说：'伟大的诗人在写他自己的时候，也写出了他所处的那个时代。'正是对时代，对现实以及对历史的关注给了《荒原》以活力。"② 因此，《荒原》的巨大成功给我们的启示是：一般诗人写自己的时候，未必能反映他/她的时代。首要条件：他/她必须是伟大诗人，对时代、现实和历史予以关注，而且还要有洞察力。

T. S. 艾略特不爱痛快淋漓地直抒胸臆，而是寓机智、讽刺于含蓄之中，说古道今，纵比横喻，用神话传说投射现实生活。根据诗人的解释，这首诗是受到韦斯顿女士《从仪式到传奇》和弗雷泽的《金枝》的影响写成的，即利用了弗雷泽关于植物生长和四季变化的远古神话、韦斯顿女士关于这些神话与基督教中亚瑟王传奇③的关系的研究成果，把古代宗教有关崇拜、繁殖的礼仪同基督教中强调复活的观念串联起来，从诗里可以看到与繁殖紧密相连的性欲和宗教的联系：性欲使万物繁衍，如同水使万物生长一样。诗人一方面强调由于缺乏信念，思想贫乏，致使现代社会成了一片荒原，另一方面着重说明复活与精神复苏的可能性。诗人还想告诉读者，缺乏意义的生犹如死，而有意义的牺牲行动是新生的前奏。

---

① W. C. Williams. *The Autobiography of William Carlos Williams*. New York: New Directions Publishing Corp, 1951: 174.

② 王光林.《T. S. 艾略特的精神追求：从 T. S. 艾略特的宗教观看他的诗歌发展》.《当代外国文学》，1996 年第 1 期: 152.

③ 根据亚瑟王传奇，古代有个国王，名叫渔王（鱼是古代生命的象征），丧失了性能力，因而土地干旱，五谷不生，牲畜不育。渔王在河边垂钓，等待骑士来解救。一天夜里，一个骑士来到他身旁打听住宿，渔王指点骑士去附近的城堡。骑士经历了种种险境，最后来到城堡，发觉城堡主人就是渔王。渔王隆重接待了骑士，让骑士看到了圣杯的显现，最后要求他解决一些难以做到的事情。第二天，荒原开始繁荣。

诗人利用神话传说，作为对现实生活的观照，在《荒原》里没有完整的叙述，而是通过迂回曲折的隐喻，影射西方现代文明的堕落和精神生活的枯竭，这就增加了对这些典故不太熟悉的读者的解读困难，也就是诗人自己承认的晦涩。当然利用神话建立人类不分时空的宇宙意识，随意地对现代荒原上的人物和情景作各种比较和对照，这种手法并非 T. S. 艾略特独具，詹姆斯·乔伊斯和叶芝等现代派作家也是这样创作的。利用神话激发创作想象，是现代作家常有的事。

如果说诗人用具有丰富内涵的神话荒原象征现实，是他在这首诗里的一种象征手法，那么他在《荒原》里运用得最多的则是隐喻。有评论家认为隐喻是这首诗的主要艺术手法。①他所用的 6 种不同语言的引文、30 多个不同的作家以及好几种流行歌曲都具有暗示性。在《J. 阿尔弗雷德·普鲁弗洛克情歌》里几乎没有使用隐喻，可是在《荒原》里却比比皆是。读者不难发现诗里最突出的隐喻是水：干旱时想象中的泉水，淹死水手和船商的海水，伦敦桥下的河水，水面下降的恒河水，隆隆雷声所预示的雨水。诗人不但暗示了水的重要性，而且暗示了它给万物带来生命而同时有可能带来死亡的双重性，从而揭示了人们爱水怕水的深层的内心矛盾：欲求与恐惧，期待与失望，行动与恐惧常常结伴而来。例如"死者葬仪"的第四节开头 6 行：

> 虚无飘渺的城市，
> 在冬天早晨棕色的雾下，
> 一群人流过伦敦桥，这么多人，
> 我没想到死神毁灭了这么多人。
> 偶尔发出短短的叹息，
> 每一个人的目光都盯在自己的足前。

诗人的意绪是复杂的，这孤零零的 6 句带上了朦胧性，读者初读，未尝不可把它理解为第一次世界大战给人们造成的灾难和精神创伤。但根据诗人解释，第 4 和第 5 行引自但丁的《神曲》"地狱"篇，第 5 行故意作了小小的更改，暗示现代社会活像但丁笔下的地狱，用诗人的话说，就是"把中世纪的地狱同现代社会建立了联系"②。《荒原》里处处隐埋着这样

---

① Roy Harvey Pearce. *The Continuity of American Poetry*. Princeton, New Jersey: Princeton UP, 1961: 307.

② 见《荒原》第 63 和 64 行原注以及 T. S. 艾略特的谈话《但丁对我意味着什么》（1950）。

的比喻，而他终生效法的但丁则是他大多数诗篇里引用次数最多的作家。在 T. S. 艾略特看来，现代文明社会复杂多样，而这种复杂多样的社会生活必然在诗人头脑里产生复杂多样的反应，诗人必然变得越来越广博，越具暗示性，越迂回曲折，因此现代诗人的诗必然是难懂的，这就是他对现代派诗难读懂的理论根据。① 不过，我们得承认，隐喻过格则会失之歧义或晦涩，甚至矫饰，诗人也承认自己那时还"缺乏那种能使人即刻明白晓畅的驾驭语言韵律的能力"（T. S. 艾略特语）。

　　T. S. 艾略特"用来支撑"他的"残垣断壁"的一个个片断，如同一个个电影镜头：忽而是玛丽小时候游玩时的回忆，忽而是女相士的卜卦，忽而是晨雾中伦敦桥上匆匆来去的行人，忽而是一对思想无法沟通而睡在一起的夫妇，忽而是并无爱意而发生性爱的小店伙计和女打字员，忽而是几个妇女在酒吧间叽叽喳喳议论莉尔因丈夫参加第一次世界大战而外遇怀孕的事，忽而在久旱之中雷声隆隆……古往今来，天朝地府，世界各地等等无所不包，但各个片断之间缺乏明显的过渡性联系，而且人物之间的交谈有问无答（表明人类无法沟通思想），诗人便借用典故的重叠和意象的重复出现作为联系手段，把他的零散的体验和读书心得"形成新的整体"。T. S. 艾略特在他的《玄学诗人》一文中说道："当一个诗人的心灵全处于创作状态时，它便会不停地综合各类迥然不同的经验，而一般人的经验是散乱的、零星的、不规则的。他们恋爱或阅读斯宾诺莎的作品，这两种经验互不联系，如同打字机声响和烹饪香味那样地没有联系。而在诗人心里，这些经验总在形成新的整体。"不过，依照传统的结构来看，《荒原》的确缺乏开头、发展和结尾，无特定的时间和地点，无特定的诗中人，连诗人也认为它无结构可言，充其量不过是一种非常松散的结构，而且他曾为此写信给庞德，对诗中无过渡性联系的片断并列法表示担忧，于是不顾庞德的反对而在诗后附上注释，以帮助读者对《荒原》的理解。为了说明他的整首诗还是有一定的统一性和连贯性，T. S. 艾略特特地在第 218 行作了如下注释："梯雷西亚斯虽然仅仅是一个旁观者而实际上不是一个角色，但他是把其他人物统一在一起的最重要的诗中人……正如那独眼商人与卖葡萄干的人一起化为腓尼基水手，而腓尼基水手与那不勒斯王子费迪南也很难区分开来，同样，所有女人也是同一个女人，而这两种性别的人在梯雷西亚斯身上融为一体。梯雷西亚斯所见到的，就是本诗的实质。"杰夫·特威切尔认为，T. S. 艾略特别开生面地为《荒原》作的大量注释，"起到了鉴定原

---

① T. S. Eliot. "The Metaphysical Poets." 1921.

诗、降低原诗激进调子的作用"①。如果把被庞德修改的《荒原》手稿同庞德的《休·赛尔温·莫伯利》（1920）和《诗章》以及 T. S. 艾略特在《荒原》以前发表的诗篇比较一下，我们会发觉庞德对《荒原》的结构起了极为重要的直接影响，甚至可以说起了合作者的作用。这就是庞德常常被视为以 T. S. 艾略特为首的现代派诗歌创作路线的核心人物的一个重要原因，尽管他俩的风格有明显区别。

　　T. S. 艾略特在诗中刻意追求意象，和意象派诗人没有什么不同，但是有别于他们的意象的静态罗列。他称此为寻求"客观关联物"②，即寻求"将引起特定感情的一套客体，一个场景，一串事件"③；"一旦端出最终必定诉诸感觉经验的外部事实，感情便会立时被激发出来"④。这就省却了作者的主观评述，留给读者更多审美再创造的余地。例如，诗人在《荒原》里，一开始就罗列了一连串具有审美价值的"客观关联物"：最残忍的四月、死去的土地和情愿埋在地下的沉闷的幼芽以及直射的阳光、无荫的枯树、干石、红石和令人烦躁的蟋蟀声，两个场景，一套客体，不由得使人联想起"荒原"可怕的景象。不过，他的"客观关联物"的提法遭到其他一些评论家的訾议，说读者事实上不可能完全从诗里接受诗人原来想表达的意思，于是诗人后来改提为"言语上的对等物"，认为诗人的任务是"努力从言语上表达思想感情状态的对等物"，换言之，让诗人的思想感情的具体表达落实在文字上，而不是客体上。⑤口号不同，内容大体上差不多。且不管这两个提法精当与否，诗人回避在诗里直接抒发感情，好像诗人是旁观者，这点无论在《荒原》里，还是在他的其他诗里都是非常突出的，是他"非人格化"理论的体现。他说："艺术家成长的过程是持续扬弃个人的过程，是持续消灭个性的过程……诗不是抒发感情，而是回避感情；不是表现个性，而是回避个性。但是，当然只有知道个性和感情的人才知道回避这些东西的含意。"⑥

　　他的这种诗风是对 19 世纪末和 20 世纪初矫情诗风的一种反拨，对现代派诗歌产生了很大影响。

　　T. S. 艾略特还善于在诗里创造戏剧性场面和使用戏剧性语言。例如，

---

①　杰夫·特威切尔.《美国诗歌现代派的批评命运》.《当代外国文学》，1995 年第 1 期.

②　T. S. Eliot. "Hamlet and His Problems." 1919.

③　T. S. Eliot. "Hamlet and His Problems." 1919.

④　T. S. Eliot. "Hamlet and His Problems." 1919.

⑤　T. S. Eliot. "The Metaphysical Poets." 1921.

⑥　T. S. Eliot. "Tradition and the Individual Talent." 1919.

"火诚"这部分,在虽双目失明但能洞察一切并具有两性体验的梯雷西亚斯的注视下,一个女打字员毫不在乎地与一家小店伙计发生性关系。又如,在"对弈"里,一对夫妻虽然睡在床上谈话,但各谈各的,无法交流思想感情。再如,酒吧间里有几个妇女,在店老板打烊的催促声中,你一言我一语地谈论另外一个女人偷汉打胎的事,而她们互相道别的戏剧性语言和场面更令人忍俊不禁。迈克尔·特鲁(Michael True, 1933—)教授在他的《1915~1986 年:现代主义与美国文学》("1915-86: Modernism and American Literature", 1986)一文中指出:在"对弈"一节,许多现代派的声音集中在一起了,显示 T. S. 艾略特已经纯熟地掌握了几种不同的笔调。他还说:"这首诗里这些不同的声音加起来是作者的成就,也是现代派的美学成就之一。"

  T. S. 艾略特对诗歌的戏剧性是非常看重的,他认为一切伟大的诗歌都富有戏剧性,没有谁比荷马和但丁更富戏剧性。[①] 在他的诗歌创作中,他对戏剧性的兴趣胜于抒情,显然和他热爱并创作戏剧分不开。

  T. S. 艾略特后来在谈到《荒原》的创作动机时,虽然否认他有意表现"一代人的幻灭感",[②] 说它不过是个人的消遣,对生活无足轻重的抱怨。[③] 但由于它是在第一次世界大战后欧洲各国遭到惨重的破坏,人口损失了将近八百万,经济十分萧条,人们普遍感到懊丧的情况之下创作的,诗人承认在客观上表达了人们的幻灭感。T. S. 艾略特和他同时代的作家一样,被这次大战所震惊,如庞德在他的《休·赛尔温·莫伯利》,菲茨杰拉德(F. Scott Fitzgerald, 1896—1940)在他的《了不起的盖茨比》(*The Great Gatsby*, 1925),海明威(Ernest Hemingway, 1899—1961)在他的《永别了,武器》(*A Farewell to Arms*, 1929)等作品里,描写了一代人骚动不安的历程,艺术地再现了当时"支离破碎的形象"(《荒原》第 22 行)。诗人的贡献在于抓住了时代精神,使"荒原"成了资本主义文明堕落和一代人精神空虚的代名词。关于西方文明堕落,在 20 世纪早期,是西方知识界甚至政治界所谈论的话题。当然,我们必须看到在诗人对西方文明堕落的忧患里,包含着对正在发生的社会主义革命的恐惧(《荒原》第 367~377 行注释),因而他想从宗教里寻找出路。

---

  ① T. S. Eliot. "A Dialogue on Dramatic Poetry." 1928.

  ② T. S. Eliot. "Thoughts After Lambeth." 1931.

  ③ 例如,在"对弈"里,一对夫妻在床上的对话,据说是描写诗人自己与精神失常的妻子之间的关系。David Perkins. *A History of Modern Poetry*. Cambridge and London: Harvard UP, 1976: 496.(以下简称 David Perkins)

《荒原》之后的《空心人》（*The Hollowmen*, 1925）里的现代生活也是
死水一潭：徒有虚表的空心人，破碎的玻璃，破碎的石块，空洞洞的河谷，
正在死亡的星星。诗人在诗的结尾唱道：

> 世界就是这样地终了
> 世界就是这样地终了
> 世界就是这样地终了
> 没有轰轰烈烈而是呜呜咽咽地死去。

全诗充满了由于缺乏信仰、遭受挫折而产生的悲观情绪，似乎成了《荒
原》中悲观失望的延续，成了另一片"荒原"和"死地"（《空心人》第 3
节第 1～2 行），而《圣灰星期三》（*Ash Wednesday*, 1930）、组诗《精灵篇》
（*Ariel Poems*, 1927-1947）和《磐石合唱选段》（*Choruses From "The Rock"*,
1934）则似乎是《荒原》中宗教气氛的蔓延和加浓。使"迷惘的一代"青
年感到失望的是，T. S. 艾略特在 1927 年以后，由一个锐意革新的诗人变
成一个保守的神父诗人了。他此时认为现时代并不特别腐败，因为在他看
来，一切时代都是腐败的。他预料宗教信仰将振兴文明，挽救世界免于死
亡。[1] 他早期的那种对待世事所持的嘲讽而诙谐的语调，似乎由于他看到
了神圣的"心之光"（《烧毁了的诺顿》），对救世主怀有强烈的信念而变得
缓和了，这在他晚期的成熟之作《四首四重奏》里表现得很明显，他这时
对人生旅程的态度是："不是道别，而是前进"（《露出水面的塞尔维吉斯》）。
安德鲁·杜波伊斯（Andrew DuBois）和弗兰克·伦特里查（Frank
Lentricchia）对此总结得颇为贴切：

> 《四首四重奏》基本的主题和格调反响在《圣灰星期三》里了：
> 在侵害性世纪的语境里显示的顺从和敬畏；失去锐气的自我对话和诉
> 求，对忍耐、谦恭和解救的祈求；丰茂的和急切的色欲记忆以及对苦
> 行生活的渴望——这一切，经常处在朝圣者需要转化的思想状态里，
> 等待着（上帝的）恩泽。[2]

《四首四重奏》由《烧毁了的诺顿》《东科克尔》《干燥的塞尔维吉斯》

---

① T. S. Eliot. "Thoughts After Lambeth." 1931.

② Andrew DuBois & Frank Lentricchia. "Modernist Lyric in the Culture of Capital": 128.

和《小吉丁》四首乐章式的诗构成，是诗人在阅历丰富、驾驭语言和韵律的能力进一步提高后的杰作。据说它可能是诗人模仿贝多芬后期四重奏艺术形式的大胆尝试，四篇的题目与诗人个人经历的英美地名有关。每个重奏分五个乐章。《荒原》也分五部分，而且也是第四部分最短，可能是巧合，也可能是诗人在创作《四首四重奏》时，不自觉地重复《荒原》的模式。T. S. 艾略特在《四首四重奏》里象征性地运用了诸如无限和动力补偿等绝对论的"纯"科学概念，同人类的觉悟和历史经验相对比，认为同人类经验不可分割的时间不是人类经验的总和，如果把人类经验看成是最后的现实，人类的自觉便导致幻想，而如果否认时间的客观性，便不可能获得经验。诗人认为，人类摆脱暂时的影响时，才会显露他们行动的真正价值，并且探讨有限的时间与无限的时间的交叉点等问题。总之，诗人站在他的宗教立场，试图从宏观上探讨过去、现在、未来、有限、无限、本体、觉悟等哲理问题。诗人同时兼收并蓄东西方著名哲学家、文学家和玄学家，甚至西班牙神秘家和中国道家的思想。

作为完美的艺术品，该诗以超然物外和对上帝的虔诚为主导情绪，结构全篇。铺陈或展开并非建立在富于逻辑性的叙事上，而是建立在抽象思想的回旋以及记忆、幻想中意象的联想上，探索个人与大千世界、变化与永恒、沮丧与平和等富有宗教色彩的哲理问题。他在诗里，既有对他青少年时期生活过的美国和定居后的英国的某些特定地方的依稀记忆，也有基督教的传统象征：伊甸园、玫瑰、鸽子、圣火，还有世界大战的恐怖影子。比起《荒原》来，诗中淡淡的印象多于清晰的形象，柔和的素描多于峻峭的勾勒，基调也变得比较和谐和深沉。

《四首四重奏》的每篇重奏模式是：第一乐章是哲理，对哲学性问题的沉思，并导致对个人经历的回忆；第二乐章是抒情式的评点，最后又进入沉思；第三乐章是个人的回忆和沉思；第四乐章又是抒情，篇幅最短；第五乐章是围绕特定的问题，进行思考。有些诗句在各重奏里重复出现，从文字上看，有时似乎显得啰唆，但鉴于诗人是在模仿重奏，因而是不可缺少的音乐回旋。有些段落无标点（如第一重奏第二乐章第二乐段最后十行），仿佛音乐之声，萦绕不断。

诗人还在诗里不厌其烦地强调正确使用语言的重要性。他总结自己的体会说：

这就是我，走过了 20 年，在人生的中途，
20 年都浪费了，两次大战间的年华——
努力学习使用语言，每一个尝试
都是一个崭新的起点，一种不同的失败
　　　　　——《东科尔克》

而诗人发觉现时的语言在退化，因为

言语承担过多，
在重负下开裂，有时全被折断，
在绷紧时松脱，滑动，消逝，
因为用词不当而衰退，因而
势必不得其所，
势必也不会持久。
　　　　——《烧毁了的诺顿》

这里富有政治含意，因为诗人接着含蓄地说：

刺耳的咒骂、嘲笑或饶舌声
总在袭击言语。
　　　　——同上

T. S. 艾略特同时代的现代派小说家海明威在他的《永别了，武器》里，也谈到语言被滥用的事例。小说主人公亨利对战争不是"白白地"打的说法持怀疑态度，他说：

我听到神圣、光荣、牺牲以及没有"白白地"的字眼常常觉得发窘……因为我可没见到什么神圣的东西，光荣的事物也没有什么光荣，至于牺牲，那就好比芝加哥屠宰场似的，不同的是肉被拿来埋葬罢了……除了村庄的名称、公路的编号、河流的名字、军团的编号和日期之外，诸如光荣、荣誉、勇敢或神圣之类的空泛字眼儿都很讨厌。

海明威指的是第一次世界大战，资产阶级统治者用漂亮的口号欺骗人民，这无疑是对语言的亵渎。为了政治的需要，古今滥用甚至强奸语言的

事例不在少数。T. S. 艾略特在语言上所追求的目标是：

> 普通的字用得准确而无庸俗之嫌，
> 正规的字用得精当而无迂腐之气，
> 整个儿亲密无间地在一起跳舞。
> ——《小吉丁》

　　T. S. 艾略特在诗歌里，如此不惜笔墨地大谈语言还是第一遭。他认为，诗人的职责是直接通过语言对他的民族负责，在某种意义上讲，诗歌能够保存甚至恢复语言美，能够而且应该发展语言。他警告说，如果一个民族不产生伟大的作家，特别是伟大的诗人，这个民族的语言就会退化，文化也会退化，也许会被更强的民族文化所吞并。[①] T. S. 艾略特的这种独到的看法，正是他的非凡之处。诗歌（真正的诗歌）的死亡，语言的退化，岂不说明一个民族文化病入膏肓？古往今来，我们都不难找出例证。

　　《四首四重奏》是诗人对时间和记忆的反思。他利用基督教的观念和博格森的哲学，去探索人类如何生活在时间之里和之外，如何通过了解时间里永恒的存在，去领悟茫茫宇宙里的永恒，又如何看待上帝的转化，等等，等等，诸如此类的玄学问题。迈克尔·特鲁在评论《四首四重奏》的意义时，说得好：

> 　　《四首四重奏》是 T. S. 艾略特雄心勃勃、想填补空白的一种宏伟尝试，提供了 T. S. 艾略特认为对理智，对神志，对生命具有本质意义的一个基本原理，一种历史理论。在《荒原》里，一个讲话人悲哀地说"仙女们走了"，同这些仙女们一道走的是几千年西方历史、哲学和基督教教义。T. S. 艾略特以英勇的姿态，在他的社会批评文章和《四首四重奏》里，企图提供一个代替品：建筑在他经验基础上的历史的哲学和神学。他常常坚定不移地在他的作品里，表达他的这种思想。这是一个拨回整个西方世界的企图。[②]

　　T. S. 艾略特认为，他写得最好的是《四首四重奏》，无论在炼字还是运用韵律表达方面，都得心应手。从形式看，诗人的确用心良苦。每首重

---

① T. S. Eliot. "The Social Function of Poetry." 1945.
② 迈克尔·特鲁. 译本前言.《T. S. 艾略特诗选》. 紫芹编译. 四川文艺出版社，1988 年.

奏开始的十几行，长短有致，有起有伏，读起来朗朗上口，真是达到了"整
个儿紧密无间地在一起跳舞"的境界。有的地方，诗人故意使它散文化，
在每首重奏的第二乐章里，尤为明显：开始一大段或几段是抒情，诗句如
行云流水，接着便是沉思，出现散文句式，旨在变化。在诗人看来，如果
一首现代的长诗，束缚在一定的形式，限制在一定的韵脚之内（如《神曲》），
让现代人（不是100年前的人）听起来，便会感到不但单调，而且矫揉造
作。① 不过，不管诗人是有意还是有失检点，有些诗句显得笨拙，有的地
方隐喻过多，使意思太宽泛太神秘，加上有时缺少标点，使读者颇为费解。
应当说，这是他的这部成熟之作的美中不足之处，似乎很难值得称道，而
这种佶屈聱牙的形式，对后来年轻的现代派诗人还或多或少产生了不良影
响。

　　T. S. 艾略特一生写的诗并不算多，他的《诗合集：1909～1962》
（*Collected Poems, 1909-1962*, 1963）只有221页，而有名的长诗不过数首，
都是阳春白雪，如同庞德的《诗章》或乔伊斯的《尤利西斯》一样，无论
过去或现在，其普通读者群都不大，虽然这些诗都是公认的经典。T. S. 艾
略特对此有过精辟的见解，他说："一个诗人在自己的时代，读者群大与
否无关紧要，要紧的是，每个时代应当经常保持至少少量的读者。"② 21
世纪的今天证明，他达到了这个目的。他的这番富有真知灼见的话，使得
我们联想起各国各时代的一些作家或诗人，他们在当时也许红极一时，结
果却昙花一现。③ 当然也有例外，英国莎士比亚、中国李白、杜甫，俄国
托尔斯泰，法国巴尔扎克，西班牙塞万提斯，印度泰戈尔，等等，他们在
生前享有盛名，身后仍然名播海内外，拥有一代代众多的读者。

　　有文学史家认为，1920～1950年这段时期，在文学史上应该是"艾略
特时代"，例如，英国著名文学史家彼得·昆内尔（Peter Courtney Quennell,
1905—1993）和哈米什·约翰逊（Hamish Johnson）在他们编纂的《英国
文学史》（*A History of English Literature*, 1973, 1981）里，作如此判断。④ 然
而，还有批评家提出"庞德时代"的口号，例如，加拿大著名学者休·肯
纳把他厚达606页的论著题为《庞德时代》（*The Pound Era*, 1971）。谁来
公断呢？这里牵涉到批评家站在哪条诗歌创作路线，本书第二编第二章对

---

① T. S. Eliot. "What Dante Means To Me." 1950.

② T. S. Eliot. "The Social Function of Poetry." 1945.

③ 例如中国的浩然，他在"文化大革命"中，以代表作《金光大道》独霸整个中国文坛十几年，
如今却已销声匿迹了。

④ Peter Quennell & Hamish Johnson. *A History of English Literature*. London: Brent House, 1981: 484.

此已有叙述，T. S. 艾略特偏重于欧洲风格，正如戴维·赫德指出的："也许这权威性的开头①最显著的特点是传统。在庞德要松脱美国诗人与英国诗人之间的链接之处，或置于其上，或超越两者，T. S. 艾略特则要坚持两者交汇在一起。在 1919 年，T. S. 艾略特离开哈佛大学只有 7 年的时间，就已经坚持两者的同一性，即他提倡的传统基础之上的同一性。"②不管怎么说，T. S. 艾略特同庞德一起，举起一只手，反对维多利亚时代后期浮泛柔靡的诗风，举起另一只手，反对他同时代现代派诗人散漫淡化的自由诗。T. S. 艾略特精心建立起来的诗风则是：表面上互无联系的片断排列，用神话、隐喻或象征所表现的高度概括力，诗人在诗中深藏不露，读者几乎不闻其声，不见其影，文字极端简练而内容异常丰富，与他同时代优秀的现代派诗人如弗罗斯特、桑德堡等平易晓畅的风格形成鲜明的对比。T. S. 艾略特当时是主流派，他的代表作《荒原》成了现代派的典范。后来很长时间内，不少现代派诗之所以晦涩难懂，不能不说是 T. S. 艾略特诗歌中本来就存在的弱点带来的后遗症。

　　T. S. 艾略特是一位起始激进转而保守的诗人。他较早地从法国诗人波德莱尔那儿得到启示，敏锐地看到了现代城市生活的污秽面，看到了城市里令人感到压抑和讨厌的形形色色人物，因而他着意描绘的是一幅肮脏的现实与奇特的梦幻相结合的现代画卷。他深刻地感到科学技术的进步和应用，使社会发生了剧烈的变化，人们的生活方式和心理状态也必然相应地发生变化，作家在新世纪需要对新的文化环境进行新的剖析。他反映时代精神的原因多种多样，但敏锐地捕捉现代城市生活的形象，不能不算是一个决定性因素。作为感受到时代脉搏跳动的诗人，T. S. 艾略特不只看到生活的光明面，而更主要的是看到了它的阴暗面，特别是西方现代社会空虚无聊、令人窒息的一面。尽管在后来，尤其在加入英国天主教以后，他变得越来越保守，最后成为上帝的虔诚歌手，一个一心想以天国的圣光驱除社会黑暗的艺术大师。总的来说，他的诗作展现了纵深辽远的历史感、雄浑厚重的社会画卷、浩瀚辽阔的视野和磅礴浩荡的艺术气势。

　　T. S. 艾略特生于圣刘易斯，双亲是新英格兰人，父亲从商，母亲爱好写诗，祖父离开哈佛神学院后，在圣刘易斯创立唯一神教教会，并且创办华盛顿大学。在少年时代，T. S. 艾略特在暑期常随父母从圣刘易斯到麻省海边度假。美国中西部的密西西比河和新英格兰的大海在他幼小的心灵留

---

① 指庞德与 T. S. 艾略特在诗歌道路上的起步。

② David Herd. "Pleasure at Home: How Twentieth-century American Poets Read the British": 40.

下深刻的烙印，给他后来的创作带来不少影响。1906 年在哈佛大学学习，1909 年获文学士，1910 年获硕士学位，受哲学家乔治·桑塔亚那和新人文主义者欧文·白璧德（Irving Babbit, 1865—1933）的影响。他在大学期间攻读哲学、英国诗人约翰·多恩和意大利诗人但丁的诗歌，以及伊丽莎白时代和詹姆斯一世时代的戏剧。他的兴趣广泛，甚至学习梵文和巴利语言，对印度宗教有浓厚兴趣。他先后在法国和德国学习哲学和文学，博格森哲学、法国象征派诗歌特别是拉弗格的诗歌，均对他有影响。他 1909 年至 1910 年发表在哈佛文学杂志《哈佛倡导者》上的早期诗歌，有着拉弗格诗风影响的明显痕迹。他很赞赏多恩。多恩的那种接近口语、富于机智和戏剧性、描写心理深刻、比喻奇特的玄学派诗歌对 T. S. 艾略特风格的形成起了重要的作用。T. S. 艾略特后来对多恩及其他 17 世纪英国玄学派诗人的高度评价和大力倡导，使这批在 18 世纪受到冷落的诗人，在 20 世纪却流行起来，影响了一批有名的现代派诗人。

　　T. S. 艾略特早年对哲学有兴趣，靠奖学金在哈佛大学准备有关布雷德利（F. H. Bradley, 1846—1924）的哲学博士论文，1916 年完成，因战事阻碍，未回哈佛大学受博士衔。1914 年，他定居英国，在那里教书，当银行职员，为报刊写诗写评论，担任杂志《自我中心者》（*The Egoist*）助理编辑、《标准》（*The Criterion*）主编，最后主持英国著名的费伯出版社（Faber & Faber）工作。

　　他在创作早期常得到朋友们的帮助，其中庞德和美国财主约翰·奎因（John Quinn, 1870—1924）对他尤其体贴。1915 年与英国女子维维安·黑伍德（Vivienne Haigh-Wood, 1888—1947）结成伉俪。维维安天性聪颖，对丈夫的诗歌有很好的理解，后因多病，尤其是她的精神狂躁症，常使 T. S. 艾略特陷于困境，他们不得不于 1932 年分居，1947 年维维安去世。1957 年，诗人续娶埃斯梅·瓦莱里·弗莱彻（Esmé Valerie Fletcher, 1926—2012），婚后幸福，无后，前妻也未生育。这位后妻在 T. S. 艾略特死后整理出版了他失而复得的《荒原》手稿及其他论著。T. S. 艾略特于 1927 年入英国籍后加入英国天主教。尽管他后来觉得把自己说成是文学上的古典主义者未免过分，但他整个的作品，无论是诗歌、剧本还是评论，基本上符合他的自画像。

　　对 T. S. 艾略特及其诗歌研究，在英美诗歌学术研究领域里如今成了一门显学。成立于 1980 年的 T. S. 艾略特协会（The T. S. Eliot Society）是一个国际性协会，对 T. S. 艾略特诗歌和理论有兴趣的各国学者可以通过年会进行学术讨论和交流。协会每年出版三期协会通讯《现在》（*Present*

Time），并组织纪念活动：每年接近 T. S. 艾略特生日 9 月 26 日的 9 月最后一个周末举行会议，邀请一名著名学者首先作"艾略特纪念演讲"①；然后进行小组讨论，交简短的论文；图书展览；参观与 T. S. 艾略特年轻时代有关的当地景点。

英国 T. S. 艾略特协会（The T. S. Eliot Society (UK)）成立于 2006 年，每年在《四首四重奏》中提到的地点小吉丁举行"艾略特日"，出版协会通讯。日本和韩国也成立了 T. S. 艾略特协会。

第四节　W. C. 威廉斯
（William Carlos Williams, 1883—1963）

坚持美国诗歌特色的大诗人 W. C. 威廉斯一生留守美国本土，把 70% 的时间花在助产和医治婴儿上，30% 的时间用在创作上。他常在出诊的途中，突然把汽车停在路旁，匆匆地在药单上涂几笔灵感驱动下的诗行，然后再驱车赶路；在门诊的间歇时间，他用平时隐蔽在办公室里的打字机，劈劈啪啪地打下诗句，直至有人来求诊为止。他硬是顶着 20 世纪早期美国文坛盛行的欧洲文化中心主义的风气，毫不妥协地与 T. S. 艾略特对着干。在 30 年代初，T. S. 艾略特因被哈佛大学聘为诗歌教授，返美去哈佛作讲座。庞德写信给 W. C. 威廉斯，要他热情欢迎 T. S. 艾略特。W. C. 威廉斯大为光火，回信给庞德说："在我欢迎艾略特来美国之前，让他见鬼去吧！" W. C. 威廉斯坚决认为，美国不需要 T. S. 艾略特。② 他着意要反映的是"新世界""新大陆"，而不是"旧世界""旧大陆"，更不是令人压抑的灰蒙蒙"荒原"。正如诗歌批评家克里斯托弗·比奇所说，W. C. 威廉斯"摈弃'旧世界精神'及其'旧形式'，拥抱我周围事物的'新世界精神'"③。他为建立独具美国特色的诗歌而坚定地勇敢地艰苦地奋斗着，探索着，竞赛着。W. C. 威廉斯的权威传记作家保罗·马瑞安尼（Paul Mariani, 1940— ）对他和 T. S. 艾略特在现代派诗歌创作道路上的竞赛作了一个十分恰当的比喻，他说 T. S. 艾略特是跑道上一只飞快的兔子，而 W. C. 威廉斯

---

① 近年来演讲者包括海伦·文德莱、罗纳尔德·布什（Ronald Bush）、杰弗里·希尔（Geoffrey Hill）、马乔里·珀洛夫等。

② Paul Mariani. *William Carlos Williams: A New World Naked*. New York: Mcgraw-Hill Book Company, 1981: 322-323.（以下简称 Paul Mariani）

③ Christopher Beach. *The Cambridge Introduction to Twentieth-Century American Poetry*: 95.

是一只缓慢爬行的乌龟，可是 W. C. 威廉斯凭借自己的才能和毅力稳步前进，终于在 50 年代以后走在前头了。

W. C. 威廉斯在美国文学史上，缓慢地取得卓越的艺术成就来之不易，他所付出的艰巨代价比起庞德或 T. S. 艾略特不知要大多少倍。

首先，20 世纪早期的英美文化和文学中心在伦敦，当时想在文学上求发展（或发迹）的美国作家，心甘情愿去那里寻求认同，如前所述，T. S. 艾略特和庞德自不必说，在他们创作初期就奔赴到那里，弗罗斯特又何尝不如此。弗罗斯特在国内名气很大，但嫉贤妒能，有意冷落 W. C. 威廉斯。

其次，医务耗去了 W. C. 威廉斯的大部分时间，他读书和创作的时间相对来说有限。这不但减慢了他的创作速度，而且妨碍了他像 T. S. 艾略特和庞德那样建立雄厚的理论基础。

再次，他在创作初期，很难在受到 T. S. 艾略特诗美学影响下的主要杂志和出版社发表作品。在 20 年代，他与欧洲和美国的文学界基本上无来往，处于孤立的境地。一个爱读他的诗歌的文学青年约翰·赖尔登（John Riordan）向他求教什么是现代派，并问他的读者群在哪里时，W. C. 威廉斯特坦率的回答是："我没有直接联系的读者群。我的朋友们有时评论我的作品，但他们很少评论得透彻。因此，我处在思想不统一的世界里。"[1]

W. C. 威廉斯的父母亲移居美国，因此他只能算是生在美国的第一代美国人。父亲是英国人，母亲是波多黎各人（有巴斯克人、犹太人和法国人的混血统）。庞德、T. S. 艾略特和史蒂文斯（史氏特别欣赏法国文化，留待下一节讲述）却是第四代美国人，但他们没有 W. C. 威廉斯坚持保留美国特性的那种强烈的自我意识，不像他口口声声主张，并且始终如一地用美国语言与美语节奏，写美国题材的美国诗。庞德是 W. C. 威廉斯的好友，也曾经是宾州大学的同学，对他最了解。他认为 W. C. 威廉斯不是 T. S. 艾略特一类的诗人，他的血管里流淌着美国血液。他们之间无话不谈，当然免不了时有争吵。在庞德看来，W. C. 威廉斯如此顽固坚守美国文化是狭隘的爱国主义，他对 W. C. 威廉斯责问说：

> 美国？你这个实足的外国佬（指 W. C. 威廉斯的父母移居美国的时间不长——笔者）对这地方懂个屁！你的父亲刚刚着了个边，你们从没有去过上达比（Upper Darby）的西边或孟仲克弯形山区（the Maunchunk Swithback）。

---

[1] Paul Mariani: 248.

在她衬衣里鼓着草原风的 H. D. 或那个阳刚之气十足的桑德堡，他/她们承认你这个虚弱的东部人是真正的美国人？真不可思议！！！！！！……

你感谢你那个上帝，让你有西班牙的血统，把你的头脑塞住了，像一只被搞坏了的过滤品，阻止当前的美国观念通过。

挽救你作品的东西是迟钝，别忘了。迟钝不是美国品格。①

庞德所责备的"迟钝"是批评 W. C. 威廉斯不顺应潮流吸收欧洲文化，不像他和 T. S. 艾略特那样做时代的弄潮儿，说他是"引导年轻人走上歧路的人"。W. C. 威廉斯天生热爱美国文化的执着性，也许与他成长的生活环境有关。他的到美国定居的父母非常安于当美国的移民，父亲放弃了英国圣公会教义，母亲放弃了天主教信仰，两人成了美国唯一神教教会的创始成员，对他们新的生活环境心满意足。W. C. 威廉斯羡慕他的父亲追求生活目标和过体面生活的坚定性，而这种坚定性自小成了他的性格特点。著名批评家玛乔里·珀洛夫对 W. C. 威廉斯执着热爱美国文化的心理有深入的研究，她说："为了补偿他们（指父母——笔者）的外国性，他本人变得极端的美国化，坚持认为诗人必须有他自己的地区，必须只用'美国语言'写作，专门创造美语的节奏。他为 T. S. 艾略特，特别是为伊兹拉·庞德背叛到欧洲深感痛惜。"②

正因为 W. C. 威廉斯具有这种所谓的"迟钝"——应该说是坚毅不拔，他才克服了重重阻力和困难，成功地创造了具有美国特色的诗歌，尤其他的拳头作品——第一部长诗《帕特森》（*Paterson*, 1946）的面世，终于使得批评家们对他刮目相看。然而，在以 T. S. 艾略特为首、新批评派为后盾的 20 世纪上半叶的现代派时期，W. C. 威廉斯的名声和影响始终被 T. S. 艾略特这块乌云遮盖着，使 W. C. 威廉斯处于诗歌主流的"局外者"的地位。一直爱护 W. C. 威廉斯的庞德，在 20 年代敏锐地感到 W. C. 威廉斯由于"思想的进展较慢"（实际上是不趋潮流），发展较迟，他的影响随着时间的推移，将在后代发挥作用。③

庞德果真言中，随着新批评派的影响逐渐削弱，W. C. 威廉斯对美国诗坛的影响也随之逐渐加深。当时 T. S. 艾略特是诗歌泰斗，但后来事实

---

① W. C. Williams. *Imaginations*. Ed. Webser Schott. New York: New Directions, 1963.

② Majorie Perloff. "William Carlos Williams." *Voices & Visions*. Ed. Helen Vendler. New York: Random House, 1987.

③ Paul Mariani: 172.

证明，他坚持保守的立场不可能缩小 W. C. 威廉斯日益增长的影响，更不可能阻挡历史的步伐。

当唐纳德·艾伦划时代的诗选集《新美国诗歌：1945～1960》（1960）把被新批评派排斥在学院殿堂之外的垮掉派、黑山派和纽约派等大批非学院派诗歌进行公开大展的时候，统治美国诗坛的 T. S. 艾略特和新批评派的诗美学受到了空前的挑战和打击。这些年轻的非学院派诗人朝气蓬勃，心雄志壮，以摒弃 T. S. 艾略特和新批评派的创作原则为目标，同时把庞德，尤其是 W. C. 威廉斯奉为他们的旗手。加上 60 年代是美国政治风云（尤其反侵越战争）最激荡的时代，是需要大写开放型、呼喊政治口号的诗歌的时代，那种讲究旁征博引、冷峻、智性的 T. S. 艾略特诗风，理所当然地被新时代的新诗人忽视了。W. C. 威廉斯的诗美学恰恰符合了后现代派诗人们（即上述的黑山派、垮掉派、纽约派）的需要，换言之，符合了历史发展的潮流。

T. S. 艾略特在独霸英美诗坛之后，认为诗歌实验的时代已过去了，50 年代和 60 年代应当巩固 1914 年这一代诗人（当然以他为首——笔者）已取得的成果，希望 20 世纪下半叶的诗歌创作，沿着他开辟的"正确"方向前进。他的这一观点集中地体现在他 1947 年在纽约弗里克博物馆作的《论弥尔顿》（"Milton II", 1947）的第二次学术报告里。T. S. 艾略特在他的这次学术报告中指出："在文学上，我们总不能一辈子生活在永久的革命状态。如果每代诗人用口语使诗歌保持时新，那么诗歌将不能完成它最重要的一个责任。因为诗歌不仅要精炼这个时代的语言，而且要防止它变得太快：语言发展的速度太快，将会使它逐渐退化，这就是我们当前的危险。"W. C. 威廉斯觉得 T. S. 艾略特的话是针对他的，于是骂 T. S. 艾略特是"白痴"，"从来没看见在我们的时代，情绪和风格在扩大"[1]。他一方面不买 T. S. 艾略特的账，在 1948 年初公开抨击 T. S. 艾略特。另一方面，他也不得不承认 T. S. 艾略特是一个优秀的诗人，只是厌恶批评家和学者们吹捧他，"好像他具有圣安东尼万能的天才"[2]。但是，1948 年 11 月，W. C. 威廉斯得知 T. S. 艾略特将在国会图书馆朗诵诗歌后，竟然乘火车去华盛顿，第一次也是唯一的一次，面对面地聆听他一贯讨厌的 T. S. 艾略特诗歌朗诵！[3] 差不多在同时，他还对罗伯特·洛厄尔说："迪伦·托

---

① Paul Mariani: 570-571.

② Paul Mariani: 571.

③ Paul Mariani: 571.

马斯和 T. S. 艾略特依然在试图捍卫那种传统的僵尸。"① 这说明他没有企图攀高枝的低下的人格，而是人皆有之的复杂心理，他对自己一贯敬重的好友庞德，有时也出现逆反心理，例如，他在 1915 年开始质疑庞德在诗学上对他作品的影响，说过"我现在可以把庞德范式放在一边"之类的话。② 这里他所指的显然是庞德重视欧洲文化的一面。

当然，美国作家抵制欧洲中心文化论的影响，创造自己民族的文学不是从 W. C. 威廉斯始。19 世纪的惠特曼已为 W. C. 威廉斯树立了成功的榜样，艾米莉·狄更生也如此，但他/她们两人难成气候，尽管拉尔夫·爱默生已经在理论上多次阐述创立美国诗歌的必要性、现实性和迫切性。自从他/她俩之后，没有出现像他/她俩那样具有美国特色的大诗人，何况惠特曼当时弱于理论，在某种程度上是一位不自觉地维护美国民族特色的诗人，狄更生更是如此（他/她俩的生活环境决定了他/她俩的审美取向）。W. C. 威廉斯不同于他/她们，他的确有了自觉的意识和一定的理论基础，敢于长期地与 T. S. 艾略特的诗风抗衡。如同著名九叶诗人郑敏教授所说："W. C. 威廉斯与 T. S. 艾略特之间的论战，事实上是美国新诗传统争取独立的诗歌运动，同时也是反映在美国诗歌方面的后现代主义与现代主义的论战。"③

不过，后现代派时期的诗歌流派纷呈，其中不乏 T. S. 艾略特和新批评派美学复出的流派，例如"新形式主义"和"后自白派"。恰当地说，20 世纪的美国诗歌史贯穿了两条诗歌创作路线，只是在后现代派时期，W. C. 威廉斯诗美学逐渐占了上风（见第二编第二章）。

W. C. 威廉斯是在模仿济慈中起步的。他在 1906～1909 年间尽是写的城堡、国王、王后之类的充满浪漫色彩的幼稚之作，1909 年还自费出版印数仅 100 多本的小册子《诗篇》（*Poems*），里面充斥着"啊，红红的火蛇啊……!""可爱的夫人，自从上次你以温柔的言词使我感到荣幸 / 似乎过了一千年"之类的诗行，自然不会有销路。庞德看过这个集子之后，指出他有诗的感觉，但如果他在文学潮流中心的伦敦的话，是决不会发表这些诗篇的。虽然这刺痛了 W. C. 威廉斯的自尊心，可是这是痛苦的事实。

经过庞德指点迷津，W. C. 威廉斯开始了新的探索。在庞德的帮助下，他出版了只有 18 首诗的第二本诗集《性情》（*Tempers*, 1913），初露现代派特有的嘲讽语气，然而仍未跳出传统的诗歌框架，直至 1917 年，他的新诗

---

① Paul Mariani: Note 6 to Chapter Twelve, 830-831.

② Christopher Beach. *The Cambridge Introduction to Twentieth-Century American Poetry*: 95.

③ 郑敏：《威廉斯》.《外国著名文学家评传》（4），吴富恒主编. 山东教育出版社，1990 年.

集《给喜欢它的人》（*Al Que Quiere!*, 1917）面世，表明他开始与传统形式
和题材分手。该诗集题目很怪，诗人把标题译成"给喜欢它的人"，是因
为他联想到足球场上的运动员希望球传给自己，又联想到诗歌界没有人要
他，但是如果任何人想要这球（诗集）的话，他愿意把这球（诗集）传过
去。崭露头角之前的任何作家都有这种需要别人理解自己的复杂心态，不
管他将来的成就多么大。常被收入各类诗集或文集的名篇《俄罗斯舞蹈》
（"Danse Russe"）、《教义短论》（"Tract"）、《勇夫》（"El Hombre"）和《牧
歌》（"Pastoral"）等均收在该集里。从这本诗集，我们可以清楚地看到 W. C.
威廉斯这时受到双重影响：惠特曼自由开放的自信精神和意象派诗人准确
的遣词用语及其直接描摹客体的简短艺术形式。批评家詹姆斯·布雷斯林
在他的专著《W. C. 威廉斯：一位美国艺术家》（*William Carlos Williams: An
American Artist*, 1970）中指出："W. C. 威廉斯在他的这部早期诗集里，依
然在寻找他自己的声音，依然尝试多种不同的风格和方法，但是已经淘汰
了韵脚、传统的音步、传统的比喻和传统的文学联想。"

　　1917～1927 年间，W. C. 威廉斯由于受到立体派和达达派的艺术影响，
在写作上开始了大胆的尝试。在《科拉在地狱：即兴篇》（*Kora in Hell:
Improvisation*, 1920）里，他开始试用散文诗形式，把每天的点滴感受逐段
表现出来，并在每段描写之后配上短评。但是，该诗集的艺术实验不成功，
遭到了许多诗人的严厉批评，其中包括他的朋友庞德、H. D. 和史蒂文斯。
庞德说他"语无伦次"，而 H. D. 说他"轻率"。在《酸葡萄》（*Sour Grapes*,
1921）里，我们发觉第一人称的"我"逐渐减少，通过引申的比喻或两三
行浓缩的形象的非个人化描写成分逐渐增多，该集似乎是《春天及一切》
（*Spring and All*, 1923）的过渡阶段。而到了发表《春天及一切》时，诗人
已回避使用诗中常出现的过分多情的"我"、外在的比较、怀旧的情绪、过
分带自传性的内心表露，而着重于眼前的人和物的描写。在艺术形式上，
他也作了有趣的尝试：在总共 27 首诗篇之间，分别镶嵌了散文段落。闻名
遐迩的《红色手推车》（"The Red Wheelbarrow", 1923）就是这个时期的典
型例子：

　　　　如此的多要
　　　　靠

　　　　红色的手推
　　　　车

被雨淋了闪闪发

光

在一群白鸡

旁

　　这原来是一个极其平常的散文句子，可是经过诗人重新安排，出现在读者眼前的，却是赏心悦目的农村景色。艺术形式也很工整：全诗分成四节八行，音节对称：4/2，3/2，3/2，4/2。这是 W. C. 威廉斯重视视觉形象的典型诗篇。它的可贵之处是不事雕饰，情绪更带随机性，提高了诗的审美价值。总的来说，他在这个时期的创作方向是沿着《红色手推车》方向迈进的：质朴凝实的意象、淡雅轻灵的生活氛围、情感意识和反应的敏锐和多面性。《唤醒老夫人》（"To Waken An Old Lady"，1921）、《安女王的花边》（"Queen-Ann's Lace"，1921）、《寡妇的春怨》（"The Widow's Lament in Spring Time"， 1921）、《春天及一切》《致埃尔西》（"To Elsie"，1923）等都是这时期脍炙人口的短章，同时表明 W. C. 威廉斯诗歌创作第一阶段的特色已完全形成，20 年代是他创作的丰产期。

　　在 30 年代，W. C. 威廉斯一度被牵进了新出现的客体派诗人的行列，并被他的朋友刘易斯·朱科夫斯基尊为客体派的冠军，使正处在 T. S. 艾略特诗风阴影下的他既感动又感慨。[①] 原来朱科夫斯基应哈丽特·门罗之邀，编辑 1931 年 2 月号《诗刊》，把 W. C. 威廉斯、巴兹尔·邦廷（Basil Bunting, 1900—1985）、他自己和其他人的诗收在一起，想显示迥异于叶芝和 T. S. 艾略特风格的诗，为此造了"客体派"或"客体主义"（Objectivism）一词，并且对此进行解释说："我用这个词，是因为我有一个很简单的想法，人同存在的事物一起生活，你感觉到它们，想到它们。那是首要的事，我在那期《诗刊》的背页的一篇文章里称为'真诚'。"他认为，它是意象派诗的延伸，但更加复杂，除了描摹视觉听觉世界外，还允许输入全部思想感情。W. C. 威廉斯如同当年接受庞德等人创建的意象派的主张那样，接受了朱科夫斯基的客体派诗歌理论，并且为它阐释："我们过去有过'意象派'，它很快结束了……我们论证说，诗像其他的一切艺术形式一样，是一个客体，这个客体本身通过其形式，表现它的实情和内涵。因此，作为一个客体，它应当受到如此的处理与约束……作为客体的

---

① Paul Mariani: 306-307.

诗(同交响乐或立体派画一样)必须以诗人使他的词成为新形式目标:创造符合他的时代的客体。这就是我们想用客体主义所指的含意,在某种意义上讲,是对随意呈现在松散诗歌里纯意象的一种矫正。"① 他在为《普林斯顿诗歌和诗艺百科全书》(*Princeton Encyclopedia of Poetry and Poetics*, 1974)编写的"客体派"的词条中,更明确地指出了两者的区别:"它是作为意象派的后果而兴起的,客体派诗人感到意象派诗不十分具体……客体派的意象更具体,而其意义得到了拓宽。是心灵而不是未经证实的眼睛进入画面。"

综上所述,我们可以清楚地看到,无论朱科夫斯基还是 W. C. 威廉斯,他们这时所主张的客体派诗歌审美原则主要有两点:(1)强调客观地表现事物;(2)通过客体表现思想感情。用以体现客体派美学趣味的典型诗篇,评论家们一般都举他著名的《红色手推车》为例,除此之外,还有他 30 年代的一些短诗,诸如《幼小的梧桐》("Young Sycamore")、《诗》("Poem")、《楠塔基特》("Nantucket")、《这就是说》("This Is Just To Say")、《花儿盛开的槐树》("The Locust Tree in Flower")和《在墙之间》("Between Walls"),等等。体现 W. C. 威廉斯特色的也正是这些小诗,宛如中国宋词里轻巧的小令,或像元代短小的散曲,如马致远描写"小桥流水人家"的名篇《天净沙》,不加粉饰,小巧玲珑。在上述的短诗中,《花儿盛开的槐树》(第二稿)和《在墙之间》与《红色手推车》在结构上相同:全诗建构在只有一个主句分解之后的短行甚至一个词之上,例如:

> 在墙之间
>
> 医院的
> 寸草
> 不生的
> 后径
>
> 遍地是
> 炉渣

① William Carlos Williams. *The Autobiographer of William Carlos Williams*. New York: Random House, 1951: 264-265.

里面闪烁着
绿色

玻璃瓶的
碎片

一共 5 节 10 行，原诗每节的音节是 3∶2，第一节的第二行是既无实义又无重音的介词和冠词，而题目是诗句有机的组成部分。W. C. 威廉斯说这首诗"在满是炉渣的地上，美景以颜色的形式栩栩如生地呈现出来了"。

《在墙之间》原来也是一句极普通的话："在寸草不生的医院后径的墙之间是杂有绿色玻璃瓶破碎片的炉渣。"经过诗人的排列组合，一个平平常常的句子，便成了几行颇有特色、耐人寻味的诗。作为现代派诗人，W. C. 威廉斯善于"玩弄"如此的"文字游戏"，而且产生了极佳的艺术效果。虽然后来朱科夫斯基对客体派诗提出异议，即便当时，他和 W. C. 威廉斯提倡的客体派诗，如 W. C. 威廉斯的《红色手推车》，也不符合他和 W. C. 威廉斯对客体派诗的界定。《红色手推车》或《在墙之间》所侧重的是客观性，是诗行的构筑，是纯意象，没有跳出意象派诗的藩篱。如果说要找符合客体派诗界定标准的例子的话，W. C. 威廉斯的《后奏曲》（"Postlude", 1914）倒是很合适的，而这首诗恰恰被收入庞德主编的《意象派诗人》（*De Imagistes: An Anthology*, 1914）这部集子里。而且，W. C. 威廉斯对客体派诗的界定与他所不喜欢的 T. S. 艾略特的"客观关联物"理论又有多大差别呢？我们从中发现了两个问题：首先，诗歌流派界定的不严密性；其次，在 20 年代和 30 年代，W. C. 威廉斯虽然逐渐形成自己的风格，但没有形成自己独特的理论。无论在理论或实践上，W. C. 威廉斯这时还处于摸索的过程。只有到了 1946 年，当他发表第一篇《帕特森》时，他才亮出了他独创的著名的美学原则："不表现观念，只描写事物。"（No ideas but in things）

他在 30 年代和 40 年代出版的诗集，基本上都保持了短行短节、重视觉效果的特色，其中常为各文集或诗集所收录的有《小梧桐树》《日光浴者》（"The Sun Bathers", 1934）、《楠塔基特》《这就是说》《花儿盛开的槐树》《无产者像》（"Proletarian Portrait", 1935）、《游艇》（"The Yachts", 1935）和《风暴》（"The Storm", 1944），等等。

在 50 年代，他的诗歌形式发生了明显的变化，常常使用三行一联的台阶式的艺术形式，如献给他父亲的《麻雀》（"The Sparrow", 1955）：

> 这麻雀
>   来坐到我的窗旁
>   是一个诗的真理
> 比真的麻雀富有诗意。
>   他的声音，
>   他的动作，
> 他的习惯——
>   是如何地爱
>   拍动他的双翅
> ……

然而到了 60 年代，即他的创作晚期，他的艺术形式又回到了 20 年代，这明显地表现在他荣获普利策奖的诗集《勃鲁盖尔①画及其他》（1962）里，又一次鲜明地展示了诗人以下的艺术特色：

1）反传统的韵律，即放弃那种刻板的抑扬格或扬抑格，使用日常语言的自然节奏。因此，他的诗有的一行全是重音，有的无重音，这就是他主张的"可变音步"，即富有弹性的音步。

2）重视视觉效果，诗行排列整齐，为了对称，常常不惜打散意群，一行诗只由一个介词和冠词构成，如《在墙之间》的第 2 行；或由一个连接词和一个数词构成，如《小梧桐树》的第 5 节第 4 行；或索性一个介词就是一行，如《花儿盛开的槐树》（第二稿）的第 2 行和《红色手推车》的第 2 行。他有时甚至把街上的广告也搬了进来，如《欲望的顶楼》（"The Attic Which Is Desire", 1934）的第 11 行：

>   ...
>   ·S·
>   ·O·
>   ·D·
>   ·A·
>   ...

这在传统诗人看来是不可想象的。他为此获得"瞥见大师"的美称。

---

① 彼得·勃鲁盖尔（Pieter Bruegel the Elder, 1525—1569）：佛兰德斯画家，擅长描绘农村景色。

3）显著的美国口语，通俗而明快。诗人特别重视典型的美国表达方式，反对呆板的十四行诗，反对照搬现成的英国话，认为大学里的语言刻板、贫乏，有意识地在处方的背后记录病人生动活泼的语言，如："Doc, I bin lookin' for you / I owe you two bucks."（"医生，我一直找你哩 / 我欠你两块钱。"）这是道道地地的美语。他宁可使用工厂、车库、船坞里的下里巴人的语言，决不采用 T. S. 艾略特那种复杂的隐晦的智性语言。

4）审美的选择对象，绝大多数是日常普通的事物：一棵树、一张糊墙纸、冰箱里的草莓、黄色的烟囱、炉渣地上绿玻璃瓶碎片、一张商业广告、一只花盆，甚至一个数字"5"，在他的笔下都会变得诗意盎然，富于浓烈的生活情趣，因为他一直坚持"不表现观念，只描写事物"的诗歌创作主张。一般说来，他的意象里很少带象征意义，他相信读者对《红色手推车》里的红色手推车和白鸡之类的意象有自己的审美力。

5）体察社会下层人民的生活。《农夫》（"The Farmer", 1923）、《致一位穷老太》（"To a Poor Old Woman", 1935）、《无产者像》《寡妇的春怨》和《少主妇》（"The Young Housewife", 1938）等名篇，反映了诗人的感应与兴会及其人道主义的思路。诗人虽然行医，但并不富裕，对穷人总是免费医治。他的职业使他有机会广泛地接触社会。他不但对各行各业的人有深切的了解，而且学习广大群众生动活泼的语言，由此赋予他诗歌语言特有的活力。他自觉地认识到，他诗歌的力量根植于社会底层，寓于生活的悲惨、丑陋和狂暴之中。

6）女性成了诗人的想象中心和主要的创作源泉，甚至使他的诗歌语言也色情化了。据统计，在他的诗歌里，女人的形象大大超过了男人。他在自传里，透露了自己的性欲强，与许多女子发生过性关系。他有一次在街上，自以为看到一位身材修长的少妇，不觉心动，迈着蹒跚的步子，跟踪追着看，而这时的他，已过古稀之年了！据不完全统计，他一辈子写了日光兰、槐树花、百合花、水仙花等 200 多首花诗。他把花比喻为女人，自己是采花的蜜蜂。例如，他在《安女王的花边》一诗里，把这种花描写为富于性感的赤身裸体的女子。他不但对花、对女人，而且对一般的人、一般的树木，也揉合着一种无时无处不在的性感和性爱的情愫。他在《情歌》（"Song of Love", 1917）里，描写诗中人由于想念一个女子，喷射的精液漫延到整个自然界。总之，他一反把女性作为象征的传统手法，而兴趣盎然地描写女性的肉体美。

直至 40 年代，在美国只有少数名人如理查德·布莱克默（Richard Blackmur, 1904—1965）、兰德尔·贾雷尔和艾伦·泰特以及《党人评论》

为 W. C. 威廉斯辩护，他受到大多数倾向于 T. S. 艾略特诗风的评论家的排斥，更被大学的学院派们视为肤浅。他在 20 年代和 30 年代只当了几次短命的小杂志《他者》和《接触评论》（*Contact Review*）的义务编辑，其影响无法与 T. S. 艾略特主持的大杂志《标准》相比。1923 年，他寄给 T. S. 艾略特他评论玛丽安·穆尔的文章遭到了拒绝。1924 年，他访问欧洲时，庞德向他友好地指出他的知识面太窄。他在 1928 年也承认自己在追求客观的明晰的意象方面显得太直太显。虽然他在 1926 年获得《日晷》杂志奖，在 1931 年获得《诗刊》杂志奖，并已开始被邀请到大学朗诵诗歌，但他依然不在当时的重要诗人之列。

W. C. 威廉斯写了将近 40 年的诗，一直没有发表过有份量的长篇，开始意识到意象派和客体派的短诗容量不大的局限性。这一直使他感到焦虑不安，甚至有时感到泄气。当他快接近 60 岁时，他的奋斗目标是写一部与《荒原》《诗章》和《桥》相媲美的史诗。他深知自己不精通英国文学，不像 T. S. 艾略特和庞德那样通晓多国文化和文学，需要扬长避短，立足美国本土，用美国地道语言写出反映美国文化和历史的史诗来。他想寻找一个形象，大得足以体现他周围的可知世界。他在他的家乡住得比较长久，他明白，在他的生活细节中，他的孤立的观察和零星的体验需要揉合在一起，以获得他所缺乏的"深刻性"。这部史诗便是形式与构思上同前期诗歌迥异的《帕特森》。

经过长时间的酝酿，W. C. 威廉斯终于选定刻意建构现代神话而又反映现代生活主要特征的"帕特森"为他的史诗题材。帕特森是距诗人家乡鲁瑟福德不远的小城市。他说："帕特森有一部历史；一部重要的殖民地史。此外，它有帕塞伊克河和瀑布。我也许受了詹姆斯·乔伊斯的影响，他使都柏林成了他的书中的主人公。我一直在阅读《尤利西斯》……瀑布颇为壮观，河流成了我的象征。"1643 年，这里曾发生过新阿姆斯特丹总督迫害印第安人的事件；1902 年，发生过一次大火灾，三星期后发生过四次大水灾，刮过一次龙卷风；这儿交通方便，通过帕塞伊克河与大海相连，通过运河与内地相接，工商业也正在兴起。对一个年轻的国家来说，这个城市有较长的历史，也有不平凡的遭遇，因此它使诗人迷恋上了。他在《帕特森》第一篇开头写道：

> 帕特森躺在帕塞伊克瀑布下面的山谷里，
> 瀑布迸溅的水勾画出他背脊的轮廓。他
> 侧着右身躺着，头靠近响彻他梦境的雷鸣般

的瀑布！他永远地睡着，梦游全城，一

直微服私行。他的石头耳朵上伫立一只只蝴蝶。

他永生不死，不动也不起，很少被看见，

虽然他仍在呼吸。他微妙地计划着

从这奔腾喧嚣的河里吸收其精华

给千百台自动装置赋予旺盛的生命。

在诗人心目中，富于阳刚之气的帕特森和带有柔媚之美的加勒特山成了一对相亲相爱的男女，帕塞伊克河成了大汉帕特森的意识流，瀑布成了最终死于河底的勇敢的跳水者。贯穿全诗的主题是赞颂神圣的生活、爱与性欲的再生力量、人的高贵和对美的需求。

诗人为了表现现代化城市的生态和心态，排除了传统史诗里主人公的写法，他的主人公既是人又是城市，还是医生和诗人。他去掉了逻辑性叙述结构，像 T. S. 艾略特那样去掉过渡性诗行，把孤零零的体验与思索、片断的抒情、片断的意象、来往的函件、历史记载、新闻报道，等等，像编织挂毯似地编织在一起，也像一个个蒙太奇似地呈现在读者眼前：一段段插曲，一组组意象，一个个思想，时而出现，时而消失，时而又交相叠印，全面而同时地反映复杂的整体：城市，人，诗。作者在创作前期，为了不淡化所描写的客体，尽可能不使自己出现在所描写的对象中，可是在《帕特森》里，作者的自我揭示则愈来愈明显。

根据 W. C. 威廉斯的原计划，《帕特森》分四篇。第一篇《对巨人的描绘》介绍当地的基本特点：城市、山、河、瀑布；第二篇《公园里的星期日》介绍"现代的艺术摹写品"，对语言、宗教、经济和性爱等方面交流的失败进行思考，暗示通过艺术、想象和记忆进行补偿；第三篇《图书馆》，介绍书本有时会给人以安宁，是死人梦想的圣殿，但过去只能代表凄凉、毁坏和死亡；第四篇《向大海奔流》，介绍瀑布下面的河流将使人回忆起种种事件。诗人把瀑布之下的污染河流，看成是现代文明对人类的腐蚀，并认识到科学、经济和语言上的种种革新。虽然个人生存下来，又努力向内地迈进，但与人有同一性的河流却消失在大海中。四篇诗分别发表于1946 年、1948 年、1949 年和 1951 年，体现了他独特的本土意识和长期拒绝仿照 T. S. 艾略特和庞德在诗中夹杂无数外国典故和智性隐喻的决心。然而他在 1958 年发表的无标题的第五篇，却搬进 500 年前的法国历史画面，这是一个高龄诗人更多地从国际的普遍的观点对人生的思考，与前四篇不协调，但诗人声称："我得把帕特森世界转入新的方向，如果我要确实地赋予它想象的话。然而我要保持它的完整性，现在对我来说已经做到了。"第六篇只有几页手稿，是诗人死后被发现的，里面提到了斯大林、李白、墨西哥古代皇帝蒙特苏马、苏格拉底、亚里士多德等世界名人，题材似乎倾向于 T. S. 艾略特和庞德的国际性。

　　从整个来看，《帕特森》行文的断续性具有有机的联系，这应当说得益于《荒原》《四首四重奏》或《诗章》。但作为史诗，《帕特森》有两个显著的特色：浓厚的地方色彩和纯正的地方语言；较长的散文镶嵌在诗行里。他在艺术表现形式上，苦心孤诣，力戒淡化，改变早期单纯追求"不表现观念，只描写事物"的审美趣味。1944 年中期，他从一个名叫拜伦·瓦查库斯的青年诗人一行长三行缩进的艺术形式中受到启发：

　　　　　　在办公室外边，风萧萧在
　　　　　　　　钢窗户旁，回响着我
　　　　　　　　在这里的恐惧。没有别的手
　　　　　　　　构筑这个；没有别的头脑构想

　　　　　　如此可怕的超脱。我什么也不要
　　　　　　　　在这地方……

　　W. C. 威廉斯经过改造，变成他长长短短的锯齿形诗行，其中基本形式是三行一联的台阶式，例如第二篇第三部分的开头稍后数行：

　　　　　　但是春天将会来，花儿将会开
　　　　　　人类絮谈自己的命运
　　　　　　下降召唤
　　　　　　　　如同上升已经召唤
　　　　　　　　　　记忆是一种
　　　　　　成就
　　　　　　　　一种复兴
　　　　　　　　　　甚至是
　　　　　　创始，因为它开辟的空间是新的
　　　　　　地方
　　　　　　住着人群
　　　　　　　　　　直到此时难以实现……

《帕特森》的问世，奠定了 W. C. 威廉斯作为重要诗人的地位。从他1946 年发表第一篇《帕特森》直至他去世为止，W. C. 威廉斯一共获得七次文学奖、五个荣誉头衔。从前对他不器重的大学纷纷邀请他去发表演讲。罗伯特·洛厄尔称《帕特森》是当今美国人的《草叶集》。在发扬美国文化上，W. C. 威廉斯的确继承了惠特曼。W. C. 威廉斯推崇惠特曼写美国、乔伊斯写爱尔兰，主要因为他信仰"只有地方性才有普遍性，一切艺术均建筑于此"（约翰·杜威语）。W. C. 威廉斯的《帕特森》为我们提供了一个艺术作品愈带民族性愈具世界性的成功例子。当然，《帕特森》也有败笔之处，例如，有的散文段落太长太噜苏，第五篇与前四篇的格调不一致。它之所以受到美国文学界的欢迎，在于它是继承惠特曼传统的地地道道的美国史诗，是对 T. S. 艾略特诗风的有力回击。但是，在保持 W. C. 威廉斯艺术特色的作品之中，《帕特森》并未超过他的《春天及一切》。

下列三方面也值得我们关注：

1）他在长、短篇小说和戏剧创作上都有建树。他的剧本之一的《众多情人》（*Many Loves*, 1959）在外百老汇剧院的演出获得了成功。

2）他在文艺理论上表现了他独到的见解，他提出的"不表现观念，只描写事物"的著名诗歌审美原则和可变音步的艺术形式，至今仍为当代美国诗人所运用。他的文集《春天及一切》把他的论文和一些著名诗篇如《红色手推车》《春天及一切》合在一起，是几代读者爱读的范本（后来与散文集《想象》（1970）合集）。

3）他的《自传》（*Autobiography*, 1951）、《我要写一首诗：一个诗人作品的自传》（*I Want to Write a Poem: The Autobiography of Works of a Poet*, 1958）和《是的，威廉斯太太：关于我母亲个人的记载》（*Yes, Mrs. Williams: A Personal Record of My Mother*, 1959）以及他的《书信选》（*Selected Letters*, 1957）是了解 W. C. 威廉斯本人思想、生活、创作和美国文学史上鲜为人知的史实的最珍贵的参考资料。

W. C. 威廉斯的一生是艰苦奋斗的一生。他在漫长的创作生涯中知道如何在诗界建立统一战线，扩大自己的影响。他始终与 T. S. 艾略特作不调和的斗争，维护自己的创作原则，虽然他在私下里有时也承认 T. S. 艾略特的诗艺胜他一筹。他一直虚心而有选择地接受名气和学识远高于他的庞德的意见，而且乐意接受青年诗人对他诗歌修改的建议。他同时主动团结已负盛名、同自己旗鼓相当的对手史蒂文斯，和他进行友好的往来。他瞧准了弗罗斯特在日益城市化工业化的美国，却沉湎于农村唱牧歌的脱离时代的弱点，有意识地立足于他所熟悉的小城市，开辟诗歌的新疆域。他热情地帮助一大批青年诗人，耐心地同他们探讨诗艺，为他们作序和写评论文章，金斯堡的《嚎叫》的序言就是他写的。他把奥尔森的文章《投射诗》收进自己的《自传》里。他在中风之后，仍继续保持和 20 多个诗人通信。即使诗风与他不同的青年诗人罗伯特·洛厄尔也得到过他真诚的帮助。克里斯托弗·麦高恩（Christopher MacGowan）教授对此总结说：

> W. C. 威廉斯的诗人生涯，从他 1909 年出版的第一本诗集开始，到他 1962 年最后的诗合集《勃鲁盖尔画及其他》为止。在这大部分的岁月中，他感到自己的成就和对 20 世纪美国诗歌必由之路的见解被忽视了。他同时看到 T. S. 艾略特，一个他在陈明自己的许多诗学观点时所反对的人物，正获得声名、追随者和国内外最荣耀的诗歌奖。不过，在他最后的十来年，W. C. 威廉斯的作品不但得到普遍的承认，而且成了 50 年代许多最重要的美国诗人的良师益友。这些诗人指望他成为他们寻找有别于当时流行的、复杂而高度引经据典的诗学的另一种范式……他的朋友和通信者包括奥尔森、克里利、罗伯特·洛厄尔、金斯堡、莱维托夫，他/她们都以各自不同的方式，学习 W. C. 威廉斯的人品及其诗歌。[1]

当然，W. C. 威廉斯受青年诗人欢迎，不仅仅是他的人缘好，他在 40 年代、50 年代和 60 年代对青年诗人具有吸引力的根本原因是：如前所述，二战后，青年诗人们寻找有别于受 T. S. 艾略特和新批评派影响的新诗学，而 W. C. 威廉斯的开放、自然而轻快的美国风格正符合了他们的要求，特别是对广大的初学者来说，W. C. 威廉斯远比 T. S. 艾略特容易仿效。可以这么说，50 年代以后，W. C. 威廉斯的名声大振，是历史的必然。

在 50 年代以前，W. C. 威廉斯一直是一个有争议的作家。但到了 80 年代和 90 年代，美国诗坛谁也不怀疑 W. C. 威廉斯是美国第一流的诗人。他的传记作家保罗·马瑞安尼说，W. C. 威廉斯对他而言，是"20 世纪独一无二的最重要的美国诗人"。[2] 对马瑞安尼这种未免过于偏爱的评价，现在谁也不会提出质疑。不过，他对 W. C. 威廉斯的评价，在下面一段倒是更恰如其分：

> 威廉斯赢得胜利的证据体现在他死后 18 年的今天，他的诗歌依然享有中心的地位，并且体现在成千上万年轻和年老的诗人身上，他

---

① Christopher MacGowan. "William Carlos Williams." *The Columbia History of American Poetry*. Ed. Jay Parini. New York: Columbia UP, 1993: 395.

② Paul Mariani: Preface.

们知道他们的诗歌受到这位和蔼的美国语言先师的深刻影响。他同惠特曼和史蒂文斯一道，建立了我们熟悉的文学疆域——我们在当今所称为的美国诗歌。①

在 21 世纪的今天，事实再次证明，马瑞安尼 1981 年得出的这个评论仍没有过时。

W. C. 威廉斯生于新泽西州鲁瑟福德市（距离纽约市不远）的一个富商家庭。母亲婚前曾在巴黎学习过绘画，对 W. C. 威廉斯起初学习绘画以及后来创作诗歌重视视觉效果均有影响。他在本地上小学，直至 1897 年被送至日内瓦和巴黎学习两年，然后在纽约市读高中。1902 年在宾夕法尼亚大学医学院攻读医学，在这里结识了 H. D. 和庞德，与后者结成终生友谊。在此后的半个多世纪里，他在政治观点和诗歌创作道路上，与庞德保持了既坦诚又有不少分歧的友情。1912 年，与弗洛伦丝·赫尔曼（Florence Herman, 1891—1976）结婚，生两子。

W. C. 威廉斯实际上不是狭隘的排外主义者，他视野宏阔，对当时欧洲（特别是法国）、拉丁美洲、加拿大乃至远东的文学情况也很关心，同时关心对外国诗歌的译介，曾经一度和美籍华人拉法尔·王（Ralph Wang）合译过李白、杜甫、孟浩然、王维等人的诗和李煜的词，一共翻译了 37 首，用《月桂树》（"Cassia Tree"）为标题，发表在 1966 年第 19 期《新方向》（New Directions）上，那是在 W. C. 威廉斯去世后的第三年。拉法尔·王起初给他读过这些古典诗词。他后来给拉法尔·王写信，赞叹中国古典诗歌之美，无人能及。他在信中说："这精彩的古老语言无人能复制，哪怕稍加复制也不能。我以为像庞德那样地复制那些会意文字是徒劳的，这些文字本身太美了。它们对英语读者来说产生不了意义。这古老语言的语音（在英语里）是没有的……这古老诗歌的感情距离我们太远了，以至于我们无法捕捉。"② W. C. 威廉斯深感自己对外语了解不多的缺陷，除了懂得法语之外，只稍微懂一点德语和西班牙语，对希腊语则一窍不通。尽管如此，在《帕特森》第五篇里，他为了引证公元前 6 世纪前后的希腊女诗人萨福（Sappho, 612—c.570 B.C.）而设法翻译了她的一首诗。他在诗中说："我不是萨福权威，对她的诗读得不特别好。她为追求清澈、温柔、银铃般清脆的声音而创作。她回避一切粗粝。'星空里的寂静'，给她以音色。"③

① Paul Mariani: Preface.

② Paul Mariani: 738.

③ W. C. Williams. Paterson. New York: New Directions Publishing Corp, 1958: 217.

一般人以为他这个美国佬很土，是误解，他在史诗《帕特森》里旁征博引，表现了他的国际化的胸怀，尽管他在这方面远不如 T. S. 艾略特或庞德。

这位勤奋的多产作家一共出版了几十本书，其中包括诗歌、戏剧、长短篇小说、论文、散文和自传等。在他众多的诗集中，主要的有四部：《早期诗合集》（*The Collected Earlier Poems*, 1951）、《后期诗合集》（*The Collected Later Poems, 1950, revised edition*, 1963）、《帕特森》（*Paterson*, 1946—1963）和《勃鲁盖尔画及其他》（*Pictures from Brueghel and Other Poems*, 1962）。

第五节　华莱士·史蒂文斯（Wallace Stevens, 1879—1955）

对评论美国诗坛巨擘之一的史蒂文斯的评论家来说，有两个难点。

其一，很难在什么流派里，给史蒂文斯以准确的界定。查尔斯·阿尔提里把史蒂文斯归划在 T. S. 艾略特和哈特·克兰的象征派队伍里。有理由吗？有。他一生追求、探索和实践的确实是象征派诗。例如，在他的诗中常出现的红色象征现实的力量，蓝色象征想象力，绿色象征生机勃勃的大自然，河流象征人生，金翅鸟象征非存在的存在，等等，等等。他对法国文学艺术特别爱好和欣赏。批评家们常从英国浪漫主义传统（尤其以华兹华斯、雪莱和济慈为代表）、从现代欧洲文学艺术传统（如波德莱尔和兰波的诗、尼采哲学、毕加索的画）去考察和分析他的诗歌。研究史蒂文斯的专家海伦·文德莱教授认为，从某种意义上讲，史蒂文斯是一个很欧化的诗人，他的诗歌与拉丁语先辈（特别是维吉尔和卢克莱修）、但丁（他从但丁那里学会同韵三行诗形式）、法国现代派诗人（特别是波德莱尔、瓦莱里和拉弗格）和英国前辈（特别是莎士比亚、华兹华斯、济慈、勃朗宁、丁尼生、佩特和叶芝）有密切的关联。[1] 无论从主题上还是在用语上（拉丁词源、法语词汇和句法），他在某些方面继承了这些作家的遗产。更不必说他的生活趣味大有欧洲贵族高雅的风范。由此看来，史蒂文斯与 T. S. 艾略特还有不少的相似之处。

然而，史蒂文斯把 W. C. 威廉斯却引以为知己，比 W. C. 威廉斯更"土"。W. C. 威廉斯年轻时游历过欧洲，可是史蒂文斯未出国门一步。他说："美国人就是美国人，无法成为其他什么人。"对美国诗人来说，尤其

---

① Helen Vendler. "Wallace Stevens." *The Columbia History of American Poetry*: 372.

对美国第一代现代派诗人来说，不到欧洲去学习或访问，实在是一件咄咄怪事。他像 W. C. 威廉斯一样，用美国语言的节奏，创作具有美国特色的诗，但只是采用了完全不同的方法罢了。史蒂文斯在创作时，有意排除英国文学对他的影响。他说："既然美国人在感知力上不是英国人，对美国文学来说，没有比引用英国的史料更不合适了。"在这一点上，他显然是与 T. S. 艾略特针锋相对的。对他来说，美国的社会、美国的风景、美国的人和物，应当由美国的诗歌去表现才对。正如海伦·文德莱教授所说："在主题和风格上，史蒂文斯是一个显著的甚至极端的美国诗人。不像他的移居国外的同代诗人 T. S. 艾略特和庞德；不像 W. C. 威廉斯，他的父母亲是外国人，他在瑞士受的教育；不像弗罗斯特，他早期还到英国去找诗歌交际和诗歌出版。史蒂文斯根本没有去过欧洲。美国诗歌必要的美国性，是史蒂文斯经常考虑的，从他早期的诗篇《渺小的裸者开始踏上春季旅程》（"The Paltry Nude Starts on a Spring Voyage", 1923）到他晚期的诗篇《康州的河中之河》（"The River of Rivers in Connecticut", 1955）都如此。"① 她还认为，史蒂文斯比任何其他现代派诗人花更多时间，行走在美国的乡村，记录他的感官和体验；对史蒂文斯作任何全面的介绍，必须要把他当作对国内外事物感兴趣的欧裔美国诗人看待。②

其二，史蒂文斯的诗大多数很难为读者理解。他的诗，难就难在它表达了他的非常人所习惯的玄思和观念。简言之，他写的是观念诗。如果说 W. C. 威廉斯的诗明白易懂，不需要诗评家加以阐释的话，那么史蒂文斯的诗，则隐晦得拒绝诗评家对其进行透彻的分析。W. C. 威廉斯的著名审美标准"不表现观念，只描写事物"无法适用于史蒂文斯的诗歌创作。恰恰相反，史蒂文斯通过观察外在世界，着重揭示他的观念，他的哲理，他的玄思。倘若不了解他的观念，他的哲理，他的玄思，就无从深入了解他的诗。他的观念大致有以下三点：

1）他认为，尽管世界万物是客观存在，但它们一旦脱离了人的感知，就毫无意义了。在他看来，世界上的人和物，以及整个世界，并非绝对的东西，相反是感知的现象。如果我们都是相同的，如果我们千百万人齐声说多、来、米，一个诗人就足够了。但我们各不相同，一切都一直需要加以阐释，因为当人们生和死时，每个人只感知自己的生和死，而且绝大多数的情况下，只由他本人和他的内心去感知，因而产生了想了解其他人的

---

① Helen Vendler. "Wallace Stevens." *The Columbia History of American Poetry*: 373.

② Helen Vendler. "Wallace Stevens." *The Columbia History of American Poetry*: 373.

感知体验的好奇心。这就使旧翻新成为可能。换言之，诸如性爱、怀旧、依恋、惧老、怕死、四季变更等永恒的主题，由于不同时代不同人的感受而常出新意。因此，对同一物或同一人的感知，由于不同的观察者或同一个观察者用不同的视角观察，所得出的体验就不同，所得出的真理不是一个，而是数个。《看乌鸫的 13 种方式》是体现他这种观点的典型诗篇。

2）与以上观点紧密相连的是他对现实与想象相互作用的关注。他认为现实就是自然世界与想象结合的结果，是人的想象作用于他的环境的结果。诗人的作用是用语言艺术把这个想象揭示出来，从而把现实揭示出来。史蒂文斯常常搜索他的想象王国，直至遥远的边缘，界于现代物理学上的物质与反物质之间，是所谓的"非存在的存在"，一种最难以捉摸的境界。根据史蒂文斯的体验，这个境界，我们"在情感上经常可以到达"，但"在理智上永远到达不了"。这个境界是他的《论纯粹的存在》里的境界。他玄思到牛角尖里去了！如同他在格言里所说："我们生活在思想里""在世上生活，只不过是生活在对世界的感知之外""现实是真空""诗歌必须几乎成功地抵制理智""世界就是我自己""生命就是我自己"，等等，不一而足。不过，他的这个观念并不新鲜，只不过是爱尔兰哲学家乔治·伯克莱（George Berkeley, 1685—1753）和苏格兰哲学家大卫·休谟（David Hume, 1711—1776）在主客体关系中，强调主体能动性的哲学思想的翻版。伯克莱认为，所有的现实化为人类的思想，但人类思想的存在证明普遍思想的存在。休谟认为，所有的观念来自印象。

3）史蒂文斯认为，作为诗料的语言，不仅仅是载体或工具，语言特别是打比喻的诗歌语言，能把藏匿的现实揭示出来，比喻所创造的新现实，使得原来的现实看起来反而不真实了，因而如同他在一则格言里所说："伟大的诗篇是对现实（或一个现实）的脱离。"用包括诗歌在内的文学作品必须反映社会现实的传统观点来衡量，这显然是一种反动！他提倡的反映论是注重内心的反省。

史蒂文斯的玄思冥想反反复复出现在他所有的诗篇里，如同 J. 希利斯·米勒所说，他的诗全集是一首漫长的沉思诗，只是有意分成诗节罢了，这首诗记录了史蒂文斯一生内心生活里，想象与现象无休无止的对话。他的这种抽象的观念，又常常配上他反传统语法的艺术形式和律师惯常使用的一本正经的气派，哪能不使一般的读者望而生畏呢？又如，诗人塞缪尔·弗兰奇·莫尔斯（Samuel French Morse, 1916—1985）对此评论道："从一开始，他的诗篇写的是'关于'诗歌，而这正是《簧风琴》和他后来所有的诗篇一个真正的主题。"①海伦·文德莱教授说："一首诗对史蒂文斯来说，从来不仅仅是感情的问题；它经常对思想提出一个谜。"②

综上所述，我们比较有把握地得出这样的结论：史蒂文斯之所以是史蒂文斯，他的突出之处是写"观念的诗"和"词句的诗"。尽管评论家们对史蒂文斯的评论千差万别，但海伦·文德莱认为，这两点是抓住史蒂文斯诗歌品格的实质。③

史蒂文斯名声的建立，远比弗罗斯特、T. S. 艾略特和庞德迟，他没有在生前看到他的诗歌为一般读者所欣赏。海伦·文德莱对此说："正如他女儿所说，'他不受个人感情影响的沉默寡言'使他很少出头露面。T. S. 艾略特、弗罗斯特和 W. C. 威廉斯在各种文选里比他有名，被选的作品比他的更有代表性；史蒂文斯在现代诗歌运动中的地位还没有作为规范牢牢地确立起来。"④ 这是她 1980 年说的话。但是在后来，由于她和哈罗德·布卢姆以及弗兰克·多格特、罗伯特·巴特尔对史蒂文斯的深入研究与大力介绍，史蒂文斯的名声如日中天。不过，史蒂文斯对年轻诗人的实际影响，远不如 T. S. 艾略特、庞德或 W. C. 威廉斯。原因何在？弗兰克·多格特和罗伯特·巴特尔对此作了符合事实的解答，说："他依然是一位个人主义者，独具自己风格的大师。史蒂文斯的个性既吸引模仿，又克制模仿。因为他是不好模仿的，和他的盛名相比，他的影响实在太小了。"⑤

史蒂文斯生于宾州雷丁镇的一个律师家庭，父亲加勒特·史蒂文斯（Garrett Stevens）的祖籍是荷兰，母亲玛格雷莎·凯瑟琳·泽勒（Margaretha Catharine Zeller）的祖籍是德国。

父亲是一个以白手起家而自豪的律师，他没有上大学，自学成材，从宾州的一个农场，闯荡到雷丁镇，身上只带了十美分，经过了两年多的拼搏，逐渐站稳脚跟，最后成了该镇有名望的律师，并兼任自行车制造厂和钢铁厂厂长。生有三子两女，唯华莱士未用家人的名字命名，而是用宾州一位有名的政治家的名字命名的，凑巧为史氏家族取得了不朽的名声。加勒特·史蒂文斯思想敏锐，性格内向，平时在家寡言少语，但以他那特有

---

① Samuel French Morse. "Introduction." *Opus Posthumous*. Ed. Samuel French Morse. New York: Knopt, 1957.

② Helen Vendler. "Wallace Stevens." *Voices&Visions*.

③ Helen Vendler. *On Extended Wings: Wallace Stevens' Longer Poems*. Cambridge, MA: Harvard UP, 1981: 10.

④ Helen Vendler. *Part of Nature, Part of Us*. Cambridge, MA: Harvard UP, 1980: 15-16.

⑤ Frank Doggtt and Robert Buttel. Eds. Wallace Stevens: A Celebration. Princeton: Princeton UP, 1980: Preface.

的讲究实际、坚韧不拔的精神影响自己的子女，最后使三个儿子都成了他的接班人。加勒特·史蒂文斯钟爱华莱士，把他送到哈佛大学深造（1897—1900），在他求学期间以及毕业后未找到可靠的职业之前，一直鼓励他奋发图强，自力更生。华莱士后来对人讲起他所受的影响时，特别提到他继承了父亲头脑冷静、精明强干、讲究实际、性格内向的品质，而从母亲那里，他则继承了耽于幻想的文学品质。

史蒂文斯在青少年时期喜欢到野外散步，躺在岩石上观察广袤深邃的天空、日落时分的黄昏美景、生机盎然的大自然，聆听小鸟们的歌唱。他喜欢英、法两国的诗歌，读了大量也写了不少浪漫主义诗歌。像他同时代的诗人一样，史蒂文斯经过了浪漫主义诗歌的洗礼。一家小杂志《红与黑》在 1898 年 1 月号发表了他的第一首小诗《秋天》（"Autumn"）：

> 珊瑚色灯和黄昏星
> 一束束光线很长很长，
> 一个幽灵把夜晚领来
> 从遥远的地方。
>
> 我是何等的悲伤，
> 守着这无阳光的地带，
> 独个儿在这里
> 静静地等待。

从这首稚嫩的诗里，我们看到史蒂文斯起初如何造景矫情，正处于"少年不识愁滋味，为赋新诗强说愁"的罗曼蒂克学徒期。在大学期间，他假期回家时，带着哈佛腔同亲朋讲话，常惹得家人笑话他。但哈佛活跃的学术环境，逐渐拓宽了他这个乡村小镇青年的视野，使他从天真烂漫走向成熟。他入大学的第二年开始记日记。他早期的日记反映了他想当诗人的愿望，也反映了他具有如他父亲所称赞的"用语言绘画的能力"。他内心的感情是炽热的，但他一开始记日记，就形成了一种冷静、典丽、过于自我剖析的文风。他在年轻时，也意识到了这点。他进校不久，便在《哈佛月刊》和《哈佛提倡者》上发表诗作，并当上了《哈佛提倡者》的主编。

在哈佛，影响史蒂文斯哲学思想和美学趣味的有两位教师。第一位是年轻讲师巴雷特·温德尔。他不是哈佛名人，但他善于循循诱导，他所讲授的英语写作和英国文学发展史纲，给学生们留下深刻印象。温德尔在他的专著《英语作文：在洛厄尔学院的八讲》（1890）中，提出写作必须雅致、给人以愉悦，提倡从智性上、感情上和美学上表达思想，对史蒂文斯有直接的影响，这尤其明显地表现在史氏后来的诗集《关于最高虚构的札记》（1942）里。

　　第二位是西班牙籍的名教授、哲学家、诗人乔治·桑塔亚那。桑氏从哈佛大学毕业（1889）后，在母校任哲学教授，直至 1912 年。史蒂文斯未听过他的课，经人介绍，有幸结识了他。桑塔亚那垂青史蒂文斯，乐意同他交谈，邀他朗诵诗作，并和他的十四行诗一首，这对史蒂文斯的诗歌创作鼓舞很大。史蒂文斯来自偏乡僻壤，老师渊博的学识和敏锐的机智正好填补了他天真朴素的真空。桑塔亚那的自然宗教观对混沌初开的史蒂文斯影响颇大。桑氏认为，基督教的上帝和希腊神祇相互冲突而抵消了，人类用自己理想的形象创造上帝，基督教废墟里再也不能产生新的神话，这对诗和宗教都是一个巨大的损失。他还认为，最高级的诗歌与宗教相同，能指明方向，让人们看到理想，给日常生活赋予意义；最优秀的诗人不仅仅是华丽的词藻家，而且应当是寓言家。史蒂文斯后来怀疑基督教的思想和用诗歌取代宗教给人精神慰藉的思想，都源出桑塔亚那。

　　史蒂文斯从哈佛毕业后，去纽约谋生，经过四处奔波，在哈佛校友的帮助下，当了《纽约论坛报》（*New York Tribune*）的记者。史氏起初以为这个职业既有保证生活来源的固定工资，符合父亲自力更生的主张，又能从事他所喜爱的文学事业。但记者的报酬微薄，远不能使他建立一个幸福的小家庭。在这个时期，他父亲的自行车制造厂和钢铁厂因亏损而倒闭，家庭经济状况开始恶化，因此他的父亲一再督促他选择工资高而又有生活保障的律师职业。于是，史蒂文斯不久进了纽约法学院（1901—1903），1904 年在纽约开业当律师，直至 1916 年。在纽约工作的 12 年之内，史蒂文斯与格林威治村的一批文朋诗友逐步建立了友谊。1913 年在纽约揭幕的武库展览筹备人之一沃尔特·巴赫以及参加展出作品的一些现代派艺术家与史氏也有交往。他们的现代派艺术观和现代派创作手法，对史氏的艺术感受和诗歌创作也产生了影响。

　　1904 年，史蒂文斯爱上了家乡雷丁镇美女艾尔西·薇奥拉·卡彻尔（Elsie Viola Kachel, 1886—1963），一角银币和半美元上的头像均以她为模特儿。他把她当作他理想的美和缪斯热烈追求。1909 年结婚，生有一女霍莉·史蒂文斯（Holly Stevens）。霍莉后来成了整理父亲遗著、考证父亲著作和编辑父亲诗选的学者，她编的史蒂文斯诗选《心灵尽头的棕榈树》（*The Palm at the End of the Mind*, 1971）是系统反映史蒂文斯创作全貌的优秀诗选。史蒂文斯在 1908～1909 年间写的诗，都是为艾尔西而作的，是艾尔西激发他走向先锋派的行列。《倾向》（*Trend*）杂志发表了六首他为艾尔西生日而写的诗。艾尔西认为这些诗属于她专有，事先未征得她的同意而公开发表，是对她的背叛，从此她对丈夫的诗很少感兴趣，甚至对他出版新诗感到恼火。史蒂文斯原以为他美丽的妻子是他的第一个读者，是"对他心理协调具有重要意义的"爱情的一种奉献，结果却令他大失所望，她在智力上和感情上不能欣赏他的诗，相反有一次当着史氏朋友的面，批评丈夫的大部分的诗矫揉造作。因此，史蒂文斯很少在家招待他的文朋诗友，常用妻子"头痛"作为托词，以至使他在外界造成了与人寡合的印象。尽管他的第一本诗集题献给妻子，但他内心感到痛苦，他 1942 年发表的一首诗《雷德爱基特》（"Red Loves Kit"）明显地发泄了对妻子的不满：

> 你的是她的不，你的不她的是。这两个
> 字对她误解和误解她差别不大，
> 如果她这样想的话，
> 因为你是男人，你决不可能正确。

我们似乎从中听到了丈夫自言自语、琢磨与妻子不和的原因。这是他后来不写甜蜜的爱情诗的主要原因。纵然写到爱情，这个爱情总是不幸的。例如 30 年代早期的《好男人，坏女人》（"Good Man, Bad Woman"）和《寡妇》（"The Widow"）以及 50 年代的《无奇世界》（"World Without Peculiarity"）等几首诗，都以不幸的爱情为主题。史蒂文斯夫妇后来很少一起在公开场合露面。史蒂文斯死后，艾尔西销毁了许多有关她与丈夫关系的材料。

史蒂文斯虽然爱写诗，但不愿意在他的法律界的同事中谈论诗，或显露他的诗才；虽然爱在保险公司干一辈子法律方面的工作，但从不在他的诗里反映这方面的情况。同他的大多数同时代诗人一样，史蒂文斯是在《诗刊》主编哈丽特·门罗以及其他富有试验性小杂志的扶植下逐渐步入诗坛的。当时对他来说，他写诗不是为生活挣"面包"，而纯粹是对艺术的追求。他的第一本诗集《簧风琴》（*Harmonium*, 1923）作于 1915～1923 之间，把 1915 年前后写的许多诗篇都没有收进去，所以并不系统，只基本反映了他早期的创作风貌。作为集子出版，比《荒原》迟一年。它与《荒原》的显著区别之一，是没有反映一战的诗篇，只有几首，在作者死后收在《遗作》（*Opus Posthumous*, 1957）里。这本诗集不厚，只有 125 页，很多篇章如今被各种文选或诗选所录用。其中的名篇有：相信肉体会消亡、肉体之

美长存、艺术创作常青的《彼得·昆斯弹琴》（"Peter Quince at the Clavier",
1915），在摈弃传统宗教的时代探索宗教信仰的矛盾心理的沉思之作《礼拜
天早晨》（"Sunday Morning", 1915），描写美国当代社会生活单调空虚、缺
乏生气和想象力的《十点钟的幻灭》（"Disillusionment of Ten O'Clock",
1915），室内壁炉炉火映在墙上摇曳不定的影子引起诗人浮想联翩的《黑色
的统治》（"Domination of Black", 1916），追寻现实与想象的关系、接受死
亡作为认识美的先决条件的《看乌鸫的 13 种方式》（"Thirteen Ways of
Looking at a Blackbird", 1917），人到不惑之年审视世界的戏剧性独白《我
叔叔的单片眼镜》（"Le Monocle de Mon Oncle", 1918），如何看待艺术与自
然辩证关系的《坛子的轶事》（"Anecdote of the Jar", 1919），说明人必须首
先客观才能了解客观物的《雪人》（"The Snow Man", 1922），直面人生以
及死亡结束幻想的《冰激凌皇帝》（"The Emperor of Ice-Cream", 1922）和
探求西方人从超验主义到实用主义的一切途径的《像字母 C 那样的丑角》
（"The Comedian as the Letter C", 1922），等等。这本诗集从一开始，便显露了
作者成熟的诗艺和独特的艺术感觉，把读者带进了一个奇异而多彩的世界。

　　综观《簧风琴》，绝大多数诗篇是抽象的、沉思的、漫画式的。在表
现形式上，与现实拉开了距离，经过变化，像万花筒似地那样令人眼花缭
乱；在内容上，无休无止地探讨现实与想象、生与死、宗教信仰与尘世间
的快乐等富有哲理性的问题。诗人着意的不是外部世界的再现，而是内心
体验的表现。史蒂文斯虽不是以意象派诗人闻名于世，但也写了几首精彩
的意象派诗，如《茶》（"Tea", 1915）、《看乌鸫的 13 种方式》《一个权贵
的比喻》（"Metaphors of a Magnifico", 1918）等。诗人并不满足实写，认
为单纯描摹现实不深刻。诗人在一首貌似意象派短诗《世俗的轶事》
（"Earthy Anecdote", 1918）里，虚构了一只在田野里奔跑的牡鹿一直被火
猫拦路，诗的结尾是这样的：

　　　　牡鹿得得地奔跑，
　　　　火猫纵身向前，
　　　　忽右，忽左，
　　　　毛倒竖
　　　　挡住去路。

　　　　不久，火猫闭起他那明亮的眼睛
　　　　睡了。

火猫是虚构的，现实生活中并无此动物。诗人对这种动物的外形，并未细描而是像抽象派画家那样地勾勒，旨在表现现实生活中的一种阻止人前进的无形力量。诗人的朋友、武库展览的组织者沃尔特·巴赫为这首诗插图时感到为难，因为诗人反对巴赫画成腾空在云端上的鳍状山脉似的动物，右上方还悬着月亮或太阳。诗人的原意，是要他画出原来的混沌景象，一种可怕的无形力量。同样，在《雪人》里，诗人并没有细描用胡萝卜当鼻子、碳块做眼睛的雪人，而一开始便提出"需要有冬天的心境才能体验冬天"的断语，说在雪中倾听风声的雪人是：

> 他自己是乌有，因此看到
> 不存在的乌有和存在的乌有。

这首诗体现了诗人毕生孜孜探索的主题——现实与想象的关系：现实是否是我们所见到的无想象世界？想象是否是无现实的世界？想象反映现实吗？在什么程度上反映？

在《十点钟的幻灭》里，诗人没有描写人的表情和心情如何，只是用举隅法，勾勒了房间里时隐时现的白睡衣，并说这些穿白睡衣的人死气沉沉，连梦也毫无生气。史蒂文斯的女儿霍莉考证这首诗时指出，她父亲小时候的一个邻居，窗前有一盏路灯，为了减弱电线杆反射的亮度，邻居把电线杆漆成绿色，史蒂文斯却在晚上，偷偷溜出来把绿漆刮掉，白色的灯光搅扰了邻居绿色的梦。他们只好穿起白睡衣，在屋里走来走去，在窗口挥舞拳头，最后拉上窗帘，第二天再漆上绿漆。后来，史蒂文斯在纽约工作期间，从窗户里又看到女士们穿着白睡衣在房里来回走动的景象。儿时的记忆和现实的情景融为一体，使他写出了这首表现现代人心灵空虚的诗。

该集的压卷之作《礼拜天早晨》是史蒂文斯立足诗坛的第一首重头诗，哈罗德·布卢姆称它"是史蒂文斯最著名的诗，把《簧风琴》里其他的诗掩盖了"[①]。它被公认为美国诗歌的一个里程碑，也被誉为最伟大的沉思诗之一，堪与约翰·多恩的周年纪念诗、华兹华斯的《序曲》和 T. S. 艾略特的《四首四重奏》媲美。

这首诗不算太长，一共 8 节，每节 15 行。在基督教社会，基督徒们在星期天早上都去教堂做礼拜，可是诗中的女人，却在化妆室里梳洗打扮，然后到阳光灿烂的餐室悠然自得地用早餐，吃橘子，喝咖啡，与她闲散的

---

① Harold Bloom. *Wallace Stevens: The Poems of Our Climate*. Ithaca: Cornell UP, 1976: 27.

心情相衬的一只鹦鹉飞出鸟笼，在房间里飞来飞去。她是现代化城市里富有而老练的女性，耽于感官的享乐，追求生命的舒展与辉煌。但她毕竟又是基督教社会里长大的，她心灵的一角里，仍然留存着一千多年来基督教文化的积淀，使她在安逸的慵困里，不由得神游圣地巴勒斯坦，但现代的科学知识，却又使她怀疑自己的宗教信仰：

> 为什么她要向死者奉献？
> 什么是神灵，如果它只在
> 幽影和梦幻里显圣？
> 难道在舒适的阳光，
> 在香气扑鼻的水果，鲜绿的鸟翅膀，
> 或者芬芳美丽的大地里，
> 她会找不到像天国之类
> 值得怀念的东西
> 神灵必定存于她的自身：
> 雨的激情，或降雪时的心境；
> 孤寂中的忧伤，或花开时难以抑止的欢欣；
> 秋夜里湿路上沸腾的情绪；
> 一切的快乐，一切的痛苦，
> 回忆起夏日的树冬天的枝，
> 这些才是她灵魂的活动范围。

她在自然世界里找到了快乐，听到鸟声已感心满意足，但鸟儿走了之后，她又似乎觉得失去了快乐的天堂，对稍纵即逝的世俗享乐感到惆怅，因而想寻求某些不朽的欢乐，即想得到天堂的极乐。诗中另一个哲人的声音，则从万物变化的视角，表示了相反的观点：天堂的快乐是死水一潭，没有树枝摇曳，没有果熟果落，死亡是丰富多彩的生活必不可少的一部分，是美的母亲，是美的前提。

这首诗引人注目之处，在于作者从宗教的角度，对死亡这永恒的主题，对基督教与异教互相矛盾而又可比较的主张，进行了深沉的思考。诗人曾在他 1928 年写的信中，谈到这首诗时指出它"表达了异教思想，虽然我在写它时，当然并没有表达异教思想"，并指出它不是"一个女人，而是任何人对宗教和人生意义的思考"。对史蒂文斯的生平研究颇详的传记作家琼·理查德森认为，《礼拜天早晨》一开始就唤起史氏对母亲临终时情景的记忆（她坚信基督教，每天晚上在孩子们入睡前，为他们念一段《圣经》，并常在家里一面弹风琴，一面唱圣诗，临终时仍坚信灵魂不灭），对妻子艾尔西每天穿宽大便服梳头的回忆。诗人在酝酿这首诗时，想象自己是他的母亲或艾尔西，这样可以帮助他理解她们的心理。此外，诗中的女性也是诗人自己，尽管他不相信基督教，但对基督教给人以不朽的极乐思想仍然依恋。当然，这首诗主要表现了诗人对信仰的忧虑，后来他把这概括为是他这个时代的问题。然而，他同时代的诗人，无论是 W. C. 威廉斯或庞德，还是玛丽安·穆尔，他/她们在自己的诗里，并没有考虑信仰问题，也没有挖掘在他们的潜意识深处基督教积累了一千多年的沉淀层。只有也在哈佛上过学的 T. S. 艾略特在关心信仰和基督教方面，和史蒂文斯有相同之处。他们在诗里各以不同方式，对信仰和宗教进行了严肃的思考，虽然史氏更多地持怀疑乃至否定态度。

其实，诗中所反映的思想，即使对当时的美国人来说也并不新鲜，因为随着科学的发展，西方社会的宗教信仰已逐渐被动摇了，史蒂文斯对基督教的怀疑态度，远没有从前伽利略的学说对罗马教皇和对意大利人来说那样惊世骇俗。因此，《礼拜天早晨》的魅力主要不在于它的异教思想，而在于它的完美的艺术形式。构建全诗的是一连串的个人沉思冥想和插入性评论或反驳，而这又是通过两个似乎对立的人的声音进行的。一个是对基督教信仰产生动摇的女人，另一个是男人，似乎在教训他的这位有邪念的"情妇"，而这个"情妇"却用归谬法反驳他，让读者明白诗人是在赞颂人的激情、欲念、快乐和痛苦。诗中的叙述者与被叙述者之间的过渡自然而贴切，显示了诗人操纵语言的非凡能力。诗人在他的情感世界里，创造了一种安静、庄重、情绪内在的气氛，而典丽的词句、凝重的节奏，恰恰同这关系到人生观的重大题材相吻合。而且，在端庄的气氛中又不失美国人所特有的谐趣。

一般认为，诗集《簧风琴》是史蒂文斯的代表作，他此后的诗作在艺术的独创上，再也没有达到这个高度，诗人对此也有同感。集中的众多诗篇如今成了美国诗库里的瑰宝。但最初面世时，它除了受到少数朋友和编辑激赏外，没有引起当时的整个文坛和广大读者的注意。第一版只出了1500 册，而且以廉价出售。主要原因是作者一开始就写了引不起一般读者兴趣的"纯诗"，追求语言的纯净、语感的流动、音韵的美。诗人对此承认说："在写作《簧风琴》时期，我相信所谓的'纯诗'。"他的诗既不同于直抒胸臆的浪漫主义诗，也不同于临摹大自然的意象派诗，是一种所谓的"观念主义诗"（conceptual poetry），即运用艺术手段表达作者美学观念的诗。

例如《像字母 C 那样的丑角》和后来的《弹蓝色吉它的人》等都是典型的观念诗。即使在 20 年代，广大读者对"纯诗"已感到厌烦，而希望读到有生活内容有情趣的作品，而这恰恰有悖于史蒂文斯的创作原则。他执拗追求的，用他的话说，是"主观诗"（Poetry of the Subject），不是"真正的主题"（the true subject）。另一个原因是他的起步迟，他发表《簧风琴》时已经 44 岁，已经被他同时代的 T. S. 艾略特、庞德、弗罗斯特等诗人的名声盖过了。还有一个原因，是他不爱也不善于宣传自己，不爱结帮拉派，也没有驾驭如杂志或出版社之类的宣传阵地。他坚信作品本身的艺术价值，不想借助当时的舆论而名扬天下。第四个更主要的原因，是史蒂文斯缺乏T. S. 艾略特那样的时代感和历史感。《簧风琴》收了 1915 年至 1922 年的诗，但丝毫没有涉及轰轰烈烈的第一次世界大战。留在美国的史蒂文斯这一代人虽然已超过了入伍的年龄，是年轻人去作战的，但他至少应当关心这场战争。《礼拜天早晨》发表于 1915 年，正是在一战期间，史蒂文斯对震动世界的炮火无动于衷，却去探索他的宗教信仰矛盾的心态，实在与时代氛围不调和。经过一战洗礼的读者，自然无闲情逸致拜读《簧风琴》，而对《荒原》则报以热烈的反响。

在《簧风琴》出版一年后，史蒂文斯由于种种原因而搁笔数载，直至1930 年才以动人心弦的抒情短诗《今年三月的太阳》（"The Sun This March"）打破了六年来的沉默。诗人像从空气沉闷的束缚中，冲到空旷的原野上，唤出了他要重新写诗的热望：

> 这铮亮铮亮的朝阳
> 使我想到我经历了怎样的黑暗……

他的创作力这时还没有立即焕发出来，除写了几首短诗外，他在 1931年只再版了《簧风琴》。

史蒂文斯常常到佛罗里达等南方的地方出差，南方温暖的气候、繁茂的草木与新英格兰严寒的生活环境的对照，在史蒂文斯的许多诗中占重要位置。在 1934 年发表的诗篇中，《在基韦斯特形成的秩序观念》（"The Idea of Order at Key West"）最佳，是一首和华兹华斯的《孤独的收割者》一样精彩的浪漫主义诗作。和他的其余的诗的开头相比，这首诗的开头最精彩，描写的是一位姑娘独自在南方海边歌唱：

> 她唱歌，超越了大海的精神。

> 大海从没形成思绪或人声，
>
> 像人体，整个的人体，拂动着
>
> 它空荡荡的衣袖；然而它的模仿
>
> 发出不停的呼喊，常常引起呼喊，
>
> 那不是我们的声音，虽然我们听得懂，
>
> 确确实实是大海非人的声音。

　　诗人就这样地在姑娘的歌唱与大海的呼喊的对比中，探索人生与现实的关系，探索想象力的功能。在史蒂文斯看来，姑娘（或缪斯，或诗人）在她用歌声表达世界和用她的价值观体现世界的过程中，成了唯一的世界设计者。是姑娘的歌声（或诗人的诗）给混乱的大海赋予了秩序的观念。她赋予世界以意义，使世人具体地认识世界。这是史蒂文斯赞颂想象力的又一力作，再次显示了他充沛的诗情。

　　有评论家认为，这是他继承浪漫主义传统的力作，所有的浪漫主义诗人都看到想象、象征、神话和有机的大自然的含义，并把看到的含义看成是克服主观与客观、自我与世界、意识与无意识的间隔所作的巨大努力的一部分。史蒂文斯正是一生对主观与客观、自我与世界的关系孜孜不倦地探索，并在诗中克服两者间隔的诗人。或更确切地说，"主观安排客观"是他一生研讨的美学核心。对现代的评论家来说，浪漫主义往往是同滥情相联系的贬词。史蒂文斯却认为浪漫是诗歌的本质，但须保持其常新，与通常所说的罗曼蒂克正好相反。他在为 W. C. 威廉斯诗集写的序言里，称 W. C. 威廉斯诗歌是浪漫的，旨在褒扬，W. C. 威廉斯却误解了他的本意，以至于感到不快。

　　《在基韦斯特形成的秩序观念》这首诗被收在第二年出版的新诗集《秩序的观念》（*Ideas of Order*, 1935）里。它是该集的上乘之作。在这本作者自称为"本质上是一本纯诗的集子"里，还有一首作者得意的短诗《如何生活，做什么》（"How to Live, What to Do"）。这或许是诗人的怀旧之作，描写他年轻时和艾尔西爬上雷丁镇附近的帕尔皮特罗克山的情景和他在一块突出的大岩石上休息时的心境：

> 昨晚月亮高悬在这岩石的上方
>
> 不纯洁地照在不洁净的世界上。
>
> 这男子和他的同伴伫立在
>
> 雄伟的山峰前休息。

风冷飕飕吹拂他们
发出许多雄壮的声音：
他们离开了有火纹的阳光
寻找比火焰更旺的太阳。

脚下却是簇状的岩石
庞然地高高耸起，光秃秃
越过了山林，山岭像巨人
把手臂伸向云端。
没有人声，也没有戴顶饰的影像，
没有唱诗班的歌手，也没有牧师。
只有这块高大的岩石，
和这两个仍站着休息的人。

只有寒风和寒风的呼啸，
污秽的土地，已在
他们的身后，洪亮的风声
兴高采烈，充满信心。

史蒂文斯在信中谈到这首诗说："它完完全全代表我的思想方式。"他的这种孤芳自赏、脱离社会的思想方式，与 30 年代的美国社会环境和时代精神是格格不入的。在 30 年代经济萧条时期，包括作家在内的大多数美国人，更关心的是社会经济发展和人民的生活改善。1934 年，史蒂文斯晋升为哈特福德保险公司副董事长（直至 1955 年退休），年薪一万七千美元。他当时已过着中产阶级的优裕生活：购置了舒适的住宅和美丽的花园，专门有人为他在巴黎选购油画，吃的是法国奶酪，喝的是法国酒，饮的是锡兰茶，欣赏从中国购买来的绘画和瓷器。他给人们留下的印象是生活上很讲究。在史蒂文斯去世几个月后，W. C. 威廉斯对他评论道："他骨子里是个讲究衣着和仪表的人。你从没看到过史蒂文斯穿得不整洁。结果这也影响了他的诗。"他被视为美国文坛的第一个花花公子，他的作品给人以富丽堂皇的印象。他的《簧风琴》的诗中人大多数很豪华。他的《如何生活，做什么》里的诗中人过的是清高的生活，做的是超凡脱俗的事情。史蒂文斯富裕的生活使他不大可能像桑德堡（经哈丽·门罗的引见，史氏出差芝加哥时见过桑德堡）那样关心社会下层人民的生活。

在 30 年代的美国诗人之中，以 T. S. 艾略特为首的一批诗人对欧洲乃至世界的神话和古典名著感兴趣，并以曲笔反映时代的症结。但包括舍伍德·安德森（Sherwood Anderson, 1876—1941）和约翰·多斯·帕索斯（John Dos Passos, 1896—1970）等著名作家在内的一批左翼作家，受美国共产党的影响，特别是在苏联十月革命之后，思想都很激进，反对逃避现实。有左派思想的批评家坚持认为，诗歌必须具有社会性，诗人必须走出象牙塔，走到街上来，参加广大群众的活动。他们还认为，从整个文学史看，"纯诗歌"走的是岔道。因此，史蒂文斯的诗在当时显得不合时宜。当时有个名叫斯坦利·贝恩旭（Stanley Burnshaw）的诗人，信仰马克思主义，在当时的进步杂志《新群众》（1935 年 10 月 1 日）上发表以《中间立场的骚动》（"Turmoil in the Middle Ground"）为题的文章，对史氏的《秩序的观念》进行了批评性评论。史蒂文斯起初对此感到不悦，认为左派是"一大群哀诉者"，而左派杂志《新群众》是"又一个哀诉处"。但对自己的人生经验和艺术经验经过几星期的反思后，他觉得左派的评论对他有启发，能唤醒他的想象力，导致他的审美观念的更新。他接着便发表了一首 180 多行的长诗《贝恩旭先生和塑像》（"Mr. Burnshaw and the Statue", 1935）。他写信给他的编辑朋友罗纳德·拉蒂默（Ronald Lane Latimer）说，鉴于贝恩旭用共产党观点评论共产主义，他在诗里一开始就描写贝恩旭凝视代表资本主义文明的大理石马雕时的心态：

> 这东西是死的……一切都是死的
> 除了未来。除了理所当然的东西
> 一切都是无生命力的。
> 一切摧毁自己或被摧毁。
>
> 这些甚至不是俄国的动物。
> 它们是雕塑家头脑中的马匹。

诗人企图按照马克思主义观点，讽刺这些资本主义的遗物，暗示资本主义文明将会被未来的共产主义代替。史蒂文斯认为，这是一首证明左派有理的诗，称赞马克思主义者坚持变革、革命和美好未来的观点，但不同意文明一定会按照超前设计的路线发展。他这时似乎对心目中的秩序有了新的看法，在写给拉蒂默的信中说："唯一可能的生活秩序是经常变化的。马克思主义也许会也许不会破坏现存的、美好的思想感情，如果破坏了，它会创造另一个。"诗人的艺术触角继续向这个方向探索，继续试图用马克思主义观点，写了两首诗《餐用鸭》（"A Duck for Dinner"）和《阴沉的外形》（"Sombre Figuration"）。这两首诗同《贝恩旭先生和塑像》一道，被称为史蒂文斯的马克思主义三部曲，再加上《老妪和塑像》（"The Old Woman and the Statue"）和《最绿的大陆》（"The Greenest Continent"），汇成诗集《猫头鹰的三叶草》（*Owl's Clovers*, 1936）。诗人意识到自己从诗的角度，写对马克思主义的认识不在行，但仍试图阐释共产主义历史观和共产党重视无产阶级的态度。他在谈到创作《老妪和塑像》的体会时说："如果我走进画廊，我会发现自己对自己所见到的东西不感兴趣。那时社会的气氛是忧虑和紧张的……我想要涉猎的正是这个题目，我选它来写，是想反映一点当前的现实。但我要把它写成诗，只要我能写诗的话。"[1] 由于这本诗集阐述、辩论太多，再加上抽象，被许多评论家认为是史蒂文斯的败作。不过，30 年代的经济萧条以及由此造成的艺术氛围，改变了一点他的艺术感受和审美观念，使他作了一些有益的尝试，尽管他这时的思想仍然是资产阶级的（例如，他称自己是墨索里尼，称左派纲领是"辉煌的事业""肮脏的信仰"）。诗人本人承认，创作这集诗时很吃力，常常在陈腐的词句和思想中挣扎。他在写给拉蒂默的信中说："我创作《猫头鹰的三叶草》的企图是，在诗里浸泡一下当代的生活。你似乎以为我制作了许多复活节的彩蛋，也许是的。我们俩得等着瞧下一步会怎么样……"

下一步他出版了诗集《弹蓝色吉它的人及其他》（*The Man With The Blue Guitar and Other Poems*, 1937）。标题诗《弹蓝色吉它的人》是一首组诗，分 33 节，在风格上题材上迥异于《猫头鹰的三叶草》。简洁的碎句代替了以前的夸张性长句。词和句常常重复，似乎是他在弹吉它时的音乐回旋。例如：

> 这是使屋顶变白的大海。
> 大海漂进了冬天的空中。
> 这是北风掀起的大海，
> 大海在正飘落的雪里。
>
> 此时的朦胧是大海的阴暗。
> 地理学家和哲学家，
> 凝视着，除为了那只咸杯，

---

[1] Milton J. Bates. *Wallace Stevens: A Mythology of Self.* Berkeley: University of California P, 1985: 185.

除为了屋檐的冰柱——

大海是一种荒谬的形式。
　　　　——第 27 节

　　比起《猫头鹰的三叶草》来，这首诗诗行变短了，切入当代的生活内容变少了，虽然在诗里仍然多少影射政治宣传（第 10 节）、战争和物质进步的方案（第 16 节）、无法实现的乌托邦梦想（第 26、33 节）、老板同雇员的矛盾（33 节），等等，但他主要探讨的是诗与现实的关系。吉它本身没有漆成蓝色，而是通过弹奏吉它（或诗），使本来绿色的世界变蓝了。诗人企图告诉人们，可以用想象中的原来事物代替整个现实，但看什么事物，如何看事物，则取决于人们在时间滞差的情况下想象的结果。诗人用与常人不同的方式看待世界，看到了常人看不到的现象。史蒂文斯似乎认为，诗人高常人一筹，诗人现在看到的事物，常人将来才可能看到，诗人（或吉它手）创造新的现实，不断赋予人类丰富的想象力。因此，史蒂文斯在诗的开头唱道：

那人俯身在他的吉它上，
好似剪羊毛工。天色正发绿。

他们说：“你有蓝色的吉它，
你却没弹出事物的原样。”

那人回答说：“事物的原样
在蓝色的吉它上发生了变化。”

他们接着说：“你必须弹奏
既超越我们又实写我们的音乐，

在蓝色的吉它上弹出
事物原貌的音乐。”

　　诗中的“他们”指常人，诗人（或吉它手）当然无法满足他们的愿望。这也是一首剖析诗的性质及其作用的长诗。史蒂文斯认为这部诗集比《秩序的观念》好，同时认为读《弹蓝色吉它的人》常使人感到厌倦，但又不屑仿照 W. C. 威廉斯，去描摹日常生活的现实。他在给拉蒂默的信中说："富有当代意义的诗，仅是收集当代的一个个意象，还是实际上涉及当代的普通事物？我认为是后者，但（我的）结果似乎令人厌倦。"《弹蓝色吉它的人》使人厌倦的地方，不是没"涉及了当代的普通事物"，倒是他过于抽象。不过，它在史蒂文斯创作生涯中，起了中转站的作用，被看成是诗人通向他创作主要阶段的门槛。

史蒂文斯创作的主要阶段始于 40 年代。他虽已进入花甲之年，但精神矍铄，魁伟的身体充满活力，蓝色的眼睛闪烁着智慧的光芒。与其他多数的美国人不一样，他有着早睡早起的习惯，他步行上班，往往在途中构思诗篇，若有所得时，即刻把主要诗句匆匆地记在笔记本上。自从迁居哈特福德以来，他的社交活动大大减少了。他爱离群索居，但不排斥和国外少数老朋友通讯交往，请他们从国外，例如，从中国和锡兰，购买他所喜爱的扇子、木雕佛像、玉屏、黑水晶狮子，等等。东方的艺术品激发他的想象力，他感到轻松愉快，而从法国买来的油画，则使他感受到了世纪末的虚无情调。他喜爱在他花园里的玫瑰或菊花丛中用餐，或呷酒，或品茶，或玩味一块上等奶酪，享受高雅的生活乐趣。

他的一半诗作就是在这 10 年的舒适环境里完成的。他出版了《世界的各部分》（*Parts of a World*, 1942）、《关于最高虚构的札记》（*Notes Toward a Supreme Fiction*, 1842）、《恶之美学》（*Esthetique du Mal*, 1945）等多部诗集，[①] 其中《关于最高虚构的札记》《恶之美学》《夏天的信赖》（"Credences of Summer", 1946）、《石棺里的猫头鹰》（"The Owl in the Sarcophagus", 1947）、《秋之朝霞》（1947）和《纽黑文的普通黄昏》（"An Ordinary Evening in New Haven", 1949）等单篇是他这个时期的力作。

《关于最高虚构的札记》更是他的厚重之篇，体现了他绝大部分的诗歌见解。弗兰克·克莫德（Frank Kermode, 1919—2010）认为，史蒂文斯的最高虚构是一个另类世界，一个想象的世界，这个世界"编织它经常变化、经常讨喜的虚构覆盖物"遮盖住现实世界。[②] 在史蒂文斯看来，人在想象他的世界时的绝技是诗，是最高虚构；最高虚构代表人类对世界的一

---

① 除此之外，还有《无地点的描绘》（*Description Without Place*, 1945）、《向夏天运送》（*Transport to Summer*, 1947）、《三个学术篇章》（*Three Academic Pieces: The Realm of Resemblance, Someone Puts a Pineapple Together, Of Ideal Time and Choice*, 1947）、《像天体的原人》（*A Primitive Like an Orb*, 1948）、《秋之朝霞》（*The Auroras of Autumn*, 1950）等。

② Frank Kermode. *Wallace Stenvens*. London: Oliver and Boyd, 1960: 24. 转引自 Christopher Beach. *The Cambridge Introduction to Twentieth-Century American Poetry*: 51.

种观念；现实是朦朦胧胧、捉摸不定的，外部世界是混乱无序的，而想象力是获得与现实创造性结合并赋予其意义的唯一官能。为此，史蒂文斯提出诗歌的三大功能（正好是该诗的三章标题，而每章都等称地分为十节）：

1）它必须抽象。史蒂文斯认为，真正的诗必须审视人生，揭示人生和世界的原貌，因此必须抽象。

2）它必须变化。史蒂文斯反对寻找永恒不变的真理，必须挖掘经常变化的客观现象和人生经验。

3）它必须给人以愉悦。史蒂文斯认为，在想象力与现实创造性地结合下创作的诗，必定给诗人带来愉快，也应与读者分享。作者在诗末尾，总结道：

> 战士啊，心灵与天空，
> 思想与日夜，发生了战争。
> 为此，诗人常在阳光里，
>
> 在他的房间里，把月亮缝合
> 到他的维吉尔式韵律里，上上下下，
> 往复不停。这是一场永不结束的战争。
>
> 然而，它取决你的战争。这两个战争是一个。
> 它们是复数，一右一左，是一对，
> 是两个类似物，只要在它们的影子的
>
> 集会里，它们便相会在一起，或者
> 相会在兵营的书本里，马来亚寄来的信里。
> 但你的战争结束了。接着你回去
>
> 带着六份肉食，十二瓶酒或什么也没有
> 走到另一个房间……先生，同志，
> 没有诗人的诗行，这战士便可怜了，
>
> 他不足道的讲义提纲，阻塞的声音
> 不可避免地变调了，在鲜血里。
> 战争对战争，每一个都宏伟。

何等的简单，虚构的英雄变成真英雄；
如果战士非死不可，他带着高尚的话快活地死去，
否则靠忠言的面包过活。

这几行诗，我们在初看之下，发现似乎是胡言乱语，其实凝聚了诗人丰富的人生经历和艺术体验。依照诗人之见，在我们崇拜的英雄中，有多少不是经过艺术加工的？古往今来，不知有多少士兵天真无辜："带着高尚的话快活地死去"。当然他没有也不可能在此分辨战争的正义与非正义，理顺生活的真实与艺术的真实的辩证关系。但不得不承认，诗人在创作这首诗时的思维空间比以前开阔多了。这首诗不但在内容上涵盖广阔，而且在艺术形式上谲意挺峭、富丽典雅，例如：

在天空般广阔的大海里的蓝色岛屿上，
栽树人死了很久之后，茵橘林
继续开花，结果，残留了几捧石灰，

他的屋子坍塌在此处，三株参差不齐的橘树，
载着一片沉甸甸的厚绿。这些是栽树人的绿松石
和橘黄的圆疙瘩。这些是他单调的绿色，

一种在最绿的阳光里焙烤得更绿的绿色。
这些是他的海滩，他的白色沙土里的海桃金娘，
他的带泥沙的海水，沿着长长海滩发出啪啪声。

无论从《关于最高虚构的札记》，还是从这个时期其他的一些主要诗篇来看，诗人想象力的泉水仍然在欢快地奔流，虽然不乏冗长平淡的篇章。总的来说，史蒂文斯已创作了大量富有鲜明个性的诗歌，在40年代晚期，已无可辩驳地进入了美国少数几个最主要的诗人行列。

史蒂文斯最后五年（1950—1955）的诗作在抱负和规模上不如《关于最高虚构的札记》。1954年，他的朋友们在纽约哈莫尼俱乐部举行大型庆祝会，庆祝他的《诗歌合集》（*Collected Poems*, 1954）出版，表达了人们对他40多年来在诗歌园地辛勤耕耘的崇敬之情。像其他的知名诗人一样，他在晚年也获得了一连串的诗歌奖：哈丽特·门罗诗歌奖（1946）、博林根诗歌奖（1950）、国家图书奖（1951、1955）和普利策奖（1955）。虽然这

些奖似乎来迟了些，但毕竟是对他卓越贡献的承认。史蒂文斯生性不喜欢标榜自己，也不喜欢被人标榜，这在文人中是难能可贵的。约翰·克劳·兰塞姆因故未出席 1954 年在纽约举行的庆祝会，写信向邀请人艾尔弗雷德·诺夫致歉，并且由衷地赞扬了史蒂文斯："我最爱他的诗，事实上，我认为他的诗之可贵，不仅是其品格，而且是其思想：对我来说，他为建立在崇高之上的世俗文化辩护……"诺夫认为兰塞姆的赞扬对推销史氏的诗集有商业价值，建议编辑用来作广告。编辑征求史氏意见，遭到拒绝。史蒂文斯不喜欢人家对他的诗歌成就一劳永逸地下结论，也不喜欢自己被归属到某个流派或某个信条中去，不管它如何崇高。

在他晚年的诗篇中，公认的优秀之作是他的《磐石》（"The Rock"，1950）、《致罗马的一位老哲学家》（"To an Old Philosopher in Rome", 1952）和收在《诗歌合集》里的《磐石》部分中的一组诗。史蒂文斯在向世界告别的诗《当你离开房间时》（"As You Leave the Room", 1954）里，悲凉而从容地回顾了他一生的创作道路，始终不渝地认为诗人的创作活动是使"非真实"（即虚构）成为真实。他去世当年的最后一首诗是《论纯粹的存在》（"Of Mere Being", 1955）。史蒂文斯直至生命旅程的终点，仍然坚信不写表面的现实是诗人的最高职责，于是向我们揭示了他想象中的一幅超现实的图景：

> 心灵尽头的棕榈树，
> 越过最后的思想，升高
> 在黄铜色的远方。
>
> 一只金翅鸟
> 在棕榈树上歌唱，没有人意，
> 也无人情，是一支陌生的歌。
>
> 须知它不是使我们
> 高兴或不高兴的理智。
> 鸟唱着歌，羽毛闪闪发亮。
> 棕榈树站在宇宙的边缘。
> 风在树枝里慢慢吹动。
> 鸟垂下了火亮的羽翼。

　　这是一个最高虚构的另类世界，在这个世界里，诗人以金翅鸟自比，鸟的歌就是他的诗，不是为了听众（或读者）高兴或不高兴而歌唱（或作诗），他唱歌是因为他要唱。他也像站在宇宙边缘的棕榈树，一辈子不愿意沿前人走过的康庄大道，而宁可艰难地在诗感的前沿，在真实与"非真实"的边缘，勇往直前，至死不变。

　　史蒂文斯的艺术生命永驻。1977 年 1 月 25 日创建了华莱士·史蒂文斯协会（The Wallace Stevens Society）。在同年创办了《华莱士·史蒂文斯杂志》（*The Wallace Stevens Journal*），它至今仍然为广大学者和读者提供有关史蒂文斯及其作品的研究新成果。

第二章　美国现代派诗歌的开路先锋：
意象派诗歌

　　意象派诗歌运动是在伦敦开始，接着同时在英美两国展开的。从 1914年至 1917 年，意象派诗人出版了他们的诗集，亮出了他们的宣言，树起了他们的大旗。主要有四位美国诗人（庞德、H. D.、艾米·洛厄尔、弗莱彻）和三位英国诗人（阿尔丁顿、F. S. 弗林特、D. H. 劳伦斯）始终与这个运动紧密相连。庞德是意象派运动的主要力量，但意象派诗歌仅是他诗歌生涯中的一个部分。弗莱彻虽不是标准的意象派诗人，但他的成名得益于意象派诗歌，把他归类在这里是适当的。只有 H. D. 和艾米·洛厄尔这两位女将一心投入意象派运动，虽然她们的诗风在创作后期都发生了变化。

第一节　意象派诗歌运动

　　20 世纪初开始兴起的现代派文学运动中，意象派，如同表现主义、未来主义、超现实主义和启示录派等流派一样应运而生。在对 19 世纪末的颓废情绪和诗歌过于啰唆、过于感情宣泄的反拨中，一批英美诗人把东方的诗艺（如中国古典诗歌和日本俳句）与西方经验主义哲学结合起来，并且同时借用现代绘画和雕塑的某些表现手法，为意象派诗歌的诞生奠定了基础。

　　在庞德首次明确提出并倡导意象派诗歌之前，第一次世界大战中牺牲的英国青年哲学家休姆（T. E. Hume, 1883—1917）早有类似意象派诗歌理论的想法和主张。休姆深受法国哲学家柏格森和日本诗歌的影响。他激烈反对维多利亚诗歌过分模糊抽象，过分雕琢矫情，主张诗歌要写得坚挺（hardness）、明晰（clarity）和严谨（restraint），并且无说教味。1908 年，他在伦敦建立"诗人俱乐部"，团聚了一批有志于诗歌改革的人士。次年 1月，该俱乐部印行休姆的诗歌小册子《为 1908 年圣诞节而作》（*For Christmas MDCCCCVIII*），其中《秋》（"Autumn"）和《城市夕照》（"A City Sunset"）尤为出色，后来被认为是最早的意象派诗。同年 3 月，休姆又与弗林特（F. S. Flint, 1885—1960）、弗朗西斯·坦克雷德（Francis Tancred, 1874—1925）和约瑟夫·坎贝尔（Joseph Campbell, 1879—1944）等志同道合者，常在星期四晚上到伦敦的索霍区便宜餐馆聚会，讨论当时的诗歌现状，探索改革的途径。一个月以后，刚到伦敦不久的庞德也加入了他们的星期四讨论会。庞德与他们对诗歌的见解正好不谋而合。[①]

庞德读了阿尔丁顿（Richard Aldington, 1892—1962）和 H. D. 的近作，发觉他们写的正是符合他主张的意象派诗，于是把他/她们的诗推荐给美国的《诗刊》。他在作者介绍里，称阿尔丁顿为意象派诗人之一，H. D. 的名字后面索性署了意象派诗人字样。这两人的诗分别发表在该刊 1912 年 11 月和次年 1 月号上。1912 年，庞德的诗集《回击》（1912）面世，他把休姆的诗篇作为该集的附录。在附录的介绍里，庞德首次正式使用了"意象派诗人"专有名词。1913 年 3 月号的《诗刊》上，发表了弗林特的文章《意象派》（"Imagisme"）和庞德的文章《几条戒律》（"A Few Don'ts"）。弗林特在他那篇文章里，提出了著名的意象派诗歌三原则：

1）直接描写客观事物；
2）绝对不使用无济于表现事物的词语；
3）关于韵律：采用乐句，不用呆板的节拍。

庞德和 H. D. 完全同意这三条原则，并把这三条作为意象派宣言的主要内容共同提出来了。庞德在《几条戒律》中也表达了类似的意见，但更加具体。1914 年 7 月，庞德主编的诗选《意象派诗人》（*Des Imagistes*）问世。在庞德的带动下，意象派诗歌运动就这样地开展起来了。

如上所述，最初卷入这场运动的正式成员有七个：庞德、H. D.、弗莱彻、艾米·洛厄尔、阿尔丁顿、弗林特和 D. H. 劳伦斯。根据他们这个时期的理论和实践，我们对意象派诗歌的基本特色可以作如下概括：意象派诗是以意象作为诗歌的基本单位，直接表现所观察到的事物本身而不加任何解释或评论。诗人只不过是搜集体验（尤其是视觉效果的数据）。意象派诗是一连串的意象并置，不允许抽象的语言进入其中。用庞德的话说，意象派的口号之一是"精确"，即准确地描摹事物，力戒空发议论或感叹。这

---

① 庞德在 1908 年 10 月 21 日写信给 W. C. 威廉斯，提到他的四点诗歌主张：1）描绘我所看到的事物。2）美。3）脱离说教。4）重复一些他人写得较好的或较简洁的东西是好的写作方式。完全独创当然不可能。一般中国学者认为，庞德的意象派诗是从中国唐诗中借用来的或受到唐诗影响，这与历史事实不符。

样势必使一些形容词、连接词乃至动词显得多余。它是突破传统格律的自由诗，没有定式，形式为内容服务，一反过去内容迁就形式的风气，给维多利亚时期出现的滥情或感情极度张扬的诗风以有力的冲击。

庞德典型的意象派诗是他受日本俳句影响的《地铁站里》和他根据李白的《玉阶怨》改写的《宝石阶梯的苦情》（"The Jewel Stair's Grievances"）以及《少女》（"A Girl"）等。H. D. 的《山林仙女》（"Oread"）、弗林特的《天鹅》（"The Swan"）、艾米·洛厄尔的《秋》（"Autumn"）、弗莱彻的《不安静的街道》（"The Unquiet Street"）等都是典型的短小精致的意象派诗篇。这些诗都是寥寥数行，围绕一个或几个意象，用最简明的语言进行白描，干净利落，不拖泥带水。这是意象派诗的优点，但同时又存在缺点：容量不大，静止的描写，单调，缺乏立体感，缺乏力度，因为它只看重视觉的功能。曾经也被列入意象派诗人队伍里的 W. C. 威廉斯后来提出"不表现观念，只描写事物"的著名口号，简单而扼要地凸现了意象派诗的特色，也包含了上述的缺点。诗人很难运用这一艺术形式创作鸿篇巨制，抒发复杂的思想感情。实践证明，具象和抽象是诗歌的两只翅膀，缺一不可，否则势必难在美丽的想象王国平稳地翱翔。意象派诗只有一部分是优秀的，其他的诗篇，无论用何标准衡量，都很难称得上是上乘之作。

庞德领导的意象派诗歌运动时间不长。他不久与弗林特在意象派诗歌理论上意见不合。庞德对弗林特发表在《自我中心者》（1915 年 5 月 1 日）杂志上的文章《意象派的历史》（"The History of Imagism"）特别不满，认为弗林特曲解意象派，说他是印象派。一般认为，意象派诗受象征诗影响，但两者有明显区别。弗林特认为："典型的意象派诗以看到的事物开始，而后为它发现意义。象征派诗以意义开始，而后为它在意象里寻找体现。"[①]这位掌握了十国语言、特别精通法国诗的英国诗人不认同庞德，和他进行激烈的辩论。这时庞德可遇上了对手，不久又遇上了女对手艾米·洛厄尔。

艾米·洛厄尔读到 1913 年元月号《诗刊》上发表的意象派诗时，发觉与她的诗美学有类似之处，便带了哈丽特·门罗的介绍信，到伦敦去会见庞德。庞德热情地为她改诗，认为她的诗平平，在他编选的意象派诗集里，只收录了她的一首诗，主要选了阿尔丁顿、H. D. 和自己的诗，其他的人也只有一首入选。不过，他当时选诗的标准，很难说完全符合意象派审美标准。在这个集子里，有自由诗、散文诗以及其他反传统的新尝试之作。这位勇敢的女诗人很快与庞德分庭抗礼，提出：如果需要，她可以出

---

① F. Cudworth Flint. *Amy Lowell*. Minneapolis: University of Minnesota P, 1969.

钱印诗，但今后入选的诗应该均等。庞德不以为然，认为在艺术作品的选择上，无民主可言。不过，艾米·洛厄尔的主张却得到了其他意象派诗人的拥护，阿尔丁顿、H. D.、弗林特、D. H. 劳伦斯和弗莱彻等人都支持她，使她在 1915 年顺利地出版了她编选的诗集《一些意象派诗人》(*Some Imagist Poets*)。她把庞德的法文意象派一词英语化。阿尔丁顿为选集起草的、经过艾米·洛厄尔修改的前言，着重提出意象派诗歌的六条原则，作为他们的纲领。条文很详细，主要的意思是：使用普通语言；创造新韵律；自由选择题材；精确描绘意象；务使诗变得坚挺而明晰；浓缩而不拖沓。不过，这些同庞德原先提出的口号相比，没有多大原则的区别。庞德对此也注意到了，认为他们没有多大的新创造。使得庞德恼火的是，艾米·洛厄尔把他主编的意象派诗选里的一些诗篇也收了进去，而收进去的一些诗人的诗，有的根本与原来界定的意象派诗标准不搭界。有评论家认为，庞德谴责她偷取了"意象派"这个专有名词，把它的内涵稀释了。[①] 庞德把艾米·洛厄尔提倡的意象派诗蔑视为"艾米主义"或"艾米派"（Amygism）。

　　不过，无论是庞德还是艾米·洛厄尔，她/他们提出的这些意象派诗歌原则，不全是为意象派诗人所独有，早在她/他们之先的大师们已经注意到了。谁也不能否认莎士比亚不吸收普通人民的语言，华兹华斯不但在实践上而且在理论上，阐述日常语言的重要性。因此，庞德也承认完全独创是不可能的，最好的办法是重复使用他人较好或较简单的手法。

　　艾米·洛厄尔富有，进取心强，有组织才能。她通过朗诵、演讲和接见等方式去影响读者、编辑和评论家。她遭到持不同意见的诗人和评论家的抨击，双方于是各在许多杂志上展开争辩。论战的结果，却使这个流派比其他流派更加闻名于世。据阿尔丁顿后来估计，意象派诗选销售量达 2 万册，处处出现了模仿写意象派诗的诗人。根据艾米·洛厄尔的计划，每年出一集《一些意象派诗人》，连续出五年，可是由于第一次世界大战和意象派诗人的兴趣个个转到其他方面，到 1918 年就正式中断了出版计划，总共只出版了三本诗选。她领导的意象派团体也就自行解散了。她对此总结说："不再出版《一些意象派诗人》，选集已完成任务。这三本小书是这个流派的萌芽和核心，其扩充和发展可在本集团各成员未来的作品里找到。" H. D. 与阿尔丁顿编选的《意象派诗集》(*Imagist Anthology*, 1930) 在 1930 年出版时，艾米·洛厄尔业已去世，这时已是意象派运动的余波。一时轰轰烈烈的意象派运动逐渐冷淡，最后停止下来。

---

① Christopher Beach. *The Cambridge Introduction to Twentieth-Century American Poetry*: 77.

意象派运动的衰微有深层的历史原因。经过了第一次世界大战洗礼的西方作家们，意识到西方的文明已经衰退了，开始用不安和怀疑的眼光，观察西方社会，对混乱的世界不断地探索。《荒原》和《休·赛尔温·莫伯利》正是反映时代精神的力作。在这样的氛围里，诗人们感到意象派诗的艺术手法不足以充分表现人们的探求精神，也不能充分揭示整个一代人由残酷的战争养成的破碎感。敏于时代脉搏的诗人，自然地放弃短小的意象诗或抒情诗，而去构建宏伟的长篇史诗。

如果按照出版意象派诗集的时间划分时期，意象派运动大致可分三个时期：1914 年以前是酝酿阶段，以休姆为代表；1914 年～1917 年是盛期，H. D.、阿尔丁顿、弗莱彻等一批诗人的作品被选入庞德和艾米·洛厄尔各自编选的意象派诗集里；1918 年～1930 年是尾声，其中以 H. D. 和阿尔丁顿为代表。

意象派诗人到后来都在各种不同的程度上发生了变化，庞德不久转向漩涡派诗歌。H. D. 继续写正宗的意象派诗，但是她创作后期的诗风有了巨大变化。爱德华·斯托勒这时也创作了一些符合意象派标准的诗，例如：《意象》《街道魅力》和《美丽的失望》等。其他的意象派诗人也如此，不过意象派的影响仍然存在。我们通过 W. C. 威廉斯，可以看到意象派诗歌的影响，它像一条红线，贯穿在查尔斯·奥尔森、莱维托夫、克里利、罗伯特·邓肯和肯明斯等人的作品里。罗伯特·布莱、詹姆斯·赖特、威廉·斯塔福德和路易斯·辛普森等一批有共同思想倾向和艺术特色的优秀诗人，把意象派诗发展成为深层意象派诗。他们还被称为情感意象派诗人或主观意象派诗人或现象意象派诗人，总之，不管什么名称，反正离不开意象这一核心。由此可见，意象派运动对美国诗歌的影响之深，使美国诗歌避免了过于晦涩、过于智识化、过于着重心理活动的弊病。通过意象派诗人大张旗鼓的宣传，有利诗歌健康发展的一些基本原则，在美国诗歌园地里扎了根。虽然意象派诗歌本身存在一定的局限性，但它的功绩在于为现代派诗开了先河，T. S. 艾略特把它看作是现代派诗的起点。[①] 杰伊·帕里尼在评价意象派诗时说："对以强调'直接表现所观察到的事物本身'为重点的这一美学的影响，不论怎么估价也不可能过分。20 世纪的美国诗歌大部分是以意象为中心的，甚至在总体上是叙事的时候也是如此。对于突出具体性有着高于一切的关心，它源于爱默生，他一贯反对语言抽象。"[②]

---

① T. S. Eliot. "American Literature and the American Language." 1953.

② Jay Parini. "Robert Frost." *Columbia Literary History of the United States*: xx.

第二节　H. D.（Hilda Doolittle，1886—1961）

1913 年，一个十分罗曼蒂克的女子，突然以"意象派诗人 H. D."见称于英美诗坛。她就是从 1919 年开始像 T. S. 艾略特、庞德和格特鲁德·斯泰因一样，长期侨居欧洲的希尔达·杜利特尔。她一般被视为特别纯正的优秀意象派诗人。许多批评家和文学史家认为，庞德推动意象派运动，就是为了要促进 H. D. 的诗歌创作，但还有不少批评家认为，为了描述和鉴定 H. D. 的早期诗歌，丰富和发展了意象派诗歌理论。因为她不是为了满足意象派诗的审美要求而创作，也没有参加庞德与阿尔丁顿、艾米·洛厄尔等人就究竟什么是真正的意象派诗而公开打笔墨官司。她天生有浓缩语言、捕捉意象、使诗行富于音乐性的本领。她和庞德、T. S. 艾略特以及其他第一代现代派诗人一道，为战胜传统的风雅派和建立现代派诗歌做出了重大贡献。这不但从她获 1915 年《诗刊》诗歌奖和 1917 年《小评论》诗歌奖可以证明，而且从大批著名诗人在 20 世纪头 10 年间对她的充分肯定也可以看得出来。F. S. 弗林特、艾米·洛厄尔、康拉德·艾肯、阿尔丁顿、路易斯·昂特迈耶、T. S. 艾略特、W. C. 威廉斯、哈丽特·门罗、玛丽安·穆尔等诗人对她都有高度的评价。庞德夸 H. D. 是"自从艾米莉·狄更生以来最优秀的美国女诗人"。学术界新近的研究成果表明，意象派诗歌创作活动只不过是在 H. D. 创作生涯的早期，而在 40 年代和 50 年代，她的创作又有了新的发展方向。她是一位传奇式的人物，她的性开放与英美的主要作家紧密相连，与她的文学事业也密不可分。

H. D. 出生于宾州的数学、天文教授家庭，从小受到良好教育，广泛涉猎希腊和拉丁文学。在学生时代，与庞德、W. C. 威廉斯和玛丽安·穆尔往来密切。庞德钟情于她，曾私下订婚，但遭到女方父亲竭力反对。1911年，她访问欧洲，在伦敦与庞德重叙旧情。经庞德的引见，H. D. 结识了伦敦的一批锐意革新的青年诗人，其中一个较突出、年龄比她小 6 岁的阿尔丁顿（数年后成为美国公民）和她情投意合，两年后结为伉俪。这对夫妇都对希腊诗歌感兴趣，并且两人合译过希腊诗。

庞德对 H. D. 情有独钟，他后来承认发明意象派这个专有名词是"为了让 H. D. 和阿尔丁顿有足够的作品编成集子才抬举他们的"。H. D. 也爱他，但同时与他的意见有相左的地方，特别是在政见上。当庞德亲法西斯和反犹太的倾向愈加明显时，H. D. 切断了与他的联系。不过，H. D. 仍想念庞德，在晚年回忆时承认，庞德在构建现代派诗歌中起的关键作用，如同文艺演出的主持人。他盛气凌人，但同时慷慨助人；言谈举止粗率，但公平合理；为别人审稿时砍削随意，但有高超的眼光（他对待《荒原》便是最典型例子）。严格地说，H. D. 之所以能登上诗坛，起初是庞德一手提拔的，对于这一点，她一直铭记在心，尽管后来没有和他成婚。庞德在 1912 年写信给哈丽特·门罗，大力举荐 H. D.，说："我又有幸给你寄美国人创作的现代作品。我说它现代，是因为它用了意象派诗人的简洁表达法，即使是古典题材……我能在此和在巴黎给你看的这类美国货，不会贻笑大方。客观描绘而不转弯抹角，直截了当而不滥用形容词，不用经不起推敲的比喻。它是直率的谈吐，直率得像希腊人一样！"

H. D. 的意象派诗歌品格的确符合庞德的评价。她感情恬淡清冷，用字简练，有时简洁到近于牵强的地步，刻画的形象轮廓清晰、分明，几近于中国宋词的小令。例如《水池》（"The Pool", 1915）：

> 你还活着吗？
> 我摸一摸你。
> 你像海鱼似地颤动。
> 我用网罩住你。
> 你是何人？一个被捆绑者？

又如《路神赫耳墨斯》（"Hermes of the Ways", 1913）的第一部分第一、二节和第二部分第一、二节：

> 结实的沙滩裂了，
> 它的沙子
> 像酒一样清纯。
>
> 远处它的盟友：
> 风，
> 正在宽阔的海滩嬉戏，
>
> 堆起一道道小小的沙脊，
> 巨浪
> 冲上了海滩。

......
这小小的
白色溪流，
从长满白杨的山上
流到地底下，
但溪水多么甜美。

矮小的林子里结的苹果
坚硬，
太小，
成熟太迟，
在海雾里挣扎的
绝望的太阳难以照耀。

　　和美国风雅派诗或英国乔治派诗人相比，H. D. 的这些诗行既简洁又新鲜，一扫英美诗坛的滥情主义的坏诗风。她的诗大致可分两部分，一部分取材于希腊神话和古典作品。除了上文引的两首著名的诗篇之外，还有《山林仙女》《普莱帕斯》（"Priapus", 1913）、《警句》（"Epigram", 1913）、《雷斯》（"Lais", 1914）、《丽达》（"Leda", 1919）和《海伦》（"Helen", 1924），等等。她不是为古而古，她笔下的神话人物和古代世界，都充满了现实世界的情趣，同现实社会有着微妙的关系。她的另一部分诗取材自然界的景物。著名的短篇，除了上述的《水池》外，还有《花园》（"The Garden", 1916）和《在紫光中旋转的群星》（"Stars Wheel in Purple", 1938），等等。自然界的一草一木，一山一水，天气冷暖和昼夜变化等都能使她激动不已，浮想联翩。例如，天气的闷热，在她的感觉里竟变得厚实了，以至于

　　果实不能穿过
　　这粘厚的空气落下来——
　　果实不能掉进
　　这挤压和磨钝犁尖、
　　搓圆葡萄的闷热。
　　　　——《热》

北极星在她看来，与灿烂的群星不同，他，

一副清醒、冷静、高傲的脸，
当所有其他的星星纷纷凋落，
你的星像钉铆紧，严格守约，
独自为暴风里的货船指引。
　　　　——《在紫光中旋转的群星》

根据评论家西雷娜·庞德罗姆（Cyrena N. Pondrom）的考察，[①] 庞德和阿尔丁顿在发表 H. D. 的诗歌之前，已经使用了意象诗人这个词，但发表在 1913 年 1 月号《诗刊》上的《路神赫耳墨斯》《普莱帕斯》和《警句》，才算是意象派诗第一次名符其实地面世，庞德在看了这几首诗之后，他的诗风剧变。

使 H. D. 名声大振的，还有另一首诗《山林仙女》：

翻腾起来吧，大海——
把你的松针翻腾起来，
把你大堆的松针
向我们的礁石泼过来，
把你的绿色向我们身上猛掷吧，
用枞叶的漩涡把我们覆盖。

单凭这一首精彩的短诗，她被公认为最典型的意象派诗人和艺术大师。

《海园》（*Sea Garden*, 1916）是她创作早期最好的一本诗集。在这本诗集里，多处描写了各式希腊神祇和神殿以及希腊风光，一般读者都以为，H. D. 的这本诗集以希腊神话为主要题材，但据她后来对她的朋友、耶鲁大学教授、她 40 年代和 50 年代的文学代理人诺曼·皮尔逊（Norman Holmes Pearson）透露，诗中对石岸、森林和鲜花的描写，是根据她对童年在美国家乡的自然环境的回忆而来的。她创作时，虽然身在伦敦，但《海园》里的自然世界源于她母亲的花园，上达比的田野和树林，缅因州、新泽西州和罗德岛的海岸线。她反传统的诗行里和谐与不和谐的节奏，是她把母亲的音乐天赋转化成语言的结果。H. D. 在创作早期，利用自然世界探索自己的"主观意识"，并使之客观化、具体化。她笔下的风、大海、沙

---

① Cyrena N. Pondrom. "H.D. and the Origins of Modernism." *Sagetrieb* 4, Spring, 1985: 73-100.

滩、彩虹女神，是她情感的"客观关联物"。例如，上文所引的《热》（"Heat",
1916）诉诸通感，生动地刻画了闷热的可触摸性，传达了作者对奇热的感
受，也是一首典型的移情诗。凭借大自然的客体，使主观意识具体化或客观化
是 H. D. 的拿手本领。当然寄情于物的手法决不是她的独创，但她在这方
面，做得的确比一般诗人出色。

　　H. D. 在诗中使主观情绪客观化，但无法掩饰她蕴藏在诗里的炽热感
情。乍读她的诗，它表面冷若冰霜，带有 T. S. 艾略特所主张的非个人化
色彩，但若经过细读，你不禁会感到诗人的火灼激情，无论读她的《山林
仙女》《艾空》（"Acon", 1914）、《海神》（"Sea Gods", 1916）、《果园》
（"Orchard", 1916）还是《女猎手》（"Huntress", 1916）。这正是她的意象派
诗与其他意象派诗人的诗的区别之所在。这与 H. D. 狂热的性开放有关系
（下面将详述），因此有批评家把她比成希腊女诗人萨福，一个既是母亲又
是女同性恋者，而且还是大胆地超越男性诗歌传统的女诗人。H. D. 也乐意从
萨福其人其诗中寻找认同。她的诗集《海园》恰恰反映了诗人挣脱令人窒息
的家庭花园，走向狂野的大海花园的欲望，也反映了诗人想抛弃传统女性温
顺的热烈追求。该诗集的开篇诗《海玫瑰》（"Sea Rose"）赞颂的不是美丽的
家玫瑰，而是湿漉漉的海玫瑰。她的许多意象派诗若隐若现地否定或修改传
统文化对人的性别的描述及其期待，歌颂富于阳刚之气的女性。这正符合 70
年代女权主义批评家的审美要求，使她的名声在 20 世纪后半叶的文坛又响亮
了起来。

　　在伦敦亲身经历过一战的 H. D.，在《海园》里对这个重大的历史事件
反映不多，其中只有《损失》（"Loss"）和《囚徒》（"Prisoners"）这两篇间
接地提到了一战，而大战把她在意象派运动中获得的喝彩声掩盖了。须知
20 世纪西方文化的信仰危机是现代派的起点，人们信仰失落，体验着破碎、
瓦解感，因而一度兴旺的意象派诗歌逐渐受到了冷落。T. S. 艾略特和庞德
之所以成为大家，对现代派运动有着重大的影响，与他们的时代使命感、
历史责任感密不可分。H. D. 在这方面略逊一筹。尽管她是一位很开放的
女子，但她在一战期间陷入了个人危机，以至无暇顾及时代的大方向。

　　H. D. 这个时期的个人危机集中在爱情与婚姻上。首先，1915 年，她
听到卢西塔尼亚失陷的消息时感到震惊，继而流产。其次，1916 年阿尔丁
顿入伍后性格改变，嘲笑她所投身的文学事业，并且和 H. D. 的朋友以及
其他女子发生婚外恋。经 H. D. 和阿尔丁顿双方同意，H. D. 在大战期间
离开伦敦，和在康沃尔的音乐史家赛西尔·格雷（Cecil Gray）同居，结果
怀孕，直至阿尔丁顿复员回家为止，使阿尔丁顿感到很不自在，但 H. D. 拒

绝流产，引起夫妇关系紧张。再次，她钟情于情种 D. H. 劳伦斯，向他求爱时遭到他的拒绝，因而结束了与他密切的文学交流关系，这使她大感伤心。第四，大战期间，她的兄弟古尔伯特去世，随后在 1919 年父亲去世。数起打击接踵而来，最后导致 H. D. 一度精神崩溃。

在 H. D. 处境最困难的时候，富有的英国女作家威妮弗雷德·布丽尔（Winifred Bryher）向她伸出了拯救的手。她的原名叫安妮·威妮弗雷德（Annie Winifred），布丽尔是她的笔名。①她是英国的一个船舶大王的女儿，自学成才的小说家，1894 年生，小 H. D. 八岁，愤于传统的男女等级制，希望自己是一名男子，因而混淆了自己的女性身份，竟爱上了 H. D.，乐意和 H. D. 一道抚养 H. D. 的私生女弗朗西丝·珀迪达（Frances Perdita）。②从 1919 年至 1923 年，H. D. 在布丽尔的陪同下旅游散心，不但恢复了身心健康，而且恢复了她的创作力。1920 年去希腊春游，对 H. D. 的时空观的改变起了至为重要的影响。同年秋，她俩旅行美国，H. D. 会见与她早已保持通信联系的玛丽安·穆尔；1921 年，布丽尔突然宣布与美国作家、战后"迷惘的一代"的代言人罗伯特·麦卡尔蒙（Robert McAlmon, 1896—1956）结婚，目的是对家庭有一个好交代，而且可以获得家里给她的大笔钱，资助文学艺术的发展。③从此 H. D. 和布丽尔夫妇往返于伦敦、巴黎和瑞士三地。实际上，布丽尔与麦卡尔蒙的婚姻是基于利害关系的婚姻，她允许他利用她的一些个人财富，资助他在巴黎创立联系出版社（Contact Press）。这期间，她与丈夫以及 H. D. 共享婚姻生活，1927 年离婚。

H. D.、布丽尔与玛丽安·穆尔合作的第一个项目，便是在玛丽安·穆尔不知情的情况下，出版了她的第一本《诗抄》（*Poems*, 1921）。H. D.、布丽尔和玛丽安·穆尔之间的友谊，成了这三位女作家在感情和创作上的支柱。1923 年，H. D. 和母亲及布丽尔的埃及之行给 H. D. 扩大了视野，为她后来创作小说《羊皮纸》（*Palimpsest*, 1926）和长诗《海伦在埃及》（*Helen in Egypt*, 1961）提供了素材。总之，H. D. 与布丽尔广泛的旅行，引导了她日后 20

---

① 她的全名：安妮·威妮弗雷德·埃勒曼（Annie Winifred Ellerman）。

② 在布丽尔与 H. D. 相好之前，H. D. 早在 1910 年同时爱上庞德和女诗人弗朗西斯·格雷格（Frances Gregg）。H. D. 视弗朗西斯·格雷格为她"孪生灵魂"，以摆脱成为庞德产生写诗灵感的装饰品地位。H. D. 认为 1910 年是她的"弗朗西斯·格雷格时期"。她创作初期写的一些她所喜爱的抒情诗，都是为弗朗西斯而作的。但当她发现弗朗西斯与庞德私通时，她更感委屈，好像受到了双重的背叛。H. D. 的异性恋和同性恋结合而成的三角恋爱，后来成了她生活的主要模式。她后来请教弗洛伊德分析她的性心理，并且在她的作品中多有流露。

③ 布丽尔每年给 H. D. 和多萝西·理查森（Dorothy Richardson, 1873—1957）资助 250 英镑，用于出版。

多年的生活与创作的方向。

在第一次与第二次世界大战的岁月里，由于罗伯特·麦卡尔蒙的引见，H. D. 结识了一批新的作家朋友，例如：格特鲁德·斯泰因、海明威、詹姆斯·乔伊斯和多萝西·理查森，等等。她在写作实验、阅读书籍、结识新的作家群、探讨心理与自然神秘学等方面，跨入了新的阶段，逐渐突破意象派诗歌的局限。在 20 世纪头 10 年和 20 年代，读者和评论家对 H. D. 的审美期待便是纯正的意象派诗，这本来是一件大好事，可是她从此被紧紧地捆绑在意象派这根光荣的旗杆上而动弹不得，至今她在多数读者的心目中，仍然是一个意象派诗人，而她在 40 年代和 50 年代所取得新的艺术成就被忽视了。

30 年代是她的诗歌创作困难期，她只出版了一本诗集《装饰青铜艺术品的红玫瑰》（*Red Rose for Bronze,* 1929）。

1926 年之后，H. D. 和布丽尔以及新来的苏格兰年轻画家肯尼思·麦克弗森（Kenneth Macpherson, 1902—1971）组成了新的三角恋爱家庭，经弗朗西斯·格雷格的介绍，H. D. 认识并爱上了肯尼思·麦克弗森。她又把他比成自己灵魂的伴侣。布丽尔在 1927 年与罗伯特·麦卡尔蒙离婚之后，又与肯尼思·麦克弗森结婚，以遮盖 H. D. 和麦克弗森的私通关系，因为 H. D. 和阿尔丁顿的正式离婚在 1937 年。为了避免阿尔丁顿因为她把私生女珀迪达起他的名字而把她告上法庭，H. D. 把珀迪达过继给了麦克弗森。1928 年，H. D. 与麦克弗森相爱怀孕，但在柏林作了流产手术。他们三人多数时间住在瑞士，合办电影杂志《特写镜头》（*Close Up*），这是欧洲第一份有国际影响的电影杂志（1927—1933）。麦克弗森导演电影[①]，H. D. 参加演出和编辑，并写影评。H. D. 在她题为《界线》（"Borderline"）的影评里，指出种族歧视和美国黑人文化对战后黑人现代派文学的形成起了重要的影响，同时也指出黑人文学处于边缘文化，因而联想到她的性身份也处于边缘文化。她同时从事文学创作，并向弗洛伊德认真学习精神分析。从 1933 年 3 月起，H. D. 在维也纳亲聆弗洛伊德的教导，由于德国法西斯的侵扰，于 6 月中断。次年 10 月至 12 月，H. D. 继续向弗洛伊德学习心理分析。

电影和心理分析给 H. D. 的文学创作带来了深刻的影响。H. D. 对无声电影的兴趣，是影响她作品的主题和艺术形式的关键因素。她的诗篇《放映机》（"Projector", 1927）和《放映机之二》（"Projector II", 1927）探索了

---

① 麦克弗森导演的三部电影：《翅膀的拍击》（*Wing Beat*，1927）、《山麓小丘》（*Foothills*，1928）、《界线》（*Borderline*，1930）。最后一部描写黑人与白人的色情和暴力，主人公是歌唱家保尔·罗伯逊和他的妻子埃西·罗伯逊。

电影和她的创作观念的内在联系。而心理分析则是她艺术发展的主要因素。她此时把无意识看作是个人的阿波罗神殿，能抚育她的艺术和宗教的神使。[1] 她从弗洛伊德那里懂得了一个道理，即"个人的梦与作为种族梦的神话之间的关系"是密切相关的，而这点对现代派作家认识的深化至关重要。H. D. 崇拜犹太人弗洛伊德，极端反对法西斯（布丽尔也反法西斯，帮助100多个犹太人逃离德国纳粹的迫害），因而最后切断了与亲法西斯的庞德的联系。

H. D. 同时背离正宗的基督教，相信超自然的神秘学。她发现，复制囿于文化之中的个人梦的种族神话，在神秘学、宗教和哲学的融合上有多种体现。占星术、命理学、算命的纸牌、水晶球提供了接近无意识的途径，或冥思和自我发现的格式塔。H. D. 对这种体验之深，不亚于创作《荒原》时的 T. S. 艾略特。如果说 H. D. 在她创作早期的意象派阶段，对事物的认识停留在表面的层次上，那么在这个时候，她的认识深入到事物的内部层面上了。

H. D. 由于认识深化，在描述第二次世界大战时，不再是从前被批评家所指责的逃避主义者了。例如，她在诗集《墙不会倒塌》（*The Walls Do Not Fall*, 1944）里，探讨了二战造成的废墟所包含的深层含义，如同 T. S. 艾略特在《荒原》里对时代所作的探索一样，但与 T. S. 艾略特不同的是，她描写的文化破坏，没有止于正宗的宗教之上，而是用经过女权思想修正的神学观点加以阐释。在她笔下的母亲形象，隐现在弗洛伊德的无意识之中，和象征重生、复活和爱的潜在力量的女神一同出现。H. D. 的许多诗赞颂爱的神秘力量，而这正是和平的精神力量。当时许多作家与批评家都对 H. D. 这种新的诗声给予高度评价，当然也有批评家批评 H. D. 放弃了成功的意象派艺术手法，是一种倒退，但 H. D. 对要她不改变风格的这类意见不以为然。H. D. 沉湎于神秘主义和强调女性的象征作用的观点，反映在她40年代早期的作品里。

H. D. 60 年代的杰作《海伦在埃及》凝结了她 40 年来的创作经验。她塑造海伦自我认可和自我创造的形象，使读者对体现在神话和历史中的爱和战争、对以男性为主的等级社会不得不重新思考，重新评价。她的这部史诗也是描写特洛伊战争及其后果的，但同荷马（Homer）站在男性立场创作他的史诗《伊利亚特》（*Iliad*）和《奥德赛》（*Odyssey*）不同，H. D. 有意识地修正了男性为主的史诗传统，使她的主人公海伦成为意识的中心。

---

[1] H. D. *Tribute to Freud*. New York: Pantheon, 1956.

她让她的女主人公通过片断的记忆、梦和偶尔的谈话，对自己的身份进行思考和探索。H. D. 在艺术形式上也作了大胆的革新，把散文夹入诗节之间。《海伦在埃及》发表在 1961 年，创作的时间是在 50 年代后期，显示了 H. D. 作为女权主义作家的眼光和魅力，而女权主义在 70 年代在美国才盛行的，可见她有女权主义的超前意识。有批评家认为，她的新型史诗是对现代派诗歌的贡献。

　　H. D. 在文坛的名声有起有落，如前所述，她的意象派诗作在 20 世纪头 10 年和 20 年代得到普遍的称赞，被各类文选广泛地收录，但在她的《装饰青铜艺术品的红玫瑰》和三部曲《墙不会倒塌》（1944）、《赞天使》（*Tribute to Angels*, 1945）和《树枝开花》（*The Flowering of the Rod*, 1946）发表之后，她因为不符合读者对她的审美期待而受到冷落，这是她受冷落的主要原因，其他的原因还有：她采用神话过多，逃避现实生活；她在宗教和哲学上的沉思或表现手法上的新试验被批评为抽象，可是男性作家（如 T. S. 艾略特）的作品有类似的品格却受到赞扬，这是批评界歧视妇女作家的表现；批评家常常用评价庞德、阿尔丁顿或 D. H. 劳伦斯的审美标准要求 H. D.。但随着女权主义文学批评的兴起，H. D. 又回到 20 世纪美国诗歌史的中心位置。女权主义批评家认为，H. D. 的诗歌深刻地揭示了妇女作为作家、情人在以男性为中心的世界里，寻求真理时的处境。因此，70 年代和 80 年代，H. D. 的许多未发表的作品得到了出版的机会，许多绝版的作品得到了重印的机会。①多数作品是在著名的新方向出版公司出版的。H. D. 未发表过的诗篇和短篇散文，如今常常在《女权主义研究》（*Feminist Studies*）、《南方评论》等杂志上与读者见面。与此同时，研究 H. D. 的评论文章与专著日益增多。女权主义批评家对 H. D. 的其人其文的研究，更是走在前列。尽管现在仍有一些批评家认为 H. D. 只在意象派诗歌方面做出了贡献，但愈来愈多的批评家认为，H. D. 作为主要诗人，既属于现代派诗歌主流，又属于妇女文学的传统，是庞德和 W. C. 威廉斯创作路线的干将，正如新杂志《*Sagetrieb*》②的标题所表明："Sagetrieb——庞德、H. D. 和 W. C. 威廉斯传统的诗歌"。

----

　　① 皮尔逊教授在 1975 年去世之前，编辑出版了一卷本 H. D. 50 年代晚期和 60 年代早期未发表的诗歌集《神奥的界定》（*Hermetic Definition*, 1972）、第二次世界大战期间创作的三卷本诗歌集《三部曲》（*Trilogy*, 1973），重印了 1956 年版本的《向弗洛伊德致敬》（*Tribute to Freud*）。迈克尔·金（Michael King）编辑出版了 H. D. 对庞德的回忆录《结束痛苦》（*End to Torment*, 1979）。在 80 年代，H. D. 的女儿珀迪达为她母亲作品在 80 年代出版的新版本和重版本写了颇有见识的序言。路易斯·马尔茨（Louis Martz）主编了 H. D. 的《诗合集：1912～1944》（*Collected Poems, 1912-1944*, 1983）。

　　② "Sagetrieb" 是庞德创造的一个词，指从过去传至将来的音乐和诗歌的人文传统。

H. D. 不但得到同辈作家的高度评价（如上文所述），而且受到了后辈诗人们的爱戴。她身后跟随着大批的崇拜者：艾伦·金斯堡、罗伯特·克里利、罗伯特·凯利……而且身后跟随了一大批更加热心的女诗人：丹尼丝·莱维托夫、艾德莉安娜·里奇、玛丽莲·哈克（Marilyn Hacker, 1942— ）、凯思琳·弗雷泽（Kathleen Fraser, 1937— ）、巴巴拉·格斯特……当代的美国诗人，尤其女诗人从 H. D. 诗歌里找到反映自己需要的借鉴，而她的生活方式，更是西方社会妇女性开放的极端典型。

这里特别要提一提后现代派时期黑山派诗歌主将罗伯特·邓肯。他对 H. D. 崇拜得五体投地，竟然称庞德是他的诗父，H. D. 是他的诗母！艾琳·桑托斯（Irene Ramalbo Santos）说："如果作为英语里最伟大现代派诗人之一的 H. D. 的诗歌，在《H. D. 卷》（*The H. D. Book*）①里，给邓肯的思想打下基础的话，那么它也有力地激发他的诗歌创作。"②一个诗人或作家在身后有如此深远影响，实在是大幸。

二战之后，H. D. 定居瑞士，与布丽尔分开，但保持联系。使 H. D. 在晚年大感欣慰的是，她作为母亲和作家获得了丰硕的成果。她的女儿珀迪达已结婚，并生了四个孩子，H. D. 常常动感情地把她的外孙和外孙女比作她 50 年代创作的活生生的作品。她两次返美探看她的女儿和外孙、外孙女。第一次是 1956 年。为了庆祝她 70 岁生日，她的朋友、耶鲁大学教授诺曼·霍姆斯·皮尔逊特地邀请她赴美参加耶鲁大学专为她准备的 H. D. 书展开幕式。第二次是 1960 年。H. D. 返美接受美国文学艺术院和协会给她颁发的诗歌奖。她是获得此种殊荣的第一个美国女作家。次年，她在瑞士苏黎世死于心脏病，骨灰被送回美国尼斯克山公墓家族墓地安葬。

第三节 艾米·洛厄尔（Amy Lowell，1874—1925）

无论谈到头 10 年兴起的意象派诗歌运动，还是谈到 20 年代和 30 年代的美国新诗，总少不了要提及艾米·洛厄尔。作为意象派诗歌的推动人，她是名符其实风风火火的女强人。作为诗人，她为后世留下了几首脍炙人

---

① 《H. D. 卷》是邓肯探讨诗歌和诗学的一部著作，分两部分：第一部分 "开端"，分 6 章；第二部分 "日日夜夜" 分 10 章。邓肯生前没有发表，手稿现藏于纽约州立大学布法罗分校图书馆珍本图书室，2011 年由迈克尔·博夫（Michael Boughn）和维克多·科尔曼（Victor Coleman）主编出版。

② Irene Ramalbo Santos. "Poetry in the Machine Age." *The Cambridge History of American Literature*: 261.

口的名篇，虽然她的诗是瑕多掩瑜，远不如 H. D. 的诗优秀。她出身麻省的名门望族，是大名鼎鼎的詹姆斯·拉塞尔·洛厄尔的旁系后裔（詹姆斯·拉塞尔·洛厄尔的父亲是她曾祖父的同父异母兄弟）。她的胞兄艾伯特·劳伦斯·洛厄尔是当时的哈佛大学校长。她继承了一大笔遗产，拥有一座豪华的庄园，草地、树林、菜园、果园和花园齐备，并有佣人供她使唤。她为人好客，常常高朋满座，谈笑风生，从午后到深夜才兴尽而散。凡到她家做客的人，一进花园，映入眼帘的便是成荫的绿树、五彩缤纷的鲜花。从她的《在花园里》（"In a Garden"）一诗的描写中，我们看到女诗人多么舒适地生活在比陶渊明当年的世外桃源更富艺术气息的环境里：

> 水从石人的口中喷涌，
> 在天空下自由自在地
> 从花岗岩石盆里溢出，
> 鸢尾花溅湿了它们的脚
> 对着过路风沙沙直响，
> 在这修剪过的草坪的
> 宁静之中，水湍流进花园。
>
> 石渠的蕨类透出湿气，
> 喷泉四溢，汩汩有声，
> 大理石泉眼因水多而发黄。
>
> 从有苔藓的石阶上
> 流水飞溅而下；
> 带水的空气在悸动。
> 泉水潺潺地流动，
> 跳跃着，发出凉爽的低吟。

　　独具慧眼的庞德唯独把她的这首诗选入了他 1914 年编的意象派诗集里。在美国，如此艺术加工的花园也是罕见的。幽美的生活环境对她的诗歌创作有很大的影响，使她从小养成捕捉色彩的非凡能力，鲜花成了她的诗歌的重要主题。她的诗集《浮世写照》（*Pictures of the Floating World*, 1919）中的《月下花园》（"The Garden by Moonlight"）和《晚花丛中的圣母》（"Madonna of the Evening Flowers"）是两首捕捉色彩的名篇。

　　艾米·洛厄尔自小爱好戏剧，学生时代演过戏，表现力强，可惜她过于肥胖臃肿的身材使她无法当演员，不过她那善于表达的天赋，却为她日后推动意象派运动发挥了作用。她无论到哪里演讲，总是吸引听众，场场爆满。据说她爱慕当时著名演员埃莉奥诺拉·杜斯。1902 年某天的晚上，艾米·洛厄尔在波士顿看埃莉奥诺拉演出，很激动，当晚给这位演员写赠诗，没想到这首诗从此引发了她的诗歌创作。经过 10 年酝酿的处女诗集《多彩玻璃的大厦》（*A Dome of Many-Coloured Glass*, 1912）问世了，但缺乏特色，没有跳出英国浪漫主义的旧巢，自然受到批评界冷遇。然而，艾米·洛厄尔是一位意志坚强而善抓时机的机灵人。当她看到 1913 年 1 月号《诗刊》登载 H. D. 的诗时，她高兴地说："啊，我也是意象派诗人！"她于是开始了十分成功的伦敦之行，特意带了她的随身司机和豪华的汽车，利用她的财力和说服力，很快取得意象派诗歌运动的领导地位。同庞德和 H. D. 一样，她也写了一些小巧玲珑的意象派诗。她在《秋霭》（"Autumn Haze"）里只用了两行，便把若隐若现的秋霭再现了出来：

　　　　是蜻蜓还是枫叶
　　　　轻轻地浮在水面上？

　　她在《秋》（"Autumn"）里描摹秋天用了四行：

　　　　我成天望着紫藤叶
　　　　落入水中。
　　　　此刻仍在月光里飘零。
　　　　但每片叶子镶上了白银。

　　她从《中年》（"Middle Age"）这抽象的概念里，却捕捉到了生动的意象：

　　　　如同黑色的冰
　　　　被滑冰的人无意留下了
　　　　难辨的花纹
　　　　是我内心的阴暗面

　　她的其他的一些短章如《条条街道》（"Streets"）、《即景》

（"Circumstance"）、《幻觉》（"Illusion"）、《风和银色》（"Wind and Silver"）和《即兴》（"Fugitive"），等等，都同样是漂亮的意象派诗篇。

　　不过，她的常为各种文选或诗选所收录的《模式》（"Patterns"）和《紫丁香》（"Lilacs"）不是意象派诗。《模式》是独白的自由诗，诗人通过 18 世纪的一个贵族女子的独白，表现了个人内心欲望与世俗传统的矛盾。由于克制爱而使人在生活中感到痛苦和不满足，也是诗人常着意的主题之一（她天生缺少丽质而未能成婚，也许是主要原因）。有评论家认为，她的爱情诗写得很成功。《紫丁香》不乏对紫丁香这一意象的描写，但诗人在诗里使用的回旋手法和许多连词，大大越过了她和阿尔丁顿曾为意象派诗歌所立的界限。意象派诗的基本原则之一是不加叙述，她的诗集《传奇》（*Legends*, 1921）索性是叙事诗。

　　艾米·洛厄尔的另一个绝活是散文诗。她从法国诗人保罗·福特（Paul Fort, 1872—1960）的诗行夹散文的形式里受到启发，独创了她的所谓多音散文体诗歌（polyphonic prose）。她曾对此作过界定："多音，即多种声音，换言之，它使用了诗中所有的'声音'：音步、自由诗、半谐音、头韵、押韵和回旋。"多音散文无固定的形式，随诗人的情绪而定，节奏多变。我们从她的《春日》（"Spring Day", 1916）对中午和下午骄阳下街道上的情景的细致描写中，大致可以清楚地看出她的这类诗体的特点：

　　　　中午和下午

　　　　纷乱拥挤的街道。交通的冲击和反冲。古老教堂肃穆的砖墙前面是一片滚滚的人浪，向前涌过去，向后退回来。耀眼的阳光照射在人行道上。蓝色、金色和紫色的光流，从药房橱窗里向人群喷射。响亮的砰击，轻微的震动，传出高窗外的细语，机器皮带的飞转。发动机哗哗，马儿啸啸。电车突然制动而微微震颤，教堂的钟声向铁青的天空飘去。我是城里的一分子，一粒扬起的灰尘，落到向前移动的人群里。我自豪地感觉到脚下的人行道上，行人的脚蹒跚地走着，轻快地走着，拖曳地走着，顽强地迈着沉重的步子走着，或者，有弹性地跳跳蹦蹦地朝前走着。一个男童在卖报。我闻到刚出版的报纸像新鲜的空气那样清新，像郁金香和水仙那样散发着清香。

　　　　蓝空转变成柠檬色，一条条大大的金舌耀眼地舔着橱窗，把橱窗里的展品置于火焰的洪流里。

艾米·洛厄尔的《剑刃和罂粟籽》(*Sword Blades and Poppy Seed*, 1914)和《男人、女人和幽灵》(*Men, Women, and Ghosts*, 1916)两本诗集均收入了多音散文诗。她的另一本一共只有四首诗的诗集《肯·格兰德的城堡》(*Can Grand's Castle*, 1918)全是多音散文诗。

她像庞德一样，也酷爱中国诗歌，同样想在这方面与庞德比试。她那时和发表《华夏集》时的庞德一样，不通晓中文。她的《松花笺集》(*Fir Flower Tablets*, 1921)是在长期寓居上海的弗洛伦丝·艾斯库（Florence Ayscough）直译唐诗的基础上完成的。著名诗人肯尼斯·雷克斯罗思对《松花笺集》评价不高，说这本书的"译文过度地啰嗦，因为她和弗洛伦丝·艾斯库，像庞德一样，相信能扩充每个中文会意字的不明显成分的意义。这是中国末代王朝的室内游戏，误导了许多西方译者"①。

一般认为，她在翻译冥想和叙事诗（如杜甫的《茅屋为秋风所破歌》）方面较为成功。即使通过间接翻译，她仍能欣赏到唐诗的妙处，认为唐代大诗人毫无疑问地当在世界最佳诗人之列，而她也毫无疑问地受到中国诗的影响，使她的一些短诗较近似唐诗中的绝句。

艾米·洛厄尔的触角同时伸到学术领域。她在《六位法国诗人：当代文学研究》(*Six French Poets: Studies in Contemporary Literature*，1915)里，向美国读者介绍了她自认为重要的法国象征派诗人。她由于立论偏颇，受到有关方面专家的批评，例如，英国的名传记家利顿·斯特雷奇（Lytton Strachey, 1880—1932）和对法国象征派对美国诗歌影响素有研究的勒内·托潘（Rene Taupin, 1905—1981）都尖锐地指出了她的失误。她花了大量精力和财力写的两卷本巨著《济慈传》(*John Keats*, 1925)②，虽然有所新发现和更正了前人某些讹误，但失误处颇多，作为学术著作，所得到的评价不高。她的《美国现代诗趋势》(*Tendencies in Modern American Poetry*, 1917)一书在美国诗界却产生了一定影响。她在这本书上下了一番功夫，虽然见解未必十分正确。她把美国现代派诗分为三阶段：

1）以 E. A. 罗宾逊和弗罗斯特为代表的演变阶段；

2）以桑德堡和马斯特斯为代表的革命时期；

3）以 H. D. 和弗莱彻为代表的意象派阶段。

从现在的立场来看，艾米·洛厄尔根本缺少文学史家和批评家的眼光，分不清文学潮流中的主次。例如，她在现代派盛期不突出庞德和 T. S. 艾

---

① Kenneth Rexroth. *American Poetry in the Twentieth Century*. New York: The Seabury P, 1973: 35-36.
② 艾米·洛厄尔为了写《济慈传》，出资购买了有关济慈的全部第一手资料。

略特，足见她缺乏眼力或她的审美取向如此。

艾米·洛厄尔模仿詹姆斯·拉塞尔·洛厄尔的《给评论家的寓言》（*Fable for Critics*, 1848）一书的对话形式，也创作了对话体《评论性寓言》（*A Critical Fable*, 1922）。她也像他一样，出于对同时代诗人评价的考虑而匿名发表。艾米·洛厄尔通过一个老诗人与一个年轻诗人的对话，用诗的形式，对她的 21 位同时代诗人（包括她自己）进行评论。她和任何评论家一样，她的评论不免有偏见和局限。例如，庞德和 T. S. 艾略特在她心目中地位不高：

> 艾略特获得学问花了很大的代价，
> 庞德得来的所谓学问却是转眼功夫。
> 艾略特知他之所知，虽然食而不化，
> 庞德是一窍不通，但常常瞎猜。
> 艾略特堆积材料写文章，
> 庞德的文章几乎全是乱猜浮夸。

而艾米·洛厄尔对自己的评价则是：

> 未来是她的鹅，我敢说她会给它插上翅膀，
> 虽然胜利需要她花大力气。
> 我虽不是先知，我猜想
> 时间会给她做出更高而不是更低的评价。

由此可见她的自信和性格。但她是既自信又不自信。在她死后获普利策奖的最后一本诗集《几点钟》（*What's O'Clock*, 1925）里，她常常表现她为没有获得她预想的成就而惆怅。她把自己看成是不能发出火焰的月亮的堂姐妹，因为她自认也是"一具明亮的冷尸"，"永远环绕在生机勃勃的地球上空"。

艾米·洛厄尔是聪明人，尽管生前在文坛上很有影响，但料到了身后寂寞事。在她死后，在文坛举足轻重的新批评派评论家们推崇以 T. S. 艾略特为代表的智性诗：机智、讽刺、隐喻、引经据典。这一点，正是艾米·洛厄尔所缺乏的。在他们看来，艾米·洛厄尔的诗浮于表面的描写，显得浅薄，不耐人寻味。这也是意象派诗的致命弱点。公道而论，她的确写了一些好诗，但不多。她在美国推动意象派诗歌运动方面，确实做出了积极的

贡献。艾米·洛厄尔是在文学事业上操劳过度而中风去世的。路易斯·昂
特迈耶怀着感情，评价了她的一生，他说：

> 她的去世引起了全国范围对她的称赞；在她生前曾嘲笑过她的一
> 些杂志，现在对她大加颂扬：一致公认她是当代文学最别致最勇敢的
> 作家之一。她像所有的先驱者一样，曾是嘲笑和敌视的目标；但她与
> 多数革新者不同的是，她却看到了她的试验从被嘲笑的境地，上升到
> 他们这个时期的确定位置上。①

第四节　约翰·古尔德·弗莱彻
（John Gould Fletcher, 1886—1950）

　　弗莱彻与意象派和南方的"逃逸者"诗人有密切的来往。读者也常常
把他和这两个流派联系在一起，其实他是一位独立性强的诗人。他认为现
代派作家兼容并蓄，对每一种新艺术形式都应尝试。他的艺术形式，主要
吸取了绘画、音乐、法国象征主义和意象派的特色而形成了他个人的风格。

　　弗莱彻的个性很强，为人直爽，但不轻易与人苟同。他像康拉德·艾
肯一样，在文坛上孤军奋战。他虽是艾米·洛厄尔主编三本意象派诗选时
的得力助手，但他生前当然不如艾米·洛厄尔那么辉煌，死后依然冷落寂寞。
他出生在南方阿肯色州的银行家、棉花掮客的富裕家庭，自小有家庭教师教他
学习希腊文和拉丁文，然后上条件优越的预备学校，从小广泛阅读了朗费罗、
斯各特（Sir Walter Scott, 1771—1832）、丁尼生（Lord Alfred Tennyson, 1809
—1892）、埃德加·爱伦·坡等作家的作品。1903 年入哈佛大学，不安于
学术训练，毕业前四个月离校。从 1908 年起，游学欧洲，长期寓居伦敦，
认真钻研现代音乐、印象派和后印象派画以及日本诗和中国哲学。这些对
他后来的创作影响颇大。

　　弗莱彻在 1913 年自费出版了五本诗集，是一些试验性的现代诗，没
有引起重视。在一战期间，英国纸张短缺，他把绝大部分滞销诗集捐赠给
英国政府化为纸浆。他到达伦敦后，结识了庞德、福特·马多克斯·福特、
阿尔丁顿、H. D.、F. S. 弗林特、艾米·洛厄尔和叶芝等一批文学界的朋友。
庞德对弗莱彻的《辐射：沙与枝》并不太欣赏，相反作了详尽的批评，使

---

① Louis Untermeyer. *Modern American Poetry*. New York: Burlingame, 1958: 155.

弗莱彻感到不快，尽管庞德最后还是把他的诗推荐给哈丽特·门罗在《诗刊》上发表了。更使他不快的是，庞德听弗莱彻说他写《辐射：沙与枝》时借用了法国诗的技巧，便向弗莱彻借阅他的几卷本法国诗，写成了论法国诗人的文章，发表在《新世纪》上。弗莱彻认为，这文章本来应当由他来写的。结果，弗莱彻与庞德产生了隔阂，拒绝入选庞德1914年主编的意象派诗集，转而积极支持艾米·洛厄尔。艾米·洛厄尔在阅读《辐射：沙与枝》之后，对他的诗十分喜爱，立即帮助他照原稿出版（去掉了庞德的修改意见）。艾米·洛厄尔同时很快吸收了弗莱彻的诗艺，并运用在自己的创作中。弗莱彻由于个性孤僻，和伦敦的文学界联系不紧密。有一度，他恢复了与庞德的友谊，但弗莱彻在庞德面前感到不自在，好像是学生似的，无平等可言。可是，当他和才能较低的艾米·洛厄尔在一起的时候，他感到自由自在。弗莱彻和艾米·洛厄尔都出身在富裕的家庭，共同的兴趣就更多一些。他的短诗《滑冰人》（"The Skaters", 1916）、《不安静的街》《黎明》（"Dawn", 1917）和《林肯》（"Lincoln", 1917）被收入艾米·洛厄尔主编的意象派诗集里。艾米·洛厄尔看重弗莱彻娴熟的艺术技巧，说谁也没有像弗莱彻那样恰到好处地掌握自由诗的节奏。

在1914年12月与1915年2月之间，弗莱彻返美后，参观了芝加哥举办的日本版画展，并且在波士顿美术博物馆欣赏了迷人的东方艺术，促使他后来用日本俳句的艺术形式创作了一部诗集《日本版画》（*Japanese Prints*, 1918），不太成功，但却改变了他的哲学观念。他从此明白了人与自然的联系和东方的直觉洞察世界同等重要。他决心用东方人的眼光，批判美国过火的物质主义。他还认为20世纪最紧迫的使命之一，是用东西方哲学相结合的办法，改造世界。这就成了他创作《妖与塔》的动因。弗莱彻的意象派诗篇主要收在他早期的诗集《辐射：沙与枝》（*Irradiations: Sand and Spray*, 1915）和《妖与塔》（*Goblins and Pagodas*, 1916）里。

《辐射：沙与枝》是弗莱彻在看了高更（Paul Gauguin, 1848—1903）、塞尚（Paul Cezanne, 1839—1906）、马蒂斯（Henri Matisse, 1869—1954）、毕加索（Pablo Picasso, 1881—1973）和凡高（Vincent Van Gogh, 1853—1890）等画家的后印象派画展和俄国芭蕾舞之后受到启迪创作成功的。他借用了现代绘画和音乐的技巧的成果。该诗集不乏精彩之作，例如，诗人用寥寥数笔，便把夜深人静的城市意象勾画出来了：

　　一座座市房不再嬉戏，喧嚷，
　　他们像沉睡的巨人似地躺着，沉默，疏远。

一个巨人在胸前别上胸饰，一扇透亮的窗，
一个巨人辗转反侧，一个巨人已经冻僵。

深夜的月，怯生生越过巨肩，向下凝视，
瞥见了阴影里寂无人声的街坊。

《妖与塔》依然是弗莱彻高度即兴的试验之作。它包括两部分：《老屋的鬼魂》（"The Ghosts of an Old House"）（指妖）和《交响乐》（"Symphonies"）（指塔）。该诗集反映了弗莱彻阅读过李白、杜甫、王维和白居易等中国唐朝诗人的诗。

他建立自己风格的是他的诗集《前奏曲与交响乐》（*Preludes and Symphonies*, 1922）。在《交响乐》部分中的《绿色交响乐》（"The Green Symphony", 1916）、《蓝色交响乐》（"The Blue Symphony", 1916）、《白色交响乐》（"The White Symphony", 1916）等 11 首色彩交响乐诗中，弗莱彻旨在按照彩色的性质，叙述一个艺术家在情感和智性方面发展的阶段，描写想象中变幻不定的景观，给每首诗灌输一定的情绪，简言之，他想找出人与自然相似的情绪。这不能不说是弗莱彻的一个极富想象力的、雄心勃勃的构思和实践。不管他是寄情于物还是以物托情，有意识地把视觉和听觉巧妙地搅混在一起，或者说以音乐的形式描写色彩，进而表现人的思想感情，应当说是一个大胆的通感式创造。像艾米·洛厄尔一样，弗莱彻天生具有强烈的色彩感，能精细地把握自然界的色彩。例如，诗人在《绿色交响乐》里，把绿色的春天写活了。诗一开始，便抓住了春天多彩的欢快景象：

杜鹃花闪光的叶子
在凉爽的空气里摇曳；
花儿上空的白云
相互间嬉戏追逐。

阳光像一只只惊惶逃窜的野兔
在草地上奔跑；
阳光飞速地留下
各种花式的影子，
忽而金黄，忽而碧绿。

交尾期的鸟儿向着草皮飞扑，
发出一长串一长串的笑声。
在它们火热的鸣啭里
快乐的太阳隐隐闪现在树林后面。
下面是蔚蓝色的湖；
橘黄色的花瓣漂在水面上。

又如，在《白色交响乐》中，诗人的情绪反映在白牡丹身上。在诗人眼里，白牡丹好像"黄昏里的烟火""我梦中的白色雪水""积满白色的"雪野。而在《蓝色交响乐》里，诗人感到夕阳西下的苍凉：

这时最低的松枝
正画在太阳的圆盘上。
老朋友很快会忘记我，
我必须继续走
走向那些蓝色的死亡之山
我忘记它们已经久远。
在沼泽地的草中
永远藏着
我最后的瑰宝
和我心中的希望。

从这些色彩交响乐诗里，我们看到诗人的意象派描绘和印象派记录。就单篇而论，不能不令人佩服他高超的表现力，但许多篇单纯地把一个个意象串在单一的色彩里，未免显得单调，因为好诗还要有深邃的思想、热烈的情绪或行动带来的魅力。弗莱彻在创作色彩交响乐诗时，兼用印象派艺术技巧的本身，说明了意象派表现手法在长诗中很难施展其本领。

弗莱彻与艾米·洛厄尔的性格完全不同。他不喜欢她那种与作家、编辑玩手腕，到处演讲，在公开场合露面以达到自我宣扬的处世方式。论诗艺和学问，他不弱于她，可是当她在美国成为名作家时，他却孤零零地生活在波士顿，不为广大读者所知。由于艾米·洛厄尔的懈怠，他1916年准备的组诗《爱的悲剧》（*Love's Tragedy*）没有得到出版，而他却写评论文章，高度评价她的诗集《男人、女人和幽灵》，这使他感到受了欺骗和出卖。他在1916年9月写信给艾米·洛厄尔，对意象派诗美学提出了质疑，不相信一首诗单用意象能充分表达一个人流动着的感情。他决定今后多揭示人的内心感情，少描写外部世界。在以后的五年里，他又交结了文学界里的一批新朋友，其中包括 T. S. 艾略特和 I. A. 瑞恰慈。他十分喜爱 T. S. 艾略特富有音乐性的诗歌结构，更喜欢 T. S. 艾略特浓郁的宗教情绪和对上帝的探求精神。这也是导致他在 20 年代中期以后，转向宗教探求的因素之一。他在《寓言》（*Parables*, 1925）、《亚当的支脉》（*Branches of Adam*, 1926）、《黑石》（*The Black Rock*, 1928）和《24 首哀歌》（*XXIV Elegies*, 1935）等诗集里，都流露了浓厚的宗教感情：哀叹工业时代精神信仰的沦丧，感叹人世间存在着善与恶，总是交织在一起的不完美现象。不过，弗莱彻的这些诗说教味太浓，未摆脱庞德早就批评过的"太过直白"的毛病，而且他创造的一些象征，不能充分表达他抽象的观念。难怪有批评家认为，弗莱彻具有 T. S. 艾略特、叶芝和奥登的洞察力，但缺乏他们生动地表现抽象思维的能力。

1933 年，弗莱彻回到家乡小石城，开始了具有南方传统的创作阶段。他自小长在南方，对南方传统有深厚的感情。1927 年，他从欧洲返美期间结识了兰塞姆、艾伦·泰特和戴维森等一批重农派作家，即所谓"逃逸者"派作家，赞同他们提倡维护南方传统的文学地方主义。他的论文《教育，过去与现在》（"Education, Past and Present", 1930）被收入"逃逸者"诗人和重农派宣言式的重要专题论文集《我要表明我的态度》（1930）里。他对他们纯智性诗歌的主张持保留态度，不过他同意他们的观点：维护南方农业文化，抵制现代工业主义。这时他放弃了原来的意象派诗风，逐渐变成富有南方色彩的地方诗人。但又与"逃逸者"的诗风很不相同。诗集《南方的星》（*South Star*, 1941）是他这个时期的代表作。

1916 年，弗莱彻与离婚的弗洛伦丝·埃米莉·黛西·亚毕诺（Florence Emily "Daisy" Arbuthnot）结婚，无子女，同妻子及其前夫生的子女生活在一起。1936 年，与儿童文学作家查莉·梅·西蒙（Charlie May Simon）结婚，夫妇常旅行到纽约和南部各地。

在他近 20 部诗集之中，弗莱彻只有《诗选》（*Selected Poems*, 1939）获得了普利策奖。散文著作近 10 部，其中以《保罗·高更：他的生平及艺术》（*Paul Gauguin: His Life and Art*, 1921）和自传《生命是我的歌》（*Life Is My Song*, 1937）较出色。弗莱彻的朋友、"逃逸者"诗人唐纳德·戴维森称他是"孤立的艺术家之中的一个非凡的、几乎独一无二的典型"。"这位孤立的艺术家"正当筹划他的南方诗集，并和他的第二任妻子计划一项具有历史意义的工程时，却因严重的精神病，于 1950 年 5 月 10 日投水自尽。

他的妻子解释他的死因时说，这是一个敏感的人，面对机器时代及其纷争感到愤怒，导致绝望的结局。弗莱彻在生前说："我虽然生活在国外的时间比大多数美国人长得多，但我是美国人……"[①] 可惜的是，他缺乏一般美国人开朗的乐天性格。他在生前还说过："不管怎么说，我选择了自己的道路。我的选择已经带我走了很长的一段路。道路继续向前延伸。生命——我的今生，仅是道路所作的一首歌。我心满意足地继续旅行，不管生命把我引向何方。"[②] 他似乎对未来还是充满希望的，可是他绝未料到，在他讲这番话的 13 年之后，他的人生道路的尽头竟是吞噬他的池塘！

---

① John Gould Fletcher. *Life Is My Song*. New York: Farrar & Rinehart, 1937: 3.

② John Gould Fletcher. *Life Is My Song*. New York: Farrar & Rinehart, 1937: 395.

第三章 现代派时期的第一代美国女诗人

第一节 简 介

当我们现在回顾现代派时期第一代美国女诗人群艺术成就时，我们欣喜地发现，她们风格各异，如同春天的花园，姹紫嫣红，争奇斗艳。她们之中有的是激进的革命派，有的是温和的保守派，有的以阴柔见长，有的用阳刚之气取胜。如果我们把格特鲁德·斯泰因、玛丽安·穆尔、萨拉·蒂斯代尔、埃莉诺·怀利、埃德娜·米莱、多萝西·帕克、吉纳维芙·塔格德、露易丝·博根以及前面已介绍过的女意象派诗人 H. D. 和艾米·洛厄尔集合在一起，那么这支诗人队伍看上去虽不能说声势赫赫，但阵势也相当壮观，似乎成了美国诗坛上让须眉吃惊的阿玛宗人[1]了。美国女权主义文学批评创始人之一的伊莱恩·肖沃尔特（Elaine Showalter, 1941— ）认为："20 世纪二三十年代的美国女作家，尽管遇到了一切困难和失败，但是创作了一批重要的、最后很有影响力的作品，我们现在开始把它嵌入作立体理解的美国文学史里。"[2] 她所说的美国女作家，当然包括这些女诗人。她们各自为美国文学的多样化，为扩大和丰富美国文学传统做出了重要贡献。

在传统诗歌里，表现人的色欲的总是与男子联在一起的，但是蒂斯代尔、怀利和米莱敢于在这个领域里，向当时的夫权主义社会挑战，大胆地揭示女子对性的追求。斯泰因、H. D. 和穆尔在语言（包括词法、句法）和艺术形式上，作了大胆的出色的试验。她们的试验成果，不但使男诗人佩服，而且也为他们所接受。女强人艾米·洛厄尔不但继庞德之后，领导

---

① 希腊神话中好战的女人族，居住在亚速海岸或小亚细亚。她们定期同邻族的男子同居，繁衍后代之后，再把男子送走。

② Elaine Showalter. "Women Writers Between the Wars." *Columbia Literary History of the United States*: 840.

了意象派运动，而且当主流文学界男性批评家们把狄更生的作品视为古怪的时候，她果敢地维护她的声誉，高度评价她非正统的音步和押韵。塔格特在撰写狄更生传记、主编狄更生的诗集和通信集上，也付出了巨大的劳动。现在大家都把狄更生奉为美国现代派的女开山鼻祖，如同把惠特曼奉为美国自由诗的鼻祖一样，可是在19世纪末20世纪初，评论界对狄更生并不看重。

　　20世纪早期，包括诗歌在内的妇女文学是被排斥在美国主流文学规范之外的。以男性为主的批评家们，难以容纳女作家的独创性和非正统性。女诗人受挑剔尤甚，受批评家捧场的女诗人应当是年轻、美貌、纯洁可爱，诗念起来要像夜莺歌声般悦耳。男作家歧视女作家的现象普遍存在。"迷惘的一代"这个被大家用来表述一战后文学现象的术语，是格特鲁德·斯泰因天才的发明，但批评家所重视的"迷惘的一代"作家都是男作家。[①] 海明威成名前在巴黎时曾受惠于斯泰因，但他从不把她当作他的文学圈里的人，原因何在？歧视妇女。他后来回忆在巴黎的生活时说："同伟大女人交朋友的男人没有多大希望，同真正有志气的女作家交朋友的男人，一般来说，希望更小。"

　　T. S. 艾略特和后来的新批评派评论家提倡智性和非个人化的诗美学，几乎把所有的女诗人排斥在他们的规范之外。他们认为女人天生多情伤感，缺乏创作符合他们审美要求的伟大诗篇的天分。兰塞姆认为女诗人对智性无感应，生来是为了爱情，而西奥多·罗什克对女诗人的态度更恶劣，说什么女诗人在题材和感情上缺乏广度，浮于生活的表面，并且缺少幽默感。还有一些批评家称赞狄更生和玛丽安·穆尔，理由是她们具有男性的思想感情！在文学作品中，创造性地运用神话是常有的现象，可是男女作家重塑的神话故事，在批评界的反应并不一样。批评家们对詹姆斯·乔伊斯笔下的尤利西斯或T. S. 艾略特笔下的梯雷西亚斯大加赞赏，可是对H. D. 塑造的欧律狄刻、米莱塑造的佩涅洛佩、露易丝·博根塑造的卡珊德拉和墨杜萨则很少夸奖。为什么？因为她们创造的是女性版本的神话，女性版本的现代主义。随着70年代女权主义文学批评的兴起，女诗人才有了重新被认识、重新被评价的机会，才有可能而且也应该从边缘文学加入到主流文学。

　　不过，女学者玛格丽特·迪基（Margaret Dickie, 1935—　）却认为，

---

　　① 例如，《牛津美国文学指南》（*The Oxford Companion to American Literature*, fifth edition, 1983）在界定"迷惘的一代"作家时，专指马尔科姆·考利、E. E. 肯明斯、菲茨杰拉德、阿奇博尔德·麦克利什和庞德等男作家，把女作家排除在外。

仅仅把格特鲁德·斯泰因和H. D. 这类女诗人纳入现代派诗歌运动，虽然对现代派诗歌有了比较广泛的认识，但对她们的作品没有较好的理解，除非不把她们当作男人的附属品，而是当作具有原创性的作家。她们和男作家有明显的不同，她们本身就反对维多利亚时代诗歌的滥情。她们和她们同时代的男诗人一样，厌恶溢于滥情的诗歌，但和男诗人的立场不同。玛格丽特·迪基还认为，男诗人在他们的创作中，在对待女人、社会、政治方面表现得保守，甚至反动，他们只对排斥女子的神话感兴趣，而斯泰因、穆尔和H. D. 这些女诗人却比男诗人激进得多。这些女诗人是多产的作家，常常是盛期现代派男诗人的朋友、编辑和评论家，但她们在传统的文学史里被忽视了。玛格丽特·迪基探讨出的最主要原因，是批评界对现代派文学的发展与这些女诗人的作品无关；其次，广大读者接触她们的作品的机会远少于男诗人的作品；更深层次的一个原因是，现代派的文学史无视她们的诗歌和她们在诗歌中传达的体验。她发觉，她们同时代的诗人诸如庞德、T. S. 艾略特、W. C. 威廉斯、史蒂文斯，称赞她们的作品时，并没有认识到她们的诗歌所具有的独特品格，而是夸张她们的诗歌与他们的诗歌最相似之处。[①] 这似乎有点苛求于这些男性大诗人了，但玛格丽特·迪基确实揭示了传统的文学界所存在的立场问题。当我们碰到男诗人、男评论家、男文学史家赞美女诗人、女作家时，我们最好记住玛格丽特·迪基的这个提醒，以避免我们在评估女性诗歌时可能出现的片面性乃至偏见。

第二节　格特鲁德·斯泰因（Gertrude Stein，1874—1946）

即使现在，批评家们在谈到语言在诗歌创作中的作用时，仍然需要强调或重复格特鲁德·斯泰因早在20世纪头10年就探索过的诗歌语言理论，例如，中国评论家李勇强调诗歌语言需"突破要求精确的科学语言的稳定框架，悖逆传统的语言惯性，在反常规的语法规律中，发展、扩张自身的语言潜力和美学张力"[②]。殊不知近百年前斯泰因在她的代表作《软纽扣：物体、食物、房间》（*Tender Buttons: Objects, Food, Rooms*, 1914）里，已经实践了李勇的这一理论，它已成为一般西方评论家认可的一种共识。可是，"悖逆传统的语言惯性"不是每个诗人都能自觉地做到的。斯泰因之所

---

① Margaret Dickie. "Women Poets and the Emergence of Modernism." *The Columbia Hisotory of American Poetry*: 233-234.

② 李勇.《诗学概念界定的新成果》.《文艺报》1993 年 4 月 10 日第 2 版.

以对欧美现代派文学产生深远的影响，主要在于她在突破传统诗歌语言上，有了超前意识，难怪她被称为 20 世纪先锋派文学的先锋，被誉为"作家的作家"，也被叫作"达达派的妈妈"。文学批评家琳达·瓦格纳（Linda W. Wagner, 1936—　）认为："没有任何小说家像格特鲁德·斯泰因、F. 斯科特·菲茨杰拉德和欧内斯特·海明威那样，一同对美国现代小说发展起过那么大的影响。"① 她并且认为："除了庞德，20 世纪没有哪一个美国作家，能比斯泰因对文坛起更大的影响。"② 这并非夸张之辞，事实如此。众所周知，斯泰因不但慷慨地帮助过马蒂斯和毕加索等第一流的落魄时的大画家，而且也直接帮助过海明威和安德森，接待过 T. S. 艾略特和庞德（她认为庞德土气，戏称他是"乡下辩护士"。因为庞德粗鲁，她不乐意和他常来常往）。她喜爱阅读译成英文的中国诗，这可能鲜为人知了。③ 她差不多同时与 T. S. 艾略特和庞德走上现代派道路。她坚持描写现象超过表现思想和坚持表现不经中介的现实壮丽景观，得到了史蒂文斯的热烈反响，玛丽安·穆尔也从中得到了有益的启发。④ 斯泰因摆脱科学、哲学、伦理等因素的参与，专注于语言运作的创新，不但得到了 W. C. 威廉斯的称羡，而且也被当今的美国语言诗人奉为他们审美标准的一个有力依据。文学评论家 F. W. 杜佩（F. W. Dupee, 1904—1979）总结说："在区别于大众文学界的严肃文学圈里，格特鲁德·斯泰因总是大名鼎鼎。"⑤

　　著名语言诗人布鲁斯·安德鲁斯和查尔斯·伯恩斯坦专门从斯泰因的名著《软纽扣》挑选三篇短诗《饮水瓶，一只不透明的玻璃瓶》（"A Carafe, That Is A Blind Glass"）、《上了釉光的发光物》（"Glazed Glitter"）和《烤牛肉》（"Roastbeef"），转载在他们主编的杂志《语言》（$L＝A＝N＝G＝U＝A＝G＝E$）上，并同时刊登了七位语言诗人对这三篇诗解读的讨论文章。他们一致称赞斯泰因的这些在今天看来仍然十分奇特的作品，其中杰克逊·麦克洛从各方面详细地赏析了《饮水瓶，一只不透明的玻璃瓶》。这首诗究竟如何？对语言诗人的魅力何在？现在不妨看一看：

---

① Linda W. Wagner. "Ernest Hemingway, F. Scott Fitzgeral and Gertrude Stein." *Columbia Literary History of the United States*: 873.

② Linda W. Wagner. "Ernest Hemingway, F. Scott Fitzgeral and Gertrude Stein." *Columbia Literary History of the United States*: 878.

③ Gertrude Stein. "The Autobiogaphy of Alice B. Toklas." *Selected Writings of Gertrude Stein*. Ed. Carl Van Vechten. New York: Vintage Books, 1962: 44.（以下简称 *Selected Writings of Gertrude Stein*）

④ F. W. Dupee. "General Introduction." *Selected Writings of Gertrude Stein*: xvi.

⑤ F. W. Dupee. "General Introduction." *Selected Writings of Gertrude Stein*: xv-xvi.

　　　　玻璃的一种，一个亲戚，一只眼镜，毫不奇怪，一种独一无二的刺痛人的颜色，具有指向性的系统里的一种安排。所有这一切，不平凡，在非类似中不是无序。区别正在扩大。

　　　　A kind in glass and a cousin, a spectacle and nothing strange a single hurt color and an arrangement in a system to pointing. All this and not ordinary, not unordered in not resembling. The difference is spreading.

　　餐桌上一只盛水的玻璃瓶引发了斯泰因一连串的联想。按照英语语法，只有"A kind of glass"，可是她偏偏要说"A kind in glass"，以给人奇特之感。诗人接着给读者一系列富有乐感的头韵字："kind""cousin""color"和近似头韵的"glass"以及另一组头韵字："spectacle""strange""single""system"和"spreading"。三个句子的末一个字，都以"ing"结尾。诗人通过如此精心安排，使三句紧紧联系在一起。语言诗人，尤其是伯恩斯坦，对这种表现手法也运用自如。至于"玻璃""亲戚""眼镜"等客体拼凑在一起，完全打破了传统的审美期待，其断裂程度远远超过 T. S. 艾略特的《荒原》。这也是当今语言诗人的常用技巧。伯恩斯坦称此为"系列句式"（serial sentences）。①

　　斯泰因近百年前试验性的写作方法，正被现在的语言诗人运用着，发展着。语言诗人汉克·雷泽尔说："语言诗追随格特鲁德·斯泰因、路易斯·朱科夫斯基、W. C. 威廉斯和杰克·斯派赛最冒险的作品，可被视为对主流诗歌的许多假设，提出质疑的反对派文学实践。"② 但就斯泰因而言，雷泽尔显然是指她的几部试验性作品，而不是她的畅销书《爱丽斯·托克拉斯自传》（The Autobiography of Alice B. Toklas, 1933）。据李·巴特利特（Lee Bartlett, 1950— ）说，格特鲁德·斯泰因的《软纽扣》为语言诗人林·赫京尼恩的小说《我的生活》（My Life, 1980）以及罗恩·西利曼的《克恰》（Ketjak, 1978）和《爪哇式涂蜡器》（Tjanting, 1981）这两部诗集提供了直接的创作模式。③ 语言诗人罗伯特·格雷尼尔干脆建议语言诗人把斯泰因的整个作品当作以语言为主导方向创作的主要实例来读。④ 由此可见斯泰因开创了语言诗的先河。斯泰因在她先锋派色彩十分浓厚的《三个女

　　① 详见后面的"语言诗"介绍部分。

　　② Hank Lazer. "Radical Collage." The Nation, July 2/9, 1988.

　　③ Lee Bartlett. "What Is 'Language Poetry'?" Critical Inquiry, Summer 1986.

　　④ Robert Grenier. "Tender Buttons." The L=A=N=G=U=A=G=E Book. Eds. Bruce Andrews and Charles Bernstein. Carbondale and Edwardsville: Southern Illinois UP, 1984: 206.

人的一生》("Three Lives: Stories of the Good Anna, Melanctha, and the Gentle Lena", 1909)、《美国人的形成：一个家庭的进步史》("The Making of Americans: Being a History of a Family's Progress", 1925)、《软纽扣》《他们攻击玛丽。他咯咯咯地笑：立体主义文学的女祭司之表达》("Have they attacked Mary. He giggled: An utterance from the high priestess of cubist literature", 1917)和《友谊之花枯萎之前友谊已枯萎》("Before the Flowers of Friendship Fade Friendship Faded", 1931)等作品里，创造了不是以语义为中心的文体，而是把语言当作各种规则和特征的静态示例，而我们常人却通常通过以语义为中心的组合体，到达作者为我们提供的自身俱足而永恒的客观世界。她坚持她的描写与客体之间保持直觉上的等同，回避常人的记忆，突破常人感性认识的习惯，捕捉过去与现在合二为一的"绵延的现在"状态。这正是她对语言诗人最具吸引力的地方，即使她在小说里运用再三重复的句式，对语言诗人来说，也是十分有用的手法，因为语言诗人在创作实践上，向来爱混淆诗歌与散文（广义上的）两类不同体裁的划分。当然，这里必须指出，斯泰因对语言诗人的影响，只是她在诗歌领域里影响的一小部分，她还是大名鼎鼎的罗伯特·邓肯，甚至加拿大诗人乔治·鲍林（George Bowering, 1936— ）和 B. P. 尼科尔（B. P. Nichol, 1944—1988）效法的楷模。

　　斯泰因生于宾州阿勒格尼一个富裕的犹太人家庭，是七个孩子中最小的一个。她出生后的第二年，全家寓居欧洲，直至 1879 年。她从小有机会学习欧洲的几种语言，不过，她一直坚持把英语当作她阅读和创作的唯一语言，即使她后来长期旅居巴黎也是如此。1880 年，斯泰因全家迁居加州奥克兰，她在此度过了她的少女时期。在全家成员之中，她与哥哥利奥最为亲近。1892 年，她父母双亡。1893 年，她进了次年并入哈佛大学的拉德克利夫学院，在此钻研了乔赛亚·罗伊斯（Josiah Royce, 1855—1916）和乔治·桑塔亚那的新哲学和威廉·詹姆斯（William James, 1842—1910）的新心理学。在威廉·詹姆斯的指导下，她进行了心理学方面的实验。她接受了詹姆斯教授的建议，在大学毕业后（1897），去巴尔的摩的约翰斯·霍普金斯医学院攻读两年生理心理学课程，但因厌弃学业而未获硕士学位。1902 年，她赴伦敦，在大英博物馆研读英语，为后来成为作家打下了坚实的基础。

　　1903 年，她同哥哥利奥侨居巴黎花园街 27 号公寓，掀开了她文学生涯崭新的一页，她的公寓成了每周六聚会一次的著名的国际文艺沙龙。她和利奥很快把注意力转移到现代派绘画上，他们凭借继承的经济实力，购买和提倡过法国画家塞尚、雷诺阿、高更、马奈（Edouard Manet, 1832—1883）和德土鲁斯－劳特克（Henri Marie Raymond de Toulouse-Lautrec, 1864—1901）以及当时还未成名的法国后期印象派画家马蒂斯和侨居巴黎的西班牙画家毕加索等人的画，并且把它们挂在自己的屋里展览。这些名画价格在当时并没有像现在昂贵得令人咋舌，以至很少有几个百万富翁敢于问津。当时处于穷困潦倒的马蒂斯和毕加索，能得到几百法郎出售一张画就感激涕零了。她和毕加索以及另一位西班牙立体派画家让·格里斯（Juan Gris, 1887—1927）的深厚友谊至今仍传为佳话。毕加索为她作的一张肖像画，至今也成了价值连城的名作。从这幅油画上，你完全可以领略到斯泰因那一付女强人的坚毅风采。她在搜集、欣赏大量艺术品的同时，也像这些画家在形式、形状和颜色上进行试验一样，开始了对词和句的试验。

　　毕加索为斯泰因作的表情坚毅的肖像画举世闻名，[①]而作为斯泰因的创作试验之一，是反过来用文字为塞尚、马蒂斯和毕加索等画家画像。她描写毕加索的文字比较长，两页多，前四段文字是这样的：

【毕加索】

　　被某些人正的确跟随的人是完全可爱的人。被某些人正的确跟随的人是可爱的人。被某些人正跟随的人完全是可爱的人。被某些人正跟随的人是的确完全可爱的人。

　　某些人正的确跟随并断定他们正跟随的那个人是正在工作的人并且是从他自身造出某些东西的人。某些人正的确跟随并断定他们正跟随的那个人是从他自身造出某些东西的人而这东西是一件重东西，一件坚实的东西，一件完整的东西。

　　被某些人正的确跟随的人是正工作的人并的确是从他自身造出某些东西的人还是一直很活跃的人从他自身造出了某些东西的人。

　　某些东西一直出自他，的确它一直出自他，的确它是某些东西，的确它一直出自他并且它有意义，可爱的意义，坚实的意义，正奋斗着的意义，清晰的意义。

[Picasso]

One whom some were certainly following was one who was completely charming. One whom some were certainly following was one

---

① 毕加索为斯泰因作的这幅肖像画，后来做了她的作品选集的封面。

who was charming. One whom some were following was one who was completely charming. One whom some were following was one who was completely charming.

Some were certainly following and were certain that the one they were then following was one working and was one bringing out himself then something. Some were certainly following and were certain that the one they were then following was one bringing out of himself then something that was coming to be a heavy thing, a solid thing and a complete thing.

One whom some were certainly following was one working and certainly was one bringing something out himself then and was one who had been all his living had been one having something coming out of him.

Something had been coming out him, certainly it had been coming out of him, certainly it was something, certainly it had been coming out of him and it had meaning, a charming meaning, a solid meaning, a struggling meaning, a clear meaning.

从传统审美眼光来看，这是一篇啰唆、拖沓、重复的蹩脚文章，绕绕弯，好像中国的绕口令。初接触这种诗的一般读者，很少有耐心读下去的，可是，评论家艾琳·桑托斯称写这种诗的斯泰因是"重复的大师"！这不是胡吹乱捧，如果你了解塞尚、毕加索等人的立体派画的技法，了解毕加索成名前的奋斗及和斯泰因的友谊，你就不难欣赏斯泰因夸奖毕加索为人的可爱及其艺术作品的创造性。立体派画家（如塞尚）打破了单一视角的传统形式和传统方式（如绘画复制），诉诸他在自然世界中看到的垂直面、横平面和斜面或斜线，于是用这些基本成分，表现客体的方方面面。换言之，立体派画家用几何图形、抽象线条绘画，发展新的空间模式。我们通过这种模式，可以从几个视角同时看到一个客体：在画布上可视地交织的层面和表面。斯泰因从中获得启迪，企图从不同的视角，用文字表现她所见到的客体。例如，她上述的四段文字的视角不一样：第一段是对准毕加索的视角；第二段是对准跟随（或仿效）毕加索的某些人的视角；第三段又是对准毕加索的视角；第四段是对准毕加索的创造物（画）的视角。这种不断变换角色（或主语）的手法，在传统作家看来是不适宜的下策。可是它被运用在斯泰因手里，结果却变得新鲜、有趣。从这四段文字上，我们还可看到斯泰因以下五个艺术特色：1）用字简单；2）重复，收到累积性的艺术效果；3）无现代派作家爱用的典故、隐喻（这是后现代派文学的特点之一）；4）风趣；5）节省标点符号（这是包括语言诗人在内的先锋派作家的习惯之一）。

斯泰因在她的《三个女人的一生》的故事之一《梅伦克瑟》里，也成功地运用了立体派画的手法。我们从几个不同的角度，同时看到了梅伦克瑟这个女佣人的为人。梅伦克瑟与杰夫的对话和达达派艺术家马塞尔·杜尚（Marcel Duchamp, 1887—1968）的立体画《正下楼梯的裸者》恰好有异曲同工之妙。

斯泰因的作品大致可分为三部分：

1）故事情节较强、文字通俗易懂的作品，其中以《爱丽斯·托克拉斯自传》为代表，表明她操纵传统艺术手法的纯熟。这是在她搞试验创作之后的成果，它似乎成了目击斯泰因从突破传统又回归传统的见证。

2）评论和注释性作品，其中以《作为解释的作品》（"Composition as Explanation", 1926）、《在美国的演讲》（"Lectures in America", 1935）、《叙述：四篇讲稿》（"Narration: Four Lectures", 1935）、《什么是杰作》（"What Are Masterpieces", 1940）等为代表。她在这些作品里对英国文学的形式、体裁和时期作一般的反思，并且解释她的创作原则。

3）令一般读者迷惑不解的试验性作品，其代表作有：《软纽扣》《沉思中的诗节及其他诗篇：1929～1933》（*Stanzas in Meditation and Other Poems, 1929-1933*, 1956）、《熟悉描写》（*An Acquaintance with Description*, 1929）和《如何写》（*How to Write*, 1931）等。这些都是她长期吸引先锋派作家的力作。从散文诗集《软纽扣》和《沉思中的诗节》里，我们明显地注意到诗人破除句法，迫使词语起多重语法功能的特点以及重复、非逻辑、很少点标点、格言式的特有风格。当时的读者称它为"斯泰因式"（Steinese）。"斯泰因式"于是成了文坛上流行甚广的反感和求新的代名词。它导致一部分人激烈反对，一部分人嘲笑，一部分人赞叹。当然，当时乃至现在仍反对她这种文风的人，也不能说没有一定的道理，如《软纽扣》中的一首诗《它是黑色，黑色拿取》（"It Was Black，Black Took"）[①]，如果它出自小学生之手，从语法上判断，肯定不会及格，简直是中国地地道道的洋泾浜英语！她的名句"一朵玫瑰是一朵玫瑰是一朵玫瑰"在当时常常作为被戏弄嘲笑的把柄，被许多人所引用。但因为它被不断地重复引用，

---

① Black ink best wheel bale brown.

　　Excellent not a hull house, not a pea soup, no bill no care, no precise no past pearl pearl goat.

读者反而喜爱起它来，如同她得意地说："我的小句子已经深入人心。"生活中常存在这样一种现象：人们重复他们喜爱的东西，人们便喜爱他们重复的东西，这好比流行歌曲或儿歌的歌词，其中不乏毫无意义的词句，但经过反复传唱，人们便喜爱了。因此，无意义词句的反复出现，能产生特殊的艺术效果，这是斯泰因的艺术手法之一，也是当今语言诗人的艺术手法之一。

然而使斯泰因在 20 世纪文坛出类拔萃的根本原因，是她在 20 世纪早期养成的自觉的语言意识。她轻视描摹现实的传统手法，重视语言的能指作用，基于她的一种哲学观念。她借用她的女秘书艾丽斯之口，表达了她的这一观念：

> 格特鲁德·斯泰因在她的作品中，经常被追求精确描写内部和外部现实的智性激情所控制。她通过这种浓缩（或集中），产生了一种单纯，结果破坏了诗歌与散文中的联想情感。她知道，情感的结果：美、音乐性和修饰性决不应该是起因，甚至经历的种种事件，不应当是情感的起因或不应当是诗歌或散文的材料。情感本身也不是诗歌或散文的起因。它们的构成应当是对内、外部现实的精确复制。①

斯泰因的这段话和她试验性的作品，体现了她的反传统美学：背离世界或经验，进行非自我意识描述，运用语言本身作为材料，进行文学创作。此外，她所谓的精确复制内外部现实，实质上是立体派画手法在文学领域里的具体运用。

斯泰因在法国目击了两次世界大战。她在第一次世界大战时很年轻，她与终生相伴的女秘书艾丽斯在后方积极主动地从事救护工作，并且成了在法国作战的美国官兵们最亲密的朋友。她一直有渴求名声和广交朋友的愿望，凭她的才智和财力，都在她生前得到了完美的实现，但她对人生和文学的探索从未停止，直至临终时，她还问："什么是答案？""在那种情况下，什么是问题？"她一生具有反潮流的探索精神，在现代派文学时期，超前地跨入了后现代文学门槛。在这一点上，她似乎比 T. S. 艾略特幸运。而且，她早就意识到，真正具有开拓性的试验之作在当时虽然不被承认，但在将来会被大家所接受。她在 1926 年预见说："那些真正创造现代作品的人，在他们死后就自然变得重要了，因为到那时已成为过去的现代创作，

---

① Gertrude Stein. "The Autobiography of Alice B. Toklas." *Selected Writings of Gertrude Stein*: 198-199.

将被经典化，而对它的描述也将成为经典。这就是为什么在艺术领域里，一位创新作品的创造者在他成为经典大师之前，总是一名不法分子的原因，两者之间几乎没有过渡阶段，这对于创造者来说，实在是太糟了，而对于欣赏者来说，也是太糟太糟了。如果他们能在作品刚刚产生不久后，而不是当它已成为经典之作时，再去欣赏它，其效果肯定会好得多。"①正如她所料，她的作品已经被经典化了，可惜她在生前没有看到。

在谈到斯泰因对诗歌所作的贡献时，玛格丽特·迪基说："斯泰因对现代派实验的贡献，在很大程度上，是在被男权制范畴所贬低的各方面：女子色欲的体验、语言的资质、叙述上对不合理性过程的处理、文本表层的欢快。《软纽扣》是对语言和体验方面的一个发现，正如一位批评家所争辩的，它暴露了男性文化供奉的事业，展望了预示后来现代派一个重要组成部分的颠覆手段。"②迪基还认为，斯泰因在形式和主题上摆脱男权语言的线性逻辑时，才得以发现日常生活里隐蔽的性快乐和表现这种快乐的语言，而她对节奏、重复、声音联想和语调等方面能指作用的强调，使她成了 20 世纪晚期女权主义理论家的先驱者。③

第三节　玛丽安·穆尔（Marianne Moore，1887—1972）

艾米莉·狄更生和玛丽安·穆尔是美国诗坛上两位杰出的终生未嫁的女诗人。她俩各以富有个人鲜明特色的诗歌，在美国诗歌史上立下了丰碑。狄更生去世的第二年，穆尔才出世。在美国文学发展史上，狄更生在 19 世纪独树一帜，成了美国现代诗歌的先驱之一，这是她幸运的地方。但不幸的是，她既没有穆尔那样长寿的福分，也无穆尔那种在生前饮誉诗坛的运气，而是在冷清寂寞中度过了一生。穆尔的福气是活到老，写到老。当代诗人唐纳德·霍尔在 1965 年采访她时说："你真运气，还继续在写诗，许多（同时代的）诗人都停笔了。"她高兴地回答说："是的。人们端详我的脸，说：'你仍在写作吗？'我当然在写啰，为什么不？"穆尔还有一个福分是，她在创作期间，得到了美国主要诗人 T. S. 艾略特、庞德、史蒂

　① *Selected Writings of Gertrude Stein*: 514.

　② Margaret Dickie. "Women Poets and the Emergence of Modernism." *The Columbia History of American Poetry*: 242.

　③ Margaret Dickie. "Women Poets and the Emergence of Modernism." *The Columbia History of American Poetry*: 242.

文斯、W. C. 威廉斯和肯明斯等人的赞赏，而且同他们友好相处，同时还和 H. D.、露易丝·博根、伊丽莎白·毕晓普等女诗人友好交往，尽管她和他/她们之间的美学趣味并不一致。

穆尔生于 T. S. 艾略特的家乡密苏里州圣路易斯附近的一个小镇柯克伍德。父亲是工程师，他由于事业的失败而精神崩溃，在她出世前就出走不见了。她的母亲携带她及其哥哥约翰住进同一个镇上当牧师的外祖父家里。外祖父去世后，母亲又带着子女迁居宾州的卡莱尔，以教英语谋生。1909 年，穆尔毕业于布林马尔学院。1910 年，她又在卡莱尔商学院学习一年。穆尔本来选英语和法语为主科，结果不理想，于是花了很多时间学习生物学，为她后来在诗里细致描写动物打下了良好的基础。次年，她在卡莱尔的美国印第安学院讲授商业学课程，直至 1915 年。1916 年，她的哥哥约翰从耶鲁大学毕业后，被任命为基督教长老会牧师，在新泽西州查塔姆供职。穆尔和母亲也迁居那儿，和他生活在一起。一战爆发后，约翰当海军随军牧师。穆尔和母亲移居纽约格林威治村，直至 1929 年。然后迁至布鲁克林，约翰已在布鲁克林海军造船厂工作。她与母亲和哥哥亲密地生活在一起，使她感到温暖和幸福。她在写诗时，还常常吸收母亲的修改意见，故而在《诗选》(*Selected Poems*, 1935) 的跋里，特别指出诗里有些思想和句子是她母亲的。穆尔当《日暑》杂志编辑（1926—1929）之前，从事的是私立学校教书、秘书（1919—1921）和图书馆管理员（1921—1925）之类的平凡工作，但她的诗才却日益引人注目。

早在上大学时，穆尔就在学校杂志上发表诗作。意象派诗人 H. D. 是她的同学和朋友。H. D. 在穆尔不知情的情况下，把她的诗篇整理成册，出版了穆尔的第一本诗集，使穆尔惊喜异常。但真正把她推上诗坛的是哈丽特·门罗的《诗刊》。该刊 1915 年 5 月刊号发表了穆尔的五首诗，随即试验性的小杂志纷纷向她敞开大门，使她得以以诗歌革新者的姿态，与包括史蒂文斯、艾肯和 W. C. 威廉斯等人在内的一批新诗人来往。W. C. 威廉斯赞美"她是我们的圣人"，T. S. 艾略特说她的诗具有"永恒性"，庞德表扬她的诗"犀利地看到了事物的生命"。总之，这位红发姑娘是到处受欢迎的人，无论是她甜美流畅的音节诗，还是她那温和而谦虚的态度，都讨人喜爱。人缘、机遇和才华铸就了她的成功。克里斯托弗·比奇对此说："在所有女性现代派诗人之中，只有玛丽安·穆尔在男性占统治地位的文学界，能够占有一个稳固的地位。穆尔通过她的诗篇、她与其他作家广泛的通信和她作为《日晷》主编（1925—1929），对现代派诗歌发展发挥了重大影响。"①

　　1924 年，日晷出版社出版了她的第二本诗集《观察集》（*Observations*, 1924）。该集收了第一本诗集里的诗（除三首没收外），并加上新诗。1924 年，穆尔获表彰她对"美国文学做出卓著贡献"的日晷奖。1926 年被任命为该杂志的代理主编。《日晷》（*The Dial*, 1880—1929）是一本有影响的杂志，在 1920 年以后成为美国促进现代派文学艺术运动的最著名的文学月刊，许多欧美的名作家，如托马斯·曼（Thomas Mann, 1875—1955）、T. S. 艾略特、肯尼思·帕克（Kenneth Burke, 1897—1993）、W. B. 叶芝、D. H. 劳伦斯、哈特·克兰、庞德、肯明斯、麦克利什等都常为该刊撰稿。作为代理主编的玛丽安·穆尔，便有了同文学界名人打交道的机会，因而也扩大了自己的国际知名度，使她成了 20 年代美国的一个著名诗人。

　　沉默了数年之后，玛丽安·穆尔在朋友们，尤其在 T. S. 艾略特的鼓励下，出版了她的《诗选》（1935），T. S. 艾略特特地为她作序。出人意料的是，它不畅销，到 1942 年为止，只销售了 864 册。她对此处之泰然，她认为只要能出版就是好事，而且只要能写出第一流的作品，以后总会被读者接受。后来事实证明，她言中了一半，她从评论界得到的高度评价多，而她的读者群却很小，她的佳作令许多普通读者困惑不解。

　　从 1936 年至 1949 年，玛丽安·穆尔的几本小诗集相继问世：《鲮鲤及其他》（*The Pangolin and Other Verse*, 1936）、《何年》（*What Are Years*, 1941）和《然而》（*Nevertheless*, 1944）以及单行本《面孔》（*A Face*, 1949）。1951 出版的《诗合集》（*Collected Poems*）荣获普利策奖、国家图书奖和博林根诗歌奖，使她在诗坛名声大振。此后至 1966 年，缪斯又给她带来了五本诗集。穆尔对自己过去发表的诗有反复修改的习惯。在她的不断增删、修改下，《诗全集》（*The Complete Poems*, 1967）面世。她在扉页上别出心裁地写了一行字："删减并非随意。"她也许是仿照 T. S. 艾略特发表《荒原》单行本的先例，在《诗全集》后面，附上单篇诗引文的出处。她认为应当诚实地注明来源。像《荒原》后面的自注一样，《诗全集》的自注为读者阅读提供了方便。

　　穆尔也许缺乏 T. S. 艾略特或庞德那样渊博的历史知识，但她在诗中反映的诸如电视、电影名人、棒球运动、动植物、商业、技工、时事、太阳、星辰、高空作业工、圣人等内容涉及面之广，观察力之细腻，使她同时代的许多诗人自叹不如。她的朋友伊丽莎白·毕晓普称赞她是"世界上

---

① Christopher Beach. *The Cambridge Introduction to Twentieth-Century American Poetry*: 85.

健在的最伟大的观察者"。如果要挑剔她诗里缺少什么的话，那就是爱情。
她没有写爱情诗，但我们谁也不会苛求老处女去写那大众动心而她不喜爱
的题材。穆尔早期的诗，主要涉猎作家和写作思想以及蒸汽压路机、书生
等文学作品中常见的现象，其中以她的名篇《诗》（"Poetry"）最为典型，
诗人在她的创作生涯刚开始时，便表明了她的美学趣味：

> 我也不喜欢它，有比这竖琴更重要的东西。
> 　　可是读它，带着十足的鄙视读它，我们会
> 　　发现其中毕竟有真诚的地方。
> 　　　　能攫取的双手，能
> 　　　　张大的眼睛，必要时能直竖的
> 　　　　　　头发，这些东西之重要，并非因为
>
> 能安上冠冕堂皇的解释，而是因为它们
> 　　有用。如果说它们引申太多，以至难以辨认，
> 　　那么我们人人也如此，我们
> 　　　　无法欣赏那些
> 　　　　我们不理解的事情：蝙蝠
> 　　　　　　头朝下倒挂，或是捕食，
>
> 拥挤的大象，打滚的野马，永不疲倦地
> 　　守在树下的狼，不动情的皮肉抽搐得就
> 　　像马被跳蚤叮咬的批评家，
> 　　　　棒球迷，统计学家——
> 　　　　这是行不通的，
> 　　　　　　若无差别地对待"公文和
>
> 课本"；这些现象全重要。但我们须区分
> 　　清楚：当半瓶子醋诗人硬是突出这些时，
> 　　结果就不成其为诗，
> 　　　　除非我们之中的诗人能成为
> 　　　　"想象的文字表达者"——超越
> 　　　　　　傲慢和琐碎，而且能呈现供人参观的

　　　　　"有真蟾蜍的想象花园"，我们这才有了

　　　　　　诗，同时，如果你一方面要求

　　　　　　诗的新鲜原料保持

　　　　　　　其新鲜，而且

　　　　　　　另一方面

　　　　　　　　保持真诚，你就对诗真正感到了兴趣。

　　生活里一切都可以入诗、对诗料不应加工太过、不应引申太过和保持真诚等方方面面是穆尔对诗歌创作提出的审美标准，也是她的经验之谈和她的诗歌特色。这首诗的艺术形式基本上反映了她的诗歌风貌：

　　1）诗行长，貌似自由诗，一反英美传统的音步，像法文诗那样地每行以音步为单位。除第四节不太规则外，每节六行，每节的音节可归纳为：19／13—22／7—9／5／8／13（只第二和第三行略有变化），每节排列基本等称。穆尔作诗时，第一节形式确定下来之后，以下每节都基本保持类似的等称美。因为每首诗每一节里诗行的音节长短不等，读起来使人感到是散文的节奏。

　　2）流水行（即前后行无断句），有时把单词切断，一半在前行之尾，另一半在后行之首（如原诗第三节第三与第四行之间的 base／ball）。

　　3）一般诗行开头字母不大写，只在为了强调的情况下才大写（如原诗第一节第二行第一个字"Reading"，第四行"Hands"。

　　4）轻押韵。这是 T. S. 艾略特评价穆尔诗歌形式时使用的术语，如原诗第一节第二行的"in"，与第三行的"genuine"，又如，第四节第四行的"of"，与第五行的"above"。

　　5）频繁应用引文。如原诗第三与第四节之间的"公文和课本"，第四节的"想象的文字表达者"，等等。穆尔认为引文已经很简练，而且富有诗意，作者不必再加工，嵌在诗里就行了。为了表明作者的诚实态度，穆尔往往在每首诗的自注里，注明出处。像肯明斯一样，穆尔常爱把题目作为诗的第一行（《诗》正好是例外），因为她认为单独的标题价值不大。

　　随着《诗选》的面世，穆尔的动物诗开始引人注目。读者在《跳鼠》（"The Jerboa"）、《蜥蜴》（"The Plument Basilisk"）、《鹈鹕》（"The Frigate Pelican"）、《水牛》（"The Buffalo"）、《猴》（"The Monkeys"）、《鱼》（"The Fish"）、《海上独角鲸和陆地独角兽》（"Sea Unicorns and Land Unicorns"）、《章鱼》（"An Octopus"）、《致蜗牛》（"To a Snail"）和《致法国孔雀》（"To the Peacock of France"）等篇章里，读到千姿百态的动物。当你读《猴》这

篇时，你似乎会感到在参观动物园：

猴

太会眨眼，而且怕蛇。斑马，怪得

出奇；大象，皮色如雾，

　　而那些太实用的附属品，

　　　　那些小猫，却在那儿；长尾鹦鹉

　　　　　　仔细一看，太卑微，太无聊，老是啄破

　　果皮，糟蹋它吃不了的东西。

我回想起它们的堂堂威仪，而今十分淡漠

也不再堂皇。很难再想起那衣饰，

　　那言谈，那确切的神态，二十年

　　　　之前的点头之交；然而我不会忘记他——

　　　　　　那巴比伦式的英雄，处在

　　毛茸茸的食肉动物中——那只猫……

　　穆尔诗中的动物多种多样，例如跳鼠、天鹅、蜥蜴、鹈鹕、水牛、猫、独角兽、蜗牛、鱼、猴、鸵鸟、驯鹿、穿山甲、鸐鸵、象，等等，多数是无害的或稀奇的。诗人在她的诗里，创造了一个可爱的动物世界，用来反映人类世界，与人类世界进行对比，反衬出动物世界比人类世界可爱得多。诗人赞美这些动物的谨慎、勇敢和适应生活的能力，尤其是它们的那种脱离矫揉造作和幻想的感知力和严格的作风。穆尔真诚地希望人类具有这些动物的美德。评论家们在这时逐渐重视穆尔的"动物寓言诗"，并纷纷加以评论。穆尔花了九年工夫译法国拉封丹的寓言诗，无疑对她创作动物诗起了很重要的作用，这是她在 W. H. 奥登鼓励下废寝忘食地工作的结果。在1921~1935 年间，她的诗行往往很长，长得一行容纳不下而挂在下一行。作者对动物的观察也特别精细，较以前含蓄，甚至隐晦。

　　穆尔 40 年代的诗，即她创作生涯中期的诗，开始明白易晓，诗行也开始缩短。也许是二战使她参与现实生活的意识明显增强。她在《何年》中发出深沉的感慨：

　　　　什么是我们的天真无邪？

　　什么是我们的罪孽？一切都是

　　　　暴露在外，皆不安全。勇气
　　从何而来：这没回答的问题，
　　这坚定的怀疑——
　　哑嗓的叫喊，聋耳的倾听——
　　在不幸时，甚至连死亡
　　　　也能鼓舞别人
　　　　在失败时，能激励

　　灵魂坚强起来？……

　　尽管法国惨遭失败，但诗人在《光是发言》（"Light Is Speech"）里宣称法国的文明和自由精神将继续存在。虽然穆尔不能从历史唯物主义立场分析世界大战的起因，把战争归因于个别人的仇恨和无知，但她在《对功劳的怀疑》（"In Distrust of Merits"）里，表达了对人类命运的关切和人人都应该制止战争的责任心。她所有类似的其他诗篇，更接近于那种描述性的诗歌传统。

　　在 50 年代和 60 年代，穆尔更倾向于把创作的重点放在精神拯救和新生的主题上。在她看来，赛马或爵士乐表面似乎粗鄙，但能起奋发图强、振作精神的作用。《牙买加的笨蛋汤姆》（"Tom Fool at Jamaica"）中的赛马"笨蛋汤姆"体现了勇往直前的英雄形象。《风格》（"Style"）企求寻找跳舞的人、吉它和网球冠军之间的共同点，即体现了个性与技巧的结合、精神与肉体的结合。《献给阿尔斯顿先生和里斯先生的乡曲》（"Hometown Piece for Messrs. Alston and Reese"）热情赞颂棒球运动员和体现生命活力的运动激情。部分诗的诗行也较为整齐，例如《我也许，我可能，我必须》（"I May, I Might, I Must"）、《海蜇》（"A Jelly-Fish"）、《使用中的价值》（"Values In Use"）和上述的《乡曲》等比较接近传统形式。

　　像后人难以模仿的狄更生独特的艺术形式（例如常用破折号）一样，穆尔的音节诗以及自成一格的诗节安排及诗行排列，后来的效法者也难望其项背。也许这两位不平凡的女诗人太卓尔不群了。穆尔在她的名篇《过去就是现在》（"The Past Is the Present"）里，对自己的诗歌创作提出了精辟的见解："心醉神迷是 / 创作的诱因，方便决定了形式。"穆尔诗歌的可贵之处在于，她不囿于现成的形式，但她的每一首诗却有其严格的形式。詹姆斯·迪基非常欣赏她的艺术形式，他曾表示，如果他不得不选择一个诗人用我们已有的物料建造天堂的话，他将选择穆尔，因为她的天堂更像地球，因为她灵敏的反应和智性把它雕琢得美轮美奂，与现实相距甚远。约翰·阿什伯里夸奖她说：“尽管她的主要竞争者们雄壮威武，但我禁不住要称她是我们最伟大的现代诗人。”她的主要竞争者包括 W. C. 威廉斯和史蒂文斯。

穆尔创作生涯长达半个多世纪，获得难以数计的奖励和荣誉头衔。1967 年 6 月 14 日，纽约大学授给她荣誉文学博士嘉奖令，对她的一生作了最好的概括：“密苏里州的乡亲，布林马尔的女儿，格林威治村的邻居，布鲁克林道奇棒球迷，布鲁克林桥桂冠诗人，活力、精确和真诚的爱好者，坦率而拘谨的、讲究诗艺的诗人，著名的、受人爱戴的文学女士。”

不过，也有评论家关于穆尔对当代诗歌的影响，持负面看法，例如，杰蕾蒂思·梅林（Jeredith Merrin）认为穆尔在现在诗歌界的影响已经不大了，说：“穆尔在美国文学界创作了相当好的暗喻性描写的诗歌。她通过她早期现代派的感情极其充沛的例子，必定尽情地激励过其他女子写作。可惜的是，现在教室里或教室外，创作班里或创作班外，她的作品不再被阅读了。现在没有一个人的诗歌能更多地教育年轻的作家如何选取一个题目（一处地方、一个机构、一个人、一个动物，或一件物），然后从有形的和精神的多种角度去考虑。现在没有人向我们演示如何更聪明地、更不厌其烦地问：‘我现在看的这个东西是什么？’”[①]

第四节　萨拉·蒂斯代尔（Sara Teasdale，1884—1933）

20 世纪头 10 年和 20 年代，萨拉·蒂斯代尔在美国广大读者中的名气远远胜过 T. S. 艾略特和庞德。她所遵循的诗歌路线，是罗伯特·弗罗斯特和 W. B. 叶芝所主张和实践的。她的诗篇发表在全美国各大杂志上，被广大的读者所朗诵，甚至配乐后被传唱。她生前出版的诗集总共不过九本，没有理论著作或文章，发表在杂志上的只有一篇短篇小说和一篇短篇非小说，主编了两本诗选，获得了很大的成功。荣获为诗人们个个羡慕的普利策诗奖的第一个诗人就是她。[②] 她擅长于读者也喜爱的诗歌主题是爱情和女人。她用脉脉含情的女性眼光描写的外部世界和揭示的妇女内心世界，

---

① Jeredith Merrin. "Marianne Moore and Elizabeth Bishop." *The Columbia History of American Poetry*: 358.

② 指蒂斯代尔于 1918 年获美国诗歌协会授予的诗歌奖，表明她得到掌握普利策奖基金的哥伦比亚大学新闻学学院的认可。该奖创立于 1917 年，起初局限于小说、戏剧、美国史和美国传记。到 1922 年才正式增添了诗歌奖。蒂斯代尔当时获得的是哥伦比亚诗歌奖——普利策诗歌奖的前身。

在当时不知使多少痴情或多情的男女心荡神迷。即使在今天，当你读到她的"我听见黄昏林中的画眉 / 三声鸣啭，召来颗颗星星——"①"当我死了，我上空的明媚四月 / 甩出她那雨水淋淋的头发"②"啊，我可以给他浱浱泪水，/ 或者为他纵情歌唱—— / 但我怎能 / 沉默一生？"③ 或"忘掉吧，像忘掉一朵花，/ 像忘掉曾唱着金色歌的火焰"④ 等缠绵悱恻、凄艳芬芳的诗行时，不会无动于衷，因为在一般人的内心深处的角角落落里，总或多或少地隐藏着同蒂斯代尔起共鸣的情感：排遣不开的惆怅，或无法抵御的悲思，或山间小溪般的欢愉。

蒂斯代尔诗歌的柔美品格与她的家庭出身和孱弱体质不无关系。她生于圣路易斯的一个富有的干果批发商家庭，母亲笃信宗教。蒂斯代尔从小身体孱弱，常年有病，经常需要家庭照料。1904 年，她 20 岁时才参加当地的业余艺术家俱乐部。俱乐部出版一本手工印刷的杂志《陶工之轮》。她在这本小杂志上发表作品大约有 3～4 年时间。她的一篇散文作品《水晶杯》（"The Crystal Cup"）在 1906 年被《镜报》转载，次年她开始公开发表诗作，引起读者注意。1907 年，蒂斯代尔私费出版第一本诗集《赠杜斯十四行诗及其他》（Sonnets to Duse⑤ and Other Poems, 1907），接着把它送给她认为可能帮助她提高诗艺的文学界人士。她在这些早期诗歌里，流露了她的矛盾心理：一方面赞颂作为美与力结合的女性，另一方面展示了女性实际的脆弱性。她由于出身于中产阶级家庭，加上身体弱不禁风，一开始亮出的抒情歌喉就不雄壮有力，而她的一生和后来的作品，一直存在和流露她的这种矛盾心理。尽管如此，她仍坚持不懈地向全国各大杂志投稿。

1911 年，她的第二本诗集《特洛伊的海伦及其他的诗篇》（Helen of Troy and Other Poems, 1911）被出版社接受后出版了。诗集里有 44 首诗，统率在标题"情歌"之下，27 首诗统率在"十四行诗和抒情诗"的标题之下。这些诗表达了她失望、迷惘和娴静的渴望、对想象中的情人的一往情深、对死亡的渴求等传统女人的感情，引起了习惯于传统闺怨的读者的兴趣。其中有一首诗《联邦广场》（"Union Square"）表达了诗人对一个男子的爱，但她未曾说出口，而那男子也未意识到她妒羡和他交往的妓女。她的这首在当时被视为思想不纯的诗引起了评论家们的抨击。这确实反映了蒂斯代尔

---

① 见《林中之歌》（"Wood Song"）。

② 见《我将毫不在乎》（"I Shall Not Care"）。

③ 见《阿马尔菲晚唱》（"Night Song at Amalfei"）。

④ 见《忘掉吧》（"Let It Be Forgotten"）。

⑤ 即著名的女演员埃莉奥诺拉·杜斯。蒂斯代尔只闻其名，未见其人。

婚前蠢蠢欲动的心态。作为新世纪的新女性，她的行动自由必然包括性自由，然而她同时被维多利亚时代中产阶级妇女的道德观和宗教观所束缚，因此勇气与内疚、欲望与恐惧、进取与退却一直在她内心深处冲撞着，斗争着，直至矛盾总爆发，她终于在 1912 年去欧洲途中的轮船上，首次和一个有性魅力但不可靠的英国男子做爱；次年她在纽约又先后和两个男子发生性关系。可以说1912 年至 1914 年是蒂斯代尔显示感情生活与文学才能的关键时期。她和许许多多未摆脱和未完全摆脱传统诗学的诗人一道，乘着由 T. S. 艾略特和庞德等人掀起强劲的现代派诗风飞速向前。她不但结识了哈丽特·门罗及其助理编辑尤妮斯·蒂金斯（Eunice Tietjens, 1884—1944），使她的诗歌能经常发表在《诗刊》上，而且通过她们，使她第一次认识了文学界性开放的一群人。她先与穷困的林赛谈恋爱，最后在 1914 年和对她崇拜的圣路易斯商人欧内斯特·菲尔辛格（Ernest Filsinger）结婚。

1915 年，蒂斯代尔的第三本诗集《条条江河归大海》（*Rivers to the Sea*, 1915）面世，它标志她作为诗人跨入了成熟的阶段。她这时的诗风同 E. A. 罗宾逊、弗罗斯特和埃德加·李·马斯特斯等诗人建立的规范相一致，她的名声也紧靠着他们。她对抒情诗有了新的审美要求，她认为优秀的抒情诗应当起始于诗人喜怒哀乐的激烈感情，终止于平静与和谐。这本诗集由纽约的大出版社麦克米伦出版公司出版，第一版书在三个月内脱销，以至出版社催促她再编下一本诗集，她此后的诗集从此由这家出版社包了。

两年后，她的第四本诗集《情歌》（*Love Songs*, 1917）获得更大的成功，成了数年以来最畅销的诗集，这就是前面提到她获普利策诗歌奖的书。读者，尤其青年读者，爱读她这些反映青年女子欲求与失望情绪而语言优美的诗篇。这本诗集是在一战期间完成的。蒂斯代尔和她的丈夫对这场世界大战采取和平主义的立场。在一战后纷纷出现的新流派、新理论不断冲击着正统的风雅派文学以及仍拘泥于传统主题的新文学。蒂斯代尔的诗美学没有受到他们的直接挑战，但她打从心底里不喜欢 T. S. 艾略特、史蒂文斯和庞德的现代派诗歌，特别厌恶庞德粗鲁的举止，从来不赞赏哈丽特·门罗支持他们。她喜欢的倒是以弗罗斯特和叶芝为代表的现代派诗，那种距传统艺术规范不太远的诗。她对意象派产生某些兴趣，是在她认识艾米·洛厄尔之后。

标志蒂斯代尔创作方式有重大转变的是她的第五本诗集《火焰与影子》（*Flame and Shadow*, 1920）。她把原先热烈的情绪转化为有分寸而又有张力的平静或深沉的反讽，把原先的绝望淡化为怀念和严峻的耐心，把原先稚气的单纯变成成熟的纯朴。她像所有成熟的作家一样，在创作上养成了追求明澈和从容的自觉意识。她孜孜不倦地钻研叶芝的诗歌及其对抒情诗的论述。这本诗集也很畅销，一年之内印刷了四次。但从此以后，她的创作力开始下降。

她在创作上走下坡路有多种原因。首先，她愈来愈受病痛折磨，开始定时服用止痛的镇静剂。其次，她对时常出国经商的丈夫菲尔辛格缺乏感情，始终觉得婚姻不美满，最后在 1929 年主动与丈夫离婚，尽管菲尔辛格对她很体贴，也很崇拜，他甚至在婚前能背诵蒂斯代尔的许多诗篇。再次，她亲爱的父亲于 1912 年去世。她很费力凑足诗篇出版的第六本诗集《月暗》（*Dark of the Moon*, 1926）反映了她苍凉的心境：接近衰老和死亡，生活不完美，智慧有欠缺，需要安宁和平静。她的第七本诗集《今夜星星》（*Stars To-Night*, 1930）的读者对象是儿童。1931 年林赛轻生的消息更增添了她蓄积已久的忧郁，导致她短暂的精神崩溃，使她无法自制。1933 年 1 月 29 日星期日早晨，她服用了过量的安眠药而悄然离开人世。她的养女玛格丽特·康克林（Margaret Conklin）替她整理出版了《奇胜》（*Strange Victory*, 1933）和《萨拉·蒂斯代尔诗合集》（*Collected Poems of Sara Teasdale*, 1937）。1984 年出版的新诗集《心之镜》（*Mirror of the Heart, Poems of Sara Teasdale*, 1984）收了 51 首从前未发表的诗，并选了《诗合集》里的一些诗。总的来说，蒂斯代尔无论在性格上或体现在作品里的情感，由于时代和生活环境的局限，始终保持着拘谨、禁闭和寂寞，尽管她也不断与自我和作为传统妇女的角色作斗争。不管怎么样，"她的诗最终还是颠覆了 19 世纪女子满足于浪漫爱情的思想，"①诗人珍妮·拉森（Jeanne Larsen, 1950 — ）如是说。

第五节　埃莉诺·怀利（Elinor Wylie，1885—1928）

若用女权主义审美标准衡量埃莉诺·怀利，她也可算是一位女强人。她和内心火热外表沉静的蒂斯代尔不同，她以两次离婚、一次私奔、抛弃幼子、热衷于婚外恋的美丽狂女加优秀诗人的声誉著称于世。她被称为"诗人之中的诗人和王后"。20 年代，她的美貌和艺术成就，令文坛上不少男子倾倒，其中尤其包括她的第三任丈夫、诗人威廉·罗斯·贝内。但是，

① Jeanne Larsen. "Lowell, Teasdale, Wylie, Millay, and Bogan." *The Columbia History of American Poetry*: 216.

不管她怎样自由、火辣，怎样有个性，我们不能忽视她也有 20 世纪早期现代派女诗人的共性。伊莱恩·肖沃尔特在对她和蒂斯代尔作比较时，说："蒂斯代尔和怀利作品及其诗中人的缄默、拘束和寂静之主题很明显，可以部分地被视为现代派女诗人突出的主题；我们可以部分地把它们理解为对女性创造力忧虑的回应。"[1]

　　埃莉诺·怀利生在新泽西州的官宦家庭。祖父是宾州州长，父亲是西奥多·罗斯福总统的副司法部长。她虽然从年轻时就步入社会名流圈，但从小就养成了不苟同的探究性格。在一段少女的罗曼蒂克期之后，她在 1905 年和外表英俊但脾气很坏的海军少将之子菲利普·西蒙斯·希切朋（Philip Simmons Hichborn）结婚，两年后生一子。埃莉诺发觉丈夫情感不稳定，心情不快，患了高血压症和周期性偏头痛。她的头两部小说描写了两个婚姻不幸的妇女的遭遇，部分地反映了她本人的处境。1910 年，她抛弃了她四岁的儿子，和有妇之夫、律师霍勒斯·怀利（Horace Wylie）私奔英国，逃避传遍华盛顿市的丑闻和社交界的谴责。在霍勒斯·怀利的鼓励下，她在英国私费出版了第一本不署名的诗集《偶作》（*Incidental Numbers*, 1912），它收进了她在 1902 年和 1911 年之间写的作品，魅力、爱情、陷阱和孤立是该诗集的部分主题，也是她日后将继续探讨的主题。

　　第一次世界大战爆发后，埃莉诺与霍勒斯返美。他们被家庭冷漠、经济拮据和社会非议以及埃莉诺的疾病所困扰。从 1914 年至 1916 年，埃莉诺数次流产，更增加了她的失望。此后霍勒斯·怀利和前妻离婚，而埃莉诺的第一任丈夫轻生。霍勒斯同埃莉诺于 1916 年合法结婚，但由于两人各自尴尬的处境而败坏了两人原来亲密的关系。埃莉诺随着把更多的精力投入文学创作而逐渐疏远了她的第二任丈夫。她的作家朋友约翰·多斯·帕索斯（John Dos Passos, 1896—1970）、约翰·皮尔·毕晓普（John Peale Bishop, 1892—1944）和埃德蒙·威尔逊（Edmund Wilson, 1895—1972）劝她认真从事创作。在他们的鼓动下，她犹犹豫豫地把诗稿寄给哈丽特·门罗，出乎她所料，她寄去的《返祖现象》（"Atavism"）、《火、雨夹雪和烛光》（"Fire and Sleet and Candlelight"）、《银丝饰品》（"Silver Filigree"）和《丝绒鞋》（"Velvet Shoes"）发表在 1920 年 5 月号的《诗刊》上。结果证明，《丝绒鞋》是她的成名作，被各种文选广为录用。这首诗究竟好在哪里？且先让我们看一看：

---

① Elaine Showalter. "Women Writers Between the Wars." *Columbia Literary History of the United States*: 840.

让我们走在白雪上
无声的空间里；
脚步轻盈又缓慢，
保持静谧的节律，
顶着漫天白色的罗绮。

我将束紧绸带，
你将披上毛大衣，
白得比白牛的牛奶还白，
打扮得比
海鸥的胸脯还美丽。
我们将走过寂静的市场
四下里没有一丝风儿侵扰，
我们将踩在白白的雪上，
踩着的将是银色的羊毛，
踩着的将比羊毛还轻柔。

我们将穿上丝绒鞋散步：
不论我们走到何方，
岑寂将像一串串露珠
落在白色的静谧上。
我们将在白雪中徜徉。

从这首意境美、语言美的短诗中，我们不难看出埃莉诺的艺术特色：雅致精巧而不失于纤弱，具有水晶般的冰洁品格；虽然采用了传统的形式，格律和押韵工整，但自然贴切。她一生都是运用这种传统的艺术形式——四行诗或十四行诗或民谣体，巧思层出不穷，妙语联翩，毫无陈腐的痕迹。她着意的不是大题材，而是如她所说的是"上了釉的鼻烟盒"，用"短诗行、小诗节"写出"既简洁又漂亮"的小巧作品。她的精湛技巧，使她对世界上的美描摹出精细的意象，可以说优美是她作为艺术家最本质的特性。和《丝绒鞋》同样美的诗还有《南》（"South"）、《春天》（"Spring"）、《野梨》（"Wild Peaches"）和《八月》（"August"），等等。她尤其善于选择词藻，如她在另一首短诗《可爱的词》（"Pretty Words"）中所说，她爱用"平滑的词""鲜明的词""乳白的、冰凉的、珍珠般的词"。她创作了不少优美的十四行诗,如组诗《一个人》("One Person"),优秀的民谣体诗,如《大地赞》("Hymn to Earth")、《小挽诗》("Little Elegy"),等等。

埃莉诺很欣赏英国玄学派诗人约翰·多恩简练的文笔、奇妙的比喻和大胆的悖论,因而她的诗也像多恩的诗一样,紧凑简达,不滥施感情。她的名篇《向我的灵魂讲话》("Address to My Soul")、《老鹰和鼹鼠》("The Eagle and the Mole")等都言简意赅,立论精辟。她的另一个崇拜对象是雪莱。她七岁时开始读雪莱的诗,几乎能背诵他所有的诗篇,声称雪莱是她的朋友,把早期得来的稿费用于购买雪莱的亲笔信,往往在餐桌上为雪莱的美德辩护,并且痴心幻想雪莱已经活转人间。她写了两部关于雪莱再现人世的小说《孤苦的天使》(*The Orphan Angel*,1926)和《霍奇先生和哈泽德先生》(*Mr. Hodge & Mr. Hazard*,1928)。第一本小说描写雪莱活转后,在美国水手陪同下访问美国西部,寻找他想拯救的美女。第二本小说叙述在维多利亚时代,资产阶级的浪漫主义已经衰微,容不得雪莱的价值观念和诗歌。批评家们一致认为第二本小说是她最好的小说。她把她的第三本诗集《轻微的呼吸》(*Trivial Breath*,1928)题献给雪莱,她在其中的一首十四行诗《给雪莱的红地毯》("A Red Carpet for Shelley")中表示,如果她掌握了上苍赐予她纯洁、火热的激情,她将摊开圆月和太阳,缝成一块地毯,让雪莱走在上面。她的想象力何等丰富,而她对雪莱又何等倾心!

经她兄弟亨利的介绍,她认识了威廉·罗斯·贝内。贝内成了她文学事业上最得力的促进人之一,他经常鼓励她创作,并充当她的文学代理人。随着她在文坛上的名声提高,她与第二任丈夫分居,于 1921 年迁居纽约,轻易地打进了纽约的文学圈,使她一举成功。卡尔·范维克顿(Carl Van Vechton,1880—1964)甚至组织了一次火炬游行,庆祝她的小说《詹尼弗·洛恩》(*Jennifer Lorn*,1923)的发表。在发表这本小说的同年,她与第二任丈夫离婚,接着与贝内结婚,这也是她创作力和名声最高的时候。从 1921 年至她 1928 年逝世为止,她出版了四部诗集《捕风网》(*Nets to Catch the Wind*,1921)、《黑色盔甲》(*Black Armor*,1923)、《轻微的呼吸》和《天使和世俗人》(*Angels and Earthly Creatures*,1929),四本小说,[①] 以及其他的文章和评论。尽管取得如此大的成功,但埃莉诺经常处于浪漫主义与唯美主义、诗人与女人的矛盾之中。她笔下的意象群给读者一种感觉,外表的美丽与内心的骚动,沸腾的激情和强迫性的克制,总是处在矛盾的统一体之中,其根源是妇女作家在男性为主的文化传统里,想挣脱传统加给她

---

① 除上述的三本小说外,还有一本小说: *The Venetian Glass Nephew*(1925)。

们无形的期待和束缚。

埃莉诺又失去了对第三任丈夫的兴趣，但这次没有离婚，只是分居住到伦敦。在那里，她爱上了一个有妇之夫。在这段热恋期间，她写了 19 首十四行诗，充分流露了她对爱情、分离和顺从的深切感受，被批评家们认为是她的佳作。这些十四行诗收录在诗集《天使和世俗人》里。她 1928 年 12 月 16 日返美后，在家中猝死于中风。1932 年出版了《埃莉诺·怀利诗合集》(*Collected Poems of Elinor Wylie*, 1932)，该集收进了她生前的四本诗集，以及发表在杂志上的一些零散诗篇和未发表的一些诗篇。路易斯·昂特迈耶认为，该集中的《金枝》("Golden Bough")和《鹅卵石》("The Pebble")是她最成熟的作品，尤其后者，不但诗艺精湛，而且也反映了她一部分的精神生活。

埃莉诺高贵的门第、突出的个性、美丽的外貌、对性自由的追求、健谈的才能、捕捉美的本能，等等，使她成了 20 世纪早期美国妇女作家的一个典型。

第六节　埃德娜·米莱（Edna St. Vincent Millay, 1892—1950）

米莱，这位比弗罗斯特早一年获普利策诗歌奖（1923）的女诗人，在她创作生涯的早期，就显露了她作为诗人的卓越才华和作为演员的动人风采，一个引人注目的反社会习俗的"女拜伦"。

米莱出生在缅因州罗克兰，1900 年父母离异，是她坚强的母亲培养了她对音乐和文学的兴趣。五岁时开始发表诗作，高中时成了学校杂志的主编。1909 年，她在高中毕业时作了一次诗歌朗诵，表现了她表演的才能。1912 年，米莱在她母亲的鼓励下，应米切尔·肯纳利为主编诗集《抒情年》而开展诗歌竞赛的征稿，寄去了她的长达 214 行的抒情诗《复活》("Renascence", 1912)。[①] 该诗赛为参赛者设立三个奖，总共 1000 美元，米莱名列第四，被采用，未获奖，但立即使她崭露头角。这是一首四音步双韵诗，既像儿歌，又像中国陕北民歌"信天游"，读来朗朗上口。诗人奇想联翩，幻想自己被天地间无限的悲哀和罪孽压垮，以至陷进坟墓，最后死而复苏，欢呼世界、人生和上帝。全诗充满少女的稚气，深挚动人。这

---

① 米莱原来的题目是《复兴》("Renaissance")，深得诗歌竞赛评委之一的费迪南德·厄尔（Ferdinand Earle）的喜爱，是他建议她把标题改为《复活》。

首诗的最后两行是：

> 灵魂能把天空一劈两半，
> 让上帝面孔的光辉朝下照亮。

气势何等大！可是它却出自 19 岁少女之手。批评家们对这首富有青年朝气、感情浓烈的诗给予很高的评价。基督教女青年会全国培训学校的卡罗琳·道（Caroline B. Dow）听了米莱朗诵这首诗后深为感动，帮助她得到上大学的奖学金。大学毕业不久，她发表了第一部诗集《复活及其他》（*Renascence and Other Poems*, 1917）。该集展示了诗人与生俱来的感悟大自然的本领，通过她目光观察的大自然，新鲜而富有生趣。

米莱生活不富裕，迁居纽约格林威治村，想以演戏维持生计。这里高度自由的艺术氛围，激发了她智性的开发和创作的活力。妇女的权利和自由恋爱是这里习以为常的生活一部分，同纽约以外的新英格兰地区保守气氛形成了很大的落差。她在这里如鱼得水，充分发挥了她所有的天分。她不但写戏，而且演戏，经常在舞台上成功地亮相，成了小伙子们崇拜和追逐的对象。她在广大的听众中朗诵自己的诗歌，广播电台也播放她的朗诵，自然地使她的诗名远扬。她主张男女平等、思想自由、恋爱自由（包括性自由），是一个不自觉的女权主义者。当时清教徒思想浓厚的美国社会视她为女叛逆，一个"被放逐的雪莱"。如果说菲茨杰拉德在小说里成功地塑造了爵士乐时代迷惘青年的形象，那么米莱则用她诗的歌喉，唱出了迷惘青年的心声，难怪有批评家把她算作迷惘青年的精神领袖。

1918 年，她遇到赴欧洲战场途经纽约的诗人阿瑟·戴维森·菲克（Arthur Davison Ficke, 1883—1945）。打从他称赞她的《复活》发表后，她一直和他保持通信联系，在艺术形式的试验上受了他很大的影响，因此一见倾心，和这位有妇之夫热乎了三天。她后来写的一些情书反映了她对菲克的感情。尽管此后爱情关系中断，但他们成了终生朋友。两年后她结交了《名利场》（*Vanity Fair*）的主编埃德蒙·威尔逊，她大部分的诗作发表在该杂志上，提高了她在诗坛的知名度。1920 年，她的第二本诗集《刺蓟丛里的几只无花果》（*A Few Figs from Thistles*）面世。诗集里的《第一只无花果》（"First Fig"）和《第二只无花果》（"Second Fig"）常被各选集所录用。两首诗都短短数行，简洁风趣，揶揄资产阶级的世俗观念，表明诗人执着地追求理想，虽然它似乎是空中楼阁，但毕竟闪闪发光；而资产阶级庸人的处世哲学虽有实用性，然而很丑恶。请读她的《第一只无花果》：

> 我的蜡烛从两头点燃，
> 要点通宵却很难很难，
> 啊，我的仇敌，啊，我的朋友——
> 它却放出了可爱的亮光！

　　她的名句"我的蜡烛从两头点燃"显然是比喻处于激情之中的女子胴体。克里斯托弗·比奇对这行诗作了精辟的解析："燃烧的蜡烛的想法不仅指'欲火中烧'的传统思想，而且身体作为蜡烛的想法暗示作乐的场所，可以比喻为被肉体快乐的火焰本身所燃尽。这蜡烛的意象（含义）能用不同的方式挖掘，取决于我们如何去对这首诗作肯定性解读。它可以意指米莱作为女诗人的社会角色，她为了热情的大众的消费而包装自己的身体，但是也可以把它说成是她想象自己被耗尽，被残忍对待，或体现为真正自尊感所付出的代价。"①这首诗的含义好就好在有不同的解读，能吸引很多的读者，根据自己的理解去玩味。这是一战后的一代读者最喜欢的诗句，它也反映了一些女权主义者的心声：男女可以自由做爱，过后再寻找新欢。米莱用这种传统的艺术形式，表现非正统的思想感情，大受青年读者的追捧。

　　米莱写了许多类似表现女子独特感情的诗，受到广大读者的欢迎的同时，也遭到了保守的男性诗人和批评家的批评。例如，著名诗人和批评家兰塞姆在他的文章《作为女子的诗人》（"The Poet as Woman", 1937）里，对米莱作了严厉的抨击，说什么女子无智力可言，"男子应当以智力与女子区别开来"，说什么"米莱的许多短处是智力的失败"，还说："她是一个艺术家，也是一个女人，没有诗人用那种见识更有意地标榜自己。她因此蛊惑男性评论家，同时也有一点儿吓唬他。她也许在依恋和厌恶之间摇摆不定……一个女子为爱情而生活，如果我们将不得不用那个字眼儿，去覆盖她对自然的感觉物倾倒她所有柔情的专注，那么其中的一些感觉是简单、无知，远比男子缺少交互性。"这显然是大男子主义的偏颇之见，会被当今的女权主义者批驳得体无完肤，但在当时，给米莱带来压力和伤害是可想而知的，尤其出于名人之口。克里斯托弗·比奇为米莱辩护道："兰塞姆的抨击不公平：米莱在她的诗风上确实存在相对的传统形式，在创作的用词上流露的感情胜过智性的质疑，但她是一位极具天赋的诗人，20 世纪 20年代一个重要的文学和文化的中心人物。米莱不仅为她的这一代竖立了一

---

① Christopher Beach. *The Cambridge Introduction to Twentieth-Century American Poetry*: 75.

个取得巨大成功的诗人榜样——一个文学的'风骚女郎'，她的蜡烛'两头燃'——而且她的诗歌普遍大受欢迎，有助于把十四行诗和其他传统的抒情诗形式带进现代美国文学。"①

次年发表的诗集《第二个四月》(*Second April*, 1921) 无新意，在评论界没有引起多大反响。由于过度劳累，需要休息，她利用《名利场》定期寄给她的稿费游历法国、英国、阿尔巴尼亚、奥地利和匈牙利。1921 年，她完成了三部戏剧，并且上演了。阿瑟·戴维森·菲克和威特·宾纳 (Witter Bynner, 1881—1968) 先后向她求婚，未成。

1923 年返回纽约后，她与 43 岁的商人尤金·布瓦塞万 (Eugen Boissevain) 结婚。布瓦塞万父亲般爱她，照顾她，而且他还是一个热心的女权主义者，对妻子的创作寄予很大的希望。同年，米莱出版了诗集《竖琴织女谣及其他》(*The Harp-Weaver and Other Poems*, 1923)。上一年发表的标题诗《竖琴织女谣》("The Ballad of the Harp-Weaver", 1922) 是民谣体长篇叙事诗，以小孩的口吻，叙述一个一贫如洗的慈母如何在寒夜为爱子用竖琴（无纺织材料）编织衣服而挨冻的故事，此虽属小孩的幻觉，却充满了感人肺腑的母子之爱。1923 年，米莱因《竖琴织女谣》《刺蓟丛里的几只无花果》和 8 首十四行诗而获普利策奖。《竖琴织女谣》虽是获奖诗，但由于作者滥施感情，没有得到一般评论家的称赞。她的欧洲之行没有给她带来新题材，而是重复她早被读者熟悉的主题。不过，该集中的十四行诗《唯有欧几里德观看了裸露美》("Euclid Alone Has Looked on Beauty Bare") 是她的杰作，写得很精彩，如果把它置于拜伦或雪莱的诗中，几乎可以乱真。有的评论家把它誉为英语诗歌中最佳的十四行诗之一。作者在诗中赞颂抽象的数学美胜过万物不完善的美。

米莱表面开朗，享受人生，但内心有时也忧虑重重，也许她身体不好，因而被死亡的阴影所困扰。她热爱生活，不甘心让自己的爱心埋入坚硬的泥土里。她在一首长诗《死亡》("Moriturus", 1928) 里表示，如果她能在死时获得两样东西，那就是坟墓里的平静和外面的阳光，当然她开始就不轻易向死神投降，她在诗的结尾，下定决心抵抗死神：

> 我将紧闭我的门
> 用插销和铁链；
> 我将封住我的门

---

① Christopher Beach. *The Cambridge Introduction to Twentieth-Century American Poetry*: 54.

　　　　用衣柜和餐桌；

　　　　我使尽平生之力
　　　　把门牢牢关紧，
　　　　准备扑上去格斗，
　　　　豁出去死拼。

　　　　他用手捂住我的嘴，
　　　　拽着我向前走，
　　　　一面向北紧抓不放，
　　　　一面朝南尖声叫吼。

　　我们从这几节诗里，可以看出米莱的坚强性格。死神当前，她采取统一战线去对付，不但不出卖朋友，也不出卖她在人世间的仇敌，她决不想充当活人国度里的叛徒，因为这时她与人间仇敌的矛盾已退居次要地位。她在《拒绝为死神服役》（"Conscientious Objector", 1924）里表明了她鲜明的立场：

　　　　我决不会向他透露我的朋友或者我的仇敌的行踪。
　　　　他允诺我许多，但我决不指点他去任何人家的道路。

　　米莱蔑视死亡，敢于奋起与死神对抗，同狄更生对待死亡的态度形成强烈的对照。狄更生在她的名篇《我死时听见一只苍蝇嗡嗡飞》（"I Heard a Fly Buzz－When I Died"）和《它不是死神，我站了起来》（"It was not Death, for I stood up"）里，表明她直面死神时沉着稳定，泰然自若，这恰好反映了两位女诗人在不同时代不同处境下的不同个性和不同心态。

　　米莱在 20 年代晚期逐渐关心社会问题，支持正义，不时针砭时弊，积极参与当时进步的文化运动。当她得知萨科和梵再蒂被蒙上莫须有罪名时，她勇敢地参加了在波士顿举行的抗议游行，并且遭到了警察的逮捕。她代表抗议人群，面见麻省州长，要求释放无罪的犯人，但毫无用处。她后来在长达 30 多行的一首长诗《正义不能在麻省伸张》（"Justice Denied in Massachusetts", 1928）里，愤怒谴责对两名无辜犯人的处决：

　　　　让我们静坐在这里，

坐在起居室里，直至我们死亡；

从人行道的死亡台阶上站起来，朝前走；

给我们下一代的下一代留下这美丽的门廊，

和这棵榆树，

以及用破锄翻刨的

遭灾土地。

诗人主张反抗毫无道理的死亡，应当在生活中寻找安乐和意义。她在诗集《雪中公鹿及其他》（*The Buck in the Snow and Other Poems*, 1928）里流露了这种感情。

米莱在 30 年代初出版的诗集《命里注定的会见》（*Fatal Interview*，1931）收了 52 首十四行诗，描写她与一个比她年轻得多的男子——与她合译波德莱尔《恶之花》（*Flowers of Evils*）的译者乔治·狄龙（George Dillon, 1906—1968）的婚外恋。作者用希腊神话中的月神塞勒涅无望地爱上人间美少年恩底弥翁的故事，影射她与狄龙之间的关系，把古典故事融合在现代的情感里，委婉而情凄，但不适合当代美国读者的审美趣味。艾伦·泰特认为她最后的一首《啊，永远睡在拉特摩山洞》（"Oh, sleep forever in the Latimian cave"）写得最好，作者把永睡的美少年与痴情的月神的关系描写得惟妙惟肖。

米莱把她对母亲去世后的个人悲哀和对全人类命运的忧患之情结合在一起，反映在她的诗集《这些葡萄酿造的酒》（*Wine from These Grapes*, 1934）里，其中组诗《人类的墓志铭》（"Epitaph for the Race of Man"）受到评论界的好评。这时的米莱涉世已深，游历颇广，思想感情趋于深沉。她在诗中流露的怨愤情感，很容易得到当代读者的共鸣。1936 年，她因车祸摔伤背脊骨，影响了创作速度，直至三年后才出版了一本诗集《猎人，什么猎物？》（*Huntsman, What Quarry?*, 1939），其中有六首一组《致埃莉诺·怀利》（"To Elinor Wylie"）的组诗，寄予了她对埃莉诺的深切同情和悼念。她把埃莉诺的苦恼当作自己的绝望。可不是，1927 年埃莉诺因和有妇之夫同居破坏社会习俗而遭美国妇女作家联合会开除时，米莱写信给联合会，要求退出，以示抗议。米莱这一惺惺相惜之举，源于两人的性开放。

40 年代，米莱改变了和平主义的立场，积极投身到反德国法西斯的斗争之中。她在这期间出版了两本诗集《把箭磨亮：1940 年笔记》（*Make Bright the Arrows: 1940 Notebook*, 1940）和《谋杀莉迪斯》（*The Murder of Lidice*, 1942）。前一本诗集倾注了作者反独裁反侵略的强烈感情，第二本诗集谴责德国法西斯蹂躏捷克的罪行。我们可以明显地看到她的政治诗直白、尖锐，她由昔日温柔的爱情诗人立刻变成愤怒的战士。

在 40 年代，她的几个亲密朋友，尤其是阿瑟·戴维森·菲克和尤奎·布瓦塞万相继去世，使她悲伤异常，以致体力日渐衰弱，1950 年死于突发性心脏病。《收获是我的：新诗合集》（*Mine the Harvest: A Collection of New Poems*, 1954）是她去世后出版的诗集。诺玛·米莱编辑的《埃德娜·米莱诗合集》（*Collected Poems: Edna St. Vincent Millay*, 1956）长达 738 页，搜集了她历年出版的诗篇。合集中有一首小诗《致黄海船夫包金》（"For Pao-chin, a Boatman on the Yellow Sea", 1928），它原收录在诗集《雪中公鹿及其他》里。它表达了她对一个普通华人命运的关切：

> 而今他在何方？对他我心里揣着
> 这爱，这赞美？

米莱的美貌、罗曼蒂克的生活方式、唱歌演戏的才能、表达初恋喜悦的情诗、顽强生活的意志和伸张正义的勇气，以及作为妇女作家打破传统的题材，对现在新一代的读者仍具有吸引力。

第七节　多萝西·帕克、吉纳维芙·塔格德和露易丝·博根

艾琳·桑托斯在论述斯泰因时，提到多萝西·帕克、吉纳维芙·塔格德和露易丝·博根以及上述的蒂斯代尔、埃莉诺·怀利和米莱这一批女诗人的共性，说她们的诗很明显地对女子身份、情感和性的不平等权力关系进行冲撞。①在下面即将讨论的三位女诗人的作品里，我们可以很容易找到例证。比起前面的五位女诗人，这三位女诗人虽然列不上一流，但她们也各有独到之处，值得我们关注。

1. 多萝西·帕克（Dorothy Parker, 1893—1967）

多萝西·帕克出生于新泽西州的一个富有的犹太商人家庭，但生母在她出世后去世，继母对待她并不友善，她的童年生活孤苦无依。她天生聪

---

① Irene Ramalbo Santos. "Gertrude Stein, the Poet as Master of Repetition." *The Cambridge History of American Literature*: 208.

颖。1917 年，和华尔街的一个英俊的股票经纪人爱德华·帕克（Edward Parker）结婚，使她有机会接触到上流社会一批放浪形骸的男女，他们之中包括报纸专栏作家弗兰克林·皮尔斯·亚当斯（Franklin Pierce Adams, 1881—1960），后来成为《纽约客》杂志创办人的哈罗德·罗斯（Harold Ross, 1892—1951），戏剧评论家、散文家亚历山大·伍尔科特（Alexander Woollcott, 1887—1943），戏剧评论家、演员、幽默家罗伯特·本奇利（Robert Benchley, 1889—1945）和记者、戏剧家、导演乔治·西蒙·考夫曼（George Simon Kaufman, 1889—1961）等。在她丈夫服兵役的两年中，她与这批文人在大酒店里天天吃喝玩乐时，你一言我一语地比文斗智，妙语横生，练就了一付机智诙谐的本领，她因而奇迹般地以挖苦性的妙语警句闻名文坛。爱德华·帕克复员回家以后，对妻子文化圈中的人不满，从此夫妇生活不睦，最后导致在 1928 年离婚。

多萝西·帕克出版的作品不少，至今仍为读者所喜欢的诗集有：《足够的内情》（*Enough Rope*, 1926）和《死亡与纳税》（*Death and Taxes,* 1931）；两本短篇小说集：《为生者哀》（*Laments for the Living,* 1930）和《在如此欢乐之后》（*After Such Pleasures*, 1933）。她在文坛的名声，更多地借助于她诙谐的短篇小说，她的短篇小说《了不起的金发女郎》获 1929 年的欧·亨利奖。她的诗歌主题和她的短篇小说的主题一样，不外乎爱情、孤独和死亡。在她笔下的男女关系往往是短暂的、虚伪的，因而令人痛心。在她所处的环境里，爱情必然短暂而肤浅，情人间的山盟海誓总是言不由衷，她回避写这类女人味重的罗曼蒂克的诗。带着批判的眼光，她刻画了资产阶级社会虚情假意的众生相。因此，她具有大都市人的练达和愤世嫉俗。她多数的抒情诗艺术形式是抑扬格四行诗或双行诗，偶尔也有民谣体、十四行诗或其他形式。评论家路易斯·克罗南伯格（Louis Kronenberger, 1904—1980）在评论多萝西·帕克的诗歌时曾预言说："她不但将作为第一流轻松诗作者留存于世，而且也将作为 20 年代宝贵的脚注留存于世，她的轻松诗就是在 20 年代的潮流里产生的。"

2. 吉纳维芙·塔格德（Genevieve Taggard, 1894—1948）

吉纳维芙·塔格德出生在华盛顿州威茨堡的学者家庭。她两岁时跟随父母去夏威夷，父母作为原教旨主义传教士在那里任职。她童年时一直和当地的夏威夷土著儿童、华人儿童、日本儿童和葡萄牙儿童交朋友，熟悉他们的生活和思想感情，使她后来对白人的沙文主义产生反感。后来父亲因患肺病而全家返回威茨堡，他们一家生活在贫穷的郊区。她的童年生活和后来的生活环境养成了她同情穷人和少数民族的自由主义思想，为她创作具有左倾思想的诗歌和投身于无产阶级事业打下了基础。她父母辛苦地积聚了 2000 美元给她叔父上大学，叔父毕业后，买了农场，成了富翁，但没有把这笔钱还给她父母，反而逼得她的父亲在其农场做帮工，由此可见吉纳维芙的家庭处境之窘迫。

1906 年，吉纳维芙进教会学校就读。12 岁开始写诗，描写美国印第安人的第一首诗发表在学校的刊物上。1914 年，全家迁居旧金山。由朋友们资助，她进了加州大学伯克利分校。父亲旧病复发，她与母亲不得不在该校打工维持生计。她在求学期间，向威特·宾纳学习诗歌理论和创作，熟悉了激进的文学圈，成了一名社会主义者。大学毕业后，激进刊物《解放者》（*Liberator*）主编、社会评论家马克斯·伊斯门（Max Eastman, 1883—1969）介绍她去该杂志在纽约的编辑部工作，于是她迁居纽约。虽未如愿，但她在一个先锋派出版社找了一份差事。1921 年，和作家罗伯特·沃尔夫（Robert L. Wolf）结婚，同年和马克斯威尔·安德森（Maxwell Anderson, 1888—1959）以及帕德里克·科拉姆（Padraic Colum）创办《韵律：诗歌杂志》（*Measure: A Magazine of Verse*），它很快成了一份有影响的诗歌刊物，后于 1926 年停刊。

1922 年，她的处女集《给热切的情人们》（*For Eager Loves*）面世。它主要收进了她的爱情诗和风景诗。诗集标题虽然显得陈腐，但内容新鲜，行文自然流畅，得到当时评论界的好评。路易斯·昂特迈耶认为该诗集里的《同孩子一道》（"With Child"）是她的佳作。它一开始便显示了诗人刻画意象明晰、不滥施感情的本领。

在 1923 年至 1947 年期间，吉纳维芙在人生和创作道路上经历了很大变化。1934 年，吉纳维芙与沃尔夫离婚，次年和为苏联塔斯社工作的肯尼思·杜兰特（Kenneth Durant）结婚。她除了发表大量其他题材作品外，还先后出版了《夏威夷山顶》（*Hawaiian Hilltop*, 1923）、《需雕凿的词》（*Words for the Chisel*, 1926）、《静静地站着旅行》（*Travelling Standing Still*, 1928）、《不是我没完成：1928～1934 年诗选》（*Not Mine to Finish: Poems 1928-1934*, 1934）、《呼喊西部工会》（*Calling Western Union*, 1936）、《诗合集：1918～1938》（*Collected Poems: 1918-1938*, 1938）、《慢节奏音乐》（*Slow Music*, 1946）和《夏威夷由来》（*Origin: Hawaii*, 1947）等诗集。

从 20 世纪头 10 年她发表早期诗作，到 40 年代创作晚期，吉纳维芙的诗歌发展经历了几个阶段：从押韵的爱情诗和风景诗到社会抗议诗，再到探索艺术和女人体验的试验诗。她的社会抗议诗表现了她对普通劳动人民的关心和对资本主义社会不平等的揭露与谴责。按照西方美学标准，这些抗议诗似乎诗味不浓，宣传味太足，遭到了批评界的批评，但是在为艺术而艺术的氛围里，她敢于伸张正义，表现了一个作家卓越的胆识与良知，包括男作家在内的许多现代派作家在这一点上无法和她相比。如果将来有人系统研究美国无产阶级文学的话，她将是不可缺少的一章。当你读读她为诗集《呼喊西部工会》写的长篇前言时，你必然会为她在夏威夷接触社会底层和少数民族的童年生活、她对回到美国大陆后的失望以及为未实现寻找正义事业的宿愿所产生的遗憾而深深感动。

　　然而，作为妇女作家，她和米莱的命运一样，当她在 30 年代投身政治运动而创作力旺盛的时候，她却遭到了批评界的非议。更可悲的是，她也不为左派评论家所器重，因为 30 年代的美国左翼文学审美标准倾向"男作家、男主人公和男性题材"。[①]由此可见，她在当时的文学界受到了双重压力。她是一位坚强的女性，不但眼光敏锐，思想进步，而且她的艺术研究成果《艾米莉·狄更生的生活与思想》(*The Life and Mind of Emily Dickinson*, 1930）至今仍不失为探讨狄更生心理的有价值的学术专著。

3. 露易丝·博根（Louise Bogan, 1897—1970 ）

　　露易丝·博根出生在缅因州利弗莫尔瀑布镇造纸厂的一个职员家庭。母亲水性杨花，有许多情夫，给露易丝·博根幼小的心灵留下了伤痕，成了她早年伤怀的根源。举家迁居波士顿后，路易丝在女子拉丁学校学习，在希腊文、拉丁文和古典诗歌方面受到了良好的训练。1915 年进波士顿大学，攻读一年之后，转学至哈佛大学的拉德克列夫学院。1916 年和德裔青年士兵柯尔特·亚历山大(Curt Alexander)结婚,次年生女。1920 年,柯尔特·亚历山大死于巴拿马。1924 年，她与纽约富家子弟雷蒙德·佩卡姆·霍尔登（Raymond Peckham Holden）结婚。两人在波士顿、纽约、圣达菲住了一个时期之后，在纽约州希尔斯代尔购置了一座农村住宅，这给她带来了一种平静的田园生活，她的诗集《深夏》(*Dark Summer*, 1929）里大部分抒情诗都是在这里创作的。1935 年，与霍尔登离婚，从此结束了她在爱情上骚动不安的生活。

　　露易丝·博根先后出版了《这死亡的躯体》(*Body of This Death*, 1923）、《深夏》《沉睡的狂怒》(*The Sleeping Fury*, 1937)、《诗和新诗》(*Poems and New Poems*, 1941)、《1923～1953 年诗合集》(*Collected Poems: 1923-53*,

---

① Elaiine Showalter. "Women Writers Between the Wars." *Columbia Literary History of the United States*: 831.

1954）等诗集。她由于受叶芝、里尔克、弗洛伊德的影响，偏重于心理描写。她和塔格德相反，在30年代不关心尖锐的社会问题，相信心理分析和无意识的理论以及个人对命运所持的态度，因而逐渐疏远了一批同情共产主义事业的作家朋友，如罗尔夫·汉弗莱斯（Rolfe Humphries, 1894—1969）、利奥妮·亚当斯（Leonie Adams, 1899—1988）、埃德蒙·威尔逊和米莱等。一句话，她相信弗洛伊德胜于相信马克思。

她在早期更多地接受叶芝诗风的影响，她借用叶芝雄辩的修辞手法，表现她炽烈的愤怒或极度的失望感情。她早期探索的主题是灵与肉的矛盾、激情与智慧的矛盾和时间与艺术生命力的矛盾，这些矛盾集中地反映在她的诗集《这死亡的躯体》里。该集里的《知识》（"Knowledge"）、《一个故事》（"A Tale"）、《一封信》（"A Letter"）、《墨杜萨》（"Medusa"）和《女人》（"Women"）等被视为她的佳篇。路易斯·昂特迈耶说《墨杜萨》具有永久的价值，罗伯特·弗罗斯特读了《一个故事》之后，对她夸奖不已，说她能写出任何好的作品来。随着时间的流逝，她开始从里尔克那里学会超越痛苦，表达平静的心境。例如，诗集《沉睡的狂怒》中的《今后来自心灵》（"Henceforth from the Mind"）、标题诗《沉睡的狂怒》《歌唱竖琴》（"Song for a Lyre"）等篇都显示了一个诗人在诗艺臻于完美后所通常表现出的沉着和稳健。

在40年代，她已饮誉诗坛，获得许多诗歌奖，忙于应邀去各大学演讲和诗歌朗诵，和当时的罗伯特·洛厄尔、玛丽安·穆尔、艾伦·泰特平起平坐。斯坦利·库涅茨、理查德·魏尔伯、W. H. 奥登、威廉·梅雷迪思等著名诗人对她的诗歌都有很高的评价。她晚年虽一人独处，但感到过得很充实。她曾给她的一位朋友写信说："30年以后，我似乎才真正拥有了我整个的自我……我可能发火，但我从不感到羞辱，再也不会，我从不孤单。"又是一个性格坚强的女强人！

第四章　现代派时期的第一代中西部诗歌

　　与东部沿海六州①的新英格兰相比，由 12 个州构成的中西部②辽阔的平原形成了一个异于东部的独特文化传统。这独特文化环境孕育的中西部诗人群是美国诗坛的一支劲旅。中西部诗人不但在现代派诗歌运动早期开风气之先，走在前列，而且有特殊的凝聚力，即使在今天，他们仍保持着一股凝聚力，以他们富有美国特色的乡土诗歌，为美国文学的多样化做出了自己的贡献。本章介绍中西部诗歌的概貌和特征以及主要的中西部现代派诗人。在后现代派诗歌部分，将介绍 20 世纪后半叶的中西部诗人。

第一节　中西部诗歌的氛围和概貌

　　中西部是美国主要的农业区。如果你坐上直升飞机俯视，首先进入你眼帘的是一座座小城镇和疏疏朗朗的农舍，阡陌纵横的大农场或大牧场，大片大片树林点缀其间广袤的原野。它处在东部沿海的新英格兰大城市波士顿、纽约与西部沿海城市旧金山的中间，又与它们隔得很远很远。像世界其他各地直接接触世界文化新潮的总是沿海地区一样，美国起初是以波士顿和纽约为窗口的东部、后来加入以旧金山和洛杉矶为前沿的西部和伦敦、巴黎等欧洲大都会息息相通。夹在东西部中间的中西部相对地成了一个以农业为主的封闭社会。这里的气候寒冷，地广人稀，尤其生活在农场和牧场的家庭，同相距往往数十里之遥的近邻来往较少，青年男女之间很少有谈情说爱的机会。中西部美国人从小养成了热爱大自然、孤独和沉默

---

　　① 指来美国詹姆斯敦定居的最早一批英国殖民者的领袖约翰·史密斯（John Smith, 1580—1631）于 1614 年规划了一幅新英格兰地图，上面标有康涅狄克、缅因、马萨诸塞、新罕布什尔、罗得岛和弗蒙特等六州。

　　② 中西部 12 个州是：伊利诺斯、印第安纳、衣阿华、密歇根、明尼苏达、密苏里、俄亥俄、威斯康星、部分堪萨斯、内布拉斯加、北达科他和南达科他。

寡言的性格，同时又继承了英国殖民统治以来向西部开发的吃苦耐劳的大无畏拓荒精神和健康体魄、健康心智的自豪感。大力提倡中西部文学的学者戴维·皮切斯克（David R. Pichaske, 1943— ）①认为中西部的农民和牧民在道德和体魄上，是迅速堕落为颓废民族的救星，但他们是天真淳朴的人，太不温文尔雅，在社交和政治上太保守，以至于人们不看重他们。皮切斯克在对美国乡土文化进行了认真考察之后说：

> 19 世纪的美国人讨厌自鸣得意的法国佬和英国佬，他们扬言说，不健康的风气和粗劣的饮食使美国人看起来病弱，无论在体格和心智上都发育不全，我们却持相反的看法：大都会的（欧洲）人被威廉·布莱克所说的"精神枷锁"搞衰弱了，如果移居到美国的荒野里，他们便会在精神上和体力上变得健康和结实。这个论点帮助我们减少了民族自卑感，在幅员辽阔的国家很有效果，而且其效果一直延续到 20 世纪。甚至城市居民也爱饲马养鸡，管理小花园，保持与农业生活方式的联系……养育这里人的几百年以来（不是几千年以来）的东西不会被轻易忘掉。即使今天，我们仍相信农村生活的种种益处。
>
> 我们美国人对农村的喜爱，特别在精神紧张的时刻变得热切……当美国像 19 世纪伦敦和巴黎一样发展成都市文明时，这种对农村喜爱之情则变得频繁而热烈，也许并非偶然。②

皮切斯克在此所作的描述，主要是揭示中西部农牧民的主导心态。他们勤劳、淳朴、胸襟广阔，较少沾染资本主义社会大都市的腐败和颓废。但由于地广人稀，社交少，他们感到孤独，有时也处于"沉默的丧气"之中，梭罗曾经描写 19 世纪新英格兰人心境的那种"沉默的丧气"。生在这里、长在这里、工作在这里的中西部诗人，毫无疑问地也具有中西部农牧民的性格。他们的诗歌最大的特色是爽直，人工粉饰少，重内容，轻花言巧语，语言简洁。他们贴近生活，着眼于特定的地点、特定的时间，对当乡土作家乐此不疲，并且创作了令世人瞩目的大量诗篇。他们坚信一切文学艺术来源于对特定地区生活的体验，正如诗人威廉·斯塔福德所说："体现在艺术里的感情愈地方化，愈加能被所有的人分享；因为与世上事物的生动接触是我们的共同基础。"③

---

① 戴维·皮切斯克：明尼苏达州西南州立大学英语教授，他曾多次策划中西部作家节。

② David R. Pichaske. Ed. *Late Harvast*. New York: Paragon House, 1991: xx.

③ William Stafford. "On Being Local." *Northwest Review*, 1973.

但是，美国文学界却存在着一种现象，往往大都市的作家以代表普遍性、代表世界新潮流自居，瞧不起所谓的地方诗人，殊不知他们也根植在某个特定地区如纽约或旧金山，如纽约诗人群或旧金山诗人群。具有讽刺意味的是，庞德居然也被居住在巴黎的格特鲁德·斯泰因视为乡巴佬，说他是一个"乡村辩护士"（a village explainer）！在 20 世纪早期，西方文艺新潮中心在巴黎和伦敦，这是许多美国作家被吸引到那儿去当弄潮儿的主要原因；尚在国内的多数美国作家被吸引到波士顿和纽约（后来才逐渐扩展到旧金山），是在低一个层次上，做文艺新潮的弄潮儿。无可否认，大都市的文化生活丰富，消息灵通，出版业发达，作家成名的机会远比在偏僻的农村多得多。哈丽特·门罗在当时中西部唯一的大城市芝加哥创办了《诗刊》之后，林赛、马斯特斯和桑德堡才有了步入诗坛得到普遍承认的机会。这是作家取得成功的重要条件之一，不过不是唯一的条件，例如，远离波士顿和纽约的南方作家威廉·福克纳（William Faulkner, 1897—1962）却把大城市里无数的二流和三流作家远远抛在后面。

20 世纪早期，在芝加哥文艺复兴中发挥了重要影响的三位诗人林赛、马斯特斯和桑德堡与罗伯特·弗罗斯特是在同一个时期起步的。当弗罗斯特发表头两本诗集《一个少年的愿望》（1913）和《波士顿之北》（1914）时，林赛发表了《威廉·布思将军进天堂及其他》（*General William Booth Enters into Heaven and Other Poems*, 1913）和《刚果河及其他诗篇》（*The Congo and Other Poems*, 1914），马斯特斯发表了《匙河集》（1915），桑德堡出版了《芝加哥诗抄》（1916）。他们的起步时间比 T. S. 艾略特早，他们早已以独特艺术风格的现代派诗歌，同风雅派诗歌作了成功的较量。他们都出生在伊利诺斯州，在哈丽特·门罗的协助下异军突起，同当时的新英格兰诗人 E. A. 罗宾逊和弗罗斯特遥相呼应。在现代派时期，他们是中西部诗人的杰出代表。

第二节 维切尔·林赛（Vachel Lindsay, 1879—1931）

任何读者，只要朗诵林赛的诗歌，就会在他的眼前出现一个用诗歌换面包、无钱宿旅馆的乞丐，一个滑稽而虔诚的青年会救世军歌手，一个手舞足蹈、时而放歌、时而默诵、完全沉湎于信念与理想中的现代吟游诗人。这位奇特的诗人出生在伊利诺斯州斯普林菲尔德。他出生的屋子曾经是林肯总统的妻妹住过的，林肯总统曾到这里来访过几次，这使得林赛为此感到很自豪。林赛的父亲是苏格兰人，乡村医生，笃信上帝，母亲热爱艺术。父亲的福音派观点和母亲要他当画家的劝导，对他的世界观形成起了很大影响。他先后在希兰姆学院、芝加哥艺术学院和纽约艺术学院攻读，毕业后，他的兴趣转向诗歌。所到之处，他总以别开生面的诗篇，抑扬顿挫的朗诵，精彩的表演，吸引大批狂喜的普通听众。他像中国的江湖郎中一样，在朗读之后，向他的听众廉价出售他的诗歌小册子《换面包的诗章》（*Rhymes to Be Traded for Bread*, 1912）。他也像布道士一样，常为基督教青年和伊利诺斯州禁酒会进行演讲。这期间，他在诗坛默默无闻，但他具有坚强的信念和顽强的意志，在诗歌创作道路上摸索着，奋斗着。他就是维切尔·林赛。

《威廉·布思将军进天堂》是林赛的成名作。他这位天真的梦想家把现实里不能实现的理想，寄托于天国，寄托于上帝。他狂热地构筑他神异的理想世界，讴歌英国救世军创始人布思扶厄救困的业绩。全诗分两部分，共七段，借用《羔羊之血》的调子吟唱，并用大鼓、班卓琴、笛和手鼓等乐器伴奏。他在吟游期间，常在基督教青年会寓所借宿，痛感自己也是威廉·布思所同情的被社会抛弃的"渣滓"，因此他在赞美这位瞎子圣人时，倾注了自己全部的热爱。在他的心目中，布思是一位救苦救难的活耶稣，因为布思收容了连警察、医生、牧师和慈善工作者都不肯帮助的人，并组织他们在救世军里受训，以此感化他们。在信仰基督教的林赛看来，行善的布思进天堂是天经地义的事。这首诗发表以后，林赛名噪一时，使他有机会到各地大学和中学校巡回朗诵，备受青年听众的欢迎。

次年，《刚果河》（"The Congo", 1914）和《圣菲路》（"The Santa Fe Trail", 1914）两诗面世，也取得了成功，从此林赛以现代吟游诗人亮相，步入诗坛。《刚果河》的副标题是"对黑人种族的研究"，全诗150多行，分三部分：一是他们基本的野蛮性；二是他们难以压抑的乐观情绪；三是他们的宗教希望。诗人没去过非洲，而是在一次牧师的布道中，受到启发而写成这首诗。林赛从白人殖民主义者的角度看待黑人，把去非洲的白人传教士说成是拓荒的天使，例如，第三部分的几行诗，明显地流露了白人是黑人救世主的殖民者感情：

> 沿着那条长河，放眼千里，
> 是藤蔓缠绕的一排排被砍伐的树，
> 拓荒的天使们开辟了道路，
> 为了建立刚果天堂，为了孩子们的幸福，
> 为了神圣的柱头，为了圣洁的宙宇。

诗人忘记了白人奴役非洲黑人血淋淋的历史，而歌颂什么白人传教士！林赛当然不是有意识的殖民主义辩护士，但至少他是政治上的糊涂虫。由于该诗生动地描写了黑人充满活力的生活和传说，富有爵士乐节奏，林赛因而被称为"爵士乐诗人"和"美国第一个摇滚乐诗人"。

《圣菲路》是林赛对现代化的礼赞，凡在美国高速公路驾驶过车的人，不会不叹服诗人绘声绘色的高超本领。他把公路上来来往往的汽车的飞速动态以及人在车里的感觉简直写活了。

诗集《中国夜莺及其他》（*The Chinese Nightingale and Other Poems*, 1917）也颇受读者欢迎。标题诗《中国夜莺》想象力丰富，诗人通过时间倒流的手法，用现实生活中从上海去美国的一个姓张的烫熨衣服工人作引子，引出孔子生前某个朝代的美丽公主主动地和烫衣工——从前的一位驸马交谈，回忆她与他美好的爱情生活。诗中的中国夜莺是神像手上的一只灰色小鸟，它成了漫长历史的见证人。诗人通过公主之口，赞叹中国古老的文明：

> 当全世界的人从人和牛的
> 头颅里畅饮血浆的时候，
> 当全世界的人还在用石剑石棍时，
> 我们在中国的香料树下品茗，
> 聆听海湾里波浪的低吟。
> 而这只灰色的鸟，在爱情的初春。
> 胸脯和翅膀闪着青铜的光辉。
> 它的歌声迷醉了整个世纪。
> 你可记得，多少世纪之后，
> 到了我们出生的那个时代？
> 可记得，你那时是皇位的继承人，
> 那时世界是中国人的领土，
> 我们是汉人子孙的骄傲？
> 我们抄录深奥的典籍，雕镂玉器，
> 我们在桑树下织出蓝色的丝绸……

林赛没有到过中国，他对中国的知识，是他从他的在中国当传教团医生的姐姐和姐夫那儿得到的。他写《中国夜莺》的时间是 1914 年 5 月至 10 月，那时他的父母正在中国同女儿女婿团聚。在《诗刊》发表这首诗前，林赛写信要求哈丽特·门罗加一小段这方面的注解，以示他对中国的了解。

弗莱彻对林赛本来很反感，但在《刚果河》和《中国夜莺》发表之后，他对林赛十分赞赏说："我认识到，这位诗人应当获得美国广大听众正给他的喝彩。他成功地把通俗的美国题材、生动的节奏和戏剧的表演结合起来，使他成为美国诗人中主要的民间艺术家。"① 不过，对林赛不无微词的批评家也不少，如罗伊·哈维·皮尔斯认为，林赛和桑德堡在诗里排除了智性，充其量不过是心血来潮的诗人：时而温柔，时而愤怒，时而粗鲁，并批评说："如果他们成了人民的诗人，是因为他们记录了人民的情绪，却没有提高或改变人民的情绪。"②这是他用新批评派的审美标准，对中西部诗人提出的苛求。从这里也可看出，中西部诗人无论过去或现在，一般都与 T. S. 艾略特和新批评派的诗歌创作路线相距甚远。现代派诗歌的风格千差万别，中西部诗歌只是其中的一种。

林赛深受英国散文家、批评家、社会改革家约翰·罗斯金（John Ruskin, 1819—1900）和诗人、批评家、画家、社会主义者威廉·莫理斯（William Morris, 1834—1896）的社会理论的影响，主张在美国建立最民主、最美好、最神圣的家庭和乡镇，坚持贯彻独立宣言和林肯的"民治、民有、民享"的思想，并且灌输福音派的基督教教义，培养青年成为虔诚的科技与文艺人才。他心目中的正面人物是一个大杂烩，林肯、安德鲁·杰克逊、伊利诺斯州州长阿尔提吉尔德、民主党领袖布莱恩、约翰·布朗、惠特曼、马克·吐温、欧·亨利以及一些电影明星，等等。他企图用这些人的思想和事迹教化大众，以便建立一个光明的社会：人人情操高尚，笃信上帝，追求美和光明。总之，他的信条是："宗教、平等和美"。这显然是美丽的"美国梦"。他真是太真诚，真诚得过于天真，雷克斯罗思在他的《检测》（Assays, 1961）一书里，对此一针见血地批评说："维切尔·林赛无可救药的天真，比《大街》里的卡罗尔·肯尼柯特还要天真。"③

在严酷的现实面前，林赛像卡罗尔一样，他的美丽的梦想被摔得粉碎。然而，审视他的全部创作活动，我们不难发现，他走的是与人民大众结合的创作道路。他主张先普及后提高，吸收群众的养料，在内容重于形式的前提下，借用一切可借用的艺术技巧。他把富于表演性的诗歌朗诵称为"高级杂耍"，他特别注意自己的表演技巧。他把朗诵表演分为三分之二说，三分之一唱，兼收并蓄马戏团音乐、黑人圣歌、流行歌曲、民族和铜管乐。

---

① John Gould Fletcher. *Life Is My Song*. New York & Toronto: Farrar & Rinehart, 1937: 281.

② Roy Harvey Pearce. *The Continuity of American Poetry*. Princeton: Princeton University, 1961: 271.

③ Kenneth Rexroth. *Assays*. New York: New Directions, 1961: 213.

凡观赏他朗诵的观众，无不被迷到如痴如醉的地步。他尤其深受年轻听众的欢迎。

除了上述几首优秀的长诗外，他的一些单篇《被忘怀的雄鹰》（"The Eagle That Is Forgotten", 1913）、《林肯夜半踱步》（"Abraham Lincoln Walks at Midnight", 1914）、《布莱恩，布莱恩，布莱恩，布莱恩》（"Bryan, Bryan, Bryan, Bryan", 1919）和《工厂玻璃窗被砸碎》（"Factory Windows Are Broken", 1923）也为广大读者所喜爱。无可否认，林赛的作品质量参差不齐，不少次品几乎把他的佳作掩盖了，这在 1923 年出版、1925 年修订的《诗合集》（*Collected Poems*）表现得尤为明显。他的大部分诗作仍沿用传统的艺术形式，但使他成名的诗篇明显摆脱了风雅派诗风。林赛在气质上有惠特曼豪放的一面，在一定程度上反映了社会底层人民的民主要求，不过他的诗往往蒙上了浓厚的宗教色彩，使人感到既严肃又滑稽。

林赛的创作旺盛时期是 1914～1920 年，此后便走下坡路了。他是一个才华卓著的诗人，可惜把精力消耗在表演性朗诵和布道式宣传上了。他一方面迫于生计，需要赚钱维持 1925 年才建立起来的家庭生活。他与比他小 22 岁的伊丽莎白·康纳（Elizabeth Connor）结婚，生一女一子，对于收入微薄的他来说，经济负担异常沉重；另一方面，他坚信自己的做法是正确的，致使他很少有时间和精力进一步提高创作质量。使他感到痛苦的是，当时一般听众要求于他的，不是诗歌，而是他的娱乐性朗诵，这就决定了他的悲剧：向风雅派诗歌传统挑战的同时，不为主流派诗人（如 T. S. 艾略特）所容。加上他患有从不告人的癫痫病，林赛终于在 1931 年含恨服毒自杀。他生前曾在一封信中痛苦地表示："我不会是我昨天的奴隶，绝不会。我生来是创造者，不是鹦鹉。"可是，喜爱他朗诵的一般听众怎能理解他的抱负呢？这是他个人的悲剧，也是时代的悲剧。雷克斯罗思作了初步的统计，从20 世纪初到 60 年代初，在够得上入选集等级的美国诗人之中，自杀者有 30 个之多。自杀似乎成了诗人脱离凡俗的通病，而这些自杀者绝大多数并非是不信教者、怪人或生活放荡者，而是"美国梦"的破灭者。对西方人自杀有研究的英国诗人、诗评家阿尔瓦雷斯（A. Alvarez, 1929— ）在其专著《残酷的上帝：自杀研究》（*The Savage God: A Study of Suicide*, 1970）里指出："自杀充满了西方文化，如同难以洗掉的染色。"[①] 由此可见，林赛轻生在西方不算是个别的悲剧。他早年的恋人蒂斯代尔在两年之后，用和他同样的方式，追随了他。

---

① A. Alvarez. *The Savage God: A Study of Suicide*. New York: Random House, 1970: 206.

话也得说回来，同在文学上取得辉煌成就的 T. S. 艾略特或庞德相比，林赛不能不算是文学上的失败者。我们如今究竟怎样评价林赛及其类似者呢？卡里·纳尔逊（Cary Nelson, 1946— ）作了他个人未免有点偏颇的回答，他说：

> 当文学在其广阔的历史和整个美国社会史之中增添一些内容时，现代诗歌上的一些著名的失败例子和功成名就的例子变得同样有趣，一些几乎被遗忘的诗人又变得确实令人激动。事实上，我们现在不必把艺术上的失败仅仅看作是个人的悲剧或个人性格的弱点，而开始把它视为文化上的驱动，是决断网络中冒险决定的结果。林赛致力于公众完全参与的民主诗歌所注定失败的幻想和 T. S. 艾略特在《荒原》里决定性地把现代主义同化到他的门下，对我们的文化意识是同等重要的。[①]

林赛的自杀怎么能不算是个人悲剧或个人性格弱点呢？如果不是，那是讲风凉话。至于自杀，无论出于抗争或绝望，所造成的正面或负面的社会影响或附带意义，是另一回事。而且，古今中外，有无数的例子证明，个人自杀是时代造成的，是个人的悲剧，也是时代的悲剧。有评论家，例如艾琳·桑托斯，认为，林赛热情澎湃的惠特曼式的诗歌朗诵表演，对哈莱姆文艺复兴时期的非裔美国诗人有重大影响。[②] 从这个角度来看待林赛，我们可以说，林赛对美国诗歌的发展也做出了他应有的贡献，而 T. S. 艾略特所树立的诗风，在非裔美国诗人之中几乎无影响可言。至于作家的成败，既是偶然（机遇）又是必然（时代潮流与个人气质），林赛和 T. S. 艾略特在这方面为我们提供了绝好的例证。

林赛去世后的第一本传记是他的好友马斯特斯执笔的《维切尔·林赛：美国的诗人》（*Vachel Lindsay: A Poet in America*, 1935）；第二本是马克·哈里斯（Mark Harris）写的《不满意的城市：维切尔·林赛阐释性传记》（*The City of Discontent: An Interpretative Biography of Vachel Lindsay*, 1952）；第三本是埃莉诺·拉格尔斯（Eleanor Ruggles）写的《西行的心：维切尔·林赛的一生》（*The West-going Heart: A Life of Vachel Lindsay*, 1959）。安·马萨（Ann Massa）在其专著《维切尔·林赛：美国梦的实地考察者》（*Vachel Lindsay: Fieldworker for the American Dream*, 1970）中指

---

① Cary Nelson. "The Diversity of American Poetry." *Columbia Literary History of the United States*: 915.

② Irene Ramalbo Santos. "Poetry in the Machine Age." *The Cambridge History of American Literature*: 185.

出，林赛在对社会的认识和艺术的追求上是一个折中而富有洞察力的作家。

第三节 埃德加·李·马斯特斯
（Edgar Lee Masters, 1868—1950）

林赛的朋友和传记作者、以一本书闻名于世的律师诗人马斯特斯出生于堪萨斯州，在伊利诺斯州长大，求学于桑加门河畔的彼得斯堡与匙河畔的刘易斯敦。后从父学习法律，1891 年获准开业，次年去芝加哥，至 1920年，一直是一个成功的律师，也是一个孜孜不倦的作家。1906 年，马斯特斯同他父亲谈及写小说的计划，反映城乡的律师、银行家、商人、牧师或好色之徒在本性上相同的主题。这部小说没写成，却为他不久将问世的一本优秀诗集作了思想准备。1909 年，密西西比河中游城市圣路易的杂志《里迪的镜子》（*Reedy's Mirror*）主编里迪（W. M. Reedy, 1862—1920）送给他一本苏格兰作家、社会主义者 J. W. 麦卡尔（J. W. Mackail, 1859—1945）编选的《希腊文集短诗选》（*Selected Epigrams from The Greek Anthology*, 1890），希望他读后有所借鉴。里迪觉得马斯特斯的诗歌也许受英国浪漫主义诗歌影响太深，缺乏时代气息。1914 年 5 月，马斯特斯的母亲来看他。母子俩闲聊往事时，回忆起他们曾经住过的彼得斯堡和刘易斯敦两地的逸闻趣事，无意间触发了他的灵感，使他从 5 月至 12 月一鼓作气创作了 214首墓志铭式的短诗，同年发表在《里迪的镜子》上。诗人开始时，不过是把它们当作打油诗对待的，没料到他新奇的思想、诙谐的语言，立即引起了读者和诗坛的热烈反响。由于哈丽特·门罗的帮助，次年，这些诗加上序诗《小山》，共 215 首，结集出版，题名《匙河集》（*Spoon River Anthology*, 1915），不久又经过扩充，1916 年出版修订本，集诗 240 多首。

马斯特斯摆脱了现代城市芝加哥的乌烟瘴气，追踪他曾经度过童年的典型的西部开发区里人们的理想、悲剧、欢乐和失败。他以律师的犀利眼光和诗人的丰富想象，在这本诗集里，塑造了 200 多个不同的人物，几乎囊括了各行各业的人：工人、农民、牧师、职员、妓女、法官、诗人、哲学家、科学家、士兵、无神论者和虔诚的基督教徒等等，等等，凡是生在或生前住在匙河小镇的人都罗列进去了。少数没包括进去的死者，后来放在他的《新匙河集》（*The New Spoon River*, 1924）里。

马斯特斯认为，他诗集里的人物可分为三类：第一类是笨蛋、酒鬼和失意者；第二类是普普通通的人；第三类是哲人和英雄人物。躺在匙河畔教堂墓地的鬼魂，各自总结自己的身世，毫无顾忌地把他们生平高尚的理想，或平庸的思想，或未能实现的愿望，或强烈的妒忌心，或见不得人的性爱，或谋杀，或自尽，都和盘托出，暴露了社会阴暗面、灵魂深处的隐私，也反映了那里的社会生活、历史演变和风俗人情。

揭露丑事的风气当时在新闻界和文学界刚刚兴起，而风雅派传统诗歌恰恰忽视了揭开内幕这一点。揭穿乡村小镇没有大城那样腐败的神话的第一个诗人就是马斯特斯。弗莱彻把《匙河集》比作巴尔扎克的《人间喜剧》，对它在当时的影响作了如下的描述："高度的真实，详细刻画人物的力量，马斯特斯对各类美国人的熟悉，彻底搅动着整个美国文学界。"① 确实，这本轰动一时的诗集造就了一大批模仿者，先后再版了 70 次，译成了多种外文版本，并被改成歌剧。其价值究竟在哪里？弗莱彻对此作了他的判断："《匙河集》的价值不在于诗的力量，而在于它是第一手资料的历史文献，是活生生的历史，不是写在教科书上的历史！这些墓志铭以令人难忘的精确性，总结了一种生活：向西大移民、自由大陆上的自由人的美国梦、内战、工业发展和无耻的掠夺财富。"②

弗莱彻只充分肯定了《匙河集》的历史意义，其实它有着独特的艺术魅力，否则它怎么会有如此众多的读者呢？例如，诗人想象新奇，运用诙谐有趣的日常语言，虽是鬼话连篇，但富于人情味，不令人恐怖，使读者感到各式各样的人在絮絮而谈。诗人采用小说中惯用的平铺直叙法，避免传统诗歌韵律上的过于雕凿，但保留了鲜明的节奏。因为它是墓志铭式的短诗，这就决定了每首诗简洁明快，直截了当，与庞德和 T. S. 艾略特喜用许多生僻典故的文风迥然不同。现在不妨随便挑一两首诗，例如《汉密尔顿·格林》（"Hamilton Greene"）和《编辑惠登》（"Editor Whedon"），看看它们到底有什么特色：

汉密尔顿·格林

我生前是弗吉尼亚州哈里斯
和肯塔基州格林的独生子，
门第高贵，身体强健。
多亏他们养育，我才当上了

① John Gould Fletcher. *Life Is My Song*. New York: Farrar & Rinehart, 1937: 199.
② John Gould Fletcher. *Life Is My Song*. New York: Farrar & Rinehart, 1937: 193.

法官、议员和一州之长。
从母亲那儿我继承了
想象力、口才和乐天性格；
从父亲那儿我继承了
毅力、思辨和判断能力。
我为人民服务的
光荣全归他们！

编辑惠登

为了看清每个问题的每个方面；
为了面面俱到，兜揽一切而样样留不长久；
为了某种企图而歪曲真相，
为了卑鄙的计划，阴险的目的而
滥用人类的家庭感情和激情，
像古希腊演员那样戴着假面具——
你的四页报纸——你在字里行间尽出鬼点子，
表面上却大做文章：
"这是我，了不起的大人物。"
同时又像小偷那样过着
被你灵魂深处的假话所毒化的生活。
为了金钱而掩盖丑闻，
为了报复而散布流言蜚语，
或者出卖报纸，
在必要时就进行诽谤或置他人于死地，
不惜任何代价，除了你自己的生命，去获得一切。
在疯狂的权力之中大摆威风，把文明全都抛弃，
像孩子似地把木头放在铁轨上，
让飞驰的火车翻身倒地。
这就是编辑，我生前的职业。
此时此刻我躺在河畔这块墓地，
这儿从村里流来阴沟污水，
还堆着空罐头和垃圾，
堕胎儿也被偷偷埋葬在此地。

汉密尔顿·格林是诗人心目中的正面人物，而编辑惠登却是作者所谴责的昧着良心干坏事的家伙。还有一首较有名的诗《小提琴手琼斯》（"Fiddler Jones"），它描写了一个一生无忧无虑的乐观者，最后四行很风趣：

> 我以 40 英亩土地而告终，
> 我以一把破提琴离开人寰——
> 沮丧的一笑，一千个回忆，
> 却没有一点儿遗憾。

　　整部诗集里诗篇有 19 条故事线索交叉穿插，织成了一帧匙河小镇的社会画卷。每首诗单独成篇，而人与人之间的相互关系使整个作品基调协调、和谐、统一。《匙河集》因为其戏剧性、现实性而又富有独特的艺术魅力，在当时流行之广泛，大大超过了马斯特斯同时代诗人的任何严肃作品。然而，对《匙河集》的评价，从当时到现在，美国评论界一直存在褒贬不一的分歧。争辩愈是尖锐，读者愈是增多，无意中产生了社会轰动效应，结果使它成了"美国文学上的一个里程碑"（昂特迈耶语）。庞德开始时喜欢《匙河集》，并建议马斯特斯要浓缩和精炼诗行诗句，但是马斯特斯拒绝按照他的标准加以修改，因此使他感到不快。T. S. 艾略特当然对马斯特斯持冷淡态度。马斯特斯当时也并不佩服他们，批评"他们没有原则，没有个性，没有道德规范，没有根"。

　　现在重新审视《匙河集》时，我们发觉它单调、重复。随着对当时读者引起兴趣的尖锐的社会问题淡化或不复存在，它对当代读者的吸引力，现在自然地相应减少了。罗伊·哈维·皮尔斯对此发表他的看法说："马斯特斯不了解他们失败的性质，只是把他们写得可怜巴巴，啰啰唆唆。"[1]他的这话也许有一点道理，也许有一点苛求，事实揭露出来了，其性质不是不言而自明吗？

　　马斯特斯在 1891～1921 年间，在芝加哥当律师，由于他的合伙人失职，再加他的同行和政敌的联合攻击，不得不退出法律界，[2]转而从事文学创作，移居纽约曼哈顿岛。

　　1935～1938 年是他的文学创作高产期，他出版了一部长篇自传、三部

---

① Roy Harvey Pearsc. *The Continuity of American Poetry*: 260.

② 在任律师期间，马斯特斯曾与克拉伦斯·达罗（Clarence Darrow）合作（1903—1908），专为穷人辩护；1911 年，开始独立开办法律事务所，由于婚外情和达罗的纠纷，从 1908 年至 1911 年间法律业务不顺畅。

传记、三本诗集、一部小说。他一生写了 20 多本诗集（包括《匙河集》）、13 部剧本、7 本小说和 9 本传记之类的作品，可是读者记住他的只是一本《匙河集》。他在《匙河集》发表前 17 年的辛勤耕耘，发表后 27 年的埋头创作，①没有一部作品使他获得像《匙河集》那样的巨大成功。缪斯只给了他一次辉煌的机会。

马斯特斯两次婚姻：第一次，与海伦·詹金斯（Helen M. Jenkins）结婚（1898），生子女三个，1925 年离婚；第二次，与埃伦·柯尼（Ellen Coyne）结婚（1926）。马斯特斯的女儿玛西娅（Marcia）写诗，儿子希拉里·马斯特斯（Hilary Masters）写小说。希拉里和他的同父异母哥哥哈丁（Hardin）合写父亲传记。马斯特斯在宾夕法尼亚州梅尔罗斯公园一家养老院去世，被埋葬在伊利诺斯州彼得斯堡奥克兰公墓。他的墓志铭包括了他生前的一首诗《明天是我的生日》（"To-morrow is My Birthday", 1918）：

> 好朋友们，让我们到田间去……
> 散一会儿步之后，请你们原谅，
> 我想我要去睡觉，没有比这更甜美了。
> 命运里没有比睡觉更有福气。
>
> 我正梦想一个有福气的睡眠——
> 让我们走一会儿，聆听云雀歌唱。

第四节　卡尔·桑德堡（Carl Sandburg, 1878—1967）

卡尔·桑德堡是一个地地道道的中西部诗人，他一生的大部分时间都是在中西部度过的，主要根据地是伊利诺斯和密歇根州。他像惠特曼那样，以粗犷的歌喉、豪迈的气势、宽阔的胸怀，使保守文人瞠目，令广大读者惊叹。1914 年，《诗刊》刊登了他的力作《芝加哥》以及其他八首诗。他那亢奋的情绪、爆炸性的语言，确实使长期习惯于风雅派诗歌传统的读者发聋振聩。诗人把新兴的芝加哥描写成汗流浃背、精神抖擞的劳动者，把它说成是：

---

① 马斯特斯出版第一部诗集在 1898 年，生前最后一部诗集发表在 1942 年。

　　供应世界猪肉的屠夫，

　　工具匠，囤积小麦的搬运工，

　　条条铁路的指挥，运输货物的管理人，

　　乱哄哄，闹嚷嚷，一片沸腾，

　　啊，这双肩宽阔的城市……

　　早在发表《芝加哥》诗篇以前，桑德堡已经是饱经生活风霜，社会阅历丰富，在政治活动与文学活动中得到锻炼的壮年人了。诗人出生在伊利诺斯州盖尔斯伯格一个贫困的瑞典移民家庭，从小受民主党伊利诺斯州州长约翰·彼得·阿尔吉尔德（John Peter Altgeld, 1847—1902）和 W. J. 布莱恩（William Jennings Bryan, 1860—1925）等人的民主改革思想的熏陶。念了八年中小学，不得不离校谋生，从事各式苦活：送牛奶，当木工、漆工、铅管工、药剂师，湖上劈冰块、街上卖水果、剧院拉布景、农场打零工，等等。18 岁开始同一批游民爬火车，游历全国，沿途以打短工糊口，甚至为此坐过班房。他是一个地地道道的社会下层青年。1898 年，在西班牙与美国战争中服兵役时间不长，复员后入龙巴德学院学习。大学期间，深受他的导师赖特教授的民主思想的影响。在赖特教授的指导下，与几个志同道合的同学一起研读吉卜林、屠格涅夫、马克·吐温等作家的作品，并且怀着极大的兴趣讨论马克思的《资本论》。作为世界产业工会和社会民主党干部，他积极为该党做宣传工作，在底层做组织工作。

　　1908 年，与莉莲·斯泰肯（Lilian Steichen）结婚，生三女，其中一女赫尔加·桑德堡（Helga Sandburg）是诗人。1910~1912 年期间，任社会民主党人密尔沃基市长私人秘书。同几家报刊联系密切，先后为他们当记者、做编辑，为劳苦大众宣传争取伤残失业保险、养老金、最低工资额、八小时工作制等等合理要求。在赖特教授的帮助下，他出版了几本较著名的小册子：《狂喜》（*In Reckless Ecstasy*, 1904）、《玫瑰脂》（*The Paint of a Rose*, 1905）和《杂费》（*Incidentals*, 1905）。作者在这些小册子里，表达他对普通人民的关心，也反映了他的群众出英雄的朴素唯物主义观点。因此，桑德堡一开始就不是庞德、T. S. 艾略特或史蒂文斯这一类型的诗人。他在《狂喜》中声称：

　　我为这里的普通男女感到自豪，他们遭到挫折，感到不幸，然而为了爱，为了笑，为了渡过难关而生活着。我满心喜悦，放眼鲜花、草原、树木、青草、流水、大海、天空和云彩。

桑德堡的一生及其近千首诗构成的六本诗集，都贯穿了他的这一基本信念。

《芝加哥诗抄》（*Chicago Poems*, 1916）是一本以两年前发表在《诗刊》而引起强烈反响的短诗《芝加哥》为标题的诗集，其中大部分均是诗人的优秀作品。他同时代的著名女诗人艾米·洛厄尔称它是"这个时期最有独创性的作品之一"。诗集里没有一首诗表明诗人对中上层资产阶级的好感或同情，恰恰相反，诗人站在劳苦大众的立场，直接或间接地对剥削者和压迫者进行无情的揭露、有力的鞭挞，例如《拾洋葱的日子》（"Onion Days"）、《福地》（"Grace Land"）和《致一个当代的胡言乱语者》（"To a Contemporary Bunkshooter"）等诗篇，都反映了诗人这方面的鲜明的阶级立场。同时，诗人对劳动人民的艰苦生活寄予无限的同情，并歌颂他们对幸福生活的向往，例如，《杰克》（"Jack"）、《迈格》（"Mag"）、《玛米》（"Mamie"）、《劳动姑娘》（"Working Girls"）和《幸福》（"Happiness"）等诗篇里的社会底层人的命运与诗人同时代的小说家德莱赛（Theodore Dreiser, 1871—1945）笔下小人物的命运似乎如出一辙，都在不同程度上暴露了美国城市生活的严酷现实。

诗人的笔触是多方面的，一面描写城市，描写工业区，描写那里的贫富不均；一面赞颂新兴城市充满活力，富于朝气，例如《芝加哥》（"Chicago"）和《摩天大楼》（"Skyscraper"）等诗篇。诗人不但像大汉那样粗着脖子大叫大嚷，调门豪放，而且有时又心平气和，歌声清越而风格婉约，例如《雾与火》（"Fogs and Fires"）和《诗札》（"Handfuls"）等篇章，其中以《雾》（"Fog"）最为典型：

> 白雾走来了
> 迈着小猫的步伐。它坐下来眺望
> 城市和海港，
> 它蹲着一声不响
> 然后又迈步向前。

昂特迈耶对《芝加哥诗抄》给予了高度的评价。他说，《芝加哥诗抄》充满了骚动与激情，作者抗议的呼喊是粗厉狂野的，语言也不雅致，不适于通常的诗歌，但他的贬低者们忘记了桑德堡的粗野是为了谴责粗野、残暴；在他粗野的外表里面，他是所有在世的诗人之中最有柔情的一位诗人。他认为，如果弗罗斯特是智性化的贵族，那么桑德堡便是富有感情的民主党人。他还认为，美国俗语从来没有像在《芝加哥诗抄》里那样地取得艺术的效果，桑德堡使用俚语和他的前辈诗人们使用古语一样游刃有余。[①]可是在《芝加哥诗抄》刚发表时，桑德堡却遭到许多批评家的抨击，说他是词语上的无政府主义者，不知道散文与诗歌的区别，语言粗鲁鄙俗，是对英语的践踏，等等，不一而足。这就是为什么昂特迈耶特别提醒桑德堡的贬低者们注意桑德堡使用粗俗语言是他的长处而不是缺点的原因。

如果说《芝加哥诗抄》表明桑德堡是芝加哥诗人，他的《剥玉米苞壳的人》(*Cornhuskers*, 1918) 则使他成了大草原的歌手了。或许诗人这时已届不惑之年，思想趋于成熟，除了少数诗篇外，一般格调不如以前那样粗犷雄壮，那样出语惊人，而沉湎于他童年所熟悉的环境。广漠的空间、飞逝的时间、四季的变化以及死亡等等常为桑德堡所关注和吟咏。比较明显的一个现象是，诗人往往着意于秋景、秋的形象，例如《秋烟即景三则》("Three Pieces on the Smoke of Autumn")、《秋怀》("Localities")、《秋时》("Falltime") 和《秋态》("Autumn Movement") 等诗篇，给读者惘然若失、一去不复返的压抑感、忧郁感。他的一首较为著名的短诗《冰凉的坟墓》("Cool Tombs") 更加反映了诗人消极的一面。他的这种消极面在《芝加哥诗抄》里有所流露，在《剥玉米苞壳的人》里则显得颇为突出。不过他对美国中西部草原也时常流露出由衷的喜悦，例如在《大草原》("Prairie")、《草原流水夜景》("Prairie Waters by Night")、《四兄弟》("The Four Brothers") 和《玉米笑》("Laughing Corn") 等诗篇里，反映了诗人怡然自得的情趣，甚至对未来充满希望。

《剥玉米苞壳的人》收了近 100 首诗，分四个诗组，首篇《大草原》，约 140 行，是桑德堡的名篇之一，也是本集最有气魄的一首抒情诗。桑德堡时而从诗人眼光，时而从大草原角度，时而以诗人与大草原合而为一的身份，叙述或赞颂大草原的过去和现在的风光，对未来充满无限的信心：

> 我越过千年与人握手。
> 我对他说：老兄，长话短说，千年不过
> 是短暂的瞬间。

诗人在诗的结尾，唱道：

> 我讲的是新城市和新人民，

---

① Louis Untermeyer. *Modern American Poetry*. New York: Harcourrt, Brace & World Inc., 1958: 197.

> 我对你说过去是一桶灰烬。
> 我对你说昨天是停息的风，
> 是已西坠的太阳。
> 我对你说世上别无他有，
> 只有一大洋的明天，
> 一天空的明天。
> 我是剥玉米苞壳的兄弟，
> 他们在傍晚说：
> 明天是一天。

不难看出，诗人概括了美国中西部拓荒者的时代情绪和社会心理：对未来寄托希望，努力开发，艰苦创业。有批评家认为桑德堡着眼于现在，不着重过去，对未来没有明确的目标。但是正视现实有何不好？在资本主义上升时期的美国，作为一个关心人民疾苦的诗人，他把希望只寄托在社会改革上，寄托在罗斯福总统的新政上。他当时力所能及的奋斗目标只能如此，不可能超越美国社会民主党的纲领。

该集里的诗篇良莠不齐，评论界对它的反映也不如对《芝加哥诗抄》那样热烈。尽管如此，它仍不失为他的最佳诗作之一。

《烟与钢》(*Smoke and Steel*, 1920) 问世时，尽管评论界对此褒贬不一，桑德堡则已经是一位登上大学讲台朗诵自己的诗作的名诗人，美国文学界的头面人物了。

这本诗集的内容结构及表现手法与前几部大同小异，用小标题分成 10 组诗，对贫富不均的现象颇为关切，对民歌尤其黑人歌曲感到浓厚的兴趣，通篇既有《芝加哥》的雄浑，也有《雾》的闲逸。标题诗《烟与钢》是该集最长也是最重要的一首诗，它反映了诗人的历史观。在诗人看来，人类文明同物质进步分不开，而物质进步需要付出包括生命在内的代价：

> 幸运的月儿去了又来，来了又去，
> 五个工人却在通红钢水锅里游泳。
> 他们的骨头已揉进了钢的面包里：
> 被铸成一只只螺管和铁钻
> 以及搅动海水的涡轮。
> 在无线电台的发射网里去找他们的骨头吧，
> 他们的灵魂，像镜里全副武装的士兵，藏在钢铁里。

钢铁工人死于沸腾的钢水里，谁是罪魁祸首呢？他们的答案是资本主义美国：

> 其中的一个工人说："我爱我的工作，钢铁公司对我很好，美国是一个了不起的国家。"
> 另一个工人说："天哪，我的骨头痛；钢铁公司是一个撒谎者；这是一个地地道道的自由国家。"

诗人提出个人牺牲与社会进步密不可分的哲理问题时，当然他也不放过抨击资本主义经济积累的残酷性。桑德堡在摆脱田园牧歌式的浪漫吟唱时，对美国工业社会的剖析深刻，鞭挞有力。从标题诗《烟与钢》来看，诗人似乎从大草原的题材又转到城市，其实大部分仍描写草原风光以及他的生活感受。

《大峡谷石壁夕照》（*Slabs of Sunburnt West*, 1922）的标题诗《大峡谷石壁夕照》是诗人乘火车经过亚利桑那州北部的大峡谷时的观感。诗人描写美国远西部的诗仅此一篇。诗人关注的仍是芝加哥、华盛顿、大草原。标题诗不如诗集中一首长诗《风城》（"The Windy City"）精彩。诗人在《风城》里从各方面描述风城芝加哥的历史和风貌，歌颂使该城兴起的工人，仍保持诗人豪放的风格。批评界对此评价不高，连一贯支持他的哈丽特·门罗也认为此集结构松懈，连贯性不好。这时诗坛风向变了，T. S. 艾略特的大作《荒原》在同年问世，使桑德堡的诗歌相形之下退居次要地位。不过诗集里有几首不失为好诗，例如《夜色中的华盛顿纪念碑》（"Washington Monument by Night"）和《启蒙教育》（"Primer Lesson"）等篇章都富有新意。

同《芝加哥诗抄》相比，《剥玉米苞壳的人》《烟与钢》和《大峡谷石壁夕照》总的来说在立意上或技巧上没有多少新探索、新发明，只是更多地反映普通人民的生活和愿望，而在《早安，美国》（*Good Morning, America*, 1928）里，诗人的注意力有了变化，对人描写逐渐少了，对地点的描写却逐渐多了。

1928 年，桑德堡在哈佛大学获美国大学联谊会诗人荣誉，他在那里朗诵了长诗《早安，美国》的标题诗。这是对新兴的美国的一曲赞歌，它已变成现在美国电视台每天大早最爱用的口头禅。诗人满怀喜悦地把美国比成是新生的婴儿，一如他在《大草原》里憧憬明天，在这首诗里，他又把希望寄托在美好的早晨：

早安，美国。

不论是谁，是哪一个，是什么人——诸位，

早安。

早安，让我们都互道真名实姓。

大人物，小人物，任何人物，早安。

早安，泥里的虫，空中的鹰，努力向天顶爬高的人。

诗人在这短短的几行里，把握了美国朝气蓬勃的进取精神，而且诗人进一步唱道：

你已吻别了一个世纪，一小本无价的来宾签名簿。

你将要吻别 10 个世纪，20 个世纪。啊！

你将有这么多的来宾签名簿！

诗人的视野这时似乎从芝加哥，从大草原，扩大到全美国了。令人注目的是，诗人在诗集《早安，美国》的开头，别开生面地为诗歌下了 38 则定义。如同古往今来不少名诗人界定诗歌一样，桑德堡根据自己的体验，不管精当与否，他尝试对诗歌发表自己的见解。这本诗集的重心在描写自然风貌和生活中的点滴感受，仅从几组标题诗《春草》（"Spring Grass"）、《玉米沙沙响》（"Corn Prattlings"）、《烟蓝》（"Smoke Blue"）、《风马》（"Wind Horses"）、《夏日苦思》（"Bitter Summer Thoughts"）和《林中月》（"Timber Moon"）等可窥见全貌。评论家对此评论不一，有的认为桑德堡仍停留在 1914 年的水平上，甚至变得更少活力，有的认为他有惠特曼式的罗列、重复和情绪变动，令人恼火。喜欢桑德堡的广大读者，包括一些评论家，对这本诗集仍感满意。总的来看，诗人田园闲适的一面逐渐变强了，变浓了，他对生活进行了更多的思考，甚而有时显得踌躇不决。

人民，尤其普通大众，一直是桑德堡吟咏的主题。早在《芝加哥诗抄》里，他就大声唱道：

我是人民，是民众，是百姓，是群众。

可知道世上一切伟业都通过我完成？

我是工人，发明家，世界衣食的创造者。

我是历史见证人。拿破仑们，林肯们，都是我生养。

桑德堡像林赛一样，喜欢用一把吉他为听众弹唱，即使在他成名以后，他也常在他的朗诵之后，以弹唱民歌助兴，因此受到广大听众的热烈欢迎。1927 年，出版了他搜集的民间歌曲《美国歌囊》（*American Songbag*）（1950年又出版了《新美国歌囊》）。他的单首长诗《人民，行》（*People, Yes*, 1936）是他热衷于民间文艺的产物。这是他最长的一首诗，107 节，长达 100 多页。他搜集了大量的民间传说、格言、谚语（甚至包括中国的一些谚语）、奇谈、逸事、口头禅，并夹以人物素描及诗人的评论和感叹。读者可以从中听到几百个美国人的谈话，由此了解他们的为人、理想、智慧、偏见、迷信思想、幽默感以及乐观主义精神。

该长诗字里行间跃动着诗人对人民的无比热爱，也反映了他不系统的朴素唯物主义观点，例如："从人民那儿各国才有军队，是人民供给军队吃饭，穿衣和武器""第一次世界大战，人民付出了代价，第二次世界大战——第三次——将付出什么样的代价""富人拥有土地，穷人只有白水""两个律师之间的农民是两只猫之间的鱼"和"'任何民族的持久文化'，另一个历史学家大胆说，'依赖于普通百姓及其思想和才能'"，等等，这些同情人民和赞颂人民的思想，在诗里常以不同的形式出现。确实只有少数段落富于诗意，多数地方显得拉杂拖沓，但对我们认识美国社会，了解美国人民，是一部不可多得的好作品。千百万人失业或半失业，人民情绪普遍低落，是桑德堡站出来为人民说话，以诗歌激励人民，同为艺术而艺术的诗人形成了鲜明的对比。

桑德堡的《诗歌全集》（*Complete Poems*, 1950; revised edition, 1970）收进了上述的六部诗集和《新章节》（*New Sections*）。《新章节》里的一部分是未收进上述六部诗集的旧作，一部分是新作。1950 年出版的《诗歌全集》，次年第二次获普利策奖。他首次获普利策奖的作品是六卷本《林肯传》（*Abraham Lincoln: The Prairie Years*, 2 vol., 1926; *Abraham Lincoln: The War Years*, 4 vol., 1939），他为此成了这段美国史的权威，以至于 1940 年竟有人提名他当总统候选人，由此可见这本传记的影响。

自从惠特曼去世以来，朗费罗式的风雅派诗歌在美国仍占上风，是桑德堡浑涵汪茫的气派，给美国诗歌注入了新鲜血液，为它带来新的活力。同林赛和马斯特斯相比，他几乎完全冲破了风雅派诗歌传统的羁绊，亮出了 20 世纪头十年美国新诗的风格。在 T. S. 艾略特以前的美国著名现代派诗人之中，桑德堡是走在前列的先锋之一。

桑德堡熟谙惠特曼，从年轻时代起就研究惠特曼的诗歌，常常作关于他的报告，因此他深受惠特曼的影响，但他比惠特曼的政治色彩更浓。他似乎把工人阶级运动，甚至社会主义，看作是美国新时期的理想。他的感奋出于对人民，尤其对被压迫者被剥削者的同情与热爱。在他心目中，普通人民占据了主要位置。正因为如此，他对人民的热情和养成的普通百姓的作风，常使学术气味浓的评论家感到不快。所以，他的诗歌最大特色是具有鲜明的人民性，这不但表现在他感情的自然流露上，而且他还自觉地把它提到理论的高度。桑德堡在《诗歌全集》的序言里，表明他接受了爱尔兰作家辛格（J. M. Synge, 1871—1909）关于诗歌与普通人民密切相关的观点，表现他对人民的感情："……人们对普通人的生活一旦失去诗情，写不出表现普通事物的诗，那么，他们阳春白雪的诗歌便会失去活力，一如对建造普通商店失去兴致，便会停止建筑美的教堂。"

桑德堡诗歌的另一特色是龙腾虎跃，热情奔放。他像惠特曼一样，爱用并列和重复的修辞手法，把一系列事物和联想并列在一起，从而产生一种情绪，一种效果。对于音步或音韵之类的技巧他是从不在意的。他一旦突破传统的框框，排解他不吐不快的感情，从他笔端流泻出来的，便是一串串连续不断的句子或短语，具有流畅的散文节奏，读起来大有长河滔滔之势。在人物，尤其人物内心的刻画上，桑德堡诚然缺少细部的描绘，不如 E. A. 罗宾逊那样细致入微，这多少影响了诗中形象的实感和深度，但他以特有的力度取胜，对社会不平的抗议嘹亮动人。

桑德堡最娴于把从前不登大雅之堂的劳苦大众及其粗俗的语言，以及工厂、街道、地铁和摩天大楼等等枯燥无味的景物化为诗料，再变成有声有色的诗行。这是他诗歌的又一特色。众所周知，弗罗斯特的诗歌透露了新英格兰农村的新鲜气息，而桑德堡却让我们听到了中西部城市生活的喧闹和沸腾。

桑德堡的诗歌还有一个特色，是捕捉美国中西部大草原的风光，形象地描绘那里的日月鸟兽、树木花草、烟霭雾霾，揭示诗人对时空和人生的思虑和反省。他的诗有时未免玄妙，但不令人郁闷，基调闲适、柔和、率直。他的长篇气魄雄伟，短章则小巧玲珑，同意象派诗歌往往很相像，虽然他声称与意象派无缘。他承认自己受了日本俳句的影响。桑德堡在《诗歌全集》的前言里，提到他所喜爱的莎士比亚和惠特曼的同时，也提到中国唐代大诗人李白。桑德堡关于月亮的几首短诗使我们不禁想起了李白的《静夜思》。桑德堡也喜爱中国的文化，有意识地在诗里直接引用了一些中国的成语。

桑德堡一开始就成了评论界有争议的一位诗人，因为他的诗有不少的缺点。归纳起来有以下几点：桑德堡直陈有余，含蓄不足；失于松散，拉杂，啰唆，锤炼不足，倾泻无度；平淡之处不少，且缺乏诗意；有时太溺于情感，以致矫情。W. C. 威廉斯认为他忽视了技巧，艾米·洛厄尔担心他宣传味过浓，一贯嫉妒心重的弗罗斯特说他是"骗子"。他是一位多产的诗人，但由于过于直白而留给批评家可考证的东西也许不多。

　　桑德堡确实有这样那样的缺点，而且不少评论家对他的评价不高，然而，他无疑是一位受人民大众欢迎的诗人，且不说他是一位伟大的林肯传记作家。同弗罗斯特一样，他是一位誉满全国的长寿诗人，也是一个体现美国气质、具有美国风味和气派的美国诗人。他虽然大学肄业，但 12 所大学都授予他文学博士。在他 75 岁生日那天，他的家乡伊利诺斯州州长宣布为"卡尔·桑德堡日"。1959 年，美国国会在"林肯日"邀请桑德堡去两院联席会议上发表演说。1964 年，美国总统约翰逊给他颁发总统自由勋章，瑞典国王也曾给他授勋。不少的美国学校以他的名字命名。1954 年海明威在荣获诺贝尔文学奖时说，是桑德堡而不是他应获此殊荣。1978 年 1 月 6 日，是他诞辰 100 周年，美国邮政总局为他设计和发行纪念邮票，画像是由他的画家朋友威廉·史密斯（William A. Smith, 1918—1989）在 1952 年为他画的侧影，并附上诗人本人生前独特的签名。

第五章　新批评形式主义诗歌与南方的"逃逸者"

众所周知，三四十年代的形式主义诗歌的理论台柱是新批评，大本营的主力军是以兰塞姆教授为首的南方逃逸者诗人，而新批评理论的创立者是兰塞姆，所以这里很自然地把新批评形式主义诗歌与南方逃逸者诗歌结合起来介绍。

第一节　新批评形式主义诗歌

作为一个诗歌与文学批评的流派，新批评派早在 20 年代就开始了，确立于三四十年代，到五六十年代逐渐衰微。

新批评派理论家鉴于当时只重视主题内容而忽视作品形式的旧式批评而提出了一种新的批评方法和观念。具体地说，旧式批评家在评论一首诗时，常常喜欢着重评论该诗作者的生平与时代背景如何如何，往往比较少地涉及对作品本身的形式与结构的深入讨论。新批评派评论家反对旧式批评家用诸如作者生平、时代背景等外在因素无休无止地评论作品而放弃对作品本身的品评。因此，新批评被视为一种形式主义批评，但是引起了30 年代和 40 年代一批年轻诗人的兴趣。兰塞姆在他的开创性文章《批评，公司》（"Criticism, Inc.", 1937）中，强调文学批评必须更科学更精确更系统，认为"思想品德研究"不应该影响文学研究，应当把一首诗当作审美对象。兰塞姆的这篇文章标题有点儿怪，把严肃的文学批评与从事商业活动的公司攀扯起来了。美国学者杰夫·特威切尔认为这标题既诙谐又严肃。他认为，兰塞姆提出的新批评主张更客观更专业更科学的文学批评，反对传统的印象式甚至道德品行的主观文学批评，这是因为占当时文坛优势的报刊发表的文章不但是作家们印象式的主观文学批评或评论，而且学者们的论文往往倾向于把文学作品放在历史语境里作历史考证。杰夫·特威切尔说："兰塞姆专注的重点是文本作为审美对象如何起作用。"[①] 兰塞姆的专著《新批评》（*The New Criticism*, 1941）起了酵母作用，主导了20世纪中叶几乎长达20年之久的文学批评。他的学生克林思·布鲁克斯、泰特和沃伦以"文本细读"发展了他的这一新批评派核心思想。T. S. 艾略特在20年代抨击当时罗曼蒂克的滥情主义诗歌，提倡17世纪英国约翰·多恩为首的玄学派诗歌，他的"非人格化"和"客观关联物"理论营造的诗歌环境正好有利于新批评派的发展。

新批评诗歌风格保持了现代诗歌的基本特征：简洁、机智、反讽、非人格化、形式谨严，等等，但是注重连贯的形式、连贯的意象和人物，注重押韵、音步和整齐的诗节，保持诗人态度和调门的一致性（这正是它被冠以形式主义诗歌的由来），放弃现代派诗歌极端的支离破碎、并列句法、省略、象征、神话、跨文化引文和各种偏僻的典故。结果它开始变得偏于传统，谨小慎微，缺少T. S. 艾略特和庞德为首的现代派诗人那种破旧立新的革命气势，但容易被当时的广大读者所接受。

很多作家特别是诗人都是在受新批评审美观点影响下的氛围中成长的，他们的作品成了当时美国诗歌文学标准的重要组成部分。以约翰·克劳·兰塞姆为核心的逃逸诗人群可以算是第一代新批评形式主义诗人。新批评理论帮助年轻诗人学会有鉴别地接受现代主义诗歌传统。40年代这一代诗人，也可以称为第二代新批评形式主义诗人，是以新批评风格创作诗歌取得显著成就的一代，其中包括罗伯特·洛厄尔、伊丽莎白·毕晓普、理查德·魏尔伯、约翰·贝里曼、兰德尔·贾雷尔、约翰·阿什伯里、詹姆斯·梅里尔，等等。到了50年代和60年代，诗风变了，一部分形式主义诗人，例如罗伯特·洛厄尔，花了差不多十来年才转变到自白派自由诗的创作上。理查德·魏尔伯、约翰·贝里曼和詹姆斯·梅里尔则继续写传统形式的诗，而伊丽莎白·毕晓普则成了"两门抱"诗人，既写自由诗又写传统形式的诗。

这里需要带一笔的是，新批评现象不是美国诗坛所专有，当时在英国也出现了，诗评家克里斯托弗·比奇为此指出：

> 虽然新批评是美国现象，但它是大西洋两岸趋向诗歌形式主义更加普遍的倾向一部分。在30年代中期，威廉·燕卜荪、塞西尔·戴·刘易斯、刘易斯·麦克尼斯和W. H. 奥登等人的作品帮助年轻英国诗人

---

① 见杰夫·特威切尔于2012年8月8日发送给笔者的电子邮件。

建立了一个时期的风格。这些诗人之中，最有影响者当属 W. H. 奥登：他的诗歌形式正规，漫不经心的反讽，技巧娴熟。①

第二节 南方的"逃逸者"诗歌概述

20 世纪 20 年代和 30 年代出现了所谓的南方文艺复兴。南方文学像西部或东部文学一样，在第一次大战后逐渐兴盛起来。南方文学杂志如雨后春笋破土而出，单 1921 年一年中，三种杂志《两面派》(*The Double Dealer*)、《评论员》(*The Reviewer*) 和《抒情诗》(*The Lyric*) 问世；次年《逃逸者》(*The Fugitive*) 创刊；30 年代诞生的《凯尼恩评论》(*Kenyon Review*) 和《南方评论》(*The Southern Review*) 无论当时还是现在，都促进了南方文学的发展。文学协会如"南卡罗来纳诗歌协会"，在奖掖文学新生力量方面发挥了积极作用。

在这期间，福克纳、凯瑟琳·安妮·波特 (Katherine Anne Porter, 1890—1980)、托马斯·沃尔夫 (Thomas Wolfe, 1900—1938)、弗莱彻、兰塞姆、艾伦·泰特、罗伯特·佩恩·沃伦、卡罗琳·戈登 (Caroline Gordon, 1895—1981) 等等一批有才华的南方作家相继涌现文坛，逐渐受到国内外文学界的重视。从个人的成就来说，独自耕耘在"约克纳帕塔法县"土地上的福克纳收获丰富；从集团来看，以田纳西州纳什维尔市范德比尔特大学为基地的一批"逃逸者"诗人独树一帜，在美国文坛上造成了相当大的声势，尽管有批评家对"逃逸者"诗歌成就的评价不那么高，例如，艾伦·戈尔丁 (Alan Golding)，他说："虽然主要的'逃逸者'诗人的诗歌成就并不那么可观，兰塞姆、泰特和沃伦的诗篇依然为各诗集所选录，他们主要的影响是通过新批评，他们作为诗人—批评家、编辑、理论家和教师开辟的这种批评方法，他们对解读诗歌的影响却不可能被估计过高。"②

1914 年，在范德比尔特大学英文教授兰塞姆和沃尔特·柯里 (Walter Clyde Curry, 1887—1967) 提议下，学生们到西德尼·赫希 (Sidney Hirsch, 1885—1962) 家里讨论诗歌和与诗歌有关的问题。赫希是一个 30 岁出头、自学成才的青年，虽然不是范德比尔特大学的教师，他却以渊博的学识，吸引了该校的一批师生，使他们常常在他家聚会，展开热烈而有趣的哲学

---

① Christopher Beach. *The Cambridge Introduction to Twentieth-Century American Poetry*: 144.

② Stephen Fredman. *A Concise Companion to Twentieth-century American Poetry*: 60.

讨论。赫希住在姐夫家。姐夫是富商，钦佩他的学问，积极支持、有时也热心参加他组织的学术活动。第一次世界大战中断了他们的活动，大战后的 1920 年又恢复了。

小组讨论的原成员除学生外，只有兰塞姆、柯里和赫希三人，后来参加的成员有戴维森、威廉·埃利奥特（William Yandell Elliot, 1896—1979）[1]、斯坦利·约翰逊（Stanley Johnson）、亚历克·斯蒂文森（Alec B. Stevenson），再后来的参加者有梅里尔·穆尔（Merrill Moore, 1903—1957）、艾伦·泰特、杰西·威尔斯（Jesse Wills）、艾尔弗雷德·斯塔尔（Alfred Starr）和沃伦。劳拉·赖丁·杰克逊（Laura Riding Jackson, 1901—1991）[2]在 1924 年获纳什维尔诗歌奖之后，也来参加小组活动。20 年代末，她去了英国，被雷克斯罗思称为"失落在美国文学中最伟大的诗人"。W. H. 奥登称她是"仅有健在的哲学诗人"。

他们起初常常高谈阔论，大谈中世纪和伊丽莎白时代的文学、文艺复兴时期的意大利文学、19 世纪的法国文学或东方文化。他们都以世界主义者自居，一种有别于庞德和 T. S. 艾略特的世界主义者，因为他们的创作目标和主调在他们了解庞德和 T. S. 艾略特之前就确定下来了。虽然他们反对南北战争前后的南方作家的激情，无意充当旧南方文学领域里的末代骑士，虽然他们注意到国际（特别是欧洲）文学的新潮流，但他们开头并未意识到他们的成长根植于南方文化传统，一个对秩序井然、有善良意向、风俗淳厚的社会的回忆或向往的文化传统，他们的生活方式或思想方式，在无形中打上了南方文化的烙印。他们对这个社会环境并不感到格格不入，不像当时纽约、巴黎或伦敦那里的先锋派艺术家那样迫切地求助于未来，求助于新的生活方式和新的诗艺。他们没有一战以后"迷惘的一代"作家那种失落感，那种虚无主义。他们在那儿似乎缺乏其他现代派作家用以探索和描写人类现况的现代化资源：弗洛伊德心理学、新的天文学、新的物理学、先进的技术和机器、视觉和听觉艺术的新成就。他们似乎在南方还没有发觉现代化城市已堕落成地狱的可怕情景，那种 T. S. 艾略特在《荒原》里所描写的一战后伦敦的地狱情景。他们之中不少人在反对陈词滥调的同时，都喜欢向布莱克、济慈、丁尼生、前拉斐尔派诗人和斯温伯恩（A. C. Swinburne, 1837—1909）等人借鉴。

在赫希的建议下，他们于 1922 年 4 月 12 日创办了诗歌杂志《逃逸者》。

---

① 威廉·埃利奥特：美国历史学家、美国六任总统政治顾问，第一次世界大战期间任炮兵连连长。
② 劳拉·赖丁·杰克逊：美国诗人、诗评家、小说家。

开始时,多数成员都是没有发表过作品的新手,除了兰塞姆之外,他在 1919
年出版过一本诗集。

关于杂志的名称,起始于史蒂文森,他根据赫希前不久写的一首诗,
半开玩笑地给该诗刊题了这个名字。艾伦·泰特发觉这个杂志名称别开生
面,将会引起读者广泛的注意和好奇,对此解释说:"一个逃逸者显然是一
个诗人:漫游者,甚至是流荡的犹太人,流浪者,带着奥密智慧漫游世界
的人。"戴维森给小说家、南方文化辩护士科拉·哈里斯(Corra A. Harris,
1869—1935)写信,谈到《逃逸者》杂志名称的含义时,说:"如果这本
杂志名称有什么含义的话,也许是编辑们怀有过分的新旧俗套的情绪,我
想大家对此会同意的。他们希望在自己的作品里,关心和借鉴质地最高的
现代诗,同时不废弃过去的好东西。"他所谓的不废弃过去的好东西,是指
他们不放弃传统的诗歌艺术形式。

聚会的人数曾经达到 16 人,由于各种原因,经常参与者大约是七八
人或十来人不等。他们每两周聚会一次,每次都由赫希主持。往往讨论到
深夜时,赫希的姐姐热情招待夜宵。一战后,这个快乐的文艺沙龙的兴趣
由哲学逐渐转向文学,尤其是诗歌。每次聚会,大家各带自己的诗作,分
发与会者。作者首先朗读,接着相互品评,切磋诗艺,好诗常常引起热烈
的讨论,一般的诗,就让它平淡地通过。

《逃逸者》是一份小杂志,但一开始,就把 T. S. 艾略特和庞德的现代
派盛期诗风带进了南方的诗歌。《逃逸者》的撰稿者比当时的其他各地的任
何流派,更坚定地引导美国现代派诗歌方向。"逃逸者"诗人的初衷是,站
在现代派的立场,反对南方风雅文学和文化,既反对旧俗套,也反对新俗
套,但并不排斥吸收传统文化中的精华,正如兰塞姆在为《逃逸者》创刊
号写的前言里所表明的办刊宗旨:"《逃逸者》没有比逃避旧南方高等雅士
那样快地逃避了。"帕特里夏·华莱士(Patricia Wallace)说,"逃逸者"诗
人像其他的现代派诗人一样,避开已走入死胡同的文学传统。[1]这份杂志
在南方读者的心目中颇为激进,而对外地读者来说却相当保守。

《逃逸者》编辑部开始时大约有 13 个成员,轮流写编者按语或社论,
集体讨论稿件,通过投票决定取舍。在第一、二期,"逃逸者"的诗人们
用笔名发表。他们通过寻找资助设立诗歌奖,在全国报刊登载广告,在文
学界造成影响。它虽是一本同仁杂志,大部分稿件来自内部,但并不排斥
外稿。当时已有名气的哈特·克兰、路易斯·昂特迈耶、弗莱彻、威特·宾

---

① Patricia Wallace. "Warren, With Ransom and Tate." *The Columbia History of American Poetry*: 479.

纳等诗人都寄去自己的佳作。在《逃逸者》上发表的诗篇，得到了当时国内很多报刊的好评，唯有《诗刊》主编哈丽特·门罗态度颇为冷淡。编辑们的评论标准不一，戴维森、威廉·弗赖尔森（William Frierson）、威廉·埃利奥特和斯坦利·约翰逊等人囿于传统，偏于保守，而艾伦·泰特却很激进，推崇 T. S. 艾略特为代表的现代派诗歌，因此编辑按语或社论的口径有时不一致。他们各有不同的社会经历和美学趣味，习惯于相互争论和批评，但都认真创作，渴望得到全体的认可。他们当然也有一些维持他们团结的共同的美学标准和哲学观点，例如，反对旧南方诗歌的滥情，鉴于北方现代化所带来的祸害，因此反对一些南方人想建立工业化和都市化新南方的企图。这是一个松散而有活力的自由团体。

在这个团体中，兰塞姆威望最高，由于他一方面是他们的老师，另一方面他的诗歌较大家技高一筹，见解精辟，在同事中有举足轻重的影响。戴维森在"逃逸者"诗人中有威信，诗也写得出色，然而他的保守思想阻碍了他在创作道路上的进一步现代化。艾伦·泰特像兰塞姆一样，善于言谈，善于从理论的高度总结大家的意见，成了《逃逸者》诗刊运转的支点。罗伯特·佩恩·沃伦脱颖而出，深受兰塞姆和泰特等人的器重，是公认的优秀诗人。他 1925 年大学毕业时年方 20，未来得及在"逃逸者"集团里发挥重大的决策性作用。戴维森与艾伦·泰特感情深厚，尽管两人诗风殊异；兰塞姆与艾伦·泰特在设立《逃逸者》主编与对 T. S. 艾略特评价的问题上虽曾一度发生龃龉，但很快言归于好，共同探讨诗艺，给双方带来单独无法得到的长进。兰塞姆、戴维森和艾伦·泰特凭各自的才能和贡献，自然地成了"逃逸者"诗人们的核心力量。他们虽然性格不同，风格各异，有时甚至被对方误解而感到委屈，但都珍视对方的意见和支持，珍视那种其他任何成员无法代替的学术帮助。

鉴于成员们在编务工作上的劳逸不均（戴维森和艾伦·泰特的担子最重），除兰塞姆一人激烈反对外，大家要求建立主编负责制，主编与副主编每年一任。1923 年下半年，戴维森任第一任主编，艾伦·泰特任副主编。编辑杂志只是他们的业余工作，后来大家由于自身的业务流动性大，以致常常无力顾及编务，加之经费来源不足（开始时得到纳什维尔零售商协会资助），不得不于 1925 年末停刊。

《逃逸者》虽然一共只出了 19 期，但它是美国文学史上一份最有分量的诗歌流派杂志，培养和造就了一批有才华的诗人。停刊并没有停止"逃逸者"诗人们的活动。他们经过多方努力，于 1928 年出版了《逃逸者诗选》（*Fugitives: An Anthology of Verse*）。一共 94 首，其中 49 首选自《逃逸者》

诗刊。路易丝·科恩（Louise Cowan, 1916— ）①就收在《逃逸者诗选》这本诗集里的诗人，进行评论说："'逃逸者'诗人群就这样在一本诗集里展现在读者的眼前，显然这群诗人中的兰塞姆、艾伦·泰特、戴维森和沃伦等四位最重要，也最有实力，梅里尔·穆尔和劳拉·赖丁·杰克逊思想敏捷，技巧尚可，而杰西·威尔斯和史蒂文森虽认真创作，但艺术性较差。"②

总的来说，他们既有守旧的一面，也有革新的一面。19 世纪 60 年代南方在内战中的失败，导致南方作家走向两个极端：一部分作家向往南方过去的所谓黄金时代，所谓最甜蜜、最纯洁、最美好的文明，另一部分作家企图像北方那样，通过工业化建立美好的南方。两种不同的态度，从 19 世纪 70 年代至 20 世纪初，在南方文学中表现得很明显，即使在一战后依然存在。前者作品里充斥着地方色彩、罗曼蒂克的词汇、无病呻吟的情调。以兰塞姆为首的"逃逸者"诗人对此现状感到不满，认为要创作出富有特色的作品，单从形式上探索是不够的，需要从政治、哲学、经济等更大的范围去考察和研究，对美国不同区域里的文化、地理和经济上的差异，进行科学的富有创造性的探讨。"逃逸者"诗人们在起初只专注于艺术形式的改革和知识的探求，对社会和经济情况却不在意，相反南方的那种偏见、感情、价值观，从无意识到有意识逐渐地在这个圈子里形成。他们逐渐意识到要维护南方传统，反对北方的工业资本主义。

1928 年以后，"逃逸者"集团成员虽然星散各地，但其核心人物兰塞姆、戴维森和艾伦·泰特同维护南方文化传统的志同道合者，如范德比尔特大学著名历史教授、旧南方辩护士弗兰克·奥斯利（Frank L. Owsley, 1890—1956），历史教授、小说家、重农派运动坚定的代言人安德鲁·莱特尔（Andrew N. Lytle, 1902—1995），著名传记家、作家、文学评论家约翰·韦德（John Donald Wade, 1892—1963）等 12 人，掀起了一场抵制北方工业向南方发展的运动，他们因此被称为重农派。他们之中还有诗人弗莱彻、剧作家斯塔克·杨（Stark Young, 1881—1963）和沃伦。沃伦虽然写了宣传重农派观点的文章，但未积极参加大家的活动。他们从各自对南方文化的理解，比较北方工业化与南方农业经济的利弊。他们认为，在北方工业社会里，宗教不能兴盛，艺术难以繁荣，生活不会自由；在那里，人们只会讲究物质享受，唯利是图，成天吵吵嚷嚷做买卖。他们崇尚欧洲，特别是英国偏僻村落悠然自得的生活方式，提倡南方推行自给自足、没有激烈竞

---

① 路易丝·科恩：达拉斯历史协会著名会员，曾经是戴维森教授的学生，南方重农派评论家。她有关重农派的批评论著，对目前研究这个领域的许多学者有相当影响。

② Louise Cowan. *The Fugitive Group: A Literary History*. Louisiana: State UP, 1959: 253-254.

争的小农经济，在这个社会里，人们可以逍遥自在地打猎、聊天、布道、做礼拜。这就是他们 12 个人即将出版的论文集《我要表明我的立场：南方与农业传统》(*I'll Take My Stand: The South and the Agrarian Tradition*, 1930)的主要内容。

重农派的主张不但遭到北方文人抨击，而且引起南方学者的反对。范德比尔特大学校长柯克兰（James M. Kirkland）认为他们不切实际，缺乏学术研究。斯特林费洛·巴尔（Stringfellow Barr, 1897—1982）对他们的观点进行修正，在《蓄奴制欲南来？》("Shall Slavery Come South?") 一文里建议：通过有控制的工业发展，加强南方在国内的实力，与此同时回避工业化所带来的祸害，防止蓄奴制卷土重来。但双方各执己见，结果导致兰塞姆和巴尔于 1930 年 11 月 14 日在里士满市进行公开辩论。兰塞姆滔滔不绝讲了 50 分钟话，仍然坚持认为工业剥夺了劳动的愉快，破坏了闲适生活和艺术的享受，破坏了人与自然的自然关系。巴尔讲了 20 分钟话，指出工业化已经建立，兰塞姆的态度只能使控制工业并消除其祸害变得更加困难。两人不分胜负，均未找到工业化给国家造成经济两极分化的原因，然而他们的辩论却产生了不小的社会轰动效应。当时几个州的州长，政界、文学界和学术界的知名人士都出席了，听众达 3500 人，会议主席是著名小说家舍伍德·安德森。辩论的结果帮助宣传了他们即将出版的论文集。

重农派作家虽然揭露了北方资本主义经济发展过程中的一些弊端，但他们并不真正了解南方的农村。他们所提倡的是蓄奴制下种植园主的悠闲生活，并不能改善人民的痛苦生活，也不能发展只有在城市里才能飞速发展的现代文艺，例如音乐、美术、电影等等。他们用想象中的南方美好的过去衡量现在，而这种想象缺乏实际调查和严密的科学考察，只是出于过去文学传统的学说。他们在写作《我要表明我的立场》时，都生活在城市，所以他们的理论和他们理想中的南方农业社会，对广大的南方人民没有吸引力，只局限在一批敏感的文人之间，局限在当时的报刊评论上。兰塞姆本人对重农派主张的现实性也采取保留态度。他在《新政的资本》("A Capital For The New Deal", 1933) 一文里，承认重农派在气质上也许不喜欢城市，口头上反对未来任何大城市的前景，但他们也到大城市里去，受到城市影响，城市集中了文化特色。他在 1945 年回顾重农派活动时，又一次承认他们的主张不切实际，不能要求北方的工商朋友去干他们重农派也不干的事。由此可见，重农派的思想是落后于时代的发展，换言之，是南北战争中失败的种植园主的思想残余。接着，艾伦·泰特和社会经济制度的分产主义者赫伯特·艾加（Herbert Agar, 1897—1980）编辑出版了反映重农派思想的第二本论文集《谁拥有美国？》（*Who Owns America?*, 1936），这是重农派的最后一次公开露面。如同 1928 年出版的《逃逸者诗集》表明"逃逸者"集团的解散，这本论文集标志重农派活动的结束。

重农派的主张，从政治学与历史学的角度来看，是一个失败，但对美国文学产生了影响。重农派的理想成了美国文学创作中的现代神话：南方自耕农纯洁得像亚当，过去自给自足的农庄是失乐园，北方大工商业者成了撒旦，地狱便是现代化城市。"逃逸者"诗人维护南方传统的思想，在重农派运动中得到了进一步的发展。包括"逃逸者"诗人在内的南方文艺复兴中的作家（尤其是福克纳和凯瑟琳·安妮·波特）继承了两种南方的观念：传说中的南方和现实中的南方。正如约翰·斯图尔特（John L. Stewart）所说：

> 　　长期以来，许多人（大多数人从小到青年时期）认为只有一个旧南方。当历史学家们开始仔细考察南方时，他们发现这个旧南方多半是一个传说，实际上有多种多样的旧南方。认识传说中和现实中的这两种南方，尤其认识现实中的南方的多样化，是这些作家在艺术成熟过程中不可避免的具有决定意义的阶段之一。①

从后面四节对四位主要诗人的介绍中，我们将会发现"逃逸者"诗人们都清醒地意识到了标志他们艺术成熟的这一历史真理。

第三节　约翰·克劳·兰塞姆
（John Crowe Ransom, 1888—1974）

作为"逃逸者"诗人集团和重农派的首领，著名杂志《凯尼恩评论》的创始人、南方诗人、新批评派评论家和大学教授，兰塞姆是美国现代派文学最有影响力的人物之一。如同 T. S. 艾略特自称是"文学上的古典主义者，政治上的保皇派，宗教上的英国天主教徒"一样，兰塞姆表明自己"风度上是贵族的，宗教上是仪式主义的，艺术上是传统的"，如此自我概括虽然不尽确切，但却在一定程度上反映了兰塞姆的风格。尽管他与 T. S. 艾略特的意见不尽相同，不喜欢《荒原》的逻辑断裂太大的艺术手法，他

---

① John L. Stewart. *The Burden of Time: The Fugitives and Agrarians*. Princeton: Princeton UP, 1965: 96.

们个人之间也无多大来往，但在当时，评论界常将他的诗风与 T. S. 艾略特和庞德而不是与弗罗斯特相提并论。戴维·珀金斯认为，兰塞姆和劳拉·赖丁·杰克逊①在气质上属于玄学派诗歌风格。约翰·麦克卢尔（John McClure）认为，兰塞姆的智性诗发展程度之深为任何美国诗人所不及，甚至 T. S. 艾略特、庞德或史蒂文斯也不如他，更不必说弗罗斯特了。作为他优秀诗篇标志的特色是机智、反讽、张力和悖论。这些是新批评派所珍视的审美价值核心，亦是 T. S. 艾略特审美价值的核心。这就是为什么把兰塞姆同 T. S. 艾略特诗歌创作路线相联系的基础，一贯重视 T. S. 艾略特的艾伦·泰特更不用说了。兰塞姆在他的文章里承认他十分明白 T. S. 艾略特的"感受分化"（dissociation of sensibility），他提出"结构－肌质公式"（structure-texture formulation）的理论，用以鉴定诗歌发展方式的独特性。评论家们认为，T. S. 艾略特的"感受分化"论正好可以被用来揭示兰塞姆诗歌的一贯主题。罗伯特·佩恩·沃伦说："令人十分惊异的是，在绝大多数情况下，（兰塞姆的）诗中的男女主人公是'感受分化'之抱怨的受害者。（他的）诗本身是对情境的评述，其反讽源于这样的事实：这些否则很可爱的人（指兰塞姆笔下的男女主人公——笔者）不可能了解自己的天性或不可能根据自己的天性行事。"著名的评论家克林思·布鲁克斯也认为"感受分化"是兰塞姆最关心的美学问题之一。有批评家，如勒罗伊·瑟尔（Leroy F. Searle）教授，还认为"新批评得益于 T. S. 艾略特是广泛的，但是他的论文的两个原创思想塑造了新批评的理论和实践"②。他所指的两个原创思想，来自 T. S. 艾略特的《传统与个人才能》（1917）和《哈姆雷特和他的问题》（1919）。如果兰塞姆亲耳听到这种评论，可能要感到恼火，但是就诗歌审美而言，我们比较有把握地说，两者还是有相似性的，例如注重模棱两可、悖论、张力、反讽、象征、结构、统一性、暗喻等等。

不过，兰塞姆和艾伦·泰特以及劳拉·赖丁·杰克逊等人错过了经历现代派诗歌早期的意象派阶段，在具体地反映视觉、意象和感觉的能力上不如庞德、玛丽安·穆尔或早期的史蒂文斯。他们也不是法国式的象征派或叶芝式的象征派，也没尝试 T. S. 艾略特那种断裂的表现手法。通常他们的思想过程是理智的，语法合乎规范，艺术形式经过仔细推敲，讲究音步，诗节工整。更具体地讲，他们，尤其是兰塞姆，用较正统的艺术形式，

---

① 劳拉和爱尔兰诗人罗伯特·格雷夫斯（Robert Graves, 1895—1985）曾有一段恋爱史，并与后者合作出版了论著《现代派诗歌概观》（A Survey of Modernist Poetry, 1927）。

② Leroy F. Searle. "New Criticism." The Johns Hopkins Guide to Literary Theory & Criticism. Eds. Michael Groden and Martin Kreiswirth. Baltimore and London: The Johns Hopkins UP, 1994: 529.

成功地表现了现代人断裂的和不完整的心态。兰塞姆曾经尝试 T. S. 艾略特那种不太规则的艺术形式，但他认为这不适用于他，同时他也不想因此使广大读者不爱读他的诗。

兰塞姆的第一本诗集《关于上帝的诗篇》(*Poems about God*, 1919) 一共 32 首，只有几首提到上帝。基本上未摆脱浪漫主义诗人滥施感情的风气，诗人本人也承认它缺乏风格，只有两三首好诗：描写溺水自尽的《游泳者》("The Swimmer")，向上帝求告无门的《祷告者》("The Prayer") 和新婚夫妇因为诗歌见解不合而新娘诗人走进雨林、惹得新郎诗人提心吊胆的《提议》("Overtures")。① 从这三首诗，我们可以约略见到诗人后来趋于成熟的风格：反讽，机智，超然，冷峻。奠定兰塞姆诗人地位的，主要是他后来的两本诗集：《发寒与发热》(*Chills and Fever*, 1924) 和《性格各异的两兄弟》(*The Gentlemen in Bonds*, 1927)。

《发寒与发热》收入了 49 首诗（其中 36 首曾经发表在《逃逸者》诗刊上），总结了他的"逃逸者"早期诗歌的丰硕成果。收在本集的佳篇之一《讣闻》("Necrological") 描写古代将士暴尸疆场的惨景：士兵们被剑刺死，有的剑仍然插在死者的肚子上，马匹脑浆涂地，有的尸体被野兽吃光，而战场上却留着痛悼战士的情人和修道士。古战场被刚参加过第一次世界大战的作者赋予了新的反战含义。兰塞姆深刻地揭示了修道士被残酷战争震撼了的内心世界。他以前很不关心人的肉体，认为它不过是暂寓灵魂的躯壳，但经过战争洗礼之后，他对人产生了一种新的感情，迥异于对上帝的敬慕。他知道他已经扩大了体验的范围；他的一元化宗教理论，难以解释寺院之外广大世界无穷尽的模棱两可的无意义和悖论。他几乎达到了两元论的边缘。兰塞姆想在诗里创造一种对现实社会的观点，用它来观察真实世界与理想主义者们的幻想世界之间的广泛差异。他尽可能地用精确的笔触，描绘无穷尽的模棱两可的含义、张力、悖论和反讽，而这些正是构成现代人生活世界的不可避免的因素。因此，兰塞姆力戒创作用意象阐述观念的柏拉图式的诗，而致力于沉思或玄想，一种 T. S. 艾略特《四首四重奏》式的玄想。《讣闻》具有古色古香、轻松、斯文和反讽的质地。1921年，当诗人在赫希家一次聚会朗诵这首诗的时候，大家都佩服他的艺术技巧高超，认为他建立了崭新的风格。一般认为这个时期是兰塞姆诗歌创作的高峰，"逃逸者"诗歌流派在《发寒与发热》诗集里发育成熟了，其后六年，他一直保持着这种风格，因而奠定了他诗人的地位。

---

① 兰塞姆后来把它修改为《两位学者先生》("Two Gentlemen Scholars")，内容有较大改变。

　　兰塞姆同年稍后几个月出版的诗集《餐后的祝祷》（*Grace After Meal*, 1924）所收进的诗篇都曾出现在前面的两本诗集里，因此评论界反应不热烈。

　　兰塞姆最后的一本《性格各异的两兄弟》是 20 首十四行诗的组诗，叙述两个性格各异的兄弟保罗和艾博特的独特行为。保罗只讲究物质享受，吃喝玩乐，谈情说爱，艾博特酷爱读书和写作，沉湎于精神生活，一味思索人生和死亡之类的问题。诗人对人性作了大胆的探索，用夸大变形的手法，突出表现人的放荡与忧郁多思的双重性。虽然通篇是奇趣和反讽，戒除了浪漫主义诗歌通常的滥情，但缺乏饱满的情绪，而且沿袭传统的十四行诗的形式，在题材的开拓上无突出之处。比起《发寒与发热》来，本集稍逊一等。

　　1927 年以后，兰塞姆致力于重农派和新批评派活动，搁下诗笔长达 18 年之久，但这同样是他的文学生涯辉煌的时期。他与泰特、布鲁克斯、沃伦和戴维森等人在 30 年代和 40 年代，以政治经济上重农主义、宗教观点上基督教、美学上新批评派的形式主义称雄文坛。以他的著作《新批评》（1941）命名的批评派成了全国各高等院校的批评的正宗规范，通过《凯尼恩评论》和《塞沃尼评论》两个杂志以及克林思·布鲁克斯与沃伦合著的两本教材《了解诗歌》和《了解小说》，把兰塞姆及其同志的影响推及全美，有力地抵制了当时占统治地位的历史主义的学术研究风气，培养了读者新的美学趣味，把他们的注意力转移到文本本身，欣赏作品中的反讽、隐喻和比喻。

　　1924 年至 1927 年，兰塞姆的诗作，尤其是《旧宅》（"Old Mansion"）和《古式的收获者》（"Antique Harvesters"）反映了他对经济和政治与日俱增的关心。1945 年，他出版了他诗歌生涯中首版只有 160 首诗的薄本《诗选》（*Selected Poems*, 1945）①，后来除了添加少数新诗外，它的大部分篇章选自《发寒与发热》和《性格各异的两兄弟》。书后附了八组诗，每组分 A 和 B 两首，A 系原作，B 是修改稿，每首后面附有作者的点评，分析和比较 A、B 两首优劣和得失，表现了作者在诗艺上刻意求工，因为在兰塞姆看来，诗人不仅应"生"而天才，而且必须以坚强的毅力运用想象力而

---

　　① 1963 年和 1969 年出了两次修订本，分别获博林根诗歌奖和国家图书奖。他的首版《诗选》只有 160 首诗，在 1927 年以后创作的只有 5 首，他最后一版的《诗选》共收入 80 首诗。他远不是多产诗人，他有意局限于一定的主题和形式的范围之内，而且经常修改他已经发表的诗作。昂特迈耶认为该《诗选》包括了兰塞姆的 40 首上乘之作。

"造就"之。[①]

他的《诗选》的题材并不广泛，只局限于诸如光阴易逝、红颜易老、孩童夭折、怪人怪事和爱情的内心冲突等方面，描写这方面的诗篇数量高达他整个成熟之作的三分之一。现代派诗人之中很少有像兰塞姆那样使读者意识到时间的无情、人生的短暂和女子美丽的活力不可避免地凋零。《穿蓝裙的少女们》（"Blue Girls"）和《斯威特沃特河边的景象》（"Vision by Sweetwater"）是表现这类思想感情的两首佳作。作者认为，死亡是诗中最严肃、最伟大的主题，但他始终保持宁静、有时甚至超然的心绪。在《约翰·怀特·赛德之女的丧钟响了》（"Bells for John White Side's Daughter"）里，作者借邻居之口，平静地叙述女孩生前活泼可爱，对她死后沉思的表情感到吃惊和烦恼；而在《少年之死》（"Dead Boy"）里，他则通过一个远亲看待死者母亲的悲伤、邻居的惋惜和牧师例行的仪式，这样既避免了因小孩夭折而带来的过度悲恸，而感情又显得更加深沉。在处理四时变化、青春不再、历史变迁等传统主题上，兰塞姆同样回避了传统的感伤嗟叹，他似乎成了头脑冷静的哲人。他在《吹嘘的橡树》（"Vaunting Oak"）和《康拉德独坐黄昏》（"Conrad Sits in Twilight"）等篇章里，表现了诗人悠然自得的心境。作者笔下的情人往往缺乏通常的爱情，性爱似乎成了导致灰心丧气和内心矛盾的毁灭性因素。诗人在《幽灵似的情侣》（"Spectral Lovers"）、《黎明别》（"Parting at Dawn"）、《就此分手》（"Parting Without a Sequel"）、《保持感情平衡的情侣》（"The Equilibrists"）和《铭记心头的冬天》（"Winter Remembered"）等诗篇中，用平静的语调，淡化通常如火如荼的激情，旨在挖掘现代人在爱情上的扭曲心理。诗人有时想入非非，也写了一些古怪之作，例如，描写一个少女蓝眼睛的《她的眼睛》（"Her Eyes"）、揭示狗与牛内心活动的《狗》（"Dog"）、处在地狱与天堂边缘的《高个儿姑娘》（"The Tall Girl"）和用美貌致敌于死命的《贝瑟利亚的朱迪思》（"Judith of Bethulia"），等等。

兰塞姆这位保持南方文化传统的现代派诗人，戴着古代的面具，表现现代人的感情。他一方面反对北方工业化和现代化所带来的祸害，崇尚骑士风度，南方农业社会价值观念几乎成了他体察现代社会的准绳，另一方面由于受英、法文化教育而以世界主义作家自居，反对旧南方文学的浪漫主义的滥情。除了他的诗中环境使人依稀感到是南方，以及少数几首诗里涉及南方的历史外，他从不爱吟哦远山近水、牧场树林和星空碧净的大自

---

① John Crowe Ransom. *Selected Poems*. New York: Knopf, 1945: 109.

然风光。他相信过去人类的人性是健康的，领悟力是完美的，而生活在混乱的支离破碎的现代世界的人的思想是混乱的，其反应也残缺不全。他关注人的行为，揭示人对自身及对其处境的了解。他的诗歌反映了爱情与个人荣誉的矛盾，人的感情需要与现实可能的矛盾，生活的欲望与年老的矛盾，理想世界与现实社会的矛盾。作为诗人，他坚持三条：其一，在普通现实里获得经验；其二，让此经验具有人们所依恋的最可贵的潜在价值；其三，尽可能平静地虔诚地面对这些价值的瓦解和增殖。因此，在他的诗中很少出现 T. S. 艾略特或庞德大量运用的生僻典故，尽管他也从《圣经》、布道词、寓言、17 世纪抒情诗、19 世纪小说、骑士小说里吸取营养。他一开始就反对旧南方文学使用古典文学的隐喻，他的引证明白易懂，即使现代读者不了解出处，也不妨碍对作品的理解。他很少流露玩世不恭的情调。他的学生兰德尔·贾雷尔夸奖他的诗简洁、精确和克制有度，有时思想独到新奇，具有不动声色的完美，有时措辞神奇，轻盈如空气，柔和如晨露，充满了真正老牌的魅力。

兰塞姆在诗中几乎全采用押韵的两行诗、五音步抑扬格四行诗、两行和三行分别押韵的五行诗、十四行诗和民谣体等传统艺术形式，但并不影响他表现现代人的复杂心态。例如，他刻画现代人焦灼心情的《黄昏序曲》（"Prelude to an Evening"）中受伤的狼与奥地利诗人里尔克（Rainer Maria Rilke, 1875—1926）的名篇《豹》异曲同工，把处于困境的现代人同处于困境的野兽的思想感情水乳交融地混为一体。他也像其他的现代派作家一样，有意与描写的实际对象拉开一定的距离，因而一大半诗是借冷静的旁观者之口叙述或接近叙述表现的。诗人的意念往往压过了他个人的感情，处处流露出诗人强烈的自我意识，使人感到他是一位机智、冷静和幽默的学者，虽然有时显得太冷淡太超然。凭借他驾驭语言的功力，他的诗和谐、匀称、平稳。现代语言中点缀少数古词语，寓诙谐风趣于严肃认真之中，如同一位举止高雅的绅士。他有时露出精雕细刻的人工痕迹和令人生厌的书卷气，但他仍不失为最有独特文体的现代美国诗人之一，连大名鼎鼎的弗罗斯特也很羡慕他的写作技巧。他被誉为极度均衡、两点论、反讽、强力和悖论的优秀诗人，美国 20 世纪最具卓见的文学评论家。昂特迈耶在评论兰塞姆诗歌风格时，也更加强调他在理论方面的建树：

　　使兰塞姆的诗歌著称于世的优雅与诚实的结合，在他的论文里更加突出。它体现在《没有怒吼的上帝》（God Without Thunder, 1930）里……体现在他的被收在重农派专题论文集《我要表明我的立场》中的文章里；体现在他的文学论文集《世界的身躯》（*The World's Body*, 1938）里；体现在他对 I. A. 瑞恰慈、T. S. 艾略特、伊沃尔·温特斯和威廉·燕卜荪（William Empson, 1906—1984）的文学理论进行严密的分析里。①

兰塞姆出生在田纳西州普拉斯基的一个有文化教养的家庭。父亲是卫理公会的传教士、语言学者、神学家，母亲是中学教师。因为父亲常到国外传教，他从小主要接受家庭教育。15 岁进范德比尔特大学，因古典文学和哲学成绩优异获罗兹奖学金，赴牛津大学深造，于 1913 年回国。次年在哈佛大学作为助教工作一年。1920 年，与罗布·里维尔（Robb Reavill）结婚，生子女三。其后至 1937 年，执教于范德比尔特大学，培养了诸如戴维森、艾伦·泰特、沃伦等一批出色的诗人，参加并推动了"逃逸者"诗人集团和重农派的活动。从 1937 年到 1959 年，在凯尼恩学院任教期间，创办著名杂志《凯尼恩评论》，推进了新批评派的发展。先后荣获博林根诗歌奖（1951）、拉塞尔·洛因斯纪念基金奖（1951）、美国诗人学会奖（1962）、国家图书奖（1964）、国家基金艺术奖（1966）和国家文艺协会金质奖章（1973）等。

第四节　艾伦·泰特（Allen Tate, 1899—1979）

在"逃逸者"诗人群之中，艾伦·泰特不仅作为诗人和评论家，而且作为让他的诗人朋友接受现代派诗学的倡导者，扮演了一个起积极作用的角色。他同 T. S. 艾略特有过个人交往。据泰特的学生詹姆斯·科基斯（James Korges）的回忆，泰特在一次 T. S. 艾略特返美作学术演讲期间，热情地接待过艾氏，并邀艾氏住在他家的客房里。他发现艾氏把一大堆各种药丸、药片和胶囊仔细排列在抽斗里，按医嘱，每天服药 26 粒之多，这使泰特自叹不如，因为他每天服用 19 粒药丸。为了让 T. S. 艾略特作公开演讲，泰特找了一个篮球、冰球比赛的体育馆。大批听众慕名而来，涌入会场，聆听艾氏作关于新批评的学术报告。一些听众看到拥挤不堪的会场时，感慨地说："只有在美国才会这样。"② 听众们和年轻的"逃逸者"

---

① Louis Untermeyer. *Modern American Poetry*: 408.

② James Korges. "Allen Tate: A Checklist Continued." *Critique*, vol.x, No.2, 1968: 36.

诗人们一道鼓吹 T. S. 艾略特的诗歌，成了坚定的 T. S. 艾略特的辩护士和追随者。其实早在接触艾氏诗歌之前，泰特就具备了类似 T. S. 艾略特诗风的雏形。例如，他在 1922 年 7 月号的《两面派》杂志上发表的 12 行短诗《安乐死》（"Euthanasia"）引起了在同一期发表诗作的哈特·克兰的兴趣。克兰写信给泰特说，《安乐死》的作者受到过 T. S. 艾略特的影响。但是，泰特在发表这首具有枯骨式格调的短诗之前，确实没有读过 T. S. 艾略特的任何诗。不过，哈特·克兰的信除了促成他同克兰开始建立亲密的友谊之外，使他很快充当了《荒原》的宣传员和捍卫者，以至为此同他的老师和朋友兰塞姆发生公开争论而造成一度彼此不和（兰塞姆不喜欢《荒原》）。在《荒原》面世之后，泰特开始认真阅读 T. S. 艾略特的作品，从此他的价值观和审美观以 T. S. 艾略特的价值观和审美观为榜样，甚至在 1951 年也皈依了天主教。因此，不难看出，他后来的许多诗篇，明显地露出接受 T. S. 艾略特影响的痕迹。他与 T. S. 艾略特的相似之处，源出于他们对资本主义社会日益增多的物质享受主义和世俗化持相同的批判态度，和对法国诗人尤其对拉弗格（Jules Laforgue, 1860—1887）有相同的喜爱。沃伦说，泰特是"逃逸者"诗人群之中，"最现代的"诗人，是评判他的诗歌最有力的批评家。

泰特出生在南方肯塔基州的一个务农兼经商的家庭，从小受到南方文化传统的熏陶。由于父亲经营失利而经常搬迁，泰特上了不少公立和私立学校，1922 年，最后毕业于范德比尔特大学。他在学生时代爱好语言学习，特别是拉丁文，也对玄学感兴趣。20 年代，他虽然在《逃逸者》和国内其他一些杂志发表诗作，但不成熟，还没有掌握诗歌技巧，用他的话来说，这些早期的诗篇是波德莱尔、詹姆斯·汤姆森（James Thomson, 1700—1748）、E. A. 罗宾逊和欧内斯特·道森（Ernest Dowson, 1867—1900）的诗以及庞德一小部分诗的大杂烩。他曾说，他早期的诗系 1922 年之前所作，但根据他最后的划分，他把 1925 年发表的诗列为他早期的创作。[①] 在他早期 40 多首的篇目之中，以死亡为题的有八首，与景色相连的有七首，与爱情有关的大约有五首。在这些诗里，都是一些梦幻者，他们昏花的头脑里想出来的，多半是被遗忘的过去的美好时光，他们表露的激情，仿佛是精疲力尽的狂热，隐隐约约，很难为常人所理解。

他从 1924 年起住在纽约，开始与北方大都会的作家来往。从此，他及其家庭轮番旅居南方、北方和欧洲。这使他一方面在南方的淳朴的气质

---

① Allen Tate. *Collected Poems, 1919-1976*. New York: Farrar Straus Giroux, 1977.

里，增添了北方现代化大都会的练达，另一方面喧嚣的北方城市更使他怀念或理想化具有骑士风度的旧南方，在欧洲的经历加深了他对旧南方具有欧洲古风的信念。泰特推崇旧南方农业社会的稳定秩序的制高点是他同兰塞姆、戴维森、沃伦和其他八个人联合发表的反映重农派思想观点的《我要表明我的立场：南方与农业传统》。

然而，在 30 年代经济大萧条时期，当时住在纽约的泰特对追求旧南方传统的价值观念动摇了，他认为它对诗人的重要性不是绝对的而是相对的。城市的嘈杂和处处机械化却又使他感到心头沉重，心理失去平衡。他的视野这时从外界转到内心，转向个人的反思。从此泰特在作品里比较少地强调南方传统，而更多地表现他的宗教观点。他认为宗教的长处在于成功地表现人和社会的罪恶，宗教对人的认识具有权威性，使人认识到自己的局限性。

泰特刚进纽约时，想以写作为生。他虽然逐步成功地为自己建立了诗人、作家和评论家的名声，但从 1938 年（除 1944～1948 年先后担任《塞万尼评论》以及纽约一家出版公司的职业编辑外）起，他开始在大学教书谋生，直至退休。他这时的精力主要花在新批评派的著述上。从他最后的一部《诗合集：1919～1976》（*Collected Poems, 1919-1976*, 1977）来看，除了他少部分的诗歌翻译外，他 20 年代至 30 年代的诗篇大约三倍于他的后期作品。

泰特诗歌的基本特色，是把个人的体验容纳在偏于传统的完美形式里，并像 T. S. 艾略特那样地作非个性化的处理。例如，他的名篇《地中海》（"The Mediterranean", 1933），通过观照古罗马诗人维吉尔的史诗《埃涅阿斯纪》里埃涅阿斯英勇地到达意大利海岸的历史事件，间接地道出他在地中海沿岸法、意接壤处的游览胜地里维埃拉野餐的一次个人经历。这首诗不是个人游历的回忆，而是根据自己的体验，对非个性化思想——昔日英雄主义思想、文化衰败和现代唯我主义进行深刻的揭示。诗人把个人的经历或事件融化到普遍性之中。

泰特在 20 年代末形成了通过隐喻、反讽、悖论等修辞手段，表现现代人思想复杂、带有批评性和知识性的风格，50 年代末很少有变化和发展。他同南方的天然联系、对南方的理想化和北方工业化都市化弊端的反感，使他清醒地意识到，南方传统和旧南方价值观在现实生活中正逐渐消失，因而他在诗歌里，始终流露着厚重的历史失落感、浓烈的玄学和宗教色彩。他在艺术形式上拘谨而精致，有时甚至过于雕琢，斧凿痕迹明显。

1925 年至 30 年代末是泰特创作的旺盛时期。他的多数优秀诗篇在这个时期面世。《蒲柏先生》（"Mr. Pope", 1925）、《地铁》（"The Subway", 1927）、《南军烈士颂》（"Ode to the Confederate Dead", 1927）、《十二》（"The Twelve", 1931）、《祖先》（"The Ancestors", 1933）、《影与荫》（"Shadow and Shade", 1933）等名篇常为各家文选所收录。描写梦幻似乎成了泰特的嗜好，他在《反证美国史》（"Retroduction to American History", 1926）、《随感》（"Causerie", 1926）和《致古斯巴达人》（"To the Lacedaemonians", 1932）等诗篇里，用梦呓般的语言，表现了混乱喧嚣的城市对他造成的沮丧；现代社会对艺术和他珍视的价值观的漠视而引起的他的烦躁；现代人失去同过去的联系、失去理解世界的准则后的焦虑；南方战士对现代社会的谴责和理想的破灭。

《南军烈士颂》不是一般的颂诗，没有表现烈士的崇高或壮伟，诗中人却是一个不折不扣的梦幻者，他来到南方联邦死难将士的墓地门前，站在那儿坠入沉思。四周光线昏暗，一片死寂。昏暗中的树叶和寂静不仅表现了他身处的孤独、沉闷的环境，而且也揭示了他内心的空虚。他被墓碑上安琪儿雕像的凝视眼神引入了昏迷状态，开始胡乱地想起阵亡将士的尸体已化为化学元素，并被冲到大海里去了。他又似乎看到他们从泥土里站起身来，在古老的战场上冲杀，甚至听到他们的呼喊。这首诗反映了泰特诗歌的两大主题：现代知识分子与时代的隔膜；对往昔的留恋、对混乱的世俗化的现代社会的憎恨。泰特认为，他自己的诗一般地反映了现代人的噩梦和因怀疑一切而产生的痛苦。

《伤残人》（"The Maimed Man", 1952）、《游泳者》（"The Swimmers", 1953）和《埋在地下的湖》（"The Buried Lake", 1953）是他40年代到70年代诗作中较明显地带自传性独白的一组诗。这组诗模仿但丁三行诗的组诗形式，曲曲折折地透露了他的个人历史和隐私，非常晦涩，唯有《游泳者》比较晓畅，它从天真无邪的孩子的视角，描写白人施私刑处死黑人的罪恶情景。

泰特的另一首佳作是长诗《灵魂的四季》（"Seasons of the Soul", 1944）。全诗分"夏""秋""冬""春"四部分，每部分六节，每节十行，一共240行。每节都严格按照固定的形式押韵，每部分每节的最后一行重复回旋。泰特的这首诗精雕细刻到煞费苦心的程度，原来他雄心勃勃，企图以此与 T. S. 艾略特的《四首四重奏》相比拟。他把空气、土、水、火四元素分别代表夏、秋、冬、春，而秋代表过去，冬代表现在，春代表未来，夏似乎在时间之外。这首诗作于二战期间，诗的主题是人的自我毁灭，如同世界大战一样。诗的卷首引语出自但丁《神曲》里的《地狱篇》："那时我略微伸手向前，从一棵大树上折断了一根小枝，顿时那树干叫道：为什么你折断我？"原来这些树在阳间是一些自戕的人，在冥界就要如此受惩罚。诗人在第三部分"冬"的最后两节也引用了这一典故：

> 我故意地站在
> 最后的树丛里
> 折断了一根树枝；
> 我听到说着话的鲜血
> （从爱的紫色伤口）
>
> 滴到我的脚趾上：
> "我们这些人
> 死于自戕自戕
> 是一个个走向
> 自杀的情人。"
> 我摸摸自己血红的头发
> 感到头发在淌血
> 他们的兄弟像他们一样，
> 被残害了，不能忍受
> 爱的紫色伤口。

　　根据诗意，冬天系指"现在"，而"现在"正是世界大战，人类正在相互残害。诗人企图把他个人的痛苦和西方文明的崩溃联系起来，一如《荒原》那样。由此可见，他是一位有历史使命感的诗人，但他时常显得理念太多，以致理胜于情，泰特的诗也因此被视为是智性诗。泰特对此直认不讳，他说："诗歌必须表达整个头脑（理智），不是路旁每丛山楂树旁咯咯咯的笑声，歇斯底里的发作声和欣喜若狂……诗歌对我来说，是全部思想节奏的连续实例，包括理智、情感、超逻辑的经验……"[①]泰特的这种重理性轻感情之谈，显然失之偏颇，但对19世纪后期20世纪初的浪漫主义诗歌的滥情，却起到了矫枉过正的作用。

　　文学史家、文学批评家、艾伦·泰特研究著作表撰写人威拉德·索普（Willard Thorp, 1886—1981）在40年代，对泰特作了一个在现在看来较为

---

① 出自泰特1925年7月25日致戴维森的信。转引自 *The Fugitive Group: A Literary History*: 205-206.

保守的评价，他说："作为诗人、评论家、书评家、传记作家、散文家、小说家、辩论家和教师，他给他的一代人有着深刻的影响。"① 确实，泰特像他的老师兰塞姆一样，也是一个对众多年轻诗人有影响的好教师，其中值得称道的是，年轻时的罗伯特·洛厄尔很崇拜他。在 1937 年，罗伯特·洛厄尔特地从英格兰赶到纳什维尔，向泰特当面求教，在草坪上住了三个月的露营小帐篷！因此，罗伯特·洛厄尔早期的诗歌回响着泰特诗歌的沉重感和文学性。② 从每年对泰特研究的学术文章年表日益增多的条目来看，他如今依然受到批评界的重视。他不仅作为"逃逸者"诗人、重农派分子、新批评派评论家、国会图书馆第二届诗歌顾问（1943—1944），③已载入了文学史册，而且他的优秀作品，无论诗歌还是论文，至今仍有影响。

泰特由于哈特·克兰的引见，在 1924 年，才有了同小说家卡罗琳·戈登（Caroline Gordon, 1895—1981）结合的机会，这是他的首次婚姻；第二次婚姻是在 1959 年，与诗人伊莎贝拉·斯图尔特·加德纳（Isabella Stewart Gardner）结婚；第三次婚姻是在 1966 年，与海伦·海因茨（Helen Heinz）结婚；生养子女三。

第五节　唐纳德·戴维森（Donald Davidson, 1893—1968）

作为"逃逸者"诗人群中的核心成员，戴维森在编辑《逃逸者》杂志及其行政管理事务上付出了很多精力，也起了很大作用。但倘若在艺术成就上同兰塞姆、泰特或沃伦相比，戴维森屈居第四。他在诗歌里塑造了漫无生活目标、丧失宗教信仰、浮游于社会生活之外的现代南方人的形象，他们通过回到传统生活方式和传统情感习惯，逃避正在变化着的社会现实。戴维森也是一位坚定的重农派，不遗余力地维护南方文化和民间艺术。他反历史潮流，竟然到了走极端的地步——主张维护扔进历史垃圾堆的蓄奴制。对此，罗伯特·冯哈尔贝格（Robert von Hallberg, 1946— ）揭示说："南方作家唐纳德·戴维森在 1945 年《塞万尼评论》上发表了一篇引起争议的文章，主张维护反种族之间的婚姻、强制交人头税的州立法权，他也反

① Willard Thorp. "Allen Tate: A Checklist." *Critique* Vol.x, No.2, 1968: 17.

② Patricia Wallace. "Warren, with Ransom and Tate." *The Columbia History of American Poetry*: 484-485.

③ 在 1937~1985 年，美国国会图书馆任命一个诗人为国会图书馆诗歌顾问（美国桂冠诗人前身），任期一年。

对联邦反私刑法。"①

我们首先来欣赏戴维森发表在 1922 年《逃逸者》杂志上的三首短诗《教导我》("Teach Me")、《太阳之家》("The House of the Sun")和《祈祷椅》("Prie-Dieu")的各第一节：

教导我

教导我，旧世界，你缓慢变化的热情，
你平静的星星，观看地球转动，
对人类耐心，从来没有想奇怪的事情，
每一个新星系诞生时的血红的崩溃。

太阳之家

太阳的正门被关闭；
它低沉的钟没发出任何声音。
不过，风的先知们打瞌睡时，
一个孩子发现了一个小缝隙。

祈祷椅

什么罪孽使得你到此忏悔，
热心的塞西尔？无激情的亲密，
或缠结的愿望：叛变者
通过你少女狂喜的大胆行动。
凡此不应受指责……忏悔并不严重！

从他早期发表的这三首诗，我们约略看到诗人的审美取向。

戴维森的处女诗集《边远笛手》(*An Outland Piper*, 1924)分四部分：第一部分以抒情为主，代表诗篇有《边远笛手》《古老的竖琴》("Old Harp")和《跟随老虎》("Following The Tiger")；第二部分以反讽为主，抨击当时

---

① Robert von Hallberg. "Poetry, Politics, And Intellectuals." *The Cambridge History of American Literature*: 15.

的庸俗风气，其中以《潘神系列诗》（"Pan Series"）、《林中仙女》（"Dryad"）和《水中仙女》（"Naiad"）等篇为代表；第三部分以轻佻活泼的调子为主，如《反对崇拜偶像者》（"Iconoclast"）；最后一部分则是挖苦、嘲笑，例如长篇素体诗《不会死的人》（"The Man Who Would Not Die"）。这部诗集在当时受到一部分评论家的好评，例如诗人、评论家马克·范多伦（Mark Van Doren, 1894—1972）在其主编的《民族》周刊（1924 年 4 月 2 日）上，撰文称赞它抒情味足，每页都流露了敏捷、无畏的思想。但是，哈丽特·门罗对这部诗集表示冷淡，只在她主编的《诗刊》最后一页写了半页长的短评，而且只引用了该诗中最差的一首诗《灵魂安息祈祷》（"Requiescat"）。泰特觉得哈丽特·门罗故意贬低"逃逸者"诗歌，很气愤，写了一则以《斯文的抗议》（"Polite Protest"）为题的读者来信，寄给《诗刊》，此信登在《诗刊》1924 年 12 月号上，批评哈丽特·门罗有个人偏见，在美学价值的判断上麻木不仁，阅读粗心。出乎泰特所料，哈丽特·门罗没有反击，只作了不屑争论的平淡答复，更使泰特和戴维森恼怒，但也毫无办法。在当代的评论家看来，这部诗集可取之处不太多，尽管不乏精彩的诗作，无论在遣词造句上和音步上，明显地受到威廉·布莱克的影响，而一些具有痛苦怀疑情调的诗篇与 E. A. 罗宾逊的作品并无二致。

继《边远笛手》之后，戴维森先后出版了《铁汉娇娃》（*The Tall Men*, 1927）、《在山间的李及其他》（*Lee in the Mountains and Other Poems*, 1938）、《长街诗篇》（*The Long Street: Poems*, 1961）和《1922～1961 年诗抄》（*Poems: 1922-1961*, 1966）等诗集。总的来看，他的诗歌品位不高，明晰有余，张力不足，且有人工雕凿痕迹。也许反映在他诗歌的思想感情大多离不开"逃逸者"集团——重农派的观点，而这些早已为读者所熟知，因此缺乏新鲜感。过于明确的思想观念往往导致艺术品平淡无奇，诗歌也不例外。

作为"逃逸者"诗人集团的骨干，戴维森克服了重重困难，主编了《逃逸者诗选》，他在前言里把这部诗集称作是"对过去的俯瞰"。已经星散四处的"逃逸者"成员都为此感到由衷的喜悦。泰特在 1928 年 1 月 19 日致信戴维森说："我想当地人都会认为我们的结果还是不错的，因为我们都打上了纽约出版社的记号。"泰特指这部诗集由纽约的 Harcourt, Brace and Company 出版社出版。

曾经应邀到纳什维尔的百年俱乐部作学术演讲的弗莱彻，很高兴地见到了他向来有好感的"逃逸者"诗人，他把兰塞姆和戴维森作了一个比较，说兰塞姆以见解见长，戴维森性格随和，人情味浓。他还发觉戴维森对南方的依恋更多的是在感情上，而不是在理智上，因此对现代化社会多少有一点迷惘。他还认为，泰特具有敏锐的批评眼力，采取了一种精神上完全溃败的态度看待世界。不过，弗莱彻对戴维森的看法偏颇，戴维森作为一个历史眼光远大的学者，他的两卷本田纳西州历史著作卷一《老河：从边疆到脱离》（*The Old River: Frontier to Secession*, 1946）和卷二《新河：从内战到田纳西流域管理局》（*The New River: Civil War to TVA*, 1948）至今仍然是了解南方历史和环境变迁的南方经典。田纳西流域管理模式如今成了第三世界农业社会现代化的模式。

戴维森生在田纳西州的一个小村庄坎贝尔斯维尔，父母是教师。他从父母那里学会了弹钢琴，并自学和声。他的青少年时期是在田纳西州中南部度过的。对美国南方有深厚的感情，自小爱好音乐和诗歌。1909 年秋，进范德比尔特大学，而兰塞姆刚好在这年毕业。他由于缺少经济资助，只在该校学习了一年便离开了。在预备学校教书四年，为孩子创作了一个音乐剧，上演了十几次，受到观众的热烈欢迎。1914 年，返回范德比尔特大学复学。他的导师之一便是兰塞姆。1917 年入伍，去法国作战，1919 年复员。1918 年，与特蕾莎·谢勒（Theresa Sherrer）结婚，生一女。1920 年，在范德比尔特大学谋得讲师教职后逐步升级：1924 年助理教授，1927 年副教授，1937 年教授。

第六节　罗伯特·佩恩·沃伦
（Robert Penn Warren, 1905—1989）

在 20 年代"逃逸者"诗歌发轫时期，沃伦是一个年龄最小、资历最浅的红发少年，但经过 60 多个春秋的辛勤笔耕，他已成了当今美国文学界遐迩闻名的多面手，集小说家、诗人、评论家、传记作家、文学教授于一身。1986 年 2 月 26 日，他在 80 大寿前一个多月，收到最好的生日礼物——第一届美国桂冠诗人的桂冠。[①] 文学的各个领域几乎都有沃伦的笔触，但他在 1983 年曾说："诗是我心之所在。"在 1969 年 12 月 16 日的《纽约时报》上，他谈到自己写诗的体会时，说："写诗的冲动就像是皮肤

①　根据美国国会图书馆诗歌顾问制新规定，任期一至两年的桂冠诗人同时是该馆诗歌顾问，年薪 36000 美元，外加一万美元，供桂冠诗人朗诵之用，但无作应命诗的义务。而英国桂冠诗人是终身制，300 年来，到 1986 年为止，只有 18 任桂冠诗人，年薪只有 100 英镑，加一箱酒。新世纪出版的伊丽莎白·施密特（Elizabeth Hun Schmidt）主编的《桂冠诗人诗选集》（*The Poets Laureate Anthology*, 2010）选录了自从 1937 年建立国会图书馆诗歌顾问制以来的 43 位美国国会图书馆顾问诗人和桂冠诗人的诗篇。

发痒。当痒变得足够烦人的时候，你就搔它。"因此，他把大部分的精力用在诗歌创作上。这最后一位离开人世的著名"逃逸者"诗人、重农派作家，在反对北方工业化、恢复南方传统的氛围里，铸就了他的世界观和美学旨趣。他的作品无论在题材或主题上，还是在地理或历史背景上，总是离不开他情绕意牵的南方。他总是用南方人的眼光，揭示世界的变迁和人类生来就有的邪恶。

沃伦出生在肯塔基州一个乡村小镇的小银行之家。父亲爱写诗和朗诵诗的习性给他带来了一定的影响，但对他选择终身职业起决定性作用的则是戴维森、兰塞姆和泰特。沃伦16岁时入范德比尔特大学。戴维森的英国文学课和兰塞姆的写作课使他对文学产生了兴趣，改变了他学自然科学的志愿。经同寝室的同学泰特引见，沃伦参加了"逃逸者"诗歌集团的活动。

1924年，沃伦还是一个19岁的毛头小伙子，但泰特就看出了他的诗歌天才，曾在这一年写信给戴维森说："那孩子是一个神童——天资比我们之中的任何人都高；瞧他：他的作品从现在开始，将会取得我们没有人能取得的成就——力量。"帕特里夏·华莱士为此说："泰特说得不错，那力量的出现是沃伦才能发展的故事。"[1] 他后来的诗途通达可以作证。帕特里夏·华莱士还认为，如果把沃伦置于老一代诗人如叶芝、W. C. 威廉斯和 H. D. 以及年轻一代的诗人如艾德莉安娜·里奇、罗伯特·洛厄尔和罗伯特·邓肯之中，他的诗歌生涯会得到最好的理解，他像他们一样，在诗歌创作中不断地革新自己。[2]

沃伦在"逃逸者"诗人活动时期是一名初出茅庐的大学生，站在现代派一边，但不如泰特激进。他怀着羞怯的心情，用自己的方式，沉湎于狂热与华文的词藻之中。他在上大学期间，因健康不佳而中途辍学，情绪低沉，因此他的不少诗篇描写死亡，在《逃逸者诗选》（1928）里所选他的八首诗也是悼念亡灵之作。他这时一般取材于书本里无生活气息的故事、《圣经》故事、莎士比亚作品片断、政治演说和布道词等，表现了他对历史的奇闻趣事的兴趣。

沃伦的第一本诗集《36首诗》（*Thirty-six Poems*, 1935）开始涉及南部联邦的老兵、军官、猎犬、孔雀、穷白人等，并把这些置于南方的大背景之中，明显地表现了诗人的地域感、历史感和原罪感。他像兰塞姆和泰特一样，在诗里运用反讽、含蓄、爱与神学结合等手法，而遣词造句，则带

---

① Patricia Wallace. "Warren, with Ransom and Tate." *The Columbia History of American Poetry*: 490.

② Patricia Wallace. "Warren, with Ransom and Tate." *The Columbia History of American Poetry*: 493.

有南方作家所特有的铺锦列绣的风采。诗人在风华正茂时，写了一首颇为成功的现代派诗作《返乡：挽歌》（"The Return: An Elegy"）。它描写了一个人的意识流：他回乡探望垂危的母亲，坐在火车上浮想联翩，头脑里产生了趋于成熟、接受现实与否认现实、想返回儿时接受母亲保护的时光的念头。与此相联的是，他感到由于童真的丧失而带来负疚的必然性，还感到他的爱和悲哀建筑在接受他人人性和他人因世界变迁而被牵累进去的不可避免性。这也是诗人终身为之探讨的主题，而且这首诗所揭示的程度同他在今后不断成熟的诗篇所揭示的一样淋漓尽致。

七年后，他在小册子《同一主题的 11 首诗》（*Eleven Poems on the Same Theme*, 1942）里，进一步描述自我认识和原罪。他的短章《原罪：一则短故事》（"Original Sin: A Short Story"）对无时无处不在的原罪，作了细致深入的探讨。沃伦选了以前已发表的大部分诗篇和少量新诗，合成《1923～1943 年诗选》（*Selected Poems, 1923-1943*, 1944）。从这部总结他前 20 年诗歌生涯的诗集里，我们可以看到诗人从心神混乱的困惑状态，到头脑逐步苏醒的历程。随着时间的推移，资本主义的发展导致社会道德的败坏，引起了南方有识之士的焦灼感和负疚感。诗人正是带着这种焦灼感和负疚感观察世界。在他的诗行里，我们发现他揭示自我发现与自我实现，不仅回到了清白无辜的境界，而且承认罪孽与内疚是人的本质的一部分。这部诗集的压卷之作是《比利·帕兹的民谣》（"The Ballad of Billie Potts"）。诗人用民谣的形式，叙述了以抢劫和谋杀旅客为生的小客栈老板比利·帕兹作恶多端，到头来年老时误杀自己的儿子——十年浪游回来的小比利。诗人通过这自食其果的故事，继续探索狂暴、原罪、时间和历史，尤其对变迁、隐蔽的自我和神秘主义的主题作了进一步的挖掘。这是一首优秀诗篇，形象鲜明，音调铿锵，发挥了民谣诗行不断换韵的长处。

1943～1953 年，沃伦主要从事小说创作。他的著名小说《国王的全班人马》就是在这期间问世的。在这 10 年期间的最后一年，他发表了长达 216 页的长诗《与恶龙攀亲：用诗与话声讲的故事》（*Brother to Dragons: A Tale in Verse and Voices*, 1953）。同《比利·帕兹的民谣》一样，它是一个凶残的故事，讲述美国总统托马斯·杰弗逊的两个侄儿于 1811 年杀害一个黑奴的故事。诗人把故事的时间顺序改变成以杰弗逊总统和 R. P. W.（罗伯特·佩恩·沃伦的缩写）为主的 11 个人的戏剧性对话。沃伦对于杰弗逊总统对这起谋杀事件一直保持缄默感到惊奇，在诗里，探索这位对人性抱乐观态度的总统如何在内心里对待人的邪恶本性。通过对话，11 个人各自对这起凶杀案进行反思，杰弗逊最后陷于悲观和绝望，不得不重新审视他原来的信仰。作者通过杰弗逊的妹妹，即凶手的母亲之口，指出杰弗逊对凶杀罪行持轻视态度，出于他内心的恐惧，因为他像所有的人一样，潜伏着狂暴与罪孽，因此为了获得真理，必须超越极端的乐观主义和极端的悲观主义。诗人想以此揭示人类天使（善）和恶龙（恶）是兄弟，善与恶同在是世界上的普遍现象。他为了说明这一真理的永恒性，便在该诗卷首点明主旨："故事主要发生在遥远的过去——他们在不确定的地点和不确定的时间会面。"这部长诗一方面强调正视人类的邪恶，一方面肯定世界光明的一面，这基本上成了沃伦今后的诗歌主题思想。沃伦在这部诗的前言里，还更明确地陈明了他对历史与诗歌关系的认识，说："历史感和诗感归根到底不应该是矛盾的，因为如果诗歌是我们制造的小神话，那么历史便是我们生活在其中的大神话，而且在我们的生活中，不断翻造。"

评论界对《与恶龙攀亲》有两种意见，一种认为它是 20 世纪最出色的长篇诗歌之一，一种认为它的诗味不浓，可作长篇小说的素材。我们认为它比庞德的长达 800 多页的《诗章》晓畅，但缺乏《诗章》的博大精深，比 W. C. 威廉斯的 240 多页的《帕特森》紧凑，但不如《帕特森》那样全面地反映美国社会。

1954 年，沃伦夫妇携带一岁的女儿在意大利海边的一座 17 世纪的古堡度假。一天当他突然看到小女儿站在曾经血染的古岩石上，引发了他写给女儿第一首富有情趣的短诗《热风》（"Sirocco"）。沃伦在 1986 年荣获桂冠诗人称号之后，在一次对记者采访时说，打从那次不平常的度假起，他的诗情一发不可收拾，预示了他描写美德和快乐方面的潜在性。诗人别出心裁，分别为女儿罗莎娜和儿子加布里埃尔各写了一组诗。沃伦在诗里亲切地与子女谈心，带着怀旧的温情，回忆业已谢世的亲属、他童年时诱人的南方风光、旧世界的消逝和新世界的希望。诗人在诗里对女儿说：

> 太阳闪烁，浮云片片，热风劲吹，滚滚的灰尘
> 吹过海湾水面，空气像旋转的金色薄雾升腾；
> 热风横越蓝晶晶的海面。
> 我们带你到了这残存在废墟上的一隅
> 严酷的古战场，
> 阳光给你的金发又镀上一层金，在你的笑声之中。

诗人又对儿子说：

什么是傍晚从枫林里露出微笑的希望？

树荫里朦胧的微笑？叶唇吐出了什么话？

祖先们正回来，脚跟踩在水泥地上嘀嗒作响，

每一个人在日落时意识到他自己未名的重负。

天刚黑，绣球花白花花地浮现在鬼域里。

在苍白的绣球花下面，第一只萤火虫发出冰冷的火焰。

太阳早已西坠，第一颗星星已经在眨眼。

自从《希望：1954～1956年诗抄》（*Promises: Poems 1954-1956*, 1957）面世以来，沃伦差不多每隔两三年出版一部诗集。1954～1974年间的诗集里，有一个鲜明的艺术特色：组诗。诗人把一首首短诗串起来，成为一首较长的诗，用罗马数字和阿拉伯数字标明。这样，他在表现同一个主题，表达复杂的思想感情时可用多种多样的腔调和意象。他的诗歌典型的艺术形式是：诗行长，碎句多，冠词少，动词多，句子有时不完整，词序颠倒，用词简练而形式工整。例如：

天空的梦广阔无边，我抬起我的双眼。

阳光里片片薄雾缭绕在群山之巅。

山在天空下，那儿灰色的悬崖峭壁屹立。

越出了条条山路，那儿间或有人翻山越岭。

越过田埂，最后的一方葡萄园，最后的一块橄榄树台地，

越过栗树，越过软木树丛林，那儿最后的手推车可以通过，

越过木炭工人的帐篷，那儿炭火在黑黑的人群中闪闪发光，

灰色的悬崖峭壁屹立。在悬崖峭壁上面是我知道的那个地方。

　　——《V 更冷的火》

好吧：你勉强地走在牛走的小道上。

是的，

树林里很黑，黑得像小贩的口袋。

蜘蛛网纠缠，荆棘放肆。灵敏的人望而却步。

树枝碰了你的脸，一只眼睛痛得流泪。

半夜里一片蛙鸣。夜鹰的歌声渐渐消失在

远处。寂静。是什么？星星忽被遮暗——

　　　柔软的空气急流过你的头旁，翅膀啪啪飞过。
　　　原来是一只猫头鹰。你继续前行。你猜得出你在何方。
　　　　　　——《2. 山茱萸》

　　直到获桂冠诗人称号为止，沃伦一直探讨着人背离儿时的天真后在不平稳的道路上通向爱和认识的体验。他用南方人的情愫去捕捉和表现更广阔的生活。他同时孜孜不倦地追求诗艺的完美，戒备自我模仿。他说："如果你重复自己，那就是死亡。"但是，二流三流诗人很难用这个至理名言警戒自己。

　　沃伦 1925 年毕业于范德比尔特大学，两年后在加州大学伯克利分校获硕士学位，然后去耶鲁大学和牛津大学深造。两次婚姻：第一次与艾玛·布雷西亚（Emma Brescia）结婚（1925），1950 年离婚；第二次与埃莉诺·克拉克（Eleanor Clark）结婚（1952），生一女一子。他从英国返美后，在南方各处任教，直至 1934 年到路易斯安那州立大学任职。他在那儿与克林思·布鲁克斯主编《南方评论》（1935—1942），①合编《了解诗歌》（1938）。这本书使现代派诗歌走进了各高等学府的课堂，对大学诗歌教学产生了革命性的深远影响。从 1942 年起，在明尼苏达大学工作。1950 年赴耶鲁大学，除 1951～1961 年之外，长期在那里任教，直至 1973 年退休。他在那里与布鲁克斯、勒内·韦勒克（Rene Wellek, 1903—1995）和 W. K. 温萨特（W. K. Wimsatt, 1907—1975）等人形成新批评派后期中心"耶鲁集团"。被选为美国诗人学会常务理事（1972—1988）。

　　在 1981 年 6 月 2 日《纽约时报》，沃伦以他的睿智谈到他的人生感悟，说："年轻人的抱负是同世界相处，为自己找位置，你的半生就是那样度过的，直到你到了 45 或 50 岁。然后，如果你运气好，你同生活讲条件，就会得到全身心释放。"

　　到 1986 年为止，沃伦一共发表 10 部小说和 15 本诗集。《新诗和旧诗选》（New and Selected Poems, 1985）总结了他一生的诗歌成就。他获得的各种文学奖多达 20 种，其中他的小说《国王的全班人马》（All the King's Men, 1946）在 1947 年、诗集《希望：1954～1956 年诗抄》在 1958 年、《诗选：1923～1975》（Selected Poems 1923-1975, 1977）在 1979 年分别荣获三次普利策奖。他在 1958 年获国家图书诗歌奖。难能可贵的是，诗人之中，唯独

①《南方评论》是文学季刊，首次由休·勒加雷主编，在查尔斯顿出版，宣传南方文化，时间：1828～1832 年。第二次这份同名文学季刊在巴尔的摩出版，时间：1867～1879 年。第三次由沃伦和布鲁克斯主编。第四次从 1965 年恢复一直到现在，由不同的新主编主持。

他同时获小说和诗歌普利策奖。20 世纪末出版了约翰·伯特（John Burt）主编的《罗伯特·佩恩·沃伦诗歌合集》（*The Collected Poems of Robert Penn Warren*, 1998）。

第六章　现代派时期比较保守的诗人
——与先锋派相对的后卫诗人

在现代派时期，有一群和庞德、T. S. 艾略特同时代的新诗人，他们基本上运用传统的艺术形式，表现现代的思想感情，在排斥自由诗的同时，注意到意象派诗歌的艺术成就，力求使遣词造句口语化，形象具体化，语言简单明了化，戒除斯特德曼、穆迪、桑塔亚那等风雅派诗人的文风。他们的题材范围比风雅派的广泛，尽管他们也重视在诗歌里表现理想、美和无限感慨。如果用庞德和 T. S. 艾略特建立起来的现代派诗美学来衡量，唐纳德·埃文斯（Donald Evans, 1884—1921）、哈丽特·门罗、路易斯·昂特迈耶、罗伯特·希尔耶（Robert Hillyer, 18951961）、威特·宾纳、奥里克·约翰斯（Orrick Johns, 1887—1946）、赫尔曼·哈格多恩（Hermann Hagedorn, 1882—1964）、赫维·艾伦、范威克·布鲁克斯、康拉德·艾肯、贝内兄弟等等这些诗人，就显得比较保守了。严格地讲，他们不是庞德或 T. S. 艾略特的现代派诗歌模式的现代派诗人，而是现代派时期曾有一度影响或大或小的比较保守的诗人——与先锋派相对的后卫诗人。限于篇幅，本章择要介绍康拉德·艾肯、贝内兄弟、赫维·艾伦、范威克·布鲁克斯、温特斯、弗朗西斯、罗宾逊·杰弗斯等八位诗人。

第一节　康拉德·艾肯（Conrad Aiken, 1889—1973）

提起康拉德·艾肯，读者自然地会想起马尔科姆·考利、路易斯·昂特迈耶、艾伦·泰特和威廉·福克纳等名家对他的著名评价。考利说他是"20 世纪美国文学界被埋没的巨人"；昂特迈耶说他是"20 世纪不为大众阅读的最优秀诗人"；艾伦·泰特夸他是"本世纪最多才多艺的作家"；威廉·福克纳说："在正慢慢吞没我们的枯燥无味的美学浪潮撤退后，我们的第一个伟大诗人将留存下来。也许他（艾肯）就是那个人。"

T. S. 艾略特与庞德在伦敦历史性的初次会见，还是经过 T. S. 艾略特的朋友、哈佛大学时代的同学艾肯的介绍，这后来成了 20 世纪英美诗歌史上的美谈，而艾肯却始终游离于以 T. S. 艾略特和庞德为首的英美诗歌的主流之外。他的自传《阿申特岛》（*Ushant*, 1952）①除了袒露他的性爱和婚姻之外，还披露了他与 T. S. 艾略特（被他称为 The Tsetse）、庞德（被他称为 Rabbi Ben Ezra）和其他著名作家的友谊。他也不是 W. C. 威廉斯或其他意象派阵营中的人，更不是米莱、怀利、蒂斯代尔或斯蒂芬·贝内这类诗人，虽然他基本上用传统形式写诗，他却远远走在他们的前面。这是一位甘于寂寞、孤军奋战而才气横溢的诗人。

艾肯不爱文学集会，也不爱到各处朗诵诗歌，扩大自己的影响，不像某些走运的作家利用时机，有理有据地建立自己的地位，而是埋头创作，几乎每年都有著作问世，一生除出版了一本自传（如上述）、两部评论集、两本文选、三本儿童故事、五本短篇小说、五本长篇小说外，诗集多达 30 多部。生前多次荣获文学奖，其中包括普利策奖（1930）、全国图书奖（1954）和博林根诗歌奖（1966）等。他在推动艾米莉·狄更生作为美国主要诗人的名声上起过很大作用。1950 年，被选为国会图书馆诗歌顾问，相当于后来的桂冠诗人。

20 年代是艾肯文学生涯鼎盛时期，也是形成他独特风格的时期。从 1916 年起陆续发表的《福斯林的吉格舞：交响乐》（*The Jig of Forslin: A Symphony*, 1916）、《停尸房的玫瑰，沈林：传记及其他》（*The Charnel Rose, Senlin: A Biography, and Other Poems*, 1918）、《尘封之屋：交响乐》（*The House of Dust: A Symphony*, 1920）和《费斯特斯朝圣记》（*The Pilgrimage of Festus*, 1923）等交响诗，典型地反映了艾肯的创作思想和诗歌风格。诗人强调个人的感受和印象，认为"知觉是我们最高的天赋"。他的诗中人都探索个人的本体，个人与外界的关系。艾肯笔下的诗中人，也像庞德的莫伯利或 T. S. 艾略特的普鲁弗洛克那样，非常古怪，常常陷于内省之中，例如《沈林的晨歌》（"Morning Song of Senlin"）中的沈林：

> 早晨，沈林说，在早晨
> 当阳光像露水似地从百叶窗缝里滴落，
> 我起身，朝着冉冉上升的旭日，
> 做着祖先们已经做过的事情。
> 苍茫暮色中的星星悬在屋顶

---

① Conrad Aiken. *Ushant*. New York: Little, Brown and Company, 1925.

　　　　在橘黄的雾霭里面色苍白，好像奄奄一息，
　　　　而我自己却在飞速斜转的星球上
　　　　站在镜子面前，打我的领带。

在沈林眼里：

　　　　一座座房屋悬挂在星星之上
　　　　而星星却挂在大海之下。
　　　　远处沉浸在寂寞里的太阳
　　　　为我的墙壁涂上花纹。

沈林还看到：

　　　　蔚蓝色的空气急急冲到我的天花板上，
　　　　在我们的地面下面有许多太阳。

　　根据艾肯的注解，沈林是我们迟早都会变老的缩影，这与一直纠缠于他的老年意识不无关系。1965 年，艾肯 75 岁时，就老年发表如下有趣而令人震惊的见解："真奇怪，我现在不能全记起西塞罗论老年的著名文章——我在中学里读到的那篇拉丁文文章，但这是很自然的，因为孩子对老年要知道什么呢？或对此有何感觉呢？他所知道的一切是，祖父母老了，是死亡的前奏。他自己完全沉浸在桑塔亚那所说的轻快的信念里，当然很少意识到生的过程，就是走向死亡的过程……忽视你在镜子里朝你注视的业已改变的面容，那么在镜子里瞧着你的仍是一个孩子，他没有变；如果他变了，只是他一生积累了难以数计的记忆：他自己献给宇宙的一首诗篇。鼓励他带着这首伟大的诗继续生活。每天早晨，是你，唯一的从不能代替的你，带着他对世界持有个人的然而又是普遍的观点，继续生活。"沈林表面上似乎精神不正常，但他的话却又不无道理。艾肯的诗中人不如庞德的莫伯利那样关心政治，但对自然常有新的顿悟和独到的感受。艾肯和庞德的诗中人有一个共同的特点：情绪变化多端，令人捉摸不定，而且缺乏个性。艾肯的交响乐组诗像 T. S. 艾略特的《四首四重奏》，反复出现的诗行是刻意模拟音乐回旋的结果。艾肯企图通过音乐的形式，传达思想感情，因而沉醉于他的艺术宫殿里，捕捉着冥想中的音符去谱成乐章。他甚至在花园的雨声中，也能听到悦耳的音乐：

> 悬在空中的花园里下着雨
> 从午夜到一点，雨点敲在树叶
> 和花钟上，击在梧桐树的躯干上，
> 在一洼洼水坑上慢慢响起圆润的弦音，
> 从屋檐到羊齿丛，拉着一根根琴弦。
> ——《空中花园》

　　艾肯爱用《序曲》《交响乐》和《即兴》之类的音乐名词作他的诗歌标题，并且十分讲究双声、叠韵和节奏，以至有时置思想主题于不顾，使内容显得苍白、空泛。《尘封之屋：交响乐》里的一首诗《我们秘密的自我》（"Our Secret Selves"）一开头在描写雪景的东西立刻联系到人生在世的短暂：

> 雪花夹着雨滴飘在我们身上……
> 它像一盏盏苍白的淡紫色灯旋转，
> 落下，落到有金黄色窗户的墙壁上。
> 我们都在阵痛之中生于肉体，
> 我们不记得我们的红根长自何处，
> 但我们知道我们站起来，走路，
> 隔一段时间，我们将会重新躺下。

　　30 年代，艾肯在艺术上有新的开发，他的姐妹篇《门侬序曲》（*Preludes for Mennon*, 1931）和《摇滚乐节拍：界说序曲》（*Time in the Rock: Preludes to Definition*, 1936）是他最优秀的两部诗集。诗人用个人独白的形式，探讨人的觉悟和时间、语言与现实、爱与死等等哲理和玄学的问题。诗中人和自然趋于同化，几乎达到物我同感的境界：

> 闹钟嘀嗒嘀嗒地响。脉搏也随着跳动，
> 黑夜和头脑充满了声音。我从
> 壁炉走开，脑幕上跳动壁炉里的火，
> 黑暗和白雪轻扣窗棂：一片寂静，
> 摩托车的链条声，铜钟
> 的鸣响，向耶稣基督致意。
> 从脑海的深渊，天使起飞，

魔鬼振翅：
黑暗里充满羽毛般轻微的鸣叫，翅膀
无数，多得像天使般的雪片，
混乱的飞行，深渊里
的活跃，向死亡致意。
　　　　　——《门侬序曲》1：2

从这短短几行里，我们不但看到诗人精微的观察和细腻的心理剖析，还看到他保持伊丽莎白一世时代的诗体，同时吸收现代社会的日常用语，如摩托车之类的专有名词，使人感到他不全是死抱传统不放的老古董。艾肯也是一位智性诗人，像史蒂文斯那样陷于幽思冥想：

要不，在稍有反照的下午，
凶猛的太阳驯服了，你的花园里
一条条亮光在你脚下，傻瓜
你以为人类的天才一步一步地
能轻易地写出一首死亡颂。
······
你的死亡颂不是在一个句子里，
不是在黑暗的颂歌里，也不是在
对永恒的了解里或者可悲的时间
重复里。你的死亡颂在
一瞬之间，一眨眼就看见。
　　　　　——《摇滚乐节拍》39：1

此后，艾肯在艺术手法上没有多大进展，有时沿用交响诗的形式，有时是他旧手法的改头换面。他主要的艺术成就是以上所述的长篇哲理诗。他还创作了一些出色的短篇抒情诗，例如精彩地描写城市风貌的《南端》（"South End"），表示热烈爱情的《我同你一起听的音乐》（"Music I Heard With You"）、《一个少女的画像》（"Portrait of a Girl"）、描述内心恐惧的《房间》（"The Room"）、《未名者》（"The Nameless Ones"），描写大自然情趣的《小草来信》（"A Letter from the Grass"）和《早晨对话》（"Morning Dialogue"），等等。艾肯对中国的李白怀有极大的兴趣，他在后期写了一首长诗《李白来鸿》（"A Letter from Li Po", 1955）。他用不同的时代和不同的文化进行对比，证明他的五湖四海皆兄弟的观点。

艾肯的诗歌最大的特色是：在内容上探讨人的内心活动；在形式上重视艺术的完美，尤其是悦耳动听的音乐效果。他常常用朗朗上口的优美诗行，把读者带进弗洛伊德的梦幻世界。艾肯受弗洛伊德的影响颇深，他描写心理活动的小说《大圆圈》（*Great Circle*, 1933）竟然得到弗洛伊德本人的赞赏。艾肯相信心理研究给文学创作开辟了一个新天地。在他看来，文学最终愈来愈倾向于内省，而诗歌本质是自我发现。他还认为："人的头脑经历的最后阶段是更高的觉悟，在那个阶段，也只有在那个阶段，人才能找到解决万物的办法。"他父母惨死的经历使他倾向于内心世界。他看到的世界给人带来的痛苦比快乐更明显，因此他的作品里常笼罩着恐怖、死亡的气氛，他描写的世界很美丽，但悬在毫无意义的空中。

艾肯和桑德堡都是高产（诗集都长达千页以上）而长寿的诗人，前者艺术技巧纯熟，对社会重大问题却无动于衷；后者热情歌颂普通劳动人民，但笔触粗疏，文句缺少锤炼。艾肯对自己的评价是："很难把康拉德·艾肯放在诗歌天地里，人们有时怀疑他是不是在那儿占一席地位。"艾肯长期受读者冷落，现在看来，有主客观的两方面原因。在客观方面，正如詹姆斯·迪基所指出的，艾肯之所以受冷遇，一部分原因是人们用 T. S. 艾略特和庞德主流派的美学标准诸如浓缩、具体、含蓄、嘲讽、悖论等尺度去衡量不同气质的诗人。主观方面的原因，我们不得不承认他由于写了太多的作品，有时不免粗制滥造，浪费了他的天才，没有突出他的最好水平。更重要的是，他不善于宣传自己，让读者分享他的审美情趣，只顾埋头耕耘，却不懂得在现代社会，即使上乘产品，如缺乏一定的推销宣传，也是无法招徕顾客的。

20 世纪 60 年代之后，艾肯的作品被读者和批评家重新发现和评价，对艾肯有了新的看法，认为他由于对弗洛伊德和卡尔·荣格及其他深度心理学家的持续研究，在深度心理学研究上造诣颇深，他的五本小说中的两本涉及了深度心理学。F. C. 邦内尔（F. C. Bonnell）和凯瑟琳·柯克·哈里斯（Catherine Kirk Harris）等人在 80 年代编辑出版的研究艾肯的学术著作目录①里，收录了许多有独到见解的论文和论著，对艾肯的诗歌作了深入细致的研究，充分肯定了艾肯娴熟的诗艺、艺术形式的大胆试验和对智性诗歌的开发。英国诗人、诗歌评论家凯瑟琳·杰西·雷恩（Kathleen Jessie

---

① F. W. Bonnell and F. C. Bonnell. *Conrad Aiken: A Bibliography (1902-1978)*. San Marino, Cal: Hunting Library, 1982; Catherine Kirk Harris. *Conrad Aiken: Critical Recognition, 1914-1981: A Bibliographical Guide* (Irving Malin). Vol. 22, No. 2, 98.

Raine, 1908—2003）在 1963 年《泰晤士报文学增刊》（*The Times Literary Supplement*）发表重新审视艾肯的文章：说：

> 我们往往以为艾肯比 T. S. 艾略特或庞德少创见，是一位像 T. S. 艾略特但不那么优秀的诗人。现在看来，他的独创性超越了他的时代和我们的判断……康拉德·艾肯的视野包括他的年龄与克制的每次悖论：从他大自然和爱的诗篇的精妙到最令人不安和反感的自传的未提炼的糟粕……对另外的作家来说，这可能是暴露狂，或宣泄；首先在认识的高度不低于深度上，艾肯在他的人性范围里，有某些伊丽莎白时代的东西，甚至有莎士比亚的东西。

不过，目前一般的文选和教科书，对他作品的兴趣似乎还不大，他还只局限在专家和学者的兴趣范围之里，还只是许多博士论文的研究对象，尽管他的作品已经被译成 15 种外文，尽管他的诗歌先后在美国、加拿大、英国和德国的电台或电视台被朗诵。据不完全统计，朗诵次数在 1936～1971 年之间，达 70 次之多。

艾肯出生在佐治亚州，11 岁时惨遭不幸，父亲枪杀母亲后自戕，给他幼小的心灵留下了终生难忘的创伤，致使他后来的作品充满阴郁、孤寂的情绪。艾肯在麻省姑祖母家中长大，毕业于哈佛大学。在哈佛期间，深受乔治·桑塔亚那的影响。他的哈佛同学有 T. S. 艾略特、E. E. 肯明斯、约翰·惠洛克（John Hall Wheelock, 1886—1978）和范威克·布鲁克斯等人。1912 年，他从哈佛毕业。三次婚姻：第一次与杰西·麦克唐纳（Jessie McDonald）结婚（1912—1929），生一子两女；第二次与作家、钢琴家克拉丽莎·洛伦茨（Clarissa Lorenz）结婚（1930—1936）；第三次与画家玛丽·胡佛（Mary Hoover）结婚（1937—1973）。他游历欧洲，在英国居住多年，往返于英美之间，50 岁以后，才同第三任妻子定居麻省海边的科德角。他去世后安葬在佐治亚州萨凡纳的波拿文都公墓。艾肯是一个大智大慧的人，按照他的遗愿，墓碑设计成板凳形状，邀请来访者坐在上面喝一杯马提尼酒，碑文是："把我的爱给世界"和"宇宙水手，去向不明"。他在去世前两个星期，曾对一位年轻学生反省自己的一生，说：

> 对于我作为诗人所站的什么立场，我没有任何大的概念。这将由那些聪明人去关注，他们以后所处的文学景观不同于我们所处的文学景观。因此，轮到他们发表意见，他们将会一再重新估价。我们谁也

不知道诗歌和其他艺术将转入什么方向——这是对艺术有兴趣的魅力的一部分……如果我的诗歌有什么好的地方，人们将像你一样会发现它。

将来好与坏，任后人评说，世界上任何名人物都难避免。

第二节　贝内兄弟：威廉·罗斯·贝内和斯蒂芬·文森特·贝内

威廉和斯蒂芬的老爸詹姆斯·沃克·贝内（James Walker Benét, 1857—1928）是职业军官，个人爱好是诗歌。他熟悉英国诗歌的程度，超过多数的美国诗人和教授。也许是他嗜好诗歌的遗传基因使他的一女劳拉·贝内（Laura Benét, 1884—1979）、二子威廉和斯蒂芬都成了诗人。姐弟三人之中，劳拉还是儿童文学作家，曾获国家诗歌中心授予的诗歌奖（1936），她的诗歌朗诵被国会图书馆录音(1958)，但是她的两个弟弟的建树比较大。

1. 威廉·罗斯·贝内（William Rose Benét, 1886—1950）

威廉生在纽约州汉密尔顿堡，1904 年毕业于阿伯尼军事学校，1907年毕业于耶鲁大学。1918 年先后在佛罗里达州和得克萨斯州空军基地服军役。结婚四次，第三任妻子就是大名鼎鼎的埃莉诺·怀利，如本编第三章第四节所述，他是埃莉诺·怀利的文学提携人，可是名声却没有她高。1920年，他和三个合伙人创办《纽约晚间邮报》（*New York Evening Post*）副刊《文学评论》（*Literary Review*），四年后创刊并主编《星期六文学评论》（1924—1950），为该刊工作达 26 年之久，直至逝世为止。他还是标准的美国导读世界文学的入门书《读者百科全书》（*The Reader's Encyclopedia*, 1948）的作者。

他在该刊设立的"凤凰巢"栏目深受读者欢迎。作为诗人、编辑、批评家、文集编选者、翻译者、儿童故事作家、教材编选人，他创作、编选和与人合作，一共出版了大约 36 本书，其中 20 多本书是诗集。他长期担任全国文学与艺术学会秘书。

威廉的处女集《华夏商》（*Merchants from Cathay*, 1913）的标题诗，从一个受惊吓的西方人的角度，讲述两个古怪的疯疯癫癫的商人带着丝绸、香料和神秘的水果到城里来贩卖，并且唱着赞美华夏一个至尊的国王 Chan

的颂歌。作者以捏造想象中的异国风土人情去吸引读者的表现手法，成了他后来长期的风格。当然，这种作法并不始于他，柯勒律治在他的《忽必烈汗，或梦中幻景：一个片段》（*Kubla Khan or, a Vision in a Dream: A Fragment*, 1816）里早有试验。后来叶芝在他的《驶向拜占庭》（*Sailing to Byzantium*, 1927）里也有类似试验。这类诗的一个共同特点是创造一个外国文化的神奇世界。这当然很符合林赛的美学趣味，他很喜爱《华夏商》，几乎能把它倒背如流。作者由于这首诗具有节奏的戏剧效果、异国风味的意象和奇特的情节而在当时受到好评。

威廉的第二本诗集《上帝的猎鹰者及其他》（*The Falconer of God and Other Poems*, 1914）表现了他对崇高思想作罗曼蒂克的追求。他的标题诗深刻地揭示了一个古老的悖论：人生最美好的时光是在对崇高目标的追求过程之中，而不在于实现，因为人们一旦抓住了宝贵的追求物，便使它遭到了破坏。

他的第三本诗集《黄道带的窃贼及其他》（*The Burglar of Zodiac and Other Poems*, 1918）表明他的诗歌开始具有现代派的色彩，其中《快餐柜》（"The Quick-Lunch Counter"）、《手推车》（"The Push-Cart"）和《投票队伍》（"The Suffrage Procession"）等篇表现较明显。该集中的《窃马贼》（"The Horse Thief"）是最具想象力的诗篇，常被各家文选所收录。

威廉在他荣获普利策奖的自传性诗体小说《上帝的遗骸》（*The Dust Which is God*, 1941）里，叙述了他诗中人雷蒙得·费尔南德斯的一生经历：1900年左右的童年时期、在耶鲁大学的学生时期、一战的经历、前三次婚姻的状况。作者从个人的经历扩展到对社会历史的评价，特别是对欧洲民主演化到对法西斯主义的批判。弗莱彻推崇这本书，说它基本上是充满了爱国主义热情的诗歌，可与桑德堡的《人民，行》（1936）相媲美。他的爱国主义热忱在下一本诗集《解救的日子》（*Day of Deliverance*, 1944）表现得更强烈。他愤怒谴责德、意、日法西斯的罪行，但由于过于直面政治而艺术效果欠佳。

威廉一贯富于正义感，关心普通人的尊严和自由，对政客却十分鄙视，对工业化后所潜伏的灾害十分关切。他作为编辑和评论家，对作者总是慷慨大度；作为朋友或丈夫，总是体贴和照顾他人。无论他的熟人、朋友、同事或广大读者，都很敬重他的人格，但对他的诗歌却不特别喜爱，即使在30年代和40年代他创作的高峰期，他也没有被视为主要诗人。如果把他和弗罗斯特相比，我们似乎可以得出一个悖论：心地善良的好人未必是好作家，心胸狭窄、妒嫉心重的人未必不是好作家。

2. 斯蒂芬·文森特·贝内（Stephen Vincent Benét, 1898—1943）

威廉的胞弟斯蒂芬，生于宾州伯利恒，自幼有文才，进大学前已发表诗作。1915 年入耶鲁大学，在学生时代任《耶鲁文学杂志》主编，获学士（1919）和硕士（1920）。早期《时代》兼职撰稿人。1919 年，与罗斯玛丽·卡尔（Rosemary Carr）结婚，生一子两女。他也是一位多产作家，除出版了戏剧集近 10 本、长短篇小说集 13 部和很多评论文章外，诗集有 14 部，数次获诗歌和文学奖，其中包括两次普利策诗歌奖。

他在当时的美国文坛颇负盛名。在读者的心目中，他是一位热爱美国歌颂美国的朗费罗或林赛式的诗人。他积极主张美国参加二战，在大战期间显得特别忙碌和活跃。他宣传美国的小册子《美国》（America, 1944）在当时被译成十几种外文。他热情洋溢的诗篇《为联合国祈祷》（"Pray for the United Nations"）曾被罗斯福总统在广播里朗诵过。他的短篇小说《魔鬼和丹尼尔·韦伯斯特》（The Devil and Daniel Webster, 1937）是美国杂志故事的名篇，获欧·亨利奖，后来被改编成戏剧、歌剧和电影，成了现代文学经典之一，其成功的主要原因是作者夸大民间故事里的荒诞成分，使之戏剧化，情节引人入胜，而且刻画了一个见义勇为的美国人形象。他的诗集《戴维王》（King David, 1923）获《民族》周刊诗歌奖，但据昂特迈耶的看法，名不符实，此奖应属于林赛才公平合理。

斯蒂芬天生富有戏剧性的性格。他创作了大量的诗篇，在当时深受读者欢迎的，是他早期的几首轻松活泼的讽刺诗：《致城市春天》（"For City Spring"）和《夜晚与早晨》（"Evening and Morning"）以及民谣体诗《山间夜莺》（"The Mountain Whippoorwill"）、《托马斯·杰弗逊》（"Thomas Jefferson"）和《威廉·西克玛曲》（"The Ballad of William Sycamore"）等。使他大受读者欢迎的是他的长篇叙事诗《约翰·布朗的尸体》（John Brown's Body, 1928），次年获普利策诗歌奖。司各特·菲茨杰拉德认为斯蒂芬是诗艺娴熟的诗人，比他的普林斯顿大学同班诗人朋友约翰·皮尔·毕晓普（John Peale Bishop, 1892—1944）优秀。诗人、批评家马尔科姆·考利夸奖斯蒂芬说，他不仅是耶鲁大学而且是东部整个大学的明星。

斯蒂芬从小就在父亲的美国军事图书馆里阅读了很多书籍，对美国历史特别是南北战争史感兴趣。在 1926 年至 1927 年间，他利用古根海姆学术奖的资助，在巴黎精心创作了《约翰·布朗的尸体》，其时间跨度是从约翰·布朗策动奴隶起义起，到南方军司令李将军失败为止。诗里刻画了不少人物，既有历史事实的根据，也有杜撰的故事。诗人主要运用了苏格兰民谣的艺术形式，中间插入片断的抒情诗、挽歌或散文。虽然它的主要格局是史诗，但作者有意识地牺牲了史诗的统一性，音步有时突然改变，人物的出现也运用了电影里通常的镜头变换手法，通篇既有桑德堡式长长的诗行，也有林赛式的简单韵律。

《约翰·布朗的尸体》这首诗在当时广泛流传，被公认为是描写美国传统的最伟大的美国史诗。这首以内战为题材、影响超出学术殿堂的诗，在二战期间发挥了爱国主义宣传教育作用。1939年，国家广播电台专门播送过这首诗。斯蒂芬应邀去西点军校和全国其他许多大学亲自朗诵它。到1957年为止，该诗印数已达20多万册，其中半数单行本用作大学和中学教学参考书。它被艾伦·泰特称为是"美国人写美国主题的最有胆识的一首诗"。

作为《耶鲁文学杂志》（*The Yale Literary Magazine*）主编、主审（1933—1942）、《纽约晚间邮报》文学评论栏主编、《星期六文学评论》周刊创始人和主编之一的斯蒂芬·贝内，在当时的主流文学界影响之大，可想而知。斯蒂芬同赫维·艾伦，戏剧家菲利普·巴里（Philip Jerome Quinn Barry, 1896—1949），批评家、耶鲁大学教授亨利·塞德尔·坎迪（Henry Seidel Candy, 1878—1961），斯特劳斯吉鲁出版社创始人约翰·法勒（John Chipman Farrar, 1896—1974），著名戏剧家、小说家桑顿·怀尔德（Thornton Niven Wilde, 1897—1975），著名诗人麦克利什等这些名流来往密切，可谓到了"谈笑有鸿儒，往来无白丁"的得意境界。他公开称赞弗罗斯特和麦克利什。他的诗歌取法于林赛、马斯特斯和桑德堡。在《约翰·布朗的尸体》这首诗的前言里，他声称该诗旨在"被读者听到。是为了大家，不仅仅是为了学者。它不是非常复杂的谜语箱，一只你只要用一串特殊的钥匙就可以打开的谜语箱……诗歌应向喜爱声音悦耳、节奏明快、词语富于色彩和激情的任何读者开放"。这显然有悖于后来声势渐大的 T. S. 艾略特以及新批评派影响下的诗美学。随着时间的推移，斯蒂芬·贝内及其诗歌影响逐渐消失也就很自然了。例如，被公认为具有权威性的《牛津美国诗歌选集》（*The Oxford Book of American Verse*, 1950）只选了他的其他几首短诗，没有选录《约翰·布朗的尸体》这首这么重要的诗，甚至连节选也没有；《新版牛津美国诗歌选集》（*The New Oxford Book of American Verse*, 1976）索性把斯蒂芬·贝内这位诗人勾销了！《诺顿现代诗选集》（*The Norton Anthology of Modern Poetry*, 1988）也把他排除在外。21世纪早期，贝内兄弟再次火起来的希望，看来不大了。

斯蒂芬的另一首名作是未完稿的《西天星》（*Western Star*, 1943），是他死后获普利策奖的长篇叙事诗。它仍然反映了诗人对美国一往情深的爱国热情。他在诗里充满了对美国、对普通的人民群众真挚热烈的感情，他从田园诗人的角度，抨击现代化进程中的种种弊端，因此他向后看的爱国热情，很难得到现代读者的共鸣。从现在的审美标准来看，作者的眼光过于老式，缺乏思想深度，加之传统的艺术形式阻碍了他作新的艺术探索。

斯蒂芬在美国诗歌史上处于一个很奇特的地位：他生前拥有很多读者，并且获得了许多诗人望尘莫及的文学奖和诗歌奖，在当时的主流文学界，是一个有影响力的诗人。但是，在评论家们从总体上讨论 20 世纪美国重要作家时，他是一个几乎被遗忘了的诗人。这似乎应了 T. S. 艾略特的一句名言：宁愿要保持每个时代少数有质量的读者，不需要拥有一个时代的许多读者。

第三节　赫维·艾伦（Hervey Allen, 1889—1949）

以畅销历史小说《风流世家》（*Anthony Adverse*, 1933）[①]著称的赫维·艾伦是弗罗斯特的好友。他在诗歌创作上以描写南方特色见长。出生在宾州匹兹堡。祖上系南卡罗来纳州查尔斯顿的破落贵族。1909 年入海军军官学校，两年后在运动场上腿受伤而退学。1915 年毕业于匹兹堡大学，毕业后在宾州国民警卫队步兵营服役，接着赴欧洲参加一战。战后在哈佛大学读硕士学位，时间很短，离校后在中学教书（1920—1924），在这期间出版了两本诗集。其中的《金钱和陈年金子》（*Wampum and Old Gold*, 1921）被收入 1921 年耶鲁青年诗人丛书。该集里一组诗，反映他在法国作战的经历，感情真实，意象生动，得到了评论界的好评，带来了诗人的声誉。

赫维·艾伦和杜博斯·海沃德（DuBose Hayward, 1885—1940）合作的诗集《卡罗来纳之歌：低地国家的传说》（*Carolina Chansons: Legends of the Low Country*, 1922）再次受到评论界的高度评价，它被认为是对南方文艺复兴的宝贵贡献。艾米·洛厄尔对这本诗集大加赞赏，说作者之一的艾伦是"视野广阔的人"，对他的诗歌前途抱有信心。这本诗集的特色，是用传统的艺术形式，表现了南方的历史和浓郁的南部地方色彩。这本诗集出版前不久，赫维·艾伦与杜博斯·海沃德合编了《诗刊》"南方诗歌专号"（1922 年 4 月），他们在这期的社论里，表达了对南方诗歌的观点，指出南方"要以现代精神接收新的诗歌形式，但是要在自由的新形式对旧形式产

---

① Hervey Allen. *Anthony Adverse*. New York: Farrar & Rinehart, 1933.

生作用的条件下，加以接收，而不是满足全盘接收；南方给美国诗歌带来
鲜为人知但丰富的热带诗料：非城市的美、传说、民歌、罗曼司、历史故
事和壮丽的风光的可能性，绵绵情调……"

《卡罗来纳之歌》及赫维·艾伦以后的几本诗集，都体现了这种美国
南方诗歌的审美趣味。然而，有一部分批评家，例如路易斯·鲁宾（Louis
D. Rubin, 1923—2013），并不欣赏赫维·艾伦、杜博斯·海沃德等南卡罗
来纳诗人，说"逃逸者"诗人富有创新精神，而南卡罗来纳的诗人只不过
是诗歌普及者，诗中的事物虽然很具体，但思想感情概念化。

第四节　范威克·布鲁克斯（Van Wyck Brooks, 1886—1963）

像赫维·艾伦作为小说家、诗人立足文坛一样，范威克·布鲁克斯以
评论家、诗人身份见称于世，只是后者在评论界的名声远胜于前者在小说
界里的声誉。

范威克·布鲁克斯出生在新泽西州普兰菲尔德的一个证券经纪人家
庭，父亲从商的困难处境使他从小厌弃商业活动。他在中学时代就显露了
卓尔不群的才华。后随父母赴欧洲，对旧世界的印象记了八本笔记。他经
过这次欧洲之行，看出了普兰菲尔德和美国其他各地文化上的缺陷，因而使
他今后的一生为改变这种缺陷而孜孜不倦地著书立说。

1907 年他毕业于哈佛大学。在大学期间，积极参加各种文学活动，并
成为《哈佛提倡者》杂志主编。他在这期间最主要的收获是和他的朋友、
后来成为诗人的约翰·霍尔·惠洛克合作，自费出版了他们的诗集《两个
大学生的诗歌》（*Verses by Two Undergraduates*, 1905），一共 20 首，每人
10 首，范威克·布鲁克斯的诗印在右边，惠洛克的诗印在左边。布鲁克斯
这时的诗，主要是关于爱情、对美的向往和对激情的渴求。例如，《他们和
你》（"They and Thou"）一诗对友谊和爱情作了比较之后得出的结论是，友
谊是巧遇的结果，但巧遇不能征服爱情：

> 虽然你生于遥远的
> 闪烁着微光的星球之上
> 我竟然渴望越过无限的深渊，
> 用接吻跨越它
> 并且紧紧地握住你的手。

诗人特别尊重人的激情，他在《我不再意气风发》（"No Longer I Exalted"）里说：

> 只有一个不可原谅的罪孽——
> 允许、激励没有一颗激情之心的生命，
> 在这种心里充满了不真诚。

那么，诗人追求什么样的激情呢？他在另一首诗《亚马非》（"Amalfi"）[①] 里作了解答：

> 我们将躺在那里温暖的沙滩上
> 一起进入梦乡，
> 带着橘味的微风徐徐吹来
> 混合着凉爽梦里的香气，
> 是什么，像什么？
> 一切别管了，在手握着手的时候。

从上述所引的诗例，我们不难发现范威克·布鲁克斯从青年时就养成了惠特曼式的诗风，他后来一直抨击 T. S. 艾略特诗风也就不足为怪了。

范威克·布鲁克斯往返于欧美之间，在英国住了不短的时间，但他不是欧洲文化中心主义者，而是"欧为美用"的文化提倡者。他的名言是："美国人不像英国人，他们的理智不是形成于书本，而是像卡尔·桑德堡曾经对我说的那样，形成于新闻报纸和《圣经》。"他在其名著《清教徒们的酒》（*The Wine of the Puritans*, 1908）里，阐述了他对当时美国文学状况的看法。他认为，持久的民族传统对培养创造性的文学是十分必要的，而美国缺乏或未充分意识到这样的传统；美国作家处于矛盾的方向之中，他们不是热衷于同现实生活无关联的理想，便是追求金钱和庸俗的名声，置美学于不顾；这些作家是心灵分裂的清教徒社会所造就，到头来又为这个社会服务，而清教徒的心灵，分裂在无活力的精神与愚不可及的物质主义之间。他在这以后相继面世的《灵魂：关于一个观点的文章》（*The Soul: An Essay Towards A Point of View*, 1910）、《理想的弊病》（*The Malady of the Ideal*, 1913）、《约翰·阿丁顿·西蒙兹》（*John Aldington Symonds*, 1914）和

---

① 意大利南部的一个小城市，中古时代的重要海港。

《H. G. 韦尔斯的世界》（*The World of H. G. Wells*, 1915）等论著里，进一步发挥了他这方面的辩证观点，使他成了著名的青年评论家，而他的《美国的成年》（*America's Coming-of-Age*, 1915）更使他成了美国复兴的代言人。

他在"我们的诗人"（《美国的成年》里的一章）中批判了朗费罗、詹姆斯·拉塞尔·罗威尔、惠蒂尔等 19 世纪的美国重要诗人。他认为他们是 19 世纪理想主义的抽象大云团的一部分，罩在美国人的头上，对把美国灵魂从金钱积累中转移出来无济于事，并认为只有惠特曼才能使其他作家创作时，避免无生气的理想主义和庸俗的利润至上的商业主义。

范威克·布鲁克斯对 20 世纪的美国诗人也采取类似的态度。他一方面不遗余力地抨击 T. S. 艾略特的诗及其理论，说《荒原》只不过表达了一种时髦的绝望心情，说 T. S. 艾略特是最大的生活否定者、20 世纪的美国经验核心——肯定生活的传统的头号敌人。他的这个态度在他的五卷本巨著《创造者和发现者：1800～1915 年美国作家的历史》（*Makers and Finders: A History of the Writer in America, 1800-1915*, 1952）的第 5 卷《信心十足的岁月：1885～1915》（*The Confident Years: 1885-1915*, 1952）最后一章，表现得尤为突出。被激怒的 T. S. 艾略特不得不在一封公开信中，指责范威克·布鲁克斯狂想的民族主义无异于纳粹主义。范威克·布鲁克斯另一方面推举林赛、斯蒂芬·文森特·贝内、弗罗斯特和桑德堡等具有美国民族风格的诗人。范威克·布鲁克斯由于批评 T. S. 艾略特太过分，以致伤害了自己的声誉，成了有势力的新批评派作家的讨厌对象，同时也失去了很多追随者。但是，他并不为此感到孤立，他的名言是："天才和美德常常被覆盖在灰色里，而不在孔雀的明丽中。"他从社会学观点进行的文学批评，在新批评派评论家看来矛盾百出，无可取之处。尽管如此，他对美国现代派诗歌确立的功劳不可抹煞，他为具有美国风格的新诗在前进道路上扫除了许多障碍物。

第五节　伊沃尔·温特斯（Yvor Winters, 1900—1968）

温特斯是与 20 世纪同龄，并与它携手走了 68 年人生之路的怪才，怪就怪在他敢于和同时代的大诗人唱反调，在大多数成功的现代派诗人对传统观疏离时，他却从现代派自由诗的广阔天地，返回传统格律诗的狭窄沙龙。肯尼思·雷克斯罗思相当看好他，说：

伊沃尔·温特斯事实上是一个不可忽视的诗人，他的生涯最为奇特。在他所有的同时代的人之中，他为了愉悦而阅读数种原文的欧洲现代诗歌，而且能理解，能吸收。比他稍微年轻的一些诗人，热衷于阅读他所发表的一切诗作：从用"阿瑟·温特斯"或"A. Y. 温特斯"笔名发表在《两面派》《小评论》上的早期诗篇，到发表在《布鲁姆》杂志上成熟的诗篇。他们把他看成是他们这一代的探索者和领袖。①

他是在庞德、H. D. 和 W. C. 威廉斯等人影响下起步的。20 年代，他创作了富有意象色彩的诗，收在他的三本诗集《静止的风》（*The Immobile Wind*, 1921）、《鹊影》（*The Magpie's Shadow*, 1922）和《秃山》（*The Bare Hills*, 1927）里，后来合并为《早期诗抄》（*The Early Poems*, 1966）。文学史家把他这段时期的创作称为意象派阶段（1920—1928）。雷克斯罗思说温特斯"把 H. D. 高度强烈的敏感力推到了极限的程度，这样，他写的诗则更加变异和重构，带有一种新的作诗法，简言之，更自得"②。

他早期的诗感情炽烈，富于洞察力，高度敏感，有时到了幻觉的程度。他模仿 W. C. 威廉斯的一些短章较为出色。例如，他的《一排排冰冷的树》（"The Rows of Cold Trees", 1927）中间两小节：

> 我走在一条条
> 树木之间的街道，在大汗淋漓的
> 冬夜，在心烦意乱的寂静中，这一株株
> 树光秃秃地从柏油路上成长。

> 我走在一座座
> 坟墓之间——急奔的气流
> 在繁茂的松林、我的头顶之上既没停息也没搅动：
> 在此风声仿佛是火焰。

在温特斯的视域里，冬天冒汗，风声如火，他捕捉到的意象带有主观幻觉的色彩，与 W. C. 威廉斯对客体作纯客观的白描，有明显的区别。温特斯在《早期诗抄》的序言里，承认他这个时期具有浓厚的唯我论和宿命

---

① Kenneth Rexroth. *American Poetry in the Twentieth Century*: 92.

② Kenneth Rexroth. *American Poetry in the Twentieth Century*: 92.

论的思想。因此，他在诗里常利用意象派诗的建构或框架，饰以沉思的内件。

从 20 年代末起，温特斯进入了一个在他说来新的创作时期，有评论家称之为后象征派阶段（1929—1968），实质上是复古或对现代派的反动的审美趣味，断定自由诗或意象派的散文化语言，在传达由人生体验引起的感情上，远不如节奏和韵脚严谨、形式工整的传统格律诗有效。他认为英雄偶句诗体、十四行诗体、四音步和五音步四行诗能充分地表现更广阔的情域和智域。他认为，意象派诗和其他实验性的自由体诗偏离了英美文学诗歌传统的主流，对推崇表现自发感情和热衷悖论的现代派诗人进行抨击，主张诗应当是理念陈述与情感的统一，人生体验应当受到伦理的鉴定。因此，他从 30 年代起，有意识地运用具有理性意义的新鲜意象，传达他的感觉体验。《坟》（"The Grave", 1931）、《夏天的评论》（"A Summer Commentary", 1938）和《加文爵士和绿色骑士》（"Sir Gawaine and the Green Knight", 1941）等优秀篇章，都反映了他的这种审美意识。从他 30 年代和 40 年代出版的几本诗集来看，他这个时期的诗歌明显地具有端庄、谨严和伦理判断的品格。他第二阶段的诗篇收在获博林根诗歌奖的《诗合集》（*Collected Poems*, 1952; revised edition, 1960）里。

温特斯同时也是一位优秀的文学批评家，发表了《为理性辩护》（*In Defense of Reason*, 1947）、《批评的功能》（*The Function of Criticism*, 1957）和《论现代诗人》（*On Modern Poets*, 1959）等多种有影响的理论专著。从某种意义上讲，读者对他文论的兴趣胜过对他诗歌的喜爱。尽管他的文学批评不无偏颇之处，但他关于文学作品的质量可以从理性上讨论和论证的理论，不能不引起其他批评家的重视。

温特斯生于芝加哥，先后就读于芝加哥大学、科罗拉多大学和斯坦福大学。1926 年，与作家珍妮特·刘易斯（Janet Lewis）结婚，生一子一女。1935 年在斯坦福大学获博士学位，从 1928 年起，一直在该校任教，直至退休。他的学生有许多后来成了知名诗人，例如汤姆·冈、唐纳德·霍尔、N. 斯各特·莫马岱、罗伯特·平斯基、罗伯特·哈斯等等。现在他的诗歌影响虽然不大，可能被多数读者遗忘了，可是他当年却是一个走红的诗人，雷克斯罗思说他"是在战后芝加哥大学里发展起来的无可比拟的优秀诗人"。温特斯被称为最具智性的美国诗人之一，他的诗歌创作和诗歌理论为美国现代诗歌史提供了一个从革新到反革新的有趣例子。艾伦·泰特谈到温特斯在诗坛名气不大时，曾断言："如果他一直被疏忽（当他并没有被忽视时），原因是不难发现。他从事诗歌革命全靠自己，与庞德和 T. S. 艾略特的早期革命很少搭界或不搭界,那回溯到某些英国都铎王朝的诗人们,他们专注于韵律和文体模式。"不过,温特斯不予苟同,认为泰特看法不对,主要原因是他的仰慕者同他的批评者一样,没有认真读懂他的诗。

第六节 罗伯特·弗朗西斯(Robert Francis, 1901—1987)

罗伯特·弗朗西斯是一位处于尴尬境地的诗人,论年龄,夹在第一代与第二代现代派诗人之间,论声誉,也是在他们的夹缝中间。他似乎掉了两班车,例如,同罗伯特·佩恩·沃伦相比,他比沃伦长四岁,可是他发表的作品都在30年代后期之后,而沃伦在20年代就崭露头角了。他和西奥多·罗什克、斯坦利·库涅茨、查尔斯·奥尔森、肯尼思·雷克斯罗思同属第二代现代派诗人,但名声却被他们盖过了。60年代和70年代,他不断有新作问世,但又被著名的后现代派诗人们遮掩了。他的隐世气质决定了他脱离社交,很少与整个文坛来往,落得个清贫一生,冷落一生。幸亏有罗伯特·弗罗斯特的抬举和他生前好友的鼎力相助,才使他免于被淹没。

弗朗西斯一起步便建立了和弗罗斯特相似的诗风,或者说在弗罗斯特传统里发展自己。也许他们都是新英格兰诗人,新格兰的风土人情铸就了他们恬静、朴实、哲思的气质,及其恬静、朴实、哲理、乡土气息浓重的诗篇。如果用弗朗西斯的《诗合集》同弗罗斯特的《诗选》(1963)相比,我们便可发现三个相似之处:其一,题材绝大多数取于新英格兰的野外四季变化、动植物、景色;其二,诗人的情趣都是闲云野鹤,都有着新英格兰的机智和风趣;其三,艺术形式上是传统的,讲究音步、押韵和诗行整齐,虽然有时也在严格的形式上作某些变通。例如,他的一韵到底的十四行诗《围墙》("The Wall", 1936):

筑墙的人正在筑一座围墙。
他们说:让它又高又宽。
他们说:让它天久地长。
一个筑墙人常常挥着手,大声地喊
对着另一个在墙上的筑墙汉,
吊车这时吊起的石块重得非人力能抬能扛。
看起来很矮小,那些站在墙上的筑墙汉,

小如苍蝇爬。他们似乎爬得很缓慢

活像苍蝇爬行在墙上。

而今，只有苍蝇在石头上爬得欢，

根本见不到一堵墙。

最高处的石头已首先滚翻。

石头一块块向下滚，直至墙塌瘫，

所筑的石头一块块全滚光。

　　弗朗西斯的《围墙》使读者很自然地联想到弗罗斯特的名诗《修墙》（1914）。这种类似性在他早期的三本诗集《同我站在此地》（*Stand With Me Here*, 1936）、《英烈祠及其他》（*Valhalla and Other Poems*, 1938）和《我等待听的声音》（*The Sound I Listened For*, 1944）最明显。换言之，为了得到诗界的认可，他在起步时免不了步弗罗斯特的后尘，何况他在气质和环境方面与弗罗斯特有许多相似之处。弗罗斯特爱其才，亲临他的蜗居"杜松堡"（Fort Juniper）访问他，并带走他的诗稿去发表，上述的三部诗集都是弗罗斯特帮助他找到麦克米伦出版公司出版的。弗罗斯特在 1951 年称他为"被忽视的最优秀诗人"。这句公正的评价包含了两层意思：

　　首先，弗朗西斯被诗界和广大读者忽视是无可否认的事实，但他的受冷落有主客观原因。主观原因是：他生性腼腆，不善社交，只局限于和陶醉于阿默斯特地区山水和对其感悟上，生活的天地太窄，视野太小，因而写不出气势磅礴的历史画卷或唱不出时代的最强音。他由于缺乏大学的讲坛（他宁可打扫树叶、铲雪、教初学者的钢琴为生，拿少得可怜而又无保证的稿费改善生活，也不去学校兼他不擅长的教职，尽管他 1923 年毕业于名牌哈佛大学），回避在公众前露面，以至失去了引起广大读者注意的机会。据他的挚友、委托人之一的弗兰·奎因（Fran Quinn）的统计，他的《诗合集》从 1978 年出版，到 1988 年为止，只销售了 2064 本。

　　不过，弗罗斯特欣赏他的诗，他的诗符合弗罗斯特的美学趣味，一方面，说明他的诗质是上乘的；另一方面，表明他的光彩却被弗罗斯特这棵参天大树笼罩了，以至于许多批评家和出版家把他视为"二流的弗罗斯特式诗人"。他的另一个主观因素是缺乏戏剧性气质，无创作长篇叙事诗的才能，他的诗中人的个性很单一，似乎除了表现他本人的个性之外，缺乏丰富多彩而复杂的个性。在他的回忆录《弗罗斯特：一次谈话》（*Frost: A Time to Talk*, 1972）里，弗朗西斯说，弗罗斯特的最大长处在于他的短篇抒情诗，而不是他的长篇素体叙事诗和独白，在他听来，它们显得常常很松散。然而，他不喜爱的《家葬》（"Home Burial"）和《帮工》（"A Servant to Servants"）恰恰包容了弗罗斯特的心理最复杂、性格刻画最丰满的人物，而弗朗西斯的长达 70 多页的长篇叙事诗《英烈祠》表明，他自己不具备这方面的才能。诗中的人或物来自弗朗西斯自己的奇怪的村落，总会令读者产生隔一层的感觉，质言之，没有深刻地反映出多灾多难的世界本质，因为他是一个如他自己所说的"快乐的悲观主义者"，在某种意义上，他更像另外一个新英格兰诗人 E. A. 罗宾逊。他还有一个弱点，即太精雕细刻，为此，弗罗斯特曾对他提出过忠告：他作为诗人的"最大危险"是"过分讲究"。例如，他的《推土机》（"The Bulldozer", 1974）、《教皇》（"The Pope", 1974）、《羊》（"Sheep", 1938）等等之类的短章，押韵工整，节奏流畅，但思想苍白，像滑稽的打油诗，而且显得矫揉造作。

其次，弗朗西斯未受到应有的重视的客观原因，是美国当代诗的基调发生了变化。弗兰·奎因对此有精辟的见解。他在《涂脂新娘季刊》（*Painted Bride Quarterly*, 1988, No.35）的"罗伯特·弗朗西斯专号"前言中指出："弗朗西斯多数的诗篇，与当今出版的佳作美学趣味不合。二战以来，美国当代诗歌具有几乎是喧闹的品格，如果不是浮夸的话。布莱和詹姆斯·赖特使人目眩的意象、奥尔森和邓肯梦幻的视界、金斯堡和莱维托夫的政治热情以及卡罗琳·福谢（Carolyn Forche, 1950— ）、罗伯特·哈斯、露易丝·格鲁克、琳达·格雷格（Linda Gregg, 1942— ）或埃思里奇·奈特（Etheridge Knight, 1931—1991）等较年轻的诗人所关心的事，都已经掩盖了平静的声音。我们一直听惯了交响乐或大声的爵士乐般的诗歌，而弗朗西斯则是在击弦古钢琴伴奏下独唱的歌手。"质言之，弗朗西斯的歌喉与时代的主调不协调。

尽管他有这样或那样不合时宜的缺陷，弗朗西斯仍不失为美国的优秀诗人。当代著名诗人唐纳德·霍尔对他有很高的评价，在《俄亥俄评论》对弗氏的《诗合集》评论道："弗朗西斯是一位现代美国的经典诗人，几乎比近几十年来任何获普利策奖或国家图书奖的诗人都优秀。我说他比约翰·贝里曼或罗伯特·佩恩·沃伦或德尔默尔·施瓦茨或 A. R. 阿蒙斯优秀，这些诗人写了许多漂亮的诗篇。如同对待哈代、弗罗斯特和向他学习过的理查德·魏尔伯一样，我们必须从整体上对弗朗西斯评价。他没有写出鸿篇巨制，但他《诗合集》里一个个具有决定意义的小胜利——使用同样怀疑的、温柔的、有趣的、有节制的语言叙述——却构成了一首了不起的诗。"这个评价弗朗西斯受之无愧。

弗朗西斯有他自己独特的优势：恬淡的情愫和娴熟的技艺。例如，他常被引用的《连雀》（"Waxwings", 1960）：

> 四位道学家如同连雀
> 在二月草莓丛的阳光里
> 闲谈，我是其中的一个。
>
> 如此欢乐，如此清醒——
> 在长茎上的小野果——
> 难道不经常是我真正的风趣？
>
> 下面是优美的白云，上面是
> 蔚蓝的天空，中间是兄弟四只
> 鸟。你能错看我们？
> 沐着阳光，尽情地欢欣，愉快地交谈，
> 大家团聚一起——为此我放弃了
> 我的其他一切生活。

　　"欢乐"与"清醒"是一对矛盾，弗朗西斯就生活在这种矛盾之中，这就是他所说的"真正的风度"，一种退出世俗社会生活，进入精神快乐的道家思想。在弗朗西斯的诗里，很少有对其他人或其他生活方式，表示丝毫的优越感或轻蔑感。他虽然很欣赏美国著名的超验主义者梭罗的隐居生活方式，但他从未瞧不起普通人的生活，而梭罗对他的读者说："你们之中许多人过着多么无聊、卑怯的生活。"因此，他离群索居，似有中国老子的风度。弗朗西斯还同一位当地的美籍华人画家王慧铭有深交。王慧铭不但工木刻画，且译唐诗，有唐诗译著《不系之舟及其他》（*The Boat Untied And Other Poems*, 1971）问世。70 年代初，弗朗西斯常和王慧铭谈论唐诗。王慧铭向他介绍王维的"诗中有画，画中有诗"的诗美学，并把弗朗西斯比成中国古代的淡泊名利的隐逸诗人。王慧铭学中国古代诗人在山石上刻诗的作法，把弗朗西斯的《连雀》刻在屋前的红枫树干上，使弗朗西斯为之大喜。通过王慧铭这一媒介，弗朗西斯接受了符合他志趣的一部分中国文化思想，这就是为什么他把赠给王慧铭的短诗作为《诗合集》题献的缘由：

王慧铭

> 为了他，我的被雪压弯的
> 白桦成了竹林，
> 我在竹林丛中，
> 一个年老的中国诗人
> 生在唐代。啊
> 他也是一只笼外的
> 鸟，一条不系的船。

　　根据王慧铭的解释，最后两行是指他译的唐朝诗人司空曙的七绝《江村即事》。由此可见唐诗对弗朗西斯的影响。像王维和司空曙一样，无论在生活上或诗作里，弗朗西斯始终淡泊明志，寻常的山水花木鸟雀、四时变化，在他的笔下都印上了鲜明的个性，在他创作的后期尤为突出。他的诗从来没有现代派诗所特有的晦涩、暗喻或复杂思想，但却提供了多层的含义，明快然而又笼罩一层薄薄的朦胧色彩。例如他的《游泳者》("Swimmer", 1960)，读者若从表层意义上去了解，便可感到游泳者在既凶险又可爱的大海中游泳时的舒泰；如果从男女做爱方面去理解的话，读者也会自然体会到爱情的甜蜜与潜在的危险。他的《如果我们早知道就好了》("If We Had Known", 1944)、《邀请》("Invitation", 1936)、《他跑步我跑步》("His Running, My Running", 1974) 等优秀篇章都有多层意义的品格。

　　当代任何有出息的诗人，都是用他的诗歌创作与诗歌理论来构筑他的诗歌殿堂，都是自觉地建立自己的风格，弗朗西斯也不例外。他对自己的诗风看法是："既不是先锋派也不是传统派。逐渐减少对公认的形式的依靠而强调形式的本身，注重每首具体诗篇的形式。早期诗富于闲适、沉思，后期诗较为活跃而多彩。60 年代的某些诗采用了一种我称之为'词频计算'('Word-Count') 的新技巧。最近的诗探索支离破碎的形式，以加强每首诗整体效果。"他的《诗合集》证明了他的自我评价，他在诗歌发展的道路上，逐渐找到了自己的声音，也如同他在《诗合集》的前言中所说的。"当他随着年龄的增大，他在一本本书中逐渐变得大胆、活跃。"当然他的所谓"大胆"和"活跃"，决没有金斯堡那样放肆，也没有当代语言诗派诗人那样大胆。他的《静诗》("Silent Poem", 1974) 的艺术形式对他来说可算是大胆了，一共六节，每节两行，都是名词堆砌，或者说是实词堆积，例如前两节：

> 乡村道 腐殖土 石墙 金花鼠
>
> 矮树丛 葡萄藤 土拨鼠 花楸树
>
> 林烟 牛棚 金银花 柴堆
>
> 锯木架 木锯 谷仓 井架

　　诗人在全诗采用了扬抑格和少数抑扬格的艺术形式，并适当地夹用头韵。一般地说，抑扬格给人以走马式的加速感，而扬抑格则给人放慢速度的感觉，这恰好符合描写乡村静谧的氛围，而头韵又加强了诗的音乐美。诗人把传统的词法和句法全抛光了。不知他曾否读过或从王慧铭那里了解到中国元朝马致远的名篇《天净沙》（秋思），但他这首诗所用的艺术手法，创作的宁静气氛，孤云野鹤的情趣，与500多年前马致远的《天净沙》何其相似。

　　弗朗西斯的朋友王慧铭为"罗伯特·弗朗西斯专号"作的插画之一是"赤裸裸而来，赤裸裸而去"，完全是这位诗人的一生写照。他在世时清贫，造了一幢乡间小屋，题名"杜松堡"。他在1942年2月16日的一则日记里记载了屋名的由来："昨天下午，我听到了丘吉尔宣布新加坡沦陷，昨天下午我为住屋起了个名字：杜松堡。一年多来，我一直为起它的名字而搜索枯肠。昨天我起了这个名，同时发觉，我需要这个名字。它提醒我屋名所包含的现实意义。我的家是一座堡垒，帮助我挡住种种围困我的艰难险阻。像杜松一样，我扎根在这里，努力忍耐一切。杜松教会我紧靠大地。"他在这幢远近闻名的"杜松堡"里，招待客人饮自酿的酒，吃自种的豆，把一个客人送的礼，再转送给另一个客人。

　　弗朗西斯生在宾州，1932年毕业于哈佛大学，从1926年直至去世的61年的时间里，主要生活在艾米莉·狄更生的家乡阿默斯特。这期间，他曾被塔夫茨大学和哈佛大学聘为美国大学优秀生诗人；常常访问欧洲；有一度应聘在黎巴嫩贝鲁特的美国大学任教。像狄更生一样，他一生幽居独处，甘于寂寞，但与创作了1775首诗而生前只发表了七首的狄更生不同，他生前出版了包括《诗合集：1936～1976》（*Collected Poems, 1936-1976*, 1976）在内的八部诗集和包括小说、自传、回忆录、论文在内的六部文集。1939年，被授予雪莱纪念奖。1957年，被授予美国艺术暨文学学会罗马奖。1984年，被美国诗人学会授予杰出诗歌成就奖。他的自传《弗朗西斯的麻烦》（*The Trouble with Francis*, 1971）详细记录了他一生的隐退、节俭的生活和与被忽视所作的种种的斗争。他一生未娶，死后由他的委托人亨利·莱曼（Henry Lyman）①执行他的遗嘱，让每个研究他诗歌的人或对阿默斯特作过贡献的人免费在"杜松堡"住半年。莱曼是他的朋友，也是隐逸诗人，他的组诗《正午》（"Noon", 1972）里的蟋蟀也是静息不噪的。

第七节　罗宾逊·杰弗斯（Robinson Jeffers, 1887—1962）

凡熟悉罗宾逊·杰弗斯其人其诗的读者，只要有谁一提到他，便会立刻想起一个愤世嫉俗的诗人，他站在加州卡梅尔临海的山上亲手建造的"鹰塔"（Hawk Tower）塔顶上远眺太平洋，与山石和鹰隼为伍，满眼红杉，遍地青苔，独抱大自然而其乐融融。他专事描写人类在神圣的美的宇宙里的苦难和渺小的诗歌受到一大部分读者的欢迎。他的《罗宾逊·杰弗斯诗选》（*The Selected Poems of Robinson Jeffers*, 1938）连续印行 11 次；现代文库版本的《花斑种马、塔玛尔及其他》（*Roan Stallion, Tamar, and Other Poems*, 1925）在 1935 年印行 17 次，销售四万册；根据古希腊诗人欧里庇得斯（Euripides, 480—406B.C.）的悲剧《美狄亚》（*Medea*）改编的戏剧 1947 年在百老汇上演，获得极大的成功，并且到苏格兰、英格兰、丹麦、意大利、法国、葡萄牙、澳大利亚等处演出时受到热烈欢迎，1982 年在百老汇再次上演，该剧被译成四种外文。

杰弗斯走的是有别于 T. S. 艾略特和庞德的现代派道路。他认为，现代派运动从马拉美到庞德以及再向前，走上了狭窄的诗歌创作道路，抛弃了理想与思想、本旨与意识、客观的与心理的现实，甚至废弃了音步。他不是评论家，对现代派运动的表述似乎有欠准确。对于杰弗斯的保守性，克里斯托弗·比奇认为，杰弗斯对诸如庞德、T. S. 艾略特、W. C. 威廉斯、E. E. 肯明斯等这类的现代派诗人所代表的诗歌试验没有兴趣，决心不当"现代派"，而是"寻找一种诗歌模式，它可以支持严肃的哲学探询，突出强烈的情感张力，与此同时，继续留在更加传统的诗意表达的范围里"②。他吸收了斯温伯恩、哈代和其他 19 世纪晚期的诗人与小说家宗教上的消沉

---

① 应莱曼邀请，笔者于 1994 年圣诞节后的一天上午，在他和迈克尔·特鲁教授的陪同下，访问了弗朗西斯小屋"杜松堡"，见到了王慧铭，也见到了免费住在此地搞创作的一位诗人。莱曼和王慧铭给笔者讲解了屋内弗朗西斯身前使用过的简陋家什，其陈设不比中国贫民的好多少。谁能相信这曾是一位优秀诗人的安乐窝？如今阿默斯特市图书馆楼上辟了一大间纪念室，陈列了弗朗西斯、狄更生和弗罗斯特的照片、各种版本的作品和纪念品。

② Christopher Beach. *The Cambridge Introduction to Twentieth-Century American Poetry*: 105.

情绪和悲观主义、叔本华（Authur Schopenhauer, 1788—1860）的悲观主义人生哲学、尼采（Friedrich Wilhelm Nietzsche, 1844—1900）的永恒轮回说和弗洛伊德与荣格（Carl Gustav Jung, 1875—1961）的心理学，以及对一战的惨痛回忆，形成了一种人生观：人类无价值，毫不足道；为了热爱非人的宇宙，并与它认同，我们必须脱离人类。诗人在他的诗集《双刃斧及其他》（*The Double Axe and Other Poems*, 1948）里，塑造了一个名叫非人道主义者的主人公。非人道主义者是一个孤老头，常和他的斧子谈心。他对斧子说："人类无价值可言。"斧子点头同意，并且准备斩杀人类。作者旨在通过非人道主义者的寓言，表现上帝超人的美，他是"山石、土地、水、野兽和星星以及笼罩它们的黑夜"，换言之，上帝是一切，除了不是人以外。杰弗斯在他的一封信中曾说："在像我们这样的文明里，机器加深了大都会对居民的影响，人性（在非常不同的条件下发展了）变得与时代不合……我们的后代子孙将具有一种新的本性，或者脱离人性，或者极大地遭受痛苦，也许兼而有之。"[①] 诗人设想人类将来与鹰和山石更协调，更加默认大自然和上帝的残酷——仁慈——漠视。杰弗斯认为，他的作品不但科学地表达了对宇宙的认识，而且也传达了对宇宙作为上帝的神秘体验。

　　从1912年至1963年为止，杰弗斯除了创作并上演两个剧本以外，发表了22部诗集。大部分诗集都收入一至两首长篇叙事诗，其余都是短篇抒情诗。长篇叙事诗都或明或暗地运用了神话。例如，他的《冬至》（*Solstice*）把希腊神话置于加利福尼亚的现实背景之中；《花斑种马》描写一个女子爱上马而牺牲丈夫的故事，它根据希腊神话故事中欧罗巴与宙斯变成的白牛相爱生儿育女的故事改编而成的。杰弗斯运用神话创作的长篇叙事诗，均有寓言和象征的性质，表明作者热爱大自然，厌恶人类社会。

　　在杰弗斯的诗歌主题中，乱伦、强奸和谋杀最骇人听闻，这同他强调非人道主义的思想密切相关。对于他来说，乱伦是一种比喻：人类专注于自身是有害的，只有崇拜大自然和上帝才有所裨益。例如，杰弗斯的长诗《塔玛尔》围绕着科尔德威尔一家乱伦史展开了故事：戴维和他的姐妹海伦发生性爱关系，而戴维的女儿塔玛尔则和她的兄弟相爱而导致怀孕。死去的海伦的灵魂附身于她的姐妹斯特拉，为了报复，使塔玛尔犯下了另一个乱伦的罪孽，与其父性交。这一连串的情节剧事件最后酿成悲剧：诗中所有的主要人物都被烧死在失火的房屋里，以暴亡和凄凉而告终。该诗赞颂作为善行的暴力，因为它净化了有人类意识的世界。女主人公塔玛尔抛弃

---

　　① Ann N. Bidgeway. *Selected Letters, 1897-1962*. Baltimore: Johns Hopkins P, 1968: 159-160.

了文明社会的一切禁忌，但她的实际行动是由梦幻和种族记忆促成的，现代故事似乎重新演示了最早期生命创造的神话传说：科勒斯与忒拉乱伦，神与人交配。

《悲剧之外的塔楼》（*The Tower Beyond Tragedy*）表现了杰弗斯的谋杀主题。该诗描写阿伽门农从特洛伊战争凯旋归来后，被其妻克吕泰涅斯特拉及其情夫埃癸斯托斯所谋杀，阿伽门农之子俄瑞斯忒斯为父报仇，反转过来杀死其母克吕泰涅斯特拉，家庭危机就这样地以毁灭而告终。俄瑞斯忒斯在杀母之后头脑清醒了，认识到个人的感情并不重要，自动放弃了赢得的王权。杰弗斯的卡珊德拉所预见的，不仅仅是个人而且是所有的文化陷在往复循环的悲剧之中。根据杰弗斯的看法，如果我们有一种包容一切的宇宙观，我们就可能避免造成一连串悲剧的自以为重要的错觉，或者可能从悲剧中吸取教训而不重蹈覆辙。诗人首次改写希腊悲剧故事，表现了他想回避人类悲剧的良好愿望。在他看来，第一次世界大战的悲剧不应重演，因此他主张美国不应该参加二战，他也因此在政治上声名狼藉。杰弗斯原来没有想把此诗改编成剧本搬上舞台，可是 1950 年在百老汇演出获得了成功。

无论是《花斑种马》《塔玛尔》或《悲剧之外的塔楼》，我们现在可以清楚地看到杰弗斯作为诗人的哲学思想和情趣。他受过医学训练，但从不爱行医。他认为人类是意识发展到极端的结果，而意识有害于包括银河系和太空尘在内的永恒而无生命的宇宙。他像尼采一样，对人类采取鄙视态度，但相信上帝是一种神秘的力量，人应当不想自己，而要信仰上帝，不过这里需要强调说明的是，杰弗斯笔下的上帝不是基督教意义上的上帝，而是非基督教的。他不像弥尔顿那样相信耶稣能为人类的苦难辩护，或解除人类的苦难。他只相信通过学习更多的知识，认识自然的规律，因此他的"上帝"是大自然的终极真理。他也不像雪莱那样相信革命会消除人类的苦难，因此他反对任何暴力形式的战争。他的世界观是反历史、反社会和反进步的，也是虚无主义的。他曾在《孤独海洋上空的星星》（"The Stars Go Over the Lonely Ocean", 1940）一诗里居然宣称："自由万岁，打倒意识形态！"

痛斥人世间的权势欲和赞颂人类采取超凡脱俗的态度的主题，同样贯穿在杰弗斯的短篇诗歌里，例如《闪烁吧，正灭亡的共和国》（"Shine, Perishing Republic"）和《大陆的尽头》（"Continent's End"）。赞美大自然美的短篇佳作有《夜》（"Night"）和《雾中舟》（"Boats in a Fog"）等。《致凿石工》（"To The Stone Cutters"）是他最优秀的短章，它表现了变化无常的古老主题。诗行不多，不妨引用如下：

> 用大理石和时间抗争的凿石工啊，你们这些注定会失败的、向忘
> 却挑战的人，
> 凭哭笑不得的收入过活，了解岩石会开裂，历史记载会淹没，
> 那方方正正的罗马字母
> 在解冻时剥落，在雨水中消融。诗人也同样嘲讽地建造他的丰碑；
> 因为人类将会泯灭，欢乐的大地将会死亡，辉煌的太阳
> 将会瞎着眼死去，他的心将会变黑：
> 然而石碑已屹立千载，痛苦的思想
> 在古老的诗篇里找到甜蜜的安宁。

这首诗不但典型地表现了诗人的悲观主义，而且也体现了他典型的艺术形式：节奏有致的长诗行，气势磅礴的口吻，简单明晰的语言，具有力度的诗句。读他的诗篇时，映入读者眼帘的意境常常是海边的悬崖峭壁、孤寂的红杉林和加利福尼亚其他引人注目的风光。他对美国大自然壮丽景色的精湛描写在美国诗坛赫赫有名。他的自由诗的诗行的重音节通常在 5 至 10 个之间变化，流畅自如，铿锵有力，这成了他创作长篇叙事诗例如《苏尔角的女子》（"The Women at Point Sur", 1927)、《考德尔》（"Cawdor", 1928）和《瑟尔索的着陆》（"Thurso's Landing", 1932）等等的主要艺术手段。他的短篇诗如《袋形鱼网》（"The Purse-Seine", 1937)、《躺在它们白骨上的鹿》（"The Deer Lay Down Their Bones", 1954)、《兀鹫》（"Vulture", 1963）等等的诗行也都充塞了整个稿面。

杰弗斯的诗学是关注当代的生活，表现永恒的主题，不捏造感情，不假装相信乐观主义或悲观主义或不可逆转的进步，不赶时髦，不为了成名而说取悦读者的话。他在一生创作中都始终如一地坚持了这个原则。他的诗学使他开始时博得大量读者的欢迎，但后来又使他疏远了读者，失去了读者。为何《花斑种马、塔玛尔及其他》成了 20 世纪美国诗歌史上销售速度最快、销售量最大的诗集而使他因此名声大振？这与 20 年代的诗歌风气或大多数读者的审美趣味息息相关。20 年代多数读者的审美趣味在 20 世纪初就形成了，他们依然喜爱距传统标准不远的诗歌。即使他们想求新，甚至厌读丁尼生和维多利亚时代的诗歌，他们能欣赏的诗歌至少需满足读得懂、富有哲理和感情丰富的条件，而当时的印象派、意象派、象征派、达达主义诗歌则缺少这样的品格。如果现代派诗人能为当时的读者提供符

合他们传统趣味的诗歌的话，那他必然博得读者的青睐。杰弗斯正是这样的一个诗人。而且他的诗歌里还有现代派诗歌的成分：弗洛伊德和荣格的心理学；坦率的性描写；打破禁忌的乱伦；暴力、残酷和苦难的描绘；生活的阴暗面；戒除了诗中的滥情主义。杰弗斯通过描写富有加利福尼亚地方特色的环境和牧场主，大胆而诚实地揭示了现代人的心态，但又未脱离传统的规范。这就是他取得成功的原因。

然而，在 30 年代，他在读者中逐渐失去以往的魅力。他根据《花斑种马》和《塔玛尔》的模式，在此后的 20 年中创作了八首长篇叙事诗，在艺术形式上并无新的发展，构思也无新颖之处，使读者和评论家感到失望。他的政治思想也不合时宜。他在 30 年代的新政时期，却依然持人类将从地球上消灭的悲观论调。二战期间，他又对美国参战的热情泼冷水。他在政治上成了一个不受欢迎的人。与此同时，新批评派评论家们冷落他。在新批评派诗美学的影响下，40 年代的年轻诗人和读者也疏远了他。到 60 年代，杰弗斯的短篇寓言诗又开始在读者中间流行。

杰弗斯出生在匹兹堡市的加尔文派教徒家庭，父亲是该市西方神学院教授。他虽然声称不承认他父亲的信仰，但他相信的大自然原始动力多少和加尔文派的上帝相似。他从父亲那里学习并掌握了希腊文，为他日后自如地运用希腊神话创作奠定了基础。从小在欧洲上寄宿学校，精通法文、意大利文和德文。15 岁时，广泛阅读尼采和英国诗人但丁·加伯列·罗塞蒂（Dante Gabriel Rossetti, 1828—1882）的作品，后来又涉猎叶芝、雪莱、丁尼生、弥尔顿和马洛。1903 年回国，次年从匹兹堡移居加州，入西方学院，18 岁毕业，接着在南加利福尼亚大学攻读硕士学位，在德文课上爱上了比他大三岁的洛杉矶律师的妻子尤娜·考尔·库斯特（Una Call Kuster）太太，这成了 1912 年《洛杉矶时报》头版头条的绯闻。1913 年，他与尤娜成婚，定居加州海岸卡梅尔村。杰弗斯对尤娜颇为看重，说她既是他的妻子，又是他的缪斯。1914 年生一女，夭折；1916 年生双胞胎儿子。他先后攻读医学、林业和文学，1912 年之后专心于诗歌创作。

1920～1924 年间，诗人用花岗岩石块在住宅旁边建筑了一个塔楼——名闻遐迩的石造"鹰塔"。登上塔楼，俯视浩瀚的太平洋，水天一色，白鸥飞翔洋面，山脚下涌起白色的浪花，隐隐有声，使你顿感荡涤了人间的乌烟瘴气。[①] 它暗示人类应该忘我地拥抱宇宙（包括花岗岩石、星星、鸟儿

---

① 美国戏剧家朋友弗雷德·雅布各斯（Fred Rue Jacobs, 1934—1999）在 1994 年的一天，邀请他的学生驾车，陪同笔者游览塔楼。塔楼连同诗人的住宅和花园已经成为加州旅游的景点。

和海洋），这样才能帮助我们避免造成许多悲剧性情感的盲目性。杰弗斯生活在岩石海岸、海岛和冷静的环境里，这为他创造了适宜的创作条件。一般人都误认为他是藏身于"鹰塔"的愤世嫉俗的隐士，以至许多评论家对他怀有敌意，实际上，在他同时代的诗人中间，很少有人像他那样冒险地评论当时的政治事件，为了帮助他的读者而毫不掩饰地预言美国的前途，以致受到公众的误解和抨击。和 T. S. 艾略特传统的古典主义相比，杰弗斯所赞美的则是科学发现的价值观。他洞察人类意识中悲剧性的诗歌至今仍被读者所欣赏。

　　杰弗斯住在这样远离尘嚣的环境里，常考虑着这类的诗歌主题。换言之，杰弗斯很早就注重人类与环境和谐的协调性。艾琳·桑托斯对此认为："早在环境研究与生态文学批评变时髦之前，杰弗斯就在创作环保诗歌。从他的第一本自费印行的诗集《酒壶与苹果》（*Flagons and Apples*，1912）起，杰弗斯就以大自然生态平衡怀旧诗人的面貌出现，而大自然却被人类的破坏所威胁。"①

---

① Irene Ramalbo Santos. "Poetry in the Machine Age." *The Cambridge History of American Literature*: 186.

第七章 较激进的现代派诗人

20 世纪 20 年代是美国现代派早期诗歌的黄金时代。庞德的《休·赛尔温·莫伯利》(1920)、T. S. 艾略特的《荒原》(1922)、W. C. 威廉斯的《春天及一切》(1923)、史蒂文斯的《簧风琴》、弗罗斯特的《新罕布什尔》(1923)、玛丽安·穆尔的《诗抄》(1921) 和《观察集》(1924)、肯明斯的《郁金香和烟囱》(1923)、兰塞姆的《发冷与发烧》(1924)、哈特·克兰的《白色建筑群》(1926) 和麦克利什的《月下街道》(*Streets in the Moon*, 1926) 等等。他们的风格各不相同,而且每个诗人的前期与后期的风格也有差异,很难概括,只是有一个共同的倾向:与当时在诗坛很有实力的风雅派诗歌拉大了距离,或背道而驰。

一战前后,美国的一批作家如庞德、T. S. 艾略特、菲茨杰拉德、海明威、格特鲁德·斯泰因、约翰·多斯·帕索斯和肯明斯等厌于美国文化中反常的物质主义而逗留欧洲。他们虽然被标为"迷惘的一代",但使他们相互接近的,是他们具有相似的艺术感受力,而不是一系列的共同信仰。肯明斯、约翰·多斯·帕索斯和海明威聚集在巴黎,并不仅仅是因为那儿灯红酒绿,自由自在,而是由于那里是当时的先锋派运动的中心。他们就是在这种新艺术形式层出不穷的氛围里,更新了自己的艺术观念和艺术技巧。有评论家认为,他们成了美国飞地的一部分,他们为激进的杂志撰稿,鼓吹达达主义和超现实主义,并且在美国出版界敢于接受海明威、W. C. 威廉斯和哈特·克兰等人的作品之前,出版了他们的作品;如果没有这批以巴黎为基地的美国作家的直接影响,如果没有《大西洋两岸评论》(*The Transatlantic Review*, 1924)、《小评论》(*The Little Review*, 1924—1929)、《这块地方》(*This Quarter*, 1925—1932) 和《过渡》(*Transition*, 1927—1938) 等这些小杂志,二战前的美国文学,就很难有各种试验性的新风格,也很难有国际性的魅力。①

---

① Emory Elliott et al. Eds. *Columbia Literary History of the United States*: 743-744.

　　20年代崭露头角的现代派诗人，男女老少皆有，有一部分诗人已在前面各章节分别介绍了，有一大部分诗人因他们所取得的艺术成就在同一个时期与上述诗人相比，相对来说不怎么显著，限于篇幅，只好割爱。本章重点介绍肯明斯、哈特·克兰和麦克利什等较激进的三位诗人，说他们较激进，是与第六章介绍的艾肯、贝内兄弟、赫维·艾伦或范威克·布鲁克斯相比较而言的。

第一节　E. E. 肯明斯
（Edward Estlin Cummings，1894—1962）

　　作为文艺的弄潮儿，肯明斯的作品自然地打上了先锋派的烙印。他独特风格的建立是吸收了20世纪头十年流行的达达主义、意象派诗歌和现代派绘画的结果。因此，我们对他独辟蹊径的怪异艺术形式并不感到突兀。他一反传统的书写法则，诗行头一个字母一律用小写形式，而词的中间却不时冒出大写的字母，并且故意破坏传统词法和语法。他的某些诗集题目怪得使图书馆理员很难编目。早在爱德华·阿尔比（Edward Albee, 1928—　）之前，他就创作并上演了令人注目的荒诞派戏剧。他还开过数次个人立体派画展。他习惯于用荒诞派戏剧的奇想、立体派画家的眼光，把诗行中的单词拆拆拼拼，把词性改来换去，使惯于传统模式的一般读者初读时，如堕入五里雾中，起初一般的出版社都拒绝接受他的诗稿。他成名之后，在他的诗集《不谢》（*No Thanks*, 1935）的献辞里不着一字，只列出当年拒绝出版他诗集的十几家出版社的名字，并把它们排列成酒杯的形状，似乎是一只用来祝酒的酒杯。祝贺他自己成功？嘲讽这十几家出版社以前多么缺乏远见？诗人没有讲，他让读者去体会。他的诗行排列，往往也是如此，以刺激读者的视觉，加深他们对诗的感受。

　　他在学生时代，在哈佛的学生期刊上发表过诗作。在攻读研究生学位期间，帮助建立哈佛诗歌社。他和他的朋友自费出版《八位哈佛诗人》（*Eight Harvard Poets*, 1917），由于排字工人的错误，把他的名字的第一个字母都小写了，于是他从此在自己的作品上签署小写的 e. e. cummings，这在文坛上也是一件罕事。毕业后，在纽约一家邮购书店工作了三个月，一生也只干了这桩谋生的差事。不久，即1917年中，去法国前线当志愿救护队司机。他和他的朋友布朗常和法国兵厮混在一起，冷落了美国部队的顶头上司。布朗给他的国内德国教师写信，散布部队的流言蜚语。他俩听信了一个法国军官的话，天真地向法国空军部队打报告说，他俩志愿去法国空军服务，但不轰炸德国人，引起了法国军队的怀疑，于是两个人被关进了法国集中营受审查。肯明斯本来无多大政治问题，在受审时，只要回答一句痛恨德国人便可释放，但他偏偏拒绝回答，只重复说"我喜欢法国人"。法军便让他坐牢，使他吃了很大苦头。在美国通过外交途径的干涉下，他三个月后才恢复了自由。他从此便走上了蔑视政治、蔑视任何政府权威的无政府主义道路，这从他描写他参加一战在法国被捕坐牢的一段经历的纪实小说《特大房间》(The Enormous Room, 1922)和描写访苏观感的《我是》(Eimi, 1933)里，可以清楚地看得出来。

一战后，他又回到巴黎练习绘画，在那里结识了法国诗人阿拉贡和侨居法国的西班牙画家毕加索，以及正在法国访问的麦克利什和庞德等许多美国诗人。1924年，他回到纽约，因为《特大房间》和第一本诗集《郁金香与烟囱》(Tulips and Chimneys, 1923)受到普遍重视而蜚声文坛。这本诗集由于对"美国文坛作了卓著贡献"而荣获"日晷奖"。它成了现代派的经典诗集之一。1925～1927年，他受雇于纽约的一家周刊《名利场》，使他有机会常常往来于巴黎与纽约之间。他这时养成了下午绘画、晚上写作的习惯。他常为其他人的艺术著作及为画展用的小册子作序，并出售自己的素描和油画。在1931年出版了他的画集《碳素、墨、油画颜料、铅笔和水彩》(CIOPW)，其标题系他用的绘画原料——碳素、墨、油画颜料、铅笔和水彩等五个词的第一个字母拼凑而成。在20年代，他又出版了另外五本诗集：《我亲爱的》(Puella Mea, 1923)、《四十一》(XLI, 1925)、《和》(&, 1925)、《等于5》(Is 5, 1926)和《圣诞树》(Christmas Tree, 1928)。

从30年代起，肯明斯虽然仍常出国，但多数时间是在纽约的格林威治村和新罕布什尔州的农庄度过的。他继续出版多本诗集：《无名集》(诗集封面无标题，1930)、《VV》(VV, 1931)、《不谢》《诗50首》(Fifty Poems, 1940)、《一乘一》(1×1, 1944)，等等。他的《诗歌全集：1913～1962》(Complete Poems: 1913-1962, 1963)长达800多页，用肯明斯的话来说，他写了"几百万首诗"。除此之外，他还创作了戏剧《他》(Him, 1927)、《人类；或艺术的未来》(Anthropos; or, The Future of Art, 1945)、《圣诞老人：一个教训》(Santa Claus: A Morality, 1946)和《汤姆：芭蕾舞剧》(Tom: A Ballet, 1935)。1944年和1949年在美英艺术中心，1945年和1959年在罗彻斯特纪念画廊，一共开过四次个人画展，这对一个职业画家来说，也算是很大的成就。当然，他主要的成就是诗。1950年，他被授予美国诗人学会会员的称号，并获得了包括国家图书奖在内的多种诗歌奖。

　　肯明斯的诗歌有不少与众不同的地方。首先，它除了少数单篇有标题外，其他的一律无标题。其次，大部分诗在字母、诗行、诗节和括号的排列及字母的大小写上，完全突破了传统诗的框框，使他同时代的现代派诗人为之瞠目。例如，他描写蚱蜢的一首诗，无法译成中文，原文如下：

```
r-p-o-p-h-e-s-s-a-g-r
who
a)s  w(e  loo)k
upnowgath
PPEGORHRASS
Eringint(o-
aThe):l
eA
!p:
S                                    a
(r
(rIvInG                    . gRrEaPsPhOs)
to
rea (be)rran  (com)gi  (e)ngly
, grasshopper;
```

　　其中第一行、第五行和倒数第四行是"蚱蜢"的英文字母打乱后的重新排列。评论家解释说，第一行是诗人模拟蚱蜢用后腿摩擦前翅时发出忽高忽低的声响，第五行和倒数第四行是描摹蚱蜢环腿擦翅时的变形，最后蚱蜢一跳，在末行显现原形（"蚱蜢"的英文字复原成正常的拼法）。诗人企图创造出一种意境：蚱蜢先在隐蔽处发出唧唧唧的响声，当我们抬头看时，它隐约地在草丛中用后腿擦翅膀，在突然的一跳之中亮相。又如另一首描写落叶的名诗《l(a》（"l(a", 1958）：

```
l(a

le
  af
fa
```

ll

s)

one

l

iness

　　这首诗很简单，括号里的字是"一叶落"，括号外的字是"孤独"或"寂寞"。诗人把字母重新排列，企图达到拟声、状形和造境（孤独）的三重目的。有趣的是，台湾著名诗人洛夫对他的诗篇《无岸之河》（1979）最后两行"他的脸刚好填满前面的那个人的/鞋印"的排列，很有可能是他有意识地模仿了肯明斯的《l(a)》：

```
印 鞋 他
      的
      脸
      刚
      好
      填
      满
      前
      面
      那
      个
      人
      的
```

　　洛夫现在定居加拿大，通英文，该诗的发表时间已经在《l(a)》之后的21 年。①究竟有无模仿，对我们来说，并不重要，重要的是，从中可以看出肯明斯排列怪异的诗已经在中国产生了影响或者找到了知音或者不谋而合。王珂教授很欣赏这种艺术形式，说："这样排列具有强烈的图像感和暗

---

　　① 王珂.《新诗诗体生成史论》. 北京：九州出版社，2007: 416.

示性。"① 他说得对，这类诗既能悦目，又给人留有猜想的余地，完全突破了通常诗歌的审美标准，更不必说脱离了传统诗歌的审美规范。当然，这类诗只能受到小众读者的欣赏，对于诗人来说，也不过是稍微变换一下口味而已。

在肯明斯的诗全集里，也有通常形式的诗篇，但他那种拆字、拼字、越出规范使用括号和标点的手法，似乎贯穿在他的一生艺术追求之中。我们可以随便挑几个例子，就足以说明这一点了。无论是上文举例的"r-p-o-p-h-e-s-s-a-g-r"② 和"l(a"③，还是《一！》（"one!"）④、《爱普士》（"applaws"）⑤ 或《一》（"one"）⑥，都表明他在各个创作阶段，都有这类的拼盘模式。有的评论家认为，肯明斯一生的创作无变化，无发展，而有的评论家则认为，他的创作一起步便成熟了。不管怎么说，诗人给人留下的印象，除了新奇之外，还有猜谜语、捉迷藏之嫌，甚至单调得令人生厌。诗人是一位画家，试图在诗里拟声摹形，虽说是一件创举，但未必能达到作者理想的艺术效果。例如，他另一首诗《我将》（"i will be", 1925）的前几行：

> i will be
> Mo ving in the Street of her
>
> bodyfee l inga ro undMe the traffic of
> lovely;   muscles-sinke x p i r i n   gS
> uddenl
> Y   totouch
> the   curvedship of
> Her-
> .... Kiss   her: hands
> will   play   on, mE as
> dea   d tunes OR s-cra p- y lea Ves flut te rin g

---

① 王珂.《新诗诗体生成史论》. 北京：九州出版社，2007: 416.

② 收录在 1935 年出版的《不谢》里。

③ 收录在 1958 年出版的《诗 95 首》里。

④ 收录在 1925 年出版的《和》里。

⑤ 收录在 1944 年出版的《一乘一》里。

⑥ 收录在 1963 年出版的《诗 73 首》里。

from　Hideous　trees　or
Maybe　Mandolins
l　oo　k-
pigeons　fly　ingand

whee (: are, SpRiN, k, LiNg　an　n-stant　with　sunLight
t h e n)l-
ing　all　go　BlacK　wh-eel-ing

该诗译成中文，意思大体如下：

我将在
她 身 体 的 街 上 移 步
感 受 可 爱 的 车 辆 在 我 四 周
往 来；肌 肉 的 阴 沟
突 然 终
止　　　　　　触 到 她 的 吻
……之 弯　　　　　她 的：双 手
将 在 我 身 上 弹 奏，
发 出 寂 静 的 曲 调 或 像 从
可 怕 的 树 上 纷 纷 飘 扬 的 树 叶 或
也 许 像 曼 陀 铃
看
一 只 只 鸽 子 飞 翔
盘 （刹 时 间 闪 跃 着 阳 光
接 着）旋
黑 乎 乎 地 盘 旋 而 去

译文不管如何努力，也无法完全传达原作的神韵。根据少数评论家的解释，原文倒数第三、第二和末行极为精彩，括号内活画出飞鸽在空中飞翔时，阳光从起飞的羽翼中洒下来，闪闪发亮，如同阳光下的细雨珠。这是由 SpRiN, k, LiNg（sprinkling）的英文字"洒"经过改变大小形式和插入逗号而造成的视觉画面。作者把英文字"阳光"sunLight（sunlight）小写字母 l 改变成大写 L，评论家认为它产生了突然露出阳光的效果。作者把英文字"盘旋"分开，中间嵌进括号的七个字，评论家认为这收到了鸽子迎着阳光展翅的效果。由此可见，作者苦心孤诣，为了视觉效果，把字拆散得面目全非。如果没有评论家解释，一般读者对这种诗依然感到费解。如果肯明斯用汉字写诗，会意或象形的汉字俯拾皆是，他也大可不必费如此九牛二虎之力了。W. C. 威廉斯认为，他和肯明斯是 1914 年这一代不写智性诗、与 T. S. 艾略特唱反调的现代派诗人。有一度，肯明斯和 W. C. 威廉斯因为美学趣味相投而两人过从甚密。有一年的圣诞节，W. C. 威廉斯特地赠诗给肯明斯，感谢他在艺术手法上，对他这位医生诗人的启发。然而，在一次访谈里，W. C. 威廉斯就肯明斯描写一只猫朝下蹦跳的短诗，发表了否定的意见，并且把那次访谈录收在《帕特森》第五篇里，因此得罪了肯明斯，使肯明斯从此疏远了他。不过，这也是一首很简单的诗《（岿）猫（然）》（"(im)c-a-t(mo)", 1950），一共五节，请读前三节：

> (im)c-a-t(mo)
> b, i;l:e
>
> FallleA
> ps!fl
> OattumblI
>
> sh?dr
> IftwhirlF
> (UI)(lY)
> &&&

该诗中文意思是：

> （岿）猫（然）
> 不,;：动
>
> 纵落！
> 浮空而跌
>
> 倒？还是

急转纵身
（而）（下）
& & &

从原文诗行与字母排列的整体布局来看，它是一只坐着岿然不动的猫：第一诗节是头部，两个括号是眼睛；第二诗节是猫身；第三诗节是猫的下部，两个括号是两只撑地的前脚，末行显然是猫爪。W. C. 威廉斯对此诗评论说："我不把它算作是诗。对他来说，也许是一首诗。但我不算它是诗。我读不懂。他是一个严肃的人，所以我费了很大力气去猜，结果根本没弄懂它的含意。"此论未免有欠公允，比起上述援引的三首诗来，这首诗的视觉效果明显多了，意思也是很清楚的。W. C. 威廉斯在创作《帕特森》第五篇时已经中风，可能一时糊涂，竟把一般的访谈录，不伦不类地嵌在长诗的正文里，平白伤害了朋友的感情。

肯明斯大量的诗篇可分为讽刺诗和赞颂爱与美的抒情诗。一般来说，对主题严肃的诗，他采用传统的表现形式，例如赞颂美国理想主义的《来，和我一同站在这圆屋顶上注视》（"come, gaze with me upon this dome"，1926），表达他热爱父亲之情的《我的父亲通过了爱的最后审判》（"my father moved through dooms of love"，1940），对耶稣关于乐善好施的撒马利亚人的寓言的现代翻版《沦落在小偷中的人》（"a man who had fallen among thieves"，1926）等都保持了工整的诗行与诗节。对于讽刺诙谐的诗，诗人爱翻弄奇巧的花样，例如，讥刺坎布里奇市那些循规蹈矩、缺乏生气的女士们的《生活在布置得好好的灵魂里的坎布里奇女士们》（"the Cambridge ladies who live in furnished souls"，1923），抨击哲学、神学和科学等窒息生命的抽象理论的名篇《哦可爱自发的》（"O sweet spontaneous"，1923），揶揄去西部宰杀大量野牛的侦察队长科迪的《野牛比尔的》（"Buffalo Bill's"，1923）和讽刺现代人类似乎掌握了科学知识，其实对大自然很无知的《太空是（别忘了记住）曲线型》（"Space being (don't forget to remember) Curved"，1931）等等，都在形式上别出心裁。

肯明斯创作了许多脍炙人口的爱情诗，因而他被誉为 20 世纪优秀的爱情诗人。他的爱情诗大致可分为带性爱刺激的，例如《当我想起你时有点太》（"when i have thought of you somewhat too"，1925）、《拉开这窗帘》（"raise the shade"，1925）、《她令人窒息地》（"sh estiffl"，1935）；有端庄典雅的，例如《我的情人身穿绿装骑马走》（"All in green went my love riding"，1923）、《我从未到过的某个地方》（"Somewhere I have never travelled"，

1931)、《因为感觉第一》（"since feeling is first", 1926)、《在互相心里每次偶发之中的真情人》（"true lovers in each happening of their hearts", 1944)；有梦想的，例如《听》（"listen", 1923)、《我亲爱的》（"my love", 1923)、《我将》；有思念中的，例如《我已发现你像什么》（"I have found what you are like", 1925)、《这儿是海洋，这是月光》（"here is the ocean, this is moonlight", 1931)；有浪漫主义式的，例如《爱情比忘怀深厚》（"love is more thicker than forget", 1940)。《爱情比忘怀深厚》由于比喻奇巧新鲜，深受读者喜爱，被谱成曲子，在青年中广泛流传。

如本文开头所说，20 世纪 20 年代，欧美试验文学蜂起。詹姆斯·乔伊斯的大作《尤利西斯》，格特鲁德·斯泰因反逻辑与语法的诗，法国超现实主义派勃勒东（Andre Breton, 1896—1966)、阿波利奈尔（Guillaume Apollinaire, 1880—1918）和特里斯坦·查拉（Tristan Tzara, 1896—1963）的诗，都在艺术手法上标新立异。因此，肯明斯在排印上的怪异和句法上的畸变，在当时的氛围中并不足怪，正好反映了 20 年代西方现代派文艺勇于探索的时代精神。除了某些诗玩弄文字太过分，致使读者费解外，肯明斯在开发语言的表现资源上，做出了贡献。他遵循的美学原则是即兴与强力。在 20 年代，他被公认为最富探索精神的现代派诗人之一。不过，他一贯重视诗的即兴性和形象的具体性，与智性诗不沾边，与 30 年代和 40 年代已蔚然成风的 T. S. 艾略特诗歌以及后来的新批评派提倡的智性诗格格不入，他当然因此受到了坚持 T. S. 艾略特诗歌创作路线的诗人与理论家的冷落。他们认为他的语言欠精确，感情基本上是浪漫主义的，而思想又过于简单。这种批评虽然过火，但有一定的道理。在肯明斯的诗里，似乎只有好人与坏人两大类：情人、小孩、乡下人和反对现代化的人是好人，而科学家、哲学家、主张实行新政者、坎布里奇的女士们、广告商、富翁、中产阶级甚至共产党人都在坏人之列。他用这种简单的标准衡量复杂的社会现象。而且，他还有一个荒谬的观点，即认为大多数人都不是好人。他在 1938 年出版的一本诗集的序言里声称："将面世的诗是为你和我的，不是为多数人的，假装多数人和我们自己有共同点是毫无用处的。多数人和我们之间的共同点太少，少于负一的平方。你和我是人类；多数人是势利鬼。"他写诗从来不考虑读者的反应，他认为："艺术家与读者（或观众）的关系既不是积极的，也不是消极的，成直角形的。我不是因为怕简单的人读不懂而不写'难'的诗，也不写'难'诗给懂难诗的人去读懂。到目前为止，我对我的读者的概念是：读者束缚我。"因此，肯明斯当时的读者群只局限于富于好奇心的大学生。肯明斯虽然在表现手法上不断翻新，但他不少的爱情诗在思想感情上的确是浪漫主义的，在艺术形式上并没有跳出传统诗的框框。直到 1962 年他去世时，除了学术研究者外，一般的评论家都对他不太重视。克里斯托弗·比奇对肯明斯的看法是："肯明斯尽管在早期取得了辉煌的成功，但在多数现代派时期的文学史上，不占突出的地位。除了弗罗斯特之外，当肯明斯的诗在一般的读者之中，比 20 世纪任何美国诗人的诗都流行时，他的诗歌却逐渐掉队到美国现代派的中心规范之外……愈来愈少地看到肯明斯被当作 20 世纪美国诗歌的首要力量。"①

但是，我们又不得不同时看到，从他去世到现在，肯明斯并没有从多数文学史或文集或诗选里消失，肯明斯的视觉诗及其革新的艺术形式，一直给读者留下新鲜感。有评论家认为，他死后拥有的读者数量仅仅次于弗罗斯特。他被视为 20 世纪美国诗歌的卓越之声。肯明斯出生在麻省坎布里奇市的一个唯一神教的牧师家庭。父亲曾在哈佛大学任教，多才多艺，擅长摄影、演戏、木工和艺术，对肯明斯未来从事文学和艺术创作颇有影响。父母在他小时候就鼓励他写作和绘画，也许对他过分溺爱，养成了他踌躇和任性的性格。1915 年，他以优异成绩毕业于哈佛大学，次年在同一学校获硕士学位。肯明斯有三次婚姻史：第一次与有夫之妇伊莱恩·奥尔（Elaine Orr）恋爱（1918），次年生女，直至 1924 年正式结婚；第二次与安妮·明内利·巴顿（Anne Minnerly Barton）结婚（1929），1932 年分居，1934 年离婚。按照习惯法婚姻，与时装模特、摄影师玛丽昂·莫尔豪斯（Marion Morehouse）生活在一起，直至中风去世。他对自己的国家的看法是："美国犯惊人的错误，美国有巨大的缺点，但是有一件事是不可否认的：美国总是在进行中。当然，她可能会去地狱，可是她不站着不动。"

第二节 哈特·克兰（Hart Crane, 1899—1932）

如果把 20 世纪美国诗坛比作星空的话，克兰便是一颗短暂地闪现耀眼光辉的流星。他生前出版的不过是两部薄薄的诗集，但他却在美国现代派诗歌史上写下了重要的一页。他资质聪颖，自学成才。他在诗歌道路上发展的趋势，使当时的 W. C. 威廉斯不得不感到他也是一位不可小觑的竞争对手。哈罗德·布鲁姆认为克兰是 20 世纪唯一超过叶芝和史蒂文斯的诗人。艾琳·桑托斯认为哈特·克兰在"美国现代派诗人之中最'浪漫'，

① Christopher Beach. *The Cambridge Introduction to Twentieth-Century American Poetry*: 102.

在他的诗歌中，展示了整个 20 世纪美国文化复杂与矛盾的进程之最清晰的图；他的诗歌见证这个新兴国家的巩固；重写和质询这个国家的起源神话和合法化的辩词；赞美征服、扩张和绝对支配权；赞颂科学、技术和物质进步"①。

克兰出生在中西部俄亥俄州小镇沃伦的糖果商家庭，从小经历了父母双方吵架、分居、和解、离婚、再结婚、再吵翻的悲剧。他九岁时便依靠外祖母生活。父亲很固执，和他在感情上疏远，使他不得不站在母亲一边。然而，母亲生性歇斯底里，最终使他带着憎恶的心情脱离了她。母亲每次旅行时必带他做伴，而且常常把他带到家庭纠纷之中，导致了他学业荒疏，无法使他获得足够的学分进大学。他 17 岁时离开家，独立谋生，先后在船坞、杂货店、仓库、广告公司和出版社干过活。他一直处于经济拮据、生活不定的境地，辗转于克利夫兰、纽约、阿克伦、华盛顿等地之间，直至1923 年最后定居纽约。扭曲的家庭生活和扭曲的社会环境，使克兰染上了酗酒的陋习，而某些偶然的机遇，促使他对诗歌产生了浓厚的兴趣，幸运地挽救了他濒于泯灭的文学天才。

由于他父亲偶然的介绍，克兰在少年时代结识了诗人威廉·沃恩·穆迪的遗孀。通过她，克兰对文学界的情况开始有所了解，并且认识了一些新作家和接触了一些小杂志。他在家攻读柏拉图、尼采、英国诗人兼评论家斯温伯恩、英国作家及诗人奥斯卡·王尔德（Oscar Wilde, 1854—1900）和早期的叶芝的作品。他 14 岁开始练习写作，17 岁发表第一首诗和第一篇散文。

20 世纪 20 年代前后，美国文学杂志纷纷破土而出。《诗刊》《小评论》《自我中心者》《异教徒》《土地》《现代学派》《现代派》等等成了克兰自学的教科书。通过阅读杂志，他很快崇拜起庞德和 T. S. 艾略特来了。他们的诗歌实践和理论教会了他诗艺，养成了他的美学趣味。像他们一样，他如饥似渴地阅读 16 世纪伊丽莎白时代诗人和 17 世纪玄学派诗人的作品，尤其对 16 世纪英国戏剧家兼诗人马洛（Christopher Marlowe, 1564—1593）、17 世纪英国诗人约翰·多恩和英国戏剧家韦伯斯特（John Webster, 1580—1625）感兴趣。这使他从 1922 年起，从自由诗诗人转变成格律诗诗人。在他的诗里，常常出现伊丽莎白时代的词汇，例如 "o"（啊）、"Thou"（汝）、"thy"（你的），等等，与在 20 世纪对新事物描写的习俗很不相称，他的

---

① Irene Ramalbo Santos. "Poetry in the Machine Age." *The Cambridge History of American Literature*: 291.

艺术形式因此看起来未免陈旧。但这不是克兰的缺点，庞德和 T. S. 艾略特在自己的诗里，也在很大程度上借用传统诗歌的形式。这是一部分现代派诗歌的一个有趣的现象：现代派诗人用现代人的感情表现新社会的新事物，然而表现的形式却趋于保守。这些现代派诗人爱用旧瓶装新酒。又像 T. S. 艾略特一样，克兰还受到法国象征派诗人，尤其是兰波的影响。无论在诗艺上还是生活作风上，克兰似乎与这位短命的风流诗人认同。克兰赞赏兰波通过系统地混淆所有的感觉而成了先知。克兰在这里所指的感觉混淆，就是我们通常所说的通感。可惜克兰却以为酗酒、大声放留声机和纵欲是获得通感的最好途径，而这正是他的致命伤，最后导致他思想混乱，才智枯竭，走上自杀的道路。

　　克兰在他短短的一生中，结交了对他文学事业有帮助的画家、作家、诗人和评论家。他同画家卡尔·希密特常常讨论绘画和诗歌，包括自己的诗歌，逐渐发展了自己的美学理论。1918 年，他当《异教徒》杂志无报酬的助理编辑时，批评家戈勒姆·芒森同他的友谊和对他的支持，在他早期创作生涯中起了重要作用。在舍伍德·安德森、范威克·布鲁克斯、沃尔多·弗兰克（Waldo Frank, 1889—1967）的推荐下，他涉猎了文化批评领域，而在芒森的指引下，他又去研讨波德莱尔、陀思妥耶夫斯基和普鲁斯特等欧洲作家的作品。他虽然没有上过大学，但在文化修养上，已经为自己的诗歌创作打下了深厚的基础。他在 1921 年的一封信中披露说："我确实兴高采烈地浏览了爱伦·坡、莎士比亚、济慈、雪莱、柯勒律治、约翰·多恩！！！约翰·韦伯斯特！！！马洛、波德莱尔、拉弗格、但丁、卡瓦尔坎蒂、李白和其他许多作家。"艾伦·泰特不但一度为他慷慨地提供住房，而且慷慨地为他的诗集《白色建筑群》（White Buildings, 1926）作序。肯明斯和琼·图默也同克兰建立了友谊。克兰除酗酒和纵欲之外，凭他天生的才华和诚恳、可爱和体谅人的品质，很快结交了一批文朋诗友，因而使他熟悉了当时的文学潮流和新出现的作家。

　　同他短促的生命一样，他的创作见习期不长，大约五年时间（1916—1920）。他这时写自由诗，主要受斯温伯恩、早期叶芝、王尔德和道森的诗风影响。到 1922 年，克兰的风格基本上建立起来了：气势磅礴，形式端庄，讲究韵律，多重象征，简练含蓄。在美国诗人中，他和 T. S. 艾略特几乎是同时首先使现代化城市的意象同强烈的智性和情感，在诗中得到有机的结合。在随后的五六年时间（1922—1927），他的创作力最为旺盛，奠定他诗人地位的绝大多数优秀诗篇都是这个时期问世的。他在生前只发表了两部重要诗集：《白色建筑群》和《桥》（The Bridge, 1930）。

《白色建筑群》的标题系指晨光中的纽约摩天大楼，出自该集中的一首诗《宣叙调》（"Recitative"）的第四节：

> 定睛看那风如何对着情欲旋转
> 抖动的脑之圆盘。再看
> 猿脸似的黑暗退走时，
> 白色建筑群渐渐回答明天。

标题是该诗集的中心主题，点明分裂的自我（"抖动的脑之圆盘"）与分裂的世界的关系，并点明不仅在精神上，从黑暗走向白天的艰苦努力，而且从毁坏的状态，走向已恢复的和谐与统一体的艰难尝试。该集一共 28 首诗，除一首赞颂美国或机器时代以外，是关于对理想的追求以及通过受苦受难对理想的探测；关于艺术家与听众或观众的沟通；关于爱情。常为各种文集和诗集收录的短章有《耶稣的泪》（"Lachrymae Christi"）、《占有物》（"Possessions"）、《恬静的河流》（"Repose of Rivers"）、《外婆的情书》（"My Grandmother's Love Letter"）、《黑人手鼓》（"Black Tambourine"）、《卓别林式》（"Chaplinesque"）、《航行》（"Passage"）和《在梅尔维尔墓旁》（"At Melville's Tomb"）等篇。一般来说，克兰的短诗比较晦涩难懂，连艾伦·泰特和哈丽特·门罗对他的一些诗也感到费解。玛丽安·穆尔当《日晷》代理主编时，常常退他的稿，有时采用时却要删削和重写，而哈丽特·门罗在采用他的诗篇时，也要他或修改或作些文字解释。根据英国哲学家、同性恋理论家蒂姆·迪安（Tim Dean）的看法，克兰的晦涩部分原因是他处于半公开同性恋的地位，当时不适于与别人随便密谈，在合法和文化上也不适于公开。不过，该诗集的组诗因为反复出现同一意象或与意象有联系的关联物而比较明白易懂，例如《为浮士德和海伦结婚而作》（"For the Marriage of Faustus and Helen"）和为一般读者喜爱的《航海》（"Voyages"）。

《为浮士德和海伦结婚而作》由三组诗构成，是克兰的名篇之一。在歌德的《浮士德》第二部分，浮士德与海伦结婚，象征现代精神与古代精神的结合。克兰取其意，在这首诗里，想体现美国现代技术文明和传统美的思想相结合。诗人把希腊神话中引起特洛伊战争的美女置于现代化大都市的环境里，这里有高耸入云的大楼、欢闹的爵士乐和飞越蓝天的飞机。克兰以他的第一首长诗，在融汇现在与过去方面，想同乔伊斯《尤利西斯》和 T. S. 艾略特《荒原》比试。用他的话说，这是"所谓传统的经验和我们今天沸腾的、混乱的世界上许多不同的现象之间的一座桥"。他在给友人的一封信中，进一步说明："几乎富有当代意义的每个象征与暗示、陈明'古代'关联物相衬。海伦象征绝对的美感，浮士德象征我自己，也象征一切时代有诗意和想象力的人。"不过，他的浮士德－海伦的象征意义有限，并未超过诗的题目。

《航海》是《白色建筑群》的压卷篇，一共有长短不等的六组诗。这是诗人以他与水手埃米尔·奥普弗尔（Emil Opffer）之间的同性恋为题的抒情诗。诗人通过和超过肉体的爱，在超越的梦幻里达到诗的理想境界。这首诗巧在从水手联想到大海，于是把海的意象、性的结合与对理想作柏拉图式的追求有机地融为一体。在诗里，诗人透露了他的发现、爱、色欲的满足感和失落感，通过寻求爱与诗的和谐同一性，以克服他的失落感。在诗里，空间和时间得到了超越，爱和诗的梦幻得到了统一。诗的开头便生动地突出了海的意象，预示大海在诗人的尘世生活中的重要作用，并清醒地意识到"大海的底是残酷的"。诗里的大海含有双重意义，既是爱情又是死亡。六年之后，他果真从墨西哥回国途中，跳进亲爱而又残酷的海里，实现了他诗的预言。像他的其他的诗一样，这首诗结构紧凑，缺乏通常的逻辑，例如第二组诗的第二和第三节：

> 看看这大海吧，她的乐曲按照
> 银色乐谱配着雪白的乐句，
> 她的法庭主宰一切的恐惧，
> 根据她举止的好或坏，扰乱
> 一切，除了情人双手的虔诚。
>
> 前进，当圣萨尔瓦多海岸外的钟声
> 向着海上橘黄色的星光致意的时候，
> 在她潮水的这些长着一品红的草地里，
> 岛屿间响起柔板的节拍，哦我的浪子，
> 做完她暗中根据心绪做的忏悔。

诗中"岛屿间响起柔板的节拍"这一行如果不经作者本人解释，谁也不会想到是船在岛屿间缓缓行驶，而会误以为在岛上有什么乐器在演奏。诸如此类的诗句，不仅在这首诗，而且在其他的诗里也不时地出现，即使他同时代熟悉他的诗人和评论家也无法解释，但很少人因为它存在一些难解的句子而否认它是一首好诗。他同时代的诗人和朋友伊沃尔·温特斯称赞《航海》的第二节为"过去 200 年以来最有力和最完美的诗篇之一"。论技巧，《航海》可算上乘，但我们不能不注意到它严重的缺陷是思想颓废。克兰往往在诗中表现纵欲和纵乐的激情，也许是失意的生活从反面刺激了他。

克兰从 1923 年开始创作《桥》，该诗以其对社会的关心、对巴洛克艺术风格和超现实梦幻意象的沉迷以及对现代机器怀有未来主义式的迷恋而闻名于世。他在同年二月给他的批评家朋友芒森的信中提到他写作《桥》的计划时说："它根据直觉很粗略地综述'美国'。历史、事实、地理位置等都被转化为几乎独立于题材的抽象形式。'我们的民族'的最初冲动力将被引向桥的顶点汇集。桥是我们富有建设性的未来象征，是我们的独特本性，其中也包括了我们的科学希望和未来成就。"诗人想把桥当作美国的神话。1925 年底，克兰向艺术庇护人、银行家奥托·卡恩透露他的写作计划和窘迫的经济状况，从他那里得到了 2000 美元的贷款。他借住在艾伦·泰特乡村租屋里，写作进展不快。他因怪僻的脾气得罪了艾伦·泰特夫妇，不得不于次年四月离开美国，到古巴的派恩斯岛去。那里有他外祖母的一座种植园。他这时的创作进展较快，写了《桥》里的四组诗，并修改了开篇诗《致布鲁克林桥》。十月底回到纽约。此后，他的创作进展愈来愈不顺利，以致使他酗酒和纵欲，益发被失眠和噩梦所困扰，直至精神崩溃。为了完成《桥》的创作，他从城市逃避到乡下，从纽约逃避到好莱坞、巴黎和夏格林福尔斯。到 1929 年秋，《桥》才完卷。

《桥》除了开篇诗外，分八组诗：

Ⅰ.《福哉马利亚》。描写的是哥伦布第一次航海归来时的独白。在作者的笔下，哥伦布似乎成了诗人航海家，中国成了理想中的人间天堂。

Ⅱ.《波瓦坦的女儿》。这是诗人自己在各种不同的心境下的讲话。他在城市里苏醒后回忆自己的童年和瑞普·范温克尔的故事，接着又想起一些流浪汉及其流浪的地方，想起向西部大草原拓荒的年代，最后在想象中，看到弗吉尼亚州印第安人头领波瓦坦（1550—1618）的女儿波卡红达斯是地上的女神，并看到在生与死中跳舞的头人马库基塔。波卡红达斯成了美国的化身，成了带着梦想、希望、自由与幸福的处女地。

Ⅲ.《短胸衣》。标题出自苏格兰一种威士忌酒商标和美国当年做茶叶生意时的一种快帆船的名字。诗人在这里用超现实主义的手法，描写了巴拿马运河和纽约鲍厄里大街形形色色的生活景象，给读者的印象是一场眼花缭乱的噩梦。

Ⅳ.《哈特拉斯岬》。这是对美国历史的描叙；现代人盲目利用古老土地上的天然资源制造机器，却没有意识到他们的行为所包含的"神秘"意义。在这组诗里，出现了两个象征性人物及其事迹：一是赖特兄弟首次成功地驾驶了飞机。飞机代表人类的力量和爱冒险的抱负，可是在都市的商业世界里，它成了侵略和破坏的工具。二是惠特曼在路上、长岛的岸滩和曼哈顿的街上哀悼南北战争中的死者。

Ⅴ.《三支歌》。它描写了现代世界对爱的三种歪曲。

Ⅵ.《贵格山》。标题取自纽约州的一个游览疗养胜地名，靠近波林，原来是贵格派教友会的聚会所。从 1925 年至 1930 年，克兰不时来此居住。诗人在这节诗里，扫视了美国传统在好莱坞这一类时髦的地方的堕落。

Ⅶ.《地道》。诗中的地道系指东河底下从曼哈顿到布鲁克林的一段地铁。像 T. S. 艾略特在《烧毁了的诺顿》的第三节描写自己乘伦敦地铁进入黑暗王国的体验一样，克兰把他在这里乘地铁的体验，象征性地描写为穿越现代化社会的底层地狱。当他下降到最低点时，诗人感到完全绝望，仿佛到了死域；当火车逐渐向高处行驶时，诗人感到正从黑暗上升到光明，象征人类的新生与复活。诗人从地狱里，不断看到他所居住的人间地狱。

Ⅷ.《阿特兰提斯》。标题取自古代大西洋中沉入海底的一个传说中的城市名，柏拉图首先提到此城市。诗人在此想象他的歌与《桥》里幻想中的化身水乳交融，赞颂神圣的事物和跨越大海与历史时代的美学融为一体，并揭示他的探索只能是不完全的，但他最终的乐观思想并未因美国社会生活中的腐败现象和西方人所存在的种种问题而消失。他创作该诗的初衷就是要对 T. S. 艾略特在《荒原》里对西方文明所表现的消极悲观的思想进行反拨，主张用积极乐观的态度，对待现代化的大都市和现代文明。

克兰是以史诗的规模和气势来写《桥》的，但这不是荷马式的传统史诗。《桥》的组诗之间没有可叙述的连贯情节，而是用看到曙光时的那种惊喜、生气勃勃和希望等复杂感情引起心理和精神变化的种种状态建构全篇。如果要找出一个影影绰绰的情节，那就是诗中的主人公早晨醒来，穿过布鲁克林大桥，在纽约市漫游之后，晚上乘坐东河底下的地铁回家。诗人企图通过文学的片断、历史和传统的美国，创造一个神话，因而在诗里出现了哥伦布、瑞普·范温克尔、赖特兄弟、惠特曼、爱伦·坡、艾米莉·狄更生和舞蹈家伊莎多拉·邓肯（1878—1927）。在这首诗里，你还可以看到印第安人、流浪汉和水手，看到地下的火车、天上的飞机，听到汽笛声声、火车轰鸣、自动电唱机放出来的音乐和人民的谈话，总之，这一切让你感到现代文明的脉搏，如同诗人在开篇诗《致布鲁克林桥》所吟诵的那样：

啊，激情铸成的竖琴和祭坛，
单靠辛苦怎能调准你的和弦！
先知所预言的可怕的门槛，
流浪者的祈祷，情人的哭喊——

汽车灯光又掠过你快速的
不间断的语言，星星纯洁的叹息，
珠连起你的道路——凝结永恒
我们看到了黑夜被你的手臂托起。

克兰认为现代诗人必须"吸收机器"，因此在《桥》里，诗人把机器时代的科技象征——桥，同波卡红达斯的舞蹈、惠特曼式扫视的美国全景、乘坐货车的流浪汉和乘地铁的纽约人联系起来了，使现代的科技成果与浪漫主义的梦幻融汇在一起。如上所说，克兰想以此反拨《荒原》阴郁的悲观情调。

《桥》像《航海》一样，反复出现的另一个主题是色欲的畸变和补偿。克兰像惠特曼一样，希望美国荒野本身激发我们自身的自然属性，一种伊甸园式简朴而美丽的情爱。

在艺术形式上，诗人娴熟地运用了无韵诗、自由诗、爵士乐节奏和布鲁士乐的艺术形式。诗组之间的人称逐渐变化，从第一人称的独白到第三人称的描述，再到第二人称的对话。如果把《桥》同《荒原》比较一下，克兰显然吸收了 T. S. 艾略特的表现手法，对此，他曾不止一次地在给他的友人信中承认过。

《桥》的发表，在当时的评论界引起了褒贬不一的评论。有的人认为，他对现代美国没有保持乐观的看法；有的人认为，诗的结构人工痕迹太露，而且很松散。他的朋友艾伦·泰特索性认为这是一部败作，因为他认为克兰在诗里，没有表达出客观的思想和公认的价值观，还不如选择描写美国历史上的一个时期或一个事件插曲来得好些。但随着时间的推移，随着现代派长诗的问世，上述批评的理由逐渐失去了站得住脚的力量。批评家克里斯托弗·比奇对《桥》的评价比较高，他说："如果说《桥》是后顾惠特曼和浪漫派的话，那么它也前瞻跟随他后面一代的诗歌。克兰被奥尔森和金斯堡这类战后的诗人所钦佩，成了 50 年代反文化的英雄，而且他的流浪汉和水手充当了金斯堡《嚎叫》的'天使头脑的嬉皮士'原型。克兰的预言姿态，他的简练风格，他对城市生活超现实的描绘，都给 30 年之后的诗歌语言留下了印记。"①

　　不过，《桥》写得不平衡，良莠不齐，一般公认最精彩的部分是《致布鲁克林桥》《短胸衣》《三支歌》《地道》和《波瓦坦的女儿》中的《海港黎明》《范温克尔》《河》和《跳舞》。写得较差的诗组是《哈特拉斯岬》《贵格山》和《波瓦坦的女儿》中的《印第安纳》。这些败笔是在他酗酒和精神快要崩溃的情况下造成的，他急于要在 1929 年完卷。

　　1931 年，克兰得了一笔古根海姆学术奖，在墨西哥用来创作有关西班牙在 16 世纪侵略墨西哥的史诗《征服者》（*The Conquistadors*），但他感到自己已经江郎才尽，无法进展。他误以为他去世前两个月作的最后一首佳篇《破钟楼》（"The Broken Tower"）证明他创作力业已衰退，感到绝望，社会、家庭和他自己造成的心理失调过早地扑灭了他那天才的火花。再加上古根海姆学术奖已经花完，无法继续申请，不得不乘船回国，在途中跳海自尽。他没有也没来得及系统地完成他的诗作，他写了不少阐述性的信，它们现在却成了我们了解他创作思想的宝贵文献。

　　克兰天禀聪颖，但同时又是梦幻式的好高骛远者。他的情感浓烈，一泻千里，以至使他觉得日常用语不足以充分表达他的内心世界和远大抱负。他于是煞费苦心地借用古代和外国的历史文化、文学典故以及当代的科技术语或词藻，把它们压缩在诗行里，使他的诗具有更多的象征意义，但有时使得他的词句负载太多，多得到了读者无法理喻的地步。另外，他有意打破通常讲话的逻辑，让联想意义（有时只有他本人了解的联想，例如上述的"岛屿间响起柔板的节拍"）充溢在他选择的词语里。他之所以这样做，是因为他不想停留在通常发语方式的层面上，而是想要深入到心灵深处。他让读者透过他主观联想和情感反响编织的屏幕，窥视客观世界，这就是读者感到他诗歌晦涩的主要所在。在这一点上，他有点像中国唐朝诗人李贺。克兰在诗坛上是天马行空，独来独往，他生前的读者群是少数有高度文化修养的精英，而不是普通读者，尽管在他的时代，他是真正追求民主、歌颂民主的少数优秀诗人之一，是从惠特曼到金斯堡的过渡桥梁。当美国诗风逐渐从 T. S. 艾略特转向简朴、明晰的自由诗时，克兰的声音显得更孤单了，虽然他还拥有当代作家知音，例如他对早期的卡尔·夏皮罗以及黑山派诗人查尔斯·奥尔森和罗伯特·克里利依然具有很大吸引力。克兰幸运的是，他的《桥》已作为《荒原》《四首四重奏》《诗章》《帕特森》《莫克西莫斯诗抄》和《梦歌》的比肩之作，载入史册。

---

① Christopher Beach. *The Cambridge Introduction to Twentieth-Century American Poetry*: 71.

第三节　阿奇博尔德·麦克利什
（Archibald MacLeish, 1892—1982）

对美国现代派诗歌的多数读者来说，麦克利什常常和他的名篇《诗艺》联系在一起，但既不是这一首诗，也不是《世界末日》① 或常被收录在各种诗集或文集里的《你，安德鲁·马维尔》能概括他多样化的艺术风格。他发表了史诗《征服者》（*Conquistador*, 1932）和十多部供电台和舞台演播或演出的诗剧。麦克利什是一位非同寻常的诗人。他作为一个现代派作家，首先清醒地意识到文学作品必须要有"艺术"性，不能搞宣传口号，但也决不能丧失其社会责任性。在他一生的诗歌实践中，麦克利什果敢地奉行了他的这一信念。作为一个公仆，他在美国作家群中官职最多也最高，先后担任过国会图书馆馆长、罗斯福总统助手和演讲稿撰写人、联邦统计局局长、战时情报局局长助理、助理国务卿、联合国教科文组织第一任主席。麦克利什在国会图书馆馆长的任上，建立了诗歌顾问制，任命曾经反对过他的露易丝·博根担任国会图书馆诗歌顾问（1945—1946），博根感到不解，问他为什么任命她担任此职，因为她是长期以来写文章抨击麦克利什作品的对手，麦克利什的回答是：她是最适合的人选。他的这种"外举不避仇"的开阔心胸与弗罗斯特的嫉贤妒能的小肚鸡肠，是美国诗歌史上两个最著名的例子。麦克利什作为大学教授，在退休的年龄，执教于哈佛大学和麻省阿默斯特学院。

麦克利什出生于伊利诺斯州格伦科，在耶鲁大学求学期间，在学业、体育和社会活动上均已出众。1916 年，与阿达·希区柯克（Ada Hitchcock）结婚，生子女三。一战爆发后，他告别妻子和孩子，毅然投笔从戎。战后在哈佛大学法学院学习，毕业后在波士顿当律师。当繁杂的律师事务妨碍他诗歌创作时，他携家眷去巴黎侨居，加入旅欧美国作家海明威、格特鲁德·斯泰因和庞德等人的行列，投身现代派文学运动。

麦克利什早期创作深受 T. S. 艾略特和庞德的影响，在旅法期间（1923—1928）发表的四部诗集，无论在题材、观念、艺术形式上显然都带有 T. S. 艾略特和庞德的格调。他在《A. 麦克利什的村舍》（*The Hamlet of A. MacLeish*, 1928）里，以戏剧独白的形式塑造了莫伯利或普鲁弗洛克式的扭

---

① 《世界末日》与《诗艺》首先收在他的诗集《月下街道》（*Streets in the Moon*, 1926）里。

曲形象，表现了现代人失意与绝望的情感。与阿奇博尔德·麦克利什认同的诗中人沉思默想，觉得很难接受他生活中的苦难，同时又意识到他必须面对现实，接受生活中的这些条件。这是他现代派版本的哈姆雷特故事，诗中人在结尾处，模仿哈姆雷特的口吻说道：

> 你不必思考
> 我的内心这儿多么不吉祥！

他的一首著名短诗《诗艺》（"Ars Poetica"）展示了现代派诗歌注重事物具体性、力戒陈述一般观点和滥情主义的倾向。该诗一共三节，每节八行，现试看第一节：

> 诗应该有可触性，却不张口
> 如同一只圆圆的水果
>
> 缄口沉默
> 好似旧奖章被手指抚摸
>
> 静静地，犹如窗台的石栏
> 被衣袖磨平，长满苔藓
>
> 诗应当不置一词
> 仿佛是鸟在空中展翅

在这位现代派诗人看来，一个形象有时比几节诗传达的容量多得多。而跳跃飞速、不完整的句式比符合语法的传统诗行更适于表现现代人的心态。这首诗的最后两行"诗不应当有所指／应当直道其是"典型地揭示了现代美国诗歌注重具象的审美观点，被评论家视为意象诗歌原则的再现。这两行著名的诗与 W. C. 威廉斯的"不表现思想，只描写事物"诗美学异曲同工，因此常常被诗评家们所引用。

30 年代，麦克利什积极干预生活，在创作中有意识地触及当时的社会和政治问题。经济萧条时期，当美国社会陷入困境，许多作家抱怨社会敌视艺术时，麦克利什走出象牙之塔，用他的作品，特别是广播诗剧，例如《城市的陷落》（*The Fall of the City*, 1937）和《空袭》（*Air Raid*, 1938），证明文学完全能影响国家大事，使政府高层领导人物听到人民群众的呼声，并向大众警告欧洲法西斯主义的威胁，号召大众起来反抗法西斯主义。他甚至利用小册子《无责任感者》（*The Irresponsible*, 1940）谴责包括 T. S. 艾略特和庞德在内的一些专为艺术而艺术的同时代作家削弱了读者的道义感，使读者成了法西斯主义的牺牲品。在诗集《美国大有希望》（*America Was Promises*, 1939）里，他揭示了需要行动起来，拯救资产阶级民主的主题。他这时在文坛处于两面受夹攻的地位。他因为不喜欢社会主义而受到左派作家的抨击，同时因为侧重社会政治内容而被新批评派评论家冷落和轻视。例如，他在诗集《为洛克菲勒先生的城市作的壁画》（*Frescoes for Mr. Rockefeller's City*, 1933）里，一方面讥刺共产党人，一方面又取笑不懂艺术真品的资本家。无可否认，他本质上是忠实于美国政府现行政策的文人。这不但直接表现在他担任罗斯福政府的多种要职上，而且从他这个时期第一次获普利策奖的长篇史诗《征服者》内容里也可觉察得出来。它取材于16 世纪西班牙侵略军将军科尔特斯征服墨西哥的史实，通过西班牙老兵贝尔纳尔·迪亚斯之口，美化西班牙侵略军屠杀和奴役墨西哥土著的罪行，这不禁使人自然地联想到美国白人残杀印第安人的历史。不过，显示麦克利什这时期艺术才华的是他的《诗抄：1924～1933》（*Poems, 1924-1933*, 1933）而不是《征服者》。

尽管评论界对麦克利什的诗评价不一，但从 30 年代起，他一举获得10 项文学奖，其中包括两次普利策诗歌奖、一次普利策戏剧奖、一次国家图书奖、一次博林根诗歌奖、托尼最佳戏剧奖（Tony Award for Best Play）、最佳纪录片奖（Academy Award for Documentary Feature），无可辩驳地成了著名诗人，并曾一度担任了美国文学艺术院主席（1953—1956）。40 年代是他官运亨通的时期，他大部分的优秀抒情诗也正是在这时期（即他 50 岁以后）创作的。由于工作条件的优越，他能方便地置身于工业、商业、政府和政治等领域，他的视野因而比同时代作家广阔得多。诚然，作为一个诗人，首要条件取决于其想象力、聪颖和对语言敏感的程度，但丰富的生活经验和社会阅历，无疑给麦克利什的作品带来深度和广度。在他退出政界到大学任教以后，他转向以古典题材为主的诗剧创作，例如，他的诗剧《J. B.》（*J. B.*, 1957）取材于《圣经》的《约伯记》。一般说来，他在晚年的诗论里，回避文学家的社会责任感。像 T. S. 艾略特一样，他晚年沉溺于玄学，思索浩茫的时空。

他的诗里经常出现诸如秋、月、风、雨、夜、海、爱、美、少女之类使人动情的形象，加上他兼收并蓄浪漫主义和现代派的表现手法，因而他比一般现代派诗人拥有更广泛的读者群。他的诗可感性强，最易刺激人的感官，使读者获得具体生动的感受。在他众多的诗篇中，以抒情诗最为人称道。有评论家认为《你，安德鲁·马维尔》（"You, Andrew Marvell", 1930）是 20 世纪美国最优秀的短诗。《安静的被杀害者》（"The Silent Slain", 1926）、《世界末日》（"The End of the World", 1926）、《不朽的秋天》（"Immortal Autumn", 1930）和《冬天是另一个国度》（"Winter Is Another Country", 1948）等短章，都是麦克利什的上乘之作。麦克利什的《诗合集：1917～1952》（*Collected Poems, 1917-1952*, 1952）第二次获普利策奖。他最后一本较全的诗集是《新旧诗合集：1917～1976》（*New and Collected Poems 1917-1976*, 1976）。评论家们对他第二次获普利策奖的诗集评价有分歧，有人认为，该集中存在许多欠缺和弱点，尤其对他慷慨激昂的说教味特别反感；但许多人认为，麦克利什以这样或那样的方式，在美国文学领域里，留下了令人注目的痕迹。

麦克利什度过了愉快的晚年生活。他早晨起来伏案写作，直至中午，然后是做力所能及的体力劳动。他晚上同客人谈话或者阅读。他在创作生涯初期，就对人创造社会的潜力怀有信心。凭人的创造力，他可以体体面面、愉愉快快地生活。他认为，为了过上这种生活，人必须要有爱心和觉悟。而今人们记住他的，是他的这种人道主义声音和他抒情诗的精湛艺术技巧以及他为现代诗剧推上电台演播和舞台演出所做出的贡献。

第四编 中间代——从现代派向后现代派过渡的一代

引言

第二代美国现代派诗人在绪论第四节已有简单介绍。他们通常又被文学史家称为中间代。^①一般地说，出生在 20 世纪 20 年代左右的美国现代派诗人，例如卡尔·夏皮罗、兰德尔·贾雷尔、罗伯特·洛厄尔、查尔斯·奥尔森、伊丽莎白·毕晓普、格温朵琳·布鲁克斯、托马斯·麦克格拉斯、缪丽尔·鲁凯泽等，被称为中间代诗人。赵毅衡教授对此有很好的概括，他说：

> 我们一般把第二次大战作为现代与当代的分界，但我们检查二次大战期间与战后的美国诗时，我们见到的主要是延续性。
>
> 这种延续性首先表现在战前那一代诗人还在继续写作。艾略特的《四首四重奏》使他得到 1948 年诺贝尔奖金；新批评派在战后达到了极盛期；庞德的《诗章》后半部分与威廉斯的《帕特森》都作于战后；史蒂文斯、莫尔、艾肯、兰塞姆、麦克利什、泰特、肯明斯等人都是在 50 年代获得美国主要诗歌奖。
>
> 延续的另一个表现是所谓"中间代"诗人大致上都沿着战前已确立的诗风在写作。这些诗人出生于 1910 年之前，在 40 年代至 50 年代初创作上达到成熟。他们有的人继承的方面多一些，有的人变化的方面多一些，但总的来说没有构成对传统的突破。^②

赵毅衡教授所指的"现代与当代的分界"，也就是我们通常所说的现

---

① 参看: Donald Barlow Stauffer. *A Short History of American Poetry*. New York: E.P.DuHon & Co, Inc., 1974: 351; Emory Elliott et al. Eds. *Columbia Literary History of the United States*. New York: Columbia UP, 1988: 1080.

② 赵毅衡.《美国现代诗选》. 人民文学出版社, 1985: 13-14.

代派与后现代派的分界。第一代现代派诗人在二战后仍处于创作高潮期，中间代诗人均已到了不惑之年，但在第一代现代派诗人面前却仍是年轻诗人，仿佛永远长不大似的，甚至到 60 年代新一代诗人已步入诗坛，他们仍然背了个永远甩不掉的年轻诗人的称号。这情况和世界各国古今的政坛相似，第一代统治者若十分能干，第二代统治者只能无为而治了。这只能是大体而言，其实在 30 年代跨进诗界的多数中间代诗人，都在不同程度上以这种或那种方式摆脱了 T. S. 艾略特的影响。有的诗人反对以 T. S. 艾略特为代表的智性诗风是动真格的，例如卡尔·夏皮罗，他像勇猛的战士，不但向 T. S. 艾略特，而且向庞德和叶芝，直接展开抨击。其他诗人则是半心半意地反对 T. S. 艾略特诗风。虽然他们想吸收 19 世纪浪漫主义较富激情的成分，来替代 T. S. 艾略特所提倡的机智但缺少激情的玄学派诗风，如库涅茨在讲到他和他的朋友罗什克时说："艾略特流派是我们的敌手。我们为更多激情的艺术而奋斗。"但在 30 年代和 40 年代，很少有美国诗人敢于公开自称是浪漫主义诗人，其主要原因是他们慑于 T. S. 艾略特业已树立起来的权威和新批评派的强大势力。实际上，罗什克的《失落之子》（1948）和沃伦、詹姆斯·赖特、默温等人 50 年代的诗作都偏离了 T. S. 艾略特建立的美学规范，掺和了被 T. S. 艾略特和新批评派抛弃的浪漫主义成分。

　　中间代诗人跨步于现代派和后现代派两个时期之间，但有的文学史家如珀金斯，把他们归入后现代派时期的诗人群里。[①] 在美国诗歌领域里，打响后现代派迫击炮而引起社会效应的是黑山派和垮掉派。因此，把中间代诗人称作现代派与后现代派之间的过渡诗人较为适合。本编介绍 1910～1920 年间出生的主要诗人，其中凡与这个时期某个流派有牵涉者，则归属到某个流派里加以论述。

---

① David Perkins. *A History of Modern Poetry: Modernism and After*. Cambridge, MA. and London: Harvard UP, 1987.

第一章　客观派诗歌

第一节　客观派诗歌简介

20 世纪 30 年代早期出现的客观派诗歌,是以朱科夫斯基为核心,W. C. 威廉斯凭借其诗坛的影响积极推动的昙花一现的诗歌流派。它是意象派诗歌的延续,但又增添了新的内涵。诗评家克里斯托弗·比奇介绍说:"客观派诗歌在某些方面是意象派诗歌的延续,不过它比意象派诗歌探求更为复杂的思想感情。"[①] 在文学史上,它的声响比庞德当年提倡的漩涡派诗歌大得多。它作为 20 世纪 30 年代主要的诗歌运动受到诗歌界广泛的关注。

朱科夫斯基为展示客观派诗歌风貌而主编的《客观派诗选》(*"Objectivists" Anthology*, 1932)收录了 20 个诗人的诗作,并且与查尔斯·雷兹尼科夫和乔治·奥本创办客观主义出版社。在这历史的关头,庞德再次发挥了伯乐的作用。由于他的大力支持,朱科夫斯基才有可能主编客观派诗选,才有可能界定客观派诗歌(Objectivist poetry)的两个特点:真诚和客观化。与客观派诗人团体有联系的有 W. C. 威廉斯、巴兹尔·邦廷、洛林·尼德克尔、肯尼斯雷克等诗人,但真正投入客观派诗歌创作而有所成就的是朱科夫斯基本人以及其他四位诗人:查尔斯·雷兹尼科夫、罗伯特·麦克尔蒙、卡尔·雷科西和乔治·奥本。

客观派诗歌,作为诗歌流派,在诗歌史上虽然没有意象派那么响亮,但它对当代诗歌的影响不可小觑。克里斯托弗·比奇为此说:"客观派诗歌作为 20 世纪美国诗学的一个源泉,其影响远远超过它对同时代诗歌的影响。自从 20 世纪 70 年代以来,客观派诗人被一批美国诗人,最显著的是被那些与试验性的语言诗有关的诗人,奉为重要的前辈。客观派诗歌的魅力来自它的诗法的三个主要方面:抛弃象征和主观(例如自白派诗歌)的

[①] Christopher Beach. *The Cambridge Introduction to Twentieth-Century American Poetry*: 108.

诗歌模式，高度关注诗歌技巧的设计，高水平的理论推断。"①

不过，客观派诗歌对归属在客观派旗号下的诗人来说，只是他们创作生涯中的一个小插曲。他们后来都各自建立了自己的风格，为了叙述方便，本章将介绍几个与客观派有密切关系的诗人。

第二节　路易斯·朱科夫斯基（Louis Zukofsky, 1904—1978）

朱科夫斯基如今被评论界视为 20 世纪美国主要的但又没被公众发现的诗人。虽然他在生前受到过 T. S. 艾略特、庞德、W. C. 威廉斯、玛丽安·穆尔、肯明斯、肯尼思·雷克斯罗思等著名诗人的夸奖，年轻一代诗人罗伯特·克里利、罗伯特·邓肯、海登·卡拉思（Hayden Carruth, 1921—2008）和英国诗人查尔斯·汤姆林森（Charles Tomlinson, 1927— ）都坦承受益于他，但他的诗因为太怪太难懂，至今仍不为多数读者所了解，也很少被收进大学教材。他的诗做出版后，评论界起初反应冷淡。对不喜欢他作品的评论家来说，他的诗太琐碎，太艰涩。然而，如今在美国学术界存在着对他的作品深入研究和高度评价的倾向。著名评论家休·肯纳认为他的长达 826 页的代表作《A》（A, 1978）是最奥妙的英语诗，在 22 世纪依然能起阐释作用。也许到那时，他在美国诗歌史上的地位才能真正确立，因为他别出心裁的作品和诗美学是当代评论家最感兴趣而又最玄惑的研究课题之一。

朱科夫斯基的诗歌理论主要体现在他的文章《真诚与客观化》（"Sincerity and Objectification", 1931）里。在庞德不断地促动下，哈丽特·门罗同意朱科夫斯基为《诗刊》出一个专号，但希望他写一篇宣言之类的文章，搞一个流派，并为这个流派取名。在 1931 年 2 月的《诗刊》专号上，朱科夫斯基编选了 W. C. 威廉斯、卡尔·雷科西、罗伯特·麦克尔蒙、查尔斯·雷兹尼科夫、雷克斯罗思、奥本和英国诗人巴兹尔·邦廷等人的作品以及他本人的《A—7》（"A-7"）和文章《真诚与客观化》。此外，还附加了 T. S. 艾略特的《玛丽娜》（"Marina"）和庞德的两首诗。次年，朱科夫斯基主编出版了《客观派诗选》，从此以客观派诗人著称于世，但由于朱科夫斯基对客观派诗美学的界定与阐述比较含混，因而该流派的生存时间很短，并未产生重大的影响。朱科夫斯基的这篇文章不但晦涩，而且除了

---

① Christopher Beach. *The Cambridge Introduction to Twentieth-Century American Poetry*: 108.

对客观派诗人褒扬外，对其他诗人则傲慢地采取排斥的态度。许多读者对这篇文章极不满意，纷纷写信给《诗刊》，抨击朱科夫斯基，说他在希腊合唱的伪装下，鼓吹犹太种族主义。哈丽特·门罗不得不在下一期《诗刊》对它进行批评，连被朱科大斯基选中的客观派诗人也公开表态，批评这篇文章。朱科夫斯基不善辩，企图反驳未获成功，因此他给人的印象是妄自尊大地搞小集团。他不久便放弃了争辩，但是他在一定程度上受到了误解和错责。在出版《诗刊》专号时，哈丽特·门罗对他说："你必须开展一个运动。"朱科夫斯基回答说："不，我们之中的一些人仅仅描述事物，他们将对我们产生新的影响。""好吧，那就给它起一个名字。"哈丽特·门罗说。这就是"客观派"专有名词产生的经过。W. C. 威廉斯对这场辩论怀有浓厚的兴趣。后来在 50 年代早期，当 W. C. 威廉斯问朱科夫斯基关于客观派诗歌的含义究竟是什么时，朱科夫斯基答道："客观派诗歌等同于诗歌……一首诗表现形状，形式，注重音乐性……"十年以后，W. C. 威廉斯为《普林斯顿诗歌与诗学百科全书》撰写了"客观派"的词条。朱科夫斯基的那篇文章尽管在当时受到訾议，但它表达了他的诗美学，至少对帮助我们欣赏他的诗歌有很大的参考价值。

该论文完整的标题是：《真诚与客观化：尤以查尔斯·雷兹尼科夫作品为参照》（"Sincerity and Objectification: With Special Reference to the Work of Charles Reznikoff", 1931）。《诗刊》刊载该文时，砍削了讨论雷兹尼科夫作品的一半例子，省略了好几段充分界定"真实"及讨论雷兹尼科夫被忽视的原因的文字。删削的原因，主要是帮助读者了解客观派，别让他们纠缠在个别客观派诗人的例子上，但使朱科夫斯基原来完整的美学思想遭到了阉割，以致使他很容易受到误解。1982 年，汤姆·夏普（Tom Sharp）发表题为《真诚与客观化》（"Sincerity And Objectification", 1982）[①] 的论文，他在这篇论文里，把朱科夫斯基原来的论题和内容恢复以后，进行了充分的分析。原来朱科夫斯基从"真诚""客观化""例证"和"相互关系"等四方面论述了他对客观派诗歌的观点。

在"真诚"部分，朱科夫斯基区分了"个人真诚"和"诗歌真诚"，前者指个人的品格：言行一致，后者指诗歌用词句清晰地精确地反映诗人真正的体验。朱科夫斯基作为诗人，关注的是"诗歌真诚"。诗歌真诚不可能伪造，如同人们不可能生活在虚幻之中。朱科夫斯基认为，人们生活在万物的世界上，不管他们对它抱怎样的看法，当一个人的感觉和思想进入

---

① Frederick Thomas Sharp. "Sincerity And Objectification." *Sagetrieb*, 1.2, Fall 1982.

诗歌时，诗歌便进入了世界。真正的细节要么就在诗作里，要么就不在。他认为，"诗歌真诚"是体验的表现，是对存在的维护，是知觉的成果，是与体验过的事物保持一致的观念的结果，也是诗歌技巧的结果。

在"客观化"部分，朱科夫斯基认为诗歌艺术远不止于对内容的选择和加工，不仅仅只考虑到诗歌真诚，否则诗歌作品会退化到表现地方主义和意识形态的宣传工具。在他看来，客观化是把各个真诚的细节单位安排到一个可以理喻的完整单位里，换言之，用词句把与观念相应的客体组织到结构之中。世界上存在的"客体"与作品里影响思想的事物在客观派诗人心目中的区别是微乎其微的。客观派诗人不想去制造真正的红色手推车，但他寻求描写影响思想的红色手推车或其他的物体。朱科夫斯基不重视在认识论上区别"真诚"与"理想"，他说："一般认为，认识上的问题并不影响存在，个别的关系结构也许是一个确切的客体，反之也然。"客观化取决于真诚，但不能指望诗歌的客观化胜过它的题材。

在"例证"部分，朱科夫斯基除了重点论证雷兹尼科夫的诗歌外，还认为 W. C. 威廉斯的诗集《春天及一切》（1923）中的第 8、10、18、23和 26 等五首，玛丽安·穆尔的《章鱼》和《像灯芯草》（"Like a Bulrush"），T. S. 艾略特的四行诗和肯明斯的诗集《等于 5》（1926）中至少有一半的诗篇符合客观派诗的标准。

在"相互关系"部分，朱科夫斯基突出了庞德对客观派诗的影响。他所引证的诗人 W. C. 威廉斯、玛丽安·穆尔、T. S. 艾略特、肯明斯和麦克尔蒙等都享有一个共同的传统，这个传统来自庞德的意象派宣言。因此，朱科夫斯基的诗歌真诚是重申和澄清意象派的直接表现法。客观派诗人相信为人们表现世界的词句的潜在力，也相信表现、存在和体验之间的绝对关系。真实和客观化统率客观派的诗歌技巧。

我们从朱科夫斯基的诗歌理论和实践发现，他的诗美学的形成始于庞德和 W. C. 威廉斯以及雷兹尼科夫的影响。[①] 他是坚持庞德—W. C. 威廉斯—H. D. 诗歌创作路线最坚定也最有成就的诗人，同追随 T. S. 艾略特诗风的新批评派智性诗人艾伦·泰特在美国诗歌史上所起的作用一样。朱科夫斯基明显地抛弃了象征主义，但在坚持描写客观事物的同时，注意挖掘其历史含义。

体现朱科夫斯基抱负的第一首诗是 330 行的长诗《以"The"开始的

---

① 伯顿·哈特伦说，朱科夫斯基的诗歌父亲是庞德和 W. C. 威廉斯，诗歌叔叔是雷兹尼科夫。参见：Burton Hatlen. "Zukofsky, Wittgenstein, And The Poetics Of Absence." *Sagetrieb*, 1.1, Spring 1982.

诗篇》（*Poem Beginning"The"*, 1926），其文化上的绝望之情、从心理学上的探索的种种主题、为解释隐喻而严格认真地作的大量自注，使它读起来颇像《荒原》。它完全回避了明显解释性的诗行，行与行之间省略很大，没有过渡性的线索，情绪变化突兀，处处表现了作者博学多才和先锋派意识。例如，该诗开始的 25 行，作者的语调从反讽转变到预言，隐喻涉及恋母情结以及 D. H. 劳伦斯、诺曼·道格拉斯、庞德、T. S. 艾略特、詹姆斯·乔伊斯、F. 维庸（Francois Villon, 1431—1463）和玛丽安·穆尔等作家。它在建构与气魄上类似庞德 1917 发表在《诗刊》上的《诗章》。在庞德的鼓励下，它面世于庞德主编的 1928 年春季号《流放》（*Exile*）上。庞德从此把他作为"美国最聪明的人"推荐给文朋诗友。W. C. 威廉斯读了朱科夫斯基的这首诗之后很喜欢他，让他帮助编辑小杂志《接触》（*Contact*）。这本小杂志在 1932 年只出版了三期，但 W. C. 威廉斯和朱科夫斯基成了终身莫逆之交。

　　奠定朱科夫斯基在文学史上地位的是他的杰作《A》。他在 1928 年开始构思，计划写 24 部分或 24 个乐章，若干乐章组合成一个单行本诗集。在编成全集过程中，先后有七个单行本问世。[①] 1978 年编成完整的全集，第 24 乐章完全是由五线谱配成的歌词，长达 237 页，由此可见其宏伟的规模！更令人惊异的是《A—9》的上半部，作者按照解析几何的圆锥曲线公式分布 n 和 r，而诗中的词句全摘录于马克思著作。如果不从他留下的手稿注释[②]中发现，谁也猜不出作者的苦心经营。像《诗章》对于庞德一样，《A》成了朱科夫斯基终生为之奋斗的巨著，尽管其名声远不如《诗章》那么大。

　　《A》关注诸如种族暴动、宇宙飞行或美国帝国主义行径等政治问题，但没有金斯堡那种投入政治运动中的高度积极性，它围绕两个中心人物巴赫（Johann Sebastian Bach, 1685—1750）和莎士比亚，编制了个人的政治和美学的主题。具有地方色彩的口头音乐的抒情性、多主题及其变奏的结构形式、诗歌逻辑的发展与转折等因素，决定了该诗的创新性和令读者目眩的艰涩，结果给作者的报偿是毁誉俱来，不过许多诗人承认，他是与庞德和乔伊斯并肩的 20 世纪大作家。《A》的艺术形式多种多样，不但有传统的十四行诗（例如《A—7》）和罗马喜剧（例如《A—21》），而且有先锋派大胆的形式（例如《A—14》中一个词的短行，《A—16》只有三行，《A

---

　　① 七个单行本《A》分别是：*First Half of "A"-9* (1940); *"A" 1-12* (1959); *"A" Libretto* (1965); *"A"-14* (1967); *"A" 13-21* (1969); *"A"-24* (1972); *"A" 22 and 23* (1975).

　　② 该手稿现留存在得克萨斯大学哈里·兰塞姆人文研究中心。

－17》中嵌有多段长篇散文，有草书笔迹，《A－24》全部是配五线谱的歌词），这更增加了它开放型的艺术魅力，而作者采用不定冠词 A 作为他诗集的标题，也包含了这一开放型大工程的主旨。它来自《A－1》的首句：

> A
> Round of fiddles playing Bach
> 一
> 曲小提琴演奏的巴赫的音乐。

接下来是：

> 喂，你们这些女儿，分担我的苦痛——
> 赤露的手臂，黑色的服装，
> 瞧他！谁？
> 我们的上帝激情，
> 瞧他！怎样呢？
> 他的双腿青紫，小腿上的腱在流血，
> 啊，上帝最圣洁的羔羊！
> 观众全身黑服。
> 死亡的世纪，那儿是你的
> 穿着五颜六色的莱比锡乡村老乡，
> 复活节，
> 莱比锡庇护人的双颊
> 庄重地跳动，古板而生硬，喘息着——
> "去教堂？婴儿在哪里？"
> "啊，合唱团指挥
> 急急匆匆——
> 约翰·塞巴斯蒂安，22 个
> 小孩！"①

　　单凭这一节诗，足见朱科夫斯基的现代派审美趣味不亚于 T. S. 艾略特或庞德。他在《A－12》向读者直接透露了他的诗美学：

---

　　① Louis Zukofsky. *A.* Berkeley, Los Angeles, London: University of California P, 1978: 1.

我将告诉你
关于我的诗学——

音乐
∫
言语

一个整体
下限言语
上限音乐

　　《A》像《诗章》一样，包容了东西方文化、历史和政治。你从中不但能会晤卡图卢斯（Gaius Valerius Catullus, 84－54B.C.）、维瓦尔弟（Antonio Vivaldi, 1659—1741）、斯宾诺莎（Baruch Spinoza, 1632—1677）和爱斯基摩人，而且能接触到菲德尔·卡斯特罗（Fidel Castro, 1927—　）、艾森豪威尔（Dwight David Eisenhower, 1890—1969）、成吉思汗，甚至人造卫星和盖革—弥勒计数器。不过，引起中国读者浓厚兴趣的是该诗集提到有关中国文化、政治和历史达 18 处之多。罗伯特·克里利对《A》的价值作了这样的评价：

　　　　这个极为有价值的版本的目录表明这些诗始作于 1928 年，那时诗人正好是 24 岁（对我来说，24 这个数字是人类用来衡量一天时间的 24 小时）。最后的创作时期是 1974 年（《A—23》），在准备这个版本时，朱科夫斯基去世，未来得及看到他一生心血的结晶。它的时间跨度是 46 年，毫无疑问是一生的心血结晶……这部作品表明朱科夫斯基的艺术是无与伦比的。在我们的时代，没有一个诗人能如此深入探索语言资源……①

　　凡读过《诗章》《帕特森》《莫克西莫斯》或《荒原》的读者，对《A—12》的现代派自我意识很强的内容与形式并不感到陌生，即使它的现代观点很特别，但所选用的材料毕竟大部分是公开的；即使其选材属于诗人私生活方面，它涉及的婚姻、父母或死亡主题依然具有普遍意义。然而，

---

① 引自《A》的封底。

《A》的后半部，即《A13—24》，却十分晦涩，令一般读者不敢问津，或望而却步。尤其《A22—23》完全偏离了传统的词法、句法和语法，完全成了乔伊斯和格特鲁德·斯泰因式的试验之作,成了当代语言诗的先驱之作。但我们不得不指出，朱科夫斯基在创作《A》的过程之中十分投入的同时，存在钻牛角尖或象牙之塔的倾向，因为他在创作《A》的后半部时，也许过于执着于对诗艺的追求，以至于根本没考虑到读者的接受程度，只一味沉湎于自我探索之中。他的艺术世界似乎仅由他的家庭和他的作品所组成，他只能自由自在地自我陶醉，自得其乐。在 50 年代后期，当他的朋友乔治·奥本问他的作品为什么如此隐晦时，他愤怒地回答道："这没关系嘛，他们并不关心是否了解你。"从此他与乔治·奥本的关系冷淡下来。这时只有大洋彼岸的英国年轻诗人，特别是查尔斯·汤姆林森对他很崇拜。W. C. 威廉斯是他的热心朋友，但老早抱怨他的诗歌太晦涩。他们的友谊仅停留在相互尊重，却无法在学术上沟通。诗人唐·伯德（Don Byrd）在研究《A》难懂的原因时指出："朱科夫斯基作品的激进性，源出于他拒绝遵循隐私的基本常规，即拒绝区分信息发送者与接受者之间，信息生产者与消费者之间交流的行为。"[1]换言之，朱科夫斯基作为诗人，通过他的诗发送只有他个人知道的信息，而无视信息的接受者——读者的承受能力，这就必然造成了信息交流渠道的不畅，甚至堵塞。

　　尽管他的作品很难懂，但他的《A—7》《A—9》《A—11》和《A—12》和其他的许多短诗，例如《螳螂》（"Mantis"）、《你们三个》（"You Three"）以及《以"The"开始的诗篇》，等等，被公认为 20 世纪美国诗歌中的杰作。评论家们预料，他的名声将随着时间的推移和读者对他的作品逐步深入了解而逐渐提高。我们怀着浓厚的兴趣看到，批评家们已开始深入到《A》的后半部领域进行研究了，例如，辛辛那提大学青年女学者、英语助理教授艾莉森·里克（Alison Rieke）对朱科夫斯基的《A22—23》作了详尽的探索。[2] 朱科夫斯基保存在得克萨斯大学哈里·兰塞姆人文研究中心的手稿和注释，使她有可能读解《A22—23》的上下文。她通过刻苦钻研发现，《A22—23》在高度支离破碎的表面之下，隐藏着符合逻辑的基本结构，其结构建筑在有数百处来源的引文和其他作家的劳动成果之上，其中包括霍桑、约翰·艾略特（John Eliot, 1604—1690）、科顿·马瑟（Cotton Mather, 1663—1728）、梭罗和托马斯·杰弗逊（Thomas Jefferson, 1743—1826）等。

① Don Byrd. "Getting Ready to Read 'A'." *Boundary* 2, Vol. x 2 , winter, 1982: 292.

② Alison Rieke. "Words' Contexts, Contexts' Nouns: Zukosky's Objectivist Quotations." *Contemporary Foreign Literature*. Spring, 1992: 113-134.

单凭这份名单，也足见朱科夫斯基的博学多才了。

朱科夫斯基出生于纽约市的一个从苏联移居到美国的犹太人家庭。父母不会讲英语，朱科夫斯基的第一语言是意第绪语，英语则是他的外语。他中小学的成绩优秀，可以免费入纽约市学院，但他的父母却花钱送他上哥伦比亚大学。20岁获硕士学位。1939年与西莉亚·撒尤（Celia Thaew）结婚，生一子。他像通常的知识分子一样，对政治和历史以及马克思著作都感兴趣，这成了他日后创作的主题之一。他20岁不到就开始学习写诗，很快掌握了意象派技巧，同时也能写出很不错的抒情诗。他写政治诗时有时拐弯抹角，例如称颂列宁的《忆 V. I. 乌里雅诺夫》（"Memory of V. I. Ulianov", 1925）；有时也很直率，例如《1926年帕塞伊克罢工期间》（"During the Passaic Strike of 1926"）。20年代，朱科夫斯基勤奋好学，不事张扬，知识广博，做人低调，从不抛头露面，认识他的纽约作家例如雷兹尼科夫、乔治·奥本、玛丽·奥本等等，自叹不能望其项背，大家都认为他是他们这一群诗人之中最有才能的作家。当然，朱科夫斯基的诗学真正被理解、接受和推进的是后来的语言诗人，正如罗斯·海尔所说："作为20世纪70年代和80年代先锋派诗歌超群出众的声音和90年代学术界中一个强健的形象，朱科夫斯基的作品趋于被使用语言诗的透镜作解读和评价。"①

第三节　查尔斯·雷兹尼科夫
（Charles Reznikoff, 1894—1976）

如上所述，朱科夫斯基在他著名的文章《真诚与客观化：尤以查尔斯·雷兹尼科夫作品为参照》中，把雷兹尼科夫作为典型的例子，阐述了客观派的诗美学。换言之，雷兹尼科夫的诗歌基本上具有朱科夫斯基在该文中提出的客观派艺术特色。朱科夫斯基发现雷兹尼科夫找出版社出版诗集有困难，也发现一般读者对其诗作缺乏兴趣，其主要原因是：雷兹尼科夫沉醉于个人的感官体验和专注于自己的创作而不顾及读者的反应。不管出版商或读者如何看待他，雷兹尼科夫依然坚持反映他的所谓个人真实，这决定了他像朱科夫斯基一样写他的真实印象，写根植于他个人感官体验的观念。雷兹尼科夫也和朱科夫斯基一样，自以为自己曲高和寡而乐此不疲。不过，他同时有追求简朴诗风的一面，特别是在庞德的影响下，他的

① Ross Hair. *Ronald Johnson's Modernist Collage Poetry*. New York: Palgrave Macmillan, 2010: 16.

一部分诗有浓厚的意象派色彩。他对自己的诗歌评价是："'客观派'，清晰的意象但意义不陈明，由客观细节和诗的音乐性展示；词句简练晓畅；没有规则的音步；主题主要涉及犹太人、美国和城市。"

他自费印行的诗集《铭文：1944～1956》（*Inscriptions: 1944-1956*, 1959）收录了他的 59 首诗，其中一首《赞美颂》（"Te Deum"）典型地反映了他的人生观和美学趣味：

> 不是因为胜利
> 我歌唱，
> 我一无所有，
> 除了为共同的阳光，
> 一阵吹过的微风，
> 春天的赏赐。
> 不是为了胜利，
> 除了是一天完成的工作
> 以及我尽我所能，
> 不是为了讲台上的席位
> 除了为坐在普通的桌旁。

雷兹尼科夫出生在纽约犹太移民家庭。先后在密苏里大学新闻学院（1910—1911）和纽约大学法学院接受教育，毕业于纽约大学法学院，获得律师资格，但放弃了当律师的机会。他以当推销员、翻译、编辑、为法律大百科全书撰稿为生。1930 年，与玛丽·赛金（Marie Syrkin）结婚，生一子。他除了写诗以外，还发表了小说和犹太人家庭回忆录。在 60 年代以前，他默默无闻；到 60 年代以后，他年届 70 时才有了在正式出版社出版个人诗集的机会。

作为犹太诗人，他受冷落的处境很像犹太小说家亨利·罗斯（Henry Roth, 1906—1995），对过去犹太人受德国法西斯迫害的历史难以忘怀。他根据纽伦堡军事法庭审判罪犯的公开材料和在耶路撒冷对德国纳粹分子、大屠杀设计师奥托·阿道夫·艾希曼（Otto Adolf Eichmann, 1906—1962）的审判记录，创作并发表了一部诗集《大屠杀》（*Holocaust*, 1975）。该集里有一篇叙事诗《屠杀》（"Massacres"），用平实的口吻，讲述了德国兵残杀无辜的犹太人的惨状，即使至今读了，读者的心灵仍无不受到震撼。作者在这篇诗里，有两节描写了一个年轻犹太女子，她的父母和妹妹刚被枪杀，她抱着她的女儿站在德国兵面前：

　　　　刚杀害她妹妹的德国兵
　　　　转身面朝着她
　　　　问道："我先枪毙谁？"
　　　　她双手抱着女儿，没有回答。
　　　　她感到她的孩子被夺走；
　　　　孩子大喊，被枪杀了。
　　　　然后他瞄准她：抓住她的头发
　　　　把她的头扭过来。
　　　　她站着，听到一声枪响
　　　　但继续站着。他又扭过她的头
　　　　向她开了枪；
　　　　她倒进泥坑里的
　　　　尸体中间。

　　　　突然她感到窒息；
　　　　尸体纷纷盖满她身体。
　　　　她开始努力寻找空隙呼吸，
　　　　开始朝泥坑顶部爬去，
　　　　感到有人拽住她
　　　　咬她的双腿。
　　　　她终于爬上来了。
　　　　尸体遍地
　　　　但没全死：
　　　　正在死亡，但没死；
　　　　孩子们呼叫着"妈妈！爸爸！"
　　　　她试图站立，但动弹不得。

　　他的另一本两卷本长诗《证言：1885～1915 年间的美国》（*Testimony: The United States 1885-1915*, 1965, 1968）取材于 1885 年至 1915 年间的一件件重大案件。作为取得律师资格的诗人，他在运用这些材料时驾轻就熟，游刃有余。更主要的是，他作为受歧视受迫害的犹太移民后裔，本能地感到要为受害者伸张正义，主持公道。因此，当他徘徊在纽约的曼哈顿时，他总爱表达离乡背井的孤独之情，对他所见的一切自然地以犹太人的思想感情感应和观照。他有节制的同情心，总是倾向城市乞丐和女清洁工。在许多读者看来，他写这类题材的诗说教味太浓。他在历史深沉感方面，有些像切斯瓦夫·米沃什。

雷兹尼科夫的风格是在 20 世纪头十年先锋派文艺的审美影响下形成的。惠特曼和意象派也无疑对他有决定性影响。他生前准备的《1918～1975年的诗篇：查尔斯·雷兹尼科夫全集》（*Poems 1918-1975: The Complete Poems of Charles Reznikoff*）在死后的 1989 年出版。

第四节　罗伯特·麦克尔蒙（Robert McAlmon, 1896—1956）

麦克尔蒙生于堪萨斯州克利夫顿的一个长老会牧师家庭，是十个孩子中最小的一个。1917 年父亲去世，随母亲迁至洛杉矶，进南加利福尼亚大学，1918 年入伍，在圣迭戈接受空军训练，多数时间在空军基地编报。复员后复学，并且编小杂志《王牌》（*The Ace*）。开始为该杂志写诗和文章，也写编者按或社论。1919 年 3 月的《诗刊》登载了他的六首诗。他与 W. C. 威廉斯有相同的美术趣味，因此与后者一见如故。他用当裸体模特和打工赚来的钱和 W. C. 威廉斯一道创办小杂志《接触评论》。从 1920 年至 1923 年，该杂志出版了六期，推出了 W. C. 威廉斯、麦克尔蒙、庞德、史蒂文斯、玛丽安·穆尔、H. D.、凯·博伊尔（Kay Boyle, 1903—1993）等人的作品。麦克尔蒙在第一篇宣言式社论里指出："我们将是美国风格，因为我们属于美国；不管是国内的还是国际的，我们这里所刊登的作品起到相互交流的作用。"当然，W. C. 威廉斯强调的也是具有本国本土风味的作品。

1921 年，麦克尔蒙与一个极为富有的英国女作家安妮·威妮弗雷德·埃勒曼（Annie Winifred Ellerman）结婚后去巴黎，成了旅居巴黎的"迷惘的一代"的美国作家群里的中心人物之一。他利用妻子家里一小部分金钱，创立三山出版社（Three Mountains Press），资助了"迷惘的一代"的大批著名作家出版作品。[①] 肯尼思·雷克斯罗思说，绝大多数英美作家把他当作摇钱树，对他的作品却从来很少关心。他只在法国后期达达派和早期超现实主义的作家中，受到欢迎和得到理解。如今他只作为客观派诗人

---

① 得益于他的作家有：Diana Barnes, Bryher, Mary Butts, Norman Douglas, Havelock Ellis, F. M. Ford, Wallace Gould, Ernest Hemingway, Marsden Hartley, H.D., John Herrman, James Joyce, Mina Loy, Ezra Pound, Dorothy Richardson, May Sinclair, Edith Sitwell, Gertrude Stein, W. C. Williams。

之一名垂诗史。他写的自由诗富有戏剧性的叙事光彩，直截了当地表现事物，从不滥施感情。

我们现在来欣赏他发表在《诗刊》上的一首诗《苦路的艺术》（"The Via Dolorosa of Art"）：

> 但是有早餐吃的时候，
> 这一天他从来没有不喝咖啡。
> 因此，他想起了咖啡：
> 在他的脑海里，宇宙（专想着
> 咖啡）过滤了他的自我知觉。
> 咖啡——没放太多的奶油和糖。

麦克尔蒙用白描的手法，描绘了他闲适生活中的思想活动，其细致入微，如同史蒂文斯在《礼拜天早晨》里描写一个富有女人一样，她在阳光灿烂的餐室悠然自得地用早餐，吃橘子，喝咖啡，一派闲散的心情。这种正是最典型的现代派诗。

麦克尔蒙因为身处当时世界的文化中心之一的巴黎，结交了"迷惘的一代"的大批出类拔萃的文化、文学名人。他这方面丰富的经历反映在他的诗集《一代人的画像》（*The Portrait of a Generation*, 1926）里。例如，他在该集里的一首长诗《旋转镜》（"The Revolving Mirror"）中，试图反映他当时生活的时代和环境，生动地描绘了出现在他生活中的岳父——英国航运巨头约翰·埃勒曼爵士（Sir John Ellerman）以及在巴黎一起喝咖啡的朋友。其中有一节，他是这样描写詹姆斯·乔伊斯的：

> 他已经和继续被称赞
> 常常满足他的虚荣心
> 但是当他酒醉了时，
> 他是一个杰出的外国醉汉
> 一面喝酒
> 一面流泪。

原来鼎鼎大名的詹姆斯·乔伊斯是他的朋友，他还曾帮助过乔伊斯打印和编辑过他的手稿《尤利西斯》。吉姆·伯恩斯（Jim Burns）在他的文章《罗伯特·麦克尔蒙的诗歌》（"ROBERT MCALMON'S POETRY"，

2011）①中指出，《旋转镜》是一篇节奏性强的散文，它描写了过去的许多趣人趣事，对光荣的过去——失去的黄金时代并不怀旧，不加粉饰，也无遗憾，诗有缺陷，但很有趣，用幽默和时事性话题克服了缺陷，是对 T. S. 艾略特的诗歌的一种戏仿。

在 20 年代，麦克尔蒙的诗歌很受欢迎，常常发表在《诗刊》《小评论》或《过渡》上，并被收录在《客观派诗选》里。他的诗受到庞德、W. C. 威廉斯和朱科夫斯基的高度赞扬。朱科夫斯基甚至认为，他的长诗《北美，猜测的大陆》（*North America, Continent of Conjecture*, 1929）是现代诗歌的基本文本，可以同《荒原》《诗章》和《簧风琴》比肩。吉姆·伯恩斯对这首长诗（或这部诗）作了具体的介绍：

> 《北美，猜测的大陆》再次尝试广泛概述了它的主题，这一次是美国历史。通过使用一种松散连接，叙述某些历史事实，常常用不同的声音穿插轶事，并伴随一些称为"蓝调"（"布特莱格镇蓝调""邪教蓝调"等）的抒情段落。这些描述为"蓝调"（"布特莱格镇蓝调""邪教蓝调"等）的抒情段落，希望捕捉到美国的精髓，而不完全是它的历史记录。②

我们不妨读一读其中的一首短诗《社会和广告蓝调》（"Society and Advertising Blues"）：

> 在企业和社会
> 一个成功导致另一个成功。
> 使用舒适的卫生纸，
> 你才知道谁是它的制造商。
> 伪劣商品造成恶棍，
> 把最好的人变成恶棍。
> 我们生活在这个时代，
> 没有比罪孽小的东西，
> 别要求 SAP 公司标记的罐头。

① Jim Burns. "ROBERT MCALMON'S POETRY." *Radicals, Beats & Beboppers* by Jim Burns. Penniless Press Publications, 2011.

② Jim Burns. "ROBERT MCALMON'S POETRY." *Radicals, Beats & Beboppers* by Jim Burns. Penniless Press Publications, 2011.

从这里，我们可以看到诗人把握美国商业社会的实质是何等深刻！

此外，他的诗集还有《探索》（*Explorations*, 1921）和《不独自迷惘》（*Not Alone Lost*, 1937）。除了写诗以外，他实际上还是很有才能的长短篇小说家和文学评论家。他最重要和最受好评的作品之一是他的小说《村庄：15 年期间发生的故事》（*Village: As It Happened Through a Fifteen Year Period*, 1924），它描写了一个美国荒凉的小镇。

麦克尔蒙的妻子原来是女同性恋者，为了取得父亲的大笔嫁资，才假装和他结婚。可惜麦克尔蒙没有或不善于从富婆那里取得大笔金钱理财享乐，而是手头有钱时，只顾对文朋诗友仗义疏财，结果妻子还是去做 H. D. 的伴侣了（参见前面 H. D. 的有关章节）。他晚年潦倒落魄，酗酒太甚，回到美国，求助无门。W. C. 威廉斯尽力帮助他，也无济于事。最后他悄悄离开纽约，到得克萨斯州的埃尔帕索他兄弟的外科手术器械公司，寻找立足之地。W. C. 威廉斯对此感到痛心疾首，说："多少年以来，麦克尔蒙尽可能以最大的慷慨的方式，花了他所有的时间、精力和金钱提携海明威、格特鲁德·斯泰因等等许许多多的天才。有谁对他帮助呢？屁。他需要帮助，应该得到帮助。"[1] 结果呢？他没有得到帮助，而是很快默默无闻地死去了。

第五节　卡尔·雷科西（Carl Rakosi, 1903—2004）

跨世纪的百岁长寿诗人雷科西，1931 年 2 月号《诗刊》称他为客观派诗歌创始人之一。他的诗篇奇迹般地发表在 2003 年 7—8 月号《美国诗歌评论》上。[2] 我们现在来听听这位百岁老诗人晨间放歌的《晨曲》（"Aubade"）：

> 这一年
> 的春天。
>
> 一个衣冠整洁的
> 小个儿艺术家

---

① Paul Mariani. *William Carlos Williams: A Naked World*: 380.
② Carl Rakosi. *APR*. July-Aug. 2003, Vol. 32, No.4.

带着最热切的
神色，走进

空气新鲜的早晨
聆听
一只只小鸟
婉转，

它们好似
站立在洋琴上。

　　老诗人对生活如此热爱能不使我们这些后辈们感动？在如此高龄写
出如此清新的诗句，不能不说是美国诗坛的一个奇迹，一桩逸事，诗歌史
上的一段佳话。2003 年 11 月，他的朋友们在旧金山图书馆为他举行了百
岁生日庆典。

　　他在发表诗作时用笔名卡尔·雷科西，做犹太社会福利工作时，则用
真名考尔曼·罗利（Callman Rawley）。在经济大萧条时期，他参加美国共
产党活动，放弃写作，从事社会工作近 30 年。因此，雷科西早期的作品具
有社会和政治意识，例如他的一首短诗《人民》（"The People", 1941）：

啊，你们，不信任
像胆结石般紧贴住你们
欲望牙痛般地

生长，
勇气上升在一切之上
因为它是你们的心
并且不怕飞扬跋扈或冷漠无情

当我年轻时
我的心绪站在我们之间
你们使我感到孤独。
而今我驻足
大街的中央

发誓我将永不离开你们
因为你们站在我与我的心绪之间。

这首诗和《美国早期编年史》（"Early American Chronicle", 1941）以及《致反犹太分子》（"To an Anti-Semite", 1941）等反映诗人类似感情的诗篇，收录在他的《诗选》（*Selected Poems*, 1941）里。他的另一本诗集《从前的头盖骨，黑夜》（*Ex Cranium, Night*, 1975）既收录了有政治意识的诗如《中国政策》（"The China Policy"）和《原子弹颂》（"Nuclear Ode"），也收进了对艺术进行探索的诗，如《比喻的九种性质》（"Nine Natures of Metaphor"）和《对哈姆雷特的回应》（"The Response to Hamlet"）等。从 1941 年至 1965 年，雷科西停止创作几乎长达 24 年。从 1967 年开始出版诗集，到 1986 年为止，出版诗集有九本之多，另加一本《散文合集》（*Collected Prose*, 1984），可见他是在高龄的晚年获得丰收。情趣、机智和个人魅力以及社会历史意识是他的诗歌吸引读者的主要因素。

他晚期的一些诗作，采用了诗节和押韵等传统形式。他的自我评价是："我被视为客观派，但我怀疑这名词现在是不是有任何意义。"他晚年以哲人—诗人自居，对现世生活的一切发表评论，例如，他在《举重运动员》（"The Weight Lifter"）里风趣地说：

当一个汉子的
汗
多得
足以驱散
蚊虫时，
好家伙，
那才是有骨气的人。

他的诗歌特色是短小、幽默、抒情。他坦承自己"是视觉诗人，但是间或也有讽刺，常常沉思冥想，三者有时抵触，但那是人之常情"。

20 年代晚期，他曾与庞德通信。庞德了解他之后，向朱科夫斯基推荐他，希望朱科夫斯基与他取得联系，这就是他被包括在客观派诗人群里的由来。他受现代派诗歌影响，尤其受史蒂文斯和 W. C. 威廉斯的影响，在一定程度上，他的诗风像 W. C. 威廉斯，但他符合客观派美学规范的诗作并不多。他对自己被贴上客观派诗人的标签却不以为意，认为他们这批客观派诗人风格各异，连朱科夫斯基在理论上也难界定清楚，不过，他倒是很喜欢朱科夫斯基的诗。尽管雷科西不喜欢被标为客观派诗人，但是他难以回避的悖论是，文学史家们把他载入史册时，仍然是把他与名闻遐迩的客观派诗歌捆绑在一起。例如，1996年4月11日，雷科西应邀去国会图书馆作诗歌朗诵。朗诵会主持人罗伯特·哈斯在雷科西朗诵之前，向听众介绍他说：

> 83岁高龄的卡尔·雷科西是20世纪30年代最重要的文学运动之一客观派的最后一位健在的成员。雷科西先生和他的同志洛兰·尼德克尔、朱科夫斯基、雷兹尼科夫和乔治·奥本一道，给美国诗歌带来伦理激情、娴熟的技巧和实验性的开放范式，正是在这个时期，美国文学景观似乎分成两个阵营：投身于社会的诗歌流派和新批评派，后者强调现代派保守的一面。客观派诗人则保持着现代派试验的一面，并且被各地青年诗人在最近的十年所发现。

在国会图书馆朗诵诗歌，对任何诗人来说，是一种难以企及的光彩，而雷科西在如此光彩的场合，得到如此高度的评价，可算是他沾上客观派给他晚年带来的风光。同样风光的是，2002年10月30日，宾州诗人和读者聚会"凯利作家之家"（Kelly Writers House），为庆祝雷科西99岁寿辰，通过放大的电话，与住在旧金山的老诗人对话，并通过网络，与全国其他各地的听众联络起来。由此可见，雷科西的影响至今犹在，广大的美国诗人和读者仍然记挂着这位诗歌寿星。他三次获国家基金会艺术奖、美国诗歌协会颁发的终生成就奖和诗歌基金会为表彰他对当代诗歌做出的贡献而颁发的诗歌奖。

雷科西生在德国柏林的犹太家庭，1910年随父母移居美国。先后在威斯康星大学获学士（1924）和硕士（1926）学位，最终在宾夕法尼亚大学获社会福利硕士（1940）。1939年，他与利娅·贾菲（Leah Jaffe）结婚，生一女一子。

第六节　乔治·奥本（George Oppen, 1908—1984）

作为客观派的主要诗人之一，奥本的简洁和明晰是他的美学追求，他不太讲究形式的结构和韵律。奥本在诗人群之中，最富有人情味。

奥本的第一本诗集《不相关联的系列》（*Discrete Series*, 1934）与第二本诗集《素材》（*The Materials*, 1962）的出版时间间隔有 28 年，这与雷科西的写作间隔长有关。他在间隔期间从不提笔，部分原因是他卷入了政治运动，部分原因是逃避他参加运动造成的后果。从 1962 年起，当奥本恢复诗歌创作时，他便取得了令人注目的成就。1969 年，他的诗集《论许许多多》（*Of Being Numerous*, 1968）获普利策奖。庞德在为该集作序时说："我赞颂严肃的技艺，不是人人都具有的敏感性，不是其他任何作家的作品所具有的敏感性。"W. C. 威廉斯称赞这部诗集如同"工匠般节省材料"。女诗人黛安·沃科斯基对他更是称颂备至："他具有那种少有的技艺，能用少数几个词，简单地说出他所想所感所见所指。奥本在他最佳状态，使我们看到一层层维多利亚时代的蜘蛛网，如何还在束缚我们的思维过程和束缚表达思维过程的语言。"

奥本出生在纽约州新罗歇尔，长在旧金山的一个富裕家庭里。父亲是一位大珠宝商。1926 年，他在俄勒冈州立大学求学期间，因为与女友玛丽·科尔比（Mary Colby）在校外同宿一夜，玛丽被校方开除，奥本被勒令停学。奥本不久自动退学，与玛丽结婚。1929 年，奥本赴法国创办出版社，出版了庞德和 W. C. 威廉斯的作品，并出版朱科夫斯基主编的《客观派诗选》（1932）。奥本出版社因出版的书籍销售渠道不畅而导致失败。他 1933 年返回纽约，出版他的诗集《不相关联的系列》的客观派出版社不久又关门了。1935 年，奥本夫妇决定为美国共产党工作，在此后很长时间里，先后成了布鲁克林和尤蒂卡两地的工人联盟（Worker Alliance）的组织者。1942～1945 年，作为步兵，参加二战，多次受伤，成为美国自南北战争以来亲自作战的唯一重要的诗人。1950 年，他因为共产主义信仰而受到非美活动委员会的调查。为了不出卖朋友或坐牢，奥本逃往墨西哥，在那里与人合伙开了一个家具厂，1958 年他才回到美国，因为非美活动委员会负责人约瑟夫·麦卡锡（Joseph McCarthy, 1908—1957）参议员已死。他回到美国后不久，便回复诗歌创作。奥本在回顾过去一段长时间停止写作的经历时说："在那些岁月里，我完全意识到我今后还有许多时间，我无时无刻地不认为我不是诗人。我不记得我是不是对自己曾这样明白地说过，但我从没有感到我将再不会写诗。"

奥本曾就客观派诗美学，说过他如下的看法："人们以为它在态度上持心理性客观，其实它是诗歌的客观化，使诗篇成为客体。"使诗篇成为有形的客体是他追求的目标。他早期的代表作《不相关联的系列》里全部体现了他的这种诗美学的探索。例如，他在该诗集的一首题为《作画》（"Drawing", 1934）的诗里，把诗篇作为客体进行描写：

> 书写的结构，
> 艺术的形状，
> 比旷野的形式更多。

他的不少诗篇具有意象派的艺术特色，例如他的《船舷上的聚会》（"Party on Shipboard", 1934）：

> 用力拽着河流——
> 马达转动，灯光
> 落在涡流急速流动的水里：
> 慢慢地航行。

从 60 年代开始，奥本随着人生阅历的丰富，注入诗篇里的感情愈来愈多，不仅仅限于对客体的描摹。例如他的诗集《素材》（1962）里，有一首《看一张照片有感》（"From a Photograph"）有这么几行：

> 她的双臂拥抱我——孩子——
> 围着我的头，用她的双臂紧紧抱住，
> 仿佛我是一块当地可爱的石头，
> 她手里的苹果——她的苹果，她的父亲，我的鼻
> 子硕大无朋地
> 紧贴她冬装的衣领……

获奖诗集《论许许多多》包括两首获得高度评价的长诗：标题诗和《路线》（"Route"）。《路线》感人至深，通篇流露了作者的孤立感。该诗一共 14 节，第 5 节用散文的形式叙述了诗人在欧洲战场上的见闻。诗人在这首诗的题词上，点明是受到中国陆机的《文赋》启发而作。诗的第一节就出笔不凡：

> 说出染色体空泡像玫瑰花园，
> 基因里的爱情，如果它失灵
>
> 我们将不会再生出神志正常的人

我见过太多的年轻人变成大人，年轻朋友变成
年迈的老者，那不是我们的一切，

根源
原骨
——我们说
产生了

像山体。

"太阳是熔体。"因此

跌入了人们的自身——？

现实，熟视无睹
它教育了我们凝视——

你的肘搁在汽车边
夏天般隐匿，
我写道。不是你而至少是
一个姑娘

明晰，明晰，明晰肯定是世上最美的东西，
一个被限制而又有限制性的明晰

我没有，从没有任何诗的动机
除了获得明晰。

直白地说，在诗里明晰地表达他的思想感情，是奥本的终生美学追求。
如同路易斯·辛普森所说："读奥本的诗，我意识到一切被识别能力很强的
心智排除了，以便达到有意义的生活。趋于明晰的心智抛弃了那些盖茨比
所说的'仅仅是个人的'东西。当心智意识到它自身时，心智便沿着线路
向前移动，作为运动的思想便被体验了出来。我们体验到心智在其有形的
现实里的生命，诗的运动。"

第二章　三位势均力敌的诗人

埃伯哈特、库涅茨和卡尔·夏皮罗这三位诗人的风格虽然不尽相同，但在诗歌史上的地位却旗鼓相当，都是桂冠诗人[①]，都在诗坛上发挥过影响，都在耄耋之年笔耕不辍，前两位是百岁寿星，而后一位到了望九之年。本章把他们集合在一起进行讨论，看来是最合适不过的了。

第一节　理查德·埃伯哈特
（Richard Eberhart, 1904—2005）

又是一位卡尔·雷科西式的长寿诗人！他比雷科西出生迟一年，辞世迟一年。也活了101岁！作为一个曾经参加过二战的退伍军人，他把笔触伸向反战领域。在耄耋之年，他依然关心国内外大事。例如，当美国政府派兵轰炸阿富汗时，他在2001年10月21日发表反战声明，附带1944年创作的反战诗篇《猛烈的轰炸》（"The Fury of Aerial Bombardment", 1944），谴责美国政府炸死无辜的阿富汗平民百姓，驳斥布什总统的精确轰炸论："精确轰炸是什么意思？几英里的偏差看起来是不精确的，至少像我们投掷下来那些聪明的炸弹是不精确的。谢天谢地，据说布什总统说过，'美国尽可能地小心'回避杀害平民。当然，那句常常重复的句子将安慰死者的母亲，缓和伊斯兰世界日益增长的愤怒。"

值得人们称道的是，埃伯哈特曾经被《纽约时报》派去旧金山采访1955年10月13日晚由雷克斯罗思在6号美术馆主持的，麦克卢尔、拉曼西亚、费林盖蒂、金斯堡、斯奈德、惠伦、凯鲁亚克等人参加的著名诗歌朗诵会。

---

① 从1937年开始，美国设立国会图书馆诗歌顾问。1985年，美国国会立法，从1986年起改名为桂冠诗人诗歌顾问，第一任是沃伦（1986—1987），库涅茨是第十任（2000—2001），而他在之前已经任过国会图书馆诗歌顾问（1974—1976），可算是两任桂冠诗人。夏皮罗在40年代中期任国会图书馆诗歌顾问（1946—1947）；埃伯哈特在50年代晚期任国会图书馆诗歌顾问（1959—1961）。

他在 1956 年 9 月 2 日《纽约时报书评》上，发表题为《西海岸的律动》（"West Coast Rhythms"）的新闻报道，首次引起全国对垮掉派特别是对金斯堡的注意。他称金斯堡朗诵的《嚎叫》是"这批青年诗人之中最精彩的诗"。

埃伯哈特在长期的创作生涯中，执着追求的是布莱克、华兹华斯和惠特曼传统的浪漫主义诗歌，力求理解和超越具体的感受。他的作品里最突出的主题是围绕死亡的残酷现实而展开的。作为灵感型的诗人，他认为"诗人吸收的也许是上帝、原动力和变化无常的海神"。其结果造成了他诗歌水平不稳定，读者在读到他激动人心的诗行的同时，也会碰到不少情感宣泄过度、陈腐抽象、学究式的诗句。二战后，学院式现代派诗人很少能摆脱 T. S. 艾略特和庞德的影响，30 年代步入诗坛的埃伯哈特对当时流行的人格面具艺术手法不感兴趣，而是回到约翰·多恩的玄学派诗和华兹华斯的浪漫主义诗中搬运建材，构筑他的艺术殿堂。因此，在他最优秀的作品里，他善于通过感官体验的语言，把敏锐地洞察到的现象转化为伦理的、玄学的，有时甚至是浓烈的宗教情绪的体验。

埃伯哈特讴歌大自然，对大自然的神秘现象充满了由衷的喜悦，例如，他在早期的名作《这使我狂喜》（"This Fevers Me"）中流露了他无限的振奋之情：

> 这使我狂喜，这绿色上的阳光。
> 这年轻的春天在青草上闪烁。
> 神秘的呼喊声来了，
> 重新造就突如其来的化身，
> 在万物生长里
> 神秘变得有形可见。

埃伯哈特更着意描写的是上帝、原罪以及人和生物死亡的必然性与转化的可能性，情不自禁地对属于生物链的生死循环感到惊叹。他在名篇《土拨鼠》（"The Groundhog", 1936）里，不是停留在描写死土拨鼠的腐烂过程，而是从这死亡变化的事实，联想到文明古国中国与希腊的兴衰和经过时间淘汰而仍留存在人们记忆中的历史伟人。他在短章《为羔羊而作》（"For a Lamb", 1936）里，不只是描写一只腐烂的死羔羊，而是讴歌羔羊死后的腐烂肌肤养育雏菊的功能。他像艾米莉·狄更生一样，醉心于死亡的题材，醉心于想象自己死时或死后的情景（《想象死后如何》《当金色的苍蝇来到我的尸体旁》等）。在他看来，死也许是一种启示或超验，或者纯粹就是死。

他如此偏执于死亡的主题，也许是他受了母亲因患癌症突然去世的影响，因为他曾说，他母亲的死亡使他成了诗人。但他的这种美学趣味，根植于他的哲学思想。他在他的处女作长诗《大地的勇敢》（*A Bravery of Earth*, 1930）里，反映了他所谓的三类意识：人的死亡意识、人的心理意识和人的行为意识。他认为，人具有了这三种意识才算成熟。他半个世纪的诗歌创作生涯都贯穿了他的这种基本认识。他重视智性，《在冷峻的智性光里》（"In a Hard Intellectual Light", 1936）、《智人的目标》（"The Goal of Intellectual Man", 1940）和《沉思》（"Rumination", 1947）等优秀篇章都流露了多恩式的玄学思绪。而他的《大地的勇敢》则被批评家比为浪漫主义大师华兹华斯的《序曲》。他的佳作往往像华兹华斯的诗那样富有张力，从平淡无奇的现象得出警辟的思想，如《土拨鼠》《为羔羊而作》《蜘蛛》（"The Spider", 1964）等。他的败作却过多地轻易地从诗中归纳他所悟出的伦理。

埃伯哈特长于即兴之作，能即兴记录知觉、幻想与情绪，很少修改。因此，他的诗作品格不平衡，有时闪烁着智慧的火花，具有洞察力，有时充满陈腐的说教；有时显示纯熟的传统诗艺，有时则松散、拖沓、散文化。二战后，用传统艺术形式创作而取得卓著成就的诗人当推两个理查德：理查德·魏尔伯和理查德·埃伯哈特。后者基本上走的是布莱克、华兹华斯、惠特曼的浪漫主义诗路，但他保持了自己的个性，尤其刻画现代人心理相当出色，如《在确定的疯狂的监狱里》（"In Prisons of Established Craze", 1940）有几行精彩的诗颇为典型：

> 在确定的疯狂的监狱里
> 听见清醒者的无声脚步，
> 他们的歌声铁墙也挡不住，
> 虽然他们的心像少男少女的一般。
> ……
> 在心灵里是一个测量器，
> 唯恐血液溅出沾满了地。

埃伯哈特出生在明尼苏达州奥斯汀市的一个富商家庭，获剑桥大学硕士学位，后又在哈佛大学攻读。他26岁时曾任暹罗（泰国）王子的家庭教师。1941年，与海伦·布彻（Helen Butcher）结婚，生子女二。二战退役之后，当过岳父家的工厂经理达六年之久。1959年，被艾森豪威尔总统任命为国家文化中心艺术顾问委员会顾问。任相当于桂冠诗人的国会图书馆诗歌顾问（1959—1961）和新罕布什尔州桂冠诗人（1978—1984）。被选为美国艺术暨文学学会会员（1982）。在多所大学任教。他50多年来出版了20多部诗集，获得了包括雪莱纪念奖、哈丽特·门罗诗歌奖、弗罗斯特奖章、博林根诗歌奖、普利策奖和国家图书奖在内的多种荣誉。值得一提的是他获普利策诗歌奖的《1930～1965年诗选》（*Selected Poems, 1930-1965,* 1965）和获国家图书奖的《1930～1976 年诗歌合集》（*Collected Poems, 1930-1976,* 1976）。

第二节　斯坦利·库涅茨
（Stanley Kunitz, 1905—2006）

　　诗歌史上没有比这更巧的逸事了：库涅茨也是一位获得过桂冠的长寿诗人！比埃伯哈特迟生一年，迟辞世一年。也活了101岁！库涅茨也在30年代涉足诗坛，二战后成名，1959年获普利策诗歌奖。在广大读者群中，其声誉似乎不如沃伦那么卓著，主要原因是他执着追求艺术形式的完美而影响了发表的速度与数量，正如他在《斯坦利·库涅茨诗集：1928～1978》（*The Poems of Stanley Kunitz: 1928-1978,* 1979）的"作者按语"中所说，他自己无论从性格或艺术上讲，注定不会成为多产诗人，但"由于长寿，我的作品开始获得一点分量"。这当然是他的谦虚之辞。漫长的60多年创作生涯使他成了当代美国诗歌领域里的宿将，受人尊敬的"诗人的诗人"。他的诗以完美精细的艺术形式，对声音和感觉的敏感著称于世。基于此，包括西奥多·罗什克和罗伯特·洛厄尔在内的许多当代诗人和评论家都羡慕他，认为他惟妙惟肖而十分有力地活在他的诗句里。在他令人注目的创作生涯的开始和相对寂寞的中期之后，库涅茨作为艺术家，在晚年依然保持其创造力和艺术感染力。当你读到他的晚年之作《倒伏的庄稼》（"The Layers", 1978）时，你能不被感动吗？诗的开始是这样的：

　　　　我已穿越了许多生活，
　　　　其中的一些是属于我的，
　　　　如今的我已非昔日的我，
　　　　虽然某些应遵守的原则
　　　　我努力不让偏离。
　　　　当我回首往事时，

> 因为在我能积蓄力量
>
> 继续行程之前，
>
> 我不得不回顾，
>
> 我看到了一块块里程碑
>
> 愈来愈小地伸向天边，
>
> 看到了架设过野营帐篷的宿营地
>
> 缓缓地升起一缕缕被遗弃的炊烟……

诗的结尾沧桑而苍劲，大有老骥伏枥，志在千里的气概：

> 在我最黑暗的夜晚，
>
> 月亮被云遮没，
>
> 我踯躅在残骸之间，
>
> 祥云里传出来的声音
>
> 指明我的方向：
>
> "生活在倒伏的庄稼里，
>
> 别躺在供牲畜睡眠的稻草上。"
>
> 我虽然缺少译解
>
> 这句话的本领，
>
> 但已毫无疑问地写进
>
> 我关于转化的下一章
>
> 作品里。
>
> 我并未随我的变化而完结。

库涅茨声称自己在哲学思想上受摩西、基督、老子以及从以赛亚到布莱克这类预言家的影响，更直接接受了 17 世纪英国玄学派诗人的影响。[①]最后两行概括了他的这种复杂思想感情：

> 我站在可怕的门槛上，见到
>
> 相互间的手臂里的结束与开端。

在诗人孤寂的心中，生与死似乎同时并存于每个人的身上。他的佳作

---

① *Paris Review*. No. 83, Spring 1982.

之一《夜函》("Night Letter", 1944)中的几行诗揭示了他内心的痛苦与焦灼：

> 我蒙受 20 世纪的苦难，
> 交流中枢在我手臂中枯萎；
> 暴力摇撼我的梦魇；我异常寒冷，
> 被四面八方迫害性的风，
> 被啮齿动物牙齿的雄辩，
> 被蓝眼睛开放性城市的屠杀，
> 被玷污原则和被摒弃艺术所心寒。

类似的其他篇章诸如《父与子》("Father and Son", 1944)、《我的外科医生们》("My Surgeons", 1944)、《屋中闪现的信号》("The Signal from the House", 1944)等等透露了可怕的预感、不可思议的思绪和恐怖的势力，这些最终导致他对人生的深刻认识。

评论家们认为，库涅茨早期诗作的情调与说理倾向于高度的智性化，几乎全部充满了玄学的色彩，是约翰·多恩、安德鲁·马维尔、兰塞姆和艾伦·泰特等诗人的回响。他的处女集《智性物》(*Intellectual Things*, 1930)标题取自威廉·布莱克的《耶路撒冷》第 2 章的一行诗："泪水是一滴智性物"，这就清楚地说明，他一起步便走上了 T. S. 艾略特—兰塞姆—艾伦·泰特的诗歌创作道路，尽管他主观上想与 T. S. 艾略特背道而驰，反对 T. S. 艾略特的非人格化的艺术手法。但这很自然，因为他和 T. S. 艾略特有一个共同的起始点：约翰·多恩。在玄学派诗歌复兴以前，库涅茨已经意识到"跨入新诗之路是通过 17 世纪之门"的道理。他也像 T. S. 艾略特一样，潜心研究法国象征派诗歌，特别是波德莱尔和兰波的诗歌，他于是不知不觉地养成了 T. S. 艾略特、兰塞姆、艾伦·泰特的智性诗诗风。该集里的一首短诗《落枝》("Deciduous Branch")典型地反映了他早期智性诗的风貌。该诗一共五节，每节四行，隔行押韵，形式工整，凝练而有节制。最后两节如下：

> 此刻屋檐上一串串的挂冰
> 一滴又一滴地液化，
> 我想起了一件合常规的事情：
> 陈叶不败，树木就不会长出新芽。

　　　　倘若一切易亡的东西
　　　　应滋养到腐烂，那么我们该清去
　　　　我们的死亡躯体，
　　　　在我们顽强的最终发育里便一片常绿。

　　即使从这几行诗里，我们也会觉察到作者用他富于清醒理智的口吻，传达他生活中的偶遇及其感受，且采用陌生化的手法，如最后一行。这种陌生化往往是兼用化具体为抽象与化抽象为具体的艺术手法实现的。库涅茨在他的诗里，常常爱用这种表现手法，例如："一碗冻结了的思想"（《造物主的头脑》）、"我的灵魂抵制快乐的甜蜜圈套；/谢绝那民主的诱饵……"（《传道士的话》）、"在理智的艰辛而痛苦的岩石上乱搔"（《秋天的临近》）、"色彩流进流出：/此处是永恒的结构/造得像纯思想的枝行烛台"（《真正的树》）等等，想象诡谲，比喻奇特，形成了他的艺术特色。库涅茨认为这种修辞法能产生新鲜感。有批评家称此为"意象超现实主义"，用简洁而克制的语气，描述从潜意识里涌现的梦幻，而这种梦幻隐隐约约闪耀着都市人的失落感。

　　库涅茨的这种现代派的时髦形式一直保持到 40 年代和 50 年代，从 60 年代起，开始逐渐趋向简朴、口语化，用他的话说，挤掉诗中的水分，由封闭型的传统艺术形式逐渐转向开放型的自由诗。但是他不相信绝对的开放式诗歌，他作诗时总是考虑开头、中间和结尾三部分。作为耶鲁青年诗人丛书的主编，库涅茨满腔热情地扶植富于试验性、创造性的激进诗人。在他的一篇文章《一种秩序》中，库涅茨清楚地表明了自己的美学趣味的转变，他说："我对青年作家讲解'有序'时，我感到自己讨厌，有序固然值得一讲，但我骨子里了解他们之中烦躁不安的人，了解彻里彻外尝试无序的人，只有这些人才有机会成为诗人。"他同时要求青年诗人要掌握传统诗歌形式，唯有这种基本功才能使自己富有音乐感，用耳朵判断诗歌的音乐美，但不一定要拘泥传统形式。他认为判断一个人的全部作品的质量，首要的是抓住作者的主要形象，即关键性的形象。

　　不过，他后期诗的主题似乎变化不大，仍沉湎于回忆父母、家庭、童年及童年时期的困惑。如果从自白派诗的标准来衡量库涅茨的作品的话，他的诗显得拘谨，非人格化的成分多，但他的作品也像一座自我画像的美术馆，从中可以看到他早期的家庭生活——结婚、当父亲、中年时期和老年时期。这方面的代表作当推《魔帘》（"The Magic Curtain"）和《沉思死亡》（"Meditation on Death"），当然也包括早期的佳作《父与子》。但如果因此得出结论说库涅茨是只关心家庭和个人琐事的诗人，那就错了。他的笔触也伸进了社会问题和政治问题。例如，他的名篇《制度》（"The System", 1971）痛斥了政府部门的腐败官员：

> 那帮恶棍
> 匆匆走过大门
> 以国家功臣面目
> 出现。

1979 年出版的《斯坦利·库涅茨诗集：1928～1978》基本反映了诗人的创作历程。库涅茨用时序颠倒的方法，从历年的诗集《命运预测树》（*The Testing Tree*, 1971）、《诗选》（*Selected Poems*, 1958）、《战争通行证》（*Passport to the War*, 1944）和《智性物》中，筛选他满意的篇章，放在他的新作后面。综观他的作品，我们发觉，在最枯燥而令人不快的素材——父亲自杀、母亲的艰辛和他自己的苦难中，他找到了适合自己个性的声音。不管涉及什么题材和表现什么主题，他的想象力总是丰富的，技巧总是精湛的。只是他早期的诗有一些过度地受严格的传统艺术形式的限制，约束了激情的迸发，有时不免显得生硬。但有一些诗的形式与内容得到了完美的结合。例如《绿色的道路》（"Green Ways", 1958），表面叙述似乎很松散或轻松，但形式严整、对称，节奏明快，节与节的第一行重复而稍有变化，充分显示诗人出手不凡，技巧高超。

库涅茨一年里大约有一半时间住在纽约格林威治村，另一半时间住在麻省东南部科德角海边。他海边的住宅大约有 2000 多平方英尺的大园地。每年从 6 月到 10 月，他在那里翻地，垫海草，施基肥，把一块光秃秃的荒地，开辟成了欣欣向荣的田园。他曾说："征服一块土地，把它变成梦想中的美丽，这也是艺术。人不能离开土地。啊，每天我走进田园时，总是感到所需要的鼓舞，把每天的生活变得比小小生命的本身还伟大。"

1994 年 2 月 7 日，笔者在诗人伦纳德·施瓦茨陪同下，有幸拜访了他。他在格林威治村住的公寓套间很大，特大的阳台是他的小花园：各种绿色植物郁郁葱葱，绿荫里露出朵朵小红花，室内暖气和从落地窗透过来的阳光，把纽约寒冬挡在了外边，使人感到此处春光明媚，一派生机。如果不亲眼目睹，谁也不会想到钢筋混凝土和玻璃构筑的高楼，能和生气勃勃的大自然如此密切地联系在一起。是诗人在此赋予了大自然的美。

笔者问他是否喜欢中国诗时，他说他喜欢唐诗，尤其爱读李白的诗。

他从书架上拿来一叠卡片。每张卡片都印有一个汉字。他告诉笔者说，他曾用这些卡片学习中文。他对中文的掌握还处在 ABC 阶段，但对中国的历史、政治、文化相当熟悉。当时他年届八十八，但精神矍铄，目光炯炯有神，思维敏捷，谈吐清晰。当笔者夸他身体如此强健时，他没有表现出中国老人的那种由衷的喜悦和自豪。他停了片刻，却回答说："一个人活到这么大年纪，真是不好意思……"他的回答令笔者感动得一时语塞，除了对他露出微笑外，对老诗人的高洁、明澈和洞察，真不知道如何进言才算适当。笔者只是捧了他题赠的诗文集《差不多是最后的东西：新发表的诗篇和文章》（*Next-to-Last Things: New Poems and Essays*, 1985），再三表示感谢。

库涅茨出生在麻省伍斯特市，父亲是俄国出生的犹太人，在他出生前六个星期自杀。他有两个姐姐，都由母亲抚养长大。父亲的去世对他今后的心理影响很大。获哈佛大学学士（1926）和硕士（1927），二战中服兵役。战后先后在多所大学任教。三次婚姻：第一次与海伦·皮尔斯（Helen Pearce）结婚（1930—1937）；第二次与埃莉诺·埃文斯（Eleanor Evans）结婚（1939—1958），生一女；第三次与埃莉斯·阿舍（Elise Asher）结婚（1958）。在多所高校任教。他自从获得普利策诗歌奖之后，不仅成了美国当代诗坛最受欢迎的诗人之一，而且当了他影响美国当代诗坛的艺术大使：国会图书馆学识渊博的顾问（1974—1976）。他曾任耶鲁青年诗人丛书主编（1969—1977）、美国诗歌学会会长（1970）、美国文学艺术院和协会秘书、纽约"诗人之家"主席，并且是麻省普罗文斯敦美术工作中心创始人。他一生获得多种文学奖，除了普利策奖之外，还有《星期六评论》和哈丽特·门罗诗歌奖、全国文学艺术协会奖、惠特曼奖章和博林根诗歌奖等。1965 年，给他颁发布兰代斯成就奖章，奖状词赞扬他的诗歌"把经典语言的力量和梦幻结合在一起，越过对反讽手法的纯熟运用，取得了真正的悲剧性"。1984 年，全国捐赠基金委员会授予他资深会员称号，表彰词称他"和青年作家一道工作时，表现了非凡的慷慨，对世界文学做出了贡献……是一个生气勃勃、永具影响的人"。

他翻译了不少苏联重要诗人的诗歌，他认为翻译别人的诗歌能改变自己的思维定势，这种经验之谈对任何外国作家（包括中国作家）都有借鉴作用。他的诗歌也已经被译成多种外文，其中包括俄文、荷兰文、马其顿文、法文、中文、日文、希伯来文、阿拉伯文和瑞典文等，同样有可能改变外国诗人的思维定势。

1981 年 5 月 3 日，他应邀回故乡伍斯特市朗诵诗歌，该市市长宣布这一天为斯坦利·库涅茨日。1986 年,《出版家周刊》出版了纪念他的专集,称他是"伟大而谦虚的人,是所有文人应效法的楷模"。他受此殊荣当之无愧,因为他一生总是坚持不懈地保持艺术的最高标准,在很大程度上成功地解决了传统与新经验之间的矛盾,一种每个时代大艺术家都面临的挑战,正如诗评家迈克尔·特鲁在总结库涅茨的艺术成就时所说:"库涅茨在本世纪 80 年的人生旅程并不容易,因为他作为普通人和诗人,无论对他自己还是对他的艺术总是严格以求……他长期努力想去找适合他的声音,想去驾驭在传统文学形式训练下感到不自在的智性,取得了一种成功。"① 许多人相信,他的诗主要受荣格影响,而他的诗歌则对众多 20 世纪美国诗人有影响,其中包括詹姆斯·赖特、马克·多蒂(Mark Doty, 1953—)、露易丝·格鲁克、卡罗琳·凯泽(Carolyn Kizer, 1925—2014)等。

2000 年 10 月,库涅茨在 95 岁高龄时荣获美国桂冠诗人称号,创造了诗坛的一个奇迹。他写作和发表作品,一直到 2005 年的百岁高龄,也不能不算是一个奇迹。

第三节 卡尔·夏皮罗(Karl Shapiro, 1913—2000)

夏皮罗同埃伯哈特和库涅茨一样,在 30 年代初露锋芒。他虽然是在"T. S. 艾略特的阴影"下起步的,但并不盲目跟在 T. S. 艾略特或庞德的后面亦步亦趋。夏皮罗在成名作素体长诗《论押韵的随笔》(*Essay on Rime*, 1945)里,声称坚持"明白易懂的艺术",反对以 T. S. 艾略特为代表的、新批评派赞赏的隐晦诗风。他认为,新批评派的审美标准限制了诗歌创作的范围和视野。岂止如此,他的《诗歌残骸:1950～1970 年论文选》(*The Poetry Wreck: Selected Essays, 1950-1970*, 1975)对现代派祖师爷 T. S. 艾略特、庞德和叶芝简直毫不客气,说:"庞德、艾略特和叶芝这三巨头政治上的简单化和严重错误,连累了学术界和文学界,而学术界却使他们成了我们时代的试金石。"② 他用了三篇论文《T. S. 艾略特:文学评价的死亡》("T. S. Eliot: The Death of Literary Judgment")、《伊兹拉·庞德:现代诗的替罪羊》("Ezra Pound: The Scapegoat of Modern Poetry")和《W. B. 叶芝:文化的审判》("W. B. Yeats: Trial By Culture"),③ 对他们进行了全面而系

---

① Michael True. "Stanley Kunitz's Grammar of a Life." *Milkweed Chronicle*, 1987, vol, 7, no.3: 20-22.

② Karl Shapiro. *The Poetry Wreck: Selected Essays 1950-1970*. New York: Random House, 1975: xv.

③ Karl Shapiro. *The Poetry Wreck: Selected Essays 1950-1970*. New York: Random House, 1975: 3-82.

统的讨伐，他认为《荒原》在学术界的巨大声誉是精心炮制的，是骗局，说："不管是骗局与否，它很快成了现代诗歌的圣牛，成了比任何现代作品（庞德《诗章》除外）都虔诚的文学胡扯的对象。这首诗的形式的失败，证明了没有任何人能仿效，包括艾略特他本人。"[1] 他指责庞德"恶劣"，"作为名誉丧失殆尽的诗人、批评家、历史学家和翻译家，他的影响除了在他少数铁杆的信徒中间之外，几乎是负面的"。夏皮罗还说，庞德和 T. S. 艾略特"两人是诗人，放弃国籍的人，反美国，反民主。一个成了君主主义者，另一个成了法西斯分子"[2]。他更把史蒂文斯包括在一起进行抨击，说他们是主要的四个现代派诗人，这"四位诗人奉承传统，接受人类从文明中'堕落'的学说和美学理论——能把艺术家恢复为文明的递送者。四个人都是反人文主义的（因而政治上悲观）。四个人都是反理性主义的（即反科学）"[3]。他说"叶芝的缺陷是他狭隘的文明理念；从长远来看，叶芝相当程度上停留在 18 世纪"。

对诗坛公认的权威敢于作如此尖刻、犀利、猛烈的炮轰，夏皮罗在诗歌界和评论界可谓首屈一指。他的一些偏颇之词暂且不论，至少显露了他参加二战时的一派大无畏风度！

夏皮罗在文坛掀起的更大的旋风，是他坚决抵制博林根评委会给庞德授奖。除了他和凯瑟琳·加里森·蔡平（Katherine Garrison Chapin, 1890—1977）之外，评委会其他成员[4]都一致认为，不管庞德的政治表现如何，他对诗歌的贡献已经超过了政治，因此应该给他授奖。夏皮罗在评委会虽然很孤立，但坚决认为自己的意见是正确的。他在 1949 年 4 月的《党派评论》上就应该不应该给庞德授奖的专题讨论栏里，公开发表申明：

> 我投票反对给庞德授予博林根诗歌奖。我首要的和至关重要的理由是：我是犹太人，不能给反犹太分子授奖。我的第二个理由已经在我的书面报告里了（在评委们中间传阅了）：我投票反对给庞德授奖，因为我相信庞德政治和伦理损害了他的诗歌，减低了它作为文学作品的标准。我的这个申明是作为反对评委们的正式申明提出来的。评委

① Karl Shapiro. *The Poetry Wreck: Selected Essays 1950-1970*. New York: Random House, 1975: 22.

② Karl Shapiro. *The Poetry Wreck: Selected Essays 1950-1970*. New York: Random House, 1975: 52.

③ Karl Shapiro. *The Poetry Wreck: Selected Essays 1950-1970*. New York: Random House, 1975: 57.

④ 他们是：W. H. 奥登、康德拉·艾肯、T. S. 艾略特、艾伦·泰特、罗伯特·洛厄尔、露易丝·博根、沃伦、威拉德·索普（Willard Thorp）、保罗·格林（Paul Green）、凯瑟琳·安妮·波特、西奥多·斯派赛（Theodore Spencer）和莱昂·亚当斯（Leonie Adams）。

们的申明在我看来是模棱两可的，历史上不真实的，而且不符合逻辑的。

夏皮罗在当时和文学界这么多重量级人物对着干，确实需要有勇气和才智。夏皮罗性格刚直，爱憎分明，他的文学批评痛快淋漓，有时处于白热化的论战状态。现在看来，夏皮罗对庞德、艾略特、叶芝和史蒂文斯这四位大诗人的批评过于偏激，不过，从他的这些偏激评论里，我们岂不更清楚地看出了他的美学原则？他认为现代派诗歌主宰了 20 世纪所有英语国家的官方诗歌，不是没有道理的。换言之，不管你喜欢与否，现代派诗歌的规范主宰了 20 世纪英语诗坛。

夏皮罗为何逆 T. S. 艾略特和庞德为主的诗歌潮流而动呢？他在获普利策奖的诗集《海外军信①及其他》（*V-Letter and Other Poems*, 1944）的标题诗里，陈明了他的诗学观点：

> 给我以我们自己种类的
> 自由而贫乏的遗产，
> 不是教育的家具。

从这里，我们看到夏皮罗所坚持的诗美学与 W. C. 威廉斯不遗余力地建立具有美国特色的诗学十分相似。这就是为什么他称赞 W. C. 威廉斯"写了很多的真正诗歌，足以向 20 世纪表明：美国人和诗人并不矛盾"②。实际上，夏皮罗太偏激，以至于夸大了庞德国际性诗美学（主要是欧洲文学文化）的一面，忽略了他与 W. C. 威廉斯提倡美国化诗学的一面。

夏皮罗心目中的理想诗人的形象究竟是什么呢？他在《诗人》（"Poet", 1942）的前两节，作了形象的勾勒：

> 左腿一伸，头向右一歪，
> 花呢上装或军服，手拿书本
> 美丽的双眼，走过来的这位是谁？
> 他扫视那眼镜，眼睛雪亮

---

① 标题诗《海外军信》指在海外美军的信，他们写回家的信经过审查后，制成缩微胶卷，送到美国，然后制成小版式，再邮寄到国内各目的地，从国内寄到海外美军的信亦然，只是不必检查。邮寄费用比通常的费用便宜。通常是一张信纸，很轻。

② Karl Shapiro. *The Poetry Wreck*: 138.

　　　　认为不是他——因为当一个诗人
　　　　构思一些半遗忘的诗时疾步而来，
　　　　松散地捏着那一页，心智镇静，
　　　　正考虑着这是不是他的？

　　　　你何时将存在？噢，这是我，
　　　　不可思议的骨瘦如柴，弯腰曲背，馅饼般匀称，
　　　　木呆呆的无知，猩猩似的好色，
　　　　像青春期的朦胧——肮脏的毛发！
　　　　他如袋鼠那样地跃进房间，
　　　　两耳像最贵的猎狗的耳朵那般掀动；
　　　　他的下巴接受所有的提问，当他躬身时
　　　　嘴里含着绿色的糖果。

　　在夏皮罗的笔下，从前笼罩在诗人头上的光环被彻底抹掉了！如果说雪莱和拜伦等浪漫主义诗人居高临下，受到读者们的膜拜，以 T. S. 艾略特为代表、新批评派作导向的智性诗人以博学和艰深吓唬甚至难倒读者的话，夏皮罗首先勇敢地赤裸裸地置身于他的读者之中，用大白话同他们侃侃而谈。他说：

　　　　美国诗人的天职是把写作当作趣味横生的荒诞行为。其本身的悖论性足以把十足的乡巴佬变成诗人。我们的诗歌应当像美国这些州本身那样野气、粗俗、壮实、笨拙、傲慢、不成熟和施虐——受虐狂。①

　　他在散文诗《降低标准：那是我的座右铭》（"Lower the Standard: That's My Motto", 1964）里，再次陈述他对美国诗审美标准的看法：

　　　　从文化车上下来。学会以你想要的方式走路。向后缩你的双肩，挺出你的肚皮，手臂趴在餐桌上。要多少代才会这样？别想它，开始吧。（你已经开始了。）别破坏你可以踩到的东西，但别把它拾起来。地心引力的法则是艺术的法则。首先是你，其次是诗，最后是真善美。

---

　　① Anthony Ostroff. Ed. *The Contemporary Poet as Artist and Critic*. Boston: Little Brown, 1964: 216. 转引自 Richard Ellmann and Robert O'clair. Eds. *The Norton Anthology of Modern Poetry*. New York, London: W.W. Norton & Company, 1988: 859 (Footnotes).

夏皮罗所强调的这些美学原则，正是后来垮掉派诗人所遵循的，尽管他经常努力想成为垮掉派而未能如愿。① 然而无可否认，夏皮罗在客观上为垮掉派诗歌创作及其理论做出了贡献。

夏皮罗出生在马里兰州巴尔的摩的犹太家庭。中学毕业后去弗吉尼亚大学报名求学，在学习期间，他写了一首诗《大学》（"University"），其中有一句："憎恨黑人，回避犹太人，是总课程。"他发现写作更符合他的志愿时，不久便离开了学校，一面在巴尔的摩自学，一面先后干过多种职业。这期间出版的一本诗集《诗抄》（*Poems*, 1935）没有受到评论界的重视，于是到约翰斯·霍普金斯大学深造，毕业前入伍，在南太平洋参加二战，直至战争结束。

在作战三年期间，他的未婚妻伊芙琳·卡茨（Evalyn Katz）帮助他这位军旅诗人联系出版事宜，发表了四部诗集:《人、地点和物》（*Person, Place, and Thing*, 1942）、《爱的地方》（*The Place of Love*, 1942）、《海外军信及其他》和《论押韵的随笔》。他复员回国时已成了名诗人。1945 年，与伊芙琳·卡茨完婚，1967 年离婚。1969 年和泰瑞·科瓦奇（Teri Kovach）结婚，生两女一子。

第一本诗集《人、地点和物》被誉为这个时期最令人惊喜的作品之一。马克·范多伦认为他"对形式具有敏锐感，并且有充足的机智"。其中对城市单调生活发表评论的素体诗《周日大厦》（"The Dome of Sunday"）是他的精心之作。

获普利策奖的第三本作品《海外军信及其他》表明他完全找到了自己的声音，建立了自己的风格。这本诗集很流行，连美国海军军舰的图书馆里都有收藏。虽然他部分采用押韵的诗节，甚至形式极严的三行诗，但由于题材范围广阔而受到读者热烈的欢迎。该集中的《悼阵亡战士》（"Elegy for a Dead Soldier"）、《军用列车》（"Troop Train"）、《枪》（"The Gun"）、《星期日：新几内亚》（"Sunday: New Guinea"）、《圣诞节前夕：澳大利亚》（"Christmas Eve: Australia"）和标题诗《海外军信》等诗篇，被公认为描写有关二战见闻的力作。诗人在《军用列车》最后一节中对战争不无讽刺地表明了他的态度：

> 火车开向船，船航向死亡或火车，
> 火车驶向死亡或卡车，卡车驶向死亡，

---

① Karl Shapiro. *The Poetry Wreck*: 333.

或卡车驶向行军部队，行军部队冲向死亡，
或冲向我们寄予一切希望的生存；
死亡回到卡车、火车和船，
但生命向前冲，啊，战旗！终于
在火车和死亡之后找到了活命的地方
——夜幕降临，各国在战后变得辉煌。

诗人在《悼阵亡战士》里哀悼一个普通的战士，他政治上幼稚，知识贫乏，养成种种可笑的偏见。他虽然一直闹不清为何而战，却情愿为国捐躯。诗人既为他感到可惜，又为他感到自豪。请读这首诗最后一节的"墓志铭"：

在这一木十字架下躺着
一位阵亡的基督徒。
读墓碑的你，
记住：这位陌生人在痛苦中死去了；
你经过这里时，如果能抬起你的双眼
注视人类信念保持的和平，
你就知道一个战士没有白白地死去。

然而，这位战士的牺牲并未起到鼓舞人心的作用，面对正被埋葬的阵亡战士，诗人禁不住发问：

没有裹在这同一面旗帜里的人，
你可听见泥土向棺材轻轻落下的声音，
他的伤口依然新鲜？
你可感到他的双眼闭合，
听到最后博爱的排枪发射时
隐约发出的夸耀声？

谁也不会不感到诗人言外之意的辛辣讽刺。赞赏夏皮罗的评论家认为《悼阵亡战士》是美国最伟大战争诗篇之一。然而，不同意他的战争观的批评家则把它看成是他的败作之一。美国既有好战的传统，也有反战的传统，而反战的诗篇往往总是获得更多的好评。

第四部诗集《论押韵的随笔》得到了哈佛大学教授 F. O. 马西森（F. O. Matthiessen, 1902—1950）的高度评价。这是一部以诗论诗的佳作，夏皮罗在部队为转移作准备的三个月空隙里，每天写 90 行，三个月共写了 2700 行。全集分三部分：诗法的混乱、语言的混乱和信仰的混乱，涉及当时的诗歌创作现状，引用了许多诗人和评论家作为他批评的靶子，由于受到 F. O. 马西森的重视而惹得众多诗人和批评家们的公愤。其前言成了向评论界和诗歌界齐射的排炮，宣布 20 世纪诗歌是一种混乱的动物园。夏皮罗事后承认，它是最初反智性诗的论文，至今也不明白为什么推崇 T. S. 艾略特的 F. O. 马西森却看中了他这本反 T. S. 艾略特、庞德等大人物的诗集。他对他同时代的大多数诗人宣布他自己是大老粗、门外汉。

其实不然，夏皮罗作为诗评家，在美国诗坛享有很高的威信。他对 W. H. 奥登、W. C. 威廉斯、惠特曼、迪伦·托马斯、亨利·米勒（Henry Miller, 1891—1980）和兰德尔·贾雷尔均有中肯的好评。他一生以他的创作实践影响其他的诗人，在他们需要帮助时，也尽力提携他们，正如诗人利奥·康奈兰（Leo Connellan, 1928—2001）所说："诗人们受惠于卡尔·夏皮罗，首先他在语言上创造的声音和音乐，还没有哪个诗人超过他……其次，他把诗人们的诗作收录在作为教科书的诗选里出版。"①

夏皮罗被选为相当于桂冠诗人的国会图书馆诗歌顾问（1946—1947），并任《诗刊》主编（1950—1956）、美国文艺与科学协会会员、多所大学教授。获当代诗歌奖、美国艺术暨文学学会奖、普利策诗歌奖、古根海姆学术奖、雪莱纪念奖、尤妮丝·蒂金斯纪念奖、博林根奖等多种诗歌大奖。所以，他有资格也有底气在美国诗坛"指点江山，激扬文字"。

夏皮罗的名声在七八十年代逐渐下降，其明显的标志之一是他的名字在理查德·埃尔曼主编的《美国诗歌新牛津卷》（*The New Oxford Book of American Verse*, 1976）里消失了，而他曾经在 F. O. 马西森主编的《美国诗歌牛津卷》（*The Oxford Book of American Verse*, 1950）里得到了充分的展示。他对此也感到不开心，以至于在后来的诗中露出"我的名声感觉不好"的不满情绪。但答复诗人罗伯特·菲利普斯（Robert Phillips, 1938—　）问到他在《资产阶级诗人》给他带来不利影响的情况下，是否设法克服评论界评价的下滑或者努力去达到他早期的名声时，他说他没有，他还是一如既往，并说："有些人，像迪伦·托马斯和德尔默·施瓦茨这些人，被成功

---

① *The Small Press Review*. Vol. 17, No. 2, February, 1985: 12.

毁掉了。我继续搞我的创作。"① 只是他当时没有意识到他同时代的诗人罗伯特·洛厄尔和伊丽莎白·毕晓普已经在批评界得宠，更没有认识到他过多地公开谈论自己个人的私事（例如自己许多婚外情），忽视关注当时重大事件和名人所给他造成的不良后果。最明显的是，他的诗集《资产阶级诗人》(The Bourgeois Poet, 1964) 的形式太随便，诗篇无标题，太专注个人琐事，又夹上一些讥讽的散文，疏离了喜爱他原来风格的读者。

当然也有评论家同时为《资产阶级诗人》辩护，说它是朝创作新方向改变的信号，因为夏皮罗这时的注意力被金斯堡和劳伦斯·费林盖蒂的垮掉派诗歌吸引了，他把惠特曼看作是"美国诗歌之父"，因此，他这时的诗歌艺术形式像惠特曼和垮掉派诗歌那样，是松散的散文式，是他自己的歌，如同惠特曼的《自己之歌》。

不过，在新世纪，戴维·莱曼（David Lehman, 1948— ）主编所谓"造就新经典"的《美国诗牛津卷》(The Oxford Book of American Poetry, 2006)②又把夏皮罗请回来了，收录了他的三首诗：《别克》("Buick", 1942)、《军用列车》(1944) 和《诗歌的葬礼》("The Funeral of Poetry", 1964)。戴维·莱曼在谈起主编这部大型诗选时声称："自然地，我需要包括1934年出生以来的诗人，1934年是埃尔曼主编时最年轻的诗人出生年代，但是，我决心也要救出过去有资格入选而被以前版本忽视的许多诗人。"他在这里所指被忽视的许多诗人，显然也包括了被埃尔曼忽视的夏皮罗。

夏皮罗一生对艺术形式作了半个多世纪的不断探索后，已作为取得显著成就的诗人而被载入史册，他的《新诗和旧诗选：1940~1986》(New and Selected Poems: 1940-1986, 1987) 和两卷本自传《我的死神的报道：诗人，自传》(Reports of My Death: Poet, An Autobiography, 1990) 可作为有力的佐证。正如《芝加哥论坛报图书评论》评论家拉里·卡特（Larry Kart）所说，夏皮罗的两卷本自传"不仅作为夏皮罗最佳诗歌成就位列美国自传法典，而且也将在其中占一个很高的地位"。诗评论家迈克尔·特鲁对夏皮罗做了如下的高度评价：

> 夏皮罗成功之处是其他诗人失败的地方（罗伯特·洛厄尔是最明显的例子）。他使历史成为他的诗歌的一部分，向读者揭示一个事件，一个时期，一个正在消逝边缘的世界，甚至当它开始引起我们注意的

---

① Karl Shapiro. "An Interview with Robert Phillips." *The Paris Review*. Issue 99, Spring 1986.

② 戴维·莱曼主编的《美国诗牛津卷》(2006) 收录诗人 212 位；理查德·埃尔曼主编的《美国诗歌新牛津卷》(1976) 收录诗人 78 位；F. O. 马西森主编的《美国诗歌牛津卷》(1950) 收录诗人 51 位。

时候。他是一位令人惊讶的自然主义作家（德尔默·施瓦茨曾经让我们注意到夏皮罗"无穷尽的观察力"），他的作品提供了 30 年代晚期至 60 年代早期最精确的美国画面之一。①

---

① Michael True. "Karl Shapiro." *American Writers: A Collection of Literary Biographies*. Ed. A. Wlaton Litz. Supplement II, Part 2. New York: Scribner's, 1981.

第三章　西奥多·罗什克和
伊丽莎白·毕晓普

在中间代诗人之中，一般认为罗伯特·佩恩·沃伦、西奥多·罗什克和伊丽莎白·毕晓普成就突出。前两位诗人的诗歌特色正如本编开头所述，是在保持现代派美学基本原则的同时兼收并蓄浪漫主义的情感。毕晓普则是更多地在 W. C. 威廉斯的旗号下成长起来的，但她的风格更具有个人化，与任何特定的诗歌派别毫无瓜葛。在南方"逃逸者"诗人群里，已介绍了沃伦，本章重点介绍罗什克和毕晓普。

第一节　西奥多·罗什克
（Theodore Roethke, 1908—1963）

自从惠特曼以来，在美国诗人之中，以描写从出生起点至人生终点的心路历程而著称于世的，便是西奥多·罗什克。他一辈子根据自己的直觉，在诗歌创作道路上，艰辛地探索着前进。他身高 6 英尺，体重近 200 磅，在大学时代爱穿一件熊皮外套，有意以笨重的狗熊形象出现在公众面前。他尽管缺乏体育天才，却在网球场上刻苦锻炼，居然后来在大学任教诗歌创作课的同时，还兼任两所大学的网球教练。这位貌似粗犷的彪形大汉感情细腻，甚至比较脆弱。在他的诗里，你可以感受到羞涩少年的性萌动，看到草中窜跳的老鼠、深思的癞蛤蟆、黑暗里呼吸的玫瑰、笨拙的乌鸦从枯枝上振翅、老花匠在花圃里整枝除草治虫以及界限模糊了的动植物，这些都成了诗人主观情感的幻化和象征。你还可以看到生命逐渐枯萎的老妇人，与女人做爱或聆听林中风声的男子。

在第二代现代派诗人中，罗什克与德尔默·施瓦茨和贝里曼有着同样的嗜好与命运：酗酒，时断时续的精神崩溃。精神崩溃似乎成了一些诗人的流行病，打从现代派诗歌大师 T. S. 艾略特起，维切尔·林赛、哈特·兰克、罗伯特·洛厄尔、安妮·塞克斯顿、西尔维娅·普拉斯等等，都在不同程度上染过此疾，有的经受得起折磨，逐渐好转，有的却以轻生给自己的人生画上句号。在美国，许多作家是精神病患者，但没有妨碍他/她们创作出出色的作品，甚至有的作家靠服用吗啡进入超现实状态而写作。用吸毒残害自己的身体进行所谓的创作，显然应在严禁之列自不待言。但纵酒而带来的高度兴奋或造成精神病患者（不是失去理智的疯子）的过度敏感，往往使人在不知不觉中克服了常人的思维定势，进入了常人无法或难以进入的境界，即所谓的创作态。此种有趣的现象，古往今来不乏其例。中国的李白可算是著名的一例。对于罗什克来说，他的笔触离不开他个人的异常兴奋、精神病发作时的幻觉、感官的敏锐反应和飘忽不定的感知力。他的诗歌特色之一（或缺点之一）是脱离时代，脱离政治，一味沉湎于自娱与自我表现之中，如同罗森塔尔对他所评论的那样："我们还没有（同他）相似名望的现代美国诗人像他那样地不关心时代，他很少直接涉及或依稀涉及对时代惊人的体验——除了再现他勇于说出的受损心灵。"① 正因为如此，罗森塔尔把他归到自白派诗人群里。

罗什克是德国移民的第三代。祖父从德国移居美国密歇根州萨吉诺后，从事种花为生。自幼到美国的父亲继承了祖父的事业，后来也当花匠。因此，罗什克是在花圃和花房的环境中长大的，花花草草自然地成了他生活的一部分，温室成了他对儿时回忆的焦点，也成了他的"整个生命，子宫，地上天堂的象征"，② 为他日后创作别具一格的花圃诗打下了基础。

罗什克毕业于芝加哥大学，获硕士学位（1936），其间（1930）曾赴哈佛大学学习。他原先攻读法律，但成绩不佳，后改学文学，对诗歌尤感兴趣，对埃莉诺·怀利的抒情诗和 E. E. 肯明斯的试验诗津津乐道。1930年，在一家小杂志上发表三首诗，虽不算好，但可算为他诗歌创作生涯的良好开端。他从年轻时就求名心切，决心走在诗人队伍的前列。他平时笔勤，诗作虽不多，为诗歌创作却长期坚持不懈地做准备，一生记笔记达 277本之多。

罗什克大学毕业后，先后在宾州拉斐特学院、宾州州立大学、芝加哥州立学院和华盛顿大学西雅图分校任教，教绩斐然。在他的学生之中出了一些诗人，其中以詹姆斯·赖特最有名。他与女诗人露易丝·博根的爱情，与罗尔夫·汉弗莱斯和斯坦利·库涅茨牢不可破的友谊，促进了他诗艺的成熟。不过，他的第一本诗集《招待来宾》（*Open House*, 1941）像任何诗人的处女作一样，免不了模仿的痕迹。这些诗篇似乎有着约翰·多恩、布

① M. L. Rosenthal. *The New Poets: American and British Poetry Since World II*. New York: Oxford UP, 1967: 118.

② Karl Malkoff. *Theodore Roethke: An Introduction to the Poetry*. New York: Columbia UP, 1966: 2.

莱克、艾米莉·狄更生、奥登、怀利和露易丝·博根的回响，并且多数诗篇严守传统的艺术形式，其中有五音步和四音步的偶句体，如《大草原赞》（"In Praise of Prairie"）、《蝙蝠》（"The Bat"）等；英雄四行体，如《死亡篇》（"Death Piece"）、《间歇》（"Interlude"）等；民谣体，如《洞察一切的寡妇谣》（"Ballad of the Clairvoyant Widow"）。还有诗行较为整齐、适当押韵或半谐音的自由体，如《寒冷的来临》（"The Coming of the Cold"）。这本诗集受到 W. H. 奥登、露易丝·博根、伊沃尔·温特斯的好评，它展示了作者掌握传统诗艺的深厚功底。

不过，展示罗什克独创性的是他的第二本诗集《失落之子及其他》（*The Lost Son and Other Poems*, 1948）。作者由于出生在花匠之家，得天独厚地积累了有关花事的第一手资料和独特而新鲜的体验，把诗笔伸向鲜花世界，拓宽了诗歌题材。罗什克通过对父亲经营的花房、花圃和鲜花的种种温馨的回忆，用纯真的童心，给读者展示了一个充满生机的别有洞天的生物世界。这也是一个诗人心中反复营造和重温的童年世界，它已经经过多次的修缮与装饰，成了人们深切祈盼而在现实生活已逐渐变淡薄的乐园。诗写得朴素自然，天趣盎然，没有"回忆式"的隔膜感，在感官上给人以美的享受，一扫牧歌诗的滥情。作者在诗中破天荒地深入到植物的次理性世界，在那里寻找人类的认同。

该诗集分四辑：第一辑均是精彩的短章。诗人根据儿时的回忆，在诸如《插枝》（"Cuttings"）、《插枝续篇》（"Cuttings－later"）、《储球根的地窖》（"Root Cellar"）、《温室》（Forcing House"）、《兰花》（"Orchids"）、《移植》（"Transplanting"）、《康乃馨》（"Carnations"）等短篇里，捕捉植物生命的跃动和生态的瞬息变化。你可以看到插枝的生命节律：

> 瞌睡中的枝条低垂在甜蜜的沃土上，
> 它们错综的纤毛干枯了；
> 但纤巧的枝条还在诱水上升；
> 微小的细胞在膨胀；
>
> 一个生长的节点
> 轻轻推松泥沙，
> 苍白的卷须似的触角
> 穿透了腐朽的叶鞘。
>
> ——《插枝》

你会惊讶地发现储藏球茎的地窖里的生命活动：

> 在潮湿如阴沟的地窖里，一切都不会睡觉，
> 球茎挣开大箱，在黑暗中寻找缝隙，
> 一枝枝低垂的嫩芽，
> 色情兮兮，伸出发霉的篓子，
> 垂下黄黄的长颈子，犹如热带的蛇。
> 好一个臭味的大杂烩！——
> 根熟透得像陈年的钓饵，
> 多汁的茎如同饲料仓那样臭，
> 腐叶，肥料，石灰，堆在滑溜溜的板上。
> 谁也不放弃生命：
> 甚至泥土也不停地呼出轻微的气息。
> 　　　　——《储球根的地窖》

你还可以嗅到浓郁的花香：

> 在夜里，
> 朦胧的月光透过刷白的玻璃，
> 热气向下
> 兰花的香味变得更浓，
> 从它们长满青苔的安息处飘溢。
> 这么多狼吞虎咽的婴儿：
>
> 柔软发亮的手指，
> 不死不活的嘴唇，
> 幽灵似地张着嘴巴
> 呼吸着。
> 　　　　——《兰花》

你亲切地感受到温室里的勃勃生机：

> 比手腕结实的藤蔓
> 和坚韧的新芽，

　　枝茎上的浮垢，绿露和烟尘，

　　高大的美人蕉或纤细的仙客来叶尖，——

　　一切伴随着啪啪响的热水管而有节奏地跳动，

　　这些水管滴着水冒着汗，

　　冒着汗滴着水，

　　根茎随着蒸气与臭气在澎涨，

　　从石灰土、粪肥和骨粉里冒出幼芽，——

　　当生命的热从水管和水壶里散发时，

　　50 个夏天一起行动了。

　　　　　　　　　　——《温室》

　　如果说梭罗或惠特曼在其作品里，通过精神与大自然建立了和谐的关系，那么罗什克在诗中通过植物直接同大自然取得了亲密无间的联系，这种人类与大自然诗化了的亲密关系是罗什克的首创。

　　第二辑较杂，一共只有七首，系普通的日常生活题材，其中《我爸爸的华尔兹舞》（"My Papa's Waltz"）和《忧伤》（"Dolor"）饶有风趣，前者从小孩的眼光描写父亲的粗暴与温柔，反映孩子对父亲既爱又惧的复杂心态；后者生动地反映了办公室职员单调乏味的生活。作者在这一部分里企图通过对过去生活经历的审视而剖析自我。

　　第三辑以用一系列的隐喻来剖析自我。短诗《夜鸦》（"Night Crow"）最为典型：

　　当我见到那笨拙的乌鸦

　　从枯树上鼓起了翅膀，

　　我的心里升起一个影子：

　　越过梦境的海湾

　　一只巨鸟展翅飞翔

　　越飞越远，越飞越远

　　飞进没有月光的黑夜

　　飞进脑海中深远的过去。

　　这是罗什克爱用的手法之一：外部世界的客体被内心景观所映照。枯树上的乌鸦不仅代表内心的某种东西，而且唤起内心的联想。根据荣格的理论，我们常遇到活化的原型，即所谓原始意象，这些古老的意象由于人们有原始的、类似原始的思维方式，特别是梦中的思维方式，被激活了。《夜鸦》正好是荣格的这一理论在诗中的具体体现，它运用了荣格集体无意识的理论，直接传达了罗什克的体验。进入诗歌态的罗什克常处于物我同化的境地：

> 雏菊乱蓬蓬的
> 流苏飘动着；
> 我在苹果林里
> 并不孤独。
>
> 远处树林中
> 雏鸟在悲鸣；
> 露珠放出了
> 早晨的气息。
>
> 我来到一处地方
> 河流流过石头：
> 我的双耳知道
> 大早的欢乐。
> 那一个夏日
> 所有溪流的
> 所有的波浪
> 在我血管里歌唱。
>
> ——《觉醒》

第四辑由四首较长的组诗构成，其中以标题诗《失落之子》为佳，被评论家视为"最具显著哀歌体成就"的一首诗。它一共有五组诗，每组诗都冠以分标题。这是一首典型的意识流诗。第一组诗"飞翔"把时间拨回到几十年前，使作者飞到少年时代，那时父亲刚刚去世。父亲在伍德龙公墓的安葬，造成了他幼小心灵的创伤，使他的思想飞离现实，去大自然寻求人生的答案，但大自然永远是猜不透的谜。第二组诗"深洼"影射女人的子宫，生命在那里处于无意识的浑沌状态，而作者这时"感到那湿窝的粘液"。第三组诗"胡言乱语"描写从"深洼"出来后的少年罗什克，又失落在世界里，对一切感到迷惘，而少年的性冲动则由含蓄发展到颖露：

在树林的出口，
在洞穴的门边，
我倾听我以前
曾听到的声音。

腹股沟间的一条条狗
狂吠着，嚎叫着，
太阳反对我，月亮不要我。

野草发出呜呜声，
一条条蛇在呼叫，
母牛和欧石楠
都对我说：死吧。

第一节显然是描写少年又走近或想象中走近（婴儿出生时经过的）阴户；第二节的第一和第二两行是少年的性冲动，太阳系指父亲，月亮系指母亲；第三节描写少年因性冲动而感到羞愧，对带有原罪性质的"性"所付的代价便是死。然而，诗中的少年却抑止不住手淫：

这是暴风雨的中心？大地本身不平静。
我的血管在漫无目的地奔腾。身体释放火焰？
种子正离开原来的苗床？这些蓓蕾像鸟儿般活跃。
哪儿，哪儿是世界的眼泪？
让接吻发出声响，像屠夫手掌那样平展；
让姿态冻结；我们的命运已经注定了。
所有的窗户在燃烧！我的生命留下了什么？
我要那古老的狂热，那原始奶的冲洗！
再见，再见，古老的石头，时序正在移动，
我把我的双手与永恒的激动结合了，
我逃，我逃向呼叫的钱币。

钱钱钱
水水水

手淫违背自然的规律，使诗中人不得不接受以金钱为基础的社会现实。这种色与钱的混合意象，在作者看来，表明用同样无结果的行动方式使性冲动升华的企图是不成功的。

第四组诗"回复"总结了整首诗情节的变化，从黑暗到光明，从无意识到有意识，从混乱到有序，从枯竭到由温室暖水管冒出的蒸汽而带来潜能的恢复。这节诗再次表明诗人的观点，违背自然规律的手淫是一种死亡，只有恢复潜能即精力，才能抓住生物性的自我再生。

第五组诗"冬天正开始"强调精神的认同超过色欲的认同。诗中的少年虽然找到他想找到的答案，他明白光明即将来临，使他欢乐过的父亲也快来临：

> 一个可理喻的快活精灵
> 曾经使你欢乐。
> 他会再来。
> 肃静。
> 等待。

这组诗的前四节使读者不由得联想到 T. S. 艾略特的《四首四重奏》：

> 冬天正开始，
> 在时间之间，
> 景色依然部分枯黄：
> 野草的枯骨不停地在风中摇曳，
> 在蓝色的雪之上。
>
> 冬天正开始，
> 在结冻的土地和干的种壳的上空
> 阳光缓缓地移动，
> 美丽的活着的野草
> 在风中摇曳。
>
> 阳光走遍广阔的田野，
> 驻足不前，
> 野草停止摇曳。

　　　　心灵在移动，并不孤单，
　　　　静静地穿过透明的空气。

　　　　是阳光？
　　　　是内心的阳光？
　　　　是光中之光？
　　　　静寂正变得活跃，
　　　　然而依然是静寂？

　　许多评论家认为这些诗行暗含《小吉丁》的开头部分和《烧毁了的诺顿》的第二节。① 这首组诗不但在结构上与《四首四重奏》相似，而且作者的宗教观世界观与 T. S. 艾略特也有相似之处。区别在于罗什克从性开始萌动的少年的视角切入，表达对世界的看法，T. S. 艾略特则从历史的高度观察世界，观察人生，观察宇宙。这首组诗具有典型的西方思想模式：父亲之死；堕落到深渊，一种自我的生物进化的基因的深渊；世界返回光明；与太阳神相联系的父亲的返回；一切复苏的希望。这种起始于集体无意识的模式像神话一样古老。

　　比起第一本诗集《热情接待》来，第二本诗集《失落之子及其他》主要采用了更能充分表达思想感情的自由体，句子的省略和缺少连接词、一问一答、频繁地从陈述到感叹等等表现手段，不但是《失落之子》的显著特点，也是他从此以后爱用的表现手法。

　　罗什克的第三本诗集《赞颂到底！》（*Praise to the End!*, 1951）在主题和表现手法上，是前一本诗集的继续，而且收编了前一本诗集的第四部分的长篇组诗，这样，两本诗集的主题便更为突出。前集突出温室花圃篇，本集着意展示少年心理，即从独特的角度，探索婴儿到开始有性意识的少年的心路历程，甚至探索在母亲子宫里时胎儿的下意识。在孩子心目中，父亲的去世等同于安全感的失落，因而引起了孩子的隐痛、不安和痛苦等等复杂情绪。这些包含肉体与精神矛盾的复杂感情，产生于他的下意识之中，它构筑了一种超现实主义的意境。本集的开篇诗《凡碰击之处便是敞开》（"Where Knock Is Open Wide"）② 正好总结了全集的主题：诞生、内疚、

---

① 见张子清译.《四首四重奏》.《T. S. 艾略特诗选》. 紫芹选编. 四川文艺出版社，1988 年.

② 标题取自 18 世纪美国诗人克里斯托弗·斯马特（Christopher Smart, 1722—1771）的名篇《献给大卫的歌》（*A Song to David*, 1763）的第 77 节：

　　……在指定的信仰之地，凡问之处便会有，凡探寻之处便是发现，凡碰击之处便是敞开。

性曲解、父母象征、发育成熟时面临的挑战和对死亡的展望。这个因父亲去世而产生失落感的孩子的基本心理结构跨度是吸奶阶段到性意识阶段，再到对大自然神秘现象的探求阶段。罗什克常取用外界的意象暗示他的内心世界，而他所用的意象或比喻隐含多数是个人的体验，缺乏公认性，因而增添了解读的困难。例如《凡碰击之处便是敞开》的头两节：

> 一只猫能
> 用他的脚撕咬，
> 爸爸和妈妈
> 有更多的牙齿。
>
> 在摇椅下面
> 坐着玩耍
> 直至母牛
> 生下了小牛犊。

如果不根据上下文揣摩，读者怎么知道"脚"代表男子的阳物？怎么知道下面数行表示父母性交而怀孕，最后在生小孩呢？但是，诗人有意从孩子独特的视角选择用语，表达他个人独特的体验，因此创作了一种罗什克本人称之为心灵速写法的方法，一种纯直觉的语言，有效地复制婴儿的意识演变过程，包括胎儿时期到成人。罗什克用如此艺术手法表现如此题材，已经达到了极致。但他不满足于已取得的成就，意识到如要继续创作，必须另辟蹊径，因为题材与表现手法的重复意味着一个作家艺术生命的结束。

罗什克的第四本诗集《觉醒：1933～1953 年诗选》（*The Waking: Poems 1933-1953*, 1953）①中的"新诗篇"是罗什克主攻方向的新转移。他尝试越过一味表现自我的旧框框，开始采用爱情主题拓展思路。《写给约翰·戴维斯爵士的四首诗》（"Four for Sir John Davies"）的后三首，是他赞颂由肉体升华到精神的性爱佳作。同时，他开始运用戏剧性独白的手法，在《老妇人冬天的话》（"Old Lady's Winter Words"）一诗中作了成功的尝试。

罗什克效仿的大师是叶芝、T. S. 艾略特和史蒂文斯；他学习异常勤奋，在他的笔记本中，抄录了大段大段引起他兴趣的别人的诗篇，其中有 T. S. 艾略特的《四首四重奏》《圣灰星期三》，史蒂文斯的《关于最高虚构的笔

① 本集选了《热情接待》的部分诗篇、《失落之子及其他》的大部分和《赞颂到底》的全部。

记》和叶芝的许多诗篇。从他这时期创作的诗歌中，我们可以隐约听到现代派大诗人特别是叶芝的回响。他认为，模仿不会限制一个人能力的发挥，而是自我实现的一种方法，因为他得到传统或老作家的激励，使他提高到更高的程度。这种想法当然并无独创之处，因为任何作家总免不了经过借鉴阶段。高明作家的高明程度取决于他推陈出新的程度。该集"新诗"部分，以《老妇人冬天的话》《写给约翰·戴维斯爵士的四首诗》和《觉醒》（"The Waking"）①为优秀诗篇。罗什克在《写给约翰·戴维斯爵士的四首诗》中的第一首《跳舞》里，承认叶芝对他有直接影响：

> 我从名叫叶芝的人那里取来这音调，
> 我把它取了过来，再把它送了回去：
> 因为其他奔放的节拍其他的曲调
> 颠簸我的心，琴声般地飘进我的脑际。

　　叶芝善于在诗行中对相反的事物进行平衡与协调，重复某些字眼，给读者以从容不迫的平衡感。我们且先读一读叶芝的一些诗：

> 到杨柳园我的情人和我在那儿会面；
> 她移动一双雪白的小脚穿过杨柳园。
> 　　　　——《到杨柳园》

> 我岁月红色的玫瑰，自豪的玫瑰，悲伤的玫瑰！
> 走近我，当我歌唱那种古老的方式：
> 　　　　——《致时间十字架上的玫瑰》

> 我平衡一切，把一切带进心坎，
> 未来的岁月好像是声息的损耗，
> 声息的损耗好像是过去的时间
> 与此生此死进行了平衡。
> 　　　　——《一位爱尔兰飞行员预见自己的死》

　　然后，我们再对照一下罗什克的句法，便会清楚地看到他借鉴叶芝的

---

① 本集中的《觉醒》有别于《赞颂到底》中的《觉醒》。

程度：

> 慢慢地，她像鱼那样慢慢地走来，
> 像鱼那样正慢慢地走出来，
> 在长浪里摇曳。
> 　　　　——《下凡的女神》

> 在那嬉戏里两人相互转化了吗？
> 她把我笑出来，又把我笑进去；
> 　　　　——《幽灵》

> 我独自呼吸，直至我的黑暗变明亮。
> 黎明在白处。谁会知道黎明
> 当太阳后面是一个令人眼花缭乱的黑暗？
> 　　　　——《墙》

> 我爱世界；我要的比世界还多……
> 我看见你，亲爱的，我看见你在梦中；……
> 呼吸不过是呼吸：我拥有土地；
> 我将用我的死亡解开所有的死亡。
> 　　　　——《狂喜》

> 亲爱的，我最最喜爱使用
> 空气：我呼吸；
> 　　　　——《说给风听》

　　仅从以上几个简单的例子，我们便看到罗什克不但在这部诗选，而且在以后创作的诗歌里，对此修辞手法也运用自如。这部诗选为罗什克赢得了普利策奖。

　　赢得博林根奖和国家图书奖的第五本诗集《说给风听》（*Words For The Wind*, 1958）奠定了他在诗坛上的重要地位。作者从《赞颂到底》的童年世界来到《说给风听》的成人世界，一个给人愉快的性爱世界。说给风听，实际上是说给爱人听、情人听。流动而变化的元素风和水在罗什克的笔下，是女人的象征。1953 年，罗什克同他从前的学生、美女比阿特丽斯·奥康

纳（Beatrice O'Connell）结婚，给他感知力带来了革命性变化。本诗集的
"爱情篇"是在他婚后的五年之中写成的。他在自己的笔记里写道："爱
情是真正的突袭。"上一集的"新诗"部分开始的爱情题材，在本集的"爱
情篇"里得到充分的展开，在最后一部诗集的"爱情篇"中被进一步深化
（尤其是在肉体与灵魂相冲突的关系上）。

《说给风听》一共五辑，第二辑"爱情篇"鲜明地标志诗人创作生涯
的新阶段。诗中人从原先自怜自珍的小天地里解放出来，获得了与情人或
爱人同享的巨大欢乐，如标题诗《说给风听》的最后两节：

> 激情足以给
> 机遇的欢乐具体化：
> 我呼叫出快乐：我知道
> 呼叫的根源。
> 天鹅的爱心，杨梅的平静，
> 当时间又及时地移动着，
> 爱有事可做。
>
> 尤物变得更美丽，
> 在升起的月亮下
> 绿色，跳动着的绿色
> 使一天变得更热烈；
> 我微笑着，并非石人，
> 我不是单独背着
> 此欢乐的重负。

罗什克在爱情诗里，试图寓抽象思维于具体意象之中，而又不失抒发
自如的可感性。这是他诗歌最大的魅力所在。他开始成功地把诸如"混乱"
"死亡""炼狱""无意识""永恒""重负""启示"等等抽象字眼，
运用到激发美感的具体比喻里，如"石头""鱼""叶子""藤""星星"
"大海""水""风""月""百合花""木头"，等等。例如《梦》（"The
Dream"）的第四节：

> 她从容地在风中支撑她的胴体；
> 我们的影子相会了，慢慢地旋转；

> 她把田野旋转进闪烁的大海；
> 我像孩子似地在火焰与水中玩耍
> 在旋转出白色的大海泡沫之外；
> 我像一根湿木头，在火焰的边缘，
> 我来爱，我走进我自己。

《我认识一位女人》（"I Knew a Woman"）是罗什克爱情诗的名篇之一，也被视为英语诗歌中的爱情名篇之一。诗中的情人虽然笨拙可笑，但其情真挚感人，通篇充满热烈的感情，却又不失谐趣。

"爱情篇"反映了诗人这时期的生活与思想：1953 年结婚给他带来的欢乐；丹麦哲学家、神学家克尔凯郭尔（Soren Aabyee Kierkegaard, 1813—1855）、美国神学家保罗·蒂利克（Paul Johannes Tillich, 1886—1965）和以色列作家、哲学家以及犹太教神学家马丁·布伯（Martin Buber, 1878—1965）等人的存在主义哲学思想对他的影响；该集出版前精神崩溃症给他造成的极度忧虑。他的婚事和疾病给他的诗染上欢愉与绝望交织的感情色彩，而存在主义思想则把两者转化为他玄学探索的精神状态。

1963 年夏，罗什克完成了《远方的田野》（The Far Field）的草稿，正准备修改时，不料在 8 月 1 日，他在一个朋友的游泳池里死于心脏病突发。草稿由其妻整理并在他的朋友特别是斯坦利·库涅茨的帮助下送交出版社，于次年问世。罗什克逝世时在美国和欧洲的名声已很高。文学批评界和广大读者都认为罗什克是这一代诗人群中的佼佼者。有批评家认为，如果他迟死十年，有可能获诺贝尔文学奖。

这部遗著反映了作者在创作后期一直探索的主题：爱情、身份（Identity）、死亡对爱情和本体的威胁，以及上帝。本集分四辑：第一辑"北美组诗"、第二辑"爱情篇"、第三辑"混合组诗"、第四辑"有时玄学组诗"。诗人重又返回自然世界，返回有别于"失落之子"主观而内心化的自然世界的客体化世界。在这客体化的自然世界里，诗中人欲与万物同化。虽然这自然世界看起来像毫无意义的深渊，但作者笔下主要的意象却是自然界的意象，并闪耀着精神的光芒，"北美组诗"中的两首组诗《牡蛎河畔沉思》（"Meditation at Oyster River"）和标题诗《远方的田野》是他这时美学趣味的典型篇章：

> 水是我的愿望，我的道路，
> 精灵断断续续地奔跑，

同勇猛的水禽一道
进出于一道道小波浪——
弱小者在危险前显得多么优雅！

在明月初升时，
一切是波光粼粼四散，
是光辉灿烂。
　　　　　——《牡蛎河畔沉思》

失落的自我变化着，
转身面向大海，
一个大海般的身影返转身，——
一个老人在火前烘脚，
穿着绿袍，告别的服饰。

一个面对自己广袤的人
唤醒所有的海浪和海浪上所有漫游的火。
绝对的喃喃自语，生命难解的谜，
消失在他裸露的耳朵上。
他的梦魂像大风疾驰
静息在阳光灿烂的蓝色高原。
他是万物的终结，是最后的一个人。

一切有限的物体呈现着无限：
带着异常明亮阴影的山峦
就像新雪上的幽幽蓝光，
像映照在冰封的松树上的余辉；
山坡上椴树的气息，
是蜜蜂那种可爱的香味；
淹没的树上是那样的平静：
一个孤独者纯清纯静的记忆，——
像一圈涟漪从一枚石头开始扩展，
扩展到全世界的海面。
　　　　　——《远方的田野》

在组诗《玫瑰》（"The Rose"）里，诗中人心目中的世界，有着那么多令他孜孜追求的东西，因此他无需天堂：

> 有那样的人和那些玫瑰，
> 请问，还需要什么天堂？

罗什克创作"北美组诗"历时五年（1958—1963）之久，他早在1944年曾就如何表现美国西部的风光，写信请教过 W. C. 威廉斯。模仿 T. S. 艾略特《四首四重奏》的痕迹却比较明显。尽管如此，仍不失为优秀的诗篇。克里斯托弗·比奇对它很看重，说"北美组诗"是"20世纪最重要的冥想诗之一"[①]。从外部和内心表现美国辽阔的景色，似乎成了对美国大诗人雄心与诗艺的一种考验，一种褒奖，一种终生的心愿。惠特曼如此，弗罗斯特如此，T. S. 艾略特如此，W. C. 威廉斯如此，一切有雄心壮志的美国诗人都如此。罗什克不甘落后，以疏放洒脱、气势恢宏的"北美组诗"和"玄思组诗"，对美国诗神作了丰厚的奉献。

克里斯托弗·比奇对罗什克有高度的评价，他说："罗什克是一个很难归类的诗人：他不是自白派诗人，不过他的作品里有明显的自白成分；他不是新批评派形式主义诗人，不过他的许多诗篇采用了形式上的结构。在他这一代诗人（40年代和50年代早期开始发表成熟作品的这一代诗人）之中，可以说他是美国冥想诗歌传统最重要的继承人。"[②] 莉·比彻勒（Lea Baechler, 1942—2004）认为，罗什克的诗歌"有着与失落感联系的更宽广范围的感应，既体现在他个别的诗篇和诗组里，又体现在他整个的作品里：从第一部《热情接待》到最后一部《远方的田野》"[③]。这里，莉·比彻勒换了一种说法，与失落感相联系的感应，实际上就是冥想。

不过，美国批评界对他也不乏微词，主要批评他是自我中心主义者，他的诗歌主题完全局限于描写他自己，几乎或根本不涉及社会、政治或历史。这类批评是公正的。他经历的二战几乎没有触动他，国内的多种政治运动，他几乎充耳不闻。他似乎成了与世隔绝的隐士，一个幻想联翩、煎熬于肉体与精神冲突中的怪杰。他的诗集是一部描写自己心理演释（包括意识和无意识）的精神自传。这反映了美国诗歌的一种倾向：不少美国诗

---

① Christopher Beach. *The Cambridge Introduction to Twentieth-Century American Poetry*: 176.

② Christopher Beach. *The Cambridge Introduction to Twentieth-Century American Poetry*: 176.

③ Lea Baecbler. "John Berryman, Theodore Roethke, and the Elegy." *The Columbia History of American Poetry*: 606.

人构筑自己个人的神话并乐于生活其中。他们专注于意识的现实和为获得想象中合适的环境而作茧自缚，对文艺家的社会责任感或时代责任感则不屑一顾。

第二节　伊丽莎白·毕晓普（Elizabeth Bishop, 1911—1979）

在第二代现代派诗人群中，毕晓普是著名的女诗人，美国诗界中的各种大奖，她都一一包揽了，各种主要的奖励作家的基金，她也领受了。她没有扯什么旗号，只凭了她薄薄的再版多次的一部《诗歌全集：1927～1979》（*The Complete Poems, 1927-1979*, 1980）奉献给世人，给读者以独特的审美愉悦。综观她的诗全集，她在艺术形式上并无突出的创造。她既尝试了普通的散文诗、相对自由的自由诗、素体诗、贺拉斯体诗，又娴熟地运用了严格的传统诗歌形式：四行诗、十四行诗、六行诗、三行诗。应当说，她的诗歌形式偏向传统，偏向保守。但是她的诗作却以其异秉，在美国诗坛多样化的格局中，找到了自己的位置。

毕晓普的诗歌最大特色是她精于陌生化手法，在日常平凡的事物或现象中，挖掘出异常或不平凡来，换言之，她能寓陌生于熟悉之中，使读者警醒，获得意料不到的感受。她的名篇《六行诗》（"Sestina", 1965）列举的人和事很平常：祖母（或外祖母）、孙女（或孙子，性别不明）、秋雨、厨房、火炉、水壶、茶杯、年历，这是实景，但在实景里出现了眼泪——这奇怪的联想物使温暖、舒适的安乐窝的气氛顿时显得异样：

> 九月的雨点点滴滴打着房屋。
> 在幽暗的灯光中，老祖母
> 坐在厨房里，一边是小孩
> 一边是马维尔①小火炉，
> 阅读着载有笑话的年历，
> 边笑边谈，藏起她的眼泪。
>
> 她以为她在秋分里流的眼泪
> 和雨点点滴滴打着的房屋

---

① 马维尔（Marvel）含有"惊异""惊奇"之意。

这两件事的预见者早已是这本年历，
唯一知情的人是老祖母。
铁水壶嗞嗞地吟唱在火炉之上。
她边切面包边向小孩说道：

现在是吃茶点的时候了。但小孩
望着水壶一滴滴细小的苦泪
啪啪啪地跳跃的地方是黑色的火炉，
如同雨点点滴滴打着房屋，
整理了一下之后，老祖母
把这本善解人意的年历

挂在绳子上。像鸟儿一般，年历
展开双翅，悠然地盘旋，
下面是小孩，是老祖母
和她的茶杯，杯里充满了深褐色的眼泪。
她不禁打颤地说，她认为这房屋
很冷，于是把更多的木柴加进火炉。

应当如此，马维尔火炉开口说话了。
我知我所知，年历回应道。
小孩用彩色蜡笔画一座呆板的房屋
和一条弯弯曲曲的小路。接着小孩
画了一个男子，一排纽扣像一滴滴眼泪
并得意地把画给祖母观看。

但是，正当这位老祖母
忙着料理她可爱的火炉，
一个个小月亮落下来，如同眼泪
从一页页的年历
神秘地落进花床，小孩
细心培植的花床后面是房屋。

是种植眼泪的时候了，聪明的年历又开口说。

> 祖母唱着歌，面对这美妙的火炉，
> 而小孩画着另一座不可思议的房屋。

　　从小孩的视角，可以看到屋子里发生了一连串的事情：祖母掩而未落的眼泪——水壶上跳动的水珠——打在屋顶上的雨点——祖母的茶杯中的茶，而这一切都是以眼泪作类比的，想象中的一个个小月亮也像泪珠般掉在小孩细心培植的花床里了。更使人伤心的是，小孩在孤苦中居然在他的图画里添加一个成年男子，一排纽扣竟像一行眼泪！屋里只有小孩和祖母两人，小孩的父母不在显然是引起小孩联想眼泪的主要原因，而这主要的原因却在诗中点而不露。祖母的多种努力，小孩的沉默，火炉上水壶里沸腾的开水，屋里的冷落和幽暗，造成了一种可怖的气氛，使得本来令人亲切的房屋变得"谜一般的"陌生。毕晓普往往在诗中不轻易显露"我"的本相或身世，可是联系到她出生八个月时丧父、四岁时母亲住进精神病院，只能和住在新墨西哥的外祖母生活的事实，我们便不难理解这首诗所压抑着的痛苦感情了。住屋对人们来说应当是最令人感到亲切的熟悉地方，可是对失去父母之爱的小孩来说，它却是陌生的地方、不可思议的地方。诗人没有直接描写小孩和祖母的悲伤，而是从孤寂的房屋里布景设色，衬托祖母的悲伤和小孩的凄惨。六行诗的艺术形式最为严格，是衡量一个诗人掌握诗艺熟练程度的试金石。她像庞德一样，经受得起这种严格形式的挑战，如前文所说，庞德年轻时在伦敦作的六行诗使举座皆惊。毕晓普的这首六行诗的难度虽然没有庞德的那首六行诗的难度大，但也颇精彩，译文无论如何传达不出原作的美和韵味。

　　前面已经讲过，精细地描写日常事物，并使它陌生化是毕晓普常用的手法之一。如《麋鹿》（"The Moose", 1977）是一首直线型的诗，它先描写乘客乘长途公共汽车，然后是沿途看到的风景，再次是乘客在车内的絮絮交谈，最后是拦路的母麋：

> 从深不可测的林子里
> 走出来了一只母麋，
> 站在那儿，渐渐露出了身影，
> 挡在路的中央。
> 它向汽车走近，它嗅嗅
> 发动机发热的车罩。

　　赫然屹立，头无鹿角，

　　身材高如教堂，

　　平易好似一座住房

　　（或安全得像一座住房）。

　　有人叫我们放心：

　　"它对人毫无恶意……"

　　在美国文学传统里，树林深不见底，是邪恶恐怖的象征。在深夜的月光中，从树林冒出一头野生动物，给熟悉的环境突然增添了陌生的气氛，尽管"它对人毫无恶意"，往往给人带来甜蜜的欢乐。

　　再如她的《鱼》（"The Fish", 1946）也是寓陌生于熟悉之中的名篇。诗中人租了一只船，钓了一条大鱼。诗人对起水后鱼的形象和反应进行详尽的描写之后，在诗结尾处，把注意力转向了船的本身：

　　我久久地凝视着，

　　胜利充满了

　　这租来的小船，

　　舱底的积水上

　　油花展开彩虹

　　从生锈的引擎周围

　　伸向锈成橘色的戽斗，

　　伸向太阳晒裂的坐板，

　　伸向带链的桨架，

　　伸向舷边——直到每件东西

　　都成了彩虹，彩虹，彩虹！

　　于是我放走了这条鱼。

　　汽油在船舱的积水里布了彩虹，在生活里也是一件平常的事，但是经过诗人夸张之后，似乎船里升起了条条彩虹，如入陌生的仙境。诗中人在这种环境里，似乎超越了世俗的世界，于是放走了鱼——活脱脱而受伤的生灵。

　　毕晓普状物写景有她的挚友玛丽安·穆尔的精细，也有玛丽安·穆尔克制地陈述事物的机智，甚至在题材的选取上，她与老诗人也有某些共同之处。她从 1934 年遇到玛丽安·穆尔之后，便与玛丽安·穆尔建立深厚的友谊长达 40 年之久（从她的《邀请玛丽安·穆尔小姐》一诗里可看出她俩的友谊之深），因而她受早已成名的玛丽安·穆尔的影响也是很自然的。但是，她的题材比玛丽安·穆尔更广泛，处理题材的艺术手法更加多样化，她的根底可回溯到 17 世纪乔治·赫伯特（George Herbert, 1593—1633）的宗教诗、新教的赞美诗、威廉·考珀（William Cowper, 1731—1800）和威廉·华兹华斯崇尚平淡的风格。她兼收并蓄而创造了具有她个性化的风格，使人耳目一新。

任何国家任何时期的文学史证明，个性化的作家才能在文坛占一席之地。这使我们联想到麻省的另一位诗人罗伯特·弗朗西斯，他的风格与弗罗斯特相似，是弗罗斯特的朋友，受过弗罗斯特的知遇之恩，可是他却被弗罗斯特盖住了。也许因为弗罗斯特的名声过大，或者弗朗西斯的天地过于狭窄，弗朗西斯没有取得毕晓普那种重要的成就，尽管他一辈子在诗歌创作上，作了艰苦卓绝的努力。关键在于作品的个性化上。毕晓普以她具有鲜明个性的《鱼》《公鸡》（"Roosters", 1946）、《人蛾》（"The Man-Moth", 1946）①、《海湾》（"The Bight", 1955）、《在渔人屋》（"At the Fishhouse", 1955）、《寒冷的春天》（"A Cold Spring", 1955）、《六行诗》和《加油站》（"Filling Station", 1965）等等篇章征服了诗坛，至今这些诗篇仍为各类诗选集所收录。当时最优秀的诗评家兰德尔·贾雷尔以诗人特有的敏感对《鱼》和《公鸡》作了高度的评价，认为它们是"我们时代的最具静谧美、最和谐的诗篇中的两首"。她逝世之前，已被列入最受推崇的美国诗人行列了，而且备受约翰·阿什伯里、詹姆斯·梅里尔、安东尼·赫克特、罗伯特·洛厄尔等同行们的称赞。当罗伯特·洛厄尔从铺陈夸张转到通俗平易的风格时，他毫不迟疑地效法了毕晓普的诗艺。毕晓普和罗伯特·洛厄尔长期的真挚友谊，完全建立在诗艺探讨上。

毕晓普生于麻省伍斯特市，1934 年毕业于瓦沙尔学院，终生未嫁。毕晓普继承了建筑师父亲留下的一大笔遗产，无衣食之忧，因此无需工作。1935 年开始世界旅行，先后到过法国、北非、西班牙、墨西哥，客居巴西长达 16 年之久，最后在哈佛大学任教。旅行成了她生活和创作的重要部分。她的著名诗集《旅行的问题》（*Questions of Travel*, 1965）是她旅行生活的重要成果。

30 年代中期，毕晓普和早在瓦沙尔结识的造纸厂女继承人露易丝·克兰（Louise Crane）在巴黎期间同居，1938 年回国后，她俩在佛州基维斯

---

① 原标题《猛犸》（"mammoth"），发表在报纸上时被错印成 Man-Moth（人蛾）。

特置屋；1940 年，毕晓普又结识了刚和海明威离婚的保利娜·法伊弗·海明威（Pauline Pfeiffer Hemingway）。在巴西期间，毕晓普与出身于富有家庭的洛塔·苏亚雷斯（Lota de Macedo Soares）同居。后者后来跟随她回美国，由于患忧郁症，在 1967 年自杀。1971 年，毕晓普开始与新结识的艾丽斯·梅特费塞尔（Alice Methfessel）同居，直至去世。艾丽斯·梅特费塞尔成了毕晓普的遗著保管人。

毕晓普是一位性格坚强的女强人，但拒绝入选女权主义诗集，她要世人把她当作诗人看待，而不是仅仅把她当作女人看待。她终生有女性伙伴相陪，但不喜欢在诗里流露同性恋情结，不像罗伯特·洛厄尔或约翰·贝里曼那样地在作品里透露自己的性取向。她的成功似乎说明了一个道理：不在艺术形式上标新立异而在诗质本身下工夫，尽管使用传统的形式，同样会取得成功。克里斯托弗·比奇认为毕晓普的诗"是 20 世纪晚期诗歌创作进程中的一座纪念碑"[1]。

我们总结毕晓普一生的诗歌创作时，不妨说她善于观察和再现日常生活和情景，而且细致入微到无以复加的地步，正如诗歌批评家理查德·格雷（Richard Gray, 1944— ）所说："毕晓普的目的是仔细注意她周围的普通事物；即通过关注，看到她所谓的'日常生活总是如愿以偿的超现实主义影子'。她越是仔细观察某种东西，某种东西似乎越是会被及时逮到，被霎那间转化成宁静与梦的世界。"[2] 例如，为了状貌旅途的情景和途中看到麋鹿以及闻到它的刺鼻气味，她说她花了二十年的酝酿时间，才写成长诗《麋鹿》！她因此也被一些批评家戴上"象牙微雕艺术家"的帽子。

在 20 世纪 30 年代美国经济萧条时期作家们普遍关心社会问题的氛围里，毕晓普便显得太个人抒情化了，不免成了被批评的目标。批评家吉利恩·怀特（Gillian C. White, 1968— ）说："她在批评界反应的命运——无论是正面的和最近更多负面的——甚至就在不提及的时候，围绕她诗歌的'抒情'品质和必要的反思，已经被定下来了。"[3] 毕晓普当时已经发觉自己的诗歌缺乏阶级和社会意识，由此感到尴尬，甚至感到如同怀特所说"抒情的羞愧"。她为此懊悔不该在全国著名杂志上发表作品。到了 70 年代后期，反抒情的诗风盛行，这特别体现在语言诗上，毕晓普的个人抒情性又遭到了新的冲击，夹在了以前羞愧表现的"抒情"和此时反抒情的审美之

---

① Christopher Beach. *The Cambridge Introduction to Twentieth-Century American Poetry*: 172.

② Richard Gray. *A History of American Poetry*. West Sussex, UK: John Wiley & Sons, Ltd., 2015: 275.

③ Gillian C. White. *Lyric Shame: The "Lyric" Subject of Contemporary American Poetry*. Cambridge, M.A., and London, England: Harvard University Press, 2014: 42.

间，使得她"'作为一个诗人'应当被认为的表态和她本人在诗歌创作上的'感觉'"之间摇摆不定，有充分理由再审视她已经很出名的作品和可能被要求承担的抒情羞愧"。①

尽管如此，被约翰·阿什伯里称赞为"作家的作家的作家"的毕晓普在文学史上的地位仍然稳固，而且不乏当代的知音，例如入选2015年纽约州作家名人堂的爱尔兰著名小说家科尔姆·托宾（Colm Toibin, 1955— ）就是她的粉丝之一。他重走毕晓普生前主要的居住地加拿大新斯科舍、美国基韦斯特和巴西之后，发表了他别具一格的文学评传《论伊丽莎白·毕晓普》（*On Elizabeth Bishop*, 2015）。托宾在这部书里生动再现毕晓普文学生涯的同时，展露了她的作品如何塑造他作为一个小说家的感性，同时对她的失落和自我放逐的经历也产生了共鸣。这部作家论作家的书在读书界得到了热烈的反响。

我们发觉，迄今为止对毕晓普恰如其分的评价当推美国著名学者内森·斯科特（Nathan A. Scott, 1925—2006）的长篇论文《伊丽莎白·毕晓普：没有神话的诗人》（"Elizabeth Bishop: Poet Without Myth", 2003）所作的结论："毫无疑问，她不是一个主要诗人，不在弗罗斯特、史蒂文斯或W. C. 威廉斯之列，但她是一个这样的诗人，她的精神财富将长时间成为一个规范标准，在其衡量下，虚假的情感和似是而非的雄辩将被严厉地评判。"

---

① Gillian C. White. *Lyric Shame: The "Lyric" Subject of Contemporary American Poetry*. Cambridge, M.A., and London, England: Harvard University Press, 2014: 43-44.

第四章　六组同龄人

当我们审视中间代诗人队形并从现在的角度对他们观照时，我们便会自然地按照他们的身材高矮进行排队。在这一章，我们按照他们的年龄而不是风格，对他们编组，虽然未免有某些任意性和武断，但把这六组诗人分别置于同一个历史时期，对他们进行平行考察，我们似乎更能分辨他们艺术个性的异同。不过，这里需作一点说明：即便如此，也难免挂一漏万，因为遗憾的是，有一些诗人应当在本章各节里加以介绍而没有介绍，例如，应列入坎宁安和帕钦一组里的本·贝利特（Ben Belitt, 1911—2003），应列入施瓦茨和鲁凯泽一组里的詹姆斯·布劳顿（James Broughton, 1913—1999）和约翰·弗雷德里克·尼姆斯（John Frederick Nims, 1913—1999），应列入查尔迪、菲尔埃克和韦斯一组里的安·斯坦福（Ann Stanford, 1916—1987），应列入霍尼格和梅雷迪斯一组里的梅·斯温森（May Swenson, 1919—1989）和里德·惠特莫尔（Reed Whittemore, 1919—2012）等等，等等，因限于篇幅，只好割爱，他们各自以不同的艺术方式，在不同程度上对美国诗歌做出了贡献。还需说明的另一点是，若按照年龄划组，伊丽莎白·毕晓普、威廉·斯塔福德、卡尔·夏皮罗等等诗人理应在本章加以介绍，但由于他们鲜明的艺术风格和所处的历史地位，笔者把他们放在其他有关的章节里进行评述，似乎更合适一些。

第一节　J. V. 坎宁安和肯尼思·帕钦

1. J. V. 坎宁安（J. V. Cunningham, 1911—1985）

与在斯坦福大学执教的伊沃尔·温特斯紧密联系的诗人群之中，坎宁安最优秀。他在论著《对猫眼石的探索》（*The Quest of the Opal*, 1950）里，对他自己的押韵诗进行了客观的评价，说：

　　他实际上不把他自己视为职业作家，尽管他的文笔多么精练，而是把他看作这样的一个人，对他来说，诗歌便是韵文……韵诗是一种社会的和客观的职业活动，其方法和标准是技艺的方法和标准。它关心普通人的自我，而且整个来说，是在一个人能不能做好的力量范围之内……他早期的诗只不过是营构，为读者提供某些组合的体验，提供从第一行到最后一行之间思想感情的某些连续进程。后者是对他一吐为快的某些思想感情的直接陈述，通过韵诗技巧，给予形式和明确的界定。

　　换言之，坎宁安企图用简单的陈述，揭示复杂的体验。他承认，韵诗对大多数读者来说，比自由诗难懂，但他满足于有一小部分读者欣赏他的韵诗。他这种曲高和寡式的创作态度，自然地使他在诗歌领域里不能发挥重大的作用，他对此有清醒的认识。他所努力追求的目标是，为他同时代的作家提供一个观照点，免得他们太过火。他成了一个反潮流的诗人。他强调语言的功能，对作者与读者或批评家之间的关系，有独到的见解，他说：“艺术作品是意图的体现。用语言实现意图，是作者起的作用。从语言里认识作者的意图，是读者或批评家起的作用，他的方法是历史或哲学的阐释。”①

　　坎宁安出生在马里兰州坎伯兰。父亲詹姆斯·约瑟夫·坎宁安（James Joseph Cunningham）是蒙大拿州比林斯和科罗拉多州丹佛市之间铁路的蒸气铲车运营商。1927 年，他年届 15 岁，高中毕业，已经显露了掌握拉丁文和希腊文的天赋。在高中期间，与斯坦福大学研究生、后来成为该校教授的诗人伊沃尔·温特斯建立了通讯联系。父亲死于事故之后，家庭经济陷入困顿。他高中毕业后没有直接上大学，而是在丹佛证券交易所经纪公司做推销员，目击了 1929 年两起因股市暴跌而自杀的惨剧。在经济萧条期间，他到西部到处打零工为生，其中包括任地方报纸记者和为商贸出版物撰稿。1931 年，他给伊沃尔·温特斯写信求助，后者为他提供了去斯坦福大学上学的机会，使得他得以获斯坦福大学学士（1934）和博士学位（1945）。三次婚姻：与诗人芭芭拉·吉布斯（Barbara Gibbs）结婚（1937—1945），生一女；后来与杰茜·麦格雷戈·坎贝尔（Jessie MacGregor Campbell）结婚，生一女；另一位妻子不详。

　　二战期间，坎宁安给空军飞行员教数学。先后在斯坦福大学（1937—

---

① 转引自 *The Cambridge History of American Literature*. Vol.8: 198.

1945）、夏威夷大学（1945—1946）、芝加哥大学（1946—1952）、弗吉尼亚大学（1952—1953）等校执教，从 1953 年起，一直在布兰代斯大学教学，直至 1980 年退休。作为一个学者和教授，他的旨趣在拉丁文和英国文艺复兴时期文学，他的诗艺盖源于此。

坎宁安以简洁、诙谐和警句诗风著称于诗坛。他看轻建筑在视觉体验和虚构上的诗歌，认为诗歌是"说话的方式，一种特殊的说话方式"，并且认为"好诗是用音步明确地陈述某些值得说的东西"。他的诗歌常富有阴沉的色调，不喜欢他的诗歌的批评家认为，他在艺术形式上太古板，不合潮流，在内容上过于蒸馏，像一条冷冰冰的鱼。但只要经过仔细研读，我们便会发现，他的诗在有节制叙述的外衣里面，却藏着激情，浓缩了人生体验，有时一行诗就是一个警句。他效仿 17 世纪英国的警句作家，特别是本·琼森（Ben Jonson, 1572—1637），写了许多脍炙人口的警句诗。他把 40 年代的两本诗集和 50 年代的一本诗集，合并成一本诗集重新出版，这本诗集是《韵文的排除：诗抄和警句》（*The Exclusions of a Rhyme: Poems and Epigrams*, 1960）。它的特点是博学，但无学究气，机智，常有淫秽之语，措词精当。该集收进了不少佳篇，例如《选择》（"Choice"）、《致读者》（"To the Reader"）、《激情》（"Passion"）和《警句：日志，8 号》（"Epigrams: A Journal, #8"）等。我们现在来欣赏《警句：日志，8 号》之一：

> 如果智慧像它原来的样子，
> 那么从不幸的一些情况
> （主人恐吓仆人）中
> 去发现一些天赐的快乐，
> 它不遵循我们应该寻求的
> 危机证明自己不软弱。
> 上帝知道，我们生活中
> 有许多是错误的，但是
> 谁把动荡局面视同儿戏？
> 那些招揽恐怖的傻瓜
> 痴迷于认为自己不痴迷；
> 老手们的经验是，
> 他们有不幸抵挡不幸，
> 仿佛恐惧从没有使得
> 他们失去男子汉气概。

标榜自以为是的清白。
我宁愿漠不关心。

诗人在这首诗里表露了对一些外强中干的人非常鄙视，诗的最后是精彩的警句。路易斯·昂特迈耶认为，坎宁安的同时代诗人在警句诗创作上，没有谁能同他相提并论。他的导师温特斯推崇坎宁安的作品，因为他俩有相同的美学趣味，读者往往把他俩联系在一起。我们现在不妨再来欣赏他其他的一些警句似的诗篇：

一个实践他的谎言的老伪君子
躺在这里，好像他不惧怕死亡。
　　　　　　——《给任何人的墓志铭》（"An Epitaph for Anyone, 1942"）

我们的上帝是什么妖精？什么名词涵括
我们沉睡的自我的那个外部行为？
不是快乐（它太宽泛和狭义）
不是性，不是做爱的那一刻，除了自豪，
不在英勇中，在未界定的自豪里，
在其没想到的要求之自发里，
有点虚荣，但大多是自豪。
　　　　　　——《现在几天里满足两个回忆》（"a few days now when two memories meet"，1964）

她说他是一个骗子。
他说她不玩游戏。
她说了赖掉的脏话。
他说了没赖掉的脏话。
他们用有意义的沟通
结果断了他们的关系。
　　　　　　——《杰克和吉尔》（"Jack and Jill"，1981）

温特斯夸坎宁安掌握英语娴熟，是"当今英语写作中最一贯杰出的诗人"。汤姆·冈曾在《耶鲁评论》发表文章，评论坎宁安诗集《韵文的排除：

诗抄和警句》，认为他"是他这一代健在的最有才华的诗人之一，可以说是50年之后仍然值得阅读的少数诗人之一"。1998年，坎宁安去世13年之后，J. 伯顿（J. Bottum）在《标准周刊》（*Weekly Standard*）上发表文章，评论坎宁安的《J. V. 坎宁安诗集》（*The Poems of J. V. Cunningham*, 1997），指出："坎宁安也许是他这一代最有才华的诗人，是在英语诗歌史上诗歌形式特别的三四个大师之一，一个真正美国的独创者。"这个特别的艺术形式是指他写的警句，简短而精辟。根据J. 伯顿的看法，坎宁安的许多诗篇是真正的警句，甚至他的长诗也富有警句的色彩，其中常常夹着可以用来引用的片言只语。不过，也有对坎宁安不怎么看好的诗人和诗歌评论家，例如诗人约瑟夫·哈奇森（Joseph Hutchison）认为坎宁安"在美国经典诗人里，是比较有趣的小诗人之一"。他的文章《论 J. V. 坎宁安》（"On J. V. Cunningham"）对坎宁安的评价是："使坎宁安作为诗人突出的素质是他的智慧、才智、对公开的情感语言的不信任、狡猾的幽默感和对简洁不惜任何代价的嗜好。"

2. 肯尼思·帕钦（Kenneth Patchen, 1911—1972）

肯尼思·帕钦出生在俄亥俄州奈尔斯的无产阶级家庭，四岁时随父母迁居附近的沃伦，在那儿长大和上高中。17岁时，和父母的同事们一起在钢铁厂劳动。他的亲戚多数在钢铁厂谋生，或在煤矿当矿工。他只在威斯康星大学实验学院接受了短期高等教育（1928—1929），随后有数年过流浪生活。1934年，与米里亚姆·奥克莫斯（Miriam Oikemus）结婚。在30年代住在纽约格林威治村，1947年移居康涅狄格州，后来由于受好友雷克斯罗思的影响，于1951年移居西海岸，先住在旧金山，从1957年起，定居加州帕洛阿尔托。帕钦是一个穷作家，多亏他的爱妻的支持，使他在为生活奋斗和与病魔较量时有了坚强的支柱。

30年代，许多年轻知识分子卷入了带有左倾政治色彩的运动，放弃了写作，积极参加政治活动。那些紧跟共产党走的作家坚持社会主义现实主义创作方法。帕钦是左派诗人中最优秀的一位，但对实际的政治活动不感兴趣，也不参加。他的左派作家朋友对他持中间派路线很不满意，说："你必须支持我们，否则反对我们，没有中间道路可走。"帕钦的回答是："是的，是没有中间道路可走，但在荒废的左派土地上，有许多未被占领的地方。"① 大约有十年时间，帕钦几乎成了国际革命文学先锋派的知名英语

---

① Kenneth Rexroth. *American Poetry in the Twentieth Century*: 122.

诗人。

　　二战后和 50 年代麦卡锡反苏反共最激烈的黑暗时期，他是大学校园里最受欢迎的诗人，是反文化的年轻反叛者崇拜的对象。他和雷克斯罗思一样，在晚年常被认为是垮掉派的始作俑者。在那个时期，成名前的年轻垮掉派诗人斯奈德、菲利普·拉曼西亚和迈克尔·麦克卢尔还特地到帕钦的旧金山的家里拜访他。但随着垮掉派的名声越来越大，帕钦鉴于垮掉派诗人的吸毒和他们在媒体上不断宣传和热炒，开始不喜欢他们了，称他们是"金斯堡公司"，媒体炒作下的"畸形秀"（freak show）。杰弗里·瑟利（Geoffrey Thurley, 1926— ）认为"他诗歌高度的伦理性，使他卓越地成了垮掉派运动之父"①。他并不喜欢这个标签，因为他虽然在反资本主义、反战、反物质享受等方面与垮掉派诗人相类似，但对他们非道德的颓废的性生活方式难以苟同。他是惠特曼和桑德堡式的诗人，譬如，他在《世界将发出小声》（"The World Will Have Little Note", 1936）里，发出惠特曼或桑德堡式的呼喊：

　　　　啊，不是歌唱时洪亮的穿透力。
　　　　我们将找到一个立足点和战斗的事业。
　　　　啊，我们应当是庄园里永恒的猎手。

　　这首诗收入他的第一本受到好评的诗集《在勇敢者面前》（*Before the Brave*, 1936）。他由于在这本诗集里，表达了工人阶级的力量和抗议而被称为无产阶级诗人。1937 年，他的脊柱严重受损，从此与病魔斗争，往日的热情化为此时的忧郁。尽管如此，他在爱妻的帮助下坚持创作。他在二战中不分是非曲直，反对美国参战，理由很简单，别屠杀人民。他这时期的诗歌主题是赞颂爱、美、兄弟情谊和信仰。1950 年，他的诗人朋友们通过诗歌朗诵，为他筹款做脊柱手术。值得一提的是，包括 T. S. 艾略特、W. C. 威廉斯和肯明斯在内的许多诗人为他设立了一大笔支持他医疗费用的基金。1956 年，帕钦接受第二次手术后稍能走路。此后的两年里，他去夜总会、大学和音乐厅，在爵士乐的伴奏下进行诗歌朗诵，仅以此为生。1959年第三次手术失败，他从此再不能下地行走，只能躺着忍受病痛创作，以常人所没有的毅力发表了九部诗集。

---

　　① Geoffrey Thurley. *The American Moment: American Poetry in the Mid-Century*. London: Edward Arnold Ltd., 1977: 167.

帕钦是一位地地道道的美国诗人。他从不也不可能走 T. S. 艾略特的创作道路，而是沿着惠特曼—W. C. 威廉斯所走的方向，与黑山派诗人一起朝前走，在美国广阔的天空下空旷的大道上迈进。他如今也许被许多批评家忘记了，但他已作为伟大的美国诗人—先知之一载入史册。亨利·密勒称赞他是天才。罗伯特·佩恩·沃伦认为，他的诗集《黑暗王国》（*The Dark Kingdom*, 1942）证明他不但是诗人，而且是先知。1967 年，全国艺术与人文基金会为他"终身贡献美国文学"而颁奖。

第二节　德尔默·施瓦茨和缪丽尔·鲁凯泽

1. 德尔默·施瓦茨（Delmore Schwartz, 1913—1966）

有的批评家把德尔默·施瓦茨同 J. V. 坎宁安、兰德尔·贾雷尔和内梅罗夫称为庞德—T. S. 艾略特传统影响下变相的形式主义诗人。他们的诗歌适合二战后头十年的读者的美学趣味。在 30 年代和 40 年代，纽约出版的以关心社会文化和文学艺术而著名的刊物《党派评论》吸引了当时许多名作家，诸如 W. H. 奥登、索尔·贝娄（Saul Bellow, 1915—2005）、丹尼丝·莱维托夫、罗伯特·洛厄尔、麦克利什、诺曼·梅勒（Norman Mailer, 1923—2007）、乔伊斯·卡罗尔·奥茨（Joyce Carol Oates, 1938—　）、罗什克、W. C. 威廉斯和艾伦·泰特等等为它撰稿。德尔默·施瓦茨作为诗人、评论家和短篇小说家，也为它撰稿，后来成了它的主编（1943—1947）和副主编（1947—1955）。他在 30 年代，以短篇小说、诗歌、戏剧、文学批评和翻译兰波作品而成名。他的诗歌得到包括 T. S. 艾略特、庞德和 W. C. 威廉斯在内的诗歌大师的一致好评，被公认为是他这一代最有天赋的年轻有为的作家之一。

德尔默·施瓦茨的第一部作品《责任心开始于梦境》（*In Dream Begin Responsibilities*, 1938）展示了他的文学活力和成熟的艺术技巧，立即赢得了评论家们高度的赞扬。艾伦·泰特说："他的诗歌风格是庞德和艾略特 25 年前成名以来，唯一富有真正革新性的诗。"F. O. 马西森则对他丰富的创造性、文笔的生动有力和雄心勃勃的机智推崇备至。这部作品集由一篇短篇小说、一首长哲理诗《柯利奥勒纳和他的母亲：一场演出梦》（"Coriolanus and his Mother: The Dream of One Performance"）、一篇用散文和诗歌形式写的剧本和两组作者所称为的"寓言和模仿的诗"组成。他的

长诗意味深远，具有洞察力，短章几乎首首成功。他在富有智性和音乐性
的诗里，刻画了一个年轻人的丰满形象，一种处于残酷现实与迷惘的幻想、
理智与感情夹击下的形象。在当时，没有一个诗人，不必说年轻诗人，能
像他那样纯熟地揭示时间变化的主题，例如："时间是我们学习的学校，/
时间是我们燃烧的火""我们不能站立不动：时间正在死亡；/我们正在死
亡：时间是告别！"等诗行，成了传颂一时的名句。《在赤裸的床上，在柏
拉图的洞穴》（"In the Naked Bed, in Plato's Cave", 1938）、《狗们是莎士比亚
式的，孩子们是陌生人》（"Dogs Are Shakespearean, Children Are Strangers",
1938）和《跟随我一道走的笨重的熊》（"The Heavy Bear Who Goes with Me",
1938）是他三首极精彩的诗，妙趣横生，意味无穷。如果我们熟悉柏拉图
关于洞穴的著名比喻，我们就能欣赏他的第一首诗的趣味。例如，该诗生
动描写了诗人清晨躺在床上沉思默想的每个细节，一开始就吸引了读者的
注意力：

> 在赤裸的床上，在柏拉图的洞穴①，
> 汽车前灯反映在墙上的亮光慢慢地滑行，
> 木匠们在遮荫的窗户下抡斧，
> 风通宵拍打窗帘，
> 一队卡车吃力地向山坡爬行，嘎嘎嘎地摩擦地面，
> 像往常一样，所载货物被遮盖着。
> 天花板又亮了起来，歪斜的图形
> 缓慢向前行驶。

又如，第二首诗的开头同样具有吸引力：

> 狗们是莎士比亚式的，孩子们是陌生人。
> 让弗洛伊德和华兹华斯讨论孩子吧②，
> 安琪儿们和柏拉图们将去判断狗，
> 这奔跑的狗，停下来，嗅着鼻子，
> 然后汪汪地吠叫起来；……

---

① 根据柏拉图的洞穴比喻，人类的可感世界是一个更真实的理想形式的唯一可塑的形象；人类感
知力的局限性，如同一个人坐在洞穴里，他所见到的世界是反映在洞穴墙上的影子。

② 弗洛伊德认为孩子早期存在性感，并以此解释人类的梦。华兹华斯认为孩子生来有感知大自然
的特殊意识，但随着年龄的增长而钝化。

再如，第三首诗的开头也很生动活泼：

> 跟随我一道走的笨重的熊，
> 一层层蜂蜜沾在他的脸上，
> 笨拙地四处走动，
> 每一块地方的时髦中心，
> 这饥饿的大打出手的粗野的家伙，
> 爱糖果，爱发怒，爱睡，
> 爱管闲事，把一切搞得乱七八糟，
> 爬楼层，踢足球，
> 拳击他在充满仇恨的城市里的兄弟。

诗人表面写熊，实质是在写我，写人。这是一首可爱的动物寓言诗，探讨人类的心灵与肉体的关系。

德尔默·施瓦茨第二部包括散文和诗歌在内的作品集《起源：卷一》（*Genesis: Book One*, 1943）的标题诗《起源》形式奇特，用散文形式叙述，用诗歌形式评论。诗人企图在《起源：卷一》里，追踪生物中任何事件所隐藏的遥远的多种多样的原因。它也是探索关于人类起源的作品，诗人对时间的高度关注与努力保持自我的复杂心态交织在一起。

德尔默·施瓦茨的最后一部诗集《夏天知识：新旧诗歌选，1938～1958》（*Summer Knowledge: New and Selected Poems, 1938-1958*, 1959）于1960年获博林根奖。他是该奖从1948年创立以来的第一个年轻得主。德尔默·施瓦茨晚期的艺术形式有显著变化，诗行变得愈来愈长，爬满稿面，在内容上减少了早期的哲理性。

德尔默·施瓦茨出生在纽约的布鲁克林的犹太中产阶级家庭，三年之内，上了包括哈佛在内的三所大学，1935年，最后毕业于纽约大学。在学生时代，主编过一种小文学杂志，发表了一些诗作。两次婚姻：第一次与格特鲁德·巴克曼（Gertrude Buckman）结婚（1937—1943）；第二次与小说家伊丽莎白·波勒特（Elizabeth Pollet）结婚（1948）。

德尔默·施瓦茨毕业后，曾先后在六所高等院校教书。他是一个出色的健谈者，有关哲学、社会理论或流行文化的话题，他可以滔滔不绝地谈数小时，使听众听而不厌。他的目标也许过高，他对自己作品的质量并不满意，所发表的诗篇不多，1963年后索性停止写作。主要原因是他患精神病，从40年代后期起，常进出于精神病院，被妄想狂所苦，以至无缘无故斥责他的老朋友们，常常酗酒而不可自拔，最后死于曼哈顿的一家简陋的小旅馆里。他一生对时间、爱情、精神世界、外部世界等永恒主题孜孜不息地求索着，正当取得进展时不幸永远中断，正如伊哈布·哈桑（Ihab Hassan, 1925— ）对德尔默·施瓦茨的评价："他在年轻时敬畏现代派大师乔伊斯、叶芝、里尔克、T. S. 艾略特、普鲁斯特之后，欲想伸手取后现代派精神时，还未来得及给予界定。"①

德尔默·施瓦茨去世两年之后，他的朋友、哈佛大学老同学约翰·贝里曼把自己的诗集《他的小玩意，他的梦想，他的长眠：308 首梦歌》（*His Toy, His Dreams, His Rest: 308 Dream Songs*, 1968）题献给他，其中的《梦歌之 49》表明贝里曼对朋友的怀念何等动情！请读前两节：

> 这世界渐渐地变成了一处地方
> 在那里我不再想关心了。德尔默可能死吗？
> 我认为在那些岁月，没有一天
> 不想念他。呜呼，哀哉。
> 在他没有污斑的光明前途里，
>
> 我见到他穿过现实的迷雾
> 洞察力在闪现，热情地絮絮而谈
> 在我们哈佛学习的那些年月
> 我们俩正刚刚变得有名气
> 我有一次把他从警察局保出来，在华盛顿，世道不洁
> 而忧伤，太堕落了，不配流泪。

作为德尔默·施瓦茨从前的追随者，索尔·贝类在他获普利策奖的小说《洪堡的礼物》（*Humboldt's Gift*, 1975）里，以德尔默·施瓦茨为原型，塑造了一个诗人的形象洪堡·弗莱谢尔。在贝类的笔下，洪堡是小说主人公查理·西特林的恩公，贝类以此表明德尔默·施瓦茨对他在艺术追求上所产生的持久影响。

---

① Ihab Hassan. *Contemporary American Literature: 1945-1972.* New York: Frederick Ungar Publishing Co., 1973: 106.

2. 缪丽尔·鲁凯泽（Muriel Rukeyser, 1913—1980）

缪丽尔·鲁凯泽出生在纽约德国犹太人移民中产阶级偏上的家庭，童年时期过着享受保姆和汽车司机服务的优裕生活。先后就学于菲尔德斯顿学校、瓦莎学院、哥伦比亚大学。1932 年当《学生评论》文学编辑、黑人和劳工问题调查委员会会员。她在罗斯福航空学校受训，由于父母拒不签字，未获准驾驶飞机。在这个期间，她写了一首重要的表明她有丰富航空知识的长诗《飞行理论》，后来它成了她处女集《飞行理论》（*Theory of Flight*, 1935）的标题诗。由于统计工作的需要，她于 1936 年到了伦敦，受伦敦一家杂志《决定》（*Decision*）派遣，去巴塞罗那采访"人民奥林匹克运动会"（People's Olymics），开幕那天正逢西班牙内战开始。1941 年，加入该杂志编辑部工作。

作为社会活动的模范诗人，鲁凯泽的生活目标和艺术追求与时代同步，左倾政治思想常流露在她的言行里。30 年代的经济不景气、二战、侵越战争和女权主义运动、国内外的不平之事，都在她密切的关注之中。

30 年代，在阿拉巴马的第二次"斯科茨伯勒男孩"（Scottsboro boys）审判时[①]，她为无辜的黑人少年"犯"无罪辩白斗争而遭被捕。30 年代中期，她勇敢地干预霍克斯内斯特隧道灾难（The Hawks Nest Tunnel Disaster）这一震惊全国的事件，发表了在当时影响很大的长篇组诗《亡灵书》（*The Book of the Dead*, 1938）[②]，有力地揭露了美国工业资本主义的阴暗面。[③] 为此，她和摄影师南希·南伯格（Nancy Naumberg）一道，亲赴联合炭化公司造成水利隧道工大量死亡的现场，作深入调查，进行采访，收集报案人的陈词和目击者的证词，根据有关这起事件的国会议事录、公司文件、股市行情、埃及神话隐语，写了这首新闻报道式的长诗，对造成美国最严重

---

① 斯科茨伯勒（Scottsboro）是亚拉巴马州杰克逊县的一座小城市。1931 年，斯科茨伯勒九个 13 至 19 岁的黑人少年被控告在去孟菲斯的货运列车上，强奸两个出逃的白人穷苦女孩子，惊动美国最高法院在亚拉巴马州的两处地方，进行两次审理。这是一桩引起全国关注的旷日持久的官司。

② 这首诗收录在诗集《美国一号》（1938）。

③ 为了在阿洛伊下游的一个工厂发电，联合炭化公司决定改道新河（the New River），以便提高发电能力。从 1927 年开始，由莱因哈特&丹尼建筑公司承包，挖三英里长的水利隧道，作为联合炭化公司电力工程的辅助工程。在挖隧道过程中，工人发现石英矿，被公司要求挖石英，用作炼钢使用，但没有给发防止石英粉尘的面罩（视察隧道的公司主管和工程师却戴了面罩），许多工人（矿工、喷砂工、铸造工、隧道工）因为呼吸了高浓度的石英粉尘，死于矽肺病，没有活到 1939 年完工，其中有一些工人在一年之内就死了。没有确切的死亡人数统计。根据国会听证会材料，死亡人数 476 名，其他信息来源则是在 3000 工人之中，死亡人数 700 至 1000 名，其中 1500 名大部分是 1935 年从美国南部来找工作的黑人。

的工业灾难之一的被告进行谴责，提醒盲目跟从资本主义制度的无动于衷的人们的注意。她采用大家比较熟悉的《荒原》中采用的死亡与复活主题，从摄影记者的视角，把无产阶级的政治辞令、高度现代派的隐喻和拼贴艺术手法融为一体，创作了被视为符合30年代现代派诗歌规范形式同时又为人民伸张正义的优秀诗篇。她的另一首力作《当20世纪的犹太人》（"To be a Jew in the Twentieth Century", 1944）被美国改革和重建主义运动（American Reform and Reconstructionist movements）收录到该运动的祈祷书里了。

1972年，和丹尼丝·莱维托夫一道，作为和平大使，带着非官方作家的和平使命，奔赴越南河内访问。1975年，她作为美国笔会主席，为争取释放被朴正熙政权关在监狱的韩国政治犯诗人金郗哈（Kim Chi Ha, 1941—）①，去监狱的外面冒雨抗议，为此两度中风。鲁凯泽从学生时代起，就养成了社会使命感，为正义斗争，全身心投入，对人间一切不平之事感同身受，在她看来，"发生在任何人身上的事，可能会发生在我身上"。她常被视为无产阶级、马克思主义作家或30年代的政治作家。她的作品具有强烈的时代气息。她对非正义和压迫现象，总是明确地表明她坚决反对的立场。

收录在鲁凯泽诗集《黑暗的速度》里的《诗篇》（"Poem", 1968）是谴责侵略战争的名篇，它实际上揭露和抨击美国政府发动侵略越南的不义之战，在反战文学作品中占有很高的一席之地，诗的开头：

> 我活在首次世纪的世界大战里。
> 多数早晨我感到多少有点精神错乱，
> 报纸常常带着粗心编造的故事到达，
> 新闻往往经过各种各样的手段倾泻而出，
> 被企图给看不见的顾客推销产品的广告打断。
> 我将用其他的办法提醒我的朋友们：
> 他们基于相似的理由多少会发怒发狂。
> 我将慢慢地诉诸稿纸和笔端，
> 为看不见的和未出世的读者书写诗行。

---

① 金郗哈：韩国诗人、戏剧家，朴正熙政权时期持不同政见者，在1976年被判终生监禁，1980年被释放，2007年在东国大学任教。

一贯投身于非暴力运动的特鲁教授，对一贯反战的鲁凯泽的反战诗特别欣赏，对这首诗中的"粗心编造的故事"，作了详细而精彩的解读：

> 越南战争的报道充塞电视机画面，这是一场不经宣战的战争，由全美国那些不感到有责任讲真话的"粗心的"人透露出来了。基于事实的信息通报，被专门干坏事的官僚们蓄意地颠覆了，被记者们所协助，他们的报道只比白宫发送出来的新闻稿多一点点，为这场战争编造的故事省略或隐瞒了重要的情节。"粗心编造的故事"重复美国外交政策的谎言，这些是美国政府操控的（事实后来由国防部文件所证实），整个战争的电视报道延长了而不是缩短了这场战争。被电视驯化的新闻报道，完全隐蔽在媒体广告之中了。①

不但诗人，而且任何人，在美国文化工业造就的发达传媒的"新闻轰炸"下，的确会感到精神失常。这首诗好就好在还暗示了经过各种手段编造的新闻，不仅仅是报道战争，而且赋予侵略战争以预设的意义。所以，诗人在诗的结尾，提醒人们要提高警惕：

> 为了建设和平，为了表达爱，为了排解争端
> 从沉睡中醒悟过来，我们互相提醒，
> 我们自己对我们自己提醒。我们将千方百计
> 达到我们自己的极限，超越我们自己，
> 放开手段，警觉起来。
> 我活在这些首次世纪之战里。

第一行和末一行是反战名句，常被许多诗评论家引用和阐释。评论家杰夫·西陶兹（Jeff Sychterz）认为，第一行诗减低了作者从第一次世界战争中活过来的得意语调，暗示第二次世界大战、可能还会出现第三次世界大战，并暗示她当时生活在 20 世纪的这个时代，世界战争没有结束，仍然笼罩在战争的乌云里，所有和平建设的努力将被战争挫败。西陶兹还认为，鲁凯泽对战争的解决方案，不仅仅是号召和平，而且号召对战争的现实要觉悟起来，起来斗争，从内心和外部，团结起来斗争，这样才有希望结束

---

① Michael True. "The Authentic Voice: On Rukeyser's 'Poem'." *"How Shall We Tell Each Other of the Poet?": The Life and Writing of Muriel Rukeyser*. Eds. Anne F. Herzog and Janet E. Kaufman. New York: St. Martin's P, 1999.

这个时代的世界战争。特鲁教授对最后一节诗的理解是，为了和平，在长期争取和平的斗争中，需要改造世界，也需要改造我们自己，其中包括我们有意识和无意识的"自己"，包括我们的梦想和行动，而这种获得内心和外部的和平觉悟，就像佛教的慈悲利他的启示。作为著名的非暴力提倡者，特鲁教授结合他的斗争体验，认为鲁凯泽的《诗篇》发出了真正的声音，说道：

> 在我的经历里，鲁凯泽几乎比其他任何当代作家，传达了二战以来个人和公共生活特别的紧张状态。我是在给国内外几千个大学生、研究生、成人教育学生，上现代文学课以及上和平研究导论课解读她的诗篇之后，说这番话的。①

可以说，鲁凯泽为和平、正义、真理而奋战终生，如同特鲁教授为非暴力事业终生奋斗一样。在特鲁教授的心目中，"鲁凯泽的《诗篇》是英语诗歌中最伟大的篇章之一，特别是在后现代派时期。"② 特鲁教授还认为：

> 鲁凯泽的诗反映了她对普通人民的共同命运强烈的责任感——他们的苦难、他们的工作、他们在有时残酷和尴尬的世纪中的迷茫。正是那种痛苦的意识和她有力地表达这种意识，这就给她的诗以预言的质量。虽然写的一些情况几乎是半个世纪以前的事，但她所写的看起来特别适合当前。她后期的诗篇，特别是反映失业者和描写爱人之间缺乏沟通的《黑暗的速度》是这个时期真正难忘的抒情诗。③

在二战期间，鲁凯泽拥护美国政府参战。她卓尔不群的哲学态度，使她在早期创作中对社会问题极度关注，但她在作风与目的上，与当时的美国左派作家不尽相同。她的诗歌无鲜明的左派政治色彩和倾向，只是表达一个正义作家的良知和伦理，因此成了既是左派又是右派的一个有争议的

---

① Michael True. "The Authentic Voice: On Rukeyser's 'Poem'." *"How Shall We Tell Each Other of the Poet?": The Life and Writing of Muriel Rukeyser*. Eds. Anne F. Herzog and Janet E. Kaufman. New York: St. Martin's P, 1999.

② 见特鲁教授 2010 年 4 月 27 日发送给笔者的电子邮件。

③ Michael True. *People Power: Fifty Peace Makers and Their Communities*. New Delhi: Rawat Publications, 2007: 111.

人物。托马斯·麦克格拉斯称她是"无组织的极左派",而美国图书馆协会《书目杂志》(*Booklist*)副主编唐娜·西曼(Donna Seaman)则称她是"满怀激情的人道主义者",其原因如诗人乔舒亚·韦纳(Joshua Weiner)所说:左派批评家批评她不按照左派路线行事,右派评论家批评她太无常规,太出格,因此在分类上,她是一个嬉皮士;但她避开分类,毫不妥协地保持自己的良心或艺术。①

她的诗集《飞行理论》获 1935 年度的耶鲁青年诗人系列丛书奖。它反映了作者对当代社会生活的兴趣。对她来说,街道上轰隆隆的卡车更具家乡风味,普通人一天的序曲是卡车的隆隆声,不是天堂边云雀的婉转;飞机更适合现代人的需要,因为当代人渴望自由的象征——在无际的天空自由翱翔,没有闲情逸致去欣赏蝴蝶和鸽子。她大学二年级创作的短诗《两人之间对话的努力》("Effort at Speech Between Two People"),深刻地揭示了当代世界里的紧张人际关系和恐惧。该诗一共七节,最后一节较典型地反映了当代人的心态:

> 你现在干什么?如果我们能相互触摸,
> 如果我们这些各别的实质可以被掌握,
> 像中国谜语般,可以被捏紧……昨天
> 我站在行人拥挤的街上,
> 没有人开口讲话,晨光照耀。
> 人人沉默,走动着……挽着我的手吧。
> 和我说话吧。

凡到过西方大都会的人,都会发现这种描写很真实,那里的行人总是行色匆匆,默默地向前走动,个个沉浸在自己的心事里。当然女诗人在这首诗里,没有陷入沮丧和绝望之中,她依然怀着和别人沟通的希望。

鲁凯泽在三年之后出版了两本诗集《美国一号》(*U.S.1*, 1938)和《地中海》(*Mediterranean*, 1938)。前一部诗集的风格多少受哈特·克兰和 W. H. 奥登的影响,但放弃了她早期嘹亮的和梦呓般的语言,建立了更为平实的格调;这明显地反映在她描写经济不景气时期的山民和工人的诗篇里,或者反映在描写西班牙内战早期的作品里。具有她个人特色的情绪和语调,在她的诗集《改变风向》(*A Turning Wind*, 1939)里得到进一步的发展。在

---

① Joshua Weiner. "She, Too, Sang America." *The Washington Post*, July 3, 2005.

40年代和50年代的九本诗集中，《最佳视角》（*Best in View*, 1944）和《我们的生命》（*Our Life*, 1957）这两本诗集记录了第二次世界大战和朝鲜战争给人们带来的巨大灾难和心灵创伤，诗人用有力而精细的笔触，对这些重大历史事件和强烈的情感加以深刻的描摹。她在70年代发表了四本诗集，其中《黑暗的速度》（*The Speed of Darkness*, 1968）被视为二战以来最佳作品之一，全集思想性强，偶尔也有诙谐和色情之作。她逝世前一年出版的《诗合集》（*The Collected Poems*, 1978）总结了她一生在诗歌领域里所取得的成就，正如迈克尔·特鲁所说：

> 鲁凯泽用惠特曼、W. C. 威廉斯和哈特·克兰的美国语言，写出了苦难和疯狂，一个世纪毁坏和异化的自然结果。然而，她的感知力也属于17世纪，对一切采取玄学的态度，把艺术和科学，诗歌和物理成功地联系在一起，仿佛感受的分化从未发生。[1]

　　鲁凯泽一生出版了包括诗歌、小说、戏剧、文学批评和翻译在内的30多本书，她被选为美国艺术暨文学学会会员，成就斐然，但她在诗歌史上有时被忽视，偶然被忘掉。肯尼思·雷克斯罗思认为："她像埃伯哈特和肯尼思·帕钦一样，从未被主流派所接受。"[2] 尽管如此，鲁凯泽在生前的影响，还是比埃伯哈特和肯尼思·帕钦大得多，乔舒亚·韦纳认为："当诗人们和读者专心致志于六七十年代为社会正义斗争的时候，她的信号（她的诗篇题目《别带假面具!》和《世界裂开了》）成了当时两本有重大影响的女权主义作品的标题，而当她在1980年去世时，她已经躺在多数读者的雷达扫视之下了。"[3]

　　作为一个坚强的女诗人，她的果敢和直率总令人难以忘怀。让我们先读一读她的短诗《自杀的力量》（"The Power of Suicide"）：

> 窗台上的花盆用绿边红叶的
> 话　语　对　我　说：
> 花　花　花　花　花
> 而今为了所有死者之故　开放成花。

---

① Michael True. "The Collected Works of a Persevering Poet." *The Chronicle of Higher Education*, Feb. 20, 1979.

② Kenneth Rexroth. *American Poetry in the Twentieth Century*: 124.

③ Joshua Weiner. "She, Too, Sang America." *The Washington Post*, July 3, 2005.

再读一读《黑暗的速度》里的几行：

> 不管谁鄙视阴蒂就是鄙视阴茎
> 不管谁鄙视阴茎就是鄙视阴户
> 不管谁鄙视阴户就是鄙视孩子的生命。
> 复兴的音乐 寂静，拍岸的浪花。

鲁凯泽处处勇敢，也敢于打破女子性体验禁忌的诸多方面，例如对性欲、月经、喂奶、母女关系、女子年老状况等方面的描写，吸引了众多女权主义者和女同性恋者读者。1945 年起，她有一段短暂的婚姻。1947 年，生了一个小孩，名叫威廉·鲁凯泽（不是和她原来的丈夫所生）。她有女同性恋伙伴。1978 年，曾接受现代语言协会年会女同性恋诗歌朗诵会的邀请，公开表明自己的性倾向，不过由于中风，未能出席。评论家们认为，她的这首表面粗俗而实质是真理的标题诗《黑暗的速度》，将和我们一同进入 21 世纪。

作为现代派中间代的诗人，鲁凯泽比其他中间代诗人的突出之处，是她善于批判地吸收现代派的艺术成果而不盲从，如同乔舒亚·韦纳所说，她能吸收 T. S. 艾略特快速罗列的拼贴艺术手法，却摈弃他的悲观情绪；能吸收 W. H. 奥登用多种艺术形式反映社会和政治问题，却摈弃他的老练机智。[1] 他认为鲁凯泽有异于其他诗人的独特审美观点是：

> "吸进经验，呼出诗歌，"鲁凯泽曾经这样写道。对于她来说，诗歌不是记录想象和心理过程的语言制造物，以此用来激发读者去启动他们自己类似的体验过程。这种感觉的交流构成诗歌群体的想象力和对诗歌力量能改变生命所怀有的信仰；这是她终生反对为艺术而艺术的论点，反对诗歌崇高无用论的论点，反对奥登关于诗歌"不使任何事情发生"的最终悲观主义的论点。她的观念是浪漫主义的，它什么都是，除了琐碎之外；相反地，她的观念持久地服膺于反对大家太熟悉的现代派反讽和精神疲惫。[2]

鲁凯泽实际上是一个诗坛女怪杰，她从不像许多有抱负的作家那样斥

---

[1] Joshua Weiner. "She, Too, Sang America." *The Washington Post*, July 3, 2005.

[2] Joshua Weiner. "She, Too, Sang America." *The Washington Post*, July 3, 2005.

斤计较自己的名声，而是在生活和创作中不断冒险和进取。1945年，当新批评派处于上升的势头时，她却为50年代中期旧金山的文艺复兴打前站。70年代开放型自由诗成为主要的艺术形式时，她却返回去采用有一定节奏和押韵的诗节形式（包括民谣体）进行创作。她成了诗坛上迈克尔·特鲁所夸奖的"最持之以恒的反叛者"①。

人们并没有忘记这位一生为真理艰苦卓绝地奋战的女诗人，过去批评界对她的关注如今恢复了，20世纪晚期，诺顿出版社出版了简·赫勒·利瓦伊（Jan Heller Levi, 1954— ）主编的《缪丽尔·鲁凯泽读本》（*A Muriel Rukeyser Reader*, 1995），新世纪出版了她的新注释本学术版《缪丽尔·鲁凯泽诗歌合集》（*The Collected Poems of Muriel Rukeyser*, 2005）。② 新版本对1978年版本有所补充，并纠正了1978年版本遗留的错误。如果你现在散步在马里兰州塔科马公园，你会注意到绿树林围栏旁边，挂着一块纪念牌，牌上面有鲁凯泽的一首诙谐诗《符文》（"Rune"）：

> 面包里的字喂养我，
> 月亮里的字引导我，
> 种子里的字怀育我，
> 小孩里的字需要我。
>
> 沙土里的字建造我，
> 水果里的字充实我，
> 身体里的字搅拌我，
> 战争里的字杀害我。
>
> 男子里的字占领我，
> 风暴里的字摇撼我，
> 工作里的字造就我，
> 女子里的字搜索我，
> 格言里的字警醒我。

---

① Michael True. "Muriel Mukeyser: Persistent Rebel." *The Christian Century*, Vol. XCVⅡ, No.19, May 21, 1980.

② Muriel Rukeyser. *The Collected Poems of Muriel Rukeyser*. Eds. Janet E. Kaufman and Anne F. Herzog. Pittsburgh: University of Pittsburgh P, 2005.

第三节 兰德尔·贾雷尔和戴维·伊格内托夫

1. 兰德尔·贾雷尔（Randall Jarrell, 1914—1965）

在中间代诗人群中，贾雷尔可算为翘楚。他在创作生涯的最后阶段，无可辩驳地成了著名的诗评家。他精到地研讨了从惠特曼到毕晓普这一历史阶段的美国诗，以独具慧眼和钩玄提要的本领，令同代诗人折服。可惜他不幸早逝，耶鲁大学为他举行了追思礼拜，洛厄尔、沃伦和埃伯哈特等人都赶去追悼他。卡尔·夏皮罗称他是"T. S. 艾略特以来最伟大的诗人—评论家"。凯鲁亚克曾把他化名为瓦纳姆·兰德姆（Varnum Random），出现在凯氏的小说《孤独天使》里。

威廉·梅雷迪斯在把贾雷尔与罗伯特·洛厄尔、约翰·贝里曼进行比较后，特别赞赏贾雷尔诗歌的晓畅，对采访者爱德华·赫希（Edward Hirsch, 1950— ）说：

> 洛厄尔把他与贝里曼紧紧地联系在一起，我相信是对的，贝里曼把自己与洛厄尔紧紧地联系在一起，也是对的，两个人又把他们与贾雷尔联系在一起就不对了，如果你读读贾雷尔作品的话，你会发现不到他们之间有任何联系。我的理论是：贾雷尔也许是这三个人之中最值得称道的。他的诗篇容易被没有受过训练的读者接受。你得训练自己，才能读懂贝里曼的诗，虽然这是很值得的。我要说，如果某个人要读贝里曼的诗，如同纳博科夫说到阅读普希金的诗："阅读普希金的诗之前，花一笔小代价去学习俄文。"但是，在贾雷尔《诗合集》里的每一首诗，对没有受过训练的诗歌读者来说，是可以理解的。它就是有趣，有吸引力，而且富有人情味。任何能读懂欧·亨利短篇小说的人，就能读懂贾雷尔的诗。①

贾雷尔的诗非但易懂，而且他的贡献之一在于扭转了或改变了当时占主导地位的文学批评潮流，把惠特曼在美国文学史上的地位，提高到从未有过的高度；他首先有见识地评价洛厄尔的《威利勋爵的城堡》，把它看成

---

① William Meredith. "An Interview with Edward Hirsch." *The Paris Review*, Issue 95, Spring 1985: 10.

是主要诗人的成就，而且对弗罗斯特、史蒂文斯、W. C. 威廉斯等主要诗人都有新鲜而独到的评价。他毕业于范德比尔特大学，受过兰塞姆的熏陶，后来又在凯尼恩学院从教，照理是新批评派的得力干将，可是他却对新批评派的美学规范大加抨击，虽然兰塞姆曾是他的老师和朋友，还表扬他具有"绝望诗歌的伟大资质"。

他像庞德一样，是一位有高度责任心的评论家，尽力帮助他周围的作家共同界定 20 世纪的美国诗学。《诗与时代》（*Poetry and the Age*, 1953）、《超级市场上的伤心：论文和寓言》（*A Sad Heart at the Supermarket: Essays and Fables*, 1962）和死后面世的《第三本评论集》（*The Third Book of Criticism*, 1969）等三本评论集确立了他权威评论家的地位。这并非偶然，他深刻犀利的评论能力，是建立在他博学的基础之上的。他比大多数文学教授了解英语诗歌，但同时又不盲从学院派，而是融会贯通他所掌握的绘画、音乐、德语和英语文学等知识，不但指导自己诗歌创作，而且通过有新鲜见解的评论，给他的同行们以启发。他出语惊人，竟然在 1941 年宣告现代主义已经死亡："我们所知道的现代主义——本世纪最成功最有影响的诗歌主力——死亡了。"[1] 年轻评论家戴维·赫德（David Herd）对贾雷尔大胆的宣告作了深刻的阐述，说：

> 贾雷尔的陈述事实上是一个问题。他在问他的 20 世纪中期的同代人：诗歌在现代派时期之后怎么写？这是一个棘手的问题，但它隐蔽了一个更加棘手的问题：现代主义，依据贾雷尔的看法，是对源于浪漫主义的"实验主义"和"原创性"作"最后的剥削"。这不言而喻的继续还可以商榷，[2]但是，贾雷尔关于不同模式创作的必要性的观念则被大家所共享。不同的作品需要不同的解读。[3]

贾雷尔实际上对当时在学术界占统治地位的新批评派提出质疑，他的胆识不亚于卡尔·夏皮罗。他反思式的评论，经过缜密的分析，雄辩而生动有力，常使罗伯特·洛厄尔、彼得·泰勒（Peter Taylor, 1917—1994）和约翰·贝里曼等有才能的朋友乐意成为他的听众。他把以前某些评论家对

---

① Randall Jarrell. *Kipling, Auden, and Co.: Essays and Reviews, 1935-1964*. New York: Farrar, Straus, and Giroux, 1981: 81.

② 指前面一句"实验主义"和"原创性"源于浪漫主义。

③ David Herd. "Pleasure at Home: How Twentieth-Century American Poets Read the British." *A Concise Companion to Twentieth-Century American Poetry*: 47.

美国诗歌常胡吹乱捧的水平，提高到有真知灼见的令人信服的评论水平。

作为诗人，他在诗歌领域，特别是在战争诗方面，取得了同样令人注目的成就。失落感、对战争的厌恶与恐惧和怀旧，特别是对童年的怀念成了贾雷尔突出的诗歌主题。他始终对人类的正确信念、弱点和悲伤怀着深切的同情，能以不可思议的洞察力，进入他诗中人的心灵里去。弗洛伊德的心理学成了他智性判断的参照之一。

贾雷尔的战争诗广泛地涉猎到二战的军事活动、军事人员和在战争中遇难的平民百姓，特别是无辜的儿童。他一反正面歌颂战争中正义一方的英雄业绩，着意于揭示人们对战争的震惊、恐怖、无可奈何的厌倦和恶运感。贾雷尔笔下的美国空军士气不振，天真，被动，麻木不仁，既是盲目的杀人者，又是无辜的牺牲品，似乎是被关闭在机舱中而又游弋在广漠的天空中失去自由的囚犯。内梅罗夫对此现象有精辟的分析，他在谈到贾雷尔的战争诗时指出：

> 他早期的诗歌几乎主要是关于战争的，我认为其中心注意点不是战争或士兵，而是由战争引起的"囚犯"处境感。这不仅仅是几首关于囚犯的诗，而是这位诗人一贯地看到了人类各种处境中的囚犯形象——不仅在监狱里，而且在营房内、军营里、船上、飞机上、医院病床上、梦中，最后在坟墓里，这象征囚犯的一切对他来说，是某种无助与自由混合在一起的直觉的悖论式事物："谁为他的生命而战/失落，失落：我为我的世界而屠杀，我现在自由了"——这是一个阵亡时黑人士兵的内心写照。①

这就是贾雷尔的战争观，美国作家的典型世界观，反映参加二战的美国优秀诗人都持类似的观点。贾雷尔的战争诗主要收在《为陌生人流血》（*Blood for a Stranger*, 1942）、《小朋友，小朋友》（*Litlle Friend, Little Friend*, 1945）和《损失》（*Losses*, 1948）等三本诗集里。诗人、诗评家罗伯特·菲茨杰拉德（Robert Stuart Fitzgerald, 1910—1985）称赞贾雷尔是"实际上唯一能应付二战的美国诗人"。这也许是溢美之词，其实二战造就了一大批在不同层次上写出优秀战争诗的诗人，其中有理查德·埃伯哈特、斯坦利·库涅茨、约翰·西亚迪、罗伯特·格伦·普赖斯（Robert Glenn Price,

---

① Howard Nemerov. "A Wild Civility." *Poetry and Fiction: Essays by Howard Nemerov*. New Brunswick: Rutgers UP, 1963: 128-129.

1918—1954）、威廉·梅雷迪斯、内梅罗夫、理查德·魏尔伯、安东尼·赫克特、约翰·马尔科姆·布里宁（John Malcolm Brinnin, 1916—1998）、约翰·弗雷德里克·尼姆斯、霍华德·莫斯（Howard Moss, 1922—1987）、威廉·杰伊·史密斯（William Jay Smith, 1918—　）和温菲尔德·汤利·斯科特（Winfield Townley Scott, 1910—1968）等等。在抗日战争胜利前，他们都被称作战争诗人，以此在报章杂志上扬名。①但抗战结束以后，他们大多数人又以大学才子著称，于是纷纷去掉贴在身上的"战争诗人"标签。贾雷尔起初对卡尔·夏皮罗把他说成是战争诗人最乐意，可是后来竭力反对这一标签。这是文学史上的常见现象：势单力薄的作家们往往要靠某种流派的团体作他们的后台，凭借集体的力量才能立足或站稳文坛。但当他们羽毛丰满后，或某个流派不足以概括他们的艺术全貌时，他们便主动地抛弃他们曾经积极认同的流派名号。贾雷尔也如此，因为战争诗只是他艺术领域里的一个方面，虽然二战的经历首先使他创作出显露他才华的佳作。

我们不久便发觉情牵梦绕于贾雷尔的童年生活——成年人的"失乐园"促使他另辟蹊径，改变创作方向。他有很大一部分作品，②精心描写失落的童年和天真以及对成年人虚伪和社会崩溃的警觉。他从对公共社会的关注转向个人的内心生活，更多地趋向心理和梦境的探索，一种华兹华斯式的幻想。例如，诗人在他的诗集《失落的世界》（The Lost World, 1965）的标题诗里，恋恋不舍地回忆了半真实半虚构的童年世界。作者在诗的开头，把读者带进了好莱坞的电影摄影场：

> 在一处白色摄影场，我看见一个影星
> 在风机鼓动起的狂风呼啸中，跌跌绊绊地
> 走进了她的圆顶房屋。在梅尔罗斯公园，
> 展开翅膀的恐龙露出假笑，抬头越过
> 失落的世界的栅栏向远望去。

贾雷尔善于编织现实与幻想交融的童年世界，他生动地描写他小时候访问他父亲工作的铸造厂时，看到一个抡锤铸造金属件的大汉，突然变成一个小矮人。在诗的结尾处，小贾雷尔告诉爸爸说，一个疯科学家炸毁地球：

---

① 详见张子清.《美国当代诗歌现状探析》，载《欧美文学现状研究》，叶逢植主编，南京大学出版社，1993 年。

② 例如他的两本诗集：*The Seven-League Crutches* (1951)；*The Lost World: New Poems* (1965)。

"他不可能吧,爸爸?"我的安慰者的
双眼亮了起来,笑着说:"不,那是演戏,
是假装的,"他说。天空一片灰暗,
我们坐在那儿,在我们愉快的一天结束的时候。

这首诗的艺术效果,取决于我们是否用诗中叙述事件的距离感去解读。它表明了作者娴熟地掌握了戏剧独白的技巧:作者一会儿进入童年的角色看世界,一会儿又脱离童年的角色,从成年人的体验回忆他的过去。这正是贾雷尔的艺术魅力之所在。诗集《失落的世界》是在贾雷尔精神崩溃之后出版的,因此孤独、缺少爱、年迈、失落的青春、世道的虚伪等等成了诗集里反复出现的主题,由此产生的副作用,是缺少了标志他早期作品的多样性、雅致和光彩。更糟的是,自白成分太多,像是躺在沙发上对心理医生作病诉。诗中人一直怀着内疚和无助感。他想原谅他的父母,但总不成功。

贾雷尔在和其他诗人合编的诗集《五个美国年轻诗人》(*Five Young American Poets*, 1940)的前言里承认,他想以新的诗美学替代现代派,但未获成功。他参军以后,在空军基地听了许多飞行员的故事,也阅读了报纸上的战争新闻报道,于是萌念写战争诗,以此为创新的起点。他虽然没有拿出现代派诗的替代品或更新的作品,但的确创作出了反映二战的最佳战争诗。作为一个有高度理论修养的诗人,贾雷尔知道如何开辟新的艺术方向,取得了令同时代的同行们钦佩的成就。他的朋友罗伯特·洛厄尔对他最了解,对他的评价也最中肯。他在评价贾雷尔的《诗歌全集》(*The Complete Poems*, 1969)时,指出:

贾雷尔的惊异、多样性和敏感的内心生活,在他的诗歌里得到最好的展露……他的才能,包括他的天性和终生艰苦的投入与发展,体现在他机智、怜悯和卓越的智性诗里。这些本身就很炫耀的品格,常常得到很好的施展,以至于我认为他成了他这一代最令人心碎的英语诗人……在他敏锐的诗行后面,总是有宽大为怀的眼光,他的眼光有一部分像其他人的,但对他生活的阐明,对我们来说太悲戚、太灿烂,以至难以忘怀。①

---

① See the cover of *The Complete Poems* by Randall Jarrell. New York: Farrar, Straus & Giroux, 1969.

　　使人心碎的倒是，在 1965 年的一天晚上，他从医院看病回家的途中，穿过一条高速公路隧道时，被汽车撞死，但许多人猜测系自杀，证据是，他是一个门诊病人，被误诊了，情绪低落，车祸前几个月，曾割手腕自杀未遂。他的惨死中断了他正有起色的艺术探索，没有来得及达到他应该达到的艺术高度。卡尔·夏皮罗在贾雷尔去世后动情地说："贾雷尔是这样的诗人，在 W. C. 威廉斯之后，他的诗是我最钦佩最期待的。"贾雷尔的惨死也使人联想起诗坛不容乐观的状况：在一战前或大战期间出生的诗人，例如西奥多·罗什克、德尔默·施瓦茨、约翰·贝里曼、罗伯特·洛厄尔等，都来回于教室与精神病院之间，受尽精神病折磨。这也许他们太钻牛角尖，出不来了，尽管主因是他们的基因所决定。

　　贾雷尔在诗歌界和评论界常被视为一流的评论家、二流的诗人，然而，他的一首短诗《球炮塔枪手之死》（"The Death of the Ball Turret Gunner"，1945）却脍炙人口，为诗人们和评论家们所激赏。它是一首被公认谴责美国当局毫无人性和战争残暴的佳作，其反战情感和反讽仍然能得到当代人的感应和反响，具有长久的艺术生命力：

> 从我的母亲的睡梦里，我坠落到美国，
> 我在她的肚子里躬腰，直至我的湿毛冻结。
> 离地 6 英里，从它的生命之梦里松脱开来，
> 我清醒地面对黑色高射炮和噩梦的歼击机。
> 我死了，他们用水软管把我冲洗出球炮塔。

　　诗人怕读者对球炮塔看不懂，特地做了注释。① 诗里的主人公是一个十几岁的青年战士，他似乎是在不情愿的情况下被征兵参战的，战死后，尸体却被水管草草了事地冲出他的轰炸机战斗岗位——球炮塔！这首对二战反省的诗，只有简单的五行，诗本身不难懂，晓畅如话，不像其他的一些诗人写的诗，复杂而艰深。但是，出乎作者意料之外，它太有名气了，被各种诗选、文集所选用，贾雷尔竟然担心他的名气完全被拴在这首诗上了。他的这种担心其实是多数诗人向往不到的好事。而今我们普通人能记住唐朝贾岛，是由于他的名句"僧敲月下门"而流传下来的《题李凝幽居》；

---

　　① 贾雷尔自注：球炮塔是安装在 B-17 轰炸机或 B-24 轰炸机腹部的一个有机玻璃球体，里面有两挺.50 口径机枪、一个矮小的士兵。当这个矮小的枪手用他的机枪追踪从下面朝他的轰炸机开火的歼击机时，他便旋转这个球炮塔，在这个小球体里，他躬起身体，头朝下，脚朝上，看起来好像是在子宫里的胎儿。射击他的歼击机装配了大炮，发射爆炸弹。水软管就是用来输送蒸汽的软管。

能记住匈牙利诗人裴多菲，是由于他那首四行短诗《自由与爱情》。

贾雷尔一贯心地高傲，一向要样样争第一，对于他来说，诗歌给他带来的名声，远比他作为批评家的名声来得重要。还好，人们在新世纪能记起他，恰恰就是这首短诗。年轻的女戏剧家和导演安娜·芒什（Anna Moench）把这首诗改编成剧本，在 2008 年 8 月举行的纽约国际艺穗节（The New York International Fringe Festival）上首次演出，接着又到长岛的纽约艺术空间剧场（由闲置的货仓改造）演出，使得这首诗获得了新的生命力。

贾雷尔出生在田纳西州的纳什维尔，随父母迁居加州，父母不久离异之后，在好莱坞同祖父母以及曾祖母生活在一起，有一年多时间。他成人后对在好莱坞的早期童年生活，一直思念不已，后来称它为"失落的世界"——他 40 多年后的诗集标题，也是他想象中纯洁世界的象征。他的青年时代又是在纳什维尔度过的，书本和当地的图书馆成了他的庇护所。毕业于范德比尔特大学，获心理学学士（1936）和文学硕士（1939）学位。1942～1946 年，在美国空军当航空塔操作员。他的这些生活经历，成了他创作的主要题材。他为此被称为战争诗人和童年诗人。同第一任妻子离婚后，于 1952 年和玛丽·埃洛伊塞·冯施拉德（Marry Eloise von Schrader）结婚。曾任国会图书馆诗歌顾问（1956—1958）、国家艺术暨文学协会会员、美国诗人学会常务理事。

2. 戴维·伊格内托夫（David Ignatow, 1914—1997）

如果和同时代的金斯堡、约翰·贝里曼、W. H. 奥登相比，戴维·伊格内托夫算不上一个同他们比肩的名诗人，他的诗在其他人主编的诗选或文集的选用率远没有他们高，但是有一些批评家认为他是 20 世纪最伟大的诗人之一，是城市、犹太人和劳动大众生活无与伦比的观察者、记录者。他受惠于惠特曼和 W. C. 威廉斯的诗美学，但具有他个人独特的风格：粗粝，讥刺，幽默，富有洞察力。

伊格内托夫出生在纽约市布鲁克林俄国犹太人移民的小商家庭。童年时期，他的文学启蒙老师就是他的热爱文学的父亲。父亲以简单而轻松的方式，给他讲了不少俄罗斯作家（例如陀思妥耶夫斯基）创作的故事，无形中对他灌输了俄罗斯文学知识，使他从小养成了对文学的爱好。经济萧条时期，父亲的书籍装订所不景气，家庭生活窘迫，他被迫失学，干过邮递员、纸品销售员等各种体力劳动。1937 年，与艺术家罗丝·格劳巴德（Rose Graubart）结婚，生一子一女。他获得 W. C. 威廉斯好评的第一本诗集的出版经费，是通过父亲帮助借贷的。60年代，他虽然出版了四本诗集，但为了贴补家庭开支，周末不得不到医院当挂号员。虽然50年代任《毕洛伊特诗歌杂志》（*Beloit Poetry Journal*）主编（双主编之一），60年代早期任《民族》周刊诗歌编辑，他在诗歌界或学术界却没有建立起诗人的盛名。他在一些高校任兼职教授、高级讲师、驻校诗人、副教授，直至1984年任纽约市立大学荣誉教授。

　　他生平关注城市的劳苦大众生活、30年代的经济萧条、二战、越南战争和现代社会的暴力。他的诗反映大都会生活，但不像弗兰克·奥哈拉的《午餐诗抄》那样对具体的街道、餐馆或书店作细致的描述，而是掀掉非本质的外表，深入到事物的内部，揭示其赤裸裸的甚至可怕的真相。换言之，他为读者提供市民们的梦，一种折射的社会现实，一种他们的生活本质。他的诗结构简单，语言朴素，以寓言、噩梦或独白的艺术形式，让诗中人泄露他最深刻的内心痛苦和欲望。他在密切关注他周围社会生活的同时，正视他自己的生活模式和危机。贯穿他整个作品的是一种带有宗教狂式的精神求索，那种从生活的暴虐、苦难和内疚中解脱出来的求索。批评家一般都认为他的诗集《援救死者》（*Rescue the Dead*, 1968）是他诗歌生涯的转折点，尤其是标题诗是当时诗坛最佳诗篇之一，现在让我们读一读伊格内托夫的这首得意之作：

> 终于弃绝爱等于吻草叶，
> 等于让雨淋在你的头上，
> 等于尊敬火，
> 等于如他所说的细察
> 人的眼睛和他的姿态，
> 等于在餐桌上放面包
> 并且在面包旁摆餐刀，
> 等于穿过拥挤的人群
> 如同穿过拥挤的自己。
> 不去爱等于去生活。
>
> 去爱等于被领进
> 森林，那儿已挖好
> 秘密的坟墓，边吟唱，边赞美
> 树林里的黑暗。

> 去生活等于签你的名，
> 等于不理死者
> 等于身带钱包
> 和握手。
>
> 去爱等于充当一条鱼。
> 我的小舟颠簸在大海上。
> 你是自由的，
> 援救死者吧。

这首诗是因贝里曼自杀而创作的，它暗示贝里曼本来可以像作者一样"半自杀"般地活在世上，如果不去爱的话。因为贝里曼热爱生活，热爱一切，他的结局是死，而"不去爱等于去生活"，行尸走肉般的生活。如果我们考虑到现代社会表面繁荣，内里矛盾重重、心理压力大的社会背景，我们就不难理解这首诗所蕴含的反讽意味十足的情绪和语气。伊格内托夫在纷繁困惑的社会里，不想自杀，而是接受半死不活的生活，例如，他在另一首诗《乐趣》（"The Pleasure", 1978）里，表达了这一思想感情：

> 我活着，赞美天空
> 和高山，热爱
> 白天和黑夜，多么快乐
> 它们和我同在……
> 在我死亡之际世界将完蛋，
> 因为它的珍宝将倾注进我的身体里，
> 而且将荒无人烟，而太阳
> 像风一样空空荡荡。

伊格内托夫在创作《援救死者》时期，萌生了一种准备死亡的复杂心态，重复先人们到了生理成熟阶段，常挂在嘴边的死亡话题：等候在幸运的男女面前的是死亡。例如，他在《致我的女儿》（"For My Daughter"）里，明显地流露了他的这种情感：

> 我死时，选一颗星
> 用我的名字命名，

　　　　你也许知道

　　　　我没有遗弃你。

　　　　你对我来说曾是这样的一颗星，

　　　　从你的出世到童年，我紧紧地

　　　　追随你，你的手

　　　　握着我的手。

　　　　当我死时

　　　　选一颗星，用我的名字给它

　　　　命名，这样我会高高地

　　　　照耀你，直至你在

　　　　黑暗和寂静里和我

　　　　作伴。

　　这是伊格内托夫内心世界的写照，他的思想感情范围处在《乐趣》和《致我的女儿》之间。他和女儿耶迪（Yaedi）亲密无间，但与父亲、儿子和妻子的关系不和谐，家庭生活并不幸福，他的懊恼、内疚之情常反映在他的诗篇里。

　　他从少年时代起，爱读惠特曼的诗，对惠特曼鼓吹的民主与自由十分向往，然而在他父亲的书籍装订所里，他看不到理想中的民主、自由和博爱，相反为了完成规定的任务，人们感到紧迫、忧虑和威胁，无时无刻不存在着恼火与争执。他相信惠特曼所赞美的一切，但无法超越丑恶的现实，因此对 T. S. 艾略特所流露的失望之情有同感，虽然他不欣赏 T. S. 艾略特的诗风。他实际仿效的榜样是 W. C. 威廉斯。从 W. C. 威廉斯那里，他很容易学到描写城市生活的表现手法。他对此曾说："对我作品影响最大的现代诗人是 W. C. 威廉斯。早期的影响是《圣经》、惠特曼、波德莱尔、兰波、哈特·克兰。"[1] W. C. 威廉斯对他也十分友好，为他的第一部诗集写评论文章，登在《纽约时报》上，这对初出茅庐的青年诗人来说，是非同小可的抬举。他像 W. C. 威廉斯一样，起初很少受读者欣赏，但随着 W. C. 威廉斯对年轻诗人的影响日益增大时，他的名气也变大了。他同时接受了象征派和新批评派的诗美学。到 60 年代，他又借鉴了超现实主义艺术手法。伊格内托夫承认，他早期的诗歌风格源出 W. C. 威廉斯赤裸裸描写现实的现实主义流派，但他的第二部诗集则反映了他吸收超现实主义表现手法的

---

① *Contemporary Authors Autobiography Series*. Volume 3, Detroit: Gale Research Company, 1986.

成果。伊格内托夫在早期扬言摒弃 T. S. 艾略特的欧洲传统，钟爱 W. C. 威廉斯的美国风格，但在后来的访谈录中，又承认他的诗美学介乎两者中间，是两者的桥梁。

伊格内托夫认为，他的私生活、朋友们的生活、重要人物的生活、历史事件、科研成果、神话学、哲学论著、朋友们和有趣作家们的诗歌与小说构成了他的诗料。特别是历史成了他生活的观照物，成了理解时代精神不可或缺的一面镜子。他在创作后期却完全虚构事件，以此来反映客观现实。通过这种方法，他能彻底搞清楚万物之间关系的性质。超现实主义艺术手法正满足了他的需求。也许正由于他用超现实主义的手法表现现实，他深得罗伯特·布莱的器重。布莱特地为他编选一本《诗选》（*Selected Poems*, 1975），[①] 为他作注，写后记。布莱称他是伟大的诗人、心灵的朋友，在艺术形式（惠特曼和 W. C. 威廉斯所开创的）上是自然或非学术风格的大师，赞美之情溢于言表。

伊格内托夫当然感激布莱，我们来读读他的《一切平静——致罗伯特·布莱》（"All Quiet—For Robert Bly"）：

> 怎么回事，今天无人被轰炸？
> 作为本国的公民和有妻室的汉子
> 我想要问其中的究竟。
> 你不可能用你的双手夺走我的命运，
> 却又不让我知道。
> 我可以引爆一颗炸弹或碾碎一个头颅——
> 不管谁发动这和平
> 不通过新闻
> 透露消息给我，
> 对此我本来可以大声抗议，
> 把我的全家赶下悬崖峭壁。

这是伊格内托夫在美国侵越战争期间，停止轰炸北越的空隙之间创作的一首诗。其讽刺的口吻和布莱的《亚洲和平建议暗地里遭否决》（1967）异曲同工。然后，我们再读读他的《寓言》（"An Allegory"）：

---

① David Ignatow. *Selected Poems*. Middletown: Wesleyan University, 1975.

> 我把我的后背顶住丝网
> 不让它掉到地面——
> 这是我平滑的部分，
> 丝线将绊住我的指甲
> 丝网将撒开到我能穷目的地方
> 通过一个个像我一样的曲背。
> 那些直起腰的人
> 从隙缝里张目四望
> 说："一切怎么这样闪闪发亮。"

　　他的这类超现实主义诗篇和布莱的深层意象诗何其相似！如果说他的早期诗作具有 W. C. 威廉斯的《红色手推车》的风味，那么他后期的作品则与布莱的风格相接近。他在创作前期努力表现城市生活的肌质，表现它的绝望、活力、满足与威胁交织一起的复杂感受，而在后期则逐渐侧重人性和自然主题的探讨，富于哲理和玄思，远离城市生活。他在晚期对他的创作方向的改变，揭示了他的心路历程：

　　　　我早期的诗歌注意力集中在非正义和残酷上，写那些诗时，以为在某个地方总归有一个社会制度，被我的信仰所理想化，在那里一贯实行正义和礼仪，而且过得逍遥快乐。我错了。在 75 岁时，我不再有这样的希望和期待，虽然我的心依然为任何、所有、哪怕是一点点好消息而跳动。不过，我已经回复到个人的研究上，把我自己作为一个例子，向我自己揭示我的短处、我的失败。像惠特曼一样，我把自己作为代表，所以我所写的关于自己和常常关于别人的一切，扩而大之，是对我们多数人的评论。我们生活在同一个世界里。①

　　伊格内托夫生前一共出版了 20 部诗集，从 1948 年至 1996 年，时间跨度近半个世纪，还担任过《美国诗歌评论》《切尔西杂志》和《分析》等刊物的主编，当过美国诗歌协会主席（1980—1984）、惠特曼出生地协会驻会诗人（1987）。获得包括博林根诗歌奖、约翰·斯坦贝克奖、雪莱纪念奖、弗罗斯特奖、美国诗歌协会颁发的 W. C. 威廉斯奖、国家文学艺术协会奖等多种奖项。虽然他的名字在晚年常常见诸《诗刊》《新美国评论》《纽约

---

① *Contemporary Authors Autobiography Series*. Volume 3, Detroit: Gale Research Company, 1986.

客》等影响很大的杂志，评论界对他的诗歌却贬褒不一，贬者觉得他的诗太平淡，有些诗题令人倒胃口；而褒者觉得他的诗很真实，富有洞见。幸亏他长寿，在 90 年代晚期，他那独一无二的诗歌声音，对现代美国都市的犀利观察和深刻的理解，对家庭关系和社会变化大胆的审视，受到诗歌界的重视，为他赢得了声誉。1998 和 1999 年——他去世后的两年，相继出版了他生前编选的两部诗集，最后一部诗集的标题富有深意，反映了老年人对今世留恋的心态：《生存是我所希望过的：最终诗篇》（"Living Is What I Wanted: Last Poems", 1999）。作为智者，他在晚年平静地表达了他的生死观：

> 当我年老时，我发觉自己更有勇气写关于死亡的诗。我最近的诗从几乎每一个视角看待这个主题：没有怒恼，只有研究和沉思。写死亡和濒临死亡时的平静中所暗含的恐惧，迫使我把这件将来临的事件公开出来。我把这种写作，作为越过我剩下的余年加以考虑的。我注意树木，考虑我与它们之间的关系，作为有机体，我在树木中感到有一个满意的同伴。地球本身是暂时的，宇宙依然如故。简言之，我是一个尘世史诗的参与者，如果同万物和所有的人在生与死中能找到意义的话。我朝我更高的自我鞠躬。①

当然，求生的欲望人皆有之，他也不例外，尽管活到耄耋之年。他还说："我的使命是活着；我的使命是创作关于它的作品；我的观点是从在这两个雄心中研讨和付诸行动里获得。对于我的生涯至关重要的著作，是我考虑在以后写的一本或两本或三本书。"② 所以，他生前就给女儿写了一首感人肺腑的诗《给我的女儿：回答一个问题》（"For My Daughter in Reply to a Question", 1993）③：

> 我们不会死。
> 我们将想出办法来。
> 我们将深深地呼吸，
> 将小心地吃喝。

---

① *Contemporary Authors Autobiography Series*. Volume 3, Detroit: Gale Research Company, 1986.

② *Contemporary Authors Autobiography Series*. Volume 3, Detroit: Gale Research Company, 1986.

③ 该诗收录在他的诗集 *Against the Evidence: Selected Poems, 1934-1994*. Wesleyan University Press, 1993.

我们将经常想着活。
对于你或我不会有凋谢。
我们将是第一流，
从不嘲笑我们自己，
你的子女将是我的孙子孙女。
一切不会改变，除了增添人丁。
你不会变成另一个人，如同
我不会变成另一个人一样。
决没有人会使你犯糊涂，
也不会有人使我犯糊涂。
我们不会被遗忘，消逝，埋葬
在未来的生生死死之下。

世上父女情深，莫过于此。是的，伊格内托夫及其优秀诗篇没有被世人遗忘，已经载入史册了。

第四节　约翰·西亚迪、彼得·维雷克和西奥多·韦斯

1. 约翰·西亚迪（John Ciardi, 1916—1986）

30 年代晚期开始成名的西亚迪是一位独立于任何文学流派或运动的个体户诗人和勤勉的翻译家。英国诗人、诗评家爱德华·露西—史密斯（Edward Lucie-Smith, 1933— ）为此夸奖说，在西亚迪这一代诗人中，很少有人能创作出比他更多的诗篇，但他又不像许多多产的作家，他给我们的感觉是他的诗歌个性很突出，并且认为他的诗歌力量在于他的作品的多样性和流畅性。[1] 我们不妨这样说，西亚迪的艺术力量在于他流畅的美国语言和天生的机智。他的诗充分表达了他生在世上的喜悦和生活能给予他的情绪。他的幸运是，他能非常直接地不自觉地触及他自己的心灵。

他受过良好的教育，既有军旅生活的经历和广泛旅行世界的见识，又

---

[1] Edward Lucie-Smith. "John Ciardi." *Contemporary Poets*. Ed. Rosalie Murphy. New York: St. Martin's P, 1970: 191.

有大学教授的风度。他主编的《20 世纪中期美国诗人》（*Mid-Century American Poets*, 1950）曾产生了一定的影响，虽然不如昂特迈耶主编的《现代美国诗歌》（1919, 1969）的影响大，但他的选本收录了魏尔伯、罗什克、埃伯哈特和他本人等人的诗作，这正是昂特迈耶的选本所漏选的。肯尼思·雷克斯罗思对他作了这样的评价：

> 像鲁凯泽、埃伯哈特、默温一样，约翰·西亚迪卓尔不群，不仅仅不买当权派的账，而且独立于文学运动、团体和风尚。这就给他的诗歌赋予了人性的非书生气的品格，这在他的这一代诗人之中实属罕见。我曾经说过，他像意大利航空公司的一名飞机驾驶员，不像一个诗人，那就是他的诗歌风貌，表达了世界上一个受过很好的教育、广泛旅行的人，其魅力远胜过太专门化感知力的作品。作为一个受欢迎的教师，他在教育大众欣赏诗歌方面出了很大力。①

他早期的作品受 W. H. 奥登和迪伦·托马斯的影响。他有一些诗太长，输入诗句里的喜悦过多，超过了读者的耐心程度。他描写二战的诗，常带讽刺和自我嘲弄的口气，他的反战诗主要收录在他的诗集《其他的天空》（*Other Skies*, 1947）里。和他同时代的诗人相比，他是一位高产诗人，生前出版 20 部诗集，死后出版诗集 4 部（1997 年为止），儿童诗 14 部，译著 4 部，音色优美的朗诵录音带（盒式）4 盘，主编其他著作多部。《我同你结婚》（*I Marry You*, 1958）和《个人到个人》（*Person to Person*, 1964）被公认为是他的优秀诗集。

他有意识地求新多变，但由于个性太强，诗中个人化的感情太浓。他从不与主流派交往，在诗坛受到不应有的冷遇。他被视为 20 世纪中期中等水平的形式主义诗人，主要原因是他的名声被当时兴起的垮掉派、自白派和黑山派诗人掩盖了。在当时革新派诗人心目中，他好像是一个不识时务的诗人，例如，收录在他的诗集《我同你结婚》里的一首诗《男人根据需要结婚》（"MEN MARRY WHAT THEY NEED"）：

> 男人根据需要结亲。我同你结婚，
> 从早到晚，早早晚晚，一日复一日，
> 每次结婚使这夫妇关系新鲜，销魂。

---

① Kenneth Rexroth. *American Poetry in the Twentieth Century*: 124.

> 以破碎的天堂的名义，在破坏
>
> 花岗岩的光亮中，哗哗的岸边，
>
> 它好像是空中的风筝颤动，摇摆。

　　这是该诗的前两节。该诗六节，每节三行，第一和第三行押韵，诗行整齐，节奏有定。想想看，在大众接受诗情一泻千里气势的《嚎叫》的时代，谁有耐心读旧式舒情？西亚迪不买账，他曾在《作家》（*The Writer*）杂志上发表文章，提到诗歌变化的情况时，认为当时有太多的诗人，特别是积极分子诗人，以为写出好诗唯一的先决条件是激发他们自己的无知。他意识到他在他们之中不受欢迎，他在他们心目中成了反动、热爱战争、压迫穷人的种族主义者。他坚持诗人在艺术上要受严格的训练，如同美声歌唱家，而不是乱唱乱蹦的流行歌曲歌手。

　　诗坛出现了对他贬褒不一的评价。我们不妨在此引用《当代文学批评》（*Contemporary Literary Criticism*, 2000）评介西亚迪的一段话：

> 　　许多评论家就西亚迪应该被视为主要诗人还是次要诗人进行争论。争论的焦点集中在他的题材；一些批评家认为，他的主题的日常性使得其主题显得不重要。西亚迪自己则坚持"不重要的诗篇"的价值，而有几个评论家在这一点上为他辩护。例如，乔治·加勒特说："'不重要的诗篇'的观念解放我们写出现实世界中所想象的发生在我们身边的情况，写出我们自己的经历。"有几个评论家对西亚迪使用日常用语翻译但丁作品提出异议，抱怨说他失去了原作的精妙。伯顿·拉菲尔（Burton Raffel）则说西亚迪"天生一副好嗓音，机智的头脑，绝对的诚实，在多方面成为 20 世纪存在主义式的成功的美国诗人之原型"。

　　西亚迪像卡尔·夏皮罗一样，也碰到风水轮流转，20 世纪后期新形式主义复活，尤其是诗坛领袖式人物达纳·焦亚（Dana Gioia, 1950— ）的出现，使西亚迪有了重振名声的机会。焦亚是新形式主义诗歌运动的主要人物之一，这个运动强调回归传统诗歌，注重押韵、节奏、固定的形式、叙事的非自传性题材。焦亚宣称这个形式主义运动为新先锋派，其所提倡的诗歌审美标准正符合西亚迪生前的诗歌主张和创作实践。因此，他生前不受好评的诗得到了重视，流行了起来。为了纪念西亚迪生前所取得的诗歌成就，还设立了约翰·西亚迪终身成就诗歌奖，每年颁发给一名优秀的意大利裔美国诗人。

西亚迪指导如何阅读、创作和教学的课本《如何理解一首诗的意思？》（*How Does a Poem Mean*, 1959）在学校使用率高，影响大。60年代早期，他主持哥伦比亚广播公司电视节目《腔调》（"Accent"）；1980年开始主持全国公共广播电台系列——"在你耳朵里的一个词"（"A Word in Your Ear"）的每周广播节目，这期间，他的名气响遍全美国。作为"面包作家会议"（The Bread Loaf Writers' Conference）①主席和《星期六评论》诗歌编辑，他以严厉苛刻的评论著称于诗坛。在60年代后期和70年代的反文化运动中，他处于保守状态。他一如既往地教他的学员（"面包作家会议"每年8月给学员上课两周）如何坚持在文学传统之内学习创作。他当时对年轻诗人的影响，是通过他的教学和他作为《星期六评论》诗歌编辑的组稿。大概他为人太严厉，不随和，他在1972年被"面包作家会议"平白无故地解雇了！这对他来说，不啻是一个沉重的打击。从1947年起，他每年都勤勤恳恳地服务于对学员的教学。

西亚迪出生在波士顿意大利移民家庭。他三岁时，当保险代理人的父亲死于车祸，由文盲的意大利人母亲和三个姐姐抚养。她们省吃俭用，供他上学。他先后在贝茨学院和塔夫学院求学，在密歇根大学获硕士学位（1939）。二战期间（1942—1945），在空军服役。在堪萨斯城大学（1940—1942）、哈佛大学（1946—1953）和鲁特格斯大学（1953—1961）等校任教。曾担任《星期六评论》诗歌编辑（1956—1972）。出版了不少儿童诗，翻译过但丁的《神曲》。1946年，与迈拉·朱迪丝·霍斯泰特（Myra Judith Hostetter）结婚，生子女三。西亚迪死于心脏病突发，在死前不久，他为自己写了一则幽默的墓志铭：

> 时间同意（它的确同意）；此处
> 长眠着西亚迪。如果现在没有天国来临，
> 那么过去的天国便是。像过去的天国那样，
> 在它旁边的这一个，却是一处贫民窟。

---

① 面包作家会议是一个为期10天的作家研讨会，每年夏天在佛蒙特州米德尔伯里市东边的面包山附近面包小酒店举行。每隔一天，220名会议参加者参加10人一组的研讨会，许多著名作家在这里朗诵他们的作品。1926年创立，由米德尔伯里学院赞助。起初与住在这里不远的罗伯特·弗罗斯特有关，他出席了29届面包作家会议。

2. 彼得·维雷克（Peter Viereck, 1916—2006）

彼得·维雷克不是一个普通意义上的诗人，他还是一个有影响的政治思想家、历史学教授。

1940年冬，《大西洋月刊》邀请23岁刚获得最佳论文和诗歌奖的哈佛大学毕业生维雷克写以《当代年轻自由主义的意义》（"The Meaning of Young Liberalism for the Present Age"）为题的文章，他交卷的文章却以《但是，我是一个保守分子》（"But I'm a Conservative", 1940）为题，发表在该杂志当年第4期上。1940年，在美国有正式政治主张的保守主义并不存在。它当时主要与南方反工业化的重农派和领导美国自由联盟反罗斯福新政的巨头们相联系。在当时知识分子中流行自由主义思想的氛围里，维雷克却有意唱反调。作为保守主义运动的早期领导人物，维雷克提倡用严密一致的哲学观点，支持一切保守原则，通过个人和集体的力量，促进广泛的保守目标。但到了1951年，他发觉这个运动偏离了真正的保守主义。他认为，麦克阿瑟是一个威胁，他败坏了美国保守者的伦理，导致保守主义者养成对歇斯底里权力势力的让步习惯，这就是保守运动罪恶的根源。

维雷克是一个与当时主流派新批评派唱反调的诗人。他对新批评派注重文本的批评方法特别反感，说："他们（指新批评派——笔者）抛弃有关历史、心理和伦理方面的东西，常常误读文章本身。他们只知道诗作本身，有关诗作方面的东西，还知道什么呢？"他在他的诗集《第一个早晨：新诗抄》（The First Morning: New Poems, 1952）的《不敬》（"Irreverances"）这组短诗里，以讽刺的口吻抨击了新批评派的诗美学。那么，维雷克基本的理念和美学是什么呢？他的诗歌创作和诗歌理论源于他不同于当时一般诗人的社会观和政治观。他的指导他一生的政治和哲学思想的博士论文《形而上政治学：从浪漫主义者到希特勒》（"Metapolitics: From Romantics to Hitler", 1941）从纳粹思想的起源追溯到理查德·瓦格纳（Richard Wagner, 1813—1883）和尼采的德国浪漫主义。他经过研究发现反犹太主义、国家崇拜和民族心理的罗曼蒂克崇拜，不仅存在于极端的民族主义者弗里德里希·路德维希·雅恩（Friedrich Ludwig Jahn, 1778—1852）和尤利乌斯·朗贝（Julius Langbehn, 1851—1907）的身上，存在于阿道夫·希特勒的疯狂的谄媚者阿尔弗雷德·罗森堡（Alfred Rosenberg, 1893—1946）的身上，而且也存在于理查德·瓦格纳、尼采和施特凡·格奥尔格（Stefan George, 1868—1933）的身上。但他同时指出，两者有区别，理查德·瓦格纳、尼采和施特凡·格奥尔格最后拒绝了极端民族主义的诱惑。作为德国移民的后裔，他自然对德国历史和文化感到极大兴趣。

维雷克自视为"保留价值观念的传统人道主义者"。他最欣赏英国哲学家埃德蒙·伯克（Edmund Burke, 1729—1797）勇敢地反对罗曼蒂克的激进主义和革命的立场。他像埃德蒙·伯克一样，强调传统社会准则的重要性，认为它们能有效地避免人类陷入非理性的欲望和利己主义的泥坑。但他同时反对遵奉机械化的无人性的资本主义社会制度，提高警惕，不让自我湮没在这种社会的旋涡里。因此，他诗中的主人公不是默认官方压力、全盘接受当前意识形态的"适应社会的人"，而是不断地作心灵探索的"不适应社会的人"。他说："有意识的伦理选择，不是在遵奉与不遵奉之间做出，而是在遵奉当时的短暂而带老框框的价值观念和遵奉被所有文化所享有的古老而具有永恒的价值观念之间做出"。他在这种观念的指导下，认定人得到拯救之道是通过他的文化继承，特别是他的文学和想象力，具有把个人和宇宙统一在一起的潜力。他企图通过诗歌语言的力量和想象力，把内心生活与外部世界联系起来。既具有思想性又带有抒情味，是他诗歌的最大特点。在他优秀的诗篇里，读者能欣赏到他的智性、玄思和令人惊叹的巧句。伦理、完美的艺术形式和清晰的表达，是他反复强调的文学信条。他反对评奖委员会让庞德获1949年的博林根诗歌奖，理由是它"可以考虑艺术形式与内容分开"。但他坚信："伦理的含义必定再现在伟大艺术作品里，但不是机械地明显地硬塞在艺术品里面；伦理性常常不是有心地运用词语的副产品。"

维雷克认真实践了他的这些诗歌理论。因此，他的诗歌具有三大鲜明的特点：

1. 伦理性。维雷克有意识地在他作品里表明他的观点。为了做到这一点，他往往在标题上，明显地揭示他的主题思想，例如，他有一首诗，题目是：《被高贵的心灵拯救的愚蠢时代》（"Crass Times Redeemed by Dignity of Souls"）。他在诗里观念超载、脚注过多、标题说明过烦而受到评论家的批评。他有意用抒情对伦理进行平衡，但在取得成功的同时，有时也失手。

2. 传统的艺术形式。维雷克十分注意押韵和音步，从不写自由诗。他的拿手戏是抑扬格五音步。他认为诗歌的完美形式特别重要："正如政治上的自由，不是建筑在摧毁交通灯而是建筑在法律和传统的体制上，诗歌必须受到形式的挑战，愈严格愈传统愈保守愈好，以便产生美的反响。"

3. 表达的清晰性。维雷克的诗歌晓畅易懂，因为他有意用最简单朴素的语言，把自己的思想感情充分传达给读者。他的理由是："如今现实本身已是一首艰涩的噩梦似的诗，很难加以控制，因此，凡明晰、高尚、沉着、令人变崇高的诗——清晰的交流性强的诗——更具有创造性，对时代有更确切的批评。"他当然不排斥诗歌中出现"合理性的难解"，这对诗歌的深刻性或独创性也十分必要。他的诗歌偶然也出现难解读的诗行，读者需要琢磨数遍才能有所体悟，但在通常情况下，他的诗易于被读者所理解。

维雷克的美学趣味正是 T. S. 艾略特和新批评派所反对的。

从 1948 年至 2005 年，维雷克一共出版了 13 部诗集。他的处子集《恐惧与恪守礼仪：1940～1948 年间的诗》（*Terror and Decorum: Poems 1940-1948*, 1948）获普利策奖，受到评论界的好评。诗集中有多篇反映诗人驾驭语言的熟练、主题的多样性和机智的语调，例如开篇诗《诗人》（"Poet"），用押韵的抑扬格五音步，清楚地表达了诗人作为慈善的君主所起的作用，其责任是在语言滥用的王国里，保持严格的统治，而其权力是至高无上的，使某些词类不敢开口，或把它们放逐。他在这首诗里，不但冒过分运用比喻的风险，而且保持了用严肃腔调叙述严肃主题的严肃性，他的这种风格在后来基本上没有改变。表现他风格的另一首名篇是《基尔罗伊》（"Kilroy"）。诗中人基尔罗伊是个滑稽的战斗英雄，他在所到之处都写上"基尔罗伊曾来此地"。维雷克笔下的基尔罗伊是每个参战士兵的缩影，他们主要的收获是冒险和鲁莽的释放感。基尔罗伊是维雷克的"自由个人主义"的拟人化，是人类在毫无意义和混乱的时代，为了寻找出路时，在精神上的一种释放。

维雷克的五本诗集《击穿假面具：新抒情诗抄》（*Strike Through the Mask! New Lyrical Poems*, 1956）、《第一个早晨：新诗抄》《柿树：田园和抒情新诗抄》（*The Persimmon Tree: New Pastoral and Lyric Poems*, 1950）、《1932～1967 年新旧诗选》（*New and Selected Poems 1932-1967*, 1967）和《骨髓里的弓箭手：苹果木周期 1967～1987》（*Archer in the Marrow: The Applewood Cycles 1967-1987*, 1987）以及《树妖：诗和剧本》（*The Tree Witch: A Poem and Play*, 1961）奠定了他诗人的地位。

《骨髓里的弓箭手：苹果木周期》是一部长达 200 多页的长诗，它借助女人和艺术使人的欲望戏剧化，由人、上帝和儿子的一系列辩论结构全篇，用了大量的尼采引语，使 20 世纪的读者对尼采思想有一个比较正确的看法。它可算是他对史诗的尝试之作，标题取自约翰·多恩提到的传说：基督的十字架是用伊甸园苹果树制作的。诗篇中夹了一些象征人物的对话。主要的争论在"父亲"和"你"之间进行。其他象征性的人物之中，最主要的是"儿子"（即返回地球的耶稣）与酒神狄俄尼索斯之间的辩论。评论界对这本诗集贬褒不一。有一种意见认为，这本诗集是集维雷克的广博知识之大成，再次表现了他鲜明的伦理感和高度的艺术技巧。但另一种意见认为，维雷克的史诗想象力丰富，但结构比例失调，很怪异，常常显得笨拙。

《1932～1967 年新旧诗选》收录了第一本诗集里的大部分诗篇，还选取了《树妖》里的一部分诗对话，按照主题共分十部分，其中一部分"树物园"（"The Tree Menagerie"）收进了他著名的树诗，例如，他在《赢弱者不需辩解》（"The Slacker Need Not Apologize"）里描写一棵橡树欺侮柳树，但最后被大风吹倒后，被人拖走，生存下来的柳树内心活动是：

> 仅仅是反响（——夏天？）疯狂（——或因真理而发狂？）。
> 但风的等高线的吸引力太远太远。
> 甚至当上帝南飞时，我掉队在后面
> （如果"上帝"指我所忽视的全天候）。

诗人在这首诗里运用破折号、疑问号和括号，加强了描写柳树惶惑心理的艺术效果。他还在另一首《赢弱者辩解》（"The Slacker Apologizes"）里，生动地描写了一根野草求生存和繁衍后代的复杂心理：

> 昨夜我的雄蕊
> 能听见她的雌蕊叹息……
>
> 我的花粉害臊
> 紧紧地靠着她说：野草不爱则死。

维雷克以非正统的题材、丰富而大胆的想象力和娴熟的艺术，取得了令人注目的成就，但总的来说，他没有得到批评家们和读者应有的重视，原因之一是，他对自己作品的优劣缺乏客观的鉴别力，以至在出版新诗集时，常把劣诗收进去而把好诗修改坏了或者漏掉了，换言之，他出版的每一部新诗集都不能反映出他真正的艺术水平。迈克尔·温斯坦（Michael A. Wenstein）在评论维雷克《潮流与继续：最后和最初的诗抄，1995～1938》（*Tide and Continuities: Last and First Poems, 1995-1938*, 1995）时指出：

> 维雷克是一个有教养的人文主义者，很像白璧德、奥尔特加—加塞特和桑塔亚那（这些是他常常喜欢引用的作家），但他又是经历过

第二次世界大战、成为存在主义者的下一代人。就重要意义而言，彼得·维雷克是一个有教养的存在主义者。①

维雷克出生于纽约的德国移民家庭。1937 年，他以优异成绩毕业于哈佛大学，主修历史和文学，然后去牛津大学进修，回哈佛大学获硕士学位（1939）和博士学位（1942）。两次婚姻：第一次，与俄国女子安妮娅·德马尔科夫（Anya de Markov）结婚（1945—1970），生子女二；第二次，与贝蒂·法尔肯堡（Betty Falkenberg）结婚（1972）。作为一个政治思想家，一个同时获历史和诗歌普利策奖的得主，他在麻省芒特霍利约克学院历史系任教 50 年。在苏联诗人布罗茨基移居美国的开初，他是助布罗茨基一臂之力的贵人，1974 年请布氏在芒特霍利约克学院任安德鲁·梅隆文学教授和五院文学教授，直至去世。

3. 西奥多·韦斯（Theodore Weiss, 1916—2003）

西奥多·韦斯也是一位独立性强的诗人。他虽然承认他从荷马、莎士比亚、勃朗宁 和华兹华斯以及 T. S. 艾略特、弗罗斯特、史蒂文斯和 W. C. 威廉斯等诗人那里学了许多有益于他创作的东西，但他谨慎地避免卷入任何现代文学运动或流派。他说："我不是爱参加各种组织的人，它同样使我成为一个现代人。"他在诗坛上是一个不可小觑的诗人，在五六十年代，韦斯是诗歌界的中心，他不仅仅是一个诗人，而且是一个影响大、可信赖的诗歌评论家。自从他和妻子蕾妮·卡罗尔（Renéee Karol）在 1943 年创刊《文学评论季刊》（*Quarterly Review of Literature*）以来，他对诗坛发挥影响近六十载。他惠及当时和后来大批诗人的，正是这本具有独立声音、影响大的前沿杂志。他不但发表 W. C. 威廉斯、华莱士·史蒂文斯、E. E. 肯明斯、庞德以及外国作家重要的作品，而且对那些未成名的年轻诗人提携有加。当《文学评论季刊》发行它的《30 周年诗歌回顾卷》（*The 30th Anniversary Poetry Retrospective Issue*）时，《波士顿环球报》发表文章说："在那些大众传播的黑暗时代里，小杂志有时提供了一个闪烁的光，但《文学评论季刊》是一座名副其实的灯塔。"《纽约时报》也发表文章说："为了对过去 30 年的诗歌有一个概念，读者最好让自己沉浸在《30 周年诗歌回

---

① Michael A. Weinstein. "Dignity in Old Age: The Poetical Meditation of Peter Viereck." *Humanitas*, Vol. VIII, No.2, 1995.

顾卷》里。《文学评论季刊》是一本一贯高标准的杂志，它敏于对新人才开放。"

　　韦斯的论著《小丑和国王的声息：莎士比亚研究》（*The Breath of Clowns and Kings: A Study of Shakespeare*, 1971）是研究莎士比亚早期作品的权威著作。他的论文集《从波洛克来的人：1944～1981 年间的论战》（*The Man from Porlock: Engagement 1944-1981*, 1982）对 20 世纪著名的英美诗人诸如菲利普·拉金（Philip Larkin, 1922—1985）、史蒂文斯、庞德、伊沃尔·温特斯等人的评价，都有他独到的见解。他对许多现代派的诗人抛弃押韵和音步等传统的艺术形式不以为然，认为"他们正在写许多不伦不类的东西，既非鱼又非禽，既非散文又非诗……我对这种创作无很大的好感……我爱抵制乱涂诗的想法。我要生活里过硬的东西，它将向我们挑战说：'啊哈！你能把这个写成诗？'我不喜欢现代派的怪观点：诗人必须找到他的声音，并且一直坚持住。我要有许多声音，不要一种笨拙、呆滞、微弱的声音！"

　　因此，他的诗节总是很整齐，基本上保持了传统的艺术形式，避免了 60 年代的散文化倾向。作为一个学者型的诗人，他关注传统的连续性——现在与过去的有机衔接，勇于尝试叙事诗、戏剧性独白诗和抒情诗以及难度很大的长诗的创作。他的诗歌以语言丰富、句法紧凑、结构复杂和精英意识为特色。

　　在 1951～1995 年的 40 多年里，韦斯发表了 15 部诗集。他的头一部诗集《捕获》（*The Catch*, 1951）受到评论界的好评。根据他对这本诗集标题的解释，它既有写诗如同捕鱼的含意，又有轮唱的含意——每首诗在主题上相互回应。他的第三本力作《瞄准器》（*Gunsight*, 1962）是一首规模颇大的戏剧性独白长诗，被批评家认为是他取得的最大艺术成就。该诗集封底有一则评论，点明它是"一首叙事性戏剧性的心理幻想曲，记录了一个在手术中的伤兵的种种感觉和回忆"。在《瞄准器》里，战争被描写为是人的日常活动和经历的总和：在战争暴力框架里，汇集了诗中主人公在昏迷状态下回想童年时代上学、体育运动、狩猎和嫖娼的一个个片断，把读者引导到伤员处于过去与现在痛苦的极端之间，引导到手术台与枪决战犯之间。一系列过去与现在的意象重合在一起，仿如是同一张底片经过几次拍摄后的照片。韦斯有意识地突出伤员在没有意识防卫下的古怪念头。他的诗行很粗糙，没有现代派诗人惯用的隐喻、经典著作引文或现代例子的说明，而是以浓烈情感和高度精确描写人物心态取胜。这首长达 55 页的长诗的艺术力量，在于它的总体效果，很难被切断开来，收进到任何诗选集里。它与罗伯特·洛厄尔的《人生研究》的内心独白不一样，也与高尔韦·金内尔的《佩着耶稣的首写字母 C 进入新世界的林荫大道：1952～1964 年诗篇》（*The Avenue Bearing the Initial of Christ into the New World Poems: 1953-1964*, 1974）的内心披露不同，它是一首笼罩着浓雾的抒情诗。诗人成功地再现了一个伤兵在昏迷状态中所处的朦胧境界，通篇没有统一的情节，只是一首一系列有内在联系的抒情诗，同 W. C. 威廉斯的《帕特森》差不多。例如，该诗有三行描述伤兵接受手术时的感觉：

> 你像一只拍动翅膀的飞蛾在盘旋。
> 激浪，颠簸着把你掷向怒吼着的
> 山岩……

又如：

> 他们发现他们的身体各部
> 处于火烧火燎之中：
> 恰如其分的痛苦，相应的
> 悲伤……

再如：

> 一些事物——熔岩，花岗岩的大海，蛞蝓，
> 在你身上不停地嘎嘎嘎地咬牙切齿的这张嘴巴——
> 不能转变成人。而当我们是汉子的时候，
> 我们所能做的一切是尝试，
> 充满人性地面对它们……

为了再现诗中主人公的复杂心态，韦斯突破了传统的整齐诗行，常常采用连行（run-on lines）和复合词以及破折号的形式。这成了他个人惯用的风格。

1980 年，韦斯曾应邀在白宫作诗歌朗诵。韦斯不但像庞德、T. S. 艾略特等诗人那样给后代留下诗歌朗诵录音磁带，而且还给后代留下了音像资料——诗歌朗诵纪录片。著名艺术摄影家、电影制作家哈维·爱德华兹（Harvey Edwards）为他拍摄了以他为主的两部纪录片：第一部《活着的诗歌：在一首诗生命中的一年》（*Living Poetry: A Year in the Life of a Poem,*

1987）记录韦斯在一年之中创作《片段》（*Fractions*, 1999）的全过程——从他起初的灵感、构思到最后完成；第二部《活着的诗歌之二：是的，同莱蒙在一起》（*Living Poetry 2: Yes, With Lemon*, 1995）记录了韦斯对《是的，同莱蒙在一起》这首诗修改和讨论的过程。诗人经过 22 次修改，完稿后，最后在纽约的古柏大学朗诵。作为一个善于表现个人逸事、获奖无数的电影制作家，爱德华兹把诗人过去的经历编织在纪录片里，有助于听众和读者对该诗的欣赏。

韦斯出生在宾州的雷丁镇，父亲是一个商人，望子成龙，以西奥多·罗斯福总统的名字为儿子命名。韦斯认为他的文学天赋源于他的波兰移民小商贩外祖父。他在宾州多处小城镇度过了他的童年，大学毕业于穆伦堡学院（1938），获哥伦比亚大学硕士学位（1940）。1941 年，与蕾妮·卡罗尔结婚。在多所大学任教。国会图书馆和耶鲁大学曾为他的诗歌朗诵灌制唱片。"美国之音"电台也播送过他的诗歌朗诵。他获得除普利策奖和国家图书奖之外的多种诗歌奖和学术奖金。他终生投入的是诗歌创作，正如在他的《一个秋天下午来自普林斯顿：诗合集》（*From Princeton One Autumn Afternoon: Collected Poems*, 1987）一则自注里所表明的那样："在我面前我所坚持的理想是诗歌，语言，全身心投入地探索其无限的资源，而这些资源对全世界的人来说都是显而易见的。"

韦斯晚年在同 1969 年普林斯顿大学毕业生、年轻的诗人雷金纳德·吉本斯（Reginald Gibbens, 1947— ）的一次谈话中，提到 T. S. 艾略特和庞德时说："庞德和 T. S. 艾略特对我而言，依然是具有很大吸引力的人物，因为他们被认为是伟大的试验者，而在某些方面，他们主要的试验使过去的作品充满生气，富有当代性。"他亲眼目睹过庞德和 T. S. 艾略特的辉煌，但他不随波逐流，而是作为资深诗人，保持自己的独立判断，坚持自己的诗美学。在韦斯去世后，他的学生和同事都纷纷发表谈话，纪念他。如今是西北大学英语系系主任的吉本斯称他为"最伟大的教师之一"，说韦斯对他有"巨大的影响"，将"永远感激他"。韦斯的普林斯顿大学同事埃德蒙·基利（Edmund Keeley, 1928— ）教授说："韦斯发现新天才，对美国和国际文学做出贡献和有重大意义的著名诗人进行界定。"基利进一步动情地说："他对诗歌人才的判断绝对是诚实的。他可能很强硬，但他也很慷慨，特别是当他赞扬那些没名气的、年轻的、有抱负的诗人们的时候。"由此可见，韦斯有他的人格魅力。

第五节　埃德温·霍尼格和威廉·梅雷迪斯

1. 埃德温·霍尼格（Edwin Honig, 1919—2011）

埃德温·霍尼格作为诗人、教授、批评家、文选编辑者、翻译家和戏剧家，无论对自己还是对别人的文学创作都要求极严。他在1966年的一篇自我评论的文章里说："我最好的诗不是没有完成，就是在我没有整理好的笔记本里。一些诗篇面世了，但没有被收入我的诗集里，因为它们缺乏重大的价值。我常同样地对待当代新老诗人的作品。在过去的60年里，没有一个英语诗人掌握了他自己的艺术或抵制了不断改变自己风格的需要……里尔克和费德里科·加西亚·洛尔卡在一小部分诗作里成功了。"他在1974年对此作补充说："在过去的60年里，也许不止两个诗人对语言或他们的语言做出了贡献，我几乎愿意承认庞德是其中的一个。"由此可见他的口气和气魄何等大！他对自己的作品要求很严，他对诗人的成长有独到的看法："你可培养那些正使用某种语言的人，培养对该语言的敏感性，这就是我作为教师的职责。我想在多数情况下，那些有感悟的人，早已具备了某些感知力。诗人不是被造就的，是天生的。你发展你既有的才能。不过，还是有许多东西可学。"

论出生年月，埃德温属于第二代现代派诗人，是约翰·贝里曼、西奥多·罗什克、罗伯特·洛厄尔的同时代人，无论诗风或诗质都不亚于他们，然而，他在美国诗坛的名气却不如他们高。何也？首先，他起步迟，他从50年代中期才出版诗集，而他同时代的著名诗人在40年代，甚至30年代就有诗集面世了；其次，他的诗集都是由小出版社出版的，影响势必小；再次，他天生不乐意和不善于宣传自己。他在和同时代的诗人竞赛中掉了一班车，以至于他取得的成就与他所受到的重视并不相称，许多诗才远比他差的诗人都走在了他的前头。当他同时代的大多数著名诗人差不多作古了，他仍坚持到耄耋之年。他的诗选《被中断的赞扬：新旧诗选》（*Interrupted Praise: New and Selected Poems*, 1983）里80年代的诗篇，表明他的创作力依然旺盛如初。

像第二代现代派诗人的诗歌一样，埃德温的诗对读者甚为苛求，换言之，他的诗不是一般漫不经心的读者所能欣赏得了的，因此读者面相对偏窄，尽管诗的深度、广度或技巧均可属上乘。他那广博的学问、敏锐的感知力和深沉真挚的感情是他诗歌的基本特色。他优秀的抒情诗基本上是布莱克、惠特曼和叶芝的浪漫色彩加上史蒂文斯的瑰奇诡谲，并穿上一层薄薄的超现实主义朦胧外衣。例如，他纪念爱妻夏洛特·吉尔克里斯特（Charlotte Gilchrist）的短章《而今，我的用处完了》（"Now, My Usefulness Over", 1964）：

　　　　而今，我的用处完了，
　　　　你死亡的重量
　　　　在一把骨灰里
　　　　拽着我的心。

　　　　我的需求成了那盏灯
　　　　被你的缺席扑灭了，
　　　　我所给予的一切是缄默
　　　　对此我深信不疑。

　　　　我把你从骨灰里带回到
　　　　你十分温暖的充实里
　　　　与艰辛一道
　　　　在时间的黑暗中亮起来。

　　　　我转身发现自己空空，
　　　　你被抬走了，挖去了
　　　　我意义的核心，被抛进
　　　　软绵绵的麻袋里。

　　　　而今，你生命的
　　　　这残酷的纯净宝石
　　　　紧紧地戴在我手上，
　　　　系情刻意，永远永远。

　　你能说这不是一首痛心入骨的抒情诗？他的在文学创作上与他相互砥砺的第一个爱妻于 1963 年死于乳腺癌，使他伤心欲绝，于是去葡萄牙和西班牙旅行，依照 1958～1959 年他和她走过的路线和住过的地点，又怀旧地走了一遍。埃德温虽然生性孤僻，但他是一个眷恋亲人而久久伤感不息的多情人。他怀念已故的祖母（摩洛哥人）和父亲以及早年夭折的胞弟的诗篇和组诗，无不使读者动情。1990年，笔者母亲不幸去世，曾写信告知埃德温。他回信安慰笔者说，他和我都成了世界上的孤儿，因为他的年过90的老母亲在1984年去世了，这就是他于同年来中国旅行的原因。他的另一首诗《当我的悲痛回家时》（"When My Sorrow Came Home", 1959）也感人肺腑至极，我们且读该诗的第一节：

> 当我的悲痛回家时，
> 我的头好像一只滚沸的锅，
> 在我盖紧的锅盖下嘶嘶地响。
> 我的心哦，粘稠、闷热而滚烫，
> 如同被群蜂熙攘烦扰的夏日树丛。
> 我的悲痛像一个兄弟回到了家，
> 他穿着满是灰尘的鞋，戴着汗湿的帽，
> 灰白皲裂的嘴唇颤抖着。
> 头不动，眼不眨，不说一句话，
> 他瘫坐在椅子上，直瞪瞪地看着我。

他的这种多愁善感，在美国人之中并不太多，而如此深刻、生动地描写悲痛心情者，在美国诗人之中也不多见，他可算得上是悲情诗歌大师，正如诗人、诗评家丹尼尔·休斯（Daniel Hughes, 1929— ）说：

> 霍尼格是这么一个诗人，他的悲痛总是悲哀到了家……我们的时代甚至没有一个诗人能更加强烈地呈现悲剧人生，即使能找到各种令人印象深的方法，通过这种方法，必死的命运得以认可和升华。①

尽管如此，埃德温的抒情诗仍然以机智、节制有度和创造性见长。他最大的长处，是有节制地运用超现实主义的手法，表现个人的感受。他这方面的精彩之作，有震撼人心的力量。例如他的《困扰》（"Some Knots", 1972）：

---

① "American poets since World War II." *Dictionary of Literary Biography*. Ed. Donald J. Greiner. Detroit: Gale Research Co., 1980.

像从林子里探出来的眼睛，
想透一透风，
看一看
这些年来
堆在身体周围的一切——

无法
使时间倒回，
留下那些破洞，一个
从前和今后
永不被知晓的空虚。

被难以名状的苦恼所困扰的人，总是深陷在剪不断，理还乱的境地里，埃德温却用了无以言表的林中眼睛，淋漓尽致地表达出来了。又如《唱给他情人听的小曲》（"Ditty To His Love", 1955）的第二节：

如果你需要大海
叫我吧。
我将从星空翻滚下来
像海葵一样轻柔。
为了你
我将减弱
我鲸鱼的嘶哑声，绕着你的小海湾
还要用一粒粒爱的珍珠装饰我的牙。

诗中人的形象硕大无朋，声如鲸鱼的吼声，从星空中翻滚下来！这是令人赏心悦目的超现实主义诗。诗人从50年代起步，到90年代，一直娴熟地运用这一艺术手法，创作了不少脍炙人口的诗篇。需要指出的是，他使用超现实主义手法是有节制的，决不像纯超现实主义诗人那样腾云驾雾，神鬼莫测。《图书馆杂志》评论家达布尼·斯图尔特（Dabney Stuart, 1937— ）为此赞扬霍尼格，说他是"一位语调大师：说话的声音随便、散漫，但他的诗总是经过仔细的构建。每一首诗都节制有度，能使霍尼格把全异的材料编织到他的布料里"。

埃德温的短诗行和诗节通常都很整齐，遵循传统形式的约束，然而他也大胆地成功地尝试了现代派组诗的创作。他的组诗《四个春天》（"Four Springs", 1972）在揭示支离破碎的资本主义现代生活以及人们的心态上，大有与 T. S. 艾略特的《荒原》或《四首四重奏》、W. C. 威廉斯的《帕特森》或哈特·克兰的《桥》比试的气势。如同电影似的现代组诗，代替了传统的史诗叙述方式，也许它是唯一能与电影功能相比拟的诗歌形式，因为它能灵活地反映生活节奏快、社会变化迅猛、人们心态复杂多变的高度发展的现代社会。在原子时代，正常的春夏秋冬四季似乎不复存在，只有不完全不连续的季节，时间折叠起来了，因此在诗人心目中，一年之中有四个春天（它同中国人所说的四季如春不是一回事）。《四个春天》长短不一的破碎诗行，恰当地再现了人格面具（Persona）典型的美国式分裂心态：

> 我发觉一个人坐在我里面，学究式地斜着眼看。
> 我让他。我采取他的微笑和话音，低声地说话。
> 我如释重负
> 变成了他——卑微，客套，支支吾吾，一个乏味的
> 无足轻重的人。

但是，他像 T. S. 艾略特笔下的普鲁弗洛克一样，有时还讲出不少真理。他以装疯卖傻来攻击麦卡锡的白色恐怖：

> 你曾经被当作其他什么人，感觉到
> 存在的滑稽，
> 甚至时间短暂地不相信自己？那么想一想
> 面对官方捏造的谎言
> 是何情景：多年来
> 你成了其他什么人——
> 档案在官方的文件袋里，充其量
> 不过是一个赤色分子，
> 一个鼠鼻子的非法攒钱者，但可被指望出卖
> 秘密情报给俄国……

埃德温有力地展现了 50 年代在白色恐怖统治下，美国人格的破碎，心理的遭殃。诗人詹姆斯·谢维尔在评论埃德温《四个春天》时指出，美国

诗人中很少有像霍尼格那样，把握住美国自由的梦魇时代所产生的影响。①
60年代轰轰烈烈的反越战运动，自然也不会不使诗中人感到惴惴不安：

> 五彩缤纷的生活流和这细雨不断地
> 流经我，每一滴雨每一股下冲的流
> 激起了斜向的思绪，
> 既不是我的，也未必不是我的，
> 属于活着的或未必活着的任何人：
> 也许仅属于那些已死的和正死的人，
> 他们此刻偶然闪入我的脑幕，
> 而我正接纳万物，
> 浑身湿透，思考迟钝，一切都在发生，
> 一切都将过去，也都将来临，而雨
> 连续不断地鞭打着青草和树叶，
> 打湿了一座座房屋一张张动物的脸，慢慢变成
> 在遥远的丛林里村庄被炸的一张张儿童的脸，
> 他们被困在火焰滚滚的小茅屋里面，躺着
> 等死的时候，惊奇地被雨淋透，
> 在雨中抬头凝视。

现代派诗人们都是以这种含蓄的方式影射政治的，例如，罗伯特·布莱在他著名的反越战诗《蚂蚁们注视下的约翰逊的内阁》（"Johnson's Cabinet Watched by Ants", 1967）里，借用蚂蚁和癞蛤蟆来影射政治。

埃德温的《四个春天》又一次提供了美国现代派文学的一个模式：无论小说、戏剧还是诗歌中的主人公，往往是精神病患者或精神分裂者或傻里傻气的人，他们有时举止怪谲，胡话连篇，有时却讲出了生活中可怕的真理。索尔·贝娄的《赫索格》（*Herzog*, 1964）、拉尔夫·埃利森（Ralph Ellison, 1914—1994）的《看不见的人》（*Invisible Man*, 1952）、约瑟夫·赫勒（Joseph Heller, 1923—1999）的《第二十二条军规》（*Catch-22*, 1961）、冯尼古特（Kurt Vonnegut, 1922—2007）的《五号屠场》（*Slaughterhouse-Five*, 1969）和《上帝保佑你，罗斯沃特先生》（*God Bless You, Mr. Rosewater*,

---

① James Schevill. "The Poet Honig: a Close Analysis." *East Side-West Side*, Vol. 6 No. 33, Sept. 13, 1979.

1965）、T. S. 艾略特的《J. 阿尔弗雷德·普鲁弗洛克的情歌》（1915）、庞德的《休·塞尔温·莫伯利》（1920）以及垮掉派小说或荒诞派戏剧，等等，等等，都有这种或那种似荒诞而又不荒诞的主人公或诗中人出现，他们显得大智若愚，却又玩世不恭。这种文学模式成了美国现代派文学批评家的一条重要的美学标准。只可惜埃德温迟走了两步，到 70 年代才发表《四个春天》，而这时已跨入美学趣味大变的后现代派文学时期。

当然，《四个春天》也烙上了后现代派文学的印记，它没有充斥现代派文学作品的纯悲观失望情绪，基调是乐观的。埃德温清醒地注意到了美国文学中表达种种受挫的情绪和孤立的自我局限性，因此贯穿他的《四个春天》的红线是：痛苦→惊骇→欢乐。评论家迈克尔·特鲁在他的论文《美国文学的现代派与后现代派：1915～1985》（"Modernism and Postmodernism in American Literature: 1915-85", 1985）中列举了后现代派文学的几个特点之后，说："有一些例子说明，尽管原子时代的残酷性和疯狂性，后现代派向存在主义和逻辑实证主义的哲学思想挑战，后现代派诗歌常常赞颂神圣的生活。"埃德温未必"赞颂神圣的生活"，但不悲观，而是进入超越现实的浪漫主义境界里，例如，他在《四个春天》的《第四春》结尾处说：

> 哦，世界，我的宝贝儿，当你活着
> 睡着时，逐渐淡忘我吧，
> 但是当地球，伟大的生命之父母，
> 再也不存在时，摇醒我，同我一道
> 到梦中常遨游的星星和月亮那儿去。

从埃德温几本诗集的标题《幸存》（*Survivals*, 1965）、《春天日记》（*Spring Journal*, 1968）、《四个春天》《光明的礼物》（*Gifts of Light*, 1983）等来看，我们可以发觉他积极向前、肯定生活的一面，但是他的这种肯定，常常与无时无处不在的死亡威胁作殊死的搏斗，如同他在《幸存》中的一首短诗《举着希望之杯的死神》（"Death With Its Cup of Hopefulness"）里所说：

> 举着希望之杯的死神
> 需要营养，
> 但不会被残存者喂养，
> 他们疲惫，悲伤，
> 对生命耗尽感到迷茫。

埃德温出生于纽约，获威斯康星大学学士（1941）和硕士（1947），二战时期参加陆军，在法国前线作战（1943—1946）。两次婚姻：第一次，与夏洛特·吉尔克里斯特结婚（1940—1963）；第二次，与玛戈·丹尼斯（Margot S. Dennes）（1963—1978）结婚，生两子。他学习过六种外国语言，精通西班牙语和葡萄牙语（主要受他的能讲西班牙语、阿拉伯语和意第绪语的祖母的影响），译介过西班牙诗人费德里科·加西亚·洛尔卡（Frederica Garcia Lorca, 1898—1936）、戏剧家卡尔德隆·德拉巴尔卡（Calderon de la Barca, 1600—1681）和葡萄牙诗人费尔南多·佩索阿（Fernando Pessoa, 1888—1935）以及其他的西班牙和葡萄牙作家，在1960～1993年间，译著14部。西班牙和葡萄牙政府为埃德温介绍他们的民族文学所作的杰出贡献而给他授以爵位。在他的文论著作中，《无知的自负：寓言的制造》（*Dark Conceit: The Making Of Allegory*, 1982）闻名于世。埃德温曾先后在新墨西哥大学、哈佛大学、布朗大学等处执教。1982年，他作为布朗大学英语和比较文学荣休教授退休，独自生活在罗得岛的优美环境里。电影制片人艾伦·柏林纳（Alan Berliner, 1956—　）为埃德温拍摄了短纪录片《翻译埃德温·霍尼格：一位诗人的阿尔茨海默氏症》（*Translating Edwin Honig: A Poet's Alzheimer*），记录了埃德温的语言能力、记忆和对病情恶化的自我感觉，于2010年在纽约电影节上作了全球首映。

经过我们共同的诗人朋友约翰·塔利亚布教授的介绍，埃德温在1984年旅游南京时同笔者见了面，自此之后，我们一直保持通信联系。1994年1月的一天，笔者应邀去罗得岛他家住了一晚，作了畅谈。① 他依然思想敏锐，热爱生活，还特地写了一首诗《赠张子清》（"For Zhang Ziqing", Jan. 25, 1994）给笔者：

> 以前的以前
> 在以前之前
> 如果他说了什么

① 那天，他见到我异常高兴，陪我到家附近游览，对他新安装在汽车上的防盗警报器很是满意，并且咕咕咕地试给我看，我当时感到很新奇，那时中国还没有这个新玩意。晚上，他又演示给我看他家不必用手去开关的触摸灯，我也感到新奇，中国那时很少见到这种电器。从同他的闲谈中得知，他与儿子的关系不太和谐，所以感到孤独。笔者临走时，他把他留存在家里所有的几十本诗集、有关他的评论集和翻译集赠送给了我，其中包括一本很厚重的大型词典《当代作者自传系列》（*Contemporary Authors Autobiography Series*, Vol.1-8, 1989），词典收录了霍尼格的长篇自传。他希望我了解他的身世和保持联系，特地在词典空白页打上了他的名字和地址的印章，并精心地夹了一首他赠送给笔者的诗《赠张子清》。

　　　　他想了一想
　　　　想了又想
　　　　他忘了他已说过

　　　　他寻思
　　　　也许他会说
　　　　他已经说了

　　　　把所有的话冲了出来
　　　　因为他相信他也许会这样说
　　　　这所说的一切，正在说，已说过

　　这首诗，初读起来，好像是文字游戏，让读者猜谜语，但是对于同他有过密切交往的笔者而言，能体会到它的含义。从 90 年代初，诗人一直与笔者保持电子邮件联系，推心置腹，无话不谈，其中包括私生活的保健。这次见面，又是无话不谈。所以有"这所说的一切，正在说，已说过"。

　　可是近几年来断了信息的交流。从他的朋友、非裔美国诗人迈克尔·哈珀那里得知，埃德温已经孤独地困住在老人院了，对去探视他的人已经不认识了。他患的是阿尔茨海默氏病，即我们所说的老年痴呆症。笔者请迈克尔谈谈他的近况，他无言以对，只发送来一首他多年前写的有关他的一首诗《ΦBK 联谊会诗》（"The Phi Beta Kappa poem", 1972），作为对他的怀念：

　　　　我们都聚集在这里，
　　　　聚集在研究生中心：①
　　　　一个身穿羊毛衫的诗人，②
　　　　一个身着无尾晚礼服的诗人，③

――――――――――

　　① 据作者说，霍尼格特意安排在布朗大学校园研究生中心简餐小吃部聚会，霍尼格、布莱、泰特和他本人的对话后来众所周知了，但对他本人来说则难以忘怀。

　　② 据作者说，指诗人布莱当时穿羊毛衫，把它当外套，表明他穿着随便，同社会底层的人穿着相仿。

　　③ 据作者说，指诗人泰特，他为参加校园 ΦBK 联谊会诗歌朗诵会而租借了这套无尾晚礼服，却遭到布莱的嘲笑。布莱觉得这样做，太做作，例如名牌大学的常春藤联合会会员，他们的穿着也很做作。作者又说，很少诗人有自己的无尾晚礼服。言外之意，泰特租无尾晚礼服是习以为常的事，无可厚非，不值得嘲笑。

两个布鲁克林诗人，①
他们身处富尔顿街鱼市场，②
黑人联合会的布什威克斯。③
我们喝着里奥哈红葡萄酒，
如果酒是用大帆船运来的，
它可能就是里斯本的酒，
这大帆船城市的葡萄酒，
我们往来于这块新大陆。

布莱高兴地对泰特说
需要租船运酒；
与瑞典有牵连的泰特④
这时却一声不吭，于是
布莱一面吃鱼，一面夸奖：
"我在书池子里游泳，"他说道。

"你知道，埃德温，
你翻译的洛尔卡⑤诗集
是我从纽约公共图书馆
偷出来的唯一一本书。"
他这样说，是为了称赞，
坦白，也许是为了提及
第二次世界大战以后
他们在哈佛极好的师生关系。⑥
霍尼格的回答是："你把书还了吗？"

---

① 据作者说，他和埃德温·霍尼格生长在布鲁克林。
② 据作者说，这是纽约的一个著名市场，这里有受黑手党控制的布鲁克林配给中心。
③ 据作者说，布什威克斯是布鲁克林的一个街段，那里的黑人有自己的棒球队：黑人联合会。他这样提出，是影射当时的黑人受到种族歧视，只能单独组织黑人棒球队。这里喻指作者是黑人。
④ 据作者说，指泰特当时与瑞典女子丽莎洛特结婚的事，同时影射世界上的诗人和作家为了获诺贝尔文学奖必须打进瑞典去，但是好多一流的诗人和作家却受到了忽视。
⑤ 指西班牙诗人费德里科·加西亚·洛尔卡。作者说，霍尼格以翻译著称于世，他是第一个翻译洛尔卡诗歌的美国诗人，但他更希望跻身于美国名诗人的行列，例如：罗伯特·洛厄尔、约翰·贝里曼、威廉·梅雷迪斯、斯坦利·库涅茨、穆里尔·鲁凯泽、罗伯特·佩恩·沃伦，甚至罗伯特·弗罗斯特。
⑥ 霍尼格在哈佛执教时曾是布莱的老师。

言外之意：佩索阿①的书怎么样啊？
我的论著《隐秘的奇想》②怎么样啊？
这里是纽约第一市郊布鲁克林③的两个名流，
两个在大桥建设之前和之后出名的人呀，④
而这大桥又是德州韦科市桥的楷模；
在那种赶牛群式的运动中，
你的羊毛衫可能会中毒；⑤ 因此
除了奴隶解放纪念日和蓝调鬼乐队
演奏场合，你总需要穿无尾晚礼服：⑥

这就是诗人们如何在美国驾驭文化：

没什么可以辨别，一些东西却获得了。

　　这首反映美国诗坛逸事的诗，生动地回忆了埃德温和布莱、泰特以及迈克尔一次有趣的聚会，把各个人的特点都惟妙惟肖地凸现出来了。

　　这位享年 91 岁的悲情诗人，先失去记忆，最后永远失去悲哀，这也是多数凡人难以回避的人生悖论，人生悲戚莫过于此。

2. 威廉·梅雷迪斯（William Morris Meredith, Jr., 1919—2007）

　　和埃德温·霍尼格同年的威廉·梅雷迪斯虽然先走了，但他比埃德温幸运得多，荣耀得多。他生前当选为美国桂冠诗人（1978—1980），作为第

---

　　① 霍尼格翻译了葡萄牙现代派诗人费尔南多·佩索阿（Fernando Antonia Pessoa, 1888—1935）的诗选和散文选。
　　② 指霍尼格研究佩索阿的论著《隐秘的奇想：寓言的生成》（*Dark Conceit: The Making of Allegory*, 1981）。
　　③ 据作者说，布鲁克林是纽约第一个建立起来的市郊。
　　④ 据作者说，这里说的名流是指他自己和霍尼格，有调侃意味。
　　⑤ 据作者说，原来指美国西部赶牛，从一处赶到另一处，电影《红河》对此有具体生动的描述。地区的特色与偶像崇拜结合起来易于形成一种姿态的倾向。这里指布莱的姿态，他像电影明星那样赶潮头，缺少诗人的质朴。
　　⑥ 据作者说，这里一方面指布莱，另一方面也指这次他们聚会的四个诗人，无论姿态、外表和礼仪上都需要正规化。

一个同性恋诗人获此殊荣；①在八十大寿之际，克林顿总统夫人、时任国务卿希拉里·克林顿（Hillary Rodham Clinton，1947— ）还特地给他发去贺信，祝贺他说：

> 艺术在我们的世界里总是一股统一的力量，把人民从广大的文化、社会、经济各部门和各地方团拢起来。威廉·梅雷迪斯通过他的作品，丰富和加强了美国精神。当你敬重梅雷迪斯先生时，你就是赞颂诗歌永恒的力量，赞颂诗人，我们把他们当作我们美国人的记忆，我们的洞察力和文化的提供者，我们的眼睛和耳朵，是他们使我们周围的杂音静下来，他们表达连接我们、困扰我们和使我们变得有充分人性的感情。

他去世之后备受荣华。以他的名义建立的基金会，为了纪念他们的这位诗人、飞行员、树艺家、敬爱的老师和朋友，宣布他在康州泰晤士河奔流城的住家成立威廉·梅雷迪斯艺术中心（William Meredith Center for the Arts），以期把他的人品和诗歌遗产薪尽火传到后代。该中心还引用诗人生前签字的一首短诗《一部主要的作品》（"A Major Work"）来纪念他：

> 诗篇难读得懂
> 画片难得看清
> 音乐难听得见
> 人啊难得相爱
>
> 但不管出于兽性需要

---

① 这是美国诗坛的一道特殊的风景，1988 年，卡尔·莫尔斯（Carl Morse）和琼·拉金（Joan Larkin）主编的《我们时代的男女同性恋诗歌》（*Gay and Lesbian Poetry In Our Time: An Anthology*, 1988）收录了包括梅雷迪斯在内的大约一百位著名的美国白人诗人、亚裔美国人诗人、美国土著诗人、犹太诗人、拉美裔美国诗人、非裔美国诗人的诗。他/她们是：Dorothy Allison, Mark Ameen, W. H. Auden, James Baldwin, Jane Barnes, Frank Bidart, Susan Cavin, Cheryl Clarke, Dennis Cooper, Tatiana de la Tierra, Robert Duncan, Allen Ginsberg, Judy Grahn, Thom Gunn, Marilyn Hacker, Joy Harjo, Essex Hemphill, Langston Hughes, June Jordan, William Meredith, James Merrill, Honor Moore, Frank O'Hara, Adrienne Rich, May Swenson。迈克尔·拉塞尔（Michael Lassell）和艾琳娜·乔治（Elena Georgiou）主编的《世界在我们之中：下一波女男同性恋诗歌》（*The World in Us: Lesbian and Gay Poetry of the Next Wave*, 2000）包括下列诗人：Mark Bibbins, Olga Broumas, Cheryl Burke, Rafael Campo, Mark Doty, Eloise Klein Healy, Wayne Kostenbaum, Joan Larkin, Timothy Liu, J. D. McClatchy, Achy Obejas, Carl Phillips, D. A. Powell, Robyn Selman, Mark Wunderlich。

还是出于神圣的活力
最终是心灵的眼和耳以及
这伟大怠惰的心将会感动。

梅雷迪斯一般地被评论界位列罗伯特·洛厄尔、约翰·贝里曼、兰德尔·贾雷尔、伊丽莎白·毕晓普、西奥多·罗什克等诗人。他的诗歌气质属于沉思冥想型。他关注的是大自然、生、死、艺术、日常生活、现代生存的混乱现象，用不刺眼的押韵和节奏模式，唤起宁静、轻松的幽默、静思。他的诗歌形式拘谨有度，十九行二韵体诗（villanelle）、六节诗、十四行诗等是他得心应手、运用自如的艺术形式。他的诗歌风格基本上和 W. H. 奥登、斯蒂芬·斯彭德（Stephen Spender, 1909—1996）、缪丽尔·鲁凯泽、罗伯特·洛厄尔、罗什克和魏尔伯这一群诗人的风格一样，注重传统的艺术形式。戴维·珀金斯认为，梅雷迪斯、海登·卡拉思和菲利普·布思继续表现了 40 年代和 50 年代形成的保守诗歌风格，他们都与新英格兰认同。① 作为性格诗人，梅雷迪斯抵制了 20 年代和 30 年代庞德和 T. S. 艾略特从欧洲放射出来的冲击波，而在 50 年代和 60 年代，当他同时代的许多诗人屈服于垮掉派和黑山派句式和节奏散文化的诱惑而追求即兴性时，他坚定地保持了近似弗罗斯特的、注重传统形式的个人诗风，宁可付出不被当时赶时髦的评论家捧场的代价。

建立梅雷迪斯声誉的是他的第一本诗集《乌有之邦寄来的情书》（*Love Letter from an Impossible Land*, 1944）。经过竞争和筛选，他的这本诗集被阿奇博尔德·麦克利什列入耶鲁青年诗人丛书出版了。这对一个青年诗人步入诗坛无异于一个强大的推动力。麦克利什在评价梅雷迪斯时，认为他的诗感很好，知道什么果实有益于健康，什么果实有害于健康。换言之，他一开始就养成了艺术的鉴赏力。从 1944 年至 1997 年的半个多世纪里，他的产量不算高，只出版了十部诗集，但一直保持了稳定的质量。他对此有他独特的看法。1985 年，他在接受诗人爱德华·赫希的一次访谈时透露说，他每年在顿悟的情况下，写出自己满意的诗只有八次。他袒露个中缘由，说：

我要讲下面的想法，是因为它也许有趣或者重要：我认为诗歌与

---

① David Perkins. *A History of Modern Poetry: Modernism and After*. Cambridge and London: Harvard UP, 1987: 386.

体验的比例值应当完全相等。惊人的体验不常发生。体验只有在你可以写一首诗的水平上才是令人惊异的，但是惊人的体验将是这样的体验：它不是出于现实生活里的经历，而是经过顿悟的经历。对于我作为抒情诗人而言，只有出于顿悟，才写出诗来。①

　　看来，梅雷迪斯大有杜甫"为人性僻耽佳句，语不惊人死不休"的韧劲。1988 年，他的诗集《偏爱的描述：新旧诗选》（*Partial Accounts: New and Selected Poems*, 1987）获普利策奖。他发表最后一部诗集《语言上下功夫：新旧诗选》（*Effort at Speech: New and Selected Poems*, 1997）时依然看重和保持字斟句酌的严谨诗风。

　　梅雷迪斯像一般诗人一样，在创作早期，特别重视诗行的整齐和平稳以及节奏的流畅。先让我们读一读他的短诗《致深思的读者》（"To the Thoughtful Reader", 1944）：

> 恩培多克勒②咳嗽着，穿过浓烟而来，
> 没有回答；丹麦王子手摸他的短剑，
> "死与不死"的独白实质上很正确；沮丧的
> 航空兵骤然跌落，他的麻烦像哈姆雷特，
> 或这位希腊哲人的麻烦，向安全振翅。
> 这第一等级的毁灭性的判决是：

> 对这起护身符作用的问题从来没有解答。

> 更进一层的是，所有的人去坟墓有好几条路，
> 而且在尽头时，煞费苦心地使他们镇静自若
> （这最悲惨的徘徊者，回顾时带着如此的渴望，
> 以至把这不成功转交给一了百了？）那么，
> 我们当中，哪一个最终不会在十字路口躺倒？

　　这就是梅雷迪斯基本的艺术风貌。关注死亡的威胁是他突出的主题之一。他的另外一个主题是大海。他的两本诗集《公海及其他》（*The Open Sea*

---

① William Meredith. "An Interview with Edward Hirsch." *The Paris Review*, Issue 95, Spring 1985: 3.
② 恩培多克勒（Empedocles）：公元前 5 世纪的希腊哲学家和政治家，他跳入埃特纳火山口而自杀。

and Other Poems, 1958）和《长尾鲨号潜水艇的失事及其他》（*The Wreck of the Thresher and Other Poems*, 1964）的两首标题诗，都以大海勾起他在二战海军里经历的回忆。后一本诗集的标题诗《长尾鲨号潜水艇的失事》（"The Wreck of the Thresher", 1964）是他为这艘潜艇失事的阵亡水兵写的挽歌：

> 我们的梦想为何不能满足于可怕的事实？
> 这唯一被责任重大的睡眠苦恼的动物。
> 我们总是根据我们自己的行动追踪灾难。
> 我遇到一个可怕的自我陷在黑暗的深处：
> *这些年来，他微笑着说，我钻探大海*
> *为了把这海水碾碎。后来他只拯救了我。*

梅雷迪斯作为海军飞行员，参加过两次太平洋战争，并以此作为他的素材，在诗里描写了辽阔的海洋、寂寞的长空、从高处俯视的岛屿、飞行员的孤独感、战争中命运未卜的士兵和美国人对东方（日本、朝鲜和夏威夷）文化的反应。他在揭示他军旅经历的意义时，总是把战火中的无序世界变成有序世界，这是他的战争诗的特色。他笔下的大海是点缀着舰队的"蓝色草原"，游弋在海上空中的飞机像一群群热带鱼，黑夜里海上的舰队则像天上一片星星。把战争工具与美丽的大自然等同起来的幻想，引发出短暂的宁静，对受战争创伤的人来说，起了一种短暂的疗效作用。

梅雷迪斯出生在纽约市，以优异的成绩毕业于普林斯顿大学（1940）。在学生时代，开始学习写诗。毕业之后，曾有一段时间任《纽约时报》记者。在艾伦·泰特和缪丽尔·鲁凯泽的鼓励下，他开始认真进行诗歌创作。二战中先后在空军（1941—1942）和海军后备队（1942—1946）里服役五年，当海军飞行员，他的第一部诗集就是在这段时间内完成的。以后又在美国侵朝战争中服役（1952—1954）。复员后在康涅狄格学院执教（1955—1983），直至退休。长期任美国诗人学会会长（1964—1980）。

梅雷迪斯 1983 年中风，瘫痪两年，全赖同他生活在一起 36 年之久的伴侣、保健专业员、作家理查德·哈特伊斯（Richard Harteis）的照料。两人情深意笃，互相切磋诗艺，使哈特伊斯得益匪浅。① 在他作为桂冠诗人，

---

① 理查德·哈特伊斯是一位多产作家，他还发表了《十四个女人》（*Fourteen Women*, 1979）、《内心地理》（*Internal Geography*，1987）、《珍藏在心里：新旧诗选》（*Keeping Heart—New and Selected Poems*, 1994）、《马拉松：耐久力与友谊的故事》（*Marathon—A Story of Endurance and Friendship*, 1998）、《乡下》（*Provence*, 2000）等作品。

任职国会图书馆诗歌顾问期间，梅雷迪斯对当代保加利亚诗歌感兴趣，开始与哈特伊斯合作翻译，其成果是后来出版的诗集《黑海的窗户》(*Window on the Black Sea*, 1992)。在梅雷迪斯生前，哈特伊斯专门为他发表诗集《共鸣：写给威廉的诗》(*Echoes: Poems for William*, 2004)；在他死后，哈特伊斯发表诗集《遗产》(*LEGACY*, 2007)，一组为梅雷迪斯而写的挽歌，寄托对他深深的哀思。

第六节　霍华德·内梅罗夫和查尔斯·布考斯基

1. 霍华德·内梅罗夫 (Howard Nemerov, 1920—1991)

　　和梅雷迪斯一样，内梅罗夫也曾是参加二战的空军飞行员！一个绝对讲究传统艺术的形式主义诗人。他说："我从没有放弃过形式或自由。我想象中，所谓的自由诗，大部分在我的第一本诗集里。我很早就把它了结了。"他还说："我根本再也不清楚什么是自由诗。那是你不想学的东西之一。"他甚至说："我想用抑扬格五音步讲话。如果它比较容易，那我会用抑扬格五音步讲话。"

　　作为智性型诗人，内梅罗夫以严肃的理智、低调的感情流露、习惯性的反讽、不动声色的精确语言、复杂的句法和阴郁的笑话著称于世。

　　在以新批评派理论与 T. S. 艾略特诗体结合而产生的新批评派智性诗占上风的浓厚氛围里，步入诗坛的内梅罗夫与魏尔伯是中间代诗人之中的学院派。两人的处子诗集发表在同一年——1947 年，在 80 年代中期，先后摘取美国诗人桂冠。他们理所当然地成了美国当代诗歌主潮的代表。不管美国当代诗歌如何千变万化，试验到何种程度，但精熟的传统诗艺和表现在诗里的才智、诙谐、悖论、玄学、反讽等品格，仍为美国诗界所珍视。内梅罗夫和魏尔伯可以说是这方面的美学典范。有的评论家还把他与约翰·霍兰德和菲利普·拉金相比。

　　然而，尽管"才智、诙谐、悖论、玄学、反讽"等这些品格正是 T. S. 艾略特和庞德诗歌的核心，内梅罗夫对 T. S. 艾略特和庞德的现代派诗歌革命却不怎么看好，他说："我认为，诗歌革命，主要与 T. S. 艾略特和庞德联系在一起；但它也许具有革命性或历史性；从技巧上看，他们的革新在后来应当看起来微不足道或毫无特征。"他也敢于与诗坛霸主 W. H. 奥登唱反调。W. H. 奥登坚信"诗歌不使任何事情发生"，他却说："我从不读成就不了事情的政治诗。诗歌使事情发生了，但很少是诗人所希望看到的。"

在生生不息的大自然中徜徉的内梅罗夫简疏野逸，宁静多思，用艺术家的眼光观察自然景色和时令变化，观察树木、流水、落叶、初雪、鸟、鱼。在他的笔下，仲夏的风光诱人：

> 春天已逝，朦朦胧胧的热气
> 闪烁在此处的山坡和草地上，
> 以及堤岸的上方，那儿缓缓的河流
> 转弯消失在杨柳丛中。
> ——《仲夏》（1955）

落叶令人情不自禁地感慨：

> 这是一片落叶，叶边已从绿色
> 转变为殷红和金黄，这是普通课本的
> 夏天之页的一个拜占庭式的启示，
> 许多章节将是散落的重要预兆。
> ——《初落的叶》（1955）

初雪引人遐思：

> 初雪总是一年之中最庄严的
> 一刻，开始少数几瓣雪花
> 落下，飞舞，驾着风向下
> 一分钟一分钟地增多
> 直至变成眩目的难辨的无数花朵。
>
> 通常认为当太阳燃烧完毕，
> 结果变成普通的一颗星，
> 像我们一样终有一天会死亡时，
> 一场雪将会封住沉睡的城市
> 把街道永远深深地填满。
> ——《初雪》（1975）

大煞风景的河中死鱼，成了一对恋人的不祥之物：

> 月光下一对恋人
> 站在长堤上，
> 他们突然拥抱，
> 两个身影变成了一个。
> 这普通的夜晚
> 由于沸腾的血液变得美好，
> 他俩静静地把它当作浪潮，
> 有一会儿工夫，他们以为
> 自己已在天堂。
>
> 接着他俩站在沙滩上，
> 在憔悴的月光下
> 似乎被怯场所震摄，
> 窘迫地相互看着对方，
> 但仍然手握着手，
> 直至他俩看到脚下
> （仿佛是世界发现了他俩）
> 一条琵琶鱼（虽已死了）正露出
> 他那露齿而笑的头颅。
> ——《琵琶鱼》（1955）

幽闲致远的中国宋代山水画使诗人感到大自然的脉动：

> 看似静止的水流走了。
> 看似流动的水仍留此处。
> 平稳住手腕，平稳住眼神；
> 画出此节奏而非此物。
> ——《作山水画》（1958）

大自然本身没有意义，只有通过人及其思想感情才能赋予其意义。内梅罗夫承认自己对大自然的感情较浅，因为他从小生长在大城市。他的名篇《山中一日》（"A Day on the Big Branch", 1958）描写城里的三个中年扑克牌迷，他们打了通宵的扑克，玩腻了，第二天早晨驱车去山中的涧边闲息，寻找大自然深处的启示：

> 但是依然一样，
> 水，阳光，风，甚至蜻蜓
> 对充满了电话号码和纸牌戏的
> 头脑，对一面喝威士忌流汗
> 一面又冻僵的肉体起一些作用。
> 形成溪流陡坡的
> 岩石，滚动的古老巨砾，
> （又一次）引出关于谦卑、耐心、
> 忍耐一切该忍耐的、成功、失败甚至垮掉的
> 某些在炼狱里受苦受难的思想；……

尽管这些扑克迷们从大自然里受到一些感化，内心趋于平静，心理得到平衡，可是回到城里后仍旧喝酒、抽烟、打牌，大自然对他们恩赐时间不长：

> ……这景色
> 给我们以相当多的清醒，使我们
> 在长长的驱车途中及其以后
> 保持平静，直至再打扑克为止。

在诗人的笔下，大自然的浪漫主义气息驱散不了现代文明造成的尘俗，尽管它有时稍有影响。这是内梅罗夫诗歌内容的一个方面。

内梅罗夫诗歌内容的另一个方面是社会。他没有因为对大自然感兴趣而超然于纷繁复杂的美国这个所谓的"伟大社会"，而是带着大都会人所特有的精明与老练，评点忠诚宣誓、总统演讲、宗教繁荣、超级市场、委员会、世界大战、种族歧视等等人们所关心的问题。他对社会问题的兴趣，在如火如荼的 60 年代尤为明显，例如在诗集《蓝燕》（The Blue Swallows,1967）的第二辑"伟大的社会"里有集中的反映。他早就看出我们一般人现在才看出的人民监督政府的重要性，他说："绝对的权力导致绝对的腐败；如果你把个人的责任交给许诺照顾你的政府，他们只会照顾自己。"

到了创作后期，他犀利的政见逐渐少了。他社会性强的诗歌的触发点，

往往是他随意性的日常情绪和生活感遇。他的社会性诗还包括讽刺幽默的轻松诗或打油诗，如他的短章《现代诗人》（"A Modern Poet", 1967）和《在讲坛上》（"On the Platform", 1967）调侃和嘲讽文人入木三分，充满戏剧性；又如自嘲自愉的作品《自祝寿》（"The Author to His Body on Their Fifteenth Birthday", 1980）和《老年时读色情文学》（"Reading Pornography in Old Age", 1984）使人读了倍感轻松愉快。

玄想或形而上的思索是他诗歌的第三个方面，也是他诗歌内容的主要方面。对历史、辩证法、时间、宗教、哲学、宇宙、知识、死亡、文学艺术、艺术与生活的关系等等传统题材，内梅罗夫有他新的挖掘、新的发现。从年轻时代起，他便怀有深沉的历史感：

> 一个个新英雄在沉重的坟墓
> 下面，跌跌撞撞地进了城。
> ——《欧洲》（1947）

他说过："历史学家对他能分辨的情况所负责的是个案的事实，但是，他如果不领悟个案，便一无是处。"他还说："历史是我们必须对付的那些不可思议、必然的错觉之一，是用不可能的通则，对付我们的世界的方式之一，而没有这些不可能的通则，我们就不能生活。"他的这些抽象"思想"却在他的笔下，变得生动活泼起来：

> 思想本身难得出现
> 更从不独自行动。
> 是头脑转化为意象。
> 念头也许像白天，
> 既遍处都在
> 又总在一处。
> ——《思想》（1967）

诗人对茫茫宇宙的神秘感到迷惑不解，发出了美国式的"天问"：

> 宇宙为何神秘？
> 为何它必定如此神秘？有人使它如此？
> 假如他果真如此，它是不是在

> 心灵里，我们不断的求索是否会知晓？
> 　　　　　——《发问》（1973）

夏日落叶给诗人的联想不是"一叶落而知天下秋"的惜时慨叹，而是如哲人般洒脱离去：

> 当一片树叶仍在夏日宁静的空中
> 停留的时间已足够时，它似乎
> 下决心离去；像哲人一般洒脱
> 在超然之中向路面悠悠飘去。
> 　　　　　——《门槛》（1973）

内梅罗夫对中国晋朝大文豪陆机（261—303）在其杰作《文赋》里所表达的文学创作主要条件——观察万物、钻研古籍和怀抱高洁的心情三者之间的辩证关系大为折服，在他的诗篇《致陆机》（"To Lu Chi", 1958）里，不但对陆机的写作甘苦论和文以情生、情因物观的唯物论有共鸣，而且欣喜地从中顿悟出了他的哲思：

> 我从你的诗中采集了许多：持续。
> 阳光闪烁在一株株苹果树上，
> 正融化的白雪耀眼地闪闪发光，
> 一只只连雀醉于去年的烂苹果，
> 在枝间摇动，发出柔和的鸣叫，
> 而肥胖的蜡嘴雀因为不喝
> 那苹果酒而愤慨地聒噪不休。
> 多美好的中国时光！柔和，宝贵，
> 宽松，宁静，充满生趣。
> 今天整个下午我将充当
> 诗人，一个中国诗人，
> 我连篇的妙语必将带来春光
> 必将使语言的大树开花
> 在天地之间。再见了，
> 陆机，多谢你的诗。

内梅罗夫不谙汉语，1990 年 3 月 20 日，内梅罗夫在给笔者的回信里说，他是通过阿瑟·韦利和伊兹拉·庞德的英译本了解中国文学的，又是通过 E. R. 休斯的译本研读陆机的《文赋》的。1700 多年前的陆机之所以打动这位西方当代诗人，是因为他们在审美观点上有共同之处。内梅罗夫对《文赋》中"至于操斧伐柯，虽取则不远，若夫随手之变，良难以辞逮"所表达的灵活借鉴观点体会良深。他不但在《致陆机》这首诗里运用了"操斧伐柯"的比喻：

> 通过许多世纪的烟尘（我俩
> 都从属的），清晰地传来了你平静的
> 声音，是关于写上乘作品所遇的困难
> 和喜悦，这理论似乎总是
> 千篇一律，也总是不大时髦。
> 我多次拜读了你这首诗或文论，
> 文中审视了文学艺术的本身——"操斧
> 伐柯"（我用你的原句）的主题——你的话
> 以其正确性和力量无不打动了我，
> 你说话的方式像其内容一样优美，
> 而且既严格又苛求。

而且，在探讨信仰对诗人的创作实质上，富有价值并改善诗人同人民群众交流思想的手段的问题时，内梅罗夫又一次引用了"操斧伐柯"的比喻："创作意味着试图发现大自然对你认为你应当说的话而应当说些什么。其过程是沉思或循环性的，是人与大自然之间的一种反馈，这个大自然只有在被引入存在的过程中才能获得它的特性，也只有在发现它的特性的过程中才能获得存在。如同陆机所说，这是一个'操斧伐柯'的问题。"[1] 在看待人与自然的关系上，如果用"遵四时以叹逝，瞻万物而思纷"作比喻，似乎比用"操斧伐柯"更贴切些，但是内梅罗夫对陆机强调怀霜之心、凌云之志的观点颇有同感，这也体现在他对宇宙与生命的顿悟和心灵对于物象的感应的诗歌创作里。在他看来，树木也有思想：

> 一般以为树木终归有意识，

---

[1] Howard Nemero. *Poetry and Fiction: Essays*. New Brunswick, N.J.: Rutgersty U Press, 1963: 14.

> 站在那里，是我们忙碌在世界上
> 寂寞或窃窃私语的见证。
> 但根据诗的想象，树木是大部分思想的
> 护卫者和教父。不仅多种不同的传统
> 把树看成是宇宙的圣人，是伦理特点的源泉，
> 结出金苹果，长树枝，挂白云；而且树木
> 超过一般人的常识，形成了我们对
> 天地万物的观点和对其进化过程的意象。
> ——《树木的思想》（1975）

在诗人心目中，树木也有语言：

> 在你了解树木之前，你得
> 学会树木的语言。……

> 学习树木语言是一种愉快，
> 你好像碰到了一大堆外国语
> 如沙漠拉，卡勃秀儿，得罗勃……
> ——《了解树木》（1975）

　　从 40 年代到 80 年代，内梅罗夫的诗歌题材基本上是上述的三类。到 1991 年为止，他一共出版了 16 部诗集，其中以 1977 年面世的《霍华德·内梅罗夫诗合集》（*The Collected Poems of Howard Nemerov*, 1977）为他的代表作，它不仅囊括了他 1977 年以前的诗篇，一举获得两个诗歌大奖——国家图书奖和普利策诗歌奖，而且比 1977 年以后出版的诗集，更能充分反映内梅罗夫诗歌创作的概貌和特色。他去世后出版的最后一部诗集标题富有深意，反映了老年人暮年的归属感：《试图终结：新旧诗选：1961～1991》（*Trying Conclusions: New and Selected Poems, 1961-1991*, 1992）。

　　自从缪斯对内梅罗夫垂青以来，他始终以冷峻的才智、深沉的恢谐、从容的姿态，去关注他周围生存的环境与生存的方式，尽可能少带或不带宣泄与煽情去表现自身对有序和无序的社会与大自然的感受，去认识和消解一切在美国社会被视为正面意义的事物。他诗歌的主体倾向是哲人的理智、博学的才智、大都会的机智。他敢于同《荒原》的诗体较量，如他的戏作《患咽炎的诗人来到他伟大的入口处》（"On the Threshold of His

Greatness, the Poet Comes Down with a Sore Throat", 1961）不但在诗行的安排上对《荒原》模仿得惟妙惟肖，而且也搞了许多注释。

内梅罗夫工于传统诗律，从年轻时代起就显露了对四行诗、十四行诗、难度大的六行诗等诗体的精熟掌握，尤擅长无韵诗体。他也和梅雷迪斯一样，对诗歌严于推敲、琢磨，曾为此说："有一些诗篇的最后一行，我总要思索好几年，试图把这些诗写出来，但是不行，因为最后一行对这首具体的诗来说，太花俏了。"他的这种诗艺追求的执着精神，是不是有点像唐朝诗人卢延让在他《苦吟》中所说的："吟安一个字，捻断数茎须"？

总的来说，内梅罗夫早期的诗较复杂艰深，从 60 年代起，逐渐变得平易简朴、清晰流畅。他在他的一篇文章《专注与顺从》（"Attentiveness and Obedience", 1966）里，谈到他艺术风格的变化时说：

> 风格上，我开始时主要受 T. S. 艾略特的影响，在以他为主的观念中起步的。我同许多初学者一道，注重学习反讽、艰深、博学和以约翰·多恩为范例的玄学风格……我想，我的发展方向离开了上述这些被视为艺术手法的种种东西；我现在认为，简朴和流畅具有首要的价值，从模棱两可的环境中提取单一的思想，比有意培植模棱两可更有价值。

这是他对现代派诗中的艰涩诗风的反拨，也是他从现代派逐渐转向后现代派诗总的审美取向。评论界对他有两种不同的看法：贬者批评他的诗歌自我陶醉，趾高气扬，晦涩难懂，过于悲观；褒者则为他的诗歌流露出深沉的个人孤独感、同情心和发人深省的思想而大加赞扬。

内梅罗夫出生在纽约市，父亲是服装专卖店董事会董事长和主席。他的青少年时代是在这个大都会度过的。1937 年入哈佛大学，1941 年毕业。毕业后从军，参加加拿大空军部队，成了一名飞行员，在北海轰炸德国舰队。二战的最后两年，他转入美国空军。1944 年，与玛格丽特·拉塞尔（Margaret Russell）结婚，生子女三。战后在多所大学任教。曾任国会图书馆诗歌顾问（1963—1964）。从 1976 年起，任美国诗人学会会长。1988 年，被授予桂冠诗人称号，这是诗人的一种殊荣，虽然迟了一些，但无疑是他晚年最好的安慰。1990 年，他获选进入圣路易斯星光大道。为了纪念他，于 1994 年设立霍华德·内梅罗夫十四行诗奖（The Howard Nemerov Sonnet Award），到 2008 年为止，进入每年比赛的十四行诗一共大约有 3000 首。

2. 查尔斯·布考斯基（Charles Bukowski, 1920—1994）

走着与内梅罗夫相反创作道路的查尔斯·布考斯基①，是一位不为主流文学界重视而备受普通读者欢迎的地下诗人、草根诗人、在野派诗人，一个闻名于国际的美国诗坛的传奇人物。

40 年代，他开始发表诗作。1945～1955 年间，他写了许多短篇小说，退稿的多，只发表了少数几篇，使他感到丧气，陷于绝望境地，以至于萌生自杀念头，因此自杀和自毁成了他作品的主要主题。50 年代中期至 70 年代，他放弃全天候写作近 20 年，在洛杉矶邮局干体力活，先当邮递员，后当职员，处境不佳，使他处于疯狂和死亡的边缘。有一次，他给他的朋友、黑雀出版社创始人约翰·马丁（John Martin, 1931— ）打电话说："如果不离开这里，我快要死了。"

他成名于 60 年代。60 年代是印刷革命的年代，是小杂志战的年代，使他有机会在无数地下刊物或小刊物上崭露头角。他的诗歌和小说主流大杂志不接受，只能刊登在许多小杂志上，他因此被戏称为"小杂志之王"。从 1960 年至 1990 年的 30 年间，他写了几千首诗、几百篇短篇小说，幸亏约翰·马丁的帮助，使得他散落在无数小杂志上的作品得以积集成书。他一共出版了 57 本诗集！外加 7 部长篇小说、9 本短篇小说集、1 部剧本和其他体裁的作品。他一直游离于主流文坛之外，很少或基本没有获得提高他知名度的诗歌或小说大奖，尽管他在文学特别是在诗歌主潮之外的名声逐渐变大。

1962 年到 70 年代，他的诗歌表演朗诵占他的收入很大部分，酗酒是他特色朗诵的一部分，加上听众挑战性的逗弄、起哄，一方面使得他的朗诵变得有趣，富有吸引力，备受他的粉丝欢迎，另一方面却使他付出了牺牲写出高质量作品（按照学术界的审美标准）和本人健康的代价。他同时也常在加州北好莱坞地区 KPFK 电台作诗歌朗诵。他在朗诵表演的起步阶段，完全像 20 世纪早期著称诗坛的维切尔·林赛一样，一个喝得醉醺醺遭人笑的诗歌朗诵者，尽管他的结局比林赛幸运得多。

从 1967 年起，他在洛杉矶一家地下报纸《开放城市》（*Open City*）开设以调笑为主的专栏短篇系列"老淫棍手记"（"Notes of A Dirty Old

---

① 布考斯基的移民美国的父母为了使家姓念起来像美国音，特意把德国音的家姓布考斯基 [*Boo-kov-ski* (bukvski)] 发音成布考斯基 [*Boo-cow-ski* (bukwski)]，称儿子为亨利（Henry），因此他的全名应当是亨利·查尔斯·布考斯基（Henry Charles Bukowski），但是现在大家都称他为查尔斯·布考斯基。

Man"），内容取自他的生活经历，粗俗而幽默，深得读者欢迎，因此他每周可得 100 美元稿酬，使他有了更多的时间从事文学创作。1969 年，城市之光出版社给他出版成书《老淫棍手记》。

到了 70 年代晚期，他的收入足以让他放弃朗诵表演。《开放城市》是一家反文化的报纸，备受当时读者的欢迎，他的知名度也跟着提高。这时他才成了旧金山的报纸撰稿者—诗人。他的所说所写，出人意外，发人深省，例如，他说："在某种意义上讲，寄生虫对我们来说是高级生物：他知道在哪里找到我们，而且知道如何找到我们——通常在浴室或在性交处或在睡眠处。"又如，他说："你一次救助一个人就是开始拯救世界；其他的一切嘛，是浮夸的浪漫主义或权术。"他最后一次的国际朗诵会是 1979 年 10 月在温哥华举行的，制成了 DVD，他的朗诵题目是：《这里将有该死的喧哗》（"There's Gonna Be a God Damn Riot in Here"）。

布考斯基是一条玩世不恭的硬汉子。他说："诗歌会走上街道，走进妓院，走进天空——走入威士忌酒瓶。"诗人杰克·弗利为他辩护说："谁也不会否认查尔斯·布考斯基的贫困、苦难和酗酒引起的粗暴。在一定程度上讲，他是一个'狂野的人'。但是，他同时是一个从来没有干任何坏事的狂野之人，因为他与劳动人民认同。布考斯基总是很小心地使他的诗歌接近大众。"①他的朋友、《布考斯基：生平》（*Bukowski: A Life*, 1997）作者、旧金山诗人尼利·切尔科夫斯基（Neeli Cherkovski, 1945— ）在描述布考斯基的性格特点时，说："反讽、沉默和挖苦是他使用得很好的三件武器。"

为了对他的个性和诗风有一个具体的初步概念，我们最好先来读一读收录在他的诗集《爱情是从地狱里来的一只狗》（*Love is A Dog From Hell*, 1977）里的一首诗《啤酒》（"beer"）：

> 我不知道消耗了多少瓶啤酒
> 在我等待处境变得好一些的时候，
> 不知道有多少酒、威士忌和啤酒
> 主要是啤酒，让我消耗了
> 在我与许多女人分开之后，
> 我等待电话铃响，等待脚步声
> 等待电话铃响，等待脚步声

---

① Jack Foley. "A Review of *Bukowski: A Life* by Neeli Cherkovsk." *Foley's Books* by Jack Foley. Oakland, CA: Pantograph P, 2000: 62.

等待电话铃响，等待脚步声
直至脚步永远不再来
直至我翻胃了又翻胃，
这时她们像春天的花朵般走来：
"你究竟干嘛啦，弄成这样？
在你同我干之前不过是三天！"

女人啊是经久
她比男人多活七年半
她很少很少喝啤酒
因为她知道它对体型有害处。
我们发疯时
她们走出去
同好色的牛仔
跳舞，乐呵呵。

嗯，有好几箱啤酒
还有几箱空酒瓶
你搬起一只啤酒箱
啤酒瓶穿过湿纸箱底
哐啷啷，在地上翻滚，
泼出灰色走气的啤酒，
或者早晨4点钟，
几只啤酒箱翻倒了，
发出你生活中唯一的声响。

啤酒海，啤酒河，
好多好多的啤酒
收音机里唱着爱情歌
电话铃却一直不吭声
直挺挺站着的是四堵墙
这里的一切是啤酒。

这正是诗人对自己精神状态的真实写照：失意，孤独，颓废。酗酒在美国文化里是贬义词，他酗酒，迫于生活窘困，苦闷，为此被贬称为"喝啤酒的机器"。他有一次，对人坦承："在我们这个时代，每个周末还可说得过去，但平常却不是。我不能只喝一杯，两杯，三杯。我坐下来喝个够，是为了寻求遗忘，我每次都做到了。我拼命地寻找使我的灵魂要营养的呼喊声静下来。我宁愿用酒消解它。如今，我醉了时完全成了另外一个人，和我清醒时完全不同，醉了之后，和通常的我不同。"因此，他喝酒是借酒消愁，决没有李白斗酒诗百篇那种豪兴，也没有李白自称"百年三万六千日，一日须倾三百杯"那样的飘逸。不过，他表面潦倒，但决不糊涂，例如，他说过："如果你要知道谁是你的朋友，你就要使你自己被判刑。"他在酗酒和狂放状态下写的诗，却很投美国读者的趣味。杰克·弗利为此说：

> 由于编辑们的推动，酗酒、狂野文人、反传统的地下人士的"布考斯基神话"开始浮现。这是一种美国人总是乐意接受的神话：使人感到有趣的企图自杀型诗人。于是布考斯基的名字开始广泛地流传。布考斯基和一些垮掉派诗人一道，使诗歌显得不仅令人感动，而且危险。布考斯基曾说："我们是一伙粗鲁的家伙，美国诗歌需要好好地痛打一顿……如果你乐意，就叫我傻瓜得了，没有文化教养，成天喝得醉醺醺……来读一读一些老杂志吧，在这里，你得斜着眼，读你所读到的和有趣的作品，因为我们不会拼写，不会点标点。"①

像不遵循诗歌传统的先锋派诗人一样，布考斯基也常常不点标点，有时在拼写上故意缩减或用非正规的口头语。他故意自贬，用讲反话的方式，夸奖反传统的新诗。他的言行和作品无疑是 60 年代成长起来的地道的垮掉派模式，但他从来没有和金斯堡或凯鲁亚克或其他主要的垮掉派诗人有任何联系，他的非正统型的写作和反主流文学体制的方式，使得喜欢垮掉派诗人的读者也很喜欢他。

一些评论家把他视为撒野诗人，认为他的艺术力量在于他能直接地坦率地记录和界定他的生活作风而无丝毫的自我怜悯。布考斯基实际上为人慷慨、可靠，内心也有似水的柔情，不是表面上的粗汉，例如，他怀念前妻简·库尼·贝克（Jane Cooney Baker）病逝的名篇《自白》（"confession"）

---

① Jack Foley. "A Review of *Bukowski: A Life* by Neeli Cherkovsk." *Foley's Books* by Jack Foley. Oakland, CA: Pantograph P, 2000: 61.

流露了他炽烈的感情：

> 我像
> 将要跳上
> 床
> 的一只猫
> 等待死亡
>
> 我为妻子
> 感到多么哀伤
> 她将会看到这个
> 僵硬的
> 白色的
> 尸体
> 摇它一下，
> 然后，也许
> 再摇一次。
>
> "汉克!"
>
> 汉克
> 不再回答。
>
> 这不是
> 我的死亡
> 是让我苦恼的
> 妻子，把这个
> 什么也不是的
> 一堆空皮囊
> 留下来了。
>
> 不过
> 我要她知道
> 这几天夜晚

我都睡在她身旁

甚至过去
无用的争论
也变得多么美好

我过去
最难启齿的话
现在可以说了：

我
爱你。

　　他的这首痛断肝肠的诗，收录在他生前出版的最后一本诗集《最后夜晚的尘世诗篇》(*The last night of the earth poems*, 1992) 里。诗中的"汉克"即汉克·钦纳斯基 (Hank Chinaski)，是布考斯基在他的好几个作品中杜撰的自我化身。1962 年，简·库尼·贝克的病逝使他伤心不已，创作了一系列悼念她的诗篇和小说。这部诗集收录了不少他怀念亲朋的抒情诗。

　　布考斯基衣冠不整、一脸酒刺的形象，简单粗俗而有味儿的语言，传奇的人生及其反映社会底层苦难生活的作品，引起了电影导演们为他拍摄电影的兴趣。

　　2002 年上演了名导演约翰·达拉汉 (John Dullaghan) 介绍布考斯基生平事迹的传记片《布考斯基：出生于此》(*Bukowski: Born Into This*, 2002)。达拉汉花了七年时间，经过长期周密的调查，利用德国曾经对布考斯基生前采访的大量黑白纪录片，并亲自对他的妻子、朋友进行采访，记录了他从悲惨的童年到枯燥的邮递员生活，也使我们看到他讲粗话、酗酒、厌恶女子、爱看书的鲜明个性。因此，达拉汉对布考斯基的身世了如指掌，他在《与布考斯基周旋》("Struggling With Bukowski") 一文里说：

　　　　布考斯基忍受了一辈子的痛苦——被父亲虐待、酗酒、破相的酒刺、一连串不忠实、刻薄的亲朋关系，他都克服了。他经过几十年，把这些负面的经历转化到他的作品里。他作为一个社会局外人，利用他的孤独作为创作的避难处。他写的诗和小说，其他的社会局外人也可能与此有关，得到感悟。归根结底，布考斯基的一生是自我赋权的人最好的榜样。

该影片评论员弗雷德里克·布鲁萨特（Frederic Brussat）和玛丽·安·布鲁萨特（Mary Ann Brussat）著文，称他为"20世纪的瓦尔特·惠特曼"。

此外，还有多部根据布考斯基的作品改编的电影。例如，1981年上演了意大利名导演、电影剧本作家、演员马可·费拉里（Marco Ferreri, 1928—1997）根据布考斯基后来出版的短篇小说集《普通疯狂的故事》（*Tales of Ordinary Madness*, 1983）中的几个短篇小说拍摄的电影《普通疯狂的故事》（*Tales of Ordinary Madness*）；1987年上演了欧洲名导演巴贝特·施罗德（Barbet Schroeder, 1941— ）根据布考斯基电影剧本《酒吧客》（*Barfly*, 1984），以布考斯基为原型的电影《酒吧常客》（*Barfly*），他为这部电影花了多年时间；2005年上演了挪威名导演、作家、制片人本特·海默（Bent Hamer, 1956— ）根据布考斯基小说《勤杂工》（*Factotum*, 1975）改编的电影《勤杂工》。此外，多部以他的诗歌朗诵为主的纪录片（有的制成更容易流传的DVD）也问世了。[1] 这些影视片大大提高了他在国内外的知名度。

可是，他不见好于学术界，无论过去或现在，美国主要的文学史、诗歌史、文选、诗选都不提及他，也不选录他，而在国内外普通的观众或读者中的知名度却比多数美国诗人高得多。他有他的审美价值标准，不管学术界如何轻视他，他的书畅销于国际。作家比科·伊耶（Pico Iyer, 1957— ）在1986年6月16日《时代》周刊上，发表题为《旅行顺畅的名人》（"Celebrities Who Travel Well", 1986）的文章，称布考斯基是"美国底层阶级的桂冠诗人"，并介绍他说：

> 一个法国批评家惊呼："他的书具有拉伯雷的巨人卡冈杜亚过剩的激情，乔伊斯式精湛的口头技艺，瑟琳的《我的上帝》魔鬼般的残忍，他是不是莎士比亚再世？查尔斯·布考斯基。你知道，一个64岁的以洛杉矶为基地的美国下层社会的桂冠诗人，他对痛饮和情色作亨利·米勒式赞美的作品（例如小说《爱情是从地狱里来的一只狗》

---

① 例如：记录布考斯基朗诵表演的《布考斯基在贝勒维》（*Bukowski at Bellevue*, 1970—Performance）、朗诵表演纪录片段《大篷车》（*Supervan* 1976—cameo）、朗诵表演纪录片《在这里有该死的喧闹》（*There's Gonna Be a God Damn Riot in Here*—filmed in 1979）和朗诵表演纪录片《最后一根稻草》（*The Last Straw*—filmed in 1980）等，后两部电影纪录片在2008年制成DVD。

《老淫棍手记》）在美国只销售了大约 3000 册。他放荡不羁的短篇小说在法国销售 10 万册，在德国销售了 220 万册，有八家出版社盯住他，他比美国和德国任何健在的小说家销售的书多得多。再问一下，他是谁？布考斯基。①

他不留在少数学术权威把持的学术界，而留在和活在国内外普通群众之中，应当是他的一种幸运。布考斯基做到了他的作品为国内外大众读者所喜闻乐见，巧合了中国主流文学界提倡文艺作品"为广大群众喜闻乐见"的一贯创作主张。他能不能像金斯堡那样从卑微的地下诗人变成不可小觑的主流诗人，只能留待历史去评价了。

布考斯基曾戏言："难道他们不能通过我的皮肤看穿我吗？难道他们看不出我一无是处吗？"他越这样说，人们越觉得他神秘。亚当·基尔希（Adam Kirsch）对此认为布考斯基"成名的秘密是他把自白诗人的亲密承诺与低俗小说主人公传奇的泰然自若结合了起来"②。

布考斯基出生在前联邦德国的安德来赫，两岁时随父母移居美国。他童年时，父亲常常失业，生活窘困。青年时代，与人寡合，由于脸生酒刺，内向更甚。在洛杉矶城市学院学习两年（1939—1941），攻读艺术、新闻和文学。1944 年，有逃避兵役的嫌疑，被联邦调查局逮捕，坐牢两个星期。他常酗酒终日，混迹于酒吧间，流浪全美，靠写短篇小说和做零工为生。

1968 年，联邦调查局对他的表现进行过调查。当时联邦调查局和邮政局对他发表的一些文章反感，记录了对他的好多邻居和邮局职员所作的调查，其中包括布考斯基与简·库尼结婚的记录，但是简·库尼的出生日期，在联邦调查局后来公开的材料中被涂抹掉了。起因是他主持洛杉矶嬉皮士小报《开放城市》栏目"老淫棍的手记"（他刚开始时是在《洛杉矶自由新闻》上开设这个栏目）期间写的被当局视为太过格的文章。

布考斯基的婚姻史复杂：据布考斯基传记记载，他在 1955 年结婚的第一任妻子是作家、诗人芭芭拉·弗赖伊（Barbara Frye），实际上在三年前的 1952 年，他与简·库尼·贝克结婚了。后来和没有结婚却同居的女友弗朗西丝·史密斯（Frances Smith）生有一女玛丽娜·露易丝·布考斯基，她成了他后来求生的因素之一（他一直有自杀倾向），另一个求生因素是他热爱的文学创作。有一度，他同作家、雕塑家琳达·金（Linda King）

① Pico Iyer. "Celebrities Who Travel Well." *Time*, Monday, Jun.16, 1986.
② Adam Kirsch. "Smashed." *The New Yorker*. 14 March 2005.

过从甚密。他最后一任妻子是与他 1976 年开始相识、1985 年结婚的琳达·李·贝尔（Linda Lee Beighle），她是健康食品餐馆老板。①

　　布考斯基死于白血病，由和尚超度，墓碑上刻了他生前一句诗"别去试"。这是他生前在谈到领悟和创造性时，对有抱负的作家和诗人提出的一句劝告。在 1963 年给影视作家、诗人、律师约翰·威廉·科林顿（John William Corrington, 1932—1988）的一封信中，他对此解释说："这里有人问我：'你做什么？你如何创作？'我说，你别试。那很重要：别去试，既不为凯迪拉克名牌汽车，也不为创造或不朽。你等待，如果什么也没发生，再等。这如同拍打墙上高处的一只臭虫。你等它接近你。等它走近，等你足以够得着时，就一巴掌打下去，打死它。如果你喜欢它的样子，那你就把它作为宠物养起来。"这是他的创作经验之谈：听其自然，水到渠成。2007 年和 2008 年，布考斯基铁杆粉丝经历了一场保护布考斯基平房免拆运动，最终把它保护下来之后，作为"布考斯基庭院"（Bukowski Court）的历史遗址，登录在洛杉矶历史文化丰碑名录上，国内外媒体对此做过连续的跟踪报道，造成了不小影响。

　　布考斯基的生平事迹和作品如今成了许多论文和论著讨论的对象。大出版社哈泼－柯林斯出版公司（原黑雀出版社），从数千本小文学杂志中挑选他生前发表的诗篇，继续出版他新的诗歌合集，即他死后的最后一本诗集《人最终看起来像花朵》（*The People Look Like Flowers At Last*, 2007）。新世纪最近出版他的一本诗集是《主角的缺席》（*Absence of the Hero*, 2010）。

---

① 在与琳达·金保持联系又和琳达·李·贝尔生活在一起的期间，布考斯基的女粉丝主动上门与他发生关系者无数，常常在他家前廊等着他这位"名作家"苏醒后（常常在下午）与他亲密。

第五章　跨下一步时将越过 T. S. 艾略特的重要诗人：W. H. 奥登

第一节　W. H. 奥登在美国诗歌史上的地位

在评介 W. H. 奥登（Wystan Hugh Auden, 1907—1973）时，戴维·珀金斯说："当奥登的作品很快地连续地面世时，对许多人来说，这位才华焕发的 1930 年才 23 岁的年轻诗人在跨下一步时，将越过 T. S. 艾略特。"①《不列颠百科全书》在介绍 W. H. 奥登的词条里指出："可以断言：奥登确实是艾略特的继承者，如同艾略特在叶芝 1939 年去世时唯一继承了诗坛最高地位。"

珀金斯在他主要论述英美现代派和后现代派诗歌的论著《现代诗歌史》卷二里，是把 W. H. 奥登放在英国诗歌部分加以介绍的。W. H. 奥登 1939 年初移居美国，1946 年成为美国公民。从 1928 年至他逝世前一年为止，他一共出版了诗集 35 部，其中只有 8 部是在 1939 年赴美国以前出版的。1945 年，他被选为美国艺术与文学学会暨协会成员。此外，除了编辑大量英美作家的文选和文集外，从 1933 年至他去世后的三年为止，他创作以及和别人合作的剧本有 25 部相继面世，其中大部分在戏台上演出，只有少数是广播剧和电视剧，而在 1939 年以前创作的剧本只有 5 部。仅这些事实本身足以说明 W. H. 奥登在美国文坛尤其诗坛起了重大影响。如果加一个限制范围，我们发现他在 1947 年至 1962 年之间作为耶鲁青年诗人丛书主审，对美国年轻诗人起了向导作用。曾受益于他的名诗人丹尼尔·霍夫曼说：

作为评论家和文学家，W. H. 奥登属于埃德蒙·威尔逊、莱昂内

---

① David Perkins. *A History of Poetry: Modernism and After*. Cambridge, MA and London: Harvard UP, 1987: 151.

尔·特里林（Lionel Trilling, 1905—1975）和马尔科姆·考利以及 T. S. 艾略特、庞德、兰塞姆和艾伦·泰特等这一群精英之列，他们对过去和现在的文学的评论，为他们的时代培养了一种感受当代生活的意识。作为耶鲁大学青年诗人丛书的裁定人，W. H. 奥登为每年的获奖诗集写前言，考核他所选择的每个新诗人的新特点。连续数年（1952—1957），W. H. 奥登为他们的诗集写的前言题目是：艾德莉安娜·里奇和诗歌形式；W. S. 默温和神话的运用；丹尼尔·霍夫曼和这位诗人与自然世界的关系；约翰·阿什伯利和超现实的想象；詹姆斯·赖特和可能的诗歌题材；约翰·霍兰德和诗与音乐的关系。因此，W. H. 奥登既鼓励又界定了他的同代青年诗人在诗歌上的显著兴趣。①

丹尼尔·霍夫曼在他主编的论著《当代美国写作哈佛指南》里，对 W. H. 奥登在美国文学中的地位，作了充分的肯定。他说：

　　W. H. 奥登是美国文坛上一个强大的精灵，不仅是因为他在作品里写了他的时代（正如 T. S. 艾略特所说，伟大的诗人应当如此），而且是因为他为诗歌想象力做出了表率，舍此，我们的文学将会非常贫乏。在疯狂的时代，他是一位坚强稳健的诗人。在缺乏信仰的时代，他在左倾政治和心理分析的时期之后，在英国圣公会找到了精神天堂；但是，他的基督教，不像 T. S. 艾略特的英国天主教，是根植于存在主义神学而不是兰斯洛特·安德鲁斯的布道。在无休无止的试验和艺术形式的解构的时代，W. H. 奥登坚持诗歌的规则，坚信表演形式的诗体，由此独创性和快乐从大胆拨弄传统常规之弦上获得。对于他来说，没有任何艺术形式僵死得不能复苏。W. H. 奥登是唯一这样的一个诗人，他不仅掌握了英美传统的音律音步，而且同样成功地驯化了法国按每行音节计数而不照韵律安排的音步，用流畅的口语和对当代生活的贴切性，复活了古代英语强调头韵的诗行。不管他的诗以说话形式、沉思形式或歌唱形式表现，总是令读者感到饶有兴味。②

霍夫曼对 W. H. 奥登的评价是全面公正的。他娴熟的诗艺（掌握了民

　　① Daniel Hoffman. *Harvard Guide to Contemporary American Writing*. Cambridge, MA and London: Harvard UP, 1979: 459-460.

　　② Daniel Hoffman. *Harvard Guide to Contemporary American Writing*. Cambridge, MA and London: Harvard UP, 1979: 458-459.

谣体、十四行诗、十四行诗组诗、颂歌体、六行诗体、挽歌体、歌词等等各种艺术形式）为青年人树立了规范，使他成了学院派中令人折服的权威。打个比方，他运用传统艺术形式创作反映当时社会生活、人情世态、内心复杂感情的诗，其灵活性和充满的生活气息，如同中国鲁迅当年写的精湛的古体诗。他不像当下写古体诗词的一些中国诗人，食古不化，死板得毫无生气，毫无创造性可言，往往令人生厌。

W. H. 奥登当然不是讲究纯粹技巧的艺术匠人，他有和布考斯基类似的文艺观点，他曾说："一切艺术作品是在这个意义上制作的：没有一个艺术家凭着一个简单的意志行为就能创作出一件艺术品，而不是等待到他相信一个作品的好主意已经来临。"

杰伊·帕里尼在他主编的《哥伦比亚美国诗歌史》（*The Columbia History of American Poetry*, 1993）里，专门用近 30 页的一个章节"美国奥登"（"American Auden"）来论述他。他在前言里，不但强调 W. H. 奥登对美国诗歌所发挥的重大影响，而且也指出美国对他的文学发展所起的关键作用：

> 在后现代岁月里，美国诗歌中至关重要的事件之一，是 1939 年 W. H. 奥登从英国移民到美国。W. H. 奥登变成了美国公民，他在这里写了许多佳作；他的诗歌在战后起了非常大的影响。西奥多·罗什克、理查德·魏尔伯、詹姆斯·梅里尔和约翰·霍兰德都可以追踪到受 W. H. 奥登影响的重要痕迹。研究 W. H. 奥登的批评家爱德华·门德尔松（Edward Mendelson, 1946— ）称他为"20 世纪包括范围最广、技巧最熟练、最真实的诗人"。克劳德·J. 萨默斯的章节标题"美国奥登"表明："移民使得 W. H. 奥登自己适应和在文学传统上重新定位成为可能。与英国的决裂，能使他最终放弃浪漫主义和现代主义支离破碎的愿景，这些是他早期采纳英国文学全盛时期的统一前提。"①

克里斯托弗·比奇认为，W. H. 奥登对当时的美国诗人起了直接作用，说："W. H. 奥登的诗歌影响了正在崭露头角的这一代诗人，其中包括约翰·贝里曼、兰德尔·贾雷尔、德尔默·施瓦茨、卡尔·夏皮罗、理查德·魏尔伯、理查德·霍华德和詹姆斯·梅里尔……使 20 世纪 40 年代和

---

① Jay Parini. *The Columbia History of American Poetry*: xxiv.

50 年代成了 '奥登时代'。"①

W. H. 奥登移居美国之后的思想演变的轨迹是：马克思主义—弗洛伊
德心理分析—基尔凯郭尔哲学，因此对美国的学院派而不是对先锋派有吸
引力。如果说新批评派通过阐述和发挥 T. S. 艾略特的诗风来巩固学院派
的阵地，那么 W. H. 奥登则用与 T. S. 艾略特唱反调的方式，增强学院派
的权威性。两者异曲同工，而且同是后来的黑山派和垮掉派的革新对象。
从这个意义上讲，W. H. 奥登和新批评派都是现代派光荣的扫尾者。

第二节　W. H. 奥登的社会活动与艺术成就

作为一个学院派而又不步 T. S. 艾略特后尘的重要诗人，W. H. 奥登的
诗歌特点究竟如何？这也许是每个当代读者首先要关注的问题。最好让对
W. H. 奥登深有研究的丹尼尔·霍夫曼和戴维·珀金斯回答才有说服力。
霍夫曼说：

> W. H. 奥登在他的早期（从英国移居美国而结束）以勇气和早熟
> 顶住 T. S. 艾略特占压倒优势的影响，建立了有独创性的风格。这种
> 诗介于个人情感的凄切动人的抒情与对欧州即将爆发大战灾难怀有
> 的阴郁感之间。W. H. 奥登的诗歌以其展望工业的荒废前景、古代神
> 话的梦幻意象、中小学男生的幻想和对左派政治的介入成了整个一代
> 的恐惧和希望之声。②

戴维·珀金斯认为 W. H. 奥登的艺术特点是：

> 在 30 年代，他探索具有快速、简约、含蓄、机智和具体效果的
> 风格。在此风格的成分之中，包括句法上省略（特别是冠词、指示代
> 词、连接词和前置词的省略）、不合语法规范的句法结构和颠倒、措
> 词上运用古词、科技词汇、拟人化的抽象词汇、迂说法和双关语，以
> 及对定冠词作富有特色的、不符合英语习惯的处理，以达到强调或表
> 现超然、判断和会意的神态：

---

① Christopher Beach. *The Cambridge Introduction to Twentieth-Century American Poetry*: 144-145.
② Daniel Hoffman. *Harvard Guide to Contemporary American Writing*: 457.

To lie flat on the back with the knees flexed
And sunshine on the soft receptive belly,
Or face down, the insolent spine relaxed.
（直挺挺地躺着，双膝屈曲，而且还
有阳光照在柔软的善于接受的肚皮上，
或翻身朝下，傲慢的脊骨松弛了下来。）①

对于英语读者来说，这三行原诗是多么的不平凡、多么的不符合语法规范而又多么令人赏心悦目、新鲜有趣。戴维·珀金斯在谈到 W. H. 奥登的晚期风格时，又说：

> 同他 30 年代早期的诗歌相比，W. H. 奥登的风格完全变了。快速和简括，语气或方向突然的转变，含蓄，省略和扭曲的语法，异彩和艰涩等等都消失不见了，代之而来的是松散、从容、表达充分清晰、意思明白的说话方式。可以这么说，这是没有深度的风格，说出可以理解的一切。②

从繁复到简单，从刻意修辞到平易如话，从炫耀到朴素，是任何成熟的艺术家的必由之路。W. H. 奥登当然也不例外。他有深厚的古典文学修养。他从创作早期就能古为今用而不是食古不化。他在创作道路上，在尊重传统的前提下求新求变，从不满足于已取得的成就，这可从他不断地修改和润色已发表的诗篇中得到证实。他是学院派，但不是古板的学究。他在年轻时倾向左派政治，积极参与社会活动，到冰岛、西班牙和中国旅行，增长他的见识，扩大他的视野。他在中国旅行的经历和他的左倾思想对中国读者来说十分有趣。

在中国抗日战争时期，如果说兰斯顿·休斯出于个人的好奇来华访问，W. H. 奥登和他的小说家伙伴克里斯托弗·伊舍伍德（Christopher Isherwood, 1904—1986）③则受英国著名的费伯出版社的派遣，于 1938 年 2 月作为有才华的青年作家，对抗日战争中的中国进行了为期近四个月（15 周）的采访。休斯属于私访，没受到官方接待，碰巧见到了鲁迅，并受到

---

① David Perkins. *A History of Modern Poetry: Modernism And After*: 156.

② David Perkins. *A History of Modern Poetry: Modernism And After*: 165.

③ 他们的访华名片是一位香港朋友帮助制作的，署有中英文名字。前者中文名为奥登，后者为于小武。

了宋庆龄的款待，还看了京戏。然而，奥登和他的朋友伊舍伍德的派头不同，一踏入中国国土，便得到了各处头面人物的殷勤接待。不消说也看了京戏，并深入到内地郑州和西安以及苏州、南昌、金华、温州等处采访，不但到了中日交战的前线，而且从日本占领的上海乘船回国。在汉口时，他俩受到蒋介石夫妇的接见。在茶话会上，宋美龄用地道的美语问 W. H. 奥登："请告诉我，诗人喜欢吃糕点吗？""是的，"W. H. 奥登回道，"非常喜欢。"宋美龄接着风趣地说："噢，我听了很高兴。我原以为他们也许只爱精神食粮。"

　　当时国共合作，以周恩来为首的共产党代表住地也在汉口。周恩来也是他们采访的主要对象之一。他们采访的成果是第二年出版的《战地行》（*Journey to a War*, 1939）。书中收了珍贵的周恩来照片。书分三部分：诗歌、日记和报道。这种题材与体裁在当时颇为时髦，能引起读者的兴趣。诗歌部分为 W. H. 奥登所作，其中的第 13 首十四行诗引起了驻中国的英国大使阿奇博尔德·克拉克－克尔（Archibald Clark-Kerr, 1882—1951）的兴趣：

> 远离文化中心，他被耗尽了：
> 被他的将军和他的虱子抛弃，
> 在棉被底下断了最后一口气。
> 他的事迹永远不会被人读到

> 当这次战役写进一部部书本：
> 没有极重要的知识消亡在那颗头颅里；
> 他的笑话平淡，他像战时那般可恶；
> 他的名字如同他的容貌一样无存。

> 当他的尸骨进入尘土，
> 他虽目不识丁，却似加一撇逗点
> 那样地对总部命令的含意给以添助：
> 我们的女儿们个个会挺直腰杆，
> 不再会在狗子们前面羞哭，
> 在有山有水有屋的地方也会成为勇男。

　　W. H. 奥登本来上床睡了，被叫起来朗诵给大使及其随从听。当他朗诵完第二行时，伊舍伍德打断说，情报部反对第二行，理由是把将军和虱子放在一起是对当局的不敬，引起了在座听众的哈哈大笑。这首诗一两天之后被翻译登载在当地的报纸上，第二行被改为"富人和穷人联合起来一同战斗"。

W. H. 奥登在中国的另一件逸事是他与中国诗人邵洵美的交往。那是1938年，邵洵美在上海《中美日报》以笔名"邵年"发表一篇报道《两个青年诗人奥登与奚雪腕》，透露了这段连 W. H. 奥登本人也蒙在鼓里的故事：

　　　奥登到中国来，他特别感兴趣的是战争开始后的新诗与民歌。他说在汉口时，曾得到过几首翻译；但是语辞的老套和意象的平凡，使他非常失望。

　　　为了他的要求太热切了，邵洵美便造了个谎，说新近读到一首民歌，奥登要求把诗译给他。他隔天要动身，竟然当晚要跟洵美到家去拿。邵洵美绞尽了心血，即兴杜撰了《游击歌》。这一文坛佳话直到现在还鲜为人知。奥登他们始终相信这首诗歌是邵洵美为他们翻译过来的。

　　　三个月后，邵洵美在孤岛办了一份抗日宣传杂志《自由谭》，第一期有一首"逸名"作的诗歌《游击歌》。那就是邵洵美为奥登所"译"的英文诗歌的中文翻版。在他用中文重新写的时候，增加了第四节的四句，表现出游击队员必胜的信心。[①]

邵洵美把克里斯托弗·伊舍伍德译为中国化的名字奚雪腕。W. H. 奥登与中国人总算有缘，1942年秋，在美国斯沃斯莫尔学院，给一分队中国海军教过一段时间的英语口语。

以上虽然仅是 W. H. 奥登文学生涯中的两个小插曲，但中国读者也许对此感到亲切。另一方面，也可看到 W. H. 奥登在30年代较激进的政治面貌。他是以左翼知识分子和坚决反法西斯侵略开始他的文学生涯的。在来中国的前一年，1937年1月，他满腔热血，奔赴西班牙，想到前线开救护车，以此抗击弗朗哥法西斯政府。但共和国军方面只要他写写宣传文章。这使他感到失望，只在西班牙待了几个星期就回英国了。不过，西班牙之行却使他写了一首近百行的好诗《西班牙》（"Spain", 1937）。诗写得深沉而感人，例如其中几行：

———————————
① 此段信息是邵洵美之女邵绡红先生提供的，在此表示感谢。

> "你的建议是什么？建立正义之城？"我愿意。
> 我同意。它是不是自杀的公约，罗曼蒂
> 克的死亡？很好，我接受，
> 因为我是你的选择，你的决定：是的，我是西班牙。
>
> 许多人听说它位于遥远的半岛，
> 在沉睡的平原上，在异常的渔人岛里，
> 在城市腐烂的心脏中；
> 听说了，像海鸥或花籽迁移了。
>
> 他们紧紧靠着长列火车，逡巡于
> 非正义的国土、黑夜和阿尔卑斯隧道；
> 他们漂在海洋上；
> 他们走过要隘；他们来呈献他们的生命。

诗的最后表现了诗人的愤慨：

> 我们和他们的时日同在，时间又是多么短暂，
> 历史也许对失败者说哎呀，但不能帮助，也
> 不能原谅。①

30年代，W. H. 奥登与英国左派青年诗人斯蒂芬·斯彭德②、塞西尔·戴·刘易斯（Cecil Day Lewis, 1907—1972）③和路易斯·麦克尼斯（Louis MacNeice, 1907—1963）的诗收录在选集《新署名》（*New Signatures*, 1932）里，他们形成了公认的左派诗人集团："奥登帮"（Auden Gang）。当然，他们没有建立什么正式的组织，但他们对当时的社会生活和政治都表示密切的关注。W. H. 奥登对马克思、弗洛伊德和布莱希特的熟谙，对内战时期西班牙、抗日战争时期中国的访问和30年代出版的10部诗集，都表明了他激进的思想和立场。他的名声在1937年前后开始为多数英国人所熟知，而他在英美诗歌界也同时显露锋芒。W. H. 奥登与英国诗人、批

---

① 在1950年出版的《短诗合集》（*Collected Shorter Poems 1938-1944*）中，W. H. 奥登删除了最后两行，他认为自己的感情不真实。

② 此人当时是英国共产党员。

③ 此人也是英国共产党员。

评家迈克尔·罗伯茨（Michael William Edward Roberts, 1902—1948）利用美国的著名杂志《诗刊》，在 1937 年初合编了英国当代诗特刊。他为这期特刊撰写了评论文章。同年 11 月，英国诗歌杂志《新诗》出版了 W. H. 奥登诗歌专号。1937 年正好是他的而立之年，他思想激进，敏于干预政治与社会生活。在他这个时期的诗里，你可以明显地感觉到他强烈的内心冲突，内疚与厄运感交织的复杂情绪构成了一股灼热的诗情，这股"激进"的感情泉水没有明显的流向，只是随意四处流淌。究竟什么是革命，什么是反革命，谁是敌谁是友，为什么或为谁而战，初出茅庐的 W. H. 奥登显得茫然。他的诗篇《我站在哪一边》（"Which Side Am I Supposed to Be On", 1932）典型地反映了 30 年代 W. H. 奥登年轻时的心态。这首诗似乎是战前动员的讲话，但读者始终搞不清诗中的讲话人的政治立场，也搞不清向谁开仗。W. H. 奥登从来没有参加共产党，更不是马克思主义者，只是凭了一般青年人的热情和正义感迈进文坛。实际上，他这时的政治思想是很混乱的，对世事的分析，经常摇摆于社会学与心理学之间。他认为心理毛病导致了政治错误和社会问题。他往往用医生的眼光，观察社会生活，这也许与他的家庭出身有关。

W. H. 奥登的父亲是著名的医生、军医主任、公共卫生教授。他从小就读了父亲的医学藏书。在中学时代，他还读了大量有关生物学与心理学的著作，养成了心理病医生那样冷静判断事物的习惯。他以后有不少诗涉及个人或时代的弊病，并且开出针对诸如革命（道德的而不是暴力的）、爱、友谊、内心改变等治疗的灵丹妙药。

W. H. 奥登 1928 年肄业于牛津大学基督学院，成绩平平，无学位。他似乎不在意，因为伟大的诗人不需要学位，仅需要创作出伟大的诗篇。1930 年以前，他从不关心国际时事政治，对小说也很少有兴趣。他对 17 世纪的英国玄学派诗人、T. S. 艾略特、早期的叶芝、艾米莉·狄更生、G. M. 霍普金斯、托马斯·哈代、弗罗斯特和爱德华·托马斯等人有浓厚的兴趣。W. H. 奥登在离开牛津大学前一年，即 1927 年，编了一本自己的诗稿，送交费伯出版社，被 T. S. 艾略特退回，但 T. S. 艾略特表示有兴趣跟踪他以后的作品。W. H. 奥登把 T. S. 艾略特对他作品所持的保留态度视为对他作品的夸奖。他的第一本诗集《诗篇》（*Poems*, 1928）是他的朋友斯蒂芬·斯彭德用自家的小印刷机排印的，一共只刊印了 40 册左右。他取了这本诗集里的九首诗，加上离开牛津以后创作的 21 首，经过加工修改后交给 T. S. 艾略特，于 1930 年 9 月公开出版，集名仍沿用《诗篇》，受到诗坛广泛的好评。W. H. 奥登被有的评论家称为包括斯彭德、西塞尔·戴·刘易斯、路易斯·麦克尼斯、博纳米·多布里（Bonamy Dobree, 1891—1974）等在内的左派诗人集团的头目，有的评论家索性称之为"奥登诗人集团"。他一开始，便亮出了他独特的声音，例如该诗集中一首优秀的诗《考虑》（"Consider"）前几行：

> 设想一下这一情景，在我们的时代
> 用雄鹰或戴头盔的航空兵的眼光朝下看：
> 浓云突然显出罅隙——请看那儿
> 一年中首次的花园聚会，
> 烟幕在走道旁的花坛上冒起。
> 继续向前，通过娱乐旅馆落地玻璃窗观赏山景；
> 加入疏疏朗朗的一群人中吧，
> 他们有的危险，有的平易，有的穿裘戴皮，
> 有的穿一身笔挺的制服，
> 有的散坐在预订好的餐桌旁，
> 被很棒的乐队鼓起了情绪，
> 有的到农夫及狗那儿去，
> 他们坐在沼泽地带的厨房里。

这本诗集的多数诗篇倾向于描写爱情和风景，只有一小部分，政治意识深入到风景描绘里。两年后，他的政治观念在第二本诗集《演说者们》（*The Orators*, 1932）里变得较浓厚，但颇为晦涩。作者本想在前言中，为他的晦涩向读者致歉，并解释说他的本意是想表现一个革命英雄。第一部分是英雄对他所遇到的人的影响及其失败；第二部分是英雄的自述；第三部分是对时代的领袖进行某些思索。T. S. 艾略特劝他去掉解释性序言，并劝他不必担心晦涩，而把担心放在语言传达的精当与否的问题上。诗集的三行卷首语，后来成了被人引用最多的名言：

> 公开场合一张张私下的面孔比
> 私下场合里一张张公开的面孔
> 聪明得多，可爱得多。

1927 年至 1932 年是 W. H. 奥登创作生涯的起始阶段。他一开始便显露了卓越的才华。约翰·海沃德在 T. S. 艾略特主编的杂志《标准》（1932

年 10 月）上著文，对 W. H. 奥登的《演说者们》给予高度的评价，说："我毫不怀疑地认为，在《荒原》发表以来，它对英国诗歌做出了最有价值的贡献。"

W. H. 奥登创作生涯的第二阶段，大致在 1933 年至 1938 年之间。在公众的心目中，W. H. 奥登似乎是左派英雄。他积极地到西班牙和中国进行采访，显示了一个青年诗人朝气蓬勃的活力。他这个时期的诗也富于冒险、试验、轻快和智性的风味，是最引人注意的新声。像任何杰出的现代派作品一样，他这时期的诗篇充满时代淡淡的内疚感、焦灼感、孤独感、恐惧感和陌生感。他的抒情、机智、警句和纯熟地利用各种传统艺术形式表达新鲜思想的才能，给读者带来很大的艺术享受。W. H. 奥登一开始便突破了令人窒息的传统诗风——笼罩着愈来愈远离生活的光环。他的诗里吸收了新闻报道、时事口号、政治人物的言论、英国中产阶级的生活、弗洛伊德的观念、老化的铁路线和市郊的景色。他这时期的诗歌特色是诗行浓缩、省略，思想或语气跳跃迅速，句法扭曲，有关时事的隐喻比较隐晦。诗人经常在抽象的思辨与具体的意象之中驰骋。

正当他如旭日东升登上英国诗坛显露他的诗才时，W. H. 奥登却在第二年，即 1939 年 1 月离开英国，与他的伙伴伊舍伍德乘船到了美国，使英国文学界大失所望，骂他是背弃祖国的胆小鬼、叛徒，因为当时欧洲正面临着第二次世界大战的灾难。W. H. 奥登并不以为然，因为 1939 年 1 月的英国人普遍感到乐观，并不认为会发生世界大战。他认为他离开英国的原因，是对他生活的好环境感到厌烦，对新世界感到好奇。但是，在第二次世界大战爆发以后，当包括作家在内的许多英国知识分子战死在战场时，他作为英国公民（1946 年才入美国籍）却没有回国效劳。这一点，他是无法辩解的。

1939 年至 1947 年大致是他创作生涯的第三阶段，正是他创作力旺盛的中年时期。他到美国后，当年 9 月 1 日饮酒时写了一首著名的诗《1939 年 9 月 1 日》（"September 1, 1939", 1939）：

> ……我所有的是一个声音
> 解开折叠了的谎言，
> 那街上有肉感的人头脑里
> 罗曼蒂克的谎言
> 和当局的谎言
> 他们的大厦耸入蓝天：

> 没有国家这类东西，
> 没有一个人单独存在，
> 对公民或警察来说
> 饥饿不允许选择职业；
> 我们必须相爱，否则死亡。

最后一行尤为广大读者所称道，常常被引用。W. H. 奥登后来说这首诗是他离开英国后的心迹，如同酒后的宿醉。几年以后，他感到最后一行的感情不真实，便改成"我们必须相爱和死亡"，可是仍然不满意，后来他干脆把全诗从他的诗集里删除了。W. H. 奥登有个习惯，常常把已经发表过的诗篇，在以后收入诗集时，改得面目全非，即使已被读者喜爱的诗行，有时也难逃他自己的砍伐。

W. H. 奥登到美国后，才发觉自己真正学会了工作。他说："在英国，各阶级困扰人的一个恶习是懒散。我不知道为什么。也许他们在 19 世纪工作太辛苦，彻底地累了。"[①] 他还发现美国对作家的诱人之处，在于它的开放和缺少束缚人的传统。他曾经说过："到美国访问的每个欧洲访问者，被那里相对少的他所谓的面子所打动，被男男女女常常看起来像年长的婴儿所打动，如果他待在美国时间稍微长一点的话。"他讲到点子上了，一般的英国人对你彬彬有礼，但总是同你保持一段距离，很少同你交心，美国人却恰恰相反，只要一见面投缘，就很容易和你推心置腹了。这大概也是吸引 W. H. 奥登留在美国的诱因之一。当然最主要的原因是他热爱美国文化的氛围，他为此坦承："英国的境遇使我感到越来越难待下去。我难以成长。"他还动情地说："上帝保佑美国，它如此之大，如此友好，如此富庶。"

W. H. 奥登在新大陆除了从事他所喜爱的教书之外，很快活跃于美国的诗坛与剧坛。他在文学史上的地位，当然主要建立在他辉煌的诗歌成就上，但他在英美的名声传播之广与他一直乐此不疲地大量创作戏剧（包括舞台演出、电视剧和广播剧）分不开。W. H. 奥登从 1933 年到 1973 年的戏剧创作，在英国时主要与克里斯托弗·伊舍伍德合作，在美国主要则与美国诗人切斯特·卡尔曼（Chester Simon Kallman, 1921—1975）合作。[②]使

---

① Charles Osborne. *W. H. Auden: The Life of a Poet*. New York and London: Harcourt Brace Jovanovich, 1979: 332.

② 1939 年 4 月，伊舍伍德与 W. H. 奥登分手，移居加州。从此以后，两人只断断续续见面。W. H. 奥登新的伙伴是切斯特·卡尔曼。W. H. 奥登与他建立的所谓"婚姻"关系只维持了两年，但伙伴关系保持到 W. H. 奥登病逝为止。W. H. 奥登把他的诗合集版权遗赠给了伊舍伍德和卡尔曼。

他最感荣幸的是，他赴美之后与切斯特·卡尔曼合作写歌词，并邀请住在洛杉矶的俄国大作曲家伊戈尔·斯特拉文斯基（Igor Fyodorovich Stravinsky, 1882—1971）为他的轻歌剧作曲。

　　W. H. 奥登此时信心十足地走向未来。赴美第二年出版了两本诗集：《另一次：诗抄》（*Another Time: Poems*, 1940）和《诗篇》（*Some Poems*, 1940）。前者收入了作者一些最优秀的歌词和主题诗（如《西班牙》）。第三年发表《两面派的人》（*The Double Men*, 1941），① 它描写导致 W. H. 奥登恢复信仰英国天主教的精神与理智发展的历程，被认为是 W. H. 奥登重要的过渡性诗集。1944 年，他的诗集《暂时》（*For the Time Being*）面世，由两首对话形式的长诗《暂时》与《海与镜》（"The Sea and the Mirror"）构成，用于表演，散文段落与诗行交织在一起。前者是圣诞清唱剧，后者是截取莎剧《暴风雨》的一段情节改成。剧中的一群人物，乘船离开荒岛，驶向米兰。每个人物的讲话，用不同的诗歌形式表现，如维拉内拉体、六行诗、萨福体、三行诗、哀歌体对句等，表现了作者的精湛诗艺。1947 年出版的诗集《忧虑的时代》（*The Age of Anxiety*）描写了四个人物在酒吧间的谈话，以此揭示他们及其社会的精神病和弊端。精力充沛的中年 W. H. 奥登通过创作长诗，表现了一个艺术家的成熟与魄力，尽管有批评家说《忧虑的时代》是败作。他从此以后再也没写长诗。

　　W. H. 奥登步入壮年期，即创作生涯的第四阶段（1948—1964）的第一件大事是整理并出版《短诗合集：1930～1944》（*Collected Shorter Poems 1930-1944*, 1950）。新诗集《九时公祷》（*Nones*, 1951）②的问世确立了 W. H. 奥登在美国作为主要诗人之一的地位。新诗集表明 W. H. 奥登仍处于最佳的创作状态，其新鲜活泼的程度如同一位评论家所说，好像是当时的大学生写的。其中的诗篇，有些是抒情，有些是争辩，有些是讽刺，有些是说教，有些很俏皮。《石灰岩赞》（"In Praise of Limestone"）是 W. H. 奥登的得意之作，也被公认为是他的佳作之一。全诗 94 行，充满了诗人对石灰岩点缀的景色的由衷赞美之情。本来平凡的景色，一经诗人点化，使读者如入仙境，例如诗的开头：

> 　　如果它构成了那一种风景，使易变的我们
> 　　不断地产生怀乡之情，主要是

---

① 又名《新年信》（*New Year Letter*, 1941），在英国出版。

② 古罗马历中 3、5、7、11 月之第 7 日或其他月的第 5 日的祈祷，译为天主教九时公祷，或午后祷。

> 因为它溶解于水。这些圆溜溜的滑坡
> 表面皆有百里香的芬芳，下面
> 是洞穴和水道的秘密系统；听一股股泉水
> 向外遍地喷出，发出咯咯咯的笑声，
> 每一股泉水为它们的鱼儿注满自己的池塘，
> 雕刻自己的沟壑，其峭壁接待
> 蝴蝶和蜥蜴；……

最后几行把特定的外部景色与内心感触交融在一起：

> 这得福者没有东西可隐藏，
> 因此不在乎从什么角度被观看。亲爱的，
> 看与被看的双方我都不知道，但当我设想
> 完美无缺的爱或未来的生活时，我听到的是
> 地下小溪流水淙淙，看到的是石灰岩风景。

　　"看与被看的双方我都不知道"与卞之琳《断章》的前两行"你站在桥上看风景，/ 看风景人在楼上看你"在描述观看风景的视角和心境上是不是不谋而合,虽然在两种全异的文化语境里？中国诗人进一步发挥的是："明月装饰了你的窗子，/ 你装饰了别人的梦"，而美国诗人联想的却是在"完美无缺的爱或未来的生活"的心境状态下欣赏风景。

　　W. H. 奥登童年时期秘密世界的一部分，便是英国北部纽克郡戈斯兰的石灰岩荒野。W. H. 奥登六岁时在该地有一张留影：他双臂扶撑面前一大块凸出的石灰岩石块，目视远方，悠然自得。①童年的生活环境，对任何诗人来说都是神奇而美好的诗料。T. S. 艾略特幼年度过的圣路易市旁的密西西比河和麻省海边的安角，后来被他生动地写入《四首四重奏》；抚育弗罗斯特长大的新英格兰，给他后来的诗歌带来了摘苹果时无比妩媚的秋色和令人神往的雪景；W. H. 奥登童年时嬉戏的石灰岩的普通荒野，在他的笔下，充满了诗情画意。

　　50 年代的 W. H. 奥登仍年富力强，虎虎有生气，在美国诗坛发挥越来越大的影响。特别是在担任耶鲁大学青年诗人丛书主编期间（1947—1962），他作为主流诗歌的代言人，对美国诗人的影响几乎到了制高点。

---

① Charles Osborne. *W. H. Auden: The Life of a Poet*: 69.

当 W. H. 奥登说"每个美国诗人都感到，当代诗歌的整个责任落在了他的肩上，还感到他是一个当代诗歌的文学贵族"时，他显然意识到自己所担当的重任，也只有在这时，他才能说出气派如此之大的豪言壮语。

他现在成了国际的著名诗人，英美文坛的评论家，美国大学里出色的诗歌朗诵者和美国电台、电视台的剧本供稿人。他的作品被译成 30 多种文字。到 1964 年为止，除了《九时公祷》外，他又出版了七部诗集。美国的三大诗歌奖——普利策奖（1948）、博林根诗歌奖（1954）和国家图书奖（1956）都被他荣获了。负责授予博林根诗歌奖的耶鲁大学图书馆馆长表彰 W. H. 奥登，说："作为顽强的思想家，W. H. 奥登是敏锐地表达自己并富有诗歌朝气的人。作为美国人，他已成了美国诗歌永远的一部分。"①

W. H. 奥登定居在纽约，得了意大利的一笔文学奖，大约有 1200 英镑，经济状况大有改善。1958 年，他与切斯特·卡尔曼在奥地利维也纳近郊买了一座房屋，每年在那儿度假，直到 W. H. 奥登去世为止。奥地利对这位大诗人引以为豪，在 W. H. 奥登的生前，就用他的名字来命名基尔希施特滕小镇的一条街道。可以说，他这时到了功成名就的顶峰了。

W. H. 奥登创作生涯的第五个阶段（1965—1973）虽处于他的暮年，但他仍壮心不已，出版了 10 本诗集（包括新的合集与选集）。比起 30 年代风华正茂的他，W. H. 奥登晚年在思想上与艺术风格上，都显著地改变了。他对自己 30 年代的左倾观点表示追悔，不相信文艺作品的社会效应。在许多场合，他都认为不应该强调文艺的作用，他说：

> 这不是我观点的倒退。但我已对诗歌的干预性表示很大怀疑。如果但丁、米开朗基罗和拜伦没来到世上，社会政治历史不会有什么不同。文艺对此毫无办法。只有政治行动和新闻的直接报道才能担当此任。
>
> 我对自己在 30 年代写的一些作品有点感到内疚。我所写的反希特勒的文学未能阻止任何一个犹太人被杀害。我所写的作品没有使战争停止一分钟。
>
> 作家最多能做的是，约翰逊博士曾经说过的一句话：写作的目的是使读者稍微享受一下生活乐趣，或稍微能忍受生活的痛苦。②

---

① Charles Osborne. *W. H. Auden: The Life of a Poet*: 243.

② Charles Osborne. *W. H. Auden: The Life of a Poet*: 291.

他的名诗句"诗歌没有使任何事情发生"表达了他同样的思想。这句诗被视为对现代诗的重要陈述，是现代诗歌里最伟大的诗行之一。它出自 W. H. 奥登悼念去世的 W. B. 叶芝的一首长挽诗《纪念 W. B. 叶芝》（"In Memory of W. B. Yeats", 1939），其中有这么几行：

> 因为诗歌没使任何事情发生：它存活在
> 它自己制作的山谷里，那里，执行官们
> 永远不会想去干扰，它从孤立的牧场
> 和忙碌的忧伤里，从我们信赖的和我们
> 生死与共的自然村镇，朝南一直流；……

这就是 W. H. 奥登在晚年消极对待文艺与政治关系的心理态势。他认识不到文艺潜移默化的作用，也不可能了解物质与精神相互转变的辩证关系。他的这种机械的思维方式，使他在 50 年代就认为，社会的罪恶与弊病世世代代重复着；虽然有多次的革命，但总不能带来多大的改进。因此，对诗人来说，不同的时代可以同时处在他的想象之中，例如，他的 60 多行的诗篇《阿喀琉斯的盾牌》（"The Shield of Achilles", 1955）揭示了荷马时代、罗马帝国时代和当代都是同样残酷的时代：

> 这个世界的群众和君主都举足轻重，
> 而且总是显得同样的重要，
> 命运同样掌握在其他人的手中；
> 他们不能期望援助，援助也不会来到；
> 他们的敌人想干的都干了，
> 他们的奇耻大辱到了极点；
> 他们失去骄傲，早死于身躯死亡之前。

和他 30 年代的艺术形式相比，他晚年的诗风改变很大。他的诗变得口语化，从容不迫，直白多于含蓄。例如，他逝世前一年作的《摇篮曲》（"A Lullaby", 1972）一共 60 行，行行像慈母对爱子，平静而动情地讲述心里话（他晚年写信给朋友时，往往自称母亲）。最后两节苍凉的语气，使人不得不想起史蒂文斯临终前的绝笔诗《论纯粹的存在》：

> 让你最后想到的全是感谢：

赞颂你的父母，他们给了你
超我①的力量，使你
省去了许多的麻烦，
数一数你的众友，都叫他们亲爱的，
然后公正地评估
你的老年，评估你的诞生。
在童年，你被允许接触
许多漂亮可爱的发明，
（它们不久就又被废弃了）：
火车头锅炉水泵汽塞、
杠杆引擎和向上喷射的水车。
是的，亲爱的，你一直幸运：
唱吧，大宝宝，唱支摇篮曲。

而今快湮没人世间：让
肚皮去料理
横膈膜以下的一切，
母亲们的领域，
她们守卫着神圣的门，
没有那些无言的警告，
能用语言表述的我
很快会变为凶恶的暴君，
淫猥而不会爱人，
倨傲而渴望地位。
如果梦缠绕你，别去理会，
因为一切，既甜蜜又令人厌恶，
都是趣味不定的笑话，
含义暧昧得无法应付。
睡吧，大宝宝，睡个够。

　　这首《摇篮曲》是诗人在内心里，唱给返老还童的他自己听的，也是
唱给处于暮年的读者们听的，青年读者也许对此不会有什么深切的感应。

---

① 根据良心和法律制定者行事的心理状态的一部分。

W. H. 奥登的诗一直有口语化的倾向，只是到了晚年更加明显。口语化使诗与日常话语缩短了距离，扩大了题材选择的范围，使人感到亲切、自然。但处理不好，便使诗显得拖沓、空泛，缺少力度，流于概念化。正因为他后来不少诗篇散漫化或散文化，使他在死后招致不少青年诗人批评。但这无损于他作为大诗人的形象，他诗艺精湛，乐于助人，在任何场合从不炫耀自己，凭智慧和热情，在同时代和下一代作家中，树立了有牢固凝聚力的形象。海伦·文德莱称他是"英语世界里最充满生气的作家"①。约瑟夫·布罗茨基尊他为"20 世纪最伟大的心灵"。约翰·霍兰德在《奥登 60 岁》（"Auden at Sixty", 1967）里称他是"无冕的桂冠诗人"。为了庆祝 W. H. 奥登 60 岁生日，罗伯特·洛厄尔在《谢南多亚》杂志（1967 年冬季号）上发表纪念文章，恰当地概括了 W. H. 奥登的一生文学贡献：

> 奥登的作品和创作生涯不像其他人的，但帮助了我们大家。他在诗歌和文艺批评方面，一直有责任心和雄心壮志，一直抓住重大的题材，同时也写奇特而可爱的诗篇。他用异常困难的、率真的、合适的辛劳，从事了大量不起眼的工作：为人作序，编选集，搞翻译……我最感激的是三四件重大的事情：他早期的古英语的头韵诗法、他对我们的灾难的预言、他生气勃勃的打油诗……和融轻松活泼而奇异的宏伟与贺拉斯式成熟的简朴于一体的正规诗体。去年冬天，约翰·克劳·兰塞姆对我说，当我们把艾略特失落到英国、以后却获得了奥登时，我们作了平等的交换。两位诗人对新入国籍的国家都很友好，带来了当地人不可能有的才能。

W. H. 奥登终老在欧洲。1972 年冬，他从纽约去英国，居住在牛津大学提供的小屋，夏天住在奥地利。病逝在维也纳，葬在奥地利圣珀尔滕陆的一个小镇基希施特腾——他生前在这里购置的住地。

1974 年，一方 W. H. 奥登纪念碑安放在伦敦西敏寺诗人角（Poets' Corner）里，如同在 1967 年 T. S. 艾略特去世两周年之际，T. S. 艾略特纪念碑安放在西敏寺诗人角里一样。

---

① Helen Vendler. *Part of Us, Part of Nature*. Cambridge and London: Harvard UP, 1980: 92.

第五编　后现代派时期主要诗歌流派

第一章　美国诗歌的后现代派时期语境

后现代派（postmodernism）和后现代主义是同一个词，只是译法不同，但含义相同，一如前面已经说过，现代派也可译作现代主义。对美国后现代派诗歌的推进做过杰出贡献的唐纳德·艾伦及其《后现代派诗人：新美国诗歌修订本》（*The Postmoderns: The New American Poetry Revised*, 1982）的合作者乔治·巴特里克（George F. Butterick）对后现代主义作了详细的阐述，他们认为：

> "后现代"（postmodern）不是简单地在"现代"之后增添时间概念上的"后"（after）就行了，它不是庞德、T. S. 艾略特、奥登和史蒂文斯及其继承者例如约翰·贝利曼、罗伯特·洛厄尔、伊丽莎白·毕晓普和安妮·塞克斯顿的现代主义之后的"后现代"。关于这个术语本身，诗人们有不同的表达法。对于首先使用了这个术语的奥尔森来说，它的终极意义是，及时地与现实接触。①

我们在这里姑且不去甄别他们把安妮·塞克斯顿放在现代派时期是否恰当（也可能是他们的疏忽，也可能他们认为如此），他们认为不能简单地在时间上划分现代派与后现代派，并且进一步阐述后现代派诗人的独特风格：

> 更重要的是，在更大范围的风格方面，他们反映了不同的自我气质，反映了对待思想精神、自然、社会的一种新态度——实际上，是对何为现代人这个概念所作的种种假设，而这些假设是沿袭了过去的看法。他们的作品以接受原始、接受精神和性需要、接受神话、接受科学的全部认识、接受机会和变化、接受机智和梦想为特色。一些人

---

① Donald Allen and George F. Butterick. "Preface." *The Postmoderns: The New American Poetry Revised*. Eds. Donald Allen and George F. Butterick. New York, NY: Grove P, 1982: 11.

甚至被称为文字未出现前的、前理性的、前现代的人，如果现代主义的态度和承诺不可救药地制造了原子弹和物种替代的其他形式是真的话。

后现代派诗人有着利用了意象主义和成果的优势——这两样正是现代主义诗歌的主要成就。它们是 60 年代早期自由诗首要的、多元化的成就。许多诗人要求对价值观重新定位，要求重新审视西方文明的前提。多数诗人为个人寻求对他或她的世界保持一种新关系，寻求对现实采取一种新立场，这里的每一行诗，不管是长行还是短行，都开放于它自己（表达）的可能性；这里的句法及时地感应于此刻的意向。他们富有革命性，以愿意捕捉浪漫的迫切需要和以寻求对静态的替代为特色。

所以，后现代主义不仅仅是开始于 20 世纪头十年的现代主义的继续。后现代主义的拟议比意象派的主张宽泛得多，比开启 20 世纪早期几十年的现代主义这个词的革命含义宽泛得多。最重要的是，它主要的特征是它的包容性，它有愿意即刻利用过去一切成就的优势。①

《新美国诗歌》和《后现代派诗人：新美国诗歌修订本》所选的具体诗人及其诗篇为他们有关后现代派诗歌的论述做了支撑，尽管他们对现代派与后现代派的时间划分的看法有悖于奥尔森的初衷（参看后面第八章《黑山派诗歌》开头部分）。

对后现代主义的探讨是当今学术界的国际性热门话题。它涉及当今西方世界进入新历史时期的整个文化思潮，而这股文化思潮席卷哲学、神学、社会学、建筑学、教育学、美学、文学、艺术等等各个领域以及由此对原先价值观念的有力冲击和深刻影响。如果经济基础决定上层建筑这个命题还是行之有效的话，那么决定上述上层建筑变更的基础，是西方由于科技和经济的迅猛发展而进入后工业社会阶段。对此，詹姆逊提出自己的看法：

实际上，关于后现代的理论——不论是赞扬的还是以伦理上反感和谴责的语言所表达的——极像是那些更具雄心的各种社会学的概括，几乎在同一时期，社会学的概括告诉我们，一个全新型的社会已经到来并已开始，这个社会最流行的名称是"后工业社会"（丹尼

---

① Donald Allen and George F. Butterick. "Preface." *The Postmoderns: The New American Poetry Revised*. Eds. Donald Allen and George F. Butterick. New York, NY: Grove P, 1982: 12.

尔·贝尔语），但也常常被称作消费社会、媒介社会、信息社会、电子社会或"高技术"社会，等等。这样一些理论具有明显的意识形态使命，为了自我解脱，它们论证说，这种新社会的构成不再遵从古典资本主义的法则，即工业生产的首要地位和阶级斗争的无处不在。①

佩里·安德森对后现代主义的由来，作了系统的考察，他说：

作为术语和观念，"后现代主义"的出现预设了"现代主义"的流行。与通常的期望相反，二者都诞生于遥远的边缘地带，而不是当时文化体系中心：它们并非源自欧洲或美国，而是源于拉丁美洲的西班牙语世界……"后现代主义"观念也是最早出现在 20 世纪 30 年代的西班牙世界，比它在英国和美国的出现早了一代人的时间。最早使用后现代主义这个术语的人是米格尔·德乌纳穆诺（Miguel de Unamuno, 1864—1936）②和何塞·奥尔特加（José Ortega, 1883—1955）③的朋友弗雷德里科·德奥尼斯（Frederico de Onis, 1882—1932）……德奥尼斯提出"后现代"风格的观点成为西班牙文学批评术语，即便后来的作家很少像他那样准确。直到大约 20 年后，在一个完全不同的语境下，这个术语作为一个表示时期的范畴，而非美学范畴，出现在英语世界中。④

在 2004 年耶稣变形日（Transfiguration Day），华裔美国牧师约翰·伍（John L. Ng）在他做的系列宣讲之六《与会众一同生活在后现代的环境中》（"Living With Congregants In A Postmodern Environment"）里，也提到了后现代主义：

让我简单地解释一下后现代。作为世界观，后现代的含义很宽泛，多种多样。它描述宇宙的哲学建构以及在建筑、视觉艺术和文学上艺术表达的措辞……这个术语是西班牙作家德奥尼斯在 20 世纪 30 年代

---

① Fredric Jameson. "Postmodernism or the Cultural Logic of Late Capitalism." *New Left Review*, July-August 1984: 53-92. 中文引文采用王逢振译文.《后现代主义，或后期资本主义的文化逻辑》，《最新西方文论选》. 王逢振、盛宁、李自修主编. 漓江出版社，1991，第 333 页.

② 米格尔·德乌纳穆诺：西班牙小说家、诗人、戏剧家和哲学家。

③ 何塞·奥尔特加：西班牙哲学家和作家。

④ Perry Anderson. *The Origins of Postmodernity*: 3-5.

为反对现代的唯理论提出来的。20 世纪末，法国哲学家雅克·德里达（Jacques Derrida, 1930—2004）界定后现代为一种感知，对阐释现实的自我所作的认识过程的感知。就是说，自我决定真实。

这位牧师在后现代主义由来的考证上，与佩里·安德森相同，可是他最后的说法有点玄乎，把后现代主义朝唯心论方面靠拢，对后现代主义的含义阐释呈现各取所需的苗头。不过有意思的是，他为我们提供了后现代主义观念渗透到西方宗教的一个实例，让我们了解到西方宗教人士同样意识到他们进入了后现代时期，而东方，至少中国的佛教高僧大德恐怕还没有这种自觉意识。

关于后现代派时间的分期，众说纷纭，莫衷一是。①北卡罗莱纳州大学教授约翰·玛高温（John MacGowan, 1953—　）认为：

> "后现代主义"这个术语首次用在建筑学上，是在 1947 年，推动建筑家们辩论，迄今没有结束。文学批评家，最著名的哈里·莱文（Harry Levin, 1912—1994）、欧文·豪（Irving Howe, 1920—1993）、莱斯利·菲尔德（Leslie Fiedler, 1917—2003）、弗兰克·克莫德（Frank Kermode, 1919—2010）和伊哈布·哈桑在 20 世纪 60 年代开始使用这个术语，以便把塞缪尔·贝克特（Samuel Beckett, 1906—1989）、豪尔赫·路易斯·博尔赫斯（Jorge Luis Borges, 1899—1986）、约翰·巴思（John Barth, 1930—　）、唐纳德·巴塞尔姆（Donald Barthelme, 1931—1989）、托马斯·品钦（Tomas Pynchon, 1937—　）和其他人的作品从盛期现代主义经典作品中区分开来。②

玛丽·克拉格斯认为，后现代主义是一个复杂的术语，它出现在自从 20 世纪 80 年代中叶以来的学术研究领域里，很难界定，因为它是一种观念，出现在包括艺术、建筑音乐、电影、文学、社会学、通讯、时装和工艺学在内的很宽泛的不同学科或学术领域里，在时间上或历史上，很难准

---

① 伊哈布·哈桑、理查德·沃森（Richard Wasson）、迈克尔·柯勒、伽达默尔（H. G. Gadamer）、德里达（Jacques Derrida）、福柯（Michel Foucault）、罗兰·巴特（Roland Barthes）、丹尼尔·贝尔（Daniel Bell）、哈贝马斯（Jurgen Habermas）、利奥塔德（Jean-Francois Lyotard）、詹姆逊·斯潘诺斯（William Spanos）等西方"诸子百家"对后现代派都提出了各自不同的看法。参见：王岳川.《后现代主义文化研究》. 北京大学出版社，1992，第 5-6 页.

② John McGowan. "Postmodernism." *The Johns Hopkins Guide to Literary Theory & Criticism*: 585.

确地说清楚后现代主义起于何时。① 还有批评家认为，后现代主义是现代主义的一个方面，或一个分支，例如，薇姬·马哈菲认为：

> 我们饶有兴趣地注意到，在近来现代主义对后现代主义的辩论中，现代主义非正统的特性被后现代主义替代了；在动机性的逆转中，现代主义被描述为腐败的、册封的正统（尤其被错误地与归因于 T. S. 艾略特的新批评派认同），而后现代主义则成了试验性的分支。②

如果在字眼上进行细究的话，现代与后现代有时也很被难区分，例如，佩里·安德森对此说：

> 既然现代（美学意义上的或历史意义上的）经常处于所谓绝对的"当下状态"（present-absolute），那么界定现代以外的任何时期尤其困难，那样会把"现代"变成相对而言的过去。这个意义上讲，那个临时借用的简单前缀——表示是以后——实际上内在于这个概念的自身之中，不管在什么地方，一旦感到需要用它作时间区分标志的话，几乎可以提前把它派上用场，让它重新出现。凭借"后现代"这类术语的做法常常属于相机行事。但理论的发展是另一回事。③

在后现代的今天，我们居然还能订阅到美国发行 21 世纪的《现代主义杂志》（*Modernism Magazine*）是印证玛高温和安德森的看法的最佳例子。这是一本专注于室内外装潢的畅销季刊。该杂志自称它"包括艺术装饰、20 世纪中期、流行和后现代的设计"。显然这本杂志的创刊人，没有看到或不愿承认后现代，而是把"现代"当作绝对的当下状态。我们常人不是也常常把"现代"和"当代"混为一谈的吗？这种模糊现代与后现代风格和时期的做法，姑且作为我们扩大视野的参考，否则我们将会陷入虚无主义的不可知论之中了。

但是，对于后现代主义的开始时间，詹姆逊的论断比较明确，他认为："后现代主义存在的状况所依赖的前提是某种根本的断裂或中断，一般追

---

① Mary Klages. *Literary Theory: A Guide for the Perplexed*. (Part 10 "Postmodernism"). London and New York: Continuum P, 2007.

② Vicki Mahaffey. "Modernist Theory and Criticism": 512.

③ Perry Anderson. *The Origins of Postmodernity*: 14.

溯到 20 世纪 50 年代末或 60 年代初期。"① 此分期比较符合美国诗歌发展的实际。我们把这一界线定在 50 年代中期，理由将在下面论述。佩里·安德森认为，"直到 70 年代，后现代的观念才得到最为广泛的传播。"②这与我们把美国后现代诗歌定在 20 世纪 50 年代中叶，没有什么原则区别，因为这种说法比较灵活，没有排除它在 70 年代以前已经传播。荷兰乌得勒支大学比较文学教授汉斯·贝尔滕斯（Hans Bertens）对后现代和后现代主义也作过详尽的调查研究，他的观点为我们把美国诗歌后现代派时期定在 50 年代中期增加了依据。他在专著《后现代的观念：历史》（*The Idea of the Postmodern: A History*, 1995）中指出：

> 自从迈克尔·柯勒（Michael Kohler）在 1977 年发表《"后现代主义"：一个历史概念的概述》（"'Postmodernismus': Ein begriffsgeschichtlicher Uberblick", 1977）③以来，后现代和后现代主义这两个术语早期使用的广泛范围就为大家所知晓了。沃尔夫冈·韦尔施（Wolfgan Welsch, 1946— ）告诉我们，"后现代"早在 19 世纪 70 年代就被使用了，而"后现代主义"首次出现在 1934 年、1939 年和 40 年代。从那时起，这两个术语就开始大幅度出现。不过，在早期使用与对后现代主义辩论期间几乎停止使用，而在 60 年代又开始出现了。④

三位学者在后现代派时期的起始时间的界定上大差不离，历史时期的划分，往往只能取一个近似值，因为划分历史时期的人的视角总是不尽相同。

玛丽·克莱基斯对后现代主义的起始时间索性持不可知论。她在专著《文学理论：困惑指南》（*Literary Theory: A Guide for the Perplexed*, 2006）第十章"后现代主义"开宗明义：

> 后现代主义是一个复杂的术语或一套思想，自从 80 年代中叶，它只作为一种学术研究领域出现的。很难界定后现代主义，因为它是

---

① Fredric Jameson. "Postmodernism or the Cultural Logic of Late Capitalism": 331.

② Perry Anderson. *The Origins of Postmodernity*: 14.

③ Michael Kohler. "'Postmodernismus': Ein begriffsgeschichtlicher Uberblick." *Amerikastudien*, 1977, Vol.22, No.1: 8-18.

④ Hans Bertens. *Idea of the Postmodern: A History*. London • New York: Taylor & Francis Inc., 1995.

一种概念，出现在各种各样宽泛的学科或研究领域里，其中包括艺术、建筑、音乐、电影、文学、社会学、通讯、时尚和技术。很难在时间上或历史上确定它，因为不十分清楚后现代主义是什么时候开始的。

这是玛丽·克莱基斯的个人看法，她的理由是后现代主义涉及的领域太多，无法去一一查证，当然她不能一笔勾销安德森、詹姆逊等学者在这方面所作的严谨的学术考证。

至于后现代派文艺和美学的特征，迄今为止，没有哪个理论家能提供一个全面、系统、令人信服的概括。例如，哈桑在讨论现代主义与后现代主义的特征时，列举了 33 对的对应区别表，[①]詹姆逊提出了"新的浅显性"、历史性的连续削弱和全新类型的感情基调（感情的消逝）[②]都不可能全面概括，而王岳川综合西方文论家观点而提出平面感、断裂感、零散化和复制等四个特征[③]也不可能全面概括，至少不完全适用于对美国后现代派诗歌特征的概括。例如，深层意象派诗人不但没有"削平深度模式"，而且深挖表层下面的意识和潜意识；又如，20 世纪 70 年代崛起的语言诗人特别看重索绪尔的符号学所区分的能指与所指；再如，1960 年移居美国、1970年加入美国籍的诺贝尔文学奖得主切斯瓦夫·米沃什和一般的黑人诗人都有深沉、厚重的历史感。当然，任何理论的概括都不可能尽善尽美，其中必然有或多或少的例外。对此，还是詹姆逊说得比较明确：

> 历史分期的假设常常引起的顾虑之一，是它们倾向于取消差别，把一个历史时期的观念设想成同质的整体（这个时期的前后都是莫名其妙的"按年代顺序的"不同性质的观念和标点符号）。但是，这正是为什么我觉得一定不能把"后现代主义"理解成一种风格，而必须理解为一种文化要素：一种允许一系列极不相同而又从属的特征存在和共存的概念。[④]

迈克尔·柯勒对此也有类似的观点：

> 后现代主义并非一种特定的风格，而是旨在超越现代主义所进行

---

① 王岳川.《后现代主义文化研究》: 254-255.
② Fredric Jameson. "Postmodernism or the Cultural Logic of Late Capitalism": 336.
③ 王岳川.《后现代主义文化研究》: 236-244.
④ Fredric Jameson. "Postmodernism or the Cultural Logic of Late Capitalism": 334.

的一系列尝试。在某种情境中，这意味着复活那被现代主义摒弃的艺术风格，而在另一种情境中，它又意味着反对客体艺术或包括你自己在内的东西。①

因此，主张美学规范的突破、一统天下的精英意识的消退和"美学民众主义的兴起"（詹姆逊语）这三点比较能够揭示美国后现代派时期诗歌的实质。我们不妨把它看成既是一种独具特色的时代风格，也是一种历史时期的划分。

① Michael Kohler. "'Postmodernismus': Ein begriffsgeschichtlicher Uberblick." *Amerikastudien*. 1977, Vol.22, No.1. 译文转引自王岳川《后现代主义文化研究》，第 7 页。

第二章 对后现代派时期诗歌的描述和界定

对任何历史现象的总结，都可以用不同的话语方式进行描述，同样可以昭示其本质。包括中国在内的第三世界的重要理论家们还没有用现代主义和后现代主义的概念，以专著的形式，系统地描述他们国家的文化思潮，充其量只处于对西方现代派和后现代派的介绍阶段。所谓第一世界的解体后的俄罗斯，在 1991 年，才开始公开用这种概念阐释他们的文化现象。即使在当今的美国，也不是所有的批评家和文学史家都用现代主义和后现代主义的术语去概括现当代文学现象。例如，埃默里·埃利奥特主编的《哥伦比亚美国文学史》，以历史阶段而不是以现代主义和后现代主义概括美国文学现象，尽管其中零散地出现现代主义和后现代主义字样。罗伊·哈维·皮尔斯（Roy Harvey Pearce, 1919—2012）的《美国诗歌的继续》（*The Continuity of American Poetry*, 1961）同样未采用这一对术语。丹尼尔·霍夫曼主编的《当代美国写作哈佛指南》（1979）仅谨慎地采用"现代主义以后"（After Modernism）这一术语，来评价美国当时的诗歌。

唯有戴维·珀金斯在他重点介绍英美现当代诗歌的两卷本《现代诗歌史》[①]里，系统地运用了这一对术语。他在论述后现代时期英美诗歌时，明确地指出：

> 在 50 年代，英美诗人摒弃已经建立起来的风格。自从第一次世界大战前后，现代派诗歌出现以来，比较而言，一代一代的诗歌持续40 年没有出现严重断裂。这新时期的开始时间，也许可以定在 1954年，这一年菲利普·拉金的《诗抄》（*Poems*）发表了，无独有偶，金斯堡首次朗诵了他的《嚎叫》。[②]其余的断裂点是罗伯特·洛厄尔的《人生研究》（1959）和查尔斯·奥尔森的宣言《投射诗》，它们表达了许

---

① 该书第一卷出版于 1976 年，第二卷出版于 1987 年。

② 指 1955 年 10 月 31 日晚，金斯堡在六号画廊首次朗诵《嚎叫》的第一部分。参见 Barry Miles. *Gingsberg: A Biography*. New York: Simon and Schuster, 1989: 195.

多青年诗人所共有的前提。

"现代主义"这个术语衍生于 20 世纪头十年的诗人。它根据他们希望创造的新风格命名的。当前所流行的"后现代主义"是 20 世纪 50 年代和 60 年代的批评家们创造的。①

戴维·珀金斯对美国诗歌后现代派时期起始时间的界定，正切合詹姆森所作的论断（本篇第一章），而且，我们在这里还可以找到荷兰学者汉斯·贝尔滕斯类似的论断。他说："我们发现它（后现代主义——笔者注）真正的继续使用，是在文学批评上，至少从 20 世纪 50 年代早期开始，这个时候，查尔斯·奥尔森拾起这个术语，开始用它来鉴别当代诗歌（绝大多数是他的诗作和其他所谓黑山派诗人的诗作）中反现代主义文风和反理性主义的特定立场。"他所谓的"继续使用"，是指他在上述已经说过：后现代和后现代主义这对术语出现最早的年代是在 1934 年、1939 年和 40 年代（本篇第一章）。

戴维·珀金斯采用现代主义（包括现代主义盛期）与后现代主义的这一对术语，而不用传统的历史阶段分期，来描述英美现当代诗歌史，使我们更容易看清楚其由量变到质变以及螺旋式循环往复发展的脉胳。鉴于此，本书基本上采用了他的话语方式介绍 20 世纪美国诗歌。这里需加四点说明：

1）鉴于"现代"和"当代"这一对术语歧义丛生性，本书采用狭义上的界定："现代"系指现代派时期，"当代"系指后现代派时期（这里难免含糊，因为 21 世纪的当下更是当代）。

2）把 20 世纪 50 年代中期作为美国现代派和后现代派两个时期诗歌的分界线，不是无中生有，而是有其深刻的历史原因。

首先，如前所说，美国在这段历史时期跨入了后工业社会，随着人们价值观念的深刻改变，诗人们的诗美学发生了剧烈的改变。恰巧 20 世纪 60 年代风起云涌的政治运动（见"绪论"第五节）加速了占主流地位、维护 T. S. 艾略特现代派诗风的新批评派（即学院派）的退却。于是在诗坛上形成了大动荡、大分化、大改组的局面，垮掉派、黑山派、自白派、纽约派、深层意象派等等都应运而生。始终抵制新批评派诗美学的惠特曼和 W. C. 威廉斯的追随者们和二战时期的政治诗人，这时正好有了出头露面的机会。

---

① David Perkins. *A History of Modern Poetry: Modernism and After*: 331.

　　这里需要插一笔：美国诗坛永远记住唐纳德·艾伦①在推动垮掉派、黑山派、纽约派的建立所做出的杰出贡献。他按照庞德—W. C. 威廉斯—H. D. 的诗歌创作路线主编的诗选集《新美国诗歌》（1960）推出了原汁原味的美国诗。起初被主流诗坛忽视或轻视的、名不见经传的新诗人，诸如查尔斯·奥尔森、罗伯特·邓肯、罗伯特·克里利、拉里·艾格纳、芭芭拉·格斯特、阿什伯里、金斯堡、凯鲁亚克、劳伦斯·费林盖蒂、迈克尔·麦克卢尔、丹尼丝·莱维托夫、奥哈拉、斯奈德、詹姆斯·斯凯勒、肯尼思·柯克等 44 位，后来不久便成了后现代派时期各流派的骨干，他/她们的诗歌也成了美国后现代派诗歌经典的一部分。他在谈到主编这本诗集的目的时指出：

　　　　从出现在伯克利、旧金山、波士顿、黑山和纽约市的情况来看，它已经显示一个共同的特点：完全抛弃所有那些典型的学术诗的品格。它遵循庞德和 W. C. 威廉斯的实践和告诫，已经建立在他们自己的成就上，发展了诗歌的新概念。这些诗人已经创造了他们自己的传统，他们自己的出版社，他们的大众。他们是我们的先锋派，美国诗歌现代运动中真正的继续者。②

　　据统计，这部诗选集出版了十多万册，即使半个世纪后的今天，仍然作为诗歌经典，被一代代读者所捧读。《新美国诗歌》在激烈的诗选战和文选战中胜出，其影响之大，打一个不太恰当的比方，它好似中国蘅塘退士孙洙编撰的《唐诗三百首》，具有公认的经典性、权威性、不可替代性。当然，这些骨干诗人本身在这个历史时期成长和成熟了，只是唐纳德·艾伦独具慧眼，在历史发展的转折期，适时地把他/她们推到了历史舞台。唐纳德·艾伦于 2004 年去世，美国诗人和诗评家纷纷写文章悼念他。迈克尔·麦克卢尔称《新美国诗歌》是"一部震撼诗歌界的诗选集"。著名诗歌评论家玛乔里·珀洛夫说："40 年后的今天，它依然是伟大的先锋诗选集，这部书决定了 20 世纪下半叶的诗歌方向。"如今饮誉美国诗坛的罗伯特·克里利，在为唐纳德·艾伦写的讣告中，更动情地说："是唐纳德的《新美国诗歌》带着我们大家见世面，这部作品几乎 50 年之后仍然在印刷。

---

　　① 唐纳德·艾伦（Donald Merriam Allen, 1912—2004）：著名的主编、出版家和翻译家，生前主编和出版了多种重要的当代美国诗选集，其中《新美国诗歌》最为诗界称道。他还翻译了欧仁·尤奈斯库四部剧本。

　　② Donald M. Allen. *The New American Poetry*. New York: Grove Press, 1960: XI.

这书像唐纳德·艾伦一样永恒。"

其次，50年代中期现代派诗歌大师T. S. 艾略特和W. C. 威廉斯已近晚年，两位敌手分别在1965年和1963年辞世；弗罗斯特也在1963年去世；史蒂文斯则早在1955年长逝；而庞德从1945年至1958年，一直被关押在圣伊丽莎白精神病院。像任何事物的发展规律一样，这些叱咤诗坛的宿将们的力量，在这个时期，均已临近强弩之末，这正是新一代诗风形成的好时机。

3）我们首先注意到美国现代主义与后现代主义两个大时期诗歌断裂性的同时，又注意到后者对前者的持续性，还注意到远比断裂性复杂的同质相互渗透而又排斥的张力。

其一，我们有必要强调新批评派与 T. S. 艾略特为代表的盛期现代主义诗风的关系，是既有联系又有区别，如同戴维·珀金斯所说：

> 新批评派实质上是合理化地使用了现代派①遗产。新批评派保留了现代派基本的价值标准——简洁、机智、反讽、非个人化、严格认真地驾驭诗歌形式，但不言自明地放弃了现代派诗歌某些有特色的技巧，诸如《荒原》和《桥》过多的象征性和重叠的神话。其结果是，新批评派风格与它继承的盛期现代主义风格相比，则显得谨慎而守旧，而且它最不离经叛道，最不傲慢，最不革命。②

事实上，新批评派在后现代派时期已失去了昔日霸主的荣耀，被造反派们当作革命的对象。不过尽管如此，20世纪40年代在大学里受过新批评派诗学熏陶的一批诗人，表面上放弃了新批评派风格，吸收新时期新流派的成果，反映60年代的新活力新现实，骨子里却仍保留了讲究传统艺术形式的审美趣味。他们就是新批评派在新形势下的翻版和改制。例如，魏尔伯修正了他原来的智性诗风，但仍然坚持为新批评派美学规范辩护，成了新形式主义诗人。约翰·霍兰德是有名的新批评派诗风的铁杆保卫者。安东尼·赫克特、戴维·费里（David Ferry, 1924—　）、里德·惠特莫尔（Reed Whittemore, 1919—2012）和J. V. 坎宁安等，也是坚持新批评派传统的保守诗人。费里直认不讳地说："我被说成是形式主义诗人，我想我是的。"新形式主义诗人的阵营强大，实力雄厚，除了一批较年长的在1920

---

① 指 T. S. 艾略特牌号的现代派，下同。具体地讲，新批评派捍卫了 T. S. 艾略特、叶芝和较小程度上的庞德的现代派诗歌权威地位。

② David Perkins. *A History of Modern Poetry: Modernism and After*: 334.

年以前出生的诗人之外，^①在 1920 年以后至 1930 年以前出生的著名诗人
有：魏尔伯、霍夫曼、库明、梅里尔、艾德莉安娜·里奇和霍华德等；30
年代和 40 年代出生的著名诗人有：斯特兰德、戴维·斯莱维特、露易丝·格
鲁克等，以及在 80 年代中期崭露头角的一批年轻的新形式主义诗人。他们
对格律、押韵、诗节等封闭型艺术形式十分考究。他们之中男女老少各行
其是，既无纲领，也无组织，但在无形之中形成了诗艺保守的学院派，而
且获主要诗歌奖的机会也多。他们是美国诗歌阵营坚定的后卫（见绪论第
五节"现代派诗歌的胜利"），不像垮掉派、黑山派、纽约诗人或自白派那
样激昂慷慨，先声夺人，而是稳步地投入到创作活动之中。

其二，当时的中青年诗人在抛弃新批评派时，却反过来到盛期现代派
诗歌里取经，特别是从庞德、史蒂文斯和 W. C. 威廉斯的诗歌遗产中各取
所需，灵活化用，因而形成了达达派、自白派、拼贴画派、语言诗派等等
层出不穷的新花样、新风格。他们求新求变的根本原因是，他们感到在新
形势下（尤其 60 年代如火如荼的政治运动），脱离社会生活或对社会生活
保持距离的，只讲究象征、机智、音步、人格面具的诗歌无法直接而快速
地表达新的社会现实和普通人的思想感情。他们欣赏 W. C. 威廉斯"不表
现思想，但描写事物"的审美趣味和诗歌的即兴性与现实性，也羡慕垮掉
派的大胆暴露和直截了当。黑山派诗人、纽约诗人、语言诗人等等得风气
之先，摆脱新批评派影响，各自建立了自己的风格。

综上所述，在新的历史时期——后现代派时期，美国诗歌呈现了多元
化的格局，这就是后现代主义的所谓包容性。

在后现代派时期，美国诗歌呈现了一种新时期的繁荣景象。各种诗歌
流派纷呈，脱颖而出，其中影响最大的莫过于垮掉派、黑山派、纽约派等
流派。可以这么说，当唐纳德·艾伦划时代的诗选集《新美国诗歌：1945~
1960》（1960）把被新批评派排斥在学院殿堂之外的垮掉派、黑山派和纽约
派等大批非学院派诗歌进行公开大展的时候，统治美国诗坛的 T. S. 艾略
特和新批评派的诗美学受到了空前的挑战和打击，从此它们开始在新时期
的诗坛引领风骚。

4）严格地讲，现代派和后现代派时期是一个大概划分的历史时期。
可是，在对具体流派或个人所属时代的划分上往往无法一刀切，总是存在
着这样或那样无法避免的武断性。

例如，论年龄，自白派诗人罗伯特·洛厄尔和贝里曼应当回到现代派

---

① 例如，埃伯哈特、库涅茨、毕晓普、贾雷尔、梅雷迪斯和内梅罗夫等。

时期的中间代。罗伯特·洛厄尔（1917—1977）只比中间代诗人约翰·西亚迪（1916—1986）、彼得·维雷克（1916—2006）、西奥多·韦斯（1916—2003）小一岁（何况洛厄尔前期的诗作具有标准的现代派诗歌特色），而另一个自白派诗人贝里曼（1914—1972）则和中间代诗人贾雷尔（1914—1965）、戴维·伊格内托夫（1914—1997）恰好同龄，比中间代诗人卡尔·夏皮罗（1913—2000）小一岁。中间代诗人归属到现代派时期，而自白派诗人却归属到后现代派时期，表面上看，似乎不大合理，分类的任意性似乎太强。但是，总的来说，鉴于自白派无论在理念和美学上都迥异于现代派的审美标准，与整个后现代派合拍，或者说，作为一个流派，它跨越了现代派时期，进入了后现代派时期。

对垮掉派诗人、黑山派诗人、旧金山诗歌复兴时期诗人的划分都存在类似情况。黑山派诗歌头领奥尔森（1910—1970）比中间代诗人毕晓普（1911—1979）、J. V. 坎宁安（1911—1985）和肯尼斯·帕钦（1911—1972）大一岁，而黑山派干将罗伯特·邓肯（1919—1988）与中间代诗人埃德温·霍尼格（1919—2012）和威廉·梅雷迪斯（1919—2007）同龄。旧金山诗歌复兴时期领袖肯尼思·雷克斯罗思（1905—1982）和中间代诗人斯坦利·库涅茨（1905—2006）同龄，而活跃在旧金山诗歌复兴时期的威廉·埃弗森（1912—1994）比一般的中间代诗人的年龄还稍大一些。所以，对具体的流派或个人所处的历史时期的划分，现代派时期或后现代派时期有着合理性，同时又有着某种武断性。描述诗歌史也只能大致如此，否则是一盘散沙，无法归类。

第三章　旧金山文艺复兴时期的诗歌大繁荣

第一节　历史背景

提到旧金山诗歌复兴，必然先要提到旧金山文艺复兴（The San Francisco Renaissance），一般它是指二战结束之后，出现在加州湾区的一批作家和艺术家群掀起的文艺创作繁荣的黄金时期。它不是一种单纯的文艺运动，而是在文学特别是诗歌、视觉和表演艺术、哲学、新的社会感知力、对跨文化特别是亚裔文化的兴趣等各方面呈现的一派觉醒和活跃的新气象。二战之后，当地和全国各地来的作家和艺术家们，为寻找美国残存的波希米亚文化而结成许多不同的文学和艺术社团。在他们看来，世道变了，现代派时期的盛况如今已经不复存在了，正如旧金山复兴时期的主将雷克斯罗思所说："如今这个世界上，每扇门都写着这样的标语：'试验和叛逆的一代已经完了。波希米亚在 20 年代死了。不再有更多的小杂志了。'"言外之意，新的一代在新的历史时期，有着新的理性、新的创造、新的追求。

也许旧金山是后开发的缘故，西海岸的政治空气和自由主义气氛比其他各地活跃。它既有"世界产业工人联盟"的革命传统、独立性很强的工会组织和各种各样的政治活动，也有东方的佛教活动，各种各样的自由团体、左派组织，甚至有公开的同性恋街道。旧金山的文学家或艺术家基本都会卷入这种那种的活动。这里的社会氛围是作家和艺术家比纽约或芝加哥的作家和艺术家更加自由，更少教条。弥撒吟诵，念经，鼓动性戏剧，蓝色上衣戏剧团，关于巴黎公社、俄国革命、约翰·布朗的长篇史诗剧，各种族的文化活动，参加公共工程项目的艺术家、作家和戏剧项目比全国各地活跃，成果大，效果长久。

雷克斯罗思认为，除了新奥尔良之外，旧金山是美国唯一不受新教养成的社会风气影响的大城市。比起纽约来，旧金山更多地接触远东宗教、文学和艺术，佛教庙宇遍布加州各个城市。受到日本和中国文化的直接影响，因为加州与中国和日本隔太平洋相望。从各地来的许多拒服兵役的年轻人，聚集在西海岸山上和森林里，建立他们自己的集中营，常常到旧金山与自由主义者、和平主义者、学者聚会，营造了一种浓厚自由的、反战的气氛。他们后来定居在旧金山湾区。他们之中有不少人，成了著名的音乐家、画家和雕塑家。他们还创建了三四家剧院和一个电台。

　　自从 19 世纪中叶淘金热以来，二战对旧金山的影响巨大，使它成了军事工业基地，吸引了数十万人来就业。在军事工业工作的许多人定居湾区，其中同性恋人士逐渐聚在一起，开办酒吧、餐馆、商店，建立政治和社会组织，并加入开发旧金山的房地产业。同性恋社区在旧金山城市经济，特别是文化上的振兴起了相当大的作用。雷克斯罗思还认为，这里蓝领阶层的工资比全国各地高，只是白领阶层的工资低于芝加哥、纽约和华盛顿。这里的作家很容易找到工会组织的农田、海洋和林地的夏季户外工作，只要工作几个月，就能舒服地过上一年。旧金山远离文学市场，不仅当地的诗人没有纽约文学鸡尾酒会场合的明争暗斗，而且从全国各地来的作家回避东部的文学派别活动所导致讲究商业成效的压力。①

　　在旧金山文艺复兴时期，诗歌领域里也呈现一派欣欣向荣的景象。雷克斯罗思的传记作者琳达·阿马利安（Linda Hamalian）对这里氛围作了这样的描述：

　　　　到 50 年代中期，旧金山湾区对于艺术家和作家及其读者来说，是一处热闹的地方。反文化的基础已经建立：不仅有雷克斯罗思的文学晚会，而且还有邓肯、斯派赛和罗宾·布莱泽等人领头的学术讨论，约瑟芬·迈尔斯（Josephine Miles, 1911—1985）在加州大学伯克利分校组织的非正式作家会议以及格利森安排的一系列诗歌朗诵会。一向独处的伊沃尔·温特斯依然吸引一批精力充沛的研究生到斯坦福大学去听课，其中著名的有汤姆·冈（Thom Gunn, 1929—2004）、J. V. 坎宁安和赫伯特·布劳（Herbert Blau, 1926— ）。布劳后来成了"演员坊"——旧金山 15 年来最重要和最具争议的剧团的双导演之一。更加非正式的地方，例如在"黑猫""酒窖""的里雅斯特咖啡馆"、路点酒吧、维苏威酒吧等等咖啡屋和俱乐部，可以看到文学景观，北滩被视为最有名气最放荡不羁的地方，光顾这里或很快将光顾这里的人包

---

① Kenneth Rexroth. *American Poetry in the Twentieth Century*: 136-137.

括邓肯、迪兰·托马斯、菲利普·拉曼西亚、费林盖蒂、麦克卢尔、金斯堡、赫布·戈尔德、惠伦和凯鲁亚克。[①]

为了纪念他，旧金山特雷西大街被改名为肯尼思·雷克斯罗思大街。

第二节　旧金山诗歌复兴

从狭义上讲，旧金山这段诗歌兴盛的黄金期，被称为旧金山诗歌复兴。这里文学的商业化没有东部盛行，诗歌以小杂志和形形式式手工打印的小册子与读者见面。旧金山诗人自己创办出版社和小杂志，例如《常绿评论》（*Evergreen Review*）、《圈子》（*Circle*）、《方舟》（*Ark*）、《下金蛋的鹅》（*Golden Goose*）、《城市之光》（*City Lights*）、《激励》（*Goad*）、《地狱》（*Inferno*）等如雨后春笋，其中最著名的是城市之光图书出版社和《常绿评论》。包括雷克斯罗思、缪丽尔·鲁凯泽、威廉·埃弗森、邓肯、斯派赛和托马斯·帕金森（Thomas Parkinson，1920—1992）在内的"自由主义圈"（the Libertarian Circle）定期组织诗歌朗诵，听众每周达二百多人。他们常常在雷克斯罗思家里聚会，讨论文学、政治、神学等等当时的热门话题，定期在家里举行诗歌朗诵会。"旧金山州立大学诗歌中心"和 KPFA 电台也常常是诗人们聚会与朗诵的场所。旧金山诗人彼此很熟悉，也熟悉奥尔森的投射诗歌理论。在某些方面，他们像纽约格林威治村的作家们一样群聚在一起。

真正出生在旧金山或加州的当地诗人并不多，旧金山湾区诗人大多是后来的加入者，其中有一些诗人在这里住的时间并不太长。1948 年左右，劳伦斯·费林盖蒂从巴黎来到旧金山，接管"城市之光书店"，开办"城市之光出版社"，为这群诗人发表作品创造了有利条件。金斯堡、格雷戈里·科尔索和杰克·凯鲁亚克是后来到达旧金山的诗人。根据唐纳德·艾伦《新美国诗歌》的罗列，除了在加州出生的詹姆斯·布劳顿、布鲁斯·博伊德（Bruce Boyd, 1928—2010）[②]和柯尔比·多伊尔（Kirby Doyle, 1932—2003）[③]之外，还有一些后来到旧金山的诗人，例如：海伦·亚当（Helen

---

① Linda Hamalian. *A Life of Kenneth Rexroth*. New York·London: W.W.Norton & Company, 1991: 225.

② 布鲁斯·博伊德：出生在旧金山，在加州大学伯克利分校攻读哲学（1948—1953），家住洛杉矶，常来访旧金山湾区，受斯派赛影响颇深。

③ 柯尔比·多伊尔：诗人、小说家。出生在旧金山。他是先于垮掉派诗人之前的旧金山文艺复兴时期的诗人之一，在旧金山参与奠定垮掉派诗歌的基础。

Adam, 1909—1993）①、玛德琳·格利森、罗宾·布莱泽、卢·韦尔奇、理查德·杜尔顿（Richard Duerden, 1927—2000）和埃比·博雷加德（Ebbe Borregaard, 1933— ）②等都是当时旧金山诗人群的基本力量。其中海伦·亚当和詹姆斯·布劳顿在20世纪80年代仍有新作问世。

雷克斯罗思被公认是推动旧金山诗歌复兴之父，玛德琳·格利森则被视为推动旧金山诗歌复兴之母。格利森与露丝·威特—迪亚曼特（Ruth Witt-Diamant, 1895—1987）、雷克斯罗思、邓肯以及马克·利嫩塔尔（Mark Linenthal，1921—2010）一道，创立旧金山州立大学诗歌中心。在40年代，雷克斯罗思和格利森主动联络旧金山湾区年轻一代诗人，其中特别包括居住在伯克利的诗人邓肯、斯派赛和罗宾·布莱泽。格利森和邓肯两人之间来往密切，特别亲近。在50年代，邓肯和克里利曾在黑山学院执教，他们充当了旧金山诗人与黑山派诗人联系的桥梁。罗伯特·邓肯虽然和黑山派诗人联系更紧密，但他在旧金山州立学院教授诗歌创作班期间，通过邀请旧金山的主要诗人去做讲座，在他们中间起了中介作用。许多旧金山诗人开始在外地的《黑山评论》（*The Black Mountain Review*）和西迪·科尔曼（Cid Corman，1924—2004）主编的《起源》（*Origin*）杂志上发表作品。斯派赛与深层意象派诗人也有联系，于1957年在旧金山州立学院组织诗歌研讨会"作为神奇的诗歌"，邀请邓肯参加助兴。斯派赛更激进，他的追随者跟着他到酒吧或公园里，听他发表关于诗歌和出版的激进言论。他们都是反战的和平主义者。总之，这个时期的诗歌活动特别活跃。

旧金山诗人主要受欧洲现代主义以及东方宗教和文学的影响，对 T. S. 艾略特和新批评派的学院派诗风反感，不喜欢封闭的艺术形式。他们的诗歌常常是自白式，对所处的太平洋沿岸和旧金山环境有着深切的怀恋。他们在生活或诗歌上以反文化自居。他们的诗歌也受艾森豪威尔时期白色恐怖所造成的普遍忧虑、抱怨乃至抗议的情绪影响。他们的诗歌以反主流文化著称，因此也常常被视为先锋派诗歌。总之，文艺形式的试验和别样的生活方式，长期以来是旧金山文化生活的特色。

旧金山诗歌复兴时期，诗歌领域里值得史载的一件盛事，是玛德琳·格利森于1947年4月组织首届现代诗歌节，在旧金山戈夫街卢西恩·拉鲍特画廊举行为期两个夜晚的诗歌朗诵会。参加诗歌朗诵的有 12

---

① 海伦·亚当：诗人、拼贴画家和摄影家，出生在苏格兰，1939年移居美国，1949年以后住加州，1977年入美国籍。旧金山文艺复兴期间，她积极参加这里的文艺活动。虽然常常被和垮掉派诗人联系在一起，但精确地说，她是垮掉派这一代人的先行者之一。

② 埃比·博雷加德：出生在纽约，1955年移居加州。曾在旧金山州立大学诗歌中心学习。

个诗人，其中包括雷克斯罗思、邓肯、斯派赛以及年轻诗人，还有一大批诗歌爱好者。这是第一次旧金山先锋诗歌公开大展。

1965 年 7 月 12～14 日在伯克利分校举行的伯克利诗歌大会（The Berkeley Poetry Conference）也是旧金山诗歌复兴中的一件大事。与会者在该校加利福尼亚大厅进行学术演讲、个人朗诵、集体朗诵、研讨会。参加会议的诗人包括布莱泽、克里利、理查德·杜尔顿、邓肯、金斯堡、乔安妮·凯杰（Joanne Kyger, 1934— ）、罗恩·洛温森（Ron Lowewinson）、奥尔森、斯奈德、斯派赛、乔治·斯坦利（George Stanley，1907—2002）、卢·韦尔奇、约翰·维纳斯和爱德华·多恩。大会组织者是伯克利分校托马斯·帕金森教授、格罗夫出版社西海岸主编唐纳德·艾伦、邓肯和大会协调人理查德·贝克。值得注意的是，主编《新美国诗歌》的唐纳德·艾伦参与推动这里的诗歌发展。这次诗歌大会奥尔森被推举为诗人团主席，金斯堡为秘书。克里利对这次诗歌大会评价很高，说："将来决不会有另一个伯克利诗歌大会了。伯克利太非同寻常了。"

第四章　旧金山诗歌复兴时期的主要诗人

这一章介绍旧金山湾区或与湾区有紧密联系的诗人，其中包括雷克斯罗思、费林盖蒂、惠伦、威廉·埃弗森、杰克·斯派赛、罗宾·布莱泽、斯奈德和迈克尔·麦克卢尔。戴维·珀洛夫教授在他的《现代诗歌史》里列出一小节，称雷克斯罗思、斯派赛和惠伦为旧金山小诗人，他也许是从东部纽约视角看待西部诗歌的，他显然看重奥哈拉和金斯堡胜过雷克斯罗思及其诗友。他的看法不无偏颇之处。

第一节　自称王红公的肯尼思·雷克斯罗思
（Kenneth Rexroth, 1905—1982）

作为第二代现代派诗人的雷克斯罗思桀骜不驯，无意步 T. S. 艾略特诗风的后尘，而是不畏诗坛强权，在西海岸的诗坛另立擂台，在 20 世纪五六十年代的西部诗歌界发挥了重大作用。戴维·珀金斯说"他积极投身于政治活动和文学创作，带着左派和无政府主义信仰，做组织和宣传鼓动工作"，并说"他在文学论战中表现了偏袒倾向，促进莱维托夫、肯尼思·帕钦和斯奈德的同时抨击 T. S. 艾略特和新批评派"。[1]正因为他的创作方向和审美价值迥异于 T. S. 艾略特为首的诗歌主潮，雷克斯罗思受到美国诗歌主流派的冷遇也就在所难免。他也一直坚信代表文学主流的东部文学圈忽视他或者干脆拒绝接纳他。[2]迄今为止，美国的诗歌论著、文学史或诗歌史对他的评价一般不高，没有给他应得的地位，主要原因是文坛的大气候和他的机遇对他不利。美国的第二代现代派诗人的名声差不多被第一代现代派大诗人，尤其是被 T. S. 艾略特掩盖了。虽然第二代诗人比第一代诗人小不了多少岁，可是在人们心目中，他们依然是小字辈。与 T. S. 艾略

---

[1] David Perkins. *A History of Modern Poetry: Modernism and After*: 539.
[2] Linda Hamalian. *A Life of Kenneth Rexroth*: 233.

特美学情趣相符的第二代诗人的命运尚且如此，何况不合时宜、敢于对 T. S. 艾略特评头品足的雷克斯罗思？

雷克斯罗思一向思想激进，敢于反潮流，他"在无政府主义传统培育下的毫不动摇的信念引起他产生'另一种社会'的愿景，在那里，民众抗争的行为可以有效地反抗资本主义"[①]。他当时刚四十出头，粗犷，头大如狮，博闻强识，多产，练达，自信心十足，成了旧金山诗歌复兴运动中的文学楷模，一个鼓舞人心的导师。[②] 他直白的诗行长短无度的艺术形式，正适合表达他坚定的信念和澎湃的激情。例如，在《嚎叫》（1955）发表前两年的 1953 年，他发表了《嚎叫》式的长诗《你们不可杀人：纪念迪伦·托马斯》（"THOU SHALT NOT KILL: A Memorial for Dylan Thomas", 1953）。这是他为悼念英年早逝的威尔士著名诗人迪伦·托马斯而写的一首诗，表达了他的普世关怀，对现实的审视，对精神的叩问。该诗一共四大部分。我们现在且读诗的开头前三节：

> 他们在谋杀所有的年轻人。
> 如今已有半个世纪了，每一天，
> 他们追捕他们，杀害他们。
> 他们现在正在杀害他们、
> 就在此刻，全世界，
> 他们在杀害年轻人。
> 他们知道杀害他们的一千种方法。
> 每一年，他们发明新的方法。
> 在非洲的莽丛里，
> 在亚洲的沼泽地、沙漠里，
> 在西伯利亚的农庄里，
> 在欧洲的贫民窟里，
> 在美国的夜总会里，
> 侩子手们在磨刀霍霍。
>
> 他们在朝斯蒂芬投掷石块，
> 他们在全世界各个城市驱逐他。

---

① Ann Charters. "Beat Poetry and the San Francisco Poetry Renaissance." *The Columbia History of American Poetry*. Ed. Jay Parini: 599.

② Linda Hamalian. *A Life of Kenneth Rexroth*: 149.

在欢迎的招牌下，
在扶轮徽章掩饰下，
在郊区的公路上，
他的身体在投掷的石块下躺着。
他充满信念和力量。
他在人们中间创造伟大的奇迹。
他们无法忍受他的智慧，
也不能忍受他讲话时所体现的精神。
他以旷野证人帐篷的名义狂呼。
他们感到扎心的痛，
他们对他咬牙切齿。
他们大声尖叫，堵住耳朵。
他们一起朝他冲过去，
把他抛出城市，向他扔石块。
证人们放下他们的衣服
在一个人的脚下，他的名字是你的名字——
你。

你就是这凶手。
你在杀害这年轻人。
你在他的烤架上烧烤劳伦斯。
当你要求他泄露
精神的宝藏时，
他给你看的是一无所有。
你从心底里讨厌他。
你愤怒地抓住他，捆绑他。
你用慢火烧烤他。
他滴出的人油在喷射火焰。
透出好闻的味道。
他大声叫道：
"我这边烤好了，
翻过来烤，吃吧，
你
吃我的肉吧。"

诗人一开头就气盛辞放，愤怒控诉社会迫害年轻一代的才俊，并且点出迫害人就是大家，是你是我，是整个不合理的社会体制，这个体制好像是索要牺牲品的无处不在的摩洛克，即后来反映在《嚎叫》里一切邪恶的象征——火神。把人活活烤死的场面，暗示了摩洛克残酷的威力和年轻义士坚强不屈的勇气：

> 他躺在那里死了，
> 在联合国的冰山旁。
> 他裹在沙袋包里，
> 自由神像脚下。
> 当尸体冲在艾奥纳沙滩上，
> 撞在卡那封蓝色的岩石上，
> 墨西哥湾暖流散发出血腥味。
> 深海的海鸟都飞起来，盘旋在
> 豪华邮轮上方，呼叫：
> "你们杀害了他！杀害了他！
> 你们穿着布鲁克斯兄弟名牌西装，
> 你们这班骚婊子养的儿子。"

1953 年冬，迪伦·托马斯死在纽约，据传死于脑溢血，后来又说他被抢劫至死，接着又传酗酒而亡，最后又说他死于吸毒和糖尿病。像迪伦·托马斯如此离世很平常，按常理说，没有这么大的悲剧性，用不着如此夸张地铺陈言说。但是，迪伦·托马斯的离世触发了雷克斯罗思对国内外许多诗人不善而终的感慨，对此，他在这首诗的尾注里作了说明：他告诉读者说，他在诗里提到酗酒致死的诗人，只是把迪伦·托马斯作为例子；他还提到死在纳粹集中营的诗人，例如马克斯·雅各布[①]、罗伯特·德斯诺斯[②]；提到以绝望和无可奈何而终的诗人；提到"献身的圣人"式诗人，例如斯蒂芬（Stephen）、塞巴斯蒂安（Sebastian）、劳伦斯（没有具体指明何人，最后一个可能暗示 D. H. 劳伦斯），所谓"献身的圣人"，是指违反自己的意愿被祭献给那个可恶的摩洛克。换言之，雷克斯罗思把他们这大批才俊的死亡归罪于冷漠的社会，归罪于摩洛克！安·查特斯（Ann Charters, 1936

---

① 马克斯·雅各布（Max Jacob, 1876—1944）：法国诗人、画家、批评家。
② 罗伯特·德斯诺斯（Robert Desnos, 1900—1945）：法国著名的超现实主义诗人。

一）教授评论说："他的长诗《你们不可杀人》是金斯堡《嚎叫》的前驱，特别是唤起对一长列美国、欧洲和俄国诗人们的回忆，他们牺牲于他们的唯物质主义是从的政府的漠不关心，用雷克斯罗思的话说，情愿让人类的创造力'吞进摩洛克的肚子里'。"① 在某种意义上讲，雷克斯罗思是一个老垮掉派。他反摩洛克的议论虽然显得空泛，但具有普遍意义。你只要仔细看一看，想一想，你就会发现你身旁肆无忌惮的摩洛克或远或近横行的影子。

雷克斯罗思多才多艺，不但能诗而且善画，在诗歌创作与理论方面有独到的建树。他掌握外语种类之多程度之深，比庞德有过之而无不及。作为垮掉派诗人的父辈作家，他帮助并影响了一批年轻的诗人。在他帮助和影响下成长起来的斯奈德比他幸运，斯奈德的名气如今比他大，但无论从诗品和诗歌理论以及翻译而论，斯奈德还没赶上更没超过雷克斯罗思。斯奈德的幸运之处，是他一生致力的保护生态环境的事业符合时代精神，目前依然引起人们的热烈反响。而雷克斯罗思在20世纪70年代后期、80年代初期已到垂暮之年了。

然而，众所周知，在支持和扶植旧金山诗人和垮掉派诗人的事业、掀起旧金山诗歌复兴的运动中，雷克斯罗思做出了重要贡献，起到了推波助澜的作用。他的热情慷慨，想入非非的怪念头，反对崇拜偶像的性格，通晓日文、中文、法文、希腊文和西班牙文的非凡能力（翻译并出版了日文诗、中文诗、西班牙文诗、希腊和拉丁文诗以及法文诗等八九本译诗集），坚实的理论基础（出版了数种论文集，特别是他根据自己的经历和体会写的《20世纪美国诗歌》），在诗中运用倾诉（向已故的父母或 W. C. 威廉斯或经典哲学家倾诉）的娴熟技巧，绘画的杰出才能（在洛杉矶、纽约、芝加哥、旧金山和巴黎等地开过个人画展），专栏作家的身份（先后当过多种报纸、杂志的专栏作家和记者）等等品格和本领，吸引了一大批青年诗人围绕在他的周围，使他成了旧金山诗歌复兴运动中的主要人物，被公认为新文学骚动的领袖。使我们对他感到钦佩的是，他在《20世纪美国诗歌》中结合亲身经历，叙述旧金山诗歌复兴的经过时，准确客观，一点不夸大自己个人的作用，决无某些诗人兼批评家无原则自捧或捧人的陋习。若论在旧金山诗歌复兴时期的地位和影响，雷克斯罗思在40年代和50年代早期远高于金斯堡，但他能客观地看待金斯堡，说《嚎叫》开创了美国诗歌

---

① Ann Charters. "Beat Poetry and the San Francisco Poetry Renaissance." *The Columbia History of American Poetry*. Ed. Jay Parini: 599.

的新纪元。对斯奈德的诗，他也再三夸奖。他还认为罗伯特·邓肯在旧金山诗坛起了主要作用。

雷克斯罗思出生在印第安纳州南本德，幼时父母双亡，依靠芝加哥的姑姑生活。贫寒的身世孕育了他的阶级意识，使得他自小敏感于贫富差距，例如，他回忆少年时期的一首诗《作为一个年轻无政府主义者的作者画像》（"PORTRAIT OF THE AUTHOR AS A YOUNG ANARCHIST", 1956）：

> 1917 年—1918 年—1919 年，
> 欧洲的一切都在进行中时，
> 我们最常用的一句
> 蔑视或骂人的口头禅：
> "胡扯蛋。"我生活在
> 俄亥俄州托莱多的特拉华大街，
> 一条贫富居民区的分界线。
> 我们沿着渥太华公园高尔夫球场
> 和登米莱河边丛林里玩耍。
> 有两类阶级的小孩：他们
> 毫无共同之处：有钱人的孩子
> 担任球童，无钱人的孩子
> 偷窃高尔夫球。我属于
> 另类的一伙，下雨天
> 溜出来，在高尔夫球洞
> 撒尿，拉屎。

他描述的虽然是他少年时期的恶作剧，但表现了不同于一般的穷人孩子的顺从，而是以他那时幼稚的方式，发泄他对贫富不均的不平情绪。他16 岁时，向西旅行，沿途当过农场工人、工厂小工和疯人院护理员。除了年轻时在芝加哥艺术学院、纽约社会研究学校和纽约艺术学生联合会作短期进修外，雷克斯罗思未受到正规大学的完备教育。他回到芝加哥后，投身政治和艺术活动；参加世界产业工人同盟，学习绘画，开始翻译公元前600 年左右的希腊女诗人萨福和中国杜甫的诗，并在各种小杂志上发表。在定居旧金山前，雷克斯罗思生活放荡，曾身陷囹圄。被释放后，踏遍西部山川，一路当苦力为生，深入了解印第安人的风俗习惯；一度冒着暴风雪，去哈得逊河岸边的圣十字修道院受洗，在那里生活了一段时间，他从此对天主教感兴趣，但兴趣在于它包含的异教思想而非基督精神。游历欧洲和墨西哥后，于1927年在旧金山建立小家庭。他一方面从事左倾思想的组织活动，一方面编辑和朗诵诗歌（有时用爵士乐伴奏）。在诗坛论战中，他敢于向 T. S. 艾略特和成了主流派的新批评派诗人挑战，同时抬举莱维托夫、帕钦和斯奈德等诗人。像斯奈德一样，他也喜欢到山地的大自然怀抱里，在山岩、松林烟霭、静谧溪流、群星和旷野里修心养性。他能从人间诸如面包、火和酒之类的东西里获得神圣的感情，甚至从性爱里直接感知到生命的交流。他也研究禅宗，终生追求学问，最后悟出了时空无限、生命短暂的真谛。入世与出世是构成他的人生观的两个方面。

　　雷克斯罗思的早期诗歌受他的绘画影响，和欧洲艺术中的立体派以及其他的先锋派有某种共同点。他也许是一位生性淡泊的画家，不爱浮华矫饰，十分推崇意象派诗歌，认为它是"任何地方一切好诗的实际纲领"。W. C. 威廉斯说他"不是词句意义上的作家。对他来说，使用词句就是造屋，是造一座高质量房屋的木料和石料"。他观察细致，感情散淡，行文如爽直的雅士娓娓而谈：

> 现在是夜晚，我们的炉火
> 是一个通红的喉咙，张口在
> 漆黑之中，雨到处在
> 悸动，嘶嘶作响。
> 　　　　——《春雨》

> 两天前，天空全飘着
> 牝马的尾巴。昨天
> 刮风了，带来了低低的
> 雪茄似的雪。
> 　　　　——《秋雨》

> 山路到此为止，
> 断在峡谷，此处的桥
> 几年前被水冲走了。
> 第一株绯红色的飞燕草
> 在第一片四月早晨的太阳光里
> 闪闪发亮。饱满的小河

　　咆哮着，像一只迅猛的球
　　向前滚动。此处，由于瀑布，
　　身不由己的生物，带着昼夜平分点，
　　好不感伤地流入大海，死了。这
　　同情和痛苦的织物
　　紧裹着穿在涅索斯血衫里的肌肉上。
　　　　　　——《又是莱尔的假设》

　　这些诗很朴素，均以西部荒野为背景，诗人既是叙述者又是行动者。他往往是荒莽独处，独自观察与思索，反映了他的审美趣味的另一面。雷克斯罗思的笔触离不开山里的生活：伐木、围捕野马、开辟山径或山中长时间漫游，并且把荒野景色与心灵感应紧密地联系起来。对山峦、树林、湖泊和荒野的生灵，他的诗总报以灵通的官感反响。为此，他被称为 20 世纪最早的"山峦诗人"之一。他的山峦诗的主调不是愤激或感情的宣泄，而是对自然界和生活在大自然里的人，持安详平静的态度，并抱赞赏怀念之心情。他也是首先关注荒野的心理现实的诗人之一，不但认识到荒野经验的艺术价值，而且意识到美国东西部对荒野的不同感知力。如他的一首将近 50 行的情诗《车轮旋转》（"The Wheel Revolves", 1966）里的景色和情绪，与东部弗罗斯特的诗迥然不同：

　　你过去是一位身着锦缎和薄纱的姑娘，
　　而今你是我的高山和瀑布的伴侣。①
　　很久以前，我拜读过
　　白居易中年时写的两行诗。
　　那时我年轻，他的诗却撩拨我的心弦。
　　我从没有想到在我的中年
　　会有一个美丽的年轻舞女
　　同我一道漫游在晶莹明澈的瀑布旁，
　　在巍巍峭石和白雪皑皑的群山之中，
　　她一点儿也不像白居易笔下的姑娘，
　　她将是我的女儿。
　　地球转向太阳，

---

　　① 出自白居易诗《山游示小妓》中的两行："本是绮罗人，今为山水伴。"

夏天来到山里。
蓝松鸡在漫长明媚的白天，
在红色的杉树林里嗡嗡地振翅。

雷克斯罗思从诗歌生涯早期到 1963 年为止，出版的诗集有八本之多，后来短诗收入《短诗合集》（*The Collected Shorter Poems*, 1967），长诗收入《长诗合集》（*The Collected Longer Poems*, 1968）。他的长诗《龙与独角兽》（*The Dragon and the Unicorn*, 1952）长达 171 页，是他旅居欧洲一年的诗体旅行记，对西方文明现状进行了深入的调查批判。作者在该诗集前言里说："这是最新的长诗系列之一，多少具有哲学意义，断断续续花了我成年后的时间。"他的《新诗抄》（*New Poems*, 1974）不厚，只有 84 页，共有 91 首，包括诗人的新作和翻译（其中有和中国学者钟玲①合译的中国古典诗词）。② 雷克斯罗思依然保持了对大自然的热爱，但他像所有垂暮的诗人一样，止不住流露出怀旧、苍凉和寂寞之情。短章《过去与未来散开了》（"Past and Future Fall Away", 1974）典型地表达了他这时的心境：

过去与未来散开了。
只有无边无际的海面上，
闪烁着玫瑰和天蓝的光。
没有地点。
没有时间。

其情调和史蒂文斯的绝笔《论纯粹的存在》何其相似！这是离开人世前高贵的平静与悲壮。他为他的中国合译者钟玲写的一首怀念之作《失去的爱》（"Lost Love", 1974）显得甚为动情：

大雁从北飞到南

---

① 钟玲：著名学者，出生在重庆，女，在台湾长大。1967 年去美国，获威斯康星大学比较文学博士学位。曾在纽约州立大学奥尔巴尼分校、威斯康星大学国际作家坊执教。回国后，在香港和台湾多所高校任教。

② 据雷克斯罗思的友人在雷氏死后透露说，雷氏伪托当代日本女诗人写了 12 首短情诗，描摹女人在性爱时的心理状态颇为逼真，但仅是戏作。不过，这种玩笑并非雷氏独创。早在 20 世纪初，被庞德一度誉为天才的英国诗人阿伦·厄普瓦德（Allen Upward, 1863—1926）创作了一组中国诗《从中国花瓶采来的花瓣》（1913）刊载在《诗刊》上，标名是汉诗译作，使哈丽特·门罗、艾米·洛厄尔和庞德一度信以为真，只是后来庞德才发现它系厄氏本人所作。

你却远在东方。
西风将向东方捎去口信，
然而此处西海岸，永远
不吹来东风。

　　他的《新诗抄》收入了中国古典诗词的译作，标明和钟玲合译的诗有八首，其中引人注目的是收入了汉武帝、梁武帝、王安石、苏曼殊等人的诗作，这些人的作品没有收入在他的译诗集《中国诗百首》（*100 Poems from the Chinese*, 1956）里。雷克斯罗思在这本译诗集上署了他的中国名字王红公。

　　雷克斯罗思晚期的诗更加简朴和静谧，富有禅宗的意味。例如，他描写他心目中的一片虚空：

时间像玻璃
空间像玻璃
我静处
任何地方，任何事物
在发生
静喧依然骚扰
撒旦这毒蛇
自我盘绕
一切都半透明
透明
而后消失
只有虚空
无涯
只有盘绕的心灵
无垠依稀的
歌。

　　美国青年诗人从他的这类诗里获得一种想象中的超脱，使他们从繁华都市、官僚体制和工业化带来的种种弊端中超脱出来。

　　雷克斯罗思死于心脏病。据南加州威尼斯垮掉派诗人菲洛婉·龙回忆，她的丈夫约翰·托马斯是雷克斯罗思的扈棺者之一。[①] 雷克斯罗思的葬礼在圣巴巴拉的一座小教堂，按照天主教兼佛教的仪式举行：四个耶稣会神父为他做殡葬弥撒，四五个来自圣巴巴拉韦丹塔寺的尼姑为他诵经。他的学生戴维·托莱坚（David Tolegian）为他演奏他的朋友迪克·柯林斯（Dick Collins）作的曲子。埃丝特·汉德勒（Esther Handler）为他朗诵他的系列诗《在花环山上》（*On Flower Wreath Hill*, 1976）中的几首诗。麦克卢尔没赶上飞机，打电话给布拉德福德·莫罗（Bradford Morrow），请他代读一首诗，其中有两行：

我们是骨灰盒上的塑像。
我们是并不燃烧的
蜡烛上的火焰。

雷克斯罗思带着一个佛像安葬在圣巴巴拉公墓。刻在他的墓碑上的墓志铭是从他的诗集《银白色天鹅》（*The Silver Swan*, 1976）中选的一首诗：

当满月升起时
这心湖上的
天鹅
在睡梦中歌唱。

第二节　劳伦斯·费林盖蒂
（Lawrence Ferlinghetti，1919—　）

作为推动旧金山诗歌复兴运动著名的出版家、诗人、画家、自由派活动家、老牌的城市之光书店业主，费林盖蒂在推进旧金山先锋派诗歌创作特别是垮掉派诗歌创作上和推销当代诗歌的运作上，起了不可或缺的作用。

① 参阅玛丽·桑兹（Mary Sands）对菲洛娟·龙的采访文章《波希米亚女王：菲洛娟·龙访谈录》（"The Queen of Bohemia: Interview with Philomene Long"）。但是，根据琳达·哈马利安（Linda Hamalian）记载，雷克斯罗思的扈棺者中没有约翰·托马斯，他们是：Bradford Marrow, John Tinker, Ed Loomis, Tom Adler, Jeffrey Miller 和 John McBride——参阅琳达·哈马利安撰写的《肯尼思·雷克斯罗思的一生》（*A Life of Kenneth Rexroth*, 1991）第 370 页。菲洛娟·龙记忆不会有错，琳达·哈马利安的记载可能有遗漏或不准确。

他以最具远见的编辑、出版家、成功的书商的身份，积极介入政治和社会生活而饮誉诗坛。

费林盖蒂出生于纽约州扬克斯的意大利移民拍卖商家庭。他刚出世前父亲暴亡，而出世后，母亲精神失常。他因此对自己的出生日期是 1919 年还是 1920 年无法肯定。母亲被送进精神病院后，他被送到孤儿院，后被母亲的一位亲戚带到法国（1920—1924），然后又被带回美国。第二次世界大战中服役。复员后，《军人调整法》使他有机会上哥伦比亚大学研究生院，1947 年，获英国文学硕士学位，后去法国深造，1951 年，获巴黎大学博士学位。受 20 世纪 30 年代法国左翼文艺思想影响。他离开巴黎大学之后，1951 年在佛罗里达与塞尔登·柯比—史密斯（Selden Kirby-Smith）结婚，1953 年移居定居旧金山，开始时教授成人班学法语，作画，写艺术评论。同年与彼得·马丁（Peter D. Martin）合办城市之光书店和城市之光出版社。马丁在 1955 年离开旧金山去纽约之后，费林盖蒂独立经营。

第二年，费林盖蒂出席金斯堡等人的 6 号画廊的诗歌朗诵。他第二天打电报给金斯堡说："我祝贺你伟大文学生涯的开始。"接着，他主动把《嚎叫》纳入袖珍本诗人丛书第四本出版，没料到被警察当作淫秽书籍而遭逮捕，在旧金山市法院受审。这次审判引起全国对旧金山文艺复兴和垮掉派作家的关注。费林盖蒂获得全国文学界和学术界著名人士的声援，1957 年 10 月法院宣布他无罪。这成了具有里程碑意义的第一修订案的一个关键的法律先例，对出版其他有争议的文学作品具有重要的社会意义，城市之光书店和出版社因而著称于世。作为美国真正独立的书店和出版社之一，作为另类文化仅有的文学地标，它如今成了国内外游客游览旧金山时必到之地。

众所周知，费林盖蒂与原来纽约圈的垮掉派作家有着密切的联系，他的书店和出版社为他们出版和销售书，几乎成了垮掉派作家在旧金山的大本营。他为金斯堡、凯鲁亚克、科尔索、巴勒斯、雷迪·帕尔马、麦克卢尔、拉曼西亚、鲍勃·考夫曼（Bob Kaufman, 1925—1986）、加里·斯奈德等诗人出版诗集。他单为金斯堡出版诗集就达 30 年之久。

凯鲁亚克把费林盖蒂作为一个待人友善的主人，化名为洛伦索·孟山都（Lorenzo Monsanto），写进了他的小说《大瑟尔》（*Big Sur*, 1962）里。凯鲁亚克感激费林盖蒂把他在加州中部大瑟尔购置的风景如画的海滩小屋提供给凯鲁亚克、卢·韦尔奇、惠伦、莉诺·康德尔（Lenore Kandel, 1932

—2009）①、卡萨迪夫妇、麦克卢尔夫妇等人度假休闲。因此，他看起来好像也是垮掉派积极分子。作为一个有家室的退伍老兵和书店老板，费林盖蒂当时并没有去和他们过沿路狂欢的垮掉派生活。这就是他为什么一再说自己不是垮掉派诗人的缘故。1994年7月的一天上午，杰克·弗利陪笔者拜访费林盖蒂。他很热情地接待了我们，陪我们参观他的书店，并戴上自由女神帽子，同我们合影。当笔者向他问到当年的垮掉派情况时，他首先申明："我不是同性恋，也不是垮掉派。"他讲话的口气让人感到，垮掉派好像与同性恋划上了等号。他不想把自己与垮掉派完全捆绑在一起。尽管城市之光出版社以出版垮掉派作家的作品著称，但是费林盖蒂从不专门出版垮掉派作家的作品，他还出版国内外的名著，设立城市之光基金，出版与旧金山文化有关的作品。在50年代后期，他的城市之光出版社成了团结许多作家和艺术家的中心。可以毫不夸张地说，他的出版社对西部试验诗人的影响如同 T. S. 艾略特主持的费伯尔－费伯尔出版社对扶植现代派诗人所起的作用。他当时面赠给笔者的一张特制的明信片，上面印了他的一首诗——饱含反战情绪的《木雕佛》（"A Buddha in the Woodpile", 1993），诗很长，我们节选部分内容：

> 如果得克萨斯州韦科
> 只有一尊木雕佛陀
> 教导我们如何打坐，像穿着
> 橘黄袈裟坐在密室里的佛教徒一样
> 只有一个西藏喇嘛
> 只有一个道士
> 只有一个禅师
> 只有一个托马斯·默顿式沉默苦修的人
> 只有一个美国韦科旷野的圣徒
> 如果只有一个披着白布或套装的
> 沉静的小个儿甘地
> 只有一个不是那么安静的伙伴
> 他在最后时刻大喊"等一等"
> 如果只有一个

---

① 莉诺·康德尔：20世纪60年代著名的反文化诗人，曾与凯鲁亚克有一段短时间的风流史。她以她的一共四首诗的诗歌小册子《爱情卷》（*The Love Book*, 1966）著称，其中一首《与爱干》（"To Fuck with Love"）被当局视为是淫秽诗而遭到禁止。

天涯知己
坐在莲花座上
坐在密室里
他用他的剃度的光头
对着首席警察叩首
双手合十
吟诵《波罗蜜经》
《金刚经》
《妙法莲华经》
如果只有一个甘地式周旋者
同布莱恩·威尔逊一道
站在白宫大门口
就不会再发生越南战争了。

这首诗发表在《三轮车：佛教评论》上，表明他和垮掉派诗人一样，对东方文化和宗教有浓厚的兴趣。

费林盖蒂认为，他的诗歌创作受庞德、T. S. 艾略特、E. E. 肯明斯、波德莱尔、雅克·普雷维尔（Jacques Prévert, 1900—1977）、阿波利奈尔和布莱斯·桑德拉尔（Blaise Cendrars, 1887—1961）等诗人的影响。他与垮掉派诗人之区别，主要在于他的作品主题和风格迥异于垮掉派诗人的审美取向。他讴歌自然世界之美，了解普通人的悲喜剧，深知大众社会里的个人遭遇，看清民主的梦想和背叛，因此他是一个接近社会底层的诗人，例如，他的长诗《拾破烂者的责任》（"Junkman's Obbligato", 1958）表达了对穷困潦倒之人的同情，该诗的前几行如下：

让我们一起走，
来吧，
让我们一起走，
掏空我们的口袋，
然后消失不见。
错过我们所有的约会，
几年之后
露出我们没刮胡须的脸。
旧卷烟纸

　　　　　粘在我们的裤子上，
　　　　　树叶落在我们的头发上。
　　　　　别再担心无力支付了。
　　　　　让他们来拿走吧，
　　　　　拿走我们正支付的一切。

　　费林盖蒂是一位朗诵诗人。他认为书面诗太寂静了，应走出教室到街上去。他说，他的诗是用来朗诵的，他的不少诗是用录音机进行口头创作。他用诗进行呼喊、抗议、规劝，抨击美国的现代文明。他认为，80 或 90 年以前，当所有的机器开始轰鸣时，人们的语言开始受到机器断断续续的轰鸣声的影响，城市诗当然有所反响。他还认为，现代诗在本质上是散文。他风趣地打比喻说："穿越 21 世纪的一座座散文大厦时，我们回顾一下，便会对让诗歌用散文节奏走路，仍称它为诗歌感到惊异。现代诗是散文，因为它听起来像城市里的男男女女那样受到压抑，而城市里男女的活力被都市生活淹没了。"①他是一位不折不扣的现代都市诗人。他 20 世纪 50 年代的两本诗集、60 年代的两本诗集、70 年代的四本诗集节选的诗篇和 80 年代的三本诗集，基本上反映了他的艺术风貌：诗行的排列一般是参差不齐的阶梯式，而且爬满稿面；城市人的生活，城市人的腔调；用语通俗易懂，但直陈有余，含蓄不足；诗中讲的逸事或比喻有多种含义。例如，诗选中的一首短诗《这是黑暗可能消灭的一张面孔……》（"It Was a Face Which Darkness Could Kill…"）：

　　　　　这是一张在刹那间黑暗可能消灭的
　　　　　面孔
　　　　　一张像被笑或光那样伤害的
　　　　　面孔
　　　　　"在夜晚我们想法不同，"
　　　　　她有一次对我说
　　　　　没精打彩地躺着
　　　　　她还常常引证让·科克托②
　　　　　"我感到在我内心有一个天使，"她常常说

---

① Lawrence Ferlinghetti. *Endless Life: The Selected Poems*. New York: New Directions, 1981: 208-209.
② 让·科克托（Jean Cocteau, 1889—1963）：法国诗人、小说家、画家、戏剧家和批评家。

"我总是吓唬这个天使，"
接着，她会莞尔一笑，向别处看去
给我点燃一支烟
叹一口气，站起身来
舒展了一下
她漂亮可爱的身子
让袜子掉落

他的诗集《无尽的生命：诗选 1955～1980》(*Endless Life—the Selected Poems 1955-1980*, 1981) 的标题诗《无尽的生命》("Endless Life", 1980) 是一首 200 行左右无标点符号的长诗，作于阿姆斯特丹。费林盖蒂痛快淋漓地描述了光怪陆离的大都市的生活。他在诗的一开头，便使用了惠特曼的罗列法：

世界辉煌的生命无穷无尽
无穷尽它可爱的生存与呼吸
它可爱的有感觉的生物
看见听见感知和思考
欢笑跳舞叹息和哭喊
无穷尽的下午无穷尽夜晚的
爱呀狂欢呀绝望呀
喝酒吸毒谈话歌唱
阴雨的早晨在文学咖啡馆里
啜着无穷尽杯的咖啡
同无穷尽的阿姆斯特丹人
进行无穷尽的畅谈。

行文是兴致所至，侃侃而谈，完全是他所说的散文式的现代诗，传统诗歌的诗节、押韵、音步，乃至起码的标点符号，都消失不见了。

在他 60 年代的诗歌里，他的《伟大的中国龙》("The Great Chinese Dragon") 比较精彩，形式上虽无标点符号，但较为整齐，例如，诗的开头：

伟大的中国龙是全世界最伟大的龙，被从前
苦力们划着敞蓬船越过太平洋牵引来了——

是到达这里海岸的第一条真正的活龙
伟大的中国龙像一长串消防艇喷着一串串水
穿过金门，在唐人街附近挣脱出来吞吃了
一百个中国海员又吃光了旧金山海湾里所有的
海虾，伟大的中国龙从此永远困在唐人街地下室
只有在中国新年游行和非美国人的表演时
才被允许出来，被那些穿着蓝衣服的善人们
带着爱护的神情观看他们，代表我们更进步的
文明，达到高级阶段民主的文明，允许少数
粗鲁的人在我们中间保持他们家乡的古雅习俗

　　受时代局限，诗人和当时的多数美国人一样，把舞龙的华人看作是粗鲁的人，他却没有意识到他一贯支持的一些垮掉派诗人当众脱裤子是不是更粗鲁。他的朗诵诗的成功，在于他抒发了广大读者或听众的心声而博得了大众的反响。他属于惠特曼、林赛和桑德堡传统的民众诗人，紧密联系社会现实的诗人。他在他的佳篇《民粹派宣言》（"Populist Manifesto", 1975）中，向钻在象牙塔里的诗人呼吁道：

诗人们，再次
屈身走到世界的街道上来吧
睁开你的眼睛敞开你的心灵
带着古老的视觉欣快
清一清你的喉咙，开口讲吧，
诗歌死了，带着厉害的眼神和
水牛力量的诗歌万岁

　　在他出版的30多本诗集之中，他的第二本诗集《心灵中的康尼岛》（*A Coney Island of the Mind*, 1958）影响最大，发行量近百万册，被译成十几种外文，给他带来了巨大的荣誉。它包括了许多佳作，例如，除了上述的《拾荒者的责任》之外，还有《我在等待》（"I am Waiting"）。这也是一首长诗，我们且读它的前面几行：

我等待着我的案子将审理
我等待着新生的奇迹

　　我等待着有人真正发现美国

　　并且痛哭

　　我等待着发现

　　一个新的象征性西部边疆

　　我等待着美国雄鹰

　　真正正确地在高空展翅

　　我等待着焦虑的时代死亡

　　我等待着为世界安全而战

　　从这首诗里，我们大致可以看到费林盖蒂的世界观。他的这部诗集创作于二战后 50 年代的政治保守时代，诗中流露着对体制调侃的情调。他朗诵时，采用爵士乐伴奏，在听众中产生了很大的艺术感染力。

　　综观费林盖蒂的诗歌艺术特色，直白和即时性是显而易见的，正如杰克·弗利认为的，费林盖蒂的诗"经常保持与普通美国人讲话的联系"①。2008 年，新方向出版社为他出版了 50 周年特别版诗集，带有他朗诵的光盘。如果你有机会参观城市之光书店的话，别忘了去参观紧靠书店旁的一条小巷——杰克·凯鲁亚克街，别忘了俯视地上嵌入的一块石碑，石碑上刻着费林盖蒂的一句金字格言："诗歌是我们的路灯投影下的想象力。"

第三节　玛德琳·格利森和詹姆斯·布劳顿

1. 玛德琳·格利森（Madeline Gleason, 1913—1979）

　　格利森作为旧金山诗歌复兴之母所起的积极推进作用，前面已经介绍了，历史记住她的是：她组织的首届现代诗歌节诗歌朗诵会成了垮掉派诗歌运动的发端。她出生在北达科他州法戈，在天主教教区学校受的教育，曾在书店工作，当时写的诗歌评论文章，在当地报纸上发表。她从小就表现出出众的文艺天才，曾和表弟旅行到中西部，在杂技表演节中唱歌和跳踢踏舞。

　　1934 年格利森移居旧金山，为新政工程管理局作家项目工作。两年之

---

　　① Jack Foley. "'The Splendid Life of the World': Lawrence Ferlinghett's *These Are My Rivers: New & Selected Poems 1955-1993*." *O Powerful Western Star*. Ed. Jack Foley. Oakland: Pantograph P, 2000: 67.

后，她的组诗发表在《诗刊》上。她多年来与作曲家约翰·埃德蒙兹（John Edmunds, 1913—1986）合作翻译舒曼、舒伯特和巴赫的作品，并组织多次歌咏节。曾在旧金山一家经纪公司工作。后来在旧金山州立学院诗歌中心教授硕士诗歌创作班（1959—1960）。

她勤奋地投入诗歌创作，先后出版了《诗篇》（*Poems*, 1944）、《玄学指针》（*The Metaphysical Needle*, 1949）、《贝尔和电话协奏曲》（*Concerto for Bell and Telephone*, 1966）、《诗选集》（*Selected Poems*, 1973）、《大家都来这里：新旧诗选》（*Here Comes Everybody: New and Selected Poems*, 1975）等诗集，去世后还出版了《诗合集》（*Collected Poems*, 1999）。她的诗歌具有流行文化色彩，朗诵起来，也很通畅。例如，《从前》（"Once And Upon"）第二节：

> 从前啊从前，
> 我爸爸的长腿
> 为了我的姐妹和我
> 穿行在工作网，
> 而妈妈端着餐盘里
> 银亮的刀和叉
> 在屋里兜圈圈，
> 洗涮了一个个星期一，
> 为我们的生活计划了
> 一万个星期。

最后一节，语调轻松调皮而耐人寻味：

> 没有树弯下身
> 为她的举止
> 耳语它们的智慧。
> 啊！现在！啊！过去了！
> 啊！新开始。啊！从前！

格利森积极参与和推动旧金山诗歌复兴，但她的名声被她帮助促进的垮掉派诗人特别是金斯堡掩盖了，虽然她的文艺天赋（既是戏剧家还是画家）远比垮掉派诗人高。有评论家说，早在金斯堡或凯鲁亚克之前，她就是垮掉派了，在他们学习蓄须之时，格利森就用当代语言，把童话故事和童谣创作成一种诗歌，朗诵时的声音以前从未听到过。她主持的诗歌朗诵会有乐器伴奏，好像是音乐会，打破了诗与音乐的界限。她主持的旧金山诗歌节创建了一种口语新论坛的形式，吸引了全国各地的诗人来参加。旧金山诗歌复兴成就了垮掉派诗人的同时，她却成了旧金山诗歌复兴成功的垫脚石或牺牲品："时势"造就了金斯堡们。她在雷克斯罗思《20 世纪美国诗歌》里只获得了他一句赞扬："一位像哈丽特·门罗一样奉献和自我牺牲的女人，而且思想相当的开放。"而她在唐纳德·艾伦主编的诗选《新美国诗歌》里只占了一首诗《从前》的位置。不过，她也许并不在意这些，作为画家，她开过几次个人画展；作为戏剧家，她发表的两个剧本还上演过。

2. 詹姆斯·布劳顿（James Broughton, 1913—1999）

作为旧金山前卫艺术团体的成员，詹姆斯·布劳顿是旧金山文艺复兴的一部分。他的头衔是诗人、先锋派电影艺术家、"激进的仙灵"（Radical Faeries）[①]早期成员。他曾经描述自己为"圣公会教徒出生，天生的道家，具有狄俄尼索斯酒神精神，实践中的阿波罗"。

布劳顿出生在加州莫德斯托富有家庭，5 岁丧父，父亲死于流感，母亲是一个易激动又傲慢的人，他早年在克服母亲的坏脾气中度过。他曾说："我的母亲是一个浮荡的年轻寡妇，所以生活有点儿怪癖。"9 岁上军校，直至 16 岁，由于与一个同班同学发生性行为而被军校开除。在斯坦福大学毕业前辍学。1939 年，母亲差两天 50 岁死于癌症。布劳顿苦恼异常，曾说："在我 30 岁时，我最大的安慰是自杀。"1948 年，他首次拍摄以人类痛苦和缺乏情感为主题的先锋派经典电影《母亲节》（*Mother's Day*），它以他的母亲为原型，获得成功。杰克·弗利对此评论说："电影《母亲节》以展示家庭相册开始，但其要点之一是电影，不是相册。'母亲'——这位导演童年的'持久记忆'的中心人物，是一位'无动于衷的女神，不喜欢小孩欢蹦乱跳和开玩笑的哄骗'……'母亲'与刻板的死水潭相联系；她企图把一切维持得'可爱'，而且密不透风。"[②]

1949 年，布劳顿移居旧金山，协助演员、导演、戏剧家路易斯·克米特·希茨（Louis Kermit Sheets, 1915—2006）在旧金山创办半人半马出版社，出版和发行安妮丝·宁（Anais Nin, 1903—1977）、格利森、缪丽尔·鲁

[①] 世界范围的松散的同性恋组织。

[②] Jack Foley. "Introduction" to *ALL: A James Broughton Reader*. Ed. Jack Foley. Brooklyn, NY: White Crane Books, Lethe Press, 2007.

凯泽以及他本人的诗集和剧本。在战后诗歌复兴时期，参加雷克斯罗思为首的文艺活动。50 年代游历欧洲，与希茨在英国拍摄富有"诗意幻想"的电影《欢乐园》（*The Pleasure Garden*, 1953），在戛纳电影节获让·科克托颁发的电影奖。1968 年，他拍摄的电影《床》（*The Bed*）因为打破裸体的禁忌在多次电影节获奖。他在旧金山州立大学和旧金山艺术学院教书时拥有一大批粉丝。布劳顿在 40 年代中期开始制作电影，被视为西海岸独立电影制片之父、二战后西海岸试验电影运动之父。50 年代晚期和 60 年代，他也为旧金山剧场剧目戏院创作剧本。

　　布劳顿早在金斯堡之前，就过着垮掉派典型的浪漫生活了。他曾说："我 32 岁时曾想自杀，是拍摄电影挽救了我，它给我揭示了一个奇妙的现实：艺术家之间相爱。浪漫地生活和写诗同样重要。"1949 年前，他和著名电影批评家保丽娜·卡尔（Pauline Kael, 1919—2001）短暂同居，于 1949 年生一女吉娜（Gina）。1962 年，与艺术家、设计员苏珊娜·哈特（Suzanna Hart）结婚，生有一女塞雷娜（Serena）和一子奥莱恩（Orion），1978 年离婚。他早期的男同性恋恋人除了希茨之外，还有教师、劳工提倡者、美国早期同性恋权利运动领袖哈里·海（Harry Hay, 1912—2002）。有评论家说，布劳顿与哈里·海的交往激发了他的神秘、想象、性、危险、幽默和转化，预示了他一生在旅行、教书、自我剖析、丰富而多刺的友谊（与许多艺术家、作曲家、演员合作）中出版的 23 本诗集和拍摄的 23 部电影。

　　布劳顿最后遇到一个主修电影的 25 岁加拿大学生乔尔·辛格（Joel Singer, 1948— ），1976 年圣诞节前夕，与乔尔举行同性恋婚礼。他把与乔尔的结合看成了他"生活改变，生命的决定时刻"，它激发了他意识的活力，说自己是"泛性雌雄同体"（pansexual androgyne），以避免自己被加上同性恋、异性恋或双性恋的帽子。他后来在长诗《奇妙的结合》（"Wondrous the Merge", 1982）里，描写了他与乔尔的奇遇，我们现在读其中的第二和第三节：

> 在一个寒冷星期一的讲习班
> 走进一个未经宣布的救世主
> 他假装成一个沉默寡言的学生
> 一身不整洁的便服，轻快而坚毅
> 放下背包，甩了一下他的头发
> 给我以毫不含糊的奉献
> 他解除了我的拒绝和最后的通牒

他嘲笑我提出的种种不幸的后果
他坚持说他已经被授权给我提供
未来的幸福，他是不是
从乌托邦总部被派遣来的人？

　　布劳顿反映了他的真情实感，他年长乔尔·辛格近 40 岁，是乔尔·辛格主动提出和他交好，尽管他开始时很犹豫。布劳顿去世后，乔尔·辛格在他的回忆文章《熟果》（"RIPE FRUIT", 2004）中印证了布劳顿的这首诗。布劳顿生前同他一起旅行，拍摄了《赫尔墨斯鸟》（*Hermes Bird*, 1979）、《伊甸园的园丁》（*The Gardener of Eden*, 1981）、《奉献》（*Devotions*, 1983）、《四撒的残骸》（*Scattered Remains*, 1988）等电影。他们先生活在旧金山，因为生活费用太大，不得不离开那里，在一起生活的最后 10 年是在华盛顿州汤森港度过，直至布劳顿去世。乔尔·辛格回忆他俩的友谊时说："相互之爱教导我：欢乐和无上幸福尤其是我们与生俱来的权利。我俩在一起度过了极其快乐的 24 年，在电影和写书的许多项目中进行合作。在亚洲和欧洲旅游数年，分享和谐的家庭生活，直至他 1999 年打点行李去天堂。"①

　　在文艺界，布劳顿以试验性电影制片人著称，他因拍摄《欢乐园》《黄金位置》（*The Golden Positions*, 1970）、《这是它》（*This Is It*, 1971）、《梦林》（*Dreamwood*, 1972）等电影，于 1989 年获得美国电影学会颁发的终身成就奖，其中的一些电影在 20 世纪 70 年代"电影论坛"和纽约的惠特尼美国艺术博物馆放演过。

　　布劳顿生性乐观，被称为是一个"大欢乐"的诗人。有评论家认为他继承了鲁米②、哈菲兹③、威廉·布莱克和其他善意恶作剧的诗人的传统，引导读者与生活、上帝、大自然以及他们相互之间建立直接、嬉戏、奇妙的关系。在他的自传《解开衣扣走来》（*Coming Unbuttoned*, 1993）中，布劳顿披露自己在 3 岁前遇到了诗神缪斯，缪斯"坚持说，我会成为诗人，即使我不想争取……尽管我可能听的与'世界不是悲惨的监牢'的说法相反，但世界是一个愚蠢与想象之间不间断比赛的操场。如果我紧跟这场游戏足够机灵的话，我就可能成为'大欢乐'有用的代言人"。不管这是不是自造的神话，但它足以表明他乐观的生活哲学。尽管他的名声主要建立在

---

　　① Joel Singer. "RIPE FRUIT." *WHITE CRANE JOURNAL*, 2004.
　　② 鲁米（Rumi, 1207—1273）：13 世纪波斯诗人、法学家、神学家、苏菲神秘主义者。
　　③ 哈菲兹（Hafez, 1315—1390）：14 世纪波斯抒情诗人，他的主题是爱、赞美醉酒，揭露那些把自己看作是人民监护人的官员、法官、道德君子的虚伪。他在伊朗的知名度到了家喻户晓的程度。

成功拍摄先锋派电影上，布劳顿却认为自己"首先是一个诗人"，自认为受巴赫、布莱克、莎士比亚、叶芝和童话故事中鹅妈妈的影响。他在 1997 年的一次访谈中，谈到他对诗人的看法时说：

> 天生的诗人在摇篮里就知道诗意生活是唯一值得过的生活。他的头脑里生来就有神圣的火花。光荣的狂人是霍普金斯、兰波、鲁米、李尔、老子，更不必说布莱克、惠特曼和耶稣了。他们当中没有一个人上过创作班，但是他们能使你感动到骨子里颤抖。①

在他看来，诗人生来就有一个善于想象的头脑，创作班造就不了好诗人。他的这种想法符合现实，这倒不是他为自己没有拿到高校学位开脱。高等院校创作班或作家班的教授往往不是好作家或者好诗人，从创作班或作家班毕业的大多数学员也成不了好作家或者好诗人。不过，如今没有经过高校训练的文学爱好者很难进入文学主流，或要经过漫长曲折的道路才能得到文学主流承认，这也是事实。布劳顿本人的经历也证明了这个事实，难怪他对此坦承：

> 我得到最多的支持是在文学的非主流角落里，是在少数诗人和少数不出名的杂志主编之中。我特别感谢乔纳森·威廉斯②、安德烈·科德雷斯库③、保罗·玛利亚④、劳伦斯·费林盖蒂。最重要的是，我经常从我的天使那里得到支持，他是我理想的读者。⑤

在他的 23 部诗集之中，《真假独角兽》（*True And False Unicorn*, 1986）被认为为最佳，它通过呈现历史人物弗洛伊德和杜撰的大黑鬼桑博、处女和独角兽等历史和幻想的各种说话声，对身份（identity）进行探索。

有批评家认为，布劳顿的作品体现了加州的风味，在响彻太平洋的海浪中，探索野性与文明、男人与女人、胴体与精神边界。他不断地探索人

---

① James Broughton. "Free to Die Laughing: An Interveiw with Martin Goodman." *Archipelago* Vol. 4, Nos. 1/2, 1997.

② 乔纳森·威廉斯（Jonathan Williams，1929—2008）：美国诗人、出版家、摄影家。

③ 安德烈·科德雷斯库（Andrei Codrescu，1946—　）：罗马尼亚裔美国诗人、小说家、编剧、国家公共广播电台评论员。

④ 保罗·玛利亚（Paul Mariah，1938—1996）：20 世纪六七十年代旧金山同性恋文化复兴主要推动人，在旧金山创办同性恋杂志《男根》（*ManRoot*）和男根出版社。

⑤ James Broughton. "Free to Die Laughing: An Interveiw with Martin Goodman." *Archipelago* Vol. 4, Nos. 1/2, 1997.

体的奥秘，把它视为"神体"，对于个人和社会来说，是消除烦恼和平静的主根。例如，《萨满诗篇》（"Shaman Psalm", 1981）体现了他的这种思想感情：

> 泰然自若地出来
> 解开纽扣出来
> 埋葬好战行为
> 复活狂欢的聚会
> 只有通过胴体
> 你紧紧抱住神圣
> 只有通过胴体
> 你与上帝跳舞
> 在每个人手里
> 有同情的礼物
> 在每个人手里
> 有亲昵的连接
> 彼此信任
> 或沉溺于死。

作为同性恋或双性恋或他所谓的泛性恋艺术家和诗人，布劳顿一直珍视人体的亲昵或接触。在他看来，这能化解个人和社会的暴力。但是，这种无度地沉溺于性的行为，在教徒看来是人类的罪孽。他却不以为然，他说："我在圣公会环境里长大。我喜欢教堂里的仪式、音乐和标准英语优美的发音。但当我听到一切归于'啊，你可怜的罪人'时，我就转过脸去，或者充耳不闻。我讨厌关于罪孽的整套观念……当我的儿子出生时，护士说：'他看起来活像一尊小菩萨。'实际上，是罪孽！"[1]他的这种看法几乎是流行在加州文艺界的普遍现象，具有加利福尼亚风味。杰克·弗利说："布劳顿在多种重要方面体现了加利福尼亚风味，不只是说他独出心裁，审美独特，个性强，古怪，非主流，别样地出色地拍摄电影。"[2] 可以这么说，他的诗风与其说是加州风味，不如说更体现了垮掉派风格：直率，勇于揭示常人难以启齿或不愿让人知道的隐私，例如，他揭示内心极端痛

---

① Jack Foley. "Gig Joy, Octogenarian: An Interview with James Broughton." *Foley's Books*. Ed. Jack Foley. Oakland, CA: Pantograph Press, 2000: 194.

② Jack Foley. "Full, Frontal Mystery: The Films of James Broughton." *O Powerful Western Star*. Ed. Jack Foley. Oakland, CA: Pantograph Press, 2000: 102.

苦的长诗《羽毛还是铅块？》（"Feathers or Lead?", 1957）更是如此：

> 羽毛还是铅块？
> 　　补救的魔鬼问，他拴上门
> 　　对着我的腹部，紧抓他听诊器似的爪
> 　　用他的鸟嘴啄的肝。
> 现在怎样疼痛？
> 羽毛还是铅块？
> 我警告你，不论哪种回答都错！
> 　　怜悯的恶魔说，他穿着臭烘烘的长袍
> 　　来照料我，我灵魂受伤而病倒在床
> 　　他不会放过我的伤口。
> 如果你不感觉痛，我可以走近些
> 我可以抓得更深！
> 　　他赤条条站起来，两颗带着头发
> 　　和头皮的脑袋夹在他的两腿之间。
> 医生啊我的医生！
> 我会熬过这一夜晚？
> 　　我穿着苦行者穿的刚毛衬衣跪着。
> 你答应给我的金色的苹果核在哪里？
> 你为什么喂我可怕的诱饵？
> 当我恳求我从伊甸园堕落的药草根时，
> 你却让我吮吸那倒霉的脐带，
> 让我吞食我自己的污秽，
> 把灵魂埋置在我的内脏里。
>
> 羽毛还是铅块？
> 羽毛还是铅块？
> 　　他在我的骨盆里格格地磨着牙问。

后面中间几行诗，更加明显地流露出诗人内心的困惑与矛盾：

> 这秘方只有专家知晓，
> 　　慢性疮疡的侍奉魔鬼说。

你的病痛高级阶段仍然存在。

治疗不正确的自我

可能导致致命的并发症。

如果你错误地把绝望当作欲望，

错误地把贪恋当作需要，

错误地把你的判死刑当作一大把的爱，

那么我总是准备随时感激。

中国读者初读反复出现的诗行"羽毛还是铅块"，可能会感到莫名其妙。如果我们熟悉流行在美国罗兹的农村的一则传说，就能欣赏了。这个传说是：那里的农民相信 3 月 25 日怀孕妇女的孩子必定在圣诞节出生，不可避免地会变成一个顽皮的小精灵，属于希腊牧人神潘的后代，头上长角，脚上长蹄，两耳竖起。他在天黑以后巡回走动，嘎声问道："羽毛还是铅块？"不管谁用哪种回答都会错。然后，他就骑在受害者身上，像马一样拼命地跑遍全国，不断地用鞭子抽打他。按照杰克·弗利的解读，这是布劳顿比喻他处于无法选择的两难处境：选择轻柔的羽毛或者沉重的铅块，都会犯错。诗中提到了医生。诗人希望医生治疗他的苦恼，结果使得他越来越病重，越来越绝望。诗人在诗的最后摆脱了这个糟糕的医生，但是依然处于失望和苦痛的状态。杰克·弗利认为，布劳顿早期的诗篇常常充满绝望情绪，这是与他对母亲怀有负面感情有关。[①] 他常常在诗中剖析自己的心理活动过程，有评论家说，这是他在实践荣格的心理学治疗。

观其一生，布劳顿不属于象牙之塔的诗人，而是普通大众的一员，他赞美小孩、大自然、胴体、精神、含糊的性别、异性爱、同性爱、泛性爱。他相信人人喜爱狂喜，首要教育的是爱。他用有趣的诗行，表达他有趣的理念，在给大家带来大欢乐的过程中，他自己成了一个"大欢乐"。他生前最后的诗选集《打点行李去天堂：1946～1996 年诗选》（*Packing Up for Paradise: Selected Poems 1946-1996*, 1997）的第一首诗《有待商榷》（"Open to Question", 1996）表达了他达观的生死观：

从村子里出来，长时间

走在林子阴凉的树荫里。

我走出乏味和浮华，

---

① 见杰克·弗利于 2010 年 6 月 28 日给笔者发送来的电子邮件。

祈求一个清楚的启示。
我的内心空空如也，除了
爱、上帝和死后的灵魂生活。

虽然接近停止的时间，
我的生命依然有待走到
不管怎样的下一步，
或不管怎样的最后一步。
由于长寿在逐渐缩短，
我需要考虑最后一着。
乘坐冥河上的船屋？
住极乐世界的别墅？
太虚中打个铺盖卷儿？
我四周的森林渐渐变黑。
哪里是我必定会有的住房？
那是不是最终的惊喜？

　　他的墓志铭："冒险——而不是困境。"这是他的人生经验的总结。他爱冒险，不走常人现成的路，尽管遇到障碍和困难，终于走出困境。他在诗歌创作上的成就获得了承认，除了他的长诗《羽毛还是铅块？》被唐纳德·艾伦收进他主编的诗集《新美国诗歌》之外，英国著名东方哲学学者艾伦·瓦茨（Alan Watts, 1915—1973）还称他是"旧金山无冕桂冠诗人"。1992 年，他获得全国诗歌协会颁发的终身成就奖。如果说，以主流诗歌奖作为衡量一个诗人成就标志的话，布劳顿以他的艺术独特性拥有了这个标志。他在谈到自己深切的体会时说：

　　多数诗人像多数普通人一样，拼命努力成为他们钦佩的人，或者拥有他们应当拥有的形象。信任你个人的独特性吧，挑战你的开放，大大的开放。有些艺术家从自我意识中退缩回来，害怕这会毁掉他们了不得的才能，甚至会毁掉他们创作的欲望。事实真相恰恰相反。意识是创造的辉煌。记住格特鲁德·斯泰因说过："成为天才需要很多时间。你得枯坐那里。"①

---

① James Broughton. "Free to Die Laughing: An Interveiw with Martin Goodman." *Archipelago* Vol. 4, Nos. 1/2, 1997.

布劳顿的所谓开放，就是直率，流露真情实感。众所周知，虚情或不真诚乃诗之大敌。不过，他的开放，有时也过了头，像金斯堡这类垮掉派诗人一样，过度地暴露隐私，常常越过常规，无视常人的评头品足，更不想获得常人的称赞。他想要得到的是他的知音读者，为此，他说："称赞？我要称赞干什么？当水钻头饰佩戴？喝彩会分心。逆境产生刺激。我喜欢这样的读者，他认真聆听我的朗诵，浑身起鸡皮疙瘩，头脑里嗡嗡直响，深深地吸一口起，大声说：'哇！'"[①]

第四节　杰克·斯派赛和罗宾·布莱泽

1. 杰克·斯派赛（Jack Spicer, 1925—1965）

这是一位个性强、有语言天赋、曾为 6 号画廊历史性的诗歌朗诵做过重要铺垫工作的诗人，一位地地道道不理会学术界和大出版社的旧金山诗人。他精通语言学、符号学和现代哲学。他认为万物互不连接，但相互交通，因此诗人有可能把实物转化为另外的形式，越过语言和时间进行转化，因此诗是实物的抽象拼凑艺术。他在感情上有一种自我伤害的病态。他在诗中似乎与上帝或与情人争吵不休，读了使人感到苦涩。

斯派赛出生在好莱坞，父母以开小旅馆为生。他在雷德兰兹大学上学（1943—1945），离开母校后开始写作。他去加州大学伯克利分校攻读学位，研究古斯堪的那维亚语、盎格鲁—撒克逊语和德语。他在伯克利分校期间，卷入自由派政治，加入当地的文学圈，特别是参加以雷克斯罗思为中心的诗歌朗诵和研讨活动。他很快结识了布莱泽和邓肯。长他 7 岁的邓肯出格的生活作风对他很有吸引力，激发了当时比较胆小的他和邓肯发生了性关系。他们俩和布莱泽建立了深厚的友谊和松散的三角恋，对他们圈子里的年轻诗人传授"同性恋家谱"：兰波、洛尔卡和其他的同性恋作家。他们相互切磋诗艺，杜撰他们的神话，把他们的文化活动和诗歌艺术称作是"伯克利文艺复兴"。斯派赛珍视他诗歌生涯开端的这次机遇，后来回忆时说，他与邓肯和布莱泽相遇的 1946 年，是他的新生之年。他在后来的一首诗《伯克利文艺复兴后记》（"A Postscript to the Berkeley Renaissance", 1954）中，

---

① James Broughton. "Free to Die Laughing: An Interveiw with Martin Goodman." *Archipelago* Vol. 4, Nos. 1/2, 1997.

表达了他当时的快乐心情，该诗一共九节，每节四行，我们且读前三节：

> 我失去了什么？什么时候
> 我开始唱一支响亮而愚蠢之歌，
> 它使得这颗受惊的心，如同
> 受侵扰的鸟儿跃入诗歌？
>
> 我曾经是一个歌手，唱过
> 那支歌。我看到数以千计
> 困惑的鸟儿冲破它们的罗网
> 从心底里飞进诗歌。
>
> 我失去了什么？我们那时生活在
> 森林里，好像现实中赤裸的
> 松鸦，啄食着烤面包和苍蝇，
> 有时像操着巧言的天使。

1950年，斯派赛离开伯克利，他本来想当语言学家的梦想由于他拒签"效忠誓言"而破灭了，失去了在伯克利分校语言系当助教的职位。原来加州当时实行的斯隆—利夫灵法（the Sloan-Levering Act）有一个条款，规定所有在加州工作的雇员（包括伯克利分校的研究生助教）必须作效忠美国的宣誓。他接着去明尼苏达谋事，一位同情他的教授帮助他找了一份教授语言的教职。1952年，他返回伯克利分校时，发现邓肯已经移居旧金山。他感到不快，认为邓肯背叛了伯克利文艺复兴精神。他于是重新投入他的学术深造，但他研究古英语和古斯堪的那维亚语的博士论文可惜没有全部完成。

1953年，他被聘为加州美术学院新人文系系主任，这一教职使他有机会到了旧金山，与那里的新艺术团体建立密切关系。在1954年万圣节，他同五位艺术家朋友①组建了6号画廊。他不久脱离6号画廊，于1955年去东部，失去了参加第二年在这里举行的诗歌朗诵的机会。但他并不觉得可

---

① 这五位艺术家合作者是瓦利·赫德里克（Wally Hedrick）、戴维·辛普森（David Simpson）、海沃德·金（Hayward King）、约翰·艾伦·瑞安（John Allen Ryan）、德博拉·雷明顿（Deborah Remington）。1955年，赫德里克成了6号画廊的经理。这个画廊的改造有三种说法：一是车库改造的；二是汽车修理厂一部分改造的；三是原来是一家地毯商店。

惜，他不看好垮掉派诗人，把他们看作是篡夺者，批评金斯堡这类诗人的诗是自我推销。他先去纽约，瞧不起那里的诗人圈，接着去波士顿，在波士顿图书馆珍本室找了一份差事。这时，布莱泽也在波士顿，他俩结交了当地的诗人，其中包括约翰·维纳斯、斯蒂芬·乔纳斯（Stephen Jonas, ?—1970）和乔·邓恩（Joe Dunn）。但是，斯派赛的酗酒和忧郁使他失去了在波士顿的差事。

1956 年，他回到旧金山，邓肯利用自己的影响，聘请他在旧金山学院诗歌中心教授作家班。斯派赛以"诗歌与魔术"为题的系列讲座，对来听课的诗人产生了影响，其中包括杰克·吉尔伯特（Jack Gilbert, 1925—2012）、詹姆斯·布劳顿和邓肯本人。在随后的几年，他的诗歌形式的创新和美妙的抒情，吸引了众多的追随者，形成了一个"斯派赛圈"。他们常常在北滩酒吧和旧金山公园讨论诗歌和人生。1960 年，他的不少追随者被另外的兴趣吸引，离开了"斯派赛圈"。斯派赛感到很失落，陷入了不可自拔的酗酒。他的酗酒和忧郁断绝了与他最亲近的朋友的往来。他这时对邓肯很粗暴，批评邓肯求名欲强烈。1964 年，他失去了在旧金山学院诗歌中心的教职，最后在斯坦福大学找到一个他并不太满意的职位。

斯派赛的诗歌风格前后不同。他的前期风格以《一夜情》（"One Night Stand"）为典型：

> 听着，你这心肠丝绸温柔的家伙，
> 昨天我在酒吧里说，
> 你穿了梦幻般的衣服，
> 好像一只出水的天鹅。
> 听着，你这羽毛般柔和的家伙，
> 我郑重声明，我名叫丽达。
> 我能记得假装，把你看成是：
> 你的红领带是一颗真正的心，
> 你的毛料西装是真正的肌肤，
> 你可以浮动在我的身边，
> 用随意满足的天鹅触摸，
> 但不用天鹅的鲜血。
> 第二天醒来，我只记得
> 某个人的羽毛
> 和他皱巴巴的心。

　　他曾对布莱泽说，他的这类诗，在他现在看来很赖。他决定放弃写这类单篇诗，改写系列诗，并告诉他说，他正在探索另一种风格，他称之为"作为听写的诗"（poetry as dictation）。他这时开始对西班牙诗人洛尔卡的诗歌，尤其对原汁原味的西班牙安德露西亚吉普赛民歌形式产生兴趣。他这时的审美也接近深层意象派。他的诗歌创作生涯真正始于《步洛尔卡》（"After Lorca", 1957）的发表。他曾经给洛尔卡写信，谈到他对想象力的认识：

> 事物之间并不连接，但它们相对应。那就是为什么一个诗人可能转移实物，通过语言把它们转移，像通过时间一样轻易地转移。你看见的那棵树，是一棵我在加州永远不可能见到的树，你见到的那只柠檬，有着不同的气味和不同的口味，但答案是：每一处，每一次，总有一个实物与你的实物相对应——那只柠檬也许会变成这只柠檬，或者它甚至变成这片海藻，或者这个海洋中特有的灰色。一个人不需要想象那只柠檬，他只需要发现它。①

　　从此，他稳步出版诗集，生前一共发表了七部诗集。他的审美趣味在当时似乎很怪：不相信诗歌完全受诗人的声音和意志的驱使。1957年，他开始试验记录别人的讲话，然后把它们嵌进诗里。这基于他的语言理论。他对语言在诗歌创作中作用的观点，源于他对前乔姆斯基语言学的了解和在伯克利分校时研究语言的功底。他后来在"温哥华系列讲座"中，澄清了他有关从外部传输的观点，把诗人比喻为矿石收音机或无线电收音机，接受外层空间传输来的信息，或接受从"火星"上和"死人"那里发来的信息。质言之，在他看来，诗人是接受外界信息的主人，不是自我表现的代理人。这样说，好像有一点儿不着边际，他实际上是把语言当作工具，通过这个语言工具，解决传输的通路。有评论家认为，他的这种理论，是受美国语言学家泽列格·哈里斯（Zellig Harris, 1909—1992）和查尔斯·霍基特（Charles Hockett, 1916—2000）的结构主义语言学影响。他生前最后一本诗集《语言》（Language, 1965）就提及词素、字形之类的语言学概念。在这种意义上讲，他是后来语言诗人的先导。

　　著名语言派诗人罗恩·西里曼把斯派赛的《献给诗歌芝加哥的六首诗》（Six Poems for Poetry Chicago）之三与约翰·贝利曼的《梦歌之27》

---

① Jack Spicer. "Letter to Lorca." The New American Poetry: 414.

相提并论。它只是一首短诗：

> 在那遥远的茂盛的越南丛林里，没有什么生长。
> 在西班牙瓜达尔卡纳尔，什么也不生长，除了灌木林，
> 它像你最好最好的朋友的酒吧聊天，他不能空谈。
> 烂醉如泥。没有起风。
> 救生艇在那里。灌木丛
> 不能使用救生艇。
> 死亡出自狙击手
> 发射不管什么样的子弹。双方
> 都是。完全地
> 移交。

　　如果对侵越战争的报道仍有依稀记忆的话，我们作为普通的读者，觉得诗人好像在提及当年的越南战争，仅此而已。可是，语言派诗人罗恩·西里曼对这首诗却咂出无穷的味道。语言诗人所爱的诗不是直白，而是指涉性多的含量。例如，该诗题目怎么冒出一个"诗歌芝加哥"呢？初看有点匪夷所思。原来著名的《诗刊》编辑部设在芝加哥，我们不妨把标题解读为《献给芝加哥〈诗刊〉的六首诗》。斯派赛显然是在调侃，因为他一向不买大杂志、大出版社的账，不屑于朝它们躬身或弯腰。他曾在他的演讲《诗歌与政治》（"Poetry and Politics", 1965）里说："如果你在《诗刊》上发表，这很棒。你得到稿费。你可以让全国的读者读你的诗。不过从长远看，如果你参与其中，那么你得说：'是啊，我自己阅读《诗刊》。'但是，我不阅读《诗刊》，不愿意读它，因为我不相信《诗刊》所创造的社群。"他去世后第一年出版的诗集《杂志诗卷》（*Book of Magazine Verse*, 1966）里的诗篇，全是献给曾经拒绝刊载他的诗作的诗歌杂志，而诗集封面模仿了他不爱读的《诗刊》封面。这又是一种调侃或幽默或自嘲。这不是他的首创。前文已经介绍过，E. E. 肯明斯在他的诗集《不谢》（*No Thanks*, 1935）的献辞里不着一字，只列出当年拒绝出版他诗集的十几家出版社的名字，并把它们排列成酒杯的形状，似乎是一只用来祝酒的酒杯。

　　罗恩·西里曼爱读斯派赛的诗集《语言》，其中一个原因是他的巧思。该诗集的封面和美国语言学学会的会刊《语言》相同，虽然该诗集的一部分诗中夹了语言学术语，但与会刊没有关系（诗人本人只是在该会刊发表过学术文章），它的内容范围更广泛，包含了普通的话题：棒球、死亡、爱、

诗艺等等。西里曼认为，读者更喜欢诗中的对谈，而不是其他的论题。

1965 年，斯派赛被加拿大英属哥伦比亚大学邀请去做诗歌朗诵和讲座，效果不错，恢复了他的自信心，回国后，做了几场著名的"温哥华讲座"，重新与诗人们建立了联系，也不再酗酒了。

他的"温哥华讲座"有关诗歌的超前理论至今仍有影响。例如，罗恩·西里曼在 1985 年接受的一次访谈录中，大加赞赏斯派赛的"温哥华讲座"：

> 最近重读斯派赛的温哥华系列讲座的第一次演讲，我对他的观点感到震惊，他坚持认为成熟的诗人关键是灭除他作品中的自我。他作为诗人，也许仅次于克里利，发出了他的这一代最"亲切的声音"，起初听起来很奇怪。依据他的看法，他的爱情、棒球的素材，甚至语言本身是诗篇本身创造的。用他的话说，这些素材，只是家什。换言之，他的短篇诗歌的表面题目不是诗篇本身要表达的真正意思。不管他的这种观点如何解释，这是一种态度，它确认诗篇的自治性。它也是一种重要的态度，认为诗篇里的种种关系像生活本身一样，是复杂的，沉思的，矛盾的，脱节的，间接的，断定过了头的。这反常地使诗作能在任何统一的文本，在分层次叙述或解释的原则下创作的任何作品里，更加精确地记录宇宙的多种现实……绝对没有"关于"什么具体所指的诗作，永远不会限制任何东西进入到诗歌里。家什是无限的。有趣的是，那正是戴维·安廷把"语言诗"比喻为在希尔斯百货商场散步时所要得出的结论。那些所有闪光的句子堆积成一排。零售布局是一个分层结构，它叙述的结论是"你们购买"。那就是为什么这一个个冲动的货品被记录员登记下来。
>
> 种种复杂和丰富的可能性就在于此。这就是为什么否认具体所指的作品，可以非常丰富，完全像内容本身那样丰富。

罗恩·西里曼的这番赞词是清楚的，除了"绝对没有'关于'什么具体所指的诗作，永远不会限制任何东西进入到诗歌里"这句绕弯的话令人费解之外。这位语言诗人所要表达的是语言诗的审美取向，即：你写一首诗，在大多数情况下，与题目无关，它绝对不直接表达关于什么，因此这样的诗，绝对不限制任何可能的含义进入其中。例如，上述斯派赛的诗标题《献给诗歌芝加哥的六首诗》就是一例。他对词句有独到的见解，他说："词句是紧贴真实的东西。我们用它们来大力推进真实，把真实拉入诗里。

它们是我们紧紧抓住的东西，不是其他。它们本身的可贵如同没有牵挂的绳子。"

斯派赛虽然处在垮掉派运动之中，但与垮掉派保持距离，保持诗歌的智性，与金斯堡、奥哈拉等同时代同性恋诗人不友好。他到了 30 岁左右，开始酗酒，清醒时非常可爱；酩酊大醉时，与任何他熟悉的人吵架，成了一个令人讨厌的醉鬼。他白天写诗，晚上就在北滩酒吧，和一帮年轻的试验诗人聚在一起。他创办了白兔出版社和两种小杂志《J》（*J*）和《空旷地》（*OPEN SPACE*），发表他自己和朋友们的作品。在他创作生涯的盛期，他在旧金山诗歌圈发挥了超常的魅力，受他影响的诗人不少，其中包括邓肯、布莱泽、哈罗德·达尔（Harold Dull）、理查德·塔格特（Richard Tagett）等。他给布莱泽的一首长组诗《虚拟的挽歌 1～4：致罗宾·布莱泽》（"Imaginary Elegies, I-IV: For Ribin Blazer", 1950—1955）被唐纳德·艾伦主编的《新美国诗歌》所选。诗的开头表达了他对诗歌的看法：

> 诗歌，几乎和照相机一样盲目
> 只在刹那间见到时显得鲜活。咔嚓，
> 在动作之前，快照进入眼帘
> 几乎和话语同时发生。

1965 年夏天，他决定移居加拿大时，突发肝病，昏迷在楼梯间，几个星期之后，于 8 月 17 日死于旧金山总医院扶贫病房。就在一个月前的 7 月 15 日，斯派赛还在伯克利诗歌大会上发表了演讲《诗歌与政治》。在他的演讲中，他明确表达了诗歌与政治的关系。他认为，诗歌本身并不影响政治改变，他不反对政治活动，但反对认为诗歌本身具有政治效果，因为过于明显的政治诗显得自我满足甚于其效果。他还认为，诗歌创作并不免除政治责任，如果一个人指望利用诗歌作为政治活动的媒介物，那就很可能是坏诗。他不反对诉诸政治行动，相反，他建议写信给议员，提出批评和建议。他生前就写了不少这样的信。

这样一个有政治责任心的诗人却英年早逝了。斯派赛生前出版的书都是在当地各个小出版社出版的，但是他并不在意。他可能没有料到他去世后却发表了四部诗集、一部小说。他的名声和影响在美国、加拿大和欧洲逐渐上升。有评论家认为，他的诗歌见证并界定了反主流文学文化的传统而成了记录旧金山文艺复兴的重要文献，成了 20 世纪的经典。这就是为什么有出版社愿意继续出版布莱泽主编的《杰克·斯派赛作品合集》（*The*

Collected Books of Jack Spicer, 1975）、唐纳德·艾伦主编的《一夜情和其他诗篇》（*One Night Stand and other Poems*, 1980）、彼得·吉兹（Peter Gizzi）主编的《杰克建造的房屋：杰克·斯派赛演讲合集》（*The House That Jack Built: The Collected Lectures of Jack Spice*r, 1998）、刘易斯·埃林厄姆（Lewis Ellingham）和凯文·基利安（Kevin Killian）撰写的传记《诗人，要像上帝：杰克·斯派赛和旧金山文艺复兴》（*Poet, Be Like God: Jack Spicer and the San Francisco Renaissance*, 1998）。更添光彩的是，彼得·吉兹和凯文·基利安主编的《我的词汇给我干这个：杰克·斯派赛诗歌合集》（*My Vocabulary Did This to Me: The Collected Poetry of Jack Spicer*, 2008），在 2009 年获得了美国国家图书奖。新世纪的诗歌界仍然记住这位行为有时有点乖张的诗人，一位在语言、形式、写作方法上不断创新，强调语言与经验、自我与外部世界辩证关系的诗人。诗人、诗评家爱德华·福斯特看重斯派赛，在评论他的诗歌影响时，指出：

> 　　斯派赛对过去的两三代诗人的影响是巨大的。特别是他有志于发展一种不依靠个人声音的诗歌有一大批追随者，而且他对语言的关注引起了诸如罗恩·西里曼、迈克尔·戴维森、苏珊·豪、迈克尔·帕尔默和其他许多诗人极大的兴趣……他作为一个典型的西部美国诗人极其重要，他建立的美学直接违反东部美国诗人惠特曼的美学，他不想要在旧金山之外出版甚至发行他的作品。斯派赛的追随者事实上在一定程度依然是地区性的，最受他影响的语言诗人常常与旧金山（当然决非专门排外）而不是与其他大的文学中心纽约相联系。①

2. 罗宾·布莱泽（Robin Francis Blaser, 1925—2009）

　　和斯派赛亲密无间的罗宾·布莱泽，出生在科罗拉多州丹佛市，成长在爱达荷州。父亲曾是摩门教教徒，在铁路上工作，母亲是一个虔诚的天主教徒。在经济萧条时期，父亲失业，家庭生活陷于困顿，他曾因偷煤而当场被抓。中学毕业之后，上过西北大学和爱达荷大学，未毕业。1944 年，上伯克利分校，获学士（1952）、文学硕士（1955）和图书馆硕士（1956），本来攻读诗剧博士学位，后发觉题目太大，于是放弃了。在伯克利大约十

---

① Edward Halsey Foster. *Jack Spicer*. Boise, Idaho: Boise State University Printing and Graphics Services, 1991: 46.

年，研究中世纪、文艺复兴和浪漫主义文学。1946年，结识斯派赛和邓肯。和斯派赛同龄，比邓肯小7岁，长得很帅，有评论家说，他有一副雕刻般的面孔，一双梦幻的眼睛，一对灵敏的耳朵。作为一个伴侣，他有着迷人、机智、话多、有趣的品格。[①] 他常参加邓肯主持的诗歌沙龙，同一伙人朗诵诗歌和小说片段。可以说，他与斯派赛、邓肯以及克里利、凯鲁亚克和金斯堡等一道，成了20世纪40年代晚期和50年代旧金山文艺复兴中公开的同性恋诗歌运动的一部分，一个出于垮掉派文化、摈弃主流文化价值、接受左倾社会和哲学思想及其影响的先锋派分子。

布莱泽不久结识的生物化学师詹姆斯·费尔茨（James Felts）移居东部之后，他也跟着去东部，在哈佛大学威德纳图书馆找到一份编目工作。在他离开斯派赛和邓肯期间，布莱泽有了自己出版诗集的空间和自由。1958年，詹姆斯·费尔茨回旧金山工作。布莱泽去欧洲旅行了一段时间，在加州大学旧金山分校找了一份档案保管员工作，这给他提供了赖以生活的工资之外，主要给他创造了大量阅读和认真创作的机会。在这期间，他开始创作首批系列诗。他后来在1967年对系列诗表达过这样的观点：

> 我对一种特别的叙事感兴趣，是斯派赛和我一致同意把我们的诗作叫做系列诗，这是一种叙事，拒绝采用强加的故事线索贯穿，仅用组诗形式。组诗能量也许能包括各种东西——愤怒可以打开窗户，从另一个世界来的声音，可以完全重塑眼前的情景，友谊的破坏也许破坏整个语言领域或使用语言的能力——这里说的每一样都是一个扩展的隐喻。[②]

布莱泽创作了首批系列诗，这些诗后来收进《蛾诗》（*The Moth Poem*, 1964）、《杯》（*Cups*, 1968）、《仙后和公园》（*The Faerie Queene and The Park*, 1987）、《圣林》（*The Holy Forest*, 1993）等诗集里，还创作了1～4系列诗《意象—民族》（*Image-Nations*），后来收进诗集《意象—民族1～12和镜子体育场》（*Image-Nations 1-12 & The Stadium of the Mirror*, 1974）里。

唐纳德·艾伦在《新美国诗歌：1945～1960》里选了布莱泽早期创作的五首诗，其中一首《诗篇》（"POEM"）很奇特，年纪轻轻（写这首诗时

---

① 见桑德拉·马丁（Sandra Martin）为悼念布莱泽去世，于2009年5月14日写的文章：《给我们既神奇又可怖的东西看》（"Showing us things both marvellous and horrific"）。

② Robin Blaser. "The Fire." *The Fire: Collected Essays of Robin Blaser*. Ed. Miriam Nichols. Berkeley: University of California Press, 2006.

大约 30 岁左右）就想到死亡：

> 当我还死神的债时
> 少数人将会来，在意一两个
> 像纽扣那样发光的东西。

> 当我还死神的债时
> 我的嘴巴吞咽
> 　　　　轻蔑
> 枯槁的双手像婚礼杯
> 碰杯时噼啪作响。

> 当我还死神的债时，这大问题
> 是：两眼圆睁时是什么感觉。
> 将不会完全黑暗，因为
> 什么也没有。一样东西将会停止，
> 那就是孔雀般肌肤里
> 唯我独尊的自尊心。
> 那就是否定的定义。
> 更确切地说，皮肤起皱，
> 肌肉软瘫。我所想到的是：
> 老人心里的一只麻雀飞起来——

> 　　　　　　　　　　于是
> 在起皱的肌肤里发现了厌恶。

> 完成这词是什么？一根钢梁？
> 一座正竖起的楼房？

> 当我还死神的债时，
> 我年轻时从未征服的爱
> 将会这样结束。

　　诗的表面意义很清楚：人在阳间的生存是欠死神的债，最后用死亡来

还死神的债。根据布莱泽的透露，诗还有另一层意思，诗中人要给冥府渡
神卡戎付一个银币的费，渡过冥河，到阴间，去会他记得起来的生前朋友。
这首生前就想象死后情况的诗很有趣，虽然算不上原创。艾米莉·狄更生
在她的名篇《因为我不能停下来等待死神》（"Because I could not stop for
Death"）里，把死亡当作一次人生旅行，而布莱泽则在死亡中放心不下的
仍然是他"年轻时从未征服的爱"。

　　正当布莱泽潜心创作时，一系列事件却打破了他快乐的心境：与菲尔
茨失和；邓肯对他的翻译挑错，与他过不去；斯派赛酗酒而失去理智，1965
年去世。第二年，他于是和一个年轻伙伴斯坦·佩斯基（Stan Persky, 1941
— ）①移居温哥华，1972 年入加拿大籍，在西蒙·弗雷泽大学英文系教
书，直至 1986 年作为荣誉教授退休为止。他最后的生活伙伴是治疗师戴
维·法韦尔（David Farwell）。

　　布莱泽最后成了加拿大著名诗人。1995 年，加拿大诗歌界专门为他在
温哥华召开学术研讨会，大会收到 50 篇讨论他的诗歌和诗学的论文。2006
年，格里芬托拉斯授予他终身诗歌成就奖，同年他获 65000 加元的格里芬
诗歌奖。他一生出版的 20 本诗集，绝大部分都是在加拿大出版的。他最后
的一部大型诗歌合集《圣林：罗宾·布莱泽诗歌合集》（The Holy Forest:
Collected Poems of Robin Blaser, 2006）总结了他完美的诗歌创作生涯。2009
年，他因脑瘤不治逝世后，媒体纷纷发表文章纪念他。加拿大议会桂冠诗
人乔治·鲍林在一篇纪念文章中对他作了高度的评价，说："布莱泽是西海
岸诗歌盛期不可或缺的一位有影响的人物，他成为试验诗歌运动中的一个
重要声音，他的影响依然响彻在他的这一代和下几代的一些伟大诗人的作
品中。"著名语言诗人查尔斯·伯恩斯坦在为布莱泽诗合集写的后记中，对
他也作了高度的评价，说：

　　　　与他最近的同时代诗人相比，布莱泽走的是一条明显执拗、故意
　　散漫的不同路线，这导致他对出版持谨慎的态度。结果是，从他首次
　　发表诗作到作为目前主要诗歌著作之一的《圣林：罗宾·布莱泽诗歌
　　合集》的出版，时间跨度几乎是 40 年了。实际上，布莱泽的抒情拼
　　贴如今看起来非常新鲜，甚至与此同时，当他处于（我不说投入）动
　　荡和思想动荡不定之中时，更显得是典范。对于我来说，布莱泽的诗

───────────────

　　① 斯坦·佩斯基：美国海军退役士兵，1962 年在旧金山结识布莱泽，移居加拿大后，1972 年入加
拿大籍，成为加拿大作家和媒体评论家，后来没有几年与布莱泽分离，但一直保持友好关系，最后移居
德国。

作是未来的诗歌而不是过去的诗歌的一部分。

布莱泽的诗歌和散文坚持必须通过类比和外观进行思维，即思考要有顺序，以便超越实证主义和自我表达的认识论限制。与此同时，布莱泽使他的作品肯定人的各方面多样性价值，不仅仅肯定性或种族的差异，而且肯定接受各种哲学范畴的可能性。

和通常的人一样，布莱泽进入老年之后，变得淡定自若。他留给后人的格言是："我一直做客世界——家庭、宗教、特别是语言之客——没有增添，也没有减少。"

第五节 威廉·埃弗森和卢·韦尔奇

1. 威廉·埃弗森（William Everson, 1912—1994）

早在垮掉派诗歌运动发轫于 20 世纪 50 年代的多年之前，埃弗森不但已经是旧金山当地的知名诗人，也是手工出版的著名艺术家。当雷克斯罗思专论埃弗森、拉曼西亚、邓肯、金斯堡和费林盖蒂的《旧金山信函》（"San Francisco Letter"）一文发表在《常绿评论》1957 年旧金山文学景观专号上时，他便以"垮掉派修士"的名号响遍全国诗坛。他成了当时的一个反文化传统的著名文学人物。

埃弗森出身于加州挪威移民乐队指挥的家庭，在圣华金山谷里一个农村集镇塞尔马长大，1931 年毕业于当地中学，进弗雷斯诺县城的州立学院，不久弃学，到民间保护团报到，在红杉国家公园筑路，当地方资源养护队劳工（1932—1933）。1934 年，回到弗雷斯诺县城州立学院，在学习期间，他发现了对他的文学生涯至关重要的罗宾逊·杰弗斯诗歌，使他从此服膺于这位诗人。他后来在回忆自己的这段经历时，说他"突然整个内心世界开始颤抖起来"，只复学了一个学期，又放弃学习，决心去成为像杰弗斯那样的诗人。离开学校后，当过铺设灌溉管道工、罐头厂工人、农场工人（30年代中期）。他把自己当时骚动不安的年轻心灵比成了乌鸦：

> 这些是我灵魂的乌鸦，
> 斜飞在这孤独的田野上，
> 啼叫着，啼叫着，

> 我现在放飞它们，
> 送它们摇摇摆摆地扑入天空，
> 学习缓缓的巫风慢慢飞翔，
> 在世界上最远的篱笆上鸣叫。

这是他青春期性萌动的流露。1938 年，埃弗森的第一次婚姻是与他的高中女同学结婚，并且购买了一个小农场。

埃弗森作为拒服兵役者，在二战期间被召唤去俄勒冈民用公共服务营，和其他拒服兵役的知识分子和作家一起从事体力劳动，砸石清道（1943—1946）。和他一起做苦力的人之中包括许多诗人、艺术家和舞蹈演员，例如其中有我们熟悉的肯尼思·帕钦、雷克斯罗思和亨利·米勒。这些拒服兵役者们当时出版一种无政府主义的地下刊物《通讯》（*Newsletter*），埃弗森利用自己手工出版的一技之能，帮助他们印行。1947 年，与艺术家、诗人玛丽·法比利（Mary Fabilli, 1914—2011）结婚（第二次婚姻）。1948年加入天主教教会，不久与玛丽·法比利离婚，1951 年皈依奥克兰多明我会，取法号安冬尼努斯修士（1951—1969）。1965 年爱上时年 18 岁的苏珊娜·里克森（Susanna Rickson）。

二战之后，埃弗森加入以雷克斯罗思为首的无政府主义—和平主义诗人团体，积极参加奥克兰贫民窟天主教工人运动（1950—1951），应邀在全美和欧洲作多次诗歌朗诵（1957—1994），任加州大学圣克鲁斯分校驻校诗人（1971—1981），自办小型的石灰窑出版社，印行自己和其他诗人的诗集，设计美观，颇受读者欢迎。

埃弗森被批评家们戴上三顶帽子：自然诗人、宗教诗人和情色诗人。这恰好反映了他的人生三个阶段：早年的世俗生活（两次婚姻）、中年的宗教生活和晚年的世俗生活（最后一次婚姻）。

作为自然诗人，埃弗森近亲大自然，一生中多数时间生活在他称之为"翠鸟屋"的小木屋里。地处圣克鲁斯县城北部，在加州中部美丽的蒙特雷海湾边上。他种植小葡萄园，关注农耕和四季变化，欣赏加州绮丽的风光。他最初的两本诗集《这些是乌鸦》（*These Are Ravens*, 1935）和《圣华金》（*San Joaquin*, 1939）以及活页本《阳性死寂》（*The Masculine Dead*, 1944）给他带来了自然诗人的名声。他后来在回忆早期的诗歌创作时，说："我感到这些诗篇，只有两三首例外，天生与弗雷斯诺县相联系。虽然我从未为写弗雷斯诺县而写弗雷斯诺县，虽然诗集里绝大多数的诗篇所描写的，可以说是适宜于美国任何其他地方，不过，这里繁茂的葡萄园，一座座大果园，数英里荒凉的大牧场，背东面西起伏的巨大山峦，吸引着我把它们写进诗里。"我们现在来欣赏《阳性死寂》序诗的前两段：

> 一天天，赤裸的太阳在大洋面上骑着单调的天空。
> 寂静的海洋冲刷着，疏懒地拍打一座座礁石。
> 一只只海鸥感觉到厚实的空气托住它们的展翅，
> 高高地在阳光中，看见它们身子底下
> 远远延伸的海平面上布展着一座座岛屿，
> 阿拉斯加海岸是一只弯曲的手臂。
> 天空里没有风；雾气在中午燃烧。
> 死寂悬挂在那整个地区，
> 盖着翘首以待的大海面孔。
>
> 冷风劲吹，一团团热空气充满湿气
> 向上飘流，随着上升而变冷，凝成水汽，
> 风采取海水，温暖着，上升着，
> 形成的云，厚厚地悬在空中遮掩太阳。

　　凡在加州太平洋沿岸徜徉过的人，对这种典型的加州海洋性天气都不会感到陌生。不是大手笔的艺术家，无法如此生动地描绘眼前的这种变幻多端的景色。因此，说埃弗森是优秀的自然诗人并不为过，尽管有批评家并不认为他是纯粹的自然诗人，例如唐娜·南斯（Donna Nance）在她为《文学传记词典》（*Dictionary of Literary Biography*）撰写的有关埃弗森的词条里指出，他早期的诗歌反映了自然世界里孕育着的暴力和人对这暴力的感知。不过，我们能觉到埃弗森如此醉心于描写加州风光，与他受擅长描绘美国大自然壮丽景色的加州前辈诗人罗宾逊·杰弗斯的影响有关。他说，杰弗斯神秘的泛神论打开了他的心灵窗户，使他看到了确认宇宙的宗教现实。埃弗森的这类早期描写大自然的诗篇，既抒情，意象很鲜明，诗句也很简洁。赞美大自然是贯穿在他终身诗歌创作的主题之一。埃弗森在学生时代读了大量的文学作品，受惠特曼、D. H. 劳伦斯、桑德堡，尤其是罗宾逊·杰弗斯的影响。

　　埃弗森入天主教之后，他的诗歌展示了他对宗教生活的满意之情以及宗教给他带来的启示。充溢在他大部分诗歌的情绪如同暴风骤雨，诗人竭力想获得精神自由。他与金斯堡和斯奈德同属以雷克斯罗思为核心的垮掉

派诗人，当金斯堡和斯奈德在生活与创作上从东方宗教中寻找启迪时，他则从西方的天主教里吸收营养，获得灵感，可以说，他们是殊途同归。作为宗教诗人，埃弗森在1951～1969年之间创作的宗教诗诗行很长，充满宗教的兴奋、狂喜和绝望，揭示他在如何协调自己与上帝和大自然的关系上所做的激烈的思想斗争。例如，他的一首比较长的（一共八节）狂想诗《十字架的制作》（"The Making of the Cross"）充分展示了他对钉死耶稣的十字架制作过程的极为丰富的想象力，我们现在欣赏这首诗的前几行：

> 粗糙的杉树从山上被拖运下来。树林依旧，
> 柔软的树枝里面鹪鹩已经筑了巢，
> 树枝上伫立着飞来的红鹰和灰鹰，裸露头皮的秃鹫
> 挤着去就食——那棵树身向前倾斜，
> 被双面斧砍伐；树身扭弯了，楔子把它劈开；
> 用手斧把它砍倒，它适时地躺在那里等派用场。
> ……
> 正如在生活中，大地上的许多好事
> 被耐心地集合起来了：这里一些，那里一些；
> 酒从山丘上收集起来，小麦从山谷里收集起来；
> 雨来自浑身湿透的大海蓝色肚皮里；
> 堆积在醋栗树山脊上的雪，将在五月里融化，
> 流下来，带走鲑鱼籽，服务于水獭和鱼儿的交通，
> 沿着壕沟，流到果园……
>
> 就这样，可能的罪恶也被收集了起来。

"可能的罪恶也被收集了起来"含义丰富，既可以指收集树木制作十字架的罪恶，也可以联想到人类有意或无意逐渐积聚起来的罪恶。他的一共五节的长诗《水鸟颂歌》（"A Canticle to the Waterbirds"）更加精彩，被誉为美国最优秀的宗教诗篇之一。现在让我们欣赏该诗第一节：

> 你们这些咔嗒咔嗒啄着嘴巴的鸬鹚和三趾鸥们，站在北边
> 　露出水面的岩石上，而岩石手指般伸进太平洋汹涌的波涛里；
> 你们这些候鸟——燕鸥和鹬鸟们，只不过暂时在沙洲那里留下表
> 示你们到此一游的爪印；还有鹧鹈和鹈鹕们；

你们这些碎浪里啄食的黑凫们和沿着海岸飞翔的海鸥们；

你们都是对着门多西诺海滩北边这里的海岸线守护者；

你们都在悬崖峭壁上，这阻遏着远处赫卡特岬冲浪的峭壁；

翱翔在翻滚的波浪之上，这里冰冷的哥伦比亚高原紧紧地钩住沙
滩；

朝北面向松德海岬，那里的岛屿好像是浮在海面上随波逐流的小
碎片；

张大你们一张张浸泡盐汁、没有准备好唱歌的硬喙，

大声赞美全能的主吧。

你们这些淡水白鹭们，在东边漫水的沼泽地里，沿着海平面高的
河流岸边走动，

你们这些单脚独立在浅滩的白色观察家们；

宽脑袋的绶带翠鸟在弯弯曲曲山谷泥潭的垂柳中，寻觅着细小的
杂鱼；

你们这些大蓝鹭在阳光灿烂的圣华金，庄重地在空中飞翔，

展开绶带状的翅膀，从夕阳里缓缓地滑翔下来，

在柳树顶或在一平如镜、波光粼粼的水稻田交配；

你们这些喧鸹们，夜间大声鸣叫者，远在月色如水的夜空；

你们这些美国鹭鸶、灰沙燕们，都是岸上的步行者，支架上的栖
息者，

都是萨克拉门托峭壁上的居民；

张开你们常常冲进水中的嘴巴，

赞美全能的主吧。

埃弗森这类宗教诗的格调与通常闲云野鹤式的禅宗诗完全不同，它洋
溢着诗人对上帝火热的激情。在他的笔下，百鸟朝凤般地赞美天主教崇拜
的全能天主。诗人正值盛年，想象力丰富，如同永不枯竭的喷泉。诗人好
似腾空扫视加州漫长的海岸线，各类水鸟尽收他的眼底。约翰·埃尔德（John
Elder）在他的专著《出于想象大地：诗和自然景象》（*From Imagining the
Earth: Poetry and the Vision of Nature*, 1985）第二章评论埃弗森时指出：

《水鸟颂歌》以它自己的措辞，也获得了基本意念的品位，超越
了自我意识无穷无尽的相对性。诗人珍视鸟儿们非人的意念，密切注
意到它们独特的生命和鸣叫。这是一串鸟儿们的名录，如同《草叶集》

满页面所罗列事物的名录。特别是在这首诗的开头两个诗节和最后一个诗节，有着（对鸟儿）欣喜若狂的罗列，视觉和听觉与特殊的生物世界认同。对造物主创造之境的欣喜使得这首诗的主体与整个世界的主体相一致，同样，诗的长行（长气息）反映了在波浪边上各种飞鸟的鸣叫："麻鹬、长脚鹬、铗尾鸟和海鸥。"虽然人类所有的认识发生于意识流，当诗人使用人类语言与鸟儿们一道唱它们的歌时，便能超越水鸟的观念。美国诗歌里有鸟儿歌唱的传统。惠特曼的《从永久摇荡着的摇篮里》（"Out of the Cradle Endlessly Rocking"）在其危急关头转成口哨，模仿鸟呼喊着他的配偶：

> 到这里来吧，我的爱人哟！
> 我在这里，这里哟！
> 我用这持续的音调召唤着你，
> 我发出这温柔的叫唤是为你呀，我的爱人，是为你呀。

丹尼丝·莱维托夫打动人心的赞美白颔麻雀歌的诗《克拉瑞塔斯》（"Claritas"）力求达到鸟鸣的音响纯度，最后模仿鸟声：

> 阳
> 光
> 　　　　光
> 光光光①

在埃弗森的水鸟鸣叫声中传达的是天恩：它们敏于自然秩序给诗人提供值得效法的典范。诗人凝注于水鸟的视觉和听觉服从于自然世界。

诗人虔诚的宗教热情和出众的宗教诗吸引了他的大批读者/听众。他穿着道袍朗诵的照片，作为垮掉派修士，曾刊登在《时代》杂志封面上。他那时没有蓄须，时当盛年，风华正茂，风度翩翩。斯坦福大学艾伯特·格

---

① 原文是：
Sun
light.
　　　　Light
light light light

尔皮（Albert Gelpi, 1931— ）教授对他的评价极高，认为：“如果 T. S. 艾略特是 20 世纪前半叶英语文学中最重要的宗教性诗人的话，那么埃弗森（安冬尼努斯）便是 20 世纪后半叶最重要的宗教诗人。”这只是他的一家之言，未必是公论，但至少可以这么说，埃弗森（安冬尼努斯）在宗教诗歌创作上取得的杰出成就奠定了他留在诗歌史上的美名。

诗人、诗评家达纳·焦亚（Dana Gioia, 1950— ）则认为，埃弗森代表美国天主教文学传统重要的一部分，这一份遗产至今很少为人承认，甚至也鲜为天主教徒所知。

他的《上帝的曲线》（*The Crooked Lines of God*, 1959）、《神圣的冒险》（*The Hazards of Holiness*, 1962）和《孤独的玫瑰》（*The Rose of Solitude*, 1967)被公认为是他以安冬尼努斯修士名义发表的作品中最佳的三部诗集。这三部诗集后来合并为《真正的岁月：1949～1966》（*The Veritable Years: 1949-1966*, 1978）出版，诗人在这部诗歌合集的前言中说：“第二部分，时在我 35 岁左右至 50 几岁之间，被上帝所主宰，与第一部分形成对立关系。我称这段时期的诗作为‘真正的岁月’，是因为它代表了一个人想破除过去的残余势力，与一个形而上的神取得一致，按照其自己的主张，拥有固有的实在性，超越了进程力。”

《男人的命运：安冬尼努斯修士的绝唱》（*Man-Fate: The Swan Song of Brother Antoninus*, 1974）是埃弗森最后一部关于他宗教生活的诗集。他在诗里赞美加州的美丽风光，揭示自己的灵与肉的冲突，表达他与自然世界和谐共处的心情。他一生共发表了 24 部诗集，以埃弗森名字发表的诗集有 14 部，以安冬尼努斯的名字发表的诗集有 10 部。

天主教压制人欲的清规戒律，常常使神父们越轨在美国并非鲜见。埃弗森也如此。1965 年，他爱上了当时 18 岁的苏珊娜·里克森。当时他的心情很矛盾，想在表面上保持独身生活而暗地里与她私通，发觉不可能时，于是毅然冒着舆论的谴责，在 1969 年公开朗诵献给她的长诗《卷须在网格里》（*Tendril in the Mesh*），该诗的“序诗：可怕的火炬”前几行清楚地揭示了一个修士受灵与肉冲突的煎熬苦景：

> 就这样，大海对着这海岸站起身来，猛摔他的锁链，
> 好像一个罪犯对着他的牢笼的铁条撞他的脑袋，
> 冒火地摆脱他层层愤怒的沉重束缚。他注视自己
> 处境的习惯，连同心术不正的喜好，从没有完结。
> 因为他等待他的刑期结束，但是毫无恐惧；

他翘首以待着，期待太阳升起，最后坠落。

因为他听见在他的腹股沟里他最宝贵的钻石，
他罪孽的圣火，
它追求着，像一束激光，一道庄严的命令，
穿越他灵魂的整个地区，红色线标图，
他手里起皱的地图。

诗里明显地流露了诗人对性强烈的渴求和想摆脱宗教束缚的焦躁情绪。朗诵结束时，诗人终于鼓起勇气，当众宣布脱离教会，回到世俗社会，一个星期之后，便和比他年轻 30 多岁的苏珊娜·里克森结婚，这是他第三次也是最后一次婚姻。

埃弗森还俗之后，主要从事教书和写作，积极投身于旧金山诗歌复兴的活动，和垮掉派诗歌中的神秘幻象一拍即合，把宗教语言混合到诗里，带有严峻惨淡的色彩。但是，他同时有兴趣创作情色诗，例如，他在短章《男人的命运》（"The Man-Fate", 1974）里细腻地描写了男女之欢爱：

男人的命运
转在女人的胴体上
她采取长长的前进
和长长的后退
她界定这两者
凭借她的本性

这就是他被戴上情色诗人冠冕的缘由。大出版社——新方向出版社出版的《男人的命运：安冬尼努斯修士的绝唱》被认为是埃弗森最优秀的诗集，其中大多数诗篇表达了他对妻子火热的激情，其余的篇章则反映了他在适应世俗生活中碰到的种种困难。雷克斯罗思深知埃弗森在精神生活方面种种矛盾和苦恼。他在给埃弗森的诗集《残年》（*The Residual Years*, 1948）写的序言中，为他作辩解说：

埃弗森被指责为自我戏剧化。没错。所有以安冬尼努斯修士名义发表的诗是关注他自我的戏剧，沿着生命的正弦曲线上升和跌落，从喜剧到悲剧，然后再返回，从来没有隐匿，从来没有回避超越……一切都带着可怕的美与痛苦，比实际生活高大。对于有些人来说，生活不像那样，这些诗篇在他们看来，似乎是酒劲太足的酒。但是，生活当然像那样。

埃弗森的诗流露了他的真情实感，反映他个人生活的诗占了他的作品中主要位置，在这个意义上讲，他更像自白派诗人，其实垮掉派诗人大都是大胆的自白派。埃弗森为人倔强诚实，在诗中竭力寻找与加利福尼亚家乡风物的认同。他大多数的诗既有鲜明的具象，又寓以主观的感受。他通常的句子很长，爱采用增量重复和排列法。

埃弗森的晚年依然充满传奇色彩。满脸长须的他看起来活像是惠特曼再世。1991年，圣克鲁斯县艺术委员会授予他艺术家称号时，他的大批粉丝涌到县府中心聆听老诗人的诗歌朗诵。当时身患帕金森症的他，手拿一瓶酒，不时地喝上一两口，他那借助酒力的颤抖的朗诵声使当时在场的听众感动至极。朗诵结束时，他和大家大声告别说："我爱你们，现在回家。"当时动人的场面至今仍然传为诗坛佳话。1994年6月3日，老诗人在他的"翠鸟屋"离世。葬礼在奥克兰的一座教堂里举行。诗人安详地躺在教堂中间的敞口灵柩里，供人瞻仰。灯光幽暗，庄严肃穆。来人分坐在教堂两侧的座位上。没有主祭人，一群身穿黑长袍的教士唱着赞美诗，其和谐悠扬之声，仿如天国之音，其中似乎也夹着些许反讽意味：脱离了宗教的老诗人最终还得回到教堂里。老诗人生前好友一个接一个追述他生前的事迹，其中有两个人以唱歌的方式赞颂老诗人，平和的歌声似乎荡漾在庄子击盆而歌的氛围里。①

老诗人笔耕不缀，直至临终前还写了一首被视为自传性史诗——《遗骸将是撒旦食物》（"Dust Shall Be the Serpent's Food", 1994）。达纳·焦亚在悼念老诗人的文章中说："威廉·埃弗森作为先见者，鲜明地代表了加州诗歌的一种伟大传统。"他后来又在新世纪，以《垮掉派修士》（"Brother Beat", 2010）为题，充分肯定老诗人在文学史上的地位：

> 在这大批著名的作家群之中，也许没有谁像垮掉派诗人威廉·埃弗森有那样有趣的生涯。在旧金山文艺复兴盛期，他短暂地作为"垮掉派修士"获得了巨大名声。虽然他不是主要作家，自从他逝世后，他的公众声誉下降了，但是埃弗森依然是一个有重大成就的诗人和批

---

① 笔者由华裔美国诗人刘玉珍陪同，参加了这次洋葬礼。

评家。他也是美国历史上无可争议的最伟大的手工出版家。他那奇特而往往曲折的人生证实了皈依天主教的精神力量和危险。

作为批评家，埃弗森出版了非学术规范但包含激情的论文集《罗宾逊·杰弗斯：老年的怒火片段》（*Robinson Jeffers: Fragments of an Older Fury*, 1968）和《过度的上帝：作为一个宗教人物的罗宾逊·杰弗斯》（*The Excesses of God: Robinson Jeffers as a Religious Figure*, 1988）；作为文学理论家，他出版了论文集《原型西部：太平洋海岸的文学区域》（*Archetype West: The Pacific Coast as a Literary Region*, 1974）和《狄俄尼索斯和垮掉派：论原型的四封信》（*Dionysus and the Beat: Four Letters on the Archetype*, 1977）。

1985 年 3 月 9 日，达纳·焦亚在老诗人"翠鸟屋"里采访他，埃弗森说："老诗人决不会死的。他们只是杞人忧天。"可不是，老诗人的作品现在还在被人们阅读着，评论着，仍然富有生命力，而他生前的担忧显得多余了。我们常人的日常担忧最终也会是多余的。

2. 卢·韦尔奇（Lew Welch, 1926—1971）

韦尔奇出生在亚利桑那州凤凰城。1929 年，同母亲与妹妹移居加州。1944 年，参加空军，但从未参战。复员后，上斯托克顿专科学校。1948 年，移居俄勒冈州波特兰，去里德学院求学，与斯奈德和惠伦同宿舍。在读了格特鲁德·斯泰因作品之后，他决定从事写作，把他研究斯泰因的论文和他的诗篇发表在学生杂志上。W. C. 威廉斯访问该校时，遇见了这三位学生诗人。W. C. 威廉斯赞赏韦尔奇早期的诗篇，并帮助他出版论文。韦尔奇大学毕业后，移居纽约，在广告业工作了一段时间之后，去芝加哥大学攻读哲学和英文。在芝加哥当市场调研员。他在他的代表作《芝加哥诗篇》（"Chicago Poem", 1957）中描述他在芝加哥的生活：

> 在我能熬到带着尊严之类的东西去中西部之前
> 我在此地生活了近 5 年
> 这是一块让你懂得为什么《圣经》这么说：
> 　　有自尊心的人不能住在此地。
>
> 这里的土地太平太丑太阴郁太大
> 　　它把人打趴下卑贱顺从。他们

> 35 岁时腰就弯了，由于重负和可怕的天空
>   而变得卑躬屈膝。像这样在乡下，
> 不可能有上帝，除了雅威①。
>
> 在芝加哥南郊的工厂和炼油厂
>   放出的天然气火焰
> 像煤气灯似的从一个个大烟囱里冒出来
> 有 100 英尺高，恶臭直刺你的眼球。
> 整个天空黄绿的背景配上了
> 一座遭受轰炸的城市钢骨架。

  这首诗很长，上面只是诗的开头四节。从这四节诗里，我们可以看到韦尔奇此时居住的芝加哥，再也没有当年桑德堡在他的名作《芝加哥》里所反映的那种欣欣向荣、生机勃勃的景象了，此时的芝加哥，在韦尔奇的心目中，好像是人间地狱。

  韦尔奇最后移居加州，也没有过上什么舒心的好日子，有一段时间在旧金山以开黄色出租车维持生活，余暇投入诗歌创作。他的诗篇被收录在《新美国诗歌》里一共两首，除了《芝加哥诗篇》之外，还有一首反映他当出租汽车司机日常生活的短诗《步阿那克里翁》（"After Anacreon", 1959）②：

> 当我开着出租车时
>   我戴着一顶帽子，被奇怪的口哨声打动。
> 当我开着出租车时
> 我就是猎人，我的猎物从它躲藏处跳出来，
> 用手势欺骗我。
> 当我开着出租车时
> 所有的人命令我，而我却指挥所有命令我的人。
> 当我开着出租车时
>   我被从赤裸的空中传来的声音所引导。
> 当我开着出租车时
>   给我带来的启示是：他们此刻是清醒的。他们此刻想要

---

① 古代犹太教的神的名字，在《希伯来圣经》里，是以色列天主的名字。

② 阿那克里翁（Anacreon, 570—488 BC）：希腊九大抒情诗人之一，以酒歌和赞美诗著称于世。

去工作

或去逛一逛。他们此刻想去大吃大喝。他们此刻设法去爱。

当我开着出租车时

　　我把水兵从大海送回家。在我的车子后座，他的手指抚摸他的女友的皮衣。

当我开着出租车时

　　我注意着闹市里的一个个陌生人。

当我开着出租车时

　　在几英里黑暗的房屋之间，我只停留在

有灯光和看似等待的人那里。

　　作为出租车司机，他在底层社会能直接接触到社会生活的众生相，他过着被人驱使的生活，而他在心理上却以驱使人的阿 Q 精神为自己鼓劲。

　　韦尔奇曾多次与斯奈德和费林盖蒂生活在一起。他成为凯鲁亚克的小说《大瑟尔》里的人物，被化名为大卫·韦恩（David Wain）。在加州大学伯克利分校任诗歌创作班教师（1965—1970）。他与垮掉派诗人、艺术家和反传统主义者联系密切，60 年代发表大量诗作，经常参加诗歌朗诵表演。得精神分裂症已有数年。他的灰色心理使得他看到的是一片灰色世界，例如他的短诗《基本骗局》（"Basic Con"）：

　　　　那些无法找到生存目标的人，

　　　　经常杜撰出去死的理由。

　　　　然后他们要我们大家去为了

　　　　这个理由也去死。

　　1971 年 5 月，韦尔奇住在斯奈德的内华达城家里，突然萌生自杀念头，留一绝命书之后出走，从此便消失不见。他死前是不是找到自杀的理由呢？这是他留给诗坛的一个永远不解的谜。

第五章　垮掉派诗歌概貌

顾名思义，垮掉派诗歌是垮掉一代的诗人写的。杰克·弗利对"垮掉的一代"（The Beat Generation）有精辟的见解，他说：

> "垮掉的一代"是 20 世纪最为大众知晓、最被误解、最被抨击、最被理解、最被深切关怀、最被同类相食、最被撕扯的艺术运动。它的影响力从被性和身份困惑的青少年延伸到枯燥乏味的学者，他们在旧书和论文里寻找历史和意义。鉴于"嬉皮士"似乎有点过时了，滥情了，最糟糕的是，甚至那些老垮掉派（其中一些人也是嬉皮士）作为美国相当重要的艺术家，已经成了历史。像猫王一样，如今的杰克·凯鲁亚克是永远年轻的，热情，英俊——美国的一个成功象征，只是偶尔被想起他是肥胖和孤独的中年人。但远非如此，他成了一尊圣像。如果美国有世俗圣徒的话，他肯定是其中的一个。不过，也许像许多先知一样，他已经成为一个他会鄙视的宗教圣徒：他的形象被用来出售货物；他是美国资产阶级养成的极其轰动的人物。[①]

杰克·弗利为我们全面地历史地看待美国垮掉派诗人及其诗歌提供了一幅生动的画面。

作为一个诗歌流派，垮掉派诗歌是后现代派时期规模最大、影响最深，也自然地最具社会轰动效应的一个流派，它留下来的音像资料最多。垮掉派诗人们抗拒主流社会顽固而强大的群体性意识，保持对时代独特的体察，他们之间的关系最密切。他们为人为文引起的争议也最大。他们被同伴化名后，作为同伴自传或半自传小说里的人物，栩栩如生地出现在读者眼前，独特并且引人入胜，这在其他文学/诗歌流派中是罕见的。总之，垮掉派诗人给读者留下了最为丰富的精神遗产。

---

① Jack Foley. *Beat*. Coventry, England: The Beat Scene P, 2003: 1-2.

第一节　纽约圈垮掉派诗人与旧金山诗歌
复兴时期的诗人

在人们的印象中，垮掉派的发迹与旧金山文艺复兴时期以雷克斯罗思为首的旧金山诗人群分不开。这种看法粗略看来没错，但要仔细地讨论，还需要补充和修正。垮掉派诗歌是20世纪40年代纽约和旧金山同时逐渐出现的一种反主流的诗歌，50年代中期，两者在旧金山汇合，可以说是因缘际会，造成了波及全国并具有深远历史影响的垮掉派诗歌运动。

所谓因缘际会，既有偶然性，也有必然性。偶然性是早在1948年在纽约结识了金斯堡的拉曼西亚主动去找雷克斯罗思，问他是否愿意帮助金斯堡找一家出版社出版金斯堡的诗稿，雷克斯罗思对金斯堡的印象不错，果真帮忙。雷克斯罗思是当时当地诗歌界和出版界一言九鼎的人物，对当时的金斯堡至关重要，对旧金山诗人群和纽约垮掉派诗人群协同推动垮掉派诗歌运动也至关重要。另一个偶然因素是，迈克尔·麦克卢尔想起要举行一次诗歌朗诵会，偏巧妻子快要生产，无法花过多时间筹备，便委托金斯堡去组织，金斯堡偏巧又去租用旧金山6号画廊。另一种说法是，旧金山6号画廊经理、画家、侵朝战争退伍老兵瓦利·赫德里克在1955年夏，偏巧邀请金斯堡在6号画廊组织一次诗歌朗诵会。金斯堡起初没有答应，但在湾区的一些诗人要求下，在完成《嚎叫》创作的草稿之后，改变了主意，同意在6号画廊组织诗歌朗诵会。

必然性是二战结束后，西海岸旧金山以雷克斯罗思为首的诗人们和东海岸纽约以金斯堡为首的一批诗人都有左倾政治色彩，一致反对社会从众性，对主流政治和文化提出质疑，挑战保守的文化和文学传统。如果用垮掉派反主流的审美艺术标准、对宗教的态度和出格的生活方式衡量的话，旧金山诗歌复兴时期的湾区诗人都是垮掉派，雷克斯罗思则是垮掉派先行者，这就是两者的共同性或相似性，但两者毕竟还有区别。身临其境的加里·斯奈德对此作过明确的区分，他说：

> 垮掉派这个术语最好使用在一小群作家身上……直接围绕金斯堡和凯鲁亚克的一群人，再加上格雷戈里·科尔索和少数其他的人。其中的我们许多人……统属于旧金山文艺复兴范畴。在我看来，把这两个范畴包括在可确定的时间框架之内。这是50年代早期某个时候

直到 60 年代中期，这个时候爵士乐被摇滚乐代替，大麻被迷幻剂代替，新一代年轻人纷纷走上前台，"垮掉的一代"这个名词改变成"嬉皮士"。垮掉派依然也可以界定为一种特定的精神状态……有一段时间，我处在那个精神状态。甚至那个精神状态属于那个历史窗口。①

由此可见，垮掉派更多地是指以金斯堡为首的纽约诗人群。杰伊·帕里尼据此进一步阐释说：

像 20 年代一群"迷茫的一代"作家一样，也像 30 年代一群无产阶级作家一样，垮掉派诗人和他们在旧金山的同路人与特定的时间框架和"特定的精神状态"联系在一起。除了他们实践试验性自由诗、对用乐器伴奏进行诗歌朗诵表演感兴趣之外，他们没有共同分享的形式审美感，但他们有可辨认的诗歌品格，把他们的作品与这个时代的其他实验诗区分开来。②

因此，从时间框架和两者密切的关系而言，我们很自然地把旧金山诗歌复兴时期的诗人和垮掉派诗人联系在一起了。有时两地诗人难解难分，德尔默·施瓦茨只把他们笼统地当作"一群新诗人"对待，他说："在较深入地谈谈旧金山大多数诗人的特性以前，我们必须注意到他们最近新的诗歌运动和反潮流的倾向。他们在肯尼思·雷克斯罗思的领导下，最近宣称他们是超等的生活放荡的艺术家，新的诗歌革命领袖……既然这些诗人在酒吧间用爵士乐伴奏朗诵诗歌，既然有一个诗人恰当地称他的诗集为《嚎叫》，那么我们叫旧金山诗人为嚎叫者倒是很适合的哩……"③他们在当时被视为反诗歌的造反派。称他们为旧金山诗人，是从地理位置出发，而称他们为垮掉派诗人则是就他们的世界观和生活方式以及艺术形式而言，这两者并无原则的差别。旧金山诗人和纽约圈诗人具有相同的哲学思想和美学趣味，例如他们，尤其是雷克斯罗思、金斯堡和斯奈德受东方（中国、日本和印度）文化的影响至深。雷克斯罗思和斯奈德都翻译过中国古典诗歌和日本俳句，而他们自己的诗歌也洋溢着中国古典山水诗和日本俳句的浓郁情调。金斯堡曾在回答笔者的笔问时承认，他不但熟悉中国古典诗歌、

---

① Jay Parini. *The Columbia History of American Poetry*: 581-582.

② Jay Parini. *The Columbia History of American Poetry*: 582.

③ David Antin. "Modernism and Postmodernism: Approaching The Present In American Poetry." *Boundary* 2, Fall, 1972.

当代中国文学与文论，而且还熟悉中国西藏地区诗歌与佛教经文。凡到过旧金山的人无不有一种置身于东方文化，尤其中国文化氛围的鲜明感觉。在斯奈德看来，就地理位置而言，中国比欧洲靠近美国西海岸，中国近得好像是在旧金山的太平洋西北角。[①]

第二节　垮掉派的历史贡献与负面影响

一般认为，打响美国后现代派诗歌第一炮的是以金斯堡为首的垮掉派。在后现代派时期，垮掉派是最风光、规模最大、影响最深远的一个诗歌流派。狂放不羁的诗人在最讲究个人自由的美国社会，不是一般人想象中可以随便撒野，任意反抗的。垮掉派经历了政府当局反对、容忍和接受，学术界轻视、容纳和高度评价，广大读者惊讶、习惯和赞赏的坎坷道路和不平静的过程。当年垮掉派承受了政治上的打击、取缔和压制，除了1955年《嚎叫》引起社会轰动效应的法律纠纷之外，第二年金斯堡和格雷戈里·科尔索在洛杉矶也遭受了意想不到的刁难。那是1956年10月的一天晚上，金斯堡和科尔索应邀参加文学杂志《海岸线》（*Coastlines*）在洛杉矶组织的诗歌朗诵会。金斯堡朗诵《嚎叫》《向日葵经》（"Sunflower Sutra"）和其他的诗篇。其中一个青年打断他的朗诵，谴责金斯堡朗诵的诗不正派。于是，金斯堡与那个青年互相争执、对骂，激烈到几乎要动武的地步，最后以金斯堡当众脱光衣服而告终。根据梅尔·韦斯伯德（Mel Weisburd）的看法，金斯堡的多数诗篇是反学术、反传统的，抗议社会情势、保守的主流价值观、军工联合企业、核威胁和麦卡锡主义，这就引起了美国当局对金斯堡的警惕，对有金斯堡参加的垮掉派诗歌朗诵会往往怀疑是非法的集会，常常派便衣警察混入听众之中去监视，去捣蛋。[②]

垮掉派诗人的特点是强调精神追求，表现突出的自发性和张扬的个性，情感极度开放，有时达到自由表达的极限。他们最引起争议的是他们对世俗化的压力采取不顺从的主张和不从众的生活方式。他们确实是桀骜不驯、吸毒纵欲，对资本主义社会习俗无所顾忌。

他们并不固定在纽约或旧金山，常常像凯鲁亚克的小说《在路上》的主人公那样地游荡到外地。他们自称"垮掉的一代"。如果去掉某些垮掉派

① Bob Steuding. *Gary Snyder*. Boston: Twayne, 1976: 45.

② Mel Weisburd. "THE COASTLINERS/The Other Generation of the 50's." *The Lummox Journal*, May/June 2003.

作家性混乱和生活放荡的表面现象，我们会清楚地发觉，在旧金山掀起的垮掉派文学运动是对已脱离群众的学院派文学一次颇具规模的造反，其采取的方式是嬉戏喧闹。如果脱掉金斯堡的垮掉派外衣，他无疑也是拥有广大读者而且社会和政治意识浓厚的名诗人，其家喻户晓的程度不亚于惠特曼或弗罗斯特。梅尔·韦斯伯德为此说：

> 垮掉派的最大贡献是解放了许多人在生活方式、语言和性道德上的潜伏期。他们打破了新批评的控制，结束了对 T. S. 艾略特的盲目崇拜。但是，他们同时对美国有组织、有战斗力的政治左派的损失也起了作用。①

对垮掉派诗歌的历史贡献，安·查特斯从另一个角度也作了高度的评价，她说：

> 这是诗人们在冷战时期对美国传统文化价值的反叛性质疑。垮掉派诗人决心最终考验个人自由的美国梦之理想。他们通过维护非传统美学、性和精神价值，反叛他们所看到的社会依从性、政治镇压和普遍的拜金主义。他们坚持认为，美国人可以找到另一种生活方式，像在他们之前的爱默生和惠特曼一样，他们重申个人经验必不可少的尊严性，尽管他们的这个时代存在普遍的盲从。②

金斯堡的《嚎叫》、威廉·巴勒斯的《裸体午餐》和凯鲁亚克的《在路上》体现了垮掉派典型的反叛性，被公认为是最主要的垮掉派著作。《嚎叫》和《裸体午餐》被法院当作淫秽读物审判（留待后面讲），最后导致这类作品可以在美国公开出版而引起社会轰动效应。

我们肯定垮掉派的历史贡献的同时，并没有忽视它的副作用。首先，它反社会依从性和文学传统在当时是有进步意义的，但这是有历史条件的，如果一味地反，势必导致虚无主义、无政府主义，更不必说冲击了当时的左派势力。他们之中的很多人生活放荡不羁，服用大麻、迷幻剂、致幻蘑菇，以此想获得高层意识的灵性，以此拓展思维空间，这更是有条件的，

---

① Mel Weisburd. "THE COASTLINERS/The Other Generation of the 50's." *The Lummox Journal*, May/June 2003.

② Ann Charters. "Beat Poetry and the San Francisco Poetry Renaissance." *The Columbia History of American Poetry*: 582.

否则为吸毒、贩毒找到所谓的理论根据，这在任何国家任何时候都属于违法行为。垮掉派的性乱交导致他们成为新波希米亚式的享乐主义者，其危害性显而易见。这些都是垮掉派的消极因素，无疑地给它带来了负面影响，以至于在一定程度上掩盖了它的激进性、严肃性、进取性、革命性。当然，这些消极因素并非垮掉派诗人所独有，它们也存在于其他的一些美国作家身上，只是垮掉派诗人，作为一个群体、一个流派，一时间声势很大，显露在人们眼前就显得更加突出。

不过，总的来说，他们积极、正面、深远的历史影响，无论在政治上还是艺术上，无疑惠及了后代。后垮掉派诗人吉姆·科恩对此深有体会，说：

　　人们依然着迷于垮掉派诗人，因为他们成了与各种社会现象，特别是与 60 年代相联系的偶像。作为群体或个人，他们不是同社会脱离的作家。这是值得未来诗人了解和考虑的。垮掉派文学提供了批评模式：促进主观的革新、探索和肯定；促进利用媒体作传染性的艺术表现；促进捍卫人类的尊严、公民的和精神的权利；促进政府的透明度和问责制；促进生态意识；促进非暴力抗议。我的确看到了一种以垮掉派为范例的普遍的恒定价值观，我感到它适合于每个世代。①

第三节　垮掉派的由来和含义

以金斯堡为首的纽约圈垮掉派诗人最为活跃，他们是一群放荡不羁、不安的年轻人，常常举行朗诵表演，喜欢用即兴的坦率的语言写诗。他们反对战争，提倡和平，追求正义。他们的性爱形形色色，并不隐瞒他们的同性恋、异性恋或双性恋。他们把反不合理的现存社会体制与吸毒时的幻觉、引起快感的色情和东方的宗教情绪融合在一起。从表面上看，垮掉派诗人似乎是一群生活糜烂的堕落分子，他们的生活"垮掉"了，精神也"垮掉"了。他们给人们，尤其是普通的中国人留下了坏印象，这与 Beat 的字面意义，尤其是翻译成中文"垮掉"不无关系。实际上，垮掉派诗人的另一面是关心社会，尤其关心社会底层人的生活，提倡环保，从事有益于社

---

① Jim Cohn. "Dead or Alive: Interview with Maura Cavell." *Sutras & Bardos: Essays & Interviews on Allen Ginsberg, The Kerouac School, Anne Waldman, Postbeat Poets & The New Demotics*. Museum of American Poetics Publications, 2011.

会的事业。

　　Beat 一词来源有两说：一说是凯鲁亚克为他们这一伙人杜撰的（实际上不是他首次提出来的，请看下文），含有"击败"（beat down）和耶稣登山对门徒讲论人有八种福分即"至福"（beatitude）①的双重意义。另一说是约翰·克莱隆·霍姆斯（John Clellon Holmes, 1926—1988）②的发明（实际上不是，请看下文）。他在他的小说《走》（Go, 1952）里形容纽约一群知识分子流浪汉时写道："这垮掉的一代，这地下的生活。"他说，它的含义不止是厌倦，还有被利用和粗鄙、没经验之感觉。它触到赤裸裸的思想乃至赤裸裸的灵魂，直至意识的底层。详细情况是这样的：在一次聚会上，霍姆斯结识了凯鲁亚克，两人的友谊建立在文学创作上。1948 年一天的下午，凯鲁亚克和霍姆斯一面听爵士乐，一面喝啤酒，感到郁闷，便谈论到"迷惘的一代"，由此又联想到他们这一代糟糕的处境，便想起了各色名称来命名他们的这一代，但都不满意，最后凯鲁亚克说："啊，这真是垮掉的一代！"于是，他便想把他的《在路上》的标题改为《垮掉的一代》，但《在路上》的责编马尔科姆·考利不同意。结果让善于偷巧的霍姆斯捷足先登，首先把它公诸于众了。他在他的小说《走》里反映他和他的妻子、凯鲁亚克、金斯堡、尼尔·卡萨迪以及他们所认识的朋友的生活和交往，并且把他和凯鲁亚克平时的谈话，从日记里原封不动地转移到书中。在《走》出版的同年，他写了一篇文章，以《"这是垮掉的一代"：一个 26 岁的青年界定他的时代》（"'This Is the Beat Generation'—A 26-year-old defines his times"）为题，发表在 1950 年 11 月 16 日《纽约时报杂志》（New York Times Magazine）上，使这个名称很快传播到世界各处。霍姆斯对他所接触的垮掉的一代作了这样的描写：

---

　　① 至福也称八福，内容如下：（1）耶稣说："虚心的人有福了，因为天国是他们的"（太 5：3）；（2）耶稣说："哀恸的人有福了，因为他们必得安慰"（太 5：4）；（3）耶稣说："温柔的人有福了，因为他们必承受地土"（太 5：5）；（4）耶稣说："饥渴慕义的人有福了，因为他们必得饱足"（太 5：6）；（5）耶稣说："怜恤人的人有福了，因为他们必蒙怜恤"（太 5：7）；（6）耶稣说："清心的人有福了，因为他们必得见神"（太 5：8）；（7）耶稣说："使人和睦的人有福了，因为他们必称为神的儿子"（太 5：9）；（8）耶稣说："为义受逼迫的人有福了，因为天国是他们的"（太 5：10）。

　　② 约翰·克莱隆·霍姆斯：出生在麻省霍利奥克，1994 年入伍，在兵团医院服役。战后，在哥伦比亚大学学习文学和哲学。他和他的第一个妻子生活在纽约市，开始创作诗歌和小说。作为垮掉派作家，他成了凯鲁亚克和金斯堡的朋友。他把凯鲁亚克化名为吉恩·帕斯捷尔纳克（Gene Pasternak），把金斯堡化名为戴维·斯托夫斯基（David Stofsky），把尼尔·卡萨迪化名为哈特·肯尼迪（Hart Kennedy），写进他的小说《走》里。而凯鲁亚克把霍姆斯化名为詹姆斯·沃森（James Watson）、汤姆·塞布鲁克（Tom Saybrook）和威尔逊（Wilson）分别写进《梦书》《在路上》和《科迪的幻想》里。

如今狂野的小伙子们没有迷惘。他们激动的、常常嘲笑的、意图经常坚决的面孔与迷惘搭不上界，迷惘在他们听起来是不可信的。因为这一代人明显地缺少那种溢于言表的懊丧态度，这使迷惘的一代的业绩成了象征性的行动。而且，困扰迷惘的一代是不断地讲种种理想的破碎，悲叹道德潮流中的污浊，而现在的青年对这些并不关心。令人吃惊的是，他们认为这理所当然。他们是在这些废墟上成长起来的，对此熟视无睹。他们酗酒是为了"麻醉自己"或"兴奋"，而不是为了说明什么。他们吸毒或乱交是出于好奇而不是失望。

在他们之中，只有最痛苦的人才称他们的现实是噩梦，为失去了前途而抗议。但他们成长到足够大的年龄，能想象到险境。对他们而言，缺少个人和社会的价值不是动摇他们基础的一种揭示，而是需要日常解决的问题。对他们而言，如何生存比问为什么生存更重要。正是在这一点上，广告文字撰写人与高速驾驶员相遇，他们相同的垮掉性变得很显著，因为他们不像对信仰失落感到心事重重的迷惘的一代，垮掉的一代变得越来越不需要理想。因此，这令人烦恼地证实了伏尔泰的老笑话："如果没有上帝，有必要创造一个。"不满足于悲叹没有上帝，他们从各方面匆忙地随意地为他杜撰各种图腾……

在把博普爵士乐、吸毒和夜生活变为神秘化的最疯狂的颓废派之中，没有去除吸毒和夜生活的欲望，没有动摇他们生活在其中的"守法的"社会的欲望，仅仅是逃避。站在肥皂盒上发表演说或写宣言在他们看来是荒谬的……

霍姆斯的这种概括显然是片面的，不足以描述垮掉派的面貌。但是，令凯鲁亚克感到不快的是这篇文章的副标题"一个26岁的青年界定他的时代"，这样一来，世人不会相信这名称原来是凯鲁亚克他本人起的。更令他感到不快的是，霍姆斯的这篇文章的内容取用了他的小说《镇与城》的主要情节。霍姆斯的这篇文章片面性在于只强调了垮掉派精神颓废的一面，没完全弄懂这个词的完整意思，其作用是最先对公众宣扬了"垮掉的一代"这个词而已。对于"垮掉"的由来以及含义，凯鲁亚克作了这样的解释：

艾伦说，亨克首先说出"垮掉"……但他没有说"垮掉的一代"。他是说了"垮掉"。我们从他那里了解到这个词。起初它对我来说意味着穷，睡在地铁里，亨克通常就是如此。至于对它的意义的开悟是另一回事……1954年……我去到我的老教堂，在那里我第一次得到证

实。我跪下，一个人在教堂里，在教堂伟大的寂静里……我突然认识
到，垮掉意思是至福！至福！我在教堂里得到至福。①

　　凯鲁亚克在谈到同一次体验时，又说："1954 年的一天下午，我作为
天主教徒去我童年时常去的一个教堂——麻省洛威尔圣冉·达克教堂，在
那里我突然眼泪盈眶，听到教堂里神圣的寂静，看到了'真福直观'意义
上的幽灵……"② 由此可见，Beat 是凯鲁亚克在教堂里得到开悟的。对于
社会最底层的亨克而言，Beat 自然是垮掉，是被击败。

　　杰克·弗利据此推论说，凯鲁亚克是法语区的加拿大人，一直讲法语。
在他的神话制造的想象中，英文的"Beat"可能很容易变成法语里的
"Béat"，即享受天国赐福的意思。③ 因此，Beat 的含义更多地与天主教里
的"至福"相联系。菲洛娟·龙对此曾在玛丽·桑兹（Mary Sands）的《波
希米亚女王：菲洛娟·龙访谈录》（*The Queen of Bohemia: Interview with
Philomene Long*）中披露了她的观点，她认为垮掉派的脉冲来自天主教的
心脏，打开凯鲁亚克视野者来自至福，他可能与第八福认同。于是菲洛
娟·龙对第八福作了进一步的阐述：当人们辱骂你，迫害你，捏造各样坏
话毁谤你，你是有福的。高兴起来吧，要特别高兴，因为在你之前的先知
也受到过这种迫害。这是菲洛娟·龙的看法，但是凯鲁亚克的一生证明，
他并没有把第八福作为他毕生追求的至高目标。

　　在中国，我们把 Beats 翻译成"垮掉派"，只取用了该词含义之中的一
种："垮掉"。鉴于垮掉派作家性乱和吸毒的生活方式，我们绝大多数中国
人便以为他们在精神和道德上垮掉了，于是把"垮掉派"与精神颓废派等
同起来，实在是一个大误会。它的负面影响往往使一般人对它的了解只是
它的表面而不是它的实质。董乐山先生生前曾提议把"Beat"译成"疲脱"，
实在是妙译。这虽然不像把"Utopia"译成"乌托邦"那样，集音、意乃
至色彩为一体的天才翻译，但它比产生误解的"垮掉"的译法好多了！"疲
脱"与"Beat"音相近，而且"脱"所含的"洒脱""超脱"更接近"beatitude"
的宗教含义，而"疲"也传达了原来所指的由于失意、困顿的生活处境而
造成的精神沉重的状态，却没有精神颓废的贬义。可惜，先入为主的惯性，

　　① Jack Kerouac to AGA, Jan 12, 1960. ## NEXT—PART 3: THE BEAT PAPERS OF AL
ARONOWITZ/CHAPTER THREE: DEAN MORIARTY.

　　② Jack Kerouac. "*Beatific*: The Origins of the Beat Generation." *The Portable Jack Kerouac*. Ed. Ann
Charters. New York: Penguin Books, 1995: 571.

　　③ Jack Foley. *Beat*. England: The Beat Scene Press, 2003: 11.

一时间难以为垮掉派正名了。①

第四节　垮掉派诗人与东方宗教

20 世纪 50 年代是美国处于冷战、反共、迫害社会进步人士的时代。像大多数知识分子一样，诗人们感到心情压抑。物质财富的过剩和浪费，搞得眼花缭乱的形形式式的广告宣传，工作的不安定和精神的空虚以及西方社会的千奇百态使许多诗人感到彷徨不安，感到这个社会制度太强大，太使人窒息，简直无所适从。垮掉派诗人的长头发、不修边幅和愤世嫉俗的行为常常成了大众富有刺激性的话题。他们一面抗议，一面又觉得抗议无济于事，于是他们以玩世不恭的消极态度对待世界。垮掉的一代诗人走向极端，想回到原始社会。如同加里·斯奈德所展望的那样，他们向往一个"自由的、国际的、无阶级的世界……一个完全统一的世界文化：母系制，自由形式的婚姻，自然信贷共产经济，较少的工业"。他们的社会理想充其量不过是部落社会。当然，他们之中很少人住在群居村里。为了寻求所谓"至福"，他们纵欲，认为自由性交是超越现实的手段；他们吸毒，认为吸毒可以去除使我们异化于现实的理性的思维过程，解放直觉和想象力，写出常人无法写出的好诗来；他们酷爱爵士乐，用它为朗诵伴奏，认为爵士乐有力的节奏给人以活力；他们也从宗教中吸取精神力量。他们之中有信奉天主教者，例如"垮掉派修士"威廉·埃弗森和拉曼西亚，但他们之中不少人信奉东方宗教特别是佛教。他们学习研究印度教、禅宗、藏传佛教、斯诺替教，甚至炼丹术，并学做这些宗教的仪式。因此，我们不难理解为什么在垮掉派诗里充斥着释迦牟尼的话、印第安人咒语和连祷词。东方宗教特别是佛教在垮掉派时代很流行，它成了垮掉派诗人用以观察社会、看待世界的一种人生哲学。在以基督教、天主教为主的美国社会，它是垮掉派作家反主流的有力的精神武器，也是使他们的作品鲜亮的主要因素之一。

罗宾·弗里德曼（Robin Friedman, 1968—　）的文章《在美国的佛经》（"Buddhist Texts in America", 2001）在评论德怀特·戈达德编译的《佛教圣经》中说："20 世纪 50 年代的垮掉派作家是导致美国佛教兴起的因素之

---

① 张子清.《垮掉派与后垮掉派是颓废派，还是疲脱派？》. 载《后垮掉派诗选》，文楚安等译. 上海：上海人民出版社，2008: 7-36.

一。"菲洛娓·龙在一次接受玛丽·桑兹的访谈中也说，当今美国在进行
一场沉默的佛教革命，它开始于垮掉派的传播，其中一些以淡化的形式出
现，还有一些更深入：从洛杉矶湖人队（叫做"禅师"的教练让他的队员
在打篮球之前打禅）到天主教沉思默想传统的复苏，这在很大程度上采用
了佛教的冥想。

　　菲利普·惠伦作为受戒的洋僧，除了在入住的传教中心定期向佛教徒
讲经说法外，甚至腾出房间，用来救助艾滋病患者。斯奈德到日本寺庙学
习佛经，在环保事业上一贯身体力行。凯鲁亚克除了受天主教影响之外，
也受佛教影响。例如，1955 年 9 月底，金斯堡初次陪凯鲁亚克参加雷克斯
罗思主办的文学聚会。在大家讨论佛教时，凯鲁亚克提到他正在研读的《净
土经》（*Pure Land Sutra*），雷克斯罗思初次见到凯鲁亚克时对他没有好感，
立刻反驳说："嘿，这里的其他人都读过《净土经》！在旧金山，大家都是
佛教徒，凯鲁亚克！这个你难道不知道？"[①] 暂且不说雷克斯罗思对凯鲁
亚克的顶撞很不合适，从他的话里，我们却可以看出佛教对美国诗人的广
泛影响。凯鲁亚克对雷克斯罗思也无好感，在他后来发表的《达摩流浪者》
里，称雷氏为莱茵·克科西斯（Rheinhold Cacoethes），他杜撰的家姓
"Cacoethes" 含有恶癖、狂癖之意。其实，凯鲁亚克对佛教的兴趣之大超
过生性高傲的雷克斯罗思的意料之外。他的兴趣源于他对佛教创始人释迦
牟尼身世的认同。有一次，他从加州圣荷西图书馆借阅了《佛教圣经》，从
中得知释迦牟尼 29 岁时舍弃王族生活，出家修行，在穷人和受苦受难人群
中传道，感悟人生真谛。凯鲁亚克认为自己出身于贵族，他的母亲经常告
诫他说，他是男爵的后代，尽管他从来没有过上贵族的生活。凯鲁亚克感
到他应当舍弃他天赋的特权，与平民百姓同甘共苦。稀奇的是，在 1967
年《巴黎评论》对他的一次采访中，凯氏转述释迦牟尼舍弃王位的年龄却
是 31 岁，暗合他开始研究释迦牟尼身世时的年龄。佛经之中对他最有影响
的有《金刚经》（*Diamond Sutra*）、《楞严经》（*Surangama Sutra*）和《楞伽
经》（*Lankavatara Scripture*），此外还有《六祖坛经》（*Sutra Spoken by the Sixth
Patriach*）。马鸣菩萨（Ashvaghosha）[②]的"众生皆苦"和"痛苦乃无知欲
望所造"的教诲对凯鲁亚克的震动很大。他说，他第一次打坐时看见了充
满金光的虚无，这是真正的造化。凯鲁亚克的传记作者杰拉德·尼科西亚

---

　　① Gerald Nicosia. *Memory Babe: A Critical Biography of Jack Kerouac*. Berkeley •Los Angeles •London:
University of California Press, 1983: 491.

　　② 马鸣菩萨：中天竺国人，禅宗尊为天竺第十二祖，与迦腻色迦王同时代，约为公元 1 世纪的人。
他是佛教诗人和哲学家，他最重要的梵文诗歌作品是《佛所行赞》。

（Gerald Nicosia）为此说：

> 对他的精神体验的可靠性现在姑且不提出质疑，这有可能表明杰克需要相信他所有的烦恼是"心之妄想"。因为一个人处于永远被剥夺的时候，"没有什么可以留恋"。《金刚经》有助于驱除他恐惧之中最糟糕的恐惧（他后来声称：《金刚经》甚至克服了他倒在火车轮子下面的恐惧）。他无休止地引用《金刚经》的训教（《佛教圣经》第106～107页），去除对奇异现象的存在或非存在、本身的自我、其他的自我、众生、普遍的自我等所随心所欲的构想……大乘佛法对于杰克性格中奇特组合的自私和同情有吸引力，因为在大乘佛法里，一个开悟了的人既是如来又是菩萨。如来行世无牵无挂："真如来无来也无去。"这对一个离开两个妻子、一个女儿、众多情人和朋友以及几个职业的汉子来说，很难找到一个更加贴切的描述了，仿佛这些是他走向最后消亡之路上的一个个中途站。另一方面，菩萨拒绝个人拯救，他首先要拯救一切众生，普遍行善，这和杰克从他的兄弟杰勒德那里学来的慈善是一样的。杰克后来告诉斯奈德说，佛教比天主教伟大，因为它的同情到达各处，远远超过教区或传道部。根据斯奈德的看法，如来佛的广阔范围与杰克自己的大仁爱相匹配。[①]

这段引文让我们看到凯鲁亚克以他的自身经历和体验解读佛经，他似乎从中找到了解脱之道，这与中国笃信佛教的善男信女大都用实用主义观念理解佛经则大相庭径。不过有趣的是，他和斯奈德发觉佛教里的慈悲心比天主教提出的仁爱广阔得多。

道教比较适合讲究自力更生的包括凯鲁亚克在内的美国佬的口味。他从中发现了值得追求的目标和到达那里的方法：过最简单的生活。这也是美国流浪汉的梦。凯鲁亚克在他的文章《正消失的美国流浪汉》（"The Vanishing American Hobo", 1960）中曾说：

> 我是一个流浪汉，但正如你所知道的，仅是勉强称得上的流浪汉，因为我明白总有一天，如果跌到轨道下面或瓜达卢普河底时，我努力的文学成果将会得到社会保障的回报——我不是没有希望的真正流浪汉，是一直暗暗地带着希望，想在空的棚车里找到一个睡觉的位置，

---

① Gerald Nicosia. *Memory Babe: A Critical Biography of Jack Kerouac*: 458-459.

在一月份永远金灿灿的炎热阳光中，飞速驶进萨利纳斯山谷，朝圣荷西进发，在那里，没精打采的老家伙撅着嘴看着你，给你一点吃喝。

最基本的需求，在野外过最简单的生活，这是凯鲁亚克对道教的体会，也是他在《在路上》里描述垮掉派的一种生活。他的生活如梦的想法是从六祖慧能的"本来无一物，何处染尘埃"偈语中找到了依据。他受禅宗的影响是通过学习禅师芭蕉（Basho）和正冈四季（Masaoka Shiki, 1867—1902）的俳句。在他看来，禅宗是无神论，而正宗佛教是不可知论，具有神秘性，而他从来就需要一个人格神（personal God），一个带有人性的神，尽管他不信任何神可以创造一个受苦受难的世界。[①] 他写了不少被当代禅宗诗人认可的优秀俳句，在他去世后被集成蔚为可观的《俳句卷》。禅宗佛教与正宗佛教究竟怎么区分？凯鲁亚克并不真正能区分，恐怕我们常人现在也很难区分。有学者考证，佛教本身也是无神论，只是无知的善男信女需要用迷信来安慰自己和他人罢了。

深受佛教影响、大力传播佛教的垮掉派诗人莫过于金斯堡。他与藏传佛教的密切关系是中美文化交流中的一件盛事。早在1953年春，金斯堡就开始认真学习中国和日本的文学、艺术和佛教。尤其藏传佛教对他的思想、生活和创作有直接的影响。1970年的晚夏，金斯堡在纽约街头偶然碰到流落在美国的达垅噶举派诚如创巴仁波切（Chogyam Trungpa Rinpoche, 1939—1987）[②]，一见如故，成为朋友。后来金斯堡同罗伯特·布莱一道，应诚如创巴邀请，为他在科罗拉多大学博尔德分校那洛巴大学主持的禅修中心金刚界筹款，举行了诗歌朗诵会。1972年5月6日，在博尔德法界禅修中心，金斯堡正式皈依诚如创巴仁波切，行三皈依礼，取法号"法狮"（Dharma Lion）。当时，加里·斯奈德也在会众之中，见证了金斯堡的皈依礼。金斯堡依据自己的经历，体会诚如创巴领他发愿的内容。例如第一愿"自皈依佛，当愿众生，体解大当，发无上心"被诚如创巴译成英文之后便成了："众生无数，我发誓解放他们大家"。金斯堡则把它理解为："启迪众生，帮助众生，这和我在哥伦比亚渡船上做的事是一样的。我感到我已经

<hr />

① Gerald Nicosia. *Memory Babe: A Critical Biography of Jack Kerouac*: 459.

② 诚如创巴仁波切：噶举派十一世创巴活佛。1963年从印度移居英国，在牛津大学进修。1967年去苏格兰传教，因车祸身体左侧部分瘫痪，还俗，当非神职教师。1970年，与黛安娜·皮比斯（Diana Pybus）结婚，移居美国，在佛蒙特州巴尼特建立第一个北美禅修中心——虎尾；1973年，建立包括北美所有禅修中心在内的金刚界，总部设立在科罗拉多大学博尔德分校。翻译了大量的藏传佛教经文，传授了金刚乘法。作为一个大成就者，他的癫狂、偶尔非正统的教学方法和非寺院的个人生活习惯成了他生前生后有争议的话题。

实行了。这只不过是好像用经典的术语，阐述我的本心。"① 金斯堡天生的怜悯心和急公好义的优秀品质正好与佛教提倡的慈悲心不谋而合。金斯堡的传记作者巴里·迈尔斯（Barry Miles, 1943— ）为此解释说：

> 很容易看出金斯堡为什么被菩萨理想吸引的原因，因为他的长处之一，是他经常愿意直面困境式的痛苦场合，无论是面对他的母亲的精神失常还是印度的麻风病人和垂死的乞丐，或者与流落街头的人和无家可归的老妇做亲切的谈话，他总试图给予帮助。他常常干预街头上的争吵，同好斗的醉鬼和处于幻觉欣快状态的吸毒者谈心。如果遇到皮肤病人或残疾人，金斯堡会立即去询问原由，怎么会变成这样，而不是假装视而不见。他非常好过问的秉性和几乎毫无尴尬感有时使他去询问陌生人的工资或性生活情况，同时不经对方询问而又主动说出他自己的工作收入和性生活。②

金斯堡一生坦率诚恳，乐于助人，与提倡普渡众生的佛教教义相通。他说："我按照创巴仁波切的教诲行事是很自然的，佛道是最有趣的道理。"③

稀奇的是，诚如创巴要金斯堡当他的诗歌师傅，在诗歌方面，皈依金斯堡，原来诚如创巴爱好诗歌，也写诗。更稀奇的是，诚如创巴的酗酒狂言、赤身裸体、性生活放荡等狂放不羁的生活方式对金斯堡也有吸引力。巴里·迈尔斯对此经过考证，说：

> 诚如创巴的"癫狂智慧"（wild wisdom）有着藏传佛教的传统，它回溯到噶举派远祖密勒日巴（Milarepa, 1052—1135）。金斯堡发觉它很有吸引力，把垮掉派作家的许多特性结合起来了：强调即兴体验、性坦率和不挑剔的"神圣性"。诚如创巴类似于凯鲁亚克和其他许多朋友的酗酒，没有使金斯堡对他生厌。④

密勒日巴大师与六祖慧能有许多相似之处，少谈理论，注重实修，说法平直，容易被一般众生所吸收与了解。而诚如创巴则用通俗易懂的英文

---

① Barry Miles. *Ginsberg: A Biography*. New York: Simon and Schuster, 1989: 446.

② Barry Miles. *Ginsberg: A Biography*. New York: Simon and Schuster, 1989: 447.

③ Barry Miles. *Ginsberg: A Biography*. New York: Simon and Schuster, 1989: 446.

④ Barry Miles. *Ginsberg: A Biography*. New York: Simon and Schuster, 1989: 444.

在美国各地传教，在这一点上，诚如创巴活学活用了密勒日巴的传教方式。
20 世纪七八十年代，对金斯堡思想起主要影响的人物就是这个诚如创巴。
1974 年，金斯堡与安妮·沃尔德曼应诚如创巴的邀请，在那洛巴大学校园
里建立的杰克·凯鲁亚克精神诗学学院（Jack Kerouac School of
Disembodied Poetics）至今仍然惠及全美国有志于去学习诗歌创作的众多青
年学子和诗人。

1987 年，诚如创巴往生，金斯堡写了一首悼念诗《持明上师诚如创巴
的火化》（"On Cremation of Chogyam Trungpa, Vidyadhara", 1987），通篇都
是排比：

> 我觉察到草地，我觉察到山峦，我觉察到高速公路，
> 我觉察到泥路，我觉察到停车场的汽车，
> 我觉察到售票员，我觉察到现钞、支票和信用卡，
> 我觉察到公共汽车、送葬者以及穿红衣的小伙子，
> 我觉察到进口的标牌、精修的禅房、蓝色和黄色的旗帜，
> 　　觉察到佛教徒以及卡车和大巴、穿卡其布的门卫，
> 我觉察到拥挤的人群、雾蒙蒙的天空、挂在脸上的微笑和茫然的
> 　　眼神——
> 我觉察到红色和黄色的坐垫，方形和圆形的坐垫——
> 我觉察到柱脚圆盘线脚门、一长列穿着整齐的男男女女跨进门，
> 　　弯身鞠躬——
> 　　觉察到这队列、风笛、鼓、号角，
> 　　觉察到高顶的绸帽、藏红色的法袍、法衣，
> 我觉察到轿子、伞、饰有珠宝的塔，四种颜色：代表四方慷慨的
> 　　琥珀色，
> 代表因果报应的绿色，代表佛祖的白色，代表心的红色，
> 　　觉察到塔帽上的十三个世界、铃把和伞，水泥抹面的空心钟
> 　　　　——
> 　　觉察到将要装进空心钟的尸体——
> 　　觉察到和尚们吟诵着，号角长鸣，烟从火砖堆砌的空心钟顶上升
> 起——
> 　　……

金斯堡把藏传佛教的葬仪过程详细地罗列出来了，不着一个悲字，但

悼念之情，尽在其中。

金斯堡念叨诚如创巴情深，1991 年 6 月 2 日早晨两点又写了纪念他的诗《祈求持明上师诚如创巴仁波切重生》("Supplication for the Rebirth of the Vidyadhara Chogyam Trungpa, Rinpoche", 1991)，开头两节是：

> 亲爱的弥漫在我的心灵空间，充满在
> 我整个意识玉宇里的大师啊，
> 依然清空我的秃头，稳定我信马由缰的思想
> 平静地制衡于曼哈顿和博尔德之间
>
> 回来吧回来吧重生在人体的精神和智慧里
> 继续当我自己和他人混沌平静中的老师吧，
> 根据你的誓约回来抓住我、我的家人、朋友
> 的愚怒和僧伽进行安抚，吸引，丰富，捣毁

六年之后，金斯堡等不及他想念的持明上师的回来就去见他了。人们赶到纽约下城喇嘛教活动中心，以藏传佛教的葬仪，为他送行，身着黄袈裟、手捧小塔、高举响铃、摇动花束、焚香诵经的喇嘛们为他做佛事。金斯堡与藏传佛教联系如此紧密，如此息息相通，在美国乃至西方的著名诗人之中，无出其右者。这次不是由他写纪念诚如创巴的诗了，而是由他的健在的朋友们为他写纪念文章了。①

总的来说，垮掉派诗人和东方宗教特别是佛教的关系密切，不同程度上受佛教影响。他们绝大多数（如果不是全部的话）相信佛教是赞赏它异于天主教、基督教的哲学思想，他们之中有自称的佛教徒，但决不是严格遵守佛教十戒的僧侣，只有终生未婚的洋僧惠伦可能是一个例外。

---

① 参阅张耳：《纽约诗人》之十一。1997 年网络杂志《橄榄树》连载之六。

第六章　主要和次要的垮掉派诗人

　　早在 1943 年，金斯堡的哥伦比亚大学同学路西恩·卡尔（Lucien Carr, 1925—2005）[①]介绍他认识当时在哥大的足球运动员同学凯鲁亚克。接着，经凯鲁亚克经介绍，结识了威廉·巴勒斯、约翰·克莱隆·霍姆斯和赫伯特·亨克。那时费林盖蒂也在哥大学习，但不认识凯鲁亚克或金斯堡，50 年代早期从纽约到旧金山开办城市之光出版社，金斯堡到了旧金山之后，他和金斯堡成了朋友。

　　有评论家认为，垮掉派诗歌出现在 20 世纪 40 年代中期的凯鲁亚克、尼尔·卡萨迪、威廉·巴勒斯、约翰·克莱隆·霍姆斯和安妮·沃尔德曼的作品里了，只是后来给它贴上了垮掉派诗歌的标签（见前面第五章第三节"垮掉派的由来和含义"）。众所周知，引起全美国关注的垮掉派诗歌运动是在 1955 年旧金山 6 号画廊诗歌朗诵之后，费林盖蒂出版的金斯堡《嚎叫和其他诗篇》（*Howl and Other Poems*, 1956）被视为淫秽书籍而引起的官司。旧金山 6 号画廊诗歌朗诵会是一次开创性的诗歌朗诵会，它推动了这本具有开创性的诗集的面世，为垮掉派诗人提供了历史性集体亮相的契机。

　　本章先介绍在 6 号画廊诗歌朗诵会上朗诵的诗人，包括没有朗诵却为朗诵会鼓劲的凯鲁亚克，然后介绍几位没有参加这次历史性诗歌朗诵会但是很重要的几位垮掉派诗人。

---

　　① 路西恩·卡尔：20 世纪 40 年代垮掉派纽约诗人圈的主要成员之一，后来任美国合众国际新闻社编辑。

第一节　旧金山6号画廊诗歌朗诵会：
垮掉派诗人历史性亮相

历史表明，在旧金山诗歌复兴时期，雷克斯罗思可算得上是金斯堡的提携人，但同时又是对凯鲁亚克不友好的贬低者。1953 年，金斯堡带着 W. C. 威廉斯的介绍信去找雷克斯罗思。两年之后，1955 年 10 月，便策划了一场传奇式的诗歌朗诵，凸显了这一伙新人——在当时，他们都是无名之辈——包括麦克卢尔、金斯堡、斯奈德、惠伦等人在内。尽管金斯堡在旧金山住的时间不长，但据雷克斯罗思回忆，金斯堡是吸收了旧金山的自由空气而爆发的。旧金山成了他腾空飞翔的始发地。

1955 年，金斯堡、惠伦、麦克卢尔、拉曼西亚、斯奈德等诗人手头有许多未发表的诗篇，当时还没想到发表，不知道谁会欣赏这些诗，于是想起举行朗诵会，以发泄他们的诗情狂意。[1]1955 年 10 月 7 日的晚上，在雷克斯罗思主持下，金斯堡、斯奈德、麦克卢尔、拉曼西亚、费林盖蒂、惠伦和凯鲁亚克等人在旧金山 6 号画廊举行了深远历史影响出乎他们意料的诗歌朗诵会。[2]凯鲁亚克推辞了朗诵，但积极协助在观众中集酒资。他发出了大约 200 封邀请信，出席的听众大约 150 多人，济济一堂，非常热烈。雷克斯罗思致简短开幕词之后，接着由拉曼西亚、麦克卢尔、惠伦、金斯堡、斯奈德依次朗诵。金斯堡喝了许多酒，朗诵了《嚎叫》的第一部分。[3]他在朗诵开始时显得有些紧张，但随着感情的投入，他像教堂里歌咏领唱者般吟诵起来。当他朗诵到每一行的结尾时，凯鲁亚克坐在舞台边大声助威："加油！"听众很快加入到凯鲁亚克的助喊声中。尼尔·卡萨迪在观众中传递葡萄酒壶，收集盘子。当时的伯克利分校学生安·查特斯（Ann

---

① 前文已经介绍，迈克尔·麦克卢尔想起要举行一次诗歌朗诵会，偏巧委托金斯堡去组织，金斯堡偏巧又去租用旧金山 6 号画廊。

② 雷克斯罗思传记《肯尼思·雷克斯罗思生平》（*A Life of Kenneth Rexroth*, 1991）（243 页）和《金斯堡：传记》（195 页）提到这次具有历史意义的诗歌朗诵日期，均是 1955 年 10 月 13 日晚在 6 号画廊举行；凯鲁亚克传记《回忆宝贝：杰克·凯鲁亚克评传》（*Memory Babe: A Critical Biography of Jack Kerouac*, 1983）说这个日期是在 10 初，比较含糊（492 页），接近 10 月 7 日；麦克卢尔在他的《刮掉垮掉派的表面》一书中说是 12 月份（第 12 页），更是离谱。他们预制的宣传明信片载明的日期和现在有关这个日期的文字记载，均定在 1955 年 10 月 7 日，前面各个人提到的日期有可能是当事人记忆有错。

③ 按照朗诵顺序，金斯堡是第四位，倒数第二。为了突出他，提前接受他的朗诵。当时他和其他诗人一样，还没有出类拔众。

Charters）也来帮忙。金斯堡边吟诵，边手舞足蹈，忘情到最后发出呜咽声，听众跟着他如痴如狂，雷克斯罗思也激动得热泪盈眶。他们绝未料到这天晚上的诗歌朗诵竟成了美国诗歌发展的转折点，拉开了美国后现代派诗歌的序幕。凯鲁亚克称这个不寻常的夜晚为旧金山诗歌复兴之夜，并对金斯堡说："艾伦，这首诗使你闻名于旧金山。"雷克斯罗思却纠正说："不，这首诗将使你从一座桥到一座桥闻名。"① 凯鲁亚克后来在他的小说《达摩流浪者》中回忆了当时的激动场面：

> ……旧金山诗歌复兴诞生之夜。大家都在那里……到了 11 点钟，金斯堡朗诵，哀号着他的诗，沉醉在诗意里，胳膊向前伸开。大家呼喊："加油！加油！加油！"老雷克斯罗思，旧金山诗歌运动之父，高兴得抹眼泪。斯奈德自己朗诵精彩的诗，关于草原狼北美高原之神印第安人……
>
> 与此同时，在光线不足的画廊里，几十个人围拢来站着，倾听这令人惊讶的诗歌朗诵中的每个字句，我在人群中走动，背对舞台，面对他们，鼓动他们喝几口酒，然后再回到舞台右侧坐下，叫好、喝彩，甚至没等人邀请就评论整个诗句，大家没有反对，都显得兴高采烈。这是一个了不起的夜晚。

麦克卢尔则认为《嚎叫》使金斯堡从"不显眼、才华焕发、生活放荡不羁、囿于激情和抑制的发烧学者变成了史诗吟唱诗人"②。他后来又在他的论文集《刮掉垮掉派表面：论从布莱克到凯鲁亚克的新视野》（*Scratching the Beat Surface: Essays on New Vision from Blake to Kerouac*, 1982）回忆这次令人万分激动的朗诵会时，说："金斯堡一直把这首诗朗诵到结尾，让我们惊叹、欢呼，我们知道，最深层处的一道障碍被冲破了，人的声音和身体撞击了美国的坚壁及其支持的陆军和海军、高等院校、学术机构、所有制和权力支持的基础。"

根据麦克卢尔回忆，那天晚上，拉曼西亚没有朗诵自己的诗篇，而是朗诵了他的朋友约翰·霍夫曼（John Hoffman）的一首散文诗；麦克卢尔朗诵了《洛沃斯角：万物有灵》（"Point Lobos: Animism"）、《夜雨：令人陶醉》（"Night Words: The Ravishing"）和《诗篇》（"POEM"），惠伦朗诵了他的

---

① Barry Miles. *Ginsberg: A Biography*: 196.

② Barry Miles. *Ginsberg: A Biography*: 196.

诗篇《万变不离其宗》("Plus ça Change…"），斯奈德朗诵了他的诗篇《浆果盛宴》("A Berry Feast")。无论在当时还是今天看来，其他诗人在那天晚上朗诵的诗篇，在紧扣时代精神而产生震撼的艺术感染力上，无法与金斯堡的《嚎叫》相比。这就是为什么麦克卢尔佩服之至，在朗诵会一个星期之后，他当着金斯堡的面夸奖《嚎叫》，说它像雪莱的经典长诗《仙后麦布：哲理长诗》（*Queen Mab: A Philosophical Poem*, 1813）！① 可以毫不夸张地说，《嚎叫》是垮掉派诗歌的主心骨、顶梁柱，随你怎么赞扬它，也不会过分。

　　从此，诗歌朗诵在旧金山变得很时髦，每天晚上至少有三处开诗歌朗诵会。咖啡馆、博物馆、水族馆，甚至动物园都成了他们朗诵活动的场所。他们的朗诵诗以"劳伦斯袖珍诗人"（Lawrence's Pocket Poets）丛书的形式出版。《嚎叫》是该丛书的第二本。它只有 13 页，比豆腐干稍大一些的小方块袖珍本，一时间成了争相传阅的畅销书，其根本原因在于金斯堡对艾森豪威尔时代的清规戒律进行挑战，搅动了当时沉闷的政治空气。其直接的原因是诗里性刺激的词句被作为淫秽品遭查禁，引起了广大读者的好奇心。由于法庭审理而经过大众传媒的传播，使不少非文学界的人士也卷入了进去。《嚎叫》的胜诉，符合当时人们的逆反心理，同时也历史地把金斯堡推上了垮掉派作家的领袖地位。以金斯堡为首的一批诗人（斯奈德除外，从 1956 年至 1968 年大部分时间在日本）从此旅行全国朗诵，逐渐发展到走上各大学的讲坛上显露身手。凯鲁亚克的小说《在路上》和《达摩流浪者》等书的出版，很快使这批垮掉派或嬉皮士作家风靡全国。

第二节　艾伦·金斯堡（Allen Ginsberg, 1926—1997）

　　对金斯堡的评价一直贬褒不一，正因为他对美国诗坛产生巨大的影响，在有争议的当代著名诗人之中，金斯堡可谓翘楚，是一位热遍全球的热门人物。著名评论家艾略特·温伯格（Eliot Weinberger, 1949— ）早在 1980 年就说："25 年来，金斯堡是美国最著名的诗人，是国徽，我们的代表……他拥戴吟游诗人的传统，坚定地提倡梦想、歌唱，对抗权威。"②

　　他开辟了诗歌的新风格：朗诵表演，追求正义，提倡和平，崇尚佛教。

---

① Michael McClure. *Scratching the Beat Surface: Essays on New Vision from Blake to Kerouac.* Berkeley: North Point P, 1982: 15.

② Eliot Weinberger. "Dharma Demonology." *THE NATION*, April 19, 1980.

他朗诵时，一面执手铙拍击，一面和尚念经似地吟诵，引起他的听众如醉似狂的热烈场面，差不多像当下歌迷们对走红流行歌手那样着迷，这在诗歌史上也是空前的。

金斯堡超常的生活方式，怪异的举止，极度狂傲的个性，激进的思想，宗教的虔诚，激烈的呼喊，充满活力的诗行，如今使他成了美国带有神话色彩的传奇人物。美国民众，无论是否读过他的诗或听过他的朗诵，都知道这位放荡不羁的大胡子诗人。他敢于把人性中的隐秘敞开，将自身的真实毫无保留地揭示出来。因此，在学术界，一部分人认为，金斯堡《嚎叫》的出版，开始了追求时髦、寻找刺激、以鲁莽邋遢为荣的一种歪诗风，而这种诗风助长了放荡行为；另一部分人则认为，金斯堡革命性地改变了自T. S. 艾略特以来的美国诗歌方向，为美国诗歌开辟了新的经验领域和新的文化情境。不管贬褒如何悬殊，纵观美国诗歌史，19世纪惠特曼建立的那种一泻千里、无遮无拦、宏大雄浑、生机勃勃的美国诗歌，在金斯堡手中得到了更新和重构。对于这一点，大家都取得了共识，尽管从艺术形式革新上看，他不如查尔斯·奥尔森，而是更多地沿袭了传统，正如玛乔里·珀洛夫教授所说："我们可以断定，金斯堡从来不是一个碎片拼贴、分层拼接的诗人。因此，他的诗现在看起来，尽管常常提到'鸡巴'和'交媾'，毫无疑问地是传统的。"① 直接受益于金斯堡的后垮掉派诗人戴维·科普（David Cope）也说："在某种意义上讲，金斯堡是一个传统主义者。他相信诗歌传统一代代传承。在他自己的作品中，他不仅在创作中开始探索西方诗歌规范化方法，而且深受惠特曼的长诗行和他的老邻居 W. C. 威廉斯坚持'通俗化'为诗歌核心的理论的影响，还得到过庞德的提携，庞德积极帮助年轻诗人发表作品和成名。"②

金斯堡生于新泽西州纽瓦克，在 W. C. 威廉斯的史诗《帕特森》中描写的城市帕特森上过中学。父亲是中学英语教师，是一位安分守己、谨小慎微的小诗人。金斯堡成名之后，曾一度同父亲一道举行诗歌朗诵会。母亲是从俄国逃亡出来的犹太移民，政治上激进，易动感情，逐渐精神失常，怀疑自己受罗斯福总统、联邦调查局、中央情报局甚至丈夫的迫害。她的疯病及最后去世反映在金斯堡的长诗《凯迪西》（"Kaddish", 1961）里。不少人推测，金斯堡歇斯底里的性格继承了母亲的遗传因子，而她的激进思想对他的影响也很大。金斯堡在17岁时，从帕特森去纽约哥伦比亚大学攻

---

① Majorie Perloff. *Poetic License: Essays on Modernist and Postmodernist Lyric*. Illinois: Evanston, 1999: 222.

② 见戴维·科普 2012 年 11 月 23 日发送给笔者的电子邮件。

读经济，打算从事劳工运动，因为他的家庭与共产党领导的劳工运动有过联系。他进校时是一个戴着眼镜的腼腆小帅哥，学习写诗，仿效约翰·多恩和雪莱的诗风，并且在大学里获得诗歌奖。社会环境的影响使金斯堡逐渐走上了愤世嫉俗的道路。他二年级时因为在宿舍的玻璃窗上涂写下流话而被校方开除。在校时，他同威廉·巴勒斯和凯鲁亚克生活在一起，从巴勒斯那儿学会了服用吗啡，结识了吸毒朋友，染上了同性恋的习惯，同对文学有兴趣的铁路扳道工尼尔·卡萨迪交好，失学期间生活开始放荡。在当了一段时间水手之后复学，1948 年毕业。

金斯堡走上创作道路，说来很滑稽。他告诉别人说，1948 年夏季的一天，他躺在床上阅读布莱克的《啊！向日葵》（"Ah! Sunflower"）时，突然听到布莱克先朗诵《啊！向日葵》，接着又朗诵《病玫瑰》（"The Sick Rose"），使他的生活从此起了一个大转变，导致他走上诗歌创作道路。这是他在为自己制造神话抑或实有其事，无从考证，但他吸毒、纵欲、冥想时引起的幻觉，改变了通常的意识状态，他受布莱克和惠特曼的影响也是确实的。当然，西方一些作家想通过吸毒产生的幻觉，写一些超现实之类的作品也不乏其例。

金斯堡毕业不久，因为窝藏一个朋友偷窃的赃物而受牵连，为了避免入狱而装疯，在哥伦比亚精神病院住了八个月。1950～1952 年，回帕特森，和父亲生活在一起。金斯堡结识 W. C. 威廉斯之后，接受了这位医生诗人主张诗歌必须反映当代社会现实、表现意象重于思想、不拘泥于传统形式的诗歌理论，开始仿照他写简短的小诗，这些诗后来收在诗集《空镜》（*Empty Mirror*, 1961）里。在金斯堡成名之前，W. C. 威廉斯热情地提携他，甚至把他写给威廉斯本人的信嵌在《帕特森》里，并为他的《嚎叫》作序。他的朋友凯鲁亚克在三个星期写完而轰动一时的小说《在路上》对他的触动很大，使他感到他已找到了表达新的意识形态的新文学形式。

金斯堡认为 50 年代初期是他文学创作"积蓄力量"的时期。1953 年初，他回到纽约谋生，当抄写员和市场销售调查员，干了一段时间的工作后，去墨西哥的尤卡坦待了好几个月，于 1954 年夏在旧金山又找了一份市场销售调查的差事。他在那里又结交了一个英俊的性伙伴彼得·奥洛夫斯基，暂时安顿下来。奥氏在诗歌创作上远不如金斯堡，但他对文学的见解却给了金斯堡很大的启发。两人同居到 70 年代初，但友情不断。1972 年，金斯堡在艾伦·扬（Allen Young）对他的一次采访中，坦承他对奥氏的依恋，说："我们的关系起始于爱慕之情。我不会去天堂而把彼得撇开在地上；他也不会不管我，如果我生病在床，病危，白发苍苍，弯腰驼背，患风湿病。"果不出所料，金斯堡临终时，奥氏和其他的朋友们一道守候在金斯堡身旁，并弯身吻金斯堡的头说："再见，亲爱的。"金斯堡的另外两个性伙伴文友尼尔·卡萨迪和凯鲁亚克是双性恋，他们同金斯堡的关系不十分和谐。但是，金斯堡与凯鲁亚克之间的关系难舍难分，构成了纽约圈垮掉派的顶梁柱。因此，金斯堡作为凯鲁亚克作品的角色，频繁地出现在凯氏的著作里。他被凯氏化名为利昂·莱文斯基（Leon Levinsky）出现在《镇与城》里；化名为卡罗·马克思（Carlo Marx）出现在《在路上》里；化名为欧文·加登（Irwin Garden）出现在《大瑟尔》《梦书》（*Book of Dreams*, 1960）、《孤独天使》（*Desolation Angels*, 1965）、《杜洛兹的空虚》和《科迪的幻想》（*Visions of Cody*, 1973）里；化名为阿尔瓦·戈尔德布鲁克（Alvah Goldbrook）出现在《达摩流浪者》里；化名为亚当·穆拉德（Adam Moorad）出现在《地下人》（*Subterraneans*, 1958）里。读过凯氏的这些小说的读者，对金斯堡的为人有着更具体的了解。

1954年秋，金斯堡创作《嚎叫》，1956年由城市之光书店出版。第一版在英国印刷，次年，美国海关干涉第二次印刷，控告出版人费林盖蒂传播"下流作品"。法官经过长时间审理，听取了许多评论家和作家的证词，最后判决此诗篇不无"社会意义"，结果美国海关败诉，使《嚎叫》销售数陡增，产生了意想不到的社会轰动效应。这也是垮掉派诗人们的巨大成功。到了1959年，垮掉派诗人成了读者量最大的《时代》周刊的热门论题。

金斯堡同时代的诗人理查德·埃伯哈特夸奖金斯堡说："20年左右是一个文学代，金斯堡的《嚎叫》迎来了一个新时代。"他的这一声"嚎叫"代表了垮掉一代人长期受压抑而突发的呼喊和对美国社会的愤怒抗议，也是文学能量的一次大释放。金斯堡在《嚎叫》的一开始就疾呼：

> 我看见这一代最杰出的精英被疯狂毁坏，饿着
> 肚子歇斯底里赤身裸体，
> 拂晓时拖着脚步穿过黑人街道找一针够劲儿的
> 毒品，
> 长着天使脑袋般的嬉皮士们渴求与这夜的机械之中
> 星亮的精力充沛的人发生古老的天堂式的联系，
> 他们贫穷衣衫褴褛眼睛凹陷高坐在只有冷水的
> 公寓那超自然的黑暗中吸毒飘飘然越过
> 一座座城市上空回味爵士乐，
> 他们在高架铁路下对上苍暴露思想，看见

　　穆罕默德的天使们在被照亮的公寓屋顶上

蹒跚而行，

他们带着冷冷的眼光穿过一座座大学校园，

在竞争的学者之中，梦见到

阿肯色州和布莱克式悲剧，

他们被开除出高等学府，因为他们疯疯癫癫，

在骷髅般的窗户上涂写淫秽的颂诗，

他们穿着内衣哆嗦在未修面的房间里，在废纸篓里

烧钞票，贴墙倾听恐怖之神的声音；

他们满脸阴毛似的胡须，猛吸一阵大麻，经过

拉雷多市返回纽约的途中被殴打，

他们在旅馆里吃苦或在天堂胡同喝

松节油，死去，或夜复一夜地

用梦，用毒品，用不眠的噩梦，酒精和鸡巴以及

没完没了的舞会把身躯投入炼狱……

　　这一段自我主观情绪极度张扬的浪漫主义抒情方式、一行诗中过于密集繁复重叠的意象与联想、肆无忌惮的梦呓般的语言和长达四五十字连成一气而不加标点的散文句式，基本代表了金斯堡的风格。比起惠特曼的《自我之歌》来，《嚎叫》已经是青出于蓝而胜于蓝。《嚎叫》一举冲破了新批评派诗歌的美学规范，尽管新批评派尤其是 T. S. 艾略特巨人般的影子仍然笼罩着诗坛。1956 年，罗伯特·洛厄尔去西海岸朗颂时，听众对这位早已大名鼎鼎的诗人感到不耐烦，因为他的自由诗显然没有《嚎叫》火辣。金斯堡大胆泼辣的诗风影响了他同时代的诗人，特别是 60 年代积极反越战的诗人。2006 年，是《嚎叫》出版 50 周年，诗人杰森·欣德（Jason Shinder，1955—2008）主编和出版了论文集《这首改变美国的诗：〈嚎叫〉50 年之后》（*The Poem That Changed America: "Howl" Fifty Years Later*, 2006），以此纪念这首伟大的诗篇。入选该论文集的有几十位当今健在或过世的著名诗人、诗评家和金斯堡的生前好友，其中包括弗兰克·毕达特（Frank Bidart，1939—　）、罗伯特·平斯基、依玛莫·阿米里·巴拉卡、鲍勃·罗森塔尔（Bob Rosenthal）、约翰·凯奇、安德烈·科德雷斯库、安妮·沃尔德曼、玛乔里·珀洛夫，等等。金斯堡生前决没有料到他的《嚎叫》居然成了改变美国文学文化的一首诗！他在 1956 年把《嚎叫》诗稿送交诗人路易斯·辛普森，希望入选辛普森与另外两个诗人正在主编的诗选《英美新诗人》，不

但没有被录用，辛普森反而写了一首戏仿诗嘲笑他。

《嚎叫》除后面"脚注"外，分三个主要部分。第一部分最长也最铿锵有力，诗人用狂热的长诗行罗列亦真亦幻的意象，展现西方光怪陆离的现代城市生活，揭示 50 年代嬉皮士们那种挑衅、向往、恐怖、荒唐、疯狂、欣快、悲哀、祷告和声嘶力竭的骚动心态。诗人心目中的这批时代"精英"似乎全陷在水深火热之中，现代社会对他们的冷淡和敌视，激起他们追求超越世俗社会的精神启示。金斯堡在第二部分寻找产生这种恶梦的原因：

> 莫洛克，这难以理喻的监狱！莫洛克，这大腿枯骨交叉
> 无灵魂的牢房和不幸的国会！莫洛克，
> 他的房屋就是裁判！莫洛克，这战争的巨石！
> 莫洛克，这一个个不知所措的政府！

莫洛克本来是古代腓尼基人所信奉的火神，以儿童作为献祭品，是个可怕的吃人的神。莫洛克深入到摩天大楼、牢房、银行、工厂、疯人院、政府、军队、科技、金钱和武器之中，代表了一种无所不包的社会恶势力，"他的思想纯粹是机器"，在最好的情况下，对人无动于衷；在最坏的情况下，吞吃人的天性和良心。莫洛克冷酷无情，他冷石般的思想意识像疯人院的花岗岩台阶，变成石头的身躯、战争的巨石、水泥和铝的斯劳克斯、时间岩石……金斯堡在诗中不断重复莫洛克的名字，使人感到莫洛克是一个无处不在、压迫人的可怕幽灵。

在第二部分，诗人以挑衅的姿态始，但以茫然、无能为力和自我鄙视的心情终。诗人所珍视的那些"梦幻！预兆！幻觉！奇迹！心醉神迷！"如今全"沉入美国河里"了。沉沦的嬉皮士们在轻率的自我毁灭的绝望状态中发出了歇斯底里的狂笑：

> 真正神圣的笑在河里！他们全看见了！疯狂的眼睛！
> 神圣的吼叫！他们告别！他们跳下屋顶！
> 向荒凉的地方跳去！挥手！捧着鲜花！
> 跳向河去！跳到街上！

在第三部分，诗人从自我消耗的狂怒转到调整身心的爱。诗人通篇向曾经和他同住精神病院的病友卡尔·所罗门娓娓而谈，使读者感到在这无序的世界里仍然有精神交流和感情寄托：

> 我和你一起在罗克兰
> 在那儿我们被我们自己灵魂的飞机
> 从昏迷中震醒，它们轰然飞上屋顶，
> 掷下天使般的炸弹，医院通明，
> 想象的墙壁坍塌了，啊，大批大批
> 瘦骨伶仃的人奔跑了出来，啊，
> 星条旗仁慈的冲击，这里是永恒的战争，
> 啊，胜利，忘掉你的内衣，我们自由了
>
> 我和你一起在罗克兰
> 在我们梦中你航海归来步行在高速公路上
> 浑身滴着水泪流满面地穿越美国在西部的
> 夜晚来到我小屋的门前

　　同金斯堡本人一样，金斯堡的朋友所罗门也患了精神病。他写这首诗时，他的母亲已住在精神病院里。据考证，诗人对所罗门的呼唤，部分地流露了他对母亲的思念。诗人、诗人的朋友或诗人的母亲或其他人的精神病成了美国 20 世纪 50 年代的社会病兆。诗中反复出现的句式"我和你一起在罗克兰"似乎是诗人在礼拜仪式上唱安慰心灵的赞美诗，作者对此曾承认第三部分是赞颂耶稣式的祈祷词。此处诗人已从第一和第二部分激烈的社会抗议，退居到有鲜明宗教和色情色彩的幻景之中了。

　　当时不少人批评《嚎叫》所谓的"消极"面（实际上是颓废），为了回答他们的批评，金斯堡过了不久在原来第三部分后面加了一条光明的尾巴——《嚎叫的脚注》，旨在从"消极"的态度转为"积极"的态度：

> 一切的事是神圣的！一切的人是神圣的！
> 一切的地方是神圣的！人人是安琪儿！

　　这是垮掉派作家对宗教中极乐世界的憧憬。这种天真而神秘地对善抱幻想的信仰，使一部分垮掉派诗人写了一些随心所欲的力作，多数平庸的诗人运用这种形式创作时却写得平庸陈腐。金斯堡有的诗行当然不乏类似陈腐的糟粕。但是，他熟谙有张有弛之道，往往用他的幽默来缓和他的狂呼乱叫，甚至不惜花自我贬低、自我嘲弄的代价，大胆地揶揄自己的犹太人出身和同性恋行为。

金斯堡洋洋洒洒的长诗风受惠特曼影响是显而易见的，但同时也可能受了奥尔森和邓肯的投射诗理论的启发。他曾经说过："《嚎叫》的每一行诗是以一口气为单元的，我的呼吸时间长，这就是韵律，是包含在有伸缩性呼吸里表达思想的一次性肉体与精神的吸气。"如此的诗行，通过一次吸气之后念完，朗诵者的嘴巴势必动得很快。金斯堡自如地控制自己的呼吸，时而吼叫，时而低语，时而吟哦，伴以手势，如同摇滚乐那样地在听众中引起强烈的共鸣。他把林赛的行吟诗推进了一步，开创了一种新的口语诗的诗风。即使在新世纪的今天，《嚎叫》的长诗行、朗诵的节奏和放肆的语句仍没有失去它的活力和新鲜感。

如果说 20 世纪 50 年代的垮掉派运动和旧金山诗歌复兴的时代氛围使金斯堡得以崭露头角，那么，60 年代美国国内动荡的政治形势则为他提供了广阔的活动天地。他在 60 年代出版了小方块的袖珍本诗集有九本之多，其中《凯迪西及其他：1958～1960 年的诗》（*Kaddish and Other Poems 1958-1960*, 1961）和《星球消息》（*Planet News: 1961-1967*, 1968）较有名。金斯堡在民权运动、同性恋解放运动和反越战运动中都走在前列。他到过美国几百所高等学校朗诵，受到大学生们的热烈欢迎。向五角大楼进军和芝加哥民主大会等活动，他都积极参加。他一贯关心政治，即使在他去世前一年，他还给许多诗人朋友打电话征稿，希望他们寄给他反美国右翼倾向的诗篇或者发表政见的诗篇。后来由他栽培的两位后垮掉派诗人安迪·克劳森和艾略特·卡茨协助主编，出版了《为国诗：当代政治诗集》（*Poems for the Nation: A Collection of Contemporary Political Poems*, 2000），足见他是一个有真正爱国心的诗人。与此同时，他又以吸毒后引起的神秘主义和超脱世俗的情欲影响他的大批追随者。他一方面很激进，甚至疯狂，另一方面主张和平与博爱，而又和佛教、日本的神道、大麻烟混杂起来。他的这种癫狂作风恰恰展示了 20 世纪 60 年代美国大部分大学生的心态。

他在 70 年代和 80 年代都有不少诗集问世，大量的诗都是在吸了麻醉品之后创作的。他后期的诗在质量上都没有超过《嚎叫》，而是在艺术上重复自己。他那梦魇中的恐怖、色情的记忆、唱赞美诗时的吟诵、神秘的狂喜、中年惧老的惶惑，不再强烈地震撼读者的心灵了。不过，他还是继续有让人耳目一新的幽默之作，例如，他的戏仿《第 5 国际歌》（"Fifth Internationale", 1986）：

> 起来，你心灵的奴隶
> 起来，地球的精神病人

为了洞察雷霆的解放
一个神圣的世界在诞生

不再有依附的锁链捆绑我们
思想的侵犯者不再统治我们
地球将在新基础上站起来
我们曾经是蠢人将来是傻瓜

这就是一步步走的路
让我们坐在他的位置上
国际疯癫智慧派
可以拯救人类

金斯堡喜爱到世界各地旅行，到古巴、印度、日本、英国、东欧、苏联等地旅行，到处表达他反一切权威的无政府主义观点和对佛教的信仰。他还来过中国。1984 年 10 月 18 日至 11 月 5 日，金斯堡作为美国作家代表团成员访华。10 月 21 日，他在北京写了一首《北京即兴》（"Improvisation in Beijing"），回顾他写诗的动机，其中有三行："我写诗是因为庞德指引年轻的诗人们看中国的象形文字/　……我写诗是今天早晨我害怕我将在中国讲什么/　……我写诗是因为庄子不能告诉我们他是蝴蝶还是人，老子说水朝山下流，孔子说要敬重长者，我要爱戴惠特曼。"他把这首诗作为他的新诗集《大都会问候：1986～1992 年诗选》（Cosmopolitan Greetings: Poems 1986-1992, 1994）的前言。代表团回国后，他留在中国一个多月。他利用在北京外国语大学、河北大学、复旦大学短期教学的机会，想更自由地接触中国人，了解中国文化。他在复旦大学期间，由外文系青年教师孙建陪同。据孙建说，金斯堡来华的愿望之一是想亲眼看一看中国佛教的情况。他随美国作家代表团到过苏州寒山寺。在孙建陪同下，他又来南京拜谒栖霞寺。面对寺内的达摩画像，他双手合十，崇敬有加。在僧伽坐禅室，他与该寺主持盘膝而坐，打禅约 20 分钟，接着又参加众僧在佛堂做晚课。他在上海刻的一方石印，把他的法号"法狮"刻在印章上。

毫无疑问，金斯堡是一位世界闻名的美国诗人。他在后现代派时期取得了重要成就，在诗歌史上也占了重要的一席之地。文坛大家拿架子者不乏先例，可是金斯堡从不摆谱，不分贵贱，平易近人，尽人皆知。他对中国作家张洁的谦恭足以说明金斯堡的优良品质。1982 年 9 月，金斯堡参加了在加州大学洛杉矶分校美中作家文学交流会议。^①根据会议的安排，每个作家都要谈自己的创作和生活。金斯堡通过麦克风说，艺术必须消灭主观与客观的界限，摧毁美国领导人客观基础的方法之一是用催眠术——节奏重复的吟诵。他还向与会者介绍说，有一天晚上，威廉·布莱克走进他的房间，给他朗诵了一首诗。金斯堡当场给大家朗诵了那首诗。他说，自从他看到那位早已去世的英国诗人之后，在精神病院住了八年，这引起了与会者的哄堂大笑。作家使命感很强的张洁在会后对金斯堡说："金斯堡先生！你不应当只想到自己！你必须为完成你的使命而生活和工作！心中目标要明确。你不应当吸毒！要想到对社会尽责。至于我，我的目标总是很清楚的。我的思想从不糊涂。"当中国作家对他提出有悖于他的生活方式和理念的建议时，金斯堡没有动怒或反驳，稍微耸了耸肩说："我的思想总是糊涂。"^②不知道张洁对此有何反思。

金斯堡一生慷慨，富有同情心，总为他人着想。杰克·弗利谈到他的为人时说："他一直向人介绍他的朋友，介绍凯鲁亚克和其他人。他一直建议各出版社出版这些人的作品。他在朗诵时介绍总是介绍这些人。"^③他的传记作者巴里·迈尔斯也列举了他的高贵品质：

> 艾伦总是单枪匹马地推动垮掉派的形成，总坚定地认为他的诗人朋友们都是天才。没有艾伦，巴勒斯几乎不可能发表他的小说《吸毒者》（*Junky*, 1953），不可能从事他的创作生涯。没有艾伦，凯鲁亚克除了发表第一部小说，不可能发表其他作品，即使他的第一部小说的出版也得益于艾伦的帮助。多少年来，他花了大量的时间宣传凯鲁亚克、巴勒斯、科尔索、斯奈德、惠伦、奥洛夫斯基和其他一些一般的垮掉派作家，还宣传与他联系不密切的或他个人根本不熟悉的后 W. C. 威廉斯诗人们，诸如莱维托夫、乔尔·奥本海默、马歇尔、朱科夫斯基、尼德克尔。^④

---

① 美方作家：金斯堡、斯奈德、阿瑟·米勒、库特·冯尼古特、罗伯特·李（Robert E. Lee）、约翰·赫西（John Hersey）、杰罗姆·劳伦斯（Jerome Lawrence）、弗朗西斯·杜普莱西克斯（Francis du Plessix）、哈里森·索里兹伯里（Harrison Salisbury）和安妮·迪拉德（Annie Dillard）。中方作家：冯牧、李瑛、蒋子龙、张洁、吴强、李准和翻译袁鹤年。

② Annie Dillard. *Encounter with Chinese Writers*. Middletown, Conn.: Wesleyan UP, 1984: 64-66.

③ Sara Rosenthal. *"CITYSEARCH* Interview with Jack Foley." *O Powerful Western Star: Poetry & Art in California* by Jack Foley, Oakland: Pantograph P, 2000: 163.

④ Sara Rosenthal. *"CITYSEARCH* Interview with Jack Foley." *O Powerful Western Star: Poetry & Art in California* by Jack Foley, Oakland: Pantograph P, 2000: 212。

笔者对他的慷慨和谦恭也亲自见识过。1989 年，笔者为一个中美文学比较研究项目，向包括金斯堡在内的许多美国作家发信。不久收到金斯堡1990 年 3 月 26 日亲笔回复的明信片，[①]并对一个素昧平生的中国人，以一个老朋友的口吻致候。[②] 同年 8 月 8 日，笔者接到了金斯堡长达 3 页纸的答复，其中最具史料价值的是提供了他广泛阅读中国古典哲学、诗歌、佛经、当代诗歌、《在延安文艺座谈会上的讲话》等的详细情况。1993 年冬，笔者接到金斯堡邀请，出席他与安妮·沃尔德曼在纽约举行的诗歌朗诵会。朗诵会后，又应金斯堡邀请出席晚宴，坐在他的身旁。[③] 在近两个小时的晚宴中，金斯堡自始至终陪笔者谈话，使笔者感到不安，怕冷落了其他诗人。[④] 当笔者向金斯堡请教在中国应该介绍哪些垮掉派诗人及其代表作时，他立刻从自己的笔记本上撕下两页纸，耐心地一面解释，一面开列名单。[⑤] 世人早知道这位大诗人慷慨大度，胸怀广阔。这使笔者联想起曾读过他为推介惠伦和斯奈德在 1957 年 12 月 9 日从巴黎寄给诗人、芝加哥诗歌中心创始人保罗·卡罗尔（Paul Carroll, 1926—1996）[⑥]的信，其中有两段感人至深，难以忘怀：

　　亲爱的卡罗尔：
　　　　迟复为歉。我把你的信息告知惠伦，他说他已经把他和斯奈德的

---

　　① 金斯堡的明信片内容："我收到了你的调查表。我将回复。但首先要知道的是指古典（xx 朝代）还是当代中国文学和理论；其次，要知道西藏诗歌、佛经、文学等等算不算是中国文学？请让我知道。"

　　② 美国人对一般的人或陌生人的信末致候语是："此致敬礼"（Yours sincerely）或"祝好"（Best wishes），可是金斯堡却用了"你的，永远的"（Yours ever）。

　　③ 笔者从哈佛大学去纽约，那是一个大雪纷飞的日子，由诗人伦诺德·施瓦茨陪同去金斯堡的朗诵会场。时近傍晚，听众们冒着大雪排队买票。笔者因受金斯堡邀请，免票提前进会场。金斯堡的朗诵博得听众一阵阵笑声。朗诵会后，应金斯堡邀请，出席附近餐馆的晚宴。在去餐馆的路上，听众们团团围住金斯堡，前呼后拥，记者的镁光灯不听闪烁。伦诺德和语言诗人詹姆斯·谢里也参加了晚宴。那次朗诵会预定金斯堡和克里利朗诵，因那天雪太大，克里利无法从布法罗乘飞机来纽约。后来改由沃尔德曼代替。

　　④ 同桌对面坐的是沃尔德曼，她的旁边坐的是一个白人青年，据说是金斯堡的小情人。

　　⑤ 笔者珍藏至今的金斯堡开列的名单依次是：凯鲁亚克、科尔索、约翰·威纳斯、惠伦、奥洛夫斯基、克里利、麦克卢尔、费林盖蒂、沃尔德曼、黛安·迪普里玛、拉曼西亚和卢·韦尔奇。每个诗人后面都附有代表作，甚至列上出版社的名字。

　　⑥ 保罗·卡罗尔：从 1968 年开始，担任文学杂志《大饭桌》主编，在芝加哥当代艺术博物馆组织和主持诗歌朗诵，推进大饭桌诗歌丛书，后来在 1973 年发展成为芝加哥诗歌中心。当年，该中心邀请金斯堡和威廉·巴勒斯在当代艺术博物馆地下室作诗歌朗诵，为出版诗歌朗诵丛书铺平了道路。该中心著称于当地和全国，已经延续 40 多年，邀请诗人 20 多位。保罗·卡罗尔担任第一届理事会会长，继任者诗人保罗·胡佛（Paul Hoover）和马克·佩尔贝格（Mark Perlberg）担任理事会长 14 年，再后来由约翰·凡多伦（John Van Doren）和约翰·雷塞克（John Rezek）担任会长。

作品寄给你了。他们是重要的诗人，在旧金山文学界被低估了——不过，他们在最近几年身手不凡，与凯鲁亚克和我一路上作诗歌朗诵，住在一起，创作在一起。惠伦的长诗是他最好的诗。《常绿评论》只刊登了他的短诗和斯奈德的旧诗——我希望你能花大量篇幅刊载他们的诗。

　　谢谢你对我们的作品感兴趣，也谢谢你的美言，但是你知道，时间将淘汰所有的废物和无关紧要的作品。惠伦和斯奈德的作品是坚挺的，将经得起考验。我再三说，你录用他们的诗作，决不会错，将会非常棒。

　　金斯堡在旧金山6号画廊朗诵《嚎叫》之后已经名声大振，稿约不断，但是他从不忘旧情，尽力帮助当时在诗坛受到相对冷落的朋友惠伦和斯奈德。在通常文人相轻、文坛相互挤轧的今天看来，金斯堡的品质显得何等的高贵。他的这封信还提出了一个重要观点：差作品被时间淘汰，好作品经得起时间考验。

　　当笔者赠他一盘佛教音乐录音带时，他一面接受，一面便脱口而出藏传佛教的六字真言：唵、嘛、呢、叭、咪、吽。1994年6月1日，金斯堡在旧金山Opera Plaza书店签售新作《大都会问候：1986～1992年诗选》。华裔美国诗人刘玉珍陪同笔者赶去见他，买了一本他的旧作，排在长长的读者队伍里，等他签名。他见到笔者，招呼笔者立在他旁边，等他为一批读者签好名之后，为笔者签名，并赠送一本他的新作。金斯堡对一个名不见经传的中国学者如此友好和慷慨，也许主要是他对东方文化尤其中国文化情有独钟。

　　他学识渊博，广泛地阅读了哲学、历史和东方的文化、文学和宗教的经典著作。在著名美国诗人之中，可能没有谁比他更熟悉中国古今的哲学与文学。[①]在20世纪80年代，他更有兴趣和大众接触。他和摇滚乐队一道，做念咒语式的朗诵，旨在电子时代恢复惠特曼式的吟诵诗歌传统。金斯堡通过影视媒介的朗诵表演是他晚年最主要的创作活动。不过，他晚年笼罩在"夕阳无限好，只是近黄昏"的暮年夕照里。他的短诗《预言》

---

　　① 见1990年8月8日金斯堡给笔者的复信。他在信中提到他熟悉中国的佛教经典、《道德经》《易经》《论语》《孟子》《庄子》、古典诗词中的《诗经》，尤其是李白、杜甫、王维、白居易等人的诗歌，而且读过毛泽东的《在延安文艺座谈会上的讲话》以及郭沫若、艾青、北岛、舒婷等人的诗作。他说，他主要通过阅读罗白因（Robert Paine）主编的中国诗歌英译本《白马驹：中国诗选》（*The White Pony: An Anthology of Chinese Poetry*, 1960）了解中国诗歌的。他曾帮助华兹生（Burton Watson）编译过苏东坡的诗词。

（"Prophecy", 1985）正好流露了他的晚景心境：

> 因为我的生命不再年轻
> 对我来说似乎没有
> 许多乐趣可期盼
> 自由自在地写有关汽车和战争
> 以及时代的真理、
> 扔下无用的旧领带和
> 不合身的裤子是多么幸运。

　　他在一首长诗《读白居易》（"Reading Bai Juyi", 1984）①的第一部分表露了类似的心态：

> 我依然为自己没有做得更多而内疚；
> 我确实从一个国家到一个国家颂扬佛法
> 而我的实践却一直没精打采，属业余性质
> ——我甚至空想我是多么差劲的学生——
> 我的导师企图帮助我，但我似乎
> 很懒惰，利用我工作赚来的金钱
> 和衣服之便，今天我
> 将再次躺在床上阅读中国古典诗歌——
> 我不相信佛的来世，甚至不相信
> 与这人身分离的另一种生命
> 不过我仍担忧在我死后
> 因我的粗心而遭惩罚——我的诗将烟消云散
> 我的名字将被忘掉，我将投胎为一个傻工人
> 在河北保定的路边敲石块，冻得瑟瑟发抖。

　　金斯堡在 1992 年 9 月 13 日从纽约寄给笔者的一首短诗《秋叶》（"Autumn Leaves", 1992）更明白地表达了他苍凉而认命的复杂心情：

> 在 66 岁刚学会照顾我的身体

---

　　① 此诗系金斯堡 1984 年 12 月 5 日下榻在上海的一家宾馆里所作。他在这首诗里回忆他访问中国的经过。

> 早晨八点愉快地醒来，记几笔笔记
> 赤裸地从床上起身……
> 检查血糖，刷牙，剔牙，漱嘴，
> 油膏涂脚，穿上白衣白裤白袜
> 寂寞地坐在洗脸池边，在
> 梳发前的一刹那为还没有变成死尸
> 而高兴。

　　他还应邀在英国对广大听众朗诵过这首诗。那是 1995 年 10 月 19 日，金斯堡由英国诗人汤姆·皮卡德（Tom Pickard, 1946—　）陪同，在天堂夜总会进行了 53 分钟的朗诵、吟诵和歌唱，偶尔弹簧风琴，为自己伴唱，显露他一贯生气勃勃、热情风趣的作风。听众多达一千人。他这次朗诵了《秋叶》《伦敦梦中的一扇扇门》（"London Dream Doors", 1986）、《大象在禅堂》（"Elephant in the Meditation Hall", 1990）、《第 5 国际歌》《哼，轰炸！》（"Hum Bom!", 1971—1991）、《放下你的烂香烟》（"Put Down Your Cigarette Rag", 1992）、《来吧，西方文明的猪猡们，多吃点黄油》（"C'mon Pigs of Western Civilization, Eat More Grease", 1993）和其他许多脍炙人口的诗篇。

　　进入老境的金斯堡，虽然不再有当年惊世骇俗的《嚎叫》给他带来的荣誉感和生机勃勃的活力，但依然愤世嫉俗，对世道和人生的反思浓缩在他在英国朗诵的《大象在禅堂》里：

> 什么丑闻，几百个无家可归的人冻得瑟瑟发抖地在布鲁克林大桥
> 　　下过圣诞节和新年！美国几百万无家可归的人！
> 谁将为 50 万美国少男少女访问阿拉伯沙漠付钱？
> 谁将为伊拉克战争掏出数十亿美元来挽回总统的面子？
> 120 亿美元是不是耗在这一年的毒品战之中？
> 萨尔瓦多，洪都拉斯，危地马拉，我们在那里付出了几十年敢死
> 　　队的生命。
> 没有谁做对事！上帝，教皇，毛拉，共产党人，诗人，金融家！
> 我自己的生活，丑闻！懒鬼！二手货大红领带和圣罗兰假名 牌救
> 　　世军夹克。
> 有多少小伙子让我抚摸他们的大腿！
> 有多少姑娘咒骂我这冷冰冰的大胡子？我最好自杀！
> 那不会有用，它将会是一个垮掉派的丑闻，是继卡萨迪在铁轨死

亡之后的丑闻，是继琼·巴勒斯头上中弹之后的丑闻，是继
奥洛夫斯基清醒地生活在贝尔维尤第一大道之后的丑闻，是
继凯鲁亚克的肝脏和食管被打得破裂之后的丑闻！

困在一场噩梦之中，我犯了一个大错是我出生在这个世上……

这首诗比较长，仅从这十几行诗，我们就发现金斯堡社会洞察力依然那么犀利，感情却更加深沉、纯真。

人们不但钦佩他对诗歌做出的开拓性贡献，也感念他的纯真和慷慨。例如，1994 年 7 月 3 日，博尔德市莱斯利·德金（Leslie Durgin）宣布这一天为艾伦·金斯堡日，在新图书馆专门举行授予金斯堡荣誉的仪式，接着是诗歌朗诵，七个和尚为他诵经祝福。金斯堡的众多朋友都亲自到场祝贺，其中包括塞西尔·泰勒、阿米里·巴拉卡、菲利普·格拉斯、罗伯特·克里利、埃德·桑德斯、劳伦斯·费林盖蒂、加里·斯奈德等著名诗人以及他的音乐家、画家、社会活动家朋友。在一周之内，近万人参加此次盛会，连瑞典、英国和日本的记者也赶来了。

晚年的金斯堡早就像佛教徒那样为往生做好了思想准备，例如，他在最后一次见菲洛娟·龙时，对她说："准备死亡。"① 1997 年，金斯堡被确诊患了晚期肝癌，被告知只能活两到五个月。他本人感到所剩时间不多，忙于向世界各地的朋友们写信和打电话告别。阿米里·巴拉卡说，艾伦给他打电话说："你需要钱吗？我快要死了。"② 金斯堡即使临危，想到的依然是去接济他的穷朋友，这真正地体现了垮掉派或疲脱派的精神实质。

金斯堡去世后，他大批的诗界朋友、他的学生、广大读者都用不同的形式，深切地纪念他。除了上述在纽约为他做大规模的佛教法事外，密歇根州安阿伯市金刚心界（Jewel Heart Community）为还他举行了"关中阴"悼念仪式（closing the bardo），出席仪式的有沃尔德曼、鲍勃·罗森塔尔、戴维·科普和金斯堡的其他许多朋友。根据佛教教义，人死后至往生轮回某一道为止的一段时期，共有四十九天。此时期亡者的灵体叫做中阴，所谓"关"，即结束亡灵的"中阴"期。③ 2010 年，金斯堡众多的朋友们遵

---

① 参见玛丽·桑兹（Mary Sands）对菲洛娟·龙的采访《波希米亚女王：菲洛娟·龙访谈录》（*The Queen of Bohemia: Interview with Philomene Long*）。

② 罗丝伯德·佩蒂特.《艾伦·金斯堡最后的日子》. 张宇清译.《当代外国文学》，2005.3：146-148.

③ 在中国部分地区（例如南通），民间也流行此风俗，死者去世后每七天，家人都要悼念，到第七个第七天，送亡灵彻底离开尘世，称为断七。第五个七天（称为"五七"），一般由女儿请和尚或道士做法事，规模大小依据经济情况而定。

从他的遗嘱，把他三分之一的骨灰安葬在科罗拉多州的落基山脉。艺术家乔舒亚·马尔德（Joshua Mulder）预先用抛光花岗岩，雕刻了有狮子意象的纪念碑——金斯堡法号"法狮"的象征，并在下面安放了他的骨灰，稳固地竖立在马尔巴山岗（Marpa Point）底附近的巨大岩石上。为了让他不感到寂寞，在他纪念碑旁，为他的长期伙伴彼得·奥洛夫斯基竖立了象征奥氏法号"慈海"的纪念碑，安放了他的一半骨灰，让这两位诗人在此永远为伴。①安葬仪式隆重而繁复。2010 年 8 月 29 日，金氏与奥氏骨灰盒前摆放遗像和供品。那洛巴大学教授、诗人里德·拜伊（Reed Bye）和沃尔德曼吟诵《心经》和《度亡经》（*Book of the Dead*）中的祈祷词，接着是一群人朗诵金斯堡生前喜爱的雪莱《西风颂》。在焚烧两幅遗像之前，还做了祝愿他俩脱离净土的佛教仪式。可以说，包括桂冠诗人在内的其他美国著名诗人，在死后没有享受到如此庄严的哀荣。

尽管金斯堡诗界的大批朋友和广大读者爱戴他，怀念他，但他的去世近于垮掉派的历史谢幕。杰西·蒙特阿古多（Jesse Monteagudo）在他的文章《垮掉一代的死亡》（"The Death of the Beat Generation", 1997）中说：

> 威廉·巴勒斯、金斯堡和赫伯特·亨克的去世，结束了美国历史上最具影响的文学运动之一的"垮掉的一代"。巴勒斯是垮掉派父亲的人物和文学创新者；金斯堡是垮掉派的宣传家和桂冠诗人；亨克是鼓舞垮掉派作家、引进"垮掉"进入他们的语汇的夸饰人物。虽然几个次要的作家和人物仍然健在，但实际上，垮掉的一代死亡了。

蒙特阿古多强调并正确估价了金斯堡的主要作用，对他在垮掉派诗歌运动中的作用和影响，任你怎么强调也不会过分，但说垮掉派一代完全死亡了，似乎有点夸大其词，赫伯特·亨克不是主要的垮掉派诗人，起初和金斯堡一起投身于垮掉派诗歌运动的科尔索是主要的垮掉派诗人，他到2001 年才去世，而和金斯堡一起参加旧金山 6 号画廊诗歌朗诵的斯奈德和麦克卢尔以及城市之光书店创办人费林盖蒂仍然健在，在诗歌界依然发挥作用。我们不妨说，1997 年金斯堡的去世标志了垮掉派运动已处于强弩之末。2004 年 6 月 2 日至 5 日在成都举行的大型"垮掉一代国际会议"表明垮掉派诗歌的影响依然存在，各国来的大学教授和学者以及他/她们的发言

---

① 参见安妮·沃尔德曼在 2010 年 9 月 5 日发给笔者的电子邮件。

题目足可以证明这一点。① 后垮掉派诗人弗农·弗雷泽的发言《把自发性时代延续到新世纪：美国后垮掉派诗人》("Extending the Age of Spontaneity to a New Era: Post-Beat Poets in America")恰好说明垮掉派诗歌将由或者已经由后垮掉派诗人继承和发扬。受到过金斯堡熏陶的一大批后垮掉派诗人已经活跃在诗坛上了，而金斯堡的同事和朋友安妮·沃尔德曼则成了垮掉派与后垮掉派之间承前启后的桥梁（将在后面后垮掉派部分介绍）。

① 根据"垮掉一代国际会议"主持人文楚安提供的信息，美国方面出席会议的学者及其发言题目如下：戈登·鲍尔（Gordon Ball）：《垮掉派相遇东方》("Beat Meets East")、马特·斯特方（Matt Stefon）：《孤独的旅游者：德怀特·戈达德、杰克·克鲁亚克和一个美国达摩》("Lonesome Travelers: Dwight Goddard, Jack Kerouac, and an American Dharma")、雷吉娜·魏因赖赫：《克鲁亚克的自发性诗学：小说研究》("Kerouac's Spontaneous Poetics: A Study of the Fiction")、詹姆斯·琼斯（James Jones）：《阅读卡尔·索罗门的三个理由》("Three Reasons to Read Carl Solomon")、理查德·赫什麦（Richard Hishmeh）：《如果我能在你的梦中，我也将让你在我的梦中：鲍勃·迪伦和艾伦·金斯伯格的友谊》("I'll Let You Be in My Dream if I Can Be in Yours: The Friendship of Bob Dylan and Allen Ginsberg")、克雷格·斯冯金（Craig Svonkin）：《黑人犹太人鲍勃·卡夫曼和犹太佛教徒艾伦·金斯堡：垮掉派与精神/自我违背》("Bob Kaufman, Black Jew, and Allen Ginsberg, Jewish Buddhist: The Beats and Spiritual/Identity Transgression")、斯蒂芬·塔普斯科特（Stephen Tapscott）：《科尔索、洛厄尔、贾雷尔与一次跨越现代的运动》("Corso, Lowell, Jarrell, and a Move Past the Modern")、史蒂文·施罗德（Steven Schroeder）：《像鸟儿一样飞入头脑：约翰·凯奇和加里·斯奈德（诗歌）的声音结构》("They Fly into One's Head like Birds: Organization of Sound in John Cage and Gary Snyder")、卢卡斯·克莱恩（Lucas Klein）：《原作翻译：杜甫、李清照、王红公》("Original Translations: Tu Fu, Li Ch'ing-chao, Kenneth Rexroth")、威廉·劳勒（William Lawlor）：《油画背景中的科尼岛：与油画杰作相匹配的费尔林盖蒂的诗歌》("A Coney Island of the Canvas: Lawrence Ferlinghetti's Poetry in Response to Great Paintings")、贾森·斯潘格勒（Jason Spangler）：《边缘和融合：解构卡萨韦特影片〈阴影〉表达的垮掉派情怀》("On the Fringe and in the Mix: (De)Constructing Beatdown in Cassavetes' *Shadows*")、瓦伦蒂娜·佩格罗（Valentina Peguero）：《垮掉派作家在墨西哥城》("The Beats in Mexico City")和弗农·弗雷泽：《把自发性时代延续到新世纪：美国后垮掉派诗人》("Extending the Age of Spontaneity to a New Era: Post-Beat Poets in America")。

其他国家或地区学者及其发言的题目是：（澳大利亚）乔治·莫拉提迪斯《真正的垮掉派：浪漫精神、东方神秘主义和垮掉派追求真实与个性》("Authentic Beat: Romanticism, Eastern Mysticism, and the Beat Search for Authenticity and Individuality")、（泰国）达林·巴滴达德三挨（Darin Pradittatsanee）：《与空搏斗：〈墨西哥城蓝调〉中克鲁亚克与大乘佛教的际遇》("Wrestling with Emptiness: Kerouac's Engagement with Mahayana Buddhism in *Mexico City Blues*")、（土耳其）伊安·阿尔蒙德（Ian Almond）：《变戏法似的东方：鲍尔斯的尼采似的实验和穆斯林的东方》("Juggling Orients: Bowles' Nietzschean Experiments and The Islamic East")、克里斯托弗·凯伦（Christopher Kelen）：《金斯堡的美国》("Ginsberg's America")。

中国学者及其发言的题目是：区烘：《作为社会梦想者的加里·斯奈德》("Gary Snyder as a Social Visionary")、肖明翰：《在精神探索的路上》("On the Road of Spiritual Quest")、赵一凡：《我所知道的金斯伯格》("Allen Ginsberg as I Know")、文楚安：《BG 在中国的接受》("The Acceptance of the Beat Generation in China")和钟玲：《克鲁亚克〈达摩流浪者〉中重塑的寒山形象》("The Remolded Image of Han Shan in Jack Kerouac's The Dharma Bums")等。

第三节　杰克·凯鲁亚克（Jack Kerouac, 1922—1969）

中国广大读者都熟悉凯鲁亚克的小说《在路上》（*On the Road*，1957），但对这位被视为"垮掉派之王"和"嬉皮士之父"的优秀诗歌所知甚少，甚至中国的翻译界和学术界忽视了他的诗歌成就。[①] 这并不奇怪，即使在新世纪的今天，凯鲁亚克吸引人的绝活依然是他的小说《在路上》。他本人化成不同的名字出现在他的小说里：在《镇与城》里化名为彼得·马丁（Peter Martin），在《杜洛兹的空虚》《孤独天使》和《大瑟尔》里化名为杰克·杜洛兹（Jack Duluoz），在《在路上》里化名为萨尔·帕拉戴斯（Sal Paradise），在《地下人》里化名为利奥·佩瑟皮耶（Leo Percepied），在《达摩流浪者》里化名为雷·史密斯（Ray Smith），在《梦书》里化名为杰克（Jack）。从他的这些化名的人物身上，我们可以了解到他的为人。

凯鲁亚克在1960年1月12日平生唯一的一次访谈中，谈到自己的作品时说："我写这些书的时候，是当作自己'神圣的责任'，也想到过手稿在我死后会被发现，但从没有想到我的手稿会卖钱。"[②] 但是，他决没有料到44年后，他的手稿却卖出了大价钱！2004年1月10日至3月21日，佛罗里达州奥兰多市奥兰奇县地区历史中心展出他的《在路上》原稿长卷。这是他用电动打字机打印的稿纸，119英尺长、8英寸宽，书里的人物全是真名真姓，在纽约拍卖行以240万美元卖给一个叫做吉姆·艾赛（Jim Irsay）的富翁。无论从稿纸的长度还是手稿的价格来说，它堪称世界一流。可惜凯鲁亚克本人没有获得他劳动成果的喜悦，金斯堡的手稿虽然卖价百万美元，但他生前却得到了。可以这么说，垮掉派诗歌的代表作是金斯堡的《嚎叫》，而垮掉派小说的扛鼎之作则是凯鲁亚克的《在路上》。美国现在开辟了一个全国性的凯鲁亚克足迹游，起点是佛罗里达州奥兰多，终点为纽约市，结束的时间定在他的另一本著名的小说《达摩流浪者》发表50周年。凯鲁亚克从1950年发表处子小说集《镇与城》（*The Town and the City*, 1950）起，到去世前一年面世的最后一本小说《杜洛兹的空虚》（*Vanity of Duluoz*,

---

① 例如，中国出版的美国文学史在介绍凯鲁亚克时只着重提他的小说，对他的诗歌不是一笔带过，就是索性不提。在江苏人民出版社出版的《当代美国文学词典》（1987）介绍杰克·凯鲁亚克的词条里，只称他是小说家，只字未提他的诗歌创作。

② Jack Kerouac to AGA, Jan 12, 1960. ## NEXT—PART 3: THE BEAT PAPERS OF AL ARONOWITZ / CHAPTER THREE: DEAN MORIARTY.

1968）为止，一共发表了 15 本小说，他生前发表的诗集只有 3 本：《墨西哥城蓝调》（*Mexico City Blues*, 1955）、《金色永恒的经文》（*The Scripture of the Golden Eternity*, 1960）和《兰波》（*Rimbaud*, 1960），而他去世后出版了多本诗集，其中包括《散乱诗篇：1945～1968》（*Scattered Poems: 1945-1968*, 1971）、《天堂和其他诗篇》（*Heaven and Other Poems*, 1977）、《各种大小型号的诗篇》（*Pomes All Sizes*, 1992）、长篇叙事诗《古老的夜天使》（*Old Angel Midnight*, 1993）、《蓝调卷》（*Book of Blues*，1995）、《俳句卷》（*Book of Haikus*, 2003）以及与艾伯特·西条（Albert Saijo）和韦尔奇两人合作的《陷阱之旅：在从旧金山到纽约的路上的俳句》（*Trip Trap: Haiku on the Road from SF to NY*, 2001）等。

正因为如此，他作为小说家的名声远远盖过了他作为诗人的名声。凯鲁亚克的《墨西哥城蓝调》实际上是垮掉派诗歌中的一本杰作。金斯堡诗歌的即兴风格正是从凯鲁亚克那里学来的。杰克·弗利在比较这两个人的诗风时指出："金斯堡只是许多凯鲁亚克模仿者之中的第一个。"① 安·查特斯认为凯鲁亚克的诗歌是他即兴散文风格的延伸，其审美观点反映在凯氏的《即兴散文的要素》（"Essentials of Spontaneous Prose", 1959）和《现代散文的看法和技巧》（"Belief and Technique for Modern Prose", 1958）这两则经验谈里，对金斯堡的诗歌创作有直接影响。根据金斯堡的回忆，他开始创作《嚎叫》时，把凯鲁亚克的即兴散文创作方法用打字机打下来，贴在自己的打字机旁边，当成座右铭。查特斯还认为《墨西哥城蓝调》是"20 世纪后半叶最重要的诗作之一"，是"美国人写的爵士乐诗歌中最成功的作品，是 20 世纪早期由邓巴、林赛和桑德堡开创的传统中里程碑式的成就，继续进入当下与黑人艺术运动有联系的诗人作品里，例如依玛莫·阿米里·巴拉卡、迈克尔·哈珀和伊什梅尔·里德"②。金斯堡称赞凯鲁亚克的《墨西哥城蓝调》是"一部具有自我发明的诗学的伟大经典"③。查尔斯·奥尔森夸他是"真正的诗人""美国最伟大的作家"。④ 迈克尔·麦克卢尔对这部诗集评价更高，称它为"杰作"，"是以其庄重、喜悦、平和与幻想令人警醒的宗教诗"，它"可与庞德的《诗章》比美"。⑤ 总之，《墨

---

① Jack Foley. *Beat*. Warwickshire, England: The Beat Scene P, 2003: 12.

② Ann Charters. "Beat Poetry and the San Francisco Poetry Renaissance." *The Columbia History of American Poetry*: 460, 593-594.

③ Allen Ginsberg. *Composed on the Tongue: Literary Conversations 1967-1977*. Ed. Donald Allen. Bolinas, CA: Grey Fox P, 1980: 64.

④ Ann Charters. "Beat Poetry and the San Francisco Poetry Renaissance": 559.

⑤ Michael McClure. *Scratching the Beat Surface*. San Francisco: North Point, 1982: 71-72.

西哥城蓝调》被公认为"20 世纪后半叶最重要的诗作之一。像邓肯和拉曼西亚这样风格如此殊异的诗人却一致称赞他创作了与蓝调音乐等称的最佳文学形式之一"①。

凯鲁亚克的世界观里佛教思想占了显著的位置。他的佛教思想感情主要流露在《金色永恒的经文》里，而《墨西哥城蓝调》里也有不少反映他从佛教教义的角度看待社会和人生的诗篇。该诗集一共 242 首合唱曲，即 242 首诗篇。诗人在该诗集的开头，表明他希望自己"被看成是一个爵士乐诗人，在星期天下午爵士乐演奏会上吹起悠长的蓝调"。因此，他的这些诗篇像爵士乐的作品一样，是即兴之作。他的每首"合唱曲"（每首诗）的长度限制在他的笔记每一页的范围里，如果这一首"合唱曲"没有"唱完"，他就会在下一个"合唱曲"里继续表达同一个思绪。如同中国聪敏的刘三姐与秀才对歌时即兴发挥一样，诗人如果才思不敏捷，休想创作优秀的即兴诗。我们现在不妨试"唱"一下他的《第 113 首合唱曲》（"113th Chorus"）：

> 起床，穿好衣裳
> 　　走出去，躺下来
> 然后死掉，埋葬在
> 　　坟墓的棺材里，
> 朋友啊——
> 　　一切都完美，
> 因为一切皆空，
> 因为一切由于空
> 　　而变得完美，
> 因为一切甚至没有发生。
>
> 一切
> 都不了解自身的空——
> 愤怒
> 不喜欢被挑起发作——
>
> 你始于习学佛法

---

① Gerald Nicosia. *Memory Babe: A Critical Biography of Jack Kerouac*. Berkeley, CA: University of California P, 1983: 460.

　　　　　谜一般的《金刚经》
　　　　终于佛法，你的目标
　　　　　　就是你的起点，
　　　　没有赛跑，没有
　　　　　　先知的足迹
　　　　穿越阿拉伯滚烫意义的
　　　　　　沙漠——你仅仅是
　　　　　　无知无觉，到不了彼岸。

　　从这几行诗里，我们清楚地看到诗人对人生的深刻感悟。想想看，在红尘滚滚的世界上，有多少世俗人能"了解自身的空"？我们再来"唱一唱"他的《第 182 首合唱曲》（"182nd Chorus"）：

　　　　存在的本质
　　　　　　是佛境——
　　　　作为一个佛陀
　　　　你知道
　　　　从一棵树上和景象里
　　　　　　从布勒斯岛众仙子处
　　　　　　传过来的各种声音
　　　　　　众神饮用的琼浆玉液的
　　　　　　　　各种美味
　　　　　　玫瑰园里的各种芬芳
　　　　　　——啊，玫瑰，七月里的玫瑰——
　　　　　　　花心里有死蜜蜂的玫瑰——

　　　　也知道大山雀[①]
　　　　　　咯咯叫的喉咙里
　　　　　　所有的感情
　　　　还知道破衣烂裳的
　　　　　　大众脑海里

---

　　① 原文"titwillow"，杰克·弗利的考证如下："There is an amusing song in Gilbert and Sullivan's comic opera, 'The Mikado,' which begins, 'On a tree by a river a little tom tit sang, Willow, titwillow, titwillow...' Kerouac may be thinking of that. If so, he is imagining that the 'titwillow' is an actual bird."

> 所有的思想——
> 　一顿正餐

　　在盛行天主教和基督教的欧美，人们相信全能的上帝，可是有天主教家庭背景的凯鲁亚克却歌颂全能的佛陀，这本身体现了垮掉派诗人的逆反精神。在他的心目中，对于全能的佛陀而言，一切了如指掌，一切皆空，正如他在《第 183 首合唱曲》（"183rd Chorus"）所揭示的：

> "只有觉悟到普遍心
> 认识到不论获得什么
> 最终还是空，才算是
> 真正的佛陀。"

> 始云对裴休①如是说。

> 他们的名字很相像
> 但你知道不会搞错
> 你知道那个和蔼的始云
> 有一双慧眼，看见羯磨
> 在气球里摇晃，
> ——闪闪发光——
> 数百万美元
> 毁于暴雨和洪流——
> 我的前面，中部标准时间
> 堪萨斯宏大的商务中心

> 　　正渐渐消失

> 只有觉悟到普遍心，
> 接受一切，
> 看清一切，

---

① 裴休（P'ei Hsiu）：唐朝宣宗时（847—860）以兵部侍郎进同中书门下平章事，任职五年，懿宗时（860—874）任吏部尚书，家世奉佛，至裴休尤甚，其子法海为镇江金山寺创始人。始云（Hsi Yun，音译）：可能是当时的高僧，裴休的朋友。

一切皆空，
　　只有如此接受——才识这真理。

《芝加哥评论》把他的《第 211 首合唱曲》（"211th Chorus"）作为开篇诗选登在该杂志 1958 年春季号上，并附载了他的文章《诗歌里欢乐的来源》（"The Origins of Joy in Poetry"）。这首诗同样表达了佛教的思想：

颤抖的肉轮
　　　　观念
在虚无中旋转，驱赶着人类
猪猡、海龟、青蛙、昆虫、幼虫、
小鼠、大鼠、虱子、蜥蜴、沙毛畜、
赛马、微不足道乡间猪蝉、
可怕的叫不出名的鹭虱、
非洲残忍的攻击性强的狗军队、
漫游在莽丛里的犀牛、庞大的野猪、
硕大无朋的公象、公羊、老鹰、
秃鹰、切牌人、豪猪和讨厌的家伙——
生物的所有无穷尽的观念
在意识里到处咬牙切齿
向着十个方向，占领着
里里外外的空间，从超微观世界
到银河系，照亮着一个心灵的天空——
真可怜！但愿我脱离
那个奴役人的肉轮
死后安全地在天堂。

在信仰基督教或天主教的西方人看来，诗人的这种思想很奇特，出语不凡，因此在有影响的杂志上占了显著位置。凯鲁亚克的佛教禅宗思想集中反映在他去世后出版的《俳句卷》（*Book of Haikus*, 2003）[①]里。对此，他1968 年在接受第二代纽约诗人特德·贝里根的一次采访中坦承："真正影响我的作品是大乘佛教——起源于释迦牟尼，印度的佛佗本人……禅来自

[①] Jack Kerouac. *Book of Haikus*. Ed. Regina Weinreich. USA: Penguin, 2003.

他的释教或菩提，后来传入中国，然后传到日本。影响我创作的那部分禅是包含在俳句里，几百年前，芭蕉、小林一茶（Kobayashi Issa, 1763—1827）和正冈四季早就写了。"①

他热爱俳句，精通俳句，和贝里根以及陪同贝里根一起去采访的另外两个诗人津津有味地谈到他对俳句的看法和创作经验：

> 首先，俳句最好要加工和修改。我知道，我试过。它必须完全简洁，没有花俏，没有语言节奏，在三小行里有一个简单的小画面。至少年老的大师们是这样做的，花几个月时间才得来小小的三行，例如：

> 在被遗弃的船上，

> 冰雹

> 四下里直蹦跳。

> 这是正冈四季②写的俳句。但是对于我通常写英文诗，我像写散文一样，写得很快，长短和形式同笔记本差不多大小……在诗里，你可以完全自由地说你想要说的话，你不需要讲故事，你可以使用隐蔽的双关语，这就是我在写小说时为什么经常说："现在没有时间写诗，把普通的故事说出来就行了。"……

> 写俳句，你得把一个大故事浓缩到三短行里。首先，你开始有俳句的意境——你看到一片树叶，如同我几天前的一个晚上告诉她（指他的妻子——笔者）那样，在十月的一次大风暴中，刮落在麻雀的背上……③

凯鲁亚克谈兴正浓，于是拿出他的初稿和贝里根讨论，经过推敲和几次修改，最后定下了他满意的三行：

---

① Jack Kerouac. "An Interview with Ted Berrigan (who was accompanied by Aram Saroyan and and Duncan McNaughton)." *Paris Review*, 11, No. 43, 1968.

② 正冈四季（Masaoka Shiki, 1867—1902）：日本多产的俳句诗人，对改革俳句并使之现代化有贡献。

③ Jack Kerouac. "An Interview with Ted Berrigan (who was accompanied by Aram Saroyan and and Duncan McNaughton)."

一只麻雀
秋叶紧贴在它的背上——
从风中！①

　　凯鲁亚克于是把这个讨论后的定稿，写进了他的笔记本里。他生前写俳句源于他对佛教的强烈兴趣（他这时忘记了禅宗的无神论性），总是在口袋里装着小笔记本，随时用俳句的形式记下他的所见所思所感，关注日常生活的体验，不要求多么深刻的思考，把俳句作为寻找启示的一种手段。他相信俳句是禅的化身，醉心于对俳句和禅的追求，常常把他的俳句收进或夹入他的小说、信件、笔记本、期刊、速写本和录音里。1956 年，他花了两个月零三天，待在华盛顿州卡斯卡德国家公园的孤独峰上，冥想、阅读、思考佛教。在他的俳句集里，有 72 首打上数码标号的俳句，记录他的心路历程，例如：

　　　　第 40 首：“下午晚些时候——/ 搁在石头上的拖把 / 正在变干”
　　　　第 60 首：“我呼唤——/ 定光佛用无言 / 教导我”

　　专门研究凯鲁亚克的女学者雷吉娜·魏因赖希（Regina Weinreich）在凯氏档案里，发现这份不完整的俳句手稿，于是搜集凯氏生前发表和未发表过的其他俳句，进行补充和整理，出版了包括 500 多首俳句的《俳句卷》。凯氏没有也不可能依照日本俳句传统的 5—7—5 音节写他的英文俳句，而是编造他的美国型号的俳句，简单的三行诗，他称它为“波普”。他说：“我提议，西方俳句用任何语言写的三行诗就可以表达许多意思。总之，一首俳句必须很简单，免除了所有诗歌的花招，产生一个小图景就行。”魏因赖希把收集拢来的俳句也用号码编定，我们现在挑选《俳句卷》中的数首俳句来欣赏：

　　　　第 7 首：“听鸟鸣！/ 所有的鸟儿/ 都会死！”
　　　　第 8 首：“无用！无用！/ ——大雨驾驶 / 入海”
　　　　第 12 首：“在我的药柜里/ 冬天的苍蝇 / 已经死于老龄”
　　　　第 49 首：“一天天流逝——/ 日子难停留——/ 我浑然不觉”

---

　　① Jack Kerouac. "An Interview with Ted Berrigan (who was accompanied by Aram Saroyan and and Duncan McNaughton)."

第 86 首："遍地除了 / 真理之外，/ 一片蓝空"

第 87 首："人什么也不是 / 除了是 / 一只雨桶"

第 88 首："热咖啡 / 和一支烟——/ 为何坐禅？"

第 97 首："当我冥想时 / 我是菩萨—— / 还有谁？"

第 177 首："静谧的秋夜 / 这些笨蛋 / 正开始争论"

第 181 首："苍蝇 / 在这空屋里 / 像我一样孤独"

凯鲁亚克的俳句像日本传统俳句一样，体现了自发性、简洁性和佛性。诗人俳句中居然能提到定光佛（Dipankara），[①] 由此可见他对佛教熟悉的程度。

凯鲁亚克对佛教的兴趣始于 20 世纪 50 年代早期。1954 年初，他住在加州圣何塞。当他在那里的公共图书馆发现德怀特·戈达德（Dwight Goddard, 1861—1939）[②] 编译的《佛教圣经》（*A Buddhist Bible*, 1932）[③] 时如获至宝，从此他不论走到哪里，都随身携带此宝书，作为他了解佛教教义的基本教材，这对他的人生观形成影响极大。他在奥兰多创作《达摩流浪者》时，发觉释迦牟尼四条教义中的第一条"众生皆受苦"特别打动他，与他原来的天主教信仰不谋而合：受苦是不可避免的。在 1954 年至 1956 年，凯鲁亚克致力于诗歌创作和对佛经的研读。他去世后出版的《若干佛法》（*Some of the Dharma*, 1995）是他生前研究佛经的巨大工程之一，其中包括他从法文本佛经翻译成英文的佛经，长达一千页，没有故事情节，没有人物，夹了许多诗篇、谚语、警句、似是而非的禅语等等冥想的心得，例如：

---

① 又称定光古佛，五代时高僧，俗名郑自严，闽南泉州府同安人，十一岁出家，十七岁得道，有许多神妙事迹，如以法术除蛟、伏虎等。在宋太宗淳化年间圆寂，享寿八十二。

② 美国禅宗佛教运动的先行者，1861 年生于美国麻省乌斯特市。第一次世界大战期间，他作为工程师服务于美国政府，为美国创造了很多财富。后来他对残酷的战争感到失望，成了传教士，被教会先派遣到中国，然后到日本。在京都郊外的一座禅宗佛学院学习佛学一年，1924 年回美国后从事佛学研究，生前一共著述和编译有关佛经的著作九本，其中包括《佛教圣经》。

③ 为纪念释迦牟尼诞辰 2500 周年，日本青年佛教徒联合会于 1934 年主办泛太平洋青年佛教徒协会第二届大会，旨在加强佛教徒之间的联系和对世界和平与人类福祉的贡献。为了纪念这次史无前例的大会的召开，日本青年佛教徒联合会在名古屋佛教徒协会编译的《神圣的佛经新译》（*New Translation of the Sacred Buddhist Scriptures*）的基础上，组织日本高僧（包括德怀特·戈达德的参与）选编和发行《佛陀的教诲，佛教的圣经》（*THE TEACHING OF BUDDHA, THE BUDDHIST BIBLE*）。德怀特·戈达德删削了《佛陀的教诲，佛教徒的圣经》中的附录和少数与佛经无关的古代寓言，编辑了美国版本的《佛教圣经》。

我现在不是往常那样的大傻瓜，我现在是小傻瓜。（270 页）

现实不黯淡，也不能说不黯淡。（323 页）

我自己的谚语：为跳蚤而做的背心不适合大象。（344 页）

时不时地在日常生活、日常抱怨、日常不幸的恐怖的阴影中，我想起圣洁光明的佛法时就感到一阵喜悦，这古老的狂喜藏在我可怜的脑海之中。（236 页）[1]

该书的中心思想源于《摩诃般若波罗蜜多心经》中的"色不异空，空不异色，色即是空，空即是色"。这是佛教的基本思想，凯鲁亚克企图从这个视角看待世界万事万物。当然，他并没有真正像佛陀那样地参透人生，最后还是酗酒殴斗而死。他曾说："我醉醺时见到佛教空的至高美景。"惠伦是他的朋友，他有时和惠伦谈心竟至通宵达旦。1959 年，他写信给惠伦说："对于我自己，佛法从我的意识里悄然溜走，我再也想不起来说佛法了。"[2]

凯鲁亚克死后出版的《觉醒：佛陀的生平》（*Wake Up: A Life of the Buddha*, 2008）是他阅读《佛教圣经》之后受到启发发奋创作的一部厚重之作，它转述了释迦摩尼放弃继承王位成佛的故事。它再次证明了凯鲁亚克对佛教的浓厚兴趣，也让我们看到了佛教如何影响了他短促的一生，如何影响他创作《达摩流浪者》和揭示佛理的一些诗歌。

体现他对佛理认识的诗集《金色永恒的经文》是他写给斯奈德箴言式的诗句，其中心思想是佛教里的"空"。这到底是不是佛教的精义？我们这些俗人难以回答。这只是他对佛法的认识。爱德华·福斯特对此说："在他的信件和手稿全部发表以前，也许不可能断定凯鲁亚克对佛教了解的程度有多深，而他的信件和手稿目前受他的产权人约束。毫无疑问，他对佛教的兴趣是真诚的，但他基于天主教信仰，认为受苦受难和死亡是对原罪惩罚的这种认识并没有淡化……"[3] 可以这么说，凯鲁亚克本质上是一个热爱佛教的天主教徒诗人。他认为，最好的作品融合了个人的痛苦。这与他不幸的家庭有关。

---

[1] 转引自 Dan Barth. "Review of Some of the Dharma." *DHARMA beat*, issue 10, Spring 1998.

[2] 转引自 Dan Barth. "Review of Some of the Dharma." *DHARMA beat*, issue 10, Spring 1998.

[3] Edward Foster. *Understanding the Beats*: 62.

不过，在《达摩流浪者》受到日本著名禅师铃木大拙（1870—1966）、露丝·富勒·佐佐木（Ruth Fuller Sasaki, 1892—1967）[1]和艾伦·沃茨[2]严厉批评之后，凯鲁亚克感到丧气，心灰意冷，写信给斯奈德，谈到他见到那位德高望重的日本禅师时受到的冷遇："甚至铃木大师睁大眼睛看我，好像我是一个可怕的骗子。"他于是放弃了再次在加州与斯奈德团聚的机会，并且向惠伦解释说："我现在羞于见你和加里，我已经变得如此颓废，醉醺醺，狗屎不如。我不再是佛教徒了。"凯鲁亚克能有如此的羞愧感，说明他对佛教的感情之深。

凯鲁亚克出生在麻省洛威尔市，父母亲是法裔加拿大人。他四岁时，九岁的哥哥杰勒德去世，在他的家庭和亲戚心目中，杰勒德成了受苦受难的圣人。他的疾病和痛苦给凯鲁亚克留下了终身难以磨灭的印象。从此，凯鲁亚克的作品让读者感到人的生命是神圣、脆弱和痛苦的。他的父亲开办印刷厂本来很成功，但在 1936 年印刷厂被洪水冲毁，他从此一蹶不振，直至 1946 年死于癌症。父亲的失败和临终时的痛苦更使他感到生命最终是苦难。父亲去世后，他一直无微不至地照顾母亲，他之所以迁居佛罗里达州，是为了让母亲靠近她的女儿，这样他外出时母亲不会感到孤独。在他的访谈录中，凯鲁亚克谈到他的母亲时，动情地说："我的一切归功于她。"[3]这就是为什么他把他的作品题献给母亲的缘故。凯鲁亚克上洛威尔高中时是英俊的足球运动员，在纽约霍勒斯·曼学校学习一年后之后，获足球奖学金进哥伦比亚大学。波士顿学院也同时录取了他。他的父亲要他上波士顿学院，因为父亲的老板做该学院的印刷业务。凯鲁亚克以为父亲的失业与他没有上波士顿学院有关，这又使他感到内疚终身。在上大学期间，凯鲁亚克两次离校，一次入海军服役，一次参加商船队。

凯鲁亚克的第一任妻子伊迪·帕克（Edie Parker）的朋友卢西恩·卡尔于 1944 年介绍他认识金斯堡。他比金斯堡大四岁，但体格强健，英俊潇洒，使金斯堡着迷。起初他不把戴眼镜的文弱书生金斯堡放在眼里。随着他俩交往的加深，他发觉金斯堡聪明、坦率、诚恳，热心帮助朋友，于是在金斯堡主动的促使下，和他发生了同性恋关系。由于环境的影响，当然他和其他人也有同性恋关系。但他的性倾向主要是异性恋，他不喜欢同性

---

① 她与日本禅师佐佐木指月结婚前的名字是：露丝·富勒·埃弗雷特（Ruth Fuller Everett）。详见后面美国禅宗诗部分。

② 艾伦·沃茨：移居美国的英国哲学家、作家，共出版 25 本著作和许多论文，涉及东西方宗教、灵性和哲学。详见后面美国禅诗部分。

③ Jack Kerouac to AGA, Jan 12, 1960.

恋的生活方式。难怪金斯堡在一次访谈中坦承，如果凯鲁亚克偶尔愿意与他发生性关系，那么金斯堡则把它看作是一种恩赐。凯鲁亚克与金斯堡保持长期密切的联系主要建立在共同的文学兴趣上。1948 年左右，他与金斯堡文学上的紧密关系在很大程度上影响了他俩未来的创作。可以说，他俩相得益彰。凯鲁亚克的传记作者杰拉尔德·尼科西亚说："事实上，在 1948 年中期，艾伦和杰克有着相同的文学目标，艾伦称它为'对生活抱彻底的巨大的幻想（不管我在哪里，是美国式）'。在文学上，这是少有的机会之一：两个作者互相自由地取用对方的想象，相互相信对方的原创思想而排除抄袭。"① 1955 年 9 月初，在金斯堡的帮助下，凯鲁亚克从墨西哥城来到旧金山。9 月下旬，金斯堡陪他参加雷克斯罗斯的一次文学聚会，结识了斯奈德和惠伦。后来不久，凯鲁亚克和金斯堡拜访住在伯克利的斯奈德。凯鲁亚克发觉斯奈德在林地草屋生活和工作的方式是他终身梦寐以求的理想，对斯奈德享受世俗欢乐但不让世俗欢乐妨碍他对严肃目标的追求更是敬佩，而斯奈德听凯鲁亚克朗读自己的短篇小说《铁道地里的十月》（"October in the Railroad Earth", 1957）时认识到凯鲁亚克对自己的创作有很大帮助，从此两人成了莫逆之交，尽管他俩的出身背景完全不一样。10 月初，金斯堡和斯奈德策划后来举世闻名的旧金山 6 号画廊的诗歌朗诵。凯鲁亚克已经写了《伯克利蓝调》（"Berkeley Blues"），大家邀请他朗诵自己的诗篇，但他不喜欢在广大听众面前朗诵，便谢绝了，只是充当了鼓动诗歌朗诵热烈气氛的鼓动员。其余的诗人非常欣赏凯鲁亚克出色的鼓动。凯鲁亚克本质上是一个逍遥自在的人，因此对李白的洒脱很为赞赏，正如他所说："我对李白感兴趣。他是达摩式的人物。一个游遍中国的穷诗人。"②

凯鲁亚克为垮掉派的确立贡献了他优秀的小说和诗歌，而他的即兴散文风格则成了垮掉派创作的基本美学。不过，我们必须看到凯鲁亚克的文学生涯并不一帆风顺。和金斯堡一样，他生前也一直是一个有争议的人物。他英俊的面孔常常出现在所有的报刊上，招惹不少蹩足评论家的妒忌和仇视。在他们看来，这个浪荡子居然作为严肃的作家受到重视是不公平的。例如，他以前的哥伦比亚大学的同学赫布·戈尔德（Herb Gold, 1924—　）在《民族》杂志上发表文章，说《在路上》是为罪犯道歉，是幼稚的对疯狂的赞颂；说凯鲁亚克是被社会抛弃的"代言人"，在他亲眼目睹的这些社

---

① Gerald Nicosia. *Memory Babe: A Critical Biography of Jack Kerouac*: 210-211.

② Jack Kerouac to AGA, Jan 12, 1960.

会渣滓里，不仅有"毒贩和乞丐"，还有"男扒手同伙"。他的所谓"见证"导致了后来对垮掉派的全面抨击，不久凯鲁亚克、金斯堡和巴勒斯被引用为"破坏地方法律和秩序以及国家安全的道德堕落的提倡者"。① 诺曼·波德霍勒茨（Norman Podhoretz）在《哈泼》杂志上发表文章《抚慰的文化》（"The Culture of Appeasement", 1977）说："被金斯堡、鲍德温和维达尔②这类作家传播同性恋懦怯的结果引起了 B-1 轰炸机的报废！"③ 于是在一般人的心目中，凯鲁亚克成了同性恋狂欢者、魔怪照料的冒险者和傲慢无理的作者，这使他感到心情异常沉重，对他的身心的伤害远胜于他越来越频繁的酗酒。作为自我保护的措施，他推掉到全国各地和电视台朗诵和演讲的邀请。即使如此，他仍防不胜防，有时落入被围攻的圈套。例如，1958年 11 月 6 日在布兰代斯大学举办"有垮掉的一代吗？"的专题讨论会，会议主持人邀请凯鲁亚克参加，酬金 100 美元，说他的朋友泽夫·普特曼（Zev Putterman）将出席，但他不想去。会议主持人却不断地给他发电报，请他去讲 20 分钟的话，别让该校失望。在会议主持人再三的催促下，他勉强出席了在亨特学院戏院召开的讨论会。他一到会场，就发现这不是讨论会而是三对一的辩论会。他的对手是：普林斯顿大学人类学家阿什利·蒙塔古（Ashley Montagu）、《纽约邮报》（New York Post）主编詹姆斯·韦克斯勒（James Wechsler）和英国"愤怒的青年"成员金斯利·艾米斯（Kingsley Amis）。凯鲁亚克以《垮掉的一代的起源》（"The Origins of the Beat Generation"）为题首先发言，只讲了五分钟的话便被会议主持人打断，说是时间到了，让其他人发言。三人之中，韦克斯勒攻击最烈，他解释"垮掉的一代"何以是笑话，把凯鲁亚克终身奋斗的事业全盘否定了，惹得凯鲁亚克火起，从韦克斯勒头上夺去他的绅士帽戴到自己的头上，以此发泄愤怒。在场的金斯堡走上讲台再走下来，来回十几次，在讲台后面弹钢琴，并且侮辱不怀好意的摄影记者。后来金斯堡说，他最恨在韦克斯勒当诗歌政委的国家当诗人。

　　凯鲁亚克无善终，1969 年的一天，在一家黑人酒吧间，因误会被一个年轻的黑人乐队经纪人殴打受重伤导致旧病复发引起并发症而亡。但具有讽刺意味的是，金斯堡看着他亡友的模样认为，凯鲁亚克看上去像是一个

① Gerald Nicosia. *Memory Babe: A Critical Biography of Jack Kerouac*: 557.

② 詹姆斯·鲍德温（James Baldman, 1924—1987）：美国黑人小说家和戏剧家。戈尔·维达尔（Core Vidal, 1925—2012）：美国小说家和戏剧家。

③ Gerald Nicosia. *Memory Babe: A Critical Biography of Jack Kerouac*: 557.

"严肃的嘴唇美丽的佛娃走了"①。如果他真信佛的话，他恰恰犯了五戒之一的酒戒而导致他死亡的，更不必说他已经严重地犯了五戒中的另一戒——色戒，甚至犯了超过十戒的吸毒罪过。

尽管如此，人们还是纪念着他。1988 年，费林盖蒂向旧金山议事厅提议改造旧金山唐人街阿德勒巷（Adler Alley），以凯氏的名字重新命名，因为凯氏生前经常流连于此巷。2007 年，阿德勒巷被正式改为杰克·凯鲁亚克巷。

第四节 加里·斯奈德（Gary Snyder, 1930— ）

如今斯奈德作为垮掉派诗人、禅宗佛教徒、20 世纪最重要的环保作家之一、环保运动中的核心人物饮誉美国诗坛。他和金斯堡相同的是，对美国社会不满，信仰佛教；不同的是，他远离喧嚣的城市，远离现代文明，在山村过着简朴恬淡的生活。他喜欢生活在美国西部，不仅爱西海岸，也爱它连绵不断的山峦。一年四季之中，他仅在春天外出一段时间，进行诗歌朗诵和到沙漠中沉思或冥想，接着是忙于春播夏种秋收。他自己动手造屋、修汽车、保养卡车、修路、筑篱笆、为冬天准备柴火、打猎、养鸡、收获和腌制苹果、采摘野葡萄、收获核桃和菜园里的瓜果、蔬菜。从他戴耳环的憨厚仪表看，说他是农民或印第安人是不足为怪的。他不但深谙中国、印度和印第安文化，而且崇拜日本文化，娶日本女子为妻，结婚三次，前两次离婚后，于 1967 年与日本女子结婚，并与她生养两个小孩。他还常常穿有乌龟标志的服装。在他看来，接触外国文化对扩大作家的视野极为重要，能加强作家的表达能力。作为美国白人，他似乎是基督教文化的游离分子。他把美国西海岸看成是联系东方文化、阿拉斯加印第安人文化和爱斯基摩人文化的纽带。布鲁斯·库克（Bruce Cook）曾十分精到地把金斯堡和斯奈德作了比较，说："如果说金斯堡是垮掉派运动的惠特曼，那么斯奈德则是该运动中的梭罗了。"凯鲁亚克对他的为人有所描述，把他化名为贾里·瓦格纳（Jarry Wagner）写进《孤独天使》和《大瑟尔》里。

斯奈德生于旧金山，在西雅图附近的一个小农场长大。1947 年，在俄

---

① 他为了保护一个脾气古怪的空军伤残老兵而挨揍。根据维基百科提供的信息，凯鲁亚克被确定为内出血（食管静脉曲张破裂出血）引起的肝硬化（一辈子酗酒的结果）与未经治疗的疝气和酒吧打架造成的并发症，导致死亡。参见 Gerald Nicosia. *Memory Babe: A Critical Biography of Jack Kerouac*: 696-698.

勒冈州里德学院求学，攻读人类学，和惠伦、卢·韦尔奇同房间。在校期间，在学生杂志上发表诗作。1951 年毕业。1951～1952 年，去印第安纳大学学习语言学和美国印第安人文化。

1953～1956 年期间，金斯堡经过雷克斯罗思介绍，认识了斯奈德，通过金斯堡，斯奈德又结识了凯鲁亚克。凯鲁亚克和斯奈德一同攀登内华达山脉马特峰时，就决定把斯奈德作为半神秘诗人写进他的自传式小说《达摩流浪者》里，把他化名为贾菲·莱德。包括金斯堡和凯鲁亚克在内的垮掉派诗人大都是城里人，因此斯奈德体力劳动的经历和对田园生活的兴趣无疑地对他们具有吸引力，费林盖蒂为此也称他是"垮掉的一代的梭罗"。

他 1955 年 10 月 13 日晚在旧金山 6 号画廊举行的朗诵会上，朗诵了他的诗《浆果宴会》（"A Berry Feast"），其中有这么一节：

> 这里是水，酒，蜜蜂，
> 足够一个星期读的书，
> 一堆混乱的胞衣，
> 一阵滚热的气味，
> 一篷温暖的雾气，
> 从胯裆里流出来了。

是真的产妇生孩子？还是诗人看到与大自然融为一体的住处引起他的联想？没有交代。我们再读下面一节：

> 草原狼嚎叫，一把刀！
> 太阳升起在黄色的岩石上。
> 人们走了，死亡不再是灾难，
> 朗朗的太阳在刮洗过的天空里。

狼对着刀嚎叫？还是狼嚎就像刀一样犀利？诗人没有交代。灾难是人感觉出来的，人没有了，也无所谓灾难性的死亡，到那时只剩下一颗朗朗的太阳挂在朗朗的天空里。

这是斯奈德首次通过雷克斯罗思卷入垮掉派运动的公开标志，虽然他一再表明自己不是纽约圈垮掉派的成员。例如，在 1974 年召开的北达科他大学作家会议第 5 届年会上，①斯奈德对垮掉派运动再次表明自己的看法：

　　……我从没完全弄清楚"The Beats"的含义，但是我们可以这样说，艾伦、我自己、迈克尔、劳伦斯、不在这里开会的惠伦、格雷戈里的最初会面、交往和友谊，对我而言，在相对少的程度上（我从不了解格雷戈里以及其他人）的确体现了我们在各种不同方面共享的一种文艺批评理论和洞察力，然后我们有许多年各自走自己的路……

　　60 年代后期，我们又再次有很多接近，对我而言，是逐渐走到了一起，这时艾伦开始对东方思想深感兴趣，然后对佛教感兴趣，这就另外增加了我们之间合意的水准；后来通过艾伦的影响，劳伦斯开始靠拢过来；从另外一个角度看，迈克尔和我失去了好几年的接触之后，我们发现我们的想法相同的地方很多，现在看起来很奇怪，也很有趣；劳伦斯有一阵子转向政治方向，我们没有任何人反对，这不是我主要关注的所在。非常有意思的是，我们探索了各自不同的道路之后，发现我们又走到一起来了；还发现我们在下面的问题上有一致的立场：密切关注环保、对个别国家未来的批评、本质上共同分享的诗学、在从佛教型的角度看待人性和人类种种可能性的某些问题上取得基本一致的观点，这虽然没有全说出来，但是成为我们背后强大的推动力。

　　斯奈德的这次发言不但澄清了他与垮掉派运动的关系，也基本上勾勒了垮掉派诗歌运动中几个主要诗人之间的关系及其理念，

　　20 世纪 60 年代，在去国外学习异教的美国人之中，大多数人是浮光掠影，而斯奈德却身体力行，像早先的超验主义大师们一样，把东方神秘主义移植到美国乐观主义的土壤里。他不但被公认是 20 世纪美国诗歌中爱默生传统的传人，而且是最完美地应用佛教心理学和美学进行创作的美国作家。根据禅学，斯奈德看待世界万物的关系是大一统，可以被认同和阐释；对待人和事物持大智若愚的态度。他不像金斯堡那样对衰老和死亡感到恐惧，而是持达观态度，认为这是生物发展的自然规律。斯奈德跟随西方日益高涨的保护环境、反对污染、保持生态平衡的潮流，成了一名坚定不移地维护生态环境的社会活动家。他在 50 年代和 60 年代鼓吹保护森林、

　　① 北达科他大学每年组织召开的文学年会，时间一个星期，邀请国内外著名作家参加，这是美国高校最著名的文化盛事之一。这是第 5 次年会，被邀请参加这次年会的会议代表有格雷戈里·科尔索、费林盖蒂、金斯堡、迈克尔·麦克卢尔、彼得·奥洛夫斯基、雷克斯罗思和斯奈德。会议主题是"在北达科他州的城市之光书店"。

保护生态的主张至今在美国仍是热门话题。有趣的是，他用佛教的万物转化说与科学的生态平衡说解释社会现象、从事生活实践和指导诗歌创作，使其成了东西文化结合的产儿。用他的话说，"我的精神生涯一半用在印第安人喜欢的麻醉植物摩根和信奉的原始宗教、同美国印第安人的接触、自然神秘主义、泛灵论、长头发和念珠上，另一半用在研究梵文和中文以及东方的传统哲学上。"[1] 同时，他又说："在本星球上生物的多样化和良性生物进化是我采取的立场：不是夸夸其谈的立场，而是坦率的脚踏实地的立场，如同我的祖母培植金鱼草、嫁接苹果那样实际。"[2]他的全部创作正是反映了这些影响和思想。

斯奈德的处子集《鹅卵石》（*Riprap*，1959）和他的《神话与经文》反映了他在太平洋海岸当伐木工和护林员的独特体验。这本诗集的标题取意于铺在山间马道上的鹅卵石。标题诗《鹅卵石》表现了作者的诗歌见解，把词比喻为马道上的鹅卵石，而鹅卵石又像银河里的星星。这本诗集收了描写美国西部边远风情和他首次东渡日本经历的诗篇。和金斯堡的长诗行相反，斯奈德起步时就爱写意象派式的短诗，语言明快，意境幽远，例如，《派乌特山涧》（"Piute Creek"）的最后一节：

> 清澈而凝思的心灵
> 不怀深意，除了
> 所见真的被见。
> 无人爱山石，我们却来到此地。
> 夜寒。月光里
> 轻轻一声
> 悠然入了桧树影：
> 藏在背后那里的
> 狮与狼
> 凶冷的眼睛
> 注视我站起身走开。

他这种幽冷的诗风深受中国唐朝贞观时代的诗僧寒山（Cold Mountain，

---

① Dom Aelred Graham. *Conversations: Christian and Buddhist*. New York: Harcourt, Brace, and World, 1968: 59.

② Stuart Friebert and David Young. Eds. *Field Guide To Contemporary Poetry And Poetics*. Harlow and London: Longman, 1980: 87.

627—650）的影响。50 年代中期，斯奈德学习汉语，当他请教陈世骧先生选择什么合适的中国诗人学习时，陈先生建议他学习寒山，这为他后来翻译寒山诗歌起了主导作用。他把选译的寒山诗篇收在他的诗集《鹅卵石和寒山诗篇》（*Riprap and Cold Mountain Poems*, 1965）里。1984 年秋，他和金斯堡一道随美国作家访华团去苏州寒山寺访问，把他的寒山诗歌英译本赠送给寒山寺的主持和尚，并当场题诗一首《在枫桥》（"At Maple Bridge", 1984）。有意思的是，斯奈德把张继的名篇《枫桥夜泊》译文与他写的这首短诗并列在一起，标题为《苏州附近枫桥作诗两首》（"The Two Poems Written at Maple Bridge Near Suchou", 1984），似乎想与唐代名诗人比试一番。我们都熟悉张继的《枫桥夜泊》，现在来欣赏斯奈德的《在枫桥》：

> 枫桥上拌和碎石与水泥，
> 寒山寺外小巷茶水摊；
> 张继听见了钟声响，
> 空荡荡石阶停泊处，
> 发出河水轻轻的拍岸声，
> 此时钟声已越海远传。

斯奈德的《在枫桥》与张继的《枫桥夜泊》之比虽然远比不上李白的《登金陵凤凰台》与崔颢的《登黄鹤楼》之比，但在中美文化交流史上，可算得上是登峰之作。

斯奈德选译寒山较优秀的短章（包括名篇《杳杳寒山道》），全是描摹自然、歌颂隐逸之作。这些正符合斯奈德的哲学思想和美学情趣。斯奈德在译文前言里说："从 300 首选出来的这些诗篇是用唐朝口语写的，粗俗而新鲜，反映了道教、佛教、禅宗思想。他和他的伙伴行者拾得手执扫帚、蓬头垢面、满面堆笑，成了后来禅宗画师最喜爱的画题。他们已流芳百世，而今在美国的贫民窟、果园、流浪汉住地和伐木营地等处有时可碰到这类人。"由此可见，斯奈德在美国底层社会的普通人身上寻找与寒山的认同，也寻找他自身与寒山的认同。不过他的认同是有条件的，因为他是个实用主义者，他不像寒山那样疏懒，去寺庙讨残饭剩菜，他吃得饱，穿得暖，有牢固的房屋遮身；他不像寒山那样戒荤食，他喜欢打猎；他也不像寒山那样节欲，离开妻室，他结婚三次，喜欢性爱，他认为在茫茫宇宙中做爱给人以温暖。寒山其人其诗对他的吸引之处是爱自然，喜隐逸。寒山笔下的清风、明月、白云、青松、鸟鸣、流泉、山岩、幽竹、山花、蜂蝶和宁静与斯奈德一心向往的福地不谋而合。如果我们把斯奈德的某些诗与他所译的寒山诗对照起来看，就会发觉两人在哲学思想和美学趣味上的某些方面何其相似。例如，《鹅卵石》里的开篇诗《索尔多山了望台的八月半》（"Mid-August at Sourdough Mountain Lookout"）：

> 山谷里雾气缭绕，
> 五日大雨，三天炎热，
> 冷杉球果上的果脂闪耀，
> 越过山岩和草地，
> 一群群新生的苍蝇。
>
> 记不得所读何物，
> 有好友几个，都住城里。
> 渴饮雪水，铁皮杯一只，
> 透过朗朗长空，
> 默默俯视远方。

而寒山写道：

> 欲得安身处
> 寒山可长保
> 微风吹幽松
> 近听声愈好
> 下有斑白人
> 喃喃读黄老
> 十年归不得
> 忘却来时道

两人所处的环境都在幽静的山上，斯奈德远离了朋友，忘掉了所读的书，沉醉在宁静里，而寒山由于脱离尘俗日久，连回家的道路也忘了。可见斯奈德和中国隐士有某些相同的志趣，都流连忘返于户外的大自然界里。

斯奈德这种热爱田园生活，向往大自然美景的情愫在美国源远流长。19 世纪初就任美国第三任总统的杰弗逊明确提出了田园式小农经济社会的政治主张，在美国历史上产生了深远的影响。不过，对美国思想文化起更深刻影响的是两位鼎鼎大名的超验主义大师爱默生和梭罗。爱默生强调同宇宙建立一种直接的关系。在他看来，每一种自然现象都是某种精神现象的象征物，在自然界的后面浸透自然界的是一种精神存在，对我们来说，是神圣思想的现时阐释者。他还认为诗人通过形象能比普通人更好地领会和传达自然界的启示。梭罗是主张"人回到大自然中去"的身体力行者。他欣赏树林里的四时变化和户外的劳作，他把人看作是大自然的居民，大自然本身的组成部分，应当倾听自然界的启示。爱默生的《论自然》(*Nature*, 1836)、梭罗的《沃尔登，或林中生活》(*Walden, or Life in the Woods*, 1854)是两本教育人们热爱大自然的教科书。他们两人对美国人思想的影响，如同老子和庄子对中国人思想的影响。斯奈德并没有向往城市生活，而是正儿八经地脱离大城市，身体力行田园主义的理想，而且把理想建构在坚实的佛教理论的基础之上。在美国文学史上，还没有哪一个作家像斯奈德那样活学活用佛教理论。如今，他不但在作品里，而且在行动上，成了生态学和亚文化群的著名代言人。

诚然，斯奈德和金斯堡以及其他垮掉派作家的激进思想使不少美国人深感不安，对他们，尤其对金斯堡的消极面颇多微词，然而对斯奈德的消极面的批评却相对少得多，或者说几乎没有。斯奈德对此现象的解释是，金斯堡名气很大，褒贬参半，因为他的作品产生了社会影响，进入了时代对话。斯奈德认为他本人对这种进入时代对话的贡献，是把这种对话扩大到动物、植物乃至整个生物界。[①]当金斯堡大声疾呼地直接干预政治时，斯奈德却不遗余力地劝告人们保护生态环境。垮掉派诗人用不同的方式表达了他们各自的社会责任心和历史责任感。这不能不说是垮掉派作家的积极面。

就诗品而言，斯奈德有他的独特之处。对斯奈德深有研究的鲍勃·斯托丁（Bob Steuding）在他的专著《加里·斯奈德》(*Gary Snyder*, 1976)里，就斯奈德的诗歌特点总结了六条：一，荒野或东方的背景；二，避免抽象，强调具体；三，简单有机的形式，诗行里一般都有意象；四，使用口语；五，深奥的引喻；六，偶尔带色情的描写。[②]其实，决定斯奈德诗歌特色的主要因素是具有东方色彩的荒野背景和中国古典诗词及日本俳句常用的意象并置，这使西方读者尤觉新鲜。例如，他荣获普利策奖的诗集《龟岛》(*Turtle Island*, 1974)里的一首短诗《松树冠》("Pine Tree Tops")

① Gary Snyder. *The Real Work: Interviews & Talks, 1964-1979*. Ed. Scott McLean. New York: New Directions, 1980: 130.

② Bob Steuding. *Gary Snyder*. Boston: Twayne Publishers, 1976: 22.

体现了典型的斯奈德风格：

> 蓝色的夜
> 一片霜霾，天空中
> 明月朗照
> 松树冠
> 集聚雪一般的蓝，淡入
> 天空，白霜，星光。
> 靴子的吱嘎声。
> 我们所知道的是
> 兔的足迹，鹿的足迹。

　　这与西方强调隐晦曲折的玄学派诗或感情宣泄的浪漫主义诗或谜语式的象征主义诗形成了鲜明的对比或强烈的反差。这是东西方文化撞击融汇的结果。

　　1969 年，斯奈德从日本回美国之后，在内华达山脉北部山脚下圣胡安岭购置了一座农庄，从此他在此展开美国的深层生态运动（deep ecology movement），成了美国深层生态运动的先行者、世界深层生态运动的推动者者之一。[①] 深层生态学是挪威哲学家、生态学家阿恩·奈斯（Arne Naess, 1912—2009）于 1974 年创立和推广的，他认为我们要保护所有物种，这就突破了人类中心论的束缚，提倡其他物种作为我们人类伦理关怀的对象。斯奈德天生有生态智慧，早在 1953 年 8 月 20 日的日记中就指出，所谓深层生态学是承认一切生命的本身价值，而浅层生态学（shallow ecology）只看到它的实用价值。实际上，他的这种观点与佛教的众生平等的佛理是一致的，《如来藏经》和《大涅槃经》指出，"一切众生，平等无二"。斯奈德还认为，荒野不仅是对世界的保护，它是世界本身……大自然最终无论怎样也不会濒危，受到危害的是荒野。自然状态是坚不可摧的，不过我们不明白自然状态。明白地讲，人类过度开发，造成严重的污染，最终被摧毁的不是大自然，是人类自己。[②] 如今深层生态学成了生态文学创作和批评的理论基础，斯奈德在诗歌领域开风气之先。当我们研讨斯奈德及其

---

　　① 投身于深层生态运动的主要人物，除了斯奈德之外，还有 Bill Devall, George Sessions, Dolores LaChapelle, Alan Drengson, Michael Zimmerman, Robert Aitken 等。

　　② 可惜，目前认识这个真理的中国人太少了！人人口头上重视环保，实际上到处在破坏我们的生存环境，其严重性在新世纪已经到了令人触目惊心的地步。

作品时，我们发觉他的可贵之处是他一贯认真实践深层生态学，不但表现在他的诗歌创作上，把众生平等的佛理与深层生态学有机地结合起来，而且积极投身于环保运动中去。

这就是斯奈德为什么一生主要关心的是美国的生态保护和 20 世纪美国印第安人的处境。他虽然描写的背景是美国西部，但意象闪烁着东方的色彩，也充满了佛理。斯奈德显然在追求庞德《诗章》的博大与辉煌。至少有一点是可以肯定的，斯奈德已带着科学的头脑步入禅宗的化境，生活淡泊隐逸，诗也淡泊隐逸，决无金斯堡的亢奋。如同鲍勃·斯托丁说："从斯奈德诗里，我们感到古代宗教的含义。正如斯奈德所说：'原始的世界观、最新的科学知识和诗的想象是相互联系的力量。'……斯奈德的诗真正影响了通读他的读者，使他们用惊人的崭新方式看待世界。"①

斯奈德获普利策奖的《龟岛》的标题取自印第安人对美国这块土地的称呼。据他解释，按照美国土著印第安人的传统看法，北美大陆是龟岛的意思。全集一共 50 多首诗，既有田园风味（如《两个不朽的人》和《两头看不见今年春光的雌鹿》）、农家乐趣（如《洗澡》和《蛋》）、佛家禅思（如《光的用处》《鳄梨》和《外》），也不乏对政治的关心（如《荒野的呼喊》和《事实》）。和《鹅卵石》一样，《龟岛》里的山水诗仍然保持中国寒山诗清远的特色。诗人本人认为《松树冠》是受了苏轼的《春夜》启发写成的，但和寒山的《杳杳寒山道》的格调也相差无几。《松树冠》及其类似的诗篇反映了佛教、美国印第安人文化和中国山水诗对他的熏陶，以及他对人类的富有神秘色彩的自然环境的浓厚兴趣，而这恰恰加强了垮掉派作家（如金斯堡、凯鲁亚克等）作品里的"至福"情绪，即像圣徒在天堂目睹上帝时的至高无上的快乐。所以垮掉派作家一方面觉得自己在政治上和道德上"垮掉"，于是生活上放荡，对社会不满以至对种种不平的现象进行抗议，另一方面从东方文化和宗教，甚至世界一切文化和宗教里寻求精神寄托。金斯堡和斯奈德同属垮掉一代，但他们的生活道路和文风似乎形成了两个极端。作为垮掉派优秀诗人，斯奈德企图吸收各种宗教里的智慧（即合理成分），用以改善文明进程中带来的种种弊端。在《龟岛》最后一部分的几篇散文《浅谈》（"Plain Talk"）里，诗人从全人类的利益出发，认真探讨我们共同关心的环境污染问题、能源开发和利用问题、节育和控制人口问题、保持生态平衡问题，等等。

在他 20 世纪 80 年代的诗作里，斯奈德依然站在超人类的传统和文化

---

① Bob Steuding. *Gary Snyder*: 168.

的角度，从全球的生态系统的立场看待人类的作用。他在诗集《斧柄》(*Axe Handles*，1983）里的最后一首诗《为了众生》表达了一种健康的乐观的理想：

> 我发誓效忠龟岛
> 的土地，
> 一处生态系
> 多种多样
> 在阳光之下
> 欢乐地为众生讲话的土地。

　　1986 年，斯奈德开始每年有一学期在加州大学戴维斯分校执教，对罗伯特·克拉克·扬（Robert Clark Young, 1960—　）在内的对远东有兴趣的年轻一代的作者产生影响，如今已是该校荣休英语教授。晚年的斯奈德由于积极参与环保和教学，在 80 年代和 90 年代初，诗歌创作时间不多，只在 1996 年完成出版了 1956 年以来陆续创作的诗集《山水无尽》(*Mountains and Rivers Without End*, 1996），获博林根诗歌奖、罗伯特·基尔希终身成就奖、奥利安协会（The Orion Society）颁发的约翰·海奖。《出版者周刊》(*Publishers Weekly*）把《山水无尽》评为 1996 年最佳图书之一。新世纪出版的《山顶上的危险》(*Danger on Peaks*，2004）是斯奈德的诗集《斧柄》出版以来第一本新诗选。

　　斯奈德有四次结婚史。第一次是 1950 年与艾莉森·加斯（Alison Gass）结婚，几个月之后分居，1953 年离婚。第二次是 1960～1965 年，与诗人乔安妮·凯杰（Joanne Kyger）结婚，住在日本，在此期间曾携乔安妮偕同金斯堡、奥洛夫斯基游学印度半年，于 1965 年离婚。第三次是 1967 年，与日本女子上原麻纱（Masa Uehara）结婚，次年回美国，生两子启（Kai）和根（Gen）。第四次是他在同上原麻纱结婚 22 年之后于 1989 年离婚，于 1991 年同卡萝尔·林恩·公大（Carole Lynn Koda）结婚，婚姻维持到妻子因癌症去世（2006）。第四任妻子是第三代日裔美国人，在信仰佛教、旅行和关注大自然方面与斯奈德有相同的志趣。有评论家注意到，斯奈德一生的情感生活需要很多情感与浪漫的刺激，也许只对一个伴侣或爱情伙伴不感兴趣，而多种性、兴奋、冲动、自由自在对他来说很重要。

　　从 1960 年开始到 2007 年为止，斯奈德出版了 21 本诗文集。他雄心勃勃，当他创作力处于旺盛期时，他计划出版 40 卷本长诗集《山水无尽》

（*Mountains and Rivers Without End*）。1960～1965 年间出版了六卷，后合成一部《六卷山水无尽》（*Six Sections from Mountains and Rivers Without End*, 1965）。1969 年单独出版了一卷《蓝天》（*The Blue Sky*），于次年合成一部扩大本。嗣后又出版了六卷，有的单独成册，有的发表在杂志上，有的收在其他诗集里。根据作者透露，他要在这部长诗集里囊括一切知识，包括土壤保护、天文、地理、寒山的云游、中国画理论、重新造林、海洋生态学、生物链等等，目的在于探索智慧和历史。标题取自中国古画，结构依据日本能剧。

雷克斯罗思对斯奈德很熟悉，爱其才，对他的评价很高，说：

> 斯奈德对他这一代的年轻诗人的影响也许是最大的。金斯堡依然是魅力型领袖。在他的同行之中，斯奈德最灵通，最富创见，表达也最清晰。他有非常明确、经过仔细考虑的生活哲学：众生是一家的生态观念、克鲁泡特金式的互助、佛教的慈爱和尊重众生、原始的万物有灵论与生物有机的认同等被吸收和归并成一种连贯的、容易行得通的模式，一种新伦理，一种新生活方式，这些正出现在艺术家、作家、音乐家和年轻人之中，对于他们而言，西方文明进入最后崩溃的时期。斯奈德也是一个技艺完美的诗人，他从好几种语言的诗歌里学到了技巧，发展了一种牢靠而灵活的风格，能随心所欲地加工素材。①

作为垮掉派一代中享寿最高的健在者，斯奈德已过耄耋之年，他一生的奋斗几乎完美无缺地代表了垮掉派高尚的精神追求，破除了一般人认为垮掉派是颓废派的误解。

第五节　菲利普·惠伦
（Philip Whalen，1923—2002）

惠伦这位地道的著名禅宗诗僧是旧金山诗歌复兴和垮掉派运动的关键人物之一。斯奈德称他为"诗人的诗人"。许多当代诗人诸如金斯堡、斯奈德、W. S. 默温或卢西恩·斯特里克都深受禅宗的影响，但都没有惠伦那样虔诚和真正地投身法门。当你看到他削发、披袈裟和手持佛珠的形象

---

① Kenneth Rexroth. *American Poetry in the Twentieth Century*: 177.

时，不由得不对他肃然起敬。他的行为举止在凯鲁亚克的小说里有所反映。凯鲁亚克把他化名为沃伦·考夫林（Warren Coughlin）写进《达摩流浪者》里，并把他化名为本·费根（Ben Fagan）写进《孤独天使》和《大瑟尔》里。

1951～1955 年，惠伦踯躅在西海岸，和朋友们住在一起，以打零工维持生计。斯奈德帮助他在贝克山国家森林公园找到一份火警员的差事，使他有足够的时间从事创作和收集资料。1955 年夏，他在森林火警工作结束之后，定居旧金山。是斯奈德鼓励他参加 1955 年 10 月 7 日在旧金山 6 号画廊举行的诗歌朗诵，使他从此把诗歌创作作为一生的事业追求。他在朗诵会上朗诵了他的诗篇《万变不离其宗》，最后一节是：

> 没有满意的解释。
> 你可以谈论到你变得沮丧。
> 我怎么能变得更加沮丧？
> 嗯，节省你需要冷静的气息，
> 请你把海螺蛸推近一点？
> 好吧，直至阿拉伯香气变淡。
> 啊！葵花籽！请听好，
> 我将提出一个理性的建议。
> 你介意吗？当然不。
> 我们将给孩子们讲些什么？

他的这首诗的语调和情绪迥异于金斯堡的《嚎叫》，初步显露了他非政治的倾向。诗人、文学评论家保罗·克里斯滕森（Paul Christensen）认为惠伦的短诗《如果你这么聪明，为什么你不富有？》（"If You're So Smart, Why Ain't You Rich?", 1955）很新鲜，语言和语气也有更多的变化，是他从过去常规诗艺里解放出来、走上新的创作方向的标志：

> 我需要其他的一切
> 需要别的任何东西
> 　非常的需要
> 但是我一无所有
> 将来也一无所有
> 除了这

> 眼下的推不掉的
> 　　极其宝贵的东西
> 没有人能够拥有
> 　　这
> 此时此刻造的东西

　　这首诗出语不凡，显露了诗人天生的自嘲自信的幽默：诗人是聪明，但也未必，不然怎么会这么穷？不过，诗人并不自馁，他拥有别人不可能拥有的东西，这个东西是什么呢？诗人没有明说。他究竟强调什么东西？很大可能是指他正在写的诗，一种不是人人能有的财富。保罗·克里斯滕森认为惠伦"已经使他自己成为美国文学中一个富于原创的声音，带有聪明的、敏锐的心智，不认物质世界，但是发挥了儿童的青春活力。作为一个宗教作家，他没给自己划定范围或者没有作特别的宣称；而那份信仰却使他面对生命的瞬间，用幽默和精气神使它变得有声有色"[①]。

　　惠伦出生在俄勒冈州波特兰，从四岁起在俄勒冈州达尔斯成长，1941年回波特兰。二战中参加空军（1943—1946），毕业于里德学院（1951）。从青年时代起他就处处表现得与众不同。他原来是斯奈德在里德学院的同窗好友，是他首先引起斯奈德对佛教禅宗的兴趣。他对佛教的兴趣开始于阅读古代印度《吠陀》（Veda）圣典的最后一部分经典《吠檀多》（Vedanta）。

　　1952 年，他从斯奈德那里借来日本禅学大师铃木俊隆的著作自修，颇有心得，从此坚定了走学禅的道路。1956 年，他曾拜访设立在波特兰市的吠檀多社，没有机会深入学习，因为去该社设立在乡间的灵修院学习佛经的费用太大。而他对藏传佛教虽然也有兴趣，但认为其仪规没有必要这么复杂。幸好他获美国文学与艺术协会一笔补助金，于 1966～1967 年在日本京都每天练习坐禅，同时找到一份教英文的工作，余暇从事创作，这期间写了大约 40 来首诗和第二本小说。1972 年，他住进旧金山禅宗中心，跟从美国禅师理查德·贝克学禅，取法号禅心龙风（Zenshin Ryufu）。1973年，他被理查德·贝克授予禅师衔。1984 年，任新墨西哥州圣达菲佛法僧住持。1987 年，成为理查德·贝克的法嗣。1991 年，回旧金山，任哈特福德街禅修中心住持，直至病退。惠伦的情况在《达摩流浪者》里有所披露。凯鲁亚克以他为原型，塑造了沃伦·考夫林（Warren Coughlin）这个人物。

---

　　① Paul Christensen. "Philip Whalen." *The Beats: Literary Bohemians in Postwar America*. Ed. Ann Charters. *Dictionary of Literary Biography*, Vol.16, Detroit: Gale Research, 1983.

出于对他的敬重，笔者有幸拜访了他。1994 年夏一个周末的上午，笔者按照报纸上刊载惠伦开讲佛经的消息提供的地址，乘车到哈特福德街禅修中心——旧金山哈特福德街 57 号一座比较僻静的楼房，去拜访惠伦。屋里极其安静，没有立刻见到他本人，于是上楼找他。只见二楼和三楼有病人躺在床上，有的正在输液，护理人员在静静地忙碌着。打听之后，了解到躺在那里的病人全是惠伦收容的艾滋晚期病人，而护理员全是义工。笔者回到一楼接待室，再耐心等待。只见一个削发的洋僧缓缓走来，他抱歉地说，他患眼疾，几近失明。在笔者送过纪念品和说明来意之后，惠伦表示乐意陪同笔者去参观设立在地下室的佛堂。他首先双手合十，对供奉的金塑的佛像参拜之后，转身指点铺在地上的一圈坐垫，说是为每周定期来听他讲经的佛教徒们准备的。笔者对他说，中国佛教徒吃素念经是为了修来世，想留在极乐世界，免受轮回之苦。笔者问他素食和行善为了什么。他说，素食是动物有生存的权利，行善是他做应该做的事，并非为了取悦于佛，从没有想到去极乐世界。惠伦对佛教、中国和日本文学、画与建筑、交响乐、科学史和建筑学均感兴趣。他借助马修的中英词典学习中国诗歌，表现了他对中国文化的赞赏之情，例如，他的《赞美中国》（"Hymnus Ad Patrem Sinensis", 1958）：

> 我赞美那些古代的中国人，
> 他们留给我一些话：
> 通常是一个毫无意义的笑话，
> 或者是一个愚蠢的问题，
> 一行诗醉醺醺地潦草地写在
> 　　毛笔飞速泼洒的画边缘——
> 　　飞虫，树叶——
> 　　大师的写意画
> 　　如今被一点点墨汁
> 　　和霎那间泼画的笔劲
> 定格在画纸上。
> 他们的世界和其他的几个世界
> 自从繁华在冥间，他们知道——
> 我们庆贺它呼啸而过，停留在
> 画中春雨樱花酒坛之间
> 留给了我们大家，我们感到欣喜。

　　诗人在诗中显然提到了似是而非的禅语和中国古画：画面上有虫、树叶、春雨、樱花、酒坛之类的景色，画边上有用草书书写的诗行。

　　早在求学期间，他与斯奈德认真探讨生态环境保护问题。从年轻时他俩养成的美学是一种生态美学，认为生物之间的紧密联系便是诗。雷克斯罗思对此同样赞赏惠伦，说：

　　　　在生态学变成时髦的遁词的 20 年之前，斯奈德和惠伦那时还是里德学院学生，他们就谈论生态学革命和众生是一家之爱，谈论向山河、西北部印第安人学习，谈论学习佛教和印度教。他们的美学是一种生态美学。他们总是意识到诗歌是与生物群之间的联系，是宏观世界和微观世界的纽结，是湿婆①念珠上的一粒宝石。②

　　如雷克斯罗思所说，惠伦和斯奈德一道认真学习佛教和印度教的经典，从山水和印第安文化中吸取灵感。他与斯奈德在哲学观和诗歌题材上有类似之处。但他把世界视为神圣的喜剧，而斯奈德较悲观，雷克斯罗思认为斯奈德的世界观更接近于中国宋代具有悲观色彩的大诗人的世界观。③

　　惠伦的诗歌晓畅、简朴，描绘事物细致入微，生动有趣。《三篇讽刺诗》（*Three Satires*, 1951）是他自费印行的处女集。20 年代 60 年代出版了六本诗集。他的《在熊的头上：诗选》（*On Bear's Head: Selected Poems*, 1969）是一本优秀诗选，长达 406 页，时间跨度从 1950 年到 1960 年，从中可见他鲜明的风格：绝大多数诗行爬满稿面，其中夹杂插图、手书、多种多样的印刷体、书信、散文诗；思想活跃，抑止不住内心的呼喊、哀诉和喜悦。他也写有关中国的题材的诗，如使中国读者感到亲切有趣的《1957 年 10 月 10 日，清朝被推翻后 45 周年》（"10：X：1957，45 Years Since the Fall of Ch'ing Dynasty", 1957）和《成功就是失败》（"Success Is Failure", 1966）。他还不忘效仿中国唐宋的著名诗人：

---

　　① 湿婆（Shiva）：印度教三大神之一，毁灭之神，前身是印度河文明时代的生殖之神"兽主"和吠陀风暴之神鲁陀罗，兼具生殖与毁灭、创造与破坏双重性格，呈现各种奇谲怪诞的不同相貌，主要有林伽相、恐怖相、温柔相、超人相、三面相、舞王相、璃伽之主相、半女之主相等变相，林伽（男根）是湿婆的最基本象征。

　　② Keneth Rexroth. *American Poetry in the Twentieth Century*: 177-178.

　　③ Keneth Rexroth. *American Poetry in the Twentieth Century*: 178.

泡在浴盆中，直至我感到眩晕：
紫石壁花串穿过大河
白浪今晚变黄——
我惭愧地说你在美国经济境况不妙
像旧车胎似地拘禁在河里。
（只要月亮一直扭动
我知道我依然倾斜我的酒杯。）
我有意如此：月江梦花园酒
有意仿效这些圣人
李白、白居易、杜甫、苏东坡
信不信由你。

——《白河颂》（1966）

　　惠伦平和的气质同金斯堡的热情洋溢完全不同，他以对待世事的虔诚、自嘲的幽默、非政治色彩的格调自然地使他的诗独具特色，例如，他的短章《大乘》（"Mahayana"）①：

肥皂清洗自己的方式像冰一样，
两者在处置过程中都消失了。
"何时"和"向何处去"在此失效。

泥浆是泥土和水的混合物，
想象中的水是"天上"的元素，
轮回和涅槃是同一个：

苍蝇在琥珀里，泥沙在肥皂里，
污垢和红藻结在冰里，
和你道别，很高兴又在此和你相见！

　　如此庞杂的佛教系统"大乘"在惠伦的心目中，变得如此的简单，不是那么神圣而严肃得深不可及。他总是深入浅出地谈论他所理解的佛理。

---

① Philip Whalen. "Mahayana." *The Collected Poems of Philip Whalen*. Ed. Michael Rothenberg. Waltham, MA: Brandeis UP, 2007.

保罗·克里斯滕森对此说："惠伦独特的风格和个性铸就了他的诗歌特性，作为癫狂的 20 世纪中叶的一个轻佻、诚实、情绪多变、感情复杂的歌手，富于创见性的行吟诗人和思想家，他在美国诗歌中梦想抒情的大复苏期间拒绝把自己搞得太严肃。"[1]

在 70 年代，他的诗集《陌生人的慈善》(*The Kindness of Strangers*, 1976) 问世。这时他已经正式成了禅师，似乎进入了"哦哦，你的功德圆满了！"（他的《诗选》里一幅佛像旁的插语，第 401 页）的境界。禅宗给他以满足感、优越感和无穷无尽的诗歌想象力，从 1951 年至 1983 年，他一共出版了 20 部诗集和两本长篇小说。

惠伦是大隐于市的哲人。他回顾他的一生时，说："我的一生是在轰轰烈烈的英雄式景观中度过的，它从来没有使我受宠若惊，我生活在城市的一间房里——一间透镜聚焦在稿纸上的房间。或者生活在你的头脑中。你怎么爱你的世界啊？"[2]因此，他寂寞一生，死也寂寞，不像金斯堡有许多朋友参加藏传佛教法师做的很隆重的法事。惠伦穿着棕色法袍，静静地躺在旧金山禅宗疗养院一间光线暗淡的小病房的床上，窗帘拉下了。床左侧，一个女子紧闭双眼，口中念念有词，念着佛经，盘膝坐在暗红色打禅的坐垫上。床头柜上有两支特制的蜡烛，两株橘红色的旱金莲花，花瓶里插着马蹄莲。三支橘黄的万寿菊放在床的左侧，右侧是三把椅子，一把软椅靠床左侧微微打开的窗旁。沿左侧床脚旁边是几只打禅的坐垫。在他病危的几天，他同守候在他旁边的朋友们说："我喜欢躺在冷冻的桑梓里。"他所要求的就是这一点，但没有实现，他的朋友们把他火化了。这大概应验了佛教中的"空"。他生前谈到过他对"空"的看法：

> 对于什么是"空"的理解，我以为有许多误解，以为把钟形玻璃容器的空气抽空就是空。就我所理解，不是这样的。空是我们充满其中的东西，是你在此处看到的一切。字面意思是尚雅（*shunya*），空无的意思，含有膨满感，但不是通常翻译的虚无（void），它包含一切。根据真言宗（Shingon Buddhism），我们所见所感是一种非现象。[3]

换言之，我们常人所见所感是纯粹主观的感觉，是定域性意识所致。

① Paul Christensen. "Philip Whalen."

② Donald Allen. *The New American Poetry*: 420.

③ Philip Whalen. "About Writing and Meditation." *Beneath a Single Moon: Buddhism in Contemporary American Poetry*. Eds. Kent Johnson and Craig Paulenich. Boston: Shambhala Publications Inc. 1991: 329-330.

这就是惠伦根据佛理对"空"的理解。

第六节 迈克尔·麦克卢尔（Michael McClure, 1932— ）

晚年获全国诗歌协会授予终身成就奖的麦克卢尔，在 20 世纪 50 年代汇集于旧金山的垮掉派诗人金斯堡、凯鲁亚克、斯奈德、科尔索、惠伦、彼得·奥洛夫斯基之中名气最小。除奥洛夫斯基比他小一岁之外，其他诗人的年龄都比他大。他生在堪萨斯州马里斯维尔，在西雅图长大，从小对自然和野生动物有浓厚的兴趣，希望将来成为自然科学家。在堪萨斯州威奇塔大学（1951—1953）、塔克森市亚利桑那大学（1953—1954）学习，最后在旧金山州立大学获学士学位（1955）。他 22 岁时来到旧金山，听罗伯特·邓肯的诗歌创作课，不久就卷入了旧金山诗歌复兴时期垮掉派运动的旋涡里。对于麦克卢尔年轻时的模样和性格，凯鲁亚克把他化名帕特·麦克利尔（Pat McLear），在他的小说《大瑟尔》里有精彩的描写：

> 麦克利尔在夏令营里显露了他另外奇怪的一面，他有着英俊而相当"颓废"的兰波式个性。他从起居室来时，让一只鹰停立在他的肩上。这是一只他的宠鹰，如同夜晚一般的黑，坐在他的肩膀上，令人讨厌地啄食着他举起的一块汉堡包。事实上，此情景富有如此难得的诗意，麦克利尔的诗确实像黑色的鹰，他经常写黑暗，用漂亮的诗行写，长诗行不规则地但恰当地爬满整个稿面——英俊的麦克利尔，事实上，我突然大声说道："我现在知道你的真名！这苏格兰高原摩尔猎人式的麦克利尔，在暴风雨中带着他的鹰要发疯，撕扯着他的白头发。"

1955 年 10 月 7 日晚，这位英俊而"颓废"的麦克利尔参加了富有历史意义的旧金山 6 号画廊诗歌朗诵会。根据麦克卢尔的回忆，他当时朗诵了他的《洛沃斯角：万物有灵》（"Point Lobos: Animism"）和《对于 100 条鲸鱼的死亡》（"For the Death of 100 Whales"）。我们现在来欣赏《洛沃斯角：万物有灵》：

> 这是可能的，我的朋友，
> 如果我有一个肥厚的大肚皮

那么靠肥油生活的狼
在积怨的促动食欲的通宵
慢慢地啮噬着。
这是可能的，不存在的痛苦
也许很大，治疗的可能性
也许不大。
也许知道痛苦。
在焦虑的恐惧中，
焦虑胜于恐惧。
这不可思议的谈论！

至于万物有灵：
我曾经在挤满灵魂的地方
甚至最欢乐的灵魂
也感到忧伤
当看到这比死亡还要难治的情景时
当耳朵里听不到声音时
这事关重大。
我跪在一个冰冷的
盐池边的荫影里，感到
仇恨迈着许多腿走进来了，
灵魂好像是一个攀爬的
水管系统。

任何奔逃都不管用
而在我的头脑里却形成了
最美丽的箴言。
我如何能治疗
你的或我的疾病？
这有关身体的谈论！

不可能说清贪婪或豺狼的区别，
当人们读到他的被霉菌
拼写在树桩上的名字时，

当树林围绕着人们移动时。
脚后跟。鼻孔。
光明。光明！光明！
这是鸟的歌声，
你可以把它告诉你的孩子。

麦克卢尔一开始就出语不凡，把内心深处的一种无名的骚动淋漓尽致地传达出来了，尽管他不像金斯堡在《嚎叫》里那样直抒胸臆。同其金斯堡相比，麦克卢尔的知名度相对小一些，但他的名句"啊，上帝，你给我买一辆梅塞德斯牌奔驰车好吗"被贾妮丝·乔普林（Janis Joplin, 1943—1970）演唱后，流行于成千上万的听众之中。像斯奈德一样，他写含有自然意识的诗，而且特别对类似于人类的动物意识感兴趣。他的一句口头禅是："当一个人不承认自己是动物，那么他连动物也不如。不是胜过动物，而是不如动物。"在麦克卢尔的动物世界里，有佛教徒似的熊猫、垮掉派似的公猫和遭厄运的鲸鱼。

他的长诗《南美仙人掌素诗》（"Peyote Poem", 1958）被认为是他的佳作，现在让我们来欣赏该诗前面的一小部分：

清澈——感觉明亮——坐在黑色椅子上——摇动——
一面面白色的墙壁反映着云彩的颜色
云向着太阳移动。亲密无间！

一间间房间并不重要——但像所有丑的和美的
一切空间的一个个隔层一样。我听见
我自己的音乐，把它写下来

不给任何人去阅读。我传递奇思怪想，而它们
用喀尔刻①的嗓音对我歌唱。我在我的
各种各样人的之中访问，知道我需要
知道的一切。
我知道一切！我走进房间
那里有一张闪闪发亮的金床

---

① 希腊神话里能将把人变为牲畜的女巫。

房里挂着银色的悬挂物和紧身连衣裙
我对我微微一笑，我知道
需要知道的一切。我明白需要
触摸的一切。我与我胃子里的疼痛
很友好。对爱的回答
是我的声音。没有时间了！
没有回答。对感觉的回应是我的回应。
对欢乐的回应是没有感觉的欢乐
房间是一个飞在空中和鲜亮的色彩之中的
多彩天使。我的胃痛
是温暖而轻微的。我微笑着。多处
的痛点很尖锐，没有悲痛。
房间里的颜色从黄色变成紫色！
门后面暗褐色的空间
宝贵，亲切，寂静。这勃拉姆斯①的
出生地。我知道
我需要知道的一切。不必着急。
我解读擦破的墙壁和有裂缝的天花板的意义。
我四分五裂。我在神性和疼痛中闭上眼睛。
我在庄严和不庄严的欢快中眨眼。
我在行动中对着自己微笑。我小心地
抬高腿跨步走。我用自己

填塞空间。我看见从我口里冒出的烟雾
变换着秘密的清晰的样式
我是无牵挂的一切的一部分。非常明显。
我从忧郁和美那里分开。我看见一切。

　　仙人掌素是一种毒品，麦克卢尔在诗里细致入微地描摹了他服用它之后的视觉、感觉乃至幻觉。安·查特斯认为：

---

　　① 勃拉姆斯（Johannes Brahms, 1833—1897）：德国作曲家，其作品多为无标题音乐，既继承古典传统，又有情思蕴藉、富于想象的个人风格。

在他 50 年代晚期最具影响的诗歌之中当推他的《南美仙人掌素诗》，他把它当作一种有意的练习来写的，把服用南美仙人掌素①作为心理能量的释放。麦克卢尔在他的自传《疯杯》（*A Mad Cup*, 1970）里，解释他对生态学的兴趣与他早期尝试服用南美仙人掌素之间的联系，它让他体验"我存在的分离意识……读生物学时，我希望发现这些将解放人，使他处于永恒和超意识状态"。②

1994 年春，杰克·弗利曾陪同笔者拜访麦克卢尔。他家的陈设给笔者下的印象是没有椅子，让客人席地而坐。当笔者问他垮掉派诗人吸毒是否能写出好诗的问题时，他回答说，他年轻时吸过大麻，吸大麻时能使人进入一种超现实状态。他在这首诗里描写他的痛感引起的幻觉是不是他在吸大麻时的那种体验呢？他没有告诉笔者，笔者不能妄猜。不管怎么说，这一节诗反映了他创作时超常的精神状态。麦克卢尔在评论诗时说：

> 诗歌有一个强健的原则——运动员般健壮之歌或具有肉感的思想的低语。我们可以是深暗般的严肃或像黎明时毛茛金黄色花朵那样亮丽。诗歌精神是从我们生命旋转时发出的波圈。和诗歌一道，我们能够在山顶上或地铁里遇到古老的知觉，或者看到远处的新知觉好像狼似的奔跑或闪耀着黄昏里的乳白色光。③

善于把虚无缥缈的抽象具体化，或把具体的抽象化，是优秀诗人的独特本领。常人或平庸的诗人很难栩栩如生地传达出他/她强烈胃痛时引起的种种感觉。可是，麦克卢尔做到了。因此，他能从虚无缥缈中捕捉可知可感可见的东西。在这个意义上讲，他的审美完全有别于金斯堡的审美。《南美仙人掌素诗》与《嚎叫》的风格完全两样。尽管如此，麦克卢尔坦承，他一向学习金斯堡热心于公益事业的精神。他说："金斯堡在纽约团结的一伙人是同性恋，另一方面是我非常赞赏的而我不在其内的社会奉献。事实上，我从金斯堡那里学到的就是奉献社会。"④ 但在艺术形式上，麦克卢尔更多地得益于黑山派头领查尔斯·奥尔森。熟悉麦克卢尔的约翰·雅各布（John Jacob）对此，在他的文章《迈克尔·麦克卢尔：2000 年的思考》

---

① 服用佩奥特仙人掌提炼出来的南美仙人掌素中毒后，处于迷幻状态。
② Ann Charters. "Beat Poetry and the San Francisco Renaissance": 602.
③ Tracy Chevalier. *Contemporary Poets*: 621-622.
④ Barry Miles. *Ginsberg: a Biography*: 212-213.

（"MICHAEL MCCLURE: A Year 2000 Consideration", 1999）中说：

> 麦克卢尔被联系在不少的"流派"或团体里，其中一些言之成理，一些则不然。比较好的划分之一是唐纳德·艾伦主编的《新美国诗歌》。我从不认为麦克卢尔是垮掉派诗人，虽然他也许是促使《嚎叫》面世的那个人。他适合于旧金山诗歌复兴时期崭露头角的一群诗人。他曾经被紧密地联系到黑山派，他喜爱奥尔森，鉴于他和黑山派的友谊，我们应当把他放在这个团体里，如果这个团体包括拉里·艾格纳、保罗·布莱克本、菲尔丁·道森①和希尔达·莫利②这些各异的诗人的话。那是一个宽广的范围。

对诗歌流派的界定本来不是严格意义上的化学分析，往往是诗评家或文学史家为了说明一个历史时期的一群诗人的共同特色而设定的。约翰·雅各布别出心裁地否定麦克卢尔是垮掉派诗人，有他的理由，那是他个人的意见，我们现在姑且不论。但雅各布经过调查，说麦克卢尔和黑山派诗人有密切来往确实有证据。据雅各布说，1970 年，奥尔森临终时送麦克卢尔两首诗，其中一首是《59 年 12 月 1 日赠迈克尔·麦克卢尔》（"FOR MICHAEL MCCLURE, Dec. 1, 59"），该诗最后三行是："在这围城里，/一棵秘密的树/诉诸一切形式。"根据雅各布的考察，麦克卢尔和奥尔森常有书信来往。在诗的长行安排、音步或词组划分上，麦克卢尔深受奥尔森影响。这使笔者想起他与黑山派的另一个成员拉里·艾格纳的深厚友谊，我们从他赠送给艾格纳一首诗《二月早晨》（"February Morning"）里感受到：

> 拉里，歌雀在暴风雨后
> 银色的早晨里婉转。
> 我们欣赏你作为宇航员
> 探索意识的形态、形状和途径。
> 我坐在你家的走廊里，
> 聆听你的鸟儿们歌唱，
> 闻着你家外面雨的气息。

---

① 菲尔丁·道森（Fielding Dawson, 1930—2002）：作家、画家和教师，曾在黑山学院求学，在部队服役之后回到纽约。在他众多的著作之中，他的《黑山书》（*The Black Mountain Book*）尤为人称道。

② 希尔达·莫利（Hilda Morley, 1919—1998）：美国女诗人，1997 年移居伦敦。她去世后，罗伯特·克里利为她写悼念文章。

你打开了可感知的光明，
这光明没有被关闭
而是带着快乐
闪耀着，扩大了。
你把
我所感觉和触摸到的
谱到新旋律里了。
你"不按照韵律"
感受音乐，感觉
一朵盛开的玫瑰
盛开着的
玫瑰
一朵从未触摸过的玫瑰。

  拉里·艾格纳住在一座绿树掩映的房子里。他平时独自用手旋转坐着的轮椅，在宽大的一楼走廊里，与有限的一方天地接触，麦克卢尔则赞美艾格纳脑海中的广阔天地。

  麦克卢尔从 1978 年起任奥克兰市加利福尼亚艺术和工艺学院教授。他应邀去斯坦福大学、纽约市大学、亚利桑那大学等高校和圣迭戈、温哥华、纽约以及巴黎、罗马和阿姆斯特丹等地进行诗歌朗诵表演。在 1956～1986 年间，发表诗集 45 本、戏剧 33 本、电视剧一部、小说两部、论文和散文集 4 本。他作为诗人、评论家和戏剧家，现在仍然活跃在文坛上。在最近的十几年里，他的剧本很成功，而且他本人在好几个电影里演戏。在诺曼·梅勒的电影《法外》（*Beyond the Law*）里，他和里普·托恩（Rip Torn, 1931— ）扮演非法的摩托车骑手。他一共制作了三部电视纪录片。20 世纪 90 年代早期，他开始与"门"乐队著名的键盘乐器演奏乐人雷·曼扎里克（Ray Manzarek, 1939— ）合作，出版了包括《爱狮》（*Love Lion*）在内的诗歌朗诵表演录像带。他在晚年的诗歌创作依然高产，90 年代出版诗集达六部之多，外加两部散文集。难怪他的朋友杰克·弗利说："在垮掉派回忆似乎很突出的一个时期里，当怀旧的感情似乎越来越广泛流行时，63 岁的麦克卢尔没有去出售过去的好时光，而是埋头创作。"①

---

  ① Jack Foley. "'Mind in a Mirror of Flames': Michael McClure's *Simple Eyes* (1995)." *O Powerful Western Star: Poetry & Art in California* by Jack Foley. Oakland: Pantograph P, 2000:100.

　　麦克卢尔的诗歌朗诵具有鲜明的特色，有着演员表演的分寸，歌唱家的节奏感，善于使他的感情感染听众。他在诸如菲尔莫尔宴会厅、耶鲁大学、全国生物多样性大会、国会图书馆等大场合举行的数百场诗歌朗诵会上朗诵，听众从几十人到数千人不等。他最喜欢的一次朗诵是对着旧金山动物园的四头狮子朗诵。他对着狮子朗诵被拍摄下来，常在电视里放映。麦克卢尔的诗歌朗诵还遍及罗马、巴黎、东京、伦敦、墨西哥城。

　　垮掉派诗人们看好麦克卢尔的诗歌，例如，金斯堡夸他的诗是"一滴原生质能源"，斯奈德说他的诗歌"是发挥在欲望领域里的心灵自由"，安妮·沃尔德曼则把他看成"我们最优秀、最聪慧的抒情诗人/学者之一"，并说他的思想"勇敢、执拗、热情而复杂"。黑山派诗人克里利则更加推崇他，说："麦克卢尔与伟大的威廉·布莱克、富于梦想的雪莱、热情洋溢的D. H. 劳伦斯有共同之处。"这是不是对他过誉了，我们暂且不管，至少在克里利心目中，麦克卢尔是非常优秀的诗人。他还被凯鲁亚克化名为艾克·奥谢（Ike O'Shay），出现在《达摩流浪者》里，并被化名为帕特里克·麦克利尔，出现在《孤独天使》里。

第七节　菲利普·拉曼西亚（Philip Lamantia, 1927—2005）

　　旧金山诗歌复兴时期，拉曼西亚是一个与美国超现实主义急先锋查尔斯·亨利·福特（Charles Henri Ford, 1913—2002）一道推动美国 20 世纪50 年代和 60 年代超现实主义诗歌的先行者，在法国超现实主义诗人与美国垮掉派诗人之间的交流起了桥梁作用。他曾在接受托马斯·雷恩·克劳（Thomas Rain Crowe, 1949— ）的采访中坦言，美国超现实主义诗人群，大多数出生在 1948 年左右，是年轻的一代。美国超现实主义运动起始于1963 年左右，由富兰克林·罗斯蒙特（Franklin Rosemont, 1943—2009）及其朋友发起，直接起因是针对侵越战争。那时他已经到了欧洲，直至 1970年，他才回到美国，1972 年开始与美国超现实主义诗人接触，他们对他的作品感兴趣，向他约稿，在他们各种的书刊上登载。①

　　拉曼西亚出生在旧金山的意大利西西里岛移民家庭，父亲是一个农产品经纪人。他在上小学期间开始写诗。1943 年，他 15 岁时就在杂志《眺

---

　　① Thomas Rain Crowe. "Philip LAMANTIA: Shaman of the Surreal, an Interview." *Rain Taxi Review of Books*, Volume 10, Number 2, Summer 2005.

望》上发表诗作。1944年，他上了中学，在超现实主义杂志《VVV》上发表作品，就在这一年，他因"知识少年罪"而被学校开除，于是去纽约追求他的诗歌梦想。在纽约，他找到一份适合他趣味的工作，当上了《眺望》(*View*, 1940—1947)杂志助理编辑，这为他在该杂志和在纽约出版的法国—美国诗歌杂志《半球》(*Hémispheres*)①上发表诗作提供了优越的条件。在这期间，他与卡尔·所罗门和金斯堡交上了朋友，同时与当时在纽约的法国超现实主义大师勃勒东、二战中流亡到纽约的德国超现实主义画家马克斯·恩斯特（Max Ernst, 1891—1976）和移居美国的法国超现实主义画家伊夫·坦吉（Yves Tanguy, 1900—1955）建立了密切联系，这为他扩大艺术视野起到了关键性作用。在谈到这段经历时，他对托马斯·雷恩·克劳披露说：

> 我是我这一代唯一的一个超现实主义诗人，特别在与勃勒东和法国人的联系上。勃勒东是我的第一个阐释者。我初次见到他时是在纽约，是通过一系列安排好的会面。我们见面时往往谈论我的作品以及法国不同的作家和艺术家的思想和作品，或者泛谈超现实主义。与谣言和含沙射影相反，我所见到的勃勒东是我所遇到最文明的人之一。我同他打交道的经验总是给人留下这种最文明的品格，包括我1944年在纽约和他最后一次的会面，这记录在我的诗篇《献给安德烈·勃勒东的诗》(*Poem For Andre Breton*)里。在那次偶然的会面，勃勒东和坦吉在一起，坦吉这类所有的视觉艺术家对我最重要，从早期开始，我受画家和音乐家很大的影响。②

1945年，拉曼西亚回到加州湾区，除了继续从事诗歌创作之外，在伯克利分校选修了中世纪研究、英国诗歌和其他几门课程。次年，他年方十九，他的处子作《情色诗篇》(*Erotic Poems*, 1946)面世。接着，他在1959年接连出版了两本诗集。他的这些诗篇描写的情景均出于他的潜意识和梦境，充满狂喜、恐怖和色欲。他生来就有梦幻的天资，勃勒东夸奖他是百年一遇的超现实主义天才。拉曼西亚自认为，是威廉·布莱克和埃德加·爱伦·坡直接引导他到超现实主义。金斯堡曾说，他在幻觉中见到了

---

① 杂志主编法裔德国犹太诗人伊万·戈尔（Yvan Goll, 1891—1950）：1939～1947年，流亡在纽约，在1943～1946年期间，主编该杂志，与 W. C. 威廉斯、理查德·赖特、亨利·米勒、肯尼斯·帕钦等名作家都有密切联系。

② Thomas Rain Crowe. "Philip LAMANTIA: Shaman of the Surreal, an Interview."

布莱克，这只是他一心向往的反映，而拉曼西亚不需要幻想当布莱克，他已被评论界誉为布莱克式的诗人了。

1949 年，拉曼西亚开始旅游世界，在国外生活的时间比较长。50 年代，他断断续续地生活在美国和墨西哥的印第安人中间，体验他们的生活，参加内华达州印第安瓦肖族人吃佩奥特仙人掌仪式（吃这种仙人掌的人会产生幻觉）。他走遍印第安人霍皮族贫瘠的荒野、中美洲、南美洲、非洲、埃及、希腊、意大利等世界各地，不断地在生活、学问和事业上求索，他的名篇《宁静诗之 9》（"STILL POEM #9", 1959）正反映了他孜孜不倦的精神追求：

> 我和我处处见到内心存在的
> 上帝之间有这样的一段距离：
> 没有狂喜
> 一个冷静的脑袋
> 注视　注视　注视
> 我在此地
> 他在彼处……隔着一个海洋……
> 有时我想不起来，忘记了，颓唐了
> 我和他之间有这爱的期待
> 还有这一个大卫塔
> 还有这智慧的宝座
> 还有这宁静的爱之神色
> 经常飞行在有圣灵的空中
> 我渴望着上帝发光的黑暗
> 我渴望着这黑暗的至高精华之光
> 我渴望的另一个黑暗是终结渴望
> 我渴望这
> 这是我难以名状的渴求，渴求
> 口头的一句道，它悟在它自身，什么也没言说
> 这个什么也没言说却使人心荡神移，超过狂喜
> 有着这爱的神色，天使①之爱的宁静神色

---

① 诗人在这里使用的 Throne 这个字，是座天使，九级天使中的第三级。

不管我们是有神论者还是无神论者，对这种人与他所膜拜的神之间若即若离的状态并不陌生。这实际上是一首反映拉曼西亚精神渴求的精彩之作，托马斯·雷恩·克劳把这种渴求比喻为"圣杯求索"，拉曼西亚对此直认不讳，并说其他人也持有类似的看法。

拉曼西亚作为超现实主义诗人已经是少年得志，在当时小有名气，但使他真正在诗坛崭露头角的是他参加了旧金山 6 号画廊举行的诗歌朗诵会。他是那天第一个朗诵的诗人。奇怪的是，他没有读自己的诗作，而是朗诵了他的在墨西哥过世的朋友约翰·霍夫曼（John Hoffman, 1930?—1951）的诗，其中一首《激怒》（"Pique"），现在只读下面几行：

> 醒来见到一只羽衫褴褛的鸟
> 独自在褴褛的衣袖之上
> 歌唱着无穷无尽
> 飞向其他鸟儿飞过的地方
> 没有被燃烧、燃烧、燃烧所烧焦①

在旧金山诗歌复兴早期，拉曼西亚习惯于同雷克斯罗思、邓肯以及其他诗人一起朗诵，听众人数和那天 6 号画廊进行的朗诵会的听众差不多，不会怯场，为什么他这次不朗诵自己的诗呢？甚至当时雷克斯罗思力劝他别这样，他也不听从。2000 年，自称"娃娃垮掉派诗人"（Baby Beat）的约翰·休特（John Suiter）为此对拉曼西亚进行了采访，他的采访录《为什么菲利普·拉曼西亚在 6 号画廊不朗诵自己的诗》（*WHY PHILIP LAMANTIA DIDN'T READ HIS OWN POEMS AT THE SIX GALLERY*）为我们揭开了这个谜。原来 1955 年初，拉曼西亚在墨西哥纳亚里特州荒山野岭里一个小村庄被蝎子咬了，24 小时处于麻木状态，当时他才 25 岁，求生的欲望强烈，在昏迷中不断呼叫圣母救他，经过不断呕吐，他奇迹般地恢复了健康。拉曼西亚说，他这时正经历着转意归主的危机。他说他小时候信奉天主教，后来成了无神论者。他还说，所有的超现实主义者都是无神论者，而此刻你不得不信这个奇迹。在这个时候，他感到他以前写的诗都是不可饶恕的罪孽，不值得读。加之，他喜爱霍夫曼的诗，他为这个吸毒过量而夭折的帅哥感到惋惜。但是，经过激烈的思想斗争，他终于发觉他

---

① 约翰·霍夫曼在墨西哥沙漠吃佩奥特仙人掌过量而导致死亡。拉曼西亚去世后出版的诗集《塔乌岛》（*Tau*, 2008）附录了霍夫曼的诗篇《旅行到头》（"Journey to the End"），拉曼西亚当时朗诵的诗篇是从《旅行到头》中选出来的。

此时的天职不在圣母神乐院，而是在诗坛。

他的作品常在外国杂志上发表，因此他不为一般美国读者熟悉。他参加了旧金山 6 号画廊的诗歌朗诵会、他的包括《宁静诗之 9》在内的四首诗入选唐纳德·艾伦主编的《新美国诗歌》和他的诗选被列入城市之光出版社丛书之后，他才逐渐为美国读者所认识。在旧金山诗人群之中，他的诗最反潮流，也最受青年诗人欢迎。

拉曼西亚承认他本质上是超现实主义诗人，他认为诗歌应当用悦耳的旋律去揭示世间的神秘。他的诗行形式也是铺排整个稿面。神话与美洲原住民的主题贯穿在他作品里。他的不少诗是在宗教狂热或吸毒后精神恍惚之下创作的。他的妻子南希·彼得斯（Nancy Peters）①在谈到他时，曾说："他在麻醉的黑夜世界里发现了一种对应哥特式城堡的现代副本——一个将要象征性地或者依据存在主义经验穿越的危险区。《毁掉的作品》②启示录式的声音见证了那段经历。"我们现在来欣赏他献给妻子的散文诗《浪漫主义运动——致南希》（"Romantic Movement: to Nancy", 1981）开头两节：

> 　　在一团泡沫的火与月光的花之间的波浪上，你在小船的形象倾斜。我注视恶魔天上的金星，披盖的北美大陆。
> 　　很快，所有欲望的蝴蝶将体现生命的先见，正变得富有诗意……诗，这梦的一柱香。街道和森林交换它们的被服，那电话的树杆，这坚果和浆果的电视——空中可食用的音乐。

诗人在这里所描写的情景也许只能在常人的梦境里影影绰绰出现过。但是"街道和森林交换它们的被服，那电话的树杆，这坚果和浆果的电视——空中可食用的音乐"这几行诗实在是精彩之至，我们在城市里不是每天碰到这种现象吗？电视里食品广告的背景音乐不是会令人产生"空中可食用的音乐"的幻觉吗？但是常人的感觉是迟钝的，感觉不到这种妙境。不过，他的诗毕竟是难懂的，连美国诗人杰克·弗利也觉得难，他为此说：

> 　　很少人评论拉曼西亚的诗的原因之一是关于他的诗特别难下笔评论。我们如何"阐明"《皮下注射光》（"Hypodermic Light"）中的一

---

① 南希·彼得斯于1978年同拉曼西亚结婚，拉曼西亚在城市之光出版社出版的几本书均由她编辑。
② 指拉曼西亚的第 4 部诗集——*Destroyed Works*. San Francisco: Auerhahn Press, 1962.

段？

> 我难以把自己的灵魂带去给芳香的火看，真是荒谬
> 我的灵魂一颗颗牙齿从不离开它们的尸体
> 我的灵魂在心理高速公路的岩石上扭曲
> 我的灵魂憎恨音乐
> 我宁愿不想见我思想里的玫瑰占有虚幻的特权
> 吃到资产阶级睾丸就足够了
> 让群众们都成为鸡奸者就足够了
> 早上好①

这是杰克·弗利在评论拉曼西亚的诗集《狮身人面像的床：新作与诗选：1943～1993，1997》（ *Bed of Sphinxes: New and Selected Poems, 1943-1993*, 1997）的文章开头发表的感想，他因为看不懂拉曼西亚的这段诗，所以没有解释，我们中国读者恐怕更无法理解，觉得这位诗人似乎高烧不止，胡言乱语。这实际上是一种意识流的艺术手法：意象的转换和联想的层叠。拉曼西亚在早期和后来的诗歌创作中，得心应手地运用了这两种超现实主义艺术手法，用它们来描摹他的意识流。当然，通常的人很难理解意识流，即使现在有多少人读懂詹姆斯·乔伊斯的意识流小说《尤利西斯》？

拉曼西亚发表在 1973 年《武库》杂志上的文章谈到他的创作道路和心路历程："从最初发现钥匙（启程：1943—1946）到钥匙的失落（道路的封锁：1946—1966），自从钥匙重新发现：我和超现实主义运动保持一致，这个运动是被此时此地的《武库》所代表，它没有丝毫含糊地重塑自己。"② 芝加哥著名诗人、艺术家、历史学家、左倾政治街头演说家富兰克林·罗斯蒙特（Franklin Rosemont, 1943—2009）主编这本超现实主义杂志，拉曼西亚应邀当该杂志特约编辑。唐纳德·艾伦在他主编的《新美国诗歌：1945～1960》诗人简介中，说拉曼西亚在 1946 年脱离超现实主义，正好证实了他丢掉超现实主义这把钥匙的开始年份，1966 年之后，拉曼西亚又回到超现实主义怀抱里了。而且，他推崇超现实主义到无以复加的地步，他说：

---

① Jack Foley. "Philip Lamantia, *Bed Sphinxes: New & Selected Poems 1942-1993*." *Foley Books*. Jack Foley. Oakland: Pantograph Press, 2000: 38.

② Philip Lamantia. "BY ELECTIVE AFFINITIES, THEN AND NOW." *ARSENAL: SURREALIST SUBVERSION* 2, 1973.

　　超现实主义的 50 年诗歌创作的事实，用超现实主义语言，演示了朝这个极好的人类非疏离精神状态走去的最初几步，是一次解放性的飞跃，对抗以理性支配语言所引起文明的贬值与破碎，即，制约的语言适合于审美对象、屈从于现实、民族沙文主义、娱乐、新形式能量场、风格化、对着镜面嘲弄、日常语言、假革命神秘化、个人坦白、有意的自我表现和其他的种种蠢话，所有这一切，我坚决认为，可以用自我谴责的怪胎加以总结：那就是庞德、他的不足挂齿的模仿者和本国通常算作诗与好作品的这类货色。①

　　拉曼西亚坚信诗歌是一种无条件的个人解放的手段，把通常理性支配下的写作和传统的审美原则全面推翻，把庞德及其追随者全部打倒！他看重和珍视的是在潜意识和梦境中出现的景象，他形象地总结了超现实主义的实质。拉曼西亚的诗是在庞德、T. S. 艾略特、弗罗斯特、史蒂文斯等大诗人占优势的风气之下面世的，与当时主导的审美趣味不合，显得很怪。拉曼西亚的成名是迟到的成名。当时他不被广大普通读者理解，但被一批相当数量的诗人所激赏，所仿效。拉曼西亚生前没有像金斯堡那样大红大紫，殊不知金斯堡曾得益于他。费林盖蒂见证说，金斯堡起初的诗歌艺术很传统，是拉曼西亚推动他注意吸收超现实主义的艺术手法，然后他才写出精彩的《嚎叫》。也是经他引见，金斯堡才得以认识雷克斯罗思，在旧金山找到出版诗集的机会。但是，拉曼西亚对此毫不在意，他说：

　　是的，我不知道如何真正地生活；我从来没有完全得到过生活的窍门，即使是"伟大事业"的"火红阶段"，它对我们之中的一些人来说，焕发着光彩，所有使得人类美妙的天赋变得完美的一切，缠绕着当今社会生活里缺乏氧气而渐渐昏瞑的思想。因为只有见到最奢侈的乌托邦（被潜在力量重复的爪痕调制得有滋有味，瞬间溅在高压电上，取消着所想往的生活中的种种日常讨厌的东西），只有绝对相信极好的火热的爱，才不会失于集体实现自由放荡的碳化，我梦想由火苗点燃的生气勃勃的解放，由此生成超越的大火是永恒的，产生着使然力。②

---

① Philip Lamantia. "THE CRIME OF POETRY." *City Lights Anthology*. Ed. Lawrence Ferlinghetti. San Francisco: City Lights, 1974.

② Philip Lamantia. "VITAL CONFLAGRATIONS." *ARSENAL: SURREALIST SUBVERSION* 4, 1989.

　　拉曼西亚先天聪慧，后天自学勤奋，对天文学、哲学、历史、爵士乐、绘画、鸟类学、埃及学和其他学科的知识不是浅尝辄止，泛泛而谈，而是博闻强记。麦克卢尔对他很崇拜，说他的思想具有高度的原创性，大家常常坐在他旁边，听他通宵侃侃而谈，他的想象力太美了。费林盖蒂夸奖他有一粒沙子能见整个世界的本领。金斯堡认为他是像埃德加·爱伦·坡那样有独到思想的预言家，有惠特曼的语音天才，是他的同伴和导师。托马斯·雷恩·克劳则把拉曼西亚看作是百科全书式的源泉，一个神秘的、历史的、文学的神秘物。但是，拉曼西亚并不认为超现实主义有多神秘，他说："作为人类，我们经常寻找神圣的证据。不过，我现在确信，宇宙就在我们的内心！我们没有必要到外面去寻找宇宙的秘密。我相信，在最早期的童年，一切知识是与生俱来的，这一切都可以检索！"[①]

　　拉曼西亚晚年信奉天主教，写了许多有关天主教论题的诗篇，最终把他与垮掉派和超现实主义诗人的交往看成是他的历史巧遇而已。他生平精力无限充沛、谈兴浓烈，但晚年患了狂躁的抑郁症之后，不得不过相对隐居的生活，终老在旧金山北滩的家里，那是一处旧金山诗歌复兴时期诗人爱去聚会的地方。他的言行举止被凯鲁亚克栩栩如生地记录在多部小说里了。他化名为弗朗西斯·达帕维亚（Francis DaPavia），出现在《达摩流浪者》里，并被化名为大卫·德安杰利（David D'Angeli），出现在《孤独天使》里，还化名为弗朗西斯·达帕维亚（Francis DaPavia），出现在《特丽丝特莎》（Tristessa, 1956）里。

第八节　格雷戈里·科尔索、威廉·巴勒斯和彼得·奥洛夫斯基

　　除了凯鲁亚克之外，科尔索、巴勒斯和奥洛夫斯基是以金斯堡为首的纽约圈垮掉派的核心人物，他们各自在文学创作上取得了不同程度的成就。下面分别介绍这三位作家。

1. 格雷戈里·科尔索（Gregory Corso, 1930—2001）

　　如果要找地道的美国无产阶级诗人，纽约圈垮掉派群之中的科尔索可算得上是一个典型的代表。他是一个完完全全的草根诗人。凯鲁亚克把科

---

① Thomas Rain Crowe. "Philip LAMANTIA: Shaman of the Surreal, an Interview."

尔索化名为拉斐尔·乌尔索（Raphael Urso），出现在《梦书》和《孤独天使》里；还把他化为尤里·格利戈里奇（Yuri Gligoric），出现在《地下人》里。

科尔索生在纽约市格林威治村的意大利移民家庭。他出生时，父亲只有 17 岁，母亲只有 16 岁。他出生一个月之后，母亲就把他抛弃了。父亲后来告诉他说，母亲是妓女，被迫回到了意大利米兰。他 1 岁时被扔在孤儿院，由五个养父抚养，上基督教教会学校，从小天资聪明，被选为祭坛男孩。十年后，他父亲重新结婚，1941 年，为了逃避服兵役，把他带回家，但是他父亲最后还是被迫服兵役了。从此他的境况是：人境逼仄，流浪街头，冬睡地铁，夏眠屋顶。在以后的五年里，他过着进出少年教养院、牢房和精神病院的动荡生活。17 岁时因偷窃价值 50 美元的服装入狱三年，一个好心的老人给他书本，使他在狱中自学文化，并且学习了写诗。他被释放出来之后，曾说他喜欢读查特顿①、马洛②和雪莱，希望自己也成为诗人。1951 年，科尔索被凯鲁亚克和金斯堡接纳进他们的垮掉派诗歌圈，认为他有诗歌创作的潜质。对于他来说，诗歌是改变他的困境的工具。诗人爱德华·福斯特对科尔索的悲惨境遇作了如下的描述：

> 科尔索比其他任何垮掉派诗人更知道街头生活。巴勒斯、凯鲁亚克和金斯堡都出身于中产阶级或低一点的中产阶级家庭，但科尔索熟悉被社会抛弃的人和小偷的世界，这是一个被其他人在时代广场自助餐馆从窗户朝下远望的世界。他们阅读德国哲学家叔本华和尼采的著作，从赫伯特·亨克和比尔·加弗（Bill Garver）③这一伙人那里了解美国下层社会生活，但科尔索的童年和少年时代大多数时间是在养父母家和监牢里度过的。④

1954 年，科尔索去波士顿，进哈佛大学进修一年，大部分时间都在图书馆里如饥似渴地看书。他的处子诗篇发表在 1954 年出版的哈佛文学杂志《哈佛倡导者》上。他的处子诗集《布拉特尔剧院上演的贞女及其他》（*The Vestal Lady on Brattle, and Other Poems*, 1955）是从哈佛学生中间集资出版的。这本诗集得到了中间代著名诗人兰德尔·贾雷尔的青睐。贾雷尔接待

---

① 托马斯·查特顿（Thomas Chatterton, 1752—1770）：英国诗人，伪造中世纪诗歌者。
② 克里斯托弗·马洛（Christopher Marlowe, 1564—1593）：英国戏剧家、诗人，以素体诗著称于世。
③ 比尔·加弗是一个吸毒者，以偷窃衣服为生。
④ Edward Foster. *Understanding the Beats*. Columbia, South Carolina: University of South Carolina P, 1992: 128.

了科尔索，还教导他创作方法：注重细节描写，避免概念化。贾雷尔成了他最初诗歌创作的引路人。后来科尔索在接受采访中谈到他在何地学习诗歌时，说是贾雷尔"使我看到周围的事物——在超市的胖女人。他说，看那个。什么？我说，因为我看不到周围了不起的东西。但是，不久我突然明白了！他就这样地指明我，使我大开眼界"①。

1956 年，他从哈佛所在地坎布里奇移居旧金山，和一个法国女人住在旧金山诗歌复兴时期诗人们爱聚集的北滩。他犀利的纽约幽默和偏执招惹了当时也在旧金山的凯鲁亚克和尼尔·卡萨迪生气，给朋友们之间造成麻烦，是金斯堡当和事佬，把他们劝解了。几十年来，金斯堡总是帮着桀骜不驯的科尔索摆平他带来的麻烦。金斯堡的传记作者巴里·迈尔斯说："金斯堡对朋友们重义气，他常尽力维持朋友们之间和平共处，在诗歌创作上保持有成效的联系。"②

1957 年，金斯堡同奥洛夫斯基去摩洛哥，看望巴勒斯。已经在欧洲的科尔索加入了他们，把金氏和奥氏带领到巴黎，住在塞纳河左岸卧心街 9 号（9 rue Gît-le-Coeur）一家酒吧上面的公寓里。不久巴勒斯和其他的人也加入了他们这一伙。这里成了流落在巴黎的年轻画家、作家和音乐家的天堂。后来这里以"垮掉派旅馆"著称于世。科尔索在这里创作了他的长诗《轰炸》（"Bomb"）和《结婚》（"Marriage"）。金斯堡开始创作他的犹太哀祷史诗《凯迪西》（"Kaddish"）。巴勒斯在布利昂·吉森协助下，整理书稿《裸体午餐》。

1958 年，科尔索回纽约，与金斯堡和奥洛夫斯基相聚。他常和金斯堡一起朗诵，金斯堡朗诵《嚎叫》，而他朗诵《结婚》。前者情绪激昂，后者滑稽幽默，正好调剂了气氛。由于金斯堡的帮助和提携，科尔索最终走上了诗歌创作的道路。

科尔索和金斯堡以及凯鲁亚克是三位一体的垮掉派作家，三人互相帮助，互相鼓励，都是垮掉派最坚决的辩护士。科尔索在度过他 20 个难堪而难受的春秋之后，在诗歌中找到了他野性的声音，写出了符合垮掉派特色的一些精彩之作。《结婚》便是他的力作之一，例如，第一节：

> 我应当结婚？我够格吗？
> 用我的绒服和浮士德的兜帽使邻居的姑娘震惊？
> 不带她去电影院而是去公墓

---

① Bruce Cook. *The Beat Generation*. New York: Scribners, 1971: 144.

② Barry Miles. *Ginsberg: A Biography*. New York: Simon and Schuster, 1989: 212.

告诉她关于狼人浴缸和叉形单簧管
然后求她吻她做一切初步的动作
她的反应正如所料，我明白为什么
不恼火地说你必须抚摸！抚摸真痛快！
结果我却抱住歪歪斜斜的老墓碑
通宵向她求爱，一天空灿烂的星群——

科尔索在诗的最后两节发出慨叹：

啊，什么是爱呀？我忘记了爱
并非我不能爱嘛
而是我看出爱怪得像是正穿着的鞋——
我从不要与和我母亲一样的姑娘结婚
找英格丽·伯格曼①总是不可能的
也许有一位姑娘，但她已结了婚
而我不爱男人，而且——
但总要有一个人呀！
因为假如我已经 60 岁还没结婚，那怎么办
孤零零地在布置得很好的房间里，让尿沾污我的内裤
而其他的人都结了婚！除了我整个宇宙都结了婚！

啊，我知道有一个女人是可能的，如同我一样可能
结婚将会是可能的——
找一个像她一样的人，一身异样的珠光宝气孤单地等待她埃及的
情人②
所以我等待——被剥夺 2000 年和在浴室里洗澡的生活。

仅从这几行诗里，我们可以看出毫无顾忌地宣泄是科尔索的一大特色，这就是雷克斯罗思所夸奖的"出于自然"。科尔索的语汇介乎经典著作的文辞和形式与街头大众化语言之间，因此有"调皮的雪莱"之称。金斯堡在为科尔索的诗集《汽油》（*Gasoline*, 1958）写的序言里赞美科尔索说：

---

① 英格丽·伯格曼（Ingrid Bergman, 1915—1982）：瑞士女明星，在美国多部电影里担任主角。
② 指南非作家赖德·哈格德（H. Rider Haggard, 1856—1925）的小说《她》（*She*, 1887）的女主人公。她沐浴在火焰柱上，保持了青春，等待她的埃及情人达数千年。

"科尔索是一个了不起的词句投掷者，第一个有赤裸征兆的诗人，科学地掌握满口疯话的大家。"金斯堡还称他是"诗人的诗人，一个远比我优秀的诗人。纯天鹅绒……他狂热的名声数十年传遍世界，从法国到中国，是世界诗人"。凯鲁亚克说科尔索是"从纽约下东区来的一个顽强的年轻小伙子，他从屋顶上像天使般地站起来唱意大利歌，唱得像卡鲁索和西纳特拉那样甜美，但是在字句上……令人惊叹，非这唯一的先驱者格雷戈里·科尔索莫属"。《城市之光》杂志主编南希·彼得斯（Nancy Peters）夸他是"垮掉派诗人中最重要的诗人……带有原创性声音的真正诗人"。巴勒斯说："格雷戈里的声音响彻不安定的未来……他的活力和应变能力总是带着远过于人的光，他的缪斯闪耀着永不灭的光芒……"

总的来说，科尔索的意象带有超现实主义色彩，有着童心的惊奇、惊恐和鲁莽。有力的陈述和故意夸夸其谈交织在他的诗里。他不时地流露趣话，易动感情，操陈腔旧调或放肆粗野之词。他也许意识到自己缺乏受高等教育的学术背景，每每过多地运用古语、文雅话和非寻常的词句，过多地引证神话传说和经典著作。他的诗歌题材多样，大到美国社会、人类的境况、禅宗佛教、埃及宗教和艺术，小到在欧洲和非洲的旅行见闻、童年生活和文学生涯。他虽然已近花甲之年，但仍像小孩子般顽皮，不相信他在镜中看到的自我形象，努力抵制年老与死亡的来临。他除了在 20 世纪50 年代和 60 年代出版了多本诗集外，还在 70 年代和 80 年代出版了 12 本诗集。他的《心田：新旧诗选》（*Mindfield: New and Selected Poems*, 1989）中的一首诗《实地报道》（"Field Report"）典型地反映了科尔索年近老年时的复杂心情。他与同龄的斯奈德是两种完全不同气质的垮掉派诗人。

雷克斯罗思爱其才，说科尔索是"他这一代最优秀的诗人之一。他的诗完全出于自然……你要么喜欢他，要么不喜欢他。对于他，你没有多少可以说的，除非你也许可以写一首诗给他"[1]。尽管科尔索有时不分场合，显得很粗鲁，缺少应有的礼貌，但雷克斯罗思并不计较。1974 年 3 月，雷克斯罗思应罗伯特·刘易斯邀请，参加在北达科他州大福克斯举行的第 5届作家年会。3 月 21 日晚，雷克斯罗思在座无虚席的礼堂里朗诵时，科尔索情不自禁地不断呼叫"爸爸"，表示对雷克斯罗思的羡慕之情，原来雷克斯罗思被公认为垮掉派诗人之父，而他对此并不喜欢，15 年以来竭力摆脱他这个父亲的形象。科尔索不知道雷克斯罗思的心理，却在广庭大众之中，每当雷氏朗诵诗句间歇时，科尔索总是呼叫，惹得雷氏非常生气，要走下

---

① Kenneth Rexroth. *American Poetry in the Twentieth Century*: 170.

讲台制止他，科尔索这才离开礼堂。后来在用麦克风的小组讨论会上，两人再次争执起来，还是金斯堡出面劝解，挽回尴尬局面。费林盖蒂和麦克卢尔也应邀出席了这次年会。[①]

50 年代晚期，科尔索与巴勒斯、布利昂·吉森以及南非诗人辛克莱·贝耶（Sinclair Beiles, 1930—2002）[②]合作《还有几分钟》（*Minutes to Go*, 1960），发生意见分歧，巴勒斯在布利昂·吉森的影响下，强调剪辑法，打破传统的线性叙述，采用非线性叙述。科尔索认为他的诗出自他的灵魂深处，不是出于玩弄字句的字典。所以，他对出版这本合作的作品持保留意见，他从来不用巴勒斯喜爱的剪辑法。

科尔索在晚年不喜欢公开露面，对把他作为垮掉派诗人赞扬感到不快，但是还是同意电影制片人和导演古斯塔夫·赖宁格（Gustave Reininger）拍摄关于他的纪录片《科尔索——最后一个垮掉派诗人》（*Corso—the Last Beat*）。伊桑·霍克（Ethan Hawke）深情地叙述了科尔索传奇的一生以及最丰富多彩的纽约垮掉派作家圈，其中包括凯鲁亚克、金斯堡和巴勒斯。

金斯堡去世后，科尔索决定去欧洲，回顾垮掉派诗人早期在巴黎、意大利和希腊的日子。他这时想打听他一直挂在心头的母亲密希莉娜·科隆纳（Michellina Colonna）的下落。在导演赖宁格的帮助下，发现他的母亲仍然健在，她不在意大利，而是住在新泽西州特伦顿。电影里出现了他与母亲团聚的镜头。他发现她的母亲在 17 岁时受到致命的摧残，所有的门牙都被打掉了，她是被他的父亲强奸的。在经济萧条时期，她失业，只好把她的儿子送给天主教慈善机构。后来她在新泽西的一家餐馆打工。她想找儿子，但被他的父亲封锁消息，她无钱雇律师诉诸法律。她后来结婚了，组织了新家庭。科尔索很快与母亲建立了联系。

和母亲的团聚对他来说，他的伤痛全愈合了，看到了他一生圆满的结局。他后来因前列腺癌去世。根据他的遗愿，他的骨灰安葬在罗马基督教公墓雪莱坟墓旁边，他为自己写的墓志铭：

> 灵魂
> 是生命
> 通过
> 我的死亡

---

① Linda Hamallian. *A Life of Kenneth Rexroth*: 342.

② 辛克莱·贝耶：南非垮掉派诗人、巴黎奥林匹亚出版社编辑，在金斯堡、科尔索和巴勒斯逗留巴黎传奇的垮掉派旅馆期间，与他们有密切交往。

>像江河一样
>不断地流淌
>不怕
>变成大海

"他的生命走了完满的一圈，"电影导演古斯塔夫·赖宁格如是说。

2. 威廉·巴勒斯（William Burroughs, 1914—1997）

作为一个纽约圈主要的垮掉派诗人、小说家、画家、口头语言表演家，巴勒斯和金斯堡一样，在后现代派时期影响了美国流行文化和文学。他被评论家誉为20世纪政治上最犀利、文化上影响最大的最富于创造性的艺术家之一。作为凯鲁亚克小说里的重要角色，他出现在凯氏的多部小说里。凯氏把巴勒斯化名为布尔·哈伯德（Bull Hubbard），出现在《梦书》和《孤独天使》里；化名为老布尔·李（Old Bull Lee），出现在《在路上》里；化名为弗兰克·卡莫迪（Frank Carmody），出现在《地下人》里；化名为威尔·丹尼森（Will Dennison），出现在《镇与城》里；化名为威尔·哈伯德（Will Hubbard），出现在《杜洛兹的空虚》里。通过读凯鲁亚克的这些小说，我们会对他有一个具体的感性认识。

巴勒斯出生在密苏里州圣路易斯市的一个富贵家庭，祖父是巴勒斯公司创始人，发明现代化加算器的工业家。他1931年上哈佛大学，倾心于当时的反文化，被吸毒的地下社会所吸引。1936年毕业，到维也纳学医，没有获得学位而于第二年回国，去哈佛大学和哥伦比亚当研究生。1942年服役，不久因心理出问题而退伍。在芝加哥短暂工作之后，于1943年移居纽约，染上了吸毒特别是海洛因的嗜好。吸毒和同性恋铸就了他的世界观。

他与第二任妻子琼·福尔默（Joan Vollmer）生有一子，名叫威廉·苏厄德·巴勒斯三世（William Seward Burroughs III）。1946年，他同妻子移居德州，两年后定居路易斯安那。1949年，为了逃避毒品罪的指控，到了墨西哥，住在墨西哥城。1951年，他在醉酒的状态下，把枪对准妻子头上的玻璃杯射击走火，误杀了她而遭逮捕，经保释后离开墨西哥，到摩洛哥的丹吉尔住定下来。他在那里首次进男妓院。他吸海洛因直至1956年。他以笔名威廉·李（William Lee）发表的半自传小说《吸毒者》（*Junkie*, 1953）很畅销，第一版就有一万多册。这本书描写了墨西哥吸毒和同性恋情况。但是，他在1951～1953年间写的第二本小说《同性恋》（*Queer*）是根据他自身的经历，直接描写了同性恋之间的关系、情感和幻想，没有哪家出版社敢接受出版，等到 30 多年之后的 1985 年才找到出版的机会。1959 年，他的代表作《裸体午餐》(*Naked Lunch*) 在巴黎出版，1962 年在美国出版，被当作淫秽书籍起诉，像《嚎叫》一样，最后被麻省高等法院判决不是淫秽书籍，但经过媒体大肆报道，使他很快走红。

巴勒斯通常被视为小说家，如同凯鲁亚克一样，小说家的名声掩盖了他的诗人名声。但是他没有间断写诗，而且尝试写试验性很强的先锋诗。他的诗歌创作起步于 20 世纪 50 年代晚期，主要受英国画家、作家、诗人和表演艺术家布利昂·吉森 (Brion Gysin, 1916—1986) 的影响，巴勒斯为此称赞他说："布利昂·吉森是我唯一尊敬的人。"

吉森以首创诗歌剪辑法著称，提倡文学与音乐结合的诗歌，强调诗歌首先要考虑语音，把传统的语义和句法放在次要地位，成了"没有字句的韵诗"，这种诗旨在表演朗诵。他在巴黎，与科尔索、布利昂·吉森以及南非诗人辛克莱·贝耶合作写试验诗，即通过剪辑随机文本，重新拼凑成一篇篇诗，结集成《还有几分钟》先在巴黎出版，1968 年在旧金山出美国版。这种剪辑法的诗究竟是何等风貌，让我们先欣赏巴勒斯的这本合作集的一首诗《病毒是意外有的？》("VIRUSES WERE BY ACCIDENT?")：

　　（狂犬病及其他病毒的蓄积？在吸血蝙蝠的棕色脂肪里的发现及其众所周知的、容易选择的人组织成分）

　　癌症测试……棕色的血液……活婴儿……病毒的检验。疫苗？生物控制伦敦会议……确定牛羊之类的动物有野生系统……一次棕色的血检。人的艾滋病例和接种。疫病日益激烈活动的分类法——放血可以杀死或减弱癌症，流动的抗体依然可以从非洲人生活方式里获得……在各种型号的病毒里，毒品致癌……供血……感冒病毒射线肉癌和蛋白质病例。

　　数千年来，棕色企图对动植物造成如此多的病。

　　子病毒刺激的反病毒特殊群：第二次会议讨论围绕这么多议题/////

　　癌症休眠的不寻常生物们感到现在饿牛太多，多得已经过剩了。

　　病毒难道是偶然发生的？

　　演出文化？

　　（由发表在《巴黎先驱论坛报》上的关于人类癌症和非洲动物疾病的文章剪辑而成）

如果了解美国语言诗的话，对这种似是而非、影影绰绰、谜语式的诗就不觉为奇了。还好，巴勒斯点明了这些诗句是从关于人类和非洲动物疾病的几篇文章中摘录、拼凑而成的。这是语言诗的写作方法之一。对直接阅读过原文报纸上有关的报道和熟悉语境的读者来说，这种诗很幽默，有时反讽意味很浓，翻译成中文，趣味性大打折扣，常常不知所云。诗作者并不以为把癌症与非洲动物疾病联系起来是正确的，因为非洲饥饿的家畜太多了，换言之，在非洲肉食品太少了，由非洲动物疾病引发癌症的因素显然不会多，可是按照出席伦敦医学研讨会（出席当时会议的专家绝大多数或全部是白人，这是不言而喻的）的结论，引起癌症的因素不是偶然的，而是与非洲家畜疾病有关。诗中提到的棕色与非洲人肤色也有关，癌症从他们那里传播过来尽在不言中。当然，作者对此持反讽态度。诗中的"Live Culture"既可以指活生生的文化，也可以指演出文化或我们生活在其中的文化。诗人对我们生活在其中的这种文化现象提出质疑。这种一语双关的妙处只能在原文的语境里体会得到。我们现在再来欣赏巴勒斯玩弄语言的诗《手枪诗　第 3 号》（"Pistol Poem No. 3", 1994）：

> （剪辑法。）
> 力量是常常很安静　　是安静很力量常常　　很力量常常安静是
> 力量是常常安静很　　是安静很常常力量　　很力量常常是安静
> 力量是很安静常常　　是力量常常很安静　　很力量安静是常常
> 力量是很常常安静　　是力量常常安静很　　很力量安静常常是

> （Power Is Often Very Quiet   Is Quiet Very Power Often   Very Power Often Quiet Is
> Power Is Often Quiet Very   Is Quiet Very Often Power   Very Power Often Is Quiet
> Power Is Very Quiet Often   Is Power Often Very Quiet   Very Power Quiet Is Often
> Power Is Very Often Quiet   Is Power Often Quiet Very   Very Power Quiet Often Is）

这首诗是把第一句"力量是常常很安静"里的词语打散开来，有序地重新排列和组合，这里只选了开头四行，后面还有几十行，都是这样排列和组合。需要看懂原文，才能欣赏它的幽默。单就"Very"而言，意义很多。当它用作副词时，一般翻译成"很"或"非常"，修饰形容词，例如：很大、很美丽，等等。如果当它用作形容词时，它（特指人或事物时）就有"正是这个或这位""恰恰"等含义；或者它（加强名词的语气时）还有"仅仅""唯独"等含义。又如，power 的含义太多了，有权力、势力、影响力、政权、职权、能力、天赋、体力、功力、智力、动力、强国、有权势的人（或团体等）、正义（或邪恶）力量、控制力、操纵力等等。不同的人会对它有不同的解读。它的模糊性和多义性恰恰给读者带来很大的想象空间。他的另一首诗《手枪诗　第 2 号》（"Pistol Poem No. 2", 1994）是一句"谁控制这控制战警们"（Who Controls The Control Men）打散后有序地组合起来的。这也是语言诗写作方法之一。

巴勒斯玩弄字句的把戏层出不穷，例如，他的《失落在房间里的冷弹珠》（"Cold Lost Marbles", 1972），这首诗是由一个无标点的长句打散排列的，如果不把这个句子看完，读者连标题的意思也会闹不清。又如他的《恐惧与宠物猴》（"Fear and the Monkey", 1978）是一首模仿英国作家丹顿·韦尔奇（Denton Welch, 1915—1948）①的"询鬼板"（Oui-Ja board）②诗。巴勒斯住在纽约的一个阁楼，这个阁楼是原来基督教青年会使用的更衣室改造的，据住在这里的客人讲，这里有鬼出没，这就引发了他的胡思乱想。如果作者不在标题后面稍加说明，读者会跌入五里雾中。

巴勒斯像布利昂·吉森一样，善于在语音上玩花样，如同中国相声演员表演绕口令，没有多少内容，但听起来很悦耳、风趣。例如，他的《西班牙和第 42 街》（"Spain & 42 St.", 1962）第一行：

Language like muttering　pant smells running　silver scanning
（语言像喃喃自语　裤子气味运行　银扫描）

这行诗几乎无法翻译成中文，但是 muttering, running, scanning 这三个字念起来很"滑溜"，像绕口令。如同中国的绕口令无法译成英语一样，这种洋绕口令也难译成汉语。这也是语言诗的创作方法之一。写这种诗的

---

① 《恐惧与宠物猴》是巴勒斯是从他阅读丹顿·韦尔奇的诗集《哑仪》（*Dumb Instrument*, 1976）中受到启发而写的，而韦尔奇的《哑仪》引用了《死灵书》（*Necronomicon*）中的许多符咒。

② 这是一种游戏，一块木板上标上字、数字和"是"与"不是"，板中间有一个突出的圆盘，上面有一只指示针，两个人的手指放在圆盘上，圆盘便转动起来。迷信的人认为，这是魔力转动指示针，指示针停留在某些字上，就预示了你想要知道的情况。科学家认为，圆盘实际上是被两个人放在圆盘上的手指在无意识中转动的。

作者决无中国主流诗歌界常常提倡的写为人民大众喜闻乐见的作品的观念，他纯粹是为艺术而艺术，是为有相同美学趣味而有限的小众创作的。

总之，在艺术形式的探索上，巴勒斯远比金斯堡激进，虽然他在诗歌创作的成就上远不如金斯堡。作为最有创意也最有争议的垮掉派作家，巴勒斯在小说创作上已经功成名就，用不着靠写诗生活，写诗只是自娱娱人而已，何况他还有富有的家产作他的生活后盾。

1981 年，巴勒斯移居堪萨斯州劳伦斯。在金斯堡多方努力下，他在 1983 年被接纳为美国文学艺术院和协会会员，参加了 1983 年 5 月的入职仪式，表明他得到了美国文学主流的承认。费林盖蒂说，巴勒斯加入该协会证明了赫伯特·马尔库塞（Herbert Marcuse, 1898—1979）的论点：资本主义社会有很大能力接纳它的曾经一度的局外人。但是，巴勒斯是一个名闻遐迩的反主流文化的人物。他启发和鼓舞了 20 世纪 70 年代最初的朋克摇滚乐队"疯狂博士"（Doctors of Madness）；80 年代与许多流行音乐乐队合作进行巡回朗诵；1993 年，他还成了一个混沌魔法队的成员，由于他的支持，这个混沌魔法队才得以维持了下来。巴勒斯一贯反枪支管制，反禁毒法，主张性自由。金斯堡说他是"少有的思想解放的同性恋者之一，他用基本的哲学语言考虑性，考虑明显的感官现象的性质……他是少有的从根本上质疑性的人之一"，并说他是"最直率的同性恋赞美者之一"。因此，在常人看来，他野性十足，与严肃的学术圈不搭界。他与金斯堡被选进美国主流文学与艺术的最高学术组织，①不是美国主流文学界在"招降纳叛"，是它的包容性和与时俱进性，而以金斯堡和巴勒斯为代表的垮掉派文学本身也已经成熟到与主流文学平起平坐，进而成为主流文学的一部分了。

巴勒斯晚年养了几只宠物猫，家里还摆了好几支枪，余暇致力于画抽象画。他画风大变，开始作即兴画，先把几只不同的喷漆罐放在画布前面，保持一定距离，然后用猎枪朝喷漆罐射击，让颜料喷射到画布上，这就成了他的画作。80 年代晚期和 90 年代，他的这种画在芝加哥和纽约的美术馆里展览过。巴勒斯最后的朗诵表演"在世的最后之夜"（Last Night on Earth）同爱尔兰摇滚乐队 U2 合作，拍摄成电视片，后来由里奇·史密斯（Richie Smyth）导演，拍摄成电影。他生前同许多演员和歌手合作，有许多有关他的录音和录像传世。

巴勒斯死于心脏病（早先做过搭桥手术），他葬在家乡圣路易斯贝尔

---

① 金斯堡和冯尼古特于 1973 年被国家艺术暨文学协会（National Institute of Arts and Letters）接纳为会员。

方丹公墓（Bellefontaine Cemetery）里的家庭墓地，墓碑很简朴，只署了他的全名，带上最简单的"美国作家"头衔。

3. 彼得·奥洛夫斯基（Peter Orlovsky, 1933—2010）

奥洛夫斯基是垮掉派诗人之中比较弱的一位。他像科尔索一样，是一个地道的草根诗人。

金斯堡去世之后，奥氏从纽约移居佛蒙特州圣约翰斯伯里，在那里通过朗诵和其他活动，继续为垮掉派运动摇旗，助其余威。他在垮掉派的诗歌史册上，以他自己的微薄贡献（几本薄薄的诗集）找到了合适他自己的位置。他和金斯堡的关系确定了他成为一度广泛传布的丑闻（吸毒、性乱、破天荒第一次宣称同性恋结婚）关注中心。金斯堡发表《嚎叫》之后成为垮掉派运动旗手以来，他和金氏形影不离，自然地受到广泛的注意。凯鲁亚克在《达摩流浪者》里称奥氏为乔治（George），而在《孤独天使》和《梦书》里则称他为西蒙·达洛夫斯基（Simon Darlovsky）。

奥洛夫斯基出生在纽约东区一个俄国移民的家庭，一个姐妹，三个兄弟，父母酗酒，导致分居，大哥是一个精神分裂症者，断断续续发作，必须被强制送专门机构治疗。他在贫穷中长大，高中时被迫失学，以打零工支持贫困家庭，后来在一家精神病医院当护理员。

1953 年侵朝战争时期，他应征入伍时年方 19，年龄很小，居然对一个长官说："带枪的军队是反对爱的军队。"他因此没有被派到前线去，而是被分配到旧金山医院当护理兵。1954 年 12 月，他初遇金斯堡，那时他在旧金山给画家罗伯特·拉维涅（Robert La Vigne）当模特儿。金斯堡在画家家里看到奥洛夫斯基，一见钟情，很快把他带到北滩的一家公寓同居。他与金斯堡保持公开的同性恋关系长达 30 多年，直至 1987 年金斯堡主动停止同居，但是两人保持密切关系，直至金斯堡去世为止。

奥洛夫斯基在遇到金斯堡以前没想当诗人这个玩意儿，只是在金斯堡的鼓励下，才在 1957 年拿起笔学习写诗，那时他已经跟金斯堡去巴黎和摩洛哥的丹吉尔了。他同金斯堡周游世界，足迹遍及中东、北非、印度和欧洲。他和金斯堡在印度逗留了两年，成为佛教徒，终身信奉佛教。他和金斯堡一样，天生有一付菩萨心肠，在印度曾用双氧水帮助一个女麻风病人冲洗她伤口里蠕动着的蛆。他们住在纽约市和纽约州北部樱桃谷。奥氏在金斯堡为他在樱桃谷购置的土地上事农几十年，收集草木灰和人粪肥田，把落叶堆起来发酵，当作最好的有机肥，很小心地施用化肥。他擅长种坚果树和水果树。金斯堡本来希望以此使奥氏戒掉酗酒瘾，但是其他垮掉派作家的到来却扰乱了金斯堡的初衷。

六七十年代，金斯堡和奥氏为吸大麻和同性恋权利合法化，参与和组织游行示威，并且参加反对越南战争和核武器的游行。1978 年，两人卷入封锁在科罗拉多州丹佛附近的罗基弗拉茨核武器生产的群众性静坐活动。他们反核武器生产的历史性行动反映在后来出版的画册《不服从的一年》（*A Year of Disobedience*, 1979）里。画册里有一页照片，是金斯堡和奥氏以及四个女人在 1978 年 6 月 16 日坐在铁轨上的情景。他们企图以此阻挡火车离开罗基弗拉茨。这天早晨，已经有七个阻挡火车进厂的人被逮捕。

奥氏的成名作是他 1957 年 11 月 24 日在巴黎写成的《第一首诗》（"FRIST POEM", 1957），发表在 1958 年的文学杂志《幽玄》（*Yugen*）上。我们现在读读这首诗究竟是何风貌：

> 虹流进我的窗户，我激动得好像触了电。
> 歌儿从我胸膛爆发，我停止了哭喊，神秘弥漫。
> 我寻找床底下的鞋子，
> 一个黑人胖女成了我的母亲。
> 我还没有假牙。突然十个小孩坐在我的膝盘上。
> 有一天，我长了胡子。
> 我闭起眼睛喝光一瓶酒。
> 我在纸上乱涂，发现我又是两个人。
> 我希望大家和我谈话。
> 我把垃圾倒在桌上。
> 我邀请几千瓶酒到我房间。我称
> 它们是六月里的臭虫。
> 我用打字机当我的睡枕。
> 餐匙在我眼前成了餐叉。
> 游民把他们所有的钱给了我。
> 我所要的是给我余生照脸的一面镜子。
> 我的人生头五年住在鸡舍里，吃的咸肉少得可怜。
> 我妈在夜里露出巫婆脸，讲一个个蓝胡子的故事。
> 我做梦时从床上跳起。
> 我梦见我跳进枪嘴，用一颗子弹发射出去。
> 我遇到卡夫卡，他跳上楼房，避开了我。
> 我的身体变成了糖，冲到茶里，从中

我发现了人生的意义。

我所需要的是用黑墨染成一个黑人孩子。

我走在大街上，察看抚摸我面孔的眼色。

我在电梯间唱歌，相信我正走上天堂。

我从 86 楼走出电梯，

沿着走廊寻找新丢下来的烟蒂。

我在床上翻找一块亮光光的美元。

我朝窗外看，没看见人，于是走到街上，

　　看看我的窗户，里面没有人。

我同消防栓谈心，说："你流的眼泪比我的大吗？"

四下里无人，我到处撒尿。

我的加百利喇叭，我的加百利喇叭啊：

展露我的欢乐，我的快活喜庆。

初读时，你会感到这是东一榔头西一棒子的胡扯蛋，毫无意义。可是当你发觉诗中人是一个活脱脱喝醉酒的穷光蛋时，你眼前便会突然一亮，对他的非正常思维也觉得是在情理之中。诗中提到卡夫卡，立刻使人联想到卡夫卡的现代派文学奠基之作——《变形记》：人变成了甲壳虫。因此，我们对诗中人变成了糖，冲到茶里也不觉得奇怪了。诗中人孤身一人，拾烟蒂，寻觅人家遗落的硬币，没有人交谈，只好对消防栓说，他伤心落泪，泪滴比消防栓喷出的水滴还大，这是"黄河之水天上来"式的天才夸张！诗的最后更妙：这个穷汉在无人之境随便撒尿，居然把自己露出来的男根比喻成天使吹的喇叭。原来加百利喇叭（Gabriel's Horn），也叫托里切利小号或喇叭（Torricelli's trumpet），是总领天使加百利（Archangel Gabriel）带领一个天使吹的喇叭，当这个天使吹响喇叭时，便是宣布末日的来临。哦，穷汉感到末日来临了——但是他笔锋一转，说是展露他的欢乐，这令读者更感到酸楚。但诗人却在这里又一语双关：原来最后一行"展露我的欢乐，我的快活喜庆"（unfold the cheerfulies, my gay jubilation）中的"欢乐"（gay），在英语里还有"同性恋"的意思，坦率地承认自己是同性恋。我们读完全诗时，对他的拼写和语法错误也就不计较了。① 他的起句"虹流进我的窗户，我激动得好像触了电"是神来之笔，一般的诗人是想象不到的，遑论平庸的诗人。

---

① 例如，标题中的"第一"，正确的英文是 First, 可是他却写成 Frist。

同年 12 月 27 日，奥斯洛夫斯基在巴黎完成了《第二首诗》（"SECOND POEM", 1957），它比较长，我们先读开头几行：

> 又是早晨，无事可干，
> 　　　　　也许买一架钢琴或胡扯一通。
> 至少像我的父亲一样清扫房间，
> 把床边地板上的烟灰和烟蒂轻拂一遍，
> 不过，首先清洗我的玻璃杯，然后喝水，
> 　　　　　清一清我有气味的嘴。
> 一声门响，一只猫进来了，跟着是动物园的小象
> 　　　　　要吃新鲜的煎饼——哦，我再也忍受不了
> 这些幻觉。

然后，我们再读最后几行：

> 至于我可以做菜，我正想
> 在便餐馆找一个差事
> 我的生活和我的房间像是两只大臭虫
> 紧跟我绕着全球转。
> 谢天谢地，我有一双无辜的眼睛看大自然。
> 我天生记得唱关于爱的歌——在一座小山上，一只蝴蝶
> 　　　　　做了我喝水的杯子，走上一桥花。

他是一位跟着感觉走的诗人。什么是"一桥花"？初看这首诗似乎也是胡言乱语，但鉴于诗中人表明他处在幻觉之中，那么，我们无法要求诗人在这里有正常的思维了。他是酗酒还是吸毒引起如此的幻觉？没有交代，我们只是发现通篇出现不少错别字和不通顺的句子。尽管如此，唐纳德·艾伦还是把这首诗选入了他主编的《新美国诗歌》里。

奥洛夫斯基的诗是他屈从于情感肆无忌惮的流露，想象力丰富，诙谐有趣，率直质朴，充满热情，半痴迷，还带着情不自禁的幼稚劲儿。他的诗好像一块未雕琢的水晶石，呈自然状态的美、原生态的美，如同近几年从中央电视台"星光大道"这个平台脱颖而出的阿宝，他那缺乏美声唱法科学训练但浑然天成的高亢嗓音，淳朴自然，富有穿透力，深得广大观众的青睐。难怪大诗人 W. C. 威廉斯很喜欢奥氏的诗，夸他的《第一首诗》

是纯粹的美国式，毫无英国腔。所谓英国腔，是指高度的文学文化素养。当然这是从表面上看的，如同阿宝在民间草台和城市走穴跌爬滚打 20 多年之后，才获得《星光大道》大赛 2005 年年度总冠军一样，奥洛夫斯基刻苦自学，阅读了大量国内外的诗歌，他在《我如何写诗，我向谁学习写诗的》（"How I Write Poetry & Who I Learned It From"）一文中，列出了一份他学习过的诗人名单，其中包括科尔索、金斯堡、凯鲁亚克、卡图卢斯、兰波、陀思妥耶夫斯基、加西亚·洛尔卡、W. C. 威廉斯、阿波利奈尔、肯尼思·科克、诚如创巴、鲍勃·迪伦（Bob Dylan, 1941—　）、维庸、L.-F. 塞利纳（Louis-Ferdinand Céline, 1894—1961）、马雅可夫斯基、谢尔盖·叶赛宁（Sergei Essenin, 1895—1925）等美国、拉丁美洲、法国和俄国的诗人，唯独没有英国和希腊诗人。尽管如此，评论家们却很难把奥洛夫斯基置于知识分子传统里。不过，他自认为属于知识分子传统，因为他苦读了这么多书。柯比·奥尔森（Kirby Olson）认为他写的"是一种粗鲁的、性感的诗，也许是西方历史上最性感的诗，代表着布莱克称之为人体的精神，最欢闹的单纯天真的人体精神，奥洛夫斯基出色地颠覆了依然发挥作用的（欧美）悠久的（知识）传统"①。

奥洛夫斯基把他的第一本诗集《亲爱的艾伦，船将在 58 年 1 月 23 日靠岸》（*Dear Allen, ship will land Jan 23, 58*, 1971）衷心地献给了提携他的金斯堡。对奥洛夫斯基的性感诗，柯比·奥尔森作了这样的评价："如果把巴勒斯和金斯堡当作是垮掉派伟大的理性头脑的话，那么奥洛夫斯基和尼尔·卡萨迪在某种意义上便是伟大的身体，很容易看得出为什么他们被爱，因为他们有着前者缺乏的东西，而且知道他们需要。"②他又进一步阐述说："垮掉派给美国提供了新的神话，它用想象、情感以及肉欲的快感之惊异打开理性主义自我限制和奸诈的理论体系。"③

奥洛夫斯基接着出版了《麻风病人的哭泣》（*Lepers Cry*, 1972）和《清洁的屁眼诗篇和微笑蔬菜歌》（*Clean Asshole Poems and Smiling Vegetable Songs*, 1978）以及同金斯堡合作的自白式诗和书信集《直心喜悦：爱情诗和书信选》（*Straight Hearts' Delight: Love Poems and Selected Letters*, 1980）。科尔索在 1977 年 10 月特地用诗的优美语言，评价奥氏的诗歌说："彼得是一个原创性诗人；一个纯粹的人。在他的诗歌斗篷下面，不无原始风貌——一个农耕时代的浪漫主义者，雪莱式的农夫，驾驶他的飞马座大型

---

① Kirby Olson. "Tharmas: the Physical Poetry of Peter Orlovsky." *Exquisite Corpse On-Line #4*, 1999.

② Kirby Olson. "Tharmas: the Physical Poetry of Peter Orlovsky." *Exquisite Corpse On-Line #4*, 1999.

③ Kirby Olson. "Tharmas: the Physical Poetry of Peter Orlovsky." *Exquisite Corpse On-Line #4*, 1999.

拖拉机，用他肮兮兮的手，在长了浆果灌木和甜蜜的根茎的地里，播种他的黄豆诗，获得颂歌的丰收；用他的粪铲铲赞美诗肥田，（他）就这样用肉体餐和灵魂的保养品滋养我们。"

1974 年，奥洛夫斯基应聘在杰克·凯鲁亚克精神诗学学院教授诗歌。1979 年获国家艺术基金会颁发的一万美元资助金，用于诗歌创作。奥洛夫斯基有糖尿病，多年来在家里挣扎于戒酒戒毒之中，患肺癌后，去波士顿医院就医无效，被急送至佛蒙特州威利斯顿临终关怀的暂托院。在他病危时，作为他的监护人、忠实朋友的查克·烈（Chuck Lie）和朱迪丝·烈（Judith Lie）夫妇以及诗人克里斯蒂娜·洛文（Christina Lovin）在侧。朱迪丝给他吟颂他平时喜爱听的佛经经文"唵一哼哼哼哼金刚上师帕德马西提……"病房窗外是一具喂鸟的食槽，一只鸣禽和几只红翅山鸟在食槽旁跳上飞下啄食着。奥氏的枕头边有一盒萨惹哈歌曲（Songs of Saraha）磁带，墙上挂着金斯堡照片和几尊佛像。病房里，放送着他自己唱的《树莓歌》（"Raspberry Song"）录音和他平时爱听的尼姑的佛经吟诵。他生前信佛教，法号"慈海"（Ocean of Generosity）。最后，他在播放西藏《度亡经》（*Book of the Dead*）的吟诵声中，穿上了蓝色衬衫，双手合拢，安详地躺在床上。他没有像金斯堡临危时有喇嘛们在侧诵经的庄严隆重的气氛，也没有许多朋友进进出出守护的紧张氛围，而是安静地往生。

三年前金斯堡因肝癌去世时，守护在侧的奥氏曾弯下腰，吻金斯堡的头，说："再见了，亲爱的。"① 这次是金斯堡生前的同事和朋友安妮·沃尔德曼赶来与他道别。在奥氏去世的当天，安妮·沃尔德曼著文《关于彼得·奥洛夫斯基的过世》（"On the Death of Peter Orlovsky"），其中有一句感人肺腑的话："在他的旁边，我看着他最后睁开表示爱的眼睛，我感谢他来到我们的生活中，感谢他的诗、他对艾伦的关爱和在那洛巴大学的教学工作。"

第九节　女强人黛安·迪普里玛（Diane di Prima, 1934—　）

也许由于男同性恋诗人在垮掉派诗人中声音最嘹亮，使得垮掉派女诗人的成就被掩盖了。早在 20 世纪 70 年代早期就跟随金斯堡，并且和他有长期密切的合作，与男垮掉派诗人有同样的理念和审美感、同样的放荡不

---

① 参阅罗丝伯德·佩蒂特：《艾伦·金斯堡最后的日子》，载《当代外国文学》，2005 年第 3 期：148.

羁（吸毒和性开放）并取得重大成就的黛安·迪普里玛往往被占强势话语的男诗评家所忽视。最明显的例子是，被视为权威诗选的《新美国诗歌》并没有收录黛安·迪普里玛的诗，因为该书主编唐纳德·艾伦是男性。她只比迈克尔·麦克卢尔小两岁，但所取得的成就不比他小。她 19 岁时就与庞德和肯尼思·帕钦通信，24 岁时就初露头角了。她在 1958 年出版处女诗集《这类的鸟儿向后飞》（*This Kind of Bird Flies Backward*, 1958），只比麦克卢尔的处子诗集晚两年，她从此出版的诗集也不比他少，例如，在 1958～1989 年，除主编诗集和翻译外，她出版诗集 28 部、剧本 8 部、长篇小说 5 部、短篇小说集 1 本。由城市之光出版社出版的诗集《革命的信》（*Revolutionary Letters*, 1971）是她最流行的早期诗集。据不完全统计，她在 300 多种报刊上发表了文章，被选载的文选至少有 70 种，被译介到国外至少有 13 种外语。唐纳德·艾伦后来还是意识到这个欠缺或疏忽，在 20 年之后与乔治·巴特里克（George F. Butterick）合编的《后现代派诗人：新美国诗歌修订版》（*The Postmoderns: The New American Poetry Revised*, 1982）中收录了黛安·迪普里玛的诗，并且把她的名字放在封面上的主要诗人名单之中。安·查特斯主编的《垮掉派诗歌袖珍读本》（*The Portable Beat Reader*, 1992）也收录了她的诗。这算是对她的诗名迟到的承认。

　　黛安·迪普里玛是一位女强人，她的诗女性味十足，例如她的常常被引用的短章《魔法召唤的实践》（"The Practice of Magical Evocation"）：

> 我是女人，我的诗篇
> 是女人的诗篇：很容易
> 这样说。女子是顺从的
> 而且
> （抚摸了又抚摸之后）
> 被调理成性受虐狂的
> 安静。麻木了的神经
> 是安静的一部分：
> 觉醒了的色欲，死气沉沉的视网膜
> 鱼眼睛；在头发根
> 是最低限的情
> 起作用的骨盆
> 被里外夹击
> （生产时）阴道扩大

　　　　而且相对地邋遢

　　　　把男小孩生出来

　　　　唯有

　　　　顺从的

　　　　女子

　　　　女子，一块遮掩物，通过它

　　　　手指抚弄的意志

　　　　两次扯断

　　　　两次扯断

　　　　　　里里外外

　　　　流淌

　　　　什么节律添加到平静上？

　　　　什么样的称赞？

　　由此可见，在如此大胆地描写性方面，她并不亚于放肆的男垮掉派诗人。戴维·梅尔茨（David Meltzer）对此评论说：

　　　　不幸的是，黛安·迪普里玛是从美国垮掉派诗歌大动荡中出现的唯一主要的女诗人。她范围宽广的作品反映并超越了这个时代的种种设想。激进的精神充满了她的作品，被解放了的浪漫主义、无政府主义、女权主义、神秘的奥秘性所燃起。种种十足自信的传统把她的作品织进她作为女人、艺术家、母亲、公民的一部富有诗意、不屈不挠的自己的历史里。①

　　黛安·迪普里玛在她色情的回忆录《一个垮掉派的回忆录》（*Memoirs of a Beatnik*, 1969）中描写她首次读到《嚎叫》时说："我感觉到，金斯堡是也只能是更大事物的唯一前卫……我将要去见我的兄弟姐妹。"据金斯堡后来回忆时说，她拿了一叠有趣的诗稿初次去见他时，就和他、凯鲁亚克、彼得·奥洛夫斯基以及她的几个舞蹈演员朋友一起上了床。② 金斯堡对她有好感，曾夸奖她说："黛安·迪普里玛，60 年代垮掉派文学复兴的革命

---

① Tracy Chevalier. Ed. *Contemporary Poets*: 231.
② Barry Miles. *Ginsberg: A Biography*: 218.

积极分子，生活和诗艺上的勇士，受过经典教育的 20 世纪激进分子，意象、政治和神秘文学模式上的楷模，突破了种族—阶级认同的藩篱，以其独特性发表了大量的诗作。"

黛安·迪普里玛出生在纽约布鲁克林的意大利移民家庭，她的外祖父多米尼科·马洛齐（Domenico Mallozzi）是一个积极的无政府主义者，曾经是卡罗·特雷斯卡（Carlo Tresca, 1879—1943）[①]和艾玛·哥尔德曼（Emma Goldman, 1869—1940）[②]的副手。黛安·迪普里玛上斯沃斯莫尔学院学物理，一年之后，移居东村的一个小公寓，想寻找机会当诗人。她在华尔街一家办公室当档案管理员，也当过哥伦比亚大学电子实验室的编辑，还干过其他的差事，以此维持生活。她所受的教育是通过大量阅读和在哥伦比亚大学以及纽约城市学院旁听取得的。她很小的时候就开始学习写作。

黛安·迪普里玛的经历表明她是一个积极的社会活动家。1961 年，她在纽约曼哈顿东区与勒罗伊·琼斯合编文学杂志《浮游的熊》（*The Floating Bear*）（1961—1963）。她和勒罗伊·琼斯被联邦调查局认定主编色情杂志后而遭逮捕，后被无罪释放，因而名声远播，后任该杂志主编（1963—1969）。她又和勒罗伊·琼斯以及其他三人创立"纽约诗人剧场"（1961—1965），并协助金斯堡、麦克卢尔、凯鲁亚克和斯特林·洛德（Sterling Lord）创办"诗人出版社"，任社长（1964—1969）。1967 年，在全国巡回诗歌朗诵。1968 年从纽约移居旧金山，跟随 1959 年去旧金山传道的日本禅师铃木大拙学习禅宗（详见后面的章节"美国禅诗"）。曾先后在旧金山的加利福尼亚新学院和那洛巴大学杰克·凯鲁亚克精神诗学学院任教。1983 年，同珍妮特·卡特（Janet Carter）、卡尔·格兰堡（Carl Grundberg）和谢泼德·鲍威尔（Shepherd Powell）组建旧金山神奇康复艺术所。她两次结婚并离婚，共生育五个子女。

1993 年，黛安·迪普里玛获全国诗歌协会颁发的终身服务奖；1999 年，被圣劳伦斯大学授予荣誉文学博士；2006 年，获弗雷德·科迪终身成就奖和社区服务奖；2009 年，被选为旧金山桂冠诗人。她作为奥尔森生前好友和特邀嘉宾，出席 2010 年 10 月 3 日～10 日举行的查尔斯·奥尔森百岁冥寿庆典，并在 9 日晚诗歌朗诵会上作诗歌朗诵。纽约大出版社之一的维京出版社（Viking Press）在新世纪出版了她的传记《我作为在纽约岁月

[①] 卡罗·特雷斯卡：意大利裔美国报纸主编、演说家和工会组织者，20 世纪头十年的世界产业工人组织领袖。

[②] 艾玛·哥尔德曼（Emma Goldman, 1869—1940）：无政府主义政治活动家，在 20 世纪上半叶北美和欧洲无政府主义哲学的发展中，起了关键作用。

里度过的一个女人的生活回忆》（*Recollections of My Life as a Woman: The New York Years*, 2001）。看样子，黛安·迪普里玛现在有一个幸福的晚年。你看，著名雕刻家、画家和摄影家格洛丽亚·格雷厄姆（Gloria Graham, 1940— ）为她拍摄的电视纪录片的一个镜头：她坐在大软绵沙发上，双手拿着一大张诗稿，笑呵呵地看着，红宝石戒指闪闪发亮。

第十节　纽约圈垮掉派外围的朋友：
尼尔·卡萨迪、赫伯特·亨克和卡尔·所罗门

尼尔·卡萨迪、赫伯特·亨克和卡尔·所罗门对凯鲁亚克、金斯堡、巴勒斯和科尔索的创作产生过重大影响，给他们灌输了最底层社会生活的平民意识，尽管他们使我们不免联想到凯鲁亚克、金斯堡、巴勒斯和科尔索等本身吸毒和性混乱以及与遭警察逮捕的小偷扒手（在常人看来是社会渣滓）来往，造成负面影响。如今他们几乎被忘却了，为了对整个垮掉派诗歌运动有一个比较完整的认识，在这里简介他们似乎并不多余。

1. 尼尔·卡萨迪（Neal Cassady, 1926—1968）

卡萨迪被醉鬼父亲抚养长大，童年不幸，曾进出过少年犯管教所和少年监牢。1946 年，他有一次去访问他在哥伦比亚大学读书的朋友哈尔·蔡斯（Hal Chase），通过蔡斯认识了凯鲁亚克和金斯堡。金斯堡立刻爱上了他，不断追求他。卡萨迪是异性恋，最后拒绝了金氏，但金斯堡在他鼎鼎大名的《嚎叫》里还是夸奖他："尼·卡，这些诗篇的秘密英雄……"卡萨迪和凯鲁亚克投缘，要凯氏教他创作小说，并和凯氏漫游全国和墨西哥。凯鲁亚克的《在路上》在 1957 年发表以后，卡萨迪便成了大名鼎鼎的反文化英雄，因为他被化名为迪恩·莫里亚蒂（Dean Moriarty），作为一个突出的角色，出现在这本名著里。他 1958 年因毒品交易而被判刑坐牢，1960 年刑满释放。卡萨迪巧智乖张，除和许多女子发生性关系外，居然乐意和他的前妻露安妮·亨德森（LuAnne Henderson）以及金斯堡一起上床，更愿意带着露安妮陪同凯鲁亚克云游天下。后来又乐意让凯鲁亚克和他以及他的美女作家、画家妻子卡罗琳·卡萨迪（Carolyn Cassady, 1923—2013）保持三角恋爱关系。由于他和凯鲁亚克特殊的亲密关系，尼尔·卡萨迪成为凯鲁亚克多部书中的角色，他还被化名为科迪·波米拉（Cody Pomeray），出现在《大瑟尔》《梦书》《孤独天使》《达摩流浪者》和《科迪的幻想》里。

他的妻子罗琳·卡萨迪被化名为卡米尔（Camille），出现在《在路上》里，同时被化名为伊夫琳（Evelyn），出现在《科迪的幻想》里。

　　这个精力充沛、性混乱的不安分精灵，在 1968 年冬被发现死在墨西哥铁道沿线。卡罗琳·卡萨迪在她的回忆录《离开路：同卡萨迪、凯鲁亚克和金斯堡一起的 20 年》（*Off the Road: Twenty Years with Cassady, Kerouac, and Ginsberg*, 1990）里，对卡萨迪的一生有详细的披露，对侧面了解其余的垮掉派作家特别是对凯鲁亚克的为人有宝贵的参考价值。自从 1984 年以来，她移居伦敦，继续作画和写作。

　　如果说尼尔·卡萨迪的一生还有什么社会意义的话，那是他对凯鲁亚克文学创作的直接影响，不但给凯氏创作《在路上》提供了素材，而且提供了新的写作方法。凯鲁亚克开始写他们的旅游冒险故事时感到困难，几乎放弃了，但后来从卡萨迪给他的许多信中找到了表达方式。可以说，凯鲁亚克是在卡萨迪的影响之下，放弃了他最初的滥情文风，建立了即兴散文风格。有评论家说，《在路上》的轰动效应产生于捕捉了卡萨迪的说话声，还说，没有尼尔·卡萨迪就不会有垮掉派文学，虽然这评价未免过高，但卡萨迪对金斯堡和凯鲁亚克的影响不可低估，虽然他生前没有发表一本作品。凯鲁亚克在一次特德·贝里根对他采访时谈到尼尔·卡萨迪，禁不住连连赞美说："他写得……非常美！他比我写得好。尼尔是一个有趣的伙计。他是地道的加州人。我们比五千个索科尼加油站服务员更有乐趣。依我看，他是我一生中所遇到的最聪明的一个人。尼尔·卡萨迪是耶稣会会士，在唱诗班唱圣诗。他曾是丹佛天主教堂唱诗班男童。他样样都告诉了我，我现在的确相信也许有圣灵。"①

2. 赫伯特·亨克（Herbert Huncke, 1915—1996）

　　就是凯鲁亚克在追溯"垮掉"一词的来源时曾提到的那个亨克。早在 1946 年，他是第一个使用"垮掉"这个词的人（上文已经介绍），但他并没有料到这个普通的字眼后来变得富有如此深远的历史意义。当他初次遇到金斯堡、凯鲁亚克和巴勒斯时，他发觉他们有志于文学创作，但没有发表什么作品。他们受到他关于纽约 42 街生活、罪犯生活、街道俚语的故事和他吸毒的体验的启发，在他们的创作上有很大的参考价值。亨克先是巴勒斯的朋友——一个纽约时代广场上的扒手同伙和吸毒者。金斯堡、凯鲁

---

　　① Jack Kerouac. "An Interview with Ted Berrigan (who was accompanied by Aram Saroyan and and Duncan McNaughton)."

亚克和巴勒斯通过亨克认识了一批小偷和歹徒，了解到社会最底层的阴暗面。亨克因为偷窃、服用海洛因和歹徒的生活方式最后被警察逮捕，但他从来不出卖同伙。因此，他们都喜欢他，在他们的心目中，亨克是社会最底层的人物，体现了一种"诚实的犯罪伦理"，在生存挣扎中显露了他强悍的生命力。凯鲁亚克佩服他，在《在路上》称他为埃尔默·哈塞尔（Elmer Hassel）；在《书梦》里称他为哈克（Huck）；在《镇与城》里，索性称他为炯基（Junky），即吸毒者。金斯堡让他住在他纽约的公寓里，尽管知道他和他的小偷朋友把赃物藏在屋里。金斯堡和巴勒斯在经济上和感情上都给他以支持。后来亨克想当作家，他的短篇小说《埃尔西·约翰》（"Elsie John"）被收录在安·查特斯主编的《垮掉派诗歌袖珍读本》里，表明他运用语言非常出色。亨克的风格是口语化倾向明显。如果接触有关他的访谈录，我们便会发现他的英语比没有受过教育的南方黑人还要难懂。他常常叙述一连串如何求生存的故事，严峻而常常显得陈词滥调，好像是从录音带直接记录下来似的，但真实地反映了垮掉一代人的严酷现实。

　　亨克出生在麻省格林菲尔德，在芝加哥长大，父母离婚，中学辍学，成了街头行骗的吸毒者。他与其他流浪者合伙爬火车，流浪各地。他后来在自传《对一切感到愧疚》（*Guilty of Everything*, 1990）里，说他懊悔失去与家庭的联系，但是同时认为他遭受漫长的刑期，部分原因是得不到家庭救助。1939年，他搭便车来到纽约市，在103大道与百老汇交口处下车，去了第42街，从此混迹于第42街与百老汇之间，成了所谓的"42街市长"，与形形色色的人结交，其中包括男妓女娼和水手。二战时期，在美国商船队服务，到过南美、非洲和欧洲。他登陆过诺曼底海滩，三天之后它就被德寇入侵了。在船上，他克服吸毒瘾或注射船医供给的吗啡。他回纽约之后，仍然回到第42街。在这次旅行后，他遇到当时还没成名的巴勒斯带着一把冲锋枪和一盒吗啡注射器。他们初次见面并不友好，亨克从巴勒斯的穿着和态度判断，他可能是便衣警察或联邦调查局人员。亨克弄清巴勒斯不是威胁分子之后，买了巴勒斯的吗啡，并在巴勒斯的要求之下，给巴勒斯打了一针吗啡。从此他们成了朋友。巴勒斯把他们初次见面的情景写进了他的第一本小说《吸毒者》里。亨克同巴勒斯的妻子琼·福尔默也很友好，和她分享冰毒安非他明。在20世纪40年代晚期，他被邀请到德州，在巴勒斯的农场种植大麻。

　　罗伯特·库托（Robert Couteau）在评论亨克的自传《对一切感到愧疚》时说："如果把他的自传作为一种社会/历史文件来看的话，我们便会称赞该自传的诚实，并称赞它能打开外人通常无法接触到的一个世界。该自传也剥掉了垮掉派神话的浪漫外衣，展示垮掉派一伙人比较阴暗、不得体的方面，远异于凯鲁亚克所说的‘至福’。"① 亨克后来被邀请到金斯堡主持的那洛巴大学杰克·凯鲁亚克精神诗学学院教学生文学创作。

亨克晚年的生活费用得到他认识的和不认识的朋友们的资助。《赫伯特·亨克作品选集》(*The Herbert Huncke Reader*, 1997) 在他逝世一年后面世。

3. 卡尔·所罗门 (Carl Solomon, 1928—1993)

所罗门的出名不是由于他有什么文学成就，而是他激发金斯堡创作了轰动一时的《嚎叫》。所罗门和金斯堡是同住哥伦比亚长老会精神病院时结识的。所罗门后来回忆说：

> 我给金斯堡讲我的冒险经历和假聪明的勇敢行为。他耐心细致地记录我所说的（我当时认为他得了"作家病"，认为自己是一个伟大的作家）。后来当我决定丢开世事，成为一个非常内行的疯圣人时，他出版了我所说的所有记录，其中一部分是事实，但大部分是自我辩护，一种兰波式的放荡不羁地夸张隐私，无阳刚之气的欢跃，从克尔凯郭尔和其他人抄袭来的神秘难懂的格言——用《嚎叫》的形式。这样他把谬误奉为真理，并把它极力夸奖为年轻的几代人需要思考的常识，因而误导了未来年轻的几代人。②

所罗门如此苛评金斯堡及其《嚎叫》，并无恶意，显然讲的是实情，金斯堡还把这首名诗题献给了他。不过金斯堡的传记作者巴里·迈尔斯（Barry Miles）对所罗门的极端评论匡正说："题献给卡尔·所罗门的《嚎叫》的确取用了卡尔生活故事里的许多意象，不过大多数被改造了、普遍化了。"③

所罗门虽然有精神病，但思维异常活跃，在诗歌创作上也的确启发了金斯堡。所罗门的叔叔是艾斯出版社老板，所罗门断断续续地在他叔叔的出版社工作。金斯堡请求所罗门及其叔叔出版巴勒斯和凯鲁亚克当时还未出版的作品。结果，艾斯出版社出版了巴勒斯的处子作《吸毒者》，但拒绝

---

① Robert Couteau. "Guilty of Everything. The Autobiography of Herbert Huncke." *The Paris Free Voice*, Feb. 1991.

② Barry Miles. *Ginsberg: A Biography*: 118.

③ Barry Miles. *Ginsberg: A Biography*: 118.

出版凯鲁亚克的《在路上》。所罗门后来出版了三本有关精神病的趣味文集《也许不幸》（*Mishap, Perhaps*, 1966）、《更多不幸》（*More Mishaps*, 1868）和《急症病人启示录》（*Emergency Messages*, 1989）。